Jo Beverley

Prinz der Schatten

...doch die Liebe war stärker

JO BEVERLEY

Prinz der Schatten

...doch die Liebe war stärker

Zwei Romane in einem Band

Weltbild

Die amerikanische Originalausgabe von
Prinz der Schatten erschien 1998 unter dem Titel *Lord of Midnight*
bei Topaz / Penguin Group, New York.

Die amerikanische Originalausgabe von ... *doch die Liebe war stärker*
erschien 1996 unter dem Titel *The Shattered Rose*
bei Zebra Books / Kensington Publishing Corp., New York.

Besuchen Sie uns im Internet:
www.weltbild.de

Genehmigte Lizenzausgabe für Verlagsgruppe Weltbild GmbH,
Steinerne Furt, 86167 Augsburg

Prinz der Schatten

Übersetzung: Leokadia Winter
... *doch die Liebe war stärker*

Übersetzung: Claudia Jordan
Umschlaggestaltung: Studio Höpfner-Thoma, München
Umschlagmotiv: Agentur Thomas Schlück, Garbsen
(© Doreen Minuto)
Gesamtherstellung: Oldenbourg Taschenbuch GmbH, Hürderstraße 4,
85551 Kirchheim
ISBN 3-8289-7928-9

2009 2008 2007 2006
Die letzte Jahreszahl gibt die aktuelle Lizenzausgabe an.

1. Kapitel

London, im August 1101

Mit der Regelmäßigkeit einer läutenden Glocke schlugen Männer einen Pfahl nach dem anderen in den sommertrockenen Grasboden, gefolgt von anderen, die Seile um die Pfosten wanden, um den Kampfplatz einzufrieden. Ein Zweikampf, ein Gottesurteil, ein Kampf, bei dem einer von beiden getötet würde, würde viele Menschen anlocken, und eine Menschenmenge mußte in Schranken gehalten werden. Die Hämmer der Zimmerleute auf der Tribüne schlugen einen schnelleren Takt. Sie mußte fertig sein. Fertig für den König und seine Beamten. Sie war ein einfaches Podest, ohne Baldachin und Zierat, weil Edeldamen nicht zugegen sein würden. Heute würde dieser Ort ein Gerichtsplatz sein, wo Männer mit dem Leben für ihren Anspruch einstanden.

Und er würde gewissermaßen Hinrichtungsplatz sein. Auf den Grasplatz fiel der Schatten des steinernen Towers, Sinnbild normannischen Herrschaftswillens, der Widerstand nicht duldete. Zum Beweis dafür hatte die jüngste Rebellion hierher geführt, zu diesem Gottesgericht.

Schon bevor das Hämmern verstummte, kamen die ersten Schaulustigen aus den nahe gelegenen Straßen und Gassen heraus, strichen um die Seile herum, um den Platz mit der besten Aussicht zu ergattern. Viele aßen noch behaglich ihr Frühstücksbrot oder nahmen einen Schluck aus dem Alekrug. Auch Händler kamen, schrien: »Ale! Pasteten! Früchte!« Bodenakrobaten vollführten ihre halsbrecherischen Sprünge und Rollen zur Musik von Flöten und Trommeln.

Wahrsager lasen aus Händen. Quacksalber priesen Patentrezepte und Talismane gegen alle möglichen Krankheiten an. Edelfrauen waren nicht zugegen, dafür waren unter dem geringen Volk Frauen, die entweder gaffen oder Geld verdienen wollten, brauchten sie doch nicht die höfischen Vorschriften zu beachten. Einige hatten sich etwas zum Sticken oder Spinnen mitgebracht, viele hatten Kinder bei sich.

»Guten Morgen, Truda«, sagte eine Frau zu einer anderen, während sie ihren Faden flink um die Spule wickelte. »Es wird kein großer Zweikampf zu sehen sein, sagt man.«

»Jaja, ein Älterer gegen einen Jüngeren. Aber man kann nie wissen, Nan. Ältere sind klug.«

»Ich habe gehört, daß dieser Clarence von Summerbourne kein besonders großer Kämpfer sei.«

»Na«, machte Truda verächtlich, schob sich das letzte Stück ihres Honigbrotes in den Mund und wischte sich die Hände an ihrer Schürze ab.

»Warum sollte er hier sein, wenn er kein großer Kämpfer ist? Wahrscheinlich sieht er nur so aus, als ob er dem besten Kämpfer des Königs nicht gewachsen ist.«

»Dann hätte er den Anspruch des Königs nicht anfechten sollen, oder etwa nicht? Trotzdem«, Nan bekreuzigte sich fromm, »Gott wird entscheiden. Wenn er recht hat, wird er gewinnen, selbst gegen einen stärkeren Mann. Natürlich hat er nicht recht«, fügte sie schnell hinzu und blickte sich um.

»Natürlich nicht.« Auch Truda bekreuzigte sich, um sich vor den weltlichen wie höllischen Mächten zu schützen. Dann sprach sie leise weiter: »Obwohl ich nicht weiß, warum wir hier von Gott sprechen. Mein Edwin hat jeden geschlagen, von dem er sich beleidigt fühlte. Und ich würde nicht sagen, daß er immer im Recht war. Er ist einfach größer und stärker.«

»Aha. Aber rufen nicht beide vorher Gott an?« Nan fuchtelte mit der Spindel herum, um ihr Argument zu bekräftigen. »*Das ist* das Kunststück, Truda. Gott kann sich nicht um jede Kleinigkeit kümmern, oder? Aber wenn Er *angerufen* wird …«

»Ich verstehe. Die Anrufung …« Truda verstummte und trat zur Seite, um auf ein Knäuel sich am Boden wälzender Jungen einzuschlagen. Dann zerrte sie ihren flachsblonden Sohn heraus. »Ich hab' dir doch gesagt, Willy, daß du dich nicht prügeln sollst, sonst schick' ich dich heim!«

»Er hat mich einen …«

»*Keine Prügeleien*, sonst schicke ich dich hinter die Schranke, und dann kannst *du* gegen den Ritter des Königs kämpfen.«

Der Junge zog eine Grimasse. Er setzte sich aber trotzdem seiner Mutter zu Füßen auf den Boden und begann Gras aus dem staubtrockenen Boden zu rupfen.

»Es muß endlich wieder regnen«, sagte Truda, »die Zisternen sind schon fast leer.«

»Ja, es ist schwierig, anständiges Wasser zu bekommen«, stimmte ihr Nan zu. »Aber im Osten sind schon Wolken aufgezogen. Das sieht vielversprechend aus, aber ich hoffe, das Wetter hält sich noch eine Weile …«

Zufrieden sprachen die beiden noch eine Weile über das Sommerwetter, bis Willy seine Mutter am Rock zupfte und fragte: »Mama, ist das der König?«

Jetzt drängten sich die Menschen schon zu zweit oder mehreren hintereinander entlang des Seils, und die Leute, die die Frage des Jungen gehört hatten, richteten ihr Augenmerk auf die Tribüne. Aber es waren nur Männer, die Bänke und einen großen, schweren Stuhl hinauftrugen.

»Nein, mein Junge«, sagte Truda, »aber das ist sein Thron, schau hin. Er wird also bald kommen.«

»Und wann beginnt der Kampf?«

»Wenn sie fertig sind. Und jetzt sei ruhig.«

Aber der Junge zupfte wieder an ihrem Gewand. »*Warum* kämpfen sie, Mama?«
»Das hab' ich dir doch schon gesagt. Der eine von ihnen behauptet, der König habe nicht das Recht, König zu sein. Dem Bruder des Königs gebühre die Krone.«
»Und warum kämpft der König nicht, sondern schaut zu?«
»Weil Könige niemals zu solchen Zweikämpfen antreten, mein Schatz. Sie haben Männer, die für sie streiten.«
Der Junge zupfte wieder Gras aus der Erde. »Das ist aber nicht fair«, murrte er. »Ich muß auch selber kämpfen.«
Truda gab ihm einen Klaps. »Sei nicht frech und tu nicht so, als gäb' es irgendeine Gemeinsamkeit zwischen deinen Streitereien und der Sache des Königs.«
Ein Ruck ging durch die Menge, als die ersten Edelleute aus dem Tower traten. Sie trugen knielange Röcke und mit Bändern umwickelte lange Hosen wie alle Männer. Nur die reichen Farben, das Gold und die in der Sonne funkelnden Edelsteine verrieten ihren Rang.
»Mama, ist das ...«
»Nein, Willy. Der König trägt eine Krone. Und wenn du dich nicht anständig benimmst«, fügte Truda hinzu, »dann läßt er dir den Kopf abschlagen.«
Willy zuckte zurück und drängte sich an seine Mutter. Nun traten bewaffnete Männer in Kettenhemden und mit kegelförmigen Eisenhelmen aus dem Tower, stellten sich entlang der Schranke auf und rammten Lanzen mit langen Spitzen in den Boden. Niemand sollte sich in den Kampf einmischen können.
»Nun dauert es nicht mehr lange«, sagte Truda.
Die Edelmänner begannen sich entlang eines Abschnitts der Barriere aufzureihen, der für sie freigehalten worden war. Einige von ihnen erstiegen aber das Podest und setzten sich auf die Bänke, die zu beiden Seiten des Thrones standen.

»Die Männer dort oben sind ganz wichtige Leute«, sagte Truda sanft zu Willy. »Grafen und so was. Ein oder zwei Bischöfe. Sie sorgen dafür, daß das Ritual korrekt abläuft.« Sie wandte sich Nan zu. »Ich kann nicht behaupten, daß die besonders glücklich aussehen.«
»Ich habe gehört, daß dieser Clarence ein beliebter Mann ist. Wahrscheinlich wollen sie nicht sehen, daß er stirbt.«
»Aber er wird sterben.«
Nan nickte. Dann aber rückte sie näher an Truda heran. »Ich habe gehört – vom Vetter des Mannes meines Schwester, der dort oben Wächter ist –, also von ihm habe ich gehört, daß sie letzte Woche seine Tür unverriegelt gelassen und gehofft haben, daß er flieht.«
Truda blickte sie erstaunt an und flüsterte: »Du meinst, sie glauben, er könnte *gewinnen*?«
Nan schüttelte den Kopf. »Nein. Sie wollen ihn nur nicht sterben sehen.«
Der Trompetenstoß brachte beide zum Verstummen. Truda zog ihren Sohn am Kragen in die Höhe. »Dort, Willy. Da ist der König!«
Heinrich Beauclerk, der jüngste Sohn Wilhelms des Eroberers, nun selber König von England, trat aus dem Weißen Tower, gefolgt von vier Männern, auf dem lockigen dunklen Haar eine goldene Krone, sein kostbarer Purpurmantel fiel bis auf den Boden.
»Ist das nicht FitzRoger?« murmelte Nan. »Der Große im grünen Rock. Er ist der Erste Kämpfer des Königs. Aber er trägt ein Wollkleid – also wird er heute wohl kaum kämpfen.«
»Was? Sie kämpfen heute nicht?« fragte Truda – so laut, daß der Wachposten, der in ihrer Nähe stand, sich zu ihr umwandte.
»Oh, keine Sorge, Mistress. Sie werden kämpfen.«
»Aber wer kämpft für den König?« fragte Nan ihn.

»Ein Neuer. Renald de Lisle ist sein Name.«
»Oh.« Nan war für einen Augenblick verwirrt. »So ein Pech. Ich habe gehört, daß er der beste Mann ist – FitzRoger. So gerne hätte ich ihn in einem Kampf auf Leben und Tod gesehen.«
»Er ist frisch verheiratet«, sagte der Wachtposten und drehte sich leicht zur Seite, um den Frauen zuzuzwinkern. »Er ist wahrscheinlich etwas geschafft.«
Beide Frauen kicherten. Sie verstummten aber sofort, als die Trompeten wieder ertönten. Der König saß nun auf seinem Stuhl. Durch das Signal herbeigerufen, trat ein Mann aus dem Tower – ein Mann ganz in Eisen, im knielangen Kettenhemd. Ein breiter Ledergürtel, an dem die Schwertscheide getragen wurde, lag um seine Hüften. Eine leere Schwertscheide.
»Warum hat er kein Schwert, Mama?« fragte Willy. »Kämpfen sie nicht mit Schwertern, so wie du gesagt hast?«
»Doch, natürlich. Sein Knappe wird es haben.« Truda schaute auf den Gefährten, der Schild und Helm trug, aber kein Schwert. »Was sagst du dazu, Nan?«
Nan drehte stirnrunzelnd ihre Spindel um. »Keine Ahnung, Truda, ganz ehrlich. Ich hab' bisher nur einen solchen Zweikampf gesehen, und da haben beide ihr Schwert getragen.«
»Ja, stimmt. Er dauerte fast den ganzen Tag, bis er sich am Ende ergeben hat … Wie hieß er noch mal?«
»Das weiß ich nicht mehr. Ist doch auch egal. Sie haben ihm dann die Augen ausgestochen und die Eier abgeschnitten. Da wäre er besser im Kampf umgekommen.«
Willy schaute erschrocken auf. »Warum haben sie das mit ihm gemacht, Mama?«
Beruhigend zauste sie ihm das Haar. »Er hat verloren. Er war als Verräter überführt. Und da er nicht starb, wie es vorgesehen war, mußte er bestraft werden. Das passiert nun einmal mit Verrätern.«

»Nicht mit den letzten«, murmelte Nan und beugte sich nah an Trudas Ohr. »Man sagt, daß viele mächtige Männer ausgezogen waren, um Herzog Robert zu unterstützen, so daß der König nicht alle hart bestrafen konnte. Ein paar hat er verbannt, den meisten aber ein Strafgeld verpaßt und sie nach Hause geschickt.«

»Jaja«, hauchte Truda. »Das hab' ich gehört. Aber warum …«

Beide verstummten, als der zweite Mann aus dem Tower kam. Er war wie der erste gekleidet, doch an seinem Schwertriemen hing ein Schwert in seiner Scheide. Er war fast so groß wie sein Kontrahent, aber von schwächlicher Statur, was sogar durch das Kettenhemd zu erkennen war. Truda meinte, daß er aussähe, als ob seine Panzerung ihn erdrücken würde. Beide Männer standen der Tribüne zugewandt. Die Trompeten schmetterten ein letztes Mal, und die befohlene Stille trat ein. Der König beugte sich vor. Obwohl er nicht laut sprach, konnte Truda seine Worte verstehen.

»Clarence von Summerbourne, wollt Ihr Euren Irrtum einsehen, mir den Treueid leisten und meine Gnade entgegennehmen?«

Der schmale Mann stand kerzengerade. »Ich kann nicht, Heinrich. Ihr habt keinen Anspruch auf Englands Krone.«

Der König zuckte zusammen, als wäre er geohrfeigt worden. Dann erhob er seine Hand, und der Diener des Gerichts trat vor.

»Hört alle her, hört alle her! Lord Clarence von Summerbourne, der seine Waffen gegen den König erhoben und öffentlich erklärt hatte, daß unser rechtmäßiger König Heinrich keinen Anspruch auf die Krone Englands habe, steht hier, angeklagt des Verrats. Clarence von Summerbourne, wie plädiert Ihr?«

»Nicht schuldig!«

»Wer steht für diese Anklage?«

»Ich, Renald de Lisle.« Klar und fest war die Stimme und von allen deutlich zu vernehmen. »Ich beanspruche das Recht als Kämpe König Heinrichs, des rechtmäßigen Königs von England.«

Bevor der Diener des Gerichts im Ritual fortfahren konnte, rief Lord Clarence: »Einspruch! Ich verlange, daß der König mit seiner Leibeskraft für seine Sache einsteht.«

Ein Raunen des Erstaunens lief über den Platz, und auf der Tribüne sprach Mann zu Mann. Dann winkte der König den Gerichtsbedienten zu sich. Es wurde totenstill.

Der Diener des Gerichts stellte sich in Positur und verkündete: »Lord Clarence von Summerbourne steht heute hier für den Bruder des Königs, Herzog Robert von der Normandie. Er steht für Herzog Roberts unrechtmäßigen Anspruch auf die Krone. Daher ist es recht und billig, daß der König auch einen Stellvertreter hat. König Heinrich erklärt hier, daß er willens ist, wenn sein Bruder Robert ihn persönlich herausfordert, persönlich gegen ihn anzutreten und mit dem Leben für seine Sache einzustehen.«

Ein lautes Hurra erschallte aus den Mündern aller Anwesenden.

»Das wird ein Kampf!« sagte Truda.

Nan kicherte. »Aber einer, der niemals stattfinden wird. Herzog Robert wird hier eintreffen, aber sobald er sieht, daß seine Truppen zahlenmäßig unterlegen sind, nimmt er einen Sack voll Geld und verschwindet ganz schnell wieder nach Hause.«

Wieder schmetterten die Trompeten, um Ruhe und Ordnung zu befehlen.

Dann entrollte der Diener des Gerichts ein weiteres Pergament. »Dieses ist das erste Mal, daß Renald de Lisle als Kämpe des Königs fungiert, deshalb überreicht der König ihm dieses Schwert.« Ein Mann trat mit der Waffe in der Hand neben den König. »Ein Schwert aus bestem germanischem

Stahl, ein Geschenk des Herrschers. Den Knauf schmückt kein Edelstein, sondern ein Stein vom Grab Christi in Jerusalem. Möge es immer wirksam kämpfen.«

Der Ritter trat vor, beugte das Knie und nahm das Schwert entgegen.

»Wenn er verliert«, fragte Truda, natürlich ganz leise, »was passiert dann?«

Nan schaute um sich und trat dicht an ihre Seite. »Wenn ich es richtig verstehe, dann hat Gott gesagt, daß der König nicht König sein kann.«

Truda bekreuzigte sich. »Herr, hab Erbarmen!«

Der Kämpe des Königs kehrte zum Angeklagten zurück. Beide setzten kegelförmige Helme auf, befestigten sie unter dem Kinn und ergriffen ihre Langschilde.

»Bittet Ihr Gott«, fragte der Gerichtsbediente, »sich Eurer Leibeskraft zu bedienen, um zu beweisen, was Recht und Gerechtigkeit ist?«

»Das tue ich.«

»Das tue ich.«

Ein Priester trat vor. Nein, es war ein Bischof in kostbarer Robe und mit einer hohen Mitra auf dem Kopf. Er hielt ein goldenes Kruzifix empor, das beide Männer küßten. Dann besprengte er die gebeugten Hauptes vor ihm stehenden Ritter mit Weihwasser. Schließlich salbte er beide mit heiligem Öl, damit der Mann, der getötet würde, mit den Sterbesakramenten versehen war.

Als der Bischof zurücktrat, rief der Diener des Gerichts: »Möge Gott die Wahrheit ermitteln!«, und der König hob seine Hand.

In dem Moment, als Lord Clarence von Summerbourne sein glänzendes Schwert zog, glitt eine dunkle Wolke vor die Sonne und erstickte den strahlenden Schein. Der Kampf begann langsam und vorsichtig. Die Männer schwangen ihr Schwert und deckten sich mit ihrem Schild, aber trotz des lauten Geklirrs war deutlich, daß die beiden sich prüften. Die Art, in der sie sich staubaufwirbelnd über den Platz bewegten, war beinahe monoton. Wäre dieser Kampf ein Schaukampf gewesen, hätte die Menge höhnisch gebuht und nach mehr Einsatz gerufen. Aber dies war kein Schaukampf. Einer der Männer würde heute sterben, und wenn beide vorsichtig waren, so war das ihr gutes Recht. Ein solcher Kampf konnte den ganzen Tag dauern und wurde am Ende eher durch Erschöpfung als durch Kampfgeschick entschieden.

Truda glaubte nicht, daß Lord Clarence den ganzen Tag durchhalten würde, denn seine Art, sich zu bewegen, erweckte beinahe den Eindruck, daß er müde sei. Als wollte er Trudas Gedanken Lügen strafen, begann Lord Clarence, entschlossener und energischer zu kämpfen. Seine Hiebe wurden härter, und sein Schwert schlug Funken auf der germanischen Klinge und Eiseneinlassung des gegnerischen Schildes. Sir Renald verteidigte sich, ohne den Angriff zu unterbinden. Plötzlich aber übernahm er die Regie und drängte Lord Clarence zurück. Der Angeklagte stolperte, und die Menge hielt die Luft an, als der Kämpe des Königs seine Waffe aus dem Handgelenk nach vorn und auf den Rand des Schildes des Kontrahenten schlug. Anstatt ihn aber zur Seite zu schlagen, drang das Schwert tief in den Schild ein. Es durchschlug den eisernen Rand und drang ins Holz.

Dort blieb es stecken.

Wieder schnappte die Menge nach Luft. Lord Clarence ergriff die Gelegenheit und zielte mit einem schwungvollen Schlag auf seinen Gegner, der das Gleichgewicht verloren hatte, zielte mit einem Schlag, um die Knochen seines Gegenübers zu brechen. Im letzten Augenblick konnte Sir Renalds Schild den Schlag abwehren, aber damit war er ohne Deckung. Aber im selben Moment stieß er Lord Clarence'

Schild zurück, um sein Schwert aus dem Holz zu ziehen, machte einen Satz nach hinten und war außer Gefahr.
Wie aus einem Munde war der Stoßseufzer der Menge zu hören. Die beiden Streiter hielten inne, um sich zu sammeln.
»Oh«, sagte Nan. »Das war übel.«
»Ich hab' noch nie gesehen, daß ein Schwert so durch einen Schild gedrungen ist«, erwiderte Truda. »Germanischer Stahl? Lord Clarence hat gut aufgepaßt. Dieses Schwert ist in der Lage, einen Kettenpanzer zu durchbohren.«
»Ja, er hat den richtigen Gedanken gehabt. Bricht man dem Gegner ein paar Knochen, dann ist es egal, ob er größer oder stärker ist und ein germanisches Schwert hat. Dann wird er bald ein toter Mann sein.«
Truda warf einen Blick auf den König, um dessen Schicksal hier gerungen wurde. Bewegungslos wie eine Statue saß er da, seine Hände ruhten entspannt auf den Armstützen seines hohen Lehnstuhls, er wirkte wie in Gedanken versunken. Das gefiel Truda. Ein König sollte immer seine Würde bewahren, selbst angesichts einer Katastrophe.
Ganz besonders sogar angesichts einer Katastrophe.
Geklirr verriet ihr, daß der Kampf weiterging, und schnell wandte sie sich ihm wieder zu. Lord Clarence schien angefeuert. Er holte zu kräftigen Hieben aus und trieb seinen Gegner unter einem Hagel von Schwertstreichen zurück. Truda bemerkte, daß sie sich auf die Fingerknöchel biß. Geriet der König in Schwierigkeiten, so hieß das auch immer gleich Schwierigkeiten für das geringe Volk.
Nun wurde Lord Clarence' furioser Angriff wild. Er sah aus wie Willy, wenn er mit seinen Freunden mit Stöcken focht und sie ohne Plan und ohne Geschick durch die Luft sausen ließ. Der Kämpe des Königs hingegen war noch ganz bei Kräften. Mit einem schwungvollen Schlag riß er den Kampf an sich und trieb Lord Clarence zurück. Der Angeklagte tau-

melte, als würden seine Beine nachgeben, und sein erschöpfter Arm ließ das Schwert sinken. Aber anstatt zum tödlichen Hieb auszuholen, senkte auch der Streiter des Königs die Waffe.

Truda hatte den Eindruck, daß sich seine Lippen bewegten. Was würde in einem solchen Moment gesprochen werden?

Vielleicht war es eine Beleidigung, denn mit einem rauhen, trotzigen Schrei richtete Lord Clarence sich wieder auf und holte aus. Sir Renald stoppte die wilde Klinge mit seinem Schild, schlug den gegnerischen Schild mit der Faust zur Seite. Dann stieß er Lord Clarence die Klinge durch das Kettenhemd direkt ins Herz.

»Ohhhhh«, tönte es über den ganzen Platz, als der Verräter wankte. Er war schon tot, bevor er auf dem Boden aufschlug. Der Kämpe des Königs fiel auf die Knie, und für einen Augenblick glaubte Truda, auch er sei getroffen worden. Was würde das über den Anspruch des Königs auf die Krone aussagen? Der Mann aber bekreuzigte sich und begann zu beten.

Ein lautes Geplapper erhob sich wie von einer Schar Stare.

»Ganz schön kurz«, sagte Nan und stopfte ihre Handarbeit in einen Beutel.

»Ist er tot, Mama?« fragte Willy.

»Ja, Schatz. Und nun ist bewiesen, daß der König der richtige Mann auf dem Thron ist.«

»Das hat aber nicht lange gedauert.«

»Lange genug, Willy. Lange genug, um einen Mann zu töten.«

Es war ein seltsamer Kampf gewesen. Als sie ihren Sohn hinter der Menge her in Richtung Marktplatz schob, zurück zu Stall und Häusern, zu Brauereien und Schmieden, schaute Truda zurück zu dem Anblick, der sich dort auf dem staubigen Boden bot.

»Mama?«
»Ja, Schatz?«
»Ich habe immer gedacht, daß die Kettenhemden zum Schutz vor den Schwertern da seien.«
»So ist das auch, Liebling. So ist es. Ich habe noch nie gehört, daß jemand auf diese Art und Weise getötet worden ist. Normalerweise schlagen sie sich lange, es gibt Hieb um Hieb, bis einer von beiden zu zerschlagen und erschöpft ist, um weiterzumachen. So ist es besser anzuschauen …«
Irgend etwas in der Nähe des Leichnams ließ sie verstummen. Lord Clarence' Gefährte stand auf dem Platz, seinen Herrn in den Armen haltend. Er hatte ihm den Helm abgenommen und auch die Kettenkapuze zurückgeschoben, um das rotblonde Haar zu streicheln. Während des ganzen Kampfes hatten Wolken den Platz verdunkelt, jetzt aber erhellten ihn Sonnenstrahlen. Sie fielen auf Sir Renald, der immer noch betend auf dem Boden kniete. Fielen auf die Edelsteine, mit denen die Kleider der drei dahinterstehenden Edelmänner geschmückt waren. Warum sah es aus wie das Gemälde in der Markuskirche, wie Jesu Kreuzabnahme? Eilig bekreuzigte Truda sich, weil sie nicht sicher war, ob das ein schändlicher Gedanke war.
Der Ritter des Königs mußte sein Schwert fallen gelassen haben, denn einer der anderen Männer hob es nun vom Boden auf. Es war der Erste Kämpe, FitzRoger, ein Mann mit dunklem, vollem Haar und düsterer Kleidung. Er reinigte die Klinge mit einem Tuch, das sich sofort dunkelrot färbte, dann hielt er sie dem Knienden entgegen. Die Klinge sah seltsam dunkel aus, so als ob sie das Licht verschluckte. Die Szene erstarrte, alles wirkte wie eine Wandmalerei. Dann aber erhob sich der Sieger müde und ergriff das Schwert. Er küßte den Knauf, schob die Waffe in ihre Scheide und ging zur Tribüne, auf der der König saß.
»Ja, natürlich«, sagte Truda halb zu sich selbst. »Es ist dieser

Stein aus Jerusalem. Er hat ihm die wundersame Kraft gegeben, auf diese Art zu töten.«

»Mama.«

Sie schaute zu ihrem Sohn herunter. »Zieh doch nicht so an meinem Ärmel.«

Willy ließ sie los, hüpfte aber weiter herum. »Dort ist ein Mann, der Pasteten verkauft. Kann ich eine für den Heimweg haben? Bitte!«

»Nein, kannst du nicht.« Dann aber schüttelte Truda ihren Kopf. »Wir kaufen ein paar und nehmen sie mit nach Hause, damit alle etwas davon haben. Komm, laß uns gehen.«

Es begann zu regnen, und dicke Tropfen fielen auf den staubigen, sommertrockenen Boden. An einer Stelle bildete sich eine dunkelrote Pfütze.

2. Kapitel

Claire von Summerbourne beugte sich über ihr Schreibpult, um das Lächeln aus dem Gesicht einer Kuh zu tilgen. Das Pergament hatte die Tinte aufgesogen, und so nahm sie das Messer zur Hand und schabte sie ab. Oft konnte sie das nicht machen, oder sie kratzte ein Loch in die Seite.

Verflixtes Wetter! Es regnete schon den zweiten Tag, und immer noch stürmte und goß es. Claire mochte die Fensterläden nicht weiter als einen Spalt öffnen. Niemand konnte bei Kerzenlicht gut arbeiten. Sie wußte, wie verrückt es war, gerade jetzt die Illustrationen zu machen, aber der Regen schien nicht aufzuhören, und sie brauchte diese Arbeit. Diese Beschäftigung war ihr einziger Trost gewesen, seitdem ihr Vater fortgegangen war, um sich den Rebellen anzuschließen. Um ihrer Furcht vor der Katastrophe zu entfliehen, hatte sie sich dieser Arbeit zugewandt, die ein Zeichen von Treue und Vertrauen war. Wenn sie damit fertig war, wenn sie die Lieblingsgeschichte ihres Vaters zu Ende geschrieben und illustriert hatte, würde er nach Hause kommen und sie anschauen.

Er würde wohlbehalten nach Hause kommen.

Claire hob den Kopf und knabberte an dem beinernen Griff ihres Messers. Er sollte schon längst zu Hause sein. Wochen waren schon vergangen, seit Herzog Robert – dieser Feigling – zurück in die Normandie geflüchtet war. Die anderen Männer aus der Region waren zurückgekehrt, und Gerüchten zufolge auch sonst überall. Einige der führenden Köpfe wie Robert de Bellême waren verbannt worden, gegen die meisten Rebellen war nur Strafgeld verhängt worden, danach waren sie nach Hause geschickt worden. Ein Nachbar, Lambert von Vayne, war vor gar nicht allzu langer Zeit zurückgekommen, teils verbittert über die Bestrafung, teils erleichtert darüber, daß ihm verziehen worden war. Nach seiner Aussage hatte ihr Vater die eine, kurze Schlacht überlebt. Lambert wußte nicht, wo Lord Clarence jetzt war oder welche Bestrafung ihn erwartete. Sie würde sicher nicht härter als die von Lambert ausfallen. Schließlich waren ihr Vater und der König alte Freunde. Claire saß im Arbeitszimmer ihres Vaters, in dem sie immer arbeitete, und schaute zum Bord, auf dem ein juwelenbesetzter Pokal stand. Der König hatte ihn vor einem Jahr geschickt, kurz nach seiner Krönung. Hatte ihn seinem Freund geschickt.

Ad dominum paradisi de rege angelorum stand auf seinem Rand. *Für den Lord des Paradieses, vom König der Engel.* Heinrich war gerne nach Summerbourne gekommen und hatte immer gesagt, es habe etwas vom Paradies. Der *König der Engel* war ein alter Scherz der beiden Männer.

Claire hatte gehört, wie Heinrich Beauclerk zu ihrem Vater gesagt hatte, daß er für seine Geschichten und Rätsel den gesamten Schatz Englands geben würde. Ganz sicher würde er ihm verzeihen.

»Es ist viel zu dunkel zum Lesen.«

Claire verzog das Gesicht. Ihr kleiner Bruder Thomas lag ausgestreckt auf einer Bank, ein kostbares Buch war auf dem Weg, aus seinen Händen zu gleiten. Eigentlich hatte er ihr vorlesen sollen, aber sie hatte sich so sehr in ihre Arbeit vertieft, daß sie gar nicht gehört hatte, wann er geendet hatte. Es war nicht einfach, einen aufgeweckten zwölfjährigen Jungen zum Lernen zu bewegen, selbst an langweiligen, verregneten Tagen nicht.

»Komm näher ans Fenster«, sagte sie.

»Dann wird Wasser aufs Buch tropfen, und dann wirst du

mit mir schimpfen.« Er schloß das Buch und legte es vorsichtig in ein Schränkchen. Zumindest hierbei war er gewissenhaft. Dann kam er zu ihr ans Pult. »Ich les' später weiter. Ehrenwort.«

Claire schaute ihn an. »Später wird es aufhören zu regnen. Dann wirst du draußen mit deinen Freunden spielen.«

»Mir gefallen diese Kätzchen. Was ist das für eine Geschichte?«

»Die kannst du selber lesen«, antwortete sie und beugte sich über das Blatt, um noch mal das Maul der Kuh zu zeichnen. Holprig, den Finger unter der Zeile, begann Thomas zu lesen.

»›Und so zog das unerschrockene Kind Sebastian von zu Hause fort, ließ seine Katze zurück, seinen Jagdhund, seine Lieblingskuh ...‹ Ich glaube nicht, daß irgend jemand eine Lieblingskuh hat, Claire.«

»Ich schon. Die mit den weißen Hörnern.«

»Oh, die hast du gemacht! Sie sieht ganz echt aus. Du kannst das aber gut.«

Claire mußte über sein Erstaunen lachen. »Danke schön, mein Herr.«

»Ich fänd' es schön, wenn du mich zeichnest.«

Claire beugte sich nach unten, um das Blatt zu suchen, das sie am Vortag gestaltet hatte. Weil sie nicht wußte, wie ihr Bruder reagieren würde, hatte sie es ihm nicht gezeigt. »Das hab' ich schon«, sagte sie und legte das Blatt vor ihn auf eine freie Fläche des Tisches. »Du bist das unerschrockene Kind Sebastian.«

Er schaute auf des Bild des kräftigen Jungen mit dem blonden, lockigen Wuschelkopf, der mit einem Stecken in der Hand seinem Gegner entgegentritt. »So sehe ich aus? Er sieht unerschrocken aus.«

»Genauso bist du. Aufrecht und unerschrocken.«

»Ich hätte aber lieber ein Schwert als einen Stecken gehabt.«

»Das wirst du auf den späteren Bildern haben.«
»Ja, ja, wenn ich dem bösen Grafen Tancred gegenüberstehe und ihm mitten ins Herz steche!« Er führte ein imaginäres Schwert, wobei er beinahe das Tintenfaß vom Tisch gefegt hätte.
»Thomas!«
»Entschuldigung.« Sein strahlendes Gesicht zeigte wenig Reue, dann aber runzelte er die Stirn. »Ich wünschte, ich hätte jetzt ein echtes Schwert.«
»Warum?«
»Irgendeiner muß sich doch wehren können, wenn wir angegriffen werden.«
»Niemand wird jemals Summerbourne angreifen.«
Er warf ihr einen Blick zu, der zeigte, daß er die Situation sehr wohl richtig einschätzte. Dann aber beugte er sich vor, um noch einmal das Bild von sich zu betrachten. »Das ist eine tolle Geschichte, nicht? Eine von Vaters besten. Mir gefällt es, wie Sebastian den bösen Count zu einem Zweikampf herausfordert und jedermann lacht. Nicht, daß sie lachen, mir gefällt, daß sie alle so falsch liegen. Hast du den Teil auch aufgeschrieben?«
»Natürlich. Genau, wie Vater es erzählt.«
»Und wie Sebastian Lord Tancred tötet und dieser Krieger so überrascht schaut, als er stirbt! Das ist der beste Teil. Und Sebastian wird natürlich ein Held.«
»Und jeder kann seinen christlichen Glauben ausüben.«
Aber Thomas ignorierte diese tiefere Bedeutung.
»Wenn ein Feind hierherkommt, wird Gott meine Arme ganz stark machen, ganz genauso wie die des unerschrockenen Kindes. Und dann erschlage ich sie alle.«
Claire verkniff sich ihren Protest. Das würde niemals geschehen. Sie betete täglich dafür, daß das niemals geschehen würde. Doch ihr Vater war zum Verräter geworden. Zumindest hatte er gegen den König opponiert. Der wohl im Un-

recht war, weil ihr Vater bestimmt das Recht auf seiner Seite hatte. Also war es kein Verrat. Nicht wirklich. Aber manchmal mußten Menschen dafür leiden, daß sie recht hatten. Wie die heiligen Märtyrer.

Was war richtig? Was war falsch? Letztes Jahr war der alte König, Wilhelm Rufus, auf der Jagd durch einen Pfeil gestorben. Man sagte, daß es ein Unfall gewesen sei. Ein ausgesprochen praktischer Unfall und ein jüngerer Bruder, der schnell dabei war, die Krone in Besitz zu nehmen.

Dieser jüngere Bruder war Heinrich Beauclerk, der Freund von Claires Vater. Wilhelm Rufus' älterer Bruder, der Herzog von der Normandie, Robert, war nach England gekommen, um seinen Anspruch auf England geltend zu machen, und viele Lords hatten sich ihm angeschlossen. Aber nicht genügend. Herzog Robert hatte seine Chancen abgeschätzt, sich von seinem Bruder Heinrich auszahlen lassen, war nach Hause zurückgegangen und hatte seine Befürworter ihrem Schicksal überlassen.

Befürworter wie Lord Clarence von Summerbourne.

König Heinrich war klug genug und hatte mit dem Großteil der Rebellen Frieden geschlossen, lediglich ihren Treueid verlangt, ein Strafgeld gegen sie verhängt und sie dann nach Hause geschickt.

Claires Bruder ging hinaus zum Schachbrett und verschob die steinernen Figuren darauf wie Spielsoldaten. »Ich wünschte, Vater würde wiederkommen.«

»Das wünschen wir uns alle.«

»Lord Lambert ist wieder zu Hause. Warum nicht Vater?«

Claire hätte selbst gerne die Antwort gewußt. »Vielleicht hat man noch nicht über die Höhe des Strafgeldes entschieden, das Vater zahlen muß.«

»Ich habe gehört, wie Mutter mit Großmutter gesprochen hat.«

Thomas schaute düster, was sonst gar nicht seine Art war.

»Sie hat gehört, daß Vater in einem Turm ist, weil er dem König den Treueid nicht leisten will.«
Claire reinigte ihren Pinsel. Sie hoffte, daß Thomas sich verhört hatte. »In *dem* Turm, dem Tower«, korrigierte sie ihn. »Das ist ein großes Gefängnis, das Wilhelm der Eroberer in London gebaut hat.«
»Aber wie lange will der König Vater dort behalten? Das ist nicht fair!«
»Wir wissen doch gar nicht, ob das stimmt. Vielleicht ist das nur Geschwätz von den Kesselflickern.«
»Kesselflicker haben meistens recht. Wie lange also?«
»Bis Vater den Eid leistet, fürchte ich.« Claire drehte sich um, um ihn anzuschauen. »Du kennst Vater. Er ist der freundlichste, netteste, reizendste Mann auf der Welt, aber wenn er beschlossen hat, daß etwas richtig oder falsch, recht oder unrecht ist, ist er wie ein Fels.«
»Wird der König ihn etwa für *immer* dort behalten?«
»Natürlich nicht. Vater wird einlenken. Er wird nicht jahrelang im Gefängnis sitzen wollen.«
Aber Thomas antwortete ihr mit ihren eigenen Worten: »Du kennst Vater!«
»Ja. Und ich weiß, daß er klug ist. Er wird eine Möglichkeit finden, das Problem zu umgehen.« Entschlossen wandte sie sich wieder ihrer Arbeit zu. »Und wenn er nach Hause kommt, soll dieses hier für ihn fertig sein. Ohne lächelnde Kuh!«
Wie erhofft, konnte sie Thomas aus seinen dunklen Gedanken reißen. Er kam näher, um sich noch einmal ihr Bild anzuschauen. »Aber ich glaube, die Kuh mit den weißen Hörnern *lächelt* wirklich.«
Claire lehnte sich zurück. »Weiß Gott, du hast recht. Aber warum sieht das auf dem Pergament nur so albern aus?«
Thomas machte sich an ihrem Blattgold zu schaffen. Claire gab ihm einen Klaps auf die Finger und beantwortete sich

ihre Frage selbst. »Die Welt auf dem Pergament ist eben nicht echt, deshalb muß es echter als echt aussehen.«
»Das ist doch albern.«
»Ist es nicht.« Sie beugte sich über das Schreibpult, um ins Gesicht der Kuh ein leichtes Lächeln zu zaubern. Als sie mit ihrem Ergebnis zufrieden war, schmetterte die Trompete des Torwächters, und Claire kleckste einen Tropfen Tinte auf das Blatt.
»Jesus Christus!« Zumindest war die Tinte weder auf das Bild noch auf den Text gekleckst.
»Es kommt jemand!« rief Thomas, der zur Tür eilte. »Das ist bestimmt Vater!«
Claire legte ihr Tuch ab und lief hinter ihm her in die Große Halle von Summerbourne mit ihren mächtigen Holzpfeilern und der wärmenden Feuerstelle in der Mitte. »Wer kommt?« Alle waren sie in dem verqualmten Saal versammelt. Die Fensterläden waren zum Schutz vor dem schlechten Wetter geschlossen, und jeder war mit Arbeiten beschäftigt, bei denen auch ein trübes Licht ausreichte. Ihre Mutter spann. Tante Amice verlas Blütenblätter für ein Parfum und Tante Felice spielte Harfe. Die Großmutter hatte sich über das Feuer gebeugt, ihre geschwollenen Gelenke schmerzten wahrscheinlich bei diesem feuchten Wetter.
»Kommt jemand?« fragte die Mutter.
Claire schlug die Läden eines Fensters zum regengepeitschten Hof auf. »Die Trompete. Ich habe die Trompete gehört!« Sie hatte sich das ganz sicher nicht eingebildet. Nein, die Hunde bellten. Claire rannte zu der großen Tür.
»Ist es Clarence?« fragte Amice von hinten.
»Bestimmt nicht«, erwiderte Felice und spielte weiter. »Bei diesem Wetter? Unser Bruder liebt es gemütlich.«
Claire blieb vor der verschlossenen Tür stehen, ihre Hoffnung bröckelte dahin. Wie wahr! Ihr Vater würde sich bei diesem Wetter nicht nach Hause quälen, wenn es in einem

oder in zwei Tagen schon wieder sommerlich trocken sein konnte. Trotzdem stieß sie einen Flügel der Tür auf und trat ins Freie. Das überhängende Strohdach schützte sie vor dem schlimmsten Regen. Thomas trat an ihre Seite.

»Es könnte Vater sein.«

Sie zitterte in der feuchten Kühle. »Aber es ist ganz bestimmt jemand vor dem Tor. Schau, die Wächter gehen auf den Gang hinauf, um nachzuschauen.«

Während sie sprach, drehte sich einer der Wächter um, stieg die hölzernen Stufen von den Befestigungen herunter, um zu ihr herüber zu kommen. Also war es nicht ihr Vater. Ihm hätten sie sofort geöffnet. Auf die Enttäuschung folgte sofort eine böse Vorahnung. Wer würde bei einem solchen Wetter reisen?

»Es ist ein Trupp bewaffneter Männer, Lady«, sagte der Wachtposten zu ihrer Mutter, die in einen Mantel gehüllt jetzt in der Tür stand. »Bei diesem Wetter kann ich Wappen und Banner nicht erkennen.«

»Und sie wollen hier herein?« fragte Lady Murielle.

»Es scheint so. Sollen wir ihnen öffnen?«

»Nicht, solange wir nicht wissen, wer sie sind. Komm zurück und melde mir, sobald du weißt, wer diese Männer sind«, befahl Lady Murielle dem Wächter.

Als der Mann Richtung Wehrgang hinter der mächtigen Palisade zurückging, sagte sie: »Wir können doch keine fremden Männer hereinlassen, solange dein Vater nicht hier ist, nicht wahr, Claire?«

»Ich weiß nicht. Es ist schrecklich draußen. Können wir sie abweisen?«

»Wir können. Aber ich weiß nicht. Ich wünschte, Clarence ...« Sie schlug die Hand vor den Mund, und Claire legte den Arm um ihre Schultern.

»Wenn jemand bei diesem Wetter durch die Gegend reitet, ist es seine eigene Schuld«, sagte sie, obwohl sie in ihrem

tiefsten Innern wußte, daß jemand, der bei einem solchen Wetter unterwegs war, es in dringender Absicht war.
»Du zitterst ja, mein Schatz!« Die Mutter zog Claire unter ihren Umhang und rief nach einem weiteren Mantel. Diener eilten herbei, und schnell war Claire äußerlich gewärmt. Gegen ihre Schauer nützte das nichts.
Sie schaute ihre Mutter an. »Wenn es etwas mit Vater zu tun hat?«
»Denk nicht so etwas, Claire!«
»Warum?« fragte Thomas. »Ich *will* etwas von Vater hören.«
Hilflos schaute Lady Murielle ihn an. »Warum sollten es gute Nachrichten sein, Thomas? Wir haben vor Wochen gehört, daß Vater im Tower in London eingesperrt ist und daß er nicht heimkommt. Ich kann mir nicht vorstellen, daß ...«
Claire haßte es, Dinge in Worte zu fassen, aber noch mehr konnte sie es nicht leiden, wenn man versuchte, der Wahrheit aus dem Weg zu gehen. »Er hat sich ganz sicher geweigert, den Treueid zu leisten.«
Ihre Mutter seufzte. »Das befürchte ich auch. Er kann so starrsinnig sein.«
»Ist es Starrsinn, wenn man an einer Sache festhält, die man für richtig hält?«
»Halt mir keine Moralpredigt, Claire. Du bist wie er!« Sie zeigte aufs Tor. »Irgend jemand ist dort draußen, und ich weiß, daß es etwas mit der Torheit deines Vaters zu tun hat. Ich habe ihm *gesagt*, er soll nicht gehen!«
Claire seufzte, als sie daran dachte, wie die Mutter mit dem Vater geredet hatte. Sie hatte auf die Gefahren hingewiesen, hatte die Konsequenzen aufgezählt. Er hatte der Mutter – und allen anderen – wohlgelaunt versichert, daß das Recht sich durchsetzen und daß Gott für Gerechtigkeit sorgen würde. Konnte jemand dagegen anreden?
Ihre Mutter konnte es auf keinen Fall. Sie hatte ihre Geduld

verloren. »Das ist kein *Spiel,* Clarence! Weißt du eigentlich, was du tust? Die Waffen gegen Männer zu erheben, deren Beruf der Krieg ist. Die blutbesudelten Schwerter, wie du sie nennst. Dein Schwert ist stumpf und dein Kettenpanzer verrostet, weil sie Jahrzehnte nicht benutzt wurden!«

»Murielle, meine Liebe«, hatte der Vater sanft geantwortet. »Gott erwartet nicht, daß all seine Werkzeuge perfekt sind. Aber ich werde Ulric mein Kettenhemd putzen und das Schwert schärfen lassen.«

Claire war fortgelaufen, weil sie weinen mußte, auch wenn sich manchmal ein Lachen in ihr Schluchzen mischte. Ihre Mutter hielt eine Strafpredigt, weil sie ihren sanftmütigen Ehemann liebte und weil sie Angst hatte. Und ihr Vater glaubte tatsächlich, er könne sie dadurch beruhigen, daß er seine Waffe und Rüstung in Ordnung bringen ließ.

»Er hat den Eid nicht geleistet«, sagte die Mutter, die wieder die Hand vor den Mund schlug. »Ich weiß es.«

Der Wächter kam wieder die Leiter herunter und rutschte in seiner Hast beinahe im Morast aus.

»Der König!« sagte er außer Atem, als er vor ihnen zum Stehen kam und sich auf seinen Speer stützte, um nicht auszurutschen.

»Der König?« rief Lady Murielle. *»Hier?«*

»Nein, Lady«, schnaufte der Mann. »Aber sein Banner. Was sollen wir tun, Lady? Was sollen wir tun?«

Es lag Panik in seiner Stimme, dieselbe Panik, die auch Claire erfaßte. Warum sollten Männer mit dem Banner des Königs kommen, wenn sie nicht das Haus des Verräters strafen wollten? Würde König Heinrich sich direkt an der Familie rächen? In der Vergangenheit war das der Fall gewesen. Töten oder verstümmeln, um die anderen zu mehr Vorsicht zu ermahnen. Und vergewaltigen. Die typisch männliche Rache.

Claire schlang die Arme um sich. Der König war der Freund

ihres Vaters. Er hatte Claire und Thomas schon auf seinen Knien geschaukelt.
Erschrocken fuhr sie zusammen, als plötzlich eine Trompete unterhalb des Tors schmetterte. Das war die Antwort auf die vielen Fragen, denn dies war das Signal eines Herrn, der seinen Grund und Boden in Besitz nehmen wollte. Beinahe war es erleichternd. Denn wenn jemand etwas in Besitz nehmen wollte, würde er es nicht zerstören, oder?
»So«, sagte ihre Mutter dumpf. »Wir sind verloren.«
Amice und Felice, eingehüllt in einen gemeinsamen Umhang, tauchten hinter ihnen auf. »Wer ist da?« fragte Felice.
»Der neue Herr von Summerbourne«, sagte Lady Murielle mit brüchiger Stimme. »Laßt ihn herein, Niall.«
Die Tanten waren aufgeregt, protestierten, beschwerten sich, Amice hatte angefangen zu weinen, wie es ihre Art war.
»Willst du hier herumstehen und nichts tun?« fragte Felice.
»Was können wir denn tun?« sagte Lady Murielle. »Wir werden einen Unterschlupf im Kloster St. Frideswide finden. Ob wir wohl unsere Kleidung mitnehmen dürfen? Und was ist mit Thomas? Thomas?«
Claire stellte fest, daß ihr Bruder fortgelaufen war. Ihr Bruder, der gerade sein Erbe verloren hatte. Sie schaute umher, aber sie wußte, daß sie ihn nicht finden würde. Sie konnte ihn jetzt auch nicht suchen. Sie konnte nur beten, daß er nichts Verrücktes unternehmen würde.
Gott sei Dank hatte er kein Schwert.
Eine zittrige Stimme durchschnitt die Stille. »Was ist da draußen los? Habt ihr kein Mitleid mit einer alten Frau, ihr undankbaren Geschöpfe?«
Claire drehte sich um und sah, wie ihre Großmutter sich auf ihren Stock stützte und sich mühsam aus ihrem Stuhl erhob. »Claire! Komm und sag mir, was los ist!«
Lady Agnes von Summerbourne, Mutter von zehn Kindern,

darunter auch Lord Clarence, war eine schwierige Person, die ihr Rheuma noch unleidlicher gemacht hatte. Trotzdem war es nicht richtig, sie in einer solchen Situation alleine zu lassen. Claire ging zu ihr in die Halle zurück und ließ den feuchten Umhang fallen.

»Nun, mein Kind?« fragte Lady Agnes. Sie blinzelte sie finster von unten herauf an, denn sie konnte nur gebeugt stehen und brauchte für die kleinste Bewegung ihren Stock.

»Was geht vor sich?« Claire half ihr in ihren gepolsterten Stuhl am Feuer zurück. »Ein Trupp Soldaten ist vor dem Tor, Großmutter. Wir wissen nicht, wer sie sind, aber sie tragen des Königs Standarte und haben die Inbesitznahme des Grundbesitzes eingefordert.«

»Ah.« Lady Agnes sank zurück und hielt den Stock weiter mit ihren knorrigen Händen umklammert.

»Es sieht so aus, als hätte der König Summerbourne einem anderen gegeben. Wir müssen gehen.« An einem Tag, an dem es in Strömen goß und man in tiefem Morast versank, würden sie ihr Heim verlassen müssen. »Mutter spricht davon, ins Kloster St. Frideswide zu gehen –«

Sie verstummte, weil sie sich daran erinnerte, daß Lady Agnes und Mutter Winifred von St. Frideswide seit Jahren wegen der Eigentumsrechte am Waldrecht in Sydling Wood zerstritten waren.

»Schwachsinn«, knurrte ihre Großmutter.

»Meinst du, wir können ihnen die Inbesitznahme verwehren?«

Als Antwort erhielt sie einen vernichtenden Blick. »Natürlich nicht! Aber ich habe nicht die Absicht fortzulaufen, vor allem nicht zu diesen Betschwestern. Wir wollen abwarten. Das ist immer das beste.« Dann aber starrte sie in die glühenden Scheite und murmelte: »Aber das waren wohl meine letzten friedvollen Tage. Der verrückte Junge.«

Claire sah Tränen in dem zerknitterten Gesicht. Die Enge

um ihr Herz wurde noch beklemmender. Auch Lady Agnes befürchtete das Schlimmste, das Schlimmste, das niemand aussprechen wollte. Daß – ja, daß ihr Vater tot war.
Als sie ein plötzliches Poltern hörte, fuhr sie herum und schaute Richtung Hallentür. Sie kannte dieses Geräusch. Der mächtige Sperrbalken des Tors von Summerbourne wurde zurückgeschoben, um beide Flügel zu öffnen. Die Männer des Königs würden nun hereinkommen. Der neue Lord würde das Gut in Besitz nehmen. Claire ging hinaus. Sie starrte wie ihre Mutter auf das sich öffnende Tor, als könne sie hindurchschauen. Sie wäre nicht überrascht gewesen, wenn sie Luzifer persönlich mit einer Horde gehörnter Teufel im Schlepptau erblickt hätte.
Aber als sich das Tor öffnete, zeigten sich ihnen nur noch mehr Regen, Schlammströme und ein Trupp erschöpfter Männer am anderen Ende der hölzernen Brücke, angeführt von Reitern in langen Kapuzenmänteln. Dahinter konnte Claire ein paar Packpferde erkennen, gefolgt von einem halben Dutzend Fußsoldaten, die mit langen Speeren bewaffnet waren, kaum genug Männer, um Summerbourne zu erobern, falls sie Widerstand leisten würden. Aber weswegen, da die Invasoren vom König ermächtigt waren?
Ein Reiter trug einen durchweichten Wimpel, den Claire nicht erkennen konnte, aber der Reiter an der Spitze trug die Standarte des Königs. Die viereckige Fahne war fest in ihren Rahmen gespannt, und ihre goldenen Streifen leuchteten selbst in diesem trüben Licht.
Aber seltsam, die Reiter schienen nicht näher kommen zu wollen.
Claire war mittlerweile so verzweifelt, daß sie mit dem Gedanken spielte, hinaus in den Regen zu laufen, den knöcheltiefen Morast zu durchwaten und auf den Wehrgang hinaufzusteigen. Dann aber geschah endlich etwas.
Langsam führte ein Fußsoldat ein Pferd durch die tiefe Pfüt-

ze, die sich stets bei starkem Regen am anderen Ende der Brücke bildete.
Ein reiterloses Pferd.
Ein Packpferd? Da war etwas auf seinem Rücken.
Was hatte ihnen der König geschickt?
Hufe dröhnten dumpf und unheilverkündend auf der hölzernen Brücke. Dann rannten die Hunde ihres Vaters dem Pferd entgegen, stimmten ihr Klagegeheul an, und Claire liefen die Tränen übers Gesicht. Sie rannen und fielen auf ihr feuchtes Kleid, schienen beinahe ein Teil des nicht enden wollenden Regens zu sein.
Die ganze Welt weinte. Sie mußte weinen.
Ihr Vater, Lord Clarence von Summerbourne, war nach Hause zurückgekehrt. Von den heulenden Hunden umgeben, führte der Mann im Kapuzenmantel das Pferd bis zum Herrenhaus, bis auf einen Schritt an den Platz heran, wo Claire stand.
»Das sind die sterblichen Überreste von Clarence von Summerbourne«, sagte der Soldat und meldete, »Lord Renald von Summerbourne hat ihn so schnell wie möglich hierhergebracht. Er gestattet seiner Familie, bis zur Vesper zu trauern, bevor er einmarschiert.«
Er verbeugte sich, drehte sich um und kämpfte sich durch den Morast zurück aus dem Gutshof hinaus.
Claire schaute ihm nach. Sie stand unbeweglich und frierend da. Sie wollte das Bündel nicht berühren. Sie wollte die Verschnürung nicht öffnen, wollte es nicht auspacken. Sie wollte nicht die schreckliche Wahrheit sehen.
Aber da schrie ihre Mutter auf, rannte auf das Bündel zu, umarmte es und rief nach Bediensteten, die sich mit ihr um Lord Clarence kümmern sollten. Auch die Männer weinten, als sie das lederne Bündel vom Pferd hoben und vorsichtig in die Halle trugen. Die ganze Welt weinte.
Claire trottete wie betäubt hinterher und schaute zu, wie

sie das Bündel auf den Tisch legten und die Seile zerschnitten.
Sie ging fort, denn sie war nicht in der Lage, der Wahrheit ins Gesicht zu sehen. Sie schrak zusammen, als sie ein dumpfes Geräusch hörte.
Was war geschehen?
Was machten sie kaputt?
Dann begriff sie, daß nur der Sperrbalken des Tors wieder vorgeschoben wurde. Genau. Der neue Lord von Summerbourne würde bis zur Vesper vor den Toren bleiben, aber dann würde er kommen und ihr Zuhause in Besitz nehmen. Weil ihr Vater tot war.
Claire zwang sich zurückzukehren.
Die Männer schlugen vorsichtig den durchnäßten Kapuzenmantel zurück. Claire hatte bereits Tote gesehen. Sie hatte geholfen, Tote aufzubahren, ihren Großvater, einen Onkel, eine Tante, einen Bruder und eine Schwester, die noch Säuglinge gewesen waren.
Aber sie wollte nicht ihren Vater aufbahren.
Als das letzte Stück der Verpackung beiseite geschlagen wurde, erstarrte sie. Das war nicht ihr Vater! Dieser eisenbewehrte Mann war nicht Clarence von Summerbourne.
Aber er war es doch, obwohl sie Angst hatte, dem Bild vor ihren Augen zu trauen. Er war in ganz gewöhnlichen Kleidern fortgeritten. Claire hatte ihren Vater niemals in Rüstung gesehen. Nun bedeckte eine Kettenkapuze sein weiches, helles Haar. Er hatte den Schnurrbart und den Bart abrasiert, die er stets nach alter englischer Sitte getragen hatte. Ein Schwert und ein verbogener Schild lagen auf seinem Oberkörper, und seine Hände hielten den Griff umklammert.
Sie wollte »nein« rufen. Nein, das war alles nicht wahr. Er sollte sein geliebtes langes blaues Wollkleid tragen und die wärmende Kaninchenfelldecke über den Beinen. Anstelle

eines Schwertes sollte eines seiner Bücher geöffnet unter seiner zarten Hand liegen, als hätte er gerade beim Lesen eine kleine Pause gemacht.

Sie trat näher, machte einen großen Schritt über die Hunde, die sich auf dem Boden niedergelassen hatten, traurige Augen auf Pfoten.

Als Claire ins blasse Gesicht ihres Vaters schaute, glaubte sie beinahe, daß er schliefe.

Nein. Auch das war nicht wahr.

Er sah tot aus und auch älter. Nur fünfunddreißig Jahre alt, mit vollem Gesicht, über das oft ein Lächeln lief, war er ihr eher ein Freund als ein Vater gewesen. Nun waren die Wangen eingesunken, und der graue Tod hatte den fröhlichen Mann geraubt. Claire fiel auf die Knie.

Um sie herum liefen Leute, die mit gedämpften Stimmen sprachen. Sie wußte, daß sie irgend etwas tun sollte – sich um ihren Bruder kümmern oder ihrer Mutter helfen. Aber jetzt mußte sie auf dem Boden knien, die nasse Wange auf dem harten, kalten Eisen, und Abschied nehmen. Wie schrecklich mußte sich dieses harte Ringgewebe auf seiner Haut angefühlt haben. Wenn er doch bloß niemals dieses Kettenhemd angezogen hätte. Irgendwann führte man sie beiseite. Die Bediensteten hoben den Vater auf ein langes Brett, um ihn in die Kapelle zu tragen. Claire sah, wie der Leichenzug sich fortbewegte, und wußte, daß sie eigentlich mitgehen sollte.

Aber sie konnte nicht. Nicht jetzt.

Sie mußte wissen, warum es geschehen war.

Sie mußte wissen, wie es geschehen war.

Sie mußte wissen, wer die Schuld daran trug.

Nach dem, was Lord Lambert gesagt hatte, hatte ihr Vater die Schlacht überlebt. Warum war er nun in seinem Kettenhemd zurückgebracht worden, in diesem eisernen, blutigen Hemd?

Nach dem, was der Kesselflicker gesagt hatte, hatte man ihn im Tower festgehalten. Wie hatte er in einem Kettenpanzer im Tower sterben können?
Und wo war dieser Gott, der angeblich auf der Seite der Gerechtigkeit kämpfte?

3. Kapitel

Claire ging hinüber zum Feuer, an dem ihre Tanten zusammengekauert saßen. Amice' Tränen flossen beständig wie der Regen. Felice hatte einen Arm um sie gelegt; sie starrte aber abwesend vor sich hin, und ihr schönes Gesicht war eiskalt in ihrer Wut. »Clarence war so ein Narr.«

Amice schniefte. »Bitte Felice … nicht jetzt …«

»Ich sage nur die Wahrheit. Er hat uns alle in den Ruin getrieben. Zur Vesper werden wir alle nackt in den Sturm hinausgejagt.«

Amice jammerte auf, und ihre Tränen begannen wieder zu fließen.

Sie waren Zwillinge, sehr spät geboren, und waren nur zwei Jahre älter als Claire. Beide waren schön, hatten blondes Haar und den frischen Teint ihrer englischen Mutter; von dem Vater, der aus der Normandie stammte, hatten sie den zartgliedrigen Körperbau. Vom Charakter aber waren sie völlig verschieden, wie zwei unterschiedliche Seiten einer Münze. Felice war hochmütig wie ein Falke, ihre Klauen und ihr Mundwerk waren ebenso scharf. Amice war viel verschlossener und wirkte wie ein verängstigtes Häschen. Ständig regte sie sich über irgend etwas auf. Waren sie auch wie Falke und Hase, so waren sie doch unzertrennlich. Jede schien die andere zu brauchen. Amice brauchte Felice' stolze Kraft. Wahrscheinlich brauchte Felice jemanden, der sie abgöttisch liebte.

Claire konnte in diesem Moment weder Tränen noch Beschwerden gebrauchen. Sie ging weiter zu ihrer Großmutter, die gekrümmt vor dem Feuer saß und in die Flammen starrte.

»Hat«, Claire mußte schlucken, »hat jemand gesagt, wie er gestorben ist?«

»Durch ein Schwert«, sagte Lady Agnes bitter. »Mitten in die Brust.«

»Aber wobei? In einer Schlacht?«

»Wie sonst?«

»Aber es gab doch gar keine Schlachten mehr –«

»Was ist daran noch so wichtig?« Lady Agnes schaute grimmig zu ihr hoch. »Sei vorsichtig.«

Claire zuckte zusammen. »Was?«

»Wir haben keine Wahl, wir alle nicht.« Die Großmutter starrte an den dreien vorbei. »Wir mußten sie hereinlassen. Wir haben gehofft, daß es unsere eigenen Männer waren, die siegreich heimkehrten – mein Vater, meine Brüder. Aber in der Tiefe unserer Herzen wußten wir, daß es nicht so war. Wir wußten, daß Fremde kommen, die Summerbourne in Besitz nehmen werden.«

Oh, heilige Jungfrau Maria. Der Tod ihres Sohnes hatte Lady Agnes völlig verwirrt. Sie weilte in dem Jahr, das schon beinahe vierzig Jahre zurücklag. Damals waren die Normannen nach England gekommen. Claire winkte einem Dienstboten, damit er ihr ein beruhigendes Getränk bringe.

»Sie sind uns noch fremder als die dort«, sagte Lady Agnes. »Paß auf, Claire!«

Claire gab dem Diener ein weiteres Handzeichen.

»Fremdländische Teufel auf riesigen Pferden, die kein Haar im Gesicht haben. Andere Rüstung. Andere Waffen. Andere Sprache.« Sie stieß mit ihrem Stock auf den Boden, um ihren Worten Nachdruck zu verleihen. »Fremde sind sie. Eindringlinge, die unsere Männer in Hastings getötet haben. Sie kommen, um dir dein Heim zu nehmen.«

Lady Agnes hatte niemals viel über diese Zeit gesprochen.

Die Ähnlichkeit war entmutigend, und Claire sank auf eine Bank neben ihrer Großmutter. »Hast du Widerstand geleistet?«

Die alte Frau wandte sich ihr zu. »Wir waren klüger. Unsere Mauern konnten die Schafe innen schützen und die Wölfe abhalten. Zweibeinige oder vierbeinige Wölfe. Aber nicht diese normannischen Wölfe.«

»Was ist passiert?«

»Kämpfen Hasen gegen Wölfe? Unsere stärksten Männer waren mit meinem Vater und meinen Brüdern gegangen, um gegen die Normannen zu kämpfen. Nur Frauen, Kinder und Greise waren zurückgeblieben. Wir haßten ihn alle – Thomas von Argentan, noch blutbesudelt von der Schlacht. Wir verfluchten ihn hinter seinem Rücken und unterstützten ihn so wenig wie möglich. Mein Thomas war klug genug, uns nicht zu bekämpfen. Ja natürlich, das erste, was er tat – er heiratete mich.«

Claire runzelte die Stirn. Sie hatte sich niemals Gedanken darüber gemacht, unter welchen Umständen ihre Großeltern geheiratet hatten. Ihre ersten Erinnerungen waren die an ein glückliches Ehepaar. »Aber du hast gelernt, ihn zu lieben?« sagte sie, um ihre Großmutter weitersprechen zu lassen.

»O ja.« Ein Lächeln flackerte auf und ließ sie für einen Moment wieder jung aussehen. »Weißt du, er hat kein Öl in die Flammen gegossen.« Sie schaute Claire an. »Mein Thomas war ein guter Mann. Er hat niemandem seine Art aufgezwängt. Er konnte zuhören. Er hat die Tradition der Menschen respektiert. Er hat uns geholfen, wieder zu Wohlstand zu kommen.«

»Ich wünschte, er hätte einen Teil des Geldes für steinerne Schutzwälle verwendet.«

Die Großmutter schüttelte den Kopf. »Steinwälle sind wie Mittel von Quacksalbern. Einen ernsten Gegner halten sie nicht ab. Das Geheimnis ist, sich keine Feinde zu machen. Thomas hatte keine Feinde, deshalb wurden nie Mauern gebaut.«

Vielleicht hatte das große Leid sie verwirrt. »Aber jetzt wären sie sicher nützlich, nicht wahr? Nachdem Vater sich Feinde gemacht hat.«

Lady Agnes knurrte. »Der Schmerz macht dich töricht, Mädchen. Was sollten sie nützen? Heinrich Beauclerk ist der Sohn seines Vaters, der Sohn des Eroberers. Er hat sein Königreich fest im Griff. Wenn wir den Mann, den er uns geschickt hat, auch nur ignorieren, wird er uns eine ganze Armee auf den Hals jagen und es die gesamte Gegend büßen lassen. Hätten wir Mauern, würde er sie niederreißen und uns mit den Steinen die Knochen zerschmettern.«

»Also, was sollen wir tun? Warum erzählst du uns das?«

»Himmel, steh uns bei! Du benimmst dich, wie ich es damals getan habe, mein Kind.« Sie funkelte die drei Mädchen an. »Es sind drei junge Frauen in Summerbourne. Eine von euch wird den Mann heiraten, und wir werden hier leben wie vorher.«

»Wie vorher!« Claire sprang zornig auf. »Hast du vergessen, daß Vater tot ist?«

Die Großmutter schaute zu ihr hoch, und Claire sah ihre Tränen. »Ich habe ihn geboren und gestillt. Ich habe ihm geholfen, die ersten Schritte zu machen, und habe ihn gezüchtigt, damit er vernünftig wird.« Dann schaute sie wieder böse. »Aber ich habe ihn scheinbar nicht hart genug gezüchtigt. Und deshalb muß eine von euch diesen neuen Lord heiraten.«

»Ich werde das ganz gewiß nicht sein«, sagte Claire.

»Ich auch nicht«, schrie Amice mit weit aufgerissenen Augen.

»Ich auch nicht«, sagte Felice. »Komm, Schwester, wir müssen die Trauerkleidung anlegen.«

Aber Claire hatte ein kurzes Zögern gespürt, bevor Felice geantwortet hatte, und das gab ihr Hoffnung. Als ihre Tante ihre Zwillingsschwester zur Treppe schob, beruhigte Claire sich mit dem Gedanken, daß, wenn eine Heirat notwendig werden würde, Felice sicherlich Gefallen daran finden würde. Obwohl sie von großer Schönheit war, hatte Felice mit ihren zwanzig Jahren noch keinen Ehemann gefunden. Sie wollte heiraten, aber nur einen Mann, den sie auch als ihrer würdig erachtete. Sie wollte einen mächtigen Mann heiraten oder einen, der einmal mächtig werden würde. Bestimmt einen Mann, der reiche Güter besaß …

»Felice wird es nicht tun«, sagte Lady Agnes.

Claire drehte sich zu ihr. »Warum nicht? Als Mutter der Braut wirst du hier wohnen bleiben können.«

»Das hieße, in der Hölle zu wohnen. Sie könnte von morgens bis abends Honig essen, das würde ihr Mundwerk nicht weniger bissig machen.«

»Sie hätte bestimmt bessere Laune, wenn sie hätte, was sie will – einen wichtigen Mann in ihrem Bett.«

»Und warum hat sie keinen, obwohl sie doch so ein Engelsgesicht hat?«

Claire versuchte, taktvoll zu sein. »Die Familien, die in der Nähe leben, sind nicht gerade von großem Wohlstand. Und Vater hat lieber Wissenschaftler statt Edelleute nach Summerbourne eingeladen. Du weißt, wie oft Felice sich deshalb beschwert hat.«

»Das halbe Land weiß, daß sie sich deshalb beschwert hat! Aber wie kommst du darauf, daß ein Edelmann, der uns besucht, ihrem Charme verfällt?«

»Sie ist wunderschön.«

»Schön wie Glas und auch genauso hart. Es ist wahr, daß ihr keiner der Männer aus der Gegend gut genug war, aber hast du je gesehen, daß ihr ein Mann den Hof gemacht hat?«

»Sie hat immer angedeutet, daß sie kein Interesse hat –«

»Ein Mann kann durchaus eine Glasscherbe erkennen, wenn sie ihn anfunkelt.«
Claire schaute ihrer Großmutter in die Augen. »Wenn Felice kalt, hart und scharfzüngig ist, ist sie genau die richtige Frau für diesen Eindringling. Aber vielleicht ist dieser Mann schon verheiratet.«
»Männer ohne Land heiraten nicht, und dies ist vielleicht sein erster Grundbesitz. So ist das normalerweise. Man besiegelt seinen Besitz, indem man in die Familie einheiratet. Das ist mir passiert. Das wird einer von euch geschehen.«
»Mir nicht. Eher würde ich gehen.«
»Du wirst es sein.«
Claire versuchte, das Thema zu wechseln. »Soll ich dir helfen, in die Kapelle zu gehen, Großmutter?«
»Ich bleibe hier«, murrte die alte Frau, die beinahe wie ein beleidigtes Kind wirkte. »Ich habe genug gelitten, als ich ihn auf die Welt gebracht habe. Ich will nicht noch einmal leiden, wenn ich ihn nun da draußen sehe.« Aber sie wischte einige Tränen beiseite, und Claire konnte sehen, wie tief ihr Schmerz war. Claire hätte am liebsten auch geweint, aber wenn sie begann, würde sie nicht wieder aufhören können. Sie kniete sich neben den Stuhl der Großmutter. »Ich bestelle einen dieser Kräutertees für dich. Er wird gut gegen die Schmerzen sein, dann kannst du doch in die Kapelle gehen.«
Lady Agnes schaute sie mit ihren wäßrigen Augen an und tätschelte ihre Wange. »Du bist ein gutes Kind, Claire. Gutes Kind. Du erinnerst mich an mich selbst, als mein Thomas zu uns kam. Du wirst diesen Mann heiraten.«
»Nein!«
»Doch. Du hast die Stärke und das Aussehen. Ich war auch ein hübsches Mädel, so wie du, das hilft.«
»Hübsch? Felice ist hier die Schönheit.«
Lady Agnes schüttelte den Kopf. »Du hast das, was die Män-

ner wollen. Kurven und große Brüste. Du hast genauso blondes Haar und genauso feine Haut wie sie, aber die Formen und die Brüste entscheiden. Mit ihnen kannst du die Männer beherrschen.«

»Felice –«

»Ein Mann möchte in der Nacht etwas Weiches haben. Und die inneren Werte strahlen auch nach außen. Warum machen dir alle Männer der Gegend den Hof?«

»Den Hof machen? Es sind nur Freunde oder Freunde von Vater –«

»Freunde, die dich anhimmeln.« Lady Agnes schüttelte wieder den Kopf. »Du bist immer so vertieft ins Lesen und Schreiben, daß du kaum wahrnimmst, wenn sie hier sind. Du hast Macht über Männer. Und jetzt ist die Zeit gekommen, daß du das ausnutzt.«

»Ich würde niemals diesen Mann heiraten, um meine unsterbliche Seele zu retten.«

»Dann heirate ihn, um deine Familie zu retten. Willst du, daß wir alle hinausgeworfen werden? Vielleicht kümmerst du dich nicht um mich und meine närrischen Töchter, aber was ist mit deinem Bruder?«

Claire richtete sich auf. »Thomas wird nichts passieren. Es ist offensichtlich, daß dieser Mann nicht grausam ist.«

»Es gibt grausam und grausam, mein Kind. Was, glaubst du, wird passieren?«

»Wir werden alle nach St. Frideswide gehen –«

»Ich nicht!« sagte Lady Agnes. »Diese Frau wird nicht über mich herrschen. Und Thomas kann nicht dahin gehen.«

Claire drehte sich weg, um ihr plötzliches Entsetzen zu verstecken. »Einer von Vaters Freunden wird ihn aufnehmen.«

»Den Sohn eines Verräters? Aber dieser Mann, dieser Lord Renald, wird – wenn er mit einer gewinnenden jungen Frau verheiratet ist – dafür sorgen, daß ihr Bruder eine Chance im Leben haben wird.«

Claire wirbelte zu ihr herum. »Niemals! Niemals, niemals! Ich könnte niemals den Mann heiraten, der uns Summerbourne gestohlen hat!«
»Niemand will, daß du den König heiratest.«
»Den König?«
Lady Agnes klopfte mit ihrem Gehstock auf den Boden. »Wessen Schuld ist das alles? Warum konnte dieser Narr seinen Bruder nicht geschickter umbringen lassen, dann hätten andere Narren wie mein Sohn nicht opponiert.«
»Das ist Verrat, Großmutter!«
Lady Agnes schaute sie finster an. »Zu sagen, daß Heinrich Beauclerk seinen Bruder getötet hat? Oder zu sagen, daß er es klüger hätte anstellen sollen? Ich brauche nicht mehr vorsichtig zu sein. Aber wenn du aufpaßt, dann kannst du alles zusammenhalten.«
Claire strich sich über das Gesicht. Es brach ihr das Herz, an all das Leid zu denken, an das jetzige Leid und an das, was noch kommen würde. Aber sie konnte es nicht tun. Selbst wenn sie damit alles zusammenhalten würde, sie konnte es nicht tun.
»Es wird schon nicht so schlimm, Großmutter. Wirklich nicht. Ich bin sicher, daß wir einen angenehmen Platz für uns alle finden.«
Lady Agnes schaute grimmig. »Ich habe in den letzten zehn Jahren keinen angenehmen Tag mehr gehabt und werde es auch nicht haben, bis ich im Grab bin. Aber ich bin in Summerbourne Hall geboren, und hier will ich sterben.«
Der Wunsch der alten Frau zerriß Claire das Herz, aber sie blieb hart. »Ich kann es nicht tun, Großmutter.«
Lady Agnes saß auf ihrem Platz wie ein Felsen in der Brandung. »Du wirst es tun. Ich habe meine Eltern beerdigt, meine Brüder und fünf Kinder. Ich habe gelernt, daß die Menschen tun müssen, was sie zu tun haben. Und mit der Zeit läßt der Schreck nach, so wie der Schmerz in mei-

nen Gelenken nachläßt, wenn ich diese Kräuter zu mir nehme.«
»Ich gehe und hole deine Medizin.«
Sie rannte beinahe aus der Halle, aber sie war nicht so schnell, daß sie nicht mehr den Ruf ihrer Großmutter gehört hätte. »Du kannst davor nicht weglaufen, Claire!«
Vor dem Gang, der zur Küche führte, blieb sie stehen. »Oh, doch, das kann ich«, flüsterte sie.
Den Eindringling heiraten? Eher würde sie heimatlos die Straßen Englands entlangziehen.
Nachdem sie den Trank für die Großmutter bestellt hatte, hätte sie gehen sollen, um an der Bahre des Vaters zu beten. Aber ihre Füße wollten sie nicht dorthin tragen. Sie wollte der harten Tatsache nicht ins Auge sehen.
Vesper. Es war nicht mehr lange bis zur Vesper, nach der sie alle hinausgeworfen werden würden. Ob sie anfangen sollte, ihre Habe zusammenzusuchen? Was sie wohl mitnehmen durfte? Alles gehörte nun dem Eindringling!
Die kostbaren Bücher ihres Vaters! Der Gedanke, diesen Schatz in barbarischen Händen zurückzulassen, war beinahe noch schlimmer als der Gedanke an den kalten Körper in der Kapelle. Und was war mit ihren Arbeiten – den Aufzeichnungen über die Sitten und Gebräuche dieser Gegend, ihrem Buch über blutsaugende Tiere, den Geschichten des Vaters, die sie aufgeschrieben und mit viel Liebe illustriert hatte? Würde sie auch die zurücklassen müssen? Fröstelnd stand sie da und versuchte eine Entscheidung zu treffen.
»Lady Claire!« Maria, ihr Kammermädchen, nahm sie in die Arme. »Kommt hier entlang. Die anderen Ladys sind sauber und trocken gekleidet, und Ihr seid noch ganz durchnäßt. Ihr holt Euch den Tod, und davon hat niemand etwas. Und Euer Haar ist völlig aufgelöst ...«
Claire ließ sich von den verwirrenden Problemen forttragen, ließ sich nach oben führen zu dem Gemach, das sie mit

ihren Tanten teilte. Wenigstens waren diese schon wieder nach unten gegangen, so daß ihr Amice' Weinen und Felice' Nörgeleien erspart blieben. Sie stand da wie ein kleines Kind und ließ sich von Maria und Prissy, ihrem anderen Mädchen, die feuchten, schmutzigen Kleider ausziehen.

Die Worte ihrer Großmutter riefen praktische Gedanken und Sorgen in ihr wach. Es stimmte – Männer ohne Besitz waren selten verheiratet. Auch Heinrich Beauclerk war unverheiratet und ohne Grundbesitz gewesen, bevor er den Thron bestieg. Er hatte eine Menge ähnlicher Männer um sich, die darauf warteten, belohnt zu werden.

Aber sie konnte nicht … Sie *konnte nicht* den Mann heiraten, der Land und Haus ihres Vaters gestohlen hatte.

Falls dieser Renald den Plan hatte, in ihre Familie einzuheiraten, wie würde er vorgehen? Würde er sie in einer Reihe aufstellen und sich dann eine herauspicken? Claire hielt sich nicht für anziehender als Felice, aber sie hielt es nicht für völlig ausgeschlossen, daß sie erwählt werden würde. Als Mary ihr kostbare, dunkle Kleider zum Anziehen brachte, schob Claire sie zur Seite. »Such irgend etwas Langweiliges heraus. Etwas Häßliches.«

»Etwas Häßliches? Warum?«

»Frag nicht, sondern mach schon.«

Das erschreckte Kammermädchen wich zurück. »Ihr habt diesen alten braunen Kittel. Den, bei dem die Farbe schon ganz verblichen ist. Aber ich weiß nicht, welches Kleid –«

»Das graue. Es ist nur mit ein wenig blauer Borte gesäumt.«

Als Mary ihr das Gewand gab, zog Claire ihr spitzes Messer heraus und begann wie besessen die Stiche aufzuschneiden, die die Verzierung hielten.

»Ihr seht aus wie eine Küchenmagd«, protestierte Prissy.

Während Mary langsam und freundlich war, war Prissy sehr lebhaft und hatte keine Scheu, ihre Meinung freiweg zu verkünden. »Aber wir machen noch etwas Hübsches aus

Euch«, sagte sie und begann Claires lange, blonde Zöpfe zu lösen.

Du hast, was Männern gefällt. Formen und große Brüste. Dein Haar ist wie Gold, deine Haut rein wie …

Plötzlich erschreckt, griff Claire nach einem der langen Zöpfe und schnitt ihn so dicht am Kopf wie möglich ab.

»Lady!« schrie Prissy.

Claire schnitt den zweiten Zopf ab. Sie konnte an ihren Formen und ihren Brüsten nichts ändern, aber was war eine Frau ohne ihre »krönende Pracht«?

Sie warf beide Zöpfe auf den Boden, auf dem sie lagen wie dicke, goldene Schlangen. »Sucht irgendeine unscheinbare Kopfbedeckung.«

Prissy schlug entsetzt die Hände zusammen. Mit weit aufgerissenen Augen lief sie davon und kehrte schließlich mit einem langen, grauen Tuch zurück. Nachdem Claire sich dieses um den sich seltsam leicht anfühlenden Kopf gebunden hatte, fühlte sie sich sicher genug, die Frauenkammer verlassen zu können und in die Kirche zu gehen.

Als sie an der Bahre kniete, kam sie sich schon etwas verrückt vor und fühlte sich schuldig. Sie konnte sich vorstellen, wie ihr Vater den Kopf schütteln und sagen würde: »Claire, Claire, ob das klug war? Und war das anständig?«

Als sie den Kopf senkte, tat sie es ebenso aus Kummer wie aus Scham. Sie konnte immerhin behaupten, daß sie sich das Haar aus Trauer abgeschnitten hatte, aber sie hatte es doch aus Angst heraus getan. Sie hatte es getan, um einem ungeliebten Schicksal zu entgehen. Sie hatte es in der Hoffnung getan, daß an ihrer Stelle eine ihrer Tanten leiden würde.

Sie verbarg ihr Gesicht in den Händen und vertiefte sich noch weiter in ihr Gebet. Es macht kaum einen Sinn, für die Seele ihres Vaters zu beten, der so gut gewesen war, deshalb betete sie für ihre eigene Seele. Sie bat Gott um Verzeihung, weil sie so selbstsüchtig war, und bat um den Mut, das zu tun, was zur Rettung ihrer Familie nötig war. Aber die heiligsten Worte konnte sie nicht sagen: Dein Wille geschehe. Statt dessen bat sie Gott, nicht das Letzte von ihr zu fordern. Die Heirat mit dem Mann, der Summerbourne gestohlen hatte.

Viel zu früh läutete in der Ferne die Glocke des Klosters zur Vesper. Und wieder schmetterte das Trompetensignal, Einlaß für den neuen Herrn und Meister dieses Gutes verlangend. Die Familie eilte schnell ins Haus zurück, stand eng gedrängt im Eingang und schaute zu, wie die beiden schweren Türflügel ein zweites Mal langsam aufschwangen.

Jenseits des Grabens war ein Lager errichtet worden. Zelte duckten sich auf dem Boden zwischen Rinnsalen, standen schützend um die Feuer, über die Männer gebeugt hockten, was sicherlich äußerst unbequem war. Warum hatten sie ein Lager aufgeschlagen, da sie doch gekommen waren, um sich Summerbourne anzueignen? Warum standen Männer am äußersten Ende der Brücke, machten aber keine Anstalten, sie zu betreten? Einer von ihnen rief etwas.

»Was ist los?« murmelte Claire. War dies eine ganz besondere Art der Folter, dieses wiederholte Verschieben und dieses Verhandeln?

Nach einem kurzen Wortwechsel trabte Niall auf das Haus zu. »Geiseln!« keuchte er. »Er will Geiseln!«

»*Was?*« rief Lady Murielle.

»Er ist ein kluger Mann«, kam eine brüchige Stimme aus dem Hintergrund.

Claire wirbelte herum, um ihre Großmutter anzusehen. »Es klingt, als wärest du auf seiner Seite.«

»Wenn wir schon einen neuen Herrn haben müssen, habe ich lieber einen klugen. Wie meinen Thomas.«

»Großvater war anders als andere Männer.«

»Ich hatte keine Möglichkeit, das herauszufinden. Du auch nicht.«

Claire wandte sich ab. Sie mußte aber zugeben, daß es wirklich ausgesprochen klug war, Geiseln zu nehmen. Während sie beim Leichnam ihres Vaters gesessen hatte, hatte sie über Rache nachgedacht. In der Bibel hatte Judith ihren Feind Holofernes getötet, indem sie ihm einen Spieß durch den Kopf gebohrt hatte … Wenn Renald de Lisle sich nicht vollkommen sicher fühlte, so war das nicht verwunderlich.

»Was für Geiseln?« fragte ihre Mutter, die die Schulter ihres Sohnes Thomas fest umklammert hielt. An ihm hing sie am meisten.

Niall blickte vorsichtig an ihnen vorbei. »Er hat gesagt, daß drei Jungfrauen hier sind. Er will zwei als Geiseln.«

»Was?« Obwohl sie beinahe schrie, wirkte ihre Mutter schwach, aber auch erleichtert. Sie sprach energischer weiter: »Dieser Unmensch will, daß zwei junge Frauen aus gutem Haus bei seinen Männern in diesem schlammigen Lager wohnen?«

»Sie werden sicher sein, Murielle«, sagte Lady Agnes. »Zumindest so sicher, wie anderswo auch – im Moment. Entweder ist er ein Ehrenmann oder aber nicht. Wenn er es nicht ist, wird er sie sich hier im Haus nehmen und dann seinen Männern überlassen.«

Mit einem Laut des Jammers sank Amice zu Boden. Claire und Felice knieten sich neben sie, halfen ihr auf, als sie wieder zu sich kam, und rieben ihre Hände.

»Sieh nur, was du angerichtet hast«, rief Lady Murielle. »Du weißt doch, wie empfindlich sie ist!«

»Was nützt es, behutsam zu sein? Er will zwei Geiseln, nicht wahr? Und was ist mit der dritten?«

Alle schauten zu Niall, der unbehaglich von einem Bein auf das andere trat. »Er sagt, die dritte wird seine Braut.«

»Ich hab' es euch gesagt«, sagte Lady Agnes.

Amice fiel wieder in Ohnmacht. Claire und Felice schauten sich vorsichtig und abschätzend an.
»Braut?« wiederholte Lady Murielle. »Nein. Das ist zuviel. Claire, hilf Amice auf. – Gewürzten Met für die jungen Ladys«, befahl sie mit einer Handbewegung den umhereilenden Dienstboten. »Das werde ich nicht erlauben. Ich werde protestieren. Man bringe mir meinen Umhang. Ich werde hinausgehen und mit diesem Mann reden. So etwas kann er nicht verlangen.«
Felice und Claire halfen Amice auf und führten sie zu einer Bank, die am Feuer stand. Lady Murielle zog sich ihren Umhang über und eilte aus dem Haus. Sie sah entschlossen aus, aber Claire hatte das ganz sichere Gefühl, daß ein Mann, der die Standarte des Königs trug, alles fordern konnte. Felice war still. Ihr Gesicht war ausdruckslos, aber ganz sicher würde sie, wenn sie jetzt nachdachte, erkennen, was für eine Gelegenheit sich ihr bot. Ein Mann, dem ein solcher Besitz geschenkt wurde, mußte hoch in der Gunst des Königs stehen. Ganz genau, wie Felice es wollte. Amice würde hier bei ihrer Zwillingsschwester bleiben. Als Felice' Mutter würde auch Lady Agnes ihren Platz am Feuer behalten können. Wenn sie alle nett sein würden, würde der neue Herr vielleicht sogar etwas für Thomas tun. Dann mußte nur noch etwas für Claire und ihre Mutter gefunden werden. Claire hatte den Verdacht, daß ihre Mutter froh wäre, wenn sie nach St. Frideswide gehen könnte. Sie selbst wollte, sosehr sie Summerbourne auch liebte, auf jeden Fall fortgehen. Sie könnte in ein Kloster gehen. Vielleicht könnte sie auch die Freunde in der Umgebung mit neuen Augen betrachten und einen Ehemann finden.
Während sie an dem gewürzten Met nippte, von Amice' Weinen begleitet, ließ sie die Burschen in ihren Gedanken Revue passieren. Lambert von Vayne war möglicherweise ein Freier. Er hatte wenig in der Richtung unternommen,

war aber sehr häufig zu Besuch gekommen. Er war ein alberner Kerl und prahlte viel.
Es war möglich, daß Eudo, der Grafschaftsvogt, einiges Interesse hatte. Seine erste Ehe war kinderlos geblieben, und nachdem seine Frau gestorben war, sprach er davon, sich wieder zu vermählen. Seit Generationen hatten die Männer seiner Familie das Amt des Sheriffs innegehabt, und er wollte einen Sohn. Bildete Claire es sich ein, daß Eudo sie mit einigem Interesse angeschaut hatte? Ihm gefiel Summerbourne ganz sicher, und er strebte wahrscheinlich eine solche Verbindung an. Er war beinahe so alt wie ihr Vater, und sie schob ihm die Schuld an den Torheiten ihres Vaters zu.
Robert von Pulham? Liebenswürdig, aber geistlos.
John de Courtney? Claire hatte den Verdacht, daß er einen Hang zur Gewalt hatte –
Ihre Mutter kam naß und niedergeschlagen zurück. »Er ist ein gefühlloses Monster. Er sagt, das sei nicht seine Entscheidung. Der König habe befohlen, daß er sich mit einer von Lord Clarence' unverheirateten Edeldamen vermählt.«
»Und was passiert mit den anderen?« fragte Claire und biß sich auf die Zunge, als Felice' scharfer Blick sie traf.
»*Falls* er heiratet – er hat das ›falls‹ betont –, wird er für den Rest der Familie deines Vaters Sorgen tragen. Außer für Thomas.« Sie blickte traurig auf ihren Sohn. »Er wird an den Hof geschickt.«
»Oh, das ist nett«, preßte Amice zwischen Tränen hervor.
»Sei kein Dussel«, fuhr Felice sie an. »Sorge tragen. Was heißt das? Und der arme Thomas wird eine Geisel sein, die er je nach Laune verstümmeln oder blenden kann.«
Thomas fing an zu schreien und zu zittern. Claire rannte zu ihm und schloß ihn in ihre Arme. »Felice. Überleg, was du sagst.«

»Ich sage nur die Wahrheit.«
Lady Agnes mischte sich ein. »Dann ist die Wahrheit, daß niemandem etwas passiert, wenn sich jeder benimmt, wie man es von ihm erwartet. Selbst den Geiseln nicht.«
»Ich traue dem nicht«, sagte Claire. »Warum sollte sich der König der Familie eines Verräters annehmen?«
»Um alles unter Kontrolle zu haben.« Lady Agnes seufzte ungeduldig. »Herrgott, die Jahre des Nichtstuns haben euch verweichlicht. Dies ist die Art, nach der es normalerweise läuft! Männer kämpfen und sterben. Frauen werden wie ein Besitz weitergegeben. Will der König noch mehr Unruhe, indem er uns hinauswirft? Nein. Er will, daß es wie ein anständiger Handel aussieht.«
»Aber wir können uns widersetzen!«
Lady Agnes schlug mit dem Gehstock auf den Boden. »Und wie angenehm wird es sein, wenn du um Brot betteln mußt, Mädchen? *Denk nach.* Wenn wir uns dem König widersetzen, können wir froh sein, wenn uns jemand auch nur einen Brotkanten zuwirft.«
Amice jammerte nun laut, und selbst Felice sah erschrocken aus. Claires Mutter seufzte und schloß ihre beiden Kinder in ihre Arme. »Lady Agnes hat recht. Wir sind hilflos. Beim Herrgott, ich würde mich selbst diesem Mann schenken, aber er wird kaum Interesse an einer so verblühten Frau wie mir haben.«
»Also«, sagte Lady Agnes. »Wer von euch wird die Braut sein und wer die Geiseln?«
Schlagartig hörte Amice auf zu weinen.
»Keine von uns!« rief Felice grell. »Das ist grausam. Wir werden alle ins Kloster gehen. Selbst der König kann nicht verhindern, daß eine Frau die Braut Christi wird.«
»Vielleicht nicht«, sagte Lady Agnes. »Aber wird die Kirche euch nehmen wollen? Ihr besitzt nichts mehr. Nichts gehört uns. Unsere Kleider nicht und nicht das Essen auf den Ge-

decktabletts. Und ganz sicher nicht der Grundbesitz. Selbst von den Bräuten Christi wird erwartet, daß sie etwas mit in die Ehe bringen.«

»Das ist unmöglich«, sagte Felice, aber sie klang unsicher. Amice war scheinbar zu schockiert, um noch zu weinen.

Claire sah überrascht, wie ihre Mutter lächelte. Lady Murielle sagte mit ihrer überzeugendsten Stimme: »Er scheint kein übler Mann zu sein, Felice. Er ist rücksichtsvoll. Und wer von euch seine Braut wird, sie wird von hohem Rang sein. Sie wird Herrin von Summerbourne sein.«

Ihre Mutter versuchte, Felice zu überreden. Claire betete, daß sie Erfolg haben würde.

»Natürlich«, unterbrach sie ihre Großmutter, »müßte Felice ihre Zunge im Zaum halten. Ein solcher Mann würde bei einer widerspenstigen Frau seinen Gürtel zur Hilfe nehmen. Solange sie aber süß und ruhig ist …«

Lady Murielle warf Lady Agnes einen feurigen Blick zu, um danach wieder ihre Schwägerin anzulächeln. »Du bist so schön, daß du einen Mann zufrieden stimmst, Felice. Und er wäre nicht hier, wenn er nicht in der *Gunst des Königs* stünde.«

Claire war zufrieden damit, wie geschickt ihre Mutter diesen Punkt eingeflochten hatte. Felice wollte unbedingt einen einflußreichen Mann heiraten oder einen, der einflußreich werden würde.

»Wer sagt, daß er in der Gunst des Königs steht?« fragte Lady Agnes.

»Er hat ihm Summerbourne zum Lehen gegeben, oder nicht?« Das war ein Argument, und Lady Agnes schwieg stirnrunzelnd.

»Er ist sicher ein sehr beschäftigter Mann«, fuhr Lady Murielle fort. »Seine Frau wird sicherlich das Gut alleine verwalten und die Kinder alleine aufziehen, während er in den Krieg zieht oder am Hof des Königs weilt.«

»Am Hof?« fragte Felice neugierig.
Lady Agnes spöttelte. »Am Hof. Dort wird er sein, während sie hier die Schweine zählt.«
»Ich bin sicher, daß er hin und wieder seine Frau mit an den Hof nehmen würde«, sagte Claires Mutter.
»Kaum. Schließlich wäre Felice, wenn sie ihn heiratet, seine Frau, aber alle wüßten, daß sie die Schwester eines Verräters ist. Er würde sie vor allen verbergen.«
»Dann hätte seine Frau hier ihre Unabhängigkeit.«
»Glaubst du, er würde der Schwester eines Verräters seine Geschäfte anvertrauen, ohne sie zu kontrollieren?«
Lady Murielle lächelte breit. »Dein Mann hat dir vertraut.«
»Erst nach ein oder zwei Jahren – tückischen Jahren – und auch nur, weil ich versucht habe, ihn zufrieden zu stimmen.«
Felice schaute ihre Mutter an. »Willst du sagen, daß ich keinen Mann zufrieden stimmen kann?«
»Bis jetzt hast du das noch nicht versucht, oder? Amice könnte es besser, wenn sie endlich aufhören würde zu heulen.«
»Hört endlich auf«, rief Claire und sprang auf. »Vater hätte diese Diskussion schrecklich gefunden.«
»Das ist alles seine Schuld«, sagte Felice bissig und schaute sie an. »Seine Dummheit hat uns so weit gebracht, und eigentlich sollte seine Tochter dafür bezahlen.«
»Sie ist die Jüngste«, wandte Lady Murielle dagegen ein.
Felice' elegantes Gesicht zeigte den hochmütigen Zug, den alle zur Genüge kannten. »Diese paar Jahre. Sie ist achtzehn, alt genug, um zu heiraten.«
Amice überraschte sie alle. »Nein«, flüsterte sie immer noch weinend. »Ich … ich werde es tun. Um Claire zu retten. Ich tue es.« Sie war hin- und hergerissen, und in ihrem Gesicht waren die unterschiedlichsten Gefühle zu lesen.
Claire sah den fragenden Blick ihrer Großmutter. Sie wußte,

was die alte Frau wollte – wie immer ihren Willen durchsetzen.
Claire hätte es Felice tun lassen. Selbst wenn er sie hin und wieder mit seinem Gürtel schlug, hätte Felice ihre Vorteile aus diesem Handel gezogen – Heirat mit einem mächtigen Mann und die Herrschaft über Summerbourne. Aber Lady Agnes glaubte, Felice würde eine harte Frau sein und ihren Ehemann eher erzürnen, als seine Stimmung verbessern. Amice würde es nicht können. Sie würde krank werden. Und wenn sie es überlebte, würde es ihr niemals gelingen, einen solchen Mann zu irgend etwas zu überreden.
Claire ging zu Amice und umarmte sie. »Ich glaube nicht, daß wir uns jetzt schon entscheiden müssen. Er kann nicht erwarten, daß eine von uns ihn heute heiratet.« Sie dachte an die Erzählung ihrer Großmutter, erschauderte und hoffte, daß sie stimmte. »Aber ich weiß, daß du dich besser fühlst, wenn Felice bei dir ist. Warum geht ihr beide nicht als Geisel zu ihm? Ich bleibe hier, und wenn er mich zu seiner Braut wählt, so soll er ruhig. Wenn wir ihn erst einmal gesehen haben, werden wir besser wissen, was zu tun ist.«
Ja, so würde es gehen. Wenn er auch nur halbwegs ein Mann wäre, würde er Felice nehmen, und alles wäre gut. Wenn er aber unmöglich sein würde, müßte sie ihn heiraten.
Amice schaute sie mit versiegenden Tränen an. »Oh, Claire. Bist du sicher? Bist du sicher, daß du ihm entgegentreten kannst?«
Wie hatte ihre Tante bloß glauben können, daß sie diesen Mann heiraten könnte, wenn es ihr schon zuviel war, ihm entgegenzutreten? Claire tätschelte Amice' zitternde Hand. »Mutter und Lady Agnes helfen mir. Mach dir keine Sorgen.«
Amice begann wieder zu weinen, dieses Mal aber vor Erleichterung, und Felice nahm sie bei der Hand, damit sie einige Habseligkeiten zusammensuchen konnten.

»Claire, warum hast du das getan?« jammerte ihre Mutter. »Du wirst ihn noch heiraten müssen. Eine Ehe gilt das ganze Leben, das weißt du doch, und grausame Ehemänner sind etwas Fürchterliches.«

»Dann sollten wir ihn nicht Felice wünschen, oder?«

»Halt mir keine Moralpredigt!«

»Das tue ich gar –«

»Du bist genauso wie Clarence. Niemals hörst du zu. Du glaubst immer, recht zu haben.«

Claire preßte sich die Hände an die schmerzenden Schläfen. »Mutter, dies ist doch erst der Anfang. Wir müssen ihm Geiseln stellen. Wie hätten wir es sonst anstellen sollen?«

Ihre Mutter starrte sie an. »Planst du irgendwas?«

»Nein.« Claire wünschte, sie hätte einen Plan. Sie konnte sich nicht vorstellen, diesen Mann zu heiraten, aber wenn Felice es nicht tun würde, müßte sie es tun. Wie könnte sie ihre ganze Familie leiden lassen?

»Oh«, sagte Lady Murielle mit feuchten Augen. »Ich könnte Clarence *erwürgen*!« Sie schlug die zitternde Hand vor den Mund. »Das hab' ich nicht so gemeint! Da er doch tot ist –«

»Murielle«, sagte Lady Agnes bissig. »Hör auf zu schnattern.«

Claires Mutter schaute sie starr an. Dann lächelte sie ihrer Tochter zu und sagte: »Dem Himmel sei Dank, daß du hübsch und nett bist. Dank dir werden wir alle in Sicherheit sein.«

Claire mußte sich beherrschen, um sich nicht das graue Tuch zu greifen, das ihre zerstörte Haarpracht verbarg.

Was würde geschehen, wenn sie ihn heiraten würde und er voller Wut wäre? Ob er seinen Zorn an der ganzen Familie auslassen würde?

Ihre Mutter fuhr fort: »Ich sage dir schon seit Jahren, daß du die jungen Männer beachten solltest –«

»Welche jungen Männer?«

»Du hast Verehrer. Das hast du niemals bemerkt! Das ist natürlich alles Clarence' Schuld. Er hat nie einen von ihnen ermutigt.«
»Er wußte, daß ich nicht interessiert bin.«
»Er wollte, daß du zu Hause mit ihm liest und singst.«
Der Ton in ihrer Stimme schockierte Claire. Konnte es sein, daß ihre Mutter *eifersüchtig* war? Lady Murielle hätte mehr Zeit mit ihrem Mann verbringen können. Aber sie hatte niemals viel Interesse an Bildung und Büchern gehabt. Sie wandte ihren Kopf zur Seite, damit niemand ihre zitternden Lippen sah. Alles brach zusammen. Alles.
Die Ehe ihrer Großeltern hatte so glücklich gewirkt, aber sie war die Folge einer Eroberung, vielleicht sogar einer Nötigung. Sie hatte gedacht, daß ihre Eltern sich liebten, jetzt aber hatte sie ihre Zweifel. Vielleicht war es nur ein bequemes Arrangement zwischen zwei Menschen gewesen, die einverstanden gewesen waren. Ihr Heim und alles, woran sie geglaubt hatte, wurde ihr unter den Füßen weggezogen.
Als sie eine Hand auf ihrer Schulter spürte, fuhr sie herum und sah, wie ihre Mutter sie ängstlich musterte. Hatte sie Angst vor ihren Gefühlen oder davor, daß sie die Rolle der geopferten Frau einnehmen würde? Claire war sich der Liebe ihrer Mutter immer sicher gewesen, nun aber begannen Zweifel an ihr zu nagen.
»Willst du nicht gehen und dir etwas Netteres anziehen, Claire?«
»Am Tag von Vaters Beerdigung?«
Lady Agnes klopfte mit ihrem Stock. »Laß den Tod hinter dir. Schau auf das Leben.«
»Hast du das etwa gekonnt? Am ersten Tag?«
»Ich weiß nicht mehr.« Das war eine Lüge. Auch sie wollte, daß Claire nachgab, damit sie hierbleiben konnte.
Claire schaute zu ihrem Bruder hinüber, der wie abwesend dastand. Aber er würde ganz sicher ihr Opfer brauchen, da-

mit er aus seinem Leben etwas machen konnte. Ihr Opfer oder das ihrer Tanten.
Amice und Felice kamen wieder in die Halle. Sie waren in Mäntel gehüllt, und Bedienstete, die ihnen folgten, trugen ihre Truhen. Amice schien nur durch Felice aufrecht gehalten zu werden, dann aber machte sie selbst einige Schritte. Felice blickte finster drein.
In der Hoffnung, daß dieser düstere Blick ein Zeichen von Unentschlossenheit war, fragte Claire: »Bist du sicher, Felice?«
Die Antwort war entmutigend. »Absolut! Lieber eine oder zwei Nächte draußen als ein Leben neben einem Monster!«
Claire gab für den Moment erst einmal Ruhe und küßte Amice. »Hast du deine Kräuter?«
Amice nickte. »Claire, ich wünschte –«
»Psst. Es ist besser so. Du kennst mich.« Es gelang ihr sogar zu lächeln. »Dinge perlen an mir ab.«
Felice runzelte wieder die Stirn. Da sie sie schon so lange kannte, wußte Claire, daß ihre Tante versuchte zu entscheiden, ob ihr eine kluge Flucht gelungen war oder ob sie betrogen wurde. Am Ende würde sie immer der Meinung sein, betrogen worden zu sein. Vielleicht hatte Claire sie diesmal falsch eingeschätzt, und das Stirnrunzeln war ein Zeichen von Betroffenheit. Denn als sie sich zum Abschied küßten, sagte Felice: »Gott sei mit dir, Claire. Wenn wir zurückkehren dürfen, werde ich versuchen, dich vor dem Schlimmsten zu bewahren.«
»Was ist, wenn er sich als wahrer Roland entpuppt, als jemand, der ein Held ist?«
Felice' Blick glitt zur Seite. »Dann wirst du ihn wohl behalten.«
»Nein. Versprochen. Egal, wie edel er von Gesinnung oder von Gestalt ist, ich will ihn nicht.«
Felice schaute sie wieder an. »Wir werden es sehen.«

Unglücklicherweise verrutschte gerade in diesem Moment ihr Kopftuch. Claire versuchte, es festzuhalten, aber Felice riß es ihr mit einem Ruck herunter.

»*Claire!*« Alle schrien wie aus einem Munde, aber Felice übertönte alle mit ihrer schrillen Stimme. »Jetzt habe ich dich durchschaut! Du tust so, als wärst du einverstanden, hast dich aber so entstellt, daß er dich zurückweisen wird. Das wird nicht funktionieren! Er wird dich nehmen, geschoren oder nicht!«

Sie zog die entsetzt blickende Amice mit sich fort.

Lady Agnes gackerte. »Im Dunkeln sind alle Katzen grau.«

Lady Murielle starrte sie an. »Du dummes Mädchen! Aber jetzt mußt du etwas Kleidsames anziehen.«

»Es wird keine Rolle spielen, Mutter«, sagte sie. »Ihm ist es offensichtlich egal, was für eine Braut er bekommt. Ich tue, was ich tun muß, werde also tun, als sei ich einverstanden. Dies ist ein Haus der Trauer, und dieser Eindringling kann nicht verlangen, daß wir etwas anderes behaupten.«

Claire tauchte ihre Finger in die Asche am Rand der Feuerstelle und wischte sie sich über das Gesicht und ihre Kleider. Mit diesen Zeichen der Trauer stellte sie sich an die Tür, um dem Unmenschen entgegenzusehen, den sie heiraten sollte.

4. Kapitel

Bruder Nils, der Schreiber von Renald de Lisle, dem neuen Herrn von Summerbourne, stand trotz seines dicken Umhangs zitternd im Regen. Er fühlte aufrichtiges Mitleid für die beiden Ladys, die ihr Heim hatten verlassen müssen. Er war erst ein paar Tage bei Lord Renald im Dienst – er war de Lisle vom König empfohlen worden –, und nach seinem ersten Eindruck war sein neuer Herr ein mitfühlender Mensch. Vielleicht unnahbar, aber nicht grausam. Und jetzt das. Die Leute von Summerbourne hatten ohne jeden Widerstand ihr Tor geöffnet. Warum verlangte er Geiseln und dann auch noch Edeldamen? Als er nach einem Grund fragte, hatte Lord Renald lediglich gesagt: »Ich will keine weiteren Torheiten mehr in dieser Familie. Ein Toter ist genug.« Als dann die Bediensteten ihre Ladys durch den Matsch und Schmutz trugen, versuchte Nils es noch einmal.

»Mein Herr, das ist sicher unnötig.«

»Bruder Nils«, sagte der große Mann an seiner Seite, »du bist weder mein Gewissen noch mein taktischer Berater. Du kannst dir notieren, daß unbedingt Entwässerungsgräben gezogen werden müssen. Und der Graben ist so schmal, daß eine Brücke unnötig ist. Und die Holzwälle sollten mit Spitzen versehen werden. Mache ausfindig, wo hier in der Nähe ein Steinbruch ist. Hast du das?«

»Ja, mein Herr.«

»Ich habe nicht vor, ihnen etwas anzutun«, fügte er leicht erheitert hinzu. Nils hatte bereits entdeckt, daß Lord Renald einen Sinn für Humor hatte, der sich wie eine Goldader durch schwarzen Granit zog.

»Aber Ihr wollt sie hier bei den Männern lassen.«
»Glaubst du, meine Männer werden ihnen etwas antun?«
Nils sparte sich die Antwort. Lord Renald hatte seine Truppe um einen harten Kern von Männern gebildet, die Gefolgsleute seines Freundes FitzRoger von Cleeve waren. Da er lange Jahre Lord von Cleeves Stellvertreter gewesen war, kannten ihn diese Männer sehr gut. Die anderen waren genauso neu wie Nils. Es war interessant gewesen zu sehen, wie die Männer in diesen wenigen Tagen auf dieser zermürbenden, sturmgeplagten Reise zusammengewachsen waren. Diese Männer würden genau ausführen, was ihr Herr von ihnen verlangte, genauso wie Nils selbst, wenn auch aus anderen Gründen.
Er schaute wieder zu den Dienstboten, die die Ladys durch den kleinen Teich trugen, der sich am Ende der Brücke gebildet hatte. Es war unbedingt nötig, Entwässerungsgräben zu ziehen, und Nils war erstaunt, daß der vorherige Herr sich nicht darum gekümmert hatte. Nach dem, was er gehört hatte, war Lord Clarence ein reizender Mann und ein glänzender Geschichtenerzähler gewesen, der es liebte, Rätsel zu stellen. Aber ganz offensichtlich war er als Grundherr nicht allzu umsichtig gewesen.
Die Bediensteten hatten den felsigen Boden erreicht, wo die Zelte aufgeschlagen waren, und ließen ihre Last wieder auf die eigenen Beine gleiten. In Mäntel gehüllt und die Kleider zusammenraffend, machten die beiden Ladys sich auf den Weg zu dem großen Zelt, vor dem de Lisle wartete.
»Meine Fräulein«, sagte Lord Renald. »Dies ist mein Zelt. Ich hoffe, Ihr findet dort alles, was für Eure Bequemlichkeit notwendig ist.«
Auf seinen Wink hin öffnete einer seiner Männer den Eingang, die Frauen eilten ins Trockene und schlugen ihre Kapuzen zurück. Beide waren feingliedrige Schönheiten mit feuchtem, goldenem Haar.

»Mmmm«, sagte Josce zu Nils. »Nicht übel.«
»Vergiß nicht, daß das die beiden sind, die Lord Renald *nicht* heiraten wird.«
Sie waren sich wirklich sehr ähnlich, obwohl die eine hochmütig, die andere verängstigt aussah. Wahrscheinlich also die Zwillinge.
»Ich bin Renald de Lisle. Und Ihr?«
»Die Ladys Felice und Amice von Summerbourne.« Die Hochmütige schaute ihn an. »Es ist unmöglich, daß Ihr uns hierherschleppt, damit wir wie Schweine in einem Stall hausen.«
»Wir werden dafür sorgen, daß Ihr es so bequem wie –«
»Bequem! Nur Tiere können es hier bequem haben.«
»Es ist –«
»Es ist offensichtlich, von wie niederer Geburt Ihr seid!«
Nils zuckte zusammen. In gewisser Weise hatte sie recht. Lord Renald entstammte nur dem niederen Adel Frankreichs, einer Familie, die verarmt war. Das Lehen war völlig überraschend gekommen.
Die Frau fuhr mit ihrem Gezeter fort. »Was für eine Überheblichkeit läßt Euch glauben, daß irgendeine von uns es verdient, in Eure Familie einzuheiraten?«
»Oh, Felice, sei vorsichtig.« Die Augen der anderen waren rot und geschwollen vom Weinen, und sie zuckte zusammen, als erwarte sie, geschlagen zu werden.
»Laß dich nicht einschüchtern, Amice. Ich bestehe darauf, daß –«
Lord Renald drehte sich um, ging und gab Nils und Josce ein Zeichen, daß sie ihm folgen sollten. Sie gingen zu den Pferden, während hinter ihnen weitere Nörgeleien ertönten.
»Wenn das die Fröhlichkeit und die Liebe waren«, sagte Nils' Herr und ergriff die Zügel seines Pferdes, »wird das Licht wohl eine düstere und trübsinnige Person sein.«

Claire hatte vorgehabt, dem Eindringling voller Mut und Mißachtung entgegenzutreten, aber allmählich begannen sich ihre Nerven bemerkbar zu machen. Wenn sie auch nur ungefähr wüßte, was auf sie zukam!

Sie hatte zugeschaut, wie Felice und Amice in den dichten Regen hinausgetragen worden waren, und hatte ihnen nachgesehen, als sie zu dem Zelt gegangen waren. Einer der Männer in den Umhängen hatte ihre Tanten dorthin begleitet. Vermutlich Lord Renald.

Sie starrte durch den Regen hindurch, um einen Blick auf ihren Gegner zu werfen, dem sie bald entgegentreten mußte. Er sah groß aus. Natürlich war er groß, schließlich war er einer dieser Männer, die mit dem Schwert lebten. Blutbesudelte Schwerter, so hatte ihr Vater sie genannt. Kampfwölfe. Er hatte sie niemals in sein Haus eingeladen. Das war eine weitere von Felice' Quengeleien gewesen: Wo sollte sie einen mächtigen Mann finden, wenn nicht unter den Wölfen? So, wenn er ein solcher Mann war, dann würde er Felice gefallen.

Und wenn er es nicht war? Wenn er ihr zu groß war? Vernarbt? Schlecht gebaut? Schlechtriechend? Schlechte Manieren hatte? Dann würde Claire ihn heiraten müssen.

Sie versuchte sich zu beruhigen. Ihre Großmutter hatte unter den schlechtesten Voraussetzungen geheiratet und hatte ein schönes Leben gehabt. Claire dachte noch einmal über die Worte nach, die ihre Mutter zu Felice gesagt hatte. Wenn sie duldsam war, würde er nicht hart zu ihr sein. Er würde kaum hier sein, so daß sie an seiner Stelle über Summerbourne herrschen müßte. Sie würde ihr Zuhause so erleben, wie es immer gewesen war; ein wohlhabendes Haus, voll Kunst und Wissenschaft, voller Lachen und Musik. Aber wenn er da wäre, würde er das Bett mit ihr teilen und ihren Körper nehmen.

Claire hatte einige Männer kennengelernt, bei denen sie si-

cher war, daß sie lieber gestorben wäre, als mit einem von ihnen das Bett zu teilen. Baldwin von Biggin fiel ihr ein. Sir Baldwin hatte vor einigen Monaten die Gastfreundschaft dieses Hauses genossen und sich als ein abscheulicher Mann entpuppt. Er hatte zwar den großen, starken Körper eines Kämpfers, war aber dick. Sein Bauch quoll über den Gürtel, und seine Wangen waren so feist, daß sie seine Augen zu Schweinsäuglein zusammendrückten. Er aß auch wie ein Schwein, stopfte das Essen in sich hinein und betrank sich. Er hatte riesige Hände; die Finger sahen aus wie dicke, rote Würstchen, die mit dunklem Haar bewachsen waren, und mit diesen Händen hatte er in Hinterteile gekniffen und nach Brüsten gegriffen. Claire hatte eine Schüssel voller Suppe über ihn gegossen, als er es auch bei ihr versucht hatte. Er hatte daraufhin nur gelacht und gesagt, daß er muntere Frauen liebe. Dann hatte er sie angeschaut, als sei sie ein leckeres Gericht. Ihr Vater war ihn bald losgeworden, aber bei dem Gedanken an ihn mußte Claire sich immer noch schütteln. Jetzt schützte sie niemand mehr vor einem solchen Mann.
Sie schrak zusammen, als ihre Mutter ihr einen Becher mit warmem Met in die Hand drückte. »Trink, mein Schatz. Das wird dich beruhigen.«
Die Wärme tat ihr gut, der würzige Dampf war beruhigend, aber Claire mußte mit den Tränen kämpfen, als sie an dem Getränk nippte. Ihre Mutter konnte sie nicht retten, sie versuchte es nicht einmal mehr. Sie wollte, daß Claire ihr Opfer gefaßt annahm. Gab man nicht auch Männern, die zum Tode verurteilt waren, noch einen letzten Becher? Sie fühlte sich auf einmal fürchterlich einsam, zur Schau gestellt wie ein Schwerverbrecher auf dem Marktplatz, so verletzlich und den harten Winden der Trauer und der Angst ausgesetzt, während keiner den Mut hatte, sie vor ihrem Schicksal zu bewahren. Sie schaute wieder zum Lager hinunter und

sah, wie ihr Schicksal aus dem Zelt trat und auf die Pferde zuging. Sie trank den Met in einem Zug aus.

Schon bald erreichten vier Männer das Tor, aber zu ihrer Überraschung führten sie ihre Reittiere am Zügel. Sie wateten durch den Matsch und überquerten die Holzbrücke, die vom Hufschlag der Pferde dröhnte.

Thomas stellte sich neben sie. Claire konnte ihn nicht umarmen, aber er hätte es auch nicht gewollt. Das hätte den Eindruck erweckt, er sei ein Kind. Aber das konnte er nicht mehr sein. Doch sie legte ihre Hand auf seine Schulter und hoffte, daß er ihre Furcht nicht spüren konnte. Ihre Mutter hatte recht. Thomas war der verletzlichste von allen. Wenn die Heirat der Preis für seine Sicherheit war, dann würde sie es tun, egal, wie abstoßend der Mann auch sein würde.

Als die Männer das Tor durchquert hatten, nahm einer der Männer die Zügel aller Pferde und führte sie zum Stall. Claire schaute wieder zu den anderen dreien. Welcher war der neue Herr? Sie sahen alle gleich aus, groß, kräftig und trugen Kapuzenumhänge.

Und hatten ein großes Problem. Beinahe mußte Claire kichern bei dem seltsamen Anblick. Sie kämpften sich durch knöcheltiefen Morast auf das Gutshaus zu und schleppten ihre langen Reitmäntel wie Bleigewichte hinter sich her. Sicher wäre der mächtige Krieger lieber majestätisch über sein erobertes Land geschritten.

Sie rief sich selbst zur Ordnung. Nichts an dieser Situation war komisch. Ihr Vater lag tot in der Kapelle, und der Morast machte diese Männer nicht weniger gefährlich. Sie waren sicher an Schlachten auf schlammigem Boden gewohnt. Flüsternd schickte sie Thomas fort zu ihrer Mutter. In Sicherheit.

Die langen, vom Regen dunklen Ledermäntel verhüllten ihre Gestalten, die Kapuzen ihre Gesichter. Sie konnte einen kurzen Blick auf ein Kinn werfen, das in einem Kettenpanzer steckte, und auf einen eisernen Nasenschutz, der zum Helm gehören mußte. Warum waren sie so schwer bewaffnet? Wußten sie nicht, daß sie Wölfe unter Hasen waren? Ganz sicher war der Wolf in der Mitte ihr Feind.

Sehr, sehr breite Schultern. Wahrscheinlich ein dickbäuchiger Angeber mit dicken, behaarten Fingern. Es würde schlimm sein, einen solchen Mann an Vaters Platz zu sehen, aber vielleicht würde er ja Felice gefallen. Sie betete, daß er keine entstellende Narbe hatte, Warzen oder schlechte Zähne. Felice konnte das nicht ertragen.

Als die drei Männer näher kamen, verursachte allein die Größe von de Lisle ein Vibrieren in Claires Magengegend. Sie erinnerte sich daran, daß er doch nur ein Mann war, aber diese dunkle, massige Gestalt drängte alles andere in den Hintergrund. Claire bemerkte, wie sie zurückwich, anstatt ruhig stehenzubleiben. Sie bewegte sich mechanisch, konnte es nicht verhindern. Gegen ihren Willen zitterte sie am ganzen Körper; ihre Zähne schlugen aufeinander.

»Wenn du noch einen Schritt weitergehst«, rief Lady Agnes, »fängt dein Kleid Feuer.«

Claire blieb endlich stehen und brachte sich schnell aus der Gefahrenzone. Als sie sich umdrehte, war de Lisle auch schon bei der Feuerstelle angekommen. Er überragte sie, ragte mit Kopf und Schultern über sie hinaus und war mindestens doppelt so breit wie sie. Seine bloßen Hände schoben seine Kapuze zurück. Große, kräftige Hände. Aber keine Wurstfinger.

Sie schaute ihm ins Gesicht. Wie sie gedacht hatte, trug er eine Rüstung, sie konnte aber ein eckiges Kinn und feste Lippen erkennen. Er war nicht dick. Und überhaupt nicht schwammig. Die Form dieser Lippen ließ ihr Herz wie eine Alarmglocke schlagen.

Langsamen Schrittes durchmaß er den Raum, musterte die Familienmitglieder, die am Feuer saßen, und das Gesinde, das sich an die Wände drängte. Sie spürte, daß er auf der Hut war, bereit, jederzeit das Schwert zu ziehen und zuzuschlagen. Allein diese Bereitschaft zu töten erfüllte den Raum wie ein glühendheißer Wind. In ihrem friedvollen Leben hatte Claire so etwas noch nie erlebt. Dann entspannte er sich und öffnete den Helm. Er setzte ihn ab und warf ihn dem Mann zu seiner Linken zu. Auch dieser Mann hatte seine Kapuze zurückgeschlagen und sah aus, als sei er froh, sie endlich los zu sein. Er war noch sehr jung, hatte rötliches Haar und Sommersprossen. Zudem war er groß und kräftig. Auch ein Mann des Kampfes. Wahrscheinlich de Lisles Knappe.

Claire wandte ihre Aufmerksamkeit wieder ihrem Gegner zu und war fest entschlossen, ihre Angst in den Griff zu bekommen. Sie mußte ihn anschauen und beobachten, wenn sie überleben wollte. Er trug noch die Kettenkapuze. Sein Gesicht war hartkantig, hatte ausgeprägte Wangenknochen und dunkle Brauen. Claire bevorzugte feinere Züge, aber sie mußte zugeben, daß er auf seine Weise gutaussehend war. Keine offensichtlichen Mängel aufweisend.

Eine Hoffnung begann in ihr zu keimen. Bestimmt würde Felice ihn angemessen finden. Seine Augen waren auch dunkel, sahen aber müde aus. Rotgerändert. Wahrscheinlich das Ergebnis beständiger Ausschweifung. Er löste den Umhang und warf ihn dem Knappen zu. Die lässige Bewegung, mit der er den schweren, völlig durchnäßten Mantel fortwarf, zeigte, wie stark er war. *Natürlich ist er stark, Claire! Er ist ein Kämpfer durch und durch.*

Der Kettenpanzer ging ihm bis zu den Knien, bauschte sich wie eine Bluse über dem weiten, metallbeschlagenen Gürtel, den er um die Hüften trug. Diese Art, das Kettenhemd zu tragen, war das einzige an ihm, was nicht hart wirkte. Kein hervorquellender Bauch, keine schwammigen Wangen. Wahrscheinlich fühlte er sich genauso hart wie sein Panzer

an. Und auch genauso kalt? Sie verdrängte diese Gedanken. Er war aus Fleisch und Blut wie jeder Mann. Wie jedes Tier. Trotz der massigen Brust wirkte er nicht wie ein Ochse. Eher wie ein Hengst, beweglich und kraftvoll. Oh, Vater, armer Vater! Mußtest du Männern wie diesen gegenüberstehen?
Er suchte wieder den Raum ab und drehte sich dann zu ihr um. Claire hatte den Verdacht, daß er nach dem anderen Edelfräulein von Summerbourne Ausschau hielt und sie wegen ihrer Kleidung für eine Magd gehalten hatte. Aber da weder ihre Mutter noch ihre Großmutter seine Frau werden konnten, mußte sie es wohl sein.
Ihre Großmutter hatte recht gehabt. Er war kein Dummkopf. Er runzelte leicht die Stirn, als er die Kettenkapuze zurückschob, die braunes, welliges Haar freigab, das ihm auf die Schultern und über die Brauen fiel. Dann schüttelte er sich wie ein Hund, der aus dem Regen kommt, und ging näher ans wärmende Feuer, um die Hände darüber zu reiben. Die Selbstverständlichkeit seiner Bewegungen, das Besitzergreifende daran beleidigte sie eher, als daß es sie kränkte. Er hatte sie betrachtet, festgestellt, daß sie hilflose Häschen waren, und war überzeugt, daß er in Sicherheit war. Es würde unendlich befriedigend sein, ihn zu töten, um diesen süffisanten Gesichtsausdruck auszulöschen!
Er verbeugte sich vor ihrer Mutter. »Lady Murielle. Ich versichere Euch aufrichtig, daß ich die Umstände bedaure, die uns hier zusammengeführt haben.«
Aber natürlich, spottete Claire leise. *Umstände, die Euch zu diesem schönen Besitz geführt haben.*
Ihre Mutter schnatterte nervös und stellte ihm Lady Agnes vor. Wahrscheinlich hatte er sie für eine alte Magd gehalten. Nun verbeugte er sich auch formvollendet vor ihr und sprach ihr sein Beileid aus. Claire biß die Zähne aufeinander und wartete darauf, daß Lady Agnes sich bei dem Eindringling einschmeichelte. Aber ihre Großmutter blickte mit kal-

ten, müden Augen auf. »Hütet Euch, junger Mann. Ich habe kein Problem mit Euch. Aber wenn einem meiner Küken etwas passiert, mache ich Euch dafür verantwortlich. Es gibt nicht mehr viel, womit Ihr und der König mein Leben noch elender machen könnt.«

»Ich habe nicht die Absicht, irgend jemandem etwas anzutun, Lady Agnes. Aber wenn irgend jemand hier mir oder meinen Männern etwas antut, werden nicht nur die Geiseln darunter leiden. Ohne Zweifel wird dann auch der König seine Rache üben. Es ist immer das beste, sich klar über diese Sachen zu verständigen.« Bei den letzten Worten wandte er sich an Claire. »Stimmt Ihr mir zu, mein Fräulein?«

Diese direkte Herausforderung verschlug ihr den Atem. Sie zwang sich, ihm in die Augen zu schauen, und war erschreckt, wie schwer es ihr fiel. »Selbstverständlich, Sir Renald.« Mit Absicht sprach sie ihn nicht mit seinem rechtmäßigen Titel, Herr, an. »Ich möchte, daß Ihr Euch klar darüber seid, daß Ihr hier nicht willkommen seid.«

Er zwinkerte nicht einmal. Ohne den Blick abzuwenden, schnipste er mit den Fingern. »Ale.« Nur eine Sekunde später hielt er den Becher in der Hand. In seiner kräftigen Hand eines Kriegers. Sie zwang sich, wieder in sein Gesicht zu schauen.

»Da die Ladys Felice und Amice in meinem Lager sind, werdet Ihr wohl Lady Claire sein.«

Statt einer Antwort deutete sie einen Knicks an.

»Etwas schweigsam. Ebenso tugendhaft wie wohlgestaltet.« Er nahm einen herzhaften Schluck. »Wenn Ihr Euch etwas säubert, ist alles in Ordnung.«

Nachdem er noch einen Schluck genommen hatte, betrachtete er stirnrunzelnd ihr Haar. »Niemand von uns beiden hatte eine Wahl. Ist es nicht albern vorzugeben, man sei unglücklich?«

»Da ich vollkommen unglücklich bin, Sir Renald, stellt sich

diese Frage wohl kaum. Muß ich Euch daran erinnern, daß ich um meinen Vater trauere, den ich über alles geliebt habe?«
Für einen Augenblick schloß er die Augen, und Claire war heilfroh darüber. Zumindest hatte sie ihn treffen können. Aber er schaute sie schon wieder an. »Dies ist sicher nicht der rechte Moment, über unsere Zukunft zu reden. Es kann zumindest warten, bis er zur Ruhe gebettet ist.« Dann wandte er sich der Mutter zu. »Ich nehme an, Ihr habt ein Zimmer zum Süden?«
»Natürlich –«
»Meine Männer und ich werden dort schlafen. Meine Sachen werden bald gebracht werden.«
»Das ist der Wohn- und Schlafraum meiner Eltern!«
Beide drehten sich zu ihr um. Die Mutter schlug ihre Hände zusammen. »Psst, Claire. Alles hier gehört nun Lord Renald, er kann damit machen, was er will. Natürlich wird das sein Raum sein!«
»Und Eurer, Lady Claire, wenn wir verheiratet sind.«
Sie versuchte den Schauer zu unterdrücken. Dank an alle Heiligen im Himmel und an alle Engel, daß sie diesen Mann nicht heiraten mußte. Felice würde ihn nehmen. Für einen Wolf sah er sehr gut aus, und obwohl er unnahbar war, so schien er doch nicht böse zu sein. Claire war klar, daß ihre Mutter und ihre Großmutter recht hatten. Diese Situation war nicht seine Schuld. Er profitierte nur davon. Sie wollte, daß er ihre Tante heiratete, damit sie Summerbourne verlassen konnte. Sie wollte nicht ansehen, wie der Ort, den sie liebte, entweiht wurde.

An diesem Abend wurde Lord Clarence begraben. Alle Trauernden trugen Mäntel gegen den unaufhörlichen Regen. Sir Renald und seine Männer waren so taktvoll, außerhalb des Blickfeldes zu bleiben. Claire mußte weinen, als der

Leichnam ihres Vaters in die mit kaltem schlammigem Wasser gefüllte Grube gelegt wurde, aber zumindest hatte sie durchsetzen können, daß er in seinem blauen Lieblingskleid auf dem Leichentuch lag. Sie wandte ihr Gesicht vom Grab ab und dem Himmel zu, so daß sich der Regen mit ihren Tränen vermischte. Irgendwo hinter diesen Wolken schien das goldene Licht des Paradieses. Sie hoffte, daß es dort Bücher gab, Pelze und gute Musik. Sie hoffte, daß Engel gute Geschichten und knifflige Rätsel liebten.

Leb wohl, Vater. Aber wache über uns.

Als die Männer das Grab zuschütteten, ging die Familie zurück ins Haus, jeder in seinen eigenen Raum, um zu trauern. Claire fühlte sich seltsam in ihrer Schlafkammer, die sie ihr gesamtes Leben lang mit ihren Tanten geteilt hatte. Der vereinsamte Raum erinnerte sie daran, daß ihr Leben zerstört war. Hätte sie irgend etwas tun können, um diese Katastrophe zu verhindern? Hätte sie ihren Vater überzeugen können, sich den Rebellen nicht anzuschließen? Obwohl sie sich so nahe gewesen waren, wäre es ihr wohl nicht gelungen. Wie sie zu Thomas gesagt hatte, wenn er sich zu etwas entschlossen hatte, war er unbeweglich wie ein Fels.

Sie dachte voll Bitterkeit an Eudo, den Sheriff. Er hatte ihren Vater aufgehetzt, dem König die Gefolgschaft zu verweigern. Während sie still über ihren Illustrationen saß, hatte sie oft ihre Gespräche mitangehört. Sie hatte Eudo Mal um Mal von Königsmord und Pflichten reden hören. Bei jedem Besuch hatten sie stundenlang über dieses Thema gesprochen. Und am Ende hatte Eudo doch der Mut verlassen, und er hatte an der Rebellion nicht teilgenommen. Das letzte, was sie von ihm gehört hatte, war, daß er wie viele andere auch nach London zurückgekrochen war und dem Mann gehuldigt hatte, den er als Mörder bezeichnet hatte. Er hatte sicher noch das Amt des Grafschaftsvogts inne. Aber der

Schaden war nun angerichtet. Ihr Vater hatte seine Entscheidung getroffen, und auch der Erzengel Gabriel mit seinem flammenden Schwert hatte ihn nicht zum Einlenken bewegen können.

Er hatte sie geküßt und ihr gesagt, daß sie sich um jeden in Summerbourne kümmern solle, bis er zurück sei. Und dann war er weggeritten, als wolle er zum Markt – abgesehen von den Waffen und der Rüstung auf dem Packpferd. Um jeden kümmern. Dieser Gedanke ließ sie erstarren. Hätte ihr Vater gewollt, daß sie sich um Summerbourne kümmerte, indem sie seinen Nachfolger heiratete? *Ja,* sagte eine innere Stimme.

»Nein«, sagte sie laut. Er hätte gewollt, daß sie einen Ausweg findet.

Um ihren Gedanken zu entfliehen, ergriff sie ihre Nadelarbeit und setzte sich ans Fenster, um Blumen auf ein langes Leinenband zu sticken. Dann fiel ihr ein, daß diese Borte für ein Hemd ihres Vaters bestimmt gewesen war. Beinahe hätte sie den Stoff entzweigerissen, doch sie zwang ihre Finger, weiter zu arbeiten. Man sollte nichts verschwenden, und irgend jemand könnte es verwenden. Aber könnte sie es ertragen, wenn jemand Kleider trüge, die für ihren Vater bestimmt gewesen waren? Nein, niemals. Es war noch schlimmer, als diesen dunklen, kalten Mann an der Stelle ihres Vaters zu sehen. Jungfrau Maria, das alles ist unerträglich.

Aber Felice, Felice würde ihn sicher heiraten wollen. Claire ließ die Nadel sinken. Wenn der Eindringling sie noch heute vor den Altar und in sein Bett schleppen würde, wie ihr erobernder Großvater es damals mit seiner Frau getan hatte?

Als ihr Kammermädchen Maria kam, um Claire zu sagen, daß sie unten in der Halle erwartet werde, erwartet von ihrer Mutter und Lord Renald, mußte sie schwer schlucken und hätte sich am liebsten unter ihrem Bett verkrochen. Ob er einen Priester dabeihatte? Nun, sie würde einfach nein sagen. Sie legte ihre Handarbeit zusammen und sagte sich, daß selbst der König sie nicht tadeln könne, wenn sie nicht an dem Tag heiraten wollte, an dem ihr Vater beerdigt worden war. Mit diesem Gedanken, den sie wie einen Glücksbringer festhielt, stieg sie die Treppe hinunter. Erst als sie die Halle betrat, bemerkte sie, daß der Regen aufgehört hatte und die Sonne zwischen den Wolken hervortrat.

Der Eindringling kam jetzt aus dem Sonnenzimmer, gekleidet in einen knielangen tiefblauen Leinenrock, kaum heller als sein eisernes Hemd, aber nun trug er schwere Goldreifen an den Handgelenken und einen Gürtel mit einer Schnalle voller farbiger Steine. Ihm folgte ein geschorener Mönch mit Schriftstücken unter dem Arm. Das also war das dritte »Ungeheuer«, das nach Summerbourne gekommen war – de Lisles Schreiber. Er wirkte nicht besonders kriegerisch, eher sanft. Seine Augen waren fröhlich. Waren all ihre Reaktionen so unklar gewesen? Sie schaute de Lisle an – groß, hart und düster – und entschied, daß das nicht der Fall gewesen war. Claires Mutter saß schon auf ihrem Stuhl und klopfte mit der Hand auf die Bank neben sich, damit Claire sich dorthin setze. Lady Agnes saß wie angegossen auf ihrem angestammten Platz und starrte vor sich hin. De Lisle ließ sich auf den Stuhl ihres Vaters fallen. Sie haßte ihn.

»Myladys.« Seine Stimme war dunkel und fest. »Wir sollten die Fragen dieser Eheschließung unverzüglich regeln.«

Claire zwang sich, ihm in die Augen zu blicken. »Keine von uns will Euch heiraten, Sir Renald.«

Als ihre Mutter nach ihr griff, stand sie auf und entwand sich ihren Fingern.

»Und was hat das Wollen damit zu tun, Lady Claire?«

»Wir brauchen Zeit. Keine von uns kann an dem Tag heiraten, an dem mein Vater beerdigt wurde.«

Er zog die Augenbrauen hoch. »Aber kann ich jemals eine

fröhliche Braut erwarten? Ich muß gestehen, daß das mehr ist, als ich erhofft habe.«

Blut schoß ihr in die Wangen. Sie durfte nicht vergessen, daß er kein Narr war. »Wenn Ihr uns etwas Zeit gebt, mein Herr. Vielleicht einen Monat –«

»Der König hat befohlen, daß die Zeremonie sofort durchgeführt werden soll, Lady Claire.«

5. Kapitel

»Sofort?«

Sie wurde blaß, was Bruder Nils nicht überraschte. Hatte Lord Renald wirklich vor, die arme Frau vor den Altar und in sein Bett zu zerren, nur Stunden nachdem ihr Vater beerdigt worden war?

»Bruder Nils, die Dokumente.«

»Könnt Ihr lesen, Lady?« fragte Lord Renald.

Lady Claire drehte sich um, um ihm ins Gesicht zu sehen. Nils gefiel es, daß sie Mut und nicht den dümmlichen Stolz ihrer Tanten hatte. »Ja.«

»Englisch oder Lateinisch?«

»Beides.«

Lord Renald zog auf die ihm eigene Art die Brauen hoch. »Nils, gib Lady Claire die Dokumente. Sie kann sie selber lesen.«

Nils kam, um ihr die Schriftstücke zu überreichen. »Lady, hier habt Ihr die Verfügungen des Königs bezüglich Eurer Person und dieses Landes, Lord Renalds Besitzrecht und den Verlobungsvertrag. Letzterer bedarf nur noch der Unterschriften der Braut und der Zeugen.«

»Wie anmaßend.«

Lord Renald schaltete sich ein. »Der König hat das Recht, Gehorsam zu verlangen, Lady Claire. Wollt Ihr den verweigern?«

Als er ihre zusammengepreßten Lippen sah, dachte Nils, Claire von Summerbourne würde König Heinrich alles verweigern, was in ihrer Macht stünde, und er verstand, daß sein Herr von dieser Familie durchaus weiteres törichtes

Verhalten befürchten mußte. Aber schließlich senkte Claire den Blick und schwieg fürs erste. Nils sah, wie ihre Hände zitterten, als sie das weiche Pergament entrollte, und fühlte Mitleid für sie. Was das für ein Gefühl war, einen Fremden heiraten zu müssen, und dann auch noch so einen Fremden? Und das Schlimmste wußte sie ja noch gar nicht.

Sie las die Urkunden laut für ihre Mutter und ihre Großmutter vor, ihre Stimme war klar und fest. Claire von Summerbourne war eine bemerkenswerte Frau. Es war wirklich eine Schande. Claire mußte mit den Tränen kämpfen, als sie die erste Urkunde verlas, die ihren Vater zum Verräter erklärte und sein Eigentum konfiszierte. War das vor oder nach seinem Tod geschrieben worden? Sie hoffte, daß er diese Worte niemals gehört hatte. In der zweiten Urkunde wurde verfügt, daß Summerbourne und das dazugehörende Land sowie alle zugehörigen Rechte und Pflichten an »den aufrichtigsten Diener des Königs, Renald de Lisle, Ritter und Kämpe des Königs« gegeben wurden. Kämpe des Königs. Sie schaute auf und sah, daß auch Renald de Lisle sie musterte. Wenn Steine Augen hätten, sähen sie sicher wie seine aus.

Eilig blickte sie wieder auf den Text, während die Worte wie eine Alarmglocke in ihrem Kopf klingelten. Kämpe, Ritter des Königs bedeutete, daß er für den König in einem Zweikampf antrat. Das kündete von seiner außerordentlichen Leistung als Schwertkämpfer, machte aber auch deutlich, daß er ein *blutbesudeltes Schwert* war. In ihren Augen hatte er keine Seele. Sie begann am ganzen Körper zu zittern, als ihr klar wurde, daß Summerbourne einem solchen Mann gehören würde. Welch eine Entweihung.

Obwohl vor ihren Augen alles verschwamm, holte sie tief Luft und fuhr fort. »Wegen der einstigen Freundschaft zwischen Lord Clarence von Summerbourne und Heinrich, der nun König von England ist ...« – *wie recht, falscher Freund* – »... verfügt der König in seiner Gnade, daß Lord Renald von Summerbourne für die Angehörigen von Lord Clarence sorgt, als wären es die Seinen. Zu diesem Zwecke darf und soll Lord Renald eine von den drei Jungfrauen von Summerbourne auswählen und unverzüglich zu seiner Frau machen.«

Das war alles. Claire schaute zu ihm auf. »Ihr dürft wählen, mein Herr! Warum habt Ihr vorgegeben, daß wir die Wahl hätten?«

»Summerbourne mag die Braut auswählen.«

»Nicht nach dieser Urkunde. Sie überträgt Euch die Wahl.«

»Und ich habe sie weitergereicht. Es spielt für mich keine Rolle.«

Claire rollte das Pergament wieder zusammen und versuchte, einen Funken von Unwahrheit in dieser knappen Aussage zu entdecken. Aber da gab es keinen. Für ihn war es wirklich egal, welche der drei Frauen er heiraten würde. Es war lächerlich, beleidigt zu sein, aber Claire war es doch. Ihr Opfer oder das einer ihrer Tanten bedeutete diesem Mann gar nichts.

Der Wille des Königs war klar. De Lisle mußte eine von ihnen heiraten, und zwar »unverzüglich«. Was bedeutete das? Sie glaubte nicht, daß eine Frist von einem Monat oder auch nur einer Woche möglich wäre. Aber von einem Tag? Man würde ihnen sicherlich einen Tag zugestehen. So lange müßte es gar nicht dauern, Felice zu überzeugen. Obwohl er unnahbar war, so war Renald de Lisle doch kein brutaler Mensch, und er mußte sehr hoch in der Gunst des Königs stehen. Ja, dachte Claire, der durchaus bewußt war, daß sie auch sich selbst überzeugte, er war für Felice ein Geschenk des Himmels. Sie müßte ihn nur einmal genauer betrachten und würde ihr zustimmen.

Felice war draußen im Lager, und Claire und de Lisle waren

hier im Gutshaus! Wenn er eine Heirat wollte, bevor die Geiseln zurückkämen? *Bewahr einen kühlen Kopf, Claire.*
Sie schaute ihn an und hoffte, daß ihr die Panik nicht anzusehen war. »Ich sehe, daß der König ein schnelles Handeln erwartet, mein Herr. Aber sicherlich wird uns noch etwas Zeit für unsere Trauer zugestanden.«
Was er wohl dachte? Sie hatte keine Ahnung. Sie wartete auf ein willkürliches Wort oder eine Geste, die ihn verraten würde, aber er war für sie undurchsichtig wie der Text in arabischer Schrift, den sie einmal gesehen hatte.
Undurchschaubar und ruhig betrachteten seine dunklen Augen sie. »Ja, Lady Claire, ein wenig. Aber versucht nicht, dem aus dem Weg zu gehen.«
Sie erschrak. Es war so, als könnte er ihre Gedanken lesen. Und wenn. Sie verheimlichte schließlich nichts. Claire stand auf und gab dem Schreiber die Urkunden zurück. Nur sein entsetzter Blick machte ihr deutlich, daß sie die Rollen in ihrer Wut zerdrückt hatte. Sie kämpfte darum, ruhig zu werden und ihr Ziel klar im Blick zu behalten. Sie mußte die Zeremonie aufschieben und Felice zurück nach Summerbourne Hall bringen. Sie mußte ihn milde stimmen.
Obwohl sie es haßte, sprach sie unterwürfig und benutzte die korrekte Anrede. »Ihr müßt sehen, Lord Renald, daß wir uns nicht widersetzen –«
»Muß ich das?«
Sie schluckte. »Nicht wirklich widersetzen. Ich bitte Euch, mein Herr, bringt meine Tanten zurück nach Summerbourne Hall. Es gibt keinen Grund, Geiseln zu nehmen, und sie werden dort draußen Schüttelfrost bekommen.«
Seine Augen ließen sie nicht eine Sekunde los. »Je eher wir heiraten, Lady Claire, desto eher können sie wieder in ihrem trockenen Bett schlafen. Wir können die Zeremonie jetzt durchführen, wenn Ihr wollt.«
»Nein!« Unwillkürlich machte sie einen Satz zurück.

»Ihr habt es also lieber, daß Eure Tanten in der Kälte bleiben.«
»Mir wäre es lieber, sie wären sicher und trocken hier drinnen.«
»Dann heiratet mich. Was bringt die Verzögerung?«
»Ich brauche Zeit, um mich damit abzu…«
»Claire«, fuhr ihre Großmutter dazwischen. »Dieser Mann hat ein überzeugendes Argument. Finde dich damit ab.«
Claire wirbelte zu ihr herum. »Er hat den Besitz meines Vaters *gestohlen* – den Besitz deines Sohnes!«
»Dessen Vater meinem Vater den Besitz gestohlen hat.«
»Das ist nicht das gleiche.«
»Für mich sieht es gleich aus.«
Claire wurde plötzlich bewußt, daß sie nicht für eine Sekunde duldsam gewesen war.
Lady Agnes gab ihr einen kleinen Stoß mit ihrem Stock. »Wenn du den Rat einer alten Frau annimmst, die das alles auch durchgemacht hat, dann heiratest du jetzt sofort oder weist das Gesinde an, ein ordentliches Mahl zuzubereiten. Wahrscheinlich stehen die Mägde und Knechte alle um einen Eintopf herum und schauen ihm beim Kochen zu. Schließlich tut einem Mann in der Blüte seiner Jahre nichts so gut wie ein anständiges Essen. Oder wenigstens«, sie zwinkerte, »nur eines.«
Claire spürte, wie ihre Wangen feuerrot wurden. Sie hätte am liebsten geschrien, daß sie den Eindringling lieber vergiftet hätte, als ihm etwas zu essen zu geben. Aber eher würde sie ihm etwas zu essen zubereiten lassen, als mit ihm das Bett zu teilen. Sie starrte ihn an und hoffte, daß er ihren Blick verstand.
Er schaute lediglich zurück mit diesem harten, undurchschaubaren und vieldeutigen Ausdruck. Er hatte vor, die ihm zugedachte Braut zu heiraten und damit seine Rechte an Summerbourne zu sichern. Welche Braut, war ihm

gleichgültig. Und auch die Gefühle der Braut waren ihm gleichgültig. Ihm waren auch ihr Aussehen oder ihr Charakter egal. Sie hatte ihr Haar umsonst geopfert. Ihre Tanten und sie, sie waren nur Figuren in einem Spiel, keine Menschen.

»Felice«, sagte sie verzweifelt, »Lady Felice wäre für diese Heirat sicher viel besser geeignet als ich, mein Herr.«

»Dann hätte sie hierbleiben sollen.«

»Wenn Ihr sie hierherbringen würdet –«

»Ich habe doch bereits gesagt, daß das unmöglich ist.«

»Lady Amice könnte als Geisel zurückbleiben ...« Arme Amice. Sie würde vor Angst ohnmächtig werden. »Oder meine Mutter könnte als Geisel ...«

»Die Wahl ist bereits getroffen worden, Lady Claire.«

Sie hörte einen Schluchzer und begriff, daß es ihr eigener war. Sie holte tief Luft. Zeit. Vielleicht würde er mit der Zeit anders darüber denken. Felice war wunderschön. Wenn sie neben Felice stehen würde, würde er es ganz bestimmt einsehen, ganz besonders jetzt, wo Claire mit Asche verunziert und mit zerstörter Haarpracht dastand. Sie brauchte Zeit, die für Felice wirken würde. Zeit. Eine Mahlzeit!

Plötzlich kamen ihr die Worte ihrer Großmutter wieder in den Sinn. Eine Mahlzeit würde ihn besänftigen. Sie gewann Zeit und hatte eine Ausrede, die Halle zu verlassen. Zu flüchten. »Ich muß nach dem Essen schauen, mein Herr.«

Sie hätte erwartet, daß er sie hinderte, aber er nickte nur.

Als sie zur Tür gehen wollte, sagte Lady Agnes: »Nimm den Jungen mit.«

Claire schaute auf Thomas, der in der Ecke stand und den Eindringling mit haßerfülltem Blick anstarrte. Bitte nicht. Das letzte, was sie nun gebrauchen konnte, war, daß ihr Bruder etwas Unbesonnenes tat. Sie ging zu ihm hinüber. »Komm mit mir in die Küche, Schatz.«

»Ich will hierbleiben.«

»Warum?«
»Ich beobachte ihn.«
»Warum?«
Sie durchbrach mit ihren Fragen die Angst, die ihn fesselte, und er schaute zu ihr auf. »Ich hasse ihn. Das ist Vaters Stuhl. Wir sollten –«
Sie packte ihn fest an der Schulter. »Nicht, Schatz. Nicht. Du kannst nichts tun.«
»Felice hat gesagt, daß ich nun der Mann im Haus bin. Daß ich euch alle beschützen muß. Das ist doch so, oder?«
Claire wünschte Felice ein oder besser noch zwei zusätzliche Jahrhunderte im Fegefeuer. »Thomas, niemand von uns kann hier etwas tun. Und das ist nicht seine Schuld.«
»Aber du wirst ihn heiraten, nicht wahr? Dann ergreifst du seine Partei. Wie Großmutter.«
»Das tut sie nicht. Sie sieht nur keinen Vorteil darin, sich ihm zu widersetzen.«
Er schüttelte verzweifelt seinen Kopf, und seine blonden Locken flogen umher. »Ich meine, früher, nach Hastings, als Großvater herkam. Kennst du Sigfrith von den Stallungen?«
Wovon sprach er bloß? »Ja.«
»Er ist Großmutters Cousin. Er gehörte zur Familie, und nun arbeitet er im Stall. Und Großmutter schert das nicht! Genau das wird auch mir passieren, nicht wahr?«
Claire zog ihn an sich und dämpfe seine immer lauter werdende Stimme. »Nein, mein Liebling. Ich werde dafür sorgen, daß das nicht passiert.« Sie schob ihn wieder von sich und schaute ihm in die wütenden Augen. »Aber Thomas, die einzige Möglichkeit, etwas zu erreichen, ist, vorsichtig zu sein. Und jetzt komm.«
Sie schob ihn vor sich her und aus der Halle hinaus und konnte nicht anders, als sich noch einmal umzudrehen. Renald de Lisle beobachtete sie. Er machte ein Handzeichen,

und schon stand sein Knappe neben ihm. Nur einen Augenblick später folgte er ihr.

»Ich gehe nur in die Küche, um nach dem Essen zu sehen. Vermutlich wollt Ihr etwas essen.«

»Ich will keine Umstände machen.«

Nein, dachte sie. Ihr hindert uns nur daran fortzulaufen. In so kurzer Zeit war aus Summerbourne Hall, ihrem Zuhause, ein Gefängnis geworden.

Zu ihrer Überraschung war in der Küche kein heilloses Durcheinander. Die Stimmung war gedrückt, und einige Frauen tupften sich ihre Augen mit der Schürze ab, aber die Arbeit ging voran. Schon bald würde eine ordentliche Mahlzeit fertig sein. Als Claire mit einem Knecht über die Bierfässer sprach, lenkte sie ein Lachen ab. Sie schaute sich um und sah, wie ihr Bewacher entspannt am langen Tisch saß und die neugierigen Dienstboten unterhielt. Ob es Zufall oder Absicht war, jedenfalls erhellten seine Jugend, seine Sommersprossen und sein fröhliches Lachen in diesem Moment die ganze Küche. Sie ignorierte den Schmerz, den dieses Lachen verursachte. Sie konnte nicht bleiben und sich um jeden kümmern, aber sie wollte auch nicht, daß es ihnen schlechtging. Wenn der Knappe und sein Herr Fröhlichkeit mitbrachten, mußte sie das gutheißen. Es schmerzte sie auch zu sehen, daß Thomas neben dem Knappen saß und ruhiger wirkte, als er nun einer Geschichte aus London lauschte.

War das nicht genau das, was sie gewollt hatte – daß er seinen Zorn und seine Furcht vergaß und die Situation hinnahm? Claire wußte nicht mehr, was sie eigentlich wollte, außer zu fliehen. Warum versuchte sie nicht jetzt, zum Lager vor dem Tor zu kommen? Sie würde Felice von den Vorteilen dieser Partie überzeugen, und ihre Tante würde zurück ins Herrenhaus kommen, um die Hochzeit vorzubereiten. Und Claire würde an ihrer Stelle bei Amice bleiben. Sie versuchte das Naheliegende und entfernte sich langsam aus der Küche. Sofort hörte sie den jungen Mann hinter sich. Sie hielt an, um ihn anzuschauen. »Werdet Ihr mir überallhin hinterherschleichen?«

»Ich werde hinter Euch herstapfen, wenn Euch das lieber ist, Lady.«

»Wo werde ich wohl schon hingehen?«

Er hatte ein ehrliches, offenes Gesicht und wirkte betroffen. »Nun, das weiß ich nicht, Lady. Aber Lord Renald hat befohlen, daß ich bei Euch bleibe, also bleibe ich in Eurer Nähe.«

»Ist er so ein furchteinflößender Herr?«

»Er erwartet, daß seine Befehle befolgt werden, Lady. Ohne Zweifel haltet Ihr es ganz genauso.«

Da hatte sie es. Der Knappe war genausowenig ein Narr wie sein Herr. Also wie würde sie ihm entkommen? »Ich gehe nach oben ins Frauengemach. Werdet Ihr mir dahin auch folgen?«

»Ist es oben?«

»Ja.«

»Ich versichere Euch, daß ich vor der Tür warten werde. Ich glaube nicht, daß Ihr fliegen könnt.«

Claire schnaufte genervt und ging davon. Innerlich aber war sie höchst zufrieden. Er dachte also, nur weil sie im oberen Stockwerk war, würde sie nicht fliehen können?

Die Große Halle, das Wohn- und Schlafgemach der Eltern sowie das Arbeitszimmer ihres Vaters lagen im Erdgeschoß. Darüber die Schlafräume der Söhne und Töchter des Hauses; und die Fenster des Holzhauses waren hoch oben, kein Wunder, daß er sich sicher war, daß sie nicht fliehen konnte.

Claire ging in ihren Schlafraum und schloß die Tür vor der Nase des Knappen. Dann riß sie eine Truhe auf und suchte das lange, aufgerollte Seil. Nachdem Menschen in

der Nachbarstadt im oberen Stockwerk eines Hauses verbrannt waren, hatte ihr Vater angeordnet, daß in jedem Raum ein Rettungsseil lag und Eisenringe an den Außenwänden befestigt wurden, um das Seil daran knüpfen zu können.
Claire schaffte das Seil zu einem der Fenster und warf einen Blick nach draußen. Sofort wurde ihr klar, daß das nicht funktionieren würde. Beide Fenster konnten schon von weitem eingesehen werden. Jetzt, wo es endlich nicht mehr regnete, eilten die Bediensteten hin und her, um die lange versäumten Arbeiten nachzuholen. Sie würden Claire kaum übersehen können, wenn sie an einem Seil herabrutschen würde. Vielleicht würden die Leute des Gutes sie nicht verraten, aber sie konnte sich nicht sicher sein. Obwohl sie fürchterlich ungeduldig war, würde sie bis zum Einbruch der Nacht warten müssen. Das würde auch reichen. Schließlich war für heute ja keine Hochzeit geplant. Sie verstaute das Seil wieder in der Truhe und verließ den Raum, wobei sie den Knappen ignorierte, der ihr wie ein geduldiger Hund nach unten folgte.
Die Halle war verlassen. Nur ihre Großmutter saß an ihrem üblichen Platz, und Mägde begannen den Tisch für das Abendessen zu decken.
»Wo sind die anderen?« fragte Claire Lady Agnes.
»Im Arbeitszimmer. Lord Renald und sein Schreiber gehen mit deiner Mutter und einigen anderen die Wirtschaftsbücher durch. Er hat schon alles in der Hand.«
»Mit festem Griff an sich gerissen, meinst du wohl?«
»Wenn du willst. Und was willst du?«
Ich wünschte, es wäre gestern. Oder vielmehr Monate früher, bevor das alles begonnen hatte, bevor es Tote gab. »Eine Wahl«, sagte sie.
»Eine Wahl? Das ist wahrer Luxus. Aber du hast doch die Wahl. Du kannst den Mann heiraten und Summerbourne

behalten, wie es sein soll. Oder du kannst Felice überreden. Dann werden wir alle unter ihr leiden. Oder du kannst darauf bestehen, daß wir alle arm, aber ehrenvoll von hinnen ziehen.«

Claire schaute sie an. »Was ist an der Ehre verkehrt?«

»Es ist vieles verkehrt daran, daß man verhungert.« Dann schüttelte ihre Großmutter den Kopf. »Claire, Claire. Akzeptiere die Wirklichkeit. Ich gestehe, daß ich mir Sorgen gemacht habe, als ich dich dazu drängte, einen fremden Mann zu heiraten. Aber jetzt nicht mehr. Er wird einer vernünftigen Frau ein guter Ehemann sein.«

»Ich werde niemals vergessen, wie er in mein Leben getreten ist.«

»Es wird dich erstaunen, aber du wirst es vergessen. Ich habe die Namenstage meiner Kinder vergessen, was ich niemals geglaubt hätte, als ich ihnen unter Schmerzen das Leben schenkte.« Sie lächelte leicht. »Aber ich erinnere mich auch. Ich erinnere mich daran, daß meine Mutter zu mir sprach, wie ich jetzt zu dir rede. Und ich erinnere mich daran, daß ich sie für ein herzloses Ungeheuer hielt, weil sie einfach weiterging, während ihr Mann und ihre Söhne irgendwo in einer Grube lagen. Ob es dir gefällt oder nicht, Claire, ich weiß, was du durchmachst, und mir kommt es nicht so vor, als sei es schon so lange vorbei. Ich sag' dir, in zwanzig oder dreißig Jahren wird es fast nichts mehr sein. Also mach nichts Närrisches. Das ist es nicht wert.«

Claire drehte sich um. Felice zu überreden, diesen Mann zu heiraten, war nicht närrisch. Zugegeben, Felice hatte eine spitze Zunge, aber sie würde bestimmt sanfter werden, wenn sie zufrieden verheiratet war. Die Frage war nur, ob es für sie zufriedenstellend sein würde, Renald de Lisle zu heiraten. Natürlich würde es so sein. Sie würden sein wie zwei Eiszapfen unter einem Dachvorsprung.

Als ein Knecht kam, um zu melden, daß das Dach der Molkerei leckte, war sie froh, ihren Gedanken zu entkommen. Es war kein Notfall, aber trotzdem ging sie nach draußen. Sie schürzte das Kleid und ging vorsichtig über die Baumstämme, die die Gebäude miteinander verbanden. Trotzdem bekam sie nasse Füße.

Als sie sich umdrehte, sah sie, daß der Knappe ihr folgte und das Gesicht verzog, als er versuchte, in dem Matsch Halt zu finden. Mit einem Anflug von Schalk dachte sie, sie sollte als nächstes die Abfallgrube überprüfen.

Aber als sie die Bänke in der Molkerei aus der Gefahrenzone hatte bringen lassen und den Dachdecker bestellt hatte, der am nächsten Tag den Schaden reparieren sollte, war jeder Gedanke verschwunden, de Lisles Wachhund durch die stinkende Müllgrube zu schleppen. Der arme, junge Mann erfüllte nur seine Pflicht.

Auf dem Weg ins Gutshaus fiel ihr ein, daß die Sorge um Summerbourne nun ja nicht mehr ihre Sache oder die ihrer Mutter war. Sie hätte den Knecht auch zu de Lisle schicken können. Ha! Ein Kampfwolf würde ein Dach kaum von einem Wurf Schweine unterscheiden können! Da fiel ihr ein, daß es kurz vor dem Sturm einen neuen Wurf gegeben hatte, und sie schlug den Weg zu den Schweineställen ein. Sie sah, wie die Kleinen geradezu genußvoll im Schlamm schwammen, und bemerkte, wie sie über ihre Possen lächeln mußte. Es stimmte. Das Leben ging weiter.

»Schöne, gesunde Tiere.«

Claire drehte sich um und sah, daß anstelle des Knappen nun sein dunkler Herr hinter ihr stand.

Ihr Lächeln erstarb. »Warum sollte es anders sein?«

Er lehnte sich gegen einen Pfosten, der neben ihm wie ein Streichholz aussah. »Ich verstehe nicht viel von Landwirtschaft, Lady Claire, aber ich gehe einmal davon aus, daß gesundes Vieh kein Zufall ist.«

»Und wovon versteht Ihr viel?«

Er hatte dunkle Augen von einem tiefen dunklen Braun. Sie waren groß genug, um gefallen zu können. Aber sie waren rotgerändert und sahen müde aus. Er mußte eine lange und beschwerliche Reise hinter sich haben, wahrscheinlich war er die ganze Nacht geritten. Sie fragte sich, warum. Selbst daß er ihren toten Vater nach Hause bringen wollte, machte es nicht nötig, ohne Rast zu reiten, und das auch noch bei einem solchen Wetter. Wahrscheinlich hatte er es eilig gehabt, seinen Besitz zu sehen. Und seine Braut.

»Wovon ich viel verstehe?« wiederholte er. »Waffen, Verteidigungstechniken, Rüstungen, Kämpfen.«

»Vom Geschäft des Tötens.«

»Ja. Und ich bin sehr erfolgreich.«

»Erfolgreich!«

»Wenn Eure Zeit einmal kommen sollte, Mylady, wolltet Ihr dann lieber auf ungeschickte Art getötet werden?«

Claire hielt sich an einem Geländer fest. Drohte er ihr?

»Ich bitte um Entschuldigung. Ich wollte Euch nicht erschrecken. Das ist nur die Wahrheit. Wenn ein Mensch durch das Schwert sterben muß, hofft er, einen guten Kämpfer vor sich zu haben. Muß er durch das Beil sterben, hofft er, daß es scharf ist. Muß er an einer Krankheit sterben, hofft er, daß die Krankheit schnell verläuft.«

Claire starrte vor sich hin und fragte sich, ob er tatsächlich menschliche Gefühle hatte. Dann schmetterte die Trompete, die zum Essen rief, und sie ergriff die Möglichkeit zu entfliehen. Aber sie drehte sich zu schnell um und rutschte im Matsch aus. Eine starke Hand faßte sie am Arm und hielt sie fest. Dann spürte sie, wie er sie auf seinen Armen über die Baumstämme trug.

»Laßt mich runter!« Sie fühlte sich hilflos wie ein kleines Kind, dabei war sie weiß Gott nicht klein. Aber sie war voller Panik, weil er sie berührte.

Er blieb stehen. »In den Schlamm?«

»Ja.«
Sein Gesicht war ihr so nahe, daß sie seine dunklen Bartstoppeln und seine langen, dichten Wimpern betrachten konnte. »Lady Claire«, sagte er, »kein Mensch, der bei Verstand ist, würde freiwillig durch diesen Matsch gehen. Wenn Ihr mich tragen könntet, wäre ich froh, wenn Ihr es tun würdet.«
Beinahe hätte sie gelacht. Sie schaute schnell weg, denn sie hatte überrascht und verwirrt festgestellt, daß er nur wenige Jahre älter als sie war und daß er durchaus Scherze machen konnte. Aber vielleicht war es gar kein Scherz gewesen. Auf den glitschigen Stämmen entlangzugehen war selbst für ihn nicht einfach, aber Claires Gewicht machte ihm gar nichts aus. Niemals hatte sie sich so hilflos gefühlt.
Felice. Es würde ganz gewiß sie sein. Es mußte Felice sein. Es entging ihr nicht, welche Wirkung sein Körper, der ihrem so nahe war, auf sie ausübte. Sie spürte, wie sich ihre Wangen röteten und wie schnell ihr Herz raste. Und es raste nicht vor Angst. Es war, das spürte sie ganz deutlich, die Reaktion einer Frau auf einen Mann. Sie erkannte die Gefahr. Unter diesem Zauber taten Frauen die verrücktesten Dinge.
Als er wieder festen Boden unter den Füßen hatte, ließ er sie vorsichtig hinuntergleiten, aber sie verharrte in seinen Armen, spürte seinen Körper und betrachtete sein schönes Gesicht. Er berührte ihr Haar. »Das ist eine Schande.«
Sie kämpfte gegen ihre Schwäche an, gegen ihr Angezogensein, und benutzte ihre schärfste Waffe. »Der Tod meines Vaters ist eine Schande.«
»Das stimmt.« Aber es war, als trüge er eine Rüstung, die ihn gegen solche Worte schützte. Finger strichen durch ihr Haar und hinterließen ein Kribbeln. Sie drängte sich aus seinem Arm – ganz leicht, aber sie spürte schon, daß ihre ganze Kraft nicht reichen würde, sich von ihm zu befreien. Gegen ihren Willen begann sie zu zittern.

Plötzlich ließ er sie los. »Ganz sicher ist der Tod Eures Vaters eine Schande, Lady Claire. Er war ein guter und feiner Mensch.« Mit diesen Worten ging er ins Haus und setzte sich an die Hohe Tafel.
Claire wünschte, sie hätte an irgendeinem Platz in der Halle sitzen können, ganz weit weg von ihm und seinem beunruhigenden Körper, aber auch sie hatte ihren Platz an der Hohen Tafel. Und so saß sie zu seiner Rechten.

6. Kapitel

Von den Hofleuten begann jemand zu musizieren, und der Knappe brachte Wasser und eine Schale zum Händewaschen. Ale wurde serviert, und Lord Renald goß Claire und ihrer Großmutter ein, bevor er sich selbst nahm. Mit Erleichterung registrierte Claire seine ausgezeichneten Manieren. Sie mußte kein schlechtes Gewissen haben, wenn sie ihn an ihre Tante loswerden wollte. Wirklich nicht. Wie bald würde sie von Summerbourne fliehen können?

»Lady Claire«, sagte er, »versucht nicht, die Pläne des Königs zu vereiteln.«

Sie starrte ihn an. Konnte er tatsächlich Gedanken lesen?

»Ich bin immer noch der Ansicht …«

»Es ist beschlossen. Wann sollen wir heiraten?«

Claire schaute sich um, als würde von irgendwo unerwartete Hilfe auftauchen. Engel vielleicht? »Mein Herr, meine Tanten sollten die Möglichkeit haben, Euch zu treffen.«

»Wir haben uns bereits getroffen.«

Sie lachte unsicher. »Im Regen. Zu einem ungünstigen Zeitpunkt. Sie sollten …«

»Ihr seid meine Braut.«

Claire versuchte ein Lächeln. »Wir waren uns dessen so nicht bewußt, mein Herr.«

»So war die Vereinbarung.«

Vielleicht waren doch Engel im Raum. Der erste Gang unterbrach das Gespräch. Claire füllte ihm Suppe auf, dann nahm sie sich selbst, konzentrierte sich ganz auf das Essen und hoffte, daß das Thema nun beendet war.

Als sie wieder ganz ruhig war, betrachtete sie ihn aus den Augenwinkeln, um seine Vorzüge zusammenzustellen, die sie Felice präsentieren wollte. Er war der Kämpe des Königs – das zeigte, wie hoch er in Heinrichs Gunst stand. Er war schön, wenn einer Frau kantige Züge und kräftige Knochen gefielen. Er aß seine Suppe, ohne zu kleckern. In den verhängnisvollen Augenblicken in seinen Armen hatte sie zudem bemerkt, daß er nicht schlecht roch. Er hatte einen Geruch nach Pferden und Leder an sich, etwas ganz und gar nicht Schlechtes.

Er sah, wie sie ihn betrachtete, und zog die Brauen hoch. Schnell begann sie zu sprechen, bevor er wieder die Frage der Heirat anschneiden konnte. »Woher kommt Ihr, Lord Renald?« Sie glaubte einen Hauch von Erheiterung in seinen müden Augen zu sehen. »Aus Frankreich, Lady. Aus einer Gegend, die man Sauveterre nennt.«

»Das wilde Land?« Allzu passend, fand Claire.

»Es ist rauh und herb.«

Wie er. Aber er war nicht herb. Nicht …

»Und vermißt Ihr diese Gegend?« fragte sie schnell, als sie bemerkte, daß sie ihn musterte. Dieses Mal verzog er die Lippen in ganz offensichtlicher Erheiterung, und Claire schauderte es bei dem Gedanken, daß er sie lustig fand.

»Wahrscheinlich vermissen wir alle ein wenig den Ort, an dem wir unsere Kindheit verbracht haben. Aber nun ist England mein Zuhause, und es hat mich gut aufgenommen.«

Das Brot drohte Claire im Halse steckenzubleiben. Ja, das hatte England wirklich. Es hatte ein reiches und komfortables Gut gestellt. Claire war dankbar, daß er ihr nachschenkte, und nahm einen kräftigen Schluck Ale. Sie sah, wie de Lisle sie mit einer hochgezogenen Braue betrachtete.

»Wann seid Ihr nach England gekommen?« fragte sie schnell.

»Wir waren hin und wieder schon hier, aber hierhergezogen sind wir erst nach Heinrichs Krönung.«
»Wir?«
Er lächelte so, daß sie endlich das beklemmende Gefühl verlor, hilfloser Spielball in den Klauen eines Raubtieres zu sein.
»Ich sprach von meinem Freund FitzRoger und mir. Wir sind seit langen Jahren wie Brüder.«
Wie Brüder. Waffenbrüder. Ihre Panik kehrte zurück. Sie hatte von dem Mann namens FitzRoger gehört – ganz England kannte ihn. Bastard FitzRoger nannte man ihn gewöhnlich wegen seiner unehelichen Abstammung und vielleicht auch wegen seines Charakters. Er war in den barbarischen Kriegszügen scheinbar unbesiegbar gewesen, so daß König Heinrich ihn zu seinem Kämpen gemacht hatte. Er war ohne Zweifel ein Mann wie Baldwin von Biggin.
»Mein Freund hat vor nicht allzu langer Zeit geheiratet«, fuhr er fort, brach ein Stück Brot und gab auch ihr ein Stück.
»Eine Dame, die aus dem Norden stammt, aus Carrisford. Vielleicht habt Ihr davon gehört?«
»Ich war schon einmal dort«, sagte sie überrascht. »Carrisford ist eine riesige Burg aus Stein. Dort leben viele Gelehrte und Künstler. Lord Bernard ist wie mein Vater ein Forscher und schätzt schöne Dinge.«
»Lord Bernard ist tot, Lady.«
In dem Moment fiel es auch ihr wieder ein. »Ja, natürlich. Wir haben davon gehört. Eine traurige Geschichte.«
Ein zweites Mal drohte sie, an dem Brot zu ersticken. Es hatte sich herumgesprochen, daß Lord Bernard nach einer eher kleinen Verletzung, die er sich auf der Jagd zugezogen hatte, an einem Wundfieber gestorben war. Alle waren erschüttert und traurig, denn er war ein guter Mensch gewesen. Niemand hatte gedacht, daß es nicht mit rechten Dingen zugegangen sein könnte. Aber jetzt mußte Claire daran denken. Ein mächtiger Mann starb, und seine Tochter, die arme,

gute Imogen, wurde mit einem Mann verheiratet, der beim König in Gunst stand. Ob auch sie sofort heiraten mußte, ob man sie wohl vor den Altar gezwungen hatte mit einem Mann, der noch größer und noch brutaler als dieser sein mochte? Sie schob ihre Suppenschale beiseite.

»Schmeckt Euch diese dicke Suppe nicht, Lady Claire?«

»Ich habe heute nur wenig Appetit.«

Sie befürchtete, er würde sie drängen weiterzuessen, aber er sagte kein Wort. Er drängte sie auch nicht zu einem weiteren Gespräch, sondern wandte sich zur Seite, um mit ihrer Großmutter zu sprechen, und Claire neigte sich seinem Schreiber zu, der an ihrer anderen Seite saß.

»Dient Ihr Lord Renald schon lange, Bruder?«

Er hatte ein liebenswürdiges und gewöhnliches Gesicht, farblose Haare, aber seine Augen waren wach und klug. »Überhaupt nicht, Lady.«

Ihr fiel nichts mehr ein, was sie sonst noch sagen konnte. Zudem kreisten ihre Gedanken um Carrisford. »Was haltet Ihr von Summerbourne?« versuchte sie, ein Thema zu finden.

»Ein sehr freundlicher Ort – und wohlhabend, wie es scheint.« Er lächelte sie an. »Ich komme aus dem Norden, dort ist es viel karger.«

Sie unterhielten sich zwanglos, bis das Essen vorüber war. Dann konnte sie in ihre Schlafkammer flüchten, um über Lord Bernard von Carrisford und seinen Tod nachzudenken, der so gelegen gekommen war.

Erst Lord Bernard. Nun ihr Vater. Zwei Güter, die in die Hände von Männern gefallen waren, die zu den Lieblingen des Königs zählten. War der Tod ihres Vaters mehr als ein üblicher Todesfall? Sie mochte es kaum denken, war ihr Vater *ermordet* worden? Ihr Vater hatte fest daran geglaubt, daß Gott die Guten beschützt, aber konnte Gott einen auch vor einer Mordtat beschützen? Zu viele Beispiele zeigten, daß es nicht so war. Sie mußte nur die Straße entlangreiten und konnte jederzeit von flüchtigen Soldaten oder Gesetzlosen überfallen werden. Einer ihrer Onkel war auf diese Art gestorben, und er war ganz gewiß ein besserer Mensch gewesen als sein Mörder.

Nein. Gott konnte das Leben nicht beeinflussen und dafür sorgen, daß es gerecht verlief. Es gab Mißernten, und Menschen mußten hungern. Häuser brannten nieder. Erst vor ein paar Tagen war die süße, kleine Tochter des Böttchers ertrunken. Wenn es ein Mord gewesen war, was sollten sie nun unternehmen? Was konnten sie überhaupt tun?

Claire ging nach unten zum Zimmer ihrer Mutter – ihrem neuen Raum, einer kleinen Kammer neben dem großen Sonnenzimmer, das früher für die Babys benutzt worden war.

»Imogen ist also mit diesem FitzRoger verheiratet worden«, sagte ihre Mutter, die schon ihr Nachtgewand übergestreift hatte. »Nun, nach dem, was wir wissen, ist er ein ehrenwerter Mann.«

»*Bastard* FitzRoger? Mutter, Lord Bernards Tod kam so überraschend! Und nun Vater –«

»Clarence' Tod war nicht überraschend, Claire. Was reimst du dir bloß zusammen?«

»Weißt du genau, wie Vater gestorben ist?«

Ihre Mutter schlug die Hände vor die Brust. »Wie kannst du fragen –«

»Ich muß es wissen! Ich muß wissen, ob es … mit rechten Dingen zugegangen ist.«

Die Mutter seufzte tief. »Es war das Schwert. Mitten ins Herz. Von vorn. Er trug seinen Kettenpanzer. Er kann nur in einem Kampf getötet worden sein. Hör bitte auf, darüber nachzudenken.«

»Was für ein Kampf? Wir sollten fragen, wann und wo …«

Lady Murielle erhob die Hände gen Himmel. »Claire, ich will nicht wissen, wo und wann! Was soll das ändern?«
Claire drehte sich um, um zu schauen, ob jemand zum Lauschen in den Raum geschlichen war. Dann flüsterte sie: »Wenn der König es arrangiert hat, daß Vater stirbt ...«
Die Mutter packte sie ganz fest an den Schultern. »Claire, Claire! Willst auch du eine Verräterin werden? Es spielt keine Rolle, selbst wenn Heinrich Beauclerk deinen Vater mit seinen eigenen Händen getötet hätte! Clarence hat sich an der Rebellion beteiligt. Sie mißlang, und so waren alle verloren. Das einzige, was du nun tun kannst, ist, Lord Renald zu heiraten.«
»Aber ...«
»Claire, denk nach! Denk an die Ehre deines Bruders. Willst du, daß er ein Bettler wird?«
»Es geht um mein Leben. Um mein ganzes Leben.«
Lady Murielle lockerte ihren Griff und strich ihrer Tochter über die Wange. »Du hättest schon vor einigen Jahren heiraten sollen, meine Liebste, und nun ist hier ein guter, hübscher und junger Mann für dich da. Ich weiß, wie hart das besonders direkt nach Vaters Tod ist, aber abgesehen davon ist er eine ausgezeichnete Partie. Ich bin sicher, daß er ein sehr guter Ehemann sein wird.«
Claire starrte ihre Mutter an. »Er ist aus Granit und hat keine Seele. Er redet über den Tod wie du und ich über Handarbeiten.«
Das Lächeln der Mutter wurde starr, aber sie lächelte tapfer weiter. »Du machst dir zu viele Gedanken. Dieser Tag war für ihn genauso schwer wie für uns. Gib ihm Zeit, damit er seine guten Seiten zeigen kann.«
»*Welche guten Seiten?*« fragte Claire sich still. Davon war nichts zu entdecken, und ihre Mutter würde noch am Teufel irgendwelche Tugenden entdecken, wenn er ihr Sicherheit für ihren Sohn anbieten würde.

Claire ging in ihre Kammer zurück und kämpfte mit den Tränen, denn sie fühlte sich unendlich verloren. Es tröstete sie nur der Gedanke, daß es bald dunkel werden würde und daß sie bald entkommen konnte. Dann würde sie zu Felice gehen und sie davon überzeugen, Renald de Lisle zu heiraten.

Sie rief Prissy und Maria, damit sie ihr Bett fertigmachten. Nackt glitt sie zwischen die Laken, und ihre Kammermädchen legten sich auf ihre Strohsäcke. Nun mußte Claire nur noch darauf warten, daß sie, genauso wie alle auf Summerbourne, tief schliefen. Weinend schlief sie ein und erwachte, als es dunkel war. In der Ferne schlug die Glocke des Klosters Mitternacht. Sie schlüpfte aus dem Bett und in ihre Kleider. Dann öffnete sie die Truhe und nahm das Seil heraus. So leise wie möglich befestigte sie es am Ring am Fenster. Als sie in die Dunkelheit blickte, raste ihr Herz. Mitternacht war eine unheimliche Stunde – die Stunde der Ungeheuer, der Schwarzen Magie und des Teufels. Noch nie hatte sie Summerbourne bei Nacht verlassen. Aber ihr war klar, daß das Gutshaus für sie keine Sicherheit mehr bot, selbst dann nicht, wenn sie sich an den heimischen Herd verkroch. Die Mitternacht lastete wie der neue Herr über dem Haus.

Bis auf die Wächter schliefen alle. Im Licht des Halbmondes konnte Claire die Männer auf den Befestigungen umhergehen sehen. Sie gehörten zwar zu Summerbourne, aber es war möglich, daß sie Alarm schlugen. Deshalb wartete sie, bis sie so weit wie möglich entfernt waren, und kletterte dann schnell über den Fenstersims und rutschte am Seil hinunter. Der Boden war mittlerweile etwas getrocknet, so hatte sie keine allzu große Mühe, als sie zum Nebentor ging. Sie war froh, daß sie den Weg kannte, denn das Mondlicht war nicht hell und ließ vieles trügerisch wirken. Claire stellte sich vor, wie de Lisle in seinem langen, dunklen Mantel in einer dunklen Ecke lauerte.

Sie bekreuzigte sich. *Jungfrau Maria, beschütze mich vor dem Bösen der Dunkelheit.*

Das Nebentor lag direkt gegenüber vom Haupttor hinter den Ställen. Es war eine hüfthohe Luke, die von der Innenseite fest verriegelt war, durch die man aber im Notfall fliehen konnte. Wahrscheinlich konnte man es auch bei Angriffen benutzen, aber es war nicht ganz einfach durchzukommen, da dies nur auf allen vieren möglich war.

Claire schob den Riegel zurück, öffnete die Tür und kroch hindurch. Dann schloß sie sie wieder ganz vorsichtig, schlitterte im Matsch zum Graben hinunter und hoffte, daß keiner der vor den Toren postierten und bewaffneten Wachen sie entdeckte. Der Geruch des Wassers war fürchterlich, und sie erkannte – leider zu spät –, daß der Regen den Graben mit stinkendem Abwasser gefüllt hatte. Sie versank bis zu den Knien in der Brühe und mußte einen Schrei des Ekels unterdrücken. Den Atem an- und die Nase zuhaltend, watete sie durch das Wasser. Als sie auf der anderen Seite wieder hochkletterte, hatte sie das Schlimmste überstanden.

Sie ließ sich ins Gras fallen. Ihr wurde klar, daß sie sich keine Gedanken darüber gemacht hatte, wie sie ein von Bewaffneten bewachtes Lager betreten und in ein Zelt gelangen wollte. Wieder traten ihr Tränen in die Augen, aber sie war nicht sicher, ob es an ihrer elenden Lage oder aber an den Gerüchen lag, die aus ihren Kleidern stiegen. Entschlossen riß sie sich zusammen. Es ging um ihr Leben. Sie war draußen. Das war schon ein Gewinn. Nun mußte sie zum Lager kommen, in dem ihre Tanten gefangengehalten wurden.

Sie kroch auf allen vieren durch das nasse Gras, wobei ihre Kleider sie behinderten. Sie betete, daß die Wachen sie für ein Schaf halten würden, wenn sie sie sähen. Sie biß sich auf die Lippen, denn sie mußte daran denken, daß sie alle Schafe waren und de Lisle der Wolf. Und Mitternacht war seine

Stunde. Nun betete sie darum, daß sie sich irrte und Summerbournes Wolf fest schlief.
Nachdem sie noch auf Schafkot gestoßen war, was ihre Verfassung noch verschlimmerte, erreichte sie endlich die Ecke der Palisade. Da hörte sie hinter sich Stimmen. Jemand hatte das geöffnete Nebentor entdeckt!
Sie sprang auf, um weiterzulaufen, aber dann wurde ihr klar, daß sie dann verloren war. Die Wachen auf dem Wehrgang antworteten bereits auf die Fragen. Claire legte sich flach auf den feuchten Boden, verharrte regungslos. Vielleicht wußten sie gar nicht, daß sie geflüchtet war, und würden glauben, daß das Tor immer unverschlossen war. Da fiel ihr ein, daß sie das Seil an der Wand hatte hängenlassen. Närrin! Wie gedankenlos und dumm.
Es wurde so still, als würde die Welt den Atem anhalten. Was war passiert? Waren sie fortgegangen und hatten sich wieder zur Ruhe gelegt? Ob sie weiterkriechen konnte?
Sie hörte ganz in der Nähe ein Rascheln. Nur Einbildung. Nein, da war es wieder. Ein Schaf. Oder ein Kaninchen. Würde ein Kaninchen ein glucksendes Geräusch von sich geben? Der schwarze Mann? Oder noch schlimmer …
Sie konnte es nicht mehr ertragen und hob langsam den Kopf, um zur Seite zu schauen. Ein großer, dunkler Umriß verstellte ihr den Blick, er beugte sich über sie –
Verzweifelt versuchte sie, davonzukommen, aber eine Hand packte sie an den Kleidern und hielt sie zurück. Bevor sie schreien konnte, wurde sie aus dem Schlamm gezerrt und wie ein Sack über eine breite Schulter geworfen.
Der Wolf!
Voller Angst trat und schlug sie auf seinen Rücken ein. Ein kräftiger Schlag auf ihr Hinterteil ließ sie damit aufhören. Voll Furcht dachte sie: Was er nun wohl mit ihr machen würde?
Am Nebentor ließ er sie einfach fallen. »Hindurch!«

Es war besser, nichts zu sagen, und Claire kroch hindurch, drehte sich um und sah zu, wie er sich hinter ihr durch die Öffnung zwängte. Zwei Bedienstete des Hauses standen mit Fackeln neben dem Eingang, aber die würden ihr nicht helfen. Sie starrten sie an, als wäre sie ein Ungeheuer auf dem Jahrmarkt.

Der Knappe – ihr Aufpasser – kroch nach de Lisle durch die Türöffnung und schaute sie angeekelt an. Ob er wohl auch geschlagen werden würde?

De Lisle packte sie am Arm und zerrte sie zum Haus. Sie wehrte sich nicht. Ihr war bewußt, daß er ihr das Fleisch von den Knochen reißen konnte. Was sie viel stärker beschäftigte, war, daß sie versagt hatte. Sie würde diesen Mann heiraten müssen, diesen Mann mit der mitternächtlichen Seele.

Er hielt inne, bevor sie das Gutshaus erreichten.

Als Claire sich umschaute, sah sie, daß sie am Brunnen standen.

Ob er sie ertränken wollte?

»Josce, zieh etwas Wasser herauf!«

Sie schaute ihn völlig verwirrt an. »Was habt Ihr vor?«

»Euch waschen, Dummerchen.«

»Ich werde ein Bad nehmen …«

»Ihr seid doch viel zu verdreckt. Und ich jetzt natürlich auch, nachdem ich hinter Euch hergejagt bin.« Er nahm seinem Knappen den Eimer ab und goß den eisigen Inhalt über ihr aus.

Sie schrie auf und versuchte wegzulaufen, aber er hielt sie fest. Nur wenig später ergoß sich eine zweite Ladung über sie, und sie begann mit den Zähnen zu klappern.

»Das reicht«, japste sie. »Es tut mir leid.«

»Das soll keine Bestrafung sein.« Er drehte sie um und schüttelte den Kopf. »Dann geht. Eure Kammermädchen warten auf Euch. Und faßt nichts an, bevor Ihr nicht diese Sachen ausgezogen habt und gewaschen seid.«

Prissy wartete auf sie. Sie hatte fest geschlafen, war aber wach genug, um bei Claires Anblick in Entsetzen auszubrechen. Dann wurde Claire in die Küche zum großen Waschzuber geschoben, die zerfetzten und verdreckten Kleider wurden ihr vom Leib gerissen, und sie sank in das warme, nach Kräutern duftende Wasser.

Als sie sich wusch, mußte sie weinen. Sie weinte, weil ihr Plan mißlungen war und weil ihr klar war, daß sie nie wieder eine Chance zur Flucht haben würde. Und sie weinte vor Angst, denn sie war sicher, daß sie bestraft werden würde. Im Haus ihres guten Vaters waren Strafen selten und milde gewesen. Aber sie kannte andere Geschichten, und der Gedanke an den Schlag, den sie auf ihr Hinterteil bekommen hatte, und an seinen Ledergürtel ließen sie zittern.

Diese Angst ließ sie im Wasser verweilen, bis es kalt war. Schließlich streckte Prissy ihr ein Handtuch entgegen. »Kommt, Lady Claire. Ihr werdet schrumpeln wie ein Apfel, wenn Ihr noch länger im Wasser bleibt.«

Claire hüllte sich in das große, warme Tuch, dann zog sie sich ein sauberes Hemd an. »Ich brauche eigentlich nur eine Decke, die ich um mich herumwickeln kann, wenn ich in mein Zimmer gehe, Prissy.«

Das Mädchen schaute sie seltsam an. »Wie Ihr wollt, Lady. Aber er will noch mit Euch sprechen.«

»Jetzt?« Ihre Stimme überschlug sich. Claire räusperte sich und wiederholte: »Jetzt?«

»Ja, jetzt. Und wenn Ihr mich fragt, er hat die Geduld eines Heiligen. Wie Ihr herumlauft. Ich weiß nicht, was Ihr von ...« Claire ließ die Moralpredigt über sich ergehen.

Jetzt. Er wartete jetzt auf sie und wurde sicherlich mit jeder Minute zorniger.

»Beeil dich, Prissy.«

Das Mädchen brachte ihr bestes Gewand – ein feines,

cremeweißes, leinenes Unterkleid und ein blaßgrünes Überkleid, bestickt mit creme- und rosafarbenen Blumen. Claire war zu müde und ängstlich, um Prissy zu widersprechen. Und vielleicht würde ein etwas hübscherer Aufzug gar nicht schlecht sein. Vielleicht konnte das seinen Zorn mildern. Es tat ihr schrecklich leid, daß sie ihr Haar abgeschnitten hatte. Claire nahm all ihren Mut zusammen und ging in Richtung Halle. Sie hoffte, daß er nicht hören konnte, wie sie vor Angst mit den Zähnen klapperte.

Er wartete in der Großen Halle auf sie. Die kräftigen Arme hatte er auf der breiten Brust verschränkt, während er stirnrunzelnd ins Leere starrte. Als sie ein Geräusch machte, fuhr er auf und war sofort gegenwärtig und kampfbereit. Claire zuckte entsetzt zusammen, schrie auf und trat zurück.

Er entspannte sich und musterte sie erst einmal flüchtig, dann ein zweites und ausführlicheres Mal. »Ich hatte also recht. Gewaschen seht Ihr um einiges besser aus.« Er wies mit dem Kinn in eine Richtung und sagte: »Ins Arbeitszimmer.«

Claire tat, was er befahl. Wenn sie erhobenen Hauptes gehen würde, würde er ihr ihre Angst nicht ansehen. Sie wollte ihm nicht das Vergnügen gönnen, sie vor Furcht zittern zu sehen. Sie hatte nicht damit gerechnet, wie sehr sie es berühren würde, im Zimmer ihres Vaters zu sein. Mit ihm hatte sie soviel Zeit hier verbracht.

Irgend jemand hatte die große Kerze angezündet. Dieser Mann war zwar schon hier gewesen und betrachtete das Arbeitszimmer als sein Eigentum, aber es war, als wäre ihr Vater gerade erst hinausgegangen. Sein Kaninchenpelz lag noch auf der Bank, um von ihm aufgehoben zu werden. Claire mußte daran denken, wie sie sich im Winter unter diesem Fell an ihn gekuschelt hatte, als er ihr das Lesen beigebracht hatte.

Die meisten seiner Bücher wurden in Truhen aufbewahrt,

die Beispiele großer Handwerkskunst waren. Aber ein Buch lag geöffnet auf dem Pult. Er war von diesem Tisch aufgestanden und in den Kampf geritten. Claire hatte das Buch liegen lassen, damit er es bei seiner Rückkehr vorfinden würde. Claire schlug die Hand vor den Mund, um den Schmerz zurückzuhalten, der ihre Augen zum Brennen brachte …

Sie wollte nicht …

Sie konnte nicht …

Es brach aus ihr heraus.

Da war etwas Großes, Starkes, an dem sie sich ausweinen konnte, gegen das sie in ihrem Schmerz schlagen konnte, als die große Trauer ihres Verlustes aus ihr herausdrängte. Sie wütete gegen das Schicksal, gegen den Himmel und gegen den Usurpator, den König von England, der sich als ein so falscher Freund erwiesen hatte.

Als sie merkte, daß es Renald de Lisle war, an dessen Schulter sie weinte, wich sie zurück und wischte sich die Tränen aus dem Gesicht. Herrgott, das war der letzte Mann, der sie so sehen sollte!

Sie drehte sich um, preßte die Hände gegeneinander und atmete tief durch, um ihre Beherrschung wiederzufinden. Als sie sich ihrer wieder sicher fühlte, drehte sie sich zu ihm.

»So …« Ihre Stimme klang heiser, und sie mußte sich räuspern. »So, was habt Ihr nun mit mir vor?«

Er betrachtete sie nachdenklich. »Es sieht so aus, als ob ich Euch heiraten werden, Lady Claire.«

Sie schüttelte den Kopf. »Das meine ich nicht. Wie werdet Ihr mich bestrafen?«

Schweigen breitete sich aus. Ihre Zähne begannen aufeinanderzuschlagen, und Claire konnte nichts dagegen tun. Da schüttelte er plötzlich den Kopf. »Ich halte nichts von kleinen Bestrafungen, Lady Claire. Ich werde warten, bis Ihr genug auf dem Kerbholz habt und sich eine Bestrafung lohnt.«

Er schaute im Raum umher. »Euer Vater hatte viele Bücher. Lest Ihr auch gerne?«
Sie war verwirrt, begann aber allmählich zu begreifen, daß sie wohl ungeschoren davonkommen würde. »Ja.«
»Dann werde ich sie in das Sonnenzimmer bringen lassen, wenn wir verheiratet sind.«
»Aber Ihr …«
»Ich bekomme kaum ein Wort zusammen. Für mich ist Lesen kaum nützlich. Aber wenn Ihr lest«, fügte er mit merklicher Schärfe hinzu, »dann hätte ich ein wenig mehr Klugheit von Euch erwartet. Was habt Ihr um Gottes willen vorgehabt?«
Sie versuchte, sich eine Geschichte einfallen zu lassen, erzählte ihm dann aber doch die Wahrheit. »Ich wollte mit Felice sprechen.«
Er zog die Augenbrauen hoch. »Und dafür seid Ihr durch den Schlamm gekrochen?«
»Ich war verzweifelt.«
»Warum?«
Ihre Nerven begannen sich bemerkbar zu machen, und die Worte sprudelten aus ihr heraus. »Ich habe gehofft, ich könnte meine Tante überreden, Euch zu heiraten, Lord Renald. Sie ist verzweifelt genug …«
Sie verstummte, als sie merkte, wie beleidigend ihre Worte klangen. Aber sie hätte wissen können, daß sie sich um solche Empfindlichkeiten keine Gedanken zu machen brauchte. So etwas prallte an ihm ab. Claire hatte in der Tat den Eindruck, ein amüsiertes Flackern in seinen Augen zu sehen. »Eine begeisterte Ehefrau ist mit Sicherheit ziemlich selten. Wäre sie denn bereiter als Ihr?«
Bis jetzt hatte sie noch gar nicht daran gedacht, *ihn* zu überzeugen. »Ganz bestimmt! Sie will unbedingt heiraten, und sie möchte jemanden wie Euch – jemanden in einflußreicher Position, der vom König geschätzt wird.« Nun war der rich-

tige Zeitpunkt, einige Bemerkungen über Felice' Vorzüge fallenzulassen. »Zuerst war sie verängstigt, mein Herr, und auf den ersten Blick seid Ihr wirklich etwas einschüchternd. Aber ich bin sicher, daß Ihr sie werdet überzeugen können ...«
Er zog die Augenbrauen hoch. »Vielleicht bin ich wirklich einschüchternd, Lady Claire.«
»Oh, nein. Ich bin sicher, daß –«, Claire zögerte, denn sie war sich überhaupt nicht sicher. »Ich bin sicher, daß Ihr nicht so schlecht seid, wie Ihr –« Das war noch schlimmer. Seine Brauen wanderten wieder in die Höhe, aber ein verwegenes Lächeln umspielte seine Lippen.
Wie ein Wolf, der das Kaninchen in der Falle betrachtete. Claire holte tief Luft. »Wenn Ihr Felice zeigt, wie gut und nett Ihr sein könnt, wird sie sicher einwilligen, da bin ich sicher.«
»Gut und nett.« Er fuhr sich mit der Hand über die zuckenden Lippen. »Ich verstehe. Warum sollte ich mir Lady Felice als Ehefrau wünschen?«
»Sie ist wunderschön. Vielleicht habt Ihr das im Regen nicht so gut wahrnehmen können.« Claire grub in ihrem Gedächtnis. »Und musikalisch. Sie kann ausgezeichnet organisieren. Sie ist ausgesprochen sparsam.«
Er zeigte ein breites Lächeln, und Claire fühlte erstaunt so etwas wie Bedauern, hatte den Verdacht, daß etwas Wertvolles an diesem Mann war, das es zu entdecken gab.
Auch seine dunklen Augen lächelten. »Überdenkt Ihr Eure Entscheidung noch einmal, Lady Claire?«
»Nein!« beharrte sie.
Er hatte zwar dieses Lächeln, aber er lebte im Schatten, war getränkt mit Blut. Er hatte für sein Leben die Gewalt gewählt. Er war ein Mörder, der keinen Blick für Künste und Schönheit hatte. Er war hierhergekommen, um den Besitz ihres Vaters an sich zu reißen, der von einem Wert war, den er gar nicht ermessen konnte.

Sein Lächeln verschwand. »Lady Felice wirkt hochnäsig und hat scheinbar eine ausgesprochen spitze Zunge. Man mag mich nicht schnell erzürnen können, aber ich nehme keine Unverschämtheiten hin.«

»Felice würde nie unverschämt sein wollen. Sie … sie sagt nur gerne, was sie denkt.«

»Und Ihr nicht?«

Selbst nach ihrer kurzen Bekanntschaft mußte er schon wissen, daß das nicht stimmte. »Meine Meinung ist nur etwas weniger grob, Lord Renald.«

»Tatsächlich? Und wenn wir heiraten würden, würdet Ihr dann duldsam und folgsam sein?«

Claire gefiel diese direkte Frage überhaupt nicht. »Felice ist viel besser geeignet. Sie ist die Älteste.«

»Aber Lady Felice hat nicht die Absicht, mich zu heiraten. Die wenigen Worte, die sie zu mir gesagt hat, waren noch weniger schmeichelhaft als die Euren. Ich erinnere mich an etwas wie niedere Herkunft und schlechte Manieren.«

»Sie hatte nur Angst, das ist alles. Die haben wir alle. Jetzt hatte sie Zeit, um nachzudenken, und wenn sie Euch wirklich kennenlernt …«

Wieder zog er die Augenbrauen nach oben. »Aber Ihr habt mich wirklich kennengelernt, mein Fräulein, und scheint wild entschlossen, zu fliehen.«

Wangen, auf denen sich jeder Anflug von Scham abzeichnete, waren wirklich eine Plage. Deshalb versuchte Claire es mit Aufrichtigkeit. »Ich habe eine besondere Einstellung zur Gewalt, das ist alles. Über Männer, die von Gewalt leben. Wenn ich heirate, möchte ich einen Mann des Friedens heiraten.«

»Es ist schwierig, einen Mönch zu heiraten.«

»Mein Vater war kein Mönch!«

»Euer Vater war eine Ausnahme«, sagte er entschieden. »Und er ist zu jung gestorben.«

»Er hätte nicht so jung sterben müssen, wenn –«
»Wenn er die Mühen auf sich genommen hätte, für den Kampf zu üben?« schlug de Lisle vor, aber in ihren Augen konnte er lesen, daß sie das nicht hatte sagen wollen. Er würde noch leben, wenn Heinrich Beauclerk nicht die Krone an sich gerissen hätte.
Claire drehte sich gequält fort. »Bitte, mein Herr, laßt mich zumindest einen Brief an Felice schreiben. Ich bin sicher, daß ich sie davon überzeugen kann, daß es von Vorteil ist, Eure Frau zu werden.«
»Dann schreibt jetzt.« Er zeigte auf das Pergament und auf die Tinte auf dem Tisch. »Ich werde den Brief ins Lager bringen und Eure Tante wecken lassen, damit sie ihn lesen kann.« Er stellte den hohen Kerzenständer an den Tisch, damit sie mehr Licht hatte. Dieser Handgriff entschied alles.
Claire konnte den eisernen Kerzenständer kaum auch nur verrücken, den er mit einer Hand hochhob und ohne Schwierigkeiten an einen anderen Platz stellte. Dieser deutliche Beweis seiner kriegerischen Natur verdrängte den Eindruck, den sein faszinierendes Lächeln und sein geheimnisvolles Wesen hervorriefen.
Claire setzte sich an den Tisch, nahm ein Stück Pergament und dachte lange über ihre Worte nach. Dann schrieb sie alles nieder, was sie sich in Gedanken zurechtgelegt hatte. Als sie es dann noch einmal durchlas, fand sie es eigentlich wenig überzeugend. Es klang alles irgendwie viel zu negativ. Was wollte Felice Positives an ihrem »großen Mann« sehen?
Claire schrieb, daß er gut aussah und scheinbar von guter Gesundheit war. Um das Interesse ihrer Tante zu wecken, verweilte sie bei diesen Punkten und erwähnte sein Lächeln. Das war aber noch nicht genug.
Claire wußte, daß Felice sehr stark an Bettgeschichten inter-

essiert war, aber Angst vor großen Männern hatte. Männer, die in gewisser Weise groß waren. Die Geschichten einiger Frauen hatten sie überzeugt, daß schmal gebaute Frauen im Ehebett nahezu zerrissen würden. Oft hatte sie Claire zum Erröten gebracht, indem sie den Schritt von Männern beäugte und versuchte, deren Größe zu erraten. Ihr Wunsch nach einem »großen« Mann, der nicht »groß« war, hatte ihre Suche nach einem Ehemann erschwert. Claire haßte, es zugeben zu müssen, aber auch sie dachte über derlei Dinge nach.

Gott sei Dank konnte er nicht lesen!

Sie überflog noch einmal das Geschriebene und mußte sich eingestehen, daß sie nicht ganz aufrichtig war. Sie hatte keine Ahnung von seiner »Größe« oder seinem Verhalten im Bett. Ihre Feder schwebte in der Luft, als sie überlegte, ob sie diese Passage nun streichen sollte oder nicht. Dann legte sie die Feder nieder und reichte ihm den Brief.

Felice' Befürchtungen waren auf jeden Fall dummes Zeug. Frauen waren so gebaut, daß sie Männer in sich aufnehmen konnten, und außer dem Jungfernhäutchen würde nichts verletzt werden.

Er rollte das Pergament zusammen und steckte es in seinen Gürtel. »So, Lady Claire. Und was soll ich die restliche Nacht mit Euch machen?«

Sie rutschte vom Stuhl herunter. »Was meint Ihr? Ich wollte nun in mein Bett zurückgehen.«

»Aber werdet Ihr auch dort bleiben?«

»Ich habe keinen Grund fortzugehen.«

»Das hattet Ihr vorhin auch nicht.«

Sie schaute ihm ins Gesicht. »Ihr werdet mir vertrauen müssen, Lord Renald.«

»Warum?«

Er ging zur Tür und öffnete sie. Sein Knappe Josce stand dort und gähnte.

»Mylord!« Er versuchte, eine wachsame Haltung einzunehmen.
»Geh und such den Jungen – Thomas.« De Lisle wandte sich zu Claire. »Wo schläft er?«
»Mit ein paar männlichen Bediensteten im oberen Stockwerk. Aber Ihr könnt nicht –«
»Eine Geisel wird dafür sorgen, daß Ihr morgen früh noch hier seid.«
»Ihr habt doch schon meine Tanten!«
»Ich glaube, daß Euer Bruder Euch mehr bedeutet.« Er wandte sich wieder seinem Knappen zu.
»Nein. Bitte!«
Als er sich ihr wieder zuwandte, sagte sie: »Er wird Angst haben.«
»Ich habe nicht vor, ihn an seinen Daumen aufzuhängen – solange Ihr nicht fortlauft, zumindest. Er soll bei mir und meinen Männern schlafen. Das ist am günstigsten.«
»Am günstigsten!«
»Er soll seine Ausbildung als Page beginnen.«
»Aber ...« Claire fiel kein wirklich vernünftiges Argument ein. Sie konnte immer nur daran denken, wie sehr ihr Bruder sich ängstigen würde, wenn er auf einmal mitten in der Nacht geweckt und gezwungen werden würde, mit diesen rauhen Kerlen den Raum zu teilen. »Nein, bitte! Ich verspreche, daß ich morgen früh hiersein werde.«
Er betrachtete sie so eingehend, daß sie sich am liebsten mit irgend etwas abgelenkt hätte. Sie ertappte sich dabei, daß sie an ihrer Lippe knabberte.
»Josce braucht seinen Schlaf«, sagte er plötzlich, »genauso wie ich. Also werde ich Euch vertrauen. Aber ich warne Euch, Mylady. Wenn Ihr wieder ein falsches Spiel mit mir treibt, finde ich Euch garantiert, und dann habt Ihr genug auf dem Kerbholz.«

Bruder Nils schlug im Schlaf um sich, um den Teufel zu verjagen, der ihn an der Schulter gepackt hatte. Dann aber erkannte er Lord Renald in der Dunkelheit. Sein Herr bedeutete ihm, ihm nach draußen zu folgen, und knurrend verließ Nils sein Bett. Die vergangene Nacht waren sie ohne Unterlaß geritten. Was war dieser Mann für ein Mensch? Er rieb sich die Augen und trottete hinter seinem Herrn hinüber ins Arbeitszimmer, wo Lord Renald ihm einen Brief reichte.
»Lies mir das vor!«
Jetzt in der Nacht? Renald de Lisle war ein anständiger Herr, aber niemand, mit dem zu handeln war. Also entrollte Nils das Stück Pergament, das das unregelmäßige Randstück einer Tierhaut war. Die Handschrift war ausgesprochen gut und schön. *»An Felice von Summerbourne von ihrer sie liebenden Nichte Claire.«* Nils schaute überrascht hoch. Zum einen war er erstaunt, daß die Lady so gut schreiben konnte, zum anderen wunderte ihn, daß er ein persönliches Schriftstück lesen sollte.
»Weiter.«
Nils zuckte mit den Schultern. Schließlich würde sie bald die Frau seines Herrn sein. *»Meine liebe Felice. Ich will Dir über Lord Renald de Lisle berichten, der wünscht, eine von uns drei Frauen auf Summerbourne zu heiraten …«*
Nils las, was ganz offensichtlich auf ein vorheriges Gespräch Bezug nahm. Der Brief legte große Betonung darauf, daß der ungeliebte Ehemann die meiste Zeit abwesend sein würde.
»Wie ein wildes Tier«, warf Lord Renald ein. »Man betrachte es am besten aus der Entfernung.« Nils mußte sich ein Lächeln verkneifen, denn genauso klang der Brief auch.
»Hat sie auch etwas Vorteilhaftes zu berichten?«
»Aber ja, mein Herr. Sie schreibt: *Ich glaube nicht, daß seine Frau ihn unerträglich finden wird, wenn er auf Summerbourne ist. Er brüllt oder schreit nicht und hat bis jetzt noch niemanden ge-*

schlagen. Auch hat er nichts durch Ungeschicklichkeit oder im Zorn zerschlagen, und er ißt ordentlich, ohne sich dabei die Hände zu beschmutzen.«

Während er las, blinzelte Nils immer wieder zu seinem Herrn hinauf und überlegte, was dieser wohl mit diesem Brief anfangen wollte. Nicht viele Männer kamen in den Genuß, derart offene Kommentare zu ihren Vorzügen und Makeln zu lesen.

Renald sagte bloß: »Ist das das Beste, was sie sagen kann?«

»Oh ... nein, mein Herr. *In diesem kurzen Augenblick im Lager hast du sicher wegen der Mäntel und Kapuzen nicht sehen können, daß Lord Renald sehr gut aussieht ...«*

»Ah.«

Nils schaute zu ihm hinüber und beendete den Satz: »... *für einen so kräftigen Mann.«*

Nach einer kurzen Pause sagte Renald: »Sie sollte Luc de Gros kennenlernen.«

Nils mußte lachen, wandte sich aber schnell wieder dem außerordentlich interessanten Schreiben zu. »*Er scheint bei bester Gesundheit zu sein und hat noch alle Zähne, zumindest die vorderen. Seine Haut verrät seine Gesundheit, und sie ist ohne Narben oder sonstige Entstellungen. Er hat keinen unangenehmen Geruch, der gesundheitliche Probleme oder mangelnde Sauberkeit verriete ...«*

Nils konnte es sich nicht verkneifen aufzuschauen, um die Reaktion seines Herrn zu beobachten.

»Ein großes Loblied.«

Wie so oft war Nils nicht sicher, ob Lord Renald erheitert war oder nicht. Er selbst war kurz davor, die Kontrolle über seine Stimme zu verlieren: »... *obwohl er recht kräftig nach Pferden, Leder und ähnlichem riecht. Das ist bei einem solchen Mann nicht anders zu erwarten, und ich bin sicher, daß er dazu zu bringen ist, sich vor Intimitäten zu entkleiden, falls das Dein Wille ist.«*

»Diese Lady Claire ist ja eine ausgezeichnete Menschenkennerin.«

Nils brach in Lachen aus und mußte sich die Augen mit seinem Ärmel trocknen.

»Gibt's noch mehr davon?«

»O ja.«

»Im selben Ton?«

»Ich glaube ...« Nils überflog die folgenden Zeilen und schaute erschreckt auf.

»Lies weiter.«

Nils fühlte sich schlecht. Die Lady würde niemals wollen, daß Lord Renald dies vernahm.

»Zudem, Felice, bin ich überzeugt, daß Lord Renald ein lustvoller und befriedigender Liebhaber sein wird. An der Art, wie er hübsche Frauen betrachtet, ist zu sehen, daß er solchen Dingen ganz und gar nicht abgeneigt ist. Da er sie nicht belästigt, bin ich sicher, daß er auch beim Lieben beherrscht und zuvorkommend, also sicher ein guter Bettgenosse ist. Und obwohl er ein großer Mann ist, bin ich sicher, daß er in gewissen Bereichen eher ...«

Nils überlegte, ob er es etwas anders formulieren könnte, aber ihm fiel nichts ein. »*... mäßig ausgestattet ist.*«

»Mäßig?«

»*Und ich glaube, daß er in der Lage ist, sein ...* Sie hat etwas durchgestrichen und überschrieben. Ich weiß nicht, was sie meint.«

»Ich schon. Aber ich bin trotzdem neugierig, wie sie das genau schreibt.«

Nils ging dichter an die Kerze heran und blinzelte. »Aha ... *in der Lage ist, sein Geschlecht ...*«

Lord Renald schüttelte den Kopf, aber um seine Lippen war eindeutig ein Zucken zu erkennen.

»*... voller Rücksicht einzusetzen, und das ...*«

»Ja?«

Nils schaute ihn an: »*... aufgrund seiner langen Erfahrung.*«

»Nun, da hat sie endlich mal recht. Ist das jetzt alles?«
Nils war etwas überrascht. In den wenigen Tagen, die er Lord Renald nun kannte, hatte dieser wenig Interesse an Frauen gezeigt. Er hatte nicht über Frauen gesprochen oder schmutzige Witze erzählt. Aber die Umstände waren ja auch nicht günstig gewesen.
»Nur noch der Schluß. *Deshalb bitte ich Dich, noch einmal über Deine Entscheidung nachzudenken. Wenn Du ihn heiraten willst, wird Lord Renald alles arrangieren und Dich nach Summerbourne Hall holen, während ich zu Amice gehe. Als Älteste hast Du das Vorrecht, und ich will es Dir nicht verwehren, nachdem endlich der richtige Mann für Dich gefunden wurde.*«
Lord Renald nickte. »Ein klugen Köpfchen. Ausgesprochen klug, Nils, auch wenn sie in mancherlei Hinsicht ebenso töricht ist.« Nachdem er einen Blick auf ihre intimsten Geheimnisse geworfen hatte, hatte Nils noch stärker das Bedürfnis, die arme Lady Claire zu beschützen. »Sie ist noch jung, mein Herr.«
»Kaum jünger als du.«
»Aber ich werde auch nicht gezwungen, einen Fremden zu heiraten.«
Die dunklen Augenbrauen wanderten nach oben. »Mich verwirrt allein der Gedanke, Euch in einer solchen Situation zu sehen.«
Renald stand auf und durchquerte den kleinen Raum. »Ich bin gespannt, ob dieser Brief die Tante umstimmt.«
Aber der Satz klang fragend, so daß Nils nicht anders konnte, als zu sagen: »Ich dachte, ich wäre nicht Euer Berater.«
»Werde nicht unverschämt.«
Aber der Ton war nicht drohend, und Nils lachte. »Es gibt keine Möglichkeit, es herauszufinden, Mylord. Ihr werdet den Brief doch nicht weitergeben?«
»Ich habe mein Wort gegeben. Aber ich will nicht, daß Lady

Felice versucht wird – nicht einmal für eine Sekunde.« Er stand gedankenverloren im Raum, dann nickte er. »Die reizende Lady Claire hat mir ganz genau verraten, wie ich dafür sorgen kann, daß ihre Tante nicht ihre Meinung ändert.«

7. Kapitel

Kummer und Angst waren keine guten Kopfkissen. Nach einer unruhigen Nacht war Claire erleichtert, als sie endlich die Sonne aufgehen sah, ganz besonders, weil mit ihr die Hoffnung kam, daß Felice die Braut des Eindringlings werden würde. Und dann würde sie Summerbourne verlassen können. Claire lag im Bett, betrachtete die Sonnenstrahlen, die in ihre Kammer fielen, und lauschte den Geräuschen, die sie schon ihr Leben lang kannte. Ihre Großmutter hatte recht. Sie hatte Freier und hätte heiraten können. Aber keiner der Männer war eine so große Versuchung gewesen, daß sie für ihn ihr Zuhause verlassen hätte. Ihre Mutter hatte gesagt, daß sie eines Tages fortgehen müsse, aber Claire hatte davon geträumt, daß das Leben einfach immer so weitergehen würde. Wie töricht.

Als ihre Kammermädchen sich rührten, sprang Claire aus dem Bett. In alter Gewohnheit griff sie nach ihren Zöpfen. Das kurze Haar fühlte sich an wie feines Garn, und sie spürte den Luftzug am freien Nacken. Sie bereute diese Tat nicht wirklich. Sie war nicht nur ein Akt des Zorns und des Protests gewesen, sondern auch einer von tiefer Trauer. Trotzdem würde ihr Vater sicher im Himmel den Kopf über ihre spontane Tat schütteln.

Aufsässig fragte sie sich, ob es irgend etwas gebracht hatte, daß er beinahe ein Jahr lang darüber nachgedacht hatte, ob er sich an der Rebellion beteiligen sollte. Es hatte trotzdem in einem Desaster geendet. Sie drängte die Gedanken beiseite, schlüpfte in die Kleider, die sie in der vergangenen Nacht getragen hatte. Da Felice de Lisles Frau werden wür-

de, mußte sie nicht mehr versuchen, unansehnlich zu wirken.
Ihre alte Haarpracht war trotzdem ruiniert. Alles, was sie tun konnte, war, das Haar zu verbergen. Das war gar nicht so einfach, da es wild und widerspenstig war. Es hatten sich immer vereinzelte Strähnen aus dem Zopf gestohlen und lockig ihr Gesicht umrahmt, jetzt aber stand ihr Haar in alle Richtungen vom Kopf ab. Es mußte aussehen wie eine Pusteblume. Da es unnötig war, über etwas zu jammern, das nicht mehr zu ändern war, legte sie einen langen Schleier über und befestigte ihn mit einem bestickten Haarreif. Dann ging sie nach unten, um ihre häuslichen Aufgaben zu erledigen. Zuerst besuchte sie ihre Mutter. Lady Murielle wirkte gelassen, hatte aber überhaupt kein Interesse daran, sich um Summerbourne zu kümmern. Es war nun der Besitz eines anderen, sollte der Neue sich kümmern. Claire aber war sich nicht sicher, ob er es wollte oder konnte, und sie war kein Mensch, der danebenstehen und zusehen konnte, wie Dinge kaputtgingen. Also machte sie sich seufzend auf den Weg, um die Arbeit von vier Leuten zu erledigen. Von fünfen, de Lisle mußte nun ja mitgezählt werden. Als sie zwischen Halle und Küche, zwischen Speisekammer und Vorratskammer hin und her eilte, schaute sie immer wieder nach Thomas. Sie konnte es nicht ausstehen, wenn sie sich Gedanken darüber machte, was er wohl gerade wieder anstellte. Ob sein Zorn verraucht war? Aber selbst dann war es nicht sicher, daß er Befehle von de Lisle entgegennahm. Was würde dieser Mann dann mit ihm machen?
In ihrer jetzigen Verfassung erschien ihr Summerbourne erschreckend normal. Das Gesinde ging seinen üblichen Tagespflichten nach. In der Küche duftete es nach backendem Brot und bratendem Fleisch. Als der Koch sich wieder wegen des Bieres beschwerte, ging Claire ins Brauhaus und hoffte, daß dort die Stimmung weniger fröhlich war.

Am Himmel stand die strahlende Morgensonne, der trübe Regen war bereits vergessen. Claire konnte nicht anders, als die Augen zu schließen, ihr Gesicht der Sonne entgegenzuhalten und die Wärme und Helligkeit zu genießen. Alles klang hell und freundlich – der Arbeitslärm, begleitet vom Trillern fröhlicher Vögel. An diesem Morgen war es einfacher, sich den Vater vorzustellen, wie er im goldenen Himmel weilte, um ihn herum singende Engel, und wie er wie die Sonne auf sein Zuhause herunterlächelte. Tränen stiegen in ihr auf, doch diesmal waren es süße Tränen. Claire zweifelte keine Sekunde daran, daß ihr Vater im Paradies war, also war er nun glücklich, glücklicher, als er jemals hätte sein können, wenn er die Stimme seines Gewissens unterdrückt hätte.

Sie verließ für einen Augenblick das Brauhaus, um in den von einem Lattenzaun umgebenen Garten zu gehen und Blumen zu pflücken, die sie auf die dunkle Erde des frischen Grabes legte. Mit der Zeit würde sich diese Wunde in der Erde schließen, so wie auch die Wunde in ihrem Herzen heilen würde. Hier würde wieder Gras wachsen, und sie würde Blumen für ihn pflanzen –

Aber sie würde gar nicht hiersein, um das Grab zu pflegen. Bei diesem Gedanken blieb sie betroffen stehen. Sie konnte nicht bleiben, und wenn Felice Herrin von Summerbourne war, würde sie auch nicht bleiben wollen. Aber sie wünschte, sie könnte sich um das Grab ihres Vaters kümmern. Wenn sie de Lisle heiraten würde …

Claire schüttelte den Kopf. Dieser Preis war zu hoch – den falschen Mann heiraten, um unter einem unwürdigen Herrn auf Summerbourne zu bleiben.

Sie konzentrierte sich schnell auf ihre Pflichten und eilte zum Brauhaus zurück. Vielleicht würde sie die Sorgen vergessen, wenn sie die dortigen Probleme zu lösen versuchte.

Als sie aus dem Garten kam, sah sie Renald de Lisle vor dem Herrenhaus stehen und sie beobachten. In dem dunkelroten, knielangen Gewand und den grauen Hosen sah er wie eine dunkle Wolke an einem Sommerhimmel aus. Sein Blick war wie ein eisiger Luftzug. Sie eilte weiter, drückte den Reif noch einmal fest auf den Schleier, damit er nicht verrutschte. Erst sah sie seinen Schatten, aber schon war Renald de Lisle neben ihr.
»Wo ist Euer Bruder, Lady Claire?«
Oh, nein. Sie blieb stehen, um ihm ins Gesicht zu sehen. »Das weiß ich nicht. Ich bin sicher ...«
»Habt Ihr ihn letzte Nacht aus Summerbourne fortgebracht? War das der Sinn Eurer verrückten Aktion?«
Claire starrte ihn mit offenem Mund an. »Nein! Natürlich nicht. Er muß irgendwo hier in der Nähe sein.« Sie blickte verzweifelt über den Hof. Wie konnte Thomas nur so dumm sein?
»Es ist Zeit, höchste Zeit, daß er lernt, was Disziplin ist.«
»Disziplin!« Sie dachte sofort an die Rute.
»Er muß arbeiten. Er muß sich auf seine Zukunft vorbereiten.«
»Das weiß ich. Es tut mir leid. Aber bitte, schlagt ihn nicht. Er ist das nicht gewohnt ...«
Sie sah, wie er die Zähne aufeinanderbiß. »Das sollte er aber. Nichts gedeiht anständig, wenn es wild wächst.« Dann holte er tief Luft und schaute sie entwaffnend an. »Ich werde ihn nicht schlagen, Lady Claire. Dieses Mal. Euretwegen. Aber bringt ihn dazu, daß er gehorcht.«
Sein »Euretwegen« machte sie nervös. Es klang wie eine Drohung. »Ich gehe ihn suchen«, sagte sie und drehte sich um.
Er packte sie am Arm, fest, jedoch nicht mit aller Kraft. »Warum führt Ihr mich nicht ein wenig herum? Wir können währenddessen nach ihm Ausschau halten.«
Sie konnte sich ihm jetzt nicht entziehen. Vielleicht war dies

die Gelegenheit, ihn von Thomas' Aufsässigkeit abzulenken.
»Wie Ihr wollt, Mylord.«
Er ließ ihren Arm los, und sie gingen nebeneinander her. Duldsam und angenehm, dachte sie. Das ist der Schlüssel.
»Ich denke, Ihr werdet alles in guter Ordnung finden. Mylord, außer daß die letzten Fässer nachlässig hergestellt worden sind. Ich wollte gleich darüber mit Rolf, dem Böttcher, sprechen.«
Sie redete mit Rolf, ohne daß de Lisle sich einmischte, aber trotzdem machte sie seine Anwesenheit nervös. Daher sprach sie mit dem Böttcher schärfer als beabsichtigt. Als sie ihn verließ, seufzte sie.
»Seid Ihr verstimmt, weil Ihr einen Bauern zurechtweisen mußtet?«
»Ich bin verstimmt, weil ich härter war, als ich es sein wollte.« Sie hatte sich schon umgedreht, um zurückzugehen und die Wirkung ihrer Worte zu mildern, als er sie mit einem Griff zurückhielt. »War seine Arbeit denn nicht schlampig?«
Sie entwand sich seiner Hand, seiner sie störenden Hand.
»Seine Tochter ist letzte Woche im Fluß ertrunken. So ist es kein Wunder …«
»Und was, wenn seine nachlässige Arbeit andere in Gefahr bringt?«
»Ich weiß. Ich weiß. Aber ich habe so scharf gesprochen, um Euch zu beeindrucken. Aus keinem anderen Grund.« O je. Das war nicht klug.
Er zog die Augenbrauen in die Höhe. »Habt Ihr nun beschlossen, doch meine Braut zu werden?«
»Nein!« Er schaute sie prüfend an, und sie gestand den Grund. »Ich will nicht, daß Ihr mich für ein Kind oder eine Närrin haltet. Nach der letzten Nacht …«
Seine Augen flackerten. »Nach der letzten Nacht ganz bestimmt nicht, Mylady.«

Sie wäre fortgelaufen, wenn ihre Würde es ihr erlaubt hätte. Statt dessen wandte sie sich ab. »Kommt mit in die Molkerei, Mylord.«

Die Kühle des Steingebäudes war eine Wohltat für ihre glühenden Wangen. Es mußte aufhören, daß er sie so nervös machte! Bald würde sie ihn los sein. Sehr bald schon.

»Zum Schuppen, in dem gemolken wird, geht es dort entlang.« Sie zeigte auf eine Holztür. »Aber die Milchkühe und die Gänse sind jetzt auf der Weide. Wißt Ihr, was in einer Molkerei zu tun ist, Mylord?« Er schaute sich um, stand groß und dunkel da an diesem Ort, an dem nur Frauen arbeiteten. »Ich sehe, daß die Mägde schwer zu schaffen haben.« Die Mägde fegten den Boden und lächelten ihn an. Claire wußte, daß einige von ihnen glücklich darüber sein würden, wenn sie dem neuen Herrn das Bett wärmen könnten. Aber das würde Felice' Problem sein, nicht ihres.

»Die Hirten melken die Tiere«, sagte sie, »dann bringen sie die Milch hierher, damit die Mägde sie durchseihen. Dann ...«

»Dann schöpfen sie die Sahne ab.«

Er ging zu einem Mädchen hinüber, das flink der Milch die obere Schicht abschöpfte und sie in einen steinernen Krug füllte. Joan war eine der besten Milchmägde und verschüttete nicht einen Tropfen. Aber als Claire sah, wie das Mädchen de Lisle anschaute, hätte sie sie am liebsten rausgeworfen und auf den Feldern arbeiten gesehen.

Er erwiderte das Lächeln der Magd, während er mit dem Finger durch die Milch fuhr und ihn mit einem gelben Häubchen wieder heraushob. Er hob ihn an seine Lippen, drehte sich aber zu Claire um. »Gute Sahne.«

Claire spürte, wie sie errötete – zum Teil vor Wut, zum Teil wegen anderer Gefühle. »Gute Sahne wird zu feiner Butter – wenn sie nicht von irgendwelchen Schurken vorher gegessen wird.« Ihr Schleier löste sich, und sie drückte den

Reif, der ihn halten sollte, energisch fest. Aber sogleich begann er sich wieder zu lösen. Ach, wenn sie doch ihr würdevolles, langes Haar zurückhaben könnte!
Sie ging zum Butterfaß hinüber, an dem die feinfühlige, etwas ältere Freda arbeitete. Aber selbst Freda lächelte de Lisle an, als erhoffte sie sich einen Platz in seinem Bett.
Claire machte de Lisle auf einen großen Bottich aufmerksam. »Käse. Die Milch ist nicht von heute. Sie gerinnt schon zu Quark.« Dann reichte sie ihm eine Holzschale. »Buttermilch?«
Er nahm die Schale und trank. »Von gestern, natürlich.«
»Woher wißt Ihr das?«
»Ich weiß, daß es lange dauert, Butter zu machen. Außerdem ist die Milch in dem Bottich dort noch flüssig. Das kann man hören.«
Claire trank ihre Schale aus und stellte sie schwungvoll ab. »Ich bin nicht überrascht, daß Ihr so gut Bescheid über die Molkerei wißt, Mylord. Die Mägde sind es übrigens auch nicht.«
»Das ist wohl wahr«, sagte er amüsiert, während er ihr nach draußen folgte. Er versuchte gar nicht erst, ihrer Anspielung etwas entgegenzusetzen, daß Milchmägde oft schamlos waren.
»Und wohin nun?« fragte er.
»Zu den Webern.« Diesmal glitt ihr Schleier nach hinten. Trotzig zog sie ihn ganz herunter und zerknäulte ihn. Sie mußte wie eine Witzfigur aussehen, aber sie wollte sich nicht davon ablenken lassen, diesen Schleier in den Griff zu bekommen. Sie hatte lange genug gebraucht, ihre Zunge im Zaum zu halten. Und mit diesem Mann, das wußte sie, würde sie niemals zurechtkommen.
Sie betraten den Holzbau der Weberei, wo sie das Klacken der Schiffchen und das Knarren der Bäume begrüßte. Wollfäden tanzten in der Luft. Claire führte ihn zu einem der

Webstühle, schlug sich ein Wollbüschel aus dem Gesicht. Sie spürte irgend etwas hinter sich und fuhr herum. Er drehte zwischen seinen kräftigen Fingern ein paar Wollfäden. »Ist die hiesige Wolle gut?«
Er mußte die Fasern aus ihrem Haar gefischt haben. Sie hatte nicht gewußt, daß Haar so empfindsam sein konnte. »Eine der besten, mein Herr.«
»Und wird viel davon verkauft, oder ist alles für Summerbourne?«
»Wir verkaufen Wolle und Stoffe. Das ist eine unserer ...«, sie verstummte, als ihr die veränderte Situation wieder in den Sinn kam, »eine *Eurer* besten Einnahmequellen.«
Er ließ die Wolle fallen. »Es könnte *unsere* sein, wenn Ihr wollt, Lady Claire.«
Plötzlich war die Versuchung sehr groß. Was immer geschehen war, dies war ihr Zuhause, und dieser heutige Gang durch die Wirtschaftsgebäude hatte ihr alles noch kostbarer erscheinen lassen. Dies hier waren ihre Leute, sie kannte sie alle seit ihrer Geburt. Aber niemals! Sie würde in der Gewalt dieses Mannes sein. Vollkommen in seiner Gewalt.
»Ich will *nicht*, mein Herr. Kommt und lernt Elfgyth kennen, *Eure* beste Weberin. Sie kann diese Muster herstellen, seht Ihr, und mit ganz feinem Faden arbeiten.« Sie lobte immer weiter den Stoff aus braunem und goldenen Garn, der unter den Händen dieser fleißigen Frau entstand.
»Das ist wahrhaftig ein ganz reizendes Tuch, Mistress Elfgyth«, sagte de Lisle.
Die alte Frau schaute kaum auf. »Sollte das Winterkleid für den Herrn werden.«
Ihr Schiffchen flog zur Seite, der Tuchbaum schlug, und der Stoff glitt zu Boden – eine stumme Anklage.
»Was habt Ihr erwartet?« fragte Claire, als sie seinen Gesichtsausdruck bemerkte. »Es tut mir leid, wenn mein Vater

einen Schatten auf Euren Sieg wirft, aber er wird hier immer gegenwärtig sein.«
Wenn sie einen empfindsamen Zug in seinem Gesicht entdeckt hatte, so war er nun verschwunden. »Erinnerungen verblassen, Mylady, und manchmal sind wir deshalb auch sehr dankbar. Aus diesem Stoff kann ein Winterkleid für die Lady von Summerbourne gefertigt werden.«
»Felice mag diese Farben nicht«, erwiderte Claire, während sie wieder in den Sonnenschein hinaustraten.
»Euch würden sie ebenso gut kleiden, wie sie Eurem Vater gestanden hätten.«
Die Erinnerung raubte ihr den Atem, aber sie riß sich zusammen. »Wohin nun, Mylord?«
»Ich denke, das reicht für heute.«
»Aber das alles gehört Euch! Ihr solltet Euren Besitz kennen, Mylord. Bis in den letzten Winkel.«
Er lächelte nur. »Dann wird mir Lady Felice später das Gut zeigen, das wir zusammen verwalten werden. Aber jetzt ruft die Glocke uns zum Frühstück.«
Als Claire mit ihm das Herrenhaus betrat, fühlte sie sich aufgewühlt. Seine Worte hatten sie getroffen, das konnte sie nicht leugnen. Felice erfüllte ihre Pflichten, aber vieles auf Summerbourne war ihr gleichgültig. Was würde werden, wenn es in ihren Händen lag?
Und sie war in der Molkerei eifersüchtig gewesen. Sie war zu ehrlich, um es zu leugnen. Sie verstand nicht, warum sie eifersüchtig wegen eines Mannes war, den sie verabscheute, eines Mannes, den sie nicht wollte.
Auch war sie betrübt, wie ihr Vater aus seinem einstigen Zuhause verschwand. Elfgyth hatte an Lord Clarence erinnert, sonst niemand vom Gesinde. Die Mädchen in der Molkerei waren allzusehr damit beschäftigt, dem neuen Herrn schöne Augen zu machen!
Und es waren nicht nur die Bediensteten, die ihren Vater

einfach hinter sich ließen. Ihre Mutter war zum Frühstück gekommen. Sie sah aus wie in den letzten Wochen auch. Sie war nicht mehr die fröhliche Frau, die sie vor Monaten noch gewesen war, aber sie war auch nicht in tiefer Trauer. Die Trauer hatte an dem Tag begonnen, als ihr Gemahl fortgeritten war. Nun hatte sie ein Ende.
Lady Agnes war mürrisch wie immer. Man wußte nie, was sie wirklich fühlte.
Thomas war der einzige, der unglücklich aussah, aber vielleicht lag es daran, daß man ihn wieder eingefangen hatte und er nun bei Tisch bedienen mußte. Claire hoffte, daß sein häufiges Verschütten der Getränke und das Fallenlassen von Speisen nur Ungeschicklichkeit war und nicht Rebellion. Als Thomas ihr den Brotkorb reichte, zeigte seine Unterlippe deutlich seine rebellische Haltung. Claire lächelte ihm zu, um ihn aufzuheitern, aber er blickte noch finsterer. Beim Heiland. De Lisle hatte recht. Er war unerzogen. Thomas hätte schon längst für solche Dienste ausgebildet sein müssen. Ihr Vater hatte ihr alles bedeutet, aber er hatte die Ruhe und den Frieden geliebt. Er hatte nicht daran gedacht, Thomas zu einem Krieger zu erziehen, und was die geistige Bildung betraf, da war es für ihren Vater einfacher gewesen, nicht auf einer Ausbildung zu bestehen, weil Lady Murielle Thomas hatte glücklich sehen wollen. Claire war es gewesen, die Thomas angehalten hatte, lesen zu lernen. Sie hatte ihn in die Gebräuche eingewiesen und ihm die Umgangsformen beigebracht.
Nun hatte ihr Bruder keinen Besitz mehr, hatte nicht genug gelernt, um Priester werden zu können, und ihm fehlten die Fähigkeiten, ein Krieger zu werden. Was würde aus ihm werden, wenn er in die Welt hinausgestoßen würde?
»So«, Lady Agnes schaute hoch, »habt Ihr Euch nun entschieden, welches Fräulein Ihr heiraten werdet, junger Mann?«

»Die Entscheidung liegt bei den Damen.«

Thomas kehrte mit einem Brett Schinken zurück. De Lisle legte Lady Agnes ein paar Scheiben auf ihre Gedecktablett.

»Gibt es nicht eine Geschichte von drei Göttinnen, die sich um die Gunst eines einzigen Mannes bemühen?«

»Um die Gunst?« krächzte Lady Agnes. »Diese drei versuchen, einem Monster zu entkommen.«

De Lisle schaute Claire an. »Einem Monster?«

Claire wünschte, ihre Großmutter würde augenblicklich für immer die Stimme verlieren. »Das waren ihre Worte, Mylord, nicht meine.«

»Aber Ihr versucht alles, um mich nicht heiraten zu müssen.«

Sie nahm das Fleisch entgegen, daß er ihr reichte, und war froh, daß sie einen Vorwand hatte, um seinen forschenden Augen zu entgehen. »Überrascht Euch das? Ihr kommt hierher als ein Fremder ...«

Sie streckte ihren Arm aus, um Schinken für de Lisle von dem Brett zu nehmen, aber mit einem Grinsen im Gesicht hielt Thomas es so schräg, daß zur Freude der Hunde das meiste auf den Boden fiel. De Lisle griff über den Tisch, packte beide Hände des Jungen und drehte das hölzerne Servierbrett wieder in die richtige Position. »Ich kenne viele interessante Betätigungen, um Geschicklichkeit zu üben, Thomas. Gib mir nur Bescheid, wenn du ihnen nachgehen willst.«

War es die Berührung, die Stimme, waren es die Worte, oder war es einfach nur der Blick, irgend etwas ließ ihren Bruder allen Trotz vergessen und tief schlucken. »Nein, mein Herr, ich meine, ja, mein Herr ...«

De Lisle ließ ihn gehen und drehte sich dann Claire wieder vollkommen ruhig zu. »Was hattet Ihr gesagt?«

Nervös wie Thomas nahm sie ein Stück Fleisch und versuchte sich daran zu erinnern, was sie gesagt hatte. Irgend

etwas darüber, wer ihn heiraten würde. »Felice wird Euch mögen, mein Herr.«
»Ihr aber nicht.«
Sie hatte ihren Happen aufgespießt, konnte ihn aber nicht in ihren Mund schieben. Verzweifelt fragte sie: »Ist es nicht Zeit, nach meinen Tanten zu schicken oder hinzugehen, um mit ihnen zu reden?«
Er schluckte und schaute sie gedankenvoll an, als hätte sie irgend etwas Wichtiges gefragt. Dann gab er die Reste seines Frühstücks den Hunden, rieb seine Hände ab und stand auf. »Sehr gut. Also los.«
Als sie die Tafel verließen, hörte Claire, wie ihre Großmutter murmelte: »Dummes Kind.«
De Lisle reichte ihr seine Hand, und Claire fühlte sich genötigt, sie zu halten, als sie das Haus verließen. Er hielt ihre Hand fest umfaßt, als sie über den Hof und über die hölzerne Brücke gingen. Zumindest hatte er heute keinen Vorwand, sie in seine Arme zu nehmen und zu tragen, denn das Wasser am Ende der Brücke war versickert und der Schlamm eingetrocknet. Claire konnte vorsichtig am Rand entlanggehen.
Auch das Lager sah jetzt, nachdem der Boden getrocknet war, und bei Sonnenschein viel freundlicher aus. Die Männer räumten nach ihrem Frühstück auf und reparierten Kleider, Kettenpanzer und Gurte. Für rauhe Soldaten schienen sie ordentlich. Vor dem großen Zelt ihrer Tanten stand ein Wächter, aber der Mann war entspannt und plauderte mit Freunden. Er nahm in dem Moment Haltung ein, als er seinen Herrn kommen sah.
Claire ließ sich von de Lisle zum Zelt führen, das mit seinen leuchtenden Farben schön anzusehen war. Sie zitterte, denn sie fühlte sich plötzlich wie an einem gefährlichen Abgrund und hatte das Gefühl, sie sollte innehalten und sich noch einige Zeit zum Nachdenken ausbitten.

Der Wachtposten trat zur Seite, und de Lisle schaute sie an, als könnte er ihre Gedanken lesen. »Seid Ihr sicher?«
Statt einer Antwort schlug sie die Plane des Zeltes zurück und ging in das dämmerige Innere. »Felice? Amice?«
Das Zelt war groß und luxuriös ausgestattet, aber es war nicht so groß, daß sich zwei Personen darin verstecken konnten.
»Felice?«
Nachdem er einen Augenblick wie angewurzelt stehengeblieben war, ging de Lisle hinter ihr durchs Zelt bis zur Rückfront. Er zog den Riß auseinander, der in dem Stoff klaffte, und trat hindurch.
Claire lief hinter ihm her. Sie war wie betäubt. »Wohin sind sie gegangen? Wohin? Und wie?«
»Das *Wie* ist wohl mehr als deutlich. *Zu mir!*« Sein Brüllen ließ alle Männer zu ihm laufen. Sie schauten ihn an. »Nur weil wir in einer friedlichen, ländlichen Gegend sind, kommt ihr nicht auf die Idee, die Augen offenzuhalten?« Mit beiden Händen zog er den zerschnittenen Stoff auseinander und zerriß ihn dabei noch mehr. »Oder habt ihr etwa gedacht, dies seien Steinwände? Wo sind die Frauen?«
Sein glühendheißer Zorn ließ Claires Herz voller Panik schlagen. Es überraschte sie nicht, daß die Soldaten zurücktraten. Beim Heiland, dieser Mann mußte das Grauen sein, wenn man ihn reizte!
»Mein Herr!« Sie trat zwischen ihn und seine Männer. »Habt Mitleid. Ich bin sicher, daß meine Tanten sanftmütig und friedvoll wirkten. Ich kann mir nicht vorstellen, warum sie geflohen sind. Sie werden sicherlich meinen Brief nicht bekommen haben.«
Er zog sie zur Seite. »Du!« Er zeigte auf einen Mann. »Ist der Brief ausgehändigt worden?«
»Selbstverständlich, mein Herr. Ganz genau, wie Ihr befohlen habt, mein Herr.«

»Wann sind die Ladys zuletzt gesehen worden?«
Der Mann schluckte, als müßte er eine Todsünde beichten. »Letzte Nacht, mein Herr, als ihnen der Brief überreicht wurde. Sie sagten, daß sie nicht gestört werden wollten, bis man nach ihnen rufe. Sie hatten ja ihre eigenen Bediensteten bei sich …«
Claire wartete zitternd auf eine Reaktion – eine Tracht Prügel, vielleicht sogar einen tödlichen Schlag – und überlegte, was sie tun könnte, um das zu verhindern. Aber de Lisle verzog sein Gesicht in einer verzweifelten Miene und sagte: »Die hübschen Gesichtchen haben euch getäuscht, nicht wahr?«
Claire atmete erleichtert auf. Für einen Moment hatte sie wirklich große Angst gehabt.
Dann bemerkte sie, wie die Männer sie beäugten. Sie berührte ihr Haar, denn sie dachte, daß es das war, was die Blicke auf sich gezogen hatte. Aber es waren andere Blicke. Schnell schaute sie an sich herab. Ihre Kleidung war in Ordnung. Dann begriff sie. Die Männer wußten, daß eine der drei Edelfräulein von Summerbourne ihren Herrn heiraten würde, und sie war nun die letzte, die noch übrig war. Die Männer dachten, die Braut würde vor ihnen stehen!
Sie ergriff seinen Ärmel. »Mein Herr! Wir müssen ihnen folgen. Sie können doch nicht glauben …«
Er drehte sich zu ihr um. »Euer Brief scheint nicht sehr überzeugend gewesen zu sein, Lady Claire. Ich würde gerne wissen, was Ihr geschrieben habt.«
Sie zog ihre Hand zurück. »Ihr glaubt doch nicht … Ich versichere Euch, daß ich Euch nicht heiraten will! Ich habe nur Gutes über Euch geschrieben!«
Er zog eine Braue hoch. »Ich muß Euch warnen, Mylady. Ich halte Lügen für ein sehr ernstes Vergehen.«
Sie fühlte sich ertappt und spürte, wie ihre Wangen rot wurden. »Ich habe wirklich nicht gelogen.«

»Ihr haltet mich also für ein Muster an Tugendhaftigkeit, zieht es aber vor, mich nicht zu heiraten? Das erscheint mir doch sehr rätselhaft, aber ich denke, wir können das später noch entschlüsseln, Mylady. Jetzt sollten wir die anderen Anwärterinnen suchen. Wohin könnten sie gegangen sein?«
Claire dachte nach. Sie mußten Felice wiederfinden!
»St. Frideswide. Das ist die einzige Möglichkeit.«
»Wie weit ist das?«
»Keine Wegstunde.«
»Und sie sind zu Fuß. Ich hoffe doch« – nun sprach er laut mit bissigem Ton zu seinen Männern – »daß ihr euch von ihnen nicht eure Pferde habt stehlen lassen.«
»Nein, mein Herr!« Es klang wie ein Chor verschreckter Stimmen.
»Dann sattelt vier Pferde.«
»Lord Renald, bitte, ich sollte mit Euch gehen.«
Sein Blick war fürchterlich. »Das denke ich nicht. Eure Einmischung hat scheinbar nur die gegenteilige Wirkung.«
»Meine Einmischung? Vielleicht haben Eure Männer etwas getan, was ihnen Angst eingeflößt hat!«
»Und warum sollten sie so etwas getan haben?«
Claire war mit ihren Nerven am Ende. Sie stemmte die Hände in die Seiten und starrte ihn an. »Weil sie rauh und ungehobelt sind, genau wie ihr Herr!«
Er zog die Augenbrauen hoch. »Lady Claire, bin ich nun ein Musterbeispiel der Tugend oder ein Monster?« Ohne auf ihre Antwort zu warten, schüttelte er den Kopf und ging fort, um seine armen Männer auszufragen. Sie bemerkte, daß er mit ihnen auf die andere Seite des Lagers ging, damit Claire sie weder sehen noch hören konnte.
Sie legte die Arme um sich und zitterte trotz des schönen sonnigen Tages. Er war ein Monster. Sie hatte es mit eigenen Augen gesehen und mit den eigenen Ohren vernommen. Er

hatte fürchterliche Launen, und seine Männer hatten Angst vor ihm. Das Problem war bloß, daß, wenn de Lisle wirklich eine Bestie war, sie diejenige war, die ihn heiraten mußte. Sie konnte ihn nicht an Felice loswerden.

Und wenn er keine Bestie war?

Dann würde es funktionieren, ihn an ihre Tante weiterzureichen. Sie schüttelte den Kopf. Er hatte recht. Das war ein Rätsel, das dem Verstand ihres Vaters alle Ehre gemacht hätte.

8. Kapitel

Claire war erleichtert, daß sie kein weiteres Gebrüll mehr hörte, keine Handgreiflichkeiten, keine Schreie. Vielleicht waren seine Wutausbrüche wirklich nur von kurzer Dauer. Seine Ehefrau würde eben nur lernen müssen, wie sie ihm in diesem Moment am besten aus dem Weg gehen konnte.
Aber würde Felice das können? Natürlich. Schließlich war sie nicht dumm.
Er ging mit großen Schritten auf Summerbourne Hall zu, als Josce auch schon mit seinem Schwert und Schild herauskam. Männer führten vier Pferde.
De Lisle schaute sie an. »Wollt Ihr mit mir reiten?«
Normalerweise hätte sie in ihren besten Kleidern nicht im Herrensitz geritten, aber sie wollte keineswegs hinter ihm sitzen. »Ich kann selber reiten.«
Er ließ das kleinste Pferd kommen, und Claire stieg ohne Hilfe auf. Sie meinte etwas wie Anerkennung in seinen Augen zu lesen; das tat ihr gut. Sie wurde ungern für hilflos und ungeschickt gehalten.
Jetzt, als er nicht mehr böse war, sah er ganz anders aus. Er war wie Janus, der der Welt zwei verschiedene Gesichter zeigte. Woher sollte man wissen, welches das wahre Gesicht war?
Claire sagte: »Es gibt zwei Wege.«
Er zügelte sein Pferd und ließ auch seine Männer anhalten. »Zwei Wege?«
»Zum Kloster. Diese Straße oder einen Pfad durch den Wald. Ich weiß nicht, welchen Weg sie genommen haben. Die Stra-

ße ist der einfachere Weg, wenn sie sich aber verstecken wollen, müssen sie den Wald nehmen.«

»Michael, Gerard, folgt weiter dieser Straße. Lady Claire«, er drehte sich zu ihr um, »führt mich durch den Wald. Aber ich hoffe, daß das kein Trick ist.«

Dieser Gedanke war ihr noch gar nicht gekommen, und sie schaute ihm in die Augen, um ihn zu überzeugen. »Ich will bloß meine Tante finden, Lord Renald, damit Ihr die angemessene Braut bekommt.«

»Dann haben wir ja dasselbe Ziel. Also los.«

Auf dem schmalen Pfad konnten sie nur hintereinander reiten. Sie ritt voran und hörte ihn sagen: »Wenn ich Eure Tante heirate, Lady Claire, was werdet Ihr dann machen?«

»Vielleicht heirate ich auch. Oder ich nehme den Schleier.«

»Werdet Ihr in dieses Kloster eintreten?«

»Nein, mein Herr. Mit Summerbourne sind für mich zu viele schmerzhafte Erinnerungen verbunden. Ich werde weit weggehen. Vielleicht nach Frankreich.«

Er schwieg, und Claire war ihm dafür dankbar, denn seine Fragen brachten sie durcheinander. Sie hatte niemals gedacht, in die Fremde zu gehen. Derartiges in Worte zu kleiden war furchterregend. Aber was sollte sie sonst tun?

Claire ertappte sich dabei, daß sie jeden Baum betrachtete, jede Knospe und jede Lichtung, um sie sich für immer einzuprägen. Sie wollte ihre Heimat nicht verlassen. Und sie wollte auch ganz und gar nicht übers Meer in ein fremdes Land fahren. Sie konnte nicht bleiben. Sie dachte über den Mann nach, der hinter ihr ritt … Nein, sie konnte es nicht tun. Sie konnte keinen Wolf wie de Lisle heiraten. Zwischen den grünen Farben des sommerlichen Waldes fühlte Claire ein Kribbeln im Körper, als wäre sie von Feinden umzingelt. Aber das war doch ihr Land, in dem sie sich niemals vor einem Angriff hatte fürchten müssen, und zudem ritt ein bewaffneter Mann hinter ihr. Dann begriff sie, daß das Kribbeln genau von diesem Mann verursacht wurde. Renald de Lisle machte sie nervös, und das nicht nur deshalb, weil er groß war und ein blutbesudeltes Schwert trug.

Erleichtert schüttelte sie sich, als sie zwischen den Bäumen das Kloster erkennen konnte. Neben dem Fluß liegend und in warmes Sonnenlicht getaucht, sah es aus wie ein sicherer Hafen. Einige Minuten später war auch Claire unter der gesegneten Sonne.

Ein Holzzaun umgab das strohgedeckte Gebäude von St. Frideswide, es ähnelte Summerbourne Hall bis auf den fehlenden Wachturm. Das Tor war geschlossen, doch nichts deutete auf einen Alarm hin.

Als sie sich dem Kloster näherten, kamen die beiden anderen Männer alleine auf sie zugaloppiert. Felice und Amice mußten schon drinnen bei Mutter Winifred sein, die mit krankhafter Eifersucht ihren Besitz bewachte.

De Lisle lehnte sich aus dem Sattel, um zu läuten. Claire stieg von ihrem Pferd und trat an das Guckloch an dem Tor. Die Klappe ging auf. »Ja? Oh, Lady Claire!«

»Ich suche meine Tanten, Schwester. Die Ladys Felice und Amice.«

»Sie sind hier, aber ich weiß nicht, ob sie Euch zu sehen wünschen.« Die Augen der Nonne waren weit geöffnet. »Besonders, wenn bewaffnete Männer Euch begleiten.«

»Diese Männer wollen meinen Tanten nichts antun. Ich würde gerne hereinkommen und mit ihnen reden.«

»Ich werde die Mutter Oberin fragen.« Das Guckloch wurde mit einem lauten Geräusch wieder verschlossen.

Claire drehte sich um und schaute ihre Begleiter an. »Ihr könntet versuchen, weniger furchteinflößend auszusehen.«

»Aber das können wir am besten, Mylady.« Seine Männer grinsten, und auch de Lisles Augen schienen ein amüsiertes Funkeln zu zeigen. Seine Aussage war entwaffnend – abgesehen von der Tatsache, daß er recht hatte. Es war ihre Auf-

gabe, angst zu machen, und das nicht nur durch ihr Aussehen.
Sie hörte, wie das Tor entriegelt wurde, und drehte sich um. Mutter Winifred war rund wie ein Faß, aber in ihren harten Augen war nichts Weiches zu erkennen.
»Lady Claire. Warum bringt Ihr Bewaffnete her?«
Claire machte einen Knicks. »Dies ist Lord Renald, der neue Herr von Summerbourne, Mutter. Meine Tanten sind verschwunden, und wir hoffen, sie hier zu finden.«
»›Verschwinden‹ ist nicht das richtige Wort, meint Ihr nicht, junges Fräulein? ›Geflüchtet‹ ist wohl richtiger. Vor einem brutalen Mörder geflüchtet.« Sie starrte auf die Männer. »Wer von Euch ist Renald de Lisle?«
Claire drehte sich leicht zur Seite, um beide Parteien im Blick zu haben. Sie hatte erwartet, daß de Lisle hitzig und wütend sein würde, aber sie war entsetzt, welch kalte Drohung in seinen Zügen stand.
»Und wen habe ich umgebracht, Mutter?«
Himmel, *hatte* er jemanden umgebracht?
»Wahrscheinlich Hunderte«, sagte die Nonne bissig. »Ihr seid ein Soldritter und ein Turnierkämpfer, ein Mann, der vom Blutvergießen lebt. Oder wollt Ihr das etwa leugnen?«
»Nein.« Er lächelte kühl, reuelos.
Claire schauderte. Soldritter konnten aus der Kirche ausgestoßen werden. Turnierkampf galt als Sünde.
Mutter Winifred starrte ihn weiter an. »Wir sind hier an solche Menschen nicht gewöhnt, Mylord. Lord Clarence war kein Mann der Gewalt.«
»Was nur beweist, daß Gewalt zu vermeiden nicht bedeutet, sicher zu leben.«
»Gebete und ein gutes Leben führen zu Sicherheit.«
»Aber nur im nächsten Leben, Mutter. In diesem Leben ist es besser, von scharfen Klingen umgeben zu sein.«
Claire erinnerte sich wieder an ihre Absicht. »Mutter Obe-

rin«, warf sie ein. »Lord Renald hat sich seit seiner Ankunft in Summerbourne als gerechter und guter Herr gezeigt.«
Mutter Winifreds scharfe Augen ruhten nun auf ihr. »Tatsächlich. Dann wäret Ihr sicher froh, ihn heiraten zu dürfen, nicht wahr?«
»Mutter Oberin ...«
»Ihr habt eine Verabredung mit Euren Tanten getroffen, nicht wahr, Lady Claire? Wenn dieser Mann sanftmütig und gut ist, warum wollt Ihr dann Eure Meinung ändern?«
»Ich habe nicht gesagt, daß ... Ich denke nur ...« Claire riß sich zusammen. »Felice und Amice waren nervös, Mutter. Das waren wir alle. Bevor es zu spät ist, sollten sie erfahren, daß Lord Renald nicht das Monster ist, wie wir gedacht haben.«
»Reizende Worte«, hörte sie ein Murmeln hinter sich.
Claire fuhr fort und spürte, wie ihr Gesicht dunkelrot wurde. »Ich weiß, daß Felice ihn sicher gerne heiraten würde ...«
»Und Ihr glaubt, sie könnte auf einem anderen Weg keinen Ehemann finden?«
Claire spürte, daß ihre Wangen noch stärker glühten. »Das habe ich niemals gesagt.«
»Warum seid Ihr dann hier?«
Claire beschimpfte sich innerlich selbst. Sie hätte an die Rolle denken sollen, die Mutter Winifred in diesem Stück spielte. Diese Frau hatte sich immer eine oder zwei Töchter von Summerbourne in ihrer Gemeinschaft gewünscht. Nun hatte sie das Gefühl, zwei Vöglein in der Hand zu haben.
Die Nonne lächelte leicht triumphierend ... »Vielleicht«, schlug sie vor, »vielleicht seid Ihr aber überzeugt, daß dieser Mann ein grauenhafter Ehemann sein wird und wollt deshalb ein anderes Opfer, das an Eure Stelle tritt.«
»Nein!« beharrte Claire, obwohl sie sich ihrer Unschuld kei-

neswegs sicher war. »Mutter Oberin, ich muß darauf bestehen, daß ich meine Tanten spreche.« Da sie argwöhnte, daß Felice sicher eine Möglichkeit gefunden hatte, dieses Gespräch zu belauschen, fügte sie hinzu: »Amice und Felice sind beide älter als ich und haben deshalb Vortritt. Ich muß wissen, ob sie nicht doch ihre Meinung geändert haben, bevor ich zustimme, Lord Renald zu ehelichen.«

Sie hatte sich absichtlich so ausgedrückt, als würde sie den Wolf wirklich heiraten wollen, und in Mutter Winifreds Augen war ein Funken von Wertschätzung zu erkennen. Sie drehte sich einfach um und ging. »Kommt mit.«

Claire eilte hinter ihr her. Kaum hatte ihr Fuß die Schwelle berührt, hielt eine Hand, die ihren Gürtel packte, sie zurück. De Lisle mußte sich nahezu vom Pferd geworfen haben, um ihr so schnell folgen zu können.

»Was ist los? Ich will doch nur ...«

»Ich werde nicht die einzige mir noch verbliebene Braut über diese Schwelle treten lassen.« Er schaute die Äbtissin an, die sie beobachtete. »Bringt Lady Felice ans Tor, damit sie hier mit ihrer Nichte sprechen kann.«

Mutter Winifred ging, und das Tor schlug krachend zu. Claire blieb weiter an de Lisle gepreßt stehen. »Ich wäre zurückgekommen.«

»Verzeiht mir, aber ich kann mir dessen nicht sicher sein.«

Auch sie war sich nicht sicher. Mutter Winifred hätte sicherlich gerne alle drei Jungfern von Summerbourne hinter ihrer Pforte gehabt. Und wenn sie einmal in Sicherheit gewesen wäre, hätte sie vielleicht nicht mehr das Ehrgefühl und den Mut zusammengebracht, wieder zu ihm hinauszugehen.

Aber während sie eng an seinen Körper gepreßt dastand, wurde ihr wieder klar, warum sie entkommen mußte. Sie fühlte sich wie gegen eine Wand gequetscht – eine große, breite, harte Wand. Und auf der anderen Seite fühlte sie sich

sehr verletzlich – weich, zart, beinahe konturenlos. Und das keineswegs vor Angst.
»Es ist gut, daß ich kein zartbesaiteter Mensch bin«, sagte er mit seiner tiefen Stimme, die Schauer über ihren Rücken laufen ließ. »Dieses ständige Weglaufen würde sonst meine Gefühle verletzen.«
»Wenn Ihr welche hättet.«
»Jeder Mensch hat Gefühle, Lady Claire. Es ist dumm, das zu vergessen.« Er drehte ganz leicht seinen Kopf, und sie spürte seinen Atem auf ihrer Wange. Sie drehte sich weg, fühlte sich atemlos und wie betäubt.
Die Tür öffnete sich wieder. Felice stand mit verschränkten Armen und verschlossenem Gesicht da. »Ich komme nicht heraus, Claire. Du hast dich entschieden.«
Claire versuchte zu lächeln und hoffte, daß ihre Nervosität sie wenigstens erfreut aussehen ließ. »Felice, ich will doch nur anständig sein. Wie ich in meinem Brief geschrieben habe. Lord Renald wird einen guten Ehemann abgeben.«
»Tatsächlich?« flüsterte er ihr ins Ohr.
Da sie spürte, wie ihr Lächeln verschwand, versuchte Claire, angetan von ihm auszusehen, hob eine Hand und legte sie auf seinen kräftigen Unterarm, der sie immer noch festhielt. Sofort merkte sie, daß es nicht besonders klug gewesen war. Er trug ein kurzärmeliges Gewand, und sie spürte seine warme, feste Haut. Sie spürte, daß sie errötete, und zwang sich, seinen Arm zu streicheln. »Ich werde sehr glücklich sein, ihn heiraten zu dürfen, Felice.«
Es funktionierte. Felice schaute von Claires Gesicht zu ihrer Hand und runzelte die Stirn. Sie schien zu überlegen. Claire zwang sich, ihn weiter zu streicheln, obwohl ihre Fingerspitzen glühten und brannten wie Pfeffer auf der Zunge. Sie fuhr sich mit der Zunge über die Lippen. »Ich hätte keine Ruhe, Felice, wenn ich wüßte, daß ich dir einen solchen Ehemann gestohlen habe.«

Felice schaute ihn an und strich sich ebenfalls über die Lippen. Claire hätte gerne sein Gesicht sehen mögen. *Lächelt,* flehte sie ihn innerlich an. *Schaut nicht so böse. Sie ist wunderschön, und Ihr begehrt sie.*

Dann wandte sie sich in Gedanken ihrer Tante zu. *Bitte, Felice. Er ist kein Monster. Er ist schön und hat Macht, und er bringt mich dazu, daß meine Knie zittern. Du willst ihn, das weiß ich.*

Sie wußte, daß alles am seidenen Faden hing, und lehnte sich zurück, um ihren Körper an dem seinen zu spüren.

»Lady Claire«, flüsterte er, »seid vorsichtig. Im Sommer sollte man nicht mit Feuer spielen.« Und er drückte sich von hinten fest gegen sie, preßte sich mit einem ganz deutlich fühlbaren harten Körperteil gegen sie. Claire erstarrte und stieß sich abrupt von ihm ab.

Vielleicht lag es daran, vielleicht war sie auch nicht überzeugend genug gewesen, auf jeden Fall schwand Felice' Unentschlossenheit. Sie schaute noch finsterer als vorher. »Du gefällst ihm, Claire. Warte nur ab, bis du feststellst, wie er wirklich ist, dann wirst du nicht mehr so selbstzufrieden sein.«

»Felice!«

Aber das Tor fiel krachend ins Schloß.

Claire starrte auf das massive Eichenholz, das ihr Schicksal besiegelt hatte. Sie würde Renald de Lisle heiraten. Und das Knistern, das zwischen ihnen zu fühlen war, machte alles noch viel schlimmer. Hier im Freien und vollständig angezogen, gab er ihr das Gefühl, nackt zu sein.

Benommen ließ sie sich von ihm umdrehen. »Ich bin glücklich«, murmelte er und sog sie mit seinen dunklen Augen förmlich auf. »Lady Claire, Ihr versprecht mir den Himmel auf Erden.«

Er sprach vom Bett. Sie versuchte, sich aus seinen Armen zu befreien. Umsonst. »Ich sagte das nur, um meine Tante zu überzeugen?«

»Lügen?«

»Alles Lügen«, warf sie ihm entgegen. »Ihr könnt mich dafür schlagen, wenn Ihr wollt. Mehr könnte ich Euch auch nicht hassen.« Und immer noch zitterte sie, weil sie in seinen Armen lag.

Er lächelte. »Ich denke, ich sollte Eure Seele retten, indem ich Eure Worte wahr werden lasse.«

»Wie bitte?«

Er löste seine Arme von ihr. »Indem ich Euch vollkommen glücklich mache.«

Claire lachte auf und klopfte ihre Kleider ab. Sie wünschte sich, sie könnte ihre Gefühle wie den Staub abschütteln.

»Wir werden glücklich sein, Mylady, wenn Ihr Euer Schicksal akzeptiert.«

»Euch akzeptieren? Ihr seid ein Soldritter und ein Turnierkämpfer. Und Ihr habt es ohne Scham zugegeben?«

»Vielleicht habe ich schon gebüßt.«

Sie schaute ihn finster an und schreckte zurück. Das stimmte. Durch Buße konnte man von seinen Sünden gereinigt werden. »Habt Ihr?«

»Das ist nur eine Sache zwischen mir, meinem Beichtvater und Gott. Kommt«, sagte er und zeigte auf die Pferde, »wir wollen in unser Zuhause zurückreiten.«

Unser Zuhause.

Jetzt, wo ihre Tanten im sicheren Kloster waren, gab es niemanden mehr, der den Eindringling heiraten konnte. Claire kam es vor, als sei sie in einem Traum. Sie konnte noch nicht begreifen, daß es keine Ausflucht gab. Daß sie bald vollkommen in der Gewalt dieses Mannes sein würde.

Als sie Summerbourne Hall sah, erschien es ihr für eine Sekunde als ihre Zuflucht. Das war ihr vertrautes Heim in seiner ganzen Schönheit, mit dem starken Zaun aus Holzpfählen und den Strohdächern, eingepaßt in die sommerliche Landschaft, die es umgab, und strotzend vor Wachstum und Wohlstand.

Summerbourne erschien ihr so normal, daß sie ihre Eltern vor sich sah, die sie führten und beschützten. Dann kamen ihr die Tränen. Ihr Vater war tot, und ihre Mutter war bereit, sie den Wölfen vorzuwerfen.

Der Wolf, der neben ihr ritt, hatte sie bisher mit keinem Wort gestört. Nun aber sagte er: »Es ist ein schöner Ort, Lady Claire, und zusammen werden wir dafür sorgen, daß es so bleibt.«

Es gab keine Möglichkeit zu flüchten, ohne die Familie zu opfern. »Ja? Wird das so sein? Versprecht Ihr mir, daß Ihr Summerbourne lieben und ehren werdet?«

»Ich habe vor, sowohl meine Frau als auch Summerbourne zu lieben und zu ehren und später auch meine Kinder. Für einen Mann wie mich sind diese Dinge doppelt kostbar.«

Er gab seinem Pferd die Sporen, und während Claire ihm folgte, versuchte sie, Trost aus seinen Worten zu ziehen. Aber was würde solch ein landgieriger Mann tun, um seine Träume in Erfüllung gehen zu lassen? Was hatte er getan? Krieg. Turniere. Blut. Und er hatte es zugegeben.

Er gab Befehl, das Lager abzubrechen, und ritt dann auf das Tor zu. Claires Mutter hatte auf sie gewartet und eilte ihnen entgegen. »Ich habe gehört, daß Felice und Amice verschwunden sind. Sind sie in Sicherheit?«

Claire sprang vom Pferd, bevor de Lisle ihr behilflich sein konnte. »Sie sind in St. Frideswide. Ich habe versucht ...« Sie hielt inne, denn sie wollte weder gegen ihn noch gegen Felice hart sein. »Ich habe Felice versucht zu zeigen, daß Lord Renald ein angenehmer Ehemann sein wird, aber sie wollte nicht zuhören.«

»So ist es also beschlossen?« Lady Murielle schaute besorgt von ihr zu de Lisle und lächelte ihn sanft an. Claire wäre es lieber, sie würde nicht so lächeln. Auch wenn sie alle in seiner Gewalt sein würden, gab es keinen Grund, vor ihm zu

kriechen. Sie faßte plötzlich einen festen Entschluß. Sie würde niemals vor ihm kriechen.
»So ist es das beste«, sagte Lady Murielle, legte ihre Arme um Claire und führte sie ins Haus. »Wir werden alle in unserem Zuhause bleiben können …«
»Myladys.«
Seine Stimme ließ sie stehenbleiben. Sie drehten sich um.
»Der König wünscht, daß diese Angelegenheit schnell erledigt wird. Bitte gebt meinem Schreiber eine Liste mit den Personen, die Ihr bei der Zeremonie als Gäste wünscht. Aber bitte nur Personen, die morgen hiersein können.«
»Morgen!« rief die Mutter aus.
»Das ist zu früh«, sagte Claire mit erhobenem Kinn.
Er fegte ihre Einwände beiseite. »Wir haben die Zeremonie schon einmal verschoben. Wir werden uns morgen die Ehe versprechen. Ob Gäste dabeisein werden oder nicht, das liegt ganz bei Euch.«
Claire hätte noch nicht aufgegeben, aber ihre Mutter zog sie in die Halle. »Claire! Du hast es gehört. Es ist der Befehl des Königs. Verärger ihn nicht. Besonders nicht, da er dein Ehemann werden wird.«
»Er ist ein Tyrann!«
»Ein Grund mehr, zurückhaltend zu sein. Sei gefällig, und er wird freundlich sein.« Die Mutter tätschelte Claires Hand. »Er scheint ein vernünftiger Mann zu sein. Er hätte schließlich auf eine Verlobung am heutigen Tag bestehen können – ohne Zeremonie und Gäste.«
»Mir wäre das lieber. Es wäre so kurz nach Vaters Tod auch angemessener. Die Urkunden sind vorbereitet.«
»Nein!« rief Lady Murielle. »Claire, ich will nicht, daß meine einzige Tochter sich verlobt, ohne daß auch nur ein Nachbar als Zeuge dabei ist.«
Claire starrte sie an. »Aber Vater …«

»Halt mir keine Predigten, Claire! Clarence hätte dich als fröhliche Braut sehen wollen, das weißt du ganz genau.«
Das war die Wahrheit, aber Claire erschien das alles so falsch. »Dann ist vielleicht eine stille Verlobung das beste.«
»Nein.« Claire hatte nicht gewußt, daß ihre Mutter so starrköpfig sein konnte. »Wir werden anständig feiern. Komm. Wir werden Einladungen verschicken und dann das Fest vorbereiten. Das ist viel Arbeit, und Felice und Amice sind hinter verschlossenen Toren …«
Sie zerrte Claire an Lady Agnes vorbei, und Claire konnte nur mit Mühe für eine Frage stehenbleiben. »Großmutter, gibt es gar keine andere Möglichkeit?«
»Wo ist Felice?«
Claire erklärte ihr, was vorgefallen war.
»Dann nicht«, sagte die Großmutter. »Es gibt keine andere Möglichkeit. Eine von euch muß er heiraten.«
»Du hast ganz genau das gewollt.«
Lady Agnes war genauso unempfindlich gegen ihre Angriffe wie de Lisle. »Ja. Und das ist das beste.«
Ihre Mutter legte einen Arm um sie. »Komm weiter, Schatz. Deine Großmutter hat recht. Das ist für uns alle das beste. Felice würde sich nicht so gut um alles kümmern wie du.«
Aber der Blick ihrer Mutter ruhte auf Thomas, der sich mit schmollender Miene auf dem Fußboden fläzte. Claire wäre es lieber gewesen, wenn er zumindest dankbar für ihr Opfer gewesen wäre. »Du solltest deine Aufgaben erledigen«, sagte sie und war erschrocken über die Schärfe ihrer Stimme.
»Mir hat niemand gesagt, was ich tun soll.«
»Und was war vorhin? Alle haben nach dir gesucht?«
»Ich muß doch nicht Tag und Nacht bereitstehen.«
»Doch. Ganz genau das sollst du.«
Er schaute sie verbissen an. »Das werde ich nicht.«
»Das wird er selbstverständlich nicht«, sagte Lady Murielle.

»Also wirklich, Claire. Er ist der Sohn eines Lords, kein Bediensteter.«
Claire schaute ihren Bruder an. »Wenn ich de Lisle heirate, tue ich das für meine Familie, ganz besonders für dich. Aber du mußt auch deinen Teil beitragen. Du mußt dich darauf vorbereiten, deinen eigenen Weg im Leben zu finden.«
»Das ist nicht gerecht.«
»Es ist auch nicht gerecht, daß ich diesen Mann heiraten muß. Ich bin für immer an ihn gefesselt, während du ein neues Leben beginnen kannst.«
Er schaute beinahe schuldbewußt. »Ich lerne alles über Schwerter und solche Dinge.«
»Du wirst lernen, was man dir aufträgt. Und das schließt das Bedienen und die Gesetze mit ein.«
»Das trockene Zeug.«
»Thomas, sie *schlagen* dich, wenn du nicht tust, was man dir sagt. Glaub nicht, daß ich sie daran hindern kann. Du hast Lord Renalds Geduld schon überaus stark strapaziert.«
»Das ist doch nur für eine kurze Zeit, mein Liebling«, sagte die Mutter zu ihrem Sohn. »Wenn Claire erst einmal mit Lord Renald verheiratet ist, wird sie ihn sicher überreden können, daß du Angenehmeres tun darfst.«
Claire hätte am liebsten voller Verzweiflung die Hände gen Himmel gestreckt. Jedermann schien zu glauben, daß sie diesen Mann nur heiratete, damit alles so blieb, wie es war.
»Wenn er einen von euch schlecht behandelt«, sagte Lady Agnes, »werden wir ihn uns vornehmen.«
»Ihn uns vornehmen?« Claire wirbelte zu ihrer Großmutter herum. Wurde jeder verrückt? »Damit werden wir uns den Zorn des Königs zuziehen.«
Lady Agnes kicherte. »Ihr seid alle verweichlicht unter Clarence, dem lieben, guten Jungen. Frauen hatten immer Möglichkeiten, ihre Männer zu beeinflussen, solange sie zu-

sammenleben.« Sie schaute an Claire vorbei. »Das ist eine Warnung, Bursche.«
Claire schaute sich um und sah de Lisle hinter sich stehen.
»Ich habe nicht die Absicht, irgend jemanden schlecht zu behandeln«, sagte er knapp. »Lady Murielle, habt Ihr die Liste mit den Namen? Nein? Dann bereitet sie vor. Thomas.«
Claire zuckte beinahe genauso zusammen wie ihr Bruder, der sofort aufsprang.
»Geh mir zur Hand.« Mit diesem kurzen Befehl ging de Lisle ins Arbeitszimmer von Claires Vater. Lady Murielle streckte eine Hand aus, als wolle sie ihren Sohn aufhalten, dann aber ließ sie sie sinken. Thomas schaute hilfesuchend in die Runde und schlurfte dann hinter de Lisle her.
»Jungfrau Maria, steh ihm bei«, flüsterte Lady Murielle.
»Mutter! Thomas schaut immer so, wenn er etwas tun soll, was er nicht will.«
»Wenigstens ist mein Kind noch hier. Dann kann ich Thomas vor der Gewalt beschützen.«
Claire wünschte sich, ihre Mutter würde sich daran erinnern, daß sie noch ein Kind hatte.
»Die Welt ist gewalttätig, Murielle«, sagte Lady Agnes bissig. »Es wird Zeit, daß der Junge lernt, damit umzugehen.«
Lady Murielle schaute ihre Schwiegermutter an. »Ich nehme an, dir wäre es am liebsten, wenn der Junge fünfmal täglich eine Tracht Prügel bekommt.«
»Nur, wenn er sie verdient.« Lady Agnes wandte sich Claire zu. »Sie braucht auch eine anständige Tracht Prügel, weil sie so einen Aufstand um nichts macht. Steh nicht mit so einer Trauermiene da.«
»Aber ich trauere«, Claire schrie beinahe. »Hast du das etwa vergessen?«
»Nein. Aber Clarence' Tod ist nicht die Schuld dieses Mannes. Er ist gutaussehend und wohlerzogen – was willst du mehr?«

»Wärme. Ehre. Feinfühligkeit!« Claire vergrub ihr Gesicht in den Händen. »Ich will ihn einfach nicht heiraten.« Sie richtete sich an Lady Murielle. »Mutter, aber du verstehst mich, nicht wahr?«

»Natürlich, Liebste. Den Schmerz über Vaters Tod spüren wir alle sehr stark. Aber das Leben muß weitergehen, und ich bin einer Meinung mit Großmutter. Wenn dir schon ein Ehemann aufgedrängt wird, hätte das Schicksal dir einen viel, viel schlimmeren bescheren können.«

Innerlich fügte Claire hinzu: Und wenn der Preis von Thomas' Zukunft der ist, dich einem hungrigen Wolf vorzuwerfen, dann tu es.

Sie brauchte einen Moment, um sich zu sammeln, dann lächelte sie. »Ganz sicher scheint er kein schlechter Mann zu sein. Also, was tun wir nun?«

»Gutes Mädchen.« Ihre Mutter lächelte erleichtert. »Zuerst müssen wir ihm die Namen geben. Eine Feier ohne die Nachbarn ist unmöglich.«

»Ich habe Pergament und Feder in meiner Kammer.«

»Sehr gut.« Als sie die Treppe hinaufgingen, sagte ihr Mutter: »Wir müssen auch überlegen, was du anziehst.«

Claire dachte an triste Farben und Asche auf dem Haupt. Aber das wäre sinnlos. Aber sie war froh, daß sie ihr Haar abgeschnitten hatte. Niemand konnte etwas dagegen tun, daß die Braut ihr Haar der Tradition gemäß unbedeckt trug. Und dann würden die eilig versammelten Gäste ganz genau wissen, daß sie sich nicht leichten Herzens ihrem Schicksal fügte.

9. Kapitel

Kapaun«, sagte Lady Murielle später, als sie die Vorräte begutachtete. »Wir haben keine Zeit, einen Ochsen zu braten … und Spanferkel.«

Claire schaute ihre Mutter an, die ihre Trauer mit der schweren Arbeit zu betäuben versuchte. Vielleicht war das das Geheimnis. Sie konzentrierte sich aufs Praktische und sorgte dafür, daß die Aufträge ausgeführt wurden. Dann sauste sie mit ihrer Mutter hin und her und schaute nach, ob die Hennen Eier legten und ob die Kühe und Ziegen genug Milch gaben. Der Imker versicherte ihnen, daß die Waben von Honig troffen.

»Wenn es genügend köstlichen Kuchen gibt«, sagte Lady Murielle, »wird jedermann zufrieden sein.«

»Bis ihre Mägen rebellieren«, bemerkte Claire ironisch, und sie lächelten sich an.

Als sie vom Imker zurück zum Gutshaus gingen, sah Claire de Lisle auf den Befestigungen stehen. Ihre Mutter folgte ihrem Blick. »Ich wundere mich, daß er nicht mit den anderen Männern jagt. Solche Typen schätzen den Wettkampf.«

»Er hat seine Männer auf die Jagd geschickt?« fragte Claire.

»Ja. Jeder Hirsch und jeder kleine Fasan, den sie mitbringen, ist uns von Nutzen. Seltsam, daß er nicht mitgegangen ist.«

»Er will nur sichergehen, daß ihm die einzig verbliebene Braut nicht auch noch ins Kloster verschwindet.«

Die Mutter warf ihr einen Blick von der Seite zu. »Claire …«

»Keine Sorge, Mutter. Ich bin ein williges Opfer.«

Willig schien nicht das rechte Wort zu sein, aber was war das passende Wort, wenn sie nicht kämpfen wollte? Morgen

würde ihre Verlobung sein. Sie hatte noch Zeit, sich für das Ehebett zu wappnen.
Als sie sicher waren, daß sie genug Lebensmittel hatten, machten sie sich daran, die Vorbereitungen zu überwachen und Kuchen zu backen. Claire ging ins Backhaus und machte sich an ihre Spezialität, Mandelhonigkuchen.
Sie hielt beim Kneten inne. In den Einladungsschreiben hatten sie auch den Tod ihres Vaters erwähnt, deshalb würden die Gäste auch voll Trauer kommen. Claire schlug wieder ihre Fäuste in die süße, klebrige Masse. Das war die seltsamste Verlobung, von der sie jemals gehört hatte.
Sie hoffte, daß die Leute nicht soviel über den Tod ihres Vaters reden würden, aber wahrscheinlich würden sie es tun. Ihr wurde klar, wie wenig sie eigentlich wußte. Sie würde niemandem sagen können, wie oder wo er gestorben war, außer daß ein Schwert durch den Kettenpanzer hindurch sein Herz durchbohrt hatte. Mit gerunzelter Stirn grübelte sie darüber nach, was wohl aus Ulric geworden war. Sie wickelte den Teig in ein feuchtes Tuch und machte sich daran, weiteres Gebäck vorzubereiten. Ihr Vater hatte die Rebellion als eine persönliche Angelegenheit angesehen und deshalb keine bewaffneten Männer mitgenommen. Aber Ulric, seit seiner Geburt sein Diener, hatte sich geweigert, zu Hause zu bleiben. Er war sicherlich auch tot, der arme Mann. Er war sicher in derselben Schlacht gefallen, denn er war niemals von der Seite seines Herrn gewichen.
»Lady Claire!« Eine erhitzte, wütende Frau riß sie aus ihren Gedanken. »Die Männer mißhandeln die Hennen. Sie veranstalten eine riesige Schweinerei. Wenn Ihr mich fragt, sind sie alle betrunken.«
Claire seufzte. »Einen Moment, Heddy. Ich komme sofort.« Sie warf ein Tuch über das Gebäck und ging unwillig nach draußen.
Sie versuchte, sich so weit wie möglich vom Schlachtplatz

fernzuhalten. Sonst hatte Felice sich um solche Sachen gekümmert. Es war ein deutliches Zeichen, daß sich ihr Leben zum Schlechteren wandte, daß sie jetzt dabei zusehen mußte, wenn den Hühnern der Hals umgedreht wurde.

Es herrschte ein großes Durcheinander, aber das war normal. Hennen und Hähne rannten in alle Richtungen und gackerten aufgebracht. Lachende Männer packten jeden Vogel, der an ihnen vorbeikam, am Hals und schleuderten ihn zu Tode. Die toten Hühner wurden nachlässig den Mägden zugeworfen, die wartend am Rand standen und sofort anfingen, den Tieren die Köpfe abzuschlagen und die Federn zu rupfen, um dann die gerupften Tiere in Bottiche mit kaltem Wasser zu werfen. Andere Mägde fischten die kalten Hühner wieder heraus und begannen sie zu säubern. Der Geruch nach Eingeweiden und Blut machte sich überall breit.

Claire sah, wie ein Mann aus Vergnügen nach einer vorbeilaufenden Henne trat und rief: »Alby, halt sie auf!«

Als die Männer bemerkten, daß ihre Herrin ihnen zusah, wurden sie ruhiger und fingen die Tiere ohne Spielereien ein. Die Hennen wurden einfach nur getötet.

Mit unbeweglichem Gesicht sah Claire zu und dachte über den Tod nach. Sinnvoller Tod. Sinnloser Tod. Was für einen Tod wohl ihr Vater gehabt hatte? Vielleicht würde es jemand von denen wissen, die zu dem Fest kommen würden, aber sie bemerkte, daß sie anfing, wie ihre Mutter zu denken. Sie wollte es gar nicht wissen. Sie wollte auch nicht darüber reden. Sie wollte an ihren Vater als den friedvollen Mann denken, der er immer gewesen war, nicht an einen Mann in Waffen.

Claire wandte sich ab, konnte aber dem lauten Gegacker nicht entkommen, dem Schreien und dem immer wiederkehrenden Knacken der brechenden Hälse, die auf die Holztüren geschlagen wurden. Geräusche des Todes. Plötzlich hörte sie das hohe Quieken eines Ferkels. Beim Himmel, was für eine Art von Vergnügen fand dort statt? Obwohl sie wußte, wie kindisch es war – aß sie nicht jeden Tag Fleisch? –, zog sie sich schrittweise zurück.

»Mylady?«

Als sie de Lisles Stimme erkannte, schreckte sie zusammen und drehte sich zu ihm um.

»Geht es Euch nicht gut?« fragte er.

»Nein, natürlich nicht.«

Seine Augen betrachteten sie prüfend. »Ihr seht nicht so gesund und kräftig aus wie sonst.«

»Das liegt nur daran, daß wir viel zu tun haben.«

Er schaute an ihr vorbei. »Oder an der vielen Arbeit, die Euch nicht gefällt.«

Sie seufzte und gab es auf, die Wahrheit zu verbergen. »Woher wißt Ihr das?«

»Ihr schaut aus wie ein Bursche nach seiner ersten Schlacht. Allerdings ohne seinen Freudentaumel«, fügte er lächelnd hinzu, »daß er überlebt hat.« Wieder schaute er an ihr vorbei. »Ihr werdet doch aber schon vorher gesehen haben, wie Hühner getötet werden?«

Claire wünschte, er würde ihr nicht immer dann über den Weg laufen, wenn sie sich lächerlich benahm. »Es ... das war sonst nicht meine Aufgabe. Felice oder Mutter haben sich sonst darum gekümmert.«

»Tiere müssen getötet werden, damit man sie essen kann.«

Sie schaute in seine kühlen Augen. »Das weiß ich auch! Ich weiß, wie albern das ist. Aber ich mag es nun einmal nicht.«

»Was bevorzugt Ihr?«

»Ich backe lieber Honigkuchen.«

Diesmal lächelte er breit. »Ich esse auch viel lieber Honigkuchen als gebratenes Geflügel. – Ich werde mich weiter um die Hühner kümmern.«

»Ihr?«

Er zog die Augenbrauen hoch. »Schließlich bin ich doch sehr gut darauf vorbereitet, Schlachten zu überwachen.«
Sie mußte schlucken, als er so kühl an seine Profession erinnerte, aber sie verstand, was er sagen wollte. Er war bereit, das zu übernehmen, was ihr zuwider war. »Da sind auch noch die Ferkel …«
»Die sich so fröhlich im Schlamm gewälzt haben.« Er nahm ihre Hand und küßte sie. »Ich verstehe, *Demoiselle.*« Der Boden schwankte unter ihr, als sie seine Berührung an ihren Fingern spürte.
Beinahe in Gedanken versunken, küßte er wieder ihre Hand. »Ingwer und Honig. Würzig und süß.« Während er sie anschaute, fuhr er mit der Zunge über ihre Fingerspitzen. »Denkt nicht mehr über den Tod nach. Überlaßt das mir, denn das ist mein Bereich, und kehrt ins Land von Milch und Honig zurück.«
Claire blickte in seine Augen, die ihr erschreckend tief erschienen. Sie befreite sich aus seinem Griff und floh ins Backhaus.
Aber im Gang blieb sie stehen und blickte zurück. Was war das für ein Einfluß, den er auf sie ausübte? Gut oder schlecht? Was war er? Vielleicht, aber wirklich nur vielleicht hätte Claire sogar ein wenig das Gefühl von Verlust gehabt, wenn Felice ihre Meinung geändert hätte.
Abrupt drehte sie sich um und ging in das volle und heiße Backhaus. Sie hätte wirklich nur ganz, ganz leicht das Gefühl von Verlust gehabt. Sie wollte Renald de Lisle nicht heiraten.
Auch ihre Mutter war nun im Backhaus und überprüfte die Teige für die Kuchen und Torten. Sie schien glücklich unter den vielen Menschen zu sein. Ihr Gesicht war rot, und das braune Haar klebte an ihrer feuchten, verschwitzten Stirn. Claire befürchtete, daß sie genauso aussah. Sie mußte daran denken, warum Felice lieber beim Schlachten war. Draußen

war es kühler, und eine Lady sah dabei nicht so unordentlich aus.

»Oh, Claire, da bist du ja!« sagte ihre Mutter. »Wir haben Kirschen gepflückt, und die Kinder haben eine Menge Brombeeren und Himbeeren gefunden.«

»Ich kann damit einige Torten füllen.«

»Ja, tu das.«

Claire arbeitete weiter und machte diese köstlichen Kuchen, die ihre Gäste genießen würden. Aber ihre Gedanken gingen ihre eigenen Wege. Diese süßen Köstlichkeiten konnten einen Körper nicht bei Kräften halten, während es die Tiere, die geschlachtet wurden, durchaus taten. Sie dachte daran zurück, daß de Lisle Ähnliches zu Mutter Winifred gesagt hatte. Ihre Arbeit, das Schreiben und Illustrieren, das sie so sehr liebte, waren wirklich nicht nützlich, während die Gewalt der Kämpfer in dieser grausamen Welt notwendig war. Es war noch gar nicht lange her, da war England häufig von Wikingern überfallen worden. In solchen Zeiten waren die friedvollen Menschen wie sie und ihr Vater – oder die Männer und Frauen in den Klöstern – gestorben. Ihre Schätze waren gestohlen oder geraubt worden, bis ein Krieger sie beschützt hatte. Vielleicht waren Männer wie de Lisle doch nicht so schlecht …

Diese Gedanken wurden völlig zunichte gemacht, als eine Magd mit einem Eimer voller Blut hereinkam. »Die Lebern, Lady!« sagte sie zu Claires Mutter.

»Oh, danke, Ilsa. Claire, warum machst du nicht dieses köstliche Gericht? Das mit den Gewürzen?«

Claire seufzte zwar, ging aber trotzdem in die Küche. Sie mochte es überhaupt nicht, die noch warmen Körper der geschlachteten Tiere zu berühren, aber es war nicht so schlimm, wie beim Töten zuzuschauen.

Sie schnitt die köstliche Leber der geschlachteten Ferkel klein, vermischte sie mit Eiern, Sahne und Gewürzen. Am

Schluß schob sie einen irdenen Topf in den glühenden Ofen. Diese Spezialität war nur für die Ehrengäste. Der Graf von Salisbury würde sicherlich kommen, wenn er nicht gerade am Hof war. Schließlich war er, auch wenn sie ihn nur selten sah, ihr Pate. Ein Koch bereitete das Ferkel vor, damit es morgen gebraten werden konnte. Claire entschloß sich, nicht so zimperlich zu sein, und widmete sich der Soße, die zum Spanferkel gereicht werden sollte.
Aber sie war doch froh, als sie endlich ihre Hände waschen und zurück ins *Land von Milch und Honig* zurückkehren konnte. Als sie Nüsse und Früchte vermischte, dachte sie über den Mann nach, der das gesagt hatte, und machte sich mit dem Gedanken vertraut, daß vielleicht sogar ein Mann mit blutbesudeltem Schwert, ein Kampfwolf, ein anständiger Mann sein konnte. Sie stellte ihr Blech mit Gebäck in den Ofen und wartete, daß es fertig wurde. Sie reckte sich und rieb ihren schmerzenden Rücken. Auch ihr Kopf begann weh zu tun, sicherlich wegen all der Gedanken. Sie schaute mit schlechtem Gewissen im heißen, vollen Backhaus umher und beschloß, sich einen Moment an der frischen Luft zu gönnen. Nur einen kurzen Moment.
Der Tag ging langsam zu Ende, und eine erfrischende Brise strich über ihre feuchte, erhitzte Haut. Claire seufzte überrascht auf, als sie spürte, wie angenehm der Wind sich in ihrem kurzen Haar und auf ihrem Nacken anfühlte, und bewegte Kopf und Schultern, um den Schmerz zu vertreiben.
»Das Leben im Land von Milch und Honig scheint ja ebenso hart zu sein wie in der grausamen Welt.«
Natürlich. Er hatte immer ein Auge auf sie. Sie schaute ihn an. »Ihr seid beneidenswert kühl, mein Herr. Und auch Felice gelingt es sicherlich immer, reizend und adrett zu bleiben, während sie beim Schlachten zuschaut.«
Er zog die Augenbrauen hoch. »Meint Ihr immer noch, daß Eure Tante und ich gut zusammenpassen würden?«

»Vielleicht. Aber einer muß in der Küche schwitzen.«

»Seht Ihr. Unser Bund ist sicherlich eine Bestimmung des Schicksals.«

»Der Gewalt, meint Ihr sicherlich.« Sie fragte sich, warum sie so ruhig blieb, während sie ihn zurechtwies. Vielleicht lag es an dem erschöpfend langen Tag.

»Schicksal oder Gewalt«, sagte er unbeirrt, »ich kann mich nicht beschweren. Weder über den Besitz noch über die Braut. Meine Braut kann Honigkuchen backen, und Summerbourne ist in einem ausgezeichneten Zustand – abgesehen von seiner Befestigung.«

»Befestigung?« fragte sie und versuchte, nicht allzu verletzt dadurch zu sein, wie er seinen unrechtmäßigen Gewinn einschätzte.

»Habt keine Sorge. Zur Zeit seid Ihr sicher genug, aber wir brauchen Steinwälle, Mauern.«

»Nein!« Er hatte ihr Erschrecken falsch verstanden. »Mauern sind kalt.«

»Kalt und robust. Gebt mir nur eine kleine Armee, und ich nehme dieses Anwesen innerhalb weniger Stunden ein.«

Sie hob ihr Kinn und schaute ihn an. »Ihr bräuchtet nicht einmal eine Armee, nicht wahr? Ein bißchen tricksen, ein bißchen töten, und schon gehörten wir alle Euch.«

»Was meint Ihr mit ›ein bißchen töten‹?« Sein plötzlicher Zorn erschreckte sie sehr, und sie trat einen Schritt zurück, aber nur einen. »Wessen beschuldigt Ihr mich denn, Mylady?«

Sie hatte darauf angespielt, daß der König seinen Bruder ermordet hatte, aber sie war klug genug, nicht davon zu reden. Sie ergriff die Flucht nach vorn. »Wofür schämt Ihr Euch denn?«

Er schob seine Hand unter seinen weiten Ledergürtel. Seine Wut ließ keineswegs nach. »Ich schäme mich für so manches. Und Ihr, habt Ihr ein reines Gewissen?«

»Zumindest habe ich nicht Hunderte von Menschen getötet!«

»Das habe ich auch nicht.« Er betrachtete sie düster, dann zuckte er die Schultern. »Bisher habe ich noch keine Pläne für die Befestigung gemacht. Wir können uns noch später darüber streiten.«

»Aber Ihr glaubt, Ihr werdet gewinnen.«

Sein trockener Humor kehrte zurück. »Was glaubt Ihr, Lady? Ich bin ein Kämpfer, ich kämpfe, um zu gewinnen.«

»Und ich bin ein Lamm, das nicht vor den Wölfen wegläuft.«

Er lächelte. »Außer vor mir.«

»Ich muß zurückgehen.«

Sie drehte sich um, aber er hielt sie zurück. »Ich denke, Ihr habt genug gearbeitet.«

»Nicht, wenn noch etwas zu tun ist.«

»Habt Ihr keine guten Dienstboten?«

»Man muß ein Auge auf sie haben. Ich kann meiner Mutter nicht alles überlassen.«

Er betrachtete sie einen Moment. »Ich werde ihr Nils und Josce zu ihrer Unterstützung schicken.«

»In der Küche?«

»Thomas kann auch helfen. Je mehr er zu tun hat, desto weniger Ärger kann er machen.« Er hielt einen vorbeikommenden Knecht an und entließ ihn mit seinen Anweisungen.

»Mein Herr«, protestierte Claire, »sie kennen sich doch nicht im Kochen und Backen aus. Es ist besser, wenn ich ...«

Er faßte sie am Arm. Er tat ihr nicht weh, aber sie spürte deutlich, daß er es könnte. »Ihr wollt mich alleine lassen?«

Sie versuchte, sich aus seinem Griff zu befreien. »Glaubt nicht, ich weiß nicht, was Ihr tut! Ihr bewacht mich. Ihr habt Angst, daß auch ich nach St. Frideswide flüchte.«

»Keine Angst. Aber ich habe zusätzliche Wachen am Tor

und Nebentor aufgestellt. Meine Männer, selbstverständlich.«
Sie starrte ihn an und überlegte, ob das ein Scherz sein sollte. Aber Wölfe scherzten nicht. »Sehr gut, mein Herr, wenn Ihr mich bewachen müßt, dann kommt mit mir in die Küche. Dann könnt Ihr auch nützlich sein«, fügte sie hinzu und betrachtete seine Hand, die sie festhielt. »Es gibt immer Brotteig, der geknetet werden muß.«
Er lockerte seinen Griff etwas und bewegte die Hand, so daß der Stoff des Ärmels verwirrend über ihre Haut rieb. »Wie schön es sein muß, ein Brotteig zu sein«, murmelte er, »und von Euch geknetet zu werden.«
Claire schluckte und versuchte fortzukommen. »Ich sollte wirklich …«
Er zog sie dichter an sich und ergriff auch ihre andere Hand.
»Mein Herr!«
»Geht mit mir in den Garten, Lady Claire. Schließlich werden wir uns morgen die Ehe versprechen.« Seine Stimme klang fragend, aber seine Berührung machten aus der Frage einen Befehl. Dann strich er mit dem Daumen ganz leicht über ihren Handrücken. Sie schaute ihn erschreckt an – erschreckt über sein Tun und ihre Reaktion. Wie rauh seine Hand auch war, das sanfte Reiben war liebevoll. Er lächelte. Er hatte ein ziemlich nettes Lächeln. Für einen Wolf. Das nächste, was sie bemerkte, war, daß sie einen Pfad zwischen hohen Stangen entlangging, die die Bohnen und Erbsen stützten, während er einen Arm um ihre Schulter gelegt hatte. An dieser Berührung war nichts Rauhes, und sie zitterte jetzt genauso, wie sie vor dem Kloster gezittert hatte. Es gefiel ihr gar nicht, daß er sie nur durch ein Lächeln und eine Berührung völlig schwindelig machen konnte. Was würde passieren, wenn er sie küßte? Sie war sicher, daß er mit ihr hierhergegangen war, um sie zu küssen.
Aber als sie stehenblieben, stellte er sich hinter sie. »Wo wir

doch gerade vom Kneten gesprochen haben …« Seine großen Hände begannen ihre verspannten und schmerzenden Schultern zu massieren.

Sie erstarrte. »Ihr solltet nicht …«

»Ist das eine Sünde?«

Nach dem ersten Schock empfand Claire die Berührung als sündhaft schön. »Nein, aber …«

»Aber?« Seine Hände wanderten tiefer und massierten den Bereich zwischen ihren Schulterblättern, was sie genußvoll seufzen ließ.

»Aber?« erinnerte er sie.

»Aber das ist etwas, was eine Frau bei ihrem Mann machen sollte«, flüsterte sie. Ihre Stimme schien wie sie selbst unter seinen Händen dahinzuschmelzen. »Nicht andersherum.«

»Gibt es eine Regel dafür?« Sie glaubte, Erheiterung in seiner Stimme zu hören, was sie ebenso wie seine großen, starken Hände entspannte. »Es sollte davon abhängen, wer die schwerere Arbeit zu erledigen hat.«

»Ich habe mit Mandeln und Kirschen gekämpft. Ganz zu schweigen von Schweineleber.«

»Armes Mädchen …«

Seine Finger massierten sie so stark, daß es sie entspannte, aber nicht so fest, daß es ihr weh tat. Claire erinnerte sich daran, daß sie Felice geschrieben hatte, daß er seine Größe und Kraft zu kontrollieren wußte.

Wie recht sie gehabt hatte. »Ihr macht das ausgezeichnet.«

»Ein Knappe lernt, wie er die verspannten Muskeln seines Herrn lockern kann«, sagte er. »Männer massieren sich auch gegenseitig.« Er strich wieder über ihre harten Schultern. »Ich bin froh, daß ich zumindest eine kriegerische Fertigkeit besitze, die Euch gefällt.«

Seine Daumen kreisten auf ihrem Nacken und ließen Feuer über ihren Rücken laufen. Claire ließ den Kopf nach vorne sinken, damit er sie besser massieren konnte, sagte aber nichts darüber, wie recht er hatte. Seine kriegerischen Fertigkeiten würden ihr nie zusagen. Aber diese eine Fertigkeit gefiel ihr ausgesprochen gut. Eine andere Berührung erschreckte sie – seine Lippen fuhren sanft über ihren Nakken. Sie wollte sich ihm entziehen, aber er hielt sie an den Schultern fest und zog sie sanft zu sich.

»Dieser entblößte Nacken ist so unwiderstehlich.«

Dann spürte sie seine Zähne auf ihrer Haut, sanft, zart. Sie erschauerte und versuchte, sich gegen seinen Griff zu wehren. Ihr zitterten die Knie, und ihr Leib schmerzte vor einem rätselhaften Verlangen. Selbst ihre Fußspitzen durchrieselte es. Es war zuviel. Sie befreite sich und drehte sich zu ihm um.

»Vielen Dank, mein Herr, aber das reicht.«

Er zog auf die ihm eigene Art die Brauen hoch und neigte leicht den Kopf. »Es wird mir immer ein Vergnügen sein, Euch zur Verfügung zu stehen.« Er schien völlig gelassen zu sein, blickte sich im Garten um und runzelte dann die Stirn.

»Dieser Ort scheint nicht sehr fruchtbar zu sein.«

»Wie bitte?« Sie sammelte ihre fünf Sinne zusammen und schaute sich um. Hier standen nur gesunde Pflanzen.

»Die Erbsen und Bohnen. Sie tragen nicht.«

»Wir haben alles für das Fest abgeerntet.«

»Ist das klug?«

Sie ging zu den Erbsen, hob ein Blatt und brachte eine kleine, zarte Schote zum Vorschein. »Und hier sind auch noch Blüten. In nur wenigen Tagen wird Mutter Erde neue hervorbringen.«

»Ich bin erleichtert. Ich lege keinen Wert darauf, nur Wurzeln zu essen.«

»Das alte Sprichwort stimmt also doch. Eines Mannes Hauptthema sei sein Magen.«

»Nein. Ich würde nicht sagen, daß mein Hauptthema mein *Magen* ist.«

Claire dachte daran, wie er sich vor dem Kloster hart und fest von hinten an sie gepreßt hatte, und plötzlich schien ihr trotz des Vogelgezwitschers, des Summens der Insekten und der Geräusche, die aus dem Gutshaus kamen, der Garten doch sehr abgelegen zu sein, das Laub schien tiefe Schatten zu werfen. Sie rückte etwas von ihm ab. »Euer *Magen* wird nichts vermissen, mein Herr. Morgen feiern wir, und von den Resten des Festessens werden wir sicherlich noch tagelang leben können. Ihr werdet mit Früchten gefülltes Schwein und Safranhuhn bald satt haben.«
Er schien ihre Lippen zu betrachten. »Ich werde auch das ertragen, Mylady, wenn Eure Hand mir zu essen gibt.«
Obwohl er sich nicht bewegte, hatte Claire das Gefühl, als würde er sie einkreisen und gefangensetzen. Sie wußte, daß sie ihm niemals entkommen konnte.
»Mein Herr ...«
Er kam näher. »Ja?«
Sie verharrte wie ein Kaninchen, und schon lagen seine Hände auf ihren Schultern. Sie schaute nur auf seine Lippen, als sie sich auf die ihren senkten. Sie erwartete, daß er grob über sie herfallen würde, aber seine festen Lippen streiften die ihren nur ganz leicht, die Berührung eines Schmetterlings, nicht mehr, doch innig. Als er einen Schritt zurücktrat, fühlte sie sich seltsam unbefriedigt, doch entwaffnet. Nur eine Sekunde später wußte sie, was er vorhatte.
»Spielt Ihr Schach?« fragte sie stirnrunzelnd.
»Ja. Warum?«
»Das dachte ich mir.«
Er lachte, und Claire glaubte voll Stolz, einen Hauch Bewunderung darin zu entdecken. Er ging mit ihr um wie mit einem Falken, der für die Jagd vorbereitet wird, oder wie mit einem Pferd, das an die Zügel gewöhnt werden sollte, und am Schluß würde sie nachgeben. Aber sie war eine

Frau, kein Tier, und auch wenn sie ihn heiraten mußte, so würde sie nicht so einfach zu bändigen sein.
Er versuchte nicht, sie noch einmal zu berühren. »Claire. Ich habe zwei Bitten.«
»Ja?« Mißtrauisch schaute sie ihn an.
»Nichts sehr Schweres. Zuerst möchte ich, daß Ihr heute und auch morgen nicht mehr arbeitet.«
»Ihr wollt, daß ich ein Faulpelz bin, mein Herr? Ihr werdet es eines Tages bereuen.«
Er lächelte ganz leicht. »Nur wenn Eure Faulheit Euch dazu anhält, nicht mehr aus unserem Bett zu kommen.«
»Und die zweite Bitte?« fragte sie schnell.
»Ich möchte, daß Ihr eine Sitte meines Landes befolgt. Ich möchte, daß Ihr, wenn die ersten Gäste eintreffen, auf Euer Zimmer geht und daß Ihr nur Eure Familie und Eure Mädchen seht, bis die Zeremonie beginnt.«
»Nicht einmal meine Freunde?«
»Das gilt nur bis zur Zeremonie. Danach wird noch genug Zeit zum Plaudern sein.«
Als sie seinen nachsichtigen Ton hörte, mußte sie die Zähne aufeinanderbeißen. »Es wird zuviel zu tun sein.«
»Es wird auch ohne Euch geschehen.«
»Nein. Habt Ihr vergessen, daß meine Tanten nicht mehr zur Verfügung stehen?«
»Das ist doch keine so große Bitte.«
Sie schüttelte den Kopf. Eigentlich war es das nicht, aber es würde sich sehr seltsam anfühlen, sich wie ein Nichtsnutz abzusondern, während die anderen beinahe in Arbeit ertranken. »Ich werde es tun, mein Herr. Ich nehme an, Ihr wünscht Euch eine fette und faule Frau.«
»Ich will nur Euch als Frau, Lady Claire. Das ist alles.«
Es war seltsam, daß er jetzt so etwas sagte, und das auch noch so deutlich. Hatte er, was die Anordnung des Königs anging, gelogen? War ihm präzise befohlen worden, sie zu

heiraten, um seinen Besitzanspruch auf Summerbourne zu besiegeln? Hatte ihr Vater vielleicht ein dahingehendes Testament gemacht?

Aber nein. Sie hatte ja selbst die Dokumente gelesen, in denen Clarence von Summerbourne der Besitz entzogen wurde.

De Lisle reichte ihr seinen Arm. »Kommt, Mylady. Ich geleite Euch ins Haus.«

Claire ging alleine. »Ich werde mich schon nicht davonschleichen.« Trotzdem begleitete er sie. Aber er berührte sie nicht wieder.

Bis sie die Tür des Herrenhauses erreichten. Er strich nur ganz leicht mit den Fingern über ihre Wange. »Ich sehne mich dem morgigen Tag entgegen«, sagte er sanft. »Wenn Ihr die meine werdet.«

Sehnen! Claire wollte kühl etwas Passendes erwidern, etwas, das das Netz durchreißen würde, das er um sie spann. Aber statt dessen lächelte sie ihn hilflos an und lief fort. Die Haut, die er berührt hatte, prickelte.

Sie rannte in ihre Kammer, um sich zum Abendessen umzuziehen. Aber sie wußte, daß sie in Wirklichkeit vor einem hungrigen Wolf geflüchtet war.

10. Kapitel

Nils rannte Lord Renald am Fuße der Treppe beinahe um. Er konnte gerade noch sehen, wie Lady Claire davonlief, als würde der Leibhaftige hinter ihr hersein. Besorgt fragte er sich, wie sein Herr wohl mit seiner Braut umging.

»Mein Herr?«

Lord Renald drehte sich um und schnitt eine Grimasse, als er das Schriftstück in Nils' Händen sah. »Noch mehr Dokumente?«

»Besitz zu haben bedeutet, mit vielen Dokumenten zu tun zu haben, mein Herr.«

»Das scheint mir auch so. Dann komm mit.«

»Hat Lady Claire Euch verärgert?« fragte Nils, während sie ins Arbeitszimmer gingen.

»Ganz und gar nicht.«

Nils verstand deutlich, wenn jemand ein Thema nicht fortsetzen wollte, aber er hakte trotzdem nach. Die Lady schien eine wirklich gute Frau zu sein, warmherzig und pflichtbewußt. Ihre Leute liebten sie. Und Lord Renald war ... so dunkel. »Ihr scheint zu grübeln, mein Herr. Weil die Lady sich widersetzt?«

»Weil die Lady sich nicht mehr widersetzt. Komm, Bruder«, er warf sich auf den Stuhl mit der hohen Lehne. »Was quält dich?«

Die Tatsache, daß der Stuhl dem Vater Eurer Braut gehört, dem Mann, den Ihr getötet habt. Nils wußte, daß er selbst hier am besten kein Wort darüber verlieren sollte. Die Befehle waren eindeutig. Aber was würde passieren, wenn Lady

Claire die Wahrheit erfuhr? Immer wieder überkam ihn die Versuchung, ihr trotz aller Konsequenzen davon zu erzählen, aber er wußte auch, daß das Wissen nicht half. Die Heirat mußte zustande kommen.

»Nils?« Lord Renald gab ihm mit hochgezogenen Brauen sein Stichwort. »Angelegenheiten des Gutes?«

»Es geht um die Salzsteuer an der Küste.« Aber Nils ging der Gedanke nicht aus dem Kopf. »Glaubt Ihr, daß sie leichtfertig ist?«

»Wer? Claire? Keineswegs. Du und Josce macht ein Theater, als ob ich ihr etwas antun wollte.«

»Wollt Ihr das nicht?«

Zu seiner Überraschung zuckte sein Herr zusammen. »Doch. Aber es gibt gar nichts, was ihr oder ich tun können, um das zu verhindern? Was ist nun mit der Salzsteuer?«

Der kurz angebundene Ton machte Nils klar, daß er zu weit gegangen war. Schnell breitete er die Unterlagen auf dem Tisch aus.

Claire wäre am liebsten in ihrem Zimmer geblieben, aber ihre Pflichten trieben sie nach unten – die Pflicht, die Dienstboten bei der Zubereitung des Abendessens zu beaufsichtigen, und die Pflicht, die ungeliebte Rolle als Braut zu spielen. Sie hatte das Gefühl, als ob jeder, selbst ihre Kammermädchen, sie ansahen und sich fragten, wie erfolgreich sie wohl bei der Zähmung des bösen Wolfes sein würde.

Vorsichtig betrat sie die Große Halle, wappnete sich für einen weiteren Zusammenstoß mit de Lisle, aber statt dessen lief sie ihrem Bruder in die Arme.

»Ich hab' gehört, daß du im Garten warst und dich dort mit ihm herumgewälzt hast!«

»Thomas!«

»Du verliebst dich in ihn, nicht wahr?« Seine Stimme war

schrill, und alle starrten zu ihnen herüber. »In ihn, den Mann, der mir mein Zuhause gestohlen hat.«
»Nein!« Sie zog ihn in eine ruhige Ecke. »Thomas, ich will ihn *nicht* heiraten. Ich tue es für dich. Für dich, Großmutter und Mutter, für alle. Ich habe doch keine Wahl.«
Er starrte sie an, und sie wußte, daß er, nachdem die Betäubung durch den Schock nachgelassen hatte, große Schmerzen litt. Sie hätte ihn am liebsten umarmt, aber er war dafür zu alt. »Sei folgsam«, sagte sie ihm. »Ich werde mich sofort um dich kümmern, wenn ich die Gelegenheit bekomme. Aber bis dahin solltest du ihn nicht verärgern.«
»Er kommt hierher, macht alles kaputt ...«
»Nein«, sagte sie fest. »Man hat Lord Renald Vaters Besitz zu Lehen gegeben. Nichts von dem, was passiert, ist seine Schuld, und uns hätte Schlimmeres widerfahren können. Erinnerst du dich an Baldwin von Biggin?«
Er schnitt eine Grimasse, und Claire strich ihm durchs Haar. »Geh nun. Geh und tu, was man dir aufgetragen hat.«
Er ging, aber nur langsam und widerwillig.
»Claire!« Sie drehte sich um und sah, wie ihre Mutter sie anstrahlte. Sie ergriff Claires Hand und streichelte sie. »Ich habe gehört, daß ihr zusammen im Garten wart. Gutes Mädchen.«
Claire hätte am liebsten geknurrt. Renald de Lisle brauchte sie nicht bewachen zu lassen. Sie konnte keinen Schritt tun, ohne daß jeder davon erfuhr. »Wir haben uns unterhalten, das war alles«, log sie. Es stimmte doch – fast.
»Wenn ihr miteinander gesprochen habt, hast du sicher bemerkt, daß er kein furchteinflößender Mann ist.«
»Ich nehme alles zurück, Mutter. Reicht das?«
Lady Murielle erblaßte. Ihr Mund begann zu zittern. »Warum bist du nur so schwierig? Ich will doch nur, daß meine beiden Kinder glücklich sind.«
Claire seufzte und umarmte ihre Mutter. »Es tut mir leid. Ich

weiß, daß ich es tun muß. Es wird schon nicht so schlimm werden. Aber bitte versuch nicht, aus uns Turteltäubchen zu machen.«

Die Mutter hatte feuchte Augen und strich Claire über die Wange. »Aber ich will, daß du verliebt bist. Ich will, daß du glücklich bist.«

Die Wünsche ihrer Mutter lasteten auf ihr wie ein Joch. Sie versuchte, gelassen auszusehen. »Ich bin sicher, ich werde irgendwann glücklich sein. Er ist, wie du gesagt hast, kein schlechter Mann. Aber für Liebe ist es viel zu früh, Mutter. Das mußt du doch auch wissen.«

De Lisle kam aus dem Arbeitszimmer. Er sprach immer noch mit seinem Schreiber. Er überflog die Große Halle mit einem Blick. Wie es seine Art war, hielt er nach einer Gefahr Ausschau, dann blieb sein gedankenvoller Blick an Claire und ihrer Mutter hängen. Es kam Claire so vor, als würde jeder in der Halle zuschauen, wie sie beide sich betrachteten. Sie seufzte innerlich und beschloß, die Rolle zu spielen – die Rolle der frohen Braut. Sie ging zu ihm hinüber und nahm ihren Platz an der Hohen Tafel ein.

Lady Agnes saß schon dort, schaute auf und sagte: »Ich habe gehört, daß du eingewilligt hast. Wurde aber auch Zeit.«

»Hat hier auf Summerbourne niemand irgend etwas anderes zu tun, als mich zu beobachten.«

»Du hältst unser aller Schicksal in Händen, Kind. Natürlich beobachten wir dich.«

Von der anderen Seite des Saals, wo er mit einer Schüssel und einem Tuch bereitstand, starrte Thomas mürrisch herüber. Das Problem war, daß es ihm immer schlechter gehen würde, je glücklicher sie erschien. Am liebsten wäre sie ganz, ganz weit weg.

De Lisle schlenderte zu ihr herüber und setzte sich neben sie. Claire sah, wie Josce ihren Bruder zur Hohen Tafel schob, und sie betete, daß er sich ordentlich benahm. Thomas erledigte seine Pflichten auch anständig, aber er schaute nirgendwohin außer auf die Schüssel, und sein Mund zeigte Mißmut. Claire aß von dem einfachen Mahl und war dankbar, daß de Lisle nur das Notwendigste zu ihr sagte. Aber als sie nach dem Essen aufstand, hielt er ihre Hand fest. »Bleibt, Lady Claire.« Seine Stimme war freundlich, aber sein Griff fest. »Seht, ein paar Gaukler sind schon da und wollen uns einen kleinen Vorgeschmack auf morgen geben.«

Claire schaute zu dem Mann und der Frau hinüber, die sich aufstellten, um mit Pokalen zu jonglieren. »Ich bin aber in keiner fröhlichen Stimmung.«

»Unsere Leute sollen aber ihren Spaß haben. Sie haben den ganzen Tag hart gearbeitet und werden auch morgen schuften müssen.«

Sie wußte, daß *unser* eine Waffe war, die er sehr geschickt einsetzte. »Aber müssen wir auch bleiben? Ich brauche Ruhe.«

»Zumindest eine Zeitlang sollten wir bleiben.«

Eine weitere beschwerliche Pflicht. Claire setzte sich der Hofleute zuliebe hin und lächelte sogar. Auch er lächelte und applaudierte den geschickten Spielereien, aber Claire vermutete, daß ihm die Jongleure ebensowenig Spaß machten wie ihr. Tatsächlich klopfte er einmal, während eine lustige Melodie gespielt wurde, in einem ganz anderen Rhythmus mit den Fingerspitzen auf die Tischplatte.

Er neigte sich ihr zu. »Ich weiß, daß das nicht leicht für Euch ist, Claire. Aber der König möchte nun einmal, daß die Verlobung bald stattfindet.«

Sie erinnerte sich daran, daß er in gewisser Weise ganz genau wie sie ein Opfer war. Sie dachte erstmals daran, daß er vielleicht eine ganz andere Frau zu heiraten wünschte, als ihm der König befahl, eine der Fräulein von Summerbourne zu ehelichen. Und er hatte ihnen freie Wahl gelassen. Es war nicht seine Schuld, daß die anderen zwei geflüchtet waren.

»Das verstehe ich, mein Herr. Ich werde mich damit abfinden.«

Sie schauten einigen Tänzern zu, aber die Stille zwischen ihnen begann bedrückend zu werden. Worüber konnten sie reden, ohne daß das Gespräch in unangenehme Bahnen geriet? Als sie den Tänzern applaudierten, sagte Claire: »Erzählt mir mehr über das rauhe Land, in dem Ihr aufgewachsen seid, mein Herr.«

Er schaute sie an, als würde er glauben, in dieser Frage sei eine Falle verborgen, dann aber sagte er: »Mein Vater war kein Edelmann. Er war ein niederer Ritter, weil er ein Pferd besaß. Sein Besitz war aber nicht mehr als ein kleiner Hof, dessen Wände in einen Berg geschlagen waren.«

Also war es für ihn ein großer Aufstieg, Herr von Summerbourne zu sein. Sicherlich war das ein aufregendes Gefühl, aber das würde Claire ihm nicht vorwerfen können. »Ich bin niemals in einem wirklich bergigen Land gewesen«, sagte sie. »Ob es mir dort gefallen würde?«

»Vielleicht nicht. Es ist ein rauhes Land, das rauhe Leute hervorbringt.«

»Ich finde nicht, daß Ihr rauh seid.« Sie sagte es aus Höflichkeit, aber sofort wurde ihr klar, daß es auch stimmte. Hart, das war er. Kühl, auch ein wenig. Düster in einer Art und Weise, die sie nicht verstand. Aber rauh? Nein.

Seine dunklen Augen trafen die ihren. »Vielleicht kennt Ihr mich einfach noch nicht gut genug.«

Sie hatte das seltsame Gefühl, dieses leugnen zu wollen, ein lächerliches Gefühl, schließlich kannten sie sich erst so gut wie einen Tag und hatten nur ein paar unpersönliche Worte gewechselt. Wie konnte sie das Gefühl haben, ihn schon wirklich zu kennen? Vielleicht, weil sie seine Männ-

lichkeit gespürt hatte. Ein Schauer durchrieselte sie. »Das klingt, als wolltet Ihr vorgeben, etwas zu sein, was Ihr nicht seid.«
Er schaute sie beinahe erschrocken an, dann hatte er sich wieder in der Gewalt. »Wir sind beide mehr oder weniger so, wie wir auf den ersten Blick erscheinen.«
Claire wandte sich ab, um einem Zauberer zuzuschauen. Sie wollte ihr Gesicht vor ihm verbergen. Er täuschte irgend etwas vor. Aber was? Ihre überreizten Gedanken begannen zu wandern. Vielleicht war er ein Betrüger. Vielleicht war er gar nicht Renald de Lisle. Oder die Dokumente, die ihm Summerbourne zuwiesen, waren Fälschungen. Oder er hatte schon eine Ehefrau – sie machte ihrem Gedankenspiel schließlich ein Ende. Das war doch alles lächerlich. Das Leben war schwer genug, auch ohne wilde Phantasien. Claire brachte das Gespräch wieder auf das relativ unverfängliche Ausgangsthema, sein Zuhause. »Ihr seid also der jüngste Sohn? Ihr habt also nicht erben können.«
Er nahm seinen Becher, trank und schaute einer Bodenakrobatin zu, die unter ihrem Gewand sehr männlich aussah. »Keiner von uns erbt etwas. Mein Vater ist bei seinem Herrn in Ungnade gefallen, und wir mußten das Land verlassen.«
»Wie wir«, sagte sie leise. »Wie alt wart Ihr?«
»Zehn.«
»Seid Ihr deshalb so geduldig mit Thomas?«
»Zum Teil.« Er schaute sie an. »Aber überwiegend, um meiner Braut einen Gefallen zu tun.«
Konnte sie einer solch trockenen Feststellung glauben? Aber sie dankte ihm höflich und fügte hinzu: »Ich versuche, Thomas begreiflich zu machen, daß er in all dem hier einen Sinn sehen muß, damit es ihn nicht mehr so schmerzt.« Sie warf einen Blick zu ihrem Bruder hinüber, der, allerdings mit düsterer Miene, den Gauklern zuschaute. »Er hofft immer noch, daß bald wieder alles beim alten ist.«

»An das Gefühl kann ich mich sehr gut erinnern.« Verdrossen nahm er noch einen Schluck Ale.

Claire schaute der radschlagenden Akrobatin zu. »Die Geschichte scheint sich immer wieder im Kreise zu drehen«, sagte sie.

»Aber im Gegensatz zu den Akrobaten niemals zurück.« Er schaute sie an. »Die Vergangenheit ist vorbei, Lady Claire, und kann nicht ungeschehen gemacht werden, egal, wie sehr wir uns das wünschen. Das Rad des Schicksals läuft immer nach vorn. Und wir müssen aus der Zukunft etwas formen.«

Sie hatte nicht gerade das Gefühl, ihre Zukunft bestimmen zu können, aber im Grunde hatte er recht. Ihr Vater war tot. Summerbourne war verloren. In gewisser Weise war sie wie Thomas und hoffte in ihrem tiefsten Inneren, daß irgend etwas all diesem hier ein Ende setzen würde und sie wieder dahin zurückbrachte, wo sie gewesen war, glücklich mit ihrem Vater auf Summerbourne. Ohne diese Hochzeit.

Er legte seine Hände sanft auf die ihren. »Lady Claire, mit Gottes Willen und gutem Herzen kann es uns gelingen. Tut Ihr etwas für die Zukunft, und überzeugt Euren Bruder, es auch zu tun.«

Sie fühlte seine warme Haut auf der ihren und schaute hinüber zu Thomas, der wütend vor sich hin starrte. »Er kann fürchterlich dickköpfig sein.«

»Das müssen wir ändern, bevor er an den königlichen Hof kommt.«

Claire mußte sich auf die Lippen beißen, als sie an die Konsequenzen der Rebellion dort dachte. »Er ist hier sicher besser aufgehoben.«

»Unter meinem Segen?« Er drückte leicht ihre Hand. »Oder habt Ihr vor, mich zu kontrollieren?«

Sie schaute ihn an, weil er genau aussprach, was sie gerade

gedacht hatte. »Sicherlich hat eine Ehefrau das Recht, um etwas zu bitten ...«

»Nicht um Unmögliches oder Verheerendes.«

»Es wäre doch nicht *verheerend*, Thomas eine Weile hierzubehalten.«

»Es wäre aber verheerend, die Pläne des Königs zu durchkreuzen.«

»Aber ...«

»Nein.«

Es war ein endgültiges und bestimmendes *Nein*.

Sie zog ihre Hand weg. »Blinder Gehorsam ist keineswegs meine Sache.«

»Dann schlage ich Euch vor, das zu lernen.«

»Wollt Ihr mich etwa schlagen, bis ich mich füge?«

Er zog die Augenbraue hoch, als erstaunte ihn die Frage. »Wenn es nötig ist, ja.«

Claire bemerkte, daß sie ihre Hände zu Fäusten geballt hatte. Er ergriff eine ihrer Fäuste mit seiner großen, dunklen Hand. Nun war keinerlei Sachtheit in seiner Berührung. »Wir gehorchen den Befehlen des Königs. Immer.«

»Und wenn seine Befehle *falsch* sind?«

»Darüber entscheidet Gott.«

Sie versuchte, ihre Hand zu befreien, aber es war vergeblich. »Einige von uns müssen als Vorbilder dienen, Mylord.«

»Wie Euer Vater? Schaut doch, wohin ihn sein Gewissen geführt hat!«

Sie neigte sich ihm zu und zischte: »Letztendlich in den Himmel!«

»Während ich für die Hölle vorgesehen bin?«

Sie biß sich auf die Zunge, als sie schon zustimmen wollte. Das wäre wirklich unchristlich. »Ihr sagt, Ihr hättet Buße getan.«

»Ich sagte, ich könnte gebüßt haben.«

»Wenn das nicht so ist, solltet Ihr es tun. Jede Sünde kann

vergeben werden, wenn sie ernsthaft bereut wird. Selbst Eure.«
»Ihr spendet mir großen Trost, Mylady«, sagte er staubtrocken.
Ein rundlicher Mann in mittleren Jahren stellte sich in die Mitte der Großen Halle auf und bat mit einer Handbewegung um Ruhe. Mit Erleichterung ergriff Claire diese Gelegenheit, dieser gespannten Unterhaltung zu entkommen. Was war, wenn er nicht gebeichtet hatte? Wenn es ihm nicht um die vielen Leben leid tat, die er beendet hatte? Was würde das für ihre gemeinsame Zukunft bedeuten?
Aus ihrer Erleichterung wurde Verdrossenheit, als sie feststellte, daß der Mann, der dort mitten im Saal stand, kein Geschichtenerzähler, sondern ein Rätselsteller war. Sie war noch nicht bereit, Rätsel hier in der Großen Halle des Mannes zu hören, der Meister in dieser Kunst gewesen war. Aber sie zwang sich zum Bleiben und zu einem Lächeln, doch sie mußte einen großen Schluck aus ihrem Becher nehmen, um sich zu beruhigen. Der rotgesichtige Mann war ziemlich gut. Obwohl Claire schon in der Wiege Rätsel gehört hatte und nun auch alle erraten konnte, genoß sie doch die Art und Weise, in der dieser Mann sie präsentierte. Es war gut, daß sein Vortrag völlig verschieden von dem ihres Vaters war. Er gestikulierte viel mehr, durchwanderte den ganzen Saal, spielte für sein Publikum. Er liebte pikante Verwicklungen, etwas, was ihr Vater vermieden hatte.
»Ein Rätsel für Euch, junger Herr«, rief er Josce zu, der zwischen Claires Kammermädchen saß. Der Knappe zwinkerte und reckte seinen Kopf. Ihm stand der Sinn gerade nicht nach Rätseln, und alle um ihn herum mußten kichern.
»Ich richte mich im Bett auf, junger Herr«, sagte der Mann grinsend, »steil und stolz bin ich, aber dicht behaart in den schattigen Regionen darunter.«
Josces sommersprossiges Gesicht wurde dunkelrot, und

schallendes Gelächter wogte durch den Raum. Claire konnte deutlich sehen, daß der Knappe dieses Rätsel noch nie gehört hatte, und murmelte: »Lord Renald, meint Ihr ...«
Er schüttelte den Kopf. »Das ist eine der vielen Lektionen, die man lernen muß.«
»Frauen gefallen mir«, fuhr der Rätselsteller fort. »Einige sagen sogar, daß das Leben ohne mich recht freudlos wäre. Die Kühnen, junger Herr, ergreifen mich, um mich zu ihrem Genuß an einen besonderen, dunklen Ort zu bringen. Aber ich habe Gelegenheit, Rache zu üben, wenn ich junge Maiden zum Weinen bringe. Nun, junger Herr, was bin ich?«
Josce holte tief Luft und schaute zu den beiden jungen Frauen an seiner Seite. Prissy, die das Rätsel scheinbar gelöst hatte, kicherte. Maria hatte ein ebenso rotes Gesicht wie der Knappe.
»Nun, Josce?« fragte Lord Renald. »Ein guter Krieger sieht nicht nur die offensichtlichen Möglichkeiten. Und das, was du für des Rätsels Lösung hältst, sollte Jungfern nicht zum Weinen bringen.«
Die ruhige Stimme seines Herrn gab Josce seinen kühlen Kopf zurück, sein Gesicht nahm wieder die normale Farbe an, und er runzelte leicht die Stirn. Dann lachte er. »Sehr gut, Sir. Ich denke, das ist eine Zwiebel!«
Die ganze Halle applaudierte. »Sehr gut, junger Mann! Wie Euer weiser Herr sagt, sollte man niemals auf das Naheliegende schauen. Und das ist unsere Kunst, die Menschen zu lehren, hinter die Dinge zu schauen.« Er verbeugte sich und ging zu seinem Platz zurück, damit ein Musikant auftreten konnte.
Weiser Herr. Claire hatte noch niemals daran gedacht, Renald de Lisle als weise zu bezeichnen. Sie schaute ihn an. »Habt Ihr das bereits vorher schon gehört, mein Herr, oder seid Ihr nur geübt darin, die weniger offensichtlichen Möglichkeiten zu suchen?«

»Beides.« Er stand auf und reichte ihr seine Hand. »Ich denke, wir können uns nun zurückziehen.« Er geleitete sie zur Treppe, die zu ihrem Schlafgemach führte, und blieb vor der Tür zum Arbeitszimmer ihres Vaters stehen.

»Hier gibt es viele Bücher. Möchtet Ihr einige davon mit hinauf in Euer Zimmer nehmen?«

Diese Freundlichkeit überraschte sie. »Vielen Dank, aber es ist bereits zu dunkel, um gut lesen zu können. Zudem bin ich schon etwas müde.«

Er lehnte an der Mauer, er sah auch recht erschöpft aus. »Bruder Nils hat mir gesagt, daß einige ungebundene Schriften Eures Vaters darunter sind. Geschichten und Illustrationen. Möchtet Ihr, daß ich sie für Euch binden lasse?«

Claire hatte gehofft, nicht so früh mit diesen Dingen konfrontiert zu werden. »Das ist meine Arbeit«, gestand sie. »Mein Vater hat mit Worten wunderschöne Geschichten gesponnen, aber er hatte nicht die Geduld, sie ordentlich aufzuschreiben. Zum Illustrieren hatte er auch kein Talent. Wir haben die Sammlung seiner Geschichten und Rätsel zusammen gemacht.«

»Ich verstehe.«

Claire versuchte, sein Gesicht zu erkennen, das im Dunklen lag. »Werdet Ihr wollen, daß ich mit der Arbeit aufhöre?«

Er richtete sich auf. »Nein. Natürlich nicht. Bruder Nils hat mir die Illustrationen gezeigt. Sie sind sehr gut. Ihr müßt weiterarbeiten.«

Sie wollte ihm aus tiefstem Herzen danken, als er fortfuhr: »Dann werden wir das Werk binden und eine Kopie für den König anfertigen lassen.«

»Unter keinen Umständen! Heinrich Beauclerk verdient nicht …«

Er preßte sie gegen die harte Holzwand und verschloß ihren Mund mit seiner Hand. »Hütet Eure Zunge!«

Sie starrte ihn entsetzt an. Aber als er seine Hand fortnahm, zischte sie: »So! Also selbst Ihr habt Angst vor ihm!«

»Jedermann, der bei Verstand ist, fürchtet den König. Und Ihr habt keinen Grund, undankbar zu sein.«

»*Habe ich nicht?*« Er drückte sie immer noch an die Wand. »Der König hat behauptet, ein Freund meines Vaters zu sein, und er hat nichts getan, um ihn zu schützen. Nichts! Und dann hat er meinem Bruder Summerbourne gestohlen, um es Euch zu geben.«

»Das Eigentum eines Verräters ist für immer verloren.«

Sie schlug gegen seine steinharte Brust. »Mein Vater war *kein* Verräter!«

Er packte ihre Fäuste. »Lady Claire, er hat öffentlich rebelliert.«

Jetzt konnte sie sich kaum noch bewegen. Sie schaute ihm in die Augen. »Dann war das möglicherweise eine gerechtfertigte Rebellion.«

Er schaute zu ihr herunter, und sie begriff, daß sie zu weit gegangen war. Das war Verrat. Ganz plötzlich trat er einen Schritt zurück. »Geht auf Euer Zimmer, und hört mit diesen Dummheiten auf.«

Entlassen wie ein Kind, rannte Claire davon, froh, entkommen zu sein. Aber ihre Gedanken waren noch dieselben aufrührerischen. Ihr Vater hatte recht gehabt. Heinrich Beauclerk hatte seinen Bruder getötet, und deshalb durfte er nicht König sein. Wie konnte Renald de Lisle es wagen, vor ihr den König zu loben? Wie konnte er vorschlagen, die kostbaren Geschichten ihres Vaters dem Mann zu schicken, der seinen Tod zu verantworten hatte? Eher würde sie jede einzelne Seite verbrennen.

Anstatt sich von ihren erstaunten Mädchen für die Nacht zurechtmachen zu lassen, schritt sie wütend durch den Raum und wischte sich die Tränen aus dem Gesicht. Was war sie doch für eine Närrin. Wie hatte sie nur beginnen können, den Usurpator zu akzeptieren? Wie hatte sie vergessen können, daß er ein Mann des Königs war? Ihr Vater hatte mit dem Leben bezahlt, weil er gesagt hatte, Heinrich Beauclerk habe keinen Anspruch auf die Krone, und sie wurde welk wie ein gepflücktes Gänseblümchen unter den Händen des Kämpen des Königs! Natürlich nahm man nicht an, daß Frauen sich um solche Angelegenheiten kümmerten. Sie mußten keine Treueide leisten – außer ihrem Ehemann. Aber indem sie das taten, akzeptierten sie die Bindungen ihres Mannes. Morgen würde sie Heinrich Beauclerk durch Renald de Lisle die Treue schwören! Sie erstarrte. Welche Wahl hatte sie?

Claire preßte die Fäuste an die Schläfen. Wenn sie nein sagte, würde ihre Familie hinausgeworfen werden, und ihr Bruder würde ein niederer Bediensteter werden. Aber wie sollte sie ihr Versprechen ehrlich geben können?

Sie griff nach ihrem Umhang. »Ich gehe, um am Grab meines Vaters zu beten.«

Leichtfüßig lief sie die Stufen hinunter und aus dem Haus, die ganze Zeit gespannt, einer erneuten Begegnung mit ihrem Feind, ihrem zukünftigen Ehemann, aus dem Weg zu gehen. In dem verschwommenen Mondlicht grub sie einige kleine Pflanzen aus und setzte sie vorsichtig auf dem Grab des Vaters wieder ein, wässerte sie und drückte die Erde fest. »War dein Tod sinnlos, Vater?« flüsterte sie. »Heinrich Beauclerk ist noch auf dem Thron, und Herzog Robert ist zurück in die Normandie. War also alles umsonst?«

Es kam keine Antwort.

»Mache ich das Richtige, Vater?« flüsterte sie. »Ich heirate ihn, um die Familie in Sicherheit zu bringen und um mich um Summerbourne kümmern zu können. Aber er ist ein Mann des Königs, und du hast geglaubt, daß Heinrich Beauclerk keinen Anspruch auf die Krone hat.« Sie ließ sich

mit gebeugten Knien am Grab nieder. »Ich habe scheinbar keine Wahl. Du würdest auch nicht wollen, daß wir alle wegen dieser Angelegenheit leiden, nicht wahr?«
Wie erwartet kam vom Grab keine Antwort.
Der Wind strich durch die Blätter, und von der anderen Seite des Hofes war ein Ruf zu hören, aber kein alarmierender. Eine Tür schlug zu. Ein Hund bellte. Der leichte Wind wirbelte einige Blätter auf, die noch am Boden lagen, aber das Grab blieb stumm.
Claire sammelte einige der vertrockneten Blätter zusammen, arme, verdorrte Veilchen, und roch an ihnen. »Er sagte, daß ihr euch getroffen habt. Ich möchte wissen, wo und wie es war.« Sie lehnte sich zurück, blickte zum Halbmond und fragte sich, wo der Himmel, wo ihr Vater war.
Ein Stern fiel ihr auf, ein heller, flackernder Stern. Sie stellte sich vor, daß das ihr Vater war, der durch den Nachthimmel tanzte und das Universum erkundete. Das hätte ihm gefallen. Er hatte sich immer gefragt, wie der Mond wohl war, und hatte die Sterne und ihre Stellung beobachtet. Er hatte gesagt, daß sie viel, viel mehr seien als nur Lichter am Himmel. Es war lindernd, daran zu denken, daß für ihn der Tod eine Befreiung für die guten Seelen war, daß für ihn der Himmel die Freiheit bedeutete, zu erforschen, was hinter den Grenzen des menschlichen Seins lag. Er war nun frei, ganz im Gegensatz zu ihr. Sie hatte keine vernünftige Wahl. Sie konnte nichts außer dieser Heirat wählen. Claire stand auf und klopfte sich ihre Kleider ab.
Als sie ins Haus zurückging, dachte sie an all die Aufständischen, die wahrscheinlich wie ihr Vater gedacht hatten, aber trotzdem Heinrich Treue geschworen und sich nach Hause verdrückt hatten. Sie waren dankbar gewesen, daß sie noch lebten und ihren Grundbesitz behalten durften. Was war falsch daran, so zu handeln? Vor ihr bewegte sich ein großer Schatten.

Sie konnte gerade noch ihren Schrei unterdrücken, als sie Renald de Lisle erkannte. »Ihr erschreckt mich!«
»Warum seid Ihr aus dem Haus gegangen?«
Sein Ton ließ ihre Angst in Zorn umschlagen. »Ihr könnt scheinbar nicht aufhören zu glauben, daß ich weglaufen will!«
»Ich passe deshalb auf.«
»Aufpassen. Aufpassen.« Von ihm war kaum mehr als sein dunkler Schatten zu erkennen. Vielleicht hatte sie deshalb den Mut, ihn herauszufordern. »Mir wäre es lieber, Ihr würdet meinen Worten trauen, mein Herr.«
»Bis jetzt habt Ihr mir noch nicht Euer Wort gegeben, außer daß Ihr letzte Nacht versprochen habt, heute morgen hierzusein.«
Er hatte recht. Es ärgerte sie, daß er ihr nicht traute, aber sie verstand, daß er glauben mußte, auch sie würde nach St. Frideswide gehen wollen. Würde sie es tun, wenn sich die Möglichkeit böte?
Nein. Genauso wie er an seinen König gebunden war, war sie in ihren Pflichten der Familie gegenüber gefangen. »Ihr habt mein Wort«, sagte sie. »Ich werde hiersein, um Euch morgen die Ehe zu versprechen.«
»Vielen Dank.« Er nahm ihre Hand. Weiche Lippen berührten wieder ihre Knöchel, sein warmer Atem strich erregend über ihre Haut. Diese Küsse begannen ihr zu gefallen.
»Mein Herr …« Sie spürte, daß sie ihm in gewisser Weise nicht widerstehen konnte.
Er drehte ihre Hand um, um ihre Handfläche zu küssen. Claire versuchte, sie wegzuziehen, aber er hielt sie gefangen und liebkoste sie. Sie hörte und spürte, wie er tief einatmete.
»Veilchen«, murmelte er. »Erst Gewürze, nun Blumen. Ihr kämpft mit gefährlichen Waffen, Lady Claire.«
»Ich habe mich nur um das Grab meines Vaters gekümmert.«

Seine Hand legte sich fester um die ihre, aber nur ein wenig, so daß sie es kaum bemerkte. Es mußte an der Dunkelheit liegen, daß sie solche Dinge wahrnahm – die leichte Spannung seiner Hand und daß er regungslos verharrte.

»Ich weiß, daß mein Vater zwischen uns steht ...«

»Ein sehr unangenehmes Bild.«

Sie befreite sich. »Ihr seid unanständig! Ich meine, daß die Art und Weise, wie Ihr in mein Leben getreten seid, zwischen uns steht. Der Tod meines Vaters raubt mir jede Freude. Daß Ihr Heinrich Beauclerk verbunden seid, macht mir großen Kummer. Aber ich kann das vergessen und verzeihen. Aber ich werde nicht meinen Vater vergessen. Ich werde mich um sein Grab kümmern und ihn bis ans Ende meiner Tage lieben!«

Die Stille lastete zu lange auf ihnen. Ihre Nerven spielten verrückt. Aber sie würde nicht noch einmal dahinschmelzen.

»Natürlich werdet Ihr das«, sagte er schließlich so unbeteiligt, daß es schon fast eine Beleidigung war. »Vielleicht werdet Ihr eines Tages ähnlich für mich empfinden. Ich hoffe, Ihr habt Euer Versprechen für morgen nicht vergessen.«

Es kümmerte ihn nicht. Das durfte sie nicht vergessen. Er spielte aus Höflichkeit den Freier, aber alles, was ihn interessierte, war, nach dem Willen des Königs eine Braut vor den Altar zu führen. Sie sollte dankbar sein. Sie war dankbar, denn sie wollte keine verwirrenden Gefühle um sich herum. Wenn alle einen kühlen Kopf behielten, würde jeder in Sicherheit sein.

»Das vergesse ich nicht, mein Herr. Und wenn die ersten Gäste ankommen, werde ich mich wie eine Nonne in meine Räume zurückziehen, bis die Zeremonie beginnt.«

»Ihr klingt bedrückt.«

Sie dachte einen Moment daran, es ihm zu erklären – daß noch soviel zu tun war und daß sie früh aufstehen mußte –,

aber es schien der Mühe nicht wert. »Es wird sicher sehr angenehm für mich sein, etwas Zeit für mich allein zu haben. Gute Nacht, mein Herr.«
Mit diesen Worten drehte sich Claire dem Herrenhaus zu und ging in ihr Zimmer zurück.

Renald de Lisle lauschte ihren Fußtritten und dem Klappen der Tür. Dann hob er langsam seine Hände, sog den Duft der Veilchen, atmete die Erinnerung an Claire ein. In nur zwei Tagen hatte die Braut, die ihm das Schicksal beschert hatte, ihm die Sinne, ja sogar beinahe den Verstand geraubt. Ihr Mut, ihre Hingabe für ihre Familie, selbst ihre impulsiven Dummheiten waren wie Juwelen in einer Krone auf ihren witzigen, bezaubernden und verführerischen kurzen Locken.
Wie lange würde es dauern, bis sie erfuhr, wie ihr geliebter Vater tatsächlich starb? Hoffentlich erfuhr sie es nicht, bevor sie mit ihm verheiratet war.
Wie ein Mann, der nach einer nackten Klinge langte, war er sich ständig des kommenden entsetzlichen Schmerzes bewußt. Wenn er gekonnt hätte, hätte er es verhindert. Um ihn Claire von Summerbourne zu ersparen, würde er jeden Preis zahlen. Aber nicht den Preis, sie zu verlieren.
Um sie zu behalten, würde er nach der Klinge langen und würde auch sie dazu zwingen.

11. Kapitel

Als die Trompete die Ankunft der ersten Gäste meldete, war Claire herzlich froh über de Lisles Wunsch. Sie war zerknittert, erhitzt und hatte einen leichten Kopfschmerz. Deshalb war sie dankbar, auf ihr Zimmer gehen zu können. Als sie aber ihre Großmutter in ihrem Stuhl am Fenster und die Sonne genießen sah, ging sie zu ihr. »Nun passiert alles so, wie du es gewünscht hast, Großmutter.«

Lady Agnes schaute auf. »Schau nicht so böse, als sei das meine Schuld.«

»Wessen Schuld ist es denn?«

Lady Agnes zögerte einen Moment. »Die von Clarence.«

Claire trat einen Schritt zurück. »Ist es nicht! Es ist«, jetzt flüsterte sie nur noch, »es ist die Schuld des *Königs*!«

»Wenn du meinst, daß das hilft, dann glaub das ruhig. Nur versuch nicht, dich an ihm zu rächen. Und paß auf deinen Bruder auf. Er war vor kurzem hier. Er hat geheult.«

»Er heult nicht. Er ist erschüttert. Und dazu hat er guten Grund.«

»Dadurch ändert sich auch nichts. Ihr müßt weitergehen.«

»Das tue ich. Oder etwa nicht?«

Lady Agnes schaute auf. »Doch. Du bist sehr stark. Wie ich. Ich hatte, wie du weißt, eine Schwester. Sie ist vor langer Zeit am Fieber gestorben. Sie nahm alles tragisch. Ich heiratete den Mann, weil es nötig war.«

»Ich wünschte, Thomas könnte das verstehen.«

»Ich habe es ihm gesagt, sehr deutlich sogar. Vielleicht hilft es.«

Das Geklirr von Geschirr und Stimmen auf dem Hof künde-

ten die ersten Gäste an. »Hattest du einen jüngeren Bruder?«
»Ich? Nein.«
»Was ist mit Sigfrith?«
Lady Agnes starrte sie an. »Sigfrith von den Stallungen? Er ist der Sohn eines Cousins, den mein Vater aufgezogen hatte.«
»Hättest du nicht mehr für ihn erreichen können?«
»Wie? Er wollte den Treueid nicht leisten, also konnte er kein Krieger werden. Deshalb mußte er all die Jahre hierbleiben.«
Claires Kopfschmerz wurde schlimmer. Was würde passieren, wenn Thomas den Treueid nicht leisten würde, wenn er älter war?
»Wo gehst du hin?« fragte Lady Agnes. »Ist schon alle Arbeit erledigt?«
»Ich habe versprochen, mich bis zur Zeremonie zurückzuziehen. Das ist eine französische Sitte.«
»Davon habe ich noch nie gehört, ist aber sehr aufmerksam. Dann geh nun.«
Claire machte zwei Schritte, drehte sich dann aber wieder um. »War es für dich genauso?«
Ihre Großmutter verzog nachdenklich den Mund. »Es war schlimmer. Die Zeiten waren gefährlicher, es war in den Tagen von Hastings. Dein Großvater hatte den Priester bestellt, der die Trauung vollzog, bevor wir noch zu weinen aufgehört hatten. Keine Hochzeitsfeier. Keine Zeugen außer dem Gesinde.«
»Wie schrecklich.«
Lady Agnes zuckte die Schultern. »Um ehrlich zu sein, ich erinnere mich kaum noch. Ich war wie betäubt. Aber danach war er sehr nett zu mir. Machte mir den Hof – genau zur rechten Zeit. So kann es dir auch passieren.«
Ihre Großmutter schaute an ihr vorbei, und Claire drehte

sich um. Claires zukünftiger Ehemann stand im Hauseingang, und vor der Tür tauchten die ersten Gäste auf.
Er sagte kein Wort, aber allein seine Gegenwart erinnerte sie an ihr Versprechen. Sie konnte gerade noch den Drang unterdrücken, eine unhöfliche Miene aufzusetzen, und eilte in die Abgeschiedenheit ihres Zimmer hinauf.
Ihre Kammermädchen hatten einen Zuber mit heißem Wasser bereitet, und Claire legte erleichtert ihre Arbeitskleidung ab. »Bitte gib etwas Lavendel und Rosmarin in das Wasser, Maria.«
»Kopfschmerzen?« fragte das Mädchen, während es das Kästchen mit den Kräutern öffnete.
»Ja. Von der Küchenhitze«, log Claire. Kurz darauf lag sie in dem warmen, duftenden Wasser, und der Schmerz begann sich aufzulösen. Normalerweise badete sie in der warmen Küche, aber wegen ihres Versprechens nahm sie ihr Bad jetzt hier oben. Der Geruch der Kräuter und die Ruhe und Stille wirkten Wunder. Als sie die Spuren der Arbeit von sich wusch, atmete sie einen Hauch Zimt ein und mußte daran denken, was Lord Renald über Gewürze und Veilchen gesagt hatte.
Es war nicht ihre Art, Dinge widerwillig oder halbherzig zu machen. Wenn sie schon Renald de Lisle ihr Versprechen gab, wollte sie alles geben, damit es gut wurde.
Also würde sie ihn ohne Groll hinnehmen und das Beste aus dieser Heirat machen. Um dies deutlich zu machen, schickte sie Maria, ihre Gewürzkiste zu holen, und bat Prissy, wilde Veilchen zu pflücken.
Er war also ein Soldritter und Turnierkämpfer gewesen. Ihr Leben war bisher einfach gewesen. Was für ein Recht hatte sie, auf jemanden herabzuschauen, der sich durch Dornen hatte kämpfen müssen, um dahin zu kommen, wo er jetzt war? Ohne Zweifel war er gereizt worden und hatte gebeichtet, wie viele Männer er getötet hatte.

Claire dachte daran, wie er von Besitz, Frauen und Kindern gesprochen hatte. Was für ein seltener Mann! Er klang aufrichtig, als würde er sein Eigentum und seine Familie schätzen und ehren. Das war gut. Sehr gut.

Ein Bild, das ihr plötzlich vor Augen stand, schreckte sie auf. Sie sah Lord Renald, groß und dunkel, der ein winziges, blondes Baby in seinen Armen wiegte. So ein Unsinn – Männer kümmerten sich normalerweise nicht um Säuglinge –, aber es erschien ihr so wahrhaftig, daß sie sich dem Bild nicht entziehen konnte. Es wurde stärker. Bald sah sie ihn inmitten gesunder, glücklicher Kinder lachen, ältere auf dem Arm, jüngere an seinen Beinen, ein ganz kleines Kind auf seinen breiten Schultern …

Mit einem trockenen Lachen verscheuchte Claire das Bild und setzte sich auf, um diesen Unsinn von sich abzuschrubben. Stellte sie sich den Wolf nun als Schoßhund vor? Sie mußte praktisch denken. Selbst wenn er in der Lage war, sie nur durch eine Berührung dahinschmelzen zu lassen …

Als sich die Tür öffnete und ihre Mutter eintrat, war Claire froh über diese Ablenkung. Ihre Mutter setzte sich auf einen Hocker, der neben dem Waschzuber stand, und paßte auf, daß ihre kostbaren Gewänder keine Wasserflecken bekamen. »Dies ist ein ganz besonderer Tag, Claire.«

»Das nehme ich an.«

»Er wird dir ein guter Ehemann sein.«

Claire unterdrückte eine Grimasse. Das mochte wohl stimmen, aber woher wollte ihre Mutter das wissen?

»Lord Renald ist ein guter Mann, der es gut mit dir meint«, fuhr ihre Mutter unbeirrt fort.

Überrascht schaute Claire auf. »Hat er mit dir gesprochen?«

»Aber natürlich.«

»Ich meine, über mich.«

»Natürlich hat er das, Claire. Würde er ein Mädchen zu seiner Frau nehmen, ohne vorher mit ihrer Mutter gesprochen zu haben?«

»Da es ja nun der Befehl des Königs ist …«

»Selbst dann gibt es Formen der Höflichkeit. Ich habe bemerkt, daß er ein Mann ist, der diese Formen beherrscht und beachtet.«

Claire dachte darüber nach. »Ja. Das tut er.« Höflichkeiten, die eine nervöse Jungfer im Garten besänftigen sollten.

Sie zog den Beutel mit den Kräutern im Wasser hin und her, damit sich der Duft noch besser verteilte. Sie versuchte zu widerstehen, aber schließlich fragte sie doch: »Und? Was hat er über mich gesagt?«

Erleichtert lachte Lady Murielle auf. Das befreite auch Claire. »Er hat mir gesagt, daß er dich wunderschön findet und liebreizend und daß er sehr froh ist, daß schließlich du seine Braut geworden bist. Ich habe ihm gesagt, daß es mit dir etwas schwierig sein kann, wenn du verärgert bist, aber er schien sich das nicht vorstellen zu können.«

Claire spürte, wie sie errötete. »Und was sonst noch?«

»Er hat mir versichert, daß er ein guter und zärtlicher Ehemann sein wird, und ich glaube ihm.«

»Zärtlich? Ich bin nicht sicher, daß er weiß, was das heißt.«

»Er ist ein ganz anderer Mensch als dein Vater, Claire«, sagte Lady Murielle. »Das kannst du nur schwer beurteilen. Ich kenne diese Menschen gut, denn mein Vater und meine Brüder waren ebenso. Diese Männer schätzen Mut und Tatkraft und beschützen ihre Ehre. Manchmal toben und wüten sie, aber sie tun niemandem etwas zuleide, es sei denn, man greift sie an oder macht sie wirklich zornig.«

»Wie Hengste oder Bullen.«

»Aber mit mehr Verstand. Versuch ihn nicht wütend zu machen, Claire. Honig richtet mehr aus als Essig.«

Claire war sich nicht sicher, ob sie immer honigsüß sein

konnte, aber als sie sah, wie besorgt ihre Mutter die Hände verschränkte, sagte sie: »Ich versuche es, Mutter.«
Lady Murielle strich ihr anerkennend über die Schulter und sagte: »Gutes Mädchen.« Aber dann errötete sie leicht. »Ich denke, ich sollte mit dir noch über andere Dinge sprechen … Dies hier ist nur die Verlobung. Ich sollte mit dir über Ehepflichten reden …«
Verlegen rutschte Claire tiefer ins Badewasser. »Du meinst Pflichten wie die, seine Kleider in gutem Zustand zu halten?«
Ihr Mutter lachte und schüttelte den Kopf. »Auch das, natürlich, aber … Hast du keine Angst vor dem Ehebett?«
Claire ließ wieder das Säckchen mit den Kräutern kreisen und dachte daran, wie sie sich in seinen Armen gefühlt hatte, wie sie sich selbst bei einer leichten Berührung fühlte oder dann, wenn sein Körper leicht an dem ihren vorüberstrich. Sie hatte vor solchen Gefühlen keine Angst, aber sie wollte sich ihnen noch nicht öffnen, noch nicht.
»Es wird einige Zeit nach der Verlobung sein.«
»Hast du einen Termin festgesetzt?«
»Nein.« Sie schaute ihre Mutter an. »Aber er wird warten. Oder nicht?«
»Vielleicht will der König auch, daß die Ehe schnell vollzogen wird. Es ist nicht üblich, das lange aufzuschieben.«
Claire lag im Badewasser, und ihr wurde zum ersten Mal bewußt, daß dieser Tag sie in das Ehebett führen würde. Sie verdrängte die Tatsachen nicht. Sie würde sich von ihm berühren lassen, wenn er es wollte. Sie würde ihn in sich eindringen und ihr die Unschuld nehmen lassen. Sie würde ihn seinen Samen verstreuen lassen, damit sie Kinder haben konnten. Sie würde ihn das wiederholen lassen, wann immer er wollte, solange es den Regeln der Kirche entsprach. Die Fastenzeit, der Advent und die Feiertage würden wahrscheinlich willkommene Ruhepausen sein. Sie würde das al-

les hinnehmen können. Es ging um das andere. Dieser Schwindel, der sie sich so schwach fühlen ließ, so verletzlich, so bedürftig …

Ganz sicher gab es noch mehr. Aber wahrscheinlich wollte ihre Mutter ihr das gerade erklären. »Gut Mutter, raus damit. Erzähl mir alles.«

Lady Murielle quälte sich stockend durch eine Erklärung, die sie ebenso verlegen machte wie ihre Tochter, ohne daß sie Claire irgend etwas verständlich machen konnte.

»Aber was soll ich denn nun eigentlich *tun*?« fragte Claire schließlich.

»Nichts. Das ist das beste. Du sollst nichts tun außer dem, was er dir sagt.«

Aus verschiedenen Gründen erschien das Claire nicht gerade richtig, aber sie nahm das so hin und stieg aus der Bütte. Eines war sicher: Was immer zu tun war, Renald de Lisle wußte darüber Bescheid.

»Du warst immer so ein vernünftiges Mädchen«, sagte ihre Mutter, wobei es beinahe wie eine Vorhaltung klang. Aber schnell fügte sie hinzu: »Und er ist ein glücklicher Mann, so einen Schatz zu bekommen. Aber dein Haar!«

Claire rieb es mit einem Tuch trocken. »Vernünftig«, sagte sie mit einem trockenen Lächeln. Ihre Mutter lachte leise. »Aber du mußt zugeben, Mutter, daß das Haar nun viel leichter zu trocknen ist.«

Prissy und Maria platzten herein. Sie redeten aufgeregt über die Gäste, die kostbaren Gewänder, die edlen Pferde und das Fest, das mittlerweile das ganze Gutshaus erfaßt hatte.

Claire ließ sich kämmen, mit einer wohlduftenden Salbe einreiben und sich ein frisches Unterhemd anziehen. Dann stand sie auf, um aus dem Fenster zu schauen. Es sah so aus, als ob jeder der Umgebung gekommen war. Leute begrüßten sich schon von weitem, fremde Dienstboten eilten hin

und her, und viele Hunde und Pferde standen jedermann im Weg. Die Pferde wurden mit klirrendem Geschirr auf die Weide geführt, damit sie dort auf ihre Besitzer warteten.
»Komm vom Fenster fort, Claire«, sagte ihre Mutter. »Du solltest dich zu Ende anziehen. Es ist bald soweit.«
Claire sah, wie ihre Freundin Lady Margret mit ihrem Ehemann Lord Alaine und ihren Bediensteten herangeritten kamen. Wenn sie nur einige Momente Zeit allein mit Margret verbringen könnte, würde sie sicherlich die Wahrheit über das Ehebett erfahren. Aber sie hatte versprochen, bis zur Zeremonie hier oben zu bleiben und mit niemandem zu sprechen.
Später würde sicherlich noch Zeit genug sein. Heute war ja nur die Verlobung. Da ihr Vater erst seit kurzem unter der Erde lag, konnte sie die Hochzeit sicherlich noch um Wochen hinausschieben, vielleicht sogar um ein oder zwei Monate. Beruhigt ließ sie sich von ihren Mädchen in ihr feinstes Unterkleid, ein creme- und rosafarbenes Wollkleid und in einen mit Gold und Perlen bestickten seidenen Überrock kleiden. Lady Murielle legte ihr einen edelsteinbesetzten Gürtel um die Hüften.
»Du siehst so hübsch aus, Claire«, sagte sie, küßte ihre Tochter und ging dann hinunter in die Große Halle.
»Das mit Eurem Haar ist eine Schande«, sagte Prissy. »Wenn es noch bis zu Euren Hüften fallen würde, sähet Ihr aus wie ein Engel.«
Claire seufzte ob ihrer geopferten Haare und schaute in ihren silbernen Spiegel, um sich zu begutachten. Das Metall zeigte nicht jedes Detail, das das Auge wahrnehmen konnte, aber es verriet ihr, daß ihr ein Haufen Locken vom Kopf abstanden. Sie versuchte, sie runterzudrücken, aber das hatte überhaupt keinen Erfolg. Wie lange würde es brauchen, bis sie wieder lang waren? Wahrscheinlich Jahre.
Claire legte den Spiegel zurück. Eitelkeit war eine Sünde,

aber sie wünschte, die Tradition würde nicht verlangen, daß die Braut ihr Haar offen und unbedeckt trüge. Ein Schleier wäre eine ideale Lösung gewesen.
Jemand klopfte an die Tür. Trotz ihres Vorsatzes ergriff sie Panik. »Ist es schon soweit?« Maria öffnete die Tür einen Spalt. Nach einem leisen Wortwechsel drehte sie sich um, lächelte Claire an und gab ihr einen Kranz von Vergißmeinnicht, Rosen und Veilchen. »Wie wunderschön!« sagte Claire und nahm den Blütenkranz entgegen. »Wie die Krone der Mai-Königin. Von wem ist er?«
»Von Eurem Bräutigam, Lady«, sagte das strahlende Mädchen. »In seinem Land sei es Sitte, daß die Braut Blumen und Schleier trägt.«
Während Claire über eine wunderschöne, hellrote Rose strich, überfielen sie plötzlich Zweifel. Konnte es sein, daß Lord Renald diese Sitte nur erfunden hatte, um ihr eine Möglichkeit zu geben, ihr kurzes Haar zu verbergen? Würde er so etwas tun?
Dann verstand sie ihn und mußte trotzdem lächeln. Seine Beweggründe waren ohne Zweifel recht egoistisch – er wollte nicht, daß sie bei einer solchen Gelegenheit widerwillig schaute –, aber das Ergebnis seiner Gedanken war ihr äußerst willkommen. Der Blütenkranz konnte ihr Haar nicht verbergen, aber er konnte die störrischen Locken in Form drücken.
»Maria«, sagte Claire, »bitte, gib mir meinen seidenen Schleier.« Ihr Vater hatte ihr diese zarte Kopfbedeckung vor nicht einmal einem Jahr gekauft, und Tränen traten Claire in die Augen, weil er sie heute nicht sehen würde. Sie unterdrückte den Drang zu weinen. Prissy zupfte ihr den Schleier so über dem Haar zurecht, daß er die Stirn bedeckte. Dann setzte Maria ihr ganz vorsichtig den Kranz auf. »Ich will die Seide nicht zerreißen.«
»Natürlich nicht.« Claire mochte sich kaum bewegen. »Er ist

etwas schwer, aber dadurch wird er nicht verrutschen. Wie sehe ich aus?«

Die Gesichter der Zofen hatten es ihr bereits verraten, aber sie mußte trotzdem fragen. »Wunderschön.«

»Vollkommen.«

»Wie eine Fee.«

Sie schaute erneut in den Spiegel. Und als es wieder an der Tür klopfte, durchrieselte sie wieder ein Angstschauer, aber diesmal war er nicht so heftig. Sie hatte mittlerweile das sichere Gefühl, aus dieser erzwungenen Verbindung etwas Gutes zu machen.

Maria sagte: »Alles ist fertig, Lady.«

Claire dachte daran, daß sie das Beste aus ihrem Schicksal machen wollte, und griff noch einmal in ihr Gewürzkästchen, nahm eine Prise Zimt, um ihn unter dem Oberkleid zu verteilen, rieb sich etwas Kardamom und Ingwer ins Haar und ergriff schließlich einige Veilchen, zerrieb sie zwischen den Handflächen und verrieb sie dann auf Handrücken und Nacken. All dies waren Zeichen für ihren aufrichtigen Willen, Renald de Lisle eine gute Ehefrau sein zu wollen. Langsam, auf den Blütenkranz achtgebend, ging sie hinaus, um ihrer Zukunft entgegenzusehen.

Musik und Stimmengewirr wurden lauter, als sie die Treppen herunterkam und die Große Halle betrat. Sie fürchtete, Verachtung in den Augen ihrer Nachbarn zu sehen, Verachtung, wie sie auch in Thomas' Augen zu lesen war. Aber jedermann lächelte. Das Lächeln war etwas verhalten, aber das war ob des Todes ihres Vaters zu erwarten. Sie las aber auch Neugierde in den Gesichtern und war sicher, daß die Geschehnisse auf Summerbourne in der Gegend in aller Munde waren. Sie entdeckte auch Überraschung, aber das lag wahrscheinlich an ihrem fremden Kopfschmuck und dem kurzen Haar.

Einem Mann wollte das Lächeln nicht so recht gelingen.

Wahrscheinlich war Eudo, der Sheriff, völlig niedergeschlagen. Schließlich war er ein sehr gefühlsbetonter Mann. Obwohl Claire ihm viel Schuld an der Entscheidung ihres Vaters gab, lächelte sie ihn beruhigend an und wandte den Blick dann ihrem Schicksal zu.

Lord Renald war der Mittelpunkt. Sein Schreiber stand an seiner einen, Bischof Geoffrey an der anderen Seite. Beide Männer waren einen Kopf kleiner und längst nicht so stattlich wie er. Die Anwesenheit des Bischofs war eine große Ehre und erinnerte Claire – als hätte sie das nötig gehabt – daran, daß diese Ehe der Wunsch des Königs war.

Ihr Pate, Graf Salisbury, war auch da. Er stand groß, schmal und hochmütig anstelle ihres Vaters neben ihrer Mutter. Claire war beruhigt, daß ihre Mutter einen Mann an ihrer Seite hatte, der sie stützen konnte.

Sie ging weiter, schaute auf ihren zukünftigen Ehemann und versuchte, ihn als das anzunehmen, was er war – ein Kämpe des Königs, aber vernünftig und manchmal sogar liebenswert. Sie war aber abgelenkt, der Gesichtsausdruck ihres Paten, des Grafen, gab ihr zu denken. War es Wut? Nein, das nicht. Vielleicht Verachtung. Oder Mißbilligung. Zumindest Vorbehalte. Aber das war kein Wunder, schließlich war er einer der Rebellen gewesen. Er war zweifelsohne nicht froh darüber, daß sie und Summerbourne in die Hände von Heinrichs Gefolgsmann übergingen. Wahrscheinlich war er sogar vom König gezwungen worden, auf dieser Feier zu erscheinen. Als Lord Renald sie prüfend anblickte, wurde ihr klar, daß sie mitten in der Halle wie angewurzelt stehengeblieben war. Schnell ging sie weiter. Seine Züge entspannten sich. »Ihr seid schön wie nie, Mylady.«

»Vielen Dank, Mylord.« Sie hätte ähnliches zu ihm sagen können. Bisher hatte sie ihn in Rüstung oder in Alltagskleidung gesehen. Jetzt aber trug er einen kostbaren Überrock aus rotem Tuch, der von sehr geschickten Händen mit

schwarzen und goldenen Stickereien verziert war. Armreifen und Gürtelschnalle waren aus Gold. Von Kopf bis Fuß ein mächtiger Herr.
Als sie sich an die Seite ihrer Mutter begab, sah sie ihren Bruder hinter Lord Renald stehen, gekleidet in sein bestes, blaues Gewand, still und mit verschlossenem Gesicht. Er schien durch sie hindurchzuschauen.
Ihre Mutter lächelte ihr besorgt zu und drückte ihre Hand. Claire versuchte, ruhig und zufrieden auszusehen, und erwiderte den Händedruck. Von ihrem Paten verneigte sie sich leicht und drehte sich dann ihrem dunklen Schicksal zu. Sie erschrak. Lord Renald schaute, als befände er sich mitten in einer Schlacht. Seine flinken Augen überflogen jeden Millimeter der Halle, als ob er sicher war, daß dort Angreifer und Gefahren lauerten. Wenn er ein Schwert getragen hätte, hätte er es jede Sekunde ziehen und damit töten können. Auch sie schaute umher und suchte nach einem Unheil, aber sie sah nur lächelnde und sie neugierig anblickende Nachbarn.
»Wir haben uns hier versammelt«, hob der Bischof an, »um das Gelübde zu bezeugen …«
Claire konzentrierte sich auf die Zeremonie, als der Bischof nun die Verlobungsurkunden verlas, damit jeder die Vereinbarung kannte und sie bezeugen konnte, falls die Urkunden verlorengehen sollten.
Alles war wie abgesprochen. Sie bekam drei Pachtgüter von ihrem zukünftigen Ehemann. Das war während ihrer Ehe ihre Sicherheit und ihr Zuhause, wenn sie Witwe wurde. Ländereien und Witwenhaus kamen eher von ihrem Vater als von ihrem Ehemann – sah man von der Tatsache ab, daß die Besitzungen ihres Vaters nun ihm gehörten. Ihrer Mutter und ihrer Großmutter wurde der Witwenbesitz bestätigt, ebenso Felice und Amice ihre Mitgift. Thomas wurde nicht erwähnt. Claire schaute ihn an, war sich aber nicht sicher, ob

er überhaupt zuhörte. Niemand erwartete, daß Thomas Land erhielt; auch wenn diese Versorgungen großzügig waren, war es eine Schande, daß er leer ausgehen mußte. Es wurde erwartet, daß, wenn diese Ehe harmonisch verlief, der liebende Ehemann der Schwester den Bruder unterstützte. Claire wurde unangenehm bewußt, daß Thomas in gewisser Hinsicht Garant für ihr Wohlverhalten war und sie für seinen Gehorsam. Claire überlegte, ob man ihm das gesagt hatte und dies der Grund für sein nun lammfrommes Verhalten war. So hatte sie sich ihre Ehe niemals vorgestellt!

Nun sollten die Gelübde abgelegt werden. Ihre Mutter und ihr Pate legten ihre Hand in die von de Lisle. Der Bischof segnete sie beide mit Weihwasser und rief Gott als Zeugen dieses Bundes an. Dann erhob ein Mönch sein Kruzifix, und der Bischof fragte sie, ob sie die Vereinbarungen akzeptieren und ob sie Renald de Lisle zu ihrem Ehemanne nehmen wolle.

Sie hatte keine Wahl. Sie legte eine Hand auf das Kreuz und sagte: »Das will ich.«

Dann wurde Lord Renald dieselbe Frage gestellt. Seine Stimme war tief und fest, als er antwortete: »Das will ich.«

Dann neigte er sich ihr zu und steckte ihr einen Ring an den dritten Finger ihrer rechten Hand.

Der Bischof legte ihre rechten Hände ineinander. »Damit seid ihr nun ein Paar. Möge Gott Euch in Eurem gemeinsamen Leben leiten.«

Die Gäste antworteten mit einem lauten: »Amen.«

Die unvertrauten Ringe, die ihnen beide in die Haut schnitten, waren das passende Zeichen für diese Heirat. Tränen brannten in ihren Augen, als sie die Urkunde unterzeichnete. Sie würde heute nicht weinen! Es gelang ihr sogar, leicht zu lächeln, als Lord Renald sein Zeichen unter das Dokument setzte, auch wenn es ihr wieder einmal vor Augen führte, wie anders er als ihr Vater war.

Sie wollte nicht länger nachdenken. Nur wenige Laien waren so gebildet wie ihr Vater. Die meisten Krieger konnten überhaupt nicht lesen oder schreiben. Solche Fertigkeiten galten als Ausdruck von Schwäche, waren ein Zeichen dafür, daß ein Mann seine Zeit sinnlos vergeudet hatte, in der er sich körperlich in Form bringen und seine Kampftechniken hätte vervollkommnen können.

De Lisle wandte sich ihr zu, ergriff wieder ihre Hand, aber diesmal ganz zart mit seiner Linken, und drehte Claire den versammelten Gästen zu, um zu erklären: »Unser Bund ist besiegelt.«

Die Hurrarufe ließen die Balken erzittern. Die Männer drängten nach vorn, um ihre Unterschrift oder ihr Zeichen unter die Urkunde zu setzen. Die Frauen gratulierten ihnen. Und kommentierten Claires Haare. »Welch eine Schande!« Und den Schleier. »Was für ein zartes Gewebe!«

Und die Blüten. »Wie schön! Wie ungewöhnlich!«

Inmitten der vertrauten Gesichter mußte Claire doch ein wenig weinen. Aber es waren Tränen der Freude. Es tat so gut, unter lachenden Gesichtern zu sein, unter Leuten, die sie zu nichts zwangen. Egal, nun war es geschehen. Sie hatte für ihr ganzes Leben entschieden, und dies war der Tag ihres Versprechens. Sie würde wahrscheinlich nie einen anderen haben.

Also war nun die Zeit für Glück und Fröhlichkeit.

12. Kapitel

Die Männer zogen Renald mit sich fort, und Claire war ihnen dankbar. Bei den Frauen konnte sie entspannen, besonders als diese ihr Wein einschenkten. Das gehörte mit zur Tradition, um die Braut lustig zu stimmen.
Die Männer standen den Frauen in nichts nach. Als Claire Gelächter und Jubelrufe hörte, schaute sie hinüber, um zu sehen, wie Renald ein riesiges Horn Ale leerte. Sie hoffte zumindest, daß es Ale war, was er in dieser riesigen Menge in einem Zug hinunterschüttete. Claire befürchtete schon, er würde ertrinken, da nahm er das Horn endlich von den Lippen und schüttelte es triumphierend, um zu zeigen, daß es leer getrunken war. Heilige Jungfrau, es mußte einen Liter enthalten haben! Die Männer und Renald tobten vor Begeisterung.
Als er sah, wie sie ihn betrachtete, lächelte er ihr zu. Sie hatte ihn noch nie so glücklich gesehen. Sie mußte zurücklächeln. Er nahm seinen Becher vom Tisch, erhob ihn und grüßte zu ihr hinüber. Sie ergriff ihren, um den Gruß zu erwidern, aber dann traf das Sonnenlicht auf das Gold und die Juwelen des Pokals. Claire erstarrte. Er hielt den Pokal ihres Vaters in Händen, ein Geschenk des Königs!
»Claire?« fragte Lady Huguette, die neben ihr saß. »Was ist los mit Euch?«
»Nichts.« Claire zwang sich zu lächeln, nahm ihren Becher und toastete Renald zu. Aber irgendwas hatte auch er gesehen, denn er schaute sie nun prüfend an.
Sonst schien es keiner zu bemerken. Alle lachten und gratulierten, als das Paar sich zutrank, klatschten in die Hände

und trampelten mit den Füßen. Einige Männer grölten derbe Kommentare durch die Halle. Die Frauen kicherten.
Claire lächelte so strahlend wie möglich und wandte sich dann wieder den freundlichen, derben Frauen zu.
Er hatte nicht wissen können, daß der Pokal den Verrat seines Herrn symbolisierte. Und wie alles andere hier gehörte er jetzt Renald. Aber Claire wünschte, er hätte nicht gerade aus diesem Pokal getrunken.
»Das ist ein echter Mann, den ihr Euch ausgesucht habt, Claire«, sagte eine ältere Matrone und leckte sich Himbeersaft von den Fingern. »Was für ein Brustkorb!«
»Und sicherlich auch anderswo ebenso gut gebaut!« zwinkerte ihr eine andere zu.
»Wie soll ich das wissen?« konterte Claire und knabberte an einer der Naschereien, an denen sie so lange gearbeitet hatte. »Jetzt schon?«
Die Frauen lachten. »Wollen wir hoffen, daß er weiß, was er mit seiner Größe anfängt«, sagte die alte Lady Huguette und stieß Claire ihren Ellbogen in die Seite.
Lady Margret zwinkerte. »Wenn er es nicht weiß, schickt ihn zu mir, Claire. Ich werde es ihm schon beibringen.«
Alle lachten, aber Claire sagte: »Wenn Ihr meinen Mann berührt, dann reiß ich Euch die Haare mitsamt den Wurzeln aus, Lady Margret.«
Auch darüber lachten die Frauen, denn es gehörte zum Spiel, zum altvertrauten Spiel, bei dem die Braut von ihrer Kindheit Abschied nahm. Selbst bei einer erzwungenen Heirat war dieser Ritus von großer Hilfe. Diese Frauen, jung und alt, hatten das alles schon vor ihr erlebt und hatten es überlebt. Sie bildeten eine Gemeinschaft, der sie nun auch angehören würde. Die verheirateten Frauen trafen sich so oft wie möglich, tauschten Geschichten und Ratschläge aus und waren immer bereit zu helfen. Claire erinnerte sich daran, wie ihre Großmutter darüber gesprochen hatte, wie man

mit brutalen Ehemännern zurechtkam. Sie hatte recht. Frauen hatten ihre Möglichkeiten.
Sie hatten auch ihre Art, mit Tod und mit Sorgen zurechtzukommen. Während Lady Agnes von Freunden umgeben in ihrem gepolsterten Stuhl sitzen blieb, hatte sich Claires Mutter von der Feier zurückgezogen. Frauen gingen in ihrem Zimmer ein und aus, damit sie Gesellschaft und Trost hatte. Schließlich setzte Lady Margret sich neben Claire. Ihre Hände ruhten auf ihrem gewölbten Unterleib. »Ihr seht traurig aus, Claire. Euer Vater, nicht wahr?«
Claire hatte gar nicht bemerkt, daß ihr Lächeln verschwunden war. Margret mußte sie nichts vormachen. »Ich kann jetzt noch nicht vollkommen glücklich sein.«
»Das erwartet auch niemand von Euch.« Margret nahm sich einen gefüllten Pilz von einem Servierbrett. »Aber er scheint im siebenten Himmel zu sein.«
»Ja, das erscheint mir auch so.« Sein ganz persönlicher Himmel, von dem aus er das Universum erforschen konnte. »Was macht das Baby? Geht es Euch wieder schlecht?«
»Jeden Morgen.« Margret seufzte und ging vergnügt dazu über, ausführlich die Symptome zu beschreiben.
Das gehörte auch zum Ritual, dieses Weitergeben von Wissen. Schon bald würde auch Claire das Kind ihres Ehemannes tragen, würde die Veränderungen spüren, das Würgen trotz eines leeren Magens. Trotz der Übelkeit war es ein weiteres Geschenk, das ihr diese Heirat machen würde. Claire liebte Kinder und würde gerne ein paar bekommen.
Sie schaute wieder zu ihrem Verlobten hinüber, der zwischen den vielen Männern verschwand, von ihnen aufgenommen wie sie von den Frauen, obwohl er ein Fremder war. Er paßte hierher. Es würde gutgehen.
Ob er wohl mit seinen großen Händen ihren schmerzenden Rücken streicheln würde, wie Alaine es bei Margret tat? Claire dachte an ihre Begegnung im Garten und wußte, daß

er es tun würde. Ihr eisiger Widerstand schmolz immer weiter. Er war in so vielem ein guter Mann, ihn überschattete nur die Art und Weise seines Auftritts.
Claire überlegte sich, wie sie ihn wohl gesehen hätte, wenn er als Fremder gekommen wäre und ohne den Leichnam ihres Vaters. Er hätte sie sicherlich aufgrund seiner Größe verwirrt, dadurch, daß er ein Krieger war, aber sie hätte ihn sicherlich gemocht. Wie es nun auch geschehen war. Er sah gut aus. Claire hatte das schon vorher gewußt, aber erst jetzt wurde ihr klar, daß er ein wirklich gut aussehender Mann war, ganz besonders, wenn er fröhlich war. Seine dunklen Augen waren besonders schön, wenn sie lachten. Er bewegte sich anmutig, wie es nur ein gesunder und kräftiger Mensch kann.
Es war kein Wunder, daß die Frauen deftige Kommentare abgaben und mit Neid auf sie blickten. Das hatte Claire niemals erwartet. Sie hatte gedacht, jede würde sie bemitleiden. Nun wurde ihr klar, daß ihr Schicksal kein Mitleid hervorrief.
Sie beobachtete Renald weiterhin verstohlen, bemerkte, wie leicht er sich in der Menge bewegte und wie sehr die Männer ihn schätzten. Ein solcher Mann – ein Kämpfer, ein dem König nahestehender Mann – könnte versuchen, alle zu dominieren, könnte laut, herrisch und überheblich sein. Aber Renald de Lisle fügte sich in die Gemeinschaft ein und verschmolz mit ihr. Es war beunruhigend, aber sie konnte nichts dagegen tun. Es war, als hätte ein Riese das Haus gepackt und an einer Seite angehoben. Vielleicht waren es nur die Getränke.
Als sie etwas an ihrem Knie spürte, schaute sie nach unten. Lady Margrets zweijährige kleine Tochter wollte auf den Arm genommen werden. Froh, sich mit etwas Einfacherem beschäftigen zu können, hob Claire sie auf den Schoß. »Geht es dir gut, Ouisa?«

Das braunhaarige Kind nickte und zeigte auf Claires Blütenkranz. »Schön.«
»Ja, nicht wahr? Den hat Lord Renald für mich gemacht. Ich werde ihn bitten, einen für dich zu machen, wenn du uns das nächste Mal besuchen kommst.«
Das war ein schöner Gedanke, Margret, Alaine und Ouisa würden nach Summerbourne kommen, um einige mußevolle Stunden mit Claire und Renald zu verbringen. Auch das Kind fand die Idee gut, warf den Kopf zurück und rief aus vollen Lungen: »Lordenald!«
Claire lachte und beruhigte sie. Lady Margret rief: »Ouisa, benimm dich!«
Aber Renald kam herüber. »Mylady haben gerufen?« sagte er und streckte die Hände aus. Claire war gespannt, denn sie dachte, Ouisa würde sich an sie klammern. Das Mädchen warf sich ihm aber förmlich in die Arme.
»Sie ist schrecklich kokett«, sagte Lady Margret. »Und ausgesprochen raffgierig. Seid auf der Hut, Mylord, sonst seid Ihr das Gold von Eurem Gewand schneller los, als ihr schauen könnt.«
Und tatsächlich zupfte Ouisa bereits an der Stickerei seines Ärmels.
»Jede hübsche Lady ist Gold wert.« Er nahm einen seiner Armreifen ab und gab ihn dem kleinen Mädchen.
»Meiner?« fragte Ouisa.
Das hatte Claire befürchtet. Was würde er jetzt tun?
»Nein. Aber ich werde ihn dir für einen oder zwei Augenblicke leihen.« Er lächelte Lady Margret zu und gratulierte ihr zu dem prächtigen Kind.
Während die beiden sich unterhielten und Ouisa den glitzernden Armreif ausführlich betrachtete, hatte Claire ein Bild vor Augen, daß ihren albernen Träumen ausgesprochen ähnlich war. Wider Erwarten würde Renald de Lisle – Kampfwolf mit blutbesudeltem Schwert – ein gu-

ter Vater sein. Warum es sie so beunruhigte, wußte Claire nicht.
Ouisa versuchte, den Armreif auf ihrem Kopf wie eine Krone zu tragen, und er half ihr dabei, ohne ihr Geplapper dabei zu unterbrechen. Dann nahm sie den Reif wieder herunter, zog ihn über ihren dünnen Arm und schaukelte ihn hin und her, schaute dann Renald mit gerunzelter Stirn an. »Pipi«, sagte sie.
»Oh, Gott«, lachte Margret errötend. »Am besten gebt Ihr sie mir, Mylord, bevor Eure feinen Kleider naß werden.«
Er reichte ihr das Kind und sagte: »Ich brauche meinen Reif nun zurück, Lady Ouisa. Legt Ihr ihn wieder um mein Handgelenk?«
Ouisa betrachtete die Hand und das Schmuckstück und versuchte dann mit roher Gewalt, die beiden zusammenzubringen. Es mußte weh getan haben, aber Renald bewegte die Hand nur ganz leicht, um in den Reif zu schlüpfen.
»Vielen Dank, schönes Kind.« Galant küßte er ihr Patschhändchen. Lächelnd eilte Lady Margret hinaus, während Ouisa ihn die ganze Zeit über die Schulter ihrer Mutter hinweg anschaute.
»Ihr mögt Kinder.«
Er neigte sich ihr zu und zog die Augenbrauen hoch. »Stört Euch das, Lady Claire?«
Claire errötete wegen seiner scharfen Erwiderung. So hatte sie es nicht gemeint. Es war nur so, daß der Riese wieder die Halle hin und her schleuderte.
»Natürlich nicht, mein Herr. Ich bin erfreut, daß der Vater meiner Kinder gut mit ihnen umgehen wird.«
Er schaute sie an, und eine seiner Brauen zuckte. Sie wußte, daß es nicht so nett geklungen hatte, wie sie es gemeint hatte. Bevor sie es mildern konnte, sagte er: »Ich mag Mädchen lieber. Kleine Jungen sind Ungeheuer.«

Als ob dies unter Beweis gestellt werden sollte, rief eine Jungenstimme: »Lord Renald! Kommt hierher!«
Seine Lippen zuckten. »Ich habe dem Haufen versprochen, ihnen einen Trick zu zeigen.«
Er verneigte sich, um ihre Hand zu küssen, und murmelte: »Schenkt mir viele kleine Mädchen, meine Braut.«
Mit rotem Gesicht schaute Claire zu, wie er sich unter eine Meute wartender Jungen mischte, die noch jünger als Thomas waren. Einige schauten voller Verehrung zu ihm empor, was nicht überraschend war.
Claire bemerkte, daß sie ihn genauso wie Ouisa mit den Augen verfolgte, und wandte sich schnell wieder den Frauen zu. Alle lächelten sie warm und verständnisvoll an.
Der Riese schaukelte die Halle nun wie ein Boot hin und her. Sie war hergekommen, um geopfert zu werden, und nun wußte sie nicht mehr, was sie tat – außer betrunken zu werden. Obwohl sie wußte, daß der Wein nicht Schuld an ihrem Taumel war, stellte sie den halbvollen Becher beiseite.
Ein Trompetenstoß, der die Halle erschütterte, kündigte das Essen an. Erleichtert, sich nun mit anderem beschäftigen zu können, stand Claire auf. Ein Ziehen an ihrem Kopf erinnerte sie an den Kranz und ermahnte sie zur Vorsicht. Sie drückte die Blüten fest und ging dann zu Renald, der darauf wartete, sie zu ihren Plätzen an der langen Tafel zu führen.
Er nahm ihre Hände. »Geht es Euch gut?«
»Natürlich!« Aber Claire mußte sich an ihm festhalten, um das Gleichgewicht zu halten. »Es ist der Wein.«
Sie wußte, daß es nicht so war. Sie begann ihren baldigen Ehemann zu lieben, und das ließ sie taumeln. Das war zu neu, zu ungewohnt. Das hatte sie von diesem Tag nicht erwartet.
Er führte sie zu ihrem Stuhl. »Es wird Euch guttun, etwas zu essen, Lady Claire.«
Das bezweifelte sie. Als er seine Hand hob, kam Thomas mit

der Schale zum Händewaschen. Claire hatte den Eindruck, daß ihr Bruder etwas entspannter war. Viele der jüngeren Gäste waren seine Freunde, und da Renald so bewundert wurde, taute Thomas vielleicht auf. Sie betete, daß es so war. Dann gäbe es eine Sorge weniger, die sie krank machen würde.

Natürlich war es nicht schlecht, den Ehemann zu lieben. Noch war es ein seltsames Gefühl. Unsicher. Als ob sie auf einem glitschigen Stein mitten in einem reißenden Fluß stehen würde und dabei ins Taumeln geriete.

Jedermann setzte sich nun an die Tafel, und der Lärm verwandelte sich in gedämpfte Tischgespräche. Nun konnte man auch die Musik wieder hören. Als Thomas mit dem Aufwarten fertig war, sagte Renald: »Ich danke dir, Thomas. Nun geh und genieß das Fest gemeinsam mit deinen Freunden.«

Claire konnte sehen, wie in ihrem Bruder Lust auf Streit und Freude über das Angebot miteinander rangen. Die Freude siegte. »Vielen Dank, mein Herr.« Und schon entschwand er in die fernste Ecke der Halle, wo die jüngeren Gäste wahrscheinlich jeden nur möglichen Unsinn ausheckten.

»Vielen Dank«, sagte Claire, obwohl die Welt immer weiter ins Schwanken geriet.

»Ich habe auch Josce freigegeben.« Er neigte sich ihr zu. »So habe ich eine Ausrede dafür, mich selber um Euch zu kümmern.« Solche Sachen sagten Verlobte immer, aber Claire wünschte, Renald würde das nicht tun. Nicht jetzt. Sie mußte so sehr um ihr Gleichgewicht ringen.

Diener trugen Platten mit Leckereien herein, und Claire konzentrierte sich auf die praktischen Angelegenheiten. Beide paßten auf, daß es nicht zu Störungen kam und warteten darauf, daß sie mit etwas zu essen dem Wein die Wirkung nehmen konnten.

Aber als das gegrillte Schwein auf einem Bett von Kresse vor ihr hingestellt wurde, sagte Claire: »Oh, das arme, kleine Ferkel.«

Sofort ließ Renald die Platte weiterreichen, aber sie packte seinen Arm. »Ich würde trotzdem gern etwas davon nehmen.«

Sie erstarrte, als sie seine Haut unter ihrer Hand glühen spürte, auch fühlte sie die kräftigen Muskeln und die festen, dunklen Haare – ihr Kopf schien zu schweben. Vorsichtig zog sie ihre Hand fort. »Ihr solltet auch das Schlimmste erfahren«, sagte sie scheinbar ruhig und nahm einen tiefen Schluck Wein, bevor ihr klar wurde, wie wenig klug das war. »Ich habe keine sehr einfühlsame Seele. Ich esse für mein Leben gerne Spanferkel.«

»Wenn das das Schlimmste ist, bin ich ein ausgesprochen glücklicher Mann.« Er nahm ein Stück des zarten Fleisches und führte es an ihren Mund. »Dann soll dieses Opfer nicht umsonst gewesen sein.«

Errötend biß sie zu. Sie fühlte an seltsamen Orten Hitze in sich aufsteigen. Als sie sich die süße Soße von den Lippen leckte, mußte sie einen Finger zur Hilfe nehmen, weil ein Tropfen ihr Kinn hinunterzulaufen drohte. Sein Blick war fest auf sie geheftet. Unter ihren Füßen bebte der Boden, und Claire spürte, daß sie das nicht mehr lange ertragen konnte.

Wie die Sitte es verlangte, nahm auch sie ein Stück Fleisch und führte es an seinen Mund. Sie spürte, wie ihnen jeder zuschaute. Zuschaute, wie er ihr Handgelenk festhielt, um die Soße von ihren Fingern zu lecken. Aber nur sie spürte, daß er ihren Finger für Sekunden mit seinen Zähnen festhielt. Und nur sie wußte, welch ein Gefühl das in ihr hervorrief. Dann sah sie in seinen Augen, daß er es auch wußte. Er ließ sie los, gab die Spezialität an die anderen Gäste weiter und legte Hühnchen auf ihrer beider Gedecktabletts.

Claire begann zu essen, da es ihr in diesem Moment als das Einfachste erschien. Wenn das Liebe war, wenn das keine Folge des Weins war, dann würde sie damit leben müssen. Mit der Zeit würde es bestimmt angenehmer werden. Weniger schmerzhaft. Weniger verwirrend.
Sie plauderte mit dem Grafen, der an ihrer anderen Seite saß, und war dankbar für dieses ungefährlichere Gewässer. Doch Graf Salisbury schien noch verstimmt wegen des ganzen Ereignisses zu sein. Er sagte nichts. Aber sein Gesichtsausdruck verriet es.
Ein Funkeln zu ihrer Linken ließ sie zu Renald schauen, der seinen Becher erhob. Es war wieder dieser Pokal.
Er bemerkte ihren Blick. »Mylady, was quält Euch?«
»Der Pokal. Er gehörte meinem Vater.«
»Hier hat alles ihm gehört. Warum stört Euch dieser Pokal?«
»Er war ein Geschenk des Königs.«
»Aha. Und es schmerzt Euch, daß ich daraus trinke?«
»Vielleicht, weil er ihn niemals benutzt hat. Er bekam ihn nach… nachdem König Heinrich die Krone erlangt hatte.«
»Nachdem er zum König gewählt worden war«, stellte er kühl richtig.
Sie biß sich auf die Lippen. Sie hatte nicht vor, an dieses Thema zu rühren. »Mein Vater hat ihn niemals benutzt. Er hat ihn wie ein Schmuckstück behandelt.«
Er schwieg für einen Moment, nahm ihren Silberbecher und stellte den goldenen, juwelenbesetzten an seine Stelle. »Er gehört Euch. Ein Verlobungsgeschenk. Macht damit, was Ihr wünscht.«
Sie durfte ihn zerschlagen oder einschmelzen lassen? Sie würde es jedenfalls nicht tun. Wie ihr Vater war sie nicht fähig, ein Kunstwerk zu zerstören. Während sie mit dem Finger über die Gravur strich, sagte sie: »Vielen Dank.«
»Was steht da?«
»Dem Herrn des Paradieses vom König der Engel.«

Er zog die Brauen hoch. »Seltsam.«
»Heinrich Beauclerk hat Summerbourne immer als ein Stück vom Himmel bezeichnet, als das Paradies auf Erden.«
»Aber der König der Engel?«
Sie lächelte, obwohl die Gedanken sie mit Trauer erfüllten. »Das war ein Scherz zwischen ihnen. Ihr wißt ja, daß sie Freunde waren. Früher.«
»Ja«, sagte er sanft. »Das weiß ich. Aber was war der Scherz?«
Sie fuhr langsam mit dem Finger den goldenen Rand entlang. »Kennt Ihr die Geschichte von Papst Gregor und den englischen Sklaven?«
Ein Diener kam vorbei, und Renald legte ihr in Honig gebackenes Kaninchen aufs Gedecktablett. »Erzählt sie mir.«
Claire bemerkte, daß sie das Hühnchen kaum angerührt hatte, und nahm schnell einen Bissen. »Papst Gregor sah in Rom ein paar Sklaven, es war vor vielen Jahren, als die Römer noch Sklaven hielten, er war bezaubert von ihrer Schönheit, denn er kannte so zarte, weiße Haut nicht …«
»Und goldenes Haar«, sagte er und schaute sie bewundernd an. »Und Augen«, fügte er hinzu, »die blau sind wie der Sommerhimmel. Ich kann mir sehr gut vorstellen, wie er sich gefühlt hat.«
Claire fuhr fort: »Der Papst fragte: ›Was sind das für Menschen?‹ Der Sklavenhändler sagte: ›Angeln.‹ Darauf erwiderte der Papst: *Non Angli sed angeli.* Keine Angeln, sondern Engel. Und deshalb neckte mein Vater Prinz Heinrich, daß er der König der Engel werden wollte …«
Sie schwieg, als sie daran dachte, was Heinrich Beauclerk getan hatte, um der König der Engel zu werden, und daß er nichts getan hatte, um dem Herrn des Paradieses zu helfen. Sie hatte sich darum bemüht, daß der Tod ihres Vaters diesen Tag nicht überschattete, aber nun konnte es scheinbar nicht mehr abgewendet werden.

Sie sah, daß Renald finster blickte, allerdings nicht zu ihr. Sein Blick lag auf dem Grafen.

»Salisbury hat mir vorgeschlagen, den Pokal zu benutzen.«

Claire schaute zu ihrem Paten hinüber, der sich mit ihrer Mutter unterhielt. »Er muß das doch wissen. Ich denke, daß er auch weiß …«

»Daß das alles andere als angenehm ist. Interessant, nicht wahr?«

Irgend etwas lag in der Luft, eine unbekannte Bedrohung, deshalb suchte Claire nach einer Erklärung. »Er war einer der Köpfe der Rebellion.«

»Ich weiß.«

Das hatte sie schon geahnt. Und sie befürchtete, daß es nicht sehr klug war, einen königstreuen Mann daran zu erinnern.

Er zuckte die Schultern und lächelte. »Heute wollen wir nicht über Rebellion sprechen – egal welcher Art.« Er schaute ihr in die Augen. »Ich befehle Euch, Mylady, mir etwas zu essen zu geben.«

Claire schaute ihn mit stockendem Atem an. »Und wenn ich mich weigere, mein Herr?«

»Dann bin ich gezwungen, Euch zu bestrafen.«

Sie schaute ihn unerschrocken an. »Und wie?«

»Mit Küssen.«

Sie kicherte. Sie hörte sich. Sie kicherte wirklich. »Küsse? Für einige Frauen wäre das sicherlich ein Grund zum Widerstand.«

»Tatsächlich?« Seine Hand legte sich langsam heiß und rauh um ihren Nacken. »Und Ihr, Mylady? Werdet Ihr Euch widersetzen?«

Der Wein ließ sie sagen: »Aber sicher.«

Dann fühlte sie seinen Körper ganz nah an dem ihren und spürte seinen Kuß. Keinen neckischen, einen feurigen Kuß. Hier in der Halle, vor allen Leuten spürte sie seine Glut, schmeckte ihn und fühlte seine Leidenschaft. Verschwommen nahm Claire wahr, daß Trommeln zu hören waren. Dann, immer noch in dem Kuß gefangen, begriff sie, daß die Gäste auf den Tisch schlugen und mit den Füßen trampelten. Als der Kuß nicht endete, begannen sie zu rufen und zu schreien …

Oder war der Aufruhr in ihrem Kopfe? Sie hätte sich gewehrt, wenn sie die Kraft gehabt hätte. Hätte …

Ihre Arme hatte sie um ihn geschlungen, sie war durch diesen fordernden, erobernden Kuß wie mit ihm verschmolzen.

Er ließ sie langsam los. Seine Augen blickten leidenschaftlich. Leidenschaftlich und besitzergreifend. »Also, Ihr aufsässiges Frauenzimmer. Werdet Ihr mir nun zu essen geben?«

Alle Gäste verfolgten mit angehaltenem Atem ihren Dialog. Das forderte Claire heraus. »Das kommt darauf an, worauf Ihr Hunger habt.«

Die Halle tobte vor Lachen.

»Und wenn es keine Frage des Magens ist?«

»Dann werdet Ihr bis zur Hochzeitsnacht warten müssen.«

Die Frauen lachten.

»Und wann wird die sein?«

Claire schaute sich gut gelaunt um. »Oh, ich denke, so ungefähr in einem Jahr.«

Die Frauen lachten, die Männer stöhnten entsetzt auf.

Renald ergriff ihre Hand und küßte jeden einzelnen ihrer Finger. »Habt Mitleid. Ich werde verhungern.«

Um ihr Publikum zu unterhalten, musterte Claire ihn von oben bis unten. »Ein wenig könntet Ihr ruhig abnehmen.«

Er lächelte sie an. »Wenn Ihr mich so hungern laßt, werde ich dort abnehmen, wo es Euch am wenigsten gefällt.«

Der Saal hallte vom Gelächter und Jubel wider.

»Oh, tatsächlich«, erwiderte Claire. »Es schrumpelt, wenn es nicht benutzt wird? Das kann einem Mädchen so manche Träne ersparen.« Wieder kreischten die Frauen vor Lachen.

»Eher wird sie vor Enttäuschung weinen.« Applaus von seiten der Männer.

Wieder küßte er ihre Hand, diesmal ihre offene Hand. »Werdet früher meine Frau, damit uns dieses Schicksal erspart bleibt.«

Sie tat so, als würde sie darüber nachdenken, und grinste ihre Freundinnen an. »Sechs Monate.«

»Mitten im Winter? Habt Mitleid mit unseren Nachbarn!«

»Genau, Lady Claire«, rief jemand. »Und auch nicht zur Erntezeit. Wir wollen das Bettlaken zu sehen bekommen.«

»Dann in einem Monat«, sagte Claire, bevor ihr klar wurde, daß sie in diesem Geplänkel eine Zustimmung gab, zu der sie noch gar nicht bereit war.

Ja, es war viel zu früh, aber er sagte: »Einen Monat? Dafür brauchen wir unsere Gäste erst gar nicht wieder heimzuschicken.«

»Wann dann?«

Er grinste, und sie merkte, daß sie ihm in die Falle gegangen war. »Morgen.«

Schlagartig wurde es in der Halle still. Alle schauten sie an und grinsten. Er ließ ihre Hand los und zeigte in die Runde. »All unsere Freunde sind hier versammelt. Das Fest kann ruhig zwei Tage dauern. Warum sollten wir zögern?«

Betroffen flüsterte sie: »Mein Vater …«

»Das ist Vergangenheit«, sagte er weich. »Die Zeit bleibt nicht stehen. Warum nicht, Lady Claire? Wenn wir Mann und Frau sind, können wir der Zukunft entgegensehen, den Frieden wiederherstellen und uns um Summerbourne kümmern.«

Claire brummte der Kopf – vom Kuß, vom Wein und von dem Zauber, mit dem er sie fesselte. Sie konnte kaum nach-

denken. Aber er hatte recht. Was brachte es, wenn sie es aufschoben?
»Warum nicht, Claire?« wiederholte er, legte seine Hand auf ihre Schulter und streichelte ihren Nacken, während seine Augen die ihren suchten.
Die Gäste warteten. Man hätte eine Stecknadel fallen hören können …
»Ja, warum nicht«, sagte sie zurückhaltend.
Bevor sie ihre halbherzigen Worte zurücknehmen konnte, sprang er auf die Füße. »Meine Freunde. Meine gute Frau will nicht, daß mir irgend etwas abhanden kommt. Morgen werden wir Mann und Frau!«
Lachen und Jubelrufe erfüllten den Raum. Claires Wangen glühten. Renald setzte sich wieder neben sie und küßte sie ebenso leidenschaftlich wie das erste Mal. Ein glühendes Versprechen für die morgige Nacht.
Die Lippen auf den ihren, sagte er: »So ist es besser, glaubt mir, Claire. Vertraut mir dieses eine Mal. Ihr werdet so glücklich werden, wie ich Euch nur machen kann.« Dann sprach er zu allen. »Lady Claire wird diesen Tag nicht bereuen. Das schwöre ich bei meinem Schwert.«
Es klang nicht viel anders als die Verlobungs- und Ehegelübde, aber irgendwie besaßen diese Worte, gerade vor allen Nachbarn ausgesprochen, viel mehr Gewicht. Claire begann ruhig zu werden. Er hatte recht. Es war besser, der Zukunft entgegenzugehen.
»Und ein Schwur, der auf dieses Schwert geleistet wird, ist wahrhaftig machtvoll.« Claire sah, daß der Graf aufgestanden war und seinen Becher erhob. »Ein Toast auf das dunkle Schwert und auf die Ehe, die im Paradies geschlossen wurde.«
»Das dunkle Schwert …«, sagte sie.
»Habt Ihr noch nie davon gehört?« fragte Salisbury, als er sich wieder setzte. »Lord Renalds Schwert ist aus germani-

schem Stahl von besonders dunkler Farbe. Das einzig helle Stück an ihm ist der Stein im Knauf. Ein Stein vom Grab Christi in Jerusalem.«

Claire drehte sich voll Ehrfurcht zu Renald. »Ihr wart mit auf den Kreuzzügen, Mylord?«

»Nein.« Vielleicht war er deshalb plötzlich so nüchtern und wütend, weil er das eingestehen mußte. »Der Stein ist das Geschenk eines Kreuzritters.«

»Und ein Geschenk des Königs«, sagte der Graf.

»Was für eine heilige Reliquie.« Claire war aufrichtig beeindruckt. So wenige waren in das Heilige Land gezogen, und die Gegenstände, die sie zurückgebracht hatten, waren sehr wertvoll. »Ihr müßt diesem Kreuzritter einen großen Dienst erwiesen haben, daß Ihr so belohnt wurdet.«

»Das Schwert ist vom König«, sagte Renald kurz.

»Dann müßt Ihr dem König einen großen Dienst erwiesen haben.« Und als er schwieg, fuhr sie fort: »Und ich bewundere Eure Bescheidenheit, mein Herr. Aber eine Frau sollte die Leistungen ihres Mannes feiern dürfen.«

»Es gibt nichts zu feiern.«

Sie mußte ein Lächeln unterdrücken. Glaubte er wirklich, sein Licht unter den Scheffel stellen zu können? »Das könnt Ihr niemandem weismachen. Nicht als Kämpe des Königs. Eure Männer erzählen sich von Euren Taten. Ich werde sie fragen ...«

»Ja, erzählt doch, Lord Renald. Erzählt uns von Euren Taten.«

Der Graf hatte sich vorgelehnt. Claire schaute von dem einen Mann zum anderen. Bildete sie sich nur ein, daß die beiden sich wie wütende Hunde beäugten? Auf ihre vom Wein benebelten Augen wollte sie sich nicht ganz verlassen.

Bevor sie weiter darüber nachdenken konnte, begann Renald zu sprechen. »Der Kreuzritter hat dem König den Stein geschenkt. Und Heinrich hat ihn mir zum Dank in den Knauf des Schwertes einpassen lassen.«

»Aber was habt Ihr getan?«

»Nichts Ruhmreiches.«

Sie schüttelte den Kopf. »Ich werde es herausfinden und werde einen Bänkelsänger beauftragen, davon zu künden.«

»Ihr werdet nichts finden, was eine Ballade verdient, Lady Claire«, sagte er und ergriff den vor ihm stehenden Krug. »Darf ich Euch noch Wein einschenken?«

Wenn sie noch mehr trinken würde, würde sie lallen. Aber sie war noch nüchtern genug, um ein Ablenkungsmanöver zu erkennen.

»Ich würde es gerne sehen.«

»Den Wein?«

»Euer Schwert! Und den Stein aus Jerusalem.«

Er goß ihr trotzdem Wein ein und drückte ihr den juwelenbesetzten Pokal in die Hand. »Ein anderes Mal. Schwerter gehören nicht auf eine Feier.«

»Es ist eine Reliquie. Sie spendet uns Kraft.«

»Nein.«

Sie blinzelte. Da war es wieder, dieses entwaffnende *Nein*, aber diesmal klang Bescheidenheit mit, nicht Ärger.

Der Graf, der unbeobachtet mitgehört hatte, sprach plötzlich so laut, daß jeder im Saal mithören konnte. »Ich bin sicher, daß es für alle hier eine große Ehre wäre, dieses Schwert zu sehen, Lord Renald. Gerüchte behaupten, daß es selbst das härteste Holz durchstößt. Vielleicht sogar Eisen.«

Nun hörten auch die anderen Männer zu. »Eisen?«

»Das gibt's doch gar nicht!«

»Es soll Eisen durchstoßen!«

Immer lauter wurden die Rufe nach dem Schwert. Mit unbewegter Miene befahl Renald Josce, die Waffe zu holen. Als der Knappe zurückkehrte, legte er das Schwert in Claires

Schoß. Es war schwer. Schwer, hart und dunkel, wie ihr Verlobter. Claire bemerkte, daß sie nicht klug gehandelt hatte. Er mochte wegen seiner Taten bescheiden sein, jetzt aber war er sehr, sehr zornig. Es war nun zu spät. Sie begann das Geschenk ausführlich zu betrachten. Niemals vorher war sie einem Schwert so nahe gewesen, und das Gefühl behagte ihr überhaupt nicht. Ein Todeswerkzeug hatte auf einer Feier nichts zu suchen, ganz besonders nicht auf einer solchen. Schwertscheiden waren meist geschmückt, waren bemalt und verziert, manchmal auch mit Metall beschlagen oder Steinen besetzt. Diese Holzscheide war mit schwarzem Leder überzogen und nur mit ein paar kleinen Silbernägeln und Medaillons aus tiefschwarzem, samtigem Gagat geschmückt. Es erinnerte sie an die Hölle oder an eine mondlose Mitternacht. Claire wußte, daß er in ihrem Gesicht lesen konnte. »Es sieht todbringend aus.«

»Wozu gibt es Schwerter, wenn nicht dazu?«

Sie schluckte, weil seine Frage zu ihm paßte wie seine Waffe. Er säte nicht und erntete nicht. Er machte keine Musik oder stellte Kunstwerke her. Er hatte gelernt zu töten und tat es, wenn man ihn dazu aufforderte.

Sie betrachtete den Griff. Er war auch ein Teil des Todeswerkzeugs, hatte aber die Form eines Kreuzes. An seinem Knauf fand sich der einzige Farbtupfer – ein Sandstein. Die Reliquie, durch die Gott diesem Instrument des Todes Kraft spendete. Ungläubige zu töten war ein heiliger Akt, sagte die Kirche. Konnte Töten etwas Gutes sein? Irgend jemand mußte die Schuldigen richten. Und die menschlichen Wölfe töten, die über friedvolle Völker herfielen.

Der Stein lag in einer eisernen Reliquienhülle. Claire schob ihre Fingerspitze durch das kalte Gitter, um den darunterliegenden Stein zu spüren. »Hat er Wunder vollbracht?«

»Nicht soviel ich weiß.«

»Aber er könnte es bestimmt. Er ist vom Grab Christi.« Sie

küßte den Stein und betete um Gesundheit und Reichtum für Summerbourne, betete, daß ihre Ehe wider Erwarten glücken würde. Manchmal bedurfte es der Wunder. »Ihr seid gesegnet, daß Ihr dieses Schwert besitzt.«

»Dann sollten wir es in der Halle herumgehen lassen. Josce!«

Der Knappe trat vor, und Claire schob beide Hände unter das Schwert, um es dem jungen Mann zu reichen.

Sie erstarrte.

Sie hatte Blut an ihren Händen.

13. Kapitel

Lord Renald nahm ihr das Schwert ab. »Habt Ihr Euch geschnitten?«

Claire wischte ihre Hände ab, konnte aber keine Wunde finden. »Nein.«

Renald zog das Schwert aus der Scheide und entdeckte eine dunkelrote Spur an der Klinge und am unteren Ende des Griffs.

»Josce?«

Der Knappe erblaßte. »Ich habe es nur aus Eurem Raum geholt.«

Lord Renald befühlte das Blut. »Nun, es ist nicht frisch, aber auch nicht eingetrocknet.« Es war totenstill in der Großen Halle. Unter aller Augen reinigte er die Waffe. Obwohl Fakkeln und Kerzen sie beleuchteten, blieb die Klinge dunkel, schimmerte nur wie ein tiefes, dunkles Wasser. Ein Wasser mit Blutspuren.

»Wann habt Ihr das letzte Mal getötet, Mylord?« flüsterte Claire.

»Dafür ist es zu lange her. Und ich hätte Josce das Fell über die Ohren gezogen, wenn er das Schwert in diesem Zustand gelassen hätte.«

Claire leerte ihren Becher mit einem Zug. Natürlich hatte er nicht in der letzten Zeit getötet. Nicht, seitdem er auf Summerbourne war. Aber nun war sie wieder einmal deutlich daran erinnert worden, was er war. Ein blutbeschmiertes Schwert. Es schrie vom Himmel! Konnte sie sich in einen solchen Mann verlieben?

Er steckte das Schwert zurück in seine Scheide. »Wahrscheinlich wollte jemand einen Witz machen.« Er blickte kurz zum Grafen hinüber, und Claire dachte daran, wie sehr er es darauf angelegt hatte, daß das Schwert vorgeführt wurde. Aber warum sollte ein so einflußreicher Mann wie Salisbury zu solchen Methoden greifen? Nur weil er mit dieser Verbindung nicht einverstanden war?

Renald warf die Waffe seinem Knappen zu. »Säubert es. Und dann bringt es zurück, damit es jeder ansehen kann, der will.« Er setzte sich und rief nach Wasser, mit dem er dann Claires Hände reinigte. »Es tut mir sehr leid. Solche Dinge sollten Euch nicht beunruhigen.«

»Wir können nicht mit Lügen leben. Eine Frau muß an dem Leben ihres Mannes teilhaben.«

Er küßte ihre nun wieder weißen, reinen Hände. »Ich will alles tun, damit Ihr so glücklich seid, wie Summerbourne es verdient.«

»Aber Ihr werdet weggehen, um zu töten.«

Er warf das blutbefleckte Tuch zu Boden und ließ ihre Hände los. »Das ist meine Pflicht, wenn nach mir gerufen wird.«

»Das weiß ich. Aber …«

Bevor sie weitersprechen konnte, hatte er ihr eine in Honig eingelegte Pflaume zwischen die Lippen geschoben. Sie konnte nichts mehr sagen, aber ihre Gedanken konnte er nicht zum Verstummen bringen. Sie war glücklich gewesen. Sie hatte vor ihren Gefühlen der Liebe kapituliert. Aber nun wirkten ihr Taumel und ihre Glückseligkeit wie schaler Schaum, der auf einem Schlamm von Gewalt und Tod schwamm.

Sie schaute zum Grafen. Er hatte ein immenses Strafgeld für seine Beteiligung an der Rebellion zahlen müssen, aber er hatte immer noch sein Leben und seine Ländereien. Seine Kinder besaßen noch ihr Geburtsrecht. Was hatte er für ein Recht, an ihrem glücklichsten Tag im dunklen Wasser herumzustochern?

Renald nahm ihr Gesicht in seine Hände, seine Augen suchten die ihren. »Schaut nicht so finster, gute Frau.« Er küßte sie zart auf die Stirn, hinter der ihre Sorgen verborgen waren. »Im Paradies sollte das Lächeln herrschen, Engel schauen niemals finster.«
Claire ließ sich gerne von ihm aufheitern. Sie war müde, *müde* des Denkens und Sichsorgens. Als er sie wieder für einen Kuß an sich zog, ließ sie sich in seine Arme fallen. Als ihr Kuß endete, spendete wieder jeder Beifall, und Claire hatte den Verdacht, daß alle froh waren, Schwerter und Blut hinter sich lassen zu können.
Dann rief jemand: »Der Tanz! Wir wollen mit dem Tanzen beginnen!« Die Musikanten begannen, Holly Berry, den traditionellen Brauttanz, anzustimmen.
Claire mußte die Gruppe der Jungfrauen anführen. Als sie aufstand, kam ihr alles etwas unwirklich vor, aber sie merkte, daß sie tanzen und sprechen konnte, ohne sich in Verlegenheit zu bringen. Der Druck auf ihrem Kopf erinnerte sie an ihren Kranz und den Schleier, und sie nahm beides vorsichtig ab.
Lord Renald erhob sich, um ihr zu helfen. Während sie seine Hände spürte, dankte sie ihm für den Kranz.
»Er steht Euch ausgesprochen gut«, sagte er lächelnd und winkte die Jungfrauen zu Claire. Bald, sehr bald schon würde sie keine Jungfrau mehr sein. Sehr bald schon würde er ihr sehr nahe kommen. Das war ein seltsamer Gedanke.
Die Musik rief, und Claire führte die Jungfrauen an, während sie alle für ihren Erwählten tanzten.
Claire tanzte sehr gerne, aber niemals hatte sie für einen bestimmten Mann getanzt. Als sie ihre Füße in seine Richtung hob, den Rock schürzte und ihm herausfordernde Blicke zuwarf, fühlte sie, wie etwas in ihr wachgerufen wurde. Etwas, das sie auch in seinen glühenden, dunklen und gefährlichen Augen entdeckte.

Er saß zurückgelehnt in seinem hohen Stuhl, hatte eine Hand um den Becher gelegt, aber seine Augen ruhten unverwandt auf ihr. Voller Begehren. Heißes Begehren, und diese Hitze war Schuld daran, daß sich ihr Mund ganz trokken anfühlte und sie sich immer freier und ausgelassener beim Tanz bewegte.

Als sie sich umdrehte, entdeckte sie auch den Blick eines anderen Mannes. Lambert von Vayne – jung und hübsch – lehnte sich vor und lächelte ihr anerkennend zu.

Sie tanzte absichtlich einige Minuten nur für ihn, schwang die Hüften und warf ihre Beine, während all ihre Aufmerksamkeit doch bei dem dunklen Mann an der Tafel war.

Als sie sich wieder ihrem Verlobten zuwandte, lehnte er zwar immer noch in seinem Stuhl, aber nun umklammerten seine Hände den Becher, und seine Augen blickten sie warnend an. Aber sie wurde nicht vorsichtiger. Statt dessen durchrieselte sie Erregung. Was er wohl tun würde, wenn sie wirklich mit einem anderen Mann flirten würde? Aus irgendwelchen Gründen suchte sie diese Gefahr, sie hungerte förmlich danach. Claire wünschte, sie hätte noch ihr langes, offenes Haar, damit es ihre Hüften umspielen und sie den dunklen Wolf noch mehr quälen könnte.

Als der Tanz endete, taumelte sie ein wenig und hielt sich an ihren Freundinnen fest, die ebenso wie sie nach Luft schnappten und hin und her schwankten, so daß sie in Lachen ausbrachen. Renald trat an ihre Seite und legte seine Arme ganz fest um sie.

»Ihr seid ein kühnes Frauenzimmer«, flüsterte er, während er ihren erhitzten Nacken küßte. Dann spürte sie seine scharfen Zähne auf ihrer Haut. Obwohl sie leicht aufschreien mußte, wußte sie doch, daß er sie nur spielerisch bestrafen wollte. Sie schaute ihn an und wünschte plötzlich, daß diese Nacht schon ihre Hochzeitsnacht sein würde.

»Oh, Lady Claire, wenn Ihr im Ehebett ebenso heißblütig tanzt, werde ich ein sehr glücklicher Mann sein.«

»Ist es nicht die Aufgabe des Bräutigams, die Braut tanzen zu lassen?«

Er lächelte mit glühenden Augen. »Ich werde selbstverständlich mein Bestes versuchen. Aber nun«, sagte er, während er sie zu ihrem Platz zurückführte und ihr wieder den Schleier und den Kranz aufsetzte, »setzt Ihr Euch und seht mir zu.«

Er rief nach dem Schwerttanz, und die meisten der jungen Männer stürmten vor, um mitzumachen, erpicht darauf, sich den Frauen präsentieren zu können. Sie benutzten Holzwaffen – obwohl Claire gehört hatte, daß der Schwerttanz manchmal auch mit echter Klinge zum besten gegeben wurde. Als die Musik, mehr Takt als Melodie, anhob, traten immer zwei Männer gegeneinander an. Es war die Simulation eines Schwertkampfs, wobei der Takt zu Musik wurde. Während sie sich drehten, aufstampften und Holz gegen Holz schlug, schauten die Männer auf ihre Auserwählten. Seine Augen ruhten nur auf ihr.

Claire hatte diesen Tanz noch nie gesehen, weil ihr Vater ihn nicht gemocht und sie ihn für primitiv gehalten, die Aura der Gewalt, die er schuf, gehaßt hatte. Aber jetzt war alles anders. Nun, als sie die Leichtigkeit von Renalds Bewegungen sah, seine Eleganz und Grazie, sah sie etwas gefährlich Schönes. Er beherrschte den Tanz perfekt. Obwohl Claire noch nie einen Schwertkampf gesehen hatte, konnte sie sehen, daß Renald von allen über die beste Körperbeherrschung verfügte. Wie die übrigen Zuschauer begann auch sie, den Takt mitzuklatschen. Sie klatschte nur für ihn und fühlte jeden einzelnen Schlag in ihrem Körper pulsen.

Dann stand er Lambert gegenüber. Vielleicht forderte er ihn heraus, vielleicht war es Renald, der durch Claires Verhalten gereizt war. Die beiden hielten zwar den Takt, aber jeder versuchte auch, die Abwehr des anderen zu durchbrechen. Lambert war hoffnungslos unterlegen. Selbst Claire konnte es erkennen. Er übte sich an den Waffen, aber nur aus Pflichtbewußtsein. Er war kein Gegner für den Kämpen des Königs, für einen Mann, dessen Leben der Kampf war.

Während Claire zusah, wie Renald mit seinem Gegner spielte, dachte sie daran, wie er davon gesprochen hatte, daß ein geschickter Kämpfer den Verlauf der Auseinandersetzung bestimmte. Nun sah sie es mit eigenen Augen. Er wehrte Lamberts Angriffe nur ab und griff ihn hin und wieder, aber immer nur leicht an, damit Lambert die Hiebe parieren konnte. Es war offensichtlich, daß der Ausgang ganz allein in seiner Hand lag.

Plötzlich stellte sich Claire fröstelnd ihren Vater im Angesicht eines solchen Mannes vor, hilflos dem Tod ausgeliefert. Lambert war jünger, durchtrainierter und viel geschickter als ihr Vater, aber auch er war hoffnungslos unterlegen. Claire griff mit zitternden Händen nach ihrem Becher und hoffte, daß der makabre Tanz bald zu Ende war. Natürlich war der Tod ihres Vaters ganz anders gewesen. Er war in irgendeinem Schlachtgetümmel umgekommen und hatte nicht einmal die Klinge gesehen, die ihn getötet hatte.

Beendet das, dachte sie verzweifelt, während die Musik in ihrem Kopf hämmerte. *Tötet ihn endlich. Aber hört auf, mit ihm zu spielen!*

Sie trank Wein, um ihre Gedanken zu beruhigen. Sie fochten mit Holzwaffen. Niemand würde getötet werden. Es würde auch nicht einmal jemand verletzt werden, denn das war nur ein Tanz. Ein Tanz.

Sie bemerkte, wie Renald sie anschaute und sich seine Stirn sofort bewölkte. Aber er tanzte weiter im Takt mit den anderen Männern und der Musik. Er sah unbeteiligt aus, während Lambert mittlerweile nach Luft rang und ihm der Schweiß herunterrann. Wer von beiden auch den Zwei-

kampf begonnen hatte, nun war Lambert froh, die angebotene Flucht ergreifen zu können. Die anderen Männer nahmen das auf und machten dem Tanz ein Ende.
Es war beeindruckend, das mußte Claire zugeben. Sie hatte zweifelsohne dumm auf eine harmlose Unterhaltung reagiert. Aber sobald der Tanz beendet war und noch bevor Renald zu ihr zurückkehren konnte, verschwand Claire aus der Halle. Sie ging an die kühle, frische Luft, um wieder einen klaren Gedanken fassen zu können.
Als sie Schritte hinter sich hörte, drehte sie sich um und wappnete sich gegen seinen Unmut. Aber es war nicht Renald, es war der Graf von Salisbury.
»Mylord.«
»Lady Claire.« Er war ein großer, sehr schmaler Mann, der aber sehnig und keineswegs schwächlich war. »Ja, es ist seltsam, so Kriegerisches auf Summerbourne zu sehen.«
»Es ist doch nur ein Tanz, Mylord.«
»Natürlich. Aber ein Todestanz.«
»Der niemanden in Gefahr bringt.« Sie wünschte, er würde sie alleine lassen.
»De Lisle auf jeden Fall nicht.«
»Keiner von ihnen war in Gefahr. Sie haben mit Holz gefochten.«
»Männer wie de Lisle können auch damit töten. Oder mit der bloßen Hand.« Was wollte er? Wenn er etwas gegen ihre Verbindung einwenden wollte, war das schon lange zu spät. Er betrachtete sie, als ob er die Antwort für ein Rätsel suchte. »Ihr seid sicher nach all dem Kummer froh über einen solchen Tag.«
Sein Ton reizte sie zu Widerspruch. »Ich hatte keine Wahl, Mylord. Ich versuche nur, das Beste daraus zu machen.«
»Dann seid Ihr dabei sehr geschickt.«
Dann begriff sie. Kein Wunder, daß er so ungläubig klang. Ihr offenherziges Verhalten und ihre scheinbare Versessen-

heit darauf, morgen nacht bereits die Ehe zu vollziehen, mußten sie als eine herzlose Tochter erscheinen lassen. Sie entfernte sich etwas vom Haus und hoffte, daß er ihr nicht folgen würde. Er aber blieb dicht hinter ihr. »Euer Vater hat Heinrich Beauclerk nicht als König gewollt.«
Seufzend drehte sie sich um. »Das weiß die ganze Welt.«
»Und nun habt Ihr es so eilig, einen Mann zu heiraten, der Heinrich so nahe steht?«
»Was wollt ihr? Der König hat Lord Renald unseren Besitz als Lehen gegeben und ihm befohlen, eine von uns zu heiraten. Soll ich das alles noch schlimmer machen, indem ich mich widersetze?«
Ein scharfer Zug zeigte sich um seinen Mund. »Vielleicht bin ich nur unangenehm überrascht von Eurer Begeisterung, Lady Claire.«
Ihre Wangen waren glutrot vor Scham, aber sie wollte nicht feige sein. »Euch wäre es also lieber, wenn ich mich weinend durch diesen Tag quälen würde.«
»Ja.«
»Nun, das ist aber nun einmal nicht meine Art.«
»Als ich gesehen habe, wie ihr das Schwert geküßt habt ….«
»Das Schwert! Das Schwert, das Ihr mit Blut beschmiert habt?«
Er erstarrte. »Ich? Warum beschuldigt Ihr mich?«
»Weil Ihr wolltet, daß es vorgeführt wurde. Ja, Ihr habt immer wieder darauf bestanden.«
»Dazu hatte ich meine Gründe.« Er schaute noch finsterer.
»Und was war mit dem Pokal? Warum habt Ihr Lord Renald ermuntert, den Pokal zu benutzen, der mich nur an Unangenehmes erinnern konnte?«
»Lady Claire, ich glaubte, Ihr solltet wissen …«
»Lady Claire?«
Sie drehte sich um, eilte zu Renald und fühlte große Erleichterung. Es war ihr egal, ob er verärgert darüber war, daß sie

die Große Halle verlassen hatte. Sie wollte nur den Anschuldigungen entkommen und der Mißbilligung und wieder eine glückliche Braut werden. Sie hatte überhaupt keine andere Wahl. Wenn sie nicht ihre ganze Familie ins Unglück stürzen wollte, blieb ihr nichts anderes übrig.
Renald schaute von ihr zum Grafen, nahm dann aber ihre Hand und lächelte. »Es ist zu heiß in der Halle, nicht wahr? Wollen wir im Garten spazierengehen?«
»Das wäre wundervoll.« Sie knickste vor dem Grafen. »Vielen Dank für Euren Ratschlag, Mylord.«
Sie hatte den Eindruck, daß Salisbury erst noch seinen Satz zu Ende sprechen wollte. Dann aber drehte er sich auf dem Absatz um und ging davon.
Als das Getöse in der Halle nur noch schwach zu hören war, fragte Renald: »Ratschlag?«
In einem Busch trillerte eine Drossel, ein Laut, der ihre Sorgen auf einmal nicht mehr so schmerzhaft erscheinen ließ. Die frische Luft kühlte ihre vom Wein glühenden Wangen.
»Er meint, ich hätte es verhindern sollen, Euch heiraten zu müssen. Und wenn es nicht möglich gewesen wäre, hätte ich mich leidend und weinend durch diesen Tag quälen sollen.«
»Gott sei Dank habt Ihr das nicht getan, Mylady.« Er küßte ihre Hand und betrachtete sie. »Was war eben? Ihr schient durcheinander?«
Sie konnte keine Worte für die seltsamen Dinge finden, die ihr durch den Kopf geschossen waren. Deshalb sagte sie: »Ihr habt Lambert beschämt.«
»Er hat Euch viel zu sehnsüchtig angeschaut.«
Er hatte es also absichtlich getan. »Werdet Ihr jeden Mann angreifen, der mich so anschaut?«
»Wäre es Euch lieber, ich würde es nicht tun?«
Sie überlegte und mußte feststellen, daß sie diese Frage verneinen mußte. Irgend etwas daran, wie er sie glühend für

sich in Besitz nahm, sprach einen unmoralischen Teil in ihr an. Es war unmoralisch. »Ich möchte nicht schuld am Tod irgendeines Mannes sein.«

»Dann werde ich niemanden bestrafen, es sei denn, Ihr befehlt es mir.« Er lächelte leicht. »Ein Vorteil meines Ranges ist, daß ich nur böse schauen muß. Genauso, wie ihr mich nur böse anschauen müßt.«

»Das bezweifele ich doch sehr.« Aber tief in ihr wärmten seine angenehmen Worte eine Region, die bisher immer kalt vor Angst gewesen war.

»Das solltet Ihr nicht tun. Zweifelt nicht an der Macht, die Ihr über mich habt, paradiesische Lady Claire.«

Er nahm ihre Hand und führte sie, die immer noch unsicher auf den Beinen war, in den Garten. Wie anders war alles als am gestrigen Abend, als alle ihre Sinne wachsam angespannt gewesen waren. Nun fühlte sie sich weich und sicher in seiner Gegenwart, obwohl die Hoffnung auf seine Küsse sie erzittern ließ. Er blieb neben einem Birnbaum stehen, der an der Mauer wuchs. Die Blätter und Äste verdeckten die untergehende Sonne und bildeten tiefe Schatten. De Lisle führte sie zu einer Bank, die an diesem dunklen Plätzchen stand. Claire wußte, daß er sie noch einmal küssen würde, und ganz anders als am Abend vorher war sie nun voller ungeduldiger Erwartung. Aber er nahm sie nicht gleich in die Arme. »Ich habe es vorhin in der Halle ganz ehrlich gemeint. Ich möchte Euch glücklich machen und hoffe aus ganzem Herzen, daß es mir gelingt.«

»Ich möchte Euch ebenso glücklich machen.« Sie sagte das nicht nur aus Höflichkeit. Die Glückseligkeit, die sie schon für immer verloren geglaubt hatte, schien ihr plötzlich wieder in greifbare Nähe zu rücken.

»Ich weiß, daß mein Wesen Euch bedrückt. Ich bin ein Krieger. Das ist mein Leben, und das ist meine Natur. Ich muß mich auf Kriege vorbereiten und meine Männer schulen.«

»In Summerbourne?« Claire hoffte, daß ihre Bestürzung nicht allzu offensichtlich war. Sie riß sich zusammen und fügte hinzu: »Könnt Ihr das außerhalb der Befestigungen machen?«
»Meistens schon. Auch ich möchte das Paradies unberührt lassen.« Er blickte sich lächelnd um. »Vielleicht ist dies der Garten Eden. Ich habe noch nie einen Ort kennengelernt, der solch einen Frieden ausstrahlt.«
»Gott sei Dank, ein Garten Eden ohne Schlangen«, sagte Claire, »abgesehen von harmlosen, gewöhnlichen Nattern.«
»Es ist der Himmel auf Erden.«
Plötzlich war Claire unendlich dankbar dafür, daß sie niemals diesen Ort verlassen mußte. Und das lag an diesem Mann. Sie neigte sich zu ihm und streckte mutig die Hände nach seinem Gesicht aus. Dann küßte sie dankbar und vorsichtig seine Lippen.
Ruhig nahm er diesen Kuß entgegen. »Wofür war das?«
»Darf eine Braut nicht die Lippen ihres Mannes küssen?«
»Aber natürlich. Und dem Mann gefällt das sehr gut. Aber es wirkte wie ein Kuß des Dankes.«
»Ich bin dankbar, daß ich hier bin und hier bleiben kann.«
Er hob ihr Kinn an und küßte sie ebenso sanft. »Dann sind wir beide reich beschenkt. Erinnert mich daran, daß ich niemals wieder einen Apfel essen werde. Ich möchte nicht aus dem Paradies hinausgeworfen werden.«
Jetzt würde er sie wahrscheinlich richtig küssen, dachte sie. Aber er lehnte sich entspannt zurück und sah sich um. »Ist das alles Euer Werk?«
Na gut. Er würde sie schon noch küssen. Sie sollte nicht so gierig sein. »Ganz und gar nicht. Ich arbeite in diesem Garten, aber er ist schon sehr alt und ist von einer Frau an die nächste übergeben worden.« Sie lächelte. »Ihr solltet mehr über meine Fehler wissen. Es ist nicht nur so, daß ich nicht besonders vernünftig bin. Ich bin viel zu impulsiv, um eine

gute Gärtnerin zu sein, und auch viel zu verträumt. Ich mag nicht Jahre vorausplanen und vergesse manchmal, die jungen Pflanzen zu gießen.«

Er blinzelte. »Irgendwie habe ich mir das schon gedacht. Aber eine impulsive Träumerin – das klingt doch sehr reizend. Was sind das für Blumen mit den roten Blüten?«

»Fingerhut.«

»Ihr baut Hüte für Eure Finger an?«

Sie lächelte. »Wenn Ihr alt seid und Eurer Herz schwächer wird, werdet Ihr dankbar dafür sein.«

Sein Lächeln verschwand. »Ich werde vielleicht lieber nicht alt. Wozu taugt denn noch ein alter Wolf?«

Claire wollte ihm widersprechen, aber sie verstand, was er meinte. Sie hatte alte Kämpen gesehen, die das Alter gebeugt hatte, die Gicht in allen Gelenken hatten, zerbrechlich waren und keuchend atmeten. Da ihr Vermögen – ihre Kraft und ihre Stärke – verschwunden war, waren sie beinahe Bettler.

Aber schon der Gedanke an seinen noch fernen Tod war für sie mit Schmerz verbunden. Es war ihre Aufgabe als seine Ehefrau, für seine Gesundheit zu sorgen. Und da er nun dieses Land besaß, war er vor dem Schlimmsten geschützt.

Ein Rotkehlchen setzte sich vor ihre Füße und begann ein Liedchen zu trällern.

»Es will uns sagen, daß dieses Fleckchen Erde ihm gehört«, sagte Claire. »Und wir sollen ordentlich umgraben, damit es die Würmer einfacher erwischt.«

»Fauler Vogel. Du tust nichts, außer dich um dein Fressen zu kümmern.«

Als hätte das Rotkehlchen ihn verstanden, verstummte es und drehte das Köpfchen zu ihnen. Dann hüpfte es weg. Bald schon fand es einen Wurm, zog ihn aus der Erde und flog mit der Beute davon.

»Und wieder der Tod«, seufzte Claire. »Warum kümmern wir uns nicht um das Schicksal der Würmer?«
»Wahrscheinlich, weil sie uns am Ende verspeisen.« Er erstarrte, weil ihm klar wurde, wie wenig glücklich er seine Worte gewählt hatte. Claire berührte seine Hand. »Wir können es nicht verhindern, vom Tod zu sprechen.«
Er nahm ihre Hand in die seine. »Ihr seid eine Perle von unschätzbarem Wert, Lady Claire. Darf ich Euch um etwas bitten?«
Ohne Sorge sagte sie sofort: »Aber natürlich.«
»Ich möchte gern, daß du mich mit meinem Namen ansprichst. Renald.«
Sie lächelte, denn sie hatte ihn in den letzten Stunden schon in Gedanken so angesprochen. »Gerne, Renald.«
Er nahm sie behutsam in die Arme und beugte sich hinunter, um sie vorsichtig zu küssen. Dann fuhr er mit einer Hand ihren Nacken entlang und zog sie dichter zu sich. Er küßte sie wie in der Halle, aber in der dunklen Abgeschiedenheit war der Kuß noch zärtlicher und tiefer, als sie sich es jemals vorgestellt hatte.
All ihre Sinne waren hellwach, und Claire spürte mit Genuß selbst das leichte Kratzen seiner Bartstoppeln. Und wie stark er war! Sie lag fast auf seinen kräftigen Oberschenkeln und hatte die Arme um seine breiten Schultern geschlungen, die so hart wie Holz waren und glühend …
Und sie genoß es.
Sie, die geglaubt hatte, daß ihr niemals ein Krieger gefallen könnte, war völlig ergriffen von dieser dunklen Macht, die sie unter ihren Händen spürte.
Schließlich lösten sich ihre Münder, aber Renald hielt sie weiter eng umschlugen. Claire streichelte seine breiten Schultern und seine muskulösen Arme. Plötzlich sah sie ihn in ihren Gedanken nackt vor sich, sich ihren neugierigen Berührungen hingebend.

Als ob er ihre Gedanken lesen konnte, zog er sie noch fester an seine Brust und vergrub das Gesicht in ihrem Haar.
Claire wußte, daß sie sich niemals aus seinem Griff würde befreien können, aber sie fühlte sich nicht gefangen. Sie fühlte sich einen kurzen Moment lang sicher und geborgen wie ein Kind – wie an einem Ort, an dem es den Tod nur in Geschichten gab und an dem die Sonne jeden Tag schien.
Sie spürte, wie sich seine Brust hob und senkte. Sie fing an, im selben Rhythmus wie er zu atmen. Ihr Duft begann sich mit dem seinen – Schweiß, Wolle und Pferde – zu vermischen. Sie dachte daran, daß sie Felice darüber etwas geschrieben hatte. Daß er nicht schlecht roch, nach Schweiß und nach Pferden. Damals hatte sie gedacht, daß sie das erklären müsse. Nun gehörte es einfach zu ihm.
Claire bemerkte, daß sie die Augen geschlossen hatte und tief einatmete, um ihn zu riechen, so wie sie sonst an einer Blume, einem Gewürz oder ofenfrischem Brot schnupperte. Ihr lief das Wasser im Mund zusammen, als würde sie an einer reich gedeckten Tafel mit köstlichen Gerichten sitzen. Aber neben dieser wohligen Erwartung spürte sie etwas Dunkles, etwas Störendes wie einen Stein im Schuh. Was war das?
Die letzten Worte des Grafen. *Ich dachte, Ihr wüßtet …*
Warum gingen ihr diese Worte nicht aus dem Kopf? Weil sie an etwas anderes erinnerten. Felice' Worte am Tor des Klosters! *Warte, bis du herausfindest, daß …*
Wenn sie den Gedanken an Felice beiseite schieben konnte, der an Salisbury ließ sich nicht verdrängen. Aber was konnten die beiden wissen, was sonst niemand auf Summerbourne wußte?
Renald schaute sie an. Sie hatte vergessen, daß Zweifel immer zu spüren waren.
»Was liegt dir auf der Seele, Claire? Etwas, was Salisbury gesagt hat?«

»Nein. Nicht wirklich.« Aber bevor sie sich diesem Mann völlig hingeben konnte, mußte sie diese bohrenden Zweifel aus der Welt schaffen. »Mutter Winifred hat gesagt, daß du ein Mörder bist. Hast du jemals getötet?«
Er schaute sie an. »Ich bin ein Kämpe.«
»Ich meine außerhalb des Schlachtfeldes.«
»Nein. Doch. Auf dem Turnierplatz.«
»Das ist eine Sünde, nicht wahr?«
»Die meisten sehen das anders. Und beide Male waren es Unfälle. Wir versuchen, bei solchen Kämpfen nicht zu töten.« Er betrachtete sie, als wollte er etwas erraten. »Ich habe immer Räuber und Schurken umgebracht.«
Aber das waren keine Morde. Das waren rechtmäßige Hinrichtungen. Soweit zu Mutter Winifred.
Das Schwert. Es hatte den Eindruck gehabt, daß der Graf nahezu besessen von der heiligen Waffe gewesen war.
»Warum hat der König dir das Schwert geschenkt?«
»Für ehrenvolle Verdienste. Das schwöre ich bei meiner Seele.«
Das war keine direkte Antwort. Aber einem solchen Schwur mußte sie glauben. Aber er verhielt sich jetzt irgendwie anders, und das ließ sie weiterbohren. »Es war schwarz. Ich wußte gar nicht, daß Schwerter schwarz sind.«
»Es ist nur dunkel, Claire. Das liegt an der Schmiedekunst. Mach dir darüber keine Gedanken.« Er strich ihr über den Rücken. Entspannte sie. Erregte sie. Und lenkte sie ab.
»Entschuldige bitte, daß ich mich wegen solcher Dinge aufrege, Renald. Aber ich bin nicht an Gewalt gewöhnt.«
Er küßte ihre Augenbraue. »Das ist ein wunderschöner Zustand, und ich will alles versuchen, damit es so bleibt. Das verspreche ich dir.«
Aber ein Stachel war immer noch da. »Der Graf …«
»Ist ein Rebell«, sagte er, während er mit den Fingern über ihre Lippen fuhr. »Claire, ihm kann unsere Ehe nicht zusagen. Laß dich nicht von ihm quälen.«

Ihre schemenhaften Zweifel lösten sich immer mehr, und Claire fegte sie beiseite. Das reichte. Sie kannte diesen Mann mittlerweile. »Wirst du das Töten nun seinlassen?« Als sie aufblickte, sah sie, wie er das Gesicht verzog.

»Ich bin ein Krieger«, sagte er. »Wenn der König mich ruft, muß ich für ihn kämpfen.«

»Das verstehe ich. Ich meine Turniere.«

»Ich kann auch gerufen werden, um den König in einem Turnierkampf zu vertreten.« Seine Finger spielten in ihrem Haar. »Aber Turniere sind in England kaum üblich. Die vernünftigen Könige sind der Ansicht, daß das zu viele Menschenleben kostet.«

Sie lächelte. »Also wirst du nicht mehr so kämpfen müssen. Das macht mich froh.«

Seine zarten Berührungen an ihrem Nacken ließen sie genießerisch lächeln. Dann blieb seine Hand still liegen. »Ich weiß, daß ich mir damit das Genick breche, Claire, aber: Mir gefällt das.«

Sie rückte von ihm ab. »Dir gefällt das Töten?«

Renald hielt sie fest. »Nein, das nicht. Aber mir gefällt der Kampf. In einem Turnier kämpfen wir um Siege und Belohnungen. Töten steht nicht auf dem Plan.« Er zuckte mit den Schultern, blickte aber etwas erheitert. »Das legt immer eine dunkle Wolke über das Ereignis.«

»Wie kannst du nur über so etwas Witze machen?«

Sein Lächeln verschwand, aber etwas in seinem Gesichtsausdruck gab ihr das Gefühl, sich töricht zu benehmen. War es albern zu wollen, daß die Menschen nicht mit der Gewalt spielten? Zu wollen, daß Menschen nicht um des Spaßes Willen mit ihrem Leben spielten?

»Nun bin ich ein Baron und im Besitz von Ländereien, um die ich mich kümmern muß«, sagte er. »Nun habe ich nicht mehr soviel Zeit für Spiele. Solange wir nicht angegriffen werden, werde ich nichts tun, außer gewöhnliche Banditen aus dem Weg zu räumen. Ich nehme an, du hast nichts dagegen, wenn ich hin und wieder einen erledige.«

Sein trockener Ton verletzte sie, und sie murmelte: »Ich denke, nicht.«

Renald strich über ihre Lippen und brachte sie zum Lächeln. »Aber ich muß mit den Waffen vertraut bleiben, Claire, sonst – was nützte ich sonst dir oder dem König?«

»Das verstehe ich. Es tut mir leid, wenn ich dir so dumm vorkomme. Aber es ist alles so ganz anders …«

»Ich erscheine dir wie eine Schlange im Paradies«, sagte er. »Aber das bin ich nicht, Claire. Ich möchte wie du, daß der Ort so bleibt, wie er ist.«

Dann spürte sie seinen Mund auf ihren Lippen. Er umfing sie mit seinem ganzen Körper und zog sie auf sich, so daß sie mit offenen Beinen auf seinem Schoß saß. Sie sehnte sich nach ihm und schmiegte sich eng an ihn. Sie spürte ihn ganz fest und hart an ihren Schenkeln, getrennt nur durch den Stoff ihrer Kleider. Viele Lagen von Stoff …

Das erste Mal in ihrem Leben verstand Claire, warum einige leichtsinnige Mädchen nicht warten konnten …

Viel, viel später lehnte er sich etwas zurück. Er holte tief Luft und schmiegte seinen Kopf wieder an den ihren. »Dieser Duft. Du köstliche, leckere Lady.«

»Du kannst nicht mehr hungrig sein …«

»Hungrig! Ich bin ausgehungert.« Er biß ihr in den Nacken. Claire schrie leise auf und versuchte, sich ihm zu entwinden. Aber sie lachte. Lachte das erste Mal seit so langer Zeit. Er saß entspannt auf der Bank, sah zerzaust, jung und unwiderstehlich aus. Und er wußte das. Er grinste.

Da fiel ihr Blick auf einen Eimer voller Wasser, der hier zum Blumengießen stand. Ohne nachzudenken packte sie den Eimer und goß ihm das Wasser über den Kopf.

Sie verharrte einen Moment entsetzt, dann rannte sie weg. Renald unterdrückte einen Fluch, griff nach ihr und obwohl er kaum etwas sehen konnte, erwischte er sie am Kleid. Als Claire versuchte, sich zu befreien, stieß sie gegen die Bank, konnte sich zwar mit den Armen abstützen, landete aber trotzdem bäuchlings auf der Steinbank. Und schrie auf.

»Claire?«

Sie kam hoch und stieß mit ihrem Kopf gegen sein Kinn.

»Zum Teufel, Claire …«

Aber dann sah er, als er sich das nasse Haar aus dem Gesicht strich, was Claire gesehen hatte. Hinter der Bank lag, nur ganz nachlässig mit Laub zugedeckt, ein Mann.

Renald umarmte sie und zog sie fort. »Ganz ruhig, meine Liebe.«

Claire versuchte sich zu beruhigen. »Er sieht aus … er sieht aus … wie mein … Vater!«

Er drückte sie fester an sich. »Ist es vielleicht ein Verwandter?«

Sie schüttelte ungeduldig den Kopf. »Er ist tot!«

Ihr Kopf lag an seiner nassen Brust. »Ganz ruhig, meine Liebste. Er kann dir nichts tun.«

Der Schauder ließ langsam nach. Claire schluckte.

»Es tut mir leid. Normalerweise bin ich nicht so zimperlich. Ich habe schon Tote gesehen. Aber …«

»Du hast dich erschrocken.« Er strich ihr beruhigend über den Rücken. »Es hat dich wieder an den Tod deines Vaters erinnert. Das verstehe ich. Komm, ich bringe dich in die Halle zurück.«

Sie riß sich zusammen. »Nein. Ich bin jetzt ganz ruhig. Ich habe ihn nicht erkannt, weil ich nicht versucht habe, ihn genau anzusehen. Aber es muß einer unserer Leute sein.«

»Oder der Bedienstete eines Gasts.«

Sie hatte völlig vergessen, daß die Halle voller Menschen war. »Wir müssen nur nachsehen, wer er ist. Wir können ihn nicht dort liegenlassen.«

Er schaute sie prüfend an. Dann nickte er. »Also gut.«
Er legte den Arm um sie und führte sie zur Bank zurück. Es war schon dämmerig. Durch das trockene Laub schimmerte das schaurige, starre Gesicht eines Mannes. Claire biß die Zähne zusammen, bückte sich, um etwas davon beiseite zu räumen. Sie hielt die Luft an. »Aber … Das ist Ulric, der Diener meines Vaters.«
Renalds Griff wurde fester.
»Ich habe mich schon gefragt, wo er ist. Warum er nicht auch zurückgekommen ist … zusammen mit meinem toten Vater. Er ist nie von der Seite seines Herrn gewichen.« Sie schaute Renald an. »Ist er in derselben Schlacht gefallen?«
Renald ließ sie los, kniete nieder und befreite den Leichnam von Blättern und Unrat. »Nein. Er ist später gestorben.«
Dann hob er langsam seine Hände. Sie waren dunkel.
»Blut?« flüsterte Claire.
»Blut.«
Sie erstarrte, als sie an das Blut an der dunklen Klinge dachte. Sie trat einen Schritt zurück.
»Claire. Ich habe damit nichts zu tun.«
Sie starrte ihn an. Sie versuchte, trotz ihrer Panik die Wahrheit zu erkennen.
»Dieses Blut ist noch ganz frisch«, sagte er ruhig und schaute sie unverwandt an. »Er kann erst ganz kurz, bevor wir hier angekommen sind, getötet worden sein. Lange nachdem du das Blut auf meinem Schwert gesehen hast.«
Das war sicher richtig. Claire fuhr sich mit den Händen übers Gesicht. »Es tut mir leid. Was solltest du auch für einen Grund haben, den armen Ulric umzubringen?«
»Welchen Grund könnten andere haben?«
Sie machte einen Schritt nach vorn. »Könnte es ein Unfall gewesen sein?«
Renald stand auf und wischte sich seine Hände mit Laub ab. »Ich wüßte nicht, wie. Er ist scheinbar sehr schnell gestor-

ben, und ich sehe kein Messer. Nein, Claire, ich befürchte, es gibt eine Schlange im Paradies. Heute abend ist hier ein Mord geschehen.«

Er sah genauso betroffen aus wie sie. Und er hatte gute Gründe. Er hatte von einer Schlange gesprochen, einer, die das zerbrechliche Paradies geraubt hatte, das sie erst gerade gefunden hatten.

»Wir können morgen nicht heiraten«, sagte Claire, ohne nachzudenken.

Renald ging zu ihr. »Weil ein Bediensteter gestorben ist? Claire, wir haben es schon angekündigt.«

»Wir können unsere Meinung ändern. Die Leute werden das verstehen.«

»Werden sie das? Ich nicht. Kurz nach dem Tod deines Vaters zeigst du dich als glückliche Braut, aber wegen des Todes eines Bediensteten soll die Hochzeit verschoben werden? Wo ist da der Sinn?«

Es gibt keinen, dachte sie. »Aber es ist hier passiert. Hier, auf Summerbourne.«

»Ja, das ist beunruhigend.« Er nahm sie in die Arme. »Aber wir werden herausfinden, wer es war. Vielleicht war es ein Streit unter den Hofleuten.«

»Aber Ulric war nicht hier! Ich meine, niemand wußte, daß er hier war. Wann ist er angekommen? Wo war er die ganze Zeit?«

»Sei ganz ruhig.« Er streichelte sie. »Wir werden das alles herausfinden, und es wird sich alles als ganz harmlos herausstellen. Es wird sich nicht auf unsere Hochzeit auswirken.« Er hob ihr Kinn an. »Hab Mitleid mit mir, Claire. Ich möchte nicht warten.«

Ein Stück vom Paradies kehrte zurück und mit ihm auch ihr Hunger. Auch sie wollte nicht warten. Es erschien ihr herzlos, während Ulric tot zu ihren Füßen lag, aber sie wollte sich morgen mit diesem Mann vereinen.

»Also gut.«
Er küßte sie. »Laß uns gehen und diese Angelegenheit in die Hände Eures melancholischen Sheriffs legen. Er ist dafür zuständig. Und das paßt auch viel besser zu ihm als Verlobungsfeiern.«
Sie mußte lächeln, weil seine Worte so wahr waren. Es würde Eudos Stimmung keineswegs heben, wenn man ihn zu einem Mordfall rief, aber vielleicht wäre er ganz erleichtert, sich die Festlichkeiten nicht noch länger anschauen zu müssen.
Lady Margret kam auf sie zu und schüttelte den Kopf. »Ein Mord. Ihr habt sicherlich nicht gedacht, daß Eure Verlobung so ungewöhnlich sein wird.«
Claire verdrehte die Augen. »Zumindest nicht so.«

Renald betrachtete Claire, während sie mit ihrer Freundin sprach, und widerstand der Versuchung, sich in ihre Nähe zu begeben und zuzuhören, worüber die beiden sprachen. Lady Margret konnte es nicht wissen. Soweit er wußte, konnte es niemand außer dem Grafen wissen. Und der hatte viel zuviel Angst vor dem Zorn des Königs, als daß er sein Wissen preisgeben würde.
Aber es war noch gerade gutgegangen. Renald hatte den Grafen von Salisbury noch einmal daran erinnert, daß der König sehr verärgert sein würde, wenn irgend etwas diese Heirat verhindern würde. Aber Renald hatte Verständnis für den Grafen. Er konnte nicht böse auf jemanden sein, der sich um Claire sorgte.
Aber bald hatte er sie ganz fest im Griff, und er würde sich durch nichts aufhalten lassen.
Nur noch das Ehegelübde und die Hochzeitsnacht, dann würden sie in alle Ewigkeit miteinander verbunden sein.
Gott sei Dank hatte Ulric nicht mehr mit ihr sprechen können.

14. Kapitel

Claire wachte am nächsten Morgen, dem Tag ihrer Hochzeit, nervös auf. Aber wahrscheinlich war jede Braut an diesem Tag nervös. Als sie am Abend zu Bett gegangen war, hatte man noch nichts über Ulrics seltsamen Tod herausgefunden. Claire war entschlossen, sich davon nicht den Tag verderben zu lassen. Es wäre ihr lieber gewesen, man hätte den Schuldigen bereits gefunden und die Angelegenheit abgeschlossen. Soweit sie wußte, hatte Eudo nur herausgefunden, daß Ulric während des Festes angekommen und wahrscheinlich in die Große Halle geschlüpft war, um etwas zu essen. Niemand schien zu wissen, wo er gesessen oder mit wem er gesprochen hatte. Und niemand konnte sich vorstellen, wer ihn im Garten umgebracht hatte.

Eudo machte den Eindruck, als ob er nicht glaubte, daß dieser Mord jemals aufgeklärt werden würde.

Claire fiel fast aus dem Bett. Als sie zur Seite schaute, sah sie Margret, die tief schlafend fast den ganzen Mittelteil des Bettes in Beschlag nahm. Nachdem das Haus so viele Menschen beherbergen mußte, konnte sie dieses große Bett nicht für sich alleine beanspruchen. Lady Huguette schnarchte leise auf der anderen Seite vor sich hin.

Es war ein schönes Gefühl. Als wäre es immer in ihrem Leben so gewesen. Drei in einem Bett.

Heute nacht würde es anders sein. Zwei in einem Bett. Nackt und ineinander verschlungen.

Claire hörte vor dem Fenster Stimmen und Pferdegetrappel. Sie schlüpfte aus dem Bett, um zu sehen, was draußen vor sich ging. Erst dachte sie, daß alle gingen! Aber dann entspannte sie sich. Die Männer gingen nur auf die Jagd. Eine gute Idee. Frische Luft und Bewegung vor einem weiteren Festessen. Und wenn sie frisches Fleisch mitbringen würden, wäre das auch nicht schlecht.

Auf dem Boden schliefen die Kammermädchen. Prissy bewegte sich und setzte sich auf. »Oh, Lady. Ihr seid schon wach?«

»Nein. Ich schlafwandle.«

Prissy kicherte und stand auf, um Claire beim Anziehen zu helfen. Bald waren alle auf den Beinen, und der Tag konnte beginnen. Renald hatte für diesen Tag keine Wünsche geäußert, so fühlte Claire sich frei, überall hinzugehen und bei den Vorbereitungen für das nächste Festessen zu helfen. Glücklicherweise war schon fast alles zubereitet. Es mußte nur noch neues Brot gebacken werden.

Alle Frauen wollten helfen, und so war bald alles gerichtet, und sie konnten sich hinsetzen und miteinander plaudern, bis die Männer von der Jagd zurückkamen und die Zeremonie weitergehen konnte.

»Ihr wirkt sehr ruhig«, sagte Lady Margret. »Ich war damals völlig aufgelöst.«

»Ich erinnere mich. Ihr seid rauf und runter gelaufen, habt Euch immer wieder umgezogen. Ihr hattet Angst, daß Lord Alaine nicht kommen würde.«

»Zumindest darüber müßt Ihr Euch keine Gedanken machen.«

»Nein.« Es versetzte ihr einen leichten Stich, daß es Renalds Zuhause war und nicht das ihres Vaters. Aber dann dachte sie an den Vorteil: Sie konnte ihr ganzes Leben hierbleiben, und es gab noch andere Vorteile. Ihre Großmutter war hier geborgen und ihre Mutter beinahe wieder so zufrieden wie früher, getröstet durch die Gegenwart ihrer Nachbarn und Freunde und befreit von Sorgen. Claire wußte nicht, wie

Thomas sich fühlte, da er mit zur Jagd geritten war, aber sie war sicher, daß es ihm schon viel besser ging. Ganz sicher, sie hatte Glück gehabt.

Als sie aus der Ferne Trompetenstöße hörten, sprangen die meisten Frauen auf und liefen in den Hof, um die Männer zu begrüßen und zu sehen, was sie von der Jagd mitbrachten.

Lachend und triumphierend ritten sie durch das Tor, an ihren Sätteln hingen kleinere Tiere, und ein Hirsch lag über einem Packpferd. Claire schaute in seine traurigen toten Augen, und für einen Moment schienen Wolken heraufzuziehen. Aber sie schob sie beiseite. Genug der Albereien. Sie aß gerne Wild.

Renald sprang von seinem Pferd und gab ihr einen herzhaften Kuß. »Hast du mich vermißt?«

»Wegen dieser wenigen Stunden?« Aber sie hatte ihn vermißt, das wurde ihr jetzt bewußt. Summerbourne wirkte leer ohne ihn. »Ich nehme an, daß du oft unterwegs sein wirst. Für den König.«

»Nicht öfter als hier sein, da kannst du ganz sicher sein.« Er schaute sich um. »Erwartet man nicht von uns, daß wir heute heiraten?«

Sie rümpfte die Nase. »Nicht bevor du gebadet hast.«

»Ich stürze mich sofort in den Fluß.«

»Wenn Ihr sauber seid, bin ich auch fertig, Mylord.« Claire rief nach ihren Mädchen und Freundinnen und lief nach oben, um sich umzukleiden.

Sie war schnell für die Kirche umgezogen, wartete mit Prissy und Maria darauf, daß sie hinuntergehen durfte, als die Tür plötzlich aufging und ihre Tanten hereinkamen. Claires erster Gedanke war, daß Felice gekommen war, um Renald als Ehemann für sich zu beanspruchen, aber sie zwang sich zu einem Lächeln. »Felice! Amice! Wie schön. Ihr seid wieder zu Hause.«

»Warum nicht?« Felice warf ihren Umhang mitten in den Raum. »Wir haben von der Verlobung gehört. Jetzt sind wir in Sicherheit. Wir sind gekommen, um bei deiner Hochzeit dabeizusein.«

Claire war sicher, daß ihre Tanten auch von dem blutigen Schwert und dem Toten gehört hatten und daß sie auf weitere Ereignisse gespannt waren. Trotzdem küßte sie beide zur Begrüßung. Sie waren wie Geschwister, und erst ihre Anwesenheit machte das Fest vollkommen.

Amice legte ihre Lagen von Schleiern ab. »Das Kloster ist kein sehr netter Ort. Die Betten sind hart, und das Essen ist eher bescheiden. Ich bin so froh, daß wir nicht dorthin müssen. Oh, Claire, wie kommst du zurecht?«

»Gut, danke.« Claire half ihr beim Auskleiden. »Ich bin sehr froh, euch beide zu sehen.«

»Kein Wunder.« Felice hob Claires Schleier auf und steckte einen Finger durch eines der Löcher. »Es sieht so aus, als ob er schon sein gewalttätiges Wesen gezeigt hat.«

Claire brachte die zarte Seide schnell in Sicherheit. »Ganz und gar nicht.«

»Dann hast du ihn bei Laune gehalten? Seine Männer sagen, er ist ganz fürchterlich, wenn er wütend ist.«

»Dann wird er nicht schnell wütend. Felice, hör auf damit!«

»Ich bin sicher, daß niemand grausam zu Claire sein kann«, sagte Amice. Aber dann fügte sie hinzu: »Seine Männer haben schreckliche Geschichten erzählt, Claire. Wir haben sie hören können.« Sie errötete und flüsterte: »Nicht nur über seine Zornausbrüche. Auch über seine Lust.«

Claire wußte, daß sie beide zum Schweigen bringen sollte, aber sie wollte mehr wissen. »Lust?«

»Zwei- oder dreimal in einer Nacht«, sagte Felice.

»Und das schreckt dich ab?«

Felice errötete. »Ich habe nicht die Absicht, mich auch nur einmal aufreißen zu lassen. Erst recht nicht dreimal!«

»Aufreißen?«
»Hast du das noch nicht bemerkt? Er ist riesig. Nur wenige Frauen können das aushalten. Aber ihm ist das sicher egal.«
»Das kann nicht sein.«
»Seine Männer haben mit seinen außerordentlichen Qualitäten geprahlt. Sie haben von den Schreien seiner Opfer erzählt.«
»Oh, Claire!« Amice betupfte ihre feuchten Augen. »Was wirst du nur tun?«
Obwohl sie erschüttert war, wollte Claire Felice diese Genugtuung nicht gönnen. »Ihn heiraten. Ich glaube solch einen Blödsinn nicht. Aber ich wäre jetzt gerne alleine.«
»Natürlich«, sagte Felice, blieb aber unbeweglich stehen. »Ich dachte, du würdest gerne Neuigkeiten über Imogen von Carrisford hören.«
»Das weiß ich schon. Sie hat FitzRoger von Cleeve geheiratet.«
»Bastard FitzRoger. Ein schreckliches Schicksal für ein so süßes und reizendes Mädchen.«
»Felice, das will ich nicht wissen!«
»Er hält sie auf seinem Schloß gefangen.«
»Warum? Was ist mit ihr passiert?«
»Warum? Weil sie versucht hat, vor seiner Grausamkeit zu flüchten. Und weißt du, wer ihr Gefängniswärter war?« Bevor Claire auch nur ein Wort sagen konnte, fügte Felice hinzu: »Renald de Lisle.«
Als Claire einfach nur dastand, sagte Felice: »Ich nehme an, daß sie jetzt einige Freiheiten hat, aber erst, nachdem sie einige Hiebe bekommen hat.« Sie tätschelte Claires Wange. »Es ist sicher das beste, wenn du brav und zurückhaltend bist, Claire, und deinem Ehemann keinen Wunsch abschlägst, egal, wie schmerzvoll es für dich sein wird. Komm, Amice, wir müssen nach unten gehen. Claire möchte alleine sein.«

»Dummes Zeug«, sagte Prissy, die an Claires Kleid herumzupfte. »Ihr solltet nicht ein Wort davon glauben, Lady.«
»Das über Imogen muß stimmen«, flüsterte Claire. »Das kann Felice sich nicht ausgedacht haben.«
»Gerüchte sind eine seltsame Angelegenheit, Lady«, sagte Maria. »Vielleicht hatten sie einen Streit, und die Tratschereien haben das daraus gemacht.«
»Zudem solltet Ihr nur das glauben«, sagte Prissy, »was Ihr selbst über einen Menschen wißt. Würdet Ihr behaupten, daß Lord Renald ein harter, grausamer Mensch ist?«
Claire konnte ihre Zukunft wieder rosiger sehen.
»Nehmt nur einmal die Sache mit dem Dreimal-pro-Nacht«, fuhr Prissy fort. »Lord Renald hatte noch keine Frau, seitdem er hier ist. Habe ich gehört.«
»Aber er ist erst drei Tage hier.«
»Aber wenn er so gierig danach wäre und ebenso rücksichtslos, würde er hier genügend bereite Frauen finden. Es haben schon eine Menge ein Auge auf ihn geworfen. Das stimmt.«
Claire lachte erleichtert auf. Schlangen im Paradies. Sie hatte selbst gesehen, wie die Mägde in der Molkerei ihn angeschaut hatten. Und wenn er eine dieser Aufforderungen angenommen hätte, hätte sie bestimmt davon gehört, und ganz sicher hätte sie erfahren, wenn er die Frauen dabei verletzt hätte.
»Ich sollte eigentlich mittlerweile wissen, daß ich Felice kein Wort glauben kann.«
Prissy klopfte ihr auf die Schulter. »Es ist ganz normal, daß Ihr nervös seid. Denkt daran«, fügte sie zwinkernd hinzu, »wenn Ihr ihn nicht in Eurem Bett haben wollt, gibt es genügend Frauen, die gerne Euren Platz einnehmen werden.«
Ihre Mutter kam herein und lächelte. »Es ist soweit, mein Schatz.« Sie nahm Claire in die Arme und küßte sie. »Ich

glaube, heute ist der schönste Tag meines Lebens. Alles scheint vollkommen zu sein.«

Claire erwiderte mit zitternden Lippen die Umarmung. Ja, erstaunlicherweise schien alles vollkommen zu sein. Sie brauchte einen Moment, um sich zu sammeln, dann nahm sie ihren Seidenschleier und steckte ihn mit einem juwelenbesetzten Reif fest. Daraufhin ging sie mit ihrer Mutter in die Große Halle, in der ihre Tanten warteten, um sie in die kleine Hofkirche zu begleiten.

Wie es die Sitte verlangte, hatten sich alle versammelt, um ihr Ehegelübde zu bezeugen. Claire nahm ihren Platz vor dem Bischof ein und lächelte Renald de Lisle an. Mit fester Stimme versprach sie, ihn zu ehren und ihm zu folgen und sich um sein körperliches und geistiges Wohlergehen zu kümmern. Wie schön es war, diese Worte aufrichtig sprechen zu können. Dann gab er ihr sein Versprechen und steckte ihr den Verlobungsring von der rechten auf die linke Hand. Er küßte den Ring und lächelte. Alle jubelten, aber Claire hörte es kaum, denn sie war ganz in den Anblick seiner warmen Augen versunken.

Nein, das hatte sie niemals erwartet. Aber es war wunderbar.

Und es waren nur noch einige Stunden hin bis zur Nacht.

Sie liefen Hand in Hand ins Herrenhaus, während sie von einer fröhlichen Menschenmenge mit Blumen und Korn beworfen wurden. Dann wurden sie zu einem Tanz genötigt, dem Hochzeitstanz für sie ganz alleine, einem Tanz zwischen Jäger und Gejagter. Der Tanz endete, als er sie fing, sie in seinen Armen herumwirbelte und sie zu ihrem Platz an der Tafel trug.

Er steckte ihr immer wieder Häppchen zu und wollte, daß sie den Wein mit Wasser vermischt trank. »Ich möchte, daß du heute nacht alle Sinne beisammenhast, meine Liebe.«

Aber Claire taumelte auch ohne Wein. Sie gab ihm zu essen und küßte die Reste von seinen Lippen. Bodenakrobaten sprangen herum, Feuerschlucker und Zauberer traten auf, die Sachen verschwinden und wieder auftauchen ließen, aber Claire und Renald nahmen kaum Notiz von ihnen.
Schließlich endete das Mahl, alle gingen nach draußen in den Sonnenschein hinaus vors Tor, um im Gras zu tanzen und sich in sportlichen Wettkämpfen miteinander zu messen.
Renald war an Claires Seite, aber dann verwickelte man ihn in einen Ringkampf. Eine der Frauen rief: »Zerrt Euch nichts vor einer solchen Nacht!«
Er lachte und warf seinen Gegner mit Leichtigkeit zu Boden. Dann wollten alle Männer mit ihm trinken. Renald schaute sehnsüchtig zu Claire zurück, ließ sich aber von den Männern anstecken. Es war ja nur für kurze Zeit. Der Tag war noch lang.
Claire setzte sich mit ein paar Frauen in den Schatten eines Baumes und plauderte vergnügt über Babys und andere Alltäglichkeiten. Dann schlenderte sie in die Nähe des Platzes, wo Renald und ein paar Männer mit einem Stoffball ein Ziel zu treffen versuchten. Er war nicht besonders gut. Es machte ihn liebenswert, zu sehen, daß er nicht in allen Dingen perfekt war.
»Ein gutaussehender, junger Mann.«
Claire drehte sich um und sah Sheriff Eudo an ihre Seite treten. Sie war nicht in der Stimmung, um über Mordtaten zu sprechen, aber sie lächelte und schob den Groll beiseite, den sie, was seinen Beitrag am Tod ihres Vaters anging, gegen ihn hegte. Es war nicht recht, Eudo die Schuld zu geben. Lord Clarence war von Anfang an darüber erbost gewesen, daß Heinrich Beauclerk die Krone an sich gerissen hatte. Eudo war zweifelsohne ebenso betroffen gewesen wie jeder

andere auch, als ihr sanftmütiger Vater ihre theoretischen Erörterungen in die Tat umgesetzt hatte, in eine katastrophale Tat.

Er sprach mit ihr über Literatur.

»Ich sehe, daß Euch heute nicht der Sinn nach geistigen Dingen steht.«

Claire errötete, als sie bemerkte, daß ihre Aufmerksamkeit Renald galt, der etwas mit einem Schwert zum besten gab.

»Es tut mir leid ...«

»Aber nein. Ich muß mich entschuldigen, daß ich Euch mit solch trockenen Dingen langweile, während Euch ganz anderes durch den Kopf geht. Er scheint auf seine Art ein guter Mann zu sein. Ich freue mich zu sehen, daß es trotz des Schmerzes Freude gibt.«

»Übrigens«, fügte er hinzu, »ich habe ein paar Dienstboten gefunden, die Ulric in der Großen Halle gesehen haben. Er saß allein.«

Claire runzelte die Stirn. »Wie seltsam. Schließlich hätte er doch zumindest uns mitteilen müssen, daß er wieder zu Hause ist.« Und dann hätte sie mit ihm reden können. Und hätte etwas über die letzten Tage ihres Vaters erfahren können.

»Es schien ihm wohl nicht der rechte Augenblick zu sein. Schließlich konnte er nicht wissen, daß er sterben würde.«

»Das stimmt.« Niemand kannte die Stunde seines Todes, und deshalb sollte man den Augenblick genießen. Sie war drauf und dran, zu Renald zu gehen, um die Freude ihres Augenblicks mit ihm zu genießen, als ein Bewaffneter angelaufen kam und vor Eudo niederkniete. »Ich bitte um Verzeihung, Lord Sheriff. Aber ich habe etwas, das Ihr erfahren solltet.«

»Ja? Was?«

»Wir haben Ulrics Gepäck gefunden, Mylord. In einer Ecke des Hauses, bei der Treppe. Zumindest haben wir gedacht, daß es seins ist.« Er hielt ihm einen ramponierten Ledersack hin.

»Ja, er gehört ihm«, sagte Claire und wollte ihn an sich nehmen. Sie mußte mit feuchten Augen lächeln, als sie etwas sah, das so eng mit ihrem Vater verbunden gewesen war. »Er hatte die persönlichen Sachen meines Vaters in ...«

Eudo ergriff den Sack, bevor sie ihn nehmen konnte.

»Eudo! Wir sollten ihn meiner Mutter geben.«

Der Sheriff hielt ihn in der Hand, als wollte er sein Gewicht abschätzen. »Lady Claire, ich muß erst einen Blick hineinwerfen, um zu sehen, ob sich darin etwas befindet, was Aufschluß über Ulrics Tod geben kann.«

»Wie ...«

Aber er kniete schon und zog bereits Unterwäsche heraus, ein Paar Schuhe, ein paar Münzen und ein Buch. Ihr Vater hatte immer ein Buch bei sich.

Nein, es war kein Buch!

Claire bückte sich, um es in die Hand zu nehmen. Ihre Hände trafen sich auf Holzdeckeln, die die losen Pergamentblätter zusammenhielten. »Es ist das Tagebuch meines Vaters«, sagte sie mit klopfendem Herzen. »Es hat nichts mit Ulric zu tun. Er konnte nicht lesen und schreiben.« Sie umschloß das Tagebuch mit ihren Fingern und schaute Eudo an. »Es bedeutet mir und meiner Familie sehr viel.«

Er schaute weg, aber umklammerte immer noch das Tagebuch, als würde er es mit seinem Leben verteidigen. »Seine täglichen Aufzeichnungen, die über jede Kleinigkeit Auskunft geben? Ich erinnere mich daran. Ich sollte es wirklich ...«

»Nein.« Erstaunt hörte Claire, daß sie denselben bestimmten Ton anschlug wie Renald. Und Eudo ließ das Buch los.

Claire stand auf und preßte das Tagebuch fest an ihre Brust. »Es ist etwas sehr Besonderes. Es enthält seine letzten Worte und Gedanken. Das müßt ihr verstehen.«

Und wahrscheinlich – wurde ihr plötzlich klar – enthielt es auch die Erklärung für seinen Tod. Bald würde sie es wissen, mitgeteilt durch die eigenen Worte ihre Vaters.
Eudo starrte das Buch immer noch an, als würde es für ihn ebenso kostbar sein wie für sie. Am liebsten hätte er es ihr entrissen. »Ihr seid närrisch. Es enthält möglicherweise sehr Wichtiges.«
»Nur ...«
»Ich bestehe darauf ...«
»Nein.« Sie ging außer Reichweite. »Der erste, der diese Worte hört, soll meine Mutter sein.«
Claire eilte davon, bevor er weiterreden konnte. Was glaubte er denn, was sie mit dem Tagebuch tun würde? Es etwa vernichten?
Sie fand ihre Mutter mit zwei Freundinnen im Garten. Sie ging direkt auf sie zu und drückte ihr das Tagebuch in die Hände. »Es ist Vaters. Ulric hatte es bei sich.«
»Sein Reisetagebuch?« Ihre Mutter strich über die Holzdeckel. »Was kann es uns schon Gutes mitteilen?«
Diese Reaktion hatte Claire nicht erwartet. »Du kennst Vater. Er hat aus allem eine gute Geschichte gemacht.«
»Aus Verlust und Tod?«
Claire nahm das Buch zurück.
»Es tut mir leid ...«
»Nein.« Lady Murielle versuchte zu lächeln. »Warum liest du uns nicht ein wenig vom Anfang vor?«
Ihre Mutter hatte recht. Das Tagebuch würde sie nur betrüben, und dafür war es nicht der richtige Tag. Sie öffnete die Schließe und schlug die erste Seite auf. Es berührte sie freudig und auch sehr schmerzhaft, als sie die Kleckse auf den Seiten sah. Er war immer viel zu ungeduldig gewesen, wenn er seine Gedanken niederschrieb, so daß seine Seiten niemals ordentlich aussahen. Claire hatte es geliebt, seine Aufzeichnungen säuberlich ins reine zu schreiben.

»Wenn es zu schwer für dich ist, Claire, mache dir keine Gedanken darüber«, sagte ihre Mutter. »Schließlich ist heute dein Hochzeitstag.«
Claire schluckte, schüttelte den Kopf und begann, im schwächer werdenden Abendlicht die vertraute Schrift zu entziffern. *»Die Gnade ... des Sommers wurde auch dem Heim unseres einfachen Helden geschenkt und brachte seinem Herzen – oh – große Freude ...«* Sie hielt inne. »Das scheint eher eine Geschichte und kein Eintrag zu sein.«
»Eine neue Geschichte«, sagte ihre Mutter erleichtert. »Das ist wirklich eine Kostbarkeit. Lies weiter.«
»... große Freude, aber auch Sorge, denn er wußte, daß ihn sein – da kann ich ein Wort nicht lesen – *Unternehmen fortführen würde, so weit, daß er vielleicht niemals* den was? *den Weg zurückfinden würde zu denen, die er liebte und die ihn stärker liebten, als er es verdiente. Aber entschlossen betete das unerschrockene Kind Sebastian* – oh.«
»Oh«, sagte auch ihre Mutter. »Wieder eine Geschichte von ihm. Das ist eine schöne Geschichte, aber wir kennen sie alle bereits auswendig.«
Claire überkam das Gefühl von einem ungeheuren Verlust. Sie würde doch nicht durch ihren Vater erfahren, wie seine letzten Tage gewesen waren. Und da Ulric auch nicht mehr lebte, würde sie es wohl niemals erfahren. Sie fürchtete, ihre Stimme würde zittern, schlug das Büchlein zu und verschloß es wieder. »Das können wir ein anderes Mal lesen, Mutter. Ich lege es zu den anderen Büchern.«
»Ja, mein Schatz, tu das. Und dann geh und genieß deinen Hochzeitstag.«
Claire kämpfte gegen die aufsteigenden Tränen an, als sie davoneilte – und gegen eine kräftige Brust prallte.
»Was?« sagte sie bissig zu Renald. »Was ist jetzt schon wieder los? Läufst du mir immer hinterher?«
»Wie sollte ich dir widerstehen, meine Liebste?« Er zog sie

von den neugierig Zuhörenden fort, legte den Arm um sie und fragte: »Was hat dich so verwirrt, Claire?«
»Nichts.«
»Das bezweifle ich.«
»Nichts Wichtiges.« Sie versuchte, sich von ihm zu befreien, aber er hielt sie fest.
»Für dich ist es wichtig, daher also auch für mich. Geht es um dieses Buch?«
»In gewisser Weise.«
»Was ist das?«
Sie seufzte. »Es gehört Vater. Ulric hatte es bei sich. Ich dachte, es wäre Vaters Tagebuch, in dem er alle Ereignisse festhält. Aber er erzählt darin nur noch einmal eine seiner Geschichten.«
»Ist das nicht wertvoll?«
»Doch. Es ist das erste Mal, daß er selber versucht hat, eine Geschichte aufzuschreiben. Wir können sie alle auswendig. Mir wäre es lieber gewesen, wenn ich seine Gedanken und die Ereignisse seiner letzten Tage lesen könnte.«
»Das verstehe ich.«
Claire spürte, wie wohl ihr sein warmer Körper in ihrer Trauer tat. Wie kostbar war es, einen solchen Zufluchtsort zu haben. Er senkte den Kopf und küßte ihre Lippen, nicht leidenschaftlich, sondern voller Zärtlichkeit und Anteilnahme. Ein wohlbringender Kuß. Dann aber wurde er heißer als nötig.
Als er seinen Mund von ihr löste, schaute er mit seinen dunklen Augen zu ihr hinunter. »Meine Frau.«
»Ja.«
Er lachte etwas unsicher. »Bald. Es ist bald soweit, daß die Frauen dich zu Bett bringen werden. Und dann werden die Männer mich zu dir bringen.« Seine Lippen zuckten. »Es muß irgend jemand einmal gedacht haben, daß ein Ehepaar nicht den Weg zueinander finden würde.« Er

nahm ihre Hand. »Ich glaube, das geht auf die Römer zurück.«
Nicht nur die Hände ineinander verschlungen, gingen sie zurück zur Halle. »Damals haben die Eheleute ihren Weg nicht gefunden?«
»Nein, der Ehemann hat so getan, als würde er seine Frau entführen. Die Männer ihrer Familie haben versucht, sie zu beschützen, während die Männer seiner Familie sie abwehrten.«
Er schaute sie an. »Vielleicht war das nicht immer nur ein Spiel. Auch heute noch werden Bräute einfach genommen.«
»Erbfolgerinnen.« Sie spürte, daß ihr Glück durch einen Stachel, einen kleinen, aber spürbaren Stachel getrübt wurde. »Hat dein Freund FitzRoger Imogen von Carrisford so genommen?«
Er zog die Brauen hoch. »Ganz und gar nicht. Sie ist zu ihm gegangen, weil sie seine Hilfe brauchte.«
»Aber wollte sie ihn heiraten?«
»Sie ist aus freiem Willen durch die Kirchentür gegangen.«
Es war schwer zu glauben, aber es war wohl die Wahrheit. Vielleicht war Imogen genauso wie sie gedrängt worden.
»Ich habe gehört, daß er sie geschlagen und sie gefangen gehalten hat. Mit dir als Aufpasser.«
»Hast du auch gehört, daß sie ihn zu Boden geschlagen hat?«
»Imogen?« Claire blieb stehen und starrte ihn an. Sie hatte das Mädchen als reizend und hübsch in Erinnerung und als eine Person, die sich für nichts anderes als den Schnitt ihrer Kleider interessierte.
»Imogen. Die zarte Blume des Westens. Weißt du, es ist Verrat, seinen Ehemann anzugreifen, ganz besonders, wenn er ein Vasall des Königs ist.«
Claire schlug ein Kreuz. »Was ist mit ihr passiert?«
»Das ist zu kompliziert, als daß ich es dir jetzt erzählen

kann. Aber glaub mir – Imogen ist auf Carrisford sicher und auch nicht unglücklich mit ihrem Schicksal. Ich hoffe, wir werden sie bald besuchen. Dann kannst du sie selber fragen.«
Sie betrachtete ihn. Er schien die Wahrheit zu sagen. »Aber FitzRoger ist ein furchteinflößender Krieger.«
»Wie ich. Bist du unglücklich mit deinem Schicksal?«
Sie mußte nein sagen.
»Wir mußten beide kämpfen, um zu überleben, Claire, um aus den Abgründen herauszukommen, in die das Schicksal uns gestoßen hatte. Vielleicht werden unsere Seelen eines Tages dafür zur Rechenschaft gezogen. Aber keiner von uns hat grundlos getötet oder nur aus Freude Schmerzen zugefügt.«
»Aus Freude?«
Er streichelte ihre Wange. »Ach, Claire. Du lebst ein behütetes Leben hier, aber draußen sind Wölfe.«
»Drinnen auch.« Die Worte entschlüpften ihr, bevor sie etwas dagegen tun konnte.
Er nahm sie wieder in die Arme und schaute ihr tief in die Augen. »Hast du denn Angst vor der Gefahr?«
Sie mußte die Wahrheit sagen und flüsterte: »Nein.«
Er küßte sie – eine glühende Verheißung dessen, was sie Gefährliches erwarten würde. Dann schob er sie in die mit Trubel erfüllte Halle. »Geh. Such jemanden, der uns in unser Bett trägt.«

15. Kapitel

Mit zitternden Knien ging Claire weiter. Als sie noch einmal nach draußen schaute, sah sie, daß die Sonne bereits fast untergegangen war und die Welt in Gold, Rot und Schwarz tauchte, Farben, die die verwirrende Hitze widerspiegelten, die in ihr tobte. Das gefährliche Bett …

Sie hielt irgend etwas fest in der Hand. Als sie hinschaute, sah sie das Buch ihres Vaters. Sie hatte versprochen, es zu den anderen Büchern zu legen, aber sie konnte jetzt nicht in das Sonnenzimmer gehen – ins Hochzeitszimmer –, ohne gegen die Sitten zu verstoßen. Sie mußte warten, bis man sie dorthin führte. Sie sollte unwillig wirken, nicht lüstern.

Sie entdeckte Thomas und ergriff die Gelegenheit, auf andere Gedanken zu kommen. Sie ging zu ihm und zeigte ihm das Tagebuch. Er zeigte ebensowenig Begeisterung wie ihre Mutter, aber aus anderen Gründen. Er mochte keine Bücher. Er wollte unbedingt zu seinen Freunden zurück, die gerade ein Murmelspiel machten.

Claire hielt ihn zurück. »Bist du mir jetzt nicht mehr so böse?«

Er verzog das Gesicht. »Ich sehe, daß das nicht deine Schuld ist. Und er kann auch nichts dafür, was passiert ist.«

Claire schickte ein erleichtertes Gebet zum Himmel. »Ich werde niemals aufhören, dich zu lieben, Thomas.«

Er war sichtlich verlegen, dann aber schaute er sie besorgt an. »Ich will hier nicht weg, Claire.«

Sie seufzte, konnte ihm aber nichts außer der Wahrheit sagen. »Ich wünschte, ich könnte dir versprechen, daß du das auch niemals mußt, mein Schatz. Aber es geht nicht. Ich werde alles für dich tun. Das ist alles, was ich dir versprechen kann.«

»Josce sagt, es wäre das beste, wegzugehen. Und daß es mir beim König gefallen wird.«

Guter Knappe! »War Josce beim König?«

Ein Bursche schrie herüber: »Thomas, du bist dran! Komm schon!«

Ihr Bruder ging. »Ja. Und Josce ist in Ordnung.« Mit diesem hohen Lob auf den Lippen rannte er davon.

Claire lächelte. ›In Ordnung‹ bedeutete, daß Josce in Thomas' Hierarchie gleich hinter dem lieben Gott kam. Ihr Bruder machte Fortschritte. Er war noch nicht glücklich, und die Veränderungen waren schmerzhaft für ihn – und würden es vielleicht auch immer bleiben –, aber sein Schmerz begann zu vergehen.

So. Es war soweit. Lady Margret würde sie in ihr Bett bringen. Claire schaute sich in der vollen Halle um, um ihre Freundin zu suchen. Dann wurde ihr klar, daß Margret sie wahrscheinlich auch schon suchte, und kehrte deshalb zu ihrem Platz an der Tafel zurück, wo sie sicher schon erwartet wurde. Dort sah sie Renald sitzen, der fragend die Augenbrauen hochzog, als suche er eine Antwort auf ihre Verspätung.

Claire nahm einen Schluck Wein, um sich zu beruhigen. *Kommt endlich, Lady Margret!*

Als sie ihren Blick durch die Halle wandern ließ, nahm der Sheriff das Buch an sich, das sie vor sich hingelegt hatte.

»Lord Eudo!«

Er löste die Schließe mit ungeduldigen Fingern. »Eure Mutter hat sicherlich ihre Lektüre für heute beendet.«

»Da steht nichts drin.«

Er hielt inne. »Die Blätter sind leer?«

»Nein. Aber es ist nicht das Tagebuch. Er hat diesmal scheinbar keines geführt. Statt dessen hat er eine seiner Geschichten niedergeschrieben. Über das unerschrockene Kind Sebastian.«
Er öffnete das Buch und schaute die erste Seite finster an. »Das ist ja eine fürchterliche Schrift.«
»Vater hat sich nie Zeit gelassen, ordentlich zu schreiben.«
Eudo ging näher an ein Fenster und schnitt eine Grimasse, während er versuchte, sich einen Überblick zu verschaffen. Dann schlug er die letzten Seiten auf. Claire wollte protestieren, denn sie wollte nicht, daß er Stellen las, die sie noch nicht kannte, aber er war schon dabei. Offensichtlich fand er nichts Spannendes. Er klappte das Buch zu und verschloß es. »Wie Ihr gesagt habt, Lady Claire. Nichts. Aber es ist etwas, was Ihr aufbewahren solltet.«
Sie nahm das Buch an sich und rückte die Schließe noch einmal ordentlich zurecht, um zu zeigen, daß das Buch ihr gehörte, ihr und ihrer Familie. »Ich werde es ordentlich abschreiben. Vielleicht wollt Ihr es dann lesen.«
»Aber selbstverständlich. Lord Clarence war mir ein teurer Freund.«
Als er fortging, wirkte er auf Claire sehr heiter und unbekümmert. Sie betrachtete das Buch und fragte sich, was Eudo befürchtet hatte, darin lesen zu müssen.
Er hatte die letzte Seite gelesen. Sie glaubte nicht, daß sie etwas Wichtiges finden würde, öffnete aber das Büchlein. Die Schrift war beinahe ordentlich, so als hätte ihr Vater Zeit und eine gute Unterlage gehabt.
Und da stand das unerschrockene Kind über der Leiche des mächtigen Gegners, strahlend in der Kraft, die ihm Gott der Herr verliehen hatte. Aber es rannen Tränen aus den Augen des Helden. Tränen der Trauer, weil er gezwungen worden war zu töten, und Tränen, weil er einen solchen Mann hatte töten müssen.
Sie las die Worte noch einmal. So hatte die Geschichte bisher

niemals aufgehört. Sebastian hatte niemals über den Tod des Tyrannen geweint …

Wieder wurde ihr das Buch entwendet. »O nein, das tut Ihr nicht«, sagte Lady Margret. »Bräute vertiefen sich in ihrer Hochzeitsnacht nicht in Bücher. Und man erwartet nicht, daß sie so finster dreinschauen.«

»Margret! Seid vorsichtig.«

Ihre Freundin gab ihr lachend das Buch zurück. »Was ist das denn?«

Claire erzählte es ihr und gestand ihr auch, wie enttäuscht sie darüber war, daß es eine Geschichte und kein Bericht über die Rebellion war.

»Nun, Ihr wißt«, sagte Margret, während sie nach einer Leckerei griff und davon naschte, »daß Euer Vater davor noch nie gekämpft hat, zumindest nicht, seit er ein Jüngling war. Wenn Lord Alaine Waffen tragen muß, kann ihn eine ganz seltsame Stimmung überkommen. Manchmal kommt er strahlend nach Hause – das, was Männern gefällt, ist schon eigenartig. Aber manchmal hat er so einen Blick … Vielleicht sah Euer Vater die andere Seite der Helden.«

Claire schaute ihre Freundin überrascht wegen ihres Verständnisses an. »Das würde erklären, warum er eine neue Fassung schrieb. Um das zu verarbeiten, was er über den Kampf und die Kämpfer erfahren hatte.« Sie strich über das Buch. »Das macht es viel wertvoller, denn es zeigt, wie diese Erfahrungen Vater verändert haben.« Sie begann das Büchlein wieder zu öffnen.

Margret griff wieder danach. »O nein, nicht! Nicht heute abend.«

Claire versuchte, es wieder zu ergattern, und während sie spielerisch miteinander rangen, fielen einige Seiten zu Boden. Graf Salisbury hob sie auf.

»Reizende Damen streiten sich um ein Buch«, sagte der

Graf, während er Claire die Seiten reichte. »Das scheint ein interessanter Band zu sein.«
Sie klopfte die Seiten ab und legte sie wieder an die richtige Stelle. »Es ist ein ganz besonderer. Die letzten Aufzeichnungen meines Vaters.«
»Sein Tagebuch?«
Sie schaute ihn erstaunt an. »Ihr wißt davon?«
»Als wir uns versammelten, um Herzog Robert zu unterstützen, sah ich ihn jeden Tag in das Buch schreiben. Es muß interessante Aspekte dieser traurigen Affäre enthalten.«
Claire schloß das Büchlein sorgsam. »Interessant, ja. Aber es ist kein Tagebuch. Aus irgendwelchen Gründen hat er sich entschlossen, seine Lieblingsgeschichte niederzuschreiben, die vom unerschrockenen Kind Sebastian.«
»Ja, ich erinnere mich, daß er sie eines Abends erzählt hat. Eine verrückte Geschichte.« Er schaute das Buch stirnrunzelnd an. »Wo habt Ihr es her?«
»Es war im Gepäck von Ulric. Das einzige von Interesse.«
»Und das Buch kann keinen Hinweis auf Ulrics Mörder geben? Das ist ein seltsames Rätsel, das vielleicht niemals gelöst werden wird. Sheriff Eudo hat vor gar nicht langer Zeit auch einen Diener verloren. Und die Mörder sind auch nicht gefunden worden.«
»Das scheint nicht so ungewöhnlich zu sein, Mylord.«
»Ungewöhnlich genug. Die meisten Mörder sind offensichtliche Verbrecher, die sich in Momenten der Angst oder Eile verraten. Aber im Falle des Sheriffs ist der Mann von Gaunern umgebracht worden, die ins Hinterland entkommen sind. Eine Lehre, nicht ohne Begleitschutz zu reisen.«
Claire wußte nicht, warum er ihr das erzählte, aber es kümmerte sie auch nicht. Es war jetzt ganz dunkel, und Lady Margret war gegangen, um die jungen Frauen zu sammeln. Ihr Schicksal war in verführerischer Nähe.
»Ulric muß gewußt haben, wie Euer Vater gestorben ist.«

Claire schaute den Grafen wieder an. »Ja, er ist ihm nie von der Seite gewichen.« Sie seufzte, obwohl sie fast völlig erfüllt von der Sehnsucht nach dem Ehebett war. »Ich wünschte, ich hätte ihn die Geschichte erzählen hören.«
»Ich bin sicher, Ihr hättet sie sehr erhellend gefunden.«
Claire stutzte wegen seines seltsamen Tons. »Erhellend?« Wo war Margret?
»Lord Renald hat Euren Vater hierhergebracht. In der Panzerung, so, wie er gestorben ist.«
»Mylord, ich bitte Euch. Das ist nicht die rechte Zeit für ein solches Gespräch. Ich versuche, an meinem Hochzeitstag fröhlich zu sein.«
»Ich sehe, wie wild Ihr nach dem Ehebett seid.« Nach einer Weile fügte Salisbury hinzu: »Einige Menschen sind feige.«
Sie starrte ihn an und fragte sich, was er von ihr dachte. Aber glücklicherweise kam Margret wieder und mit ihr ein Trupp laut lachender junger Frauen.
Auch der Graf schaute sie an, und Claire meinte ihn seufzen zu hören. »Ich werde für Euch beten, Lady Claire.« Er beugte sich plötzlich zu ihr hinunter und zwang sie so, ihm genau zuzuhören. »Bevor Ihr in Eurem Ehebett feiert, Claire, denkt noch etwas mehr über den *Tod* nach. Denkt über Euren Vater nach. Über Kettenhemden. Und Schwerter.«
Sie schaute ihm nach, als er die Tafel verließ. Hatte er zuviel getrunken? An den Tod denken. Jetzt? Gut, er hatte gewollt, daß sie an ihrem Hochzeitstag weinte und jammerte. Als ob sie nicht selbst wußte, daß ihr Vater niemals gewollt hätte, daß sie einen Mann heiratete, der seinen Kettenpanzer und sein Schwert liebte. Aber als ihr Vater in die Welt der Ringpanzer und Schwerter hinausgezogen war, hatte er das alles über sie gebracht. Sie versuchte nur, die Dinge wieder in ihre alte Ordnung zu fügen.
Als die Frauen sie umringten, verdrängte sie die Worte des Grafen und wandte sich dem Lachen um sie herum zu.

Bald hatte man sie, die Nervosität und Widerwillen vorspielte, in das Sonnenzimmer gezerrt. Sie hatte es nicht nur gespielt. Trotz ihres Verlangens war das Ehebett für sie doch das tiefe, große Unbekannte. Und dann gab es noch diese Geschichten von den schreienden Opfern … Unsinn. Geschichten einer Schlange.

Dann war sie, betörend nach Blumen und Gewürzen duftend, in ihrem Brautzimmer. Scharlachrote Rosenblätter, gemischt mit Blüten aller Farben, lagen auf der Tagesdecke und dem Boden.

Eifrige Hände kleideten sie aus, und irgend jemand sagte: »Oje. Ohne Euer Haar seht Ihr unanständig aus.«

»Ins Bett«, sagte Margret. Claire war froh, unter die wohlduftenden Decken kriechen zu können, und zog sie sich bis zum Kinn. Wieder überkam sie Reue, daß sie ihr Haar so unüberlegt abgeschnitten hatte.

Margret berührte das kurze Haar. »Ich weiß wirklich nicht, wie du das tun konntest.«

»Es erschien mir damals eine gute Idee zu sein.«

»Typisch.«

Claire bewegte sich im Bett hin und her und schluckte nervös. »Die Rosenblätter auf dem Laken fühlen sich seltsam an.«

»Aber riechen tun sie sehr gut.« Margret verstreute einige Weizenkörner als Zeichen der Fruchtbarkeit. Dann steckte sie einige Kräuter unter das Kopfkissen. »Hier, damit du eine schöne Nacht hast und in neun Monaten ein Baby bekommst.«

»Das klappt sicher. Zumindest«, fügte Claire hinzu, »das zweite Mal.«

»Das erste Mal auch«, sagte Margret mit einem Zwinkern.

»Beim ersten Mal? War es bei dir das erste Mal schön?«

»Es wurde schöner, aber – ja«, sagte Margret. »Es war beim ersten Mal schön.«

Claire schaute die anderen Frauen an, die an der Tür standen und nach den Männern lauschten. Sie hatte noch Zeit für eine schnelle Frage. »Margret«, flüsterte sie, »gibt es irgend etwas, das ich wissen sollte? Etwas, was ich tun sollte? Irgend etwas anderes, als nur dazuliegen?«

Die Männer kamen lachend und singend heran.

Margret errötete leicht. »Oh. Nun, sag ihm, wenn dir etwas gefällt. Oder wenn es dir nicht gefällt.«

»Wird ihm das nichts ausmachen?«

»Lord Alaine stört es nicht.«

Nun hämmerten sie gegen die Tür, während die lachenden Frauen sie zuhielten.

»Sonst noch etwas?«

»Hab keine Angst, ihn zu berühren. Überall.« Die Tür öffnete sich einen Spalt. »Wenn es dir gefällt, kannst du es mit dem Mund machen.«

»Mit dem Mund? Was?«

»Du weißt schon. Küssen. Saugen. Ihn verrückt machen.«

Claire starrte ihre Freundin an. »Willst du mich veräppeln?«

»Nein. Ich schwöre.« Die Tür flog auf.

»Daran saugen,« sagte Claire, als die Männer hereinplatzten.

»Nicht sofort«, sagte Margret ganz leise. »Ich kenn' dich doch. Er denkt sonst, du seist allzu kühn.«

Die meisten Männer waren fast vollkommen betrunken, aber sie hielten Renald fest in ihrer Mitte, als hätte er die Orientierung verloren und müßte zu Claire geschleppt werden. Er befreite sich von ihnen und schaute sie an. Ihre Zehen kribbelten, und das Atmen fiel ihr schwer.

»Hey, kriegen wir die Braut nicht zu sehen?« fragte einer der Männer.

»Nein.« Renald war schon fast entkleidet. Immer noch löste sich sein Blick nicht von ihr. »Nur ich.« Nackt drehte er sich zu ihnen um. »Oder will jemand gegen mich kämpfen?«

Claire überraschte es nicht, daß die Männer lachend zurückwichen. Auch überraschten sie die deftigen Kommentare der Frauen nicht. Sie wußte, daß Renald groß und kräftig war. Jetzt sah sie, daß jeder Millimeter an ihm aus Muskeln bestand – die Schultern, der Rücken, sein Hinterteil, die Beine. Als er sich ihr wieder zuwandte, fühlte sich ihr Mund so trocken an, daß sie kaum schlucken und erst recht nicht sprechen konnte.

Undeutlich nahm sie wahr, daß die Männer und Frauen hinausgingen. Sie sah nur, wie er auf das Bett zukam. Auch von vorne sah er beeindruckend aus, und sein Geschlecht streckte sich ihr sehnsüchtig entgegen. Er sah ziemlich groß aus. Erstaunlich groß. Endlich gelang es ihr, zu schlucken. »Tu mir nicht weh, bitte.«

Er blieb stehen und setzte sich dann aufs Bett. »Natürlich nicht, Claire. Wovor hast du Angst?«

»Du bist so groß.«

Seine Lippen zuckten. »Nicht so groß, das versichere ich dir. Ich werde dich nicht verletzen.«

»Und meine Unschuld?«

Er zuckte mit den Schultern. »Vielleicht wird das ein bißchen schmerzen. Aber mit etwas Glück wird es nicht allzu schlimm.« Er glitt unter die Decke und nahm sie in die Arme. »Besser?«

Nach dem ersten Schreck mußte Claire feststellen, daß alles viel besser war. Seinen festen, heißen Körper zu spüren ließ alle Angst dahinschmelzen. Sie legte ein Bein über seines, legte einen Arm um seinen breiten Oberkörper und kuschelte den Kopf in die Kissen. »Ich habe mich albern angestellt.«

Seine Hand strich ihren Rücken entlang. Das war noch erregender als das Streicheln ihres Nackens. »Ich werde dich nicht zerquetschen. Aber wenn du möchtest, kannst du oben liegen.«

»Oben?« Aber er drehte sie schon, so daß sie auf ihm lag. Sie fühlte sich, als würde sie auf einem sonnendurchglühten, glatten Felsen liegen. Seine Erektion spürte sie fest und hart an ihren Schenkeln und erinnerte sie an gewisse Probleme. »In bezug auf groß«, sagte sie, während sie spürte, daß sie errötete, »meinte ich deine … deine Männlichkeit.«

Sie hatte das Gefühl, daß sein Geschlecht noch größer wurde. War das möglich? Wie groß konnte es noch werden?

»Felice …«, sagte sie und wand sich verlegen, »Felice hat im Lager deine Männer reden hören. Über deine Größe – dort unten. Daß du … daß du Frauen damit kaputtmachst.«

Er schloß die Augen und murmelte »Verflucht …« und irgend etwas, was sie nicht verstand. Dann schaute er sie an. »Claire, ich schwöre dir, ich habe niemals einer Frau auf diese Weise weh getan. Ich bin nicht so groß, und ich bin vorsichtig. Darf ich dich ansehen?«

Sie nickte, obwohl sie sich plötzlich schämte. Er schob sie behutsam von sich zur Seite und schlug die Decke zurück. Er schaute sie an. »So weiß. So schön geformt.« Dann strich er mit der Hand ihre Hüfte entlang, ihren Bauch hinauf und streichelte eine Brust. »Du fühlst dich an wie Seide. Meine rauhen Hände zerreißen vielleicht Seide, aber dich werde ich nicht verletzen.«

Als sie dort gestreichelt wurde, wo sie noch niemals vorher berührt worden war, konnte sie kaum atmen. Sie legte eine Hand vorsichtig auf seine Brust, um die Hitze und Samtigkeit seiner Haut zu spüren, und entdeckte hier und da rauhe und vernarbte Stellen.

Sie hatte einmal Angst vor seiner Größe und seiner Stärke gehabt. Früher einmal hätten sie die Spuren des Krieges abgestoßen. Aber jetzt entzündete jede Kleinigkeit an ihm heißes Begehren und glühendes Verlangen.

Plötzlich ergriff sie seine wandernde Hand und schaute seine Schwielen an. »Ich kann dich annehmen«, sagte sie und

küßte die Hornhaut, die seine Handfläche überzog. »Ich kann das Schwert akzeptieren.«
Ein beinahe gequälter Ausdruck zeigte sich auf seinem Gesicht. »Ach, Claire. Du Liebe …« Dann küßte er sie leidenschaftlich, berührte sie, wie es ihr schien, mit jedem Millimeter seines heißen Körpers und flüsterte: »Ich wünschte, ich wäre dir ein besserer Mann. Aber ich werde dir mein Bestes schenken.«
Dann berührte er mit seinen Lippen ihre Brust.

Als Renald ihre Haut spürte und ihre kleine Brustwarze schmeckte, durchrieselte ihn ein Schauer des Verlangens und ließ ihn beinahe schmerzhaft anschwellen. Aber damit konnte er umgehen. Aber sie hatte ihn beinahe vernichtet, als sie voller Vertrauen die Hand geküßt hatte, die ihren Vater getötet hatte.
Aber daran wollte er nicht denken, sondern sich um sein Verlangen kümmern. Er mußte es. Die Neuigkeiten würden nicht mehr lange zurückgehalten werden können. Dies war seine letzte Chance, seine allerletzte Chance, Claire im Feuer der Leidenschaft an sich zu binden, so daß sie sich niemals von ihm würde befreien können. Nicht einmal dann, wenn die Wahrheit ans Licht käme.
Er hörte, wie sie die Luft anhielt, spürte, wie sie sich anspannte, und setzte all seine Fertigkeiten ein. Er konnte Frauen lesen – ihren Atem, ihre Bewegungen –, so wie Claire Bücher lesen konnte. Er würde all seine Fertigkeiten einsetzen, um sie an sich zu binden.
Zweifel überkamen ihn. Während er sie mit seiner Zunge streichelte, um herauszufinden, was sie am meisten genoß, versuchte er, diese Gedanken zu verdrängen. Es gab keinen anderen Weg. Er hatte keine andere Wahl.
Du kannst es ihr sagen, flüsterte ihm sein Gewissen zu. *Du könntest es ihr jetzt erzählen, anstatt sie an dich zu fesseln und*

darauf zu warten, daß es, wenn es bekannt wird, alles zerstört. Sie zerstört.

Er strich mit seiner rauhen Handfläche über ihre andere Brust, hörte sie »Renald!« flüstern, spürte, wie sie seine Hand berührte, als wollte sie ihn zurückhalten, dann schlug sie ihn zart und unentschlossen.

Claire. Schöne Claire. Entgegenkommende Claire mit einer Haut wie Seide und mit unerschrockenem, mutigem Herzen.

Wir sind verheiratet. Es ist sowieso zu spät. Aber dies kann ich ihr schenken.

Du schenkst nicht. Du nimmst.

Er brachte seine innere Stimme zum Schweigen und schaute Claire in die Augen, in das lächelnde, erstaunte Gesicht. Sie war schon leicht errötet. Sie war beinahe soweit. Sie würde eine wunderbare Liebhaberin sein.

Er schob einen Finger in sie, die sich heiß und feucht nach ihm sehnte. Ihre Augen öffneten sich weit, als er sie so berührte, aber sie lächelte lustvoll und öffnete entgegenkommend die Beine.

»Noch nicht«, sagte er, während er sie weiter streichelte. »Jetzt noch nicht. Selbst bei allem guten Willen ist das erste Mal selten vollkommen für eine Frau. Laß mir dir erst den schönen Teil zeigen.«

Er spielte mit seiner Hand auf ihrem Körper, setzte sein Geschick ein, das er bei so vielen Frauen erworben hatte, damit sie in das Meer der Lust segelte. Er ignorierte sein eigenes Begehren und streichelte und trieb sie dahin, bis ihr Körper ihm mitteilte, daß sie sich ihrem Höhepunkt näherte.

Sie war still. So waren manche Frauen. Das machte ihm nichts aus. Ihr Gesicht sprach zu ihm mit seinem Stirnrunzeln und seinem leicht geöffneten Mund, und ihr Körper, die Bewegung ihrer Hüften verrieten ihm alles. Er zog es in die Länge, kostete es aus und führte sie einen langen, schmalen Pfad sehnsuchtsvoller Lust entlang, bis sie ihn flehend anschaute.

Da trieb er sie weiter, ließ sie den Schrei ausstoßen, auf den er so lange hingearbeitet hatte wie auf ihre wonnevollen Zuckungen und ihr Schluchzen, das erstrebenswerter war als jeder Turniersieg. Er legte seine Lippen auf die ihren, und sie schenkte ihm den heftigen Kuß der totalen Erfüllung.

Was sie für die totale Erfüllung hielt. Bis jetzt.

Ihre Lider flatterten, und sie lachte. Sie sah frisch aus, süß und rosig. »Ich habe gar nicht gewußt … daß es so ist.« Bei diesem Geständnis wurde sie rot.

Er grinste. »Jetzt weißt du, warum zwei besser sind als einer.«

»Aber wir haben doch noch nicht … Haben wir?«

»Nein. Aber das werden wir. Laß dir Zeit.«

»Warum warten?«

»Weil ich es möchte.«

Sie schaute auf seine Erektion. »Soll ich das glauben?«

Er mußte wegen ihrer Offenheit leise lachen. »Ja, der Mann will dich jetzt. Aber mein Kopf möchte einen ganz neuen Tanz.«

»Warum?« Sie wollte ihn berühren, aber er hielt sie fest.

»Nicht.« Sein Körper stellte dieselbe Frage. Warum? Vorher war es ihm doch als eine gute Idee erschienen.

Aber er mußte sehr vorsichtig sein, wenn er sie nehmen würde.

Er mußte die Kontrolle behalten, die ihm zu entgleiten drohte.

Er biß die Zähne zusammen und dachte an eiskaltes Wasser anstatt an ihre rosige Haut, den süßen Duft ihres Körpers und die Krönung, die nun auf ihn wartete …

»Lady Margret hat gesagt, daß Männer es mögen, wenn man sie berührt, küßt. An ihnen sogar saugt.«

Sein Körper wollte der Erfüllung entgegengehen.
»Ist er so heiß, wie er aussieht?«
Bevor er etwas tun und sie zurückhalten konnte, umfaßte sie ihn und streichelte ihn …
Glühendheiße Wellen durchströmten seinen Körper, während er seinen Samen ergoß. Nach einigen Momenten der Wonne packte ihn große Wut.
Auf ihn, weil er so schwach war.
Auf sie, weil sie so impulsiv war. Weil sie leichtfertig und lüstern war und ihm nicht gehorchte.
Er rollte sich auf die Seite und setzte sich dann auf. Er vergrub das Gesicht in den Händen. Er mußte sich zu ihr umdrehen. Sie saß mit gekreuzten Beinen zwischen den roten Blütenblättern und schaute, als sei vor ihr ein Faß Bier explodiert. Was ja auch fast stimmte. »Es tut mir leid«, sagte sie. »Hat das weh getan?«
»Auf die allerschönste Art und Weise. Aber ich wollte es für dich aufbewahren.« Zumindest war sie nicht schockiert.
Er stand auf und reinigte sich mit einem feuchten Tuch. Dann brachte er auch ihr eines.
»Bist du darüber entsetzt?« fragte er vorsichtig, während er ihr das Tuch reichte. Claire von Summerbourne war keine leicht einzuschätzende Frau.
»Nein.« Aber sie sah nachdenklich aus. »Aber ist es das? Können wir nun nicht mehr …?«
»Schau mich an. Dann kannst du dir die Antwort selbst geben.«
Sie schaute und errötete. »Da bin ich aber froh. Ich möchte heute nacht deine Frau werden.«
Er lachte erleichtert und voller Freude, was für ein Schatz sie war. »Das wirst du, Claire. Da habe keine Angst.«
»Keine Angst«, wiederholte sie und lächelte so reizend, daß es ihm das Herz zerriß. »Vorher hatte ich Angst vor dir. Davor.«

Er hatte bisher nicht gewußt, daß man ihm das Herz brechen konnte. Aber der Schmerz, den er in seiner Brust spürte, konnte nur daher kommen. »Du hast gesehen, wie einfach ich zu erobern bin …«, neckte er sie. Er mußte all seine Kraft aufwenden, um nicht zu weinen.

In alter Gewohnheit griff er neben das Bett nach seinem Schwert und schaute nach, ob es Tropfen abbekommen hatte. Als er sich ihr wieder zuwandte, sah er Claire die Waffe anstarren.

»Ich schlafe immer mit dem Schwert in Griffnähe, Claire.«

»Es ist eine heilige Waffe. Es wird uns beschützen.« Aber sie sah ernst aus.

»Es tut mir leid. Ich lege es außer Sichtweite.« Da er an den vorherigen Abend dachte, zog er das Schwert etwas aus der Scheide, um sich zu vergewissern, daß alles in Ordnung war. Die Klinge war dunkel und sauber, also steckte er sie zurück und legte die Waffe in eine dunkle Ecke, um eine neue Sitte für sein Leben zu finden. Sein Leben, in dem er Claire von Summerbourne liebte. Claire – seine Ehefrau, die Frau, die er täuschte und hinterging, weil sie bald, sehr bald schon guten Grund hatte, ihn zu hassen. Er hatte sie eingefangen, festgehalten, ausgetrickst und gereizt, weil er sie wollte. Und was er wollte, dafür kämpfte er. Und wo war der Unterschied zwischen wollen und lieben? Er wußte es nicht, aber er spürte, daß es ihn gab und daß er alles veränderte. Vielleicht hätte er, wenn er sie früher geliebt hätte, die Stärke gehabt, sie gehen zu lassen.

Aber das Rad der Geschichte hatte sich weitergedreht. Nun konnte er nichts mehr tun, außer weiterzugehen und zu beten.

Er prüfte die Laken. Er sah, daß sie immer noch finster blickte. »Claire, es wäre dumm, das Schwert außer Reichweite zu legen. Was ist, wenn wir in der Nacht angegriffen werden?«

»Warum sollten wir?« fragte sie leise. »Irgend jemand hat gesagt, daß es sogar Eisen durchstoßen kann. Kettenhemden.«
Irgend etwas in ihrer Stimme und ihr ernster Blick ließen etwas in ihm zu Eis gefrieren. Bei allen Heiligen, bitte nicht jetzt. »Laß uns jetzt nicht über Schwerter reden, meine Liebste.«
»Können die meisten Schwerter das nicht?«
»Claire. Wir haben erfreulichere Themen …«
Sie wich seiner Hand aus. »Können sie es nicht?«
Er ließ seine Hand sinken.
»Nein. Die meisten Schwerter können Eisen nicht durchstoßen.«
»Aber es muß noch andere Schwerter wie dieses geben.«
»Natürlich.« Er versuchte nicht mehr, sie zu berühren.
»Warum war dann jedermann so beeindruckt von diesem Schwert?«
»Weil es einen Stein aus Jerusalem trägt.«
Er zwang sich, ihr in die fragenden, ängstlichen Augen zu schauen.
»Es hat sie deutlich mehr beeindruckt, daß es Eisen durchstoßen kann.« Ihre Augen schauten ihn flehend an. »Wie viele Schwerter in England können das?«
Er wußte, daß es keine Wahl mehr gab. Es lag ihm wie ein schwerer Stein auf der Brust. Könnte er nur für sie lügen – für sich –, aber das wollte er nicht tun. »Nur dieses eine, das ich so gut kenne.«
Sie zog sich ein kleines Stückchen weiter zurück. »Mein Vater ist in seinem Kettenhemd getötet worden. Von einem Schwert, mitten ins Herz. Die Glieder waren durchtrennt.« Sie saß jetzt am äußersten Rand des Bettes. »Hat dieses Schwert meinen Vater getötet?« Nach einem Augenblick flüsterte sie: »Hast du … Nein, das kann nicht sein!«
Ihm lag verführerisch leicht eine Lüge auf den Lippen. Eine

Versuchung im Paradies. Er wußte nicht, ob er aus Aufrichtigkeit schwieg oder einfach deshalb, weil die Wahrheit sich nicht aufhalten lassen würde. Eine solche Lüge würde nicht lange halten.

Blaß und entsetzt sprang sie aus dem Bett. »Jesus Christus, natürlich hast du es getan! Warum sonst hast du seinen Besitz bekommen und eine der Frauen zur Gemahlin?«

»Claire …«

»Warum sonst hast du dieses Schwert bekommen! Eine Belohnung … Nein.« Sie starrte ihn an. »Du hattest das Schwert ja schon vorher. Kettenhemden sollen ja vor Schwertern schützen. Du hast ihn *betrogen*!« Sie ging ums Bett herum, um mit den Fäusten auf ihn loszugehen. »Du hast ihn *ermordet*!«

Renald wich mit erhobenen Händen zurück. »Claire, bitte hör mir zu …«

»Wie konntest du nur?« Sie nahm das Schwert in beide Hände. »Wie konntest du das hierherbringen? Wie konntest du uns in die Augen sehen mit seinem Blut an deinen Händen? Wie *konntest* du …!«

Als sie das Schwert am Griff packte, als wollte sie es aus der Scheide ziehen, nahm er es ihr fort und warf es hinüber auf die andere Seite des Bettes.

Sie wirbelte herum, um ihm nachzuschauen, und Renald sah, was auch sie sah – befleckte Laken, das Rot zerdrückter Rosenblätter und das Schwarz einer Schwertscheide. Das Zimmer roch nach Sex und Rosen und nicht dazugehörenden Kräutern und Gewürzen.

Es war kein Wunder, daß sie sich übergab.

Er stand wie angewurzelt da. Das erste Mal in seinem Leben wußte er nicht, wie er mit einer Frau umgehen sollte, ganz besonders mit dieser Frau, die er für immer gegen alle Grausamkeit der Welt schützen wollte. Er hatte immer gewußt, daß er sie zwingen würde, eine offene Klinge zu umfassen.

Nun war die Wunde geschlagen. Sein eigenes Blut strömte herab.
Es gab nichts, was er tun konnte. Genauso wie er nichts hatte tun können, um ihren Vater zu schützen.
Du hättest ihr die Wahrheit sagen sollen.
Du hättest sie gehen lassen können.
Hilf uns, Herrgott, denn dafür war es nun zu spät.

16. Kapitel

Das Würgen ließ nach, und Claire wischte sich das Gesicht mit einem Zipfel des Lakens ab. Die Worte des Grafen waren der Auslöser. Denk an deinen Vater, das Kettenhemd, denk über Schwerter nach, bevor du dich des Ehebettes erfreust. Graf Salisbury hatte nicht gewollt, daß sie Renald heiratete, hatte nicht gewollt, daß sie mit ihm glücklich wird, denn er hatte gewußt, welch eine Sünde es war.

Sie hatte den Mörder ihres Vaters geheiratet! Nicht nur einen Mann, der ihn in der Hitze einer Schlacht umgebracht hatte, sondern einen Mann, der eine betrügerische Waffe benutzt hatte. Einen Mörder!

Warum, in Gottes Namen, hatte der Graf sich nicht deutlicher ausgedrückt? Warum hatte er diese Angelegenheit nicht vorher beendet? Ein Geräusch ließ sie zu ihrem Ehemann herumfahren – zu ihrem Feind –, aber er zog sich nur an.

»Ich will die Ehe annullieren lassen«, sagte sie.

»Nein.«

»Ihr könnt mich nicht daran hindern.«

Er war wieder kalt und hart. »Natürlich kann ich das.«

»Wollt Ihr mich vergewaltigen?« Obwohl sie innerlich zitterte, hob sie das Kinn. »Warum sollte ich etwas anderes denken? Alles, was Ihr mir gesagt habt, war eine Lüge.«

»Alles, was ich gesagt habe, war die Wahrheit. Nicht die ganze Wahrheit. Ich werde Euch niemals vergewaltigen.«

Claire griff nach ihrem Unterhemd, zog es an, zog das Unterkleid darüber, dann schlüpfte sie ins Überkleid. Sie

wünschte, sie hätte einen dicken, wärmenden Umhang, in den sie sich schützend hüllen könnte. »Dann werde ich mich selbst aus dieser Ehe befreien.«
»Und Eure Familie ins Elend stoßen?«
Sie schaute ihn fest an. »Das würdet Ihr tun?«
»Warum nicht, wenn Ihr mir nicht gebt, was ich will?«
»Wie könnt Ihr eine Frau wollen, die Euch haßt?«
»Glaubt einfach, daß es so ist.«
»Eine Frau, deren Körper Ihr niemals nehmen könnt, ohne sie dazu zu nötigen.«
Seine Züge waren unbeweglich, aber seine Augen verrieten ihn.
Sie dachte an ihn, wie er vorher gelacht hatte. Sie dachte mit dem schmerzhaften Gefühl des Verlustes daran, wie er sie behutsam in die Genüsse des Frauseins eingeführt hatte, und an die glühende Spirale, die das alles krönte.
Claire befürchtete, daß die Tragödie darin lag, daß er sie wirklich wollte, und mehr als das. Sie schloß kurz die Augen, bevor sie anfing zu sprechen. »Lord Renald, ich weiß, daß es in einer Schlacht geschehen sein muß. Ich gebe nicht Euch die Schuld. Ihr könnt es nicht vorgehabt haben, ihn zu töten. Aber Ihr müßt einsehen, daß ich nicht …«
»Nicht in einer Schlacht, Lady Claire. Zumindest nicht so, wie Ihr es Euch vorstellt. Und ich hatte vor, ihn zu töten. Es war ein Zweikampf. Mann gegen Mann.«
Sie starrte ihn an. »Ein Zweikampf?«
»Durch den ein Mann seinen Anspruch …«
»Ich weiß, was das ist! Wie konnte mein Vater da hineingeraten?«
»Indem er den Anspruch des Königs auf die Krone bestritt.«
Claire schüttelte den Kopf, als ob sie so das grausame Bild vertreiben könnte. »Und Ihr wart der Kämpe des Königs. Ihr und er. Welche Kampfart war es?«
»Gar keine.«

Claire hielt die Hände vors Gesicht und versuchte verzweifelt, irgendeinen Sinn in ihrer zerstörten Welt zu sehen. »Und dieses Schwert! Es hat nicht gereicht, daß Ihr jünger, größer und stärker wart. Daß Ihr geübt seid, geübt habt seit dem Tag, an dem Ihr entwöhnt wurdet. Dazu hattet Ihr auch noch ein Schwert, das Eisen durchstößt. Ihr hattet die Aufgabe, ihn zu töten!«

Sie wartete auf seinen Widerspruch. Auf Entschuldigungen. Aber er sagte: »Ja. Er mußte sterben.«

Sie wich zurück bis an die Wand. Dann vergrub sie das Gesicht in den Händen. Heilige Jungfrau Maria, warum wurde ihr das alles zugemutet? Als sie ihn des Mordes beschuldigt hatte, hatte sie die Welt für grausam gehalten. Sie war sicher gewesen, daß es ein Todesfall, das Ergebnis eines ehrlichen Kampfes war, niemandes wirkliche Schuld.

Aber es war ein *Mord* gewesen. Ihr Vater war zu einem Kampf, einem Kampf Mann gegen Mann, mit einem Gegner gezwungen worden, den er niemals besiegen konnte.

Als sie wieder zu Renald aufschaute, zog er sich gerade sein Gewand über den Kopf. Claire lief zur Tür. Sie war schon draußen, als er sie mit seinen eisenharten Armen packte.

Die Hochzeitsgäste verstummten sofort.

Renald flüsterte ihr zu: »Sagt kein Wort, sonst wird Eure Familie darunter zu leiden haben.«

Die Anklage in ihr wurde immer größer. *Dieser Mann hatte kaltblütig ihren Vater umgebracht, und das auch noch auf unfaire Weise. Ich werde nein zu ihm sagen.* Aber seine Drohung und sein unerbittlicher Griff ließen sie schweigen.

»Meine Freunde«, sagte er zu der erschreckten Menge und legte seinen Arm um Claire, daß es wie eine Umarmung aussah, »in meiner Eile, die Braut besitzen zu wollen, habe ich ihre tiefe Trauer um ihren Vater übersehen.«

Claire wand sich, aber sein Griff wurde erbarmungslos fester.

»Obwohl sie versucht hat, eine pflichtbewußte Gemahlin zu sein, ist ihre Trauer zwischen uns und das Vergnügen dieser Nacht getreten. Deshalb haben wir beschlossen, unsere Vereinigung aufzuschieben. Wir werden, wie die Kirche es empfiehlt, einen Monat in Enthaltsamkeit leben. Für die Seele von Lord Clarence.«

»Mein Vater ist bereits im Himmel«, sagte Claire, aber sie murmelte es nur gegen seine Brust.

»Vielleicht«, sagte er sanft. »Nehmt dies hin, Claire. Zumindest habt Ihr einen Monat, um nachzudenken, bevor Ihr alles zerstört.«

Er hielt sie weiter gefangen, während sich unter den Gästen ein Murmeln erhob. Claire meinte Zustimmung zu hören. Es war wahr, daß die Kirche diese Einschränkung empfahl, aber nur wenige hatten die Stärke dazu, mit ihr zu leben. Es stieß sie ab, daß er sein Verbrechen mit gottesfürchtigem Verhalten verbrämte, aber sie erkannte, daß es Aufschub gewährte. Sie mußte sich nicht entscheiden, während sie noch ganz von Entsetzen erfüllt war. Sie hatten einen Monat lang Zeit, einen Weg aus dieser Ehe herauszufinden, der ihre Familie nicht ruinierte.

»Ihr könnt mich ruhig loslassen«, sagte sie leise. »Ich werde meine Rolle schon spielen.« Als er vorsichtig seinen Griff lockerte, schaute sie ihm in die Augen. »Auch ich lüge nie.« Dann ging sie zu ihren Freundinnen hinüber, die ihr Mitleid und Bewunderung entgegenbrachten.

Sie sah, wie verwirrt Thomas war, und wußte, daß sie ihm bald die Wahrheit sagen mußte. Heilige Jungfrau, was würde er bloß tun? Und wie würden sich ihre Mutter und ihre Großmutter fühlen, wenn sie erführen, wie sie den Mörder von Lord Clarence willkommen geheißen hatten? Bitter dachte sie, daß ihre Mutter wahrscheinlich nur Sorge hatte, was Thomas drohen würde. Wann würde sie es ihnen sagen?

Dann wurde ihr klar, daß die Geschichte ohnehin bekannt werden würde, ob sie nun sprechen würde oder nicht. Sie schaute Salisbury an, der düster vor sich hin blickte. Warum hatte er es ihr nicht früher gesagt?
Sie dachte an das, was er über Feiglinge gesagt hatte. Er hatte nicht von ihr gesprochen, sondern von sich. Er hatte es ihr sagen wollen, war aber davor zurückgeschreckt, den Plan des Königs zu durchkreuzen. Also hatte er es nur angedeutet. Und hatte dafür gesorgt, daß das furchtbare Schwert blutbefleckt herumgezeigt wurde, Offenbarung erhoffend. Sie zürnte dem Grafen nicht mehr. Er hatte geschwiegen, um sich und seine Familie zu schützen. Sie schwieg aus demselben Grund.
Aber es würde ans Tageslicht kommen. Claire behielt den Gedanken für sich. Selbst wenn sie schwieg, konnte jederzeit ein Reisender oder ein Kesselflicker die Geschichte des Todes von Lord Clarence nach Summerbourne tragen.
Dann, als ihre Freundinnen sich liebevoll um sie scharten, kam ihr Ulric wieder in den Sinn.
»So eine Schande«, sagte Lady Margret.
»Was für eine reizende Geste«, sagte Lady Huguette mit feuchten Augen.
»Wirklich ein guter Mann, daß er seinem Herrn bis dahin gefolgt ist«, fügte Lady Katherine hinzu, die größte Klatschbase der Umgebung. Was für ein Erlebnis mußte dieser Abend für sie sein.
Claire ließ die Worte an sich abperlen. Ihr wurde klar, daß Renald durchaus ein Motiv hatte, Ulric zu töten. Er hatte ihn getötet, damit seine Nachricht nicht die Verlobung und die Hochzeit zunichte machen konnte. Claire begann zu weinen. Dagegen konnte sie nichts tun. Sie ließ sich von Margret zurück in das Sonnenzimmer bringen. »Hier. Sei ganz ruhig. Du sollst dich nicht mit Tränen das erste Mal ins Ehebett legen.«

Sie verstummte, und Claire wischte ihre Tränen fort, um besser sehen zu können. Das zerwühlte Bett, auf dem das schwarze Schwert inmitten zerdrückter Blütenblätter lag, erzählte eine seltsame Geschichte.

Aber Margret zog das Laken ohne einen Kommentar ab und streute dabei die Blüten auf den Boden. Das Schwert legte sie aber vorsichtig beiseite. Der Geruch von Rosen erfüllte den Raum – zusammen mit dem anderen. Claire befürchtete, daß sie niemals wieder den Duft von Rosen genießen könnte.

»Du wirst ein Opfer bringen müssen«, bemerkte Margret.

»Nicht wirklich.«

»Nun ja, so wie ich das sehe, wird er die Wände hinauflaufen, bevor der Monat vorbei ist. Er hat dich den ganzen Tag schon mit den Augen verschlungen. Meinst du, daß du fair bist?«

»Fair!« Aber dann fiel Claire ein, daß Margret ja gar nicht Bescheid wußte. Niemand wußte Bescheid, außer dem Grafen.

Margret streichelte ihre Schulter. »Ist ja alles gut. Ich werde dir deine Mädchen schicken.«

Prissy und Maria kamen herein und bezogen ohne ein Wort das Bett neu. Aber sie würden sich schon ihre Gedanken darüber machen, was hier genau passiert war. Sollten sie nur.

Claire sah, wie Maria das Schwert beiseite legte, damit sie neue saubere Laken aus der großen Truhe holen konnte. Sie wünschte, daß sie die Waffe einfach aus dem Fenster und das Schwert ins Feuer werfen könnte. Es sollte zerschmelzen. Dieser dunkle Gegenstand hatte brutal das Herz ihres Vaters durchbohrt, geführt von der kühlen Hand Renald de Lisles.

Sie bemerkte, daß all seine Habe hier war. Seine Truhen. Sein Soldatengespräch. Sein Kettenhemd auf seinem Bügel.

Dies war sein Zimmer. Erwartete er, daß er hier schlief? Mit ihr?

Ihre Sachen waren aus der Jungfernkammer heruntergebracht worden. Wie er ihr versprochen hatte, stand die Büchertruhe ihres Vaters an der Wand. Sie ging hinüber und fuhr mit einer Hand über das Holz und hoffte, Trost zu finden. »Oh, Vater, was nun?«

Obwohl sie so voller Weisheit waren, schwiegen die Bücher.

»Sollen wir Euch auskleiden?« fragte Prissy.

Sie konnte nicht ewig in ihren Kleidern bleiben, deshalb ließ sie sich ausziehen, behielt das Unterhemd aber an. Wenn er kam, würde er sie zumindest nicht nackt finden.

Was würden die Gäste von einem enthaltsamen Ehepaar erwarten? Daß sie ein Zimmer teilten, um dem Opfer mehr Bedeutung zu verleihen? Oder daß sie getrennt schliefen, um zu zeigen, daß sie ihr Wort hielten? Obwohl die Priester die Enthaltsamkeit nach der Hochzeit priesen, hatte Claire noch nie jemanden kennengelernt, der diese Vorstellung schätzte.

Sie schlang die Arme um sich. Seine Gesellschaft hatte ihr gefallen, ihr hatten seine Umarmungen gutgetan. Auch die Freude, die er ihr geschenkt hatte, hatte sie genossen.

Es war nicht ihre Schuld, daß sie nicht gewußt hatte, wer er war, aber sie fühlte sich immer noch beschmutzt.

»Geht es Euch gut, Herrin?« fragte Maria, die um sie herumstrich. »Braucht Ihr irgend etwas? Soll ich etwas mit Mohn zubereiten, damit Ihr schlafen könnt?«

»Nein.«

»Wollt Ihr, daß wir bei Euch bleiben?«

»Nein. Geht ruhig.«

Als sie alleine war, ging sie durch das Zimmer. Sie wußte nicht, was sie tun sollte. Sie dachte an die Tochter des Müllers, die Steine zählte. Die arme Aldreth hatte ihren Ehemann durch einen Unfall verloren. Ein Jahr später waren ihre beiden kleinen Kinder an Fieber gestorben. Sie hatte den ersten Verlust noch ertragen können, aber nachdem sie ihre Kleinen begraben hatte, hatte sie begonnen, Steine zu zählen. Sie hatte nie mehr damit aufgehört. Nun konnte Claire sie verstehen. Sie konnte begreifen, wie befreiend es war, einfach nur Steine zu zählen.

Seufzend schaute sie sich um. Es war der Wohn- und Schlafraum ihrer Eltern gewesen und war für sie erfüllt mit schönen Erinnerungen. Kurz war er eine Liebeslaube gewesen. Nun war alles zerstört durch den Mann, der ihr ihren Vater und alle Freude geraubt hatte. Den Mann, der – verflucht sollte er sein – Fäden zu ihrem Herzen gesponnen hatte, so daß sie sich nicht mehr befreien konnte.

Das Schwert störte sie. Sie zog ein Umschlagtuch aus einer ihrer Truhen und warf es über die schwarze Waffe.

Jemand klopfte an der Tür. Renald? Nein. Er würde nicht anklopfen. Sie öffnete die Tür und sah Josce, der sie vorsichtig und forschend anschaute.

»Als Ihr gegangen seid, hat Lord Renald gebeten, daß ich sein Schwert ins Arbeitszimmer bringe, in dem er wie gewöhnlich schlafen wird.«

Claire wußte nicht, was sie sagen sollte, also trat sie einfach zurück. Der Knappe trat ein, blieb stehen und schaute sich suchend um.

»Es ist unter dem Umschlagtuch dort.«

Er schaute sie seltsam an und deckte dann die Waffe auf. Er zog sich zurück, als würde er einen Angriff von ihr erwarten, und Claire schloß die Tür hinter ihm.

Renalds Kettenhemd hing immer noch auf seinem Bügel am Haken, die Ärmel ausgebreitet, sein materialisierter Geist. Eckig, hart und kalt, ein Symbol für all das, was er war – ein Mann, der ohne seine Waffe nichts war. Ein Mann, der auf Befehl tötete und der täuschte, wenn sein Herr es anordnete. Warum brach ihr Herz wegen eines so kaltherzigen Wolfes?

Sie stand da und betrachtete seinen abscheulichen Kettenpanzer, als ihre Mutter hereingestürzt kam. »Claire? Was für Verrücktheiten sind dir schon wieder in den Sinn gekommen?«
Claire überlegte, wie sie ihr die Wahrheit sagen sollte, aber ihr fehlte der Mut. »Vater«, murmelte sie.
Ihre Mutter umarmte sie fest. »Ach, mein armes Kind. Du kannst so stark wirken, daß ich manchmal vergesse ... Natürlich ist es zu früh, und es ist gut von Lord Renald, daß er deine Trauer respektiert.«
Claire zuckte zusammen. Sie haßte ihre Feigheit.
»Und ein Monat ist ja nicht so lang«, sagte Lady Murielle, während sie ihre Schulter streichelte. »So könnt ihr euch besser kennenlernen, das ist gar nicht schlecht. Dann wird die Wunde verheilt sein, die der Tod deines Vaters geschlagen hat.«
Claire seufzte. Es ging nicht. Sie konnte nicht mit einer Lüge leben. »Er hat Vater getötet.«
»Was?«
Claire befreite sich aus den Armen ihrer Mutter. »Renald de Lisle, der Kämpe des Königs, hat Vater in einem Zweikampf getötet. Mit dem dunklen Schwert. Das ihm der König gegeben hat, damit er auf jeden Fall gewinnt. Schau mich nicht so an. Er hat es gestanden. Es war nicht genug, daß de Lisle zehn Jahre jünger und doppelt so stark ist, sie haben sich abgesichert und ihm ein Schwert gegeben, das Eisen durchtrennt wie Zwirn.«
Lady Murielle ließ sich aufs Bett sinken. »Lord Renald hat Lord Clarence getötet?«
»Ja.«
»Aber warum?« klagte ihre Mutter.
Claire hatte sich das bisher noch nicht gefragt, aber die Antwort war offensichtlich. »Um einen weiteren hungrigen Gefolgsmann zu belohnen. Der Bastard FitzRoger hat Imogen

und Carrisford bekommen, und sein Freund hat nun mich und Summerbourne. Ich bin sicher, daß auch andere Männer zu einem günstigen Zeitpunkt sterben werden.«
Ihre Mutter schlug ihre zitternde Hand vor den Mund. »Nein. Nein. Das kann nicht sein!«
»Und Ulric«, ließ Claire ihren Gedanken freien Lauf. »Er hat es noch nicht zugegeben, aber er hat auch Ulric getötet. Ich dachte, er hätte kein Motiv, aber er hat eins.«
»Ulric war für niemanden eine Bedrohung. Claire, das bildest du dir ...«
»Nein. Ulric wird dabeigewesen sein, als Vater starb. Er wußte alles. Renald wußte, wenn ich erst einmal die Wahrheit kannte, würde ich ihn nicht heiraten. Deshalb hat er ihn getötet.«
Ihre Mutter starrte sie mit bebenden Lippen an. »Bist du sicher, Claire?«
»Laß ihn herrufen. Frag ihn. Er wird es zugeben. Es scheint ihm egal zu sein. Das einzige, was ihn kümmert, ist die Hochzeit. Jetzt hat er Summerbourne, sonst ist ihm .... alles egal.« Ihre erkämpfte Ruhe zerbrach, und sie schlug wie ihre Mutter vor Entsetzen die Hand vor den Mund. »Jesus. Ich muß diese Verbindung lösen, Mutter.«
Lady Murielle war wie betäubt. »Ich kann es nicht glauben ...«
Claire begann auf und ab zu gehen. »Er sagt, er wird uns alle hinauswerfen, wenn ich es tue. Aber ich muß es tun.« Sie fiel neben ihrer Mutter auf die Knie. »Das verstehst du doch, nicht wahr? Ich muß es tun. Ich kann nicht das Bett mit dem Mörder meines Vaters teilen.«
Ihre Mutter streichelte ihre Wange. »Ich weiß nicht, Claire. Ich weiß nicht. Mann gegen Mann ... Oh, armer Clarence. Armer, guter Clarence ...«
Sie begann am ganzen Körper zu zittern, und Claire sprang auf, um sie in die Arme zu schließen. »Mutter. Nicht ...«

Aber Lady Murielle begann zu wehklagen, und Claire mußte ihre Kammerfrauen rufen. Dienstboten und Freundinnen rannten herbei, man holte beruhigende Getränke, und Lady Murielle wurde am ganzen Leibe zitternd und vor sich hin starrend in das große Bett gesteckt. Alle dachten, daß auch sie plötzlich die Trauer überwältigt hatte, und die Worte, die sie hin und wieder von sich gab, verrieten die Wahrheit nicht.

Die Mittel wirkten schnell, und bald sank Claires Mutter in ruhigen Schlaf. Ihre beiden Kammerfrauen legten sich auf Strohsäcke neben Prissy und Maria auf den Boden. Die Freundinnen gingen, und bald nahm auch der Lärm in der Halle ab. Das Fest war vorbei. Ihr Hochzeitstag war vorüber. Claire war allein. Was würde passieren, wenn sie einfach fortging? Aber das war nicht ihre Art, auch wenn das sicher eine große Erleichterung wäre. Aber sie brauchte jemanden, der ihr einen Halt gab. Jemanden, der auf sie achtgab.

Sie hüllte sich in einen Umhang und ging hinaus, um ihre Großmutter zu suchen. Lady Agnes hatte ein kleines Zimmer im Erdgeschoß, aber als Claire die Tür öffnete, hörte sie Geschniefe und Schnarchen. Natürlich. Fast alle Räume waren mit den Gästen belegt, und alle schliefen.

Nur ein Ort lud sie ein. Niemand in dieser Welt konnte ihr helfen, aber vielleicht bekam sie Hilfe von der nächsten. Sie ging hinaus und zum Friedhof.

Als sie um die Ecke der hölzernen Kapelle bog, blieb sie stehen. Am Grab ihres Vaters stand ein Mann mit gebeugtem Haupt, die Hände am Griff eines gezogenen Schwertes, dessen Spitze im Boden steckte.

Einen Moment lang dachte sie, er sei dabei, in das Grab zu stechen, um ihren armen Vater ein zweites Mal zu töten. Aber dann erkannte sie die traditionelle Haltung trauernder Kämpfer. Trauerte er um ihren Vater? Nein. Um wen dann? Sie wußte es nicht und wollte es auch nicht wissen. Sie haßte ihn noch mehr dafür, daß er dort stand, wo sie sein wollte. Claire betete aus der Entfernung und hoffte, daß er gehen würde. Als er es nicht tat – er bewegte sich nicht einen Millimeter –, überkam sie die Müdigkeit, und sie ging ins große Sonnenzimmer zurück, während ihr die Tränen über die Wangen liefen.

Es waren Tränen der Trauer – um ihren Vater, um ihr Leben und um etwas, das kurz aufgeflackert und nun für immer zerstört war. Aber es waren auch Tränen der Angst und der Einsamkeit. Sie hatte sich schon einmal gefühlt, als würde sie einsam und für jeden sichtbar mitten auf einem Marktplatz stehen, aber bis jetzt hatte sie nicht gewußt, wie verlassen man sich fühlen konnte.

Im Zimmer, in dem immer noch der Duft der gespenstischen Hochzeitslaube hing, fand sie noch einen Rest vom Schlaftrunk ihrer Mutter. Als sie neben ihrer Mutter lag und auf seine Wirkung wartete, betete sie zu ihrem Vater, daß er ihr beistehen möge.

Wie könnte sie aus dieser Ehe entkommen? Wie konnte sie den Mörder zur Rechenschaft ziehen? Wie konnte sie beides erreichen, ohne ihrer Familie weiteres Unglück zu bringen? Sie bat nicht um Hilfe wegen ihres anderen Schmerzes. Ihr törichtes Herz verdiente sein Leid.

17. Kapitel

Der Schlaftrunk und ihre elende Lage waren schuld daran, daß Claire am nächsten Morgen schwer aus dem Bett kam. Das Wetter war auch umgeschlagen. Es regnete nicht, aber es war trüb und grau. Ihre Mutter und die Mädchen waren schon aufgestanden und hatten sie weiterschlafen lassen.

Sie saß am Fenster und sah zu, wie die Diener alles für die Heimfahrt ihrer Herren vorbereiteten. Sie lauschte ihrem Geplauder und fragte sich, was die Leute wohl über die seltsamen Geschehnisse sagten. Hatte sich die Neuigkeit von Renalds Mordtat bereits herumgesprochen? Alles, was sie hörte, drehte sich um das Keuschheitsgelübde.

Sie würde beweisen, daß Renald auch Ulric getötet hatte. Das war Mord, und selbst ein Lord konnte für Mord belangt werden. Heinrich Beauclerk hatte viel darüber gesprochen, daß er die Gesetze des Landes aufrechterhalten, das Recht wahren würde. Sollte er dieses eine Gesetz aufrechterhalten!

»Lady?« Prissy klang ungewöhnlich sanft.

»Ja?« sagte Claire, ohne sich umzudrehen.

»Lord Renald bittet Euch, mit ihm zusammen die Gäste zu verabschieden.«

Claire dachte daran, sich zu weigern, aber dann entschied sie sich, vorsichtiger zu kämpfen. Aber sie setzte mit ihrer Kleidung ein deutliches Zeichen. Sie hüllte sich nicht in Sack und Asche, aber trug auch keineswegs feine Gewänder.

Er wartete mitten im Trubel in der Großen Halle auf sie. Er

sagte nur »Guten Morgen, Lady« und führte sie mit zur Tür. Ein kurzer Blick zeigte ihr, daß er so fürchterlich aussah, wie sie sich fühlte.
Sollte er ruhig, schließlich trug sein Gewissen eine enorme Last, aber Claire geriet ins Wanken. Wollte sie wirklich seinen Tod?
Vielleicht mußte es auch gar nicht so schlimm kommen. Vielleicht könnte aufgrund seiner Schuld der König dazu bewegt werden, einer Annullierung ihrer Ehe zuzustimmen und Summerbourne ihrem Bruder zurückzugeben. Ja, so wäre es besser. Nicht so hart. Aber besser.
Die Gäste eilten umher, prüften, ob sie all ihre Sachen eingepackt hatten, und riefen Glückwünsche und Grüße in die Runde. Die Nachricht über den Tod ihres Vaters konnte sich noch nicht herumgesprochen haben. Die Nachbarn verabschiedeten sich warmherzig von Lord Clarence' Mörder und luden ihn zu sich nach Hause ein. Einige gratulierten Claire sogar zu ihrem großen Glück, daß sie einen solchen Ehemann bekommen hatte.
Sie stand an seiner Seite, und nur ihr Mund lächelte. Sie fragte: »Warum hat der Graf nicht jedem von Eurem Verbrechen erzählt?«
»Ich habe kein Verbrechen begangen, Mylady.«
»Gute Seele!« höhnte sie, während sie Margret hinterherwinkte. »Nur wenige können das von sich behaupten.«
»Habt Ihr Verbrechen begangen?«
»Ich habe Euch geheiratet.«
Er neigte sich ihr zu und zog die Augenbrauen hoch. »Oh, Ihr habt schon einen Ehemann? Gott im Himmel, gut, daß wir uns nicht weiter miteinander vergnügt haben.«
»Es war ein Verbrechen gegen himmlische, nicht gegen irdische Gesetze.«
»Ihr glaubt, daß der Himmel über Bigamie hinwegsieht?«
Sie hatte nicht daran gedacht, wie klug er war. Sie ersparte

sich eine Antwort und winkte weiterhin Margret und ihrem Ehemann zu, die durch das Tor ritten. »Ich kann nicht verstehen, warum der Graf Euer Geheimnis für sich behalten hat.«

»Salisbury weiß, daß seine Zukunft unsicher ist. Ich habe ihn nur daran erinnert, daß der König sehr wenig erfreut sein würde, wenn diese Ehe nicht zustande käme. Aber er wußte das bereits.«

»Auch ein Feigling.«

»Ist es feige, das Mißfallen des Königs zu fürchten? Er kann einem Mann und seiner Familie alles nehmen, auch das Leben.«

Dann kann der König Euch auch Summerbourne wieder wegnehmen, dachte Claire. »So?« fragte sie, während sie mit zusammengebissenen Zähnen lächelte. »Wie konnte mein guter Vater dem König so mißfallen?«

»Indem er ihn des Brudermordes beschuldigt hat.«

Sie drehte sich zu ihm um. »Wessen er auch schuldig ist.«

»Seid ruhig.«

»Habt Ihr Angst vor der Wahrheit?«

»Ich habe die Verantwortung für Euch. Ich will nicht, daß auch Ihr noch durch diese Sache vernichtet werdet.«

Er winkte den letzten davonziehenden Gästen lächelnd zu. Dann packte er sie am Arm und zog sie durchs Haus ins Sonnenzimmer. Die Hofleute starrten ihn an, aber niemand hinderte ihn. Schließlich war er ihr Herr und Gebieter, ihr Ehemann.

Als die Tür zufiel, rieb sie sich ihren Arm. »Wird Euch die Enthaltsamkeit schon jetzt zuviel, mein Herr?«

Er packte sie an den Schultern und zwang sie, sich aufs Bett zu setzen. »Hört mir zu. Ich kann Euren Zorn und Euren Kummer verstehen. Aber nichts ist so einfach, gut oder schlecht, schwarz oder weiß.« Plötzlich kniete er sich nieder und nahm ihre Hände. »Claire, niemand hat etwas von einem weiteren Märtyrer.«

Sie entzog ihm ihre Hände. »Es gibt Gut und Böse. Es ist nur angenehmer für Euch, anderes zu behaupten, weil Ihr sonst in den Händen des Teufels wäret.«
»Spricht in einem Gottesgericht nicht Gott?«
Das wollte sie nicht gelten lassen. »Vielleicht in einem echten Zweikampf. Nicht, wenn ein Mann wie Ihr gegen einen Mann wie meinen Vater antritt. Ein Krieger wie Ihr, ausgestattet mit einem ganz besonderen Schwert.«
»Und was ist mit dem unerschrockenen Kind Sebastian?«
Sie beugte sich zurück und wünschte, daß sie noch weiter von ihm wegrücken könnte. Bis ans Ende des Zimmers. Bis ans Ende der Welt. »Woher kennt Ihr das?«
»Es ist eine bekannte Geschichte. Aber Euer Vater hat sie auch in seinem Büchlein niedergelegt.«
»Woher wißt Ihr das?«
»Lord Eudo hat davon gesprochen, also habe ich Bruder Nils gebeten, mir Teile daraus vorzulesen.«
Sie biß die Zähne zusammen. »Ich nehme an, daß ich kein Recht habe, Euch darum zu bitten, nicht in den persönlichen Aufzeichnungen meines Vaters zu lesen.«
»Nein. Überhaupt kein Recht.«
Sie kletterte über das Bett auf die andere Seite, damit er ihre Tränen nicht sehen konnte.
Er erhob sich. »Warum dieser Zorn? Jeder hätte geglaubt, daß solche Aufzeichnungen irgendwelche Geheimnisse enthalten.«
»Es sind die letzten Worte meines Vaters. Ich bin erstaunt, daß Ihr sie nicht vernichtet habt, nachdem Ihr auch meinen Vater vernichtet habt!«
»Claire, Ihr habt guten Grund, böse auf mich zu sein. Aber werdet nicht kindisch.«
Sie wirbelte zu ihm herum. »Ist es kindisch, den Mörder seines Vaters zu hassen?«
Nach einem Augenblick sagte er: »Nein. Aber es ist kindisch,

nicht hinter die Fassade zu schauen. Ich hätte gedacht, daß die Tochter eines Rätselstellers das wüßte. Das Gottesgericht war ein rechtmäßiger Prozeß. Nehmt das so hin. Euer Vater ist für schuldig befunden worden und ist gestorben.«

»Für schuldig befunden worden vom falschen König! Und umgebracht worden von seinem Lakaien!«

Renalds Mund zuckte. »Claire …«

»Der König hat seinen Bruder getötet«, fuhr sie fort. »Die Rebellen hatten *recht,* als sie sagten, daß ihm die Krone nicht zusteht. Und deshalb kann dieses Gottesurteil *kein* Urteil Gottes sein.«

»Was für eine interessante Logik.«

Sie hörte nicht auf und spürte, wie gut es tat, allen Groll herauszulassen. »Ihr seid Falschspieler, Ihr und der König! Glaubt nicht, ich würde das Spiel nicht begreifen, das Ihr spielt. Ihr habt behauptet, wir hätten freie Wahl, aber dann habt Ihr Eure Männer schaurige Geschichten erzählen lassen, um meine Tanten einzuschüchtern.«

»Was das betrifft: Das gebe ich zu.«

»Und in Frankreich gibt es auch nicht die Sitte, die Braut von den Gästen fernzuhalten.«

»Irgendwann müssen Sitten eingeführt werden.«

»Und Ihr seid ein Dieb.«

»Ein Dieb?« Er zog die Brauen hoch. Jetzt aber, als er kühl und gelassen war, wirkte diese Geste beleidigend.

»War es keine Diebestat, mich zu heiraten? Ihr wußtet, wie ich mich fühlen würde, wenn die Wahrheit herauskommt.«

»Und was habe ich gestohlen?«

Mein Herz, dachte sie, schlug diese Tür aber zu. »Mein Vertrauen.«

Er nickte. »Das tut mir leid. Aber wenn ich Euch die Wahrheit gesagt hätte, hättet Ihr mich nicht geheiratet.«

»Ganz richtig.«

»Eine von Euch mußte mich heiraten.«

»Es hätte Felice sein können, wenn Ihr sie nicht so verschreckt hättet.«
»Das bezweifle ich. Ich glaube nicht, daß sie sich jemals geopfert hätte.«
Sie konnte ihn nicht begreifen, und, schlimmer noch, sie wurde schwach. Obwohl sie wußte, was für ein Mensch er war, gab es etwas an ihm, das ihr die Kraft raubte, ihn zu hassen. »Wollt Ihr sagen, daß Ihr Felice geheiratet hättet, wenn sie gewollt hätte?«
Er strich sich mit den Fingern über die Lippen und betrachtete sie. »Ja. Aber als ich Euch kennengelernt habe, Lady Claire, wollte ich Euch, und ich gestehe, daß ich mein Bestes gegeben habe, um zu gewinnen.«
»Mit Tricks.«
»Mit allem, was sich bot.« Er schaute sie traurig aus seinen dunklen Augen an. »Erinnert Euch. Ich kämpfe, um zu gewinnen.«
Plötzlich schüttelte er den Kopf. »Es ist alles noch viel zu frisch. Wir haben einen ganzen Monat.« Er blickte sich um. »Dieser Raum gehört Euch. Ich verspreche, daß ich Euch hier nicht stören werde. Zumindest einen Monat lang.«
»Und was ist nach diesem Monat?«
»Wir brauchen mehr Platz«, sagte er, ohne auf ihre Frage einzugehen. »Ich werde Euer Schreibpult hierherbringen lassen.«
Mit einer Sache hatte er recht. Es war alles noch viel zu frisch. Claire konnte kaum denken, konnte keine Entscheidungen fällen. Aber sie wünschte, sie könnte ihn treffen. Sie würde gerne die Hände nach seiner Seele ausstrecken und ihr all ihren Schmerz, den Betrug und den Kummer mitteilen.
Dann erinnerte sie sich daran, daß sie ihn nicht treffen wollte, sondern zerstören. Sie wollte beweisen, daß er Ulric getötet hatte, und damit alles wieder in die alte Ordnung zurückversetzen. Daran klammerte sie sich jetzt fest, denn

das war momentan ihr einziger Grund, noch leben zu wollen.

Alles, was sie sagte, war: »Ich danke Euch, mein Herr.«

»Gibt es noch irgend etwas, was Ihr wünscht?«

»Nur, daß Ihr den Raum verlaßt.«

Er ging ohne ein Wort.

Als Renald die Tür hinter sich schloß, holte er tief Luft, um sich zu fassen. Er würde weder bitten noch flehen.

Er würde nicht versuchen, Claire mit Gewalt zu nehmen. Damit würde er sie mit Sicherheit für immer verlieren.

Sie war zu Recht zornig, aber ihre Wut würde sich bestimmt mit der Zeit legen. Wenn Gott es wollte, würde er sie später noch einmal umwerben können, würde er in der Lage sein, ihr alles zu erzählen, was passiert war, und auch erklären, wie es so weit hatte kommen können. Vielleicht.

Manche Wunden waren zu tief, um heilen zu können.

Langsam hob er die Hände vors Gesicht, seine Hände, die vor noch gar nicht so langer Zeit die ihren berührt hatten. Kein Zimt heute, keine Veilchen. Aber vielleicht würde er noch einen Hauch von ihr erschnuppern können, von ihr, dem lachenden jungen Mädchen, daß in glücklicher Eintracht neben ihm gelegen hatte.

Nur wenig später klopfte es an der Tür, und Claire ließ zwei Männer herein, die ihren hölzernen Klapptisch mit seinem Pult und ihre Bank hereinschleppten. Auf ihren Wunsch hin stellten sie die Möbel an das Fenster, wo das Licht am besten war.

Als die Männer gegangen waren, rückte sie das Pult noch ein bißchen hin und her. Es tat ihr gut, sich mit diesem Gegenstand aus ihrer Vergangenheit zu beschäftigen, einem Gegenstand aus besseren Tagen. Solche Tage würden sie alle wieder haben können, wenn sie geschickt und entschlossen handelte.

Die Männer kamen noch einmal. Der eine trug den Kasten mit den Tinten und die Kästchen mit den Pinseln und Federn, der andere ihre Mappe mit dem Pergament.
Claire war klar, daß sie ihr ganzes Augenmerk auf ihr Vorhaben richten und beginnen sollte, Renalds Schuld zu beweisen, aber sie wollte nicht den ersten Schritt auf das Ende zu machen. Statt dessen nahm sie die Geschichte des unerschrockenen Kindes zur Hand.
Sie wußte, wie schwächlich das war, aber die Wirklichkeit bedrückte und beengte sie, sie erschien ihr wie ein dichter, knorriger Wald voller Raubtiere, ein Ort der Zerstörung und völligen Einsamkeit. Lieber wollte sie jetzt hier bei ihren Bildern verweilen und bei Geschichten, die immer so endeten, wie es sein sollte.
Dies war Thomas' glückliche Geschichte. Wenn sie erst … wenn der Tod von Ulric geklärt war, würde alles hier – wie es sein sollte – ihrem Bruder gehören. Claire saß da und strich die noch unvollendete Seite glatt. Jetzt fiel ihr ein, daß sie ihrem Bruder noch gar nicht die Wahrheit gesagt hatte.
Sie stand auf, setzte sich aber gleich wieder hin. Das hatte Zeit. Niemand außer ihr kannte sie. Sie konnte sich ruhig etwas Zeit lassen.
Ihre Hände zitterten und waren seltsam kalt. Sie rieb sie aneinander und mußte leise lächeln, als sie sah, daß letztendlich die Kuh doch das richtige Gesicht bekommen hatte. Doch dann sah sie die Kleckse auf dem Rand. Sie nahm ein scharfes Messer zur Hand, um die Tinte vom Pergament zu kratzen, legte es dann aber wieder beiseite.
Die Kleckse sollten bleiben, die Aufzeichnungen für immer beschädigt bleiben, so wie ihr Leben an dem Tag zerstört worden war, als Renald de Lisle auf Summerbourne erschienen war.
Und ihr Leben würde so bleiben, auch wenn sie die Dinge

wieder richtigstellen konnte, das wußte sie. Ihr Herz würde für immer gebrochen sein.
Claire rührte die Tinte um und griff zur Feder. Sie hoffte auf die Ruhe, die sie immer bei dieser Arbeit fand. Aber als sie die Feder zurechtschneiden wollte, schnitt sie sich beinahe in die Finger. Also legte sie Feder und Messer weg, wischte ihre Hände an ihrem Kleid ab und wußte, daß dieser Versuch vergeblich war.
Renald de Lisle hatte ihr keine Möglichkeit der Flucht gelassen.
Sie kämpfte mit ihren Tränen und legte alles wieder zurück. Um ein größeres Buch auf den Tisch legen zu können, mußte sie das Büchlein ihres Vaters weglegen, und sie strich zärtlich über seinen Einband. Sie kannte ihren Vater. Seinen letzten Eintrag hatte er sicher an seinem Todestag gemacht, damit die Geschichte ein Ende hatte.
Claire wünschte, er hätte etwas anderes als eine Geschichte geschrieben. Wenn sie nur die Meinung ihres Vaters über die Rebellion kennen würde, könnte sie sich eher einen Reim auf alles machen. Plötzlich kam ihr der Gedanke, ob Meinung und Geschichte nicht miteinander verwoben waren. Ihr Vater hatte oft ein Thema mit einem anderen verbunden. Sie öffnete das Büchlein mit ungeschickten Fingern und blätterte schnell die ersten Seiten durch, aber alles klang vertraut. Es war die Geschichte von Sebastian, allerdings gab es neue Elemente. Sebastian hatte anscheinend auf einer langwierigen Reise zu Count Tancred ein paar Leute kennengelernt. In der alten Version war diese Passage kurz gehalten.
Aber dann fesselte sie ein Wort. »Salisbury«. Normalerweise spielte die Geschichte von Sebastian im Ausland. Hatte ihr Vater diesmal England als Schauplatz gewählt? Aber als sie den ganzen Satz las, stellte sie fest, daß der Graf, daß Salisbury gemeint war. Die Passage erzählte von einem

Abend auf einem Gut namens Ickworth und einer Diskussion dort über die Rechtmäßigkeit von Sebastians Vorhaben.
Nein, von der Rebellion! Er *hatte* das reale Geschehen mit der Geschichte verwoben. Aufgeregt setzte Claire sich hin, um zu lesen.
Einige waren unsicher, aber Sebastian, unschuldig, obwohl er in weltlichen Diensten stand, stand auf, um sie zu ermahnen, auf ihrem Weg zu bleiben. Er erzählte die Geschichte eines alten Königs, der den Thron durch Sünde und Tücke an sich gerissen und dann Verderben über sein Land gebracht hatte.
Die Seite fiel zu Boden. Dies war keine Nacherzählung von der Geschichte des unerschrockenen Kindes Sebastian. Das war die Darstellung der Rebellion, mit ihm in der Rolle des Kindes! Claire schlug die Hand vor den Mund. Er hatte sich als das unerschrockene Kind gesehen, schon von Anfang an. Vielleicht hatte er an den Mythos geglaubt – und daran, daß Gott ihm kräftige Arme verleihen würde.
Ihre Hände zitterten, als sie sich bückte, um die heruntergefallene Seite aufzuheben. Was bedeutete das alles für das Ende der Geschichte?
Sie blätterte bis zur letzten Seite um, die sie bereits gelesen hatte. *Und so stand das unerschrockene Kind über dem Leichnam des mächtigen Gegners, siegreich mit Gottes Hilfe. Tränen rannen aus den Augen des Helden, Tränen der Trauer, weil er gezwungen worden war zu töten, und Tränen, weil er einen solchen Mann hatte töten müssen.*
Eine Träne fiel auf die Seite, und hastig wischte Claire sie fort. Ihr Vater hatte das Ende beschrieben, ergriffen von der Trauer, weil er Renald de Lisle mit Gottes Hilfe töten würde. Er hatte wirklich an die Geschichte geglaubt. Er war in vielen Dingen wie ein Kind gewesen.
Einen solchen Mann. Claire las die Worte noch einmal. Also war er Renald schon einmal vorher begegnet. Ob er darüber

geschrieben hatte? Sie blätterte zurück und fand zufällig die Stelle.

In der Hoffnung, es durch Freundlichkeit zum Einlenken zu bewegen, ließ der Tyrann das Kind gut unterbringen und ihm köstliche Speisen zubereiten. Er wollte sich seine Zuneigung durch gute Gesellschaft und seinen Verstand mit schönen, gelehrten Dingen gewinnen, denn er hoffte, es an die Freuden dieses Lebens zu erinnern. Das Kind aber hatte keine Angst, sie zu verlieren, wenn dies Gottes Wille war, aber es würde niemals wegen der irdischen Verführungen schwach werden.

Count Tancred kam zu ihm. Er versuchte, es mit seinem herzlichen Wesen zu überreden, quälte es, indem er ihm verdrehte Fakten vorführte. Das unerschrockene Kind wäre beinahe schwach geworden, aber mit Gottes Hilfe blieb es standhaft.

Dann benutzten sie ihre schärfste Waffe. Sie schickten seinen Gegner zu ihm. Sebastian mußte feststellen, daß er gar nicht gegen den Tyrannen kämpfen würde, sondern gegen einen Stellvertreter, einen wohlgestalteten Mann, noch jung und mit heiterem Wesen.

Heiteres Wesen, dachte Claire. Selbst wenn sie von ihm bezaubert war, würde sie Renald de Lisle nicht mit diesen Worten beschreiben. Aber dann dachte sie daran, wie er zu den Nachbarn gewesen war, wie er mit Ouisa geplaudert hatte, die er in seinen Armen hielt. Ja, dachte Claire, er war heiter gewesen …

Sie blickte wieder in das Buch. *Sebastian erkannte, welche Prüfung Gott ihm schickte. Seine wahre Probe war nicht, sich dem Tyrannen gegenüberzustellen und ihn niederzustrecken. Statt dessen mußte er einen Mann töten, den er gemocht hätte, ein bloßes Werkzeug des Unrechts, als ob er einem Freund sein eigenes Übel bewußtmachen mußte.*

Er weinte und betete, aber der Kelch würde an ihm nicht vorübergehen.

Auch Claire weinte. *Ein Mann, den er gemocht hätte.* Sie schloß das Buch, denn sie war zu erschüttert, um weiterlesen zu können. Ihr Vater hatte den König immer noch als seinen Freund betrachtet. Er hatte das Gute in Renald gesehen. Aber er war nicht von seinem Weg abgewichen. Er hatte getan, was er für richtig hielt.

Und das sollte ihr ein Leitbild sein. Obwohl ein Teil ihres Herzens sich närrischerweise an Träume klammerte, mußte sie dem wahren Weg folgen. Sie mußte den Mörder bestrafen und ihre Familie retten.

Aufsässig dachte sie, daß Gottes Wege nicht einfach zu verstehen waren. Böse Leute sollten offensichtlich böse sein. Sie sollten weder Tugenden noch Charme besitzen. Und was Gott letztendlich tun könnte, war, seinen Pakt mit den Seinen einzuhalten und das Gute über das Böse siegen zu lassen!

Dann bekreuzigte sie sich und bat Gott um Verzeihung wegen dieser Gedanken. Sie hatte doch gelernt, daß Gottes Wege den Menschen nicht immer verständlich waren.

Als sie das Buch abschloß, dachte sie darüber nach, daß Renald in einem Punkt tatsächlich die Wahrheit gesagt hatte. Er und der König hatten alles versucht, um ihren Vater von seinem Vorhaben abzubringen. Aber sie hatten ihn trotzdem getötet. Das würde sie niemals vergessen.

Sie sollte sich nicht vor den Grausamkeiten verschließen, die geschehen waren.

Sie versuchte, es sich vorzustellen. Ihr Vater wurde im Tower gefangengehalten. Claire war nie in London gewesen, aber sie stellte sich den Weißen Tower groß, schwer und aus kaltem Stein gebaut vor. Er war ein Gefangener gewesen, auch wenn man ihn mit Luxus umgeben hatte.

Er, diese sanfte Seele, war gezwungen, gegen einen Ritter zu kämpfen, der doppelt so breit war und viel geschickter als er. Ihr Vater hatte ohne Zweifel wie Lambert beim Schwerttanz ausgesehen, hatte geschwitzt und nach Luft gerungen, als er versuchte, den Unbesiegbaren zu besiegen.

Sie zuckte zurück, zwang sich aber, sich klarzumachen, daß Renald, anmutig und geschickt mit seinem furchtbaren Schwert, mit ihrem Vater gespielt hatte, wie er mit Lambert gespielt hatte. Dann hatte er sich seiner tödlichen Aufgabe angenommen und das dunkle, trügerische Schwert durch das Kettenhemd in das geliebte Herz ihres Vaters gestoßen. Sie weinte, aber klammerte sich an diesem grausamen Bild fest, um ihr eigenes schwaches, törichtes Herz zu rüsten.

Renald war in diesen Tag gegangen, um zu töten. Das hatte er zugegeben. Kaltblütig zu töten, wie ein Kuhhirte Rinder tötete. Er behauptete, keinen Spaß am Töten zu haben, und vielleicht war das auch wahr. Auch Kuhhirten töteten nicht gerne. Er hatte sein Gewissen ignoriert, die Gerechtigkeit, und hatte einen schwächeren Mann auf Befehl seines Herrn getötet und behauptet – und behauptete es immer noch –, daß dies der Wille Gottes gewesen sei. Keine ehrenvolle Frau würde das hinnehmen können.

Claire sehnte sich nach Rat und Geborgenheit, deshalb ging sie zu ihrer Mutter. Sie fand Lady Murielle in ihrem kleinen Zimmer, wo sie seltsam still am Fenster saß.

»Wie geht es dir, Mutter?«

Lady Murielle seufzte. »Es ist eine traurige Situation, aber wir werden ihn hinhalten.«

»Wen hinhalten?«

»De Lisle!« Ihre Mutter ergriff Claires Handgelenk. »Du mußt ihn nicht heiraten. Jetzt nicht. Ich habe gesehen, wie du ihn angeschaut hast, aber du mußt Vaters Mörder nicht heiraten!«

Claire schaute zu einem Mädchen, das herbeigeeilt kam, um ihre Herrin zu beruhigen. Bald starrte Lady Murielle wieder aus dem Fenster.

Claire ging fort und rieb ihr Handgelenk, das immer noch rot und weiß von dem festen Druck war. »Ist sie schon den ganzen Tag so?«

»Oh, ja, Lady. Sie sorgt sich, daß Ihr in die Ehe einwilligt.«
Claire bekreuzigte sich. »Heiliger Erlöser, steh ihr bei.«
Auch die Frau schlug ein Kreuz. »Das wird er tun, Lady, keine Sorge. Ich bin sicher, wenn sie etwas Ruhe hat, ist sie bald wieder gesund.«
Claire bat Gott darum, aber sie mußte an die Tochter des Müllers denken, die nun Steine zählte.
Was nun? Sie war gekommen, weil sie einen Rat erhofft hatte und vielleicht auch eine Schulter, an der sie sich ausweinen konnte. Alles, was sie fand, war eine weitere Qual. Ein weiterer Grund, Renald zu vernichten.
Sie ging ins Sonnenzimmer und sah, daß Prissy ihren seidenen Schal flickte. »Laß das«, sagte Claire scharf.
»Aber Lady …«
»Laß das. Es soll so bleiben.«
Prissy legte den Schleier zurück und ging hinaus, als fürchtete sie, Schläge zu bekommen. Claire verbarg ihr Gesicht in den Händen. Das sollte sie nicht tun. Sie konnte ihren Schmerz nicht an Unschuldigen abreagieren. Renald war der einzige, der leiden sollte.
Sie brauchte eine Beschäftigung, eine, die keine Gefühle aufwühlte, aber sie wollte auch nicht im Haus umhergehen. Sie könnte Renald über den Weg laufen, und darauf war sie gar nicht vorbereitet. Noch war sie nicht stark genug dafür.
Wieder versuchte sie, Ruhe beim Schreiben zu finden. Sie nahm einige Lagen Pergament heraus, die wie das Büchlein ihres Vaters zwischen Holzdeckel gebunden waren. Das war das Buch für ihre eigenen Aufzeichnungen. Sie machte keine täglichen Eintragungen, weil ihr ihre Tage selten interessant erschienen, aber ihr Vater hatte sie ermutigt, Sitten und Gebräuche des Gutshofes niederzuschreiben, Dinge wie magische Rituale und Rezepte für Speisen und Heilmittel.
Sie wußte zwar nicht, wozu dies gut sein sollte, da doch jeder diese Dinge kannte, aber sie fuhr in ihrer Arbeit fort.

Claire blätterte die Seiten durch, um eine leere zu finden, als ihr plötzlich klar wurde, daß ihre Tage, wie sie auch sein mochten, nicht mehr uninteressant waren. Sollte sie die jüngsten Ereignisse aufschreiben? Sie könnte es versuchen. Vielleicht fiel ihr dabei etwas auf, womit sie Renalds Schuld beweisen könnte.

Sie tauchte ihre Feder in die Tinte und begann mit dem Trompetenstoß, der das Heranrücken von Männern bei Sturm und Regen meldete …

Claire war gerade bei ihrer Verlobung angelangt, als die Tür mit einem Krachen aufflog und Felice hereinkam. »Claire! Du bist jetzt die Herrin, hast du das etwa vergessen?«

Claire seufzte und wischte ihre Feder ab. Sie hatte nichts entdeckt, was sie für ihren Plan verwenden könnte, aber das Schreiben war doch in gewisser Weise heilsam gewesen.

Felice trat näher und ergriff eine Ecke des Pergaments. »Du kannst deine Tage nun nicht mehr damit verbringen, solche Dummheiten zu machen.«

Claire brachte das Blatt in Sicherheit. »Ist deine Musik eine Dummheit?«

»Meine Musik unterhält andere.«

»Vielleicht werden meine Aufzeichnungen auch andere unterhalten.«

»Zumal nur so wenige sie lesen können? Wir hätten mehr davon, wenn du wie Clarence Geschichten erzähltest.«

»Aber dafür habe ich kein Geschick.«

»Dann tu etwas Nützliches. Lady Murielle steht völlig neben sich, weißt du.«

Claire stand auf. »Sie hat einen Schock.«

»Wenn dir das lieber ist. Egal, sie kann warten. Wir müssen wissen, wieviel von den Resten des Festessens den Armen gegeben werden soll und wieviel wir für uns behalten.«

»Frag Renald. Es ist sein Gut.«

Als Felice ihre Augenbrauen hochzog, wurde Claire klar, daß

ihre Antwort nicht klug gewesen war. Sie hatte vergessen, daß jeder dachte, sie lebten in trauter Eintracht und würden nur wegen des Eids in Keuschheit leben. Bevor sie noch nicht wußte, was sie tun sollte, hielt sie es für das beste, zu tun, als entspräche dies der Wahrheit.

Sie legte ihre Seiten zusammen. »Es tut mir leid. Ich habe gestern ein Schlafmittel genommen und habe heute Kopfschmerzen. Ich kümmere mich um die Lebensmittel. Vielleicht könntest du nachsehen, wieviel Hühner und Gänse und anderes Vieh wir noch haben. Wir werden wohl am nächsten Markttag einiges kaufen müssen.«

»Du gibst mir jetzt Befehle, nicht wahr?«

»Wie du vorhin gesagt hast, ich bin die Herrin von Summerbourne.«

Felice biß die Lippen zusammen, dann aber sagte sie böse: »Wie die Herrin befiehlt!« und rauschte ab. Claire konnte sich den Gedanken nicht verkneifen, daß Renald, wenn er Felice geheiratet hätte, mindestens schon die Hälfte seiner Strafe erhalten hätte.

Als sie zur Tür ging, zog der goldene Pokal, der wieder auf seinem Bord stand, ihre Aufmerksamkeit auf sich. Der Pokal des Königs. Der Pokal, den ihr Vater von Heinrich Beauclerk geschenkt bekommen hatte, kurz nachdem er König geworden war. Ein Geschenk der Freundschaft und als Dank für die schönen Zeiten, die er an dem Ort verbracht hatte, den er Paradies genannt hatte.

18. Kapitel

In der Speisekammer prüfte Claire die Reste vom Festessen und teilte sie auf. Vom Schwein war nichts mehr übrig, aber das überraschte sie nicht. Thomas hätte es alleine gegessen, wenn er die Möglichkeit dazu gehabt hätte.

Das erinnerte sie an ihren Bruder. Sie konnte es nicht mehr länger aufschieben. Niemand außer ihr, ihrer Mutter und de Lisle schien die Wahrheit zu wissen, und aus dem Verhalten ihrer Mutter wurde man nicht schlau. Aber trotzdem konnte das schreckliche Geheimnis jeden Moment gelüftet werden, und Thomas sollte die Wahrheit nicht auf diesem Weg erfahren. Sie fragte nach ihrem Bruder.

»Er ist bei Lord Renald«, sagte ein Dienstbote. Als Claire zum Arbeitszimmer strebte, fügte er hinzu: »Ich glaube, sie sind draußen vor dem Tor und üben Schwertkampf und solche Dinge.«

Natürlich, dachte Claire. Was auch sonst.

Sie hörte die Geräusche schon, bevor sie durch das Tor ging – Krachen, Geklirr und rauhe Stimmen. Sogar einen Schrei. Es klang nach ihrem Bruder. Claire begann zu laufen, lief über die Brücke und sah Kampfgewimmel. Nach einer Weile löste es sich in Renald und seine Männer auf, die beim Abschlachtenspielen waren – Mann gegen Mann. Einige schwangen Stäbe, einige kämpften mit bloßen Händen, einige mit Schwert und Schild. Sie hatten aus dem Wald einen riesigen Baumstamm geholt und ihn in den Boden gerammt. Ein Mann schlug mit dem Schwert auf den Stamm ein, daß die Späne flogen. Er übte, so auf Männer einzuschlagen.

Männer zu töten. Auf *effektvolle* Weise.
Ihr kam die Unterhaltung wieder in den Sinn, die sie am ersten Tag geführt hatten, als Renald davon gesprochen hatte, auf effektvolle Weise zu töten. Sie schlug die Hand vor den Mund. Verflucht sei er dafür, was er war!
Wo war Thomas? In dem Gewimmel der Kämpfenden konnte sie ihn nicht entdecken. Wo? Wo?
Da sah sie blonde Locken. Er kämpfte gegen de Lisle! Claire blieb wie angewurzelt stehen. Was sie sah, war die vollkommene Wiedergabe der Geschichte vom unerschrockenen Sebastian und Count Tancred. Einen Herzschlag später rannte sie weiter, um diesen ungleichen Kampf zu stoppen.
Ein Arm packte sie und riß sie fort. »Nein, Lady«, keuchte Josce. »Ihr richtet mehr Schaden an, wenn Ihr Euch dazwischensteckt.«
Claire strampelte, dann hörte sie auf und schaute auf die Kämpfenden. »Aber … aber Thomas hat ein echtes Schwert!«
»Natürlich.«
»Er könnte verletzt werden. Er könnte jemanden verletzen.«
»Lord Renald paßt auf ihn auf, Lady. Habt keine Angst.«
Sie kämpfte gegen seinen Griff an. »Lord Renald hat unseren Vater getötet. Warum sollte er nicht weitermachen! Laß mich gehen!«
Er gehorchte, aber es war klar, daß er es nicht zulassen würde, daß sie eingriff.
»Thomas' Schwert ist viel kleiner«, sagte sie bitter, während sie die Arme auf der Brust verschränkte. »Kämpft Lord Renald auch manchmal fair?«
»Es ist gut so«, sagte Josce sanft. »Thomas könnte niemals ein großes Schwert unter Kontrolle halten. Mit diesem Schwert hat er viel bessere Chancen.«
»Aber trotzdem so gut wie keine.« Nachdem sie sich etwas beruhigt hatte, konnte sie sehen, daß Thomas nicht in Ge-

fahr war. Es sah aus wie beim Schwerttanz, und Renald hatte alles unter Kontrolle.

Also fragte sie: »Ihm wird also nichts passieren?«

Josce zuckte die Schultern. »Nichts Schlimmes.«

Wieder begann ihr Herz zu rasen. Würde er einen Finger verlieren oder zwei, oder würde er für immer hinken? Renalds großes Schwert würde seine Knochen brechen wie Holz.

Sie hätte sich am liebsten dazwischengestellt, wußte aber, daß ihr das nicht gelingen würde. Deshalb beobachtete sie den ungleichen Kampf, als ob ihr Blick ihren Bruder schützen könnte. Thomas' Schwert langte kaum zu Renald hinüber, aber es war ein echtes Schwert. Renald fing jeden Schlag mit seinem Schwert oder Schild ab, wobei Holz absprang, Späne flogen. Renald griff nicht an. Es sah aus, als würde er die ganze Zeit reden.

Claire ging näher, während Josce ihr auf dem Fuß folgte. Sie konnte die ruhige Stimme ihres Ehemannes hören. »Du kannst einen Kampf gewinnen, indem du deinen Gegner ermüdest, Thomas, aber ich glaube nicht, daß das in diesem Fall funktioniert.«

»Ich finde eine Möglichkeit, Euch zu töten.«

»Vielleicht. Eines Tages.«

Es folgte eine kleine Pause. Sein Mund war fest verschlossen, die Augen funkelten, während seine Brust sich hob und senkte. Claire begriff, daß er die Wahrheit kannte, und begann schnell und verzweifelt, für seine Sicherheit zu beten. Ihr Bruder ging noch einige Male in blinder Verzweiflung auf ihn los, hielt dann wieder inne. Danach führte er das Schwert wie eine Lanze und stach wild schreiend zu. Auch Claire schrie, zu ihrer Schande mußte sie feststellen, daß sie auch de Lisle warnen wollte. Renald sprang zurück, sein Gesicht zeigte Erstaunen, während er den Angriff mit seinem Schwert abwehrte, und mit derselben Bewegung

schlug er Thomas das Schwert aus der Hand, der dann zu Boden fiel.
Renald trat zurück und stieß das Schwert in den Boden. Thomas saß da, schnappte nach Luft und blickte zu Boden. Claire nutzte die Chance und rannte zu den beiden hinüber. »Was habt Ihr ihm getan?« fragte sie, als sie ihren Bruder in den Arm nahm. »Wolltet Ihr auch ihn töten?«
»Er hat versucht, mich zu töten.«
Thomas schüttelte Claire ab und stand auf. »Er hat Vater getötet.«
»Ich weiß.«
»Es ist meine Pflicht, ihn zu töten!«
Claire schloß kurz die Augen. »Thomas, du weißt, daß du das nicht kannst. Noch nicht. Warte ein paar Jahre. Rache kennt keine Grenzen.«
Thomas stand da und keuchte mit weit aufgerissenem Mund. Manchmal konnte er genauso kopflos wie Felice sein.
Auch Claire stand auf und schaute ihren Ehemann an, während sie sprach. »Wenn du willst, Thomas, daß er bezahlt, dann laß dich von ihm in den Fertigkeiten unterweisen, mit denen du ihn eines Tages töten wirst.«
Renald zog die Brauen hoch. »Ich dachte immer, Ihr mögt keine Männer der Gewalt.«
»Das Leben hat uns Unannehmlichkeiten aufgezwungen.«
Er schaute weg, als wäre das Wäldchen in der Ferne ausgesprochen interessant. »Das ist wahr. Thomas, geh zu Harry, und kämpfe mit den Stäben. Aber zuerst«, er schaute Thomas an, als er an ihm vorbeiging, »reinigst du das Schwert.«
Thomas starrte ihn an, nahm dann aber sein Schwert und wischte es vorsichtig ab, bevor er es in die Scheide steckte, die auf dem Boden lag. Dann ging er zu Harry hinüber.
»Woher ist dieses Schwert?« fragte Claire.
»Ich habe den Schmied eines für ihn kleiner und kürzer ma-

chen lassen.« Renald reinigte seine Waffe – ein ganz normales Schwert, nicht das dunkle, mit dem er ihren Vater ermordet hatte. »Bisher hat sich noch niemand um eine Übungswaffe für ihn gekümmert.«
Sie verschränkte wieder die Arme auf ihrem Körper. »Summerbourne war niemals ein Ort der Gewalt.«
»Aber selbst Euer Vater hat einst geübt. Es ist die Pflicht eines jeden Mannes. Wollt Ihr irgend etwas, Lady Claire?«
Er tat so, als läge nichts zwischen ihnen! Nein, das war nicht ganz richtig. Aber er tat so, als hätte die abscheuliche Tat nicht alles verändert.
»Ich wollte nach Thomas schauen«, sagte sie und überlegte, wie sie sich verhalten sollte. »Ich wußte nicht, daß er es schon weiß.«
»Eure Mutter hat es ihm gesagt.« Und wahrscheinlich auf eine Art und Weise, die schlimmer nicht sein konnte. Sie hätte es selbst tun sollen, anstatt sich feige zurückzuhalten. Sie betrachtete den Übungskampf mit den Stäben und zuckte jedesmal zusammen, wenn Thomas getroffen wurde.
»Er ist nun unter meiner Obhut«, sagte Renald. »Ich werde für ihn sorgen.« Als sie protestieren wollte, fügte er hinzu: »Ich werde mich weder von ihm noch von Euch töten lassen.«
»Wie gut es ist, wenn man allmächtig ist.« Aber es gab viele Möglichkeiten, jemanden auch ohne Schwert zu vernichten.
»Es ist keine Leistung, ein Kind zu schlagen.« Er steckte sein Schwert in eine Scheide.
»Aber wer kann Euch schlagen?« fragte sie. »Wieviel Mut gehört dazu, gegen Euch zu kämpfen, da doch gegen Euch jeder Mann ein Kind ist?«
»Das stimmt nicht. Und glaubt Ihr nicht, daß Gott gerecht ist?«

»Nicht mehr.« Sie schaute weg und sah, wie Thomas von seinem Gegner zu Fall gebracht wurde. »Er ist verletzt!«
Diesmal hielt de Lisle sie zurück, indem er einen Arm um ihre Taille legte. »Es ist eine Wunde von Gott, Claire, er verletzt sich nicht ernsthaft. Ihr habt ihn halb zu Tode gehätschelt.«
Sie befreite sich aus seinem Arm. »Ihr wißt gar nicht, was Liebe ist, nicht wahr? Ihr begreift das überhaupt nicht! Ich nehme an, ich sollte Mitleid mit Euch haben, da Ihr so früh aus dem Schoß der Familie gerissen und zu diesem grausamen Spiel gezwungen wurdet. Aber nicht, wenn Ihr dieses auch zu uns bringt.«
Er packte sie bei den Schultern und hielt sie fest, so daß sie ihn anschauen mußte. »Liebe hüllt Menschen nicht in Seide.« Roh drehte er sie um. »Schaut ihn an! Er ist nicht mehr Euer kleiner Bruder. Er ist fast so groß wie Ihr und sicherlich stärker. Eines Tages, wenn ich es nicht kann, wird er Euch vor der Welt beschützen, Euch und Eure Familie. Er muß stark und ausgebildet sein.«
Sie kämpfte mit den Tränen und gegen das Gefühl an, das die Hand auf ihrer Schulter auslöste. »Er war für die Kirche bestimmt.«
»Dann hätte er schon dort sein sollen. Statt dessen durfte er machen, was er wollte, weil Euer Vater der Wahrheit nicht ins Auge sehen konnte ...«
Sie wirbelte zu ihm herum. »Wagt nicht ...«
»Aber sicher wage ich es. Euer Vater war ein guter und netter Mann, der der Welt viel Freude geschenkt hat. Aber als Bruder und Vater hat er versagt. Eure Tanten sollten längst gut verheiratet sein. Kein Wunder, daß Felice so verbittert ist.«
»Sie ist verbittert *geboren*!«
»Wie wollt Ihr das wissen? Damals habt Ihr gar nicht gelebt. Auch Ihr hättet bei einem Mann untergebracht sein

sollen, besonders, als er sich auf so ein riskantes Vorhaben einließ.«
Claire setzte zu einer Antwort an, aber er ließ sie keine Silbe sagen. »Und Thomas hätte entweder im Kloster oder für den Krieg ausgebildet sein sollen. Er hätte nicht verwildern dürfen. Ihr habt hier in einer Illusion gelebt und habt so getan, als gäbe es nicht die große, kalte Welt. Das einzige, was Euer Vater tun konnte, war, sie nicht durch dieses Tor hineinzulassen.«
Claire trat näher an ihn heran. Vor Zorn konnte sie kaum Atem finden. »Ihr versteht offensichtlich nicht, was ein ruhiges Gewissen verlangt.«
»Das verstehe ich sehr gut.«
Sie lachte. »Ihr habt meinen Vater getötet und hattet nicht auch nur die leisesten Bedenken. Was für ein Gewissen ist das? Aber ich werde es Euch fühlen lassen.« Das hatte sie nicht sagen wollen, aber sie konnte sich nicht zurückhalten. »Ihr habt Ulric getötet, um Eure Schuld vor mir zu verheimlichen. Ich werde Euch nicht dafür zur Rechenschaft ziehen können, daß Ihr meinen Vater getötet habt, aber Ulric zu töten war gemeiner Mord, und ich werde es beweisen.«
Er stand vor ihr, unzugänglich wie ein Granitblock. »Ihr könnt die Unwahrheit nicht beweisen.«
»Das brauche ich auch nicht.«
Sie drehte sich um und ging. Aber als sie innerhalb der Holzeinfriedung und außerhalb seines Blickfeldes war, brach sie zusammen. Wie hatte er ihren Vater so angreifen können, versuchen, auch noch die Erinnerung an ihn zu vernichten, nachdem er schon seinen Körper vernichtet hatte? Um sich zu verteidigen, dachte sie. Je mehr er sich davon überzeugte, daß Lord Clarence kein tüchtiger Mann gewesen war, desto einfacher konnte er damit leben, daß er ihn getötet hatte.

Ihr war klar, daß sie ihn für diesen Mord nicht zur Verantwortung ziehen konnte, solange ihn der König und die Kirche unterstützten. Statt dessen würde sie ihn wegen Ulrics Tod vernichten.
»Gut«, sagte sie zu sich. »Wo fange ich an?«
Am Anfang. Mit dem Griffel und den Wachstafeln in der Hand ging sie auf die Suche nach den Wächtern, die in der Nacht, als Ulric zurückgekommen war, Dienst gehabt hatten. Einer von ihnen war in der Baracke und reparierte etwas. »Ich war oben auf dem Wehrgang«, sagte er und stach eine Nadel durch dickes Leder. »Osric hatte Torwache und hat mit ihm gesprochen. Er ist jetzt oben auf Wache.«
Claire kletterte die steile Leiter empor, die zum Wehrgang hinter der Holzeinfriedung führte. Dort oben war der Wind frisch und angenehm, denn es war ein sehr heißer Tag. Claire blieb stehen, um die Umgebung anzuschauen, die wie ein schöner Teppich vor ihnen lag. Wie ergiebig und friedvoll sie war – mit Ausnahme des lauten, klirrenden Waffentrainings direkt unter ihnen.
Sie wendete sich dem Wachmann zu.
Der Mann verbeugte sich. »Lady Claire?«
»Ihr habt mit Ulric gesprochen, als er letzte Nacht ankam?«
»Ja, Herrin. Ich war in der Nacht unten am Tor.«
»Was hat er genau gesagt?«
Der Mann verzog das Gesicht. »Wenig, wenn ich mich recht erinnere. Ich glaube, ich sagte etwas wie: ›He, Ulric! Wie geht's? Wir haben gedacht, du wärst tot.‹«
»Und was hat er dann gesagt?«
Der Mann dachte etwas nach, dann nickte er. »Er sagte etwas davon, daß er übriggeblieben sei.«
Claire ritzte die Worte in ihre Wachstafeln ein. »Hat ihn jemand angegriffen?«
»Weiß nicht, Herrin.«

»War er verletzt?«
»Nein. Todmüde, vielleicht hatte er wunde Füße. Er war aber nicht verletzt.«
Claire löschte die Passage über einen Angriff wieder aus.
»Wohin ist er gegangen, nachdem er durch das Tor gegangen ist?«
»Er ist dort stehengeblieben, als wüßte er nicht recht, wohin er gehen sollte. Aber Ralph – er weiß immer sofort, wenn irgend etwas passiert – kam aus der Baracke und erzählte ihm, daß ein Fest gefeiert wurde und daß es in der Halle gut zu essen und trinken gab. Ulric schaute sehr erstaunt.«
»Erstaunt?« Sie ritzte noch etwas ein.
Der Mann schaute unsicher weg. »Nun, Lady, er wußte bestimmt über den Tod von Lord Clarence Bescheid ...«
»Ich verstehe. Also was tat Ulric dann?«
Der Wächter grub weiter in seiner Erinnerung. »Ich glaube, er sagte: ›Sie feiern den Tod des Herrn?‹ Irgend so etwas. ›Nicht den Tod, die Verlobung. Lady Claire wird den neuen Lord heiraten, diesen Renald de Lisle, den der König hergeschickt hat.‹«
»Und was hat er dazu gesagt?« Claire konnte sich gut vorstellen, was für ein Schock das für den Diener ihres Vaters gewesen sein mußte.
Der Mann schüttelte den Kopf. »Nichts. Er starrte uns nur an, dann drehte er sich um und ging ins Haus.«
Claire machte sich noch einige Notizen und schaute dann nachdenklich über die Felder. Sie nahm an, daß Ulric über de Lisle Bescheid wußte, aber vielleicht war er auch schon vor seinem Tod von ihrem Vater getrennt worden. Aber das war kaum vorstellbar. Ulric war Lord Clarence treu ergeben. Aber warum war er nicht in die Halle gestürzt und hatte auf den Mörder gezeigt? Er hatte Renald de Lisle ebenso hassen müssen, wie sie es nun tat. So sehr, wie sie ihn hassen sollte.
Der Lärm vor dem Tor war ein anderer geworden, und

Claire schaute zu den Exerzierenden hinunter. Das lärmende Nebeneinander der verschiedenen Waffenübungen war verstummt, es war nur noch ein gleichmäßiges Schlagen zu hören, das beinahe wie Musik klang, wie eine Trommel.

Mit nacktem Oberkörper stand Renald de Lisle da und schlug auf den Pfahl ein. Kräftige Muskeln zeichneten sich an seinem Rücken ab, während er – von vorne, dann von hinten, von oben, dann von unten – mit dem dunklen Schwert auf das Holz einhieb. Leichtfüßig tanzte er in seinem makabren Tun um den Pfahl herum, jeder Schlag wäre tödlich gewesen, wäre das Ziel ein Mann gewesen.

Wie beim Schwerttanz auf ihrer Verlobungsfeier war Claire gefangen von der Schönheit seiner todbringenden Fertigkeiten. Schließlich hörte er auf – den anderen etwas Holz übriglassend, aber nicht zuviel – und drehte sich um, strich sein schweißnasses Haar zurück. Während er versuchte, wieder zu Atem zu kommen, schaute er nach oben und erstarrte, als er sie erblickte. Abrupt drehte er sich um und rammte das Schwert tief in den Pfahl.

Claire hastete die schmale Leiter hinunter. Seine Geste hatte ihr Angst eingejagt, denn sie konnte sie überhaupt nicht verstehen.

Sie brauchte Zeit, um sich wieder zu beruhigen. Dann nahm sie ihr Vorhaben mit noch mehr Entschlossenheit auf. Sie mußte Renald de Lisle vernichten, bevor er sie vernichten konnte. Während sie ihre Notizen überflog, stellte sie fest, daß sie nicht viel weitergekommen war. Es war vielleicht seltsam, daß Ulric nicht hereingestürmt war, um gegen die Verbindung zu protestieren, aber schließlich war er immer wortkarg und langsam gewesen.

Ulric mußte so alt wie Thomas gewesen sein, als er der Diener von Lord Clarence, seinerzeit ein Säugling, geworden war. Trotz des Altersunterschieds und seiner lebenslangen

Zuneigung hatte er niemals versucht, sich in die Entscheidung ihres Vaters einzumischen. Er hatte ganz sicher nichts zu den Plänen ihres Vaters gesagt, sich den Rebellen anzuschließen, sondern einfach die ledernen Säcke gepackt und die Waffen poliert. Er war ein ergebener Diener gewesen, und sein Tod mußte gerächt werden. Wo konnte sie jetzt nachforschen? Er mußte mit jemandem gesprochen haben.

Sie fragte in der Küche nach. Einige Leute erinnerten sich daran, daß er in der Halle in der Nähe der Tür gesessen hatte, aber niemand konnte sich erinnern, bei wem. Da er spät gekommen war, war er wahrscheinlich zwischen den niederen Bediensteten irgendeines Gastes zu sitzen gekommen. Und die Gäste und ihre Diener waren jetzt fort.

Claire ging weiter durch Summerbourne und stellte ihre Fragen nach allem, was Ulrics Verhalten und seinen Aufenthaltsort am Abend betraf.

Als sie aus dem warmen Backhaus kam, waren ihre Wachstafeln, auf denen nichts Nützliches stand, aufgeweicht. Sie sah Renald auf sich zukommen. Er trug ein frisches Gewand, und sein Haar war feucht, sicherlich vom Wasser und nicht mehr vom Schweiß. Er blickte sie kühl, sogar kalt an.

»Ich höre, Ihr stellt Nachforschungen wegen Ulric an.«

»Wollt Ihr mir das verbieten?«

»Nein. Aber ich werde Euch begleiten.«

Sie schloß ihre Tafeln mit einem lauten Schlag. »Ich verstehe. Ihr wollt mich daran hindern, die Wahrheit herauszufinden. Niemand außer Euch hatte einen Grund, Ulric zu töten.«

»Nein?« Er ging neben ihr her. »Was ist mit Lady Agnes? Sie wollte, daß Ihr heiratet, und hätte wahrscheinlich nicht gewollt, daß etwas dazwischenkommt.«

»Großmutter?« Sie blieb stehen und blickte ihn an. »Ihr seid verrückt! Sie kann sich gar nicht aus ihrem Stuhl erheben, ohne die fürchterlichsten Schmerzen zu haben.«

»Sie war einmal die Herrin hier und wird Leute kennen, die ihr helfen würden. Sie hat indirekt gedroht, daß sie mich töten lassen würde.«

»Warum sollte meine Großmutter Ulric töten lassen? Selbst wenn sie gewußt hätte, was er sagen würde, hätte sie ihn einfach nur bis nach der Verlobung zum Schweigen bringen müssen.«

Er zog die Augenbrauen hoch. »Das ist ein gutes Argument. Ich nehme an, daß Ihr das schriftlich festhalten werdet.«

»Warum?«

»Das wird noch wichtig werden. Nun, erzählt, was Ihr bis jetzt herausgefunden habt.«

Sie wollte sich weigern, aber es gab keinen Grund. Sie steckte den Griffel in seine Hülle. »Nichts. Einige Leute haben ihn in der Halle gesehen, wo er etwas gegessen und getrunken hat. Die, die ich bis jetzt gefunden habe, waren Bedienstete, die auftrugen, also hatten sie keine Zeit, ihn nach seiner Reise zu fragen. Niemand scheint sich daran zu erinnern, wer neben ihm gesessen oder mit wem er gesprochen hat.«

»Wo hat er gesessen?«

»Am Eingang. Ganz dicht an der Tür. Er kam spät und nahm daher den nächsten Platz.« Ihr fiel auf, daß seine Stimme seltsam geklungen hatte. »Warum?«

Er schwieg und wirkte wie benommen.

»Geht es Euch gut?«

Er schaute immer noch ins Leere und sagte: »Ein älterer Mann mit etwas ergrautem, blondem Haar und einer großen Nase …«

»Was ist mit ihm?«

»Kennt Ihr einen solchen Mann?«

»Warum?« Wenn noch jemand verrückt wurde, war sie ganz auf sich alleine gestellt.
Er schien sie nicht zu hören. »Und ich glaube … ein Frauenzimmer mit etwas hervorstehenden Augen und roten Wangen.«
»Das klingt wie Dora aus der Färberei. Aber was …«
Er schüttelte sich und drehte sich mit einem Achselzucken zu ihr um. »Ich habe so eine Gabe. Ich kann mich an Bilder erinnern. Ich kann mich an einige Bilder aus der Halle während des Essens erinnern, und ich meine mich daran zu erinnern, wie Ulric zwischen diesen Leuten saß.«
»Aber Ihr kennt ihn nicht!«
»Ich habe ihn bei Eurem Vater gesehen.«
Natürlich hatte er das. Sie fühlte sich, als würde ihr eiskaltes Wasser den Rücken herunterlaufen. »Könnt Ihr nicht darüber sprechen?«
»Warum sollte ich?«
Sie wollte ihn treffen, tief in seiner Seele. »Mein Vater hat geschrieben, daß Ihr ihn im Tower besucht habt.«
»Geschrieben? Wo?« Er war überrascht, aber nicht schuldbewußt. Wenn sie nur glauben könnte, daß er sich schuldig fühlte, könnte sie ihm vielleicht verzeihen, aber sie begann zu zweifeln, daß er überhaupt eine Seele hatte.
Sie drehte sich um, um wegzugehen, aber er hielt sie am Arm fest. »Wo hat er das geschrieben?«
Es hatte keinen Sinn, darüber zu streiten. »In seinem Buch. Er hat die Geschichte vom unerschrockenen Kind niedergeschrieben. Er erzählt die Geschichte der Rebellion, und er ist Sebastian.«
»Das habe ich mir schon gedacht.« Er ließ sie los, aber sein Gesicht zeigte Zorn. »Er hatte die ganze Zeit geplant, es zu einem Gottesurteil kommen zu lassen.«
Sie brauchte einen Augenblick, um ihn zu verstehen. »Wollt

Ihr etwa andeuten, daß mein Vater seinen eigenen Tod geplant hat?«
Er lachte kurz und bitter auf. »Oh, nein. Er hatte mehr Gottvertrauen als Ihr. Er dachte, er könnte gewinnen.«
»Und das hätte er auch, hättet Ihr nicht dieses Schwert gehabt.«
»Seid nicht albern.«
»Albern!« Claire merkte, daß sie schrie. Dienstboten drehten sich zu ihnen um. Sie holte tief Luft und sagte: »Mein Vater war ein guter und rechtschaffener Mann ...«
»...der in seiner Vorstellung von richtig und falsch völlig vom Weg abgekommen war.«
Claire hatte bisher nicht gewußt, daß Zorn einen Menschen sprachlos machen konnte. Als sie ihre Stimme wiederfand, sagte sie: »Mein Vater ist nie von irgend etwas abgekommen, außer das eine Mal, als er einen Freund falsch eingeschätzt hat.«
Sie ließ ihn stehen. »Wollt Ihr nicht herausfinden, wer Ulric getötet hat?« hörte sie ihn noch sagen.
Sie wollte ihn angreifen. Genauso wie Thomas wünschte sie sich eine Waffe, um ihn verletzen zu können. Aber die einzige Waffe, die sie hatte, war die Wahrheit über Ulrics Tod. Wenn er die Wahrheit gesprochen hatte, als er von seiner Fähigkeit, sich Bilder in Erinnerung zu rufen, erzählt hatte, dann hatte er vielleicht die beiden Menschen identifiziert, die mit Ulric gesprochen hatten. Sie konnte ihm nicht die Möglichkeit lassen, als erster mit ihnen zu reden – entweder um sie einzuschüchtern oder um durch eine neue Mordtat für Ruhe zu sorgen.
»Stimmt«, sagte sie und drehte sich um. »Dora wird in der Färberei sein. Sie ist außerhalb, unten am Fluß.« Sie ging Richtung Tor, ohne zu schauen, ob er ihr folgte.
»Erzählt mir«, er ging hinter ihr, »was Euer Vater über mich geschrieben hat.«

Entsetzt blieb sie stehen. »Was für ein Monster seid Ihr eigentlich? Habt Ihr überhaupt keine Seele?«
»Jeder Mensch hat eine. Ich kann Nils bitten, mir vorzulesen.«
Sie wollte nicht, daß er oder sein Schreiber das Büchlein berührten. Sie sagte das, von dem sie hoffte, daß es ihn am meisten verletzen würde. »Er mochte Euch.«
»Das könntet Ihr als väterlichen Rat befolgen.«
»Ihr seid so einfühlsam wie der Pfahl, den ihr zerschlagen habt. Er hat gedacht, Ihr würdet über seinen Tod weinen.«
»Claire, ich habe über seinen Tod geweint.«
Wie mit einem Schlag wurde ihr klar, daß das stimmte. Diese müden, rotgeränderten Augen, die er hatte, als er nach Summerbourne kam, hatte er vom Weinen gehabt.
»Aber Ihr habt ihn trotzdem getötet«, sagte sie.
»Ja, ich habe ihn trotzdem getötet.«
Es stand zwischen ihnen wie ein Felsen. Kalt und unüberwindbar.
»Mag Gott Euch vergeben, ich kann es nicht.«
Schweigend gingen sie nebeneinander her zum Fluß hinunter. Getrennt.
Färberei und Gerberei lagen draußen, unterhalb des Hügels. Dieses Handwerk brauchte Wasser, außerdem mochte niemand den Geruch um sich haben. Als ihnen der Gestank entgegenkam, zögerte Claire. Er legte eine Hand auf ihren Arm. »Soll ich vorgehen und die Frau herausbitten?«
Sie entwand sich ihm. »Um Euch die Möglichkeit zu geben, sie zum Schweigen zu bringen? Nein danke.«
Er mußte den Kopf einziehen, um durch die niedrige Tür zu kommen. Stechender Geruch, beißender Dampf schlugen ihnen aus den Bottichen entgegen. Frisch gefärbter Stoff und Garn hingen an Haken und Sparren und Wänden. In den Bottichen kochte es, Farben sprenkelten den gestampf-

ten Boden. Claire entdeckte Dora, die über einem Bottich gebeugt dastand, die Ärmel aufgerollt, den Kittel hoch geschürzt, während sie Stoffe in die blaue, siedende Flüssigkeit tauchte.

»Dora!«

Die Frau schaute auf und strich sich einige feuchte braune Locken aus dem roten Gesicht. »Herrin?«

»Ich muß mit dir reden. Suche jemanden, der für dich weiterarbeitet, und komm nach draußen.«

Die Vorarbeiterin kümmerte sich, und Claire konnte mit der jungen Frau an die kühle, frische Luft gehen.

»Ja, Herrin?« fragte Dora und schaute nervös von Claire zu de Lisle, obwohl der Eindruck von Nervosität auch nur aufgrund ihrer hervorstehenden Augen entstehen mochte.

»Ihr habt keine Schwierigkeiten«, beruhigte Claire sie. »Wir versuchen nur herauszufinden, was Ulric, der Diener von Lord Clarence, an dem Abend gemacht hat, an dem er starb. Wir dachten, er hätte vielleicht bei dir am Tisch gesessen.«

»O ja, das hat er, Herrin. Allerdings nicht so lange. Er kam spät, und ich mußte gehen und in der Küche helfen.«

Claire versuchte, sich ihre Aufregung nicht anmerken zu lassen. Das hätte die Frau vielleicht noch nervöser gemacht. »Hat er mit dir gesprochen?«

Dora grübelte, als sei dies eine sehr schwierige Frage. »Er hat gegrüßt, als er sich hinsetzte.«

»Meinst du, daß er gerade angekommen war?«

»Ich glaube schon. Er hatte einen Stab und Gepäck bei sich.«

Claire hätte die Informationen am liebsten aus der Frau herausgeschüttelt, aber nur Geduld würde zu einem Ergebnis führen. »Weißt du, daß er der Diener meines Vaters war?«

»Ja, Herrin.«

»Warst du nicht neugierig? Wolltest du nichts über den Tod von Lord Clarence erfahren?«
Die großen Augen blieben leer. »Nein, Herrin. Ich habe den Bodenakrobaten zugeschaut. Sie waren sehr gut.«
Claire warf Renald einen verzweifelten Blick zu und schaute dann schnell wieder zu der Frau. Er war der Feind.
»So. Und die ganze Zeit, während er dort gesessen hat, hat er nichts mehr gesagt?«
Dora kratzte sich faul an ihrer üppigen Brust. »Er sagte mir, ich solle die Klappe halten.«
»Die Klappe halten?« Claire mußte wieder ihren Ehemann anschauen und verzog überrascht die Lippen. Ein Mörder sollte kein so gewinnendes Lächeln haben. Er sollte überhaupt nicht lächeln.
»Ich war nur freundlich. Habe über die Kunststücke geredet. Habe ihn gefragt, ob er so etwas schon mal gesehen hätte. Und er hat mir gesagt, ich solle die Klappe halten.«
»Also hat er mit niemandem gesprochen?« Obwohl sie wußte, wie wortkarg Ulric war, mußte er doch noch irgend etwas gesagt haben, bevor er gestorben war.
Als ob sie ihre Gedanken gelesen hätte, schlug Dora vor: »Vielleicht hat er etwas mehr mit Sigfrith geredet.«
»Sigfrith?«
»Der saß auf der anderen Seite.«
Claire machte eine Pause, weil sie den Namen aufschreiben wollte: »Sigfrith von den Stallungen?«
»Ja, Herrin.«
Sie hatte sich das notiert. »Danke, Dora. Du kannst jetzt zurück an deine Arbeit gehen.«
Aber Renald sagte: »Einen Moment noch, Dora. Hast du, als du neben Ulric saßest, noch jemanden mit Ulric reden sehen?«
Die Frau dachte nach, wobei ihre Augen besorgniserregend weit hervortraten. »Ich glaube, ein paar Leute standen kurz

bei ihm, um mit ihm zu sprechen. Aber sie blieben nicht lange. Warum sollten sie mit ihm plaudern, wenn er keine Lust hatte?«

»Kannst du dich an diese Leute erinnern oder an das, was sie gesagt haben?«

»Ich habe den Akrobaten zugesehen, mein Herr.« Sie dachte etwas nach und schien zu glauben, daß Kratzen ihr helfen könnte. »Ich glaube, ich erinnere mich an einen ..., einer sagte etwas wie: ›Ulric, ich dachte, ihr wäret tot.‹ Ja, das ist mir im Gedächtnis geblieben. Etwas über ihn. Und über den Tod des Herrn. Es hat mich einen Moment lang traurig gemacht ...«

»Aber du weißt nicht, wer diese Leute waren?«

Dora schaute sie beide an und rieb ihre rotblauen Hände an ihrer grauen Schürze ab. »Nein, Herr. Nein, Herrin.«

Er nickte, dankte ihr und zog Claire zur Seite.

»Wollen wir hoffen, daß Sigfrith uns weiterhelfen kann. Ich nehme an, daß er der Mann mit den grauen Haaren und der großen Nase ist.«

»Ja.«

»Ihr seid bei seinem Namen zusammengezuckt.«

Er war in der Tat viel zu scharfsinnig, aber sie hatte nicht vor, ihm zu sagen, daß Sigfrith ein Verwandter war. Das würde ihm nur einen Grund mehr geben, das Verbrechen auf ihre Großmutter abzuwälzen.

»Wir gehen am besten zu den Stallungen«, sagte sie und machte sich auf den Weg Richtung Tor. »Ich nehme nicht an, daß Eure Bilder Euch zeigen, wer sich zu ihm gesetzt hatte, um mit ihm zu sprechen?«

»Ich habe keine Gewalt darüber, was haftenbleibt und was nicht.«

»Aber Ihr würdet mir nicht sagen, wenn Ihr es wart.«

Er hielt sie am Gürtel zurück. »Claire. Wenn ich ihn getötet hätte, gäbe das keinen Sinn. Und wenn ich ihn nicht getötet habe, will ich, daß Ihr das wißt, damit ich freigesprochen bin.«

Sie schaute ihn an. »Keinen Sinn? Ich glaube nicht, daß Ihr die Klinge geführt habt. Dafür hattet Ihr gar keine Zeit. Aber Ihr brauchtet nur einen Eurer Männer zu beauftragen. Ich nehme an, daß sie wie ihr auf Befehl töten. So, was ist, wenn Sigfrith sich daran erinnert, daß es einer Eurer Männer war, der bei Ulric gestanden hatte?«

»Gehen wir und fragen ihn«, sagte er kurz angebunden und ging energischen Schrittes Richtung Tor.

19. Kapitel

Sie fanden Sigfrith in einem der Ställe, als er gerade die Hufe eines Pferdes auskratzte.

»Lord Renald, Lady Claire.«

»Sigfrith«, sagte Claire, »wir hoffen, daß du uns einiges über den armen Ulric sagen kannst.«

Er schaute wieder auf den Huf des Pferdes. »Ulric? Der gestorben ist?«

»Du hast während seiner letzten Mahlzeit neben ihm gesessen.«

Er schaute mit einem Blick auf, der verriet, daß er Ärger befürchtete. »So? Er kam spät und saß da. Was sonst?«

»Wir möchten wissen, was er dir gesagt hat.«

»Nichts.«

»Nicht einmal ›Guten Abend‹?« fragte Renald. »Steh auf und schau uns an.«

Für einen Moment dachte Claire, der Stallknecht würde den eisigen Befehl ignorieren, und zitterte für ihn. Aber dann ließ er den Huf los und stand auf. Er verbeugte sich sogar. »Ja, gut, Herr, vielleicht sagte er so etwas.«

»Und hast du auch ›Guten Abend‹ gesagt?«

»Ja, ich nehme an, daß ich es tat, Herr. Ich kann mich nicht mehr erinnern.«

Claire fragte sich, ob Sigfrith immer so mürrisch war. Oder war das nun ein Zeichen für seine Schuld?

»Und hat er sonst noch etwas gesagt?« fragte Renald geduldig.

»Zum Beispiel etwas über die Bodenakrobaten. Oder über Dora, die über die Akrobaten plauderte.«

Der Mann schaute finster, aber eher in Gedanken versunken als zornig. »Ja, Herr. Er hat sie eine Schnattergans genannt, was ja auch stimmt. Aber Ulric hat niemals viel geredet.«
»Kanntest du ihn gut?« fragte Claire.
Er schaute sie mit Augen an, die so blau waren wie die ihres Vaters. »Natürlich. Wir hatten dasselbe Alter und haben unser ganzes Leben lang hier gelebt.« Seine Bemerkung enthielt eine unüberhörbare Spitze, und Claire machte sich Sorgen um ihn.
»Aber wenn du ihn so gut kanntest«, fragte Renald, »warum hast du dann nicht einige Worte mit ihm gewechselt? Ihn zum Beispiel über die Reise ausgefragt? Oder über Lord Clarence' Tod?«
Sigfrith sah aus, als würde er abwägen, wie gefährlich ihm seine Aussagen werden könnten. Dann sagte er: »Ich nehme an, wir haben ein wenig geredet. Ich nehme an, daß ich mich gefragt habe, wo er gesteckt hat. Und ich habe gefragt, was Lord Clarence' Pferd zugestoßen ist. Es war ein gutes.«
Claire schaute Renald an. »Was ist mit Aidan passiert?«
Seine dunklen Augen blitzten. »Weiter«, befahl er, »was hat er dazu gesagt?«
»Daß es nicht meine Sache ist. Was nicht stimmt. Die Stallungen sind mein Bereich.«
»Hat er irgend etwas dazu gesagt, wie Lord Clarence gestorben ist, oder etwas über meine Verlobung mit Lady Claire?«
Die Frage überraschte den Mann. »Nein, Herr.«
»Nichts?« fragte Claire. »Meine Verlobung hätte ihn interessieren müssen.«
»Dazu kann ich nichts sagen, Herrin. Er hat zu beidem nichts gesagt.«
Renald fragte weiter. »Einige Leute sind zu ihm gekommen, um mit ihm zu reden. Kannst du dich an jemanden von ihnen erinnern?«
Sigfrith zuckte die Schultern. »Big Gregory. Er ist mit Ulrics

Schwester verheiratet. Hat ihm sein Beileid ausgesprochen, wenn ich mich recht entsinne. Lord Eudo hat ähnliches gesagt. Und Britha – Ihr kennt Britha, Herr – fragte, ob er Trost bräuchte.«
Claire ritzte die Namen in ihre Wachstafeln und fragte: »Und das sind die einzigen, an die du dich erinnerst?«
»Und an den Knappen des Herrn, Josce.«
Claires Griffel schien im Wachs steckenzubleiben, und sie schaute Renald an. Er ließ sich nichts anmerken, aber das – das hatte sie inzwischen begriffen – sagte eine ganze Menge.
»Hast du gehört, was Josce zu Ulric gesagt hat?« fragte sie. Etwas wie: ›Trefft mich im Garten …‹
Aber Josce? Josce mit seinem offenen Gesicht, den Sommersprossen und dem breiten Lächeln? Aber was sollte ein Knappe tun, wenn man ihm zu töten befahl? Dasselbe wie sein Herr. Gehorchen.
»Nein, Herrin«, sagte Sigfrith. »Der junge Mann hat leise gesprochen. Anscheinend vertraulich.« Sigfriths schlaues Gesicht verriet, daß er wußte, nun Ärger angerichtet zu haben.
Sie notierte weiter, dankte dem Stallknecht und ging in den Sonnenschein hinaus. Als sie außer Hörweite waren, schaute sie Renald de Lisle an und fragte: »Nun, Mylord?«
Sein Mund verriet seinen Ärger. Er war aber nicht verärgert über sie. »Nun, wir sollten mit Josce reden.«
Er war so schnell unterwegs, daß Claire laufen mußte, um ihn einzuholen. »Behauptet Ihr immer noch, unschuldig zu sein?«
»Ich *bin* immer noch unschuldig. Wie Josce sicherlich beweisen wird.«
»Versucht nicht, alle Schuld auf ihn abzuwälzen. Er ist doch noch so jung.«
»Ich werde ihm genausoviel Schuld zuweisen, wie er ver-

dient.« Er ballte die Fäuste. Claire packte seinen Arm mit beiden Händen. Er blieb stehen und drehte sich so schnell um, daß sie Angst bekam.

Nach einem beklemmenden Moment sagte er: »Was?«

Claire zwang sich, laut zu sprechen. »Wenn Josce ihn getötet hat, war das sicherlich auf Euren Befehl.«

Renald ließ sie stehen. Claire lief erschöpft hinter ihm her. Sie hatte Angst, daß er bald wieder Blut vergoß. Ob er seinen Knappen töten würde, damit seine Schuld unentdeckt bliebe?

Josce stand in einer Gruppe lachender, junger Männer, aber auf Renalds scharfen Befehl hin erblaßte er und kam pflichtbewußt angelaufen.

»Ja, Herr. Was befehlt Ihr?«

»Worüber hast du mit Ulric, Lord Clarence' Diener, in der Nacht gesprochen, in der er ermordet wurde?«

Josces blasses Gesicht wurde so rot vor Scham, daß seine Sommersprossen nicht mehr zu sehen waren. Claire wurde übel. Sie wartete auf ein Geständnis und wollte ihn irgendwie zum Schweigen bringen.

Der Knappe befeuchtete seine Lippen. »Ich … ich wollte ihm nur sagen, wie leid es mir tut.«

»Leid!«

Renald klang ebenso überrascht, wie Claire sich fühlte. Leid? Für einen Mord, der überhaupt noch nicht begangen war? Wenn nicht dafür, wofür denn dann? Josce schaute Claire an, als hoffte er, sie würde ihn unterbrechen. Dann schaute er wieder seinen Herrn an. »Ihr habt ihn nicht mit Lord Clarence heimkehren lassen, Herr. Das hat sein Herz gebrochen. Ich weiß, daß er gerne beim Begräbnis dabeigewesen wäre.«

Renald schob seine Hand unter den Gürtel, während ein Finger gegen das Leder trommelte. Sein Mund zuckte. Er war immer noch wütend, aber Claire wußte nicht, warum.

War ein weiches Herz zu haben für diesen Mann ein Verbrechen?
Renald sagte: »Er hatte in seinem Gepäck zwei Schillinge und einige Pennys.«
Zu Claires Überraschung wurde Josce nun – bis auf seine Sommersprossen – schneeweiß. »Ich habe ihm das Geld gegeben«, flüsterte er.
Renald hatte nun seine Hand fest um seinen Gürtel geschlossen. Josce begann zu zittern. Claire schaute hilflos zwischen den beiden hin und her.
»Morgen kehrst du zu deinem Vater zurück«, sagte Renald. »Zu Fuß. Natürlich werde ich einige Männer mitschicken, damit du auch wirklich ankommst.«
Josces Lippen zitterten. »Jawohl, Herr.«
»Du weißt, warum?«
Der Adamsapfel des Jungen hüpfte auf und ab. »Ja, mein Herr.«
Renald nickte. »Geh mir aus den Augen. Verbring die Nacht in der Kapelle und bete.«
Claire dachte, Josce würde handeln oder bitten, aber er drehte sich um und ging fort. Er sah aus, als ob er am liebsten gerannt wäre. Was war passiert? Hatte Josce ein Unrecht begangen, indem er Ulric einige Schillinge gegeben hatte? »Was? Was ist schlecht daran …«
»Ich nehme an, Ihr seid beruhigt, daß er den Mann nicht umgebracht hat.« Renalds Augen waren stumpf wie Steine. Claire versuchte sich vorzustellen, daß Josce Ulric auf Renalds Befehl umgebracht hatte, aber nach dieser Szene war das unmöglich. »Mag sein. Aber dann … aber warum? Warum wolltet Ihr nicht, daß Ulric Geld hat? Wolltet Ihr, daß er den Hungertod stirbt?«
»Wir hatten ihm genug Proviant für eine Woche und noch länger mitgegeben.« Er ging, drehte sich aber wieder um. »Keine Geheimnisse mehr. Ich wollte nicht, daß Ulric hier ist

und jedem die Geschichte erzählt, bevor nicht alles arrangiert war. Deshalb habe ich dafür gesorgt, daß er nur langsam zurückkommen konnte. Hätte Josce mich nicht betrogen, wäre er nicht angekommen, bevor hier alles erledigt war.«

»Betrogen? Ich würde nicht sagen …«

Mit einer Handbewegung brachte er sie zum Schweigen. »Sprecht nie wieder davon.«

Claires Mund wurde trocken. Er war kurz davor, fuchsteufelswild zu werden. Wegen Josce? Oder wegen etwas, das der Junge möglicherweise gestehen könnte?

Sie sagte: »Ihr wolltet also, daß Ulric nicht dabei war, und als er auftauchte, habt Ihr ihn getötet.«

»Zum Teufel, wenn ich gewollt hätte, daß er tot ist, hätte ich ihn in London getötet!« Er strich sich mit einer Hand über das Gesicht. »Mein Wort, Lady Claire.« Er schaute ihr fest in die Augen. »Bei meiner Seele und meiner Hoffnung auf den Himmel, ich habe Ulric nicht getötet. Ich habe auch nicht angeordnet, ihn zu töten. Ich würde so etwas niemals tun. Wie Ihr in bezug auf Eure Großmutter gesagt habt, es war unnötig. Ich konnte das Geheimnis nicht für immer bewahren. Und aus solchen Motiven zu töten, das wäre Mord. Und meine unsterbliche Seele ist mir noch bedeutend mehr wert als Summerbourne. Und Ihr.«

Er marschierte Richtung Haus, und Claire steckte ihren Griffel weg. Sie war völlig verwirrt. Nicht zuletzt wegen des *Und Ihr.*

War es ihm möglich, sie zu lieben, obwohl er ihren Vater umgebracht hatte?

Ja, so war es. Das war eine Tragödie.

Sie erkannte das, weil dieses schwarze Elend auch in ihr selbst war. Das erste Mal gestand sie es sich selbst ein. Tief in ihrem Herzen und für alle Ewigkeit liebte sie den Mörder ihres Vaters.

Wie betäubt eilte sie in den Garten, zu den Heilpflanzen, und versuchte, die Angelegenheit zu durchdenken.
Renald war ein Ritter, ein Mann mit einem blutbesudelten Schwert, aber in ihrem Herzen war sie sicher, daß er auf seine Art ein ehrenwerter Mensch war. Sie wußte, daß er freundlich war, wenn die Situation es erlaubte. Aber sie wußte auch, daß Summerbourne ein Preis war, den er schätzte. Besitzlos seit Geburt, hatte er nach eigenem Land gedürstet, nach einem Ort, an dem er eine Familie gründen, eine Dynastie aufbauen konnte. Und das erklärte seine Beteiligung am Tod ihres Vaters. Als der König ihm befahl zu töten, war die Versuchung zu groß gewesen, und er hatte gehorcht, um das zu erlangen, was er sich von ganzem Herzen wünschte. Weil ihr Vater ein Rebell gewesen war, würde niemand diese Tat verurteilen, nur sie.
Vielleicht hatte Renald sich selbst davon überzeugt, daß der Tod ihres Vaters ein Akt der Gerechtigkeit oder sogar höhere Gewalt war, aber das stimmte nicht. Der König hatte keinen Grund gehabt, Clarence von Summerbourne zu töten, nachdem er viele Lehnsmänner ungestraft hatte davonkommen lassen.
Er hatte den Stachel in seinem Gewissen loswerden wollen und hatte gesehen, daß er einen treuen Gefolgsmann belohnen konnte. Er hatte beides geschafft, indem er gegen einen ungeübten Mann einen Kämpen antreten ließ.
Diese Ungerechtigkeit machte daraus Mord – Mord aus Schuld und Gier. Um es noch schlimmer zu machen, hatte Renald noch einmal getötet, und das noch feiger, damit die Kunde vom Tod ihres Vaters ihre Hochzeit nicht verhindern konnte.
Selbst wenn Renald gesehen hätte, wie Ulric angekommen war, und gewollt hätte, daß die Wahrheit bis nach der Hochzeit unentdeckt bliebe, hätte er einen seiner Männer bitten können, den Diener unauffällig wegzubringen. Das wäre

vernünftig gewesen, und sie wußte nur zu gut, daß Renald nicht dumm war.
Claire ließ sich auf einer Bank nieder.
Alles, was er gewollt hatte, war, daß die Nachricht eine Zeitlang zurückgehalten wurde.
Deshalb hatte er Ulrics Heimweg verlangsamt. Hatte sie bewacht und dafür gesorgt, daß sie nicht mit den Gästen reden konnte, hatte dem Grafen gedroht.
Daher, falls es nicht irgendwelche unentdeckten Motive gab, hatte Renald Ulric weder töten lassen, noch hatte er ihn selbst getötet.
Eine Woge der Erleichterung erfaßte ihr Herz, aber das Hauptproblem blieb bestehen. Er hatte ihren Vater getötet, und das war unabänderbar.
Und entsetzt stellte sie fest, daß ihr die einzige Möglichkeit genommen war, dieser Ehe zu entfliehen, ohne ihre Familie zu vernichten. Was nun? Sie hatte nicht die leiseste Ahnung.
Sie saß wie betäubt da. Dann beschloß sie, irgend etwas zu tun, weil sie sonst verrückt werden würde. Sie grub ein paar besondere Pflanzen aus, trug sie auf den Friedhof und pflanzte sie um das Grab ihres Vaters herum, Levkoje, Ringelblume und Akelei.
Als sie mit dem Eimer in der Hand dastand, kehrten ihre Gedanken wieder zu dem alten Dilemma zurück. Sie konnte das Grab nur als Frau von Renald de Lisle weiterpflegen.
»Claire?«
Sie erschrak und drehte sich um. Ihr Bruder stand neben ihr, andächtig, aber unerwartet gefaßt, trotz eines bösen Blutergusses an der Schläfe.
»Ein Stab?« fragte sie und zwang sich, sich nicht allzusehr darum zu sorgen.
»Ich war langsam wie eine Schnecke. Claire, sollten wir Lord Renald hassen?«
Auf dieses Thema war sie nicht vorbereitet, aber sie wußte,

wie es war, wenn man niemanden zum Sprechen hatte. Sie zog ihn zu einer Bank. »In den Augen der Welt hat Lord Renald nichts Unrechtes getan. Aber er hat unseren Vater getötet. Das verändert unsere Gefühle ihm gegenüber.«
Er saß auf dem Stein, in sich zusammengesunken. »Ich habe ihn erst gehaßt, als ich es erfahren habe. Nun weiß ich nicht weiter. Aber ich glaube, ich sollte es tun.«
Er sprach Claire so sehr aus dem Herzen, daß sie nur die Schultern zucken konnte.
»Josce sagte – vorher –, daß die Gründe, aus denen du jemanden magst, sich nicht ändern.«
»Aber andere Gründe können das dämpfen.«
Er schaute sie an und strich sich eine Locke aus den Augen. »Ich habe ihm gesagt, daß ich ihn hasse. Auch, daß ich ihn töten will. Also haben wir gekämpft.«
Das hatte sie mit angesehen.
»Ich habe zu Gott gebetet, daß ich stark wie das unerschrockene Kind Sebastian bin.« Bekümmert ließ er die Schultern hängen. »Aber eines Tages werde ich stärker sein.«
Claire legte ihm ihre Hand auf seine. »Mein Schatz, tu das nicht. Klammere dich nicht daran, daß du hassen willst.«
»Aber du haßt ihn. Ich habe gesehen, wie ihr gestritten habt.«
»Streiten ist nicht hassen.«
»Du haßt ihn nicht?« Er schaute sie an. »Du wirst also mit ihm verheiratet bleiben?«
Hoffnung schwang in seiner Stimme. Hoffnung, die sie zerstören mußte. »Nein, mein Liebster. Das kann ich nicht.«
»Warum nicht?«
»Weil er Vater getötet hat.«
»Aber das war nicht seine Schuld.«
Oh, Thomas. Sie wußte nicht, ob er sich nach Sicherheit sehnte, oder ob er Renald de Lisle einfach mochte, aber er

wollte, daß sie ihre Meinung änderte, und sie wünschte, sie könnte ihm nachgeben.
»Niemand sonst denkt, daß Vaters Tod unrecht war«, protestierte er. »In solchen Zweikämpfen entscheidet Gott.«
»Es war kein fairer Kampf. Nicht, wenn Lord Renald gegen Vater kämpft.«
»Ein Gottesgericht ist ein Kampf auf Leben und Tod. Wenn Vater gewonnen hätte, wäre Lord Renald nun tot.«
Das wußte sie, aber sie hatte niemals ernsthaft darüber nachgedacht. Sie unterdrückte einen Schauder. »Er war niemals in wirklicher Gefahr. Im Gegensatz zu Vater. Thomas, hast du einmal darüber nachgedacht? Niemand anders hat sich einem Gottesurteil im Kampf gestellt. Lambert nicht. Salisbury nicht. Nicht einmal der Teufel Bellême!«
»Willst du sagen, daß es eine List war?« Er schaute so verwirrt, daß sie sich ärgerte, überhaupt ein Wort gesagt zu haben.
»Du darfst darüber mit niemandem sprechen«, sagte sie, während sie ihm fest in die Augen schaute. »Es ist gefährlich. Hast du das verstanden?«
»Ja. Aber …«
»Ich versuche, einen Ausweg zu finden, der uns erlaubt, ein gutes Leben zu führen. Aber wir können nicht hierbleiben. Nicht nach alldem, was passiert ist. Das siehst du doch ein.«
Er seufzte. »Ich denke schon. Aber wie soll das gehen? Was sollen wir tun?«
Das erste Mal sprach sie es aus. »Ich will die Ehe annullieren lassen.«
»Und dann? Heißt das nicht, daß wir dann arm sein werden?«
Sie seufzte. »Vielleicht nimmt Mutters Familie uns auf.«
Das war nicht sehr angenehm, und sie war nicht erstaunt, daß Thomas erblaßte. »Nach Frankreich!«

»Es ist besser als nichts. Aber jetzt einmal geht alles weiter wie bisher. Mußt du nicht arbeiten?«

»Nein. Josce ist in der Kirche. Er weint. Weiß er nicht, was Lord Renald getan hat?«

»Das ist es nicht.« Claire schaute zur Kirche hinüber und überlegte, ob sie irgend etwas tun konnte.

»Er sollte mir eigentlich zeigen, wie sein Kettenhemd geputzt wird. Also bin ich zu Lord Renald gegangen, um ihn zu fragen, aber er hat gesagt, ich kann jetzt machen, was ich will.«

Das zeigte Claire, wie sehr Josces Handeln Renald getroffen hatte. Gab es heute auch nur einen fröhliche Menschen auf Summerbourne? »Wenn du jetzt frei hast«, sagte sie. »Warum spielst du nicht mit ein paar Freunden?«

Vor einigen Tagen noch wäre er voller Freude davongesprungen. Nun dachte er nach und ging dann gedankenverloren davon. Claire hätte weinen können über das, was sich alles verändert hatte.

Konnte sie nicht einfach ihre Skrupel über Bord werfen und damit jedermanns Leben einfacher machen? Nein. Das würde nicht funktionieren. Wenn sie mit Lord Renald im Bett liegen würde, würde der Tod ihres Vaters immer zwischen ihnen stehen, und sie glaubte nicht, daß etwas anderes als Verderben die Folge sein würde. Sie versenkte sich in den Anblick der stillespendenden kleinen Holzkirche.

Josce hatte die Wahl gehabt zwischen seinem Gewissen und dem Gehorsam gegenüber seinem Herrn. Wie sie. Wie ihr Vater. Wie Renald.

Nur Renald hatte den Gehorsam gewählt.

Die, die sich widersetzten, litten.

Ohne Pferd nach Hause geschickt zu werden war eine große Schande. Sie wußte, daß Josce sich eher bis aufs Blut peitschen lassen würde. Sie war versucht einzugreifen, um noch eine Tragödie zu verhindern, aber sie hielt sich zurück, weil sie ihrem Ehemann aus dem Weg gehen wollte. Sie wollte ihn um keinen Gefallen bitten.

Sie ging in der Weberei vorbei, sorgte dafür, daß die leeren Getreidebehälter ordentlich gescheuert wurden. Sie sprach mit dem Imker über den Honig und mit dem Kaninchenzüchter über seine Tiere. Sie ging aus Summerbourne hinaus – obwohl es dazu überhaupt keinen Grund gab –, um zu schauen, ob bei den Fischteichen alles in Ordnung war. Sie schaute einige Zeit einem großen Karpfen zu, der durch das Wasser glitt.

Es brachte nichts. Sie konnte dem Ruf nicht entfliehen. Seufzend ging sie zurück zum Gutshaus, um ihrem Ehemann gegenüberzutreten, ihrem Feind, um ihn um Nachsicht zu bitten.

Er war nicht im Sonnenzimmer. Sie ging ins Arbeitszimmer, wo sie ihn mit Bruder Nils und Peter, dem Holzfäller, fand.

»Ja, Mylady?« Renalds Gesichtsausdruck war wenig einladend. Die Atmosphäre in dem kleinen Raum war eisig.

Claire kämpfte gegen das Verlangen an, einfach wieder wegzugehen. »Ich möchte Euch sprechen. In einer privaten Angelegenheit.«

»Ich bin im Augenblick beschäftigt. Ich werde zu Euch kommen, wenn ich kann.«

In zwei Wochen? »Es ist sehr dringend, Mylord.«

Er hatte einen harten Zug um den Mund, sagte aber: »Bruder Nils, geh mit Peter, und prüf den Zustand des Holzes im Wald.«

Der Schreiber und der Holzfäller schienen sehr froh zu sein, den Raum verlassen zu können.

»Ja?«

Er saß auf einer Bank neben dem Fenster, groß und dunkel vor dem hellen Wandbehang.

»Ich möchte mit Euch über Josce sprechen.«

»Nein.«
Dieses Mal würde sie dieses Nein nicht gelten lassen. »Doch.«
Er starrte sie an. »Ihr seid eine sehr törichte Frau.«
Sie begann zu zittern, zwang sich aber, nicht darauf zu achten. »Ich tue, was ich für richtig halte. Wie mein Vater. Wie Josce.«
»Wohl kaum. Ihr brecht Euren Schwur wegen einer völlig unwichtigen Sache. Für die Ihr eigentlich dankbar sein solltet.«
Claire holte tief Luft. »Ich möchte, daß Ihr ihn nicht so hart bestraft.«
»Hat er Euch gebeten, das zu tun?«
»Nein. Soweit ich weiß, hat er Euch gehorcht und ist in der Kapelle.«
»Das ist auch gut für ihn. Ich hätte das Recht, ihn auspeitschen zu lassen, bevor ich ihn nach Hause schicke. Wie Ihr seht«, fügte er hinzu, »bin ich schon gnädig.«
»Renald«, sagte sie und sprach ihn bewußt mit seinem Namen an, »bitte laßt Euren Ärger sein, und hört mir zu.«
Er schüttelte den Kopf, verfiel aber in einen etwas weicheren Ton. »Ihr seid eine Frau, Lady Claire, mit dem weichen Herzen einer Frau und einem seltsamen Sinn für richtig und falsch, Recht und Unrecht. Josce weiß, daß das, was er getan hat, unverzeihlich ist.«
»Er hat Eurem Befehl nicht Folge geleistet. Sind Eure Befehle immer richtig?«
»Sie sind immer zu befolgen. Wie ich die Befehle meines Lehnsherrn befolge.«
Wie den Befehl zu töten. »Befehle sind nicht immer richtig«, sagte sie und sprach nicht mehr von Josce.
»Dann lastet die Schuld auf dem, der befohlen hat.«
»Schon auf Erden?«
»Schon auf Erden.«

War das seine Entschuldigung, seine Rettung? Daß der Herr die Schuld seiner Gefolgsleute auf sich lud, wenn sie seinem Befehl folgten, so wie ein Mann die Sünden seiner Frau auf sich nahm?

Sie wollte ihn fragen, ob er meinte, daß das einen Mord rechtfertige, aber sie erinnerte sich daran, daß sie wegen Josce gekommen war. »Vergebung gehört zu unserem Glauben, Lord Renald. Könnt Ihr nicht vergeben?«

»Vielleicht habe ich es schon. Aber ich kann niemanden in meiner Nähe haben, der meinem Wort nicht gehorcht.«

»Also würdet Ihr alles tun, was der König befiehlt?« Sie sprach, ohne nachzudenken, denn sie konnte sich die Antwort auch selbst geben. Der Tod ihres Vaters war die Antwort. Natürlich würde er es tun. Ärgerlich warf sie ihm entgegen: »Würdet Ihr mich töten, wenn er es befehlen würde?«

Er schaute sie an, sein Blick war völlig undurchschaubar. »Nein«, sagte er schließlich. »Aber ich würde deshalb meinen Tod erwarten.«

»Bitte«, sagte sie, während sie spürte, wie ihr Tränen in die Augen traten. »Ihr sollt ihn schulen, nicht vernichten. Gibt es keine andere Möglichkeit?«

»Ich dachte, Ihr wolltet keine Gewalt auf Summerbourne.«

Claire erschauderte und hoffte, daß sie Josces Wünsche richtig deutete. »Ich bin nicht töricht. Manchmal ist Strafe notwendig.«

Plötzlich stand Renald auf und ging zur Tür, um einem Mann zu befehlen, Josce zu ihm zu bringen.

Hierher, dachte Claire, während sie schlucken mußte.

Renald würde sie Zeugin der Bestrafung werden lassen, denn er wußte, daß er sie damit auch bestrafen konnte.

20. Kapitel

Nach einem Klopfen trat Josce blaß und mit geröteten Augen ein. »Mein Herr?«
Renald zeigte mit einem Finger auf den Boden vor sich. »Knie nieder.«
Entsetzt gehorchte Josce.
»Meine gute Frau hat um Nachsicht für dich gebeten. Nein, du kannst ihr später danken, wenn du das dann noch willst. Wie sie betont hat, bin ich nicht unfehlbar. Das ist niemand. Was tun wir also, wenn wir meinen, daß die Befehle unseres Herrn falsch sind?«
Nach einem Augenblick sagte Josce: »Mit ihm darüber sprechen?«
»Bei einigen Herren kann das nur bedeuten, daß du über deinen Tod sprichst. Hast du mit mir über Ulric gesprochen?«
»Nein, mein Herr.«
»Schau mich an.«
Josce hob seinen Kopf. Claire konnte nur seinen Hinterkopf sehen, aber sie glaubte, daß er wieder mit den Tränen kämpfte.
»Warum nicht?« fragte Renald.
Selbst von hinten konnte Claire sehen, daß Josce schluckte. »Ich glaubte nicht, daß Ihr Eure Meinung ändern würdet, mein Herr.«
»Und du glaubst, daß ich dumm bin?«
»Nein, mein Herr!«
»Dann hatte ich also einen guten Grund für meinen Befehl. Hältst du mich für grausam?«

»Nein, mein Herr.« Josces Stimme war leise, und er senkte wieder den Kopf.
»Und du dachtest, Ulric könnte mit dem Proviant, den wir ihm zugeteilt hatten, nicht nach Hause kommen?«
»Er ist ein alter Mann ... Nein, mein Herr.«
»Schau mir ins Gesicht. Warum dachtest du dann, daß du so viel klüger und besser bist als ich?«
Claire kämpfte mit den Tränen, als sie diese Befragung mit ansehen mußte. Wie sie die körperliche Züchtigung ertragen sollte, die sicherlich folgen würde, wußte sie nicht.
»Nun?«
Josce straffte seinen Rücken. »Ich sehe nun, daß ich unrecht hatte, mein Herr. Ich bitte Euch um Verzeihung und nehme Eure Bestrafung an.«
»Hast du eine andere Wahl?«
»Nein, mein Herr.«
Renald lehnte sich gegen die Wand. »Meine Frau glaubt, ich könnte dich auspeitschen und in meinem Dienst behalten. Was sagst du dazu?«
Claire sah das Zittern, das durch den Jungen lief. Ihr lagen Bitten um Gnade auf den Lippen, aber sie hielt sie zurück. Sie hatte getan, was sie konnte.
»Mir wäre lieber, Ihr züchtigtet mich, als daß ihr mich entlaßt.«
Renald musterte ihn prüfend. Dann setzte er sich auf und streckte seine Hände aus. »Leg deine Hände in die meinen.«
Zögernd gehorchte der junge Mann.
»Du wirst mir noch einmal deinen Treueid leisten. Du wirst über jedes Wort nachdenken und die Worte nur sprechen, wenn du überzeugt bist. Hast du mich verstanden?«
Josce nickte. »Ja, mein Herr.« Claire glaubte, ihn zittern zu sehen, und fragte sich, ob er an diesem Punkt noch widersprechen würde. Aber er sagte mit fester Stimme: »Ich, Josce von Gillingsford, Sohn des Ralph von Gillingsford, schwöre,

meinen Herren, Renald de Lisle, Lord von Summerbourne, zu ehren und ihm zu dienen, seinen Rat zu befolgen und seinem Wort zu gehorchen.«

Renald schaute ihn ruhig an. Dann sagte er: »Es wird keine weitere Bestrafung geben. Aber wenn du den Schwur noch einmal brichst, Josce, werde ich keine Gnade walten lassen. Hast du das verstanden?«

»Ja, mein Herr.« Seine Stimme zitterte.

»Wenn wir nicht gerade in einer ernsten Lage sind, kannst du immer meine Befehle mit mir besprechen, aber stets ist mein Wort für dich Gesetz. Ja?«

»Ja, mein Herr!«

»Nun« – Claire meinte, eine Braue in die Höhe wandern zu sehen – »was würdest du tun, wenn ich dir den Befehl gäbe, Lady Claire zu töten.«

Selbst die Locken des Jungen zeigten sein Entsetzen. »Ich … Mein Herr!«

»Nun?«

Josces Kopf sank nieder, und Tränen erstickten seine Stimme, als er sagte: »Ich würde es nicht tun. Ich bin es nicht wert …«

»Nein.« Renald hob das Kinn des Knappen in die Höhe. »Das ist richtig, wenn dein Gewissen zu dir spricht. Aber dann müßtest du deinen Tod würdevoll hinnehmen.«

»Das verstehe ich, mein Herr … glaube ich.«

»Ganz einfach, Josce. Am Ende gehört unsere Seele nur uns allein, und niemand, nicht einmal der König, kann sie uns nehmen. Aber wir werden von irdischen Kräften wie von himmlischen geleitet, und manchmal kostet unsere Entscheidung uns das Leben. Vor einem solchen Tod muß man sich nicht fürchten. Er bringt uns nur eher in den Himmel. Böses auf Erden zu tun bringt einen nur in die Hölle.«

»Das sehe ich ein, mein Herr.« Josces Stimme war tränenerstickt, als er hinzufügte: »Ich bin dankbar, Euch dienen zu dürfen, mein Herr, der Ihr mir niemals etwas Unrechtes befehlen würdet.«

Renald knuffte ihn. »Selbst dann nicht, wenn ich erwarte, daß du einen Mann ohne einen Penny in der Tasche nach Hause ziehen läßt. Aber das ist eine andere Lektion. Paß auf, wem du Treue schwörst, Junge. Nun geh und suche Thomas, diesen Schlingel, und zeig ihm, wie man mein Kettenhemd reinigt.«

Josce stand auf. Claire sah Tränen auf seinen Wangen und wußte, daß auch ihr einige über das Gesicht liefen.

»Ich danke Euch, mein Herr, für Eure Nachsicht«, sagte der Junge, »und für die Dinge, die ich heute gelernt habe.« Dann drehte er sich um, beugte vor Claire das Knie und küßte ihre Hand. »Und ich danke Euch, Herrin, aus ganzem Herzen, daß Ihr meinen Herrn erweicht habt.«

Obwohl sie ebenso jung wie er war, strich Claire ihm übers Haar. »Gott behüte euch, Josce. Und möge er dafür sorgen, daß Ihr eines Tages ebenso weise sein werdet.«

Der Knappe errötete, stand auf und verließ mit energischem Schritt den Raum.

»Es war Eure Weisheit«, sagte Renald mit ruhiger Stimme.

»Ich weiß nichts über Treueide und Schwüre.«

»Aber etwas über Erziehen und Lehren.« Er stand auf und schaute aus dem Fenster, während er seinen Nacken rieb. »Josce ist mein erster Knappe. Bevor ich Lord von Summerbourne wurde, hatte ich nicht den entsprechenden Rang. Und aufgrund meiner Herkunft besitze ich keine entsprechende Ausbildung. Ihr habt mir beigebracht, was ich wissen muß.«

Es war gefährlich, hier mit ihm zu sitzen und über derartiges zu sprechen. Verhängnisvoll. Aber sie blieb. »Dann lernt Ihr aber sehr schnell, Mylord, und überflügelt Euren Lehrer.«

Er drehte sich um und schaute sie an. »Seid vorsichtig, Lady

Claire, sonst haltet Ihr mich bald nicht mehr für einen Unmenschen.«
»Ich halte Euch nicht …« Aber sie mußte es.
»Glaubt Ihr immer noch, daß ich Ulric getötet habe?«
Sie schüttelte den Kopf und war dankbar, daß sie auf ein weniger verfängliches Thema kamen. »Nein. Ich sehe ein, daß Ihr keinen Grund hattet.«
»Zumindest dafür kann ich Euch danken.«
»Aber Ihr habt meinen Vater getötet.« Sie schob den Satz wie einen Schild zwischen sie.
»Ja.« Er schaute sie fest an.
»Und ihr fühlt Euch nicht schuldig.«
»Und ich fühle mich nicht schuldig.«
»Könnt Ihr mich diese Sache nicht so sehen lassen, wie Ihr sie seht? Eben sagtet Ihr, daß ein Ehrenmann sich entscheiden muß, auch wenn seine Wahl seinen Tod bedeuten kann. Wie könnt Ihr Euch nicht schuldig fühlen, nachdem Ihr Euch *entschieden* habt, meinen Vater zu töten und Summerbourne dafür zu bekommen?«
Claire versuchte, keine Bitterkeit in ihre Worte zu legen, konnte es aber nicht verhindern. Es hatte keinen Sinn. Sie stand auf, er streckte seine Hand aus, berührte sie aber nicht – er war zu weit weg –, aber seine Bewegung ließ sie verharren.
»Bleibt, Lady Claire. Sprecht mit mir. Wir wollen versuchen, zusammen darüber hinwegzukommen.«
»Können wir das denn?«
»Wir können es versuchen.«
Langsam ging sie zu ihm hinüber und setzte sich wieder auf die Bank.
»Lady Claire, ich habe Euren Vater getötet. Bei Gott, nichts kann das jemals ändern. Aber ich habe es nicht für Summerbourne getan, und deshalb gibt es nichts, was meine Seele belastet.«

»Das begreife ich nicht«, sagte sie. »Ich begreife nicht, daß es Euch nichts ausmacht.«
»Das habe ich nicht gesagt. Es war das Schmerzhafteste, das ich je in meinem Leben getan habe. Diesen Schmerz werde ich mein ganzes Leben mit mir herumtragen. Aber ich will trotzdem leben, und ich kann trotzdem Freude finden. Denn es ist mein Schmerz. Ich will nicht, daß sein Schatten auf andere fällt. Ihr habt Euren eigenen Schmerz, dessen Schatten auf Eurem Leben liegt.«
Genauso fühlte es sich an. Ein Schatten, der all ihre Tage verdunkeln würde. »Er könnte so leicht beiseite geschafft werden.« Sie rieb ihre Schläfen. »Ich liebe Euch …«
Sie schaute zu ihm empor. Sie hatte einfach ihre Situation erklären wollen, begriff jetzt aber, welche Bedeutung diese Worte trugen.
Seine Augen verdunkelten sich, aber er bewegte sich nicht. »Aber warum habt Ihr ihn dann nicht beiseite geschafft?«
»Weil es so einfach auch wieder nicht ist«, sagte sie seufzend. Sie schaute zu seinem Schwert, das auf einer ramponierten Truhe lag, wie immer in seiner Reichweite. »Das macht mich krank.«
Er stand auf, nahm das Schwert in beide Hände, hielt es wie eine Gabe, die er überreichen wollte. »Es ist ein Geschenk des Königs. Es trägt eine heilige Reliquie. Wollt Ihr, daß ich es einschmelzen lasse? Es hat nichts Unrechtes getan, wenn aber doch, dann nur als mein Werkzeug. Ein Werkzeug trifft nie die Schuld.«
»*Ihr* seid der Mörder.«
»Ja.«
Claire stand auf. »Wie gut es tut, daß das niemals zu ändern ist!«
»Ich bin ein Ritter und kämpfe für das, was ich haben will. Lady Claire, bleibt. Bleibt und kämpft an meiner Seite.«
Auf seine Bitte hin setzte sie sich wieder. Sie wollte es versu-

chen. »Ihr wart das Werkzeug des Königs«, bot sie als eine Entschuldigung an.

»Nein. Denkt daran, was ich Josce gesagt habe. Ich bin ein Werkzeug, das Verstand und Gefühl hat. Selbst auf Heinrichs ausdrücklichen Befehl hin würde ich nicht töten, wenn ich das für falsch hielte.«

»Aber …«

»Aber ich habe Euren Vater getötet. Das ist niemals zu ändern. Niemals.« Er zog das Schwert aus der Scheide. In dem kleinen Raum wirkte die Klinge riesig und unheilverkündend dunkel.

»Wir wollen aufrichtig sein«, sagte er mit unversöhnlicher Stimme und richtete die Spitze des Schwertes auf sie, so daß die Klinge wie ein dunkler Fluß zwischen ihnen lag. »Ich habe mit diesem Schwert Euren Vater getötet, habe seine Seele von seinem Körper getrennt. Wenn Ihr dieses Schwert nicht annehmen könnt, könnt ihr mich nicht annehmen.«

Claire schaute mit klopfendem Herzen auf die Waffe. Sie wollte etwas sagen, etwas, was Hoffnung ausdrückte, aber sie brachte keinen Ton heraus.

Obwohl das Schwert sehr schwer war, zitterte es überhaupt nicht in seiner Hand. »Ich werde wieder töten«, fuhr er fort. »Es ist mein Handwerk. Ich werde niemals töten, wenn ich es für unrecht halte, aber ich werde töten. Wenn Ihr dieses Schwert nicht annehmen könnt, könnt Ihr mich nicht annehmen.«

Claire schluckte. »Ich habe den Mörder angenommen. Das wißt Ihr. Es ist dieser eine Tod, mit dem ich nicht leben kann, und das wird sich niemals ändern.«

Er steckte das Schwert wieder in die Scheide. Er legte es auf die Truhe und blieb dort stehen. »Ihr habt recht. Es kann niemals geändert werden. Und Ihr müßt mich annehmen, den Mörder Eures Vaters. Ich will nicht mit einer Lüge leben. Das wäre schlimmer, als gar nicht zu leben.«

Er drehte sich ruckartig um und blickte sie an. »Ihr haltet mich für kalt, aber mir ist Liebe nicht unbekannt, auch nicht Vertrauen oder Lachen. Wenn wir etwas aus unserer Situation machen wollen, darf es kein Opfer sein. Ihr müßt mich ohne Einschränkung als der annehmen, der ich bin.«

»Ohne Einschränkungen? Aber ...«

»Aber ich habe Euren Vater getötet. Ja. Solange das zwischen uns steht, haben wir keine Chance.«

Sie schaute ihn an. »Wie sollte das nicht zwischen uns stehen?«

Er setzte sich wieder. Setzte sich in den Stuhl ihres Vater. Claire wußte, daß er es absichtlich tat. »Hört mir zu«, sagte er. »Hört mir zu, und ich werde Euch erzählen, warum Euer Vater gestorben ist. Ich weiß nicht, ob das hilft. Ich befürchte, daß es das nicht tut, aber ich kann so nicht leben, und Ihr könnt es auch nicht.«

Auch Claire wußte nicht, wie das helfen sollte. Trotzdem sagte sie: »Dann erzählt es mir.«

Er rieb seine Hände aneinander, dachte nach und begann zu sprechen. »Euer Vater hat die Krone verraten.«

Claire öffnete den Mund, und er sagte: »Unterbrecht mich nicht. Er hat sich gegen Heinrich Beauclerks Recht gestellt, die Krone Englands zu tragen, und das ist Verrat. Nur wenige Männer sind bei dieser Rebellion gestorben, und der König hatte keinesfalls den Wunsch, durch harte Strafen die Angelegenheit noch zu verschlimmern. Wie jedem anderen auch hat man Eurem Vater die Gelegenheit geboten, Heinrich den Treueid zu leisten und nach Hause zurückzukehren, belastet mit nichts anderem als einem Strafgeld.«

Claire runzelte die Stirn. »Es ist ihm wie jedem anderen auch angeboten worden?«

»Meint Ihr, er hätte keine andere Wahl gehabt, außer gegen mich anzutreten?«

Sie nickte. »Aber warum hat er dann nicht ...«

»Er wollte den Treueid nicht leisten.«
Sie erinnerte sich daran, wie sie einst mit Thomas darüber gesprochen hatte. »Es müssen viele Lehnsmänner in derselben Situation gewesen sein. Wie kann man dem König den Treueid leisten, wenn man seinen Kronanspruch für unrechtmäßig hält?«
Er zog ironisch eine Braue hoch. »Jeder andere scheint auf wundersame Art und Weise seine Meinung geändert zu haben.«
»*Jeder andere?* Nur mein Vater hat Widerstand geleistet?«
»Außer denen, die ins Exil gegangen sind.«
»Warum durfte mein Vater nicht gehen? Dann wäre er zumindest für uns am Leben geblieben!«
Renald beugte sich etwas vor. »Er wollte nicht. Er beharrte darauf hierzubleiben und beharrte auf seinem Standpunkt, daß der König keinen Anspruch auf die Krone habe. Freunde, Priester, selbst der König, alle haben versucht, ihn von seinem Starrsinn abzubringen.«
Claire schüttelte den Kopf. »Man kann einem Menschen nicht ausreden, was richtig ist.«
Sie sah, daß seine Fingerknöchel weiß wurden. »Ihr seid genau wie er, außer daß er mehr gelächelt hat.«
Claire schlug die Hand auf ihren zitternden Mund. »Und hat Scherze und Rätsel zum besten gegeben, nehme ich an.«
»Ja.«
»Aber er hätte nicht sterben müssen. Was hätte mein Vater noch anrichten können, wenn der König ihn im Tower gefangengehalten hätte?«
Renald ließ die Hände sinken und lachte bitter auf. »Was er hätte anrichten können? Er hätte versuchen können, das Königreich ganz allein zu zerstören. Der König hat einen Fehler gemacht. Er hatte Euren Vater mit zu einem Bankett genommen. Er hatte gehofft, wenn er ihn mit so vielen Menschen

zusammenkommen läßt, die willens sind, die Situation hinzunehmen – gute Menschen, ehrenwerte Leute ...«

»Feige Leute!« schleuderte Claire ihm entgegen. Sie hatte Angst, daß jetzt etwas kam, das all ihre Schutzwälle niederreißen würde.

»Feige Leute, zum Teil auch das. Euer Vater war kein Feigling. Aber der König hatte gehofft, daß er unter dem Einfluß so vieler Menschen seinen Irrtum einsehen würde.« Renald schaute weg. »Er hat die ganze Gesellschaft mit seinen Geschichten und Rätseln gefesselt. Er hatte wirklich eine ganz besondere Gabe.«

»Also *warum* ...«

Er schaute ihr in die Augen. »Weil er klug und entschlossen war, und er hatte sich nun einmal entschlossen, einen falschen König zu Fall zu bringen. Am Ende des Abends – des ausgelassensten Abends, an den man sich am Hof erinnern kann – schaute er Heinrich an und bat um das Recht, die Frage nach seiner Schuld durch ein Gottesurteil zu beantworten.«

Claire starrte ihn an. »Er hat darum *gebeten*?«

»Bei meinem Wort. Heinrich konnte das nicht ablehnen. Er konnte nicht einmal den Versuch wagen, ihm das auszureden, denn das hätte den Anschein gehabt, daß er nicht an die Billigkeit seiner Sache geglaubt hätte.«

»Und Euch hat man zu seinem Gegner gewählt.« Claires Herz begann zu rasen, als sie Hoffnung aufkeimen fühlte. Ihr Vater hatte den Zweikampf gefordert, und Renald, der Kämpe des Königs, hatte diese Aufgabe übernehmen müssen ...

»Ich habe um die Ehre gebeten.«

»Darum gebeten!« Beinahe wäre sie aufgesprungen und fortgerannt, sie zwang sich aber sitzen zu bleiben. Wenn sie ihn liebte, konnte sie ihm dann nicht zumindest zuhören? »Warum?«

Sie sah, daß er ihren Schrecken bemerkt hatte und daß sie sich sehr beherrschte. »Claire, Ihr seid wunderbar, kostbarer als Rubine, als Perlen, als das Leben. Ich war damals noch nicht der Kämpe. FitzRoger war es. Aber er wollte diese Aufgabe nicht übernehmen, nicht zuletzt, weil Imogen Euren Vater sehr verehrte.« Seine Lippen zuckten. »Ich konnte nicht verstehen, wie Liebe das Leben eines Menschen so sehr verändern kann.«

»Liebe?« flüsterte sie, als sie über Imogen und ihren Ehemann nachdachte. Und über ihren eigenen Ehemann.

»Oh, ja. Ich liebe Euch. Ich hätte nie gedacht, daß man so lieben kann, wie ich Euch liebe.«

Die Worte glitten wie ein Sonnenstrahl durch den Raum, aber außerhalb ihrer Reichweite.

»Also habt Ihr die *Aufgabe* übernommen«, sagte sie. Sie konnte nicht verhindern, daß sie mit einiger Schärfe sprach.

»Aber nein. Ihr habt darum gebeten. Warum, wenn nicht wegen des Gewinns? Wer will einen unschuldigen Mann aus edler Gesinnung töten?«

»Er war nicht unschuldig«, sagte er gelassen. »Er war ein Rebell, der das offen bekannte.«

»Aber die Rebellion war gerecht«, konterte sie.

Renald schloß die Augen und seufzte. Dann schaute er sie wieder an und sprach weiter. »FitzRoger hatte Probleme mit einer alten Wunde – zumindest sagte man das. Sofort haben Männer lautstark die Forderung erhoben, gegen Euren Vater kämpfen zu dürfen, obwohl es bei einem Gottesurteil um Leben und Tod geht. Wißt ihr das?« fragte er.

»Ja. Aber niemand hatte ernsthaft geglaubt, daß es ein Risiko war, gegen meinen Vater zu kämpfen. Das schien der leicht gangbare Weg zu sein, um eine Belohnung zu erlangen. Eine *Aufgabe*.«

»Und ein Weg, um zu beweisen, daß wir recht haben, wir, die Getreuen des Königs. Eine ganze Anzahl von Rebellen baten auf Knien darum, kämpfen zu dürfen. Aber nach allem, was geschehen war, lehnte der König es ab, denen Ehre und Schenkungen zukommen zu lassen, von denen er annahm, daß sie im stillen noch immer gegen ihn sind.«

»Geht es immer nur darum? Um Ehre und Schenkungen? Was ist mit dem Recht?«

»Bei einem Gottesurteil pflegt Gott zu urteilen.«

Diesmal versuchte Claire gar nicht, ihre Bitterkeit zu verbergen. »Wenn das wahr wäre, würde mein Vater jetzt noch leben. Also, warum seid Ihr für diese gewichtige Aufgabe ausgewählt worden?«

Er schien in dem großen Stuhl ganz entspannt zu sitzen, aber Claire war sich sicher, daß jede Faser seines Körpers zum Reißen angespannt war. »Der König wollte den Besten.«

»Und Ihr seid der Beste?«

»Nach FitzRoger.«

»Natürlich, bei einem Gottesurteil spielt das ja keine Rolle.«

»Glaubt Ihr nicht an die Macht Gottes?«

Sie stand auf, beunruhigt durch ihr eigenes Gedankenverwirrspiel. »Ich glaube, Ihr alle habt einen Pakt mit dem Teufel!«

»Glaubt Ihr, daß Satan stärker ist als Gott?«

Claire wandte sich ab. »Ich weiß nicht, was ich glaube! Berichtet weiter. Erklärt mir, wie edel Ihr wart, als Ihr einen Mann abgeschlachtet habt, der kaum ein Schwert halten konnte.«

Seine Stimme klang so ruhig, so unberührt. »Der König wollte den besten Mann auch, damit Euer Vater einen leichten Tod hat.«

Sie drehte sich zu ihm um. »Soll das eine Entschuldigung sein? Daß Ihr meinen Vater schnell getötet habt?«

»Nein, nicht schnell. Das wäre eine Beleidigung gewesen.

Aber sauber. Wißt Ihr, wie Männer normalerweise bei einem Gottesgericht zu Tode gequält werden?«
»Nein«, flüsterte sie.
»Sie werden zu Tode geprügelt. Die Kettenglieder einer Rüstung kann ein Schwert nicht durchbohren, aber Schutz vor Prellungen oder schweren Knochenverletzungen bieten sie nicht. Wer sich ergibt, wird hingerichtet, also taumeln die Kämpfenden so lange, bis einer sich nicht mehr auf den Beinen halten kann. Und dann kann der Sieger, falls er noch die Kraft dazu hat, dem Schwächeren den Hals durchbohren und töten.«
Claire vergrub ihr Gesicht in den Händen. Sie dachte an Sebastian und den bösen Count Tancred. »Und das ist Euer Handwerk?«
»Ich habe mich vorher noch nie einem solchen Kampf gestellt, und ich hoffe, daß ich es auch nie wieder muß. Aber ich hatte das Geschick und die Stärke, und mit diesem Schwert konnte ich ihm den Todesstoß durch den Kettenpanzer geben.«
Sie schaute ihn an. »Aber wenn mein Vater ein solches Schwert gehabt hätte, hätte er Euch töten können.«
»Nein!« Renald schüttelte den Kopf. »Ebensowenig, wie Thomas mich mit einem solchen Schwert töten könnte. Euer Vater wußte nicht, wie man kämpft, er hatte nicht mehr an der Waffe geübt, um Kraft und Beweglichkeit zu erhalten, und er besaß kein Durchhaltevermögen. Ich mußte mich sehr bemühen, es wie einen echten Kampf aussehen zu lassen. Und das hätte beinahe zu einer Katastrophe geführt.«
»Hätte er beinahe gewonnen?«
Er schaute zu seinem Schwert hinüber. »Ich hatte nicht gewußt, wie gut die Klinge wirklich ist. Ich hatte sie ausprobiert und wußte, daß sie, ob mit Spitze oder Schneiden, ein Kettenhemd durchstoßen kann, aber ein Hieb, der auf seinem Schild landete, durchbohrte Eisen und Holz, und die

Klinge blieb stecken. Euer Vater war klug genug, diesen Vorteil zu nutzen. Aber er war nicht kräftig genug.« Er drehte sich ihr wieder zu. »Ja, wenn Euer Vater kräftig, stark und ausgebildet gewesen wäre, hätte er die Nation vernichten können. Aber er war es nicht. Warum üben wir Tag für Tag, Woche für Woche, und das seit Kindheit an? Um Kraft und Geschicklichkeit zu erwerben und sie zu erhalten. Das ist nichts, was ein Mensch durch Willenskraft allein erreicht!«

Claire biß sich auf die Lippen. »Er dachte, er sei das unerschrockene Kind Sebastian. Er dachte, Gott würde ihn schützen.«

»So. Und was schließt Ihr aus dem Ergebnis?«

»Daß es in diesem Land keinen Gott mehr gibt.«

Er stand auf und ging zu ihr hinüber. »Claire, kämpft! Könnt Ihr nicht sehen, daß Gott gesprochen hat? Der Kampf war gerecht!«

Sie wich vor ihm zurück. »Weil Ihr wegen Eurer Stärke ausgewählt worden seid. Weil Ihr dieses Schwert hattet. Wenn der König wirkliches Vertrauen gehabt hätte, hätte er selber gekämpft!«

»Und sowohl der König als auch Euer Vater, beide hätten fürchterlich leiden müssen.«

Sie stand mittlerweile mit dem Rücken an der Wand, er hautnah vor ihr.

»Seht Ihr nicht«, flüsterte sie, »daß es wie die Schlange im Garten ist, die flüsterte, wie einfach es ist, das Richtige als falsch anzunehmen und Lügen als wahr …«

Er senkte den Kopf und berührte mit den Lippen ihren Hals. »Ich habe Euch die Wahrheit gesagt.«

»So, wie Ihr sie seht.« Aber anstatt ihn wegzustoßen oder sich gegen ihn zu wehren, lehnte Claire den Kopf nach hinten, um sich seiner Berührung zu öffnen. Seine Lippen strichen sanft über ihre Halsbeuge und ließen sie erzittern. »Ich weiß nichts mehr zu sagen«, murmelte er, »aber ich bin ein Kämpfer. Ich kämpfe.«

Zunge und Lippen an ihrem Nacken, Gedanken, die durcheinanderstoben wie Federn im Wind, betäubtes Gewissen. Geöffnete Lippen. »Wenn ich Euch hier nehme«, sagte er, und sein Atem vermischte sich mit dem ihren, »dann habe ich Euch bezwungen.«

Sie fühlte nur Lippen, Hitze, Begehren.

»Bekämpft mich, Claire«, stöhnte er, »kämpft. Stoppt mich.«

Aber seine Lippen fanden die ihren, sein Körper gewann die Oberhand, und Claire spürte nichts als sehnsuchtsvollen Hunger nach ihm. Nicht aber ihr Gewissen. Schwach, wie aus weiter Ferne, machte es sich bemerkbar.

Sie befreite ihren Mund. »Hört auf.« Es war ein leises Flüstern, auch ihre Hände an seiner Brust waren federleicht. »Wir sollten nicht …«

Er verharrte, lehnte immer noch an der Wand. Dann stieß er sich ab und trat zurück.

»Kämpft, Claire«, sagte er wieder. »Ich kann die Vergangenheit nicht ändern, deshalb müßt Ihr versuchen, die Wahrheit zu sehen. Ansonsten … möge Gott uns gnädig sein.«

21. Kapitel

Sie lief, rannte hinaus und in das Sonnenzimmer, ihrem Zufluchtsort. Tränen liefen ihr übers Gesicht. Das Paradies war zum Greifen nahe und doch außerhalb der Reichweite. Die Schlange war ihr eigenes Bewußtsein für richtig und falsch, unrecht und recht.

Nein! Nicht die Schlange. Die Schlange war diese böse Versuchung ihrer Liebe.

Er hatte ihr alles gesagt. Es brach ihr das Herz, aber es half nichts, denn die Sache ihres Vaters war gerecht gewesen. Renald hatte zugegeben, daß die Rebellen aus Angst ihre Meinung geändert hatten, nicht weil sie plötzlich erkannt hatten, daß Heinrich Beauclerk ein guter und ehrenwerter König war. Allein ihr Vater hatte für das Recht gekämpft und war dafür getötet worden. Das mußte ein ungerechter Tod sein. Sie bekreuzigte sich und kniete zum Gebet nieder. Sie bat um Stärke, damit sie der verführerischen Schlange widerstehen konnte. Dann erhob sie sich, klappte ihre zusammengebundene Wachstafel auf und notierte alle Möglichkeiten, die es gab, um aus dieser Situation zu entkommen.

Annullierung, schrieb sie. Notwendig. Bischof.

Gründe? Nichtvollzug der Ehe und möglicherweise auch Täuschung. Sie würde den Bischof fragen, ob es noch andere Gründe gab. Die Erinnerung ließ sie zittern, und sie wußte, daß sie nie wieder mit Renald alleine sein durfte, sonst würde sie, wie er gesagt hatte, gefangen sein.

Aber wenn sie die Heirat aufgehoben hatten, was würde dann mit ihr und ihrer Familie geschehen? St. Frides-

wide, ritzte sie ins Wachs ein. Aber das war nichts für Thomas.
Frankreich, fügte sie hinzu. Die Familie ihrer Mutter.
Sie dachte daran, was Renald über seine Kindheit erzählt hatte. Das wollte sie Thomas nicht antun, und ihre Großmutter würde niemals eine so lange Reise machen können.
Sie biß sich auf die Lippen. Sie hatten noch andere Verwandte. Aber alle waren in England, alle dem König untertan.
Claire überflog ihre Liste und tilgte die unnützen Worte aus. Was in Gottes Namen sollte sie tun?
Sie erinnerte sich daran, daß sie einen Bericht über die letzten Tage verfaßt hatte. Den würde sie beenden. Vielleicht würde sie dabei den richtigen Schlüssel finden. Die Aufzeichnungen mußten noch auf ihrem Schreibplatz liegen, aber die Notizen waren nicht mehr da. Sie schaute sich um, suchte, aber das Buch war nicht zu finden. Sie schloß die Truhe auf, in der sie ihre Arbeiten aufbewahrte, und nahm die großen Tafeln heraus, auf denen sie die Geschichte vom Kind Sebastian festgehalten hatte. Darunter lagen einige Blätter und auch das Tagebuch ihres Vaters, aber nicht ihre Aufzeichnungen. Was war mit den anderen Büchertruhen? Aber die waren verschlossen und enthielten ohnehin nur gebundene Bücher. Ihr Buch war auch nicht in der Kleidertruhe. Wo war es?
»Prissy!« Sie riß die Tür auf. »Maria!«
»Herrin?« Prissy sprang sofort herbei, in der Hand einen von Claires Strümpfen, an dem eine lange Stopfnadel baumelte.
»Ist jemand außer euch heute morgen hier in diesem Zimmer gewesen?«
»Nein, Herrin, ich glaube nicht.«
»Komm rein.«

Wieder im Zimmer, fragte sie, ob ein Dieb an diesem Tag hier hätte eindringen können.
»Ein Dieb? Fehlt etwas?«
»Das Buch mit meinen Aufzeichnungen.« Claire begann wieder, in Truhen und Schränkchen nachzuschauen, und Prissy wies sie an, hinter und unter Bänken und Tischen zu suchen, obwohl es kaum vorstellbar war, wie das Buch dahin gelangt sein sollte. Claire schaute sogar unter dem Bett und zwischen den Laken nach. Sie fand noch einige zerdrückte Rosenblätter, aber kein einziges Blatt Pergament.
»Es ist nicht hier«, sagte Prissy. »Seid Ihr sicher …«
»Es war hier! Warum sollte jemand es stehlen wollen? Bücher sind kostbar, aber doch nicht mein Geschreibsel auf irgendwelchen Fetzen Pergament.«
Es war nicht wichtig, aber inmitten dieses Durcheinanders führte dieser Verlust bei ihr zu Panik.
»Vielleicht ist jemand durchs Fenster gekommen, Herrin.«
Claire schaute zum Fenster, das auf den Hof hinausging.
»Summerbournes Leute stehlen nicht.« Aber sie hatte auch niemals geglaubt, daß sie töten würden. Vielleicht war es einer von Lord Renalds Männern, der beides war, Mörder und Dieb, die Schlange im Garten …
»Wollt Ihr es Lord Eudo sagen? Er ist der Sheriff.«
Claire schüttelte den Kopf. »Es lohnt nicht, wegen ein Paar Blatt Pergament nach ihm zu schicken.«
»Aber er ist immer noch hier, Herrin.«
»Lord Eudo? Hier?«
»Er untersucht Ulrics Tod. So was hat er gesagt. Ich kann nicht sagen, daß er viel mehr tut als essen und trinken.«
»Dann ja. Geh und bitte ihn, zu mir zu kommen, Prissy. Und ich möchte, daß die Sachen seiner Männer durchsucht werden, bevor er weggeht.«
Aber Prissy kehrte schon wenig später zurück und meldete: »Er ist vor kurzem weggeritten, Herrin.«

»Holt einen Boten! Ich werde ihn bitten, seine Männer überprüfen zu lassen. Es ist eine seltsame Vorstellung, daß jemand meine ungeordneten Notizen verkaufen möchte. Aber ich will sie zurück.«

Das Buch mit den Aufzeichnungen tauchte nicht auf, und nachdem sie Renald zwei Tage aus dem Weg gegangen war, war Claire immer noch keine Lösung eingefallen. Aber Eudo kehrte nach Summerbourne zurück. Sein erster Gang führte ihn zu Claires Mutter. Kopfschüttelnd verließ er ihr Zimmer.

Das konnte Claire gut verstehen. Lady Murielle war in tiefe Trauer versunken, und in ihrer Vorstellung war Lord Clarence schon ein Heiliger. Obwohl Claire ihren Vater innig geliebt hatte, wußte sie genau, daß er kein Heiliger gewesen war.

»Arme Lady Murielle«, sagte Eudo. »Sie ist völlig durcheinander.«

Claire schenkte ihm Ale ein. »Wir hoffen, daß sie mit der Zeit und mit viel Ruhe bald wieder die alte sein wird.«

Er schaute sie an. »Sie scheint vergessen zu haben, daß Eure Hochzeit bereits stattgefunden hat.«

Das beunruhigte Claire sehr, aber sie sagte: »Das ist nicht ungewöhnlich, wenn jemand einen solchen Schlag erhält. Mit etwas Ruhe wird alles besser werden.«

»Ich bete dafür.« Eudo nahm einen Schluck Ale. »Sie hat einige andere Dinge gesagt. Daß Euer Vater bei einem Gottesurteil getötet wurde. Und daß sein Gegner Renald de Lisle war.«

Claire war versucht zu leugnen, aber sie sagte: »Ja, das stimmt.«

»Heiliges Kreuz!« Er erblaßte, als hätte er das nicht wirklich glauben können. »Es kann nichts anderes als ein Gemetzel gewesen sein.«

Renalds Bericht über diese Zweikämpfe war ihr im Gedächtnis haften geblieben wie seine Bilder. »Ja.«
Er setzte den Becher ab und ergriff ihre Hand. »Oh, meine Liebe. Was für eine Last bedeutet das für Euch.«
Claire spürte brennende Tränen, weil ein älterer Mensch sie stützte. »Ja, das ist nicht einfach.«
»Was wollt Ihr tun?«
»Ich weiß nicht. Ich denke, wir sollten uns um eine Annullierung bemühen. Kennt Ihr Euch damit aus?«
»Ich weiß nur, daß man sich an den Bischof wenden muß. Ist die Ehe noch nicht vollzogen …?«
»Wir haben unser Wort gehalten. Aber der Wille des Königs muß bedacht werden. Er hat diese Hochzeit angeordnet.«
»Die Kirche ist vom König unabhängig.«
Claire schaute ihn an. »Stimmt das?«
Gereizt preßte er die Lippen zusammen. »Das ist unrecht! Niemand kann erwarten, daß Ihr an einer so gottlosen Verbindung festhaltet!«
Claire dachte gereizt daran, daß Eudo nicht sachlich dachte und sein Eifern ihren Vater ins Verderben geführt hatte. Er war groß mit Worten, aber nicht mit Taten.
»Vielleicht wird sich ein Weg finden lassen«, sagte sie unbestimmt und befreite ihre Hand.
»Ihr habt nur einen Monat. Jetzt weniger.«
Als ob sie das nicht wußte. »Bitte, Lord Eudo, laßt uns von anderen Dingen sprechen.« Sie schnitt das erste Thema an, das ihr in den Sinn kam. »Habt Ihr Neuigkeiten über Ulrics Tod?«
Eudo bewegte einen Moment lang seine weichen Lippen, dann sagte er: »Nichts. Es muß eine spontane Tat gewesen sein, vielleicht im Rausch. Solche Verbrechen sind schwer aufzuklären.« Er trank sein Ale aus und zog die Handschuhe an. »Ich bin nur gekommen, um Euch wegen Eurer Auf-

zeichnungen zu beruhigen. Natürlich hatte sie keiner meiner Männer. Ich habe sorgfältig ihr Gepäck durchsucht.«
»Vielen Dank für Eure Bemühungen. Es war albern von mir, das anzunehmen.«
»Ihr habt es einfach verlegt, da bin ich sicher.«
»Ihr habt sicher recht.« Claire begleitete ihn bis zu seinem Pferd. Sie war erleichtert, daß er wieder fortritt. »Es ist für niemanden von Wert außer für mich.«
Er zögerte, die Zügel bereits in Händen. »Ihr solltet besser aufpassen. Ich hoffe, daß Ihr das Tagebuch Eures Vaters gut verwahrt habt. Das andere habt Ihr offen liegenlassen, so daß es durch das Fenster zu sehen war.«
»Oh, ja. Das Werk meines Vaters habe ich eingeschlossen.«
»Und habt Ihr schon angefangen, es abzuschreiben?«
»Das kann ich noch nicht.«
Er wollte aufsteigen, drehte sich dann aber wieder zu ihr um. »Ich reite jetzt zum Kloster St. Stephan. Wollt Ihr, daß ich es mitnehme? Die Mönche können diese Arbeit für Euch erledigen.«
Das war ein vernünftiger Vorschlag, aber Claire schüttelte den Kopf. »Nein, vielen Dank. Das ist etwas, was ich selber machen muß.«
»Ihr werdet jetzt wenig Zeit haben.«
»Ich finde die Zeit. Solche Arbeit tut mir gut.«
Sie dachte schon, er würde noch einen Einwand vorbringen, aber statt dessen sagte er: »Soll ich dann vielleicht einen Brief an den Bischof mitnehmen, in dem Ihr um Annullierung bittet?«
Sie zögerte und bemerkte voller Verzweiflung, daß sie diesen Schritt nicht wirklich machen wollte. »Würdet Ihr das tun?«
»Ich habe dort zu tun. Aber ich muß bald aufbrechen.«
»Es dauert nur einen Augenblick!« Claire rannte zurück ins Haus und schrieb eilig einen Brief. Er war nicht so elegant

formuliert und auch nicht so schön geschrieben, wie sie es gewünscht hatte, aber der Inhalt war ganz deutlich. Sie rannte wieder hinaus und übergab den Brief, bevor ihre Entschlossenheit nachließ.

»Es tut mir leid. Was Ihr alles durchmachen müßt«, sagte Eudo, während er den Brief verstaute, »ich hätte niemals gedacht ...«

Beinahe hätte sie laut aufgelacht. Das könnte seine Grabinschrift sein. Er dachte niemals nach und hatte sicherlich noch nie die Konsequenzen seiner schnellen Worte bedacht.

Er seufzte und küßte ihre Stirn. »Gott schütze und behüte Euch, Lady Claire. Ich befördere Euren Brief und hoffe, daß er Euch befreit.«

Befreien. Sie wußte, daß sie niemals frei sein würde.

Claire sah ihm nach. Als sie sich umdrehte, sah sie Renald im Hof stehen und sie beobachten.

Er mußte gesehen haben, daß sie Eudo ein Dokument ausgehändigt hatte, aber er hatte nicht eingegriffen. Er ließ sie wirklich ihren Kampf führen. Wußte er, daß sie verlieren würde?

Er hatte gesagt, daß er sie nicht nötigen würde, aber er war kurz davor gewesen. Nein. Es war keine Nötigung gewesen. Wenn dieser Monat vorbei war, hatte er ein Recht auf ihren Körper. Würde er dieses Recht für sich beanspruchen? Würde sie die Kraft haben, ihm zu widerstehen? Mit jeder Stunde wurde es schwerer, wurde die Schlange überzeugender.

Um ihren Willen irgendwie zu stärken, ging Claire in die Halle, in der ihre Mutter und Großmutter beieinandersaßen. Lady Murielle besserte ein Gewand von Lord Clarence aus. Sie hatte den Saum gelöst, als ob sie etwas zum Nähen haben wollte. Lady Agnes sah sie ungeduldig und nicht sehr mitfühlend an. »Ich möchte wissen, was Lord Eudo glaubt, hier zu tun? Er ringt immer nur mit den Händen wie eine alte Frau.«

»Nicht wie jede alte Frau, die ich kenne.«

Als Lady Agnes kicherte, schaute Lady Murielle auf. »Ist der Mann gegangen?«

Claire wußte, daß sie nicht von Eudo sprach. »Summerbourne gehört nun ihm, Mutter.«

Lady Murielle griff nach ihrem Handgelenk. »Du mußt ihn nicht heiraten, Claire, nicht einmal wegen Thomas. Versprich mir, daß du es nicht tust. Wir werden schon zurechtkommen.«

Claire tätschelte ihre Hand und kämpfte mit den Tränen, als sie die Worte hörte, die sie lieber einige Tage früher gehört hätte. Worte, die jetzt so sinnlos waren. »Ich werde mein Bestes tun.«

Ihre Mutter ließ sie los und tupfte ihre Tränen ab. »Du bist so eine gute Tochter, Claire. Du weißt, wie sehr ich dich liebe, nicht wahr? So, nun muß ich das hier flicken. Clarence braucht das Kleid im kommenden Winter.«

Claire konnte es nicht ertragen. »Vater ist *tot*, Mutter.«

Lady Murielle schaute auf. »Das weiß ich. Wir haben ihn begraben. In Wollkleidern. Ich muß dies hier fertigmachen.« Sie nähte weiter am Saum.

Lady Agnes schüttelte den Kopf. »Erwarte nicht, daß sie jetzt etwas Vernünftiges sagt. Es sind ihr Schuldgefühl und ihre Trauer. Sie hat dich dazu getrieben, ihn zu heiraten, und möchte es nicht wahrhaben. Sie gibt vor, daß sie alles getan hat, um dich zu beschützen.«

»Du hast mich auch dazu getrieben.«

»Ja, aber mich belastet das nicht. Und wenn du meinen Rat willst, dann halte an dieser Heirat fest.«

Deshalb war Lady Agnes keine gute Ratgeberin. Sie sagte immer wieder dasselbe.

»Das wäre falsch.«

»Falsch«, schnaubte ihre Großmutter. »Es spielt keine Rolle, wie sie sterben. Im Kampf, durch ein Gottesurteil oder durch einen Pfeil im Wald. Sie sind einfach tot. Es ist die Aufgabe der Frauen, die Sachen weiterzuführen.«

»Manche Arbeit ist einfach zu schwer.«

Die Großmutter betrachtete Claire mit Stirnrunzeln. »Was findest du so erschreckend daran? Er sieht gut aus, hat Manieren. Er ist charmant, wenn er will. Und er schaut dich so an, wie jede Frau angeschaut werden möchte.«

Worte einer Schlange. »Vielleicht ist es genau das. Wenn er unangenehm wäre, konnte ich es hinnehmen als das Kreuz, das ich zu tragen habe. Es erscheint mir falsch, sich weich in die Freuden fallen zu lassen.«

Lady Agnes schüttelte den Kopf. »Weißt du, was dein Problem ist? Du bist achtzehn. Bald wirst du ein dickeres Fell haben, was dein Gewissen betrifft, aber dann ist es zu spät.«

Claire mußte lachen und beugte sich vor, um die Wange ihrer Großmutter zu küssen. »Es tut mir leid. Ich versuche, einen Weg zu finden. Dann bist du die Sorge los.«

Claire nahm einen Teil des Ratschlags ihrer Großmutter an und ließ ab, sich unentwegt Sorgen zu machen. Sie hatte noch fast einen ganzen Monat. Bis sie eine Nachricht vom Bischof bekam, konnte sie ohnehin nichts unternehmen. Aber der alltägliche Trott dieser Sommertage machte ihr die Entscheidung nicht leichter. Renald wurde ein Teil von Summerbourne. Claire konnte sich ihr Zuhause schon gar nicht mehr ohne ihn und seine fröhlichen Männer vorstellen. Selbst ihre derben Lieder, ihr lautes Lachen und die rauhen Spiele wurden zu einem Teil ihres Tages.

Die Nachricht, daß Renald Lord Clarence getötet hatte, war ein Schock gewesen, aber Summerbourne hatte sich schnell davon erholt. Die Bediensteten hatten es hingenommen wie andere Dinge auch, die in ihrem Leben stattfanden. Schließ-

lich war es so, wie ein Mann zu Claire sagte, daß Lord Renald »ein guter Mann« war.
Sie wußte, daß es zu seinem Plan gehörte hatte, von den Menschen auf Summerbourne akzeptiert zu werden. Er war bei Regen und Sturm hierher gekommen, so daß die Hofleute ihn kennen- und schätzen lernten, bevor sie die Wahrheit erfuhren. Das hatte funktioniert, aber das bedeutete nicht, daß er kein guter Mensch war. Sie suchte nach Lastern, suchte nach etwas, womit sie ihr schwach werdendes Herz verbarrikadieren konnte. Claire fand nur Tugenden. Er war jedem gegenüber rücksichtsvoll. Er verlangte nichts Unvernünftiges. Er erhob selten die Stimme, tat es nie ohne Grund. Er hatte sogar sein Versprechen gehalten und bewahrte Summerbourne, abgesehen von den Dingen, die sich nicht verhindern ließen, als einen Ort des Friedens. Sie sah ihn niemals Gewalt anwenden. Sie sah ihn nie in einer Rüstung oder mit seinem Schwert. Claire nahm an, daß er seine Männer trainierte, aber er machte es vor den Toren.
Und selbst Veränderungen vollzogen sich ohne Gewalt und Geschrei, vielleicht sogar zum Besseren. Leute kamen von weither nach Summerbourne, um Hilfe gegen Räuber – Menschen wie Tiere – zu ersuchen. Claire war es bisher nie aufgefallen, wie unnatürlich es war, daß die Leute nicht kamen.
Als Raubritter in der Nähe von Sherborn wüteten, baten die Bürger der Stadt Renald um Hilfe.
Er kam zu ihr, um ihr davon zu berichten. »Diese Angelegenheit sollte nicht länger als einen Tag dauern, Mylady.«
»Ihr geht jetzt?«
»Ich muß, bevor noch mehr Menschen belästigt werden.«
»Was werdet Ihr tun?«
»Was getan werden muß.«
Diese Worte gaben ihr ein Rätsel auf, denn er trug Wollkleider. Dann begriff sie, daß er sich erst außerhalb ihres Blick-

feldes das Waffenkleid überziehen würde. Die Furcht traf sie wie ein Dolch. Er ging, um zu kämpfen. »Paßt auf, mein Herr.«

Er schaute sie an. »Wollt Ihr, daß ich wohlbehalten zurückkehre?«

»Natürlich!«

Er bewegte erst die Hand, als wollte er sie berühren, aber er sagte nur: »Das ist unsere Tragödie, nicht wahr?« Er verbeugte sich und ging.

Sie schaute zu, wie er fortging ohne den Kuß, den ein Mann bekommen sollte, wenn er zu einem gefährlichen Unternehmen aufbrach. Ohne ein zärtliches Lebewohl. Sie schickte es ihm lautlos nach.

Claire glaubte nicht wirklich, daß er bei einer solchen Unternehmung verletzt werden könnte, aber sie lebte in ständiger Angst, bis er und seine Männer endlich zurückkehrten. Sie beobachtete heimlich durch ein Fenster, wie er und seine Männer in den Hof ritten, und sah, wie sie vor Erregung übersprudelten. Renald strahlte so, wie sie ihn noch nie gesehen hatte. Außer vielleicht in ihrer Hochzeitsnacht.

Zum ersten Mal begriff sie, was er ihr im Garten gesagt hatte – vor Ewigkeiten. Er genoß wirklich das Kämpfen, und sie zwang ihn dazu, alle Spuren davon zu beseitigen.

Später kam er zu ihr, unbewaffnet und frisch gebadet. Ihm war keine Spur des Kampfes anzusehen, kein Blut, keine Wunde, kein Strahlen. »Die Angelegenheit ist erledigt, Mylady.«

»Was ist passiert?« fragte sie entschlossen, um ihm zu zeigen, daß sie zumindest sein kriegerisches Wesen annehmen konnte.

»Nicht viel. Es war gar nichts.« Dann sprach er von einigen alltäglichen Angelegenheiten, die Summerbourne betrafen, und ging. Früher hätte sie auf einer Antwort bestanden.

Nun war sie sich nicht mehr sicher, wie sie sich verhalten sollte.
Natürlich erfuhr sie alles. Die Leute von Summerbourne waren unendlich stolz auf ihren Herrn und sprachen gerne darüber, wie tapfer er gewesen war, wie angsteinflößend und wie er den Anführer getötet hatte, einen Bewaffneten, der viel größer als er gewesen war. Sie erzählten auch davon, wie dessen Gefolgsmänner flohen oder gefangengenommen wurden.
»Nun?« fragte Claires Großmutter an der Hohen Tafel, bevor Renald dazukam. »Verdient es ein solcher Mann nicht, daß man ihn behält?«
»Doch«, sagte Claire. »Wenn ich nur wüßte, wie.«
Sie verbrachte ruhelose Nächte damit, ihr Gewissen zu durchforsten, aber sie konnte der schlichten Wahrheit nicht entkommen. Ihr Vater hatte gegen Heinrich Beauclerks unrechtmäßigen Kronanspruch gekämpft und war auf unfaire Weise gestoppt worden. Etwas daran war sehr falsch.
So konnte es nicht weitergehen. Sie ging, um einen neuen Brief an den Bischof zu verfassen. Zwei Wochen waren seit dem letzten Brief vergangen, und der Monat raste dahin. Dieses Mal wußte sie nicht, wie sie das Schriftstück befördern sollte, und ging schließlich zu Bruder Nils.
Der Mönch wirkte sehr niedergeschlagen. »Seid ihr sicher, Mylady?«
»Ich habe keine zwei Wochen mehr.«
»Er ist ein guter Mensch.«
»Ich weiß. Befördert meinen Brief.«
Nils schaute auf die Pergamentrolle, nahm sie und ging, um seinen Herrn zu suchen. Er fand Lord Renald auf den Befestigungen, den Kopf in den Händen vergraben.
Nils räusperte sich. Anstatt sofort wieder in die Rolle des Herrn und Kämpfers zu schlüpfen, erhob sich Renald langsam und holte tief Luft. »Was nun?«

Nils wünschte, er wäre nicht hier heraufgekommen. »Lady Claire hat mich gebeten, dem Bischof einen Brief zu übergeben.«

»Ich verstehe.« Das tat er wirklich.

Nach einer Weile fragte Nils: »Soll ich ihn übergeben?«

»Ja, selbstverständlich.«

Warum kämpft Ihr nicht? hätte Nils am liebsten gefragt. Warum wollt Ihr nicht Euren Charme einsetzen und sie umwerben? Er hatte die ganze Zeit beobachten müssen, wie beide durch Summerbourne streiften wie Blätter, die von verschiedenen Winden erfaßt wurden, nahe aneinander vorbeistrichen, sich aber niemals berührten.

Er hatte auch gesehen, wie die beiden sich anschauten. Niemals hatte er solchen Schmerz in den Augen gesunder Menschen gesehen. Es mußte doch etwas zu machen sein.

Er räusperte sich. »Wollt Ihr, daß ich ihn Euch erst vorlese, mein Herr?«

»Nein.« Jetzt war er wieder der Herr und Kämpfer. »Bring ihn weg, Nils, und dann such die Aufzeichnungen über den Wollhändler aus Dorchester. Du sagtest, er würde uns vielleicht bessere Preise anbieten.«

22. Kapitel

Nachdem Claire dem Bischof geschrieben hatte, mußte sie sich um die Sicherheit ihrer Familie kümmern. Sie ritt zum Kloster St. Frideswide und mußte bedauernd feststellen, daß Renald nicht mehr versuchte, etwas über ihre Unternehmungen zu erfahren.

Manchmal, in schwachen Momenten, wünschte sie, er würde es tun. Viele Nächte lag sie in dem großen Bett und wünschte sich, er würde zu ihr kommen, würde sie berühren, sie betören und übermannen, damit sie ihm entgegen ihrem Willen für immer verbunden war. In der dunklen, geheimnisvollen Nacht wußte sie, daß sie ihm niemals widerstehen könnte.

Als sie das Kloster erreichte, verdrängte sie jeden Gedanken an ihren letzten Besuch und bat darum, mit Mutter Winifred sprechen zu dürfen. Man brachte sie zu ihrem Arbeitszimmer.

»Mutter Oberin«, sagte Claire, als sie Platz nahm, »ich möchte Euch fragen, ob Ihr meine Mutter, meine Großmutter und meine Tanten aufnehmen wollt.«

Die Nonne schaute sie über ihren Schreibplatz hinweg an. »Aus Nächstenliebe gewähren wir selbstverständlich Zuflucht.«

»Sie werden ohne Besitz kommen. Was ist dann?«

»Nun, das ist etwas schwierig. Unsere Mittel sind beschränkt, und die Bedürfnisse der Armen sind zahlreich. Wir können uns nicht um untätige Hände kümmern.«

»Ich bin sicher, daß sie arbeiten werden, wenn es sich um angemessene Tätigkeiten handelt.«

»Wir haben hier wenig Verwendung für Tätigkeiten, die von Edeldamen verrichtet werden.«
Das hatte Claire befürchtet. »Sie könnten einen edelsteinbesetzten Becher von beachtlichem Wert mitbringen.«
»Tatsächlich? Gehört er auch Euch? Wenn Ihr Zuflucht für Eure Familie sucht, Lady Claire, wollt Ihr scheinbar Eure Ehe aufkündigen. In dem Fall werdet Ihr, wenn ich das richtig sehe, überhaupt nichts besitzen.«
»Lord Renald hat mir diesen Pokal ohne jede Bedingung überlassen. Falls es nötig ist, wird er es bezeugen.«
Die Nonne verschränkte die Hände auf der Tischplatte. »Scheinbar ein großzügiger Mann. Ihr denkt nicht darüber nach, diese Ehe fortzuführen?«
Diese Haltung hätte Claire gerade hier nicht erwartet. »Ihr habt ihn einen Mörder genannt.«
»Das sind die meisten Männer. Wenn eine Frau heiratet, hat sie kaum eine Wahl.«
»Wenig Frauen müssen den Mörder ihres Vaters heiraten.«
»Wie wahr. Und Ihr wollt auch zu uns kommen?«
Claire erhob sich. »Nein, Mutter Oberin. Ich kann nicht in der Nähe von Summerbourne bleiben. Ich werde Zuflucht bei der Familie meiner Mutter in Frankreich suchen und meinen Bruder mit mir nehmen. Ich werde dort in ein Kloster eintreten, wenn alles geregelt ist. Wenn meine Mutter und meine Tanten uns begleiten wollen, werde ich auch sie mitnehmen. Aber Lady Agnes kann niemals eine so lange Reise machen.«
Ein Lächeln huschte über das Gesicht der Nonne. »Lady Agnes wird auch nicht bei uns sein wollen, aber seid versichert, daß sie hier wohlbehütet sein wird, wenn das nötig sein wird.«
Claire nickte. »Ich danke Euch. Es ist eine große Erleichterung zu wissen, daß sie hier eine Zuflucht finden kann.«
Auch die Klosterfrau stand auf und steckte ihre Hände in

die Ärmel ihres Gewandes. »Ihr betretet einen harten Pfad, mein Kind. Ich werde für Euch beten.«
Eine Baronie wie Summerbourne wurde nicht von einer Frau oder einem Mann allein verwaltet. Es gab ein feinmaschiges Netz von Verantwortlichkeiten für Äcker, Tiere und Menschen. Viele Abende mußte Claire mit Renald und dem Hofmeister und anderen Beamten zusammensitzen und Belange des Gutes besprechen. Sie studierten Grundstückskarten, und Claire las Auflistungen vor, während sie Entscheidungen über eine Zukunft trafen, der sie entfliehen wollte.
Manchmal, wenn sie bei der Arbeit dicht nebeneinander saßen – ganz nah, ohne sich zu berühren –, schaute Claire auf und sah, daß er sie anschaute.
Hungrig. Und die Begierde erwachte auch in ihr. Hungrig. Wie lange konnten die Hungernden vor einem Mahl sitzen, ohne der Versuchung nachzugeben?
An diesem Abend sagte Renald zu ihr: »Ich höre, Ihr habt an den Bischof geschrieben.«
Sie schaute ihn an, sein Blick war aber undurchschaubar für sie. »Zweimal. Lord Eudo hat vor Wochen einen Brief mitgenommen.«
Sie sah, daß er schockiert war. Schockiert, wie man ist, wenn einem ein Messer an die Kehle gesetzt wird.
»Und Ihr habt keine Antwort erhalten?«
»Bis jetzt noch nicht. Deshalb habe ich noch einmal geschrieben.«
»Und wenn er Euch Hoffnung macht?«
Sie zwang sich, ruhig zu sprechen. »Dann ist die Angelegenheit erledigt.«
»Und wenn er ablehnt?«
Claire schaute zur Seite. Damit hatte sie schon lange gerungen und war immer noch zu keiner Lösung gekommen.
»Dann«, sagte Renald, »dann müßt Ihr den König bitten.«

Erstaunt schaute sie ihn an. »Worum bitten?«
»Um eine Annullierung.«
»Glaubt Ihr, daß er das kann? Würde er das tun?«
»Natürlich kann er das. Und Gründe gibt es genug. Und er würde es tun, weil ich mich Eurer Bitte anschließen würde.«
Seltsamerweise schmerzte das. »Ihr wollt …«
»Nein.« Er lächelte sogar leicht. »Niemals. Aber wir können hier nichts erwarten, wenn es nicht Eurem freien Willen entspringt.«
»Nachts …«, sagte sie, unterdrückte aber die Worte, die nicht gesagt werden mußten.
»Ich weiß.«
Nebeneinander saßen sie da. Getrennt.

Am nächsten Tag kam der Bote vom Bischof zurück. Langsam rollte Claire das Pergament auf. Sie wußte nicht, was sie lesen wollte.
Er lehnte ab. Gegen ihren Willen war sie erleichtert.
»Wollt Ihr mir verraten, was darin steht?«
Erschrocken drehte sie sich um, denn sie war im Sonnenzimmer, in das er sonst nie kam. »Wir haben das Ehebett miteinander geteilt.« Sie verbannte alle Gedanken an das Bett, dem sie so nahe war. »Der Bischof betrachtet die Ehe als vollzogen.«
»Das ist sehr weltfremd von ihm. Ihr könnt auf einer Untersuchung bestehen.«
Nervös rollte sie das Pergament wieder zusammen. »Das hat er erwähnt. Er schreibt, wie bei einer Fernhochzeit ersetzt die Berührung der Haut die Vereinigung. Ist das wahr?«
»Der König kann ihn möglicherweise von einer anderen Ansicht überzeugen. Der Monat ist fast vorbei.«
»Dann muß ich also dem König schreiben?«
Als er nicht antwortete, schaute sie ihn an. »Man hat uns an

den Hof befohlen«, sagte er. »Ich habe gerade die Nachricht erhalten.«

»Nach London? Warum?«

»Nach Carrisford. Dort hält der König hof. Er hat von unserem Schwur erfahren und möchte über den Vollzug der Ehe wachen.«

Claire schlug die Hand vor den Mund. »Was werden wir tun?«

»Ich werde wie immer gehorchen. Ihr solltet es auch tun. Könnt Ihr Heinrich ansehen und nichts Verräterisches sagen?«

Bitterkeit überkam sie. »Nein, und warum sollte ich auch? Er hat seinen Bruder getötet. Er hat die Krone gestohlen. Er hat meinen Vater getötet, weil er das gesagt hat, und das führte …«

Wie im Kampf sprang er sie beinahe an, als sie sagte: »… hierher.« Er zwang sie auf die Knie, obwohl sie sich wehrte.

Verängstigt und erschüttert von seiner glühenden Berührung schaute Claire zu ihm auf.

»So«, sagte er, »endlich habt Ihr Angst. Es ist Zeit, daß Ihr begreift, wie klug es sein kann, Angst zu haben. Heinrich Beauclerk ist König von England, von den großen Lords anerkannt, von der Kirche zum König gesalbt. Er kann über Euer Leben und Euren Tod bestimmen, über mich, über jeden in diesem Land.«

»Nach dem Gesetz«, sagte sie, denn sie wollte nicht völlig feige erscheinen.

»Nach dem Gesetz kann er Euch für das bestrafen, was ihr gerade gesagt habt. Er kann Euch einsperren, Euch auspeitschen oder die Augen ausstechen lassen. Oder Euch die unvorsichtige Zunge herausreißen lassen.« Er legte ihr seine Hände um den Hals. Sie zitterten. »Ich will nicht, daß Ihr den Weg geht, den Euer Vater gegangen ist.«

Sie schluckte, als sie den glühenden Ring seiner zitternden

Hände spürte. Sie war ebensosehr von ihrer sie schwächenden Liebe und ihrem Mitleid ergriffen wie von Furcht. »Ich kann mich nicht vor ihm verbeugen. Ich kann nicht. Ich werde zu Hause bleiben.«
»Sich dem Befehl des Königs zu widersetzen ist auch Verrat.«
Sie schnaubte leicht. »Dann sieht es aus, als sei ich verloren.«
Renald schloß einen Moment lang die Augen. »Wenn Ihr mir nicht schwört, Euch am Hof untertänig zu zeigen, werde ich dafür sorgen, daß Ihr nicht gehen könnt.«
»Wollt Ihr mich einsperren?« Auch das war irgendwie eine Erleichterung. Das würde ihre Probleme lösen, aber vielleicht könnte nur Renald den König davon überzeugen, daß …
Er ließ ihren Hals los und half ihr vorsichtig auf die Füße. »Eure Leute würden Euch sicherlich freilassen.«
»Wie denn?«
Er trat einen Schritt zurück. »Ein gebrochenes Bein.«
Sie starrte ihn an. »Man kann daran sterben.«
»Eure Überlebenschancen sind größer, als wenn Ihr Heinrich herausfordern würdet.«
Claire mußte lachen. »Ihr meint es ernst.«
Ihm war ganz und gar nicht zum Lachen zumute. »Ich habe gelernt, das Undenkbare zu wagen. Also?«
Sie hob eine Hand an den Hals, der immer noch prickelte. »Ihr wollt, daß ich jetzt entscheide?«
»Wenn wir gehen, müssen wir im Morgengrauen aufbrechen. Wir können in einem Tag dort sein.«
»Habe ich es richtig verstanden? Ich muß versprechen, nicht Heinrich Beauclerks Anspruch auf die Krone in Frage zu stellen?«
»Und ihn nicht zu beschuldigen, daß er Euren Vater ermordet hat. Nicht versprechen, sondern schwören.« Er zeigte auf das Schwert, das er noch immer trug. Ein weiterer Be-

weis, wie nahe ihm das alles ging. »Ihr sollt bei diesem Schwert schwören. Beim Kreuz, beim Stein aus Jerusalem.«
Claire warf einen Blick auf das Schwert. »Oder Ihr werdet mir das Bein brechen? Wie?«
»Bezweifelt Ihr, daß ich das kann?«
Sie bezweifelte nicht eine Sekunde, daß er es konnte, und auch nicht, daß er es wollte. Claire schaute auf den Stein, das einfache Stückchen Stein, das aus dem Heiligen Land kam. Dann blickte sie in sein versteinertes, entschlossenes Gesicht. Was hatte sie so weit kommen lassen?
Liebe. Ihre Liebe zu ihrem Vater, die ihr verbot, beim Mörder ihres Vaters zu liegen. Ihre Liebe zu Renald, die ihr die Hingabe als viel zu verlockend erscheinen ließ. Seine Liebe zu ihr, die ihn sie verletzen ließ, um sie zu beschützen. Ein unlösbarer Knoten.
Er sah sie hart und bestimmt an, aber sie wußte, daß es eine Maske war, die Maske, hinter der er seine tiefsten Gefühle verbergen wollte. Was mochte es ihn kosten, ihr so zu drohen? Was mochte es ihn kosten, es in die Tat umzusetzen? Zuviel. Er hatte von dem Schatten gesprochen, der seit dem Tod ihres Vaters auf ihm lag. Sie konnte nicht noch einen Schatten auf ihn werfen. Sie legte die Hand auf den Stein.
»Ich verspreche, daß ich während unseres Aufenthalts am Königshof in keiner Form Heinrich Beauclerks Rechtsanspruch auf die Krone von England in Zweifel ziehen und auch keine Klage darüber führen werde, wie mein Vater gestorben ist.«
Er schloß die Augen. Als er sie wieder öffnete, waren sie feucht. Tränen? Tränen eines Wolfs?
Aber er war kein Wolf. Er war ein Mann, der Mann, den sie liebte. Sie sehnte sich danach, ihn zu umarmen und seinen Schmerz wegzustreicheln, aber noch hing ihre Beherrschung an einem – wenn auch seidenen – Faden.
»Ich danke Euch«, sagte er und steckte das Schwert zurück.

»Ich werde trotzdem um die Annullierung bitten.«
»Ihr habt zwei Tage Zeit, Euch zu entscheiden.«
»Was soll sich in zwei Tagen ändern?«
Er lächelte ironisch. »Wir können noch um ein Wunder beten.«
Claire verließ den Raum und dehnte ihre Schultern, die er so fest angepackt hatte. Sie dachte über seine Worte nach. Beten. Beteten Mörder? Und er empfing an den Sonntagen die heilige Kommunion. Warum hatte sie niemals daran gedacht?
Er empfand *wirklich* keine Schuld. Das hatte sie wirklich niemals vorher geglaubt. Bedeutete das nichts, egal, wie unredlich sein Herr war? Vielleicht konnte sie in den zwei kurzen Tagen darauf aufbauen …
»Claire!«
Sie drehte sich zu ihren Tanten um. »Hier«, sagte Felice und streckte ihr etwas entgegen. »Du bist so nachlässig!«
Claire nahm das Buch entgegen. Dann erst sah sie, daß es das Buch war, in dem sie ihre Aufzeichnungen machte. »Wo hast du das gefunden?« fragte sie und öffnete die Verschlüsse, um die Seiten durchzublättern.
»In einem Stapel Tranchierbretter. Wahrscheinlich hast du es in einer Anwandlung von Geistesabwesenheit dorthin gelegt. Du solltest anfangen, das wirkliche Leben ernst zu nehmen, Claire, obwohl ich annehme, daß es schwierig ist, während dein Verstand zwischen deinen Schenkeln sitzt.«
»Felice …«, murmelte Amice.
Claire achtete nicht auf ihre Tanten und zählte die Seiten. Sie waren vollständig, was sie nicht überraschte. Außer für sie hatten diese Aufzeichnungen keinerlei Bedeutung. »Ich bin nicht nachlässig, was Bücher angeht, Felice. Ganz sicher hat Eudo es bei seinem letzten Besuch dorthin gelegt.«
Felice grinste. »Also hast du offensichtlich noch genug Ver-

stand, das zu bemerken. Weißt du denn auch, warum er das getan hat?«

»Wahrscheinlich, um nicht zugeben zu müssen, daß einer seiner Männer es genommen hat. Danke, daß du es gefunden hast, Felice. Meine Arbeit hätte da noch bis zum nächsten Festessen liegen können.«

»Arbeit«, ihre Tante rümpfte die Nase. »Aber wenn es dir so wichtig ist, dann paß besser darauf auf.«

Claire wollte nicht weiter darüber streiten. »Scheinbar hat der König uns an seinen Hof nach Carrisford befohlen.«

»Uns?« Felice saß plötzlich aufrecht.

»Renald und mich«, sagte Claire und schalt sich innerlich wegen ihrer unvorsichtigen Worte. »Ich möchte Euch bitten, Euch um Summerbourne zu kümmern, während wir weg sind.«

»Warum sollten wir?« fragte Felice pikiert. »Während du dich herumtreibst?«

Renald, der plötzlich hinter Claire stand, gab die Antwort. »Aus Liebenswürdigkeit, Lady Felice. Wenn wir das nächste Mal am Hof sind, können wir Euch möglicherweise mitnehmen.«

»Nur, wenn Ihr und Claire dann noch verheiratet seid.« Felice blickte zwischen den beiden hin und her. »Ist es beschlossen? Hat sie schließlich beschlossen, daß der Tod eines Vaters nicht von Bedeutung ist?«

»Felice!«

»Ich nehme an, du wolltest ihn die ganze Zeit schon.«

»Das ist nicht wahr.«

»Nicht? Ich habe noch den Brief, den du mir geschrieben hast, der sehr ausführlich auf seinen Charme eingeht. Und ich erinnere mich daran, wie du dich vor dem Kloster an ihm gerieben hast.«

»Ich habe versucht, dich zu überzeugen, ihn zu heiraten.«

»Aber du hast die Gelegenheit ergriffen, ihn selbst zu heiraten, nicht wahr? Bevor ich genau nachdenken konnte.«

Amice begann zu weinen. »Und Claire ... du weißt, daß ich ... ich ...ich angeboten habe ...«
Claire öffnete den Mund, um etwas zu erwidern, aber ließ es sein. Es war sinnlos. In dieser Verfassung wollte Felice nichts Vernünftiges hören. Und Amice hatte recht. Sie hatte sich angeboten.
Renald durchbrach das Schweigen. »Wie köstlich es auch ist, ein Knochen zwischen geifernden ... Hunden zu sein, Lady Claire muß noch die Reise vorbereiten. Wir werden beim ersten Tageslicht aufbrechen. Kommt, Mylady.«
Claire war dankbar, ihm folgen zu können. Als sie außer Hörweite waren, sagte er leise: »Falls ich es jemals vergessen sollte, erinnert mich daran, daß Ihr mich vor Euren Tanten bewahrt habt.«
Sein Scherz zerriß ihr das Herz. Felice' Worte hatten ihre Hoffnung zerstört. Sie war nicht sicher, ob sie in ihren Gedanken alles in Einklang bringen könnte. Wie er ihr einmal gesagt hatte, reichte es nicht aus, daß sie ihm nur erlag. Sie mußte ihn ganz und gar annehmen, so wie er wirklich war. Sie mußte das dunkle, mörderische Schwert annehmen.
Aber eine neue Lösung schien nahe. »Lord Renald, Felice hat offenbar ihre Meinung geändert. Wenn ich nicht weiter mit Euch verheiratet sein kann, wollt Ihr sie statt meiner nehmen?«
Er schaute sie an. »Ich liebe Euch.«
Sie schloß die Augen, so sehr schmerzte es.
»Vielleicht verdiene ich doch eine Strafe. Ich bin ein Kämpfer, Lady Claire, und immer kämpfe ich, um zu gewinnen. Heinrich nennt Summerbourne eine Art Paradies, und genauso sehe ich es auch. Und Ihr seid der Engel darin. Ich habe mich so gut wie auf den ersten Blick in Euch verliebt, aber die Liebe macht mich nicht edelmütig. Sie macht mich habgierig.«

»Habgierig?«
Er legte einen Finger auf ihre Lippen. »Hört mir bis zum Ende zu. Dies ist ein Bekenntnis. Wie immer Ihr Euch entscheidet, ich möchte, daß Ihr es in vollem Wissen tut. Ja, ich trage Schuld. Ich habe alles getan, um Euch an mich zu fesseln. Wenn ich ein besserer Mensch wäre, hätte ich Euch die Wahrheit gesagt. Und hätte Euch gehen lassen.«
»Aber Ihr mußtet hier heiraten, und Felice und Amice waren im Kloster.«
Er lächelte. »Eine Nachricht von Heinrich hätte sie in meine Arme getrieben. Und sie sind geflohen, weil sie die Lügen hörten, die ich meine Männer in ihrer Gegenwart erzählen ließ.«
Claire wußte, daß sie böse sein sollte, aber sie konnte nur daran denken, daß sie ohne seine List niemals dort wären, wo sie nun standen. Wenn sie nichts haben würden als diesen einen Monat, sie würde ihn niemals missen wollen mit all seinen Schmerzen.
»Ich vergebe Euch. Aber Ihr habt recht. Ihr verdient eine Strafe. Wenn ich feststelle, daß ich diese Ehe nicht aufrechterhalten kann, nehmt Ihr dann Felice?«
Er seufzte. »Eine lebenslängliche Strafe … Aber ja, wenn es Euch die Wahl einfacher macht. Und ich verspreche sogar, nett zu sein. Ich habe Geschick im Umgang mit reizenden Frauen.«
»Lord Renald …« Aber Claire wußte nicht, was sie sagen sollte. Sie konnte nicht das sagen, was ihr auf den Lippen lag. Das war Freiheit, nicht wahr? Nein.
»Das führt mich zu einem anderen Geständnis«, sagte er. »Ich habe Euch im Ehebett nicht meine aufrichtige Liebe geschenkt.«
»Ich verstehe nicht …«
»Ich weiß nicht, ob Ihr das verstehen könnt. Ich habe in dieser Nacht eine Gabe Gottes als Waffe gegen einen Gegner eingesetzt, der hilflos wie ein Kind war.«

Claire legte den Kopf schief. »War ich hilflos?«

Er mußte lachen, und Claire dachte daran, daß vielleicht wahr war, was die Priester sagten – daß Bekenntnisse heilsam waren. »Nein, als alles herauskam, wart Ihr überhaupt nicht mehr hilflos. Aber meine Absicht war falsch. Laßt Euch bei Eurer Entscheidung nicht von der Lust beeinflussen, die ich Euch geschenkt habe. Ein anderer Mann wird Euch ebensoviel Freude schenken können.«

»Aber Ihr seid der Mann, den ich liebe.« Claire wußte, wie wenig klug diese Worte waren. Aber sie waren aufrichtig.

Seine Hände zitterten, als er sie berührte, er legte ganz zart die Finger an ihre Wange und küßte ihre Stirn. »Gott möge Euch leiten.« Er trat einen Schritt zurück. »Ich muß Euch noch um eine Sache bitten. Wenn ich Felice heirate, werde ich mich um Eure ganze Familie kümmern, aber Ihr müßt von hier fortgehen. Ich will es nicht schwer für Euch machen, aber ich könnte nicht gerecht zu ihr sein, solange Ihr im Hause seid.«

Er ging ins Arbeitszimmer und schloß die Tür zwischen ihnen.

Claire lehnte sich gegen den Pfosten.

Es war also alles geordnet. Sie konnte ihrem Gewissen folgen und würde ihrer Familie nicht schaden.

Sie hätte sich etwas beruhigter fühlen sollen.

23. Kapitel

Die dringenden Vorbereitungen für die Reise boten eine gute Ablenkungsmöglichkeit. Als sie im Morgennebel fortritten, hatte Claire kaum Zeit gehabt, über ihre Probleme näher nachzudenken, und darüber war sie eigentlich sehr froh. Wenn es möglich gewesen wäre, wäre sie einfach von ihnen fort-, mit Renald in den Nebel hineingeritten und hätte niemals wieder über richtig oder falsch nachgedacht.

Kurz vor ihrer Abreise hatte sie ihre Mutter besucht. Ihr Zustand hatte sich bedeutend gebessert, was sogar schlimmer war. Es hatte den Anschein, als hätte Felice sich bei Lady Murielle beschwert, daß man sie zurückließ. Das hatte Claires Mutter aus ihrer Melancholie gerissen und in Wut versetzt. Felice schien sie davon überzeugt zu haben, daß Claire heiß auf Renald war und daß sie klaglos die Ehe vollziehen wollte.

»Gefühlloses Kind«, hatte ihre Mutter ihr entgegengeschrien. »Undankbare Tochter! Wie kannst du daran denken, jemals diesen Mann mit seinen blutbesudelten Händen zu berühren!«

»Mutter, ich …«

»Ich habe gesehen, wie du ihn anschaust. Jeder hat das.«

»Nein.«

»Geradezu nach dem Mann schmachtend, der kaltblütig deinen guten Vater ermordet hat.«

Das ließ Claire verstummen, denn es war die Wahrheit.

Als die Tirade ihrer Mutter in ein Gemurmel überging, sagte Claire: »Wenn ich mich aus dieser Ehe befreien kann, wird Felice meinen Platz einnehmen. Wirst du sie auch anschreien?«

Lady Murielle drehte sich weg. »Sie ist nicht meine Tochter. Nicht Clarence' Tochter. Egal, ich werde dann nicht mehr hiersein. Ich gehe nach St. Frideswide. Ich habe gehört, daß du den Pokal des Königs als Bezahlung angeboten hast. Du kannst dich mir anschließen, wenn du willst«, fügte ihre Mutter hinzu. »Wenn du unbefleckt bleibst. Schick nun Thomas zu mir.«

Claire küßte ihre Mutter auf die kalte Wange und ging. Sie schickte nicht nach Thomas, denn er ging mit ihnen zur Erziehung und Ausbildung an den königlichen Hof. Trotz des Abschiedsschmerzes wußte Claire, daß er es dort besser haben würde. Solange er sich nicht auflehnte. Claire hatte den Eindruck, daß er resigniert hatte, aber sie war sich nicht ganz sicher.

Renald ritt in Kettenpanzer und Helm neben ihr. »Wie geht es Thomas?« fragte er.

Sie war nicht überrascht, daß ihm ihre Gedanken vertraut waren. »Wenn ihn das alles mitnimmt, liegt es daran, daß er sich bald von Josce zu trennen hat. Ihr seid sehr freundlich zu ihm gewesen.«

»Ich bin ein freundlicher Mensch.«

Sie wußte, daß er die Wahrheit sagte.

»Er ist ein guter Bursche und sehr einfallsreich«, fuhr Renald fort. »Er tut gut daran, sich nicht allzusehr von seiner Pfiffigkeit verleiten zu lassen.«

»Ich mache mir Sorgen ...«

»Das braucht Ihr nicht. Er wird sicherlich einige Male die Rute zu spüren bekommen, das wird ihm aber nicht schaden. Und ob Ihr es glauben wollt oder nicht, der König wird sich gut um ihn kümmern.«

»Aus schlechtem Gewissen, nehme ich an.«

Er schaute ihr fest in die Augen. »Ebensowenig wie ich.«

Er ritt weg, um die lange Reihe der Reiter und Packtiere zu kontrollieren, und ließ sie kopfschüttelnd zurück. Die einzige Erklärung dafür schien zu sein, daß sie eine völlig andere Ansicht über richtig und falsch, Recht und Unrecht hatte als der Rest der Welt. Vielleicht war das ihr Erbe, denn genau diese andere Sichtweise hatte ihren Vater in sein Verderben geführt. Claire überlegte, ob Renald Thomas angewiesen hatte, sich nicht gegen den König aufzulehnen. Dafür würde er mehr zu spüren bekommen als nur die Rute. Sie glaubte nicht, daß ihr Bruder sich für Politik interessierte, aber er konnte genauso impulsiv sein wie sie. Sie bat ihn, an ihrer Seite zu reiten.

»Meinst du, daß dir das Leben am Hof gefallen wird?«

»Ich weiß nicht.«

»Es wird dir keine Probleme bereiten, dem König zu dienen?«

Er schaute sie an. »Sollte es das?«

»Beim heiligen Kreuz, nein. Aber nach Vaters ...«

»Ich glaube, ich bin zu jung, um diese Dinge zu verstehen. Also werde ich ihm dienen, wie es mir meine Ehre gebietet.«

Claire lächelte. Sie war überzeugt, gehört zu haben, was Renald ihm gesagt hatte. »Gut. Auch ich möchte keinen Ärger machen.« Ihr Schwur verpflichtete sie dazu, aber eine plötzliche Einsicht ließ sie hinzufügen: »Wenn irgendein Unrecht geschehen ist, wird Gott es wiedergutmachen.«

Thomas strahlte. »Das hat Josce auch gesagt.«

»Und es ist wahr. Wir müssen uns nicht darum kümmern, solche Ungerechtigkeiten zu korrigieren.« Natürlich würde Thomas eines Tages entscheiden müssen, ob er dem König den Treueid leisten könnte, aber das lag noch in weiter Ferne.

Nun begann er zu plappern. »Josce sagte, daß der König Dutzende von Pagen hat und sie alles mögliche anstellen! Es ist bestimmt lustig, mit so vielen Gleichaltrigen und Gleichgestellten zusammen zu sein. Und er hat gesagt, daß ich meiner Größe entsprechend Waffen und Rüstung für die Ausbildung bekomme. Und …«

Claire hörte ihm lächelnd zu. Sie dankte Gott, daß zumindest dieser Teil zu klappen schien. Ihre Mutter würde zufrieden sein, im Kloster leben zu können. Und was immer auch passierte, Lady Agnes hatte ihren Platz auf Summerbourne. Und Felice würde genau den Ehemann bekommen, den sie immer gewollt hatte.

Die einzigen Leidtragenden wären Renald und sie. Und damit es nicht dazu kam, mußte sie nur einsehen, daß der Tod ihres Vaters rechtmäßig und gerecht gewesen war. Sie seufzte.

Sollte sie auch das Gott überlassen? Sie hatte den Eindruck, daß die Menschen durchaus ihre moralischen Entscheidungen selbst treffen mußten.

Die meiste Zeit ritten sie im Schritt, um die Pferde zu schonen, und die Reisenden sangen und plauderten. Dann begann ein Mann, eine Geschichte zu erzählen, und Claire mußte wieder an das Tagebuch ihres Vaters denken. Sie hatte es bei sich, denn sie hoffte, darin lesen zu können und etwas zu finden, das den unlösbaren Knoten ihres Dilemmas zerschlagen würde. Sie zog das Buch aus ihrer Tasche und begann zu lesen.

Sie legten Meilen zurück, und Claire war tief in die Geschichte versunken, als Renald neben sie ritt. »Das Buch Eures Vaters? Könnt Ihr mir erzählen, was er schreibt?«

Die Gelassenheit, die nun zwischen ihnen herrschte, zerriß ihr das Herz. »Es ist irgendwie zum Verrücktwerden«, sagte sie. »Ich glaube, er war die meiste Zeit genauso durcheinander wie ich. Er hielt nicht viel von den Rebellen. Er war der Ansicht, daß die meisten Befürworter von Herzog Robert nur an sich selber dachten.«

Renald nickte. »Getrieben durch Hoffnungen auf einflußreiche Positionen im Königreich.«
»Er hat Robert de Bellême und seine Brüder verachtet.«
»Das überrascht mich nicht.«
»Stimmt es, daß Bellême seine arme Frau derart mißbraucht hat, daß sie daran gestorben ist?«
»Es gibt Gerüchte darüber.«
Sie seufzte. »Vater – wohl eher das unerschrockene Kind Sebastian – quälen all diese Fragen. Er hinterfragt auch die Rechtmäßigkeit der Rebellion.«
»Bei Gott, hätte er sie doch weiter hinterfragt.«
Sie konnte nicht anders, sie sagte: »Amen. Er *war* sehr bekümmert wegen einiger Männer in seiner Gesellschaft. Er schreibt davon, daß man einen Baum an den Früchten erkennt, die er trägt.«
Renald zuckte die Schultern. »Was das betrifft, auf unserer Seite waren zweifelsohne ebenso viele Halunken.« Er drehte sich hin und her, um einen Blick auf die Kolonne zu werfen. »Wir sollten die Pferde bald ausruhen lassen.«
Er ritt davon, um seinen Männern den Befehl zu erteilen, und ließ Claire in völliger Verzweiflung zurück.
War denn niemals eine Seite wirklich gut und die andere *wirklich* schlecht?
Als sie die Pferde fütterten und tränkten, ruhten sich auch die Männer aus. Sie gingen umher, streckten und dehnten ihre Beine. Claire las im Gehen, immer noch auf der Suche nach einer Botschaft in der Niederschrift ihres Vaters. Zweifelsohne als Gegengewicht zu den »bösen Früchten« listete ihr Vater die guten Männer auf, die Herzog Robert unterstützt hatten, samt dem Grafen von Salisbury und Eudo von Peel. Eudo? Claire schaute noch einmal hin, aber genau das stand dort. Ihr Vater mußte sich auf Eudos glühende Verteidigung dieser Sache verlassen haben.
Es sah so aus, als ob viele der Männer ›unsicher‹ gewesen

waren. Obwohl ›unsicher‹ kaum die richtige Beschreibung für die Haltung ihres Vaters zu sein schien. Er war besorgt, aber nicht unsicher. Claire kam zu der Stelle, die sie schon einmal gelesen hatte, wo das unerschrockene Kind Sebastian vor die Versammlung trat, um von der Berechtigung ihrer Sache zu sprechen und um die Geschichte vom schlechten König zu erzählen, der Verderben über sein Land gebracht hatte.

Sie schaute über die friedliche, grüne Landschaft. Der starke Regen hatte, obwohl er nicht zur günstigsten Zeit eingesetzt hatte, neues Leben sprießen lassen. England machte eher den Eindruck zu gedeihen, nicht den, daß es verkam. War das ein Zeichen?

Jedermann wußte, daß Heinrich Beauclerk versprochen hatte, zu Recht und Ordnung zurückzukehren. Die Straßen waren jetzt sicherer als je zuvor. Gut, einige harte Bestrafungen von Banditen und von Gesetzlosen waren notwendig gewesen, aber die waren in einem solchen Fall gerecht.

Sie versuchte, Verbindungen zwischen der Idylle um sie herum und dem Anspruch des Königs auf die Krone herzustellen, als eines der Pferde sich unter schrillem Wiehern aufbäumte. Ein Huf traf einen Kornschlauch und richtete ein Durcheinander von Pferden, Männern und verstreutem Futter an. In jeder Idylle gab es auch eine Wespe, dachte sie trocken.

Ein spitzer Schrei zu ihrer Rechten ließ sie erstarren. Es klang, als hätte sich jemand verletzt. Sie ging hinter das Gebüsch und schaute, ob sie helfen konnte.

Jemand packte sie, und eine Hand über ihrem Mund verhinderte, daß sie schreien konnte. Ein starker Arm hielt sie fest umklammert, und obwohl sie sich wand, um sich trat und sich drehte, wurde sie vom Lager fortgezerrt. Das Buch – das kostbare Buch – entglitt ihren Händen, sie stöhnte verzweifelt auf und wehrte sich verbissen.

»Claire?«

Als sie Renalds Stimme hörte, versuchte sie mit aller Kraft, die Hand über ihrem Mund abzuschütteln, aber es gelang ihr nicht. Ihr Kleid verfing sich in einer Ranke, zerriß, als sie ihr Entführer – ihre Entführer, denn es waren einige Männer – weiterzerrte.

Dann brüllte Renald: »Hierher! Zu mir, zu eurer Herrin!«, und Claire hörte ihn sich hinter ihr durchs Unterholz schlagen. Sie wehrte sich so verbissen sie konnte, versuchte alles, um Zeit zu gewinnen.

»Bringt sie um«, sagte jemand mit leiser Stimme.

Der Mann, der Claire gepackt hatte, blieb stehen. Ein anderer Mann trat auf sie zu und zog ein scharfes Messer. Entsetzt sah Claire ihn mit grinsendem Gesicht auf sich zukommen. Sie hatte einmal gedacht, Renald hätte keine Seele. Nun wußte sie, was das wirklich bedeutete.

Sein Grinsen erstarrte, als ein Messer sich in seine Brust bohrte. Der Griff ihres Entführers lockerte sich für einen Moment, Claire konnte einen Arm befreien. Sie schlug mit der Faust zu. Mehr durch Glück als Geschick traf sie ihn am Hals, und er ging nach Luft ringend zu Boden.

Claire wirbelte herum, um nach weiteren Gefahren zu schauen. Wo war der Mann, der ihren Tod angeordnet hatte? Sie konnte nur das Knacken des Holzes unter seinen fliehenden Füßen hören. Dann zogen andere Geräusche ihre Aufmerksamkeit auf sich.

Drei Männer griffen Renald an. Das Messer, das er geworfen hatte, hatte ihr das Leben gerettet. Nun kämpfte er um das eigene Leben gegen Schwert, Axt und Knüppel.

Seine Männer hörte man sich brüllend durch das Gehölz schlagen, aber noch waren sie nicht da. Ein Knüppel traf Renalds Bein, als er das Schwert zur Seite schlug und der Axt auswich. Bei seiner nächsten Bewegung gab sein Bein fast unter ihm nach.

Ein Schlag seines Schwertes, seines besonderen Schwertes,

und der Knüppel war nur noch halb so lang wie vorher. Claire rannte los, um das Stück zu holen. Mit aller Kraft schlug sie dem Axtschwinger den Stock auf den Kopf. Der stämmige Rotkopf schwankte bedenklich, ging aber nicht zu Boden. Brüllend drehte er sich zu ihr um, die Augen voller Wut. Dann schrie er auf, als ihn ein Schwert durchbohrte. Blut sprudelte aus seinem Mund, als er vor Claires Füßen zusammensackte. Claire stand wie angewurzelt da, dann aber wurde ihr plötzlich klar, daß Renald nun ohne Schwert war!

Gnädige Jungfrau Maria! Er wich einem wilden Angriff des Schwertkämpfers aus, aber auch der ausgefranste Knüppel stieß nach ihm. Er schlug ihn mit der Faust zur Seite.

Josce tauchte zwischen den Bäumen auf. Er würde zu spät kommen. Renald wehrte einen erneuten Schwerthieb mit dem Arm ab. Gott sein Dank konnte das Schwert Metall nicht durchstoßen!

Claire lief los und trat dem Schwertkämpfer von hinten in die Kniekehlen, ein Trick unter Kindern, um jemanden zu Fall zu bringen. Er knickte ein. Der Mann mit dem ausgefransten Knüppel wollte weglaufen, aber Claire stellte ihm ein Bein. Um sicherzugehen, schlug sie mit ihrem Stück Holz auf das Handgelenk des Schwertkämpfers und nahm ihm die Waffe ab. Bewaffnet mit Schwert und Stock funkelte sie die Männer an, die gewagt hatten, ihren Geliebten zu bedrohen. »Da!«

Als sie aufschaute, sah sie, daß Renald und seine Männer sie anstarrten. Und ihr Herr und Gebieter lehnte hilflos vor Lachen und Erschöpfung gegen einen Baum. Er öffnete die Arme. Claire ließ die Waffen fallen und rannte zu ihm. »Ihr haltet mich sicher für komisch«, sagte sie. Der Schock und die Erleichterung ließen sie zittern.

Er strich ihr über das Haar. »Ich halte Euch für großartig.«

Claire schaute zu ihm empor. »Ihr hättet tot sein können.«

Er stieß hervor: »Ihr auch. Das nächste Mal bleibt dem Kampf fern, Frau!«
»Ihr wart in Schwierigkeiten. Das könnt Ihr nicht leugnen.«
»Ich hatte größere Schwierigkeiten, nachdem ich mein Schwert los war.«
»Ihr hättet es festhalten sollen.«
»Beim heiligen Kreuz, Claire, ich mußte es werfen.« Aber er nahm ihr Gesicht in die Hände. »Mein Herz hat ausgesetzt, das schwöre ich!« Dann küßte er sie verzweifelt und zärtlich. Sie erwiderte seinen Kuß.
Beinahe wäre er gestorben. Jungfrau Maria, beinahe wäre er gestorben. Das wischte wie ein kalter Guß Wasser all ihre Zweifel beiseite. »Ich möchte, daß wir morgen unsere Ehe vollziehen.«
Anstatt sich zu freuen, seufzte er. »Auch wenn es mich sehr schmerzt, das zu sagen, Ihr seid vom Feuer des Kampfes erhitzt, meine Liebe.«
»Ihr behauptet, ich sei verrückt?«
»Ich sage, daß ich mich auf nichts verlassen kann, was Ihr in diesem Moment sagt.«
»Ich werde morgen dasselbe sagen. Ich kann nicht ohne Euch leben.«
»Ich bete darum, aber ich werde Euch nicht bei Eurem Wort nehmen.«
Claire schnaubte. »Ich habe langsam den Eindruck, daß es Euch egal ist.«
»Das dürft Ihr niemals denken. Niemals.« Seine Hände packten sie fest an ihrer Taille. »Mein Herz gehört Euch, Claire, jetzt und in alle Ewigkeit.«
Genau das fühlte sie auch, aber es erschütterte sie. »Wenn das wahr ist, wäre es ungerecht, Lady Felice an Euch zu binden.«
Er küßte ihre Stirn und schob sie zurück. »Ich habe gehofft, daß Ihr das so seht.«

Sie verdrehte die Augen, mußte aber lächeln.
Renalds Lächeln verschwand, als er die beiden Strolche am Boden musterte, die von seinen Männern bewacht wurden. Josce hatte das dunkle Schwert geholt und reinigte es, während er zu ihnen herüberkam. Renald stellte sich mit gespreizten Beinen über den Schwertkämpfer, der ihn aus großen Augen anstarrte, setzte ihm die Spitze seines Schwerts auf die Brust und drückte es leicht, so daß die Augen des Mannes noch größer wurden. »Warum habt ihr meine Herrin entführt?«
Die Augen des Mannes wanderten hin und her, als würde er verzweifelt nach Hilfe suchen. Dann aber ergab er sich seinem Schicksal. »Wir wurden dafür bezahlt, mein Herr. Habt Erbarmen, Herr.«
»Erbarmen? Nur in der Form, daß du schnell oder langsam sterben wirst. Wer hat euch bezahlt?«
»Ein Mann, mein Herr. Erbarmen …«
»Wer?« Renald verstärkte den Druck, und der Mann schrie auf.
»Ich weiß nicht! Ich weiß nicht! Er hat uns Gold gegeben, damit wir die Pferde erschrecken und dann die Herrin rauben.«
»Um sie zu töten.«
»Darüber wußten wir nichts, Herr, bis er es uns befohlen hat!«
»Renald«, sagte Claire, »der Mann, der mich gepackt hatte, ist abgehauen. Auch der Mann, der bezahlt hat.«
»Eine Schande.« Renald schaute auf den anderen Mann, der knurrte wie ein in die Enge getriebenes Tier. Er verließ den Ort und steckte sein Schwert zurück. »Kommt, Claire. Wir müssen schauen, ob wir noch Pferde haben.«
Sie ging mit ihm einige Schritte, blieb dann aber stehen und schaute zurück. »Was wird mit ihnen passieren?«
»Sie werden schnell sterben.«

»Können wir nicht …«

Er zwang sie, weiterzugehen. »Was denn? Sollen wir sie freilassen, damit sie die nächsten Reisenden überfallen? Sollen wir sie nach Carrisford mitnehmen und vor Gericht stellen? Was bedeutet das, außer ihre Leidenszeit zu verlängern?«

Claire vernahm keinen Laut, und als Josce und die Männer kamen, konnte sie nichts entdecken, außer daß der Knappe etwas blasser war als sonst. Sie nahm an, daß er bisher noch nicht viele Tote gesehen hatte. Claire war dankbar, daß Thomas bei den Männern geblieben war, die auf die Pferde aufpaßten.

Die Pferde waren alle noch da, waren gefüttert und getränkt. Erst in dem Moment, als sie aufsteigen wollte, stellte Claire fest, daß ihr das Buch fehlte. »Ich muß mein Buch suchen«, und sie kehrte um.

Renald und drei Männer mit gezogener Klinge begleiteten sie. Sie folgten den Spuren, dem aufgewühlten Boden und den zerbrochenen Ästen, die verrieten, wo sie entlanggezerrt worden war. Claire hielt inne, um einen Fetzen ihres Kleides von einer Brombeerranke zu zupfen. »Ich denke, ich habe das Buch hier verloren.«

Der Boden war weich und von Blättern und Zweigen bedeckt. Unter den kleinen Bäumchen und Büschen sammelte sich Laub, in dem ein braunes Buch sich verbergen konnte. Irgendwann gaben sie die Suche auf. Claire hatte das Gefühl, daß sie schon überall gesucht hatten.

»Vielleicht war es doch nicht hier. Ich bin mir nicht mehr sicher.«

Sie gingen weiter, und die Männer stöberten mit ihren Schwertern überall dort herum, wo das Buch versteckt liegen konnte. »Braune Holzdeckel sind hier leicht zu übersehen«, sagte Renald und schob mit dem Fuß einen verrotteten Holzstumpf beiseite. »Es tut mir leid, Claire. Es ist ein schmerzhafter Verlust.«

»Ich hoffe, daß diese Banditen ihre Zeit im Fegefeuer verbringen werden. Was wollten sie nur mit mir?«
»Ich glaube nicht, daß sie eingeweiht waren. Wer war der Mann, der sie bezahlt hat? Ist das nicht interessant? Ihr seid keine reiche Erbin, die man wegen Lösegeld entführt.«
»Er wollte meinen Tod.« Sie erschauderte. »Das hat mich sehr erschreckt.«
Ein letztes Mal suchte er den Boden um die Brombeerranken ab. »Mich auch. Wir müssen uns beeilen, oder wir müssen auf der Straße übernachten. Ich kann nicht riskieren, daß wir in der Nacht weiterreiten.« Er legte den Arm um sie. »Ich passe auf Euch auf, Claire, solange ich atme.«
Seine Kraft und seine Geschicklichkeit beruhigten sie ebenso wie der einst gehaßte Kettenpanzer, den sie an ihrem Körper spürte. Aber sie zu beschützen hatte ihn beinahe das Leben gekostet. Er war nicht unsterblich oder unbesiegbar.
Sie hatte sich entschlossen, ihn nicht zu verlassen, aber sie konnte ihn an dieses Böse verlieren.
Wer war das? Wer wollte ihren Tod?
Stunden später, als Carrisford Castle mit seinem massiven und steinernen Verteidigungswall und Steinturm vor ihnen aufragte, wußte Claire, warum Renald Holz nicht ganz vertraute. Dicke, hohe Wände aus Stein waren sehr beruhigend, wenn Wölfe herumstreunten. Als sie durch den Tordurchgang, einem langen, leicht zu verteidigenden Durchgang mit Mordlöchern in der gewölbten Decke, ritten, spürte sie, daß sie hier in Sicherheit war, solange sie sicher sein konnte, daß der Feind sich draußen befand.
»Hier werdet Ihr in Sicherheit sein«, sagte Renald, und Claire spürte seine Erleichterung.
Sie sprach ihre Befürchtung aus. »Was ist, wenn der Mann, der mich umbringen wollte, hier hereinkommen kann?«
Er schaute sie an. »War er ein Normanne?«

Claire überlegte. »Ich bin nicht sicher. Er hat englisch gesprochen, aber – ja, ich glaube, ja. Leben Normannen mit Räubern in den Wäldern?«

»Sehr wenige. Und eindeutig der Mann, der sie angeheuert hat. Beim heiligen Kreuz, Claire. Ihr dürft nicht alleine sein. Niemals.«

»Will ich auch nicht. Aber mir wäre lieber, ich wüßte, wen ich zu fürchten habe.«

Auf dem großen viereckigen Keep, dem Wohnturm, wehten drei Banner. Eines gehörte dem Lord von Carrisford, eines trug die goldenen Löwen des Königs. Das dritte zeigte breite grüne und schwarze Streifen.

»Wem gehört das dritte Banner?«

»FitzRoger. Es weht aber nur, wenn er hier ist. Er hat Imogen die Herrschaft über Carrisford überlassen.«

»Die Herrschaft?«

»Macht Euch keine falschen Vorstellungen. Carrisford steht ihr nach dem Recht zu, und sie hat mit ihm hart verhandelt, bevor sie ihn geheiratet hat.«

»Imogen?« Claire versuchte, nicht so überrascht zu klingen, wie sie wirklich war. Die Blume des Westens, Lord Bernards schöne, verwöhnte Tochter, hatte mit Bastard FitzRoger von Cleeve hart verhandelt?

Dann sah sie Herr und Herrin von Carrisford, die sie begrüßen wollten, und stellte fest, daß Imogen sich verändert hatte. Jeder Zug verriet, daß sie nicht länger ein Mädchen war, sondern eine Frau.

Und ihr Haar.

Claire mußte ein Lachen unterdrücken. Sie paßten schon gut zusammen. Lady Imogens berühmtes Haar, das ihr in honigfarbenen Wellen bis zu den Knien gereicht hatte, reichte ihr gerade noch bis zu den Schultern.

»Hat sie es auch aus Protest abgeschnitten?« fragte sie Renald.

»Was?«
»Ihr Haar.«
»Oh. Nein, ganz und gar nicht. Sie hat einen Zopf abgeschnitten, um zu fliehen. Dann mußte sie den anderen auch abschneiden.«
»Sie wollte fliehen?« Claire erinnerte sich daran, daß dies kein Märchen war. »War das, bevor er sie geschlagen hat?«
Renald warf ihr einen Blick zu. »Sie hat nicht versucht, vor FitzRoger zu fliehen. Aber jetzt ist keine Zeit dafür. Fragt Imogen, sie wird Euch die ganze Geschichte erzählen.«
Ihr Schreck ließ nach. Wenn Imogen ihr die Geschichte erzählen würde, konnte sie kein schlechtes Licht auf ihren Ehemann werfen, schließlich war Imogen keine geschlagene, verängstigte Ehefrau. Sie neigte den Kopf zur Seite, um dem Mann an ihrer Seite mit strahlendem Lächeln etwas zu sagen.
Das war also der mächtige und gefürchtete FitzRoger von Cleeve. Claire hatte einen größeren Mann erwartet, jemanden, der eher aussah wie Baldwin von Biggin. Sie hätte wissen sollen, daß Renalds Freund nicht so ein Typ sein würde. Er stand neben seiner Frau, aber einen Schritt hinter ihr, eindeutig ihr die Herrschaft überlassend und dieses ausdrückend. Aber er beherrschte das Geschehen. Er war kein Ungeheuer, aber Claire war nicht sicher, ob sie mit ihm hätte verhandeln können.
Etwas an der Art, wie er dort stand, sein Gesicht und seine Haltung verrieten, daß er hart war, schonungslos. Er erinnerte sie an den ersten Eindruck, den sie von Renald gehabt hatte – den Kampfwolf, bereit zum Töten. Aber sie bezweifelte, daß Bastard FitzRoger eine weichere, nette Seite hatte. Sie glaubte sofort, daß er seine aufsässige Frau auspeitschen ließ. Claire hatte Mitleid mit Imogen, obwohl die junge Frau glücklich über ihr Schicksal zu sein schien.
Hatte Imogen ihn wirklich zu Boden geschlagen? Der Mann

sah so unverwundbar aus wie der steinerne Turm von Carrisford.
Aber dann, als sie ihre Pferde halten ließen und Claire wartete, daß Renald ihr herunterhalf, dachte sie daran, wie leicht selbst ihr eigener Ehemann in Gefahr kommen konnte. Obwohl sie zweifelsohne starke Männer und gute Kämpfer waren – wahrscheinlich zwei der besten –, waren sie doch nur aus Fleisch und Blut und verwundbar. Also konnte ihn eine entschlossene junge Frau mit einem Stein verletzen. Oder mit einem Stock. Ihr Schlag in die Knie würde selbst FitzRoger zu Fall bringen, wenn sie die Gelegenheit zu diesem Schachzug hätte.
Selbst überrascht, wurde ihr klar, was heute alles passiert war.
Renald ließ sie zu Boden gleiten. »Ihr seht bekümmert aus.«
»Mir ist gerade erst klargeworden, daß ich geholfen habe, jemanden zu töten.«
»Ich bin froh, daß Ihr es getan habt.« Dann führte er sie zu ihren Gastgebern.
Er hatte gesagt, daß sie das Schwert akzeptieren mußte, und nun hatte sie es getan. Zumindest hatte sie akzeptiert, daß selbst sie, wenn ihr Geliebter bedroht wurde, zu einem Wolf werden konnte.

24. Kapitel

Claire versuchte herauszufinden, ob sie FitzRoger gutaussehend fand oder nicht. Etwas in seinen eleganten Zügen und sein dunkles Haar sagten ja, aber das Harte an ihm und ein oder zwei Narben sagten etwas anderes. Wenn Renald aus Granit war, dann war FitzRoger aus schwarzem Marmor.

Aber er lächelte freundlich, als er sie begrüßte, und begann zu strahlen, als er mit Renald sprach. Claire erschrak wegen ihrer Fehleinschätzung. Wie Brüder. Sie erinnerte sich wieder an seine Worte, als sie sah, wie die beiden sich umarmten.

Dann zog Imogen Claire an sich, um sie zur Begrüßung zu küssen. »Ist nun alles gut? Es muß schlimm gewesen sein.« Sie schlang einen Arm um Claires Taille und führte sie die hölzerne Treppe, die an der Außenwand des steinernen Wohnturms nach oben in die Große Halle führte, hoch. »Wir waren alle bestürzt wegen Eures Vaters. Und Euer Haar! Ist es nicht seltsam? Ich lasse meines natürlich wieder wachsen, aber ich muß zugeben, daß es viel einfacher ist, kürzeres Haar zu tragen. Die Königin ist ganz aufgeregt.«

»Wegen Eures Haars?« Imogen hatte sich doch nicht völlig verändert. Sie war immer eine Schnattergans gewesen.

Imogen kicherte. »Nein! Wegen Eurer Hochzeit! Und Eurer Hochzeitsnacht. Sie liebt Hochzeiten. Kommt herein, und begrüßt das Königspaar.«

In all dem Durcheinander hatte Claire ganz vergessen, sich auf die bevorstehende Konfrontation mit Heinrich Beauclerk vorzubereiten. Sie war froh, daß sie sich von ihrem Renald geleisteten Schwur leiten lassen konnte. Vor dem hohen Stuhl des Königs machte sie einen tiefen Knicks, dann hob sie den Kopf, um ihn anzuschauen. Äußerlich hatte er sich nicht verändert. Dunkles Haar rahmte ein wohlgestaltetes Gesicht mit strahlenden Augen ein, auf dem sich auch Züge der Rücksichtslosigkeit abzeichneten.

»Lady Claire, wir sind sehr erfreut, Euch zu sehen. Erhebt Euch, und setzt Euch neben mich.«

Claire gehorchte ihm und setzte sich auf einen Hocker, der neben seinem Stuhl stand. Der König begrüßte Renald. »Wie sieht es auf Summerbourne aus, Mylord?«

»Sehr gut, Sire. Hier ist Thomas, der Sohn von Lord Clarence.«

Thomas' Wangen waren errötet, ob vor Aufregung oder aus Nervosität. Claire wußte es nicht. Sie war besorgt, daß er unbesonnen handeln könnte, aber er kniete brav nieder.

Der König beugte sich vor, um sein Kinn anzuheben. »Thomas, mein Junge. Du bist ein prächtiger Bursche geworden. Wird es dir gefallen, mein Page zu werden?« Claire bemerkte den forschenden Blick des Königs und wußte, wonach er suchte. Nach Zeichen des Widerstands.

Thomas runzelte die Stirn und zögerte. Claires Herz setzte aus. Dann sagte Thomas: »Das weiß ich nicht, Sire. Ich weiß nicht, was mich erwartet.«

Heinrich lachte. »Eine kluge Antwort. Magst du Pferde und Falken? Schwerter und Kampf?«

»Oh, ja, Sire.«

»Dann wird es dir bei mir gefallen, solange du gehorchst und hart arbeitest.« Der König machte eine kleine Handbewegung, ein Bursche in Thomas' Alter eilte herbei und beugte das Knie.

»Bruno, dies ist Thomas von Summerbourne. Paß auf ihn auf.«

Augenblicke später war Thomas verschwunden – verschluckt von Heinrichs enormem Hofstaat.
»Ich werde mich gut um ihn kümmern«, sagte der König, der Claires Besorgtheit bemerkte. Sie schaute ihn an und dachte an Renalds Worte. Wahrscheinlich meinte er, was er sagte, aber sie war immer noch sicher, daß er ein schlechtes Gewissen haben mußte wegen der Dinge, die er getan hatte, um den Sieg von Claires Vater zu verhindern.
»Die Engel von Summerbourne«, sagte Heinrich und betrachtete sie. »Ich habe Euch beide immer so genannt, müßt Ihr wissen.«
»Ja, Sire. Wie in der Geschichte von Papst Gregor.«
»Ganz genau. Genauso fühlte ich mich, als ich Euch auf den Knien Eures Vaters sah. So hübsche Kinder, so englisch. Ich bin in England geboren und habe auch eine engelgleiche Gemahlin.« Er streichelte die Hand seiner blonden Frau. »Vielleicht werden unsere Kinder auch wie Engel aussehen.«
Bevor Claire sich eine Antwort zurechtlegen konnte, runzelte er die Stirn. »Aber ich bin gar nicht erfreut über diese neue Art und Weise, in der die jungen Frauen ihre Haare schneiden.«
Claire mußte Imogen einen Blick zuwerfen.
»Auch nicht über eine gewisse Dreistigkeit«, fuhr der König fort, »die wir bei den jungen Frauen im Königreich entdecken mußten. Zumindest Lady Imogen wird ihre Lehre daraus gezogen haben.«
Zu Claires Überraschung lächelte Imogen nur, als der König auf ihre Züchtigung anspielte. Heinrich schüttelte den Kopf und führte die Hand der Königin an seine Lippen. »Ihr würdet beide gut daran tun, dem Beispiel meiner süßen Gemahlin zu folgen.«
Mit ihren weichen, blonden Haaren – die schön lang waren – und großen sanften Augen sah Königin Edith sehr

brav aus. »Es ist eine Schande«, sagte sie, »daß Euer Haar so kurz ist, Lady Claire. Aber zumindest Haar wächst wieder nach. Die arme Imogen ist für immer gezeichnet.«

Claire war es bisher nicht aufgefallen, aber jetzt entdeckte sie eine blasse Narbe auf Imogens Wange. Ihr Mund wurde trocken. Eine weitere Gewalttätigkeit ihres Ehemanns?

Plötzlich überkamen sie wieder Zweifel. Diese Welt war so unreal wie ihre Illustrationen auf ihrem Pergament. Der König wirkte nett und gütig, aber jeder wußte, daß er schonungslos sein konnte. Er hatte es bewiesen, als er den Tod eines alten Freundes arrangiert hatte.

Die Königin wirkte zufrieden, aber auch sie war zu ihrer Heirat gezwungen worden. Der einzige Grund dieser Verbindung war ihr adeliges und schottisches Blut, das in ihren Adern floß.

Imogen wirkte wie eine glückliche Braut, aber sie konnte es nicht sein. Wie konnte sie, wenn man sie geschlagen und Narben hinterlassen hatte und sie hatte fliehen wollen. Vielleicht versuchte sie, glücklich zu wirken, weil sie Angst vor weiteren Züchtigungen hatte. Was bedeutete das für ihr Schicksal und das von Thomas?

»Mit Eurer Erlaubnis, Sire«, sagte Imogen, »Lady Claire muß nach einer so langen Reise erschöpft sein. Darf ich ihr vor dem Mahl etwas Ruhe gönnen?«

Claire wurde klar, daß sie schon viel zu lange wie benommen dagesessen hatte. Die Königin lehnte sich vor und tätschelte ihr die Hand, als ob sie ein Hund wäre. »Natürlich. Wir wollen doch, daß die Braut morgen nacht gut erholt ist.«

Claire stand auf, knickste und war froh, entkommen zu können.

Morgen nacht. Und wieder kamen die Zweifel zurück und quälten sie.

Imogen führte Claire und ihre Kammermädchen über eine

breite Treppe im Haus ins obere Stockwerk, dann durch zahlreiche Räume bis zu einem kleinen Gemach in einer Ecke des Wohnturms. Hier war nur Platz für ein großes Bett, ein hohes Gestell, von dem Stoffbahnen herunterhingen, und eine Bank unter einem schmalen Fenster. Kleine Kräutersäckchen erfrischten die Luft, und die Vorhänge waren kostbar.

»Da der König und sein Hof hier sind, haben wir leider nur wenig Platz. Wenn Euch das nicht als Liebeslaube reicht, müßt Ihr wie wir alle anderen auch zu fünft in einem Bett schlafen.«

Claire setzte sich auf die Bank. Plötzlich war sie erschöpft. »Ich bin nicht sicher …«

»Nicht?« Imogen schaute sie scharf an. O ja, sie hatte sich vollkommen verändert. »Der König erwartet es.« Lag Angst in ihrer Stimme?

Claire entließ ihre Mädchen. »Lady Imogen, was ist zwischen Euch und Eurem Ehemann vorgefallen?«

Imogen setzte sich auf die Bettkante. »Vorgefallen?«

»Eure Ehe. Wurde sie erzwungen?«

»Das nicht … Oh, Ihr denkt, daß ich schreiend vor den Traualtar gezerrt worden bin? Nein. Ich brauchte einen Mann, der mich beschützt, und FitzRoger war eine ausgezeichnete Wahl.«

»Also hättet Ihr auch nein sagen können?«

Imogen grinste. »Nein. Aber ich wollte auch nicht wirklich.«

»Ihr liebt ihn?«

»Natürlich.«

»Aber er hat Euch züchtigen lassen!«

Imogen rutschte zurück und setzte sich mit gekreuzten Beinen auf das Bett. Das war eine kindliche Haltung, aber in ihrem Verhalten war nichts Kindliches. »Wer hat Euch das erzählt?«

»Stimmt es?«

»Ja und nein. Ich möchte nur wissen, wie die Geschichte weitererzählt wird.«
»Mir hat man gesagt, daß Ihr ihn niedergeschlagen habt, und dafür hat er Euch eingesperrt und peitschen lassen.«
»Interessant. Und zum größten Teil richtig.« Sie sah erstaunlich erfreut über diese Angelegenheit aus. »Der ausführliche Bericht muß warten, aber die Kurzfassung ist die, daß wir von Arnulf von Warbrick gefangengehalten wurden. Ihr kennt ihn, Bellêmes Bruder?«
Claire nickte und schüttelte sich. Sie hatte gehört, daß Warbrick ebenso schrecklich war wie sein scheußlicher Bruder.
»Es war grausam. Aber FitzRoger wurde geschickt, um ihn umzubringen. Eine Männerangelegenheit. Niemand hätte ihn stoppen können, also habe ich ihn niedergeschlagen.«
Claire blinzelte, als sie die schlichten Worte hörte. »Hattet Ihr keine Angst, daß er stärker ist? Renald sagt, er verliert niemals.«
»Normalerweise nicht. Aber er war verletzt. Als wir Warbrick in unserer Gewalt hatten, schien es uns falsch, ihm auch nur die kleinste Chance zu geben. Aber Ihr kennt ja die Männer ...« Sie zuckte die Schultern.
Claire war nicht sicher, ob sie die Männer kannte, zumindest nicht die kriegerischen, aber sie konnte sehen, daß Imogens Eingreifen nicht gut geendet hatte. »Was passierte?«
»Nun, nachdem ich Warbrick getötet hatte ...«
»Was?«
Imogen winkte mit einer Hand ab. »Ich habe einfach unseren Männern befohlen, ihn mit Pfeilen zu spicken. Danach brachte Renald mich nach Cleeve. Das ist die Burg von FitzRoger ...«
»Er hat Euch gefangengenommen, meint Ihr.«
Imogen lachte. »Oh, der arme Renald. Wie kommt Ihr nur darauf? Er wollte mich nur vor FitzRogers Wut in Sicherheit

bringen. Das war wahrscheinlich ganz gut, obwohl ich mich auch gerne um ihn gekümmert hätte.«

Claire strich sich übers Gesicht. Sie fühlte sich ganz benommen. »Aber als FitzRoger sich erholt hat, hat er über Euch gerichtet und Euch auspeitschen lassen.«

»Nein. Der König hat mich vor Gericht gestellt, die anderen Lords zwangen ihn dazu. Sie wollten meine Haut. Aus irgendwelchen Gründen«, fügte sie mit funkelnden Augen hinzu. »Männer mögen es nicht, wenn Frauen ihre Männer schlagen, damit sie klarsehen.«

Claire mußte lachen. »Aber Lord FitzRoger hätte Euch nicht züchtigen lassen müssen.«

»Das ist ein schwerwiegender Angriff. Seinen Ehemann anzugreifen ist schlimm genug, aber einen Getreuen des Königs anzugreifen ist, als würde man den König selbst angreifen.«

Claire bekreuzigte sich. »Aber selbst …«

»Aber selbst so hat er es nur symbolisch getan. Nur einen Streich und den auch nur auf die Kleidung.« Sie verdrehte die Augen. »Er war so wütend! Er hätte es nicht tun müssen, wenn ich den Eid geleistet hätte.«

»Den Eid?«

»So etwas niemals wieder zu tun. Heinrich und er hatten es beschlossen. Das war ein Ausweg. Aber ich wollte es noch einmal tun. Lieber ausgepeitscht werden als ihn tot sehen. Ich konnte doch keinen Meineid leisten.«

»Nein. Natürlich nicht.« Claire schaute auf den Vorhang. Wie sehr das dem Fall ihres Vaters ähnelte. Auch er hatte keinen Meineid leisten können, aber Heinrich hatte keine symbolische Bestrafung angeordnet. Plötzlich begriff sie, daß Heinrich wieder auf jemanden gestoßen war, der nicht den einfachen Weg wählen wollte. Heinrich und Renald. Nun begriff sie, warum Renald wütend auf ihren Vater war.

Genauso, wie FitzRoger wütend auf seine Frau gewesen

war, weil sie ihn zwang, sie auspeitschen zu lassen, war Renald auf ihren Vater wütend, weil er ihn dazu gezwungen hatte, ihn hinzurichten. Und zudem, wenn Claire daran gedacht hätte, ihren Vater zurückzuhalten, ihn körperlich zurückzuhalten, so wie Imogen es mit ihrem Ehemann getan hatte, wäre das alles nie passiert.

Imogen sprang auf die Füße. »Ich habe zuviel erzählt und Euch mehr ermüdet … Ich werde Euch Eure Mädchen schicken.«

»Nein.« Claire streckte eine Hand aus, um sie zurückzuhalten. »Es ist nur, daß Eure Geschichte mich zum Nachdenken bringt. Über meinen Vater.« Aber sie war noch nicht bereit, ihre unterbrochenen Gedanken offen weiterzuspinnen. Deshalb sprach sie von etwas anderem. »Ich liebe Renald, aber ich fühle mich nicht gut bei dem Gedanken, daß er meinen Vater getötet hat.«

»Mir ginge es genauso. Aber es war ein Gottesurteil, ein Zweikampf.«

»Aber ein sehr ungleicher.«

»Vor Gott spielt das keine Rolle.«

Claire versuchte, eine Spur des Zweifels bei Imogen zu erkennen. »Glaubt Ihr das wirklich?«

»Natürlich. Ihr nicht?«

»Doch. Deshalb kann ich nicht verstehen, warum mein Vater verloren hat.«

Claire wußte, daß sie ihre Meinung besser für sich behalten sollte, aber sie mußte mit jemandem sprechen, und Imogen schien einen scharfen Verstand zu haben. Sie senkte ihre Stimme zu einem Flüstern. »Ich glaube immer noch, daß der König seinen Bruder umgebracht hat. Wenn Gott also über den Anspruch durch den Zweikampf entschieden hätte, hätte mein Vater gewinnen müssen.«

Imogen strich sich eine Locke aus den Augen. »Aber darum ging es bei der Probe gar nicht.«

Claire starrte sie an. »Was? Worum dann?«
»Um den Verrat Eures Vaters. Und folglich um das Kronrecht.«
»Das ist doch dasselbe.«
»Nicht ganz. Das hat mit Wahl zu tun, mit Zustimmung und so. Ich kümmere mich nicht darum. Aber wäre es Euch lieber, Herzog Robert würde England durch Bellême und seinesgleichen regieren?« Als Claire nicht antwortete, schüttelte Imogen den Kopf. »Ich plappere schon wieder. Jetzt werde ich Eure Mädchen rufen.«
Benommen von dem neuen Gedanken, hoffnungsvoll wie die Morgendämmerung, mußte Claire nur noch eine Sache wissen. »Wartet noch einen Augenblick! Woher habt Ihr die Narbe auf der Wange, Lady Imogen?«
Imogen blieb an der Tür stehen und berührte die lange, blasse Linie. »Ihr denkt, FitzRoger hat es getan, nicht wahr? Der arme Mann. Jeder glaubt, er sei hart, aber das ist er in Wirklichkeit gar nicht. Zumindest nicht, wenn er keinen Grund dazu hat.« Oh, ja, Imogen hatte sich verändert. »Er hat mich niemals absichtlich verletzt«, fuhr sie ohne einen Funken des Zweifels in der Stimme fort. »Das ist passiert, als ich Warbricks Männern entkommen wollte. Ich habe eine Laterne zerschlagen und mich dabei verletzt.« Sie lächelte, während sie weiter über die Narbe strich. »Ich hatte Angst, daß er von mir abgestoßen sein würde. Der Schnitt sah so fürchterlich aus, während er langsam heilte, und da war auch noch mein Haar. Er hat mir dann seine Narben gezeigt. Er ist ein guter Mann. Wie Renald. Und Renald ist noch eine Portion süßer.«
Sie verschwand und rief nach den Kammermädchen. Claire setzte sich aufs Bett, erschlagen von einem Dutzend neuer Gedanken, ein jeder hoffnungsvoll.

Renald und FitzRoger waren auf den Mauern – einer der ganz wenigen ungestörten Plätze in der überfüllten Burg. Wächter machten ihre Runde, in solch ruhigen Zeiten waren es nicht sehr viele, und sie wußten Abstand zu wahren.

Renald gab seinem Freund einen kurzen Lagebericht über die Ereignisse der letzten Monate.

FitzRoger lehnte mit dem Rücken an den Zinnen und fragte: »Bereust du, die Aufgabe für mich übernommen zu haben?«

»Nein.« Nach einem Augenblick sagte er: »Ich liebe sie.«

»Selbstverständlich.«

»Ist das so offensichtlich?«

»Vielleicht nur für einen Freund. Was macht dir Sorgen?«

Renald schnitt eine Grimasse. »Angst wäre besser. Ich habe sie schwören lassen, aber … Sie glaubt, daß der König seinen Bruder umgebracht hat.«

»Das denken die meisten hier in England.«

»Aber sie glaubt, daß das bedeutet, daß ihr Vater recht hatte und der Kampf deshalb ungerecht war. Sie haßt alles, was damit zu tun hat.« Er berichtete dem Freund von dem Vorfall während des Verlobungsbanketts und dem Schwert.

»Salisbury hat es also indirekt angedeutet.«

»Und Claire hat mir das Versprechen abgenommen, ihn deshalb nicht zur Rechenschaft zu ziehen. Er ist ihr Pate.«

»Das ist vielleicht auch ganz gut. Heinrich möchte, daß sich die Dinge beruhigen. Es soll nicht noch mehr Unruhe geben.«

»Zumindest hat sie der Überfall unterwegs davon überzeugt, daß Kampfgeschick nichts Böses ist. Aber was ist, wenn ihr Gewissen über ihr Versprechen Oberhand gewinnt und sie Heinrich direkt beschuldigt?«

FitzRoger zuckte zusammen. »Sie hat geschworen, es nicht zu tun?«

»Ich habe sie gezwungen.« Renald verzog das Gesicht. »Ich habe gedroht, ihr ein Bein zu brechen, wenn sie nicht schwört.«

»Wie brutal.«

»Was sollte ich sonst tun? Die ›Einladung‹ des Königs ablehnen? Behaupten, sie sei krank, und sie einsperren? Selbst wenn die Täuschung funktioniert hätte, ihre Leute hätten sie befreit.«

»Hättest du es tun können? Sie verletzen?«

»Könntest du das?« konterte Renald.

Nach einem Augenblick des Nachdenkens zuckte FitzRoger die Schultern. »Ja. Genauso, wie Imogen mich wieder bewußtlos schlagen würde. Die Liebe läßt uns seltsame Dinge tun. Wo wir von Liebe reden …«

Nur wenig in seinem Gesicht verriet seine Gefühle, als Imogen die Holztreppe zu ihnen hinaufstieg. Sie hielt ihr Umschlagtuch fest, um es vor dem Wind zu schützen. »Oh, was für eine Plage«, sagte sie und legte den Haarreif und den Schleier ab, damit ihre Locken im Wind wehen konnten. »Lord Renald, ich glaube, Ihr werdet froh sein zu hören, daß ich Eurer Braut alles über meine Dummheit und die Bestrafung gesagt habe und dabei einige ihrer Ängste aus der Welt schaffen konnte. Sie dachte, daß der arme FitzRoger mein Gesicht zerkratzt hätte.« Sie ging zu Renald hinüber, um ihn zu umarmen und zu küssen. »Aber Ihr seht bekümmert aus, mein Freund.«

»Während Ihr blühend ausseht, kleine Blume.«

Sie lächelte und ging zu FitzRoger hinüber. »Drei Monate schon, obwohl es noch kaum zu sehen ist.«

»Herzlichen Glückwunsch.«

FitzRoger strich durch ihr Haar, und sie lächelte. Renald schaute ihnen zu und fragte sich, ob er und Claire wohl jemals eine so friedvolle Verbindung haben würden. Diese beiden hatten mit erbitterter Schärfe begonnen, aber

nicht mit einem toten Vater, der zwischen ihm und Claire stand.
»Ich glaube, daß sie morgen die Ehe vollziehen will«, sagte er.
FitzRoger zog die Brauen hoch. »Du scheinst nicht besonders glücklich darüber zu sein.«
»Es würde nicht viel bedeuten, wenn sie immer noch glaubt, daß es falsch ist.« Er lachte ironisch auf. »Wenn es irgendeinen Sinn haben würde, hätte ich sie in die Büsche gezerrt, als sie noch völlig von der Kampfesglut erhitzt war.«
»Mit einem Mörder nebenan? Sehr unklug. Wer, meinst du, steckt dahinter?«
»Ich habe keine Ahnung. Niemand hat irgendeinen Grund, Claires Tod zu wünschen. Aber wenn es so wäre, hätte ein Pfeil es auch getan. Warum wurde sie weggezerrt?«
»Eine Vergewaltigung?« fragte Imogen, gab sich dann aber selbst die Antwort. »Nein. Sie konnten nicht glauben, dazu genügend Zeit zu haben. Könnten sie sie für jemand anderes gehalten haben?«
»Ich wüßte nicht, wie.«
»Zumindest jetzt ist sie in Sicherheit.«
»Ist sie das? Sie sagte, daß der Mann, der bezahlt hat, wie ein Normanne klang. Er könnte herkommen.«
»Wir werden sie bewachen lassen, wenn du nicht an ihrer Seite weilst«, sagte FitzRoger.
»Was nicht oft vorkommen wird, wenn es nach mir geht.«
»Ach, wie schön zu sehen, daß auch ein anderer Mann das Opfer weiblicher Macht wird.«
Imogen stieß ihm einen Ellbogen in die Seite. »Und hier bin ich, sanft und schwach vor lauter Liebe.«
FitzRoger schaute sie an. »Ist das eine verführerische Bitte, meine Frau?«
Sie errötete. »Wir schlafen nun schon seit drei Tagen in getrennten Betten …«

»Wie wahr. Und haben kaum eine Minute des Tages, die wir uns stehlen können. Renald, verschwinde.«
»Aber ich habe noch so viel, was ich mit dir besprechen muß«, neckte Renald ihn.
FitzRoger wandte die lächelnden Augen nicht von seiner Frau. »Verschwinde, oder ich bring dich um.«
Als Renald lächelnd fortging, hörte er sie sagen: »Hier sind auch viel zu viele Leute. Wir können nicht ...«
Er grinste. Sein Freund würde bestimmt eine Möglichkeit finden. Und wenn alles andere nicht klappte, so bargen die dicken Wände von Carrisford versteckte Geheimgänge. Renald würde später in den Haaren seines Freundes nach Spinnweben schauen.

Claire wachte in einem dunklen, fremden Raum auf. Sie brauchte einen Moment, um sich daran zu erinnern, wo sie sich befand. Aber *Dunkelheit?* Ein etwas helleres Rechteck verriet ihr, wo das Fenster war. Es war Nacht. Sie hatte sich auf das Bett gelegt, um nachzudenken, und mußte eingeschlafen sein. Sie hatte immer noch ihre Kleider an.
Es lagen noch andere Personen mit ihr im Bett, und sie nahm an, daß es ihre Mädchen waren, es waren Prissy und Maria.
Sie setzte sich auf: Imogen. Das Gespräch. Sie erinnerte sich. Vielleicht hatte sie im Schlaf einiges verarbeitet, denn nun erschien ihr alles so klar. Ihr Vater hatte gekämpft, um seine Unschuld am Verrat zu beweisen – woraus die Frage folgerte, ob Heinrich rechtmäßiger König von England war oder nicht. Wäre es um die Frage gegangen, ob der König seinen Bruder getötet hatte oder nicht, hätte er vielleicht – mit Gottes Hilfe – gewonnen. Aber der Anspruch des Königs auf die englische Krone hing nicht davon ab, ob er den ehemaligen König getötet hatte oder nicht. Warum hatte sie das vorher nicht gesehen?

Häufig schon hatten Herrscher die Macht durch Eroberung und Mord an sich gerissen. Claire kannte sich in den Gesetzen und im englischen Königtum ein wenig besser aus als Imogen. Der König wurde von den großen Lords gewählt. Der Wunsch des ehemaligen Königs wurde in Betracht gezogen, und die Krone ging im allgemeinen vom Vater auf den ältesten legitimen Sohn über, was aber durch Wahl bestätigt werden mußte. Hatte Heinrich Beauclerk so gesehen Anspruch auf die Krone? Wie Renald gesagt hatte, war er vom Adel proklamiert und von der Kirche gesalbt worden. Und Imogen hatte auch recht. Wer wollte, daß Robert von der Normandie England regierte, besonders wenn unter seinen Gefolgsleuten solche Teufel wie Bellême waren?

Daher war es sehr gut möglich, daß ihr Vater die Frage gestellt hatte – ob Heinrich einen Rechtsanspruch auf den Thron von England hatte –, deren Antwort ja lautete. Heinrich besaß den Anspruch, weil er von der Mehrheit gewählt worden war. Und er der Geeignetste war, Englands Wohl zu mehren. Und folglich war ihr Vater gestorben, ohne daß es irgendeines Betruges bedurft hätte.

Claire wünschte, sie hätte dies schon vor Monaten so sehen können. Dann hätte sie vielleicht den Mut gehabt, den Imogen bewiesen hatte, und hätte ihren Vater mit Gewalt daran gehindert, den Weg in den Tod zu wählen. Aber nun brauchte sie keine Bedenken mehr zu haben, etwas Unrechtes zu tun. Sie würde niemals vergessen, daß Renald ihrem Vater den Todesstoß versetzt hatte, aber sie verstand nun, warum er sich nicht schuldig fühlte. Endlich hatte sie das Rätsel gelöst.

Vielleicht fiel das Leben, so wie Renald gesagt hatte, nicht in eine gute und eine schlechte Hälfte auseinander, in Tugend und Laster. Wenn ihr Vater das so gesehen hätte, wenn er sich mehr in das Durcheinander des wirklichen Lebens gewagt hätte, wäre er vielleicht nicht gestorben.

Claire seufzte. Wenn sie mehr wirkliches Leben kennengelernt hätte, hätte sie die Gefahr vielleicht früh genug erkannt, um sie abwenden zu können. Renald hatte gedroht, sie zu verletzen, damit sie nicht an den Hof kommen konnte. Und er hätte sie nur verletzt, um sie vor noch größerer Gefahr zu bewahren. Claire wußte, daß sie dasselbe für ihn tun würde, wenn die Situation es erforderte. Wie Imogen würde sie lieber Schmerz und Bestrafungen auf sich nehmen, als zuzusehen, wie ein Mensch stirbt, den sie liebte.

Nicht weit entfernt lag Renald schlaflos auf einem Strohsack auf dem Boden eines überfüllten Raumes. Umgeben von Schnarchen, Schniefen und den Ausdünstungen eines Dutzends schlafender Männer. Es war etwas mehr Platz da, als sein sollte, denn FitzRoger war nicht da.

Natürlich waren Gastgeber und Gastgeberin die Geheimgänge eingefallen und hatten sich dorthin zurückgezogen. Was störten Feuchtigkeit und Ratten, wenn Liebende beisammensein wollten?

Genauso wollte er bei Claire sein.

Genauso würde er morgen mit ihr zusammensein, wenn Gott es wollte.

Aber er machte sich Sorgen.

Es gab nun kein Geheimnis mehr zwischen ihnen, aber sein Charakter stand zwischen ihnen. Trotz des Hinterhalts unterwegs, ihrer Rettung und ihrer eigenen Gewalttätigkeit fragte Renald sich, ob Claire immer würde damit leben können, daß er kämpfen und töten mußte.

Er hatte keine Freude an Gewalt, aber er ging ihr auch nicht aus dem Weg. Er kämpfte gut und genoß die Hitze des Gefechts. Und zu oft war es notwendig, die Dinge mit Gewalt zu beschützen, die ihm am Herzen lagen.

Claire lag ihm am Herzen – der Ausdruck war viel zu schwach für die Leidenschaft, die nun sein Leben bestimmte. Aber wenn sie seinetwegen bekümmert war, würde ihre Liebe unter dieser Belastung zusammenbrechen.

Er wollte sie lieber verlieren als die Ursache für ihren Schmerz sein.

Plötzlich hatte er eine Idee, wie er die Klinge ausprobieren konnte, bevor sie zustechen mußte. Er zögerte, denn jede getestete Klinge konnte versagen – aber besser jetzt als später. Er schob die Hände unter seinen Kopf und durchdachte die ganze Sache noch einmal.

25. Kapitel

Zu ihrer Überraschung war Claire doch wieder eingeschlafen. Prissy rüttelte sie wach. Hinter ihr stand Maria mit dem Frühstückstablett. Claire setzte sich auf, es war bereits Tag, und sie hörte im Schloß geschäftiges Treiben.

»Wie spät ist es?«

»Es ist schon spät, Herrin. Und man fragt nach Euch.«

Claire kletterte aus dem Bett. Sie zuckte unter ihren Kopfschmerzen zusammen, die sie dem langen Schlaf zu verdanken hatte. »Der König?«

»Und die Königin. Und Euer Gemahl.« Prissy goß warmes Wasser in eine Schüssel. Claire wusch sich und bat um die Kleider, die sie an ihrem Hochzeitstag getragen hatte.

Ihre zweite Hochzeitsnacht war nicht mehr fern.

»Es wird gekämpft«, sagte Maria.

»Was?« Claire schaute zu dem Mädchen hinüber, das aus dem langen Fenster lugte. »Werden wir angegriffen?« fragte sie, von plötzlicher Panik erfaßt. Vielleicht verfolgte ihr rätselhafter Angreifer sie noch.

»Nein, Lady«, sagte Maria lachend. »Sie kämpfen nur aus Spaß! Zur Feier Eurer Hochzeit. Sie bauen eine Tribüne, auf der Ihr mit dem König und der Königin sitzen sollt.«

Claire nahm das Schlagen der Hämmer wahr. »Aus Spaß«, murmelte sie und fuhr fort, sich zu waschen. Obwohl sie Zeuge davon geworden war, daß es nötig ist, daß Wölfe andere Wölfe abwehren können, und mittlerweile auch den Wolf in sich entdeckt hatte, gefiel ihr der Gedanke überhaupt nicht, daß irgend jemand aus Spaß kämpfte. Sie erinnerte sich daran, wie Renald gestanden hatte, welchen Spaß er am Kämpfen hatte. Sie erinnerte sich daran, wie er vor Freude strahlte, als er die Raubritter getötet hatte. Sie erinnerte sich daran, wie er das Schwert zwischen sie gehalten und sie aufgefordert hatte, das Schwert genauso zu akzeptieren wie ihn.

»Wird mein Gemahl kämpfen?« fragte sie und kannte die Antwort.

»Oh, ja, Herrin. Er wird gegen Lord FitzRoger antreten. Jeder sagt, daß das ein Wunder sei. Denn sie sagen«, sagte sie und schaute Claire vorsichtig an, »daß Lord FitzRoger besser ist.«

»Lord Renald sagt dasselbe, also wird es wohl stimmen.« Claire konnte keinen Geschmack daran finden, einem Kampf zuzusehen. Ganz gewiß konnte sie sich nicht darauf freuen, Renald verlieren zu sehen. »Zumindest ihnen sollte etwas Besseres einfallen, als sich gegenseitig zu verletzen.«

Sie trocknete sich ab und legte ihre Kleider an. Sie hoffte, daß sie ruhiger wirkte, als sie sich fühlte. Es war nicht der Gedanke an eine Verletzung, der sie entsetzte. Sie argwöhnte, daß Renald diesen Kampf absichtlich angesetzt hatte. Er wollte ihr die wahre Natur des blutbesudelten Schwertes zeigen – wollte sie zwingen, es zu akzeptieren –, bevor sie sich entschied.

Er verdiente es, von Flöhen zu Tode gequält zu werden. Wie konnte er an ihr zweifeln? Wie konnte er, wenn er an ihr zweifelte, sie zu so etwas zwingen? Während sie sich einen Reif auf das störrische Haar setzte, machte sie sich große Sorgen. Was war, wenn er verlor?

Sie wollte vernünftig sein und beruhigte sich selbst damit, daß Renald nichts wirklich Falsches getan hatte, als er ihren Vater getötet hatte. Aber es plagte sie, daß sie das Schwert nicht aus vollem Herzen befürworten konnte.

»Aale sollen an ihm saugen, bis er tot ist!« murmelte sie und erschreckte damit ihre Mädchen.
In ihre besten Kleider gewandet und den Schleier auf dem Kopf, der sich schon wieder selbständig machen wollte, verließ Claire den Raum und traf auf Josce, der sie bereits erwartete. Sie erschrak, denn sie mußte unweigerlich daran denken, wie er sie einst bewacht hatte. Dann wurde ihr aber schnell klar, daß er jetzt ein behütender Bewacher war, der sie vor einem erneuten Anschlag ihres möglichen Mörders schützte.
Claire wurde wütend auf diesen unbekannten Schurken und ging in die Große Halle hinunter. Überall hingen Banner, glänzend silberne Platten prunkten auf den Anrichten. Carrisfords Halle war erfüllt von Lärm, Schweiß und kostbar gekleideten Menschen. An langen Tischen brachen Edelmänner, Ladys und Hofbeamte ihr Fasten. Diener liefen eilfertig mit Krügen und Servierbrettern umher. Überall waren Hunde und junge Pagen, die ebenso lästig wie die Tiere und ebenso erpicht darauf waren, hier und da einen Bissen zu erhaschen. Claire erblickte Thomas, der sich mit zwei anderen Jungen durch die Menge schob. Sie hatten scheinbar nichts zu tun. Claire hatte den Eindruck, daß die drei Unsinn im Kopf hatten. Instinktiv folgte sie ihnen, um auf sie aufzupassen, zwang sich aber, zurückzubleiben. Wenn Thomas Unsinn anstellte und dafür zurechtgewiesen wurde, würde es ihm nur guttun.
Summerbourne war für ihn ohnehin verloren, und er sollte unter Männern sein. Die wenigen Wochen unter Renalds strengem Regime hatten Wunder bei ihm gewirkt. Er mochte aussehen wie ein Engel von Summerbourne, aber wenn er einer war, dann glich er eher dem Erzengel Michael, dem Krieger des Herrn des Himmels. Das war kaum eine Überraschung, schließlich floß Kämpferblut, mütterlicher- und väterlicherseits, in seinen Adern. Claire betete, daß dieses

Blut heute auch in ihren floß, wenn sie ihren Geliebten kämpfen sah. Wo war er?
Für den Fall, daß ihr Ehemann, König und Königin nach ihr schickten, wußte sie nicht, wo sie die drei finden sollte.
Claire dachte daran, sich in den ruhigen Garten zurückzuziehen, als ein Page auf sie zutrat und sie ins Sonnenzimmer führte. Die Wände dieses schönen Raumes zierten prächtige Behänge. Selbst auf dem Boden lag ein gewebter Teppich. Carrisford war reich. Die Königin saß umgeben von einem Dutzend Hofdamen am Fenster. Sie winkte Claire zu sich und forderte sie auf, eine genaue Schilderung ihrer Verlobung und Hochzeit zu geben.
Claire übersprang das blutige Schwert, mußte aber die Leiche erwähnen und von der erfolglosen Suche nach dem Mörder berichten.
»Wir alle waren sehr erschüttert über den Tod Eures Vaters«, sagte die Königin. »Es war so unhöflich von ihm.«
Claire verkniff sich ihren scharfen Protest. Aufgrund ihrer neuen Einsicht konnte sie verstehen, was die Königin meinte. Aber der Frau fehlte Taktgefühl.
»Lord Clarence hat immer so wunderschöne Geschichten erzählt«, sagte die Königin. »Und die Rätsel. So gewitzt! Unterhaltet uns mit einer Geschichte, Lady Claire.«
Claire schaute sie an. »Hoheit, ich besitze nicht die Gabe meines Vaters.«
Die Königin blickte finster. »Sicherlich könnt Ihr Euch an einige seiner Geschichten erinnern. Ihr habt sie sicher oft gehört.«
»Ja, Hoheit, aber ich besitze nicht die Gabe des Erzählens.«
Die Züge der Königin wurden noch finsterer.
»Vielleicht kann ich mich an einige seiner Rätsel erinnern.«
Die königlichen Züge entspannten sich. »Ja, tut das.«
Claire fragte sich, wie die Hofleute, die täglich dieser Tyrannei ausgesetzt waren, es aushielten. Sie grub in ihrem Ge-

dächtnis, fürchtete aber, daß die Königin alle Rätsel schon gehört hatte. Dann versuchte sie, ein eigenes Rätsel zusammenzubekommen und es auch richtig zu erzählen. »Den Angriff erwidere ich scharf, habe mächtige Anhänger, bin entschlossen, alles in meinem Schlepptau zu verändern. Niemand kann meinem mächtigen Stoß trotzen, und trotzdem bin ich so sanft wie möglich und bemüht, zu verbessern, nicht zu zerstören. Oft vergieße ich Blut, aber nie willentlich, und wenn ich meinen gewaltigen Weg hinter mir habe, lasse ich die Welt verbessert zurück. Was bin ich?«

Als Claire sah, wie die Ladys sich ratlos ansahen, wußte sie zumindest, daß sie ihnen etwas Neues erzählt hatte.

»Klingt wie mein Ehemann«, sagte eine Frau lächelnd. »Er glaubt immer, daß die Welt besser wird, wenn er herumbrüllt und kämpft.« Ein zustimmendes Kichern lief durch den Raum.

»Aber«, sagte die Königin, »Lady Claire hat gesagt, ›was‹ bin ich, nicht ›wer‹. Mir fällt kein Gegenstand ein, der so brutal und doch liebenswürdig ist. Könnte es ein eroberndes Heer sein? Vielleicht die Armee des Vaters meines Herrn Gemahls, der England erobert und zu seinem Wohl verändert hat?«

Claire fiel nichts Diplomatisches ein, was sie dazu sagen konnte. Edith entstammte einem königlichen schottischen Geschlecht, und Claire hätte nicht gedacht, daß sie so begeistert von den normannischen Eroberern sein würde.

»Wenn Ihr erlaubt, Hoheit«, sagte eine ältere Lady. »Ich bezweifle, daß eine Armee jemals behaupten würde, sanft zu sein oder kein Blut vergießen zu wollen.«

Die Ladys warfen Vermutungen in den Raum, einige kluge, einige auch sehr alberne.

»Ein Pflug.«

»Ein Schiff.«

»Ein Penis.«

»Mächtige Anhänger?« fragte eine.
»Die Eier!« rief eine junge Frau, und alle lachten. Alle schauten zu Claire, waren sicher, das Rätsel gelöst zu haben.
Claire mußte zugeben, daß es in gewisser Weise paßte. Aber sie war auch verlegen wegen der fröhlichen Derbheit. »Ich weiß nicht, ob das die Welt verbessert zurückläßt, meine Ladys.«
»Versucht, das irgendeinem Mann zu sagen«, sagte eine der Matronen mit einem Augenzwinkern. »So, wenn es das nicht ist, dann gebt uns einen Hinweis, Lady Claire.«
»Es ist etwas für Frauen ...«
Sie wurde von der kühnen jungen Frau unterbrochen. »Das sind Schwänze und Eier!«
»Tatsächlich«, fügte Claire schnell hinzu, »ist es etwas, womit Ihr gerade beschäftigt seid.«
»Nicht etwas, womit wir jetzt gerne beschäftigt *wären,* Alida«, sagte die Königin, woraufhin die junge Edelfrau lachte. »Also, was machen wir, was darauf zutreffen würde?«
Alle sahen sich um. Die Königin klatschte in die Hände. »Nähen! Nein, es ist die Nadel! Die Nadel sticht durch den Stoff und zieht den Faden – die Anhänger. Sie will kein Blut vergießen, aber sticht uns doch oft in die Finger. Und sie läßt die Welt verbessert zurück. Wie pfiffig!«
Als alle sich ihrem Lob anschlossen, sagte die Königin: »Stellt uns noch ein Rätsel, Lady Claire.«
Claire hoffte, daß man ihr ihre Meinung nicht ansehen konnte, und erzählte noch ein Rätsel. Und noch eins. Und noch eins. Als der König hereinkam und sie unterbrach, hätte sie ihm vor die Füße fallen und seine Stiefel küssen können.
Natürlich erzählte die Königin ihm sofort die Rätsel, die ihr am besten gefallen hatten – die sie aber alle durcheinanderbrachte, so daß die Lösung viel zu offensichtlich war. Nach einigen Rätseln kam der König zu Claire herüber. »Ich dan-

ke Euch, daß Ihr die Königin so gut unterhalten habt, Lady Claire.«

»Die meisten Rätsel waren von meinem Vater, Sire, und ich befürchte, daß ich sie nicht so gut erzählt habe wie er.« Sie konnte einen Hauch von Verbitterung in ihrer Stimme nicht unterdrücken. Immer noch konnte sie nicht glauben, daß dieser mächtige Mann das Schicksal nicht hatte wenden können.

»Wahrlich, er war sehr begnadet.« Der König schien ihren Ton nicht bemerkt zu haben. »Was ist mit dem Tagebuch Eures Vaters?« fragte der König. »Er hatte immer Schreibutensilien bei sich. Gerade zum Schluß hat er viel geschrieben. Wo ist das Büchlein? Ich hätte gerne seine Meinung über die Rebellion erfahren.«

Claire mußte ihm vom Verlust des Buches berichten.

Ein weiterer finsterer königlicher Blick. »Ihr werdet nicht gut genug gesucht haben! Renald wird mir den genauen Ort nennen, und dann werde ich weitere Männer hinschicken. Ihr solltet achtsamer mit solchen Kostbarkeiten umgehen.« Er klang wie Felice, so daß Claire lächeln mußte.

»Ihr lacht?« fragte er scharf.

»Nein, Sire.« Claire suchte nach einer annehmbaren Erklärung. »Oder doch, aber nur, weil mir bereits jemand genau dasselbe gesagt hat. Es ist ein ärgerlicher Fehler. Ich habe vor nicht allzu langer Zeit meine eigenen Aufzeichnungen auf Summerbourne verloren. Und jemand hat mich dafür gescholten, daß ich sie in der Fensternische liegengelassen hatte …« Sie verstummte und versuchte sich daran zu erinnern, wer ihr das gesagt hatte. Felice? Wahrscheinlich nicht, aber es erschien ihr wichtig, sich daran zu erinnern …

»Lady Claire!« Die Stimme des Königs schrillte in ihren Ohren, und Claire spürte, daß der König sie zu einer Bank führte. Sie blinzelte ihn an. »Habe ich Euch solchen Kummer gemacht, daß Ihr ohnmächtig geworden seid?«

Nun war auch die Königin bei ihr, übertrieben besorgt, und all ihre Hofdamen standen um sie herum. »Nein, Sire. Entschuldigt bitte. Ich muß noch erschöpft von der Reise sein.«
»Und sicherlich hat die Königin viel zu viele Rätsel von Euch verlangt. Ich war gekommen, um die Königin zu den Wettkämpfen zu geleiten. Ich hoffe, Ihr seid nicht zu schwach, denn Euch erwartet ein Ehrenplatz.«
Das war mehr oder weniger ein Befehl, also sagte Claire: »Gar nicht, Sire«, und erhob sich, um seine Hand zu ergreifen. Die andere reichte er der Königin und führte beide Frauen hinaus auf den Hof. Zumindest auf dem Weg zur Tribüne hatte Claire die Gelegenheit nachzudenken, denn die Königin schnatterte ununterbrochen.
Wer hatte ihr vorgeworfen, achtlos mit Büchern umzugehen? Und warum hatte sie das Gefühl, daß die Antwort wichtig war? Man konnte ihr wirklich nicht vorwerfen, nicht sorgsam mit dem Buch ihres Vaters umgegangen zu sein, außer daß sie es mit auf die Reise genommen hatte.
Claire saß zur Rechten der Königin und war das Opfer von Ediths dummem Geschwätz. Sie dankte Gott, daß sie keine Hofdame war, die das Tag für Tag ertragen mußte.
Aber Claire konnte wirklich Interesse an den sportlichen Wettkämpfen gewinnen. Reiten und Bogenschießen waren auf gewisse Weise schön, und das Fechten mit dem Stab erinnerte an den Schwerttanz. Obwohl sie wußte, daß die Steinschleuder tödlich sein sollte, konnte sie kein Mißfallen an den Zielübungen finden.
Es machte ihr Freude, den jungen Männern zuzusehen, die in ihren Kettenhemden Kunststücke vorführten, um ihre Kraft und Schnelligkeit zu beweisen. Als sie Josce unter ihnen entdeckte, feuerte sie ihn an. Aber als es zum Schwertkampf kam, überfiel sie Traurigkeit. Diese Männer waren gestärkt und geschliffen wie eine Waffe. Sie konnte nicht

vergessen, daß ihr Vater seine Bücher und seine Kaninchenfelldecke verlassen hatte, um diese Welt herauszufordern.

Als sie das Geklirr und Ächzen hörte, begann sie zu zittern. Dies alles würde in Renalds Kampf gipfeln, und sie mußte das akzeptieren. Sie durfte nicht versagen. Sie *durfte nicht!* Aber schon jetzt wurde sie von einer Panik erfaßt, die sie nicht kontrollieren konnte.

Als er und FitzRoger auf den Kampfplatz traten, wünschte sie, daß Frettchen ihn zu Tode quälen würden. Dann könnte er verstehen, wie sie sich fühlte.

Sie betraten die Fläche, die für sie hergerichtet worden war, zwei Männer in Eisen. Trotz ihres unterschiedlichen Körperbaus ähnelten sie sich doch in einem – in der Leichtigkeit, mit der sie sich in ihren Kettenpanzern bewegten. Sie waren wie Fische im Wasser oder Vögel in der Luft in ihrem Element – und schön.

Die Tribüne war besetzt mit Edelmännern. Viele Mitglieder des Hofs hatten sich zum Burgvolk unten am Rand des Ringes gesellt, in dem die beiden Männer kämpfen würden. In der ersten Reihe standen die Kinder.

Wie sehr sie es auch versuchte, Claire konnte in Renald nichts anderes sehen als den dunklen Krieger, der gekommen war, um Summerbourne zu beanspruchen. Brust, Bauch und Arme umhüllte ein knielanger Panzer aus eisernen Kettengliedern, ein breiter Ledergürtel lag um seine Taille. Die Kettenkapuzen hatten sie übergezogen, der Helm war festgeschnürt. Er war bereit zu töten.

Aber dann erkannte sie, daß er sich heute anders gab. Es lag nicht daran, daß sie ihn nun kannte und liebte. Heute war er entspannt und gewaltig unbesonnen. Er lächelte, während er mit seinem Gegner plauderte, und lachte dann breit über etwas, das FitzRoger erwiderte.

Sie musterte FitzRoger, den sein Kettenhemd aussehen ließ wie einen grauen Wolf auf Streifzug.

Claires Panik steigerte sich, als ihr klar wurde, wie gefährlich dieser Mann war. Er war besser als Renald, wie er selbst fröhlich eingestanden hatte. Wenn dies ein echter Kampf wurde, würde FitzRoger gewinnen und Renald sterben.

Sie wollte es nicht sehen.

»Geht es Euch gut, Lady Claire?« Die Stimme der Königin schien von weither zu kommen. Claire schaute die Königin an und lächelte.

»Aber ja, Hoheit.«

»Ihr seht etwas blaß aus. Vielleicht liegt es an der Hitze. Wein!« befahl sie scharf, und schon hatte Claire einen Becher in Händen. Der Wein schwappte in ihren zitternden Händen hin und her.

Sie hob den Becher an die Lippen und schaffte es, zu trinken, ohne etwas zu verschütten. Der kräftige Wein beruhigte sie. Ihr Anflug von Furcht erschien ihr lächerlich. Die beiden Kämpfer plauderten nun mit dem König.

Dann sagte der König: »Los, meine Freunde, und kämpft gut.«

Renald wandte sich Claire zu und reichte ihr seine Hände. Sie legte ihre hinein und hoffte, daß sie sich nicht kalt und zittrig anfühlten. Vielleicht war es so, denn sein Lächeln verschwand.

»Leider«, sagte er und küßte ihre Finger, »kann ich nicht versprechen, für Euren Ruhm zu siegen, meine werte Frau. Ich kann nur versprechen, mein Bestes zu geben.«

Sie legte ihre Finger auf seine Hand. »Paßt auf. Seid vorsichtig.«

»Aber das ist langweilig!« Er lächelte und küßte ihre Hand. »Wünscht mir alles Gute.«

Sie hob ihrer beider Hände und küßte seine Finger. »Natürlich tue ich das.« Sie dachte daran, wie er aus Summerbourne ohne ihren Segen in den Kampf gezogen war.

»Gott sei mit Euch«, sagte sie.

Vielleicht dachte er daran, denn einen Moment lang verdunkelten sich seine Augen. Dann drehte er sich um und ging.
FitzRoger küßte Imogen auf die Lippen und folgte dann seinem Freund. Imogen lächelte beruhigend. »Macht Euch keine Sorgen, Lady Claire. Das haben sie schon oft getan.«
Claire machte sich keine Sorgen über ihre Sicherheit. Sie war besorgt, daß sie falsch reagieren würde und Renald dadurch veranlassen könnte, die Hochzeit abzusagen. Ihm war durchaus ein solches Opfer zuzutrauen.
Also gut. Sie war die Braut eines Wolfes. So würde sie sich auch benehmen.
Beide deckten ihren linken Arm mit ihrem Langschild und führten mit der Rechten das Schwert, kein spezielles Schwert, aber eines, das Knochen brechen konnte. Die ersten Hiebe waren noch zurückhaltend gewesen, aber nun verkündete das Geklirr die Wildheit ihres Schlagabtausches. Sie hielten sich nicht zurück. Schwungvolle Schwertschläge krachten, und Claire konnte förmlich ihre Wucht *spüren*, mit der sie auf die Schilde auftrafen. Sie sah den Ruck, der durch sie hindurchging, die Kerben und Splitter, sah, wie unmöglich es war, sie zu halten. Ein Ausrutscher, und das Schwert würde auf Fleisch und Knochen treffen.
Hin und wieder kam einer der Männer unter der Wucht eines nur ein kleines bißchen verkehrt abgewehrten Schlages ins Schwanken. Das ließ ihn nicht eine Sekunde innehalten.
Claire sah Renald grinsen. Es war keine Grimasse der Anstrengung. Er grinste!
Hunde sollen Euch zu Tode quälen, während Ihr Euch in Nesseln windet und Wespen Euch zerstechen …
Als ihre Angst verflog, sah Claire, daß die Heftigkeit des Kampfes trügerisch war, die Kontrolle absolut. Claire konnte den Kampf sogar – erschreckend fasziniert – schätzen wie den Schwerttanz.

Beide Männer standen mit leicht gebeugten Knien wie in den Boden gerammt. Nur die härtesten Schläge ließen sie schwanken. Sie handelten und reagierten nahezu fehlerlos. Aus jahrelanger Erfahrung wußten beide sicher sehr gut, was der andere tun würde. Aber es war kein Tanz. Beide lauerten auf den kleinsten Fehler, auf irgend etwas, was sie zum Sieg führen würde. Schaukampf oder nicht, beide kämpften sie, um zu gewinnen.

Claire kam zu dem Schluß, daß die beiden sich ebenbürtig waren und daher bis zur völligen Erschöpfung sich an der Nase herumführen würden. Dann machte FitzRoger eine unerwartete Bewegung und hätte Renald beinahe das Schwert aus der Hand geschlagen. Renald fing sich sofort, ging zum Gegenangriff über, traf mit seinem Schild den Helm des Freundes, der auf die Knie fiel. Alle hielten die Luft an.

Renald stach nach dem Hals des Freundes. FitzRoger konnte ihn nicht abwehren! Umgeben von nach Luft schnappenden und schreienden Leuten schlug Claire ihre Hände vors Gesicht, guckte aber verstohlen nach dem Kampfgeschehen. Anstatt den Stich abzuwehren, ließ FitzRoger sich fallen, rollte zur Seite und sprang außerhalb von Renalds Reichweite auf die Füße wie eine Katze. Erstaunlicherweise lachten beide Männer und erholten sich kurz, während die Menge ihnen Applaus spendete. Schaukampf oder nicht, jedermann war gefesselt. Claire sah, daß ein paar ihrer Nachbarn Wetten abschlossen. FitzRoger war der klare Favorit.

Ein Page goß ihr weiteren Wein ein, und Claire trank ihn gierig.

»Ein interessanter Zug«, sagte der König. »Er muß allerdings noch etwas ausgefeilt werden.«

»Lord FitzRoger wird sich den Kopf verletzt haben«, sagte die Königin. »Und sie werden beide immer müder. Solltet

Ihr sie vielleicht unterbrechen, Mylord? Wir wollen doch nicht, daß der Bräutigam zu müde für die Nacht ist.«
Claire wurde feuerrot, aber sie hoffte inständig, daß der König seiner Frau zustimmen würde. Ihre Nerven würden das nicht mehr lange ertragen.
Aber der König sagte kein Wort, und der Kampf ging weiter. In dem Moment sah Claire, saß sich alles änderte. FitzRoger übernahm die Kontrolle.
Der Kampf erinnerte sie wieder an den Schwerttanz und an die Art und Weise, in der Renald Lambert von Vayne dominiert hatte. Zuerst war es eine ganz leichte Veränderung – Renald hatte mehr Mühe, die Schläge abzuwehren. Claire dachte zuerst, es läge an der Position, aus der FitzRoger angriff, oder am Rhythmus. Was immer es auch war, Renald konnte nur mit Mühe parieren und selbst zu keinem Angriff ansetzen.
Claire bemerkte, daß sie vornübergebeugt dasaß, die Hände vor den Mund, und um ein Wunder bat, das Renald eine Chance bieten würde. Sie hatte keine Angst mehr. Sie fieberte vor Aufregung. Sie wollte, daß ihr Mann gewann.
Es gelang ihm aber nicht. FitzRoger brachte Renald aus dem Gleichgewicht und schlug ihm mit seinem Schild das Schwert in hohem Bogen aus der Hand. Im selben Augenblick stieß er Renalds Schild so weit zur Seite, daß er seine Klinge auf dessen Brust setzen konnte. Renald breitete seine Arme aus, er ergab sich.
Dieses Mal blieb es auf der Tribüne totenstill. Dann begann unten das Volk hurra zu rufen, Hüte hochzuwerfen, und ein allgemeines Geschnatter entstand. Aber Claire bemerkte, daß der König die Armlehnen seines Throns fest umklammert hielt. Hatte eine wirkliche Gefahr bestanden? Hinter ihr sagte jemand: »Diese Geste. Aber …«
Vielleicht hatten sie Regeln für ihre tödlichen Spiele, und dieses Verhalten war unangemessen gewesen. Aber Claire

wollte lieber Renald beobachten, wollte sichergehen, daß er unverletzt war.
Er und FitzRoger wirkten völlig entspannt. Sie öffneten ihre Helme und warfen sie ihren wartenden Knappen zu. Als sie zur Tribüne gingen, schoben sie ihre Kettenkapuzen zurück, damit der Wind durch ihr feuchtes Haar streichen konnte. Sie plauderten miteinander, sicherlich über die Einzelheiten des Kampfes, und es schien, als hätte es ihnen großen Spaß gemacht. Was es ja auch gewesen war. Für sie.
»Ein seltsames Ende«, sagte die Königin, die an einer Mandel knabberte. »Es wäre kein tödlicher Hieb gewesen.«
»Wenn das Schwert das Kettenhemd nicht durchstoßen kann«, sagte der König.
»Das können Schwerter doch nicht, oder?«
Claire verschlug es den Atem. Natürlich. Es war kein Wunder, daß die Leute über den Stoß auf Renalds Brust überrascht waren, aber einige – unter ihnen der König – hatten die Bedeutung verstanden. Wenn FitzRoger Renalds dunkles Schwert gehabt hätte, wäre der Hieb tödlich gewesen. Die letzte Geste war eine Wiederholung des Schlages gewesen, der ihren Vater getötet hatte!
Claire fiel kein Nagetier ein, das schrecklich genug war.
Sie war sicher, daß der Kampf – zumindest der Schluß – nach dem Schema des Kampfes verlaufen war, in dem ihr Vater den Tod gefunden hatte. Renald hatte ihr vorgeführt, was er war und was er getan hatte. Er hatte ihren Vater dargestellt, während FitzRoger der Vollstrecker gewesen war. Ihr kämpferischer Niveauunterschied war nicht so groß, aber da Renald keine wirkliche Chance hatte, FitzRoger zu besiegen, war der Kampf genauso wie der andere ausgegangen.
Wenn sie wollte, konnte sie ihren Vater an Renalds Stelle setzen, konnte ihn kämpfen sehen, anfänglich in gewisser Weise kontrolliert, sehen, wie er am Ende nichts mehr ausrichten konnte und Renald zum Töten angesetzt hatte.

Zum schnellen, gekonnten Todesstoß.

Renald und FitzRoger standen nun vor dem König. Heinrichs Hände waren jetzt entspannt, aber er sah nicht zufrieden aus. »Ich nehme an, Ihr habt erreicht, was Ihr wolltet, Lord Renald.«

»Das hoffe ich, Sire.«

»Ich nehme an, Ihr hättet ihn schlagen können, als er zu Boden ging.«

»Vielleicht. Wenn ich für Euch gekämpft hätte, Sire, hätte ich nachgesetzt.«

»Sicher. Und ihr, FitzRoger, dieser Zug war noch nicht ganz reif für einen Kampf.«

»Wo kann ich ihn besser üben als im Kampf gegen einen guten Gegner, Sire? Ich werde ihn sicher eines Tages in Euren Diensten anwenden können.«

»Aber warum macht Ihr Euch Sorgen«, fragte die Königin, »wenn Gott doch entscheidet?«

Claire sah die Männer sich einen Blick zuwerfen, der wohl mit »Frauen!« zu übersetzen war.

Der König sagte: »Aber meine Liebe, genauso wie ich von meinen Männern erwarte, daß sie sich in Form bringen, damit sie mir wirksam dienen, erwartet Gott dasselbe von uns allen. Sollen wir ihm minderwertiges Werkzeug zur Verfügung stellen?«

»Gott ist allmächtig, Heinrich.«

»Aber er bevorzugt, daß sein Volk auf Erden auf sich selbst aufpaßt. Kommt, meine Liebe. Keine theologischen Themen mehr. Seht, sie bereiten weiteres Bogenschießen vor.« Er wandte sich wieder den zwei Kämpfern zu. »Ruht Euch aus, meine Freunde, und entspannt Eure Muskeln. Vor allem Ihr, Lord Renald, solltet Euch nicht verausgaben.«

Claire wußte, daß sie wieder errötete, und als Imogen sich wieder neben sie setzte, verzog sie das Gesicht.

»Ist es nicht seltsam, wie jeder darüber spricht?« fragte Imogen. »Ich bin sehr froh, daß ich in aller Stille und schlicht geheiratet habe.«
»Ich hatte ein Fest mit meiner ganzen Familie und vielen Freunden. Es war wunderschön, bis ich dann die Wahrheit erfuhr.«
Imogen drückte ihre Hand. »Fühlt Ihr Euch nun besser? Wenn nicht, können wir vielleicht etwas arrangieren …«
»Renald«, Claire unterbrach sie und schaute ihrem Ehemann nach. »Renald hat Euch darum gebeten.«
»Er möchte nicht, daß Ihr Euch gezwungen fühlt.«
»Daher dieser makabre Schwertkampf! Ich könnte ihm einen Stein auf den Kopf hauen, und nicht gerade zu seinem Besten!«
Imogen kicherte. »Ihr liebt ihn offensichtlich wie verrückt!«
Claire mußte lachen. »Natürlich. Aber ich habe genug von seiner *Gerechtigkeit,* nein danke. Das ist zuviel für meine Nerven. Ich wünschte, ich könnte mit ihm reden und ihm sagen, daß ich meine Meinung geändert habe.«
»Ich glaube nicht, daß Ihr ihm ins Bad folgen dürft.«
»Es ist verführerisch, glaubt mir. Ich möchte das abgeschlossen haben, bevor wir zu anderen Dingen übergehen.«
»Bettspiele.« Imogen zwinkerte ihr zu.
Claire schaute sie an. Sie war keine Freundin wie Margret, aber sie war eine junge Frau und noch nicht lange verheiratet. Nach einem schnellen Blick aus dem Augenwinkel fragte sie: »Gefallen sie Euch?«
»Bettspiele? Aber ja. Seid Ihr nervös?«
»Ein bißchen.« Sie konnte nicht von ihrer ersten Hochzeitsnacht berichten, aber sie sagte: »Ich weiß nicht, was ich tun soll.«
»Macht Euch keine Sorgen. Renald weiß es.« Sie stand auf. »Die Königin will gehen.«
Königin Edith wandte sich ihnen zu. »Mein Herr Gemahl

möchte auf die Jagd gehen«, sagte sie. »Wir armen Frauen bleiben uns selbst überlassen. Lady Imogen, Ihr könntet für uns spielen.«
Claire schaute nach einer Möglichkeit zu gehen, um mit Renald sprechen zu können, aber sie fand keine. Der Hof, mußte sie feststellen, bot ebensowenig Freiraum wie ein Kloster. Aber sie erfuhr, daß Renald und FitzRoger aus ihrem Bad gezerrt worden waren, damit sie sich der Jagdgesellschaft anschlossen. Sie hoffte, daß ihr Ehemann so kräftig war, wie er aussah.
Zumindest mußte Claire nicht weiter für Unterhaltung sorgen, denn Imogen und einige andere mußten musizieren. Sie konnte endlich über Aufzeichnungen nachdenken, die sie am Fenster liegengelassen hatte. Wer hatte das gesagt, und warum war das so wichtig?
Aber die Musik war ausgezeichnet, und ihre Gedanken waren viel zu sehr mit der kommenden Nacht beschäftigt. Anstatt nachzudenken, verlor sie sich den ganzen Nachmittag lang in köstliche Träume.

26. Kapitel

Die Männer kehrten heiser und triumphierend von der Jagd zurück. Der König stürmte noch voller Blut und Dreck in das Sonnenzimmer. Die errötende Königin entließ alle. Als Claire hinausging, fand sie ein Chaos vor. Das ganze Schloß stand im Zeichen der Vorbereitung des abendlichen Banketts und war voller verdreckter Hunde und ebenso schmutziger Männer, die Wein, Essen und ein Bad verlangten. Man hatte drei Hirsche und zahlreiche kleinere Tiere mitgebracht, die nun den hin und her rennenden Dienstboten übergeben wurden.

Irgendwo in dem Getriebe sah sie Thomas. Claire betete zum Himmel, daß der Hof niemals Summerbourne besuchen möge.

Sie wollte Renald finden, gab diese Suche aber bald auf. Sie würden beim Bankett nebeneinandersitzen, und vielleicht würde sie dann mit ihm reden können.

Claire ging, um sich für den Abend zurechtzumachen, und kehrte dann in die Halle zurück. Sie hielt Ausschau nach Renald, weil sie ihn vermißte, aber er erschien erst, als der Trompetenstoß zum Essen rief. Sie nahm an, daß er noch ein Bad genommen hatte. Er betrat die Halle, umringt von Männern, die alle sauber waren und von den Aufregungen des Tages strahlten. Aber er lächelte nur für sie, kam zu ihr, um sie zur Hohen Tafel zu führen.

»Unser Hochzeitsbankett«, sagte er, als sie Platz nahm.

»Wieder«, bemerkte sie.

»Und frisch. Keine Reste.«

Sie schaute ihn erschreckt an, aber er schüttelte den Kopf.

»Ich bin nicht klug genug, um so etwas mit Absicht zu sagen – keine Reste?«
»Keine«, sagte sie lächelnd und sah ein, daß dies nicht der Ort für eine lange, ernste Unterhaltung war. »Ich erkläre es Euch später.«
Renald nahm ihre Hand und küßte sie. »Ich bin entzückt. Aber ich glaube nicht, daß ich dann in der Stimmung für eine Unterhaltung bin. Später.«
Er biß ihr in den Daumen, und sie merkte, wie ihr Herz zu rasen begann. Sie wuschen ihre Hände, und Diener servierten Fisch.
Claire schaute das köstliche Essen ohne Appetit an. Diesen Appetit. »Ich wünschte ...«
»Ich weiß. Aber wir müssen warten.«
»Warum?«
»Sitten und Gebräuche, erinnert Ihr Euch?« Er schob ihr einen Bissen Fisch zwischen die Lippen. Es war kräftig gewürzter Aal.
»Ich frage mich, ob es sehr qualvoll ist, wenn Aale an einem saugen, bis man endlich stirbt.«
Er zog die Brauen hoch. »Kennt Ihr jemanden, dem das passiert ist?«
»Nein, aber einem Mensch, der mir sehr nahe ist, wäre das beinahe widerfahren.«
Er schüttelte den Kopf wegen dieses scheinbaren Unsinns. Claire lächelte und wählte das Essen von dem nächsten Servierbrett, einem mit Fleisch. Sie gaben sich gegenseitig zu essen während der nicht enden wollenden Gänge und warteten auf ihre Nacht. Aber als sie ihm ein Stück Honigkuchen in den Mund schob, hielt Renald ihre Hand fest und leckte ihre Finger sauber. »Honig, Ingwer, Zimt ...«
»Nicht«, hauchte sie. »Wir müssen noch Ewigkeiten hier warten, und ich kann es nicht mehr ertragen ...«
»Ihr glaubt nicht, was ein Mensch alles ertragen kann.«

»Ich möchte Euch aus der Halle zerren. Jetzt.«
»Ich würde mich widersetzen. Warten erhöht die Lust.«
»Wir haben schon einen Monat gewartet.«
»Wie wahr.« Er nahm ihre Hand, führte sie unter das Tischtuch und legte sie auf sein festes, langes und hartes Glied.
»Seid Ihr sicher, daß Ihr warten wollt?« Durchtrieben lächelnd rieb sie ihn und genoß, wie er kaum atmen konnte und wie er sie anschaute. Als er nach ihrer Hand packte, schmerzte es sie.
Claire biß sich auf die Lippen. Sie hatte das letzte Mal vergessen. »Ihr habt damit angefangen«, zischte sie.
»Mag sein. Jetzt beginne ich etwas anderes.«
Während er mit der Linken seinen Becher zum Mund führte und trank, ließ seine rechte Hand die ihre los und glitt zwischen ihre Schenkel, machte sich Platz zwischen der Wäsche. Einen Moment dachte Claire daran, sich zu widersetzen, aber dann entspannte sie sich. Sie spreizte sogar ihre Beine und schaute ihn an. Sie wußte, daß er hier am Tisch nicht sehr weit gehen konnte. Das lange Tischtuch verdeckte ihre Beine, aber tailleaufwärts waren sie jedermanns Blick ausgesetzt.
Er verzog warnend die Lippen. Dann nahm er seinen Becher, hielt ihn ihr an die Lippen, während seine andere Hand sich weiterbewegte und Claire so erzittern ließ, daß sie plötzlich ihre Sitzhaltung ändern mußte. Hastig ergriff sie mit der rechten Hand den Becher und hoffte, daß diese Bewegung die andere überspielte.
Dann fühlte sie, wie er langsam ihren Rock hochschob und wie seine Finger über ihre nackten Oberschenkel strichen. Wieder nahm sie einen Schluck aus dem Becher. Sie versuchte, sich nicht anmerken zu lassen, daß sich ihr Atemzug verändert hatte. Auch sorgte sie sich, daß sie errötete. Es würde sicherlich jemandem auffallen, was hier vor sich ging. Paßte er nicht auf?

Als sie ihn anschaute, wurde sein Lächeln breiter. Er nahm den Becher zurück, nahm einen Schluck und küßte sie.
Zumindest überdröhnten die Musik und das Geschnatter ihr Stöhnen.
Seine Hand blieb regungslos auf ihrem Oberschenkel liegen. Sie wollte sofort protestieren.
Während die eine Hand immer noch quälend untätig blieb, stellte Renald mit der anderen den Becher ab und nahm ein Stück Fleisch. Er strich ihr damit über die Lippen, neckte sie und schob ihr soviel in den Mund, bis er voll war. Sie fühlte sich, als ob er sie mit der anderen Hand weiterstreicheln würde, obwohl er es immer noch nicht tat.
Nachdem sie das zarte Fleisch heruntergeschluckt hatte, spielte er mit den Fingern an ihren Lippen, ermunterte sie, an ihnen zu lecken und zu saugen. Sie war sich seiner anderen, ruhenden Finger sehr bewußt und nahm einen seiner Finger in den Mund, um ihn genußvoll mit der Zunge zu umspielen. Er litt sicherlich genauso wie sie!
Offensichtlich nicht. Beinahe atemlos wand sie sich, um seiner Hand zu entkommen. Es war unmöglich. Verzweifelt wünschte sie, er würde irgend etwas tun – wie unanständig es auch sein mochte – oder sie in Ruhe lassen. Sie nahm einen Löffel und schob ihm einige Mundvoll gewürzte Gerste und danach Kressekompott in den Mund.
Er schluckte. »Ihr meint also, daß ich etwas zu essen brauche.«
»Ich habe Sorge, daß Ihr an wichtigen Stellen abnehmt.«
»Wenn überhaupt, dann wachse ich. Fühlt und seht her.«
»Ich kann es mir vorstellen.«
»Dann stellt Euch vor, wie ich in Euch bin, groß und heiß.«
Sie schaute ihn an. Das Begehren packte sie so sehr, daß sie ihn beinahe schon dort fühlen konnte oder zumindest fühlen konnte, wo er sein sollte. Sie ließ den Löffel fallen, und das weiße Tischtuch bekam grüne Flecken.

»Bitte …«
»Wartet.«
»Wartet! Ich warte schon ewig.« Sie schob ihre Hand unter das Tischtuch und versuchte, seine Hand zu führen, während sie ihn anlächelte. Aber natürlich war er viel zu stark für sie. Er beugte sich vor, küßte sie und sagte: »Wartet. Nur noch ein wenig.«
»Es werden noch etliche Vergnügungen präsentiert werden, bevor sie uns gehen lassen«, sagte sie unruhig. »Ihr seid ein Tyrann.«
»Erinnert Ihr Euch an unsere erste Hochzeitsnacht? Ich wollte, daß Ihr erst die Freuden spürt und dann den Schmerz, aber als wir alleine waren, konnte ich nicht warten.«
»Dann, was …«
»Oh, die Akrobaten. Sehr gut.«
Die Unterhaltung der Festgesellschaft wurde von Bodenakrobaten eröffnet, die radschlagend in die Mitte des Saales sprangen. Sie waren sehr gut, und Claire hätte sich beinahe von ihnen fesseln lassen, wenn da nicht diese Finger auf ihren Schenkeln gewesen wären, die sie hin und wieder leicht streichelten, aber sich niemals genug bewegten. Wovon hatte er gesprochen? Von den Freuden? Hier? Das *konnte* er nicht tun!
Sie hörte sich stöhnen und trank schnell einen Becher Wein. Als der Mundschenk nachfüllte, sagte Renald: »Gebt mir zu trinken, Frau. Ich werde mich derweil anderweitig beschäftigen.«
»Es geschähe Euch wirklich ganz recht, wenn ich Euch den Becher hier augenblicklich über den Kopf schütten würde.«
»Ich würde eine Abkühlung sehr erfrischend finden.«
»Wenn Ihr glüht, so ist es Eure Schuld. Wenn wir warten müssen …«

»Ihr werdet doch nicht den Mann versäumen wollen, der mit dem Feuer spielt.«

Sie schaute ihn an. »Nichts ist mir unwichtiger.«

»Ich glaube, Ihr werdet Eure Meinung noch ändern. Wein, meine Frau. Ich verdurste.«

Mit einem gespielt mürrischen Gesicht hob sie den Becher an seine Lippen und neigte ihn so, daß Renald ihn bis zum letzten Tropfen austrinken mußte. Damit er seine Beherrschung verlor, beugte sie sich vor und leckte den letzten Tropfen von seinen Lippen.

Und da sie sich in dieser Haltung gegen seine sie quälende Hand pressen konnte, neigte sie sich noch weiter zu ihm hinüber. In Erinnerung an frühere Gelegenheiten knabberte sie an seinem Nacken, seinem Ohr …

»Edith, seht nur, wie ungeduldig unser verliebtes Pärchen sich der Nacht entgegensehnt«, sagte der König, der auf Renalds anderer Seite sah. Claire stellte mit Entsetzen fest, daß sie so gut wie auf Renald lag – und das in der Öffentlichkeit!

»Allerdings, Sire«, sagte er scheinbar ruhig und hinderte Claire daran, sich zu weit von ihm zu entfernen. »Ein Monat ist eine lange Wartezeit.«

»Aber eine heilige«, sagte die Königin. »Das wird Euch großen Segen bringen. Wir können den Ablauf des Festes nicht beschleunigen.« Sie hob mahnend den Zeigefinger. »Ein wenig Geduld in dieser Hinsicht wird Euren Seelen guttun wie auch Euer fleischliches Verlangen noch steigern. Außerdem bin ich sicher, daß Lady Claire den Mann, der mit dem Feuer spielt, nicht würde versäumen wollen. Er beherrscht diese Fertigkeit in bewundernswerter Weise.«

»Das ist richtig, Hoheit«, sagte Renald. »Tatsächlich wartet Claire schon sehnsüchtig darauf. Nicht wahr, Liebste?« Seine Finger bewegten sich und raubten Claire fast den Atem, aber es gelang ihr dennoch, angemessen zu antworten.

»Vertraut mir«, raunte Renald. »Ihr werdet Abdul auf keinen Fall versäumen wollen. Ah, da kommt er.«

»Ich kenne Feuerschlucker.«

»Aber Abdul ist so gut, daß der König ihn in seinen Dienst genommen hat.«

»Selbst so ...«

Er brachte sie mit einem Kuß zum Schweigen. »Schaut. Ich verspreche Euch, daß Ihr das niemals vergessen werdet.«

»Können wir danach gehen?«

»Ja. Ich denke, danach werden wir entlassen.«

Der Feuerschlucker war ein Schwarzer, was die Dramatik noch erhöhte. Claire hatte bisher nur einen Mohren gesehen, und unter normalen Umständen hätte sie mit ihm über seine Heimat reden wollen. Aber nun wollte sie, daß er seine Vorstellung gab, beendete und ging.

Der Artist verschluckte zuerst das Feuer, löschte es mit seinem Mund oder spie Feuer wie ein Drache. Er war gut, aber nicht gut genug, um Claire von Renalds ruhender Hand und ihrem eigenen, ungelöschten Feuer ablenken zu können.

Dann begann sich Renalds Hand wieder zu bewegen.

Claire hielt die Luft an. Sie genoß die Berührung, der sie sich entgegensehnte, war aber entsetzt, weil sich so viele Blicke auf sie richteten. Natürlich waren die meisten von der Vorführung gefesselt, aber nicht jeder. Sie schloß ihre Oberschenkel. Das konnte er doch nicht tun!

Dann verdunkelte sich die Halle. Während Frauen aufschrien und Männer tief Luft holten, stellte Claire fest, daß Diener mit großen Brettern die Fenster verdunkelten. In der tiefen Düsterkeit zeichneten Abduls glühende Fackeln wilde Muster, die von den geschickten Händen des Artisten zum Tanzen gebracht wurden. Geschickten Händen.

Renalds geschickte Hand wanderte weiter, geradewegs in sie hinein. »Halt!«

»Niemand kann etwas sehen«, flüsterte er, »niemand kann etwas hören. Laß dich gehen.«
Die Musiker begannen, zu dem Feuerwerk eine wilde, rauhe Melodie zu spielen, eine schrille Mohrenweise, die von harten Trommelschlägen begleitet wurde.
Renalds Finger wurden immer schneller. Plötzlich von Panik ergriffen, versuchte Claire, ihre Schenkel zu schließen, aber sein Bein lag schon über ihrem und öffnete sie, während der Trommelwirbel immer heftiger wurde und die Fackeln unglaublich schnell und verwirrend vor ihren Augen hin und her wirbelten. Renald legte seinen rechten Arm um sie, hielt sie fest und spielte mit ihrer Brust. Seine Lippen spürte sie warm auf ihrem empfindlichen Nacken.
Claire klammerte sich an die Tischkante und drückte sich ab, allerdings nicht, um ihm zu entkommen. Es war ihr mittlerweile egal, ob die ganze Welt zusah. Sie schloß ihre Augen, sah die wirbelnden Lichter rot glühen, während die Musik in ihr hämmerte.
Sie kämpfte dagegen an. Sie konnte gegen einen solchen Gegner nicht gewinnen, aber der Kampf machte sie verrückt und verrückter. Wie ein Baby lag sie an seiner Brust, suchte seinen Mund und versank in seinem Kuß, als sie in eine große, dunkle Stille taumelte.
Nur langsam wurde ihr klar, daß diese Dunkelheit Wirklichkeit war. Der Artist hatte alle Fackeln auf einmal gelöscht. Die Musik war verstummt, um einen dramatischen Moment zu erzeugen. Nein, nicht nur das war es gewesen.
Als die Diener die Bretter fortnahmen und die letzte Abendsonne in die Große Halle fiel, setzte sich Claire gerade in ihrem Stuhl auf und schloß ihre zitternden Beine. Renald zog seine Hand fort, führte sie zu seinen Lippen und küßte sie, während sein flammender Blick auf Claire ruhte.
Unter dem lauten Applaus und den Bravorufen wurde

Claire hin und her geschüttelt und hatte das Gefühl, daß alle ihren orgasmischen Moment feierten.
Der König warf dem grinsenden schwarzen Mann eine schwere, klirrende Börse zu. »Ja, sehr gut! Ihr werdet mit jedem Mal besser.«
Der Artist verbeugte sich tief. »Ihr gebt mir die Möglichkeit, meine Fertigkeiten zu vervollkommnen, Sire.«
Die Königin lehnte sich vor, um mit Claire zu sprechen. »Da habt Ihr es gesehen. Das hättet ihr nicht verpassen wollen, nicht wahr?«
Claire mußte leicht lachen. »Nein, Hoheit. Das hätte ich niemals verpassen wollen, so seltsam es auch war.«
»Seltsam?« fragte der König. »Habt Ihr vorher noch nie Artisten mit Feuer spielen sehen?«
»Nicht so, Sire.«
»Selbstverständlich nicht«, sagte er stolz. »Er ist auffallend geschickt.«
»In der Tat, Sire«, sagte Claire und schaute Renald an.
»Eine ganz besondere Gabe.«
»Wie wahr, Sire.« Sie biß sich auf die Lippen, um sich zu beherrschen. Renald sah angestrengt aus.
»Ich bin immer wieder verwundert, was dieser Mann kann«, bemerkte die Königin. »So geschickte Hände.«
Claire konnte kein Wort sagen, denn sie hatte Angst, kichern zu müssen.
»Sicher das Resultat jahrelanger Übung«, sagte Renald.
Claire gab ihm unter dem Tisch einen Tritt. »Vielleicht würde ich auch gerne eine solche Geschicklichkeit erwerben. Es müßte interessant sein, solch eine Aufregung zu erzeugen. Geradezu ekstatisch, findet Ihr nicht auch?«
»Nein, nein, Lady Claire«, sagte die Königin, »eine Edeldame sollte nicht mit Feuer spielen.«
Claire ließ eine Hand unter den Tisch gleiten, um eine gewisse längliche Erhebung zu streicheln. »Oh, aber Hoheit,

ich nehme an, daß Lord Renald bestimmt eine Frau gefallen würde, die gerne mit dem Feuer spielt. Ganz besonders, wenn sie geschickte Hände hat.«

»Das könnte sein«, murmelte Renald, der aussah, als hätte er einen innerlichen Kampf auszutragen.

»Meine Liebe«, sagte der König zu seiner Gemahlin, »ich denke, es ist Zeit, die beiden in ihr Bett gehen zu lassen, bevor ihnen die Enthaltsamkeit den letzten Funken Verstand raubt.« Sein Gesicht wirkte unbeteiligt, aber seine Worte erweckten den Eindruck, als würde er einiges von der Nebenhandlung ahnen.

»So früh?« fragte die Königin. »Aber wir haben noch einen Mann mit guten Rätseln. Ich bin sicher …«

»Ich bin sicher, daß eine Lady von Summerbourne alle guten Rätsel kennt und lieber andere Rätsel lösen würde. Stimmt das nicht, Lady Claire?«

Sie lächelte ihm dankbar zu. »Sehr wahr, Sire. Habe ich mit den Fräulein auf mein Zimmer zu gehen?« Plötzlich haßte sie den Gedanken, sich von Renald trennen zu müssen, auch wenn es nur für einen Moment war.

Als ob er es erraten hätte, stand Renald auf und nahm sie in seine Arme. »Mit der Erlaubnis Euer Gnaden, dies ist keine wirkliche Hochzeitsnacht. Daher werde ich einfach meine Gemahlin nehmen und mich zurückziehen.«

Claire sah, daß die Königin widersprechen wollte, aber der König legte eine Hand auf die ihre. »Es ist, wie Lord Renald sagt, meine Liebe. Aber ganz ohne Zeremonie geht es nicht. Ho!« rief er. »Musik für das enthaltsame Ehepaar!«

Die Musikanten spielten einen fröhlichen Marsch, und bald klatschte die ganze Halle mit und lachte. Überhäuft mit derben Ratschlägen trug Renald Claire durch die Große Halle und die breiten Steinstufen hinauf. Sie vergrub ihr Gesicht an seiner Brust, während wieder die Begierde in ihr erwachte.

In ihrem Zimmer warf er sie auf das mit Blütenblättern bestreute Bett und begann sich auszuziehen. Nach einem Moment des Erschreckens begann auch Claire sich zu entkleiden. Als sie ihr Unterhemd ausgezogen hatte, beugte er sich zu ihr nieder und küßte sie so leidenschaftlich, daß sie erst nach einem Moment begriff, daß er sich zwischen ihre Schenkel legte. Endlich. Endlich.
Sie befreite sich von seinem Mund. »Ich wollte sagen ...«
Er legte eine Hand über ihre Lippen. »Nicht jetzt.« Dann schaute er sie an, stützte sich über ihr ab und glitt in sie hinein.
Er war groß, und Claire fühlte, wie er sie dehnte und ausfüllte. Sie erinnerte sich daran, daß Margret gesagt hatte, sie solle ihm sagen, was sie wolle. Sie glaubte nicht, daß sie Renald es mit Worten erklären mußte, aber sie gab trotzdem ein Murmeln von sich. Als er seine Hand von ihrem Mund nahm, sagte sie: »Das fühlt sich gut an.«
Er lachte und sagte: »Tut es dir nicht weh?«
Claire schüttelte den Kopf. Sein Gesicht fesselte sie, es war gespannt, noch gefaßt, ganz konzentriert auf ihr langsames Miteinander. Wie sie. Sie spürte ein Prickeln und Sehnen nach ihm. Er tat ihr gut. Er war ganz langsam. Sie wußte, daß es ihn viel kostete, so langsam zu sein, aber sie wußte auch, daß er es aus Liebe tat.
Es war ein seltsames Gefühl, und sie bewegte sich leicht, versuchte, sich ihm anzupassen. Renald schloß die Augen und atmete tief ein.
Sie dachte an das letzte Mal und blieb wieder ruhig liegen. Es sollte nicht noch ein Unglück passieren.
»Ist noch alles in Ordnung?« fragte er knapp.
Claire nickte. Dann bemerkte sie, daß er noch immer die Augen geschlossen hatte, und sagte »Ja.« Ihre Stimme quiekte etwas.
»Schieb deine Brüste hoch.«

Als sie ihm bereitwillig gehorchte, beugte er sich herunter, um erst an der einen, dann an der anderen Brust zu saugen. Es war vorbei mit dem Stilliegen. Ihre Hüften hoben sich. Er drang tief in sie ein. Ein schneidender Schmerz.
Sie konnte ihren Schrei nicht unterdrücken.
»Ich bete«, sagte er, »daß du leicht gebaut bist«, und stieß ganz tief in sie hinein.
»Ich danke Gott«, sagte er atemlos.
»Ich sollte Gott auch danken«, sagte sie, erstaunt darüber, wie erfüllt sie von ihm war. »Wie schön es ist, einen Mann auf diese Art und Weise besitzen zu können.«
Wieder lachte er und bewegte sich gleitend in sie hinein und heraus. Es war genauso und doch wieder ganz anders als das, was er vorher mit ihr gemacht hatte. Nichts, was sie jemals vorher selbst mit sich gemacht hatte.
Sie bemühte sich verzweifelt darum, ruhig zu liegen, aber jeder Muskel ihres Körpers wollte tanzen. Die Hitze seines großen Körpers brachte auch sie zum Glühen. Der Geruch machte sie ganz verrückt. »Kann ich mich bewegen?« hauchte sie, obwohl sie es doch schon tat. Sie konnte nichts dagegen tun.
»Ja, natürlich.« Er legte seine Hände unter sie, um ihr zu helfen. Aber es war völlig unnötig. Sie tanzte mit ihm im Ehebett zu ihrer wilden Musik, sie liebten den Klang, das Gefühl und das Aufeinanderprallen ihrer so gut harmonisierenden Körper.
»Ich bin froh, daß es nicht dunkel ist«, sagte sie atemlos von seinen kraftvollen Stößen.
Seine Antwort erschöpfte sich in einem Stöhnen, das seinen zusammengebissenen Zähnen entwich.
Als sie in den Strudel hineingesogen wurde, lachte sie lustvoll und biß ihn. Sie grub ihre Fingernägel in sein Hinterteil, als könnte sie ihn – was unmöglich war – zwingen, noch tiefer, fester und härter in sie einzudringen.

Mehr. Mehr. Mehr!
Vielleicht schrie sie es. Als sie sich um seinen hinreißenden, festen Körper schlang, erschauerte sie von Kopf bis Fuß unter seinem Stöhnen. Er brach zusammen, rollte zur Seite und riß sie mit sich. Sie löste Beine und Zähne von ihm, hielt aber die Arme noch fest um ihn geschlungen. Seine Lippen berührten die ihren, und sie versuchte, ihn zu verschlingen. Bei allen Heiligen und Engeln, die Ehe war eine wunderschöne Angelegenheit.
Als endlich der Kuß ausklang, ihr Atem leichter ging und ihre Umarmung entspannter wurde, lagen sie immer noch ineinander verschlungen da, ruhten ihre Hände immer noch liebevoll auf dem Körper des anderen.
»Alles in Ordnung?« fragte er sie, wie er sie vor so langer Zeit schon einmal gefragt hatte. Er strich ihr das Haar aus den Augen und schaute sie an – allerdings ohne großen Zweifel.
Claire reckte sich und betrachtete ihn mit wunderbarer und lüsterner Besessenheit. »Ich bin nicht sicher. Ich denke, wir sollten es noch einmal versuchen.«
Renald lachte, rollte sich auf den Rücken und zog sie auf sich. Claire hatte ihn niemals so lachen sehen, aber so war der wirkliche Renald. Das wußte sie.
»Oh, ganz sicher«, er schnappte nach Luft. »Vielleicht sollten wir auch einen Feuerschlucker engagieren.«
Sie fuhr mit ihrer Hand über seine Brust. »Meinst du, wir könnten ohne ihn nicht so viel Spaß haben?«
Er küßte sie leicht. »Wir wollen ihn nur haben, damit wir uns etwas einfallen lassen können.«
Claire glitt von ihm herunter, um seinen wunderschönen Körper besser betrachten zu können. »Ich komme aus einer sehr einfallsreichen Familie.« Sie betrachtete einen ganz besonderen Teil seines kräftigen Körpers. »Wird er immer explodieren, wenn ich ihn berühre?«

»Nur wenn ich dumm bin und versuche, Gottes Gabe falsch einzusetzen.« Er nahm ihre Hand und legte sie auf seine neue Erektion. »Ich sehne mich danach, daß du mich berührst, Claire.«

Sie streichelte ihn und war gefesselt von dem Zucken, das sie auf seinem Gesicht lesen konnte.

Er legte seine Hand auf die ihre. »Ich will dir zeigen, wie man Feuer macht.«

»Ich denke, ich weiß das.« Sie entkam ihm und verschwand unter der Bettdecke. »Ich möchte statt dessen Feuerschlucker spielen.«

»Beim heiligen Amand«, sagte er, als sie später, noch miteinander vereint, dalagen. »Ich hoffe nicht, der König wünscht, daß ich heute ausreite.«

Claire kicherte. »Bist du auch wund?«

»Nur in der allerschönsten Weise. Aber führ mich nicht mehr in Versuchung, Weib.«

»Ich dich?« protestierte sie, als sie sich von ihm löste. »Was mach' ich?«

»Räkelst dich. Kicherst. Lächelst. Atmest …« Er stöhnte und rollte aus dem Bett, um die Tür zu öffnen und nach Essen und Getränken zu rufen. »Was meinst du, wie spät es ist?« fragte er und reckte sich.

»Vielleicht schon Nachmittag.« Claire entschied sich, daß seinen Körper zu bewundern zu gefährlich für sie war, und ging, um aus dem langen Fenster zu schauen. »Es ist voller Betrieb.«

Er trat hinter sie und lehnte sich groß, warm und hart gegen sie. Es verschlug ihr den Atem. »Es ist schade, daß wir beide wund sind.«

Er küßte ihren Nacken. »Wir haben noch unser ganzes Leben, meine Liebe. Erinnere dich an diese Stellung. Sie wird dir sicher gefallen. Ich höre jemanden kommen.«

Eilig schlüpfte Claire wieder unter die Decke. Renald wickelte sich ein Tuch um die Hüfte, als Maria, Prissy und Josce mit Tabletts voller Essen und Krügen hereinkamen.
Sie blieben, um zu sehen, ob sie noch gebraucht würden, aber Renald schickte sie fort. Er und Claire begannen ein langes, genußvolles Mahl, das sie beide sehr schätzten. Sie wären sicherlich eingenickt, wenn nicht Josce zurückgekehrt wäre. Er meldete ziemlich nervös, daß sie unten in der Großen Halle erwartet würden.
»Warum?« Renald machte keine Anstalten, das Bett zu verlassen.
»Lady Felice ist aus Summerbourne gekommen und verlangt, mit beiden, dem Lord und der Lady, zu sprechen.«
»Felice!« Claire wäre beinahe aufgesprungen, wollte dem Knappen aber die Verlegenheit ersparen. »Es geht sicher um Mutter.«
Renald schickte Josce aus dem Zimmer. Beide begannen sich zu waschen und anzuziehen. Claire war in großer Eile, denn sie befürchtete das Schlimmste. Renald hielt sie fest und zupfte ihre Kleider zurecht. »Was immer passiert ist, es ist schon passiert. Brich nicht in Panik aus.«
»Aber …«
»Es ist deine Tante Felice, erinnerst du dich? Die, die unbedingt an den Hof wollte.«
Claire lachte. »Ja, natürlich.« Nach einem Augenblick fügte sie hinzu: »Ich sollte vielleicht alleine mit ihr sprechen.«
»Ich will dir die Ehre nicht streitig machen. Aber wenn sie schon hier ist, kann ich nach einigen Männern Ausschau halten, die ihr gefallen könnten.«
Sie küßte ihn. »Und nach einem, der Amice nehmen würde. Jemanden, der groß und wichtig ist.«
»Ich dachte, vor Großen würde sie weglaufen.«
»Du hast ihr angst gemacht mit all den Geschichten darüber, wie groß etwas an dir ist.«

»Und da meine Braut noch gehen kann, wird sie leider der ganzen Welt verkünden, wie ärmlich ich ausgestattet bin.«

Claire stieß ihn weg, und er ließ sich rückwärts auf das Bett fallen. Er hatte ein neugieriges Funkeln in den Augen. Claire schüttelte den Kopf und ging hinaus, um zu sehen, welche Ausrede Felice gefunden hatte, um an den Hof des Königs zu kommen.

27. Kapitel

»Wo ist Renald?« fragte Felice. Sie wartete in einer Ecke der bevölkerten Halle, wobei sie aber von dem allgemeinen Interesse keine Notiz nahm. Vielleicht brachte sie ernste Nachrichten.

»Ich kann ihn holen lassen, wenn wir ihn brauchen. Was ist denn nicht in Ordnung?«

Felice blickte sich um. »Ich will nicht hier mit dir reden. Gibt es keinen ruhigeren Ort?«

»Carrisford platzt aus allen Nähten. Aber es gibt eine Kapelle an der Burgmauer. Dort mag es ruhiger sein.«

Felice nickte, und so führte Claire sie dorthin, während sie bei jedem Schritt unruhiger wurde. Was konnte los sein, wenn Felice nicht wollte, daß irgend jemand es hörte? Claire hatte schreckliche Angst, es könnte wieder etwas mit Renald zu tun haben.

Sie könnte bei ihrer unsterblichen Seele schwören, daß sie nun völlig aufrichtig zueinander waren. Aber was, wenn es nicht so war?

Die kleine, strohgedeckte Kirche war kühl, dunkel und leer.

»So«, fragte Claire. »Was ist los?«

»Du denkst, ich hätte einen Vorwand gesucht, um herzukommen«, warf Felice ihr vor. »Du denkst immer nur das Schlechteste von mir.«

»Bitte, Felice. Sag mir, was passiert ist.«

Ihre Tante schniefte. »Nichts ist *passiert.* Ich dachte nur, ich könnte versuchen, dein Leben zu retten.«

»Mein Leben retten?«

»Da, siehst du. Du glaubst mir nicht!«

»Doch, natürlich tu ich das!« Unter einem schmalen Fenster stand eine Bank aus Stein. Claire zog ihre Tante zu ihr hinüber und setzte sich. »Hast du gehört, daß ich unterwegs angegriffen worden bin?«

»Natürlich habe ich das. Lord Renald hat die Hälfte der Eskorte zurückgeschickt. Und darum bin ich hergekommen.«

»Und du glaubst zu wissen, wer hinter mir her ist?«

»Eudo, der Sheriff«, sagte Felice selbstgefällig.

»*Eudo!* Welch einen Grund sollte …«

»Siehst du! Ich wußte, daß du mir nicht glauben würdest. Renald würde es tun.«

»Ich weiß nicht, warum du das denkst.« Claire unterdrückte ihre Streitlust. »Felice, es tut mir leid. Aber du mußt zugeben, daß das ein Schock ist. Erzähl mir, warum. Du hast dir noch nie etwas eingebildet.«

»Also gut.« Aber Felice war immer noch eingeschnappt. »Nicht lange nachdem du weggeritten warst, kam Lord Eudo. Er behauptete, noch weitere Fragen bezüglich Ulrics Tod stellen zu wollen. Ich hatte meine Zweifel daran, denn ich hatte die ganze Zeit nicht gesehen, daß er wirklich den Mörder finden wollte. Natürlich nicht. Er hat Ulric getötet.«

»Eudo!« Es gelang Claire, eher erstaunt als ungläubig zu klingen.

»Um zu verschleiern, daß er in die Rebellion verwickelt war.«

Claire schloß die Augen. Als sie sie wieder öffnete, sagte sie: »Felice, können wir am Anfang beginnen?«

Ihre Tante legte den Kopf schief und runzelte die Stirn. »Nein, nicht wirklich. Ich kann nur erzählen, wie es bei mir angekommen ist. Zuerst tauchte also Eudo auf. Ich fragte mich, was er noch tun wollte, und hatte deshalb ein Auge auf ihn. Wie ich gedacht habe, sprach er kaum mit jemandem über den Mordfall. Aber er versuchte mehrere Male, ins Sonnenzimmer zu schleichen.«

»Warum?«
»Also wirklich, Claire. Ich glaube wirklich, daß dein Ehemann dir jeden Verstand geraubt hat! Er wollte das Tagebuch von Lord Clarence.«
»Eudo!« Claire begann zu begreifen. »Natürlich. Er hat erwähnt, daß ich das Buch am Fenster liegengelassen hatte. Er wußte es, weil er es dort gesehen hatte. Also hat er es gestohlen, aber dann hat sich herausgestellt, daß es meine Aufzeichnungen waren.«
»Genau. Und er hat sich die Mühe gemacht, sie zurückzubringen. Er muß dich sehr gerne mögen.«
Felice klang etwas anzüglich, aber Claire erwiderte nur: »Er respektiert Bücher. Seine Zuneigung hat ihn nicht daran gehindert, mich auf der Straße anzugreifen, um an Vaters Tagebuch zu kommen. Aber warum will er, daß ich sterbe?«
Felice zuckte die Schultern. »Ich glaube, er ist außer sich vor Angst.«
»Weil«, sagte Claire, die ihr kaum zuhörte, »er gesehen hat, wie ich in Vaters Aufzeichnungen gelesen habe. Er hatte Angst, daß ich nun seinen Inhalt kenne.«
»Ich nehme an, darin steht, daß er ebenso wie Clarence Herzog Robert unterstützte.«
»Ich habe nur eine Andeutung entdeckt. Es war kaum belastend. Und so …«
»Er wollte sichergehen.«
Claire schüttelte den Kopf. »Ich kann mir nicht vorstellen, daß Eudo mich nur deshalb umbringen wollte, weil ich das gelesen habe. Schließlich sind die meisten Rebellen glimpflich davongekommen.«
»Clarence ist gestorben.«
»Aber nur, weil er unbedingt ein Gottesurteil wollte. Im schlimmsten Falle hätte Eudo Strafgeld zu zahlen gehabt. Und er hat sich an den Aktionen nicht beteiligt. Er hat nur viel darüber geredet.«

»Aha«, sagte Felice. »Aber er hat Ulric getötet. Jeder weiß, daß König Heinrich versprochen hat, die Gesetze zu achten. Wenn dieses Verbrechen entdeckt würde, würde Eudo nicht mehr Grafschaftsvogt sein und damit auch nicht mehr Vertreter in Rechtsangelegenheiten des Königs.«

»Also warum hat er Ulric getötet?«

»Weil er der Sheriff ist. Der König hatte es abgelehnt, Rebellen weiterhin Recht sprechen zu lassen. Eudo ist sehr stolz auf seinen Rang. Stolz, daß dieses Amt schon seit Generationen von seiner Familie ausgeübt wird. Er konnte nicht riskieren, es zu verlieren. Er hat wahrscheinlich gedacht, es sei ganz einfach. Ein Bediensteter ganz allein im Garten. Aber du hast nicht lockergelassen.«

»Ulric tauchte also auf«, sagte Claire, »und Eudo geriet in Panik. Aber er hat doch nicht an der Rebellion teilgenommen. Das hätten wir gewußt.«

»Es muß so gewesen sein. Clarence ist nur in Begleitung von Ulric ausgeritten. Eudo wollte er später treffen. Sie wollten sich zusammen Herzog Roberts Männern anschließen. Eudo ist zum Treffpunkt gekommen.«

»Mit seinem Mann!« Claire schlug sich mit der Hand auf den Mund. »Auch er ist gestorben.« Diese Folge von Morden erschreckte sie. Sie stand auf, um, hin und her gehend, darüber nachzudenken.

»Eudo hat viel darüber geredet, sich an Herzog Roberts Seite zu stellen«, sagte sie, »aber er hätte nie gedacht, daß Vater es in die Tat umsetzen würde. Niemand hat das erwartet. Als Vater vorgeschlagen hat, sich den Rebellen anzuschließen, muß er Eudo sehr erschreckt haben. Aber er hat weitergemacht, weil er nicht als Feigling dastehen wollte. Als endlich der Tag kam, hat er seine Meinung geändert.«

»Vielleicht hat er versucht, Clarence die Sache auszureden«, sagte Felice. »Reden ist seine bevorzugte Waffe.«

»Nicht mehr.« Claire schauderte beim Gedanken an die Stimme, die *tötet sie* geflüstert hatte.
»Er hat zweifelsohne geglaubt, daß er Erfolg haben würde. Wer hätte gedacht, daß Clarence dem gewaltsamen Weg treu bleiben würde?«
»Aber am Ende«, sagte Claire, »ist Eudo umgekehrt. Ich möchte wissen, wann ihm klar wurde, wie verräterisch seine Beteiligung war.«
»Wahrscheinlich erst, nachdem Herzog Robert geflohen war und Heinrich alle Macht in Händen hielt.«
»Als er hörte, daß gegen die Rebellen Strafgelder verhängt wurden und sie ihrer Ämter enthoben wurden, muß Eudo wie auf Nadeln gesessen haben. Er wartete darauf, daß Vater seine Teilnahme enthüllte. Aber dann starb Vater. Niemand wußte von seiner Beteiligung, und er war in Sicherheit.«
»Bis Ulric auftauchte.«
»Beim Himmel! Sigfrith hat gesagt, daß Eudo einer der Leute war, die mit Ulric gesprochen hatten. Das muß der Moment gewesen sein, als er ein Treffen verabredet hat. Wenn Ulric erst einmal tot war, würde er wirklich sicher sein, dachte er. Dann tauchte das Tagebuch auf. Kein Wunder, daß er es so verzweifelt gesucht hatte.« Sie schaute Felice an. »Aber wie können wir irgend etwas davon beweisen?«
»Wir werden es dem König vortragen. Er wird Eudo vors Gericht bringen. Ein Gottesurteil wird seine Schuld beweisen.«
Claire schauderte. Wieder ein Gottesurteil. Heißes Eisen, kaltes Wasser oder ein Zweikampf.
Bei der Eisenprobe hatte der Angeklagte einen rotglühenden Stab anzufassen. Wenn die Wunde nach drei Tagen nicht eiterte, hatte Gott gezeigt, daß er unschuldig war. Bei der Wasserprobe wurde der Angeklagte gefesselt ins Wasser

geworfen. Trieb er nach oben, weil das Wasser ihn nicht aufnehmen wollte, war er schuldig. Ging er unter, zog man ihn wieder herauf, weil seine Unschuld bewiesen war.

Claire hoffte, daß Eudo die weniger harte Wasserprobe zu bestehen haben würde. Mit Sicherheit würde er nicht um die dritte Möglichkeit bitten, um das Gottesurteil in einem Zweikampf. Obwohl er bei guter Gesundheit und geübt war, so war Eudo doch kein Krieger.

Aber er hatte das Recht, mit seinem Ankläger oder dessen Kämpen zu kämpfen, wenn seine Ehre das von ihm verlangte. Wenn es so weit kommen würde, wer, wenn nicht Renald, würde sein Gegner sein? Renald hatte gesagt, daß er betete, nie wieder einen solchen Kampf bestreiten zu müssen. Und was war, wenn sie und Felice sich irrten? Dann würde Renald sterben.

»Nun?« fragte Felice. »Bist du nicht meiner Meinung?«

»Was ist, wenn wir uns irren? Wenn er unschuldig ist?«

»Dann wird seine Verbrennung schnell heilen, oder er wird im Wasser untergehen.«

»Wir können bestraft werden wegen einer falschen Anschuldigung. Wir werden dann selbst eine Probe machen müssen.«

Felice runzelte die Stirn, sagte aber: »Nicht, wenn wir genügend gute Gründe für unseren Verdacht haben.«

Claire mußte ihr die Wahrheit sagen. »Aber wenn es zu einem Gottesurteil kommt, dann wird Eudo sicher um einen Zweikampf bitten. Wenn wir uns irren, wird sein Gegner sterben.«

»Aber wir irren uns nicht«, sagte Felice, die sich immer sicher war, selbst wenn sie völlig falsch lag.

»Wir können noch weiter darüber nachdenken. Schließlich ist Eudo nicht hier.«

»Oh, er ist hier.« Felice grinste. »Ich habe ihn um seine Begleitung gebeten. Er war mehr als erfreut, daß er nun eine

Ausrede hat, um vor dem Mann zu kriechen, den er so oft als unfähigen Herrscher denunziert hat.«
Claire hätte schreien können. Sie schaute auf den Altar, auf die flackernde Kerze, die die Gegenwart Christi repräsentierte. *Bitte, Herr, hilf mir, damit das, was ich nun tue, gut für alle ist. Und laß mich keinen Weg beschreiten, der meinem Ehemann schadet.*
Sie hatte mehrere Möglichkeiten. Sie und Felice konnten zu Eudo gehen und ihm sagen, was sie wußten und vermuteten. Sie könnten ihm deutlich machen, daß sie sein Verbrechen unentdeckt lassen würden, wenn er nicht noch einmal sündigen würde. Er war kein schlechter Mensch, nur ein Feigling, der aus Angst gesündigt hatte. Claire erinnerte sich an seine Trauer über den Tod ihres Vaters und über ihr persönliches Schicksal. Diese Trauer hatte er mit Sicherheit nicht gespielt.
Aber das hatte ihn nicht davon zurückgehalten, sie töten zu wollen. Wie einen gefährlichen Hund konnte man ihn nicht unbeobachtet lassen.
Sie konnte ihn auch selbst töten. Sie wußte nicht, wie, aber sie wußte, daß sie es tun könnte, um Renald zu schützen. Aber das wäre Mord, egal, wie gerechtfertigt er ihr schien. Dann hätte sie Gottes Aufgabe, Gerechtigkeit zu üben, an sich gerissen.
Ihr wurde klar, daß ihre einzige Möglichkeit die war, ihren Verdacht öffentlich zu machen und die Gerechtigkeit ihren Lauf nehmen zu lassen. Er würde in einem Zweikampf vor Gott gestellt werden, und dann – mußte der Himmel ihnen beistehen, daß sie sich nicht irrten.
»Nun?« fragte Felice. »Ich weiß, daß du alles erst zehnmal durchdenken mußt, Claire, aber jetzt ist es langsam gut.«
»Wir sollten es Renald erzählen.«
»Und ich nehme an, dann werden wir alles dem König sagen.« Sie stand auf, lächelte und war völlig überzeugt, daß

der König von England beeindruckt von ihrem Mut und ihrer Schönheit sein würde.

Auf der Tribüne, die von der aufgehenden Sonne beschienen wurde, saßen nur Männer mit harten Gesichtern – und Claire und Felice. Als Ankläger waren sie verpflichtet, hier zu sitzen. Bei der Anhörung vor dem König hatte Renald versucht, die Rolle des Anklägers zu übernehmen, aber der König hatte abgelehnt. Den Ladys von Summerbourne drohte keine Gefahr, denn ihre Geschichte war offensichtlich nicht bösartig erfunden worden. Aber jeder Angeklagte hatte das Recht, vor seinem Ankläger zu stehen.

Felice schien sich sehr auf den Kampf zu freuen.

Claires Augen waren heiß vom vielen Weinen. Zum großen Teil galten die Tränen Eudo, der daran festgehalten hatte, unschuldig zu sein, aber verzweifelt versucht hatte, ein Gottesurteil zu umgehen. Es war kein schöner Anblick gewesen.

Renald war in düstere Stimmung versunken. Claire machte ihm keine Vorwürfe. Sie wußte, er haßte, was er nun tun mußte. Sie konnte nur beten, daß er sie nicht dafür hassen würde. Sie hätte ihn gerne getröstet und auch Trost von ihm bekommen, aber seit dem gestrigen Abend hatte sie ihn nicht mehr gesehen. Ein Gottesurteil war eine heilige Angelegenheit. Die Teilnehmer mußten fasten, beten und die heilige Kommunion empfangen, bevor sie Gott baten, ihnen beizustehen.

Claire dachte voll Schmerz daran, wie Renald nach Summerbourne gekommen war. Nach einer Nacht des Fastens und des tragischen Zweikampfes hatte er eine lange, sturmgeschüttelte Reise gemacht, um der Familie des Mannes gegenüberzutreten, den er getötet hatte. Warum hatte sie nur seine Härte gesehen? Warum hatte sie die Qual nicht bemerkt?

Ihr Herz schmerzte noch mehr wegen ihrer Sorgen. Was geschah, wenn sie und Felice sich irrten? Was war, wenn Eudo unschuldig war? Das hatte sie Renald gefragt, als sie zuletzt miteinander sprachen. »Was ist, wenn er unschuldig ist?«
»Er ist es nicht. Er trägt die Schuld mit sich herum wie einen schlechten Geruch.«
»Aber wir können nicht sicher sein. Ich werde es nicht überleben, wenn ich dich in den Tod schicke.«
Er umarmte sie fest und lachte. »Claire, wenn du schon kein Vertrauen zu mir hast, dann vertraue Gott. Er wird keinen unschuldigen Mann bei einem heiligen Ritual sterben lassen.«
Sein Gottvertrauen beschämte sie. Nun saß sie auf der Tribüne und betete um dieselbe Gewißheit.
Sie haßte es. Es war schlimm genug gewesen, ihn in einem Schaukampf sehen zu müssen. Sie wollte nicht Zeugin eines Kampfes auf Leben und Tod werden. Eines Kampfes, bei dem einer sterben würde.
Sie begann zu zittern, als die Männer in die Schranke traten. FitzRoger saß neben ihr und drückte seine Hand fest auf die ihre. Sie hätte sich am liebsten wie ein Kind an ihn geschmiegt, aber für Renald mußte sie ihre Würde bewahren.
Bewaffnete Männer bildeten einen Kreis. Auf Befehl des Königs waren keine Zuschauer bei diesem Prozeß zugelassen.
Renald war ganz der Wolf. Warum hatte sie es dazu kommen lassen?
Aber nein. Eudo hatte diesen Kampf herausgefordert, indem er seine Unschuld beteuert hatte. Hätte er seine Schuld eingestanden, hätte er die sanfte Strafe der Verbannung hinnehmen müssen, aber er hatte verzweifelt an seiner Unschuld festgehalten, verzweifelt wie ein Ertrinkender.
Nun war er blaß, seine Augen wanderten umher, als suchte er nach einer Fluchtmöglichkeit. Claire litt mit ihm und seiner Familie. Aber am meisten litt sie, weil sie wußte, was es

für Renald bedeutete, einem so verängstigten Mann gegenüberzustehen. Er würde sich fühlen, als schlachtete er eine Weihnachtsgans ohne Ehre oder Würde. Es sei denn, daß sie unrecht hatten und Gott Eudos Arme stärkte.

Als die Männer vor dem König standen, trat der Diener des Gerichts vor: »Hört her! Hört her! Eudo, Lord Sheriff von Dorsetshire, der geschworen hat, des Königs Frieden und Gesetze zu hüten, steht hier, angeklagt des Mordes an seinem Bediensteten Gregory und des Mordes an dem Bediensteten Ulric von Summerbourne, auch angeklagt des versuchten Mordes an Lady Claire von Summerbourne sowie der Wegelagerei auf den königlichen Straßen. Eudo, Sheriff von Dorsetshire, wie plädiert Ihr?«

»Nicht schuldig.« Aber seine Stimme war heiser.

»Wer steht für diese Anklage?«

»Ich, Lord Renald von Summerbourne«, sagte Renald fest. »Ich beanspruche das Recht als Lord von Summerbourne und daher als Schutzherr des Hofmannes Ulric und als Ehemann von Claire von Summerbourne, meiner werten Herrin.«

»Bittet Ihr Gott«, fragte der Gerichtsbedienstete, »sich Eurer Leibeskraft zu bedienen, um zu beweisen, was Recht und Gerechtigkeit ist?«

»Das tue ich!«

»Das tue ich!« Aber Eudo klang hoffnungslos. Claire dachte, das war das Eingeständnis seiner Schuld.

Barmherziger Gott, laß es schnell vorbei sein.

Ein Priester trat vor und ließ beide Männer das Kreuz küssen, dann besprengte er sie mit Weihwasser und segnete sie. Er salbte sie beide mit heiligem Öl. Eudo begann zu zittern.

Als der Priester zurücktrat, rief der Diener des Gerichts: »Möge Gott die Wahrheit ermitteln!«, und der König hob seine Hand.

Die beiden Männer zogen ihr Schwert und stellten sich einander gegenüber auf. Einen langen Augenblick geschah gar nichts. Dann sackte Eudo langsam auf seine Knie und ließ Schwert und Schild sinken, als wären sie zu schwer für ihn. Gab er auf, oder bat er um Gnade? Zu diesem Zeitpunkt gab es keine Gnade mehr.

Renald holte mit seinem mächtigen Schwert aus und schlug ihm den Kopf ab. Einfach so.

Claire starrte noch auf den Toten und auf das sprudelnde Blut, als sie bemerkte, daß Renald sein Schwert bereits Josce zum Reinigen gegeben hatte und zum König trat, um vor ihm niederzuknien.

FitzRoger hatte ihre Hand ganz fest in der seinen. Sie nahm an, daß er sie daran hindern wollte, weinend in die Arme ihres Ehemannes zu laufen.

Der König zog Renald zu sich hoch und küßte ihn. »Wir danken Euch dafür, daß Ihr die Gerechtigkeit in unserem Königreich verteidigt.« Dann stand er auf und ging, während ihm die großen Lords folgten. FitzRoger ging mit Claire zu Renald, der seine Kettenkapuze vom Kopf zog und auffällig unbeteiligt wirkte.

»Ich muß unbedingt auch ein solches Schwert haben«, sagte FitzRoger und legte Claires Hand in die ihres Gemahls. »Ich werde Lady Felice zurück zur Burg geleiten. Du schlägst Walter von Daventry vor?«

»Er ist groß und steht in des Königs Gunst. Er hat Kinder aus der ersten Ehe, aber nur Mädchen. Lady Felice hätte die Chance, einen Erben zu gebären.«

Als FitzRoger und Felice gingen, legte Renald seinen eisenbewehrten Arm um Claire, und langsamen Schrittes folgten sie den beiden. »Es tut mir leid, daß du das ansehen mußtest, meine Liebe.«

Sie zitterte, versuchte aber, ebenso ruhig wie er zu sprechen.

»Zumindest ging es schnell.«
»Wie ich bereits sagte, ich bin gut.«
»Nicht!« Aber dann sah sie zu ihm auf. »Es macht dir wirklich nichts aus, stimmt's?«
Er schnitt eine Grimasse. »Soll ich dir etwas vormachen? Ich will ehrlich zu dir sein. Ich mußte sehr damit ringen, deinen Vater zu töten, aber Eudo ist kein großer Verlust für die Welt. Korrupte Verbrecher machen mich krank.«
Etwas machte ihr noch Sorgen. »Hat er am Ende seine Schuld eingestanden? Hätte er nicht um Gnade bitten können?«
»Claire, wenn man bereits vor dem Gottesurteil steht, kann es nur eine Gnade geben. Das bedeutet Verstümmelung und den Verlust aller Rechte. Das ist gerecht, aber keine Gefälligkeit.«
Claire schaute zurück zu den Männern, die Eudos Leichnam wegtrugen. Sie bekreuzigte sich. »Gott möge seiner Seele gnädig sein.«
»Amen.« Renald blieb stehen, um sie anzuschauen. »Es ist ein ganzer Tagesritt nach Summerbourne, aber ich möchte zurück. Ich möchte dort mit dir in Frieden und Eintracht leben.«
»O ja, bitte!« Sie verzog das Gesicht. »Aber erst einmal möchte die Königin noch mehr Rätsel hören.«

Summerbourne lag friedlich da. Die Strohdächer waren nach dem langen, sonnigen Tag trocken. Die Hofleute eilten herbei, um ihren Herrn und die Herrin willkommen zu heißen.
Das große Tor stand wie immer offen, so daß Claire, Renald und ihre Eskorte in den staubigen Hof reiten konnten, mitten hinein in das wimmelnde Gewirr von Tieren und Menschen.
Lady Agnes saß draußen und genoß die Abendluft. Ihre

scharfen Augen musterten sie, dann lächelte sie. Claire glitt von ihrem Pferd und ging zu ihr hinüber. »Ja, alles ist gutgegangen, Großmutter.«
»Das habe ich schon gedacht. Was ist mit Felice?«
»Sie bleibt noch einige Tage. Wir machen uns Hoffnungen wegen eines gewissen Lord Walter von Daventry, ein großer Mann mittleren Alters mit großem Appetit.«
»Ich verstehe. Und Thomas?«
»Er hat etwas geschnieft, als wir abreisten, aber er scheint eine schöne Zeit dort zu haben ... Zwischen den Schlägen.«
Lady Agnes kicherte. »Und was ist mit Sheriff Eudo geschehen?«
Claire erzählte ihr die Geschichte. Die Großmutter nickte. »Richtig und gut. So, wo deine Mutter in St. Frideswide ist und Amice sicherlich bald Felice folgen wird, hast du nur noch mich, die hier Platz wegnimmt.«
Claire beugte sich vor und küßte sie. »Was sollte ich nur ohne dich tun, Großmutter? Dies ist dein Zuhause, und hier wirst du immer deinen Platz haben.«
Als sie herumschaute, sah sie Renald bei den Schweineställen. Sie ging zu ihm hinüber, um mit ihm den kleinen Ferkeln zuzusehen, die quiekend herumliefen. »Ich hoffe, daß sie nicht schon bald ihr Schicksal ereilt.«
Renald schaute sie an und zwinkerte. »Vielleicht mag ich nuckelnde Ferkel.«
»Vielleicht genügt Euch jemand, der nur nuckelt.«
Er zog die Brauen hoch. »Ein solches Opfer nur für die Ferkel?«
Sie schob ihre Hand unter seinen Gürtel und zog ihn an sich. »Wer spricht von einem Opfer?«
Er nahm ihre Hand und befreite sich. »Frau, ich denke, es ist Zeit, daß wir einigen Anstand hier auf Summerbourne wahren. Wir werden warten, bis es dunkel wird. Es muß in un-

serer Abwesenheit viel Arbeit angefallen sein, besonders weil auch Felice seit Tagen fehlte.«
»Oh, natürlich.« Claire schaute sich um. »Wollen wir mal sehen. Ich glaube, ich wollte dir den Misthaufen zeigen …«
»Auf der anderen Seite«, er nahm ihre Hand und zog sie mit zum Herrenhaus hinüber, »werden mir plötzlich die Vorzüge einer frühen Nachtruhe deutlich.«

...doch die Liebe war stärker

JO BEVERLEY

...doch die Liebe war stärker

Weltbild

Erstes Kapitel

NORTHUMBRIA, ENGLAND, JULI 1100

Der Trupp bewaffneter Männer ritt gemächlich über die lange, bewaldete Straße. Jeder schwere Huftritt spritzte Dreck über die bereits schmutzigen Tiere. Ermüdet von der Reise setzten sie einen Huf vor den anderen, unaufhaltsam wie ein Fluß, der dem Ozean zustrebt.
Flecken bedeckten die wehenden Umhänge, und der Wind blies durch fransige Löcher, die nicht gestopft worden waren. Unter dem Dreck und Matsch konnte man kaum Diener von Herren unterscheiden, aber durch drei Dinge hoben sich zwei Männer von der Gruppe ab.
Sie ritten bessere Pferde.
Sie trugen Kettenpanzer unter den Lumpen.
Und während ihre Männer Speer und Bogen trugen, hatte jeder dieser beiden ein vielbenutztes Schwert an seiner Seite und einen Schild an seinem Sattel.
Der schmalere der beiden Männer hob eine Hand und zügelte sein Pferd. Ohne ein weiteres Wort schwenkten die übrigen acht hinunter zum nahegelegenen Fluß, um zu rasten und die Pferde zu tränken.
Als sie abstiegen, konnte man sehen, daß einige von ihnen hinkten, und ein Mann hatte nur noch einen Stumpf, wo einst seine rechte Hand gewesen war. Das ausgezehrte Gesicht des Anführers trug ein Brandmal auf der Stirn und eine Narbe am Kinn, die von einer Klinge herrührte.
Es waren Männer, die gerade aus dem Krieg zurückgekommen

waren, und die dunkle Farbe ihrer Haut ließ vermuten, daß sie in Ländern gekämpft hatten, die weitaus heißer waren als diese nördliche Ecke Englands. Tatsächlich prangte auf einem der Lumpen ein rotes Kreuz, aber es war verblaßt und durch den Schmutz kaum noch zu sehen.

Diese Männer waren im Namen Gottes unterwegs gewesen. Sie waren Kreuzritter.

Vielleicht hatten sie den Jordan gesehen, wo Christus getauft worden war, und Jerusalem, wo er gelitten hatte und gestorben war. Wahrscheinlich waren sie durch den Blutstrom gewatet, der durch die heilige Stadt geflossen war, als die christlichen Streitkräfte sie schließlich erobert hatten.

Der Anführer stieg vom Pferd, reckte sich und schob sein Kettenhemd mit der Kopfbedeckung zurück, um seine feuchten, struppigen braunen Haare zu schütteln. Es war offensichtlich, daß Mutter Natur niemals vorgehabt hatte, aus ihm einen stattlichen Mann zu machen, aber jetzt war er so abgemagert, daß er nur noch aus Haut und Knochen bestand. Seine dunklen Augen waren tief unter die dunklen Brauen gesunken.

Galeran von Heywood fröstelte in der frischen Brise, die von der Nordsee herüberwehte und seinen verschwitzten Nacken streifte, aber es war ein angenehmes Frösteln – ein englisches Frösteln. Er war in England, und noch vor Sonnenuntergang würde er zu Hause sein.

Nach mehr als zwei langen Jahren würde er endlich zu Hause sein.

Am vorangegangenen Tag waren sie bei Nieselregen in Stockton gelandet. Galerans Gefährte, Raoul de Jouray, fragte sich, wie jemand dieses Wetter Sommer nennen konnte. Galeran dagegen hatte sich gefreut. Es hatte viele Momente in den letzten zwei Jahren gegeben, in denen er befürchtet hatte, er würde nie wieder diese Feuchtigkeit fühlen, nie wieder durch morgendlichen Dunst in England reiten, nie wieder Eis berühren oder das satte Grün sehen, das das englische Klima hervorbrachte.

Er hatte befürchtet, er würde in der glühenden Hitze auf der anderen Seite des Ozeans sterben.
Sie wollten nur eine Nacht in Stockton verbringen. Tatsächlich hätten sie dort sogar zwölf Monate verweilen können, denn sie mußten niemals für Übernachtung und Verpflegung bezahlen. Sie bezahlten mit Geschichten von ihrem heiligen Abenteuer. Galeran aber machte in der Hafenstadt nur so lange halt, bis sie Pferde gekauft hatten, dann trieb er seine Männer voran, strebte nach Hause.
Zu Jehanne, seiner geliebten Frau.
Und zu seinem Sohn – einem Sohn, den er noch nie gesehen hatte. Er war neun Monate nach seinem Aufbruch nach Jerusalem geboren worden. Ein Sohn, der gleichzeitig Grund dafür war, am Kreuzzug teilzunehmen. Denn Galeran war auf den Kreuzzug gegangen, um Gott um ein Kind zu bitten – und Gott in seiner Liebe war ihnen gnädig gewesen.
Jehanne hatte das Kind Galeran genannt, aber sie schrieb in ihrem ersten Brief nach der Geburt, daß er Gallot genannt würde, wenigstens solange er klein war. Gallot war mit Sicherheit in ihrer letzten gemeinsamen Nacht empfangen worden, nachdem Galeran das Kreuz genommen und den Schwur abgelegt hatte, Jerusalem entweder von den Heiden zu befreien oder aber zu sterben.
Gallot, sein Erstgeborener, war jetzt achtzehn Monate alt und konnte zweifellos schon laufen, aber er kannte seinen Vater noch nicht. Das war ein großes Opfer für Galeran, aber es war nötig. Christus hatte niemals gesagt, daß sein Joch leicht zu tragen wäre ...
Erst als John Redbeard, sein Sergeant, Galerans unruhigen Ritt zum Anlaß nahm, die Führung zu übernehmen, bemerkte Galeran, daß er mit offenen Augen geträumt hatte, statt auf sein Tier achtzugeben. Zum Teil lag es an seiner Müdigkeit, da sie den größten Teil der vergangenen Nacht durchgeritten waren, aber es war auch der Druck, so schnell wie

möglich nach Hause zu seiner Frau und seinem Kind zu kommen.
Er hatte sich nur aus einem Grund dem Kreuzzug angeschlossen: um den Fluch ihrer Kinderlosigkeit zu brechen. Aber er hätte sich niemals träumen lassen, daß Christi Belohnung so prompt erfolgen würde. Diese Großzügigkeit hatte Galeran wie mit Eisenketten an den Schwur gefesselt. Wie hätte er vor der Aufgabe, die heilige Stadt zu befreien, zurückschrecken können, wenn Gott seinen Segen so schnell und so perfekt gespendet hatte?
Durch all die Entbehrungen und krank von dem, was er um sich herum gesehen hatte und dem Wunsch, zu Hause zu sein, hatte Galeran seinen Schwur gehalten. Weil dieses Wunder geschehen war – ein Kind für Jehanne – hatte er weiter gekämpft bis zum bitteren, aber siegreichen Ende, bis die Streitkräfte der Christenheit endlich Jerusalem erobert hatten.
Wie immer quälte ihn diese Erinnerung, ließ ihn erstarren in der Vision von Blut, Strömen von Blut – und den schreienden Mündern von Männern, Frauen und Kindern ...
Er schüttelte seinen Kopf. Nein, das war lange vergangen und vorbei, und schon bald würde er seine Belohnung erhalten – den Sohn in seinen Armen und seine endlich zufriedene Frau.
Er wünschte sich, daß er mehr Nachrichten erhalten hätte. Er wußte wenig von seinem Sohn. Der letzte Brief, der ihn erreicht hatte, war geschrieben worden, als das Baby drei Monate alt war. Jehanne hatte einen ganzen Roman über das Kind und seine Fortschritte geschrieben, aber das pummelige Baby war jetzt sicher nicht mehr pummelig und wahrscheinlich hatte sich auch das Lächeln verändert. Der kahle Kopf würde mit Haar bedeckt sein. Dunkel wie sein eigenes? Oder hell, seidig – blond wie das seiner Mutter?
Was denn nun?
Ein Vater sollte das wissen!
Der Brief war angekommen, als Galeran sich gerade anschickte,

aufzubrechen, um bei der Befreiung Bethlehems zu helfen. Und als er auf dem Boden von Christi Geburtsstätte gekniet hatte, war ihm schuldvoll bewußt, daß seine Freude, dort zu sein, nur so groß war, weil sie ganz nahe bei Jerusalem waren. In wenigen Tagen würde er die Mauern der heiligen Stadt sehen. Mit Gottes Hilfe würden sie sie schnell einnehmen, und Galerans Gelübde würde erfüllt sein.

Er würde nach Hause zurückkehren können.

Von dem Moment an, in dem sie in See stachen, war das einzige, woran er dachte: Ich kehre nach Hause zurück.

Gallot hatte Galerans braune Augen. Das stellte sich nach drei Monaten heraus. Wenn er Glück hatte, hatte er auch die dunklere Haut des Vaters geerbt, sonst würde er niemals Kreuzritter werden können. Jehannes zarte Blässe wäre da drüben, jenseits des Ozeans, verbrannt und hätte Blasen geworfen, so wie es vielen mit blassem Teint ergangen war.

Gallot würde nicht groß werden, es sei denn, er würde nach den Großeltern kommen. Jehannes Vater war ein großer Mann, und Galerans Vater war ein Bär von einem Mann, ein furchteinflößender Krieger zu seiner Zeit. Alle seine Söhne kamen nach ihm, nur Galeran nicht.

Ein leichter Körperbau war ein Nachteil für einen kämpfenden Mann, aber durch Leibesübungen konnte man das ausgleichen, wie Galeran bewiesen hatte. Außerdem waren kleinere Männer häufig beweglicher, wogegen große, schwere Männer eher durch die Hitze und die Entbehrungen des Kreuzzuges starben als die kleinen, drahtigen ...

»Von Träumen kann man nicht leben ...«

Galeran drehte sich um und sah Raoul, der ihm ein Stück Hammelpastete anbot. »Iß. Deine bezaubernde Frau wird kaum eine Vogelscheuche willkommen heißen wollen.« Raoul war einer der großen Männer, bepackt mit Muskeln und anscheinend fähig, alles zu überleben. Er verlor nie seinen Appetit und seinen Humor.

»Sie wird mich willkommen heißen, egal wie ich aussehe«, sagte Galeran, aber als er in die kalte Pastete biß, stellte er doch fest, daß er hungrig war. Und es könnte immerhin sein, daß er seine Kräfte noch brauchen würde.
Er hoffte, er würde seine Kräfte benötigen.
Heute nacht.
Bei dem Gedanken an die Nacht und ein Bett und Jehanne erfaßte ihn eine Welle schmerzhaften Verlangens, die wie immer in seinem Glied mündete und es hart machte.
»Wie nah sind wir schon?« Raoul ließ einen langen Strahl Wein aus einem Schlauch in seinen Mund rinnen, dann gab er ihn weiter.
Galeran nahm den Schlauch und trank, seine Lust zähmend, so wie er es tausende Male zuvor getan hatte. »Weniger als zehn Meilen. Mit Gottes Segen müßten wir noch vor der Dunkelheit ankommen.«
Raoul grinste. »Bei deiner Ungeduld würden wir auch nach Einbruch der Dunkelheit weiterreiten. Nicht, daß ich dich verurteile. Wenn ich ein Treuegelübde abgelegt hätte und nur ein paar lächerliche Meilen von meiner Frau entfernt wäre, könnte mich auch nichts aufhalten.«
»Laß uns weiterreiten. Wir wollen ja nicht, daß du explodierst.« Er brüllte den Männern zu, daß sie die Pferde fertigmachen sollten.
Immer noch lächelnd nahm sich Galeran Zeit, um seine Pastete aufzuessen. Er war dankbar, Raoul an seiner Seite zu haben. Sein Freund war nicht dumm, aber er hatte eine unkomplizierte Art, das Leben zu sehen. Er kämpfte verbissen, wenn es sein mußte, aber danach vergaß er den Kampf sofort wieder. Galeran kämpfte verbissen, wenn er mußte, aber jeder Tod quälte ihn, besonders der Tod Unschuldiger. In Jerusalem hatten sogar die Kinder gekämpft. Und waren gestorben …
Wieder verscheuchte er diese Gedanken aus seinem Kopf. Sie hatten nichts Gutes getan, überhaupt nichts Gutes.

Raoul aß, wenn er hungrig war, trank, wenn er durstig war, und nahm sich Frauen, wenn er das Bedürfnis danach hatte. Er erinnerte Galeran daran, zu essen und zu trinken, und neckte ihn wegen seiner Enthaltsamkeit. »Jeder weiß, daß es ungesund für einen Mann ist, seinen Samen zu stauen«, äußerte er.

»Mönche überleben.«

»Gott gibt ihnen einen besonderen Segen.«

»Dann denke ich, daß Gott denselben Segen auch Kreuzrittern gibt.«

»Aber wir haben keine Enthaltsamkeit geschworen. Gott weiß, daß uns das schwächen würde.«

»Würdest du sagen, ich sei schwach?«

Raoul hatte gelacht, denn obwohl Galeran kleiner und leichter war als er, konnte dieser ihn häufig im bewaffneten Kampf schlagen. Beim Ringen war Raoul überlegen, aber Galeran konnte sich immerhin behaupten.

Die Begegnung mit Raoul war von Gott gesegnet. Sie hatten sich im Dienste von Duke Robert getroffen und fühlten sich trotz ihrer unterschiedlichen Naturen zueinander hingezogen. Diese ungewöhnliche Freundschaft hatte Galeran gutgetan, wahrscheinlich sogar sein Leben gerettet.

Raoul war in der duftenden Landschaft Südfrankreichs geboren worden und auch dort aufgewachsen. Er hatte das Kreuz genommen, um Abenteuer zu erleben und nicht, um gesegnet zu werden. Soweit Galeran sagen konnte, konnte Raoul keine spirituelle Bedeutung darin sehen, ein Land zu besuchen, in dem Christus einst gewandelt war. Als sie Bethlehem befreiten, war Raoul nicht auf dem Boden niedergekniet, sondern besah sich die kleinen Häuser, die mit Geflügel, Ziegen und schmuddeligen Kindern vollgestopft waren. Er hatte sich den Geburtsort des Herrn doch irgendwie prachtvoller vorgestellt. Nachdem er gesehen hatte, daß Jerusalem eine Stadt wie jede andere war, wollte Raoul so schnell wie möglich nach Europa

zurück. Auch um seinen Freund zu schützen – vor weiteren gefährlichen Eskapaden.
Am Ende der Eroberung von Jerusalem, als Galeran durch das Morden angeekelt war, hatte er versucht, ein Rudel von Jungen gegen eine Gruppe Deutscher Ritter zu verteidigen. Die Kinder waren nur mit Stöcken und Steinschleudern bewaffnet, aber sie waren dennoch gefährlich; sie kämpften mit der gleichen Verbissenheit wie ihre Väter. Es war vernünftig, sie zu töten, und ungesund, sie retten zu wollen, aber Galeran war bereit gewesen, an ihrer Seite zu sterben.
Raoul hatte ihn aufgehalten, indem er ihn besinnungslos schlug, und mit sich fort zog. Es hatte Tage gedauert, bis er seine Sinne wieder beisammen hatte, also war es nicht verwunderlich, daß Raoul besorgt war. Manchmal dachte Galeran, daß er seine Sinne gar nicht wiederbekommen wollte, denn dann würde er sich an diese Kinder erinnern müssen ...
So traten sie den Rückzug an, und die Sehnsucht nach Jehanne beherrschte wieder sein ganzes Wesen. Er schüttelte seinen Kopf und ermahnte sich selbst, vernünftig zu sein. Wenn er sich in hitzigen Tagträumen verlöre, wäre es wahrscheinlicher, daß sie sich verspäteten als daß sie ihre Ankunft beschleunigten.
Er zog die Zügel seines Pferdes fester und warf einen prüfenden Blick auf seinen graubraunen Wallach. Er hatte sich nicht die Zeit genommen, um die idealen Pferde zu suchen, aber dieses hier schien ganz in Ordnung zu sein.
Zufrieden bestieg er das Pferd und setzte seine Kopfbedeckung auf.
Raoul schloß zu seiner Seite auf, sein goldbraunes Haar war immer noch unbedeckt. »Erwartest du hier Ärger? Es gibt keine Anzeichen von Unruhen.«
Galeran zuckte mit den Schultern und schob die Kettenmütze wieder zurück. »Ich denke nicht, obwohl König William kein geordnetes Reich führt und wir nah an der schottischen Grenze sind.«

Raoul ließ seinen Blick über die Landschaft gleiten. Hier am Fluß machten Bäume die Landschaft weicher, aber im Westen und Norden lag mächtiges Moorland, das durch den wolkigen Tag in Finsternis lag. »Es ist schwer, sich vorzustellen, daß jemand diesen Ort lieben könnte. Du hast mich gewarnt, mein Freund, aber ich hatte nicht erwartet, etwas so ... Trostloses zu sehen.«
»Es war früher weniger trostlos, bis man neunundsechzig darum gekämpft hat.«
Raoul schnitt eine Grimasse. »Ich glaube nicht, daß ein Kampf das Klima verursacht hat.«
Galeran lachte. »Das nicht. Aber die Sonne scheint manchmal, das verspreche ich dir.« Er trieb sein Pferd den Pfad zur Straße hoch. »Und du hast recht. Wir sind sicher genug. Falls die Schotten so unverfroren wären, Einheimische zu überfallen, würden mein Vater und meine Brüder sie zurückschlagen. Sie würden ihre Schwänze einziehen.«
Raoul kam zu ihm, und sie gingen ein Stück zu Fuß, um die Pferde zu entlasten. »Das Schloß deines Vaters liegt auf unserem Weg?«
»Ja.«
»Das ist gut. Dann können wir endlich mal ein richtiges Essen bekommen.«
»Denkst du denn an nichts anderes als ans Essen?«
»Einer muß doch daran denken.«
»Also, hungrig oder nicht, wir reiten weiter.«
Raoul starrte ihn an.
»Ich kann wohl kaum anhalten, nur um ein Stück Rind zu verschlingen und dann die Familie gleich wieder zu verlassen. Und außerdem habe ich vor, noch heute bei meiner Frau anzukommen. Ich verschiebe die glückliche Familienwiedervereinigung auf ein anderes Mal.«
Nach einiger Zeit sagte Raoul: »Hast du daran gedacht, daß es einen Schock verursachen könnte, wenn du plötzlich in deiner Haustür stehst?«

Galeran sah zur Seite. »Oh, ist es das? Du willst, daß ich auf Brome anhalte und eine höfliche Botschaft an Jehanne schicke, damit sie die Matratze lüftet?«
»Es könnte aber ...«
»Nein.«
Raoul zuckte mit den Schultern und rasselte dabei mit seinem Kettenpanzer. »So sei es denn, aber sollte deine Frau tot umfallen, gib nicht mir die Schuld.«
»Jehanne fällt niemals in Ohnmacht.«
»Lady Jehanne hatte aber wahrscheinlich auch noch nie einen Ehemann, der plötzlich wieder aus dem Nichts auftaucht, oder? Du hättest von Brügge aus schreiben sollen.«
»Was soll das für einen Sinn haben, wenn der Brief nicht schneller vorankommt als ich?«
»Wann *hast* du denn zuletzt geschrieben? Wird sie auch nur die geringste Ahnung haben, wann sie dich erwarten könnte?«
»Vor Jerusalem.« Und Galeran trieb den Graubraunen an, bevor sein verblüffter Freund noch mehr Fragen stellen konnte.
Er hatte regelmäßig auf dem Hinweg geschrieben, hatte Briefe aus Rom, Zypern und Antiochia geschickt. Nach den Grauen von Jerusalem war er jedoch nicht fähig gewesen, irgend etwas an irgend jemanden zu schreiben. Er hatte sich nur darauf konzentriert, nach Hause zu kommen. Ohne Raouls Hilfe hätte er das niemals geschafft, und um weitermachen zu können, hatte er alle Gedanken aus seinem Hirn verbannt.
Heywood, Jehanne und sein Sohn.
Es war ihm bis eben nicht in den Sinn gekommen, daß Jehanne nun schon über ein Jahr nichts von ihm gehört hatte. Irgendwie erwartete er von ihr, daß sie wußte, wo er war und was er tat, ohne daß man es ihr berichtete.
Aber Jehanne würde nicht in Ohnmacht fallen. Sie war nicht in Ohnmacht gefallen, als ihr gesagt wurde, daß sie ihn heiraten müßte. Sie war nicht in Ohnmacht gefallen, als sie von Straßenräubern überfallen wurden und einer ihrer Be-

diensteten vor ihren Augen gestorben war. Das waren wahrscheinlich die schockierendsten Momente in ihrem Leben gewesen.

Dann erinnerte er sich an den Keiler. Aber sie war auch damals nicht in Ohnmacht gefallen.

Sie waren im Wald gewesen, um sich zu lieben. Ja, um sich zu lieben – denn damals kam es ihm vor, als wurde jeder glückliche Sex der Welt ein wenig Liebe hinzufügen.

Jehanne mochte es, wenn sie sich im Freien liebten. Sie fand den Gedanken daran, daß jemand sie entdecken könnte, eher aufregend als peinlich. Mit einem Keiler aber hatten sie nun wirklich nicht gerechnet. Und er erschien im ungünstigsten Moment.

Jehanne lag oben, und Galeran war kurz vor dem Höhepunkt. Dann war sie plötzlich fort, und als Galeran das letzte Bißchen Verstand zusammennahm, das in seinem erhitzten Kopf noch übrig war, sah er, wie sie breitbeinig über ihm stand, das schwere Schwert in ihren kleinen Händen. »Zur Hölle, Galeran! Hol dein Hirn aus deinem Schwanz und töte das Vieh! Oder muß ich das selbst tun?«

Jehanne bat nie um etwas.

Sie hätte es selbst versucht. Sie hätte es sogar schaffen können. Jehanne war groß für eine Frau, was ihm als junger Mann nicht gefallen hatte. Obwohl sie schlank war, war sie stark. Natürlich wäre sie nicht fähig gewesen, einen Keiler mit einem Schwert zu töten, das war schon ein schwerer Kampf für einen geschickten Mann – aber sie hätte es versucht.

Vielleicht hatte der Keiler das gewußt. Ungewöhnlich für dieses Tier, aber es drehte sich um und floh, vielleicht eingeschüchtert von der großen, weißhäutigen, hellhaarigen Frau, die es mit dem Schwert in der Hand anschrie.

Galeran war in Gelächter ausgebrochen, und das nächste, was er bemerkte, war, daß Jehanne zurück war, und ihn mit neuer Lust beglückte.

Er trieb sein Pferd an, fragte sich, ob ihre Ehe so sein würde, als wäre er niemals fort gewesen.
Oder besser?
Er wußte, daß er sich während seiner Abwesenheit verändert hatte. Er war 22 gewesen, als er das Kreuz genommen hatte, hatte vorher ein angenehmes Leben geführt. Jetzt, mit 25, war er schlanker, härter und hatte Narben auf Körper und Seele. Er hatte Wunder gesehen, die seinen Glauben gestärkt hatten und Grauen, die ihn in Frage stellten.
Jehanne mußte sich auch verändert haben.
Vielleicht war sie dicker geworden nach der Geburt. Er hatte immer ihre schlanke Eleganz bewundert, aber gegen größere Brüste hätte er nichts einzuwenden.
Jehanne in jeder Form wäre gut.
Raoul hatte recht; er hätte von Brügge aus eine Warnung schikken sollen. Er sollte anhalten und die Warnung heute schicken.
Nein, das würde er trotzdem nicht tun!
Mit einem ahnungsvollen Grinsen bemerkte Galeran, daß er sie überraschen *wollte*. Er wollte seine kühle Frau in ihrer Arbeitskleidung überraschen, den Rock geschürzt, ihr feines Haar aus dem Zopf fallend, wie es das immer tat. Er wollte, daß sie aufsah und ihn mit offenem Mund anstarrte, dann vor Freude errötete.
Jehanne haßte es, wenn man sie aus heiterem Himmel erwischte, deswegen tat er es ab und zu ganz gern. Genau wie damals, als er ihr die Rose gab ...
Er war kein Mann, der edle Geschenke machte, und oben im Norden gab es auch nicht viele, aber bei einem Ausflug nach York hatte er die Rose an einem Händlerstand entdeckt, wundervoll aus Elfenbein geformt, jedes Blütenblatt so fein, als wenn es echt wäre. Es war ein unpraktisches Ding, zu klein, um einen Raum zu schmücken, zu groß für Schmuck, aber er hatte es trotzdem gekauft, weil diese scharfgeränderte Schönheit ihn an Jehanne erinnerte.

Als er ihr die Rose gab, röteten sich ihre Wangen und ihre Augen glänzten, vielleicht sogar mit einer Spur von Tränen. Jehanne weinte selten.

Sie hatte aber geweint, als sie sie zerbrochen hatte. Bei der Erinnerung an ihre Trauer über den Unfall lächelte er reuevoll. Andere Verluste hatte sie mit entschlossener Fassung getragen, aber die Rose – sie fiel in einem unachtsamen Moment aus ihrem Regal – hatte sie zum Weinen gebracht. Sie hatten die zerbrochenen Blüten mit Wachs geklebt, aber eine war zersplittert und eine andere hatte einen Riß, und die Rose war nie wieder so vollkommen, wie sie es einst gewesen war.

Nun gut. Er hatte ihr Geschenke aus dem heiligen Land mitgebracht. Vielleicht konnte eins davon für sie so wertvoll sein, wie die Rose es gewesen war.

Er dachte daran, daß er auch einige Liebeskunststücke hätte erlernen können, mit denen er sie hätte überraschen können. Er hatte sein Gelübde zwar gehalten, aber andere Männer hatten die östlichen Frauen erkundet und hatten Geschichten davon erzählt. Jehanne würde interessiert sein. Sie experimentierte gern und jetzt, da sie sich keine Sorgen über ihre Unfruchtbarkeit mehr machen mußte, würde sie große Lust haben, wieder zu spielen.

Heute nacht.

Jehanne.

Jehanne im Bett.

Oder auf dem Bett, damit er sich an ihrem Anblick weiden konnte – hellblondes Haar, das sich über die Matratze ergoß, den geschmeidigen Körper, der wieder sein war, zu fühlen, zu schmecken und endlich in ihn einzudringen ...

Solche Gedanken waren nicht weise.

Sein Glied war hart wie ein Stein, anschwellend, hämmernd, als wenn er Raouls Worte wahr machen und explodieren würde.

Er hatte seine Lust und seine Entsagung nun mehr als zwei Jahre unter Kontrolle gehabt, also sollte er doch in der Lage sein, sich auch noch für ein paar Stunden länger zu kontrollieren, aber er mußte vorsichtig auf dem Sattel eine Position suchen, in der es sich aushalten ließ.

Er bemerkte bald, daß er sich endlich auf vertrauten Ländereien befand – sein eigenes Talland, die schmalen Felder, voll mit Sommer, das Moorland, übersät mit gutgenährten Schafen. Die Sonne ging unter, und der Graubraune begann zu ermüden. Aber jetzt war keine Zeit mehr, um eine Rast einzulegen. Er trieb ihn weiter, galoppierte durch die vertrauten Dörfer, versprengte Gänse, Hühner und Menschen. Die Rufe »Es ist Lord Galeran! Lord Galeran!« gingen unter in dem Geschnatter der verdutzten Vögel.

Dann sah er den großen Burgfried von Schloß Heywood hinter einigen Bäumen und riß die Zügel an. Er hatte so oft davon geträumt, daß es ihm fast vorkam wie ein weiterer Traum. Er brauchte einen Moment, um sich zu vergewissern, daß es endlich, gesegnet, wahrhaftig war.

Es sah wie immer aus. Es war, als wäre er erst gestern fortgeritten.

Raoul zügelte sein Pferd. Es hatte vor Anstrengung Schaum vor dem Mund. »So, haben wir es also geschafft, obwohl deine Leute über eine Meile weit verstreut sind. Warten wir auf sie, bis wir alle wieder zusammen sind, und reiten wir ganz ruhig weiter, als wenn wir überhaupt keine Eile hätten?«

Dieser Gedanke war Galeran auch schon gekommen. Typisch für Raoul, daß er seine Gedanken so gut lesen konnte. »Nein«, sagte er und ließ sein Pferd in einen langsamen Galopp fallen. Er wollte um die Straßenbiegung reiten, um so einen unverstellten Blick auf sein Haus zu haben . . .

Er riß den Graubraunen herum, so daß er sich aufbäumte.

Ein Heer wimmelte um Heywood herum.

Sein Schloß stand unter Belagerung!

»Zum Teufel, wer?«
Raoul beschattete seine Augen gegen das blendende Licht der untergehenden Sonne. »Das Banner ist rot und grün.«
Raouls Sehschärfe war schon immer bemerkenswert gewesen, aber Galeran konnte es kaum glauben. »Das ist das Banner meines Vaters.«
»Dann belagert dein Vater dein Schloß.«

Zweites Kapitel

Galeran konnte den Worten Raouls nicht widersprechen. Jetzt konnte auch er das Familienbanner von William von Brome ausmachen, das am prächtigen Hauptzelt befestigt war. Er konnte sogar das Zelt wiedererkennen. Es war der Stolz und das Glück seines Vaters.

All seine Freude kehrte sich in Schrecken. Er starrte auf Heywood, auf den einfachen Burgfried und die solide Mauer, die gerade fertiggestellt worden war, bevor er fortgezogen war. An beiden fand sich kein Zeichen eines Überfalls.

Heywood war eines der am besten befriedeten Schlösser im Norden. Wer könnte es ohne Kampf einnehmen? Und was war mit seiner Frau und seinem Kind geschehen?

Mit gefrorenem Herzen pirschte er den Weg hinab zum Zeltlager, ignorierte Schreie und die Versuche, ihm den Weg zu verstellen. Er war sich erst des Schwertes bewußt, das in seiner Hand lag, als er es fast gegen einen Mann erhob.

Er hielt inne, als die Wache seinen Angriff abwehrte, dem Mann war der Schock ins Gesicht geschrieben: »Mein Lord Galeran!«

»Es ist Lord Galeran.«

»Es ist der Herr von Heywood.«

Wie von weit her hörte er die geflüsterten Worte. Sie waren erschüttert.

Sie konnten es nicht glauben.

Sie waren entsetzt.

Dann drängte sich sein Vater durch die Menge, er war immer noch riesig und hatte ein gerötetes Gesicht, aber er war grauer als Galeran ihn in Erinnerung hatte. »Galeran! Bist du das? Christus sei gepriesen! Wir dachten, du wärest tot.«

Ein Stallbursche war angerannt gekommen, um Galerans Zaumzeug zu halten. Sein Vater zog ihn fast vom Pferd, um ihn rippenbrechend und rückenklopfend zu umarmen. »Willkommen zu Hause! Willkommen zu Hause. Wir dachten, du wärst tot! Ehre sei Gott. Ehre sei Gott!«

Galeran riß sich aus der Umarmung los. »Wer hat mein Schloß in Besitz genommen?«

Schweigen legte sich über den Platz.

Das Glück verschwand von Lord Williams herben Gesichtszügen. »Du solltest besser mit mir ins Zelt kommen, mein Junge.«

Galeran bemerkte, daß er von Brüdern und Onkeln umringt war und daß niemand ihm wirklich in die Augen sah.

Jehanne.

Sie war tot.

Die Gewißheit wuchs in ihm wie eine Krankheit, sie machte ihn schwindelig, er hätte sich am liebsten übergeben. Er ließ sich in das Zelt führen, war sich dessen bewußt, daß seine Familie sich hinter ihm hineindrängte, aber er hatte nur Augen für seinen Vater. »Jehanne?«

Lord William goß Wein in einen Pokal und hielt ihn Galeran hin. »Trink.«

Galeran schlug ihn fast aus seiner Hand. »*Wo ist sie?*«

Sein Vater stellte den Pokal auf einen schmalen Tisch, der zwischen ihnen stand: »Im Schloß.«

Galeran brach fast zusammen vor Erleichterung. Nur eine Gefangene. Gott sei Dank, Gott sei Dank. »Wer hält sie gefangen?«

»Das ist eine gute Frage.«

Galeran starrte in die Runde, mehr durch den Tonfall alarmiert als durch die Worte. Erst als sein jüngerer Bruder Gilbert zurücktrat und die Hände hob, bemerkte er, daß er noch immer sein Schwert in der Hand hielt. Er senkte es langsam hinab und genauso langsam steckte er es wieder in die Scheide. »Was geht hier vor?«

»Es tut mir leid«, sagte sein Vater. »Es ist nichts Gutes. Deine Frau hat Raymond von Lowick als Verwalter von Heywood bestellt. Da sie sich weigerte, ihn fortzuschicken, sind wir gekommen, um darauf zu bestehen, daß sie es tut!«

Gerade in diesem Moment wurde die Zeltplane zurückgeschlagen, und ein weiterer großer Mann trat herein – Galerans ältester Bruder Will. Seine ganze verdammte Familie war hier.

»Kleiner Bruder! Du bist mir eine Augenweide! Aber das hier ist die Hölle, in die du nach Hause kommst.«

Da er die brutale Umarmung nicht vermeiden konnte, ertrug Galeran sie. Das gab ihm auf jeden Fall Zeit, um nachzudenken, um das Gehörte zu verdauen.

Jehanne und Raymond von Lowick.

Nein. Er konnte es nicht glauben. Sicherlich, Lowick war der Junker ihres Vaters gewesen, und sie hatte sich in den gutaussehenden jungen Ritter, der er geworden war, verliebt, aber das war Jahre her …

Als er sich aus Wills Umarmung befreit hatte, wendete er sich zu seinem Vater um. »Ich dachte, Lowick hat in Nottinghamshire geheiratet.«

»Seine Frau starb kinderlos und hinterließ ihm etwas von ihrem Besitz. Um diese Zeit muß es gewesen sein, daß dein Gutsverwalter Fieber bekam und starb. Das nächste, was ich weiß, ist, daß deine Frau ihn hierhergeholt hat.«

Die Luft war gallebitter, aber Galeran mußte weiteratmen.

»Es war ihr gutes Recht. Ich habe ihr die Herrschaft über Heywood überlassen, als ich ging. Lowick war immer ein verläßlicher Ritter.«

Lord Williams Kiefer wanderte von rechts nach links, wie er es

immer tat, wenn er etwas nicht sagen wollte. Die Stille zog sich in die Länge, bis William die Wahrheit enthüllte. »Es ist gerade einen Monat her, daß deine Frau ihm ein Kind geboren hat.«
Lord William nahm den Pokal und drückte ihn Galeran in die Hand. »Trink.«
Galeran leerte den Kelch wie in Trance und Unglauben. War er vom Pferd gefallen und hatte seinen Grips dabei verloren? Lag er, Gott möge ihm verzeihen, immer noch phantasierend vor der Jerusalemer Mauer?
»Wir haben gehört, du seist tot.« Lord Williams Stimme kam von weit her. »Fast ein Jahr ist es her, daß Kunde kam, daß du im Kampf um Jerusalem gefallen bist. Es war keine verläßliche Nachricht, und keiner von uns hat sie für bare Münze genommen, aber sie setzte eine Debatte um Jehannes Zukunft in Gang. Wer hätte Heywood halten können? Wer würde das Baby beschützen?«
Wieder senkte sich Stille über den Raum, und Galeran starrte an das feste Zeltdach. Eins nach dem anderen. Denk nicht an Jehanne mit einem anderen Mann. Denk nicht daran, wie sie ihre mühsam gewonnene Fruchtbarkeit verschwendet hatte, um einen Bastard zur Welt zu bringen.
»Mit welchem Recht verwehrt sie euch den Eintritt?«
»Mit keinem Recht«, grummelte sein Vater. »Sie weiß es einfach – sie beide wissen es –, daß es für sie ungemütlich wird, wenn ich dort drinnen bin.«
Eins nach dem anderen.
Galeran stellte den Pokal zurück auf den Tisch. »Es wird mit ihnen geschehen, was ich sage.«
Er drehte sich um und ging aus dem Zelt, wohl wissend, daß sein Vater und seine Brüder ihm folgten, daß alle Augen des Lagers auf ihm ruhten. Er versuchte nicht einmal, Raoul anzusehen.
All seine begeisterten Lobeshymnen auf Jehanne waren zu Asche verbrannt, und doch ...

Und doch.
Sie hatte gedacht, er sei tot. Es lag ein Körnchen Trost in diesem Gedanken.
Er nahm seine Zügel vom Stallburschen und bestieg sein müdes Pferd. Sein Vater faßte den Zaum kurz vor dem Mundstück. »Was hast du vor? Falls du einen Angriff führen willst, dann werden wir das morgen tun.«
Galeran versuchte nicht, das Pferd vorwärts zu treiben. »Laß uns sehen, ob sie nicht ihrem rechtmäßigen Herrn öffnen.«
»Zum Teufel, Junge, sie werden dich erschießen, wenn sie dich nur sehen.«
»Wenn meine Frau mich tot sehen will, dann werde ich so auch besser dran sein.« Sein Blick traf die wütenden Augen seines Vaters, und nach einem kurzen Moment ließ Lord William das Pferd los.
Galeran ritt ohne Kopfbedeckung auf sein Schloß zu. Er hatte keinen Wimpel, aber genug Menschen würden in der Lage sein, ihn zu erkennen, wenn er nahe genug war. Es waren Wachen auf den Mauern.
Heywood war auf einer natürlichen Erhebung von heidebewachsenem Stein gebaut. Die Anhöhe wurde von allen höherwachsenden Pflanzen freigehalten, damit der Späher hoch oben auf dem Burgfried immer einen freien Blick auf Jedermann hatte, der sich näherte. Als Galeran die lange, gewundene Straße im Schritt hinaufritt, hörte er den Mann sein Horn blasen. In kürzester Zeit eilten Menschen auf den Schutzwall über dem Tor.
Eine von ihnen war Jehanne, begleitet von einem großen Mann in Rüstung. Vermutlich war es Raymond von Lowick, obwohl man es unmöglich so genau sehen konnte.
Lowick war immer schon ein gutaussehender Mann gewesen, und Galeran konnte keinen Grund finden, warum sich das hätte ändern sollen, nun, da er fast dreißig war. Er war immer schon ein begabter Krieger gewesen, sowohl in der Schlacht als auch im Duell.

Würde ein Pfeil fliegen? Galeran trug ein Kettenhemd, also war die Gefahr, daß ein Pfeil ihn töten würde, sehr gering, aber er könnte ihn ins Auge treffen. Falls sie diese gefährlichen Armbrüste hätten, könnte ein Bolzen sein Kettenhemd durchschlagen. Aber das war ihm egal. In diesem Moment schien leben oder tot sein unwirklich.

Ungehindert ritt er zu den geschlossenen Toren. Dort konnte er zweifelsfrei erkennen, daß die Frau oben seine eigene war.

Sie hatte sich nicht verändert. Sie war immer noch schlank, und ihr blondes Haar hatte sich aus dem Zopf entwunden und fiel ihr in unordentlichen Strähnen ins Gesicht. Sie sah blaß aus, aber das war zu erwarten. Sie hatte seine Augen fest im Blick, aber auch das war zu erwarten.

Jehanne hätte den Teufel an der Tür zu seiner Hölle niederstarren können.

Ein Anflug von Wut machte fast seine Beherrschung zunichte.

»*Warum?*« ...

Er wollte ihr es hier und jetzt entgegenschreien, weil er wußte, daß es Gründe geben mußte. Er kannte seine Frau. Er liebte sie immer noch, aber sein Bild von ihr war wie die zerschmetterte Rose. Existierte das Wachs, das sein Leben wieder kitten konnte?

Er wandte den Blick ab, um die bewaffneten Männer auf den Mauern in Augenschein zu nehmen. Auch sie sahen blaß aus, aber die Blässe konnte auch vom schnell verschwindenden Tageslicht herrühren. »Ich bin Lord Galeran von Heywood«, verkündete er mit einer Stimme, die laut genug war, daß alle sie hören konnten, »rechtmäßiger Herr dieses Schlosses. Im ersten Morgengrauen werde ich mit meinen Männern und den Männern meiner Familie kommen und erwarte Einlaß. Verweigert ihr mir den Einlaß, habt ihr die Konsequenzen zu tragen.«

Er wartete einen Moment, für den Fall, daß eine Antwort käme, aber es kam keine, nicht einmal Widerstand. Die einzige

Bewegung, die zu sehen war, war Jehannes blauer Schal, der im kalten Wind flatterte.

Galeran drehte um und ritt zurück nach unten ins Lager. Dort stieg er ab und übergab John sein müdes Pferd.

»Warum morgen?« fragte sein Vater. »Wenn sie dich morgen hineinlassen, dann lassen sie dich auch jetzt hinein!«

»Vielleicht brauche ich Zeit zum Nachdenken, bevor ich meine Frau treffe.«

Damit ging Galeran fort, fort aus dem Lager, fort von allen.

Und, Gott sei Dank, ließen sie ihn gehen.

Er hielt nach einer Weile an, weil es keinen Grund gab, schnell vorwärts zu kommen, es sei denn, er wollte den ganzen Weg zurück nach Jerusalem laufen – was seltsam verlockend war. Er lehnte sich an einen Baum, rutschte müde am Stamm herunter, um zu sitzen, dann legte er seinen Kopf auf seine Knie.

Lieber Gott im Himmel, was sollte er jetzt nur tun?

Er wußte, was man von ihm *erwartete*. Er sollte Lowick töten, Jehanne in ein Kloster verbannen, wahrscheinlich, nachdem er sie grün und blau geschlagen hatte. Er sollte sich trennen und eine fruchtbarere Frau finden.

Oder vielleicht sollte er sie vor Gericht bringen, damit sie zum Tode verurteilt würde.

Was ist mit den Kindern? Gallot und der Bastard. Vielleicht waren sie noch jung genug, um eine andere Frau wie die eigene Mutter zu lieben, aber Jehanne würde sich niemals davon erholen, sie verloren zu haben.

Er war überrascht gewesen, als seine Frau, die stets einen kühlen Kopf bewahrte und eine schnelle Auffassungsgabe hatte, plötzlich leidenschaftliche Muttergefühle entwickelt hatte. Aber als sie einmal da waren, wurden sie zur bestimmenden Kraft in ihrer beider Leben.

Ihr Wunsch nach einem Kind hatte ihr sexuelles Verlangen

mehr und mehr abgetötet und machte sie unglücklich. Diese Traurigkeit hatte ihn schließlich dazu getrieben, das zu tun, was er am allerwenigsten wollte: sie zu verlassen und sich dem Kreuzzug anzuschließen.
Ihre Kinderlosigkeit hatte am Anfang keine Rolle gespielt. Sie verlobten sich mit sechzehn, heirateten mit siebzehn. Das Leben schien noch wie eine lange Straße vor ihnen zu liegen, und die verwirrenden Liebes- und Bettspiele erforderten all ihre Aufmerksamkeit. Nach etwa einem Jahr drängten sich die Fragen aber doch auf – gutgemeinte Fragen danach, wann Jehanne denn nun endlich schwanger würde, tauchten auf. Galeran wurde sogar von seinem peinlich berührten Vater zur Seite genommen. Er wollte wissen, ob das junge Paar auch alles täte, was notwendig wäre.
Das hatten sie mit Sicherheit getan, aber sie genossen die Liebesspiele so sehr, daß sie sich nicht beeilten, denn dann würde der Spaß durch Schwangerschaft und Geburt unterbrochen werden. Die Besorgnis von allen um sie herum begann sie aber nachdenklich zu machen, also trafen sie ihre Maßnahmen. Kräuter wurden empfohlen und pflichtbewußt benutzt. Gebete wurden angeboten. Jehanne stimmte sogar zu, ein Amulett zu tragen, das angeblich die bösen Geister fernhalten sollte, die die Kinder einer Frau essen könnten, bevor sie begännen zu wachsen.
Dennoch war all das für sie eher amüsant als ein Grund zur Beunruhigung. Mit achtzehn lebten sie in dem jugendlichem Optimismus, daß alles schon zu seiner Zeit kommen würde, und in der Zwischenzeit hatten sie viel zu tun, das sie in Anspruch nahm.
Jehanne hatte ihre Talente als Schloßherrin vervollkommnet und war eine geschäftige und effiziente Herrin geworden. Galeran arbeitete daran, seine kämpferischen Fähigkeiten auszubauen, ebenso wie sein administratives Können, das er benötigen würde, um sein Herrschaftsgebiet zu verwalten, als Je-

hannes Vater starb. Er war entzückt von der Macht und dem Prestige Heywoods. Denn immerhin hatte er als ein jüngerer Sohn nicht damit gerechnet, so schnell ein grundbesitzender Lord zu werden.

Die Hochzeit war überraschend schnell vollzogen worden, weil Jehannes Brüder gestorben waren und sie mit dem Erbe ihres Vaters allein ließen. Fulk von Heywood hatte entschieden, sie möglichst schnell an einen passenden jungen Mann zu verheiraten, an einen Mann, der alt genug für Verantwortung wäre, aber auch noch jung genug war, um von ihm geschult zu werden.

Er warf natürlich ein Auge auf die große Familie seines Nachbarn, William von Brome. Will, der älteste Sohn, war bereits verheiratet. Eustace, der zweite Sohn, war neunzehn und hatte alles, was ein Mann von seinem Schwiegersohn erwartete.

Die Verlobungsvorbereitungen waren schon weit fortgeschritten, als Eustace alles durcheinander brachte, indem er verkündete, er fühlte sich berufen, Priester zu werden – ein kämpfender Priester, der sich den Mohren in Iberien entgegenstellen würde. Fulk heulte vor Entsetzen, Lord William war zornig, aber Eustace hielt allem so unerschütterlich stand, wie man es von einem heiligen Krieger erwarten würde.

Daher war Galeran selbst plötzlich im Blickpunkt herrschaftlicher Pläne. Erst sechzehn und mehr an Pferden und Hunden interessiert als an Frauen, wurde er gar nicht gefragt. Er wurde aus Lancashire vorgeladen, wo er als Junker von Lord Andrew von Forth gedient hatte, wurde in ungewöhnlich vornehme Kleidung gesteckt und nach Heywood gebracht, um mit einem eisigen Mädchen verlobt zu werden, das einige Monate älter und einige Zentimeter größer war als er. Kaum hatte er sich von dem Schock erholt, wurde ihm gesagt, daß er auf Heywood leben sollte und sein Training an der Waffe unter Lord Fulk beenden sollte. Auch würde er lernen, einen Besitz zu verwalten.

Trotz des Schreckens erkannte Galeran sein Glück. Ihm wurden ein Schloß und Ländereien übergeben, und es war wahrscheinlich, daß ihm beides bald gehören würde, denn Lord Fulk siechte dahin. Das einzige Ärgernis in seinem faulen Leben war seine Verlobte.

Lady Jehanne machte keinen Hehl daraus, daß sie lieber einen anderen heiraten würde, nämlich Raymond von Lowick. Der große, gutaussehende Raymond war Knappe ihres Vaters und war jetzt schon im ganzen Norden bekannt dafür, wie gut er mit Waffen umgehen konnte. Als ihr Vater es verlangt hatte, war sie bereit gewesen, Eustace von Brome zu heiraten, der ebenfalls groß und gutaussehend war und der sich ebenfalls bereits im Kampf bewährt hatte.

Sie hatte nicht erwartet, einen so schmächtigen Jungen wie Galeran heiraten zu müssen.

»Ich bin volle zwei Monate älter als du«, waren die ersten Worte, die sie zu ihm sagte.

Er hatte Schwestern und wußte, was er ihr zu entgegnen hatte. »Dann wirst du zweifellos eher sterben.«

Sie war eine furchterregende Kreatur, die Frau, die eines Tages seine Gemahlin sein würde.

Sie hatten bereits alle Verträge und Dokumente unterzeichnet, bezeugt von ungefähr 30 Männern von Rang aus dem Norden, und saßen nun zusammen am anderen Ende der Halle, während die Männer auf ihre Gesundheit tranken. Beide waren sie in feine mit Gold durchwirkte Seide gekleidet, doch Jehanne trug diese Kleidung, als wäre sie daran gewöhnt, während Galeran noch nie zuvor in seinem Leben eine so vornehme Garderobe getragen hatte.

Sein Haar war dunkel und ordentlich geschnitten. Das ihre war offensichtlich noch niemals gestutzt worden. Es fiel in blaßgolden schimmernden Seidenwellen hinunter bis zu ihren schlanken Hüften. Da er aus einer dunkelhaarigen Familie stammte, erschien ihm dies wie ein Wunder. Ein gefährliches Wunder, wie Blitze, Elmsfeuer oder die Flut.

Eher gefährlich als wünschenswert.
Seine Haut war dunkel, denn seine Familie war vor nicht allzu langer Zeit aus Südfrankreich gekommen, wo die Sonne heiß vom Himmel schien. In Jehannes Adern floß mehr nordisches Blut. Ihre durchsichtige Haut, so weich wie feines, poliertes Horn, lag säuberlich über ihren zarten Knochen. Ihre roten Lippen versprachen Wärme, aber ihre klaren blauen Augen waren winterkalt.
Sie schüttelte ihren Kopf, so daß die goldene Seide sich wellenförmig bewegte, als wäre sie lebendig. »Ich wollte einen *Mann* heiraten. Sogar dein Bruder wäre besser gewesen als du.«
»Mein Bruder hat die Kirche vorgezogen.« Er hoffte, daß sie die Worte zwischen den Zeilen hörte, die erklärten, warum sein Bruder das getan hatte.
Sie schürzte ihre Lippen und sah zu ihm hinüber. »Ich hatte gedacht, du würdest dich auch von der Kirche angezogen fühlen. Du hast nicht die Figur eines Kämpfers.«
Diese Bemerkung reichte aus, um Galerans Hingabe an das kriegerische Training zu verdoppeln. Er wußte, daß er klein war, aber er war zuversichtlich, daß er noch wachsen würde. Vielleicht würde er niemals so groß werden wie sein Vater oder seine älteren Brüder, aber er würde wachsen. Sicherlich würde er bald größer sein als seine Frau. Trotz seiner Größe hatte er bereits ein beachtliches Geschick im Schwertkampf und beim Reiten entwickelt, und obwohl er es sich kaum eingestand, hatte er sich fest vorgenommen, Jehanne zu zeigen, daß sie keinen Priester heiraten würde.
Außerdem genoß er die körperliche Ertüchtigung, außer wenn seine zukünftige Braut ihn dabei beobachtete.
Eines Tages sah sie bei Schwertübungen zu, dann kommentierte sie: »Dein linker Arm ist schwächer als dein rechter.«
Er drehte sich um, schüttelte den Schweiß aus seinem Haar. »Jedermanns linker Arm ist schwächer, auch deiner.«

Sie grinste hämisch. »Nein, ist er nicht. Ich bin Linkshänderin.«
»Du bist verflucht, meinst du«, entgegnete er, indem er sich auf ein häufiges Vorurteil bezog.
Sie schüttelte ihren Kopf. »Nur durch dich, Kerl.«
Aber als sie fortging, widmete er sich wieder seiner Arbeit und war befriedigt, daß diese Runde an ihn gegangen war.
Vielleicht hatte sie deshalb ihre Taktik geändert und lauerte ihm in der Stille der Ställe auf. »Da wir bald heiraten werden, Galeran, solltest du mich lieber küssen.«
Er wich unbehaglich zurück. »Ich will dich nicht küssen.«
»Natürlich willst du.« Sie reckte ihren Kopf in die Höhe und betrachtete ihn mit einem leichten Grinsen. »Oder willst du nicht, weil du nicht weißt, wie man küßt?«
Er fühlte, wie Röte sein Gesicht überzog. »*Ich* weiß, wie es geht, aber du dürftest es nicht wissen.«
Sie lachte. »Das hättest du gern, nicht wahr? Denn dann würde ich niemals wissen, ob du es richtig machst.« Wie ein Chamäleon drehte sie sich, kam auf ihn zu und legte eine Hand auf seine Brust. »Wenn du es lernst, wie man richtig küßt, Galeran, dann könnte es sein, daß ich dich mehr tun lasse ... Oder ist es das, wovor du Angst hast?«
Sie hatte Parfüm aufgelegt – etwas Blumiges, aber auch Würziges – und es entströmte ihr wie eine Warnung.
Diese neue Taktik machte ihm solche Angst, daß er ihr auswich. »Du sprichst verdorben. Eines Tages, Jehanne, werde ich dich schlagen.«
Sie lachte. »Dann mußt du zuerst ein bißchen wachsen.«
Als er auf sie losstürzte, wich sie ihm tänzelnd aus und lachte ihn noch immer aus. Er hätte sie fangen können, aber die Vernunft holte ihn wieder ein. Er mochte wohl der Mann sein, dem sie versprochen war. Aber das bedeutete nicht, daß er schon die Rechte eines Ehegatten hatte.
Noch nicht.

Der Gedanke an die Rechte eines Ehemannes führte ihn zu dem Gedanken an dessen Pflichten. Die Hochzeit war nur noch fünf Monate hin, und Jehanne hatte recht – er wußte nicht, was er tun sollte. Wenigstens kannte er die Fakten, und er hatte seine Brüder ab und zu mit einem Mädchen gesehen, aber er hatte keine praktische Erfahrung. Vor seiner Verlobung hatte er sich nicht sehr für Frauen interessiert und seitdem war er auf Heywood. Es schien ihm irgendwie nicht richtig zu sein, im Zuhause seiner zukünftigen Frau mit den Mägden zu schäkern.

Aber er brauchte Übung, und daher überwand er seine Skrupel und begann, die Mägde zu küssen, die sich zu ihm hingezogen fühlten. Er fand das eigentlich sehr angenehm. Sie führten ihn auch noch zu anderen Vergnügungen. Wie weich sich ein Frauenkörper anfühlte, besonders die Brüste; das erregte Glitzern in ihren Augen, wenn es ihnen gefiel, was er tat; der intensive Geruch einer Frau – so anders als der eines schwitzenden Mannes; die Gefühle in seinem eigenen Körper, die nach mehr verlangten ...

Er gab diesem Verlangen nicht nach – das schien ihm doch nicht recht –, aber er dachte oft daran, nach Brome zu fahren, denn dort kannte er Frauen, die nach mehr verlangten ...

Dann, eines Tages, überraschte Jehanne ihn, als er gerade seine Lieblingsmagd auf dem Schoß hatte. Obwohl er sehr schuldbewußt war, ermutigte ihn der Anblick der nackten Wut in den Augen der ihm versprochenen Frau: In dem Moment wußte er, daß er von Jehanne überrascht werden wollte, er wollte ihre Wut sehen. Er schob die Magd von seinen Knien und gab ihr einen spielerischen Klaps auf ihr Hinterteil, um sie auf den Weg zu schicken.

Jehanne hatte sich natürlich sofort wieder unter Kontrolle. »Ich nehme an, du übst noch«, sagte sie mit höhnischem Gesichtsausdruck. »Hoffst du, es noch hinzubekommen, bevor wir verheiratet sind?«

»Das ist mir völlig gleich. Dich krieg ich schon und mach dir ein Kind.«
Sie zischte ihn an: »Dann werde ich dich nicht auslachen.«
»Wenn du mich nicht auslachst, dann werde ich dich auch nicht auslachen.«
Auch diese Runde war an ihn gegangen, da sie mit wutroten Wangen weggelaufen war.
Aber vielleicht hatte sie doch diese Runde gewonnen, da er feststellte, daß er sie nicht gern verärgerte. Daher gab er seine Spielchen mit den Mägden auf. Jetzt wollte er mehr als je zuvor nach Brome fahren, damit er wirkliche Übung für die Hochzeitsnacht bekäme.
Liebe machen war ja in der Theorie ganz schön, da er wußte, welches Körperteil wohin mußte, aber viele Dinge, die in der Theorie einfach zu sein schienen, entpuppten sich dann bei der Umsetzung doch als schwierig.
Wußte sie nun wirklich mehr als er? Sicherlich nicht. Sie war ein ungestümes Mädchen, denn ihre Mutter war früh gestorben, und ihr Vater war ziemlich nachlässig in der Erziehung gewesen. Andererseits war Fulk nicht der Mann, der eine liederliche Tochter toleriert hätte. Sie hätte nicht mit anderen Männern liebäugeln dürfen. Oder doch?
Er dachte mit Unbehagen an Raymond von Lowick, der für Galerans Geschmack Heywood zu oft besucht hatte. Vordergründig kam er her, um seinem ehemaligen Herren die Ehre zu erweisen, aber er flirtete mit Jehanne. Sie schien ihn nicht zu ermutigen, aber sie wies ihn auch nicht ab.
Jehanne war für Galeran ein Buch mit sieben Siegeln.
Sie ging nicht damenhaft, sondern lief umher mit wehenden Röcken. Und doch sah sie graziöser aus als andere Frauen. Sie neigte ihren Nacken nicht und senkte auch nicht den Blick, sondern sah Männern direkt ins Gesicht, ob es nun ihr Vater, Galeran oder Lowick waren. Und doch war es bei ihr nicht ungehörig. Sie ging auf die Jagd und ritt so wild und schnell wie

jeder Mann, und es gefiel ihr, beim Töten dabeizusein. Galeran hatte schnell begriffen, daß weibliche Zartheit bei ihr nicht ausgeprägt war. Sie benutzte ihren Bogen mit tödlicher Sicherheit, konnte ein leichtes Schwert geschickt handhaben und einen Sack voll mit Saat problemlos heben.

Es fiel ihm auf, daß ihn das alles nicht störte, weil sie genauso geschickt in Frauendingen war. Sie konnte einen feinen Faden spinnen und strapazierfähigen Stoff weben, und ihre Stickereien fand er wunderbar. Was noch wichtiger war, sie konnte andere anleiten, zu spinnen, zu weben und zu sticken, daher gedieh Heywood unter ihrer Leitung. Sie wußte ganz genau, wie alles getan werden mußte und schien ihre Augen überall zu haben. Bei all denen, die ihre Pflichten vernachlässigt hatten, war sie schnell mit Strafe bei der Hand, sie war niemals grausam, aber sie brachte jeden dazu, so gut zu arbeiten, wie er konnte.

Die Menschen auf Heywood waren stolz auf ihre Herrin, und das war Galeran auch. Er bewunderte sie trotz ihrer spitzen Zunge und der Widerborstigkeit, und obwohl sie ihn immer noch nervös machte, lernte er, wie er mit ihr umzugehen hatte. Militärische Dinge lernte er vom Waffenmeister, persönliche Kriegführung von Jehanne.

Er genoß beides.

Und endlich fing er an zu wachsen. Eines Tages bemerkte er, daß er größer war als sie, und in der folgenden Zeit legte er noch mehr an Größe und Gewicht zu, so daß er zwei Monate vor der Hochzeit Jehanne um wenigstens einen halben Kopf überragte. Vielleicht trug sie dem Rechnung und verspottete ihn weniger. Jetzt sah sie ihn mit einem anderen Ausdruck in ihren Augen an und sprach ihn niemals an, wenn er allein war.

Aber dann, als ihr Hochzeitstag nur noch einen Monat hin war, erwischte sie ihn in einem verlassenen Korridor. »Bist du jetzt bereit, mich zu küssen, Bald-Ehemann?« Sie mußte zu ihm aufblicken.

Ja, er war bereit, mehr als bereit. Blitzschnell ergriff er ihr Handgelenk, dann umfaßte er ihre Taille mit dem anderen Arm. Sie versteifte sich, ihre blauen Augen waren weit aufgerissen. Vor Schreck? Vor Wut? Vor Aufregung? Er verstand sie noch immer nicht, und in diesem Moment war ihm das auch egal.

Er drückte seine Lippen auf ihre, hielt dann inne, fragte sich, was sie tun würde. Sie tat nichts, aber verdutzt starrte sie ihn immer noch an, ohne mit der Wimper zu zucken.

»Weißt du nicht, was du machen sollst?« höhnte er gegen ihre Lippen.

»Ich warte darauf, ob du es weißt.« Aber diese Worte brachten ihre Lippen gegen seine und ließen ihn ihren warmen Atem spüren. Sein Körper reagierte sofort, und er erstarrte in Angst vor sich selbst.

Er sah das Funkeln in ihren Augen, und im nächsten Moment fühlte er, wie ihre Zunge seine Lippen berührte.

Er stieß sie fort, aber nicht weit. »Wer hat dich Spielereien wie diese gelehrt?«

Sie lächelte auf diese Weise, die ihn immer wütend machte. »Wer hat dich gelehrt, sie wiederzuerkennen?«

»Es ist für Männer etwas anderes.«

»Ist es das?«

Wütend zog er sie wieder an sich und küßte sie, hart und rauh, es war ihm egal, ob sie beeindruckt war oder nicht, er wollte ihr nur zeigen, wer hier der Herr war. Für einen Moment wurde sie in seinen Armen steif, aber dann entspannte sie sich plötzlich und küßte ihn zurück, spielte mit der Zunge, preßte ihren Körper näher an den seinen.

Er genoß es in vollen Zügen, bis er bemerkte, was passierte. Dann stieß er sie geschockt von sich und ließ sie los. »Du *hast* schon vorher geküßt!«

Sie schob die Unterlippe vor. »Habe ich das?«

»Wen?«

»Das möchtest du wohl gern wissen, was?«
»Ja, damit ich ihn töten kann.«
Sie lachte. *»Du?«*
Er schlug sie.
Sie schrie auf, hielt sich mit der Hand die rote Wange. Dann zischte sie vor Wut und griff ihn mit ihren Fäusten, ihren Nägeln, mit jedem Teil ihres schlanken, starken Körpers an. Er versuchte, sie zu beherrschen, mußte aber feststellen, daß das unmöglich war. Also kämpften sie einen verbissenen Kampf, einen unübersichtlichen Ringkampf, sie rieben sich, verkratzen sich, fügten sich Verletzungen zu und rissen all die feinen Kleider in Fetzen. Man mußte sie trennen, wütend knurrend wie wilde Hunde, und er wurde nach Hause geschickt, um sich dem Zorn seines Vaters zu stellen.

Drittes Kapitel

»Heywood spricht davon, die Verlobung zu lösen, du Schwachkopf!«
»Sie hat mich zum Wahnsinn gebracht!«
»Du hast sie also geschlagen?« Lord Williams Hand donnerte mit der vollen Wucht seines starken Armes gegen Galerans Gesicht. »Hast du keine andere Idee, wie du eine zarte Jungfrau behandeln kannst?«
»*Zart*? Diese Wölfin?«
Das beförderte ihn schlagartig wieder auf die Füße, weil er eine weitere Ohrfeige auf die andere Seite seines Gesichts bekam. Trotz seines mürrischen Wesens haßte Lord William die Vorstellung, daß eine Frau angegriffen wird. Er schlug ihn noch einmal, und als er damit fertig war, sagte er: »Geh mir aus den Augen, und wenn du geheilt bist, gehe zurück nach Heywood, und bring die Sache wieder ins Lot.«
Es dauerte drei Wochen bis die Wunden geheilt waren und die Blutergüsse abzogen, drei Wochen, in denen er Jehanne von Heywood alle Höllenqualen herbeiwünschte, aber seltsamerweise vermißte er sie auch.
Als Galeran nach Heywood zurückkehrte, war er sich nicht sicher, wie Fulk oder seine Tochter ihn aufnehmen würden, aber er war sich sicher, daß er Vergebung wollte. Der Gedanke daran, daß er Jehanne verlieren könnte, war ätzende Säure in seinem Herzen.
Dennoch, überlegte er, hatte sein Vater recht. Ein Mann sollte

es nicht nötig haben, eine Frau zu schlagen, um sie unter Kontrolle zu halten, auch wenn diese Frau war wie Jehanne. Er war darauf vorbereitet, sich bei ihr zu entschuldigen, und er hoffte, daß sie sich nicht hämisch zeigen würde, denn dann würde seine Geduld nicht mitspielen. Zu seiner Überraschung machte Fulk überhaupt keine Schwierigkeiten. Er bemerkte lediglich, daß er hoffte, Galeran würde sie das nächste Mal ordentlich verprügeln, wenn Jehanne ihm Ärger machte, statt eine Rauferei daraus werden zu lassen.

Das würde nur funktionieren, wenn sechs starke Männer sie zuerst festbanden. Aber Galeran sagte das nicht, sondern machte sich auf die Suche nach seiner zukünftigen Ehefrau.

Er fand sie im Garten, sie strahlte eher Unterwürfigkeit und Trauer aus als Befriedigung. Sie hörte sich seine sorgfältig formulierte Entschuldigung an und sagte dann: »Deinetwegen bin ich ausgepeitscht worden.«

»Was glaubst du, was mit mir geschehen ist?«

Ihre Augen blitzten. »Wenn *du* bestraft worden bist, hast du das auch verdient.«

»Wenn *du* bestraft worden bist, hast du es ebenfalls verdient.«

»Ich habe nichts getan!«

»Du hast dich der Zerstörung meines Lebens verschrieben!«

»Ich, mein lieber Lord Galeran, habe Besseres zu tun, als Unglück für dich zu planen.«

»Hat er dich wirklich ausgepeitscht?« fragte Galeran.

Sie senkte die Augenlider. »Er hat mich ausgepeitscht.«

»Ah, ist *das* das Geheimnis?«

Sie schlug ihre Lider wieder auf, und ein Feuer loderte in ihren Augen. »Wenn du mich jemals auspeitschst oder auspeitschen läßt, wirst du das bereuen.«

Später war ihm klar, daß es stimmte, was sie gesagt hatte. Er konnte ihr zwar seinen Willen aufzwingen, ja. Er war ein Mann mit Kraft, Stärke und dem Gewicht des Gesetzes auf

seiner Seite. Aber trotzdem: Wenn es jemals soweit kommen sollte, würde Jehanne eher sterben als sich unterwerfen.
Auf der anderen Seite war sie immer noch ein Stachel in seinem Fleisch, und irgendwie mußte man schließlich mit ihr zurechtkommen. Die Art, wie er am liebsten mit ihr umgehen würde, war noch nicht gesegnet, und so tat er alles, um sie für die verbleibenden Wochen zu meiden.
Es war nicht leicht, weil ihr bloßer Anblick ihn erregte, und es machte ihn wahnsinnig, wenn sie beim Essen seinen Arm streifte oder er ihr Parfum roch.
Vielleicht hatte sie keine Ahnung, welche Wirkung sie auf ihn ausübte, oder von der Macht der Lust in einem jungen, gesunden Mann. Wenn sie davon eine Ahnung hätte, würde sie ihn sicherlich nicht mehr provozieren.
Er versuchte, ihr aus dem Weg zu gehen, aber sie war teuflisch gut darin, immer dort aufzutauchen, wo er gerade war. Er wurde geschickter darin, ihren Berührungen auszuweichen, aber sie schien immerfort die Berührung mit ihm zu suchen. Dann fing sie an, sich auf eine Art zu kleiden, die ihn fast wahnsinnig machte.
Aber mit Gebeten und starkem Willen hielt er durch.
Bis er eines Morgens, zwei Tage vor der Hochzeit, aufwachte und sie auf seinem Bett saß, die Beine verschränkt.
»Zum Teufel, Jehanne. Was machst du hier?«
»Du bist mir immer aus dem Weg gegangen, Galeran.« Ihr Haar fiel lose über ihre Schultern, und sie trug nur den Hauch eines zartrosa Hemdchens.
Galeran bekämpfte den Drang, sie zu sich hinunter auf die Laken zu ziehen.
»Das bedeutet, daß ich dich nicht sehen will. Geh fort.«
»Nein.«
»Dann werde ich gehen.«
Als er die Decken zurückschlug, sagte sie: »Ich habe all deine Kleidung aus dem Fenster geworfen.«

»*Was?*« Er sah, daß sein Schrank offenstand und leer war, und er lachte sie aus. »Denkst du etwa, ich wäre schüchtern, du dummes Mädchen?« Er sprang aus dem Bett und stand ihr nackt gegenüber.

Dann erstarrte er.

Was, im Namen des Erlösers, tat er da bloß? Gleich würde sie laut schreien, und das ganze Schloß würde zusammengelaufen kommen!

Aber er hätte es wissen müssen: Sie zeigte keine Panik, sondern betrachtete ihn von oben bis unten. »Nicht schlecht. Du wächst.«

Jetzt saß er in der Falle. Er durfte nicht das Gesicht verlieren, indem er sich schnell wieder unter die Decke warf, doch er hatte nichts zum Anziehen. Also tat er das einzige, was er konnte, und musterte sie im Gegenzug. »Ich nehme an, daß auch du wächst, aber es ist schwer zu sagen, solange du bekleidet bist.«

Ihre Augen weiteten sich ein wenig, dann begann sie, ihren Rock hochzuziehen.

Er stürzte auf sie zu und ergriff ihre Hand. »Nein!«

»Nein? Du hast mich dazu aufgefordert.«

»Das habe ich nicht.«

»Es klang für mich wie eine Aufforderung. Ich würde mich keiner Aufforderung widersetzen.«

»Dann, beim Kreuz, fordere ich dich auf, hinter meinen Kleidern her aus dem Fenster zu springen!«

Sie sah ihm in die Augen. »Nur wenn du es auch tust. Hand in Hand in die Ewigkeit, Galeran ...«

Und entsetzt wußte er plötzlich, daß sie es tatsächlich tun würde.

Er hielt noch immer ihre Hand fest, und sie drehte seine Hand in ihrer, schob seine Hand so, daß sie ihre Brust berührte, ihre kleine, hohe Brust. Er konnte ganz deutlich ihre Brustwarzen sich unter dem feinen Stoff abzeichnen sehen. »Siehst du. Ich

wachse.« Dann sah sie nach unten und lächelte. »Genau wie du.«
Er wußte, daß es so war. Zum ersten Mal in seinem Leben überfiel ihn eine Lust, die sofort befriedigt werden wollte. Er hatte vorher schon Lust verspürt, aber niemals auf diese Weise. Er begann zu zittern. »Wir können nicht ...«
»Natürlich können wir nicht. Aber wir können uns küssen. Du schuldest mir einen Kuß.«
»Jehanne, nein. Ich kann nicht ...« Er fand keine Worte, um die Gefahr zu beschreiben, die Gefahr, daß er die Kontrolle über das gierige Tier in sich verlieren könnte.
Sie verstand, holte tief Luft und glitt sanft von ihm fort. »Wenn du nicht kannst, kannst du nicht«, sagte sie, als wenn nichts geschehen wäre. »Ich werde deine Kleidung heraufschicken lassen.« Sie schlüpfte aus dem Raum und hinterließ nur eine Spur von Parfum.
Obwohl sie ihn nicht wieder provozierte, war ihre pure Anwesenheit jetzt genug, um ihn bis zum Äußersten zu quälen. An ihrem Hochzeitstag war er soweit, daß er wie ein ausgedörrter Baum beim ersten Funken in Flammen hätte aufgehen können. Die langen Stunden der Zeremonie und des Festessens waren eine endlose Tortur für ihn.
Als sie endlich allein in ihrem Hochzeitsbett lagen, war Galeran dennoch wie erstarrt – erstarrt durch die Angst, daß sie mehr wußte als er und ihn auslachen könnte. Aber hauptsächlich deshalb, weil er panische Angst davor hatte, die Kraft freizusetzen, die ihn durchzuckte – eine Kraft, die er weder verstand noch kontrollieren konnte. Er hatte Angst, ihr weh zu tun.
Nach einer Weile berührte sie seine Brust. »Galeran ...?«
Er schauderte, ohne es zu wollen, er kämpfte darum, alles unter Kontrolle zu behalten.
»Du hattest recht«, flüsterte er. »Du hättest jemanden heiraten sollen, der älter ist.«

»Warum?« Sie klang amüsiert. »Er würde doch nur früher sterben.«
Galeran starrte an die Decke, seine Hände zu Fäusten geballt. »Er hätte gewußt, was zu tun ist. Ich weiß es nicht, Jehanne. Ich habe das noch nie zuvor gemacht.«
Ihre Finger machten eine kleine, nervös versichernde Bewegung gegen seine harte Brust. »Ich ebensowenig, aber ich weiß, was wohin muß.«
»Das weiß ich auch.« Aber dennoch wußte er nicht wann, oder wie ...
Ihre Hand bewegte sich wie ein züngelndes Feuer nach unten und fand die Quelle seiner Pein und seiner Hoffnungen.
Er rang nach Luft.
Sie rang ebenfalls nach Luft.
»Ich dachte nicht, daß es so hart wäre«, sagte sie. Aber statt sich in jungfräulicher Bescheidenheit zurückzuziehen, schlug sie die Decken zurück, um ihn anzusehen und um ihn mit ihren Fingern zu befühlen. Er mußte ihre Hand fortstoßen, bevor er explodierte. Sie kämpften ein wenig und endeten schließlich Gesicht an Gesicht, sich ansehend. Es schien, als sähen sie sich zum ersten Mal.
»Tu es nicht, Jehanne.«
»Tut es weh?«
»Ja. Aber das ist es nicht ...«
»Dann benutze ihn.«
Wie sie so nackt neben ihm lag und er ihre Adern unter ihrer zarten Haut sehen konnte, schien sie ihm unendlich zerbrechlich. »Ich fürchte, daß ich dir weh tun werde.«
»Das mußt du wohl.«
»Ich will dir nicht weh tun.« Er versuchte, sich von ihr zu lösen, aber sie hielt ihn mit ihren Händen und Beinen fest, erinnerte ihn daran, daß sie ganz und gar nicht zerbrechlich war.
»Habe keine Angst. Meine Magd erklärte mir« – sie begann in einer Weise zu erröten, die er schrecklich verführerisch fand –,

»sie sagte, es würde leichter gehen, wenn ich bereit wäre, und wenn ich bereit wäre, dann wäre ich feucht und weich ...« Ihre Stimme wurde zu einem Flüstern und ihre Wangen wurden knallrot. »Ich bin seit Wochen bereit, Galeran, und ich ... ich bin es auch jetzt.«

Sie nahm seine Hand und führte sie zwischen ihre Beine zu der feuchten, heißen Spalte, bewies ihm die Wahrheit ihrer Worte, öffnete sich, gab sich ihm hin ...

Sein plötzlich hirnloser Körper folgte seiner Hand, er fand sie, liebte sie, füllte sie, benutzte sie.

Er hatte niemals erwartet, daß es so stark sein würde. Wenn man seine Versuche mit den Mägden, seine Selbstbefriedigung und das hier verglich, war es, als vergliche man eine Kerzenflamme mit einem wild flackernden Höllenfeuer.

Er brach über ihr zusammen, als er fertig war, und sie drückte gegen ihn, nach Luft ringend. »Galeran, ich bekomme keine Luft!«

Er erhob sich schnell. »Es tut mir leid. Habe ich dir weh getan?« Dann, als er die Antwort in ihrem Gesicht ablesen konnte, fügte er hinzu: »Wenn ich *das* getan habe, war es *deine* Schuld.«

»*Meine* Schuld?«

»Ich hätte noch warten können, wenn du nicht so herausfordernd gewesen wärst.«

»Es wäre egal gewesen, wie lange du gewartet hättest«, sagte sie bissig. »Es ist die Natur der Männer, auf der Pirsch zu sein, und das Schicksal der Frauen, zu bluten.«

Er versuchte ungelenk, sie zu trösten. »Jetzt, da du keine Jungfrau mehr bist, wird es nicht wieder schmerzen.«

»Woher willst du das wissen?« Damit drehte sie ihm den Rücken zu.

Obwohl er diese wundervolle Übung gern wiederholt hätte, drehte auch er ihr den Rücken zu und fiel endlich in Schlaf.

Am nächsten Tag wurde das Laken als Beweis für den Vollzug

der Ehe herumgezeigt. Galeran wurde beglückwünscht als hätte er einen Drachen besiegt, und um Jehanne wurde viel Aufhebens gemacht, als wäre sie verletzt worden.

Obwohl ihm der Beifall der anderen Männer zukam, fühlte er sich miserabel. Wahrscheinlich ahnte keiner der Männer, wie brutal er Jehanne genommen hatte, und daß sie darüber unglücklich war.

Das einzige, was zu tun war, war, den Akt nicht zu wiederholen, bis die Wunde geheilt war. Aber wann würde das sein?

Als sie in der nächsten Nacht zu Bett gingen, fragte er sie, ob sie immer noch Schmerzen hätte. »Nur ein bißchen«, sagte sie in resigniertem Tonfall, der jedes Verlangen, das er gefühlt hatte, abtötete.

In der nächsten Nacht fragte er sie wieder, ob sie noch Schmerzen hätte, und sie sagte: »Nein.« Mit einem Seufzer der Erleichterung drang er in sie ein und fand das Vergnügen, nach dem er sich gesehnt hatte. Dieses Mal dachte er daran, sein Gewicht abzustützen. Als er auf seinem Höhepunkt war, nahm er Jehanne bewußter wahr und sah, daß Jehanne unbefriedigt war.

Danach nahm er sie in seine Arme. »Was ist los, Liebste? Was möchtest du?«

Er dachte schon, sie würde ihm nicht antworten, aber dann sagte sie: »Ich will das, was du hast.«

»Einen Schwanz?« fragte er in ehrlichem Erstaunen.

Sie boxte ihn gegen die Schulter. »Nein, du Trottel. Das Vergnügen! Auch Frauen haben es, ich weiß, daß sie es haben. Ich kann es fühlen, aber es kommt nicht ...« Und jetzt waren Tränen in ihren Augen, die ersten, die er dort jemals gesehen hatte.

Er wiegte sie hilflos. »Es tut mir leid, Liebes. Wir werden es finden ...«

Vielleicht war es Instinkt, vielleicht waren es Bruchstücke halbverstandenen Klatsches, vielleicht erinnerte er sich an die

Zeit mit den Mägden ... Er legte seine Hand auf ihre linke Brust und fühlte sofort ihre Antwort. »Das könnte vielleicht helfen?«

»Es könnte ...«

Er streichelte und spielte mit ihrer Brust, empfand sein Tun selbst als angenehm, vor allem, als ihre kleine rosa Brustwarze hart wurde. Dann senkte er seinen Kopf und küßte sie.

»Ja«, flüsterte Jehanne, also fuhr er fort, sie zu küssen und zu lecken.

Nach einer kleinen Weile sagte sie: »Vielleicht ... wenn du daran saugst ...«

Das tat er mit großer Bereitwilligkeit, er bemerkte, daß ihr Vergnügen mit seinem eigenen verschmolz. Er spürte, daß er das Richtige tat.

Da es das zweite Mal in dieser Nacht war, hatte er keine Eile und konnte versuchen, sich so zu bewegen, wie sie es wollte, während er zwischen innigen Küssen weiter ihre Brüste liebkoste.

Nachher schien sie glücklich zu sein, aber er glaubte nicht, daß sie gefunden hatte, wonach sie gesucht hatte.

Da keiner von ihnen genau wußte, wonach sie suchte, brauchten sie einige Wochen und eine Menge lustvoller Versuche, es zu finden. Aber als sie es gefunden hatten, gab es keinen Zweifel mehr.

Jehanne hinterließ Bißspuren und Kratzer von ihren Nägeln auf seiner Haut, und als sie schrie, dachte er, sie würde sterben. Nachher lag sie genauso betäubt da, wie er bei seinem ersten Mal dagelegen hatte. »Galeran ...«

»Hmmm?« Er streichelte selbstzufrieden ihren nun sehr vertrauten Körper.

»Das hat mir gefallen.«

»Seltsam. Darauf wäre ich nie gekommen.«

Trotz ihrer Harmonie im Bett war ihr Leben nicht vollständig friedlich. Jehanne hatte ihre festen Ansichten zu jedem Thema und äußerte sie auch, während Galeran in seiner jugendlichen Arroganz glaubte, daß sein Wort das letzte gleich nach Fulks wäre. Sie beendeten ihre Streitereien aber immer mit Gelächter und Liebemachen und erforschten glücklich die Tiefe und die Ausmaße ihrer körperlichen Freuden.

Bis dann der Schatten der Unfruchtbarkeit über sie fiel.

Fulk war damals bereits tot, und sie waren der Lord und die Lady ihres Schlosses. Kluge Planung, Effektivität und harte Arbeit hatten Heywood zu einem florierenden Anwesen gemacht. Galeran hatte Fulks Projekt vollendet: eine Steinmauer, die die hölzerne Palisade ersetzen sollte, war um die Zugbrücke gebaut worden. Die Mauer wurde außen weiß angestrichen und innen mit dickem wollenem Stoff ausgekleidet. Das alles wurde von Jehanne und ihren Frauen gewoben und gefärbt.

Die Tage waren angenehm erfüllt von produktiver Arbeit, und die Abende vertrieben sich die Schloßbewohner mit Konzerten, Geschichtenerzählen oder Darbietungen von Gauklern.

Alles war perfekt, nur daß es noch keinen Erben für all das gab. Die Leute begannen zu flüstern, daß es auch niemals einen geben werde.

Schlimmer noch, die Leute begannen zu erzählen, daß es keinen Erben gab, weil Lady Jehanne sich nicht so verhielt, wie es eine echte Herrin tun sollte. Sie wäre zu vorlaut, zu aktiv. Deshalb könnte kein Kind in ihrem Leib wachsen.

Galeran sagte ihr, daß das Unsinn sei, daß die Dienerinnen von morgens bis abends arbeiteten und trotzdem ein Kind nach dem anderen austrugen – aber Jehanne begann sich zu verändern. Sie ruhte jeden Tag, sie hob niemals etwas Schweres vom Boden hoch, und sie weigerte sich, mehr als nötig zu reiten.

Das nächste Ammenmärchen war, daß unerfreuliche Stimmungen und Ärger ein Kind töten könnten, also tat sie ihr Bestes, um ihr Temperament zu zügeln. Galeran sah ihren quälenden Kampf gegen ihre Natur und manchmal provozierte er sie, um das Temperament, das er so an ihr liebte, wieder zum Leben zu erwecken.

Nach dem Streit gab es jetzt kein Gelächter und keinen Sex mehr.

Dann weigerte sie sich plötzlich, Liebe zu machen, wenn sie nicht unter ihm liegen durfte.

Als das Gerücht die Runde machte, daß Jehanne teuflische Tricks benutzte, um die Empfängnis zu verhindern, brach Galerans ganze Wut hervor, und er peitschte eine Frau aus, die er darüber hatte erzählen hören. Das war nicht sehr klug, denn dies lenkte jedermanns Aufmerksamkeit auf ihr Problem.

Nacht für Nacht erzählte er Jehanne, daß es ihm nichts ausmachte, wenn sie unfruchtbar sei, und das war die Wahrheit. Er wünschte sich Kinder, ja, besonders einen Sohn, aber nicht um jeden Preis. Mehr als ein Kind haben, wollte er seine freche, starke, kluge Frau zurück.

Und jeden Monat weinte sie.

Eines Tages hielt er sie fest an sich gepreßt und wiegte sie sanft, als ihre Blutung begann. »Es macht nichts, Liebling. Es macht gar nichts. Will hat doch bereits zwei Söhne. Der kleine Gill kann doch Heywood haben.«

»*Ich* will ein Kind.« Sie sagte es wütend, nicht bedauernd.

»Dann werden wir ein Kind finden, daß du großziehen kannst. Eine Tochter.«

Sie befreite sich aus seiner Umarmung. »Ich will ein Kind in *mir*, du dummer Mann! Es ist wie ein Hunger. Ich kann es nicht ertragen!«

»Es ist Gottes Wille, Jehanne.«

»Dann müssen wir Gott umstimmen.«

Und da sie Jehanne war, beleidigte sie den Himmel, als wäre er eine Festung, verbrannte Aussteuer und Kruzifixe, schickte Bataillone von Klageliedern und Beschimpfungen nach oben.

Und jeden Monat, in dem die Blutungen ein weiteres Scheitern bewiesen, zog sie sich allein in ihr Unglück zurück.
Oder sie schlug um sich. Die Bewohner des Schlosses lernten, sich vorsichtig zu bewegen, wenn sie da war. Sie war in einer solchen Stimmung, als sie die Rose zerbrach. Er hatte sie nicht danach gefragt, ob es ein dummer Unfall oder blinde Wut gewesen war. Er tröstete sie einfach nur und tat sein Bestes, die Teile wieder zusammenzukleben.
Aber die zerbrochenen Teile ihres Lebens konnten nicht wieder zusammengeklebt werden. Tatsächlich wurde alles nur noch schlimmer.
Ein Priester sagte ihr, daß die sexuelle Erregung einer Frau den Samen tötete, und daher akzeptierte sie nur noch ganz kurze Akte, ohne auf ihre eigenen Wünsche zu achten. Bei seiner ersten zärtlichen Berührung stieß sie seine Hand fort: »Nein. Nicht ehe wir ein Kind haben.«
Da er nicht glaubte, daß sie jemals ein Kind haben würden, schien es ihm, als wären sie wie Fliegen in einem Spinnennetz der Frustration gefangen.
Der erste Aufruf, die Schreine des heiligen Landes zu befreien, war vorübergezogen. Galeran hatte ihn kaum wahrgenommen, denn das Unternehmen hatte in König William Rufus' England nicht viel Beifall gefunden. Rufus lehnte die meisten kirchlichen Dinge barsch ab und hatte auch nicht vor, seine besten Kämpfer nach Übersee zu schicken.
Spät im nächsten Jahr begann sich aber die Nachricht von Erfolgen im Land zu verbreiten. Es schien, als würden die christlichen Armeen tatsächlich die Heilige Stadt erreichen und sie befreien, und einige Männer planten, sich ein Schiff direkt nach Palästina zu nehmen. Sie würden in wenigen Monaten dort sein und – wenn sie Glück hätten – an der großen Schlacht teilnehmen.
Galeran war mit persönlichen Dingen zu sehr beschäftigt, um von derartigen Abenteuern zu träumen, bis Jehanne begann, ihn dazu zu drängen. Und wieder war es ein hilfsbereiter

Priester – dieses Mal war es ein Wanderpriester –, der versuchte, Interesse für den Kreuzzug zu wecken. Er hatte gesagt, daß so ein nobler Dienst am Herrn möglicherweise das richtige Mittel wäre, um ihr Problem anzugehen.

»Es klingt kaum nach dem richtigen Weg, um ein Kind zu bekommen«, setzte Galeran dagegen, »wenn wir uns zwei Jahre trennen.«

Statt zu streiten, drehte Jehanne sich um. »Ich dachte, du wärest vielleicht erleichtert, wenn du gehen könntest.«

»Warum denkst du so etwas?«

»Ich weiß, daß ich eine Last geworden bin, seitdem ich so viel fordere ...«

Er seufzte. »Es ist nicht die Häufigkeit, die mich stört, Jehanne, sondern diese verzweifelte Art. Wann haben wir das letzte Mal gelacht, als wir uns geliebt haben?«

»Ich glaube, ich habe vergessen, wie das ist.«

Er wollte gerade vorschlagen, daß sie es wieder lernen sollte, daß sie den Gedanken an Kinder einfach aufgeben sollten, aber er spürte, er könnte genausogut vorschlagen, daß sie zu atmen aufhören sollte. »Du denkst also, daß Gott mein Schwert in Jerusalem sehen will«, sagte er statt dessen.

Er schaffte es nicht, begeistert zu klingen. Obwohl er Kriegsübungen genoß, hatte er niemals Gefallen daran gefunden, zu töten. Er hatte oft dafür gedankt, in relativ friedlichen Zeiten leben zu dürfen.

Sie berührte leicht seinen Arm. »Mir gefällt der Gedanke auch nicht. Dich zu bitten, mich zu verlassen, Galeran, ist, als würde ich mir die Hand abschneiden.«

Und doch zeigte diese Äußerung auch die Tiefe ihres Verlangens. Er nahm sie in seine Arme. »Es ist sicherlich ein nobler Dienst, die heiligen Orte für die Pilger sicherer zu machen. Alle Christen sollten ihre Kraft daransetzen. Aber wir können nicht davon ausgehen, daß Gott es uns so zurückzahlt, wie wir es uns wünschen.«

»Er sollte es tun, denn es wird ein fürchterliches Opfer sein.« Sie sah zu ihm auf, und sie war fast die alte Jehanne, die sein Schwert genommen hatte, um sich dem Eber zu stellen. »Wenn das nicht funktioniert, Galeran, dann werde ich zu Mohammeds Religion übertreten!«
Er lachte, aber er hatte den Verdacht, daß das nicht weit von der Wahrheit entfernt war. Wenn der Gott der ungläubigen Jehanne ein Kind versprach, würde sie vor ihm knien.

Sie reisten nach London, um die anderen Kreuzritter zu treffen, Lord William und Jehannes Onkel, Hubert von Burstock, begleiteten sie. Huberts zweiter Sohn, Hugh, wollte sich ebenfalls dem Kreuzzug anschließen, aber eher aus dem Grunde, Ruhm und Land zu gewinnen.
Der Schwur war trotzdem derselbe, unabhängig von den Gründen: die heilige Stadt Jerusalem einzunehmen oder zu sterben und nicht eher zurückzukehren, als bis das Ziel erreicht war.
Galeran fügte einen stillen Schwur hinzu – daß er seiner Frau treu sein würde. Er hatte nicht gedacht, daß es ihm schwerfallen würde, da er niemals mit einer anderen Frau als mit Jehanne geschlafen hatte und auch niemals den Wunsch danach verspürt hatte. In Anbetracht ihrer Lage würde es überdies verwerflich sein, seinen Samen an Huren zu verschwenden.
Wie es vom Papst verlangt wurde, trat Jehanne vor und gab ihre Zustimmung dazu, daß ihr Ehemann so lange und so weit fort sein würde. Galeran überließ alle Geschäfte den fähigen Händen seiner Frau.
Dann verbrachten sie eine letzte Nacht miteinander, eine Nacht, die sie beide an die frühen lustvollen Nächte erinnerte.
Eine Nacht, in der ein Sohn gezeugt wurde.
Gott war wirklich gut.
Trotz der bestehenden Umstände, glaubte Galeran das immer noch, und während er in den dunklen Wäldern saß, senkte er seinen Kopf, um zu beten.

Es war Raoul, der ihn weckte.
Im stillen, grauen Morgendämmern reckte sich Galeran unter Schmerzen. Er war durchgefroren und fand sich fast in derselben unglücklichen Haltung, in der er eingeschlafen war, wieder.
»Na, versuchst du dich selbst umzubringen?« fragte Raoul und bot ihm einen Krug mit heißem, gewürztem Apfelwein an.
Galeran legte dankbar seine kalten Hände um den Krug und nippte an dem Getränk. »Ich will nicht sterben.«
»Gut.« Raoul hatte frisch gekochtes Schweinefleisch und warmes Brot mitgebracht und gab Galeran etwas davon. »Ich muß sagen, deine Familie ißt gut auf Kriegszügen.«
»Mein Vater liebte immer schon seinen Komfort.«
Sie aßen eine Weile in aller Stille, dann warf Raoul einen Knochen in die mit Tau benetzten Büsche. »Das Schloß ist noch immer verriegelt, bald wird das erste Tageslicht hereinbrechen. Was wirst du tun, wenn sie sich dir widersetzt?«
»Jehanne wird im letzten Moment doch öffnen.«
»Warum sollte sie dich hineinlassen? Sie wird doch wissen, daß es ihr nicht gut ergehen wird, und dein Schloß kann eine lange Zeit halten. Da ist eine schöne Mauer drumherum. Was noch wichtiger ist, sie könnten Hilfe von Außen erwarten und auch bekommen. Ich denke, daß dieser Raymond von Lowick die Fürsprache des örtlichen Bischofs hat, und dieser ist ein Mann, der dem König nahesteht.«
Galeran sah bei diesen Worten auf. »Das macht die Situation natürlich interessant.«
Raoul schnaufte. »Interessant? Um Himmels willen, Galeran, siehst du nicht die Gefahr, die hier lauert? Deine persönlichen Konflikte könnten mit königlichen Interessen kollidieren. Dein Vater ist besorgt.«
Galeran sprang auf die Füße und wischte die Brotkrümel von seiner Rüstung. Es war entspannend für ihn, sich über einfache politische Verstrickungen zu streiten. »Ich bezweifle, daß der

König sich einmischen wird. Wir sind zu weit nördlich. Es ist immer schon für den König gefährlich gewesen, den Süden ungeschützt allein zu lassen. Denk daran, was Harold passiert ist ...«

»Der Bischof kann auf eigene Faust etwas unternehmen«, unterbrach Raoul ihn. »Offensichtlich ist dieser Flambard ...«

»Flambard!« Jetzt war Galerans Aufmerksamkeit geweckt. »Was macht der als Bischof von Durham? Als ich England verlassen habe, war er nicht einmal Priester!«

»Er ist offenbar sehr schnell aufgestiegen. Vielleicht als Belohnung dafür, daß er das Land die letzten zehn Jahre so gut geführt hat – rücksichtslos, aber profitbringend. Also, was, wenn dieser mächtige und rücksichtslose Kirchenmann, der den König in seiner Tasche zu haben scheint, beschließt, daß der Liebhaber deiner Frau im Recht ist?«

Galeran unterdrückte den Drang, Raoul bei dem Wort Liebhaber zu schütteln. »Mein Vater ist im Norden seit dreißig Jahren eine Autorität, und er hat seinem König treu gedient, und sein Vater hat es schon vor ihm getan. Warum sollten Flambard oder Rufus sich mit Brome wegen dieser Art Schwierigkeiten anlegen?«

»Wenn du das Schloß mit Gewalt nehmen mußt ...«

»Das werde ich nicht müssen.«

Trotz des dunstigen, grauen Lichtes konnte Galeran sehen, wie sein Freund die Stirn runzelte. »Denkst du wirklich, daß sie die Tore öffnet?«

»Ja.«

»Warum, im Namen des Kreuzes, sollte sie das tun?«

»Weil es richtig ist.«

Raoul atmete ungläubig aus. »Frauen denken nicht nach, ob richtig oder falsch.«

»Jehanne tut es.« Galeran hoffte inbrünstig, daß das immer noch so war. »Aber wenn du *dieses* Argument nicht gelten läßt, wie ist es mit *diesem:* Wenn Jehanne es nicht so sehen sollte, dann wird es die Besatzung so sehen. Es sind Männer aus dem Ort, die mich kennen. Die meisten haben mir den Treueid geschworen.«

Raoul dachte darüber nach, dann nickte er. »Nun, das macht wenigstens Sinn. Ich nehme an, daß deine Männer kaum eine Wahl gehabt haben. Sie mußten deiner Lady gehorchen, als die Nachricht von deinem Tod gekommen war, da du ihr die Macht übergeben hast. Auch als sie sich einen anderen Mann genommen hatte, und ...« Raoul sah Galeran an und füllte dann seinen Mund mit dem letzten Rest des Apfelweins anstatt fortzufahren.

»Sehr weise.«

»Christi Krone«, rief Raoul aus, »du kannst nicht glauben, daß sie unschuldig ist! Nicht mit einem Baby an ihrer Brust.«

»Nein, ich glaube nicht, daß ich das kann.«

Raoul öffnete seinen Mund, dann schloß er ihn wieder. »Was wirst du nun tun?«

»Willst du noch mehr von dem Fleisch?«

Raoul schüttelte seinen Kopf. Plötzlich begann in das Schweigen hinein ein Vogel zu singen – der Vorbote des Sonnenaufgangs. Würde Jehanne es hören und es als Zeichen des ersten Lichtes erkennen?

Galeran warf den Rest des Fleisches in den Korb und ging den Weg zurück zum Lager.

Viertes Kapitel

Die Männer seines Vaters waren satt und bewaffnet, und die Pferde waren gesattelt. Ein Rammbock stand neben einer Steinschleuder. Alles war gerüstet, sein Heim zu Schutt zu zertrümmern. Galeran betrat das Zelt, in dem seine Verwandten warteten, geharnischt und bereit. Bei seiner Ankunft entstand eine plötzliche Stille.

»Ich nehme an, daß Lowick wenig eigene Männer hat«, sagte Galeran.

»Ja.« Sein Vater sah ihm in die Augen, als wäre er ein unberechenbares neues Kriegspferd. »Nur fünf, denke ich. Aber wir wissen nicht, wie es mit der Treue der anderen steht. Es sind hauptsächlich Männer aus Heywood, und für die könnte die Treue zum alten Fulk und seiner Tochter mehr zählen als die Treue zu dir.«

»Ich werde in jedem Fall nur mit meinen Männern gehen.«

»Um Gottes willen, Galeran ...«

Galeran brachte seinen Vater mit einem Blick zum Schweigen. »Ich will, daß dies meine rechtmäßige Heimkehr wird, nicht eine bewaffnete Besetzung.«

Sein jüngerer Bruder Gilbert wurde rot im Gesicht. »Wenn sie dir auch nur ein Haar krümmen, Galeran, dann werde ich Lowick langsam über dem Feuer rösten. Das schwöre ich! Und was diese Dirne angeht ...«

Galeran hielt auch ihn mit seinem Blick auf. »Niemand außer mir wird Jehanne anfassen. Niemand.«

»Fein«, sagte Gilbert mit einem wütenden Knurren, »aber ich möchte dabei zusehen!«

Bevor Galeran darauf antworten konnte, platzte ein Mann herein. »Mylords, die Tore öffnen sich!«

Gott sei Dank.

Galeran bekämpfte sein Verlangen, sich erleichtert fallenzulassen. Er drehte sich auf dem Absatz um, um sich dann als ein rachsüchtiger Herr und Meister zu zeigen, wie man es von ihm erwartete.

Aus dem Wald schallte jetzt Vogelgesang, und die Sonne rötete den Himmelsrand, sandte ihre ersten hellen Strahlen in den Morgen.

Er blickte nach Heywood, und obwohl der morgendliche Dunst die weißen Mauern in goldenes Licht tauchte, konnte man ganz deutlich die offenen Schloßtore und das ungewisse Dunkel dahinter sehen.

Heute waren keine Leute auf den Mauern – weder Soldaten noch Frauen.

Er verlangte mit einer Geste nach seinem Pferd, dem einfachen Graubraunen, den er in Stockton gekauft hatte. Raoul brachte ihm das Pferd und führte seines an der anderen Seite.

»Das geht dich nichts an«, sagte Galeran. »Meine Familie bleibt hier, um zu beobachten, ob man mich anspuckt, wenn man mich sieht. Du kannst bei ihnen bleiben.«

»Oh, ich möchte das um nichts in der Welt verpassen.«

»Ich bin froh, daß wir dir Unterhaltung bieten.«

Galeran saß auf und wandte sich an seine Männer, die kleine Gruppe, die gemeinsam mit ihm aus dem heiligen Land zurückgekehrt war. »Denkt daran, das ist mein Schloß, das von meiner Frau besetzt gehalten wird. Ich erwarte, daß wir willkommen geheißen werden. Aber wir können nicht sicher sein, wer das Sagen auf Heywood hat. Wenn es Ärger geben sollte, will ich keine Heldentaten sehen. Flieht und kehrt ins Lager zurück, um meinem Vater zu dienen. Er wird mich rächen.«

Es kam ein unzufriedenes Gemurmel auf, aber Galeran sagte: »Bei euren Schwüren, gehorcht mir!«
Dann wendete er sein Pferd in die Richtung seines Zuhauses.
Nichts bewegte sich. Das Schloß schien wie verlassen – es sah verzaubert im Morgendunst aus –, aber es konnte nicht sein, daß alle Bewohner geflohen waren. Da die umzingelnde Armee sich zurückgezogen hatte, wäre es möglich, daß einige wenige Leute sich davongeschlichen hatten, aber nicht die ganze Garnison und alle Bewohner. Auf Heywood wohnten normalerweise an die fünfzig Menschen.
Er hoffte, daß Lowick gegangen war. Das wäre ein guter Grund für die Verzögerung der Kapitulation gewesen. Wenn er diesen Mann noch töten mußte, würde es nur die ganze verworrene Situation komplizieren.
Galerans größte Furcht war, daß Jehanne und sein Sohn mit ihm gegangen sein könnten.
Er ritt wieder, ohne seinen Kopf zu bedecken, vorwärts, so daß niemand auch nur den geringsten Zweifel daran haben konnte, daß er tatsächlich Galeran von Heywood, der Herr dieser Ländereien, war. So könnte auch niemand behaupten, er hätte aus Versehen auf ihn geschossen.
Es kam kein Pfeil geflogen. Kein Armbrustbolzen flog heran, um ihn zu durchbohren. Dann war er vor den Mauern.
Er schauderte, als die Hufe des Pferdes durch das offene Tor klapperten und sie in den Schatten der dicken Steinmauern eintraten. Es gab immerhin ein Mörderloch im Torbogen, durch das man Pech oder heißen Sand schütten konnte …
Aber nichts fiel herunter, und hinten in der Zugbrücke stand die Besatzung in zwei unbeugsamen Reihen und wartete auf ihn.
Sie sahen zu Tode erschrocken aus, und das waren sie vielleicht auch.
Das nahm eine große Last von Galerans Schultern. Dieser Teil wenigstens würde gutgehen.

Er ritt in ihre Mitte, hielt an und stieg ab, das Klirren der Rüstung und das Rasseln seines Kettenhemdes waren die einzigen Laute, die zu hören waren. Er signalisierte seinen Männern, daß sie vorsichtshalber im Sattel bleiben sollten und sah sich vorsichtig um.

Hinter den unbeweglichen Soldaten liefen die Schloßbewohner nervös hin und her. Frauen preßten großäugige Kinder an ihre Leiber, alte Menschen sahen mit müden Augen zu ihm hinüber.

Wo war Jehanne?

Sie würde sicher nicht bei den Bauern stehen. Wenn dies eine normale Heimkehr wäre, dann würde sie auf den Treppenstufen warten, um ihn in aller Form willkommen zu heißen.

Aber sie war nirgendwo zu sehen.

Wenn sie mit ihrem Liebhaber geflohen wäre, sollte er sie dann laufen lassen?

Nicht, wenn sie seinen Sohn mitgenommen hatte.

Die spürbare Stille erdrückte ihn schier, verschlug ihm fast die Sprache, aber er schluckte und erhob seine Stimme. »Gibt es hier jemanden, der mich *nicht* als seinen Herren, als Lord dieses Anwesens anerkennt?«

Stille antwortete ihm, aber es war eine Stille, die Hoffnung bedeuten konnte.

Galeran wollte am liebsten nur nach Jehanne fragen, in das Schloß rennen und nach ihr suchen, aber er hatte seinen Teil des Spiels zu Ende zu spielen. Er bewegte sich würdevoll zu den Stufen und stieg hoch.

Bevor er wieder sprechen konnte, trat ein Mann vor und kniete zu seinen Füßen nieder, sein unbedecktes Haupt gebeugt. Es war Walter von Matlock, Anführer der Garnison. »Lord Galeran, seid gnädig. Wir sind unter das Kommando der Lady gestellt worden und hatten die Nachricht, daß Ihr tot seid. Wir haben gedient, wie wir es für richtig hielten.«

»Steh auf, Walter. Niemand wird leiden, weil er meiner Lady gedient hat.«

Der Anführer erhob sich, und Galeran sah Tränen der Erleichterung in seinen Augen.

Er trat schnell die Stufen hinab und küßte Walter leicht auf die Wange, gab ihm den Friedenskuß. »Alles ist wie es war, Walter. Es gibt keinen Grund, die Schwüre zu erneuern.« Er sprach laut genug, um gehört zu werden, und eine Welle der Erleichterung lief über die Zugbrücke. Die Menschen begannen zu murmeln, und als wäre nun ein Bann gebrochen, weinte ein Kind.

»Ich nehme an, daß keiner von Lowicks Leuten hier ist«, sagte Galeran leise.

»Sie gingen in der Nacht, Mylord.« Walter warf ihm einen Blick zu. »Wir haben nicht versucht, sie aufzuhalten.«

Galeran hatte sogar ein Lächeln für diese Äußerung übrig. »Du bist ein weiser Mann«, sagte er.

Er hatte Angst, aber schließlich überwand er sich: »Und Lady Jehanne?«

Der Gesichtsausdruck des Mannes wurde leer. »Erwartet Euch in der Halle, denke ich, mein Lord.«

Noch eine Last fiel von Galerans Schultern, machte, daß er sich leicht fühlte, fast zu leicht. Es war kaum zu glauben, er hatte Mühe, den Boden unter den Füßen wiederzufinden.

Aber Lowick war fort, und Jehanne war hier. Vielleicht konnte etwas getan werden, um die Scherben wieder zusammenzufügen.

Er wandte sich an Raoul und seine Männer. »Bleibt dort, kümmert euch um die Pferde, zieht ein. Oh, und schickt Nachricht an meinen Vater, daß alles in Ordnung ist und er herkommen kann.«

Dann, als die Sonnenstrahlen hereinbrachen, um den neuen Tag zu verkünden, erklomm Galeran die hölzernen Stufen zum Eingang seines Hauses.

In die Halle zu gehen, hieß in Kälte und Dunkelheit zurückzukehren, obwohl die ersten Strahlen des goldenen Lichtes sich in

den kleinen Fenstern brachen. Einen Moment lang war er wie blind, und als seine Hunde um ihn herumschwänzelten, war er überrascht, weil er sie nicht hatte kommen sehen.
Er begrüßte sie, wenigstens das war eine einfache Angelegenheit, und er nahm sich ein wenig Zeit für sie.
Dann blickte er auf und sah eine Gruppe zusammengekauerter Frauen in einer Ecke – Jehannes Frauen. Seine Frau stand ein wenig entfernt in der Mitte des großen Zimmers, ihre beiden schwarzen Jagdhunde an ihrer Seite. Sie trug ihre bevorzugten Farben – blau und beige –, und ihr langes Haar war in dicken, strammen Zöpfen gebändigt, mit blauen Bändern, die zu ihren Augen paßten. Sie stand dort ganz ruhig, als ob sie darauf wartete, einen Fremden zu begrüßen.
Ein Kloß saß in Galerans Hals, und er hätte sie gern in seiner Verzweiflung an sich gepreßt.
Aber dort, in ihren Armen, lag dieses winzige Baby.
Ihr Bastard.
Jehanne wagte es, ihm in ihrer Sünde gegenüberzutreten.
Wo war Gallot? Galeran schaute suchend umher. Weise, dachte er, ein älteres Kind, das schon mehr mitbekommt, herauszuhalten.
Er ging vorwärts, es fiel ihm auf, wie seine Rüstung rasselte und klapperte. Er hatte sie tagelang nicht ausgezogen. Er mußte stinken. Wie mußte Jehanne ihn sehen? Vielleicht kam er ihr wie ein Fremder vor. Seine Stoppeln hatten fast schon Bartcharakter, und da waren auch Narben, die ihn entstellten.
Seine Hunde hatten ihn sofort wiedererkannt. Ihre Hunde auch, sie waren nur zu gut erzogen, um ihre Herrin ohne Erlaubnis zu verlassen, aber sie wedelten mit ihren Schwänzen den Willkommensgruß.
Nur sie schien unbeteiligt.
Aber sie war nicht unbeteiligt. Als er näher kam, geriet ihre Kontrolle ein wenig ins Wanken, ihre Augen weiteten sich und

blickten angespannt. Er hätte nicht sagen können, ob sie Angst hatte oder nur überrascht war.
Er hielt vor ihr an, war erstaunt, wie wenig sie sich verändert hatte. Sie paßte fast vollkommen zu dem Bild, das er in seinen Träumen gesehen hatte.
Zwei Schwangerschaften hatten sie nicht rundlich werden lassen, obwohl ihre Brüste im Moment größer waren, zweifellos voll von der Milch für den Bastard. Abgesehen davon war sie vielleicht eher ein wenig dünner und blasser geworden, als er sie in Erinnerung hatte, aber sie war genauso schön wie früher. Ihre Haut hatte noch immer die perlenhafte Durchsichtigkeit, die ihn damals schon fasziniert hatte, ihre Augen strahlten noch immer in klarem Blau. Ihr Haar erinnerte ihn immer noch an wie von Feenhand gesponnene goldene und silberne Fäden, und einige Strähnen hatten sich wie immer losgemacht, um ihr Gesicht einzurahmen.
Warum, Jehanne? Warum?
Auch wenn sie die stille Frage gehört hatte, sie antwortete nicht. Sie sah ihm nur still in die Augen. Er nahm an, daß es nicht viel zu sagen gab, und sicher würde sie nicht wie Walter auf ihre Knie fallen, um ihn um Gnade anzuflehen.
Er wußte, daß sie eher sterben würde.
»Lowick?« fragte er.
»Ist fort.« Gar nicht wie ihre vertraute Stimme kam es rauh aus ihrem Mund.
»Wollte er, daß du mit ihm gehst?«
»Ja. Aber ich bringe ihm ohne Heywood keinen Nutzen.«
Aber dann warum? Warum sollte sie sich einem Mann hingeben, der sie so wenig schätzte? Hat er dich belogen? Ich dachte, es wäre unmöglich, dich zu belügen.
»Wolltest du mit ihm gehen?«
Sie hielt das Kind ein wenig dichter an sich. »Ich hatte Angst, zu bleiben«, flüsterte sie.
»Aber du bist geblieben.«

Mit all ihrer Fassung fügte sie hinzu: »Ich bin deine Frau, und dies ist mein Zuhause.« Galeran sah an ihr vorbei auf die ängstlichen Frauen, nahm sich einen Moment Zeit, um nachzudenken. Ein Gesicht sah eher finster als gebeutelt drein. Es war Jehannes derbe junge Cousine Aline. Er hatte vergessen, daß sie St. Radegunds Kloster verlassen hatte, um Jehanne während seiner Abwesenheit Gesellschaft zu leisten. Was hatte diese Beinahe-Nonne mit all dem zu tun und warum starrte sie *ihn* so finster an?

Sein liebster und intelligentester Hund, Grua, spürte die Stimmung, die in dem Raum lag, und winselte, drückte sich näher an Galeran heran.

Wie hatte er annehmen können, daß diese ersten Momente mit Jehanne ihm Antworten geben würden? Oder ihm irgend etwas Angenehmes enthüllen würden? Sie hatte nicht abgestritten, daß sie mit Lowick gehen wollte, und sie hatte ebenso gesagt, daß es nur ihre Pflicht war, die sie im Haus gehalten hatte.

Jehanne war immer sehr pflichtbewußt gewesen.

Also warum hatte sie getan, was sie getan hatte?

Wenn sie wirklich gedacht hatte, daß er tot sei, warum hatte sie ihren Liebhaber nicht geheiratet?

Entfernte Geräusche verrieten ihm, daß sein Vater an der Zugbrücke angekommen war. Er machte den Schloßbewohnern bereits die Hölle heiß. Die bellende Stimme wurde deutlicher, als Lord William begann, die Stufen zur Halle hinaufzusteigen, noch immer alle und jeden ausscheltend für diesen Affront gegen die Ehre seiner Familie.

Galeran ging zurück zu Jehanne. »Gib das Baby an seine Amme.«

Jehannes Augen weiteten sich ein wenig, aber nach kurzem Zögern gehorchte sie und reichte das schlafende Kind weiter.

»Knie nieder«, sagte er leise, und paßte den Moment ab, in dem sein Vater eintrat. Dann schlug er seine Frau.

Einen Moment lang hielt sie ihr Instinkt noch auf den Füßen, ein Anflug von Wut war in ihren Augen, aber dann brach sie zusammen, die Hand an ihre gerötete Wange haltend.
Ihre Hunde sprangen herbei, um sie zu verteidigen, aber Galeran ergriff dennoch ihren Arm. Er war in Rüstung. Die Hunde hatten keine Chance.
Vielleicht zischte sie deshalb: »Sitz!«
Galeran wollte sie zu sich heraufziehen, aber der brutalere Eisengriff von Lord William hielt ihn davon ab. »He, Junge, wir wollen nicht, daß du sie tötest.«
Er löste Galerans Hände von Jehanne und stieß ihn in die Arme von Will und Gilbert. Dann ging er vorwärts und half seiner sündigen Schwiegertochter auf. Er schalt sie aus, aber versicherte ihr gleichzeitig, daß sie in seinem Schutz sicher wäre.
Gilbert grummelte: »Du hättest sie schlagen sollen, bevor Vater hereinkam. Du weißt doch, wie weichherzig er mit Frauen ist!«
Will sagte: »Einerseits stimme ich Gil zu. Jetzt, da er ihr seinen Schutz versprochen hat, wird er es nicht zulassen, daß du sie berührst.«
»Du kannst ein Kirchentribunal einberufen, um ihr eine Buße auferlegen zu lassen«, grübelte Gilbert. »Vater darf sich da nicht einmischen. Oder wenn du sie in ein Kloster schickst, dann verordne ihr tägliches Auspeitschen, ein Jahr lang ...«
Galeran ließ das alles an sich vorbeirauschen. Er hatte es geplant, daß sein Vater ihn stoppen sollte, er wußte, daß das der beste Weg war, die Wut seines Vaters zum Schmelzen zu bringen. Und die einzige Möglichkeit, Lord William auf Jehannes Seite zu bringen, war, daß er, Galeran, sie schlug.
Er schickte ein inbrünstiges Gebet gen Himmel, er brauchte Kraft und Klarheit.
Er befreite sich aus dem Griff seiner Brüder und ging auf Jehanne und seinen Vater zu. Er beruhigte ihre Hunde und sagte dann: »Vater, ich möchte mit meiner Frau unter vier

Augen sprechen. Ich verspreche, daß ich sie nicht noch einmal schlagen werde. Wenigstens heute nicht.«

Als sie seinen Tonfall hörten, sprangen die Hunde zwischen Jehanne und ihn, als ob sie sie trennen wollten. Jehanne beruhigte sie und schickte sie dann auf die andere Seite der Halle.

Lord William schien genauso besorgt wie die Hunde, aber er trat zurück. »Also dann fort mit euch.«

Galeran ergriff Jehannes Arm und zerrte sie in das Schlafgemach. Er wußte, daß sein Griff zu fest war, aber seine Wut schien in seine Hand gewandert zu sein, und er konnte sie nicht kontrollieren. Das letzte Mal als er so unfähig gewesen war, sich unter Kontrolle zu halten, war in seiner Hochzeitsnacht.

Angestautes Verlangen brodelte in ihm hoch, es drohte, ihn jeden Moment zu überwältigen. Wieder war er wie ein toter Baum, der durch einen Funken lichterloh brennen würde.

Er hatte außerdem jedes Recht dazu. Jedes Recht, Jehanne zu Boden zu werfen und ihren Körper zu genießen. Jedes Recht. Auch wenn er drauf und dran war, sie fortzujagen.

Er drängte sie in den Raum hinein, schlug die Tür zu und stieß sie mit einer Brutalität von sich, die sie taumeln ließ. Er sah, daß ihr Gesicht rot war und anschwellen würde. Trotz seines Versprechens seinem Vater gegenüber sah sie so aus, als erwartete sie noch mehr Schläge.

Er drehte sich abrupt um, um die Breite des Raumes zwischen sie zu bringen. »Es tut mir leid. Ich scheine heute brutal zu sein.«

»Ich denke nicht, daß du dich dafür rechtfertigen mußt.« Sie sprach sanft, aber jedes Wort war deutlich.

»Diese Brutalität hilft uns nicht weiter, Jehanne ...«

»Dieser Schlag schon.«

Er drehte sich um, lehnte sich gegen die Wand, die Arme verschränkt. »Ich wollte dich wieder schlagen, Jehanne.«

»Wenn die Dinge andersherum lägen, dann hätte ich dich *töten* wollen.«
Er sah sie an, versuchte zwischen den Zeilen zu lesen. »Hättest du das wirklich getan?«
Jetzt war sie es, die sich fortdrehte. Sie machte sich an den Bettvorhängen zu schaffen. Ihr Bett. Wo sie und Lowick …?
»Nein«, sagte sie. »Ich würde dich nicht tot sehen wollen. Aber ich hätte gewollt, daß du bestraft wirst. Ich hätte einen Weg gefunden, um dich leiden zu lassen.« Sie wurde plötzlich steif. »Welche Strafe, Galeran? Spiel nicht mit mir.«
»Was würde dir am meisten weh tun? Schläge? Nein.« Er *spielte* tatsächlich mit ihr und war nicht stolz darauf, aber er konnte nicht anders. »Dir das Baby wegnehmen, denke ich …«
Sie erstarrte und wurde leichenblaß. »Galeran!«
Beschämt stieß er sich von der Mauer ab, um zu ihr zu gehen. »Nicht doch, Jehanne. Ich meinte es nicht …«
»Haben sie es dir nicht gesagt?«
»Mir was gesagt?«
Sie machte kehrt und rannte in die Halle. Ohne anzuhalten, nahm sie sich einen vollen Krug mit Bier, schüttete ihn in Lord Williams Gesicht und warf den Steinkrug gleich hinterher. Glücklicherweise war er schnell genug, sich zu ducken, und der Krug zerschellte an der Mauer.
Er hörte Jehanne schreien: »*Warum habt Ihr es ihm nicht gesagt? Wie konntet Ihr es ihm nicht sagen?*«
Er griff nach ihr, bevor seinem Vater vielleicht einmal in seinem Leben Zweifel kamen und er doch eine Frau schlug. »Mir *was* nicht gesagt?«
Sie lag steif in seinen Armen, steif wie eine Leiche.
Die Hunde waren wieder um sie herum und winselten.
Lord William wischte sein rotes Gesicht ab. »Ich dachte, du hättest genug Schläge erhalten, mein Junge …«
»*Mir was nicht gesagt?*«

»Gallot ist tot, Galeran«, sagte Jehanne eisig. »Es war alles umsonst. Er ist tot.«
In die Stille hinein sagte Galeran: »Vergiß nicht den Rest, du eiskalte Hure. Du hast ihn getötet, damit der Weg frei ist für den Bastard deines Liebhabers.«

Galeran befahl, seine Frau in ein bewachtes Zimmer zu bringen, in den kleinen Stillraum neben dem Schlafzimmer – mehr, um sie vor anderen zu schützen als sie zu bestrafen. Er konnte nicht einmal mehr daran denken, verstehen zu wollen, was in seiner Abwesenheit passiert war, und er war auch nicht bereit, es zu versuchen.
Er zog sich allein ins Schlafzimmer zurück, sah, ohne etwas zu sehen, aus dem kleinen Fenster.
Sein erstgeborener Sohn war tot, bevor er ihn je halten konnte, und einige Menschen hatten Jehanne in Verdacht, daß sie in irgendeiner Weise für den Tod verantwortlich war. Soviel hatte er aus den Gerüchten herausgehört, bevor er sich zurückgezogen hatte.
Später.
Er würde es später überdenken.
Er brauchte Schlaf, aber er wußte, daß sein gequälter Geist den Schlaf nicht zulassen würde. Es war erst morgens, ein ganzer Tag, den er noch überstehen mußte.
Sein erster Tag zu Hause.
Er lachte bitter und wandte sich vom Fenster ab.
Tränen brannten in seinen Augen, sie schmerzten mehr als eine Wunde.
Nein. Noch nicht.
Er würde noch nicht weinen, denn wenn er damit beginnen würde, war er sich nicht sicher, ob er je wieder aufhören könnte damit.
Sein Blick blieb an einer elfenbeinernen Rose hängen, die auf ihrem angestammten Platz auf dem kleinen Tisch neben der

Wand stand. Er mußte doch glauben, daß sie ihr etwas bedeutete. Hatte die Rose die ganze Zeit während seiner Abwesenheit dort gestanden, auch wenn sie …?

Er nahm sie hoch, das abgebrochene Blatt fiel hinunter. Während er einen Fluch murmelte, versuchte er linkisch, es in das weiche Wachs zurückzudrücken, damit es wieder hielt. Dann erstarrte er, mußte den Drang bekämpfen, alles zu zerbrechen, obwohl die scharfen Kanten seine Hand zerschneiden würden. Er atmete tief ein und legte die Rose zurück, obwohl die Blüte zerstört war.

Er ging zu seinem großen Stuhl in der Halle und wies seine Wachen an, ihm Bericht darüber zu erstatten, was sie während seiner Abwesenheit getan hatten, um seinen Besitz zu verwalten. Eigentlich war es ihm egal, aber er konnte doch sehen, daß Heywood gut betreut worden war.

Es entging ihm dennoch nicht, wie sie ihn alle ansahen. Auf den Gesichtern einiger Männer entdeckte er versteckten Spott, der besagte, daß sie nicht annahmen, er hätte genug in der Hose, um mit seiner sündigen Frau umzugehen, daß er ihr vergeben würde, ohne mit der Wimper zu zucken. Einige sahen ihn vorsichtig an, als erwarteten sie, er würde jeden Moment einen Wutanfall bekommen.

Es war möglicherweise richtig gewesen, daß er sie geschlagen hatte, damit jemand ihre Partei ergriff. Galerans Vater hatte Will zurück zum Lager und Gilbert zurück nach Brome geschickt, aber er blieb in der Nähe, um das Schloß zu beobachten, falls Galeran wieder gewalttätig werden sollte.

Und Galeran war froh darüber, daß jemand da war, der sicherstellte, daß er es nicht wurde.

Fünftes Kapitel

Wenn man sich sehr bemüht, kann man eine lange Zeit damit verbringen, einen Überblick über zwei Jahre Abwesenheit zu erhalten. Man kann sich dabei mit so vielen Nebensächlichkeiten befassen, daß kein Raum mehr bleibt für anderes.

Für ein totes Kind …

Für eine untreue Frau …

Galeran versuchte es verzweifelt.

Als man ihm Bericht erstattet hatte, begab er sich, begleitet von seinen Hunden, auf einen Rundgang durch sein Schloß.

Er wußte, daß Jehanne, egal was passiert war, das Anwesen vorbildlich geleitet hatte, aber er ging alle Berichte durch und besprach die Dinge mit jeder Person im Schloß, die einige Wichtigkeit besaß.

Als er sich dabei selbst über die Schulter sah, wie er sich mit der Leiterin der Wäscherei über das Färben von Stoffen unterhielt, wußte er, daß er verrückt geworden war. Als er die Babywäsche sah, die draußen zum Trocknen hing, ging er mitten in der Unterhaltung fort.

Er konnte dem dennoch nicht entfliehen. Es schienen überall Dinge zu sein, die an Babys erinnerten.

Ihm fiel die Rechnung für die Wiege in die Hände, die der Tischler für Gallot gefertigt hatte. Er konnte nicht umhin, sich zu fragen, ob dieser Kuckuck im selben liebevoll gebauten Nest saß.

Ein kleines Pony kaute Heu im Stall. Jehanne hatte es Wochen vor Gallots Geburt gekauft, damit es bereits für ihn zugeritten werden konnte. Wenn er noch leben würde, könnte er vielleicht schon auf seinem Rücken sitzen.
In einem der Bücher sah er den Preis für ein kleines Paar Schuhe aus weichem Leder – genau richtig für ein Kind, das gerade seine ersten unsicheren Schritte machte.
Diese Dinge brachten ihn fast zum Wahnsinn, aber er schob sie von sich fort und konzentrierte sich auf praktische Dinge – neue Gehege für die Tiere, den Pfeilevorrat, die Kornernte des letzten Jahres.
Nicht lange nach Mittag fand Raoul ihn außerhalb der Mauern, wie er nahe der Weide die trächtigen Stuten beobachtete. Raoul brachte ihm Brot, Huhn und Wein. »Deine Dienerschaft ißt in der Halle.«
»Ich bin nicht hungrig.«
»Iß!« Raoul drückte ihm ein Hühnerbein in die Hand. »Wenn Du umfällst, kannst Du erst recht keine Probleme lösen.«
Ohne Appetit riß Galeran mit seinen Zähnen ein Stück Fleisch vom Knochen ab. »Bist Du meine offizielle Krankenschwester?«
»Nur dein Freund.«
Galeran drehte sich um und lehnte sich an den Zaun, betrachtete die gesunden Pferde. »Als einen Freund frage ich dich, was würdest du in meiner Lage tun?«
Raoul grinste müde. »Es *sehr* langsam angehen lassen und meiner Frau aus dem Weg gehen. Ich denke, daß auch Eierlegen faszinierend sein kann.«
Galeran überraschte sich dabei, wie er lachte. Er ging mit Raoul zum Schloß zurück und begann, die Versorgung des Hühnerstalls zu begutachten.
Gegen Abend hatte er eine gewisse innere Balance zurückgefunden. Der scharfe Stachel des Schmerzes in seiner Brust war zwar nicht verschwunden, aber die Wunde war wenigstens ein wenig verkrustet.

Wie er angenommen hatte, war auf Heywood alles in Ordnung. Sogar Lowicks Arbeiten waren effizient gewesen, wahrscheinlich weil er gedacht hatte, dies würde einst sein eigener Besitz werden. Er wurde aber von den Angestellten nicht sehr gemocht, und die Freude über Galerans Rückkehr schien echt zu sein. Das half.

Galeran hatte niemanden über Jehanne befragt. Bemerkungen der Dienerschaft zeigten ihm jedoch, daß die Menschen hier immer noch etwas für sie empfanden, und er fand das richtig. Er wollte, daß sie geliebt und verehrt wurde, so wie es immer gewesen war.

Er wollte, daß sie vor ihm geschützt wurde.

Er gewann den Eindruck, daß sie in diesem letzten Jahr seiner Abwesenheit nicht glücklich gewesen war, und auch das begrüßte er. Er hätte die Vorstellung von einer glücklich strahlenden Jehanne nicht ertragen können.

Als die Sonne sich zum Horizont senkte, entschied Galeran, daß er sich endlich ein wenig Ruhe gönnen sollte und ging in Richtung Schlafgemach. Er war auf der Zugbrücke, als er wie erstarrt stehenblieb. Es fiel ihm ein, daß ein gründliches Bad notwendig wäre, wenn er nicht das Bett beschmutzen wollte, in dem er schlief.

Das erinnerte ihn daran, daß Jehanne ihn immer gebadet und rasiert hatte.

Ohne über seine Beweggründe nachzudenken, ließ er ihr die Anweisung zukommen, daß sie sich für diese Aufgabe vorbereiten sollte.

Dann fiel ihm ein, daß er immer noch in der Rüstung steckte. Er mußte lächerlich gewirkt haben, als er in voller Rüstung die Verwaltung und das Anwesen inspizierte, aber er nahm an, daß er ohnehin lächerlich wirken müßte, egal was er täte. Er ging in den Waffenraum und ließ sich vom Schmied helfen, sich aus dem Metall und dem gesteppten Leder zu schälen.

Es fühlte sich gut an, endlich von dem Gewicht befreit zu sein.

Als das Kettenhemd ausgezogen war und er nur noch in seinem verschmutzten Leinenhemd und den wollenen Hosen dastand, reckte er sich zum ersten Mal seit Tagen wie befreit. »Meine Haut ist wahrscheinlich fürs Leben gezeichnet.«

»Haut erholt sich, Mylord«, sagte der Schmied, »das ist jedenfalls eher wahrscheinlich als bei einer Rüstung.« Er begutachtete die Rüstung und zog eine Grimasse. »Ich fürchte, Ihr werdet eine neue benötigen.«

»Wahrscheinlich. Aber halte diese in Ehren. Sie war in Jerusalem.«

Der kritische Ausdruck des Mannes wich einem ehrfürchtigen, und er faßte die rostige Rüstung vorsichtig an. »Jawohl, Mylord, das werde ich.« Er sah fast schüchtern auf. »Strahlt sie, Mylord? Die Heilige Stadt?«

Galeran seufzte. »Es ist nur eine Stadt, Cuthbert, mit Häusern, Lokalen, Märkten und Huren. Sie erinnert uns alle daran, daß Gott auf die Erde gekommen war und wie ein Mensch lebte, genau wie alle anderen Menschen. Ich war auch in Bethlehem, das ist nur ein Dorf, es unterscheidet sich nicht wesentlich von Hey Hamlet.«

Es war klar, daß Cuthbert ihm nicht glaubte und sogar Zweifel daran hatte, ob Galeran überhaupt im Heiligen Land gewesen war.

Überzeugungen der Menschen sind Zufallsprodukte und schwer zu verändern.

Manche Leute haben geglaubt, daß Jehanne ihr Kind getötet hatte ...

Galeran atmete tief ein und ging zurück zum Schlafgemach. Er traf Raoul am Fuß der Stufen und stellte fest, daß sein Freund sich offensichtlich auch zu einem Bad entschlossen hatte.

»Hast also deine Rüstung doch noch ausgezogen, wie ich sehe«, bemerkte Raoul.

»Glaube es oder nicht, Kindermädchen, ich hätte sie schon

Stunden vorher ausgezogen, wenn es mir jemand vorgeschlagen hätte. Sie ist schon zu einer zweiten Haut geworden.«
»Ich nehme an, du hast Buße getan.«
»Warum hätte ich Buße tun sollen?«
»Ich habe nie gesagt, du *solltest* es tun. Dein Vater wies mich an, sicherzustellen, daß du deine Frau nicht umgebracht hast, und dann ging er zurück, um die Nacht in seinem Zelt zu verbringen. Hast du Lust auf eine Partie Schach?«
»Nein. Ich werde jetzt ein Bad nehmen.«
Raoul rümpfte seine Nase. »Das ist bestimmt auch nötig.«
»Und meine Frau wird mich waschen.«
»O nein!«
Galeran sah ihn scharf an, und Raoul nahm einen unschuldigen Gesichtsausdruck an. »Habe ich in diesem Fall dein Wort, daß du sie nicht ertränken wirst?«
»Ja. Und nun geh, erkunde die Mägde hier. Ich bin sicher, daß du eine finden wirst, die nach deinem Geschmack ist. Aber fang nichts mit Jehannes Frauen an.«
Raoul schnitt eine Grimasse. »Galeran, auch wenn ich damit meinen Kopf riskiere, muß ich dir sagen, daß du das Geschehene nicht einfach ignorieren kannst. Sogar die Leute hier, die sie alles in allem zu bewundern scheinen, erwarten, daß sie eine Strafe erhält.«
»Was, zum Kreuz, erwarten sie? Daß ich sie auf der Zugbrücke pfähle?«
Raoul zuckte mit den Schultern. »Eine ordentliche Tracht Prügel könnte die Luft reinigen. Und dann mußt du den Bastard loswerden ...«
Galeran ging einfach an ihm vorbei die Stufen hinauf.
Gott weiß warum, aber es gab einen Teil in ihm, der so sehr danach dürstete, sie zu verprügeln, wie seine Leute und seine Brüder. Wahrscheinlich wartete der größte Teil von Northumbria darauf, Jehanne endlich schreien zu hören.
Aber er konnte es nicht tun.

Er könnte es niemals tun.

Und er konnte sich auch nicht vorstellen, Jehanne das Baby aus den Armen zu reißen.

Als er die Tür zur Halle erreichte, fiel ihm plötzlich ein, daß er gar nicht wußte, ob es ein Junge oder ein Mädchen war.

Er betrat den großen Raum und fand ihn so vor, wie er früher an den meisten Abenden gewesen war. Zwei von Jehannes Frauen saßen im Fensterlicht und spannen und tratschten. Sie warfen ihm einen kurzen Blick zu und sprachen leiser. Diener waren damit beschäftigt, Tische für das Abendessen aufzustellen, und einige bewaffnete Männer saßen an einem Tisch und spielten Würfelspiele. Jeder im Raum sah ihn an und wandte sich dann wieder seinen eigenen Dingen zu.

Jeder hier erwartete Gewalt.

Sie würden enttäuscht werden.

Er hoffte es.

Würde Jehanne ihm gehorchen und sich bereitmachen, ihn zu baden? Er nahm es an. Es war ihre *Pflicht*.

Raouls Pläne für den Abend erzeugten in ihm andere Gedanken, er dachte an Sex mit Jehanne.

Trotz seiner Erschöpfung dachte er daran, mit jemandem Sex zu haben. Als er sich am vorangegangenen Tag Heywood genähert hatte, hatte er damit begonnen, die strikte Kontrolle zu lockern, der er sein Verlangen unterworfen hatte. Und wie bei einem Strom, dessen Dämme geöffnet worden waren, war es nicht möglich, dies rückgängig zu machen.

Er stellte fest, daß sein Körper den ganzen Tag vor Verlangen geglüht hatte, und jetzt schlugen die Flammen höher und wurden heißer. Eine plumpe, naseweise Magd blickte ihn schüchtern an, und als sie bemerkte, daß sie seine Aufmerksamkeit hatte, schwenkte sie ihre Hüften einladend und benetzte ihre Lippen mit ihrer Zunge.

Sicher, er war an seinen Schwur nicht länger gebunden. Wenn eine Partei einen Vertrag brach, wurde der Vertrag ungültig.

Aber er verzehrte sich nicht nach *irgendeiner* Frau.
Er verzehrte sich nach Jehanne.
Er wandte sich von dem Landmädchen ab und durchquerte die Halle in Richtung Schlafgemach. Jehanne war seine Frau und war noch immer verpflichtet, seinen Wünschen und Bedürfnissen nachzukommen. Um ehrlich zu sein, hatte er nie wirklich eine andere Frau begehrt und tat es auch jetzt nicht.
Er erstarrte, als er die Wache an der Tür zum Bad sah. Das konnte nur bedeuten, daß Jehanne dort war und daß seine Anweisungen, sie zu bewachen, wörtlich genommen worden waren. Plötzlich wurde ihm klar, daß er ihr in einem Zustand zügelloser Erregung gegenüberstehen würde.
Nach einem Moment der Anstrengung war er überzeugt, daß der pure Wille nichts ändern würde, also ging er in den nahegelegenen Ankleideraum und änderte den Zustand mit anderen Methoden. Mit dem Bild Jehannes, das in seinem Kopf brannte, und sie selbst nur ein paar Schritte entfernt, war das sowohl befriedigend als auch bitter frustrierend.
Er war jedenfalls jetzt in der Lage, einigermaßen ruhig zu scheinen, als er den Baderaum betrat.
Der Raum war ihm schmerzlich vertraut.
Der große Eichenzuber war mit dickem Leinen ausgelegt und war halbvoll mit dampfendem, nach Kräutern duftendem Wasser. Zusätzliche Eimer, sowohl mit heißem als auch kaltem Wasser, standen bereit. Tücher zum Trocknen hingen daneben auf einem Ständer, nahe genug am Ofen, damit sie warm wären, wenn sie benutzt wurden.
Sie erwartete ihn, locker gekleidet, die Ärmel aufgerollt und ihr Haar zusammengebunden, damit es nicht im Weg war. Schade! Er hätte es so schön gefunden, wenn es im Weg wäre ... Er spürte erneut unbefriedigte Lust.
Wie würde sie reagieren, wenn er sagte: »Leg dich aufs Bett. Ich will dich vögeln.« Er hätte niemals in seinem Leben so etwas Ungehobeltes zu ihr gesagt.

Aber wie konnte er zu ihr sagen: »Komm ins Bett. Ich möchte mit dir schlafen?«

Wie konnte er mit einer Frau schlafen, die einen anderen liebte?

Wie ein Faustschlag übermannte ihn die Frage, die er den ganzen Tag weit weggeschoben hatte. Liebte Jehanne Lowick? Hatte sie dem Ehemann, der ihr aufgezwungen worden war, immer etwas vorgespielt?

Wünschte sie sich, daß Galeran tot war, damit sie für immer mit Lowick zusammensein könnte? Lowick war immerhin größer, breiter, besser aussehend ...

Aber wie konnte eine starke, intelligente Frau einen Mann lieben, der nur ihren Besitz wollte?

Er stellte fest, daß er eine peinlich lange Zeit still dagestanden hatte, und begann dann, seine stinkende Kleidung abzustreifen. Er war dennoch nicht so weit heruntergekommen, daß er versuchen würde, in seinem Zustand körperliche Intimität herzustellen. Jehanne war immer schon sehr anspruchsvoll gewesen.

Aus diesem Grund bat er sie nicht darum, ihm beim Entkleiden zu helfen, und nachdem er sich ausgezogen hatte, öffnete er die Tür und warf die Kleider hinaus in die Halle. »Hol jemanden, der das Zeug verbrennt«, befahl er der Wache.

Dann wendete er sich um und ertappte Jehanne dabei, wie sie ihn eingehend betrachtete. Es erinnerte ihn nur zu deutlich an die Zeit in seinem Gemach, einen Tag bevor sie heirateten – an den Moment, in dem sie seine Kleider aus dem Fenster geworfen hatte. Doch heute spiegelte sich in ihrem Gesicht keinerlei Beschämung, nur ein eher objektives Interesse.

»Ein paar zusätzliche Narben«, sagte er.

Wünschte sie sich, daß er tot wäre?

Wenn sie *das* wünschte, dann würde er es auch lieber sein.

Als er in den Bottich stieg und das Gefühl von heißem, kräuterparfümiertem Wasser auf seiner Haut spürte, entwich ihm ein unfreiwilliger Seufzer des Entzückens. In diesem Moment waren andere Wünsche und andere Schmerzen vergessen.

Sie begann an seinen Füßen. »Wie lange ist es her, daß du ein Bad gehabt hast?«

Er lehnte seinen Kopf zurück und schloß seine Augen. »Monate. Aber bis zur letzten Woche habe ich meine Unterwäsche noch regelmäßig gewechselt.« Er sagte nicht, daß er sich geweigert hatte, in Brügge für derlei Komfort haltzumachen, weil er so begierig darauf war, sie endlich wiederzusehen. Vielleicht erriet sie es, denn sie fragte nicht weiter nach.

Sie schrubbte seine Füße und schnitt seine Fußnägel, dann bearbeitete sie seine Beine. Manchmal schmerzte das kräftige Schrubben, aber er beschwerte sich nicht. Er wußte, daß sie nur sichergehen wollte, daß keine unerwünschten Bewohner auf seiner Haut zurückblieben.

Sie hielt an seinen Hüften inne und trat hinter ihn, um mit seinen Armen zu beginnen.

Galeran wäre fast eingeschlafen. Fast, aber nicht ganz. Dieses Zwischenspiel war zu kostbar, um es zu verpassen. Wenn er sich gehenließe, hätte er sich vorstellen können, er wäre in der Vergangenheit und Jehanne wasche ihn nach einem harten Tag auf der Jagd.

Sie war immer sauber, wenn sie zu ihm kam, um ihn zu waschen, denn das Baden war immer gefolgt von Liebemachen und sie wollte, daß sie dann beide sauber wären. Ob sie wohl jetzt auch sauber war? Wenn er daran gedacht hätte, hätte er die Wache fragen können, ob Lady Jehanne heute ein Bad genommen hätte.

Jetzt seine Brust. »Gott sei Dank hast du hier nicht so viele Haare«, murmelte sie. »Ich habe schon ein Dutzend Läuse abgesammelt.«

Fast hätte er gelächelt. Es tat gut, sie schimpfen zu hören. Aber seine Erbauung verging. Diese angenehmen Momente würden gar nichts lösen.

Wollte er Jehanne als seine Frau behalten?

O ja.
Auch wenn sie Lowick liebte?
Ja.
War es *klug*, Jehanne als seine Frau zu behalten?
Er wußte es nicht.
War es überhaupt *möglich*, Jehanne als seine Frau zu behalten, nach ihrem offenen Ehebruch und nachdem man sie des Mordes verdächtig hatte? Letzteres war mit Sicherheit nicht wahr, aber ihre Untreue konnte nicht ignoriert werden.
Würde er sie schlagen müssen, um sie beide zu erlösen?
Sie wusch seinen Leib ab, aber wieder hielt sie kurz vor seinen Geschlecht inne.
»Beug dich nach vorn.«
Als er ihr Folge leistete, damit sie an seinen Rücken herankommen konnte, sah er den schmutzigen Schaum auf dem Wasser.
»Es tut mir leid. Ich hätte nie gedacht, daß du dich jemals mit mir in so einem Zustand abgeben mußt.«
»Wenn es mich stören sollte, kann ich mir einige Gründe vorstellen, warum du mir das auferlegen könntest.«
Typisch Jehanne. Manchmal würde das Leben viel einfacher sein, wenn sie einer Konfrontation aus dem Weg ginge oder sich erlauben würde, eine höfliche Lüge anzubringen.
Nach einem Moment fügte sie hinzu: »Wenn etwas von diesem Schmutz aus dem heiligen Land ist, dann sollten wir einen Schrein bauen und ihn darin aufbewahren.«
Er konnte nicht sagen, ob sie es ernst meinte oder nicht. »Nein. Ich hatte ein gründliches Bad in Konstantinopel. Sie nehmen dort das Baden sehr ernst. Es würde dir gefallen.« Er fuhr fort, diese wunderschöne Stadt zu beschreiben, die verschnörkelten Bäder und die sinnlichen Baderituale. Erst als es zu spät war, fiel ihm ein, daß das ein Gespräch mit der Jehanne aus seinen Träumen war, nicht ein Gespräch mit seiner untreuen Frau.
Sie hörte mit dem Waschen auf und holte einen kleineren Krug, um sein Haar zu waschen. »Soll ich es schneiden?«

»Ich bin sicher, das wird es leichter machen.«

Sie führte geschickt das scharfe Messer, und schnitt sein Haar ziemlich kurz, kürzer als es modern war. Das Gefühl, wie ihre Finger sich auf seinem Haar anfühlten, war fast unerträglich erregend. Dann seifte sie das Haar dreimal ein, bevor sie es sorgfältig kämmte und es von Nissen befreite. »Es ist nicht allzu schlimm«, sagte sie. »Eine gründliche Reinigung sollte die Läuse fernhalten. Soll ich dich rasieren, oder hättest du es lieber, wenn es einer der Männer täte?«

Er sah zu ihr hoch. »Solltest du vorhaben, mir die Kehle durchzuschneiden, dann hättest du es bereits getan.«

»Man verbrennt Frauen, die ihre Ehemänner töten.«

Er sah sie an, versuchte in den Worten eine tiefere Bedeutung zu finden, aber dann seufzte er und schloß seine Augen. »Ja. Rasiere mich.«

Als sie die scharfe Kante der Klinge ansetzte, um seinen stoppeligen Bart abzuschaben, fragte er sich, wie lange er in diesem Ödland überleben konnte, ohne daß er sich selbst die Kehle durchschneiden würde.

Einmal dachte er, sie würde mit ihren Fingern die Narbe über seinem Kinn nachfahren, aber sie sagte nichts. Dann wischte sie die Seife fort. »Steh auf, und ich werde das Wasser zum Abspülen holen.«

Er stand auf, ein wenig irritiert durch ihre Sanftheit. »Du hast einige Teile von mir vergessen.«

Sie drehte sich um, fast wie in höchster Not, und da wußte er, daß sie überhaupt nicht ruhig war. Aber da sie Jehanne war, gab sie nicht nach. »Das Wasser ist jetzt zu schmutzig. Ich werde dich erst abwaschen.«

Sie wusch ihn mit sauberem Wasser. Dann, ohne spürbares Zögern, seifte sie ihren Lappen ein und begann, seine Genitalien zu waschen. Im ersten Moment hielt er den Atem an, und in Sekunden war er hart.

Ihre Hände zitterten. »Galeran?«

Der zitternde Tonfall enthüllte den wahren Zustand ihrer Nerven. Es schwang ein Ton der Unterwerfung mit, Zustimmung zu allem, was er verlangen würde. Wenn er sagen würde: »Nimm mich in den Mund. Säubere mich mit deiner Zunge«, dann würde sie es tun.

War das alles, was zwischen ihnen übrig geblieben war – Angst und Buße?

»Ich werde es tun.« Er nahm den Lappen und beendete die Reinigung, dann ging er aus dem Bad und spülte die Füße ab.

Sie hatte sich wieder gesammelt und hielt die Tücher bereit, aber er sah, daß sie ihre Augen gesenkt hielt. Jehanne, die nur in der Kirche ihren Blick senkte. Er rubbelte sich trocken, dann wickelte er ein sauberes Tuch locker um seine Hüften und setzte sich auf eine Bank.

Endlich sprach er die Worte aus, die er den ganzen Tag vermieden hatte: »Erzähl mir von Gallot.«

Sie faltete gerade ein Handtuch zusammen und erstarrte. »Er ist tot.«

»Ich weiß das. Wann ist er gestorben?«

»Vor zehneinhalb Monaten.«

Er hatte das Gefühl, sie könnte es genau in Tagen, Stunden sogar in Herzschlägen ausrücken.

»Wie ist er gestorben?«

Sie beendete das Zusammenfalten mit unbeholfenen Bewegungen, die gar nicht typisch für sie waren. »Er starb einfach.«

»Kinder sterben nicht einfach so, Jehanne. War es ein Fieber? Grippe?« Sie drehte sich zu ihm um. »Er ist einfach gestorben. Er war glücklich und gesund. Er schlief bei mir. Wir haben miteinander gespielt, bevor er eingeschlafen ist ...«

Er dachte, sie würde nicht weitererzählen, und als er ihren Schmerz sah, war er sich nicht mehr sicher, ob er es überhaupt wollte.

»Vielleicht war er ein wenig widerspenstiger als sonst. Ich weiß es nicht ... Ich habe mich um die Bücher gekümmert und bin zu ihm ins Bett gegangen und bin dann auch eingeschlafen. Als ich aufwachte«, flüsterte sie, »war er tot.«

Galeran starrte sie an, als ob ihr erstarrtes Gesicht ihm Antwort geben könnte. »Warum?«

»Ich weiß es nicht.«

»Sei nicht albern! Du mußt es wissen. Hast du ihn erdrückt?«

»Nein.« Aber sie konnte ihn dabei nicht ansehen.

»Jehanne. Das kann passieren ...«

Sie ging auf ihn los. »Ich habe ihn *nicht* erdrückt! Nur betrunkene Frauen tun das. Ich war nicht betrunken. Ich habe sogar einen leichten Schlaf, und er war acht Monate alt. Wenn ich ihn erstickt hätte, hätte er doch gestrampelt ...« Ihre Lippen zitterten, und sie preßte sie zusammen.

»War er krank?«

»Nein. Nein ... Er hatte einige Flecken, aber nichts, was ihn hätte töten können ... Denkst du nicht, daß das hier jetzt zu weit geht?«

»Aber woran, zum Himmel, ist mein Sohn dann gestorben?«

Sie sah ihn mit eiskalten Augen an. »Vielleicht habe ich ihn getötet. Ist es das, was du denkst? Du seist tot, hat der wandernde Mönch erzählt. Lowick war hier, wollte dich ersetzen, aber er wollte nicht, daß dein Sohn den Platz seines Sohnes einnimmt. Es ist leicht, sich eines kleinen Kindes zu entledigen. Mit einer Hand kann man Mund und Nase zuhalten ...«

»Leicht genug für ihn.«

Ihr Gesichtsausdruck änderte sich. »Ich habe mit Gallot zusammen geschlafen«, sagte sie zitternd. »Es ist nicht möglich.«

»Vielleicht hast du mit beiden geschlafen. Mit Lowick neben dem Körper meines Sohnes gevögelt.«

»Nein!«

Er sprang auf die Füße. »Bei allem, was mir heilig ist, Jehanne, ich werde die Wahrheit herausfinden!«

Sie schlug die Hand vor den Mund. »Oh, Galeran, keine Schwüre mehr ...«

Das Kreischen eines Babys durchschnitt die Stille, ein fordernder Schrei eines hungrigen, jungen Babys. Jehanne legte ihren Arm über ihre Brüste, und Galeran sah, wie ein feuchter Fleck sich dort ausbreitete. Diese Brüste hatten einst auch für seinen Sohn auf Kommando Milch gegeben, und jetzt verströmten sie Milch für das Kind von Raymond von Lowick.
»Geh, füttere es«, sagte er, und sie ging, sie rannte fast davon.
Galeran schlug mit der Faust gegen die Mauer. Der Schlag war hart genug, um ihn zu verletzen. An körperliche Freuden war nicht mehr zu denken. Er konnte sie später zurückholen, aber er wußte, daß er das nicht tun würde. Egal, was passiert war, er konnte Jehanne nicht wie einen Fußabtreter benutzen, um sich zu erleichtern. Da mußte etwas zwischen ihnen sein, etwas mehr als dies hier.
Er sank auf die Bank zurück und legte den Kopf in seine Hände.
War es möglich, daß sie das Kind getötet hatte?
Nein. Niemals. Er würde das niemals glauben wollen.
War es möglich, daß sie ein Auge zugedrückt hatte, als Lowick sein Kind umgebracht hatte?
Er glaubte auch das nicht, aber Liebe konnte merkwürdige Dinge anrichten. Er sah doch, was sie mit *ihm* machte.
Er konnte es nicht abstreiten, daß etwas sehr Seltsames mit Jehanne geschehen war, und die Ereignisse, so wie er sie kannte, ergaben keinen Sinn. Sie hatte das Kind offensichtlich um die Zeit herum empfangen, als Gallot starb, und kurze Zeit nachdem sie Nachricht von seinem vermeintlichen Tod erhalten hatte.
War es möglich, daß Lowick sie vergewaltigt hatte?
Er schüttelte seinen Kopf. Jehanne hätte ihm die Hoden abgeschnitten, sie ihm zum Essen vorgesetzt und ihn daran ersticken lassen.
Statt dessen hatte sie Lowick dortbehalten, und als Galeran sich genähert hatte, hatte sie ihn gehen lassen. Darin konnte er kein Zeichen von Feindschaft sehen.

Er würde herausfinden müssen, was wirklich passiert war, bevor er in Frieden leben konnte. Was würde er tun, wenn Jehanne und Lowick den Tod seines Sohnes in irgendeiner Weise zu verantworten *hätten?*

Sie beide töten.

Er hätte keine Wahl.

Er stand auf und wanderte durch den Raum, verzweifelt nach einer Erklärung suchend, die ihm gefiel, aber er fand keine.

Er hatte eigentlich vorgehabt, nach dem Bad zu schlafen, aber jetzt hatte ihn eine große Unruhe erfaßt, so daß er weder vernünftig nachdenken noch stillsitzen konnte. Er konnte sich also genausogut ankleiden.

Wenn er etwas zum Ankleiden gehabt hätte.

So wurde er wieder schmerzlich an den Tag erinnert, als Jehanne seine Sachen aus dem Fenster geworfen hatte. Wenn sie gedacht hatte, daß er tot wäre, hätte sie sicherlich seine Kleidung weggegeben. Wenn Lowick etwas dortgelassen hatte, dann würde es zu groß sein.

Er öffnete eine hölzerne Kommode und war erstaunt, seine Sachen säuberlich zusammengelegt vorzufinden.

Alles war in hervorragender Verfassung, alles war mit Kräutern bestreut worden, um Motten und anderes Ungeziefer fernzuhalten. Er fand saubere Unterwäsche – ein neues Hemd, das Jehanne eigenhändig genäht hatte – und seine rote, wollene Lieblingstunika, die mit Marderpelz verbrämt war. Auch seine Schuhe waren in einem guten Zustand, geölt und weich.

Er drehte einen Schuh gedankenverloren in seiner Hand. Wenn Jehanne dem Gerücht von seinem Tod vor fast einem Jahr Glauben geschenkt hatte, warum hatte sie dann seine Kleidung so sorgfältig gepflegt?

Diener kamen, wahrscheinlich hatte Jehanne sie geschickt, um das Bad zu säubern. Galeran kleidete sich an und ging hinaus in die Halle. Ihm schwirrte der Kopf vor Müdigkeit und verworrenen Gedanken. Er ließ sich Bier bringen. Es war dumm gewesen, das Mittagessen zu umgehen, denn das war die Zeit, in der die Gemeinschaft des Schlosses beisammen saß. Also ging er jetzt herum und sprach mit einigen seiner Leute.

Von Raoul war nichts zu sehen. Er war ohne Zweifel gerade mit einer freundlichen, unkomplizierten Magd im Bett, mit einer, die begeistert wäre, ihm ein Kind zu gebären, wenn Gott ihnen eins gäbe. Dann würde das Schloß sie entweder dafür bezahlen, daß sie das Kind aufzöge, oder man würde eine gute Hochzeit arrangieren, oder beides.

Die Dinge waren in der Dienerschaft um einiges einfacher. Aber Untreue wurde auch unter ihnen nicht verziehen. Ein Mann könnte zwar das Kind eines Lords als seines anerkennen, – in der Hoffnung, daraus Vorteile zu ziehen, aber er würde niemals das Balg eines Gleichgestellten annehmen.

Galeran fing einige seltsame Blicke auf. Zweifellos wünschte sich jeder hier, bei den Ereignissen im Bad Zeuge gewesen zu sein. Zweifellos hatten sie alle ihre Ohren an die Tür gelegt, um Geräusche von einer verdienten Züchtigung zu hören.

Begleitet von seinen Hunden, begab sich Galeran auf die Suche nach seinem Verwalter, Matthew, der ihm höchstwahrscheinlich Antworten auf einige Fragen geben konnte.

Der Mann war zu Hause in dem kleinen Häuschen, das auf dem Anwesen gelegen war. Er begleitete Galeran bereitwillig zu den Mauern, dort konnten sie sich ungestört unterhalten.

»Ja, Mylord?«

»Wie wurde Lowick hier zum Haushofmeister?«

Der stämmige, mittelalte Mann zupfte unbehaglich an seinem Hosenträger. »Er kam zu Besuch, mein Lord. Er war hier natürlich gut bekannt, und deshalb haben wir nicht gezögert, ihm Einlaß zu gewähren. Sir Gregory war an diesem Husten, den er schon immer hatte, gestorben – um die Wahrheit zu sagen, es ging ihm nicht sehr gut, nachdem ihr abgereist wart –, und Lady Jehanne und Euer Vater haben überlegt, wer seinen Platz einnehmen könnte. Als sie hörte, daß Sir Raymond verfügbar war, gab sie ihm den Posten.«

Galeran versuchte sich daran zu erinnern, ob sein Haushofmeister, Sir Gregory, einen kranken Eindruck gemacht hatte, als er ihn das letzte Mal gesehen hatte. Er war ein Mann, der immer zu husten und zu spucken schien. Sicherlich war es nicht glaubhaft, daß man ihn aus dem Weg geräumt hatte, um Platz für Raymond zu machen.

Das wäre eine zu gemeine Verschwörung gewesen.

Aber es traf ihn wie ein Schlag, als er sich erinnerte, daß es Jehanne gewesen war, die ihn damals genötigt hatte, sich dem Kreuzzug anzuschließen. Die Verschwörung, wenn es denn eine gegeben hatte, könnte Jahre zurückreichen, sogar bis zu der Zeit ihrer Verlobung.

Nein, nicht so weit zurück, denn Lowick hatte ja ebenfalls geheiratet. Aber seine Frau war gestorben.

Noch so ein bequemer Tod.

»Weißt du, wann Raymonds Frau gestorben ist, Matthew?«

Der Mann warf ihm einen scharfsinnigen Blick zu. Hatte denn jeder hier dieselben Vermutungen? Und was wichtiger war, war etwa irgend etwas an ihnen dran?

»So um die Zeit, als Ihr in das Heilige Land aufgebrochen seid, Mylord.«

»Und woran starb sie?«

»Irgendein Fieber, Mylord. Soweit Sir Raymonds Männer berichtet haben, war sie nie eine gesunde Natur. Sie hatte in ihrer Ehe vier Fehlgeburten. Aber sie war reich. Sie brachte gutes Land mit in die Ehe. Durch einen Vertrag wurde festgelegt, daß, wenn sie kinderlos bliebe, das Land an ihre Familie zurückfiele. Sir Raymond hat jedenfalls sein Bestes getan, um von ihr ein Kind zu bekommen.«

»Er war schon immer ehrgeizig ...« Galeran hatte niemals viel mit Lowick zu tun gehabt, aber er kannte sein Wesen. Er war mutig und ehrenhaft, aber auch ehrgeizig. Lowick war sich sicher, daß ihm sein Aussehen und seine kriegerischen Fähigkeiten das Recht auf einen höheren Platz im Leben gaben, zum Beispiel als Gatte von Jehanne von Heywood.

Wenn Lowick während seiner Besuche mit Jehanne geflirtet hatte, hatte Galeran angenommen, daß er das eher tat, um ihn zu verärgern als um Jehanne zu verführen. Er sprach es niemals an. Denn das hätte Jehannes Namen in den Schmutz gezogen, seinen Schwiegervater verärgert, und es wäre vermutlich sogar zu einer bewaffneten Auseinandersetzung gekommen, die er wahrscheinlich verloren hätte, denn in jenen Tagen war er kein Gegner für einen größeren Mann.

Er fragte sich manchmal, ob das Lowicks Plan gewesen war – einen Kampf herauszufordern und ihn zu töten. Brutal, aber möglicherweise effektiv.

Jehanne hatte sich niemals über Lowicks Benehmen beschwert, aber Galeran hatte immer angenommen, daß ihre Gründe seinen eigenen ähnelten – der Wunsch, keine Mißstimmung im Haus zu erzeugen. Da er der Knappe ihres Vaters war, war Lowick in vielerlei Hinsicht wie ein Bruder für sie.

Galeran hatte Fulk einmal gefragt, warum er nicht Lowick die Chance angeboten hatte, Jehanne zu heiraten. Der alte Mann hatte es zwar nicht nötig, seine Gründe darzulegen, aber er hatte doch gesagt, daß er sich jemanden mit besseren Kontakten für seine Erbin wünschte.

Raymonds Vater war ein Freund von Fulk gewesen, sie waren beide mit William dem Eroberer hierhergekommen, aber Raymonds Vater hatte keinen Erfolg gehabt. Fulk hatte Raymond aus Gefälligkeit in seinen Hausstand aufgenommen, aber die Gefälligkeit hatte ihr Ende, als es darum ging, ihn zu seinem Sohn zu machen. Darin läge kein Vorteil, hatte er gesagt.

War das alles nur Fassade gewesen? Hatte Jehanne Lowick vielleicht die ganze Zeit über geliebt?

Sechstes Kapitel

Galeran bemerkte, daß der Gutsverwalter geduldig neben ihm stand. Aber das alles war sowieso nichts, worüber er mit Matthew sprechen wollte.

Es war dennoch schwer für ihn, die Worte zu formulieren: »Und was war mit meinem Sohn, Matthew? Was weißt du darüber, wie er gestorben ist?«

Der Mann räusperte sich und sah weg. »Was das angeht, Mylord, das war ein großes Rätsel. Ein feiner Kerl, der seine ersten Schritte machte ...« Der Verwalter hustete, als wenn ihm etwas die Kehle zuschnürte. »Man hat nicht einmal Schreie gehört, wenn Ihr wißt, was ich meine. Lady Jehanne kam mit dem Kind auf dem Arm in die Halle und sagte nur: ›Er will nicht aufwachen.‹ Ein paar von uns waren in der Halle, und wir wußten nicht, was wir davon halten sollten, daß sie so ruhig war. Dann sah sie wieder auf den Kleinen hinunter und sagte: ›Ich denke, er ist tot‹ in demselben normalen Tonfall. Aber dann sagte sie es lauter. Und dann begann sie zu zittern ...«

Der Mann räusperte sich erneut. »Ihre Frauen kamen und nahmen das Baby, aber er war bereits kalt. Es war nichts mehr zu machen.«

Galeran hatte seine Augen geschlossen, und ein Schmerz wallte in seiner Brust auf, der ihn fast erwürgte. Die Art, wie Matthew das Geschehene erzählte, offenbarte ihm die Tiefe von Jehannes Qual.

Und er war so weit fort gewesen.
Er hatte es noch nicht einmal gewußt ...
Wenn es irgendeinen Sinn in diesem Universum gäbe, dann hätte er es wissen *müssen*. Gallot war gestorben, während Galeran sich auf dem Weg nach Hause befunden hatte, vielleicht, während er den Bademeistern in Konstantinopel erlaubt hatte, seinen müden Körper zu verwöhnen. Er erinnerte sich daran, daß er danach ruhelos gewesen war. Er hatte die Heimkehr in der Abteilung der Hezogs der Normandie arrangiert, aber der Herzog reiste ihm zu langsam. Viel zu langsam.
Er erinnerte sich daran, daß er immer noch Alpträume von Jerusalem hatte, aber wie er sich auch bemühte, er konnte sich an keinen weiteren Schatten erinnern. Er hatte keine Vision, die ihm die Wahrheit enthüllt hätte, daß er Tausende von Meilen entfernt einen fürchterlichen Verlust erlitten hatte.
Seine Stimme war rauh, als er sagte: »Hat jemand die Todesursache festgestellt?«
»Das konnte niemand, Mylord.« Zögernd fügte Matthew hinzu: »Natürlich gab es Gerüchte von bösen Flüchen und so etwas. Ihr wißt, wie die Leute sind. Und nach diesem *einen* Gefühlsausbruch wurde sie ... Lady Jehanne ... sie wurde so ruhig. Sie machte einfach so weiter als sei nichts geschehen.«
»Es war schon immer ihre Art, und du weißt das, Matthew.«
»Ja, Mylord, aber wenn eine Frau ihr einziges Kind verloren hat, sieht das schon komisch aus. Und wenn sie außerdem die Nachricht erhalten hat, daß sie auch noch ihren Ehemann verloren hat, sieht das Ganze noch schlimmer aus ...«
Galeran blickte auf sein Land, das in der hereinbrechenden Dunkelheit langsam verschwand. Verzweifelt wünschte er sich, daß er seinen Sohn gekannt hätte, daß er dort gewesen wäre, als all das geschah.
Aber wenn er dort gewesen wäre, wäre das alles vielleicht nie passiert.

Konnte die Liebe einer Frau zu einem Mann sie dazu bringen, den Mord ihres Kindes zu decken?

Er wandte seine Aufmerksamkeit von den Qualen ab und den Rätseln zu. »Also, Gregory war gestorben, und Lowick kam hierher. Das wäre dann etwa zwei Monate, nachdem ich abgereist war.«

»Ja, Mylord.«

»So um diese Zeit war es, als Jehanne schwanger wurde ...«

Er hielt den Atem an.

Wessen Kind?

All diese Jahre des vergeblichen Versuchens und kein Kind, dann wundersamerweise ein Kind. Und später ein weiteres Baby ohne große Schwierigkeiten. War Jehanne etwa gleich nachdem sie Galeran in London zurückgelassen hatte, zu Lowick gegangen? Oder war sie bereits schwanger, als sie ihn drängte, sich dem Kreuzzug anzuschließen?

Nein. Er nahm seine sich überschlagenden Gedanken zusammen. Gallot war fast genau neun Monate nach ihrer letzten Nacht geboren worden.

Oder etwa nicht?

»Gallots Geburtstag war doch am Tag des heiligen Stephan, oder?« Das war das, was Jehanne ihm in einem Brief mitgeteilt hatte.

»Ja, Mylord, und es war ein Tag, an den wir uns alle gut erinnern können. Ein richtig glücklicher Tag.«

Dem Himmel sei Dank! Er konnte später überprüfen, ob Jehanne direkt nach Heywood zurückgekommen war. Sie war auf jeden Fall zusammengewesen mit Lord William, ihrem Onkel Hubert und zehn bewaffneten Männern. Außerdem begleiteten sie drei Frauen. Es wäre schon ein bemerkenswertes Kunststück gewesen, in Gegenwart dieser Gesellschaft eine Verabredung zu treffen.

»Sir Raymond ist immer ein fachkundiger Ritter gewesen«, sagte Galeran. »Ich nehme an, daß er die Angelegenheiten des Schlosses gut verwaltet hat.«

»Ja, Mylord.« Aber er sagte es widerwillig.
»Weshalb der finstere Blick?«
»Er war ein stolzer Mann und benahm sich, als wäre all das hier sein Eigentum.«
»Hatte er Grund dazu?«
Matthew wußte, worauf Galeran hinauswollte, und schüttelte seinen Kopf. »Ich denke nicht, Mylord.«
Wenigstens der Anflug einer guten Nachricht. »Und das nächste, was geschah, war die Nachricht von meinem angeblichen Tod.«
»Ja, Lord. Ein Mönch war es, der die Nachricht von Eurem Tod überbrachte. Es war eine tränenreiche Nacht, Mylord.« Der Mann räusperte sich und sah fort.
»Und in wenigen Tagen war Gallot dann tot.«
»Ja, Mylord.«
Galeran begann, sich wegen der Fragen, die er stellte, und der Interpretation, die sich aus ihnen ergab, unwohl zu fühlen. Aber er glaubte Matthew. Er war ein ehrlicher, scharfsinniger Mann, der seine Zunge im Zaum hatte.
»Wie hat meine Frau auf die Nachricht von meinem Tod reagiert?«
Der alte Mann nahm sich Zeit, bevor er antwortete. »Ihr kennt die Lady Jehanne, Mylord. Sie hat niemals das getan, was andere von ihr erwartet haben. Die Nachricht traf sie, das ist sicher. Sie stellte dem Mönch viele, viele Fragen und war offensichtlich entsetzt. Aber dann gewann sie ihre Fassung wieder und sagte, daß sie es nicht glauben werde, bis sie Beweise erhielte. Danach schien es, als hätte sie diese Angelegenheit aus ihren Gedanken verbannt, aber sie betete mehr als zuvor. Ich erinnere mich daran, wie Sir Raymond mit ihr sprach. Er versuchte sie davon überzeugen, daß die Nachricht der Wahrheit entsprach, aber sie glaubte es nicht. Sie reagierte sogar ziemlich scharf. Er überredete sie dazu, mit der Nachricht zu Eurem Vater zu gehen, aber ich weiß nicht, was dort

geschah. Sie kam zurück, als wäre alles in bester Ordnung, und so folgten wir alle ihrem Beispiel. Niemand von uns wollte daran denken, daß Ihr tot sein könntet, mein Lord.«

»Danke.«

»Aber danach«, fügte Matthew hinzu, »wurde Sir Raymond dreister. Ich denke, er dachte wirklich, daß dieser Ort hier ihm gehörte.«

»Und dann starb Gallot.«

»Ja, Mylord. Und die Lady veränderte sich.«

»Das will ich hoffen.«

Galeran wollte fragen, ob Jehanne Lowick wirklich zu ihrem Liebhaber gemacht hatte, aber natürlich hatte sie das.

Er wollte fragen, ob sie ihn wirklich mit in ihr Bett genommen hatte, nach der Nachricht über den möglichen Tod ihres Mannes und dem sicheren Tod ihres Sohnes. Aber auch das hatte sie getan, oder wie hätte sie sonst neun Monate später ein Baby zur Welt bringen können?

Warum?

Warum?

Warum?

Er entdeckte, daß es etwas war, worüber er noch nicht sprechen konnte, nicht einmal mit Matthew. Also stellte er eine andere Frage.

»Matthew, sag mir ehrlich, was denkst du, hat den Tod meines Sohnes verursacht?«

»Die ehrliche Wahrheit, Mylord, ist, daß ich es nicht weiß. Ich gebe nichts auf Flüche und Zauberei, aber so etwas in der Art ist die einzige Erklärung.«

»Solche Dinge existieren nicht.«

»Aber Wunder schon, Mylord.«

»Vielleicht.«

»Und dann warum nicht auch Teufelswerk?«

Galeran seufzte. »Eine gute Frage.«

»Eines weiß ich aber, Mylord.«

»Was?«

»Es wäre besser gewesen, wenn Lady Jehanne allein mit ihrer Trauer zu Bett gegangen wäre, statt mit Lord Raymond.«

Galeran wollte nicht mehr darüber hören, aber der Mann fuhr hartnäckig fort. »An dem Tag, an dem das Baby beerdigt wurde, verbrachte sie die Nacht mit Lord Raymond, und alle haben es gewußt.«

Galeran wandte sich ab, dieses Gerede konnte er noch nicht ertragen.

»Wo ist Gallot begraben?«

»Auf dem Kirchhof, in der Nähe der Mauer, Lord. Es ist ein Grabstein dort.«

Galeran schickte den Mann fort und blieb noch eine Weile auf den Zinnen stehen, ließ seine Gedanken ziellos umherwandern und dachte über sein zerstörtes Leben nach. Das tat ihm nicht gut, und daher ging er zu dem Grabstein, der für das kurze Leben seines Kindes stand und betete.

Jemand hatte einen Rosenstrauch daneben gepflanzt, aber der war noch jung und kraftlos. Auf jeden Fall würde er, im Gegensatz zu seinem Jungen, noch wachsen.

Galeran verbrachte eine Stunde im immer dunkler werdenden Kirchhof, auf der Suche nach dem Geist, der sein Fleisch und Blut war, doch er fand ihn nicht. Er zwang sich, das kleine Grab zu verlassen, und kehrte in das letzte Sonnenlicht zurück. Er hatte die meiste Zeit der vergangenen Nacht gebetet und nachgedacht, und als er dann schließlich geschlafen hatte, hatte er sich in der kühlen Luft völlig verkrampft. Es wäre eine Dummheit, noch einmal draußen zu schlafen, jetzt, da er Stärke und Geist so sehr benötigte, um mit all diesen Problemen fertig zu werden.

Gleichwohl war er abgeneigt, das Zimmer, das er mit Jehanne geteilt hatte, zu betreten. Er war nicht sicher, ob er dort schlafen könnte, mit all den Erinnerungen an die vergangenen gemeinsamen Freuden, aber er könnte auch nicht das Gerede

ertragen, das er heraufbeschwören würde, wenn er woanders schliefe.
Jehanne und ihre vertrautesten Frauen würden in dem kleineren Raum mit dem Baby schlafen. Er könnte sie einladen ...
Nein. Die Erschöpfung hatte inzwischen seine Lust zum Schweigen gebracht.
Er streifte seine Kleider ab und begab sich ins Bett.
Fast wäre er wieder hinausgesprungen. Das Gefühl der Matratze und der Laken, der Duft von frischer Luft und Kräutern, all das zog ihn zum Bett zurück, bevor er es verlassen hatte.
Mit einem tiefen Seufzer drehte er sich um und legte seinen Kopf in seine Arme. Er versuchte sich selbst davon zu überzeugen, daß es Gottes Wille gewesen war, daß er sich dem Kreuzzug anschließen sollte, daß es Gottes Wille gewesen war, daß er England, sein Heim und seine Frau verlassen mußte. Aber wenn diese Situation wirklich Gottes Wille war, dann hatte die Gottheit einen sehr gehässigen Sinn für Humor.

Galeran erwachte ausgeruht, aber er fühlte sich schwer von dem vielen Schlaf. Ein Lichtstrahl, der auf seine geschlossenen Augen fiel, und der Lärm vom Schloßhof sagten ihm, daß es bereits später Vormittag war und er schon längst hätte aufstehen müssen. Er beeilte sich aber nicht damit, seine Augen zu öffnen und sich zu rühren. Aufzustehen bedeutete auch, wieder mit Myriaden von Problemen konfrontiert zu werden.
Er wollte aber auch nicht wieder einschlafen, denn seine Träume – obwohl er sich kaum daran erinnerte – waren nicht angenehmer Art gewesen. Er war wieder in Jerusalem, und Jehanne war an seiner Seite. Ein Kind weinte, aber es war immer zu weit weg, um es zu erreichen, zu weit entfernt, um vor germanischen Rittern und einem Fluß von Blut gerettet zu werden.
Der bloße Gedanke an diese Träume war unerträglich, also öffnete er doch seine Augen ...

… und sah Jehanne, die mit gekreuzten Beinen auf seinem Bett saß und ihn beobachtete.
Sie trug nur ein zartes, seidenes Unterkleid und ihr Haar hing lang und lose über ihren Rücken, einige Strähnen bewegten sich leicht in der Sommerbrise.
Sein Herz begann zu pochen, als sein Körper sich straffte.
»Hast du deine Wachen verhext?«
»Ich habe sie davon überzeugt, daß ich hier genauso sicher bin wie im Raum nebenan.«
»Sie hätten auch an *meinen* Hals denken sollen.«
Ihr Gesicht nahm Farbe an, keine schöne. Es kam selten vor, daß Jehanne verlegen aussah, aber jetzt war das der Fall. »Seit du dich von mir hast rasieren lassen, wissen sie wohl, daß du dich davor nicht fürchtest.«
»Aber da war ich wach.«
»Ich habe niemals gewollt, daß dir etwas passiert, Galeran.«
»Dann bist du aber bemerkenswert ungeschickt, nicht wahr?«
Als hätte er sie geschlagen, sah sie zu Boden, und er stellte fest, daß er es haßte, zu sehen, wie sie sich unbehaglich fühlte. Er hätte es lieber gehabt, wenn sie mit ihm gekämpft hätte.
»Was willst du?« seufzte er.
Sie sah nicht auf, und zwei Finger und der Daumen ihrer rechten Hand rieben mechanisch die cremefarbene Seide. »Raoul de Jouray … Er erzählte mir von deinem Schwur.«
Galeran verwünschte innerlich seinen hilfreichen Freund.
Als er nichts dazu sagte, sah sie auf, hob ihr Kinn, sie war fast die Alte. »Vielleicht hättest du es lieber gehabt, wenn ich eine Magd geschickt hätte.«
Stolz, Würde und Vorsicht geboten ihm, sie wegzuschicken, aber alles in ihm lehnte sich dagegen auf: Er schlug die Decke zurück und hieß sie willkommen.
Sie hielt den Atem an, und für einen kurzen Moment konnte er ein Licht in ihren Augen sehen. Ein kühler, logischer Teil seines Verstandes warnte ihn davor, daß eine kluge Frau in

Jehannes Situation vorsichtige Schritte machen würde, um wieder von ihrem Ehemann angenommen zu werden. Das schloß das Kind mit ein, wenn es möglich wäre.
Jehanne war sehr klug.
Er schien sich in drei unterschiedliche Teile zu spalten, und der kühle, logische Teil war nur einer davon.
Der zweite Teil war der Mann, der Jehanne von Heywood zu sehr liebte, um vorsichtig zu sein.
Der dritte Teil war ein Tier, beherrscht von grenzenloser Lust auf diese Frau.
Sie schlüpfte zu ihm ins Bett, zog im letzten Moment ihr Unterkleid aus. Sie wollte sich bedecken, aber er zog die Decke fort.
Also ergab sie sich seinen Augen.
Er fuhr mit der Hand zärtlich über ihren Bauch, der sich ein wenig gerundet hatte.
»Das kommt von der Schwangerschaft.«
»Es macht mir nichts aus.« Aber die Erinnerung daran machte ihm etwas aus.
Dann ließ er seine Hand höher wandern, zu ihren volleren Brüsten und den dunkleren, größeren Brustwarzen. Als er zärtlich eine Brustwarze zwischen seinen Fingern rieb, erschien darauf ein Tropfen Milch. Milch für das Kind, dessen Hirn er an der nächsten Wand zerschmettern sollte.
Und ein kleiner, primitiver, wütender Teil von ihm wollte das auch.
»Töte den Bastard, den Kuckuck, der in deinem Nest sitzt.
Schaffe ihn dir vom Hals.
Schaffe dir Jehannes einziges lebendiges Kind vom Hals.«
Er schob diese Gedanken beiseite und konzentrierte sich auf das Jetzt. Ihre Haut war so blaß und durchsichtig wie der Tropfen Milch, und neben dieser Haut war seine Hand dunkler als sie es jemals zuvor gewesen war, weil er ständig der heißen Sonne ausgesetzt gewesen war. Die einzige dunkle Stelle an

Jehanne war der Bluterguß auf ihrem Gesicht, wo er sie geschlagen hatte. Er berührte sie sanft. Sie sah ihn nur an, kam nicht näher. Sie hatte ja auch kein Recht darauf, sich ihm zu nähern.

Aber er wünschte sich, sie würde es tun.

Er berührte wieder ihre Brüste. Sie mußte vor kurzem das Baby gefüttert haben, da sie nicht voller Milch waren, aber sie waren anders als früher.

Zu seiner Erleichterung hatte er seine Lust irgendwie unter Kontrolle, vielleicht, weil er wußte, daß sie bald befriedigt werden würde. Er war hart, und jeder einzelne Nerv vibrierte, aber er konnte warten.

Ein wenig.

Aus irgendwelchen Gründen fühlte er, jetzt, da der Moment gekommen war, daß er sie nicht besteigen konnte wie ein unbändiger Hengst.

Er legte sein Bein über ihre schlanken Beine, während er mit Hand und Lippen die wundervolle Weichheit ihrer Haut erkundete, die Rundungen und Ecken ihrer Knochen, die seidige Fülle ihres Haares …

Er barg sein Gesicht in ihrem Haar, kämpfte gegen die Tränen an, weil sich alles so vertraut anfühlte und roch, der Stoff seiner Träume während des Exils, jetzt war es der Stoff seiner Qualen. Dann schauderte er und ließ sich fallen.

Sie war passiv gewesen, aber plötzlich schlangen sich ihre Arme um ihn, zogen ihn eng an sie, streichelten seinen Rücken hinab, über sein Gesäß, zogen ihn auf sie, zwangen ihn in sie, so daß er – bebend vor schmerzhafter Lust – zu Hause war, ohne Absicht und ohne das Bewußtsein, daß es so war.

Er weinte, als der Höhepunkt kam, und er weinte nachher in ihren Armen, fühlte ihre Tränen auf seine Haut fallen.

Sie lagen in aller Stille beisammen, sprachen nur durch ihre Haut miteinander, erneuerten ihre Sinne in dem Geschmack und dem Geruch des anderen.

Dann legte Galeran seinen Kopf gegen ihren. »Warum?« flüsterte er.

Sie schüttelte den Kopf. »Nicht jetzt, nicht hier.« Sie glitt hinunter und nahm ihn in ihren Mund, leckte, schmeckte, quälte ...

Nach einer Weile fand er die Kraft, sie zu sich nach oben zu ziehen, damit sie ihm ins Gesicht sah. »Versuchst du, deine Schuld mit Hurendiensten zu begleichen?«

Ihre Augen funkelten vor Ärger wie sie es früher getan hatten. »Hast du Angst, daß ich ihn abbeiße?«

Er hätte andere Antworten einfordern können, aber er sah in ihrem Gesicht, daß er sie nicht bekommen würde, nicht einmal mit Gewalt. Deshalb begnügte er sich mit dem, was er bekommen konnte. Er ließ zu, daß sie ihn mit ihren Lippen, ihrer Zunge und ihren geschickten Fingern fast wahnsinnig machte, dann drang er wieder mit einer wilden, brutalen Leidenschaft in sie ein, so daß das Bett wankte und ihre Brüste begannen, Milch abzugeben.

Ihre Körper glitten aneinander, glitschig gemacht durch die Milch, und er begann zu lachen. Sie gab den Versuch auf, den Strahl zu stoppen und lachte auch, als sie sich aufsetzte, um ihm entgegenzukommen.

Er leckte die süße Milch von ihr ab und sie von ihm. Sie stachelten ihre wilde Leidenschaft an, indem sie sich gegenseitig tränkten.

Bei seinem letzten mächtigen Stoß krachte und ruckte es, dann brach das eine Ende des Bettes zusammen, so daß sie, immer noch ineinander verkeilt, zu Boden stürzten.

Jehanne kreischte, Galeran fluchte, und die Wache stürzte herein.

Er starrte sie an. Dann zog er sich grinsend zurück.

Nach der Schrecksekunde brachen Galeran und Jehanne wieder in Lachen aus, sie kugelten sich vor Lachen wie Kinder, naß und klebrig, zwischen den Überresten des großen Bettes.

Als sie sich endlich aufsetzten, wurde Galerans Verstand wieder klar. »Das war schlau von dir, das Gelenk anzusägen.«
Jehannes Lächeln verschwand. »Zum Kuckuck, Galeran, wirst du jeden Schritt, den ich mache, beargwöhnen?«
»Warum nicht?«
Sie sprang auf die Füße. »Weil ich *ich* bin! Und außerdem hatte ich fast erwartet, daß du mich auspeitschen und in ein Kloster schicken würdest, warum hätte ich also so etwas tun sollen?«
»Weil du immer fähig warst, viele Dinge gleichzeitig zu planen. Deshalb. Und ich könnte dich immer noch schlagen und ins Kloster schicken.«
»Das gefiele mir besser als dein dauerndes Mißtrauen.« Sie drehte sich zum Bett und zog die Matratze fort, um das Holz zu überprüfen. Dann drehte sie sich zu ihm um. »Sieh doch! Holzwürmer!«
Er beugte sich näher heran. Es war ganz offensichtlich der Holzwurm, aber eine bittere Wut war über ihn gekommen und hatte die Herrschaft übernommen. »Das spricht nicht für eine gute Haushaltsführung«, merkte er an. »Ich denke, daß es eher Glück war, daß das Bett nicht unter dir und Lowick zusammengebrochen ist.«
Das war es, was wirklich an ihm nagte – der Gedanke daran, daß sie, als sie das letzte Mal leidenschaftlich geliebt hatte, hier mit einem anderen Mann war …
Sie erstarrte, halb von ihm abgewandt. »Wir haben niemals dieses Bett benutzt.«
Seine Erleichterung konnte er nicht in Worte fassen. »Warum nicht?«
Sie entzog sich ihm und zog sich etwas über. »Wahrscheinlich weil es wurmstichig war.«
Galeran seufzte und stand auf. Er sah, wie sie ihre Kleidung anzog, genoß den Anblick, wie die Kleider über ihre feuchten Kurven glitten genauso, wie er ihre Nacktheit genossen hatte. »Du wirst bald mit mir sprechen müssen, Jehanne.«

Sie schwenkte herum, und die große Qual, die in ihrem Gesicht stand, ließ ihn schweigen. »Es tut mir leid«, flüsterte sie und ging. Aber wo eine andere Frau gelaufen wäre, verließ sie den Raum mit Würde.

Aber was tut dir leid? Galeran fragte sich das, als er das wüste Durcheinander betrachtete. Das Bett war eine exakte Wiedergabe seines Lebens – durcheinander, rätselhaft und doch voll vom Geist seiner Liebe, seines Lebens, seiner Frau.

Jehanne.

Er begutachtete das Bett und fand Wurmlöcher auch an anderen Stellen. Ein neues wurde benötigt. Er konnte es nicht bedauern. Auch wenn Jehanne und Lowick niemals dieses Bett benutzt hatten, war es ein Teil von etwas Vergangenem, nicht vom Jetzt. Er erstarrte, klammerte die Hand fest um ein Stück Holz.

Jehanne und Lowick.

Es war vorher so fern. Aber jetzt, jetzt konnte er sie sehen, sie hören, sie *riechen*. Alles, was Jehanne heute mit ihm getan hatte, hatte sie auch mit Lowick getan. Sie hatte ihn gehalten, ihn liebkost, ihn geküßt, ihn geleckt, ihn gebissen ...

Galeran bemerkte, daß er versuchte, das Bett mit bloßen Händen zu zertrümmern. Da es aus gut zehn Zentimeter dickem Eichenholz bestand, war es eher wahrscheinlich, daß es ihn zuerst zerriß. Er lockerte seinen Griff, entspannte seine Hände und untersuchte dann die Kerben, die er am Bett hinterlassen hatte.

Was ihm am meisten Angst machte, war, daß er eines Tages seine Wut gegen Jehanne wenden könnte. Sie mußte dazu gebracht werden, mit ihm zu reden, damit er verstehen und verzeihen könnte, sonst würde er sie eines Tages mit seinen bloßen Händen zerreißen.

Er stand auf, rief nach Wasser und nach John, der ihn rasieren sollte. Er könnte im Moment keine weiteren Dienste seiner Frau ertragen. Er kramte noch mehr Kleider hervor und war dann bereit, dem Tag ins Auge zu blicken.

Er war nicht vorbereitet auf ein Zusammentreffen mit Jehannes Cousine Aline, aber genau das war es, was ihn vor der Tür erwartete. Aline von Burstock war achtzehn ungestüme Jahre alt, klein und kräftig, aber sie hatte Jehannes Gesichtsfarbe. Sie teilte auch Jehannes Temperament in vielerlei Weise, aber dort, wo Jehanne wie ein Schwert war, war Aline wie eine Keule.

»Ich bin sicher, daß du dich besser fühlst, da du sie geschlagen hast«, kommentierte sie.

»Normalerweise bist du scharfsinniger.« Er mochte Aline und war plötzlich dankbar, daß er sie hier hatte – mit ihrem Menschenverstand und ihrer Art, zu sagen, was sie dachte. Dennoch bedeutete das nicht, daß er seine Angelegenheiten mit ihr besprechen wollte.

»Ich nehme an, du wirst gut in Übung kommen, denn du wirst sie wahrscheinlich noch öfter schlagen müssen, um die Luft zu reinigen.« Ihr besorgtes Stirnrunzeln zeigte, daß ihre Worte wohlüberlegt waren.

»Du solltest Raoul de Jouray kennenlernen. Ihr zwei scheint auf gleiche Weise zu denken.«

Farbe schoß in ihr Gesicht. »Die gleiche Art! Er ist ein Heide. Er hat sich kaum den Dreck von seiner Reise abgewaschen, bevor er Ella aufsuchte.«

»Oder Ella ihn aufsuchte.« Galeran konnte sich ein Grinsen nicht verkneifen. »Aber es ist so, Raoul kann wahrscheinlich innerhalb von fünf Atemzügen die gefügigste Frau in jedem Schloß finden.«

»Dann sollte er *sie* dazu bringen, ihn zu baden«, sagte Aline mit finsterem Blick.

»Hatte er erwarte, daß *du* das tust?« Galeran versuchte, nicht herauszuplatzen. Er fragte sich, ob Raoul erraten hatte, daß Aline eine strenge Vorstellung von Zurückhaltung hatte und er sie absichtlich geärgert hatte. »Ich bin sicher, daß er nicht darauf bestanden hat, als du dich geweigert hast.«

»Nein. Jehanne hat ihm geholfen.«
All sein Drang zu lachen verschwand. Es war formal richtig, daß Jehanne einen wohlgeborenen Gast badete, und früher hatte ihm das nichts ausgemacht. Aber jetzt hätte er zu gern seinem Freund die Kehle mit seinen Händen zugedrückt.
»Ich werde ihn das nächste Mal baden, wenn er danach fragt«, sagte Aline. Ihre blauen Augen waren scharf wie die eines Adlers.
Er haßte es, so durchschaubar zu sein. »Es gibt keinen Grund …«
»*Ich* werde mit meinen dummen Zweifeln nicht der Grund für noch mehr Ärger sein.«
»Ich weiß, daß Zurückhaltung für dich wichtig ist, Aline. Eine der anderen Frauen …«
»Das wäre nicht richtig. Es wäre eine Beleidigung für den Freund des Schloßherren.« Aber dann runzelte sie ihre Stirn. »Wenn du ihm nicht traust, ist er aber kein Freund.«
»Und wenn ich ihr nicht traue, ist sie nicht meine Frau.«
»Freunde kann man ablehnen. Ehefrauen nicht. Jedenfalls nicht so leicht.«
Galeran lehnte einen Arm gegen die Steinmauer und gab auf. »So, Cousine, was denkst du, soll ich tun?«
Sie sah ihn fest an. »Sie hat niemals aufgehört, dich zu lieben, Galeran.« Dann runzelte sie wieder die Stirn. »Aber wenn du jemals diesen Bruder Dennis finden solltest, der die Nachricht von deinem Tod gebracht hat, könntest du ihm vielleicht seine Lügenzunge herausschneiden!«
»Ich dachte nicht, daß du so blutrünstig bist.«
»Es gibt Zeiten, in denen Gewalt gefragt ist, genau wie Christus im Tempel.« Damit ging sie davon, mit ihrem typischen energischen Gang.
»Aline.«
Sie hielt an und drehte sich um.
»Ist das Kind ein Mädchen oder ein Junge?«

»Ein Mädchen. Sie heißt Donata.« Plötzlich zuckten ihre Lippen. »Hasse sie nicht, Galeran.«
Dann machte sie auf dem Absatz kehrt und ging ihres Weges.
War es Haß, wenn man sich wünschte, daß eine Kreatur nicht existierte?
Galeran ging seinen Weg quer zum Hauptteil der Halle weiter. Er traf seinen Vater in einem Stuhl sitzend an, die Füße auf einem Hocker und einen Krug Bier trinkend. Galeran nahm den anderen Stuhl und winkte nach einem Diener, damit man ihm Essen und Trinken brächte.
»Eher spät, um zu frühstücken«, sagte sein Vater.
»Ich war drei Tage ohne richtigen Schlaf.«
»Aha.« Lord William rieb sich sein strubbeliges Kinn, und seine dunklen Augen musterten Galeran. »Du bist dünner geworden.«
»Hat jemand erwartet, daß es einfach sein würde, Jerusalem einzunehmen?«
»Du warst monatelang unterwegs nach Hause, ohne daß du etwas anderes zu tun gehabt hättest, als zu essen.«
»Bootsrationen.«
»Ich hörte, du hast eine Weile in Konstantinopel und Sizilien verbracht.«
»Ausländisches Essen«, konterte Galeran und genoß es, sich endlich wieder mit seinem Vater ein Wortduell zu liefern.
»Brügge ist eine feine Stadt, und man ißt gut dort.«
»Ich wollte nach Hause.« Galeran nahm Bier, Brot und Käse und lächelte der Magd zu. Es war die hübsche Kräftige. Sie lächelte zurück, aber ein Hauch von Mitleid in ihrem Lächeln vergällte es ihm.
Er wandte sich wieder seinem Vater zu. »Also, erzähl mir, wie es England dieser Tage geht.«
Sein Vater öffnete den Mund, um gegen den Themenwechsel zu protestieren, aber dann besann er sich eines Besseren.

»Schlecht. Rufus will Geld, Geld und noch mehr Geld, alles, um es an seine Freunde zu verschwenden. Und jetzt hat er Ranulph Flambard hierhergeschickt, um uns auszuquetschen.«

»Raoul sagte, er wäre Bischof von Durham. Führt er England noch immer im Sinne des Königs?«

»Ach, das Wiesel.« Lord William spuckte verächtlich aus. »Ich sage dir, es sitzt sich nicht bequem, wenn man ihn hinter sich im Rücken weiß. Er und ich sind schon ein, zwei Mal aneinander geraten. Es war Flambards kluger Einfall, jedenfalls sagt man so, daß der König die Bistümer unbehelligt ließe und dafür den Mietzins und den Zehnten in die Tasche streicht. Ich wünschte, er hätte sich daran gehalten. Jetzt melkt er Northumbria mit doppelten und dreifachen Steuern für Laien und Kirchenmänner gleichermaßen.«

»Wenigstens kannst du ihn nicht der Bevorzugung anklagen.« Galeran biß in das warme, knusprige Brot, erfüllt mit einer plötzlichen Dankbarkeit für die einfachen Freuden des Lebens. Umgeben von den Annehmlichkeiten des Heims – gutes Brot, starkes Bier und gute Hunde –, Rufus und Flambard konnten warten.

Sein Vater beugte sich vor, um ihn zu rütteln. »Es ist eine unglückliche Situation, und sie wird noch schlechter, mein Junge. Niemand ist vor den Günstlingen des Königs sicher. Wir haben uns hier oben gut behauptet, weil wir weit weg von ihren Aktivitäten waren, aber jetzt ...«

Galeran zwang sich, an das Nützliche zu denken. »Wird jemand sich gegen Rufus und Flambard stellen?«

»Es gibt allerhand Gerede.«

Galeran seufzte. Das letzte, was er jetzt brauchte, war eine Verwicklung in eine Rebellion. »Gerede wird nichts ändern.«

»Wahrscheinlich hast du recht«, sagte Lord William und ließ sich in seinen Sessel zurückfallen. »Wenn Rufus irgend etwas zustößt, dann wird das Land wieder den Wölfen vorgeworfen, seine beiden Brüder werden sich um die Krone streiten. Lieber Himmel, warum konnte er keine Söhne bekommen?«

Galeran hob eine Augenbraue. Jeder wußte, warum Rufus keine Söhne hatte, nicht einmal verheiratet war.

»Es ist einfach genug«, brummte sein Vater in seinen Krug, »ein paar Bengel zu zeugen ...«

Lord William sah auf und stöhnte. »Es tut mir leid, Junge. Aber wenigstens ...« Dann besann er sich. »Was wirst du tun?«

Galeran lehnte sich im Stuhl zurück, und Grua legte ihre Nase auf sein Knie. Er streichelte ihren warmen Kopf. »Was denkst du, sollte ich tun?«

»Zum Teufel! Willst du sie behalten?«

»Ja, wenn sie behalten werden will.«

»Wenn sie will ...?« stieß sein Vater hervor. »Wenn du sie behältst, sollte sie dir dafür jeden Tag auf Knien danken!«

Galeran sah ihn an. »Kannst du dir ein Jahrzehnt oder zwei voll von einer solch bitteren Dankbarkeit vorstellen?«

Sein Vater verstummte. Es war noch nicht so lange her, daß Galerans Mutter gestorben war, und die ganze Welt wußte, daß sie und Lord William sich hingebungsvoll geliebt hatten. Mabelle von Brome war so beständig wie ein Stein und so warmherzig wie eine Kaminkachel, sie war das liebende Herz dieser Familie gewesen. Galeran wünschte, sie wäre noch immer am Leben. Mabelle wäre vielleicht in der Lage gewesen, seine Verstrickungen zu entwirren.

Lord William betrachtete seinen Sohn. »Vielleicht wäre es dann besser für dich, Jehanne abzuhaken. Wir werden für dich eine beständigere Frau finden. Wenn Jehanne in ein Kloster geht, könnten wir Heywood behalten ...«

»Wenn ich die Ehe auflöse, nehme ich an, daß Jehanne Lowick heiraten wird.«

»Lowick heiraten!« explodierte sein Vater, dann senkte er hastig seine Stimme. »Wenn du sie zum Tode verurteilst, wird sie niemanden heiraten.«

»Das könnte ich nicht. Und du ebensowenig.«
»Ich könnte sie so tief in ein Kloster stecken, daß sie niemals wieder einen Mann ansehen würde.«
»Das ist wahr, aber Lowick könnte dann immer noch ein Gesuch einreichen, damit er sie auf der Basis ihrer tiefen Zuneigung, aus der ein Kind hervorgegangen ist, heiraten kann. Er könnte sogar in der Lage sein, den Fall einer angeblichen früheren Verlobung zu fabrizieren, der vor einem Kirchengericht bestehen könnte. Und in diesem Fall würde Lowick Heywood bekommen, wenigstens als Beschützer seiner Tochter.«
»Die Sonne hat dein Gehirn ausgetrocknet, wenn du denkst, daß ich will, daß dieser Schurke sich auf der Grenze zu meinem Land niederläßt!« Rote Wut stieg in Lord Williams Gesicht auf. »Sogar in diesem letzten Jahr hat er den Mietzins angefochten, sich mit meinen Pächtern angelegt ...«
»Hat er das? – Dann solltest du mir lieber dabei helfen, meine Ehe zu retten.«
Lord William starrte ihn mit offenem Mund an. »Du listiger Fuchs!« Dann kam ein Glanz in seine Augen. »Also gut. Aber sie darf nicht ungeschoren davonkommen. Du solltest endlich damit anfangen, sie zu disziplinieren. Wenn du sie einen Monat lang täglich auspeitschst, sollte das reichen, um sie zu zähmen.«
»Auf jeden Fall. Warum ordnest du das nicht an?«
Sein Vater grunzte dazu. »Glaube nicht, daß ich nicht weiß, warum du sie geschlagen hast, Junge.« Er schob sein Kinn sorgenvoll hin und her. »Nun gut, aber was in St. Johns Namen wirst du jetzt tun?«
»Versuchen zu verstehen.«
Sein Vater schüttelte den Kopf. »Da gibt es nichts zu verstehen. Sie hat schon immer nach Lowick verlangt. Der Hälfte aller Mädchen in der Grafschaft erging es so, deine beiden Schwestern eingeschlossen. Weil du fort warst und ihre Bedürfnisse

unbefriedigt blieben, ist sie schwach geworden, so wie es alle Frauen geworden wären. Du weißt, daß ich es schon immer unnatürlich gefunden habe, daß Männer für Jahre fortgehen. Es überrascht mich, daß ganz Europa nicht von Bastarden wimmelt! Wenn ich das früher erkannte hätte …«

»Egal wie sehr sie nach Sex hungerte«, unterbrach ihn Galeran, »glaubst du wirklich, daß Jehanne am Tag der Beerdigung ihres Kindes in Lowicks Bett steigen würde?«

William sah ihn fest an. »Sie *tat* es, oder etwa nicht?«

Es war wie eine kalte Dusche. Denn sie hatte es getan – oder etwa nicht?

»Also«, wiederholte sein Vater, »was wirst du jetzt tun?«

Galeran hatte nicht die leiseste Idee. »Im Moment werde ich ihre Haft aufheben, damit sie ihre Arbeit wieder aufnehmen kann. Es sei denn, du hättest Einwände. Denn schließlich ist sie unter Arrest gestellt worden, weil sie *dich* angegriffen hat.«

William wiegte den Kopf hin und her. »Das hieße aus einer Mücke einen Elefanten machen. Und sie hatte einen Grund. Ich hätte es dir sagen sollen.«

»Ja, das hättest du.«

»Bei der Mutter Gottes, aber sie ist manchmal eine schwierige Frau! Sie kam zu mir, als sie Nachricht von deinem Tod hatte, wie du weißt. Kühl wie Wasser aus der Tiefe war sie, aber dennoch schwöre ich, daß der Gedanke an deinen Tod sie rasend machte.«

»Ich bin sicher, daß es so war. Hast du sie nach dem Tod des Kindes gesehen?«

William schüttelte seinen Kopf. »Nicht gleich danach. Es hat eine ganze Woche gedauert, bis wir miteinander geredet haben. Und als ich herkam, war es, als wenn nichts – nein«, sagte er abrupt, »es war nicht, als wenn nichts passiert wäre. Sie war wie eine wandelnde Statue. Aber sie kümmerte sich um die Geschäfte, als wenn nichts passiert wäre, und offensichtlich hat sie das seit dem Tag nach dem Kindstod getan. Das sieht seltsam aus.«

»Und das Gerede hatte bereits begonnen.«

»Ja, obwohl zu dieser Zeit niemand mit mir über ihre Verbindung zu Lowick gesprochen hat.«

Galeran kämpfte gegen den Zwang an, aufzustehen und wegzugehen. Er mußte sich daran gewöhnen, über diese Dinge zu sprechen. »Wann hast du es herausgefunden?«

»Das ist eine gute Frage.« Sein Vater bewegte schon wieder seinen Kiefer. »Es war ein geschäftiges Jahr, Sohn, mit diesem und jenem. Die Schotten waren lästig. Das Wetter war unbeständig. Und dann dieser Flambard ... Als wir die Nachricht von deinem Tod erhalten hatten, habe ich Nachrichten ins Ausland geschickt, an den Papst und nach Konstantinopel, in der Hoffnung, eine andere, bessere Nachricht zu erhalten. Weil ich aber keine guten Neuigkeiten zu berichten hatte, habe ich Jehanne nicht aufgesucht.«

Er griff nach seinem Bier und nahm einen tiefen Zug. »Scheint so, daß Wills Frau Gerüchte gehört hat, aber sie wollte keinen Ärger heraufbeschwören, diese dumme Kuh – da war es sowieso schon zu spät. Das erste Mal, daß ich es aus sicherer Quelle hörte, war, als Lowick ein Gesuch an den König schickte, damit der dich für tot erklärte und er deine Witwe heiraten könnte, die ein Kind erwartete. Ich kam nur hierher, um jede Bestätigung oder Erklärung verweigert zu bekommen! Ich hatte damals große Lust, diesen Ort zu besetzen, aber es macht keinen Sinn, ein Schloß durch Besetzung einzunehmen. Besonders eines, das sowieso in die Familie gehört. Also ging ich in den Süden, um das Gesuch anzufechten.«

»Was passierte?«

»Das Gesuch lag in Kanzleigerichten herum. Nach einer Weile beließ ich es dabei, da ich sehen konnte, daß so bald nichts entschieden werden würde. Was noch schwerer wog, ich hatte einen Seemann gesprochen, der geschworen hat, daß er dich in

Konstantinopel lebendig gesehen hatte. Also schickte ich nach weiteren Nachrichten, um die Wahrheit herauszufinden.«

»Hat Lowick irgendeine Unterstützung von Rufus bekommen?«

Lord Williams Lächeln war grimmig. »Dieser Fall war es nicht wert, mich zu beleidigen, obwohl Flambard versuchte, den König zu beeinflussen. Der Bischof hatte einen langnasigen Kirchenmann hier in der Gegend, der ihn drängte, aber da ich die Geschichte vom Seemann erzählen konnte, wollte niemand etwas überstürzen. Ich fürchte, der Mann des Bischofs wird jetzt zurück sein, um wenigstens irgend jemanden für irgend etwas Bußgeld zahlen zu lassen.«

»Geld ist das geringste meiner Probleme.«

»Ha! Wenn Rufus und Flambard über England herfallen wie die Krähen über ein Maisfeld, dann wird Geld bald ein Problem sein, weil niemand es hat.« William erhob sich aus dem Stuhl. »Das erinnert mich an etwas. Ich sollte am besten zurück nach Brome gehen und mich um meine eigenen Angelegenheiten kümmern. Es sei denn, du brauchst mich hier.«

Galeran stand auf. »Nein, natürlich nicht.«

»Du hättest einen Schutz ...«

Galeran sah seinem besorgten Vater in die Augen und schickte ihm einen beruhigenden Blick. »Ich fühle mich eigentlich nicht besonders brutal, und wenn sich das ändern sollte, Raoul ist größer als ich. Es scheint, daß er sich selbst zu meinem Wachhund ernannt hat, und er ist genauso sanft zu Frauen wie du es bist.«

Lord William zuckte mit den Schultern und ging seines Weges. Das Heer hatte bereits das Lager aufgelöst, und es dauerte nicht lange, bis eine ordentliche Schlange von Männern und Wagen hinter dem Hügel verschwand.

Er gab Anweisung, die Wachen, die er Jehanne zugeteilt hatte, abzuziehen und ihr zu sagen, daß sie frei wäre, damit sie ihre Pflichten aufnehmen könnte, es wäre ihr aber nicht erlaubt, das

Schloß zu verlassen. Obwohl er es haßte, das zu tun, sprach er auch mit Walter von Matlock und machte ihm klar, daß Jehanne daran gehindert werden müßte, das Schloß zu verlassen, wenn nötig, mit Gewalt.

Als nächstes bestellte er den Zimmermann zu sich und orderte ein neues Bett, ebenso eine neue Matratze. Er hoffte, daß das einen neuen Anfang darstellen könnte.

Dann verlangte er nach seinen besten Pferden, nahm seine Hunde, zwei vielversprechende Falken und vier bewaffnete Männer mit und ritt aus, um Raoul sein Anwesen zu zeigen und ein wenig zu jagen. Der Ausflug könnte Tage dauern, wenn er bei all seinen größeren Pächtern und den Dorfältesten haltmachte, um mit ihnen zu sprechen. Wenn er auch noch die kleineren Anwesen, die zu Heywood gehörten, besuchen würde, könnte der Ausflug Wochen dauern, aber das würde bedeuten, daß er seine Feigheit zu weit trieb.

Siebtes Kapitel

Als Aline gehört hatte, daß Galeran abgereist war, machte sie sich eilig auf die Suche nach ihrer Cousine und schalt innerlich alle Menschen, die vor Situationen davonliefen, denen man sich stellen sollte. Sie war sicher, daß Raoul de Jouray etwas damit zu tun hatte. Er war genau die Sorte leichtfertiger, immer lächelnder Männer, die lieber jagen gingen, als ein unbequemes Problem zu lösen.
Endlich fand sie Jehanne auf den Mauern, sie sah den Reitern nach. Aline hielt ein wenig entfernt an, sie wollte sie in diesem Moment nicht stören.
Sie kannte ihre Cousine gut und liebte sie von Herzen. Leute mochten denken, daß das versteinerte Gesicht Teilnahmslosigkeit ausdrückte, aber Aline wußte, daß es eine Maske war, um Jehannes tiefste Qual zu verstecken. Sie war darüber unglücklich. Die Maske konnte nur allzu leicht falsch gedeutet werden. So wie es geschehen war, als Gallot starb.
Aline fühlte sich dafür schuldig. Sie hatte das Kind angebetet und war selbst so aufgewühlt, daß sie kaum einen Gedanken an den Schmerz der Mutter verschwendet hatte. Statt dessen hatte sie sich in die Kapelle geflüchtet, um Trost im Gebet zu suchen. Vielleicht wäre ihre Cousine nicht in Lowicks Armen gelandet und säße jetzt nicht mit Donata fest, wenn sie, Aline, geblieben wäre, um Jehanne Trost zu spenden.
Wenn diese Nacht anders verlaufen wäre, dann hätte die Rückkehr von Galeran eine Zeit wunderbaren Glücks werden

können. Statt dessen erinnerte sie sich mit Schaudern an die Zeit zwischen Galerans Auftauchen an den Toren und dem Morgen danach, als er das Schloß betreten hatte.

Als eine Wache in die Halle gestürzt kam und die Nachricht von Lord Galerans Ankunft überbrachte, hatte Aline gedacht, Jehanne würde in Ohnmacht fallen, obwohl sie nicht wußte, ob diese Blässe der Angst oder vielleicht dem Schock zuzuschreiben war.

Lowick war nur wütend. Es dauerte nicht lange, bis er sich darüber klarwurde, daß es zur sicheren Katastrophe führen würde, wenn er bliebe. Es wäre sein sicherer Tod.

Genau hier in der Halle war es, als Jehanne ihn ruhig dazu aufforderte, das Schloß zu verlassen. Aline wollte ihre Cousine schütteln, ihr sagen, sie sollte etwas Nettes zur Rückkehr ihres Ehegatten sagen. Statt dessen klang sie wie eine Frau, die ihren Liebsten in Sicherheit schickte.

Immerhin weigerte sich Jehanne öffentlich, mit ihm zu gehen, sie sagte vor allen, daß sie nicht vor ihrem rechtmäßigen Ehemann fliehen würde. Es klang aber nicht liebevoll.

»Jehanne. Meine Lady!« protestierte Lowick, und wenigstens er klang ehrlich bewegt. »Wie kann ich Euch hierlassen, um ihm gegenüberzutreten? Ihr müßt mit mir kommen, denn ich fürchte um Eure Sicherheit und um die Eures Kindes.«

»Donata ist zu jung für eine solche Reise, Raymond.«

»Dann laßt sie hier. Aline kann sie verstecken.«

»Sie muß gestillt werden.«

»Eine Amme ...«

»Ich werde nicht zulassen, daß mein Kind die Milch einer Fremden trinken muß, besonders nicht, um meine Haut zu retten.«

»Es wird keine Milch geben, wenn er dich erwürgt!«

Er versuchte, sie an sich zu reißen, aber Jehanne zückte ihr Messer, und ihre Männer zogen die Schwerter. Lowicks Männer zogen ebenfalls die Waffen, aber sie waren in der Minderheit, und so machten sie und ihr Herr sich in finsterster Nacht auf zum hinteren Tor.

Mit eigenen Männern zu ihrem Schutz an ihrer Seite, begleitete Jehanne sie zu der kleinen Tür in der Mauer. Aline ging auch mit, sie wollte sichergehen, daß der Hauptgrund ihrer Sorgen verschwand.

An der Tür versuchte Lowick noch einmal, Jehanne davon zu überzeugen, mit ihm zu fliehen. Als das nicht fruchtete, fiel er auf die Knie und küßte ihre Hand. »Gott schütze Euch. Ich werde zum Bischof gehen und um seine Hilfe bitten. Er wird für uns mit dem König sprechen. Ich werde einen Weg finden, um dich zu beschützen, einen Weg, damit wir zusammen sein können.«

Jehanne sagte gar nichts.

Aline murmelte: »Den wären wir los«, und betete, daß Lowick schnell eine andere begüterte Lady finden würde, die er ausnutzen konnte.

Obwohl das nicht fair war, dachte sie, als sie alle zurück in die Festung eilten. Raymond war Jehanne ehrlich zugetan. Vielleicht war das die Erklärung dafür, daß Jehanne ihm gegenüber so schwach geworden war.

Und es gab gute Gründe für Lowicks Angst um die Sicherheit von Jehanne und Donata. Männer waren nicht besonders nett zu untreuen Frauen und unehelichen Kindern, und dieses Wissen bereitete den Leuten von Heywood eine lange, schlaflose Nacht. Aline, die dabei half, das Schloß für seinen zurückkehrenden Herren zu öffnen, betete angelegentlich zu Maria Magdalena, der Schutzheiligen sündiger Frauen.

Die Morgenröte wurde als Ende des Wartens willkommen geheißen, obwohl sich niemand sicher war, was der Tag bringen würde. Jehanne, äußerlich noch immer ruhig, sprach ein letztes Mal zu ihren Offizieren, um sicherzugehen, daß sie ihre Anweisungen verstanden hatten, dann wusch sie sich und ging in die Halle, um zu warten.

Als Aline feststellte, daß Jehanne ihren Mann mit dem Bastard in den Armen begrüßen wollte, protestierte sie. »Donata ist die einzige Unschuldige hier, Jehanne. Du kannst nicht ihr Leben riskieren! Gib sie mir.«

»Nein.« Sie sagte es atemlos, und Aline sah, daß ihre Cousine fast ohnmächtig vor Angst wurde. Das bedeutete, sie war nicht imstande, klar zu denken.

»Sei vorsichtig, Jehanne. Du kannst von einem Mann nicht erwarten, daß er in einem solchen Moment vernünftig ist.« Sie versuchte, das Kind an sich zu nehmen, aber Jehanne hielt es fest. »Ich werde sie nicht verstecken ...«

»Es ist keine Frage von Verstecken. Gib sie mir!«

Aber dann war Galeran da, tauchte im Torweg auf, er war ein unheimlicher dunkler Schatten, der sich gegen den dämmrigen Himmel abzeichnete. Besorgt trat Aline ein paar Schritte zurück, und beruhigte sich dann damit, daß Galeran immer ein gutherziges, vernünftiges Wesen gehabt hatte.

Für einen Mann ...

Aline hatte fünf Brüder und wenig Illusionen über die männliche Art.

Außerdem, war das der Galeran, den sie kannte? Er sah fürchterlich aus – zerlumpt, hager, bärtig und schmutzig, hatte neue Narben in seinem Gesicht.

Sie hatte sich fast gefragt, ob *er* es war, bis die Hunde auf ihn zurannten, um ihn willkommen zu heißen. Er belohnte sie, und dann sah er auf. Als er auf Jehanne und das Baby zugegangen war, hatte Aline ängstlich die Luft eingesogen.

Dieser Mann war nicht der Galeran, den sie kannte ...

Aber alles in allem war es nicht allzu schlecht abgelaufen, überlegte Aline.

Und gestern hatten er und Jehanne miteinander eine ganze Zeit im Bad verbracht. Und dann war Jehanne eine ganze Weile mit ihm im Schlafzimmer gewesen, obwohl sie es mit versteinertem Gesicht wieder verlassen hatte ...

Kaum verwunderlich. Aline konnte die Dunkelheit in Galerans Augen nicht übersehen und die Ausstrahlung von unterdrückter Wut, die von ihm ausging. Sie konnte auch den Schlag nicht vergessen.
Vielleicht war Jehanne erleichtert gewesen zu sehen, daß er für einige Tage fortritt.
Sie ging auf sie zu, um sie auf andere Gedanken zu bringen und sah, daß ihre Cousine weinte. »Tränen?« Sofort bereute sie es, das gesagt zu haben. Jehanne haßte es, gesehen zu werden, wenn sie weinte. »Donata ist hungrig«, entgegnete sie schnell. Sie wischte sich die Augen, dann drehte sie sich um. »Es tut mir leid. Ich hatte die Zeit vergessen.« Wieder ruhig geworden, ging sie den Weg hinunter zur Brücke.
Aline lief ihr hinterher, wünschte sich, daß Jehanne in der Öffentlichkeit weinen würde, so oft wie möglich. Das würde die Männer sofort weich werden lassen. »Was wird jetzt geschehen?« fragte sie.
»Ich weiß es nicht.«
»Hast du Galeran nicht gefragt?«
»Nein.«
»Warum nicht?«
Jehanne hielt an und sah sich zu ihr um. »Weil er es wahrscheinlich auch nicht weiß.«
Aline verdrehte die Augen. »Du hättest ihn *fragen* können. Ihr wart heute morgen zusammen.«
»Wir haben kaum gesprochen.«
»Aber du warst ewig dort drinnen! ... Oh!«
»Genau.«
Aline konnte die Erleichterung wie einen warmen Strom in ihrem Herzen fühlen. »Dann ist ja wohl alles wieder im Lot, Jehanne?«
Jehanne seufzte. »Nein, Aline. Sex kann solche Probleme nicht heilen.«
»Was tut Sex denn?«

»Ich weiß es nicht.« Und damit drehte sich Jehanne wieder um, um über die Schloßbrücke zu gehen.
»Du kannst das Vergangene nicht einfach aus dem Gedächtnis streichen. Es ist noch nicht vorbei. Was wird Raymond jetzt tun?«
Jehanne stand erstarrt da. »Raymond?«
»Du erinnerst dich an Raymond«, sagte Aline bissig. »Der große Blonde? Er wird nicht aufgeben. Er wird wahrscheinlich genau das tun, was er angekündigt hat und wird versuchen, den König für seinen Fall zu interessieren.«
»Ich denke, das wird er tun«, sagte Jehanne, und ihre Stimme war nachdenklich. »Was hat denn der König davon, Lowick gegen Galerans Familie zu unterstützen? Und außerdem ist Galeran ein heimgekehrter Kreuzritter. Die kommen gleich nach den lebenden Heiligen.«
»Also wird er aufgeben müssen?«
Jehanne wurde blaß. »Er könnte darüber nachdenken, wie er auf andere Weise zu seinem Glück kommt.« Sie hob ihre Röcke und rannte die Stufen zur Halle hinauf, Aline trappelte hinter ihr her.
»Was meinst du damit?« fragte sie atemlos, als Jehanne nach ihrem Schreiber rief. Aber dann hörte sie, wie ihre Cousine eine hastige Mitteilung diktierte – eine Warnung an Galeran, sich vor hinterhältigen Mördern in den Wäldern in acht zu nehmen.
»Meinst du, er würde versuchen, ihn zu *töten*?« fragte Aline, als der Schreiber fortgeeilt war, um den Brief einem Kurier zu übergeben.
»Warum nicht? Warum nicht?« rief Jehanne aus und durchschritt mit wehenden Kleidern die Halle. »Wenn Galeran tot ist, hätte Raymond wieder eine ideale Ausgangsbasis, um Anspruch auf mich zu erheben.« Sie hielt plötzlich an und verschränkte die Hände wie zum Gebet. »Oh, wenn ich doch nur selbst reiten könnte, um ihm die Nachricht zu überbringen!«

»Um ihn zu schützen? Jehanne, er kann gut auf sich selbst aufpassen, besonders da du ihn jetzt gewarnt hast. Und er hat außerdem diesen Raoul de Jouray an seiner Seite. All diese Muskeln müssen doch zu etwas nütze sein.«

Jehanne beruhigte sich und lachte sogar. »Das ist wahr. Und ich habe mich entschlossen, nicht mehr so wild zu sein. Du siehst ja, wohin uns das geführt hat. Ich werde mein Vertrauen auf Gott setzen.«

Aline umarmte sie. »Dann gibt es Hoffnung. Und Donata wartet, wie du hören kannst.«

Aline begleitete ihre Cousine zu dem weinenden Baby und schickte selbst ihre innigsten Gebete für Galerans Sicherheit gen Himmel.

Galeran war von der Nachricht überrascht. Er konnte aus den knappen Worten keine besondere Anteilnahme entdecken, aber mit Sicherheit mußte das bedeuten, daß Jehanne ihn Raymond vorzog.

Es sei denn, sie fürchtete einfach, für Beihilfe zum Mord verurteilt zu werden.

Ob seiner Gedanken zog er eine Grimasse, zog seine Kettenmütze hoch und ritt weiter, nicht ohne wachsam die Umgebung zu beobachten.

Sie schliefen in dieser Nacht in einem Mönchskloster, das unter dem Schutz und mit der Unterstützung von Heywood florierte.

Der Herr gibt den Seinen, aber er verlangt auch von Zeit zu Zeit Opfer ...

War das ein Teil der Antwort? Hatten sein Ekel und sein mangelnder Glaube daran, Jerusalem einzunehmen, den großzügigen Gott verärgert und ihn veranlaßt, sein Geschenk zurückzunehmen? Galeran war nicht daran gewöhnt, sich Gott launisch vorzustellen, aber er war auch nicht daran gewöhnt, ihn sich grausam und ungerecht vorzustellen.

Als er mit Raoul auf der Gästeveranda saß und sie gerade ein feines Mahl beendet hatten, sagte Galeran: »Du warst bemerkenswert taktvoll. Keine Fragen? Kein Rat?«
»Möchtest du Rat?«
»Ja.«
»Aber wirst du ihn auch annehmen?«
Galeran grinste. »Wahrscheinlich nicht.«
»Dann macht es ja nichts, wenn ich ihn dir gebe. Schieb sie ab. Sie ist eine Hexe.«
Galeran starrte ihn an. »Eine *Hexe*?«
»Spotte, wenn du willst. Niemand, der unter einem Bann steht, weiß das. Es ist jedenfalls klar, daß die Menschen im Schloß denken, daß sie sich der Magie bedient.«
»Die Menschen im Schloß finden sie seltsam, weil sie sich nicht immer verhält wie andere Frauen. Sie benutzt keine Magie.«
»Aber wie ist sie dann heute in dein Bett gekommen?«
Galeran brach in Lachen aus. »Wie kannst du das fragen? Ich war wie ein Hengst mit einer rossigen Stute. Sie mußte mich nur berühren.«
Raoul lehnte sich nach vorn, fuchtelte mit einem Finger in der Luft herum, um seine Begründung zu betonen. »Das war, weil sie dich davon überzeugt hat, diesen Treueschwur zu schwören. Ich habe immer gesagt, daß es unnatürlich ist.«
»Ich habe mich selbst davon überzeugt, Raoul. Es schien richtig zu sein, wenn man bedenkt, *was* wir von Gott erbaten. Außerdem«, gab Galeran zu, »ich habe niemals andere Frauen gewollt oder mir genommen.«
Raouls Mund klappte vor Schreck zu. »Da. Siehst du! Verzaubert.«
»Raoul, *du* magst das als ein Zeichen von Verzauberung sehen, aber für mich ist es nur ein Zeichen von Hingabe. Wenn jemals eine Frau deine Unstetigkeit besiegt, dann wirst du wahrscheinlich genauso fühlen. Ich habe Jehanne getroffen und mich in sie verliebt, bevor ich mich für andere Liebschaften

interessieren konnte. Und sie ist eine ganz besondere Frau.« Er sah, wie Raoul zu sprechen anhob. »Aber keine Hexe. Sie ist die bodenständigste Frau, die ich kenne. Das erinnert mich an etwas. Stell Aline nicht bloß.«

Raouls Braue hob sich. »Die zwergenhafte Cousine deiner Frau? Was habe ich ihr getan?«

»Sie gebeten, dich zu baden.«

»Warum nicht?« Dann warf Raoul Galeran einen vorsichtigen Blick zu. »Ich habe jedenfalls deine Frau *nicht* gebeten, mir zur Seite zu stehen. Ich habe ihr vorgeschlagen, eine der anderen Frauen zu schicken.«

»Das würde mangelnden Respekt einem Gast gegenüber bedeuten.«

»Es wäre niemals so gekommen, wenn die kleine Cousine meiner Bitte gefolgt wäre. Warum wollte sie eigentlich nicht?«

Galeran goß den letzten Rest des Weines in ihre Kelche. »Aline war schon immer sehr zurückhaltend, wenn Männer anwesend waren, obwohl sie das einzige Mädchen unter männlichen Geschwistern war. Vor einigen Jahren ging sie in das St.-Radegund-Kloster, um dort Gelöbnisse abzulegen. Sie hat das Kloster nur verlassen, weil Jehanne Gesellschaft benötigte, während ich fort war.«

»Aber wenn Männer sie nervös machen, dann ist es jetzt Zeit, ins Kloster zurückzugehen.«

Galeran verzog sein Gesicht zu einem Lächeln. »Sie bleibt mit Sicherheit noch, weil sie Jehanne beschützen will. Dafür, daß sie so klein ist, ist sie eine sehr leidenschaftliche Person. Aber in dem Moment, in dem sie sich sicher ist, daß ich weder Jehanne noch dem Baby weh tun werde, wird sie zweifellos Nonne werden.«

Raoul trank den letzten Schluck Wein. »Das scheint mir doch eine Verschwendung zu sein.«

»Warum? Sie ist eine ideale Nonne – klug, pragmatisch, und sie hat kein Interesse an Männern.«

»Das kann ich mir kaum vorstellen. Aber ich denke, da Nonnen die Bräute Christi genannt werden, sollte er sich ein paar der hübschen, lebendigen nehmen.«

Galeran verschluckte sich fast an seinem Wein. »Eines Tages wird ein Blitz vom Himmel schießen, der dich in Asche verwandeln wird.« Aber dann betrachtete er seinen Freund aufmerksam. »Also«, fügte er nachdenklich hinzu, »findest du sie hübsch und lebendig, nicht wahr?«

»O nein!« Raoul hob seine Hände. »Denke lieber über deine eigenen Angelegenheiten nach. Daß sie hübsch und lebendig ist, bedeutet nicht, daß ich mich mit ihr einlassen will.«

»Aber ...«

»Aber was wirst du mit deiner Frau tun? Denkst du, du kannst einfach sagen: ›In Ordnung, vergessen wir alles Gewesene‹?«

»Du wechselst krampfhaft das Thema ...« Galeran nahm sich Zeit, um sein Messer sauber zu wischen, erst an Brotresten, schließlich an einem leinenen Tuch. »Nein, ich denke nicht, daß ich es einfach so wegwischen kann, wenn sie ihr Balg an der Brust hat.«

Er bedauerte, das Wort Balg gesagt zu haben, sobald er es ausgesprochen hatte. Nichts von allem war die Schuld des Kindes – Donatas Schuld. Er mußte an sie als Donata denken. *Donata* sollte nicht unter der Sünde ihrer Mutter leiden müssen.

»Ah, gut.« Raoul sah ihn aufmerksam an. »Vielleicht wirst du in einiger Zeit klarer sehen.«

In stiller Übereinkunft standen beide auf, um sich in ihre Betten zu begeben.

Als er dort lag, konnte Galeran nicht umhin und mußte an Jehanne denken. Daß sie sich an diesem Morgen geliebt hatten, hatte ihn erleichtert, dennoch konnte das nicht einen tieferen Hunger stillen – den Hunger, mit ihr wie in der Vergangenheit in Harmonie zu leben, sich gegenseitig zu kennen, wie Musiker, die ihre Instrumente spielen, neue ungekannte und doch vertraute Töne hervorbringen, einfach nur zum Spaß.

Nach einer schlaflosen Stunde verließ er das Bett und ging in die Kapelle, um sich vor den Altar hinzuknien und zu beten.

Zunächst wischte er den leisen Zweifel, der sich in seine Gedanken geschlichen hatte, fort. Gott nahm nicht einfach Geschenke wieder fort, nur weil die Menschen sündigen. Galeran wußte, daß er sein Bestes im Heiligen Land getan hatte, daß er seine Rolle in allen Schlachten gut gespielt hatte. Und was seine Abneigung gegenüber dem Ausmaß des Massakers in den Straßen von Jerusalem anging, war er plötzlich davon überzeugt, daß Gott ihn dafür nicht zur Rechenschaft ziehen würde ... Nun gut, es hätte sowohl eine wertvolle Einsicht als auch eine Schwäche im Glauben sein können, und Gott würde das akzeptieren und ihm vergeben.

Er würde niemals ein Kind aus Rache töten.

Galeran fuhr fort zu beten, und jetzt legte sich Frieden auf seine Seele.

Jerusalem und Jehanne, beide hatten seinen Glauben in die Religion erschüttert, aber beide hatten seinen Glauben an göttliche Güte nicht anrühren können. Im Gegenteil, das Heilige Land hatte ihm eine tiefere, reichere Vision von Gott vermittelt.

Dort hatte er zum ersten Mal wirklich geglaubt, daß Jesus von Nazareth existiert hatte – nicht der ruhmreiche Herr aus den handgezeichneten Bildern, sondern ein Mann, der war, wie andere Männer. Als Kind hatte er mit seinen Freunden im Staub von Bethlehem gespielt, so wie Galeran auf Brome gespielt hatte. Als Jugendlicher war er ausgezogen, um seinen Platz in der Welt einzunehmen. Als Mann war er in Jerusalem gestorben, so wie Galeran dort fast gestorben wäre.

Wer, wenn nicht er konnte Galerans Schmerz verstehen und einen Weg in das Dunkel hineinzeichnen?

Am nächsten Tag ritten sie ihres Weges, noch immer wachsam. Die Expedition stellte sich dennoch als friedlich heraus. Tag für Tag strahlte die Sonne von einem klaren, blauen Himmel, aber Gott sandte seinen Kindern die Wohltat leichter, weißer Wolken und einer frischen Brise, um die Hitze ein wenig erträglicher zu machen. Sogar Raoul begann, ein wenig freundlicher über das englische Klima zu denken.

Überall waren Insekten, Tiere und Menschen zu sehen, die für härtere Zeiten arbeiteten, die Arbeiter in den Feldern priesen die lebenspendende Sonne und verfluchten die Hitze.

Auf den Mooren waren die Schafe froh, von ihrer schweren Wolle befreit zu werden. In den Tälern frohlockten die Bauern, als das erste Heu in Garben zusammengestellt wurde. Kühe grasten unerschütterlich, während hinten in den Katen und Herrenhäusern ihre nahrhafte Milch zu Butter und Käse verarbeitet wurde. Kleine Armeen von Gänsen, Hühnern und Enten flatterten unter der Aufsicht von Kindern von hier nach da, setzten Fett an, um im Herbst geschlachtet zu werden.

Die Landschaft strotzte vor lukullischen Genüssen, und Galerans Falke brachte ihm regelmäßig schmackhafte Vögel. Jeden Abend jagten Männer und Hunde Hasen und Kaninchen für den Kochtopf, und weil es ihnen Spaß machte.

Das war sein Land, das war sein Leben, und Galeran fühlte, wie seine Gesundheit und sein Wohlbefinden langsam zurückkehrten.

Er vergaß dennoch nicht Jehannes Warnung. In jedem Dörfchen erkundigte er sich nach Fremden, aber stets erhielt er zur Antwort, daß niemand gesehen worden war. Langsam entspannte er sich. In diesen geschäftigen Zeiten würde es für bewaffnete Männer schwierig sein, unbeobachtet über Land zu reisen, und es tat ihm weh, durch sein eigenes Land reisen zu müssen, als befände er sich unter Feinden.

In jedem Dorf und Dörfchen gab er bekannt, daß er wieder zu Hause war, und seinen Leuten zur Verfügung stand. Er wurde

mit herzerwärmender Freude begrüßt, und man bot ihm jungen Käse, reife Früchte und frisch gefangenen Fisch an.
Ja, es war schön, wieder zu Hause zu sein, auch wenn er das Gefühl hatte, daß eine Frage immer wieder still gestellt wurde. *Und was bedeutet das alles für Lady Jehanne?*
Niemand erwähnte Gallot. Vielleicht war es ein zu schwerwiegendes Problem, oder aber die Trauer war schon zu lange her. Kinder starben. Das war keine große Sache. Außer für die Eltern. Und für das Elternteil, das sein Kind niemals kennengelernt hatte.
Er hörte keine direkten Beschwerden über Raymond von Lowick, und es war offensichtlich, daß Lowick im großen und ganzen die Dinge gut im Griff gehabt hatte. Außerdem war deutlich, daß er mit strenger Hand regiert hatte und mehr genommen hatte als das, was Heywood zugestanden hätte.
Das war gar nicht so ungewöhnlich in Rufus' England, aber das war nicht Galerans Stil.
Nachdem einige Zeit verstrichen war und die Reise sie immer weiter von Heywood fortführte, fand Galeran heraus, daß die einfachen Leute wenig von den Ereignissen im Schloß gehört hatten. Obwohl sie wußten, daß es dort Ärger gegeben hatte, wußten sie nichts von Jehannes Untreue. Wenn sie überhaupt von ihrem zweiten Kind gehört hatten, dann gratulierten sie ihm dazu. Vermutlich konnten sie nicht die Monate zählen oder hatten keine Ahnung, wie weit fort er gewesen war.
Zweifellos dachten sie, das Heilige Land war irgendwo nicht weit hinter Wales.
So wie diese Menschen zum Beispiel auf dem Boden unter einem Baum saßen und ernsthaft darüber stritten, wo wessen Dorfboden aufhörte und des anderen begann, hätte Galeran sie fast um ihr einfaches Leben beneidet. Aber dann wurde ihm ein Fall zur Schlichtung vorgetragen, bei dem ihm klarwurde, daß die Probleme im Dorf genauso komplex waren wie seine eigenen.

Biddy aus Merton war eine Diebin, die nun, seit ihr Mann gestorben war, aller Rechte beraubt war, sagten die Einwohner von Threpton. Das schien wahr zu sein, aber als Galeran die trotzige junge Frau mit ihrem spöttischen Mund und knochigen Hüften sah, sah er auch jemanden, der allein und verängstigt war. Wie konnte sie überleben, wenn nicht durch Stehlen?

Biddy konnte mit Sicherheit nicht dort bleiben, wo sie so unbeliebt geworden war, also schickte er sie nach Heywood, um sie dort anzustellen. Er versprach ihr, daß sie eine Wohnung haben könnte, oder er für sie einen neuen Ehemann suchen würde, wenn sie sich anständig benahm. Sollte sie wieder stehlen, würde sie ausgepeitscht und fortgejagt werden, dann müßte sie zusehen, wie sie für sich selbst sorgte.

So wie Gil und die anderen sich wünschten, daß Jehanne ausgepeitscht würde.

So wie die Kirchenmänner es zweifellos wünschen würden, wenn sie sich einmischen könnten.

Aber die Kirche würde gnädiger sein als ein ziviles Gericht, das sie wahrscheinlich zu Tod durch Verbrennen verurteilen würde.

Es war am Ende des dritten Tages, als die Frau zu ihm gebracht wurde, ein Baby im Arm haltend. Er dachte, sein Herz bliebe stehen.

Sie hatte überhaupt keine Ähnlichkeit mit Jehanne, sie war stämmig und dunkelhaarig, aber etwas in ihrer ängstlichen Demut ihm gegenüber erinnerte ihn an seine Frau, die in der Halle auf ihn gewartet hatte, und er war nicht überrascht, als man ihm berichtete, daß sie eine Ehebrecherin war.

Hier lag der Fall allerdings anders, denn die Frau wollte nicht sagen, von wem das Kind war. Sie hatte versucht zu behaupten, es wäre das ihres Mannes, aber er – ein ziemlich alter Mann – schwor, er hätte nichts mehr mit seiner Frau gehabt.

Der Priester am Ort wurde in den Fall eingeweiht und hatte lange und streng auf die Frau eingeredet, sie bittend, den Namen des Vaters zu nennen. Jetzt wiederholte Vater Swithin seine Ermahnungen, erklärte der Frau, daß die Ehe annulliert werden könnte, wenn der Gatte seinen ehelichen Pflichten nicht nachkommen könnte, und daß sie dann den wirklichen Vater ihres Kindes heiraten könne.

Sie blieb stur und sagte kein Wort, und jeder sah zu Galeran hin, ein Urteil erwartend.

Früher wäre er bei solch lächerlichen Angelegenheiten sehr ungeduldig gewesen, aber jetzt fragte er sich, ob es in diesem Fall nicht genauso viele komplizierende Faktoren gab wie in seinem eigenen.

Es saß auf einer Bank in der Nähe des Wirtshauses im Schatten einer ausladenden Buche. Raoul und seine Männer waren im Gasthaus und genossen ein herzhaftes Mahl aus Bier, Brot und Käse.

Galeran nahm einen tiefen Zug von seinem eigenen Bier und forderte die Frau auf, sich neben ihn auf die Bank zu setzen. Sie kam zögernd, trug immer noch ihr in ein Tuch gewickeltes Baby.

»Wie ist dein Name?« fragte er und bot ihr einige Himbeeren von der Platte, die neben sein Brot gestellt worden war, an.

»Agnes, Lord.« Sie nahm vorsichtig einige Beeren, aber dann stopfte sie sie schnell in ihren Mund.

»Weißt du, wer der Vater ist, Agnes?«

Sie schluckte die Beeren hinunter, und er dachte schon, sie würde nicht antworten, aber unter seinem fordernden Blick nickte sie.

»Ist er verheiratet?«

Sie sah stirnrunzelnd zu Boden. »Ich sollte das besser nicht sagen, Mylord.«

»Warum sollte er aus seiner Verantwortung entlassen werden? Zumindest muß er eine Geldstrafe zahlen, und er sollte sein Kind unterstützen.«

»Edric hat immer gesagt, daß er ein Kind von mir will. Warum kann *er* es nicht unterstützen?«

»Edric ist dein Ehemann?«

»Ja, Lord.« Sie schickte ein Runzeln in die Richtung des kräftigen weißhaarigen Mannes, der sie anblickte.

Galeran winkte den Mann zu sich heran. »Edric, hast du überhaupt Kinder?«

»Nein, Herr. Meine erste Frau bekam nie welche.«

»Das ist nicht verwunderlich«, murmelte Agnes.

»Sei still, Frau«, sagte Galeran scharf.

Galeran sah den Ehemann an, den er dabei ertappte, wie er das Kind eher sehnsuchtsvoll betrachtete. »Er scheint ein gesunder Junge zu sein. Er könnte für dich eine Unterstützung im Alter sein...«

Der finstere Blick kehrte zurück. »Ich werde nicht das Balg eines anderen Mannes großziehen, Lord, das ganze Dorf wird über mich lachen.«

»Wenn du keinen Lärm darum gemacht hättest«, warf Galeran ein, »dann hätte es niemand erfahren.«

Das war eine Möglichkeit, die er selbst gern gehabt hätte.

»Sie hat es mir in der Öffentlichkeit gesagt, Lord Galeran! Daß sie schwanger ist. Das war ein Schock.«

Galeran wendete sich der Frau zu. »Agnes, warum hast du das getan?« Als sie stumm blieb, sagte er: »Sprich, oder ich werde dich auspeitschen lassen.«

Sie warf ihm einen ärgerlichen Blick zu, aber murmelte: »Ich habe nie gedacht, daß er seine Unfähigkeit zugeben würde, Mylord.«

»Aha. Also dachtest du, die Schande würde ihn dazu bringen, zu schweigen, damit du sowohl Ehemann als auch den Liebhaber behalten kannst.«

Verräterische Farbe überzog ihre runden Wangen.

Tatsächlich ein munteres Wirrwarr, aber Galeran empfand einiges Mitleid mit der jungen Frau, die an einen alten und impotenten Mann gefesselt war. »Edric, warum hast du eine junge, gesunde Frau geheiratet, wenn du gar kein Interesse daran hast, mit ihr zu schlafen?«

»Oh, ich habe Interesse daran, Lord«, sagte der alte Mann und erzeugte mit dieser Äußerung Lachen von den Nebenstehenden. »Ich dacht', 'ne Junge würd' mich wieder aufleben lassen.«

Galeran wendete sich wieder Agnes zu. »Und warum hast du Edric geheiratet? Wurdest du gezwungen?«

Als sie zögerte, trat ein vierschrötiger Mann nach vorn. »Sie wurde nicht gezwungen, Lord Galeran. Ich bin ihr Vater, und es war ihr alleiniger Wunsch, Edric zu heiraten.«

Galeran winkte ihn zurück. »Nun, Agnes?«

Sie starrte noch immer finster vor sich hin, aber er meinte, ihre Lippen zittern zu sehen. »Er ist ein wohlhabender Mann, Herr. Ich wußte nichts von seinen Problemen. Er hätte etwas sagen müssen.«

»Das ist wahr. Und wenn du dich über die Unfähigkeit deines Mannes beklagen willst, könnte das ein Grund sein, die Ehe aufzulösen, damit du den Vater des Kindes heiraten kannst. Es ist, wie der Priester dir gesagt hat.«

Sie sah ihm gerade in die Augen. »Nein, Lord. Das will ich nicht!«

»Warum nicht?«

Ihre Augen wanderten im Kreis, möglicherweise lagen sie einen Moment zu lange auf einem frischen, schwarzhaarigen jungen Mann, den diese Befragung zu amüsieren schien. »Ich mag ihn nicht«, murmelte sie endlich.

»Aber warum lügst du seinetwegen?«

»Er hatte Lust, und ich hatte Sehnsucht nach einem Mann.«

Galeran verwirrte dieser Einwand, konnte so ein simples Verlangen Jehannes Verhalten erklären? Aber nein. Sie hatte mindestens so viel Willensstärke wie er. Vielleicht mehr.

»Also«, fragte er denn die Frau, »was wird das nächste Mal passieren, wenn du wieder Lust hast?«

Sie schniefte. »Ich weiß es nicht, Lord. Ich habe vor, eine bessere Ehefrau zu werden, aber ich brauche das Liebemachen.«

»Vielleicht kann ich deinem Mann ein paar Vorschläge machen, die die Dinge ein wenig vereinfachen könnten«, sagte er. Sowohl der Ehemann als auch die Frau sahen ihn mit vorsichtiger Hoffnung an, aber dann sandten sie sich gegenseitig böse, verdrießliche Blicke zu.

»Nun, Edric?« sagte Galeran zu dem alten Mann, der ein säuerliches Gesicht machte. »Du verdienst eine Strafe dafür, daß du eine so törichte Ehe eingegangen bist. Wirst du sie zurücknehmen und das Baby auch?«

»Wenn ich sie zurücknehme, dann muß sie zuerst die Rute kriegen. Ein Mann hat seinen Stolz!«

Galeran sah, wie Agnes ihrem Mann die Zunge herausstreckte, und er war versucht, sie unter dem Tisch zu treten, damit sie sich benähme. Er fühlte sich weniger wie ein Lord, der zu Gericht saß, als wie ein Kindermädchen, das versucht, zwei unartige Kinder zu erziehen.

»Das ist etwas zwischen dir und ihr«, sagte er.

»Nein, Lord, das ist es nicht«, protestierte Edric, »weil sie stärker ist als ich und auch schneller. Ich kann sie nicht fangen!«

Galeran hatte Mühe, nicht in das Gelächter der Menge einzustimmen. »Nun, Agnes? Wirst du lange genug stillstehen, damit er dich schlagen kann?«

Er dachte, sie würde sich weigern, aber ihr rundes Gesicht sah nachdenklich aus. »Er soll mich nur das eine Mal schlagen?«

»Er wird meine Hilfe bekommen, damit das eine Mal ausreicht.«

Sie sah ihren Mann an. »Wirst du mich weiter deswegen beschimpfen? Wirst du böse zum Kind sein?«

»Nein«, sagte Edric widerwillig. »Ich werde es vergessen. Und ich werd' es nicht am Kind auslassen. Es ist schon wahr, daß es eine gute Sache ist, einen gesunden Sohn zu haben. Du hättest es nicht vor dem ganzen Dorf erzählen sollen, Agnes. Du hättest mir Zeit geben sollen, darüber nachzudenken.«

Sie seufzte. »Ja, ich denke, das ist wahr. Dafür verdiene ich Schläge.« Sie stand auf, legte das schmuddelige Baby in Galerans Arme und kniete im Schmutz der Straße nieder. »Also, fang an, Edric. Bring es hinter dich. Du wirst keine zweite Chance dazu haben.«

»Also gut!« sagte Edric mit leuchtenden Augen. »Jemand soll mir einen Stock geben!«

Als der alte Mann seine Ärmel aufkrempelte, kam eine Frau nach vorn, um Galeran von seiner Last zu befreien, aber er schüttelte seinen Kopf. Er hatte niemals sein eigenes Kind halten können, oder das neue – Donata. Es schien richtig zu sein, daß er dieses schwarzgelockte kleine Kind hielt.

Ihm behagte diese Angelegenheit überhaupt nicht, gerade weil sie seinem eigenen Fall so nahekam. Jeder freute sich wie an einem Festtag, glücklich, daß der Gerechtigkeit Genüge getan wurde; erleichtert, vielleicht, daß ein Problem weggepeitscht wurde.

In Sekundenschnelle wurde ein biegsamer, grüner Zweig in Edrics Hände gelegt. Begleitet von Lachen und Anfeuerungsrufen, machte er sich mit großer Grimmigkeit über das sündige Hinterteil seiner Frau her. Galeran bemerkte, daß der schwarzhaarige Liebhaber mit allen anderen zusammen anfeuerte, und nahm sich vor, ihn in Erinnerung zu behalten. Wenn der Tölpel jemals mit dem Gesetz in Konflikt kommen würde, dann würde er eine Extraportion Strafe erhalten.

Es war nicht so, daß Agnes sehr leiden mußte. Sie schrie zwar fürchterlich, aber Galeran ging davon aus, daß sie mindestens drei Schichten Kleider anhatte. Und da der Stock so biegsam war und der alte Mann kaum noch Kraft in seinem Arm hatte, würde ihr nicht viel Leid geschehen. Es würde pieksen, aber nicht mehr.

Es war alles nur Theater, um Edrics Stolz wieder herzustellen und die Dinge aus der Sicht der Dorfbewohner wieder in die richtige Bahn zu lenken. Ein Unrecht mußte geahndet werden. Edric, ganz rot im Gesicht vor Anstrengung, kam mit leichten Hüpfern zu Galeran. »Ihr hattet ein paar Ideen, Lord?« fragte er hoffnungsvoll.

Galeran gab ihm einige Ratschläge darüber, wie er seiner Frau trotz seiner Impotenz Freude bereiten könnte, auch die neuen Ideen, die er aus dem Heiligen Land mitgebracht und selbst noch nicht hatte testen können, ließ er nicht aus. Als Agnes herüberkam, um ihr Kind abzuholen, schlug er einige wenige Dinge vor, die sie tun könnte, um ihrem Mann zu helfen.

Oder vielleicht würde Edric so tun, als wenn sie nützten, wenn Agnes das nächste Mal ihre Lust woanders stillte und dabei schwanger wurde. Das war sogar gut möglich, denn der alte Mann hatte das Baby seiner Mutter abgenommen und hielt den Jungen stolz hoch, als wenn es tatsächlich sein eigener Sohn wäre.

Und vielleicht war das Kind nach dieser Szene soweit legitimiert, damit es den Nachbarn genügte. Auf jeden Fall hatten sich die Dorfbewohner um die kleine Familie gedrängt und schoben sie in Richtung des Wirtshauses, um die Heilung der Wunden zu feiern. Galeran schlug eine Einladung zum Mitfeiern aus. Nach einer kurzen Unterredung mit dem Dorfältesten stieg er auf sein Pferd und führte seine Gefolgschaft vorwärts.

Raouls Augen funkelten vor Neugier, aber er war weise genug, um nichts zu sagen.

Achtes Kapitel

Obwohl die Gedanken an seine häusliche Situation ihn quälten, empfand Galeran die Reise als Chance, sich an die neue Realität zu gewöhnen. Der Verlust seines Sohnes hatte eine Wunde hinterlassen, aber eine, die zu heilen begonnen hatte. Die Probleme mit Jehanne nagten aber noch immer an ihm, und das würde auch so bleiben, bis sie ihr Problem gelöst hatten. Es fraß ihn von innen auf, und er wußte, daß es auch ein wunder Punkt für die Gemeinschaft war.

Niemand mag den Gedanken an Ehebruch. Noch weniger würden die meisten Männer das Kind eines anderen Mannes in den Armen der eigenen Frau tolerieren, denn das Kind stahl einen Teil seines Besitzes.

Also erwartete jedermann, daß eine Ehebrecherin streng behandelt würde. Galeran hatte keine Angst vor der Ansicht von anderen Männern. Wenn sie dieses Thema zu Sprache brächten, würde er sie einfach töten, aber er fürchtete die Reaktion der Öffentlichkeit gegen Jehanne. Er konnte nicht die Kirche oder die Krone töten.

Er wußte, daß der Weg, um eine offizielle Einmischung zu vermeiden, eigenes Handeln war. Aber dennoch konnte er es nicht tun. Er konnte Jehanne nicht in ein Kloster schicken, damit sie ein bußfertiges Leben hinter Mauern führte. Er konnte auch nicht das Kind fortschicken. Er konnte sie nicht einmal verprügeln, um so die Luft zu reinigen. Der eine Schlag hatte ihm das bewiesen.

Während sie den Weg zurück nach Heywood einschlugen, wälzte er immer wieder und wieder das Problem vor sich her. Er sah es genau wie Lowick: Kirche und Krone würden sich kaum in private Dinge einmischen, es sei denn, sie sahen darin einen Vorteil. Unglücklicherweise gab es in diesem Fall eine Reihe von Gründen, weshalb die Kirche und der König einen Vorteil darin sehen könnten, sich in Galerans Angelegenheiten einzumischen.

Vielmehr – in die Angelegenheiten seiner Familie.

Angetrieben von diesem Gedanken, machte Galeran beim Heimweg auf Brome halt.

Brome und Heywood waren die beiden einzigen Schlösser in dieser Gegend, die steinerne Mauern hatten. Der Unterschied zwischen ihnen war, daß Heywood eine natürliche Anhöhe beherrschte, während Brome auf einer hohen Erdscholle in der Nähe eines Flusses saß, und der Fluß sich wie ein Burggraben um die Mauern wand. Dieser Ort war ausgesucht worden, weil man von dort aus eine wichtige Furt überblicken konnte.

Das gab dem Lord von Brome Macht im Norden, machte ihn und seine Familie aber auch für die politischen Interessen des Landes bedeutsam.

Galerans Vater kam mit dem Falken auf seiner Hand aus den Stallungen, um ihn zu begrüßen. »Ein feiner Wanderfalke. Hast du ihn schon fliegen lassen?«

»Jeden Tag.« Lord William führte sie in die Eingangshalle. »Gibt es irgendwelche Probleme auf deinen Ländereien?«

»Nein. Sie sind in gutem Zustand. Zweifellos hast du ein Auge darauf gehabt.«

»Hier und da, Junge, hier und da.« Lord William setzte seinen Vogel auf eine Falkenstange, fütterte ihn ein wenig und rief dann nach Bier. »Ich war nicht sicher, ob ich einer Frau in derartigen Angelegenheiten vertrauen kann, und ich habe es nicht gern gesehen, daß Lowick die Dinge in die Hand nahm. Niemals haben ich diesem Kerl getraut. Zu aalglatt und zu gutaussehend. Es gab eine Zeit, da hat er deinen beiden Schwestern gleichzeitig nachgestellt, du weißt das.«

»Ja, ich erinnere mich daran.« Galeran setzte seinen eigenen Falken auf eine andere Stange. »Aber er wäre wahrscheinlich auch nicht schlimmer gewesen als der nächste Mann, wenn er erst einmal das Land erhalten hätte, nach dem er sich so sehnt.«

»Jetzt kann er es woanders suchen.«

Es war Raoul, der das sagte, während er das Bier nahm, das von einem Diener gereicht wurde. »Wir fragen uns, ob Lowick woanders hingehen *wird*.«

Galeran sah ihn irritiert an. Er wollte nicht, daß diese Dinge besprochen wurden, wenigstens nicht jetzt.

»Was für eine Wahl hat er?«

»Er hat ein Kind hier«, sagte Raoul.

»Was kann er daraus machen?«

»Sehr wenig. Solange Galeran lebt.«

»Raoul«, sagte Galeran. »Jetzt reicht's.«

Lord William nahm einen tiefen Zug Bier. »Was für eine Begründung hätte Lowick für ein Duell?«

»Ein Duell?« Galeran lachte trocken. »Ich müßte verrückt genug sein, ihn herauszufordern. Raoul denkt wohl mehr an hinterhältige Anschläge.«

»Kein Mann würde ... Ich würde ihm die Eingeweide herausreißen«, knurrte sein Vater, »und ihn mit seinen eigenen Gedärmen erwürgen!«

»Das müßtest du erst mal wahr machen. Wenn ein Mann bereits im Grab liegt, ist es manchmal einfacher, nicht daran zu kratzen.«

»Ich würde daran kratzen, keine Bange!«

»Ich freue mich, das zu hören. Alles was ich im Moment will, sind ein paar Männer von Brome, um die Garnison auf Heywood zu verstärken.«

Lord William plumpste in seinen großen Stuhl und runzelte die Stirn. »Warum?«

»Der größte Teil der Garnison ist dort schon seit Jahren«, sagte Galeran und beruhigte dabei seinen unruhigen Falken. »Viele von ihnen sind auf Heywood geboren und aufgewachsen. Ihre Treue sollte mir gelten, aber sie könnte auch Jehanne oder sogar Lowick gelten, den sie kennen, seit er ein Junge war. Er hat seinen Charme. Wenn mir irgend etwas zustößt, möchte ich sicher sein, daß er nicht das Schloß für sich beansprucht. Ich möchte einige wenige Männer dort haben, deren Aufgabe es wäre, Jehanne und das Baby zu dir zu bringen.«

»Damit ich sie erwürgen kann?«

Galeran hob nur eine Braue, und sein Vater schüttelte den Kopf. »Ich weiß, ich weiß. Ich habe diese Schwäche in mir, diese Sanftheit gegenüber Frauen. Ich war ein stärkerer Mann, bevor ich deine Mutter geheiratet habe. Auch jetzt noch sehe ich den Ausdruck in Mabelles Augen, wenn ich daran denke ...« Er sah die beiden jüngeren Männer durchdringend an. »Seid wachsam bei den Frauen. Sie werden euch um den kleinen Finger wikkeln.«

»Nicht Raoul«, sagte Galeran. »Er wickelt sie seinerseits in hübsche Liebesknoten und läßt sie schmachten.«

Lord Williams Blick war spöttisch. »Hier werdet Ihr kein Glück mit diesem Spiel haben, Sir. Unsere nordischen Frauen sind zu vernünftig für Eure französischen Spielchen.«

Raoul stellte seinen Krug ab. »Wenn Ihr mich entschuldigen wollt, ich denke, ich werde Eure Theorie überprüfen.« Mit diesen Worten schlenderte er gemächlich hinüber zu einer der Mägde.

»Was?« rief Lord William und sah ihm nach. »Was um Himmels willen ...?«

Galeran lachte, als er sich seinem Vater gegenüber in den großen Sessel setzte. »Er läßt uns nur taktvoll allein, damit wir Familienangelegenheiten besprechen können, Vater. Ich glaube, daß nicht einmal Raoul in der Zeit, die wir hier bleiben, ein vernünftiges nordenglisches Mädchen verführen könnte.«

Lord William war zwar ungehalten, aber durchaus bereit, zu seinem Hauptanliegen zurückzukommen. »Warum hast du Jehanne geschlagen? Hattest du gedacht, ich würde es sonst tun, und zwar härter?«
Galeran starrte in sein Bier. »Ich vermute, ich habe sie geschlagen, weil ich es wollte. Meine Entschuldigung war, dich dadurch ihr gegenüber sanfter zu stimmen. Ich dachte nicht, daß du sie schlagen würdest, nein, aber ... Sie brauchte jemanden, und ich war nicht sicher, ob *ich* das sein würde.«
»Und jetzt? Hat sie dich?«
»Ja«, sagte Galeran nur. »Bis zum Tod und darüber hinaus.«
Lord William lehnte sich entspannt zurück. »Sie hat es also alles erklärt: Vergewaltigung. War es ...«
»Sie hat gar nichts erklärt, aber ich bezweifle doch sehr, daß es Vergewaltigung war.«
»Nichts erklärt!« rief Lord William aus und sprang auf seine Füße. »Zum Teufel, Galeran, *bring* sie dazu, es zu erklären!«
»Wie?«
»Aber ...«
Galeran stand langsam auf. »Ich denke, wir sollten lieber weiterreiten, wenn wir Heywood noch vor Einbruch der Dunkelheit erreichen wollen. Versprich mir nur, Vater, daß du dich um sie kümmern wirst, wenn es nötig wird.« Galeran sprach mit ruhiger Stimme, als er den Falken auf seine Hand setzte. »Sie ist eine große Schönheit, nicht wahr? Und sie hat scharfe Augen. Es wäre eine Schande, sie an die Hunde zu verfüttern.«
William murmelte noch etwas vor sich hin und sagte dann: »Natürlich werde ich mich um sie kümmern. Und ich werde sicherstellen, daß Lowick niemals von seinen Taten profitieren kann.«
»Und versprich mir, daß sie ihr Kind behalten wird.«
»Wer sonst würde es wollen?« grummelte William. »Ein uneheliches Mädchen ...«
Galeran sah vom Falken auf. »Lowick würde ein verkrüppeltes

Monster nehmen, wenn er annähme, damit hätte er einen Fuß in der Tür von Heywood.«

»In diesem Fall habe ich einige Neuigkeiten, die du dir besser genau anhörst.«

Kurze Zeit später, als Galeran sein Pferd bestieg, fragte er sich, ob es einen richtigen Grund gegeben hatte, Brome zu besuchen, oder ob er nur die Rückkehr in sein von Sorgen zerrissenes Heim verzögern wollte. Sicher, denn er setzte die Reise nur widerwillig fort. Er nahm sich zusammen und gab das Kommando loszureiten. Zwei seiner Männer waren auf Brome zurückgeblieben, und vier Männer, denen sein Vater am meisten vertraute, ritten nun hinter ihm her.

»Warum das mürrische Gesicht?« fragte Raoul. »Hatte dein Vater schlechte Neuigkeiten?«

»Nicht wirklich. Aber es ist jetzt sicher, daß Lowick sich in Durham bei Bischof Flambard aufhält und dort herzlich empfangen wurde. Ich kann mir nicht vorstellen, daß Flambard versuchen könnte, einen plumpen Anschlag auf ein Schloß zu verüben, das mit Brome verbunden ist. Aber es ist immer gefährlich, mit der Kirche in Konflikt zu kommen.«

»Wenn er Heywood nicht angreift, was kann der Bischof sonst tun?«

»Er könnte das Recht für sich beanspruchen, über den Fall von Lowick und Jehanne zu urteilen. Das ist schließlich ein Sündenfall, und er steht außerdem in Zusammenhang mit dem Kreuzzug – also ist es eine Angelegenheit der Kirche.«

Raoul pfiff durch die Zähne. »Gefährlich.«

»In der Tat. Die Zeit, sich treiben zu lassen, ist vorbei. Ich werde die Sache in die Hand nehmen müssen.«

»Ich weiß nicht. Dieser Bischof wird sich doch nicht so einfach mit deiner Familie anlegen. Vielleicht wird die Zeit helfen.«

»Meinst du? Denk an die Frau in dem Dorf.«

»Bauern«, sagte Raoul verächtlich.

»Wir sind gar nicht so anders. Wenn man eine Wunde hat, muß sie behandelt werden. Wenn man sie unbehandelt läßt, ist es wahrscheinlich, daß sie eher schlimmer als besser wird. Und eine so große Wunde wird mit Sicherheit die Aufmerksamkeit des örtlichen Moralwächters erregen.«
Sie ritten mit gleichmäßiger Geschwindigkeit auf Heywood zu, hielten an drei weiteren Orten an. Ab und zu hielten sie, um mit den Arbeitern auf den Feldern zu sprechen oder mit denen, die ihnen auf der Straße entgegenkamen. Galeran dachte amüsiert daran, daß er sich wie ein Hund benahm, der sein Revier markierte, um sicherzugehen, daß jeder wußte, daß er zurück war, lebendig, wohlauf und auf der Hut. Er hoffte außerdem, durch seine entspannte Haltung die Leute davon zu überzeugen, daß alles in Ordnung war und daß sie keine Unruhen zu befürchten hatten.
Seine Leute waren jedoch auf ihre Weise scharfsinnig genug, und er konnte ihre Zweifel erkennen. Im letzten Dorf, Hey Hamlet, das an einer Kreuzung und gerade eben außer Sicht von Heywood lag, spürte er ganz deutlich eine unbehagliche Atmosphäre. Galeran unterhielt sich über das Wetter und die Ernte und wartete darauf, daß die Leute aus ihrer Reserve herauskämen.
Endlich sagte der Dorfälteste: »Dachtet Ihr, Lady Jehanne im Schloß zu finden, Herr?«
Galerans Herz setzte einen Moment lang aus. Es verschlug ihm die Sprache, aber er wußte, daß er der Wahrheit nicht entgehen konnte. »Ja. Warum? Ist sie gegangen?«
»Ja, Lord«, sagte der Mann in der ausdruckslosen Art der einfachen Leute, wenn sie Unbehagen kaschieren wollten. »Ritt hier vorbei, noch gar nicht lange her, mit einer kleinen Gruppe, darunter einige Frauen und ein Baby. Ich würde sagen, in Richtung Burstock.«
Eine Straße durch Hey Hamlet führte nach Brome und eine andere in Richtung Burstock, eine halbe Tagesreise entfernt. Schloß Burstock gehörte Jehannes Onkel, Alines Vater.

»Ich verstehe«, sagte er so gleichgültig wie es ihm möglich war. »Ich denke, dann sollte ich ihr folgen.«

Es kostete ihn fast mehr Willenskraft als er besaß, aber er rannte nicht zu seinem Pferd. Er nahm sich sogar die Zeit, eine Handvoll Blaubeeren von einer schüchternen Frau anzunehmen und ihr zu danken. Dann führte er seinen Trupp in leichtem Trab die von Bäumen gesäumte Straße entlang nach Burstock und übergab den Falken einem seiner Männer.

Als sie erst einmal außer Sichtweite waren, drängte er sein Pferd in den Galopp. Jehanne lief fort zu ihrem Liebhaber ...

Er würde sie töten.

Nein!

Aber dieses Mal *würde* er sie schlagen und sie unter strenge Bewachung stellen.

Er würde Lowick töten. Und vorher würde er ihm in die Augen spucken. Nicht einmal das könnte wahrscheinlich die Wut in ihm stillen.

Er führte die Truppe um eine Biegung und konnte die Gruppe weit vor ihnen sehen, sie hatten bereits die Allee hinter sich gelassen und befanden sich nun auf dem weiten Heideland. Auch sie ritten schnell voran, zweifellos hatten sie den Hufschlag von folgenden Pferden gehört.

Galeran zog sein Schwert.

Raoul ritt neben ihn. »Denk nach, mein Freund!«

Aber Galeran trieb sein Pferd nur zu noch höherer Geschwindigkeit an.

Der Armbrustbolzen traf seinen Helm, schlug seinen Kopf zurück, so daß die er Hand hochriß, die die Zügel hielt. Sein Pferd bäumte sich auf und hätte ihn fast abgeworfen. Der nächste Bolzen prallte gegen seinen Schild und stieß eine Fingerlänge tief durch das eisenverstärkte Holz.

Seine Männer umringten ihn sofort, hielten die Schilde hoch, aber der Angriff hörte so abrupt auf, wie er begonnen hatte. Eine unheimliche Stille trat ein. Keine weiteren Bolzen kamen

angeflogen. Keine bewaffneten Männer stürzten aus dem plötzlich so stillen Unterholz.
Galeran sah kurz seiner fernen, zügig verschwindenden Jagdbeute nach, dann durchbrach er die Schildmauer und raste durch das Unterholz in den Wald hinein.
Krachendes Holz verriet den Angreifer, er war direkt vor ihm. Er rannte um sein Leben. Galeran jagte hinterher, war aber vorsichtig genug, daß er sein Pferd nicht in ein Schlammloch oder eine Felsspalte ritt. Seine Hunde gaben Laut und flogen neben ihm her. Er brüllte seiner Truppe zu, sie solle ausschwärmen, um den Mann davon abzuhalten, seitlich im Gestrüpp zu verschwinden.
Der nächste Bolzen hätte sein Ziel treffen können, wenn nicht sein Pferd den Kopf hochgerissen hätte. Der Bolzen durchstach ein Auge und tötete es auf der Stelle.
Galeran wurde abgeworfen, aber er landete ausgestreckt im Laub, er hätte sich fast selbst mit seinem Schwert aufgeschlitzt. Er krabbelte auf seine Füße, ließ seinen Schild fallen und rannte direkt auf den Bogenschützen zu, der mit seinen beiden Bogen versuchte, die wütenden Hund fernzuhalten.
Ein Schlag mit Galerans Schwert schlug dem Mann die Hände ab. Bevor der Bogenschütze Zeit hatte zu schreien, tauchte Galerans Schwert in seinen Körper ein. Dann zog er die Leiche an den Haaren zu sich hoch und hackte ihr den Kopf ab.
Blut spritzte aus ihr heraus auf den blutgetränkten Boden …
… so wie es in Jerusalem war, wo die Straßen vor Blut nur so schwammen und derselbe metallische Geruch, der ihn krank machte, in der Luft lag. Dort hatte sein Schwert getötet, weil es hieß: Töte oder du wirst getötet. Dort hatte er Frauen und Kinder getötet, weil auch sie gekämpft hatten. Dort hatte er eine Gruppe von deutschen Rittern angegriffen.
Raoul hatte ihn zurückgehalten …
Raoul zog ihn zurück von der blutigen Bescherung, ergriff seine Schwerthand und schüttelte sie böse.

Galeran ließ das Schwert fallen und fragte sich, warum Raoul so etwas tat. Er blinzelte, um das verschwommene Bild zu klären. Sein Freund sah wütend aus, so wie er in Jerusalem ausgesehen hatte …
Waren sie wieder in Jerusalem?
Er hatte gedacht, sie wären zurück in England, was schön war, aber aus irgendeinem Grunde freute er sich darüber, daß er vielleicht doch noch immer in Übersee war …
Raoul hatte ihn in Jerusalem bewußtlos geschlagen, hatte ihm seine Sinne herausgeprügelt. War er noch immer bewußtlos …?
»Galeran, gib es auf. Du willst es nicht.«
Raoul schien zu versuchen, etwas aus seiner linken Hand zu ziehen. Aber er hatte seinen Schild doch fallen gelassen …
Galeran konzentrierte sich auf die Hand und sah, daß er einen Kopf an den Haaren hielt, das Blut tropfte noch immer aus der durchschnittenen Kehle.
Mit einem Schaudern ließ er ihn fallen.
Raoul stieß ihn in die Richtung der Leiche, um die sich die Hunde unsicher herumtrieben, angelockt vom Blut.
Als er den Haufen sah, der noch kurze Zeit zuvor ein Mann gewesen war, mußte Galeran sich übergeben. Es war, als würde er den Wahnsinn ausspucken, denn als er sich wieder aufrichtete, war er wieder bei Sinnen. Er wußte, daß er in England war, er wußte, was mit Jehanne war, und er wußte, was er gerade getan hatte.
Er begann zu zittern und fragte sich, was passiert wäre, wenn er Jehanne in dieser wahnsinnigen Wut begegnet wäre. Hätte er sie mit derselben besinnungslosen Brutalität angegriffen? Hätte ihr er das Baby aus den Armen gerissen, um es mit seinem Schwert aufzuspießen?
Jetzt schien es ihm unfaßbar, daß er jemanden getötet hatte, den er genausogut hätte gefangennehmen können. Es war noch unfaßbarer, daß er eine Leiche enthauptet und den Kopf wie eine Trophäe gehalten hatte.

Raoul reichte Galeran einen Weinschlauch. »Ich nehme an, daß das nicht Raymond von Lowick war.«
»Gott, nein.« Galeran wischte sich den Mund, dann nahm er einen tiefen Zug. »Du wirst Raymond erkennen, wenn du ihn siehst. Er ist so groß wie du, hat goldenes Haar und eine edle Haltung. Er gehört zu der Sorte Mann, um dessentwillen die Frauen verrückt werden.« Er lehnte sich gegen einen Baum, immer noch zitternd wie wenn es tiefer Winter wäre.
»Dann wäre es bequem gewesen, den Schuft zu befragen.«
»Wozu? Es war doch offensichtlich Lowicks Plan.«
Und Jehannes? fragte Galerans fröstelndes Inneres. Hatte sie ihn in diese Falle geführt? Er fühlte den Angstschweiß kalt seinen Rücken hinunterlaufen.
»Wenigstens wäre er ein Zeuge gewesen, wenn der Fall zu Gericht gehen sollte.«
Galeran sah sich zu seinen Männern um, die die Hunde zurückhielten und so taten, als wäre nichts Aufregendes geschehen. »Wir haben Zeugen, wenn wir sie brauchen. Der Mann war mit zwei Bogen draußen. Was für einen anderen Grund als zu töten hätte er haben können?«
Raoul sah einen Moment zu Boden. »Vielleicht hat er nur die Rückseite deiner Lady bewachen sollen?«
»Mit zwei Armbrüsten? Er hätte niemals eine Truppe damit aufhalten können. Zumindest wäre ein ganz normaler Bogen besser gewesen, weil er damit mehr Pfeile hätte abfeuern können. Die Armbrust ist eine Tötungswaffe, wie alle wissen, und die einzig effektive gegen einen Mann in Rüstung.« Galeran stieß sich vom Baum ab und gab den Weinschlauch an einen Mann weiter. »Bogo, Godfrey, hebt ein Grab aus und legt das da hinein.«
Dann ging er zurück in Richtung Straße.
Raoul ging mit ihm. »Was wirst du jetzt tun?« fragte er in einem vorsichtigen, neutralen Tonfall.
Galeran warf ihm einen Blick zu. »Keine Sorge. Der Blutrausch

ist vorüber. Ich bin nur neugierig darauf, ob jemand kommt, um die Leichen zu zählen.«

»Dann kannst du dein Schwert zurück haben.«

Galeran nahm es an sich und säuberte es mit Laub, bevor er es in die Scheide zurücksteckte.

»Denkst du, daß es eine Falle war?« fragte Raoul.

»Der Köder war reizvoll, und er hat gewartet.«

»Ich denke nicht, daß deine Lady ...«

»Sprich nicht davon.«

Galeran konnte es nicht ertragen, daß seine eigenen Gedanken einem anderen über die Lippen kamen, auch wenn der sie als abwegig abtat. Wenn sie nicht ausgesprochen würden, hätten sie weniger Macht über ihn.

Als sie am Rand des Waldes anhielten, um die verlassene Straße zu beobachten, begannen Vögel zu singen. Nach einer Weile hoppelte ein Hase vorsichtig über die Straße. Einer der Hunde winselte hoffnungsvoll, aber Galeran brachte ihn mit einer Handbewegung zum Schweigen.

»Nun?« fragte Raoul etwas später. »Die Sonne beginnt zu sinken. Werden wir die ganze Nacht hierbleiben?«

Galeran seufzte und akzeptierte, daß weiteres Verweilen sinnlos wäre. Er hatte nur einen Widerwillen dagegen entwickelt, den nächsten klar vorgezeichneten Schritt zu tun. »Natürlich nicht. Wir reiten weiter nach Burstock und besuchen den Onkel meiner Frau.«

Galeran nahm Bogos Pferd und schickte den Mann zurück nach Heywood, aber mit der Anweisung, nicht über diesen Zwischenfall zu sprechen. Dann führte er seine Truppe im schwindenden Licht die Straße entlang. Es hatte kürzlich geregnet, und so war die Erde weich genug, um Hufabdrücke aufzunehmen. Es war daher deutlich zu sehen, daß Jehannes Gruppe weder gehalten hatte noch umgedreht war.

Könnte es sich nicht einfach um einen harmlosen Ausflug zu Verwandten handeln? Galeran wollte das gern glauben, aber

Jehannes Gruppe war in Eile gereist, und als sie bemerkt hatten, daß sie verfolgt wurden, hatten sie sich noch mehr beeilt. Außerdem hatte er klare Anweisungen gegeben, daß seine Frau im Schloß zu bleiben hatte.

Und natürlich war da noch der Bogenschütze …

Er wollte nicht über den Bogenschützen nachdenken.

Die Nacht brach herein, und der Mond war von Wolken verdeckt, so daß sie in Schrittempo fielen, als sie die Moore durchquerten. Galeran hörte vom nahegelegenen Kloster eine Glocke läuten, als sie in die Sichtweite von Burstock kamen.

Schloß Burstock war einfacher gebaut als Brome oder Heywood. Es war zwanzig Jahre vorher um ein altes Herrenhaus gebaut worden, das nah an einem Fluß lag. Ein Schutzwall war hinter dem Haus aufgeworfen worden, aber es war immer noch nur von einem einfachen, hölzernen Wachtturm überragt. Die Familie lebte in dem komfortablen, hölzernen Herrenhaus innerhalb der Palisaden.

Zu dieser nachtschlafenden Zeit waren die Tore natürlich fest geschlossen.

»Werden sie uns einlassen?« fragte Raoul, als sie ein Stück davon entfernt anhielten.

Die Geduld seines Freundes begann, Galeran auf die Nerven zu gehen. »Wahrscheinlich, aber ich denke, wir werden die Nacht hier im Freien verbringen.«

»Warum?«

»Ich möchte sehen, was am Morgen geschehen wird.«

»Wir haben nichts zu essen und nur noch sehr wenig Wein.«

»Stell dir vor, es sei Fastenzeit. Und macht kein Feuer.«

Die Männer waren nicht gerade glücklich mit dieser Situation, aber es gab kein Murren, was nach Galerans blinder Wut nicht verwunderlich war. Sie mußten sich fragen, wann er das nächste Mal mit solcher Macht explodieren würde und wen es dann erwischen würde.

Das fragte sich Galeran auch.

Er machte ein paar Brombeerbüsche aus und bot die Früchte seinen Männern an, damit sie davon essen konnten, wenn ihnen danach war. Dann teilte er jeden Mann zu Wachstunden ein und gab besondere Anweisungen, ihn zu wecken, falls irgend jemand Burstock betrat oder verließ.

Als nichts mehr zu tun war, rollte er sich in seinen Mantel.

Er konnte normalerweise so schlafen, wenn es sein mußte, aber er bezweifelte, daß er diese Nacht überhaupt Schlaf finden würde. Er hätte problemlos die ganze Nacht Wache halten können, aber er hatte Angst davor, daß seine Gedanken wieder kreisen würden. Und außerdem wollte er nicht mit Raoul sprechen müssen.

Eine Frage quälte ihn: War Lowick auf Burstock und erwartete seine Geliebte? Lagen sie vielleicht sogar gerade jetzt in einem Bett und rieben sich heiß und schwitzend aneinander und beklagten sich, daß Jehanne mit ihrem Ehemann huren mußte, um sein Mißtrauen zu zerstreuen?

Sein ganzer Körper brannte wieder in diesem Wunsch zu töten. Verzweifelt zwang er sich, wieder ruhig zu werden und nach angenehmeren Erklärungen zu suchen.

Es fielen ihm keine ein.

Jehanne konnte keinen stichhaltigen Grund dafür haben, die Sicherheit ihres Heims zu verlassen, zumal ihr befohlen worden war, dort zu bleiben.

Vielleicht hatte sie von dem Bogenschützen gewußt, hatte gewußt, daß er Galeran tagelang gefolgt war und auf eine Gelegenheit gewartet hatte, ihn zu töten, um dann Anspruch auf eine Belohnung zu erheben. Wenn Jehanne auf die Nachricht vom Tod ihres Mannes gewartet hatte, dann hätte sie die Neuigkeit von seiner sicheren Heimkehr in Panik gebracht haben können, die sie den nächsten Zufluchtsort hätte aufsuchen lassen.

Obwohl diese Erklärung einer gewissen Plausibilität nicht entbehrte, paßte sie nicht in seine Gedanken. Es paßte nicht zu dem, was er von seiner Frau wußte, und es erklärte nicht ihren

Brief mit der Warnung. Natürlich könnte das ein geschickter Versuch gewesen sein, den Verdacht von sich abzulenken.
Zum Teufel, nichts ergab einen Sinn!
Galeran war sich nicht sicher, ob er den wahren Sinn erkennen würde, wenn man ihn ihm ins Gesicht brüllte.
Wenige Tage zuvor hätte er noch geschworen, daß Jehanne die gleiche tugendhafte Frau war, die er immer gekannt hatte, und daß ihre Sünde eine Verirrung gewesen war. Jetzt konnte er nicht umhin, sich zu fragen, ob er von Hoffnungen und Lust übertölpelt worden war.
Er ging ihr Verhalten wieder und wieder durch, von dem Moment an, als sie auf ihn in der Halle gewartet hatte, bis zu dem Moment, in dem sie ihn mit dem zusammengebrochenen Bett allein ließ. Er suchte die Wahrheit, er wollte verstehen. Er fand nur Verwirrung.
Endlich schlief er ein. Er hatte sich kaum etwas ausgeruht, als er wieder erwachte – vom Tau ausgekühlt. Rostflecken hatten sich bereits mit dem getrockneten Blut auf seiner zweitbesten Rüstung vermischt. Cuthbert hätte jetzt noch mehr Grund, sich zu beschweren.
Er stand auf und reckte sich, dann beobachtete er Burstock, entschlossen, der Dummheit ein Ende zu setzen.
Sobald er entschieden hatte, was diese Dummheit war.
Lars, der Wachposten, schüttelte seinen Kopf, um zu bedeuten, daß bisher nichts passiert war. Aber die Hähne krähten und irgendwo innerhalb der Mauern bellte ein Hund. Als die Sonne den Himmel lila und golden färbte, schlenderten Leute aus dem nahegelegenen Dorf die Straße zum Schloß hinauf, und die großen Tore schwangen auf, um Leute herauszulassen. Zwei kamen zu Pferde heraus.
Galeran betrachtete sie angespannt, aber es waren nicht seine Leute.
Es waren mit Sicherheit nicht Jehanne und Lowick, die gen Süden ritten.

Die Sonne stieg höher, und auf den Feldern unten beim Fluß begann die Arbeit. Raoul war gekommen und stand neben Galeran. Sein Magen knurrte. Zweifellos beschwerten sich alle Mägen. Es gab keinen Grund, noch weiter dort zu bleiben, bis sie alle verhungert waren.

»Sehr gut«, sagte Galeran, »laßt uns nach unten gehen, um zu sehen, was wirklich los ist.«

Sie sattelten die Pferde und ritten ein Stück zurück, um auf die Straße außerhalb der Sichtweite des Schlosses zu stoßen. Dann ritten sie hinauf zu den Toren, das Banner entfaltet.

Da er glaubte, Jehanne hätte dort Unterschlupf gefunden, erwartete Galeran, daß sie angehalten würden, aber die Wachen am Tor hoben nur ihre Speere in Anerkennung und winkten sie hindurch. Zu spät fragte sich Galeran, ob das eine weitere Falle sein könnte, aber in einer Welt, die verrückt geworden ist, war er trotzdem immer noch bereit zu schwören, daß Jehannes Onkel Hubert unfähig war, eine Hinterlist zu begehen.

Er sah jedenfalls vorsichtig umher und versuchte, einen Verrat aufzuspüren. Alles, was er sah, war das normale Treiben eines Schlosses in Friedenszeiten.

Die Mauern hier umschlossen das alte Herrenhaus nebst den Ställen und den Werkstätten der Handwerker. Tatsächlich war das Ganze eher ein kleines Dorf als ein Schloßverband. Menschen unterhielten sich im Vorbeigehen, Kinder spielten zwischen umherstolzierendem Federvieh, Frauen schlugen die Wäsche in großen Zubern.

Stallknechte liefen herbei, um die Pferde abzunehmen, als Hubert von Burstock ihnen entgegenkam, um sie zu begrüßen. Alines Vater war ein kleiner, kompakter Mann mit großer Kraft und Klugheit, der weit und breit für seine verblüffende Ehrlichkeit bekannt war.

Plötzlich entspannte sich Galeran. Wie hatte er nur jemals denken können, Hubert würde dabei helfen, ein Treffen zwischen heimlichen Geliebten zu arrangieren? Wenn die Frauen ihn davon überzeugt hatten, daß Jehanne in Lebensgefahr schwebte, dann hätte er sie hineingelassen. Hubert wirkte eher besorgt.

»Eine böse Sache, Galeran«, sagte er mit einem Stirnrunzeln.

Das war mit Sicherheit richtig. Aber welche Sache meinte Hubert?

»Ist Jehanne wohlauf?« fragte Galeran, und dachte, das wäre die unverfänglichste Frage, die Sinn machte.

»Ja, ja. Aufgeregt, natürlich, aber unverletzt. Kommt mit hinein. Habt Ihr bereits Euer Frühstück eingenommen?«

»Nein.«

»Dann müßt Ihr essen! Kommt mit.« Und Hubert führte sie alle auf die geöffneten Türen des strohgedeckten Herrenhauses zu. Es gab keinen Hinweis dafür, daß er schlecht von Galeran dachte. Das war alles sehr seltsam.

Als Galeran in die lange, sonnenbeleuchtete Halle trat, die an allen Seiten von großen, hölzernen Pfeilern gestützt wurde, spähte er sofort nach seiner Frau aus, aber sie war nirgendwo zu sehen.

Hatte Hubert ihn belogen?

Aber Hubert von Burstock hatte noch nie gelogen. Dann kam ihm in den Sinn, daß Hubert eigentlich auch nicht gesagt hatte, daß Jehanne überhaupt dort war.

Da er nicht bereit war, diesen Ort mit Gewalt zu durchsuchen, und außerdem vor Hunger fast ohnmächtig wurde, ließ Galeran sich zu einem Sitz an der langen Tafel führen, die überhäuft war mit Brot, Fleisch und Bier.

Hubert setzte sich neben ihn. »Welche Maßnahmen plant Ihr?« fragte er leise und liebäugelte selbst mit einem Krug Bier.

»Es ist eine heikle Situation.«

Galeran konzentrierte sich auf ein Würstchen. »Das ist wahr. Was würdet Ihr mir raten?«

»Es wäre nicht schlecht, das Baby loszuwerden.«

»Das sagt Ihr?« Galeran warf dem Mann einen verdutzten Blick zu. Empfahl er einen Mord?

»Für das Balg würde zweifellos gut gesorgt, und wenn Ihr Jehanne bald wieder schwängert, dann wird sie es bald vergessen.«

»Da bin ich nicht so sicher.«

Eine Grimasse sagte ihm, daß Hubert ihm zustimmte. »Wenn es sie schmerzt, dann verdient sie es! Welches Recht hat sie noch nach ihrer Sünde, ihre eigenen Sorgen vor die von uns allen zu stellen?«

Uns? fragte Galeran zweifelnd bei sich. Diese Unterhaltung ergab keinen Sinn, aber er wollte das noch nicht zugeben. Aber was sollte Hubert riskieren – außer er dachte, er müßte mit Galeran wegen Jehanne in den Krieg ziehen?

»Und«, sagte Hubert, »Wenn Jehanne erst einmal ein anderes Kind gebiert, vorzugsweise einen Sohn, dann wäre jeder Anspruch, den dieser Kerl auf Heywood erheben könnte, geschwächt.«

»Das ist wahr. Aber ich habe eine Menge Beweise dafür, daß es nicht immer leicht ist, Söhne zu bekommen und sie am Leben zu erhalten.«

Hubert machte eine abwehrende Geste. »Das war in der Vergangenheit! Manchmal braucht eine Frau ein wenig gelockerte Zügel, damit sie richtig funktioniert. Und vielleicht hat Jehanne ihre Lektion gelernt und wird sanfter werden. Das könnte helfen, daß die Babys bleiben.«

Galeran konnte nicht widerstehen und sagte: »Sanft, wie hierherzugaloppieren, als wären alle Höllenhunde hinter ihr her?«

Hubert brach in lautes Lachen aus. »Das ist wahr. Aber das war das einzige, was sie tun konnte, wenn Ihr mich fragt, trotz des Affronts gegen die Kirche.«

»Es ist kaum eine Sünde für eine Frau, wenn sie galoppiert.« Galeran fragte sich, ob sein Rausch vom Vortag noch nicht

ganz abgeklungen war. Diese Unterhaltung ergab einfach keinen Sinn für ihn.
»Einige mögen mit Euch darin uneinig sein, Galeran. Aber«, fügte Hubert ungeduldig hinzu, »Ihr wißt, was ich meine. Flambard wird es nicht gutheißen, daß Jehanne Donata fortgebracht hat. Und er wird zweifellos nicht erbaut darüber sein, daß ich den beiden hier Schutz gewähre. Es gefällt mir nicht, mit der Kirche entzweit zu sein.«
Es war, als wenn sich der Schlüssel im Schloß drehte. Galeran ließ die Reste der Wurst sinken. »Der Bischof von Durham will Donata?«
»Ja, das wißt ihr doch sicherlich? Obwohl die Dummköpfe angenommen hatten, sie könnten für sie ohne Frauen und ohne Amme sorgen ...«
»Galeran?« Jehanne eilte aus einem der Privaträume im hinteren Teil der Halle. »Oh, dem Himmel sei Dank! Was hast du dagegen unternommen?«
Galeran stand auf und nahm ihre Hände, dankbar, daß er ihr nicht mehr mit bösen Verdächtigungen gegenüberstand. »Nichts«, sagte er. »Ich kam direkt hierher.«
»Warum?«
Das war eine gute Frage. Mit dem Wissen, daß seine Frau und ihr Kind sicher woanders waren, hätte er zurückbleiben sollen, um mit dem aufdringlichen Kirchenmann zu verhandeln. Wenn er eine Ahnung davon gehabt hätte, was hier vor sich ging ...
»Wir sollten unter vier Augen reden.«
Hubert gab seine Erlaubnis, und Jehanne führte Galeran in den Nachbarraum. Er war klein, aber er hatte ein großes Fenster zum Kräutergarten des Schlosses, das mit der Morgensonne liebliche Düfte einließ.
Aline war dort und hielt Donata. Sie stand sofort auf, um zu gehen, aber Galeran hielt sie auf. »Gib mir das Baby.«
Sie starrte ihn unter ihren dichten Brauen an, machte keine Anstalten, ihm zu gehorchen.

Jehanne sagte: »Tu es, Aline.«
Aline übergab ihm mit einem warnenden Stirnrunzeln das Kind und verließ den Raum.
Galeran sah auf die großen dunkelblauen Augen, die langen, aber blassen Wimpern. »Aline traut mir wohl nicht.«
»Nein. Aber wir fragen uns, wann deine Wut wieder ausbricht.«

Neuntes Kapitel

Galeran sah auf. »Dich eingeschlossen?«

Jehanne saß auf einer Bank neben dem Fenster, als wäre sie dort zusammengesackt. »Ich wünschte fast, es wäre so. Daß deine Wut ausbrechen würde. Ich kann nicht glauben, daß es *nicht* passiert ... Das Warten ist das Schlimmste.«

Er sagte ihr nicht, daß seine Wut am Vortag ausgebrochen war. »Dann laß das deine Strafe sein.«

Das Kind machte ein quengelndes Geräusch, und ihr kleiner Mund kaute unruhig, während sie zu ihm aufstarrte. Egal, welches seine Ursprünge waren, er konnte so einen Unschuldsengel nicht hassen.

Dann zogen sich alle Muskeln des Babygesichts zusammen, und Donata ließ einen durchdringenderen Schrei hören. Galeran schaukelte sie ein wenig, aber sie schrie noch lauter. Frustriert runzelte er die Stirn und sah Jehanne an. Das mochte zwar nicht sein Kind sein, aber mußte das Baby ihn so offen ablehnen?

»Sie ist immer noch hungrig«, sagte Jehanne. »Ich war gerade dabei, sie zu füttern, als ich hörte, daß du eingetroffen warst.«

»Warum hast du das denn nicht gesagt?«

Sie antwortete nicht, aber das *Weil ich Angst hatte* lag im Raum, schmerzte ihn tief. Wenn sie von seiner besinnungslosen Wut hörte, dann würde sie ihn noch mehr fürchten.

Zu Recht. Als er ihr das Baby übergab, erinnerte er sich an den dummen Wunsch aus seiner Jugend, daß Jehanne ihn fürchten möge.

Er hätte weinen können.
Sie hob ihre Tunika, und er sah, daß ihre Unterkleider vorn geöffnet waren, um ihre Brüste freizulegen. Sie setzte Donata an, und das Baby suchte mit dem Mund nach der Brustwarze und saugte lustvoll. »Kannst du reden, während du sie fütterst?«
»Natürlich.«
Er setzte einen Fuß auf eine Kiste und stützte sich auf sein Knie. »Wann kamen die Männer des Bischofs?«
»Gestern, ziemlich früh am Tag.« Die Blässe auf ihrem Gesicht war eine Erinnerung an die Angst. »Ich ahnte etwas, also bestand ich darauf, daß die bewaffneten Männer außerhalb der Mauern blieben, und gestattete nur den drei Mönchen einzutreten. Bruder Forthred schien entsetzt, als er herausfand, daß du nicht hier warst.« Sie warf ihm einen vorsichtigen Blick zu. »Ich denke, er hatte angenommen, daß du seinen Fall unterstützen würdest.«
»Und zulassen würde, daß er das Kind mitnimmt?«
Sie nickte, während sie das Haar des Säuglings mit einer schützenden Geste streichelte.
»Jehanne, ich habe auf das Kreuz geschworen und bin in einen Krieg gezogen, der am anderen Ende der Welt stattfand, damit du ein Kind empfangen kannst. Hast du wirklich Angst davor, daß ich zulassen könnte, daß jemand dir ein Kind aus den Armen reißt?«
Sie sah auf, die Augen weit aufgerissen und glänzend von ungeweinten Tränen. »Ist das wahr? Es würde ...«
»Es ist wahr.« Nach einer Weile straffte er sich. »Du könntest erfreuter dreinblicken.«
»Ich bin erfreut. Aber ich sehe Blutvergießen, Galeran.«
Er begann, den Raum auf- und abzuwandern. »Wegen der Leute des Bischofs? Erzähle mir, was geschehen ist.«
Sie nahm alle ihre Kräfte zusammen: »Raymond hat dem Bischof gebeichtet. Der hat erlassen, daß er Buße für seine

Sünde tun muß. Und die Buße soll sein, daß er das Kind, welches er gezeugt hat, aufziehen soll. Sie kamen, um sie zu ihm zu bringen!«

Galeran blieb still und nickte. »Gerissen.«

»Ich konnte es nicht zulassen, daß sie sie mitnahmen! Ich protestierte und begründete meinen Protest, aber Bruder Forthred fuhr fort, von Sünden und Verdammnis zu reden. Dann drohte er mit Verdammung für alle, die mich unterstützen. Ich hatte panische Angst, daß die Leute von Heywood ihm Donata geben könnten, nur damit sein Geschrei aufhört!«

»Aber wie bist du entkommen?«

»Ich habe so getan, wie wenn ich aufgäbe und ging, um sie zu holen. Aber ich schickte eine Nachricht an Walter von Matlock. Ich ... ich war nicht einmal sicher, daß er mich gegen die Kirche unterstützen würde, insbesondere, da du den Befehl erlassen hattest, daß ich das Schloß nicht verlassen darf. Aber er unterstützte mich, der heiligen Maria sei Dank. Er schickte eine kleine Gruppe von Männern hinaus, die dich suchen und informieren sollten. Dann begleitete er mich, Aline und das Baby durch das hintere Tor und die Straße hinab. Aline und ich nahmen zwei von ihren Pferden, und wir alle ritten hierher. Forthred wird uns dennoch folgen. Ich habe mir bereits mein Hirn zermartert, um herauszufinden, wohin wir als nächstes gehen könnten.« Sie sah ihn an. »Galeran, niemand kann sich gegen die Kirche stellen! Was sollen wir nur tun?«

»Hier oben im Norden ist es erstaunlich, wieviele Möglichkeiten zu handeln es gibt.«

»Nicht für lange. Und Flambard hat die Macht der Krone auch noch in seiner Faust! Oh, ich bin so schwach in diesen Dingen! Zu schwach, um zu tun, was ich tun sollte.«

Tausend fürchterliche Vermutungen durchschnitten sein Herz. »Was meinst du damit?«

Er dachte, sie würde nicht antworten, aber dann glitt ihr Blick hinter ihn und verweilte an der Mauer. »Als ich herausfand, daß ich schwanger war«, flüsterte sie, »beschloß ich, es wegzumachen. Ich sah voraus, welche Verstrickungen es um uns herum weben könnte. Ich ... hatte die Kräuter schon vorbereitet.« Ihr Blick flatterte zu ihm hinüber und hinunter zu ihrem Kind. Eine Träne fiel in das Haar des Babys. »Ich konnte die Kräuter nicht einnehmen.«

»Es wäre eine Sünde gewesen«, sagte er schroff, »eine Sünde der anderen hinzuzufügen, kann nichts Gutes hervorbringen.«

»Aber denk doch, was hätte sein können ...«

»Du meinst, du hättest deinen Ehebruch vertuschen können?«

»Nein!« protestierte sie und sah auf. »Ich meine, wir hätten diesen bitteren Beigeschmack bei deiner Rückkehr vermeiden können. Nicht durch Vertuschen meiner Dummheit, aber dadurch, daß wir keine *öffentliche* Schande gehabt hätten, und auch kein Kind, das die Dinge noch verwirrt. Ich hätte es dir gesagt. Ich habe dich niemals belogen, Galeran, nicht einmal durch Weglassen.«

Er war bestürzt. »Vielleicht hätte ich es lieber gehabt, wenn du mich in dieser Sache belogen hättest.«

Sie runzelte die Stirn, es war offensichtlich, daß sie einen derartigen schwachen Gedanken verurteilte, und er war versucht, über diese seltsamen Verrenkungen ihrer Beziehung zu lachen. Aber dann schlief das Kind ein und rutschte von der Brustwarze ab. Jehanne ordnete ihre Kleidung und klopfte dem Baby auf den Rücken. Donata machte einem kleinen Rülpser und lächelte, als wenn sie süße Träume hätte.

Ach, noch einmal so unschuldig sein!

Er streckte seine Arme aus. »Ich möchte sie wieder halten.«

Sie sah ihn mit einem leichten Stirnrunzeln an, das ihn an Aline erinnerte. »Jehanne, wenn du glaubst, ich könnte ihr weh tun, dann wäre ich schwer verletzt.«

Sie legte das Kind hastig in seine Hände. »Ich habe an nichts gedacht! Es ist nur, daß sie naß ist.«

Galeran bemerkte, daß das wahr war. Naß und stinkend wie ein

Hühnerhof. Mit einem reumütigen Lächeln gab er das Baby zurück. »Du siehst, ich bin ein sehr unerfahrener Elternteil. Wir müssen damit aufhören, immer nur das Schlimmste in den Handlungen des anderen zu sehen.«

Sie warf ihm einen überraschten Blick zu und sagte: »Das wird mir nicht schwerfallen.«

Sie legte das Kind auf ein Tuch auf dem Boden, um es umzuziehen. Er beobachtete fasziniert, wie sie die nassen Sachen von dem kleinen Körper entfernte, bewunderte die zerbrechlichen, aber doch schon perfekten Glieder. Donata wachte nicht auf und war schnell wieder trocken und in eine Windel gewickelt. Dann legte Jehanne sie in die Wiege.

»Ich frage mich oft«, sagte sie sanft, »warum das *uns* passieren mußte. Und insbesondere dir ...«

»Wenn Gott uns in den ersten Jahren unserer Ehe ein Kind geschenkt hätte, dann würde unser Leben anders aussehen. Vielleicht ist es Gottes Wille.«

»Nein, keineswegs«, sagte Jehanne scharf. »Es ist alles das Ergebnis meiner Dickköpfigkeit und meines Stolzes. Ich bin es allein, die darunter leiden sollte.«

»Aber nicht darunter, das Kind aufzugeben?« fragte er trocken und setzte sich auf einen Stuhl neben der Wiege. Das winzige Kind faszinierte ihn.

Jehannes Hände flogen nach oben in einer plötzlichen, verzweifelten Bewegung. »Wenn Bruder Forthred eine Amme gebracht hätte, auch ... Babys gedeihen nicht von Brei, Galeran!«

»Das heißt also, wenn Bruder Forthred eine Amme mitgebracht hätte, dann hättest du ihm Donata ohne zu protestieren gegeben?«

Sie drehte sich um, und nach einem Augenblick schlug sie ihre Hände vors Gesicht. »Nein. Nein, das hätte ich *nicht* getan. Ich versuche, Galeran, aber ich schaffe es nicht, bescheiden und sanft zu sein!«

Galeran lachte. »Das will ich auch nicht, daß du so bist. Aber fang nicht an, dich selbst zu belügen, Jehanne. Da wir nicht bereit sind, Donata den Wölfen vorzuwerfen, sollten wir uns zusammenreißen, damit wir das auch in den Griff bekommen, nicht wahr?«
Das Baby wurde unruhig, vielleicht, weil seine Mutter die Stimme erhob. Galeran bewegte die Wiege mit seinem Fuß, und sofort fiel Donata zurück in den Schlaf.
Jehanne hatte sich umgedreht und starrte ihn an, als wäre er ein Wunder. »Wie kannst du sie nur so einfach annehmen? Wie kannst du alles so hinnehmen?«
Er sah ihr in die Augen. »Warum sollte ich es nicht tun? Möchtest du ausgepeitscht werden? Weggesperrt? Auf dem Scheiterhaufen verbrannt werden? Möchtest du, daß ich dieses Kind erwürge ...?« Er unterbrach die immer brutaleren Worte. »Tu das nicht, Jehanne. Setz mich nicht unter Druck. Laß uns die einfachen Probleme zuerst lösen. War Lowick bei den Mönchen dabei?«
»Nein«, sagte sie und war sehr blaß. »Hast du überhaupt nicht mit Forthred gesprochen?«
»Nein.«
»Ist er weggegangen?«
»Ich weiß es nicht. Ich bin nicht nach Heywood zurückgekehrt. Ich habe gehört, daß du diesen Weg genommen hast und bin dir gefolgt.«
Sie sah ihn an, als wäre es das erste Mal. »Warum bist du so blutverschmiert?«
Dies war kein Moment für Lügen. »Jemand hat versucht, mich zu töten.«
Sie setzte sich abrupt auf. »*Was?*«
»Gestern. Auf der Straße zwischen Heywood und Burstock, als ich gerade dachte, du würdest vor *mir* fliehen.«
»Was?«
Galerans Herz entspannte sich. Jehanne war zwar schlau, aber

sie war nicht in der Lage, eine so große Verwirrung vorzutäuschen.

»Du meinst, du warst der Reiter, der uns verfolgte?« fragte sie. »Ich dachte, es wären die Männer des Bischofs!«

»Schade, daß du nicht jemanden mit Raouls scharfen Augen dabei hattest.«

»Es hätte nichts geändert. Wir wollten nicht anhalten. Wir ritten einfach hierher, so schnell die Pferde konnten. Aber«, fragte sie schmerzerfüllt, »was war mit dem Mann, der versucht hat, dich zu töten?«

Das Schaukeln der Wiege war seltsam beruhigend. »Da war ein Mann auf der Straße mit zwei Armbrüsten. Sein einziges Ziel war es, mich zu töten.«

Sie wurde blaß. Ja, wirklich, sie wurde blaß. »Lieber Gott! Wo ist er jetzt?«

»Unter der Erde.«

»Gott sei es gedankt!« Dann runzelte sie wieder die Stirn. »Es wäre vielleicht besser gewesen, ihn am Leben zu lassen, um ihn zu befragen.«

»Ich konnte nicht sehr klar denken. Aber wenn wir wüßten, wer dahinter steckte, könnte uns das in tiefe Wasser führen.«

»Raymond«, flüsterte sie.

»Ich kann mir niemand anderen vorstellen, der mich tot wünschte.«

»Liebe Jungfrau Maria, hilf uns. Ich kann es kaum glauben! Er ist kein schlechter Mann.« Etwas von Galerans Gefühlen mußte auf seinem Gesicht zu lesen sein, denn sie fügte hinzu: »Er *ist* es nicht, Galeran. Du *mußt* das wissen.«

»Er hat versucht, mich töten zu lassen, Jehanne.«

Sie schloß ihre Augen. »Er ist verzweifelt«, seufzte sie, »und ein Heiliger ist er auch nicht.« Dann sah sie ihn genau an. »War dort nur ein Mann? Es scheint, du hast eine Menge Blut an dir.«

»Es ist eine Menge Blut in einem Mann.« Wie ein Blitz

durchfuhr Galeran wieder die Erinnerung an das Blut, das durch die Straßen von Jerusalem floß. Er schauderte, und plötzlich sah er Blut auf dem weißen Bettuch des Babys.

Nachdem sein Herz einen Schlag ausgesetzt hatte, bemerkte er, daß das Blut nur von seiner blutbefleckten Rüstung abgefärbt hatte, während er sie gehalten hatte. Er stand auf und bemerkte plötzlich seinen eigenen Gestank. »Meine Wut war ausgebrochen, Jehanne. Ich habe den Mann nicht einfach getötet, ich habe ihn abgeschlachtet. Geh vorsichtig mit mir um. Bitte.«

Draußen in der Halle sah Raoul, wie Aline den Raum verließ und sich dann umdrehte, um die verschlossene Tür zu beobachten. Er konnte ihr Gesicht nicht sehen, aber ihr ganzer Körper drückte Besorgnis aus. Ihr kurzer, kompakter, wohlgerundeter Körper war sehr ausdrucksvoll.

Er vermutete, daß er auch im Bett ausdrucksvoll wäre …

Wie seltsam, so über diese kleine Nonne zu denken.

Er schlenderte zu ihr hinüber. »Lady Aline. Seid Ihr besorgt?«

Sie drehte sich abrupt herum. »Es gibt genug Gründe, besorgt zu sein – für jemanden, der andere Dinge im Kopf hat als simple Vergnügungen.« Ihre Augen wanderten zu seinem Schritt, dann wurde sie rot.

Raoul begann zu denken, daß Lady Aline vielleicht fehlgeleitet war in ihrer Berufung, ein Leben in Keuschheit zu führen. »Tatsächlich? Vielleicht könntet Ihr Euch auf diese Bank setzen und mir diese Gründe erklären.«

Sie wich zurück. »Wollt Ihr mich zum Narren halten, Sir? Ihr wißt ganz genau, was hier vor sich geht.«

Sie wollte an ihm vorbeigehen, aber er packte ihr Handgelenk. Die Art, wie sie erstarrte, die Art, wie ihre Gesichtsfarbe intensiver wurde, sagte ihm, daß sie bisher kaum von Männern berührt worden war. Das verwirrte ihn. Sie versuchte, seine Hand fortzuschlagen, aber er hatte sie gerade fest genug im Griff, um es zu verhindern.

»Mylord!«
»Ich weiß nicht, was hier vor sich geht, Lady Aline, und ich denke, ich *sollte* das wissen.«
Sie sah ihm suchend in die Augen, sie hatte trotz ihrer Aufregung einen klaren Kopf. »Wie ist das möglich?«
»Weil wir drei Tage durch die Ländereien geritten sind und niemals Nachrichten erhalten haben. Bevor wir nach Heywood zurückkehren konnten, wurde uns gesagt, daß Lady Jehanne nach Burstock reitet, also folgten wir. Euer Vater scheint Galeran einige interessante Dinge erzählt zu haben, aber da sie sich sehr leise unterhalten haben, bin ich ahnungslos. Ihr könnt mich bemitleiden.«
Er ließ sie los.
»Nun gut.« Sie ging brüsk hinüber zu einer Bank. Ihr sicherer, energischer Schritt rief bei Raoul den überkräftigen Wunsch hervor, sie bis zur Besinnungslosigkeit zu küssen.
Er schüttelte seinen Kopf und setzte sich neben sie, aber nicht zu nah. Er hatte das reife Alter von achtundzwanzig nicht erreicht, damit er nun Jungfrauen in ihrem Elternhaus mißbrauchte.
»Also«, sagte er, »was brachte Lady Jehanne dazu, hierherzufliehen?«
Alines hübsches Gesicht wurde sachlich und ihr Blick direkt. »Raymond von Lowick, möge Gott ihn irgendwo verrotten lassen, hat sich zu einer neuen Serie von Angriffen entschlossen. Er beichtete unterwürfig dem Bischof und nahm die Buße an. Da er erkannt hat, welchen Aufruhr seine ungezügelte Lust angerichtet hatte – ich zitiere fast wörtlich den salbungsvollen Bruder Forthred, Ihr versteht –, wurde Raymond dazu verurteilt, in der Weise Buße zu tun, daß er sich das Aufziehen des unglücklichen Produktes seiner Liaison aufbürden muß.«
Raoul lehnte sich zurück an die Wand und pfiff. »Sehr schlau. Sein eigener Plan, was meint Ihr?«
»Ich weiß es nicht. Es ist nicht komplett dumm, aber ich bin

nicht sicher, ob er in der Lage wäre, sich einen so gewundenen Weg zu seinem Ziel auszudenken. Vielleicht hat der Bischof … Obwohl, wie das Bischof Flambard nützen könnte, kann ich nicht sagen.«

»Ah, ja, Galeran erwähnte diesen Bischof Flambard. Die Kirche liebt es, Leute in ihrer Tasche zu haben, und ich denke, daß Galerans Vater dem aufgebrachten Bischof ein Dorn im Auge ist. Was ist er für ein Mann?«

Obwohl Alines Haar fast genauso blond war wie das ihrer Cousine, waren ihre Augenbrauen dunkler und schlossen sich zu einer strengen Linie. Wenn sie die Stirn runzelte, wie jetzt, dann waren sie wundervoll. »Niemand weiß, woher er gekommen ist, aber er diente William dem Eroberer und hat jetzt die höchste Position unter William Rufus inne. Sein größtes Talent ist es, Geld für den König und sich selbst aufzutreiben. Sein Name ist eine Geißel für Laien und Kirchenmänner gleichermaßen, denn er schont keinen.«

Raoul hätte gern die zusammengekniffenen Brauen mit seinen Daumen entspannt, aber er blieb bei der Sache. »Also kann er überleben, weil er unter dem Schutz des Königs steht?«

»Ja, obwohl es Gerüchte gibt, daß im vergangenen Jahr einige Männer es geschafft haben, ihn zu ergreifen, um ihn zu töten. Er entkam unglücklicherweise, und jetzt geht er nirgendwo hin ohne schwerbewaffnete Wachen.« Sie runzelte die Stirn, als wenn alles Raouls Schuld gewesen wäre. »Es ist wirklich schade, daß diese Männer das vermasselt haben.«

»Allerdings.« Er kam zur Sache. »Wenn dieser Bruder Forthred es geschafft hätte, das Kind zu nehmen, wäre dann Lady Jehanne ebenfalls gegangen?«

»Was hätte sie sonst tun sollen, da keine Amme gestellt wurde?«

Raoul nickte. »*Sehr* schlau.«

Ihre Augen weiteten sich. »Ihr meint, das Ziel war es, Jehanne festzunehmen, nicht Donata?«

»Ich bezweifle sehr, daß ein alternder Prälat und ein junger Lord großes Interesse an einem sechs Wochen alten Säugling haben.«

Ihr Gesicht entspannte sich endlich, aber es zeigte tiefe Besorgnis. »Mein Gott, das macht mir angst.« Bevor er überhaupt daran denken konnte, ihr Trost anzubieten, runzelte sie wieder die Stirn – dieses Mal, indem sie ihn ansah. »Ihr seid sehr blutverschmiert, Mylord. Um deutlich zu sein, Ihr stinkt. Gab es bereits Kämpfe?«

Er sah an sich hinunter und bemerkte, daß er ziemlich mit geronnenem Blut verschmiert war. Das kam davon, wenn man sich mit abgeschlagenen Köpfen herumschlug. »Es gab noch keine Kämpfe, aber Ihr habt recht, was meinen jämmerlichen Zustand angeht. Vielleicht sollte ich meine Rüstung ausziehen, damit sie gesäubert wird. Ich möchte nicht Eure Nase beleidigen, Lady Aline.«

»Das würde einiges verbessern. Das meiste ist auf Euren Hosen.«

»Dann würde ich sagen, müssen diese auch gesäubert werden. Zweifellos ist das Blut bis zu meiner Haut durchgedrungen, da meine Kleidung an mir klebt. Ich fürchte, ich benötige Eure Begleitung, liebste Lady, ich benötige ein Bad.«

Da sie die Falle zu spät sah, starrte sie ihn an wie ein aufgescheuchter Vogel. »O nein!« Aber dann wurde sie blutrot. »Natürlich. Kommt. Wir haben hier nebenan einen Raum zum Baden.«

Irritiert, amüsiert und nicht wirklich erregt, folgte Raoul ihr in eine andere Ecke der Halle und durch eine Tür, um einen kleinen Raum vorzufinden, der mit Kohlepfannen und einem hölzernen Zuber ausgerüstet war. Da es Sommer war, waren die Kohlepfannen nicht entfacht, aber ein steinerner Herd in einer Ecke des Raumes verstrahlte Wärme. Zwei große Kessel hingen darüber, sie waren mit heißem Wasser gefüllt und warteten darauf, daß jemand ein Bad nehmen wollte.

»Eine wunderbare Einrichtung«, sagte er.
Aline hatte ihren Kopf über eine Truhe gebeugt, aus der sie die nötigen Tücher nahm. Ihre reizend ausladende Rückseite reizte sein Auge, besonders, weil sie mit fließendem roten Stoff verhüllt war.
Es wäre leichter gewesen, wenn sie als Braut Christi deutlicher zu erkennen gewesen wäre.
»Diese alten Herrenhäuser haben schon ihre Vorteile«, sagte sie. »Es ist einfach, kleine private Räume zu schaffen, wenn man mit Holz baut.« Als sie aufstand und sich umdrehte, sah er, daß sie den größten Teil ihrer Fassung wiedergewonnen hatte. »Natürlich ist es nicht besonders dazu geeignet, verteidigt zu werden, noch dazu mit dieser Palisade.«
»Und daher wurde es von Euren normannischen Vorfahren eingenommen, nehme ich an.«
»Ganz und gar nicht.« Sie strich widerspenstige Locken aus ihren runden, erhitzten Wangen. »Meine Großmutter wurde in der Schlacht um Hastings als Witwe zurückgelassen, und man verheiratete sie mit meinem Großvater. Sie waren glücklich, bei Gott, und um Burstock wurde niemals gekämpft.«
»Ein gesegneter Ort.« Nach einer Weile sagte er: »Vielleicht, Lady Aline, könntet Ihr Leute kommen lassen, die mir bei meiner Rüstung behilflich sind.«
Sie wurde wieder rot, dieses Mal, weil ihr ihre eigene Nachlässigkeit peinlich war. Er fand, daß dieses Erröten Aline gut stand. Es war so leicht, Farbe in ihre Wangen zu zaubern.
Jetzt legte sie jedenfalls plötzlich große Betriebsamkeit an den Tag, öffnete die Tür, und gab tatkräftig ihre Anweisungen.
Innerhalb von Sekunden erschienen zwei Männer und trugen die Rüstung zum Reinigen fort, dann gossen zwei andere Wasser aus den großen Kesseln in den Zuber und nahmen die leeren Gefäße zum Nachfüllen mit.
Frauen liefen mit Kannen kalten Wassers herbei, mit Kräuterkörben und sogar mit einem Gefäß voll Öl.

Raoul betrachtete das Öl interessiert, aber er ließ seine bessere Hälfte das Kommando übernehmen.

»Ihr werdet eine Nonne sein, Lady Aline?«

»Das ist meine Absicht.«

»Dann ist es vielleicht gegen die Regeln, wenn Ihr einem Mann bei seinem Bad zur Hand geht.«

Sie sah ihn einen Moment an, die Versuchung war ganz deutlich in ihren Augen zu sehen, aber dann schüttelte sie ihren Kopf. »Nein. In dieser Ehrerbietung liegt nichts Sündiges.«

»Aber es gibt Eure Schwägerin hier, die für diesen Haushalt verantwortlich ist, nicht wahr?«

Sie nickte. »Catherine. Aber sie ist geschäftlich im Kloster St. Radegund.«

Raoul entschied, daß er alles getan hatte, um tugendhaft zu sein. Er würde mit Sicherheit nicht vorschlagen, daß Jehanne ihm assistieren sollte, und Hilfe von Mägden zu verlangen, würde Aline verletzen, die jetzt gerade geschäftig ihre Ärmel hochkrempelte.

In einer Hinsicht wünschte er sich, daß er in der ersten Nacht auf Heywood Ellas bereitwillige Einladung nicht angenommen hätte. Er hatte sich damals nicht vorgestellt, daß dort auf Heywood eine Lady war, deren Meinung über ihn ihm wichtig sein könnte – besonders hatte er nicht an diese bescheidene, ausgesprochen tugendhafte, üppig gerundete Beinahe-Nonne gedacht.

Er unterdrückte ein Lächeln und fragte sich, warum Aline ihn so verwirrte. Vielleicht einfach nur, weil sie ein solcher Widerspruch in sich selbst war.

Sie war so flink und praktisch, daß sie ihn an seine Mutter erinnerte, die einen großen Haushalt perfekt leiten konnte und dabei hundert andere Dinge gleichzeitig tun konnte. Aber Aline war außerdem noch sehr jung und leicht in Gegenwart von Männern zu verwirren. Sie hatte tatsächlich gegen die

Regeln der Gastfreundschaft verstoßen, indem sie sich auf Heywood geweigert hatte, ihm beim Baden zu assistieren.

Er hätte sich bei dem Gedanken geschmeichelt gefühlt, daß er allein diese besondere Wirkung auf sie hatte, aber er hatte gehört, daß dem nicht so war. Sie war, hieß es, zu allen Männern kokett, besonders gegenüber den jungen. Es war seltsam, da sie doch fünf Brüder hatte. Die Menschen schienen es trotzdem zu akzeptieren, daß es ihre Berufung war, ein heiliges Leben zu führen, das sie prüde gemacht hatte. Aber Raoul war sich da nicht so sicher.

Er hatte Schwierigkeiten, sich Aline von Burstock als Nonne vorzustellen. Eine diktatorische Äbtissin, die eine Gemeinschaft von Männern und Frauen leitete, ja. Auch große Ländereien. Aber es war notwendig, durch die Lehre zu gehen, die eine Nonne absolvieren mußte, damit sie am Ende Äbtissin werden konnte.

Er zog seine leinenen Beinkleider aus und mußte an den Stellen Gewalt anwenden, wo das Blut bis auf die Haut durchgesickert war.

Sie prüfte gerade die Temperatur des Badewassers und sah auf. »Seid Ihr verletzt, Sir? Es tut mir leid. Ich hätte das vorher fragen sollen.«

Er sah zu ihr hinüber und entdeckte ehrliche Besorgnis in ihrem Gesicht, die die Peinlichkeit für den Moment überlagerte. »Es ist das Blut eines anderen.«

»Galerans?« fragte sie alarmiert.

»Nein. Jemandes Blut, den wir auf dem Weg getroffen haben.« Er zog sich sein Hemd aus, so daß er jetzt nur noch mit leinerner Unterwäsche bekleidet war, und sah sie an.

Sie hatte sittsam ihren Kopf abgewandt und ging so zum Badezuber. Natürlich wäre es nicht geziemend für eine Lady, in dieser Situation die Männlichkeit zu beäugen, aber bei ihr war auffällig, wie sie vermied, seinen Körper anzusehen. Sie mußte doch bereits einige männliche Körper gesehen haben?

Es war gut, daß Diener stets hereinkamen und wieder hinausliefen, die großen Kessel nachfüllten, das Feuer im Herd schürten und die Gefäße mit dem Spülwasser auffüllten. So wäre er nicht versucht, Dummheiten zu machen.

Er entkleidete sich und setzte sich in den Zuber. Er war ein wenig zu kurz für seine Größe, aber ansonsten war alles ideal. Das Wasser war genau richtig temperiert, gewürzt mit einem Kräutersäckchen und hatte einen Ölfilm, der auf seiner Haut zurückblieb.

Obwohl sie diese Aufgabe im allgemeinen zu meiden schien, war Lady Aline eindeutig dafür begabt.

Sie drehte sich langsam um, nahm den Topf mit der Seife und ein Tuch und machte Anstalten, seinen Rücken zu waschen. Er nahm ein weiteres Tuch, ließ sie es einseifen, und wusch sich selbst, Beine, Brust und Arme. Er wusch, wie es zwischen Fremden üblich war, die Teile, die er erreichen konnte.

Es war angenehm zu fühlen, wie sie seinen Rücken bearbeitete, aber er hätte es lieber gehabt, wenn er sie hätte sehen können.

»Ihr wollt also noch immer Nonne werden, Lady Aline.«

»Natürlich.«

»Welchen Regeln müßt Ihr folgen, solange ihr vom Kloster entfernt seid?«

»Überhaupt keinen. Ich habe den Novizinneneid noch nicht abgelegt.«

»Interessant ... Warum nicht?«

»Ich war dabei, es zu tun, als Galeran fortging und ich nach Heywood kam, um bei Jehanne zu sein.«

»Vermißt Ihr das Kloster?«

»Natürlich.« Aber in ihrer Stimme schwang keine Überzeugung mit.

Er schürzte seine Lippen. »Ich bin sicher, daß es schwer sein muß, sanft und gehorsam zu sein.« Da sie nicht antwortete, fügte er hinzu: »Besonders wenn die Befehle dumm sind. Wir merken das manchmal in einer Schlacht.«

Ihre Hand hielt inne. »Und dennoch habt Ihr gehorcht?«
»Im allgemeinen. So funktioniert eine Armee. Und religiöse Gemeinschaften auch, nehme ich an. Ich frage mich, warum Ihr den Wunsch habt, Nonne zu werden.«
»Warum nicht?« Ihre Hand begann wieder, ihn zu waschen. »Es ist ein produktives Leben.«
»Manche würden sagen, daß es ein unfruchtbares Leben ist.«
»Nur solche, die an nichts anderes als ans Vögeln denken.« Sie richtete sich auf und warf das Tuch auf den Boden. »Seid Ihr bereit fürs Abspülen?«
»Einen Moment noch.« Er hielt sich länger damit auf, seine Füße zu waschen, erfreut, daß er sie aus dieser Position sehen konnte. Sie war wirklich köstlich mit ihren geröteten Wangen, mit den vom Dampf angefeuchteten Haarsträhnen und mit ihrer Kleidung, die ihre großzügigen Rundungen betonte. Er fühlte, wie sein Körper auf den Anblick reagierte und beschloß, daß es besser wäre, wenn er noch ein wenig im Wasser bliebe, um sich unter Kontrolle zu bekommen.
Eine Dienerin brachte zusätzliche Tücher zum Abtrocknen. Sie sah ihn mit einem flüchtigen Blick an und blinzelte ihm zu. Noch so eine Ella. Sie war verführerisch, aber er antwortete nicht auf die stumme Einladung und lehnte sich zurück an den Wannenrand. »Welche produktive Arbeit hofft Ihr denn als Nonne zu tun, Lady Aline?«
»Beten, natürlich«, sagte sie vorsichtig, »und mich um die Unglücklichen kümmern.« Dann fügte sie hinzu: »Auch mit Zahlen arbeiten. Konten führen.«
Ein Funkeln in ihren Augen sagte ihm, daß er ihre wahre Berufung herausgefunden hatte. »Das wäre auch ein nützliches Betätigungsfeld für eine Ehefrau, nicht wahr?«
Ihre Lippen verzogen sich zu einem spöttischen Lächeln. »Welcher Mann würde seine Frau alles über seine Geschäfte wissen lassen? Mit Sicherheit kein Mann aus unserem Stand. Ich kenne nur Frauen von Händlern, die im Handel gleichberechtigt sind.«

»Vielleicht solltet Ihr dann einen Händler ehelichen.« Er redete nur, um sie so festzuhalten, daß er ihren Anblick genießen konnte und außerdem vielleicht, um ihre letzte Scheu zu besiegen.
»Ich würde einen Händler heiraten, gern sogar, aber Vater würde das niemals erlauben.«
»Also hättet Ihr grundsätzlich nichts gegen eine Heirat?«
Das ließ sie wieder erröten. »Seid Ihr noch immer nicht bereit zum Abspülen, Sir Raoul? Das Wasser muß bereits kalt sein.«
»Noch einen Moment, wenn Ihr erlaubt. Es ist so angenehm, wie man sich hier entspannen kann. Also werdet Ihr bald in Euer Kloster zurückkehren, jetzt, da Galeran zurück ist?«
Ihre Augen mieden seine. »Sobald die Dinge geregelt sind.«
»Aber könnt Ihr denn dabei helfen, die Dinge zu regeln? Ich denke nicht.«
Sie sah zurück zu ihm, die Augen waren klar und ruhig. »Warum seid Ihr dann hier, Raoul de Jouray?«
»Nur, um bei einem Freund zu sein.«
»Und deshalb bleibe ich auch.«
»Aha.« Er stand plötzlich auf, in der Absicht, ihre Unbedachtsamkeit auszunutzen. »Ich bin jetzt bereit, abgewaschen zu werden.«
Ihre Augen wußten nicht, wohin sie schauen sollten, aber sie brachte ihm schließlich das saubere Wasser – die Augen abgewandt –, damit er es über sich gießen konnte. Dann hielt sie ihm die angewärmten Trockentücher hin, und er stieg aus der Wanne.
Für einen Moment waren sie allein, und er konnte nicht widerstehen. Als er die Tücher um sich geschlungen hatte, fuhr er mit einem Finger zärtlich über ihre rosige Wange. »Dank sei Euch.«
Sie wandte sich ihm zu und sah ihn mit großen Augen an. »Ich habe nur meine Pflicht getan ...«
»Aber Ihr habt sie gut getan. Und ich weiß, daß es gegen Eure Neigung war. Ich hoffe, ich habe Euch nicht verstimmt.«

»Nein, natürlich nicht ...«
»Dann bin ich froh.« Er fragte sich, wie lange er sie noch festhalten könnte. »Ich muß Euch groß vorkommen. Euer Vater ist kein großer Mann.«
Ihr Blick senkte sich auf seine breite Brust. Dann riß sie sich los und begann, flink die Tücher aufzuheben. »Ein Mann ist ein Mann. Größe bedeutet nicht viel.«
»Leider. Und ich bin so stolz auf mein großzügiges Beiwerk ...«
Sie dreht sich auf dem Absatz um und starrte ihn an. Also war die kleine Aline doch nicht so naiv.
»Es ist normalerweise ein Vorteil«, fuhr er sanft fort, während er seine Beine abtrocknete, »für einen kämpfenden Mann, groß und stark zu sein.«
Er sah auf und bemerkte, daß sie seinen Körper anstarrte wie ein Kaninchen den Hund, der es töten wird. Plötzlich schämte er sich für seine Neckereien.
»Wenn Ihr mir einen kleinen Gefallen tun könntet, Lady Aline, ich habe auf dem Packpferd Kleidung, die etwas sauberer ist, als die, die ich ausgezogen habe ...«
»O natürlich.« Und sie war mit einem Satz aus dem Raum, so wie ein Kaninchen, das unerwartet den Fängen des Hundes entkommt.
Raoul ließ das Tuch fallen und, da er Geräusche im Hof hörte, ging er zum Fenster hinüber, während er über ihre Begegnung nachdachte. Er war ein boshafter Schuft, eine Lady so zu ärgern, besonders eine, die den Wunsch hatte, eine Braut Christi zu werden. Aber, eigentlich hatte er immer noch seine Zweifel daran ...
Es klang so, als würde jemand ankommen, aber er konnte den Hof von hier aus nicht sehen.
Er fragte sich, wie Aline reagieren würde, wenn er ihr erzählte, daß seine Familie sich viel mit kaufmännischen Dingen beschäftigte.

Sie platzte herein. »Forthred ist hier!«
Dann starrte sie seinen nackten Körper an.
Er war weit davon entfernt, auch nur ein Fitzelchen Kleidung zu tragen, und er würde eher sterben, als sich mit seiner Hand zu bedecken wie ein schüchterner Knabe.
Sie stand einfach nur da mit offenem Mund, begutachtete ihn Zentimeter für Zentimeter, als wenn er ein faszinierendes Buch wäre. Er merkte, wie er begann, darauf zu reagieren.
Deshalb drehte er sie herum und schob sie zur Tür. »Ich benötige Kleidung. Weiß Galeran Bescheid?«
»Vater ist zu ihm gegangen. Was werden wir tun?«
»Wenn Ihr mir keine Kleider besorgt, werde ich nackt in die Halle gehen, was zumindest ein wenig Verwirrung stiften dürfte.«
Er schob sie durch die Tür, und mit einem unbändigen Gelächter rannte sie fort, um sein Bündel zu holen.

Galeran hörte sich die ganze Geschichte von Jehannes Zusammentreffen mit Bruder Forthred an, dann überlegten er und Jehanne sich verschiedene Möglichkeiten, wie sie mit der Situation umgehen könnten. *Nicht* die Initiative zu ergreifen, wäre am geeignetsten, die Kirche nicht tödlich zu beleidigen.
Er hatte sich noch nicht die Zeit genommen, um seine Rüstung abzulegen oder sich selbst zu säubern, und als Hubert hereinkam, um ihnen mitzuteilen, daß der Kirchenmann angekommen war, war es zu spät dafür. Also ging er in dem Bewußtsein in die Halle, daß er verwahrlost aussah und nach Blut stank.
Alles in allem könnte das schließlich egal sein.
Hubert betrachtete ihn mit Besorgnis. »Es würde mich mächtig stören, wenn Ihr den Abgesandten Christi hier beleidigt, Galeran.«
Galeran dachte zwar nicht, daß Bischof Flambard diese Ehre verdient hätte, aber er wußte, daß Hubert sehr fromm war. »Mit Gottes Hilfe wird das nicht nötig sein.« Er ging zu den

dicken Hallentüren und sah drei Geistliche mit Tonsuren, die auf Maultieren in den Hof ritten, gefolgt von fünf kräftigen, bewaffneten Männern.
Er wünschte, Hubert wäre so vorsichtig wie Jehanne gewesen, und hätte darauf bestanden, daß die bewaffneten Männer außerhalb des Schlosses blieben, aber Hubert hatte einen zu großen Respekt vor den Gottesmännern.
Trotz ihrer einfachen Roben hatte Galeran keinen Zweifel, daß wenigstens *ein* Mönch ein Mann von einiger Wichtigkeit war. Er hatte ein intelligentes Gesicht und benahm sich wie jemand, der wußte, was er wert war.
Bruder Forthred, kein Zweifel.
Hubert ging vorwärts. »Seid gegrüßt, Bruder. Willkommen auf Burstock.«
»Gesegnet sei dieser Ort, Lord Hubert«, sagte der Mönch sanft, als er abstieg. »Wir kommen von Heywood, da Lady Jehanne fortgerufen wurde, offensichtlich, um ihre Familie hier zu besuchen. Wir haben etwas Geschäftliches mit ihr zu besprechen. Es geht um geschäftliche Angelegenheiten mit dem Bischof.«
Galeran trat vor. »Geschäftliches habt ihr mit *mir* zu bereden, Bruder. Ich bin Galeran von Heywood.«
Es war nur ein kurzer Moment, aber Galeran sah die Überraschung des Mönches – und das war gut so.
»Seid gegrüßt, mein Lord. Ich bin Bruder Forthred, Dekan des Bischofs. Meine Begleiter sind Bruder Aiden und Bruder Nils. Im Interesse von Bischof Flambard soll ich Euch zu der gesegneten Reise in das Heilige Land und zu Eurer sicheren Rückkehr Glückwünsche übersenden.«
»Vielen Dank für diese Ehre. Ich habe einige Dinge aus Jerusalem auf Heywood. Wenn es die Umstände erlauben, müßt Ihr etwas davon mit Euch nehmen und dem Bischof überbringen.«
Der Mönch verstand die Andeutung von Bestechung. »Er wird

sehr dankbar sein, das versichere ich Euch, mein Lord – wenn es die Umstände erlauben.«
Trotz dieses Vorbehaltes erriet Galeran, daß nicht einmal der hochmütige Bruder Forthred sich über den Schwur eines Kreuzritters erhob. Tatsächlich sah er aus, als fühle er sich im Moment sehr unbehaglich.
»Ihr sagtet, Ihr hättet mit meiner Frau Geschäftliches zu besprechen? Wenn Lord Hubert es erlaubt, könnten wir vielleicht in die Halle gehen und dort alles in Ruhe besprechen.«
»Auf jeden Fall, Galeran«, verkündete Hubert und führte sie in die Halle, wo Galeran Aline sah, die damit beschäftigt war, Wein und Gebäck zu verteilen. Raoul – kaum zu glauben – ging ihr dabei zur Hand.
Jehanne war nicht zu sehen, wie er angewiesen hatte.
Als er sich neben Raoul stellte – ein lieblich duftender Raoul in relativ sauberer Kleidung –, murmelte Galeran: »Wie ist es möglich, daß du *immer* vor mir ein Bad nimmst?«
»Charme. Purer Charme! Was wirst du aus dieser Situation machen? Sollte ich meine Rüstung wieder anziehen?«
»Wir können gegen den Bischof keine Waffen richten. Laß uns sehen, was *mein* Charme vollbringen kann.«
Galeran ging dorthin, wo Bruder Forthred auf einer Bank Platz genommen hatte und am Wein nippte. Seine beiden Helfer standen verlegen daneben, einer hielt eine Wachstafel bereit, um den Gesprächsverlauf zu notieren.
»Also«, sagte Galeran und setzte sich auf einen Stuhl in der Nähe. »Welche Geschäfte führen Euch in diese Gegend, Bruder? Wie Ihr wißt, bin ich gerade nach England zurückgekehrt, aber wenn in meiner Abwesenheit der Zehnte vernachlässigt worden ist, so seid versichert, daß ich das in Ordnung bringen werde.«
Eine Spur Farbe war auf den mageren Wangen des Mönchs zu sehen, und er sah so aus, als hätte es ihm die Sprache verschlagen. Aber bald hatte er seine Fassung wiedererlangt.

»Mylord, es gab tatsächlich eine Straftat. Der Bischof hat die Nachricht von einer schwerwiegenden Unregelmäßigkeit in Eurem Hausstand erhalten, eine, die möglicherweise Zwietracht zwischen einigen unserer wichtigsten Männer hervorrufen könnte. Er hat mich geschickt, um das zu untersuchen.«

»Ich verstehe. Und welche Nachforschungen habt Ihr angestellt?«

Der Mönch warf einen Blick in die geschäftige Halle. »Vielleicht könnten wir das unter vier Augen fortführen, mein Lord ...«

»Nein, gewiß nicht«, sagte Galeran und lächelte liebenswürdig. »Es ist für einfache Menschen immer sehr lehrreich zu sehen, wie man Dinge in Ordnung bringen kann.«

Bruder Aiden, der aussah, als hätte er Angst um seinen Kopf, kritzelte eifrig Zeichen in das Wachs.

Forthred setzte seinen Weinkelch ab und setzte sich gerade auf. »Wurde der Bischof fehlinformiert, mein Lord? Um es ungeschminkt zu sagen, ihm wurde mitgeteilt, daß Eure Frau Dirne gespielt und einen Bastard zur Welt gebracht hat.«

»Das *ist* ungeschminkt«, sagte Galeran kühl. »Es ist wahr, daß meine Frau ein Kind geboren hat, das nicht meines ist. Ich werde es jedenfalls nicht dulden, bei niemandem – ob er nun unter heiligen Anweisungen steht oder nicht –, daß sie als Dirne bezeichnet wird.«

Forthred erblaßte, und Aiden ließ seinen Stift fallen.

»Gewiß, mein Herr ...« stammelte Forthred. »Vielleicht sind wir darin ... aber dennoch«, es gelang ihm, seine Würde wiederzuerlangen, »Lady Jehanne hat offensichtlich gesündigt!«

»Haben wir das nicht alle? Es wurde ihr vergeben.«

Er war sich dessen bewußt, daß unter denjenigen, die nahe genug standen, eine gewisse Unruhe entstand.

»Von Gott?« fragte Forthred.

»Das müßt Ihr Gott fragen. Ihr wurde von *mir* vergeben.«
»Das ist wirklich nobel von Euch, mein Herr.«
Galeran sah in mißtrauische Augen. »Ich bin kürzlich auf den Spuren unseres Heilands gewandelt, Bruder Forthred. Hat er nicht gesagt, daß nur die, die ohne Sünde sind, Steine auf andere werfen sollten? Und ich glaube, in jenem Fall war es eine Frau, die beim Ehebruch ertappt worden ist.«
»Sehr wahr, mein Herr. Aber in diesen bewegten Zeiten müssen wir pragmatischer sein …«
Galeran ließ seinen Blick zu den verrußten Dachbalken wandern. »Warum fühle ich nur, daß Christus selbst mit solchen Worten unter Druck gesetzt wurde?«
»Mylord, dies ist nicht der Moment für Frivolitäten! Bischof Flambard ist besorgt, daß Ihr diesen Mißbrauch Eurer Ehe und Eures Heims als Vorwand nehmen könntet, Gewaltakte auszuüben.«
Galeran sah ihn scharf an. »Ihr mögt Eurer Lordschaft versichern, daß ich das nicht tun werde – solange das Geschehene sich nicht wiederholt.«
»Ferner«, sagte Forthred, der offensichtlich bei seinem vorbereiteten Text angelangt war, »hat er das Gefühl, daß die Gegenwart des Beweises der Sünde möglicherweise die Kräfte selbst des tolerantesten Mannes zu sehr beanspruchen könnte …«
»Aber, Gott sei Dank, wird es sie nicht übersteigen.«
Forthred stand auf. »Mein Lord, ich bin angewiesen, den Bastard an mich zu nehmen und ihn mit mir nach York zu nehmen, wo man sich um ihn kümmern wird, bis diese Angelegenheit geregelt ist.«
»Welche Angelegenheit muß denn geregelt werden, Bruder Forthred?«
»Der Besitzanspruch auf das Baby.«
Bei diesen Worten stand Galeran ebenfalls auf. Jetzt war er erfreut, daß er noch in der Rüstung war, und darüber hinaus in

einer blutbefleckten. »Wer außer der Mutter erhebt Anspruch auf das Kind?«

Forthred trat zurück. »Der Vater, natürlich.«

»Wer ist der Vater?«

»Ihr ... Ihr wißt es nicht?« Forthred war plötzlich wie ein Mann, der stolz eine Straße entlangging, um dann plötzlich im Morast zu versinken.

»Warum sagt Ihr es mir nicht?«

Der Mönch sah verlegen umher, suchte die Hilfe der Umstehenden. Er fand nichts, außer daß hier und dort jemand grinste.

Er wandte sich wieder an Galeran und sah ihn mit kleinen Augen an. »Sir Raymond von Lowick beichtete, daß er der Vater des Babys wäre, mein Herr. Er gibt seine Sünde zu, aber erklärte, daß sowohl er als auch die Lady Jehanne geglaubt hatten, daß Ihr tot wäret, als das Kind empfangen wurde. Er freut sich über Eure sichere Rückkehr und bereut zutiefst die Sünde, die er begangen hat. Als Buße wird er sich selbst die Bürde auferlegen, das Kind großzuziehen.«

Galeran ließ eine nachdenkliche Stille eintreten, bevor er sagte: »Ich denke, die Buße sollte doch irgendwie schwerer wiegen als das.«

»Mein Herr, der Bischof hat ihm außerdem zwanzig Schillinge Strafe auferlegt und viele Gebete verlangt.«

Galeran nickte. »Meine Frau betet bereits ernsthaft um Gottes Gnade, aber sie könnte sicherlich dieselbe Strafe bezahlen. Lord Hubert, könnten wir Geld von Euch leihen?«

»Warum? ... ja«, sagte Hubert und hatte einen alarmierten Ausdruck im Gesicht. Er schickte einen Diener mit einer Nachricht fort.

Galeran wandte sich wieder an Forthred. »Was das Baby angeht, wir bestehen darauf, daß wir die Buße tun, es aufzuziehen.«

Der Mönch erblaßte, sah die Falle vor sich. »Das würde bedeuten, die Buße *Euch* aufzuerlegen, Mylord, da Euch doch überhaupt keine Schuld trifft.«

»Aha, aber ist das wahr? Habe ich nicht meine Frau unbewacht manchen langen Monat allein gelassen? Sogar der heilige Papst Urban, der zum Kreuzzug aufgerufen hat, hatte Zweifel, ob ein verheirateter Mann sich anschließen sollte. Wie immer ist unser Heiliger Vater weise in diesen Dingen, in geistlichen wie in weltlichen.«

»Aber jede Sünde auf Eurer Seele wurde durch den Kreuzzug ausgelöscht, Lord Galeran.«

»Dann bin ich sicher, daß unser Heiland mir die Stärke geben wird, ein kleines Ärgernis in meinem Haushalt zu ertragen.«

Forthreds Wangen waren jetzt tiefrot. »Mein Herr, der Bischof besteht darauf, daß das Kind unter seine Obhut gestellt wird, bis diese Dinge geregelt sind!«

Galeran legte seine Hand auf das Heft seines Schwertes. »Bruder Forthred, das Kind kann nicht seine Mutter verlassen, denn es muß gestillt werden.«

»Man könnte eine Amme finden ...«

»Ich glaube nicht, daß es gut wäre, ein hochgeborenes Kind mit der Milch einer niedergestellten Frau zu stillen.«

»Gut, dann ...«

»Noch werde ich es gutheißen, daß meine Frau mit dem Baby nach Durham gehen könnte. Ich bin gerade von dem Kreuzzug zurückgekehrt und verlange meinen häuslichen Frieden.«

Forthred schürzte seine dünnen Lippen, aber seine Argumente schienen erschöpft zu sein.

Galeran nahm die Gelegenheit wahr, Jehanne aus ihrem Versteck zu rufen. In Sekunden war sie an seiner Seite, den Kopf ein wenig geneigt, das perfektes Bild einer unterwürfigen Frau.

»Ihr habt nach mir geschickt, Mylord?«

»Ja, Frau. Es scheint, daß Raymond von Lowick die Sünde dem Bischof von Durham gebeichtet hat, und sie würde ihm durch Zahlung von zwanzig Schillingen und dem Versprechen, die kleine Donata aufzuziehen, vergeben werden. Es scheint mir nur fair zu sein, daß du die gleiche Strafe zahltest.«

Als er erwähnte, daß Raymond das Kind aufziehen sollte, wurde sie abwechselnd rot und blaß. Aber dann begriff sie, worauf er hinauswollte, und ihre Augen weiteten sich. Er sah, daß sie Mühe hatte, das Lachen zu unterdrücken.

Er mußte auch seine eigenen Lippen unter Kontrolle bringen.

Huberts Diener kam mit einer Geldbörse. Galeran nahm die Börse, dann ließ er sie in Jehannes Hände fallen.

Mit einem tiefen Atemzug wandte sie sich an den Mönch und kniete nieder. »Der Bischof ist weise und gnädig, Bruder Forthred. Ich gebe bereitwillig dieses Geld für seine heilige Arbeit und erbitte seine Gebete und Eure, damit ich bei meinem Gesuch um Vergebung von unserem allmächtigen und gnädigen Vater im Himmel Hilfe habe.«

Als der verwirrte Mönch die Börse genommen hatte, sagte Galeran: »Auch ich danke dem Bischof dafür, daß er als Friedensstifter zwischen mir und Raymond von Lowick fungiert hat, der in so abscheulicher Weise Vorteil aus meiner Abwesenheit gezogen hatte. Im Gegenzug dazu verspreche ich, daß ich meine Hand nicht gegen Lowick erheben werde, es sei denn, er beleidigt mich erneut. Können wir nun diese Sache als beendet betrachten, Bruder?«

»Das bezweifle ich«, greinte der Mönch, der sodann aus der Halle ging, gefolgt von seinen beiden Begleitern. Bruder Aiden hielt einen Moment inne, um seine Tafeln zur Seite zu legen, und warf ihnen ein ehrfürchtiges Lächeln zu. Galeran und Jehanne folgten ihnen, um zu sehen, wie die Mönche wieder auf ihre Maultiere stiegen und durch das Tor ritten, gefolgt von ihren bewaffneten Wachen.

»Galeran«, flüsterte Jehanne, »wie hast du das *gemacht*?« Und sie sah ihn an mit der größten Bewunderung, die er von ihr jemals erhalten hatte.

Er lächelte und fühlte sich, als hätte er einen mächtigen Drachen besiegt. »Oh, das war nur Charme. Ich bin versucht, meinen Charme spielen zu lassen, um ein Bad zu bekommen und andere unblutige Sachen, aber ich denke wirklich, wir sollten zurück auf Heywood sein, bevor der nächste Donnerkeil landet.«

Zehntes Kapitel

Galeran war zufrieden, daß er eine große Gruppe bewaffneter Männer dabei hatte, die sie zurück nach Heywood begleiteten, denn er erinnerte sich an den Armbrustschützen. Wenn der erste Bolzen eine Fingerlänge tiefer getroffen hätte, dann würde er jetzt über den weltlichen Dingen stehen.

Im geistigen Sinne sollte er den Tod willkommen heißen, aber er schauderte, als er daran dachte, was mit Jehanne passieren würde, wenn er sie ungeschützt zurückließe. Daher trug er Kettenhemd, Helm und Schild und achtete darauf, daß er ein gutes Stück von Jehanne und dem Kind entfernt ritt, für den Fall, daß noch weitere Anschläge folgen sollten.

Aber wer war denn nun verantwortlich für den Bogenschützen? Wenn er Galerans Gruppe tagelang verfolgt hätte, dann hätte er unzählige Gelegenheiten gehabt, ihn zu töten. Was wahrscheinlicher war: Er war mit Forthred gekommen, ein Teil desselben Planes.

Flambards Plan.

Ohne Jehannes schnelles Handeln hätte Forthred durchaus Erfolg haben, und das Kind bereits auf Heywood in seine Gewalt bringen können. Ohne Galerans Anwesenheit hätte er ebenso wahrscheinlich auf Burstock Erfolg gehabt. In diesem Fall hätte Jehanne sich gezwungen gefühlt, Donata zu begleiten.

Auf einen Schlag hätte Flambard dann die beiden Pfänder

gehabt, auf die er es abgesehen hatte. Wenn gleichzeitig Galeran bei dem Angriff ums Leben gekommen wäre, dann wäre die ganze Angelegenheit vorüber gewesen, bevor jemand hätte protestieren können. Mit der Autorität der Kirche hinter sich, hätte Lowick Jehanne geheiratet und sich innerhalb weniger Tage auf Heywood niedergelassen, und es wäre für seinen Vater oder sogar für den König nichts dagegen auszurichten gewesen, außer durch einen Krieg.

Wahrscheinlich würde der König eher Flambard unterstützen. Wenn also Galerans Vater gegen die Inbesitznahme von Heywood durch Lowick protestieren würde, hätte Rufus einen Grund, nach Norden zu kommen und die mächtige Familie von William von Brome zu zerbrechen.

Raoul ritt an seine Seite. »Warum das finstere Gesicht? Du glaubst doch nicht wirklich, daß es einen weiteren Anschlag auf dein Leben geben wird, oder?«

»Es ist unwahrscheinlich, aber ich würde es nicht ausschließen. Nach allem, was ich weiß, ist eine schöne Prämie auf meinen Kopf ausgesetzt worden, und es ist einfach, einen Mann zu töten. Dieser Armbrustschütze hatte einfach kein Glück. Aber ich zittere nicht wirklich in meinem Sattel.«

»Warum dann das finstere Gesicht? Du hast diesen Geistlichen sehr schlau in die Flucht geschlagen.«

»Es wird damit nicht zu Ende sein.« Galeran sah seinen Freund an. »Ich denke, du hast noch niemals etwas von Bischof Flambard gehört.«

»Aline berichtete etwas über diesen Fall. Ein unangenehmes Subjekt, aber unter dem Schutz des Königs.«

»Mehr als das. Er ist die rechte Hand des Königs. Jahrelang hat in Wirklichkeit *er* das Land regiert, und jetzt, da der König ihn zum Bischof von Durham gemacht hat, sind er und mein Vater Rivalen um die Macht hier im Norden.«

»Mir ist aber immer noch nicht klar, warum der Bischof meint, daß Lowick es wert ist, unterstützt zu werden. Ein so mächtiger

Mann kann doch nicht einen so schwachen Verbündeten brauchen.«

Galeran schüttelte seinen Kopf. »Sieh dir die Situation hier an. Das Bistum von Durham kontrolliert einen Bereich im Norden, von Carlisle bis Durham selbst. Auf der anderen Seite besitzt mein Vater viele Ländereien, Brome eingeschlossen, das größte Besitztum in der Gegend und mit einem Schloß, das eine wichtige Furt bewacht. Nahegelegen sind die Besitztümer von Heywood und Burstock, beide eng verbunden mit Brome, seit ich mit Hubert von Burstocks Nichte verheiratet bin, und eine weitere Nichte ist die Frau meines Bruders Will. Habe ich erwähnt, daß der Bruder meiner Mutter die Küstenregion kontrolliert, zwei wichtige Häfen eingeschlossen?«

Raoul pfiff durch die Zähne. »Also hat eure Familie diesen Teil des Landes fest in ihrer Hand und hat die Möglichkeit, sich mit dem Bischof anzulegen.«

»Genau. Und mein Vater ist nicht der Typ Mann, der Kränkungen einfach so hinnimmt.«

»Aber wenn der Bischof Heywood kontrollieren könnte, dann würde er die Macht von Lord William von Brome empfindlich schwächen können.«

»Und wenn mein Vater protestiert, dann hätte der König einen Vorwand, um ihn auszuschalten.«

Raoul betrachtete die Landschaft mit seinen scharfen Augen. »Der Bischof und seine Marionetten werden also zurückkommen, auf die eine oder andere Weise.«

Wenn es im Gehölz lauernde Mörder gegeben hatte, dann waren sie jedenfalls zu vorsichtig, um eine so große und bewegliche Truppe anzugreifen. Am frühen Nachmittag kamen sie sicher auf Heywood an.

Demonstrativ ging Galeran zu Jehanne und nahm ihr das Baby ab, damit sie absteigen konnte. Dann trug er Donata in die Festung.

»Galeran«, sagte Jehanne, als sie die Halle betraten. »Ich würde

sie für dich aufgeben. Wirklich. Du mußt dich ihr nicht verpflichtet fühlen.«
Er gab ihr den Säugling zurück. »Das tue ich bereits. Sie ist eine Unschuldige, Jehanne. Ich würde nicht das Baby eines Sklaven den Wölfen vorwerfen, und ich werde Donata nicht Flambard und Lowick übergeben. Außerdem ist sie in meinem Schloß geboren worden und steht somit unter meinem Schutz. Geh und kümmere dich um sie. Und dann«, sagte er mit einem Lächeln, »hätte ich gern ein Bad.«

Jehanne verließ Galeran, und sie fühlte eine schmerzende Liebe in ihrem Herzen. Manchmal schien es ihr, als wäre er kurz davor, verrückt zu werden, und dann wollte sie ihn ausschelten wie sie es getan hatte, als sie noch jung waren. Aber sie wußte, daß sein starker Gerechtigkeitssinn ihn nicht blind für die Realität machte und daß sein Verstand scharf war.
Wie er es heute bewiesen hatte.
Aber er war idealistisch, und das war gefährlich für ihn.
Während sie nach ihren Frauen rief, erinnerte sie sich nur zu gut an die Zeiten, als ihr Vater noch am Leben war, und Raymond Heywood besucht und mit ihr geflirtet hatte. Sie hatte immer Angst davor gehabt, daß Galeran sich verletzt fühlen könnte und die Sache im Kampf hätte austragen wollen. Was wäre, wenn es jetzt zu einem Kampf käme? Galeran war ein guter Kämpfer, aber kein Gegner für einen wie Lowick, der größer war und im ganzen Norden bekannt für sein kämpferisches Geschick war.
Sie hatte zuvor die Wahrheit gesprochen. Obwohl es ihr das Herz in tausend Stücke zerreißen würde, sie würde Donata eher den Wölfen überlassen, als Galeran deshalb sterben zu sehen, weil er ihr uneheliches Kind beschützte.
Ihre Frauen brachten warmes Wasser und saubere Tücher, und sie ließ sie Donata baden und umkleiden, während sie sich

wusch und ein wenig Bier trank, um sich von der Reise zu erfrischen. Sie wußte, daß sie zu eng mit Donata verbunden war. Sie hatte es sich zur Gewohnheit gemacht, fast alles selbst für sie zu tun, aber jetzt hielt sie sich zurück. Es könnte sein, daß sie bald in der Lage sein müßte, nur noch die kühle Vernunft sprechen zu lassen.
Abstand könnte helfen.
Dann weinte Donata, und ihr Milchfluß setzte wie zur Antwort ein. Sie griff nach dem Kind, erfüllt von tiefem Glück und Verzweiflung gleichermaßen.

Galeran gab John seine Rüstung zum Säubern, dann ging er zu Walter von Matlock, um ihn dafür zu loben, daß er Jehanne behilflich gewesen war.
»Ich wußte sehr gut, Lord, daß Ihr nicht wolltet, daß auch nur eine von beiden nach Durham entführt würde.«
»Würdet Ihr dasselbe tun, auch wenn der Bischof mich exkommuniziert?«
»Würde er so dumm sein, Lord? Versuchen, einen Kreuzritter zu verdammen?«
»Ach ja. Ich vergesse immer wieder, daß man von mir erwartet, vor Ruhm zu strahlen.«
In Erinnerung an das Heilige Land ging Galeran, um seine Pakete zu suchen und wickelte vorsichtig einige Dinge aus. Das Auswickeln könnte Jehanne sicher Freude bereiten, denn in den äußeren Lederschichten hatte er einen feinen Stoff aus dem Osten versteckt, der *qu'tun* genannt wurde und Farbe gut annahm.
Darin waren die wertvolleren Dinge eingewickelt.
Ehrfürchtig nahm er gerollte Palmblätter heraus, ein silbernes Kreuz, das Wasser vom Jordan enthielt, einen verdorrten Zweig aus dem Olivengarten, ein Säckchen mit Staub aus Golgatha und ein Steinplättchen von dem Ort, von dem angenommen wurde, er sei die heilige Grabstätte.

Er meditierte zögernd über einem weiteren Paket, einem kugelförmigen, aber dann wickelte er es doch aus, und ein kleiner Schädel kam zum Vorschein. »Der Schädel von Johannes dem Täufer als Kind, Lord!« hatte der beflissene Verkäufer geflüstert. »Nur für Euch ...«

Das hatte ihn zum Lachen gebracht, wie wenige Dinge in dieser Zeit. Also kaufte er ihn, um über den Witz mit Jehanne zu lachen. Er hätte den Schädel natürlich nicht mitbringen müssen, um die Geschichte zu erzählen – besonders, da andere die gleiche Reliquie gekauft hatten, ohne das Absurde darin zu erkennen – aber er wollte herausfinden, wie lange sie wohl brauchen würde, um herauszufinden, daß die Sache ganz und gar unmöglich war.

Wunder könnten vielleicht Fläschchen mit der Milch der heiligen Jungfrau bewahren oder Wein aus Kanaan, aber man würde mehr als ein Wunder brauchen, um den Kopf eines Mannes in Kindergröße zu bewahren, der erst in seinen Dreißigern gestorben war.

Aber jetzt lag überhaupt nichts Witziges mehr daran, einen Säuglingsschädel zu besitzen. Er fuhr mit der Hand über den glatten, weißen Knochen, folgte dem Rand der Augenhöhlen und dachte, daß zweifellos eine Mutter über den Tod dieses Kindes getrauert hatte, so wie Jehanne um Gallot getrauert hatte.

So wie er selbst getrauert hatte, oder hätte ...

Er wickelte den Kopf wieder ein. Es war das ideale Geschenk für Ranulph Flambard, denn er wollte es loswerden. Wenn er Glück hatte, würde der Bischof das Absurde darin nicht erkennen. Es würde Galeran mit Zufriedenheit erfüllen, zu sehen, wie der Mann ein Reliquienkästchen dafür anfertigen ließ. Wenn Flambard das aber als Betrug ansehen würde, sollte er denken, was er wollte.

Galeran hatte dem Bischof ja nur etwas aus dem Heiligen Land versprochen, und das war es schließlich.

Er ließ den Schreiber einen höflichen Brief schreiben. In diesem dankte er dem Bischof für die Hilfe, die Probleme zwischen ihm selbst und Raymond von Lowick gelöst zu haben, und bat ihn darum, das Geschenk anzunehmen sowie alle Bewohner Heywoods in seine Gebete einzuschließen.
Jehanne kam gerade in dem Moment hinzu, als er den Boten aussandte. Er sagte ihr, was er getan hatte, aber er sagte ihr nicht, was das für eine Reliquie war. Wann, fragte er sich traurig, würde die Freiheit, um solche Witze miteinander teilen zu können, endlich wiederkehren?
»Ich glaube, es war weise, ihm zu danken«, sagte sie und betrachtete ehrfürchtig die mitgebrachten Gegenstände.
Sie befühlte die ledrigen Palmwedel. »Was für eine Art Baum ist eine Palme? Diese hier sind eher wie die Blätter einer großen Binse.«
Er beschrieb ihr die Palmen, während das Bad vorbereitet wurde, und er beschrieb auch Olivenbäume. Er erzählte ihr von der Hitze und der Wüste und wie gewöhnlich Bethlehem war.
»Warst du enttäuscht?« fragte sie, während sie das Zufügen von kaltem Wasser in das heiße überwachte.
»Nur für einen Moment. Dann gefiel mir der Gedanke, daß Christus wie ein gewöhnlicher Mann gelebt hatte. Nicht der strahlende Prinz aus unseren Handschriften, sondern ein Mann mit Staub auf seiner Haut und Schwielen an seinen Händen.«
Gedankenverloren streckte er seine eigenen Hände aus, und Jehanne nahm sie, drehte sie, um die tiefen Furchen nachzufahren, die das Leben in der Übung für den Krieg gezeichnet hatte.
»Wie sonst könnten die Hände eines Mannes aussehen?«
»Dieser Gedanke«, sagte er, »gibt mir Kraft. Daß Christus wirklich eine Zeitlang ein Mensch war und vielleicht Menschen verstehen kann.«
»Ich denke dasselbe über Christi Mutter.« Sie half ihm aus seinem Hemd, schüttelte den Kopf ob des Blutes. »Obwohl mir

diese neue Idee, daß sie eine Jungfrau gewesen sein soll, nicht gefällt.«
»Das scheint seltsam zu sein ...« Galeran sank mit einem wohligen Seufzer in das Wasser. »Zwei Bäder innerhalb einer Woche. Luxus!«
Als sie damit begann, ihn zu waschen, sagte Jehanne: »Erzähle mir mehr über diese Bäder in Konstantinopel.«
Er tat wie geheißen, und erzählte weiter von anderen Dingen, wie Speisen und Kleidung der verschiedenen Länder, die er gesehen hatte. Er vermied aber jeden Bericht vom Kämpfen.
Als er sich abtrocknete und die Diener den Zuber entleerten, sagte Jehanne: »Ich wünschte, wir hätten einen Baderaum wie auf Burstock.«
»Er müßte also bei den Küchen an der Außenmauer sein, denke ich. – Was stimmt nicht mit unserem Bad hier?«
»Nichts«, sagte sie lächelnd. »Aber ich hätte schrecklich gern ein eingelassenes Marmorbad, so groß, daß man darin schwimmen kann.«
Er lächelte. »Ich holte dir den Mond und die Sterne vom Himmel, wenn ich es könnte, Jehanne, aber ein Marmorbad übersteigt meine Möglichkeiten.«
Sie errötete und lachte, es war das erste Mal, daß er sie seit seiner Rückkehr laut lachen hörte.
Plötzlich sah sie zum Bett. Sein Körper reagierte, aber er blieb, wo er war. Obwohl es sündhaft einfach gewesen wäre, in ihre alten Gewohnheiten zurückzufallen, durfte es nicht sein, bevor alles geklärt war.
»Jehanne. Ich muß genau wissen, was zwischen dir und Raymond passiert ist.«
Sie wurde blaß. Einen Moment lang dachte er, sie würde nicht sprechen, aber dann, während sie die feuchten Tücher aufsuchte, sagte sie: »Ich habe dich in meinem Herzen niemals betrogen, Galeran. Ich habe ihn niemals begehrt. Können wir es nicht dabei belassen?«

»Nein. Hat er dich vergewaltigt?«
Sie starrte ihn an. »Nein!«
»Wenn du ihn nicht begehrt hast und er dich nicht gezwungen hat, was ist dann passiert?« Als sie still blieb, sagte er: »Jehanne, wie ich in Zukunft mit dieser Angelegenheit umgehen werde, was ich als nächstes von Lowick zu erwarten habe, all das hängt davon ab, was in der Nacht von Gallots Tod hier geschehen ist.«
Es war, als verwandelte sie sich in eine Statue, sie stand da und umklammerte ein feuchtes Handtuch. Aber dann ließ sie es fallen und sank vor ihm auf ihre Knie. »Ich habe Angst, daß du mich hassen wirst.«
Er hätte sie am liebsten in seine Arme genommen und sie beruhigt, aber ihre Angst entfachte auch die Angst in ihm. Jehanne war nicht dumm. Er hatte ihr ihre Untreue vergeben, also warum fürchtete sie, daß die Details nicht zu vergeben waren? »Ich hasse nicht so schnell. Du solltest das wissen. Und ich liebe dich.«
Sie lehnte ihren Kopf gegen sein Bein. »Aber ich verdiene es nicht, geliebt zu werden ...«
»Jehanne. Erzähl mir davon. Erklär es mir.«
»Ich weiß nicht, ob ich das kann. Vielleicht ist es das Einfachste zu sagen, daß ich verrückt war.«
»Das ist nicht so verwunderlich.« Er hielt in der Bewegung inne, hätte fast ihr Haar gestreichelt. »Du hattest gerade dein Baby verloren.«
»Und es war möglich, daß ich dich auch noch verloren hätte. Als ich die Nachricht hörte, begann ich darüber nachzudenken, daß Gott dich vielleicht als Tausch für ein Kind genommen hat.« Sie sah auf. »Ich habe das niemals gewollt, Galeran!«
»Außerdem hätte Gott nie an solch einem bösen Handel mitgewirkt.«
Sie schnitt eine Grimasse. »Ich wußte, daß du es nicht verstehen würdest.« Sie lehnte ihren Kopf wieder gegen seinen Ober-

schenkel, so daß er ihr Gesicht nicht sehen konnte. »Ich bin nicht so gut wie du, Galeran, und ich habe im Kopf einen Gott, so wie ich ihn mir vorstelle. Ich habe mit Gott einen Vertrag geschlossen, daß ich dich auf den Kreuzzug schicken würde, wenn er mir im Gegenzug ein Kind schenkt. Ich wußte, daß du nicht gehen wolltest, aber ich drängte dich dennoch dazu. Als ich gehörte hatte, du seist tot, habe ich es nicht wirklich geglaubt, aber ich fragte mich ... ich fragte mich, ob Gott mehr genommen hatte, als ich ihm angeboten habe. Oder, ob ich mehr angeboten hatte, als ich gedacht hatte. Ich habe um dein Leben gebetet. Jeden Tag habe ich gebetet. Aber dann starb Gallot ... Es war so plötzlich, so unerklärbar ... ich habe entschieden, daß Gott meine Gebete auf diesem Weg beantwortet hatte, er greift willkürlich ein, Hausierer auf dem Jahrmarkt ...«

»Jehanne!«

»Ich habe Gott gehaßt.« Sie sah mit wildem Blick zu ihm auf. »Das habe ich. Ich habe Ihn *gehaßt.* Ich wollte Trost, ja. Und kurzes Vergessen. Aber am meisten wollte ich das Böseste tun, was ich mir vorstellen konnte. Also habe ich Raymond verführt.«

Galeran wußte nicht, ob er wütend werden oder weinen sollte. »Das war das Schlimmste, was du dir vorstellen konntest?«

»Außer mein eigenes Kind umzubringen, und vielleicht hatte ich das bereits getan.«

Ein kalter Schauer durchfuhr ihn. »Was meinst du damit?«

Ihre Augen wurden weit. »Ich habe es nicht getan! Aber es schien eine Tat von mir gewesen zu sein, die Gedanken, die ich hatte ... diese Gebete ...« Sie sprang auf ihre Füße und durchschritt den Raum. »Säuglinge sterben nicht einfach ohne Grund. Vielleicht wurden so meine Gebete für dich beantwortet. Vielleicht konnte ich nur Gallot *oder* dich haben, und ich habe dich gewählt ...«

»Das ist Unsinn. Wie kannst du sicher sein, daß Raymond ihn nicht getötet hat?«

Sie hielt inne und sah ihm ins Gesicht. »Wie ich zuvor schon gesagt habe, habe ich keinen tiefen Schlaf. Wann hast du jemals dein Bett verlassen, und ich bin nicht dabei aufgewacht?«

»Das ist wahr. Und man könnte dir nicht eine Droge gegeben haben?«

»Das hätte ich gemerkt. Und überhaupt, er hätte so etwas nicht getan. Er mochte Gallot sehr. Er hat mit ihm gespielt …«

Jetzt sprang Galeran auf die Füße. »Um Himmels willen, Jehanne! Ist es nicht genug, daß er meinen Platz in deinem Bett eingenommen hat, mußte er auch noch meinen Sohn wiegen, den ich nie gesehen habe?«

Es war, als hätte er sie wieder geschlagen. »Ich kann dir nur die Wahrheit erzählen.«

»Dann laß uns nicht mehr davon sprechen.«

»Galeran …«

»Geh fort.«

»Galeran!«

»Geh!«

Sie rannte fort, was ihre Klugheit bewies, denn er konnte die Wut wieder spüren, die sich wie ein Feuer in ihm hochwand, ein Feuer, daß in der Lage war, alles zu verbrennen, was in seinem Weg war.

Galeran sank auf die Bank zurück. Jehanne hatte recht. Sie brauchten die Wahrheit, um diese Wunden zu säubern, aber noch nicht jetzt. Nicht jetzt. Wahrheiten wie diese heutigen Enthüllungen waren mehr als er ertragen konnte.

Er hatte wenig direkten Kontakt mit kleinen Kindern gehabt, aber er konnte sich Raymond von Lowick gut vorstellen – der gutaussehende, charmante Raymond –, der ein Kind auf seinen Knien schaukelte.

Er stand mühsam auf und zog sich langsam die Kleidung an, die Jehanne ihm bereitgelegt hatte. Es war ohnehin Zeit für ihn, einem Essen in seiner Halle vorzusitzen, auch die Zweifler davon zu überzeugen, daß auf Heywood wieder Friede und Harmonie herrschten.

Seine Hände hielten dabei inne, seine Hosen zu schnüren. Friede und Harmonie, tatsächlich?

Sie hatte Lowick verführt, weil sie Gott haßte? Es war verrückt, aber es war genau die Art, die Jehanne schon in ihrer wilden Jugend hatte. Er hatte angenommen, sie wäre über diese Dinge hinausgewachsen.

Als er den Knoten beendete hatte, sah er die Elfenbeinrose auf seinem Tischchen stehen. Die zerbrochene Blüte war wieder gerichtet, aber er traute sich nicht, sie zu berühren.

Noch vor kurzem war ihre Trauer in Wut umgeschwenkt. Eine zerschmetternde Wut, die sich gegen Gott richtete. Er konnte es glauben, und er schickte ein Gebet für ihre Vergebung hinauf und ein weiteres dafür, daß sie diese Sünde niemals in der Öffentlichkeit bekennen würde.

Als er die fußbodenlange Tunika aus blauer, seidendurchwirkter Wolle anzog, die Jehanne für ihn zusammen mit einem vergoldeten Gürtel ausgesucht hatte, begann er ein wenig Trost aus ihrem Gespräch zu schöpfen, so bitter es auch gewesen war. Er begriff jetzt vieles. Sein Problem, dachte er, während er eine silberne und goldene Kette um seinen Hals legte, war, wie er die anderen davon überzeugen konnte, daß es hier keinen Bedarf an Strafe gab.

Ein guter Anfang könnte ein eindrucksvolles Auftreten als Lord und Lady sein. Er rief Jehanne zurück und trug ihr auf, sich fürstlicher zu kleiden.

Sie tauschte ihre alltägliche Leinentunika gegen eine aus Seide und ihren Gürtel gegen einen mit goldenen Fäden und Perlen. Sie kleidete sich in aller Stille an und würdigte ihn dabei keines Blickes.

»Hab keine Angst vor mir«, sagte er. »Ich habe mich wieder unter Kontrolle«

Sie hielt einen Moment inne, als sie ihren Gürtel band und sah ihn an. Es war keine Angst, die er in ihren Augen sah, sondern finstere Besorgnis. »Ich *muß* dich fürchten, denn dann werde ich vorsichtig sein. Wenn du mir weh tätest, Galeran, dann würdest du dir niemals vergeben.«

Sie kannte ihn zu gut.

So wie er sie kannte.

»Ich habe dich geschlagen.« Auf ihrem Gesicht lag noch immer ein verblassender gelber Schimmer, der von dem Schlag herrührte.

»Und es belastet dich noch immer, stimmt es?«

»Sehr.«

»Also muß ich mich vor dir in acht nehmen. Aber wenn es einen Grund gibt, mich zu schlagen, dann hoffe ich, daß du es tun wirst.«

»Das ist das letzte, was ich tun will, Jehanne.« Aber dann erzählte er ihr von Agnes und Edric, während sie sich frische Strümpfe anzog. Sie lächelte bei einigen Stellen der Geschichte, sie verstand.

»Weißt du«, sagte sie, während sie den Saum ihres Gewandes richtete, »auf eine merkwürdige Weise würde ich es sogar willkommen heißen, geschlagen zu werden.«

Sie trat zu ihm, um sein Gewand zurechtzuzupfen. »Glaubst du, daß so etwas die Seele heilen kann, wie eine Strafe nach der Beichte?«

»Nein«, sagte er und beruhigte ihre flinken Hände. »Hast du deine Sünde gebeichtet?«

Sie wurde sehr still. »Nein.«

»Warum nicht?«

»Wie kann Gott vergeben ...?«

»Gott kann alles vergeben. Und vielleicht, wenn der Priester dir eine annehmbare Strafe gegeben hätte, würdest du aufhören, dir zu wünschen, *ich* würde das tun.«

Er meinte das als einen Witz, aber sie seufzte. »Bin ich für dich nichts weiter als eine Last?«

»Mein Gott!« Er zog sie grob in seine Arme. »Du bist *alles* für mich, Jehanne. Alles. Aber es wird eine Weile dauern, bis wir das alles überstanden haben.« Er hielt sie fest. »Wir wollen uns die Zeit nehmen«, flüsterte er in ihr Haar.

Sie rückte von ihm ab, um ihn anzusehen. »Soviel, wie uns das Schicksal gibt.«

Sie meinte, so lange, wie die Welt – die Gemeinschaft, der Bischof, der König – ihnen geben würde. Wie wenn diese Welt sich bemerkbar machen müßte, erscholl das Horn, um das Essen anzukündigen. Er nahm ihre Hand und führte sie hinaus, um dem Schloßmahl vorzusitzen.

Alle außer den Wachen und einigen Dienern, die anderswo benötigt wurden, waren zugegen. Am erhöhten Tischende saßen Raoul, Aline, Matthew, der Haushofverwalter und Bruder Cyril, der Schreiber. Galeran und Jehanne nahmen ihre Plätze in der Mitte der Tafel ein.

Der Rest des Hausstandes saß an Tischen, die an den Seiten der Halle entlang aufgestellt waren, Galerans Knechte saßen am nächsten, gemischt mit Jehannes Frauen. Dahinter saßen die höhergestellten Diener des Schlosses – der Falkner, der Leiter der Stallknechte, die Weblehrerin und der Schmied.

Weiter hinten saßen die anderen Diener und die bewaffneten Männer.

Die Küchenhilfen kamen herein mit Krügen, Schüsseln und Platten. Sie präsentierten die Speisen zunächst dem Haupttisch.

Galeran suchte gute Stücke aus und legte sie auf Jehannes Schneidbrett. Sie lächelte ihm ihren Dank zu und tat dasselbe für ihn. Er konnte dennoch nicht umhin, darüber nachzudenken, daß alles viel besser gehen würde, wenn sie nicht seine Eifersucht auf Lowick geweckt hätte. Lowick und Jehanne, das fraß an ihm wie ein Geschwür. Er würde niemals wirklichen Frieden oder Glück finden, wenn er nicht damit fertig würde.

Nun hatte er also erfahren, daß Jehanne Lowick verführt hatte,

weil sie Gott haßte. Jehanne hatte ein sehr menschliches Bild von Gott. Für sie war er eine Person, die man in guten Zeiten bewundern, in schlechten Zeiten beschuldigen mußte – aber immer mußte man vor ihm auf der Hut sein.
So ähnlich wie ein König, dachte Galeran und sah sie von der Seite an. Er trank aus dem Kelch, den sie sich teilten.
Weil er sich in diese Richtung gedreht hatte, bemerkte er, daß Raoul und Aline mehr Erfolg damit hatten, wie ein glückliches Paar auszusehen.
Raoul und Aline?
Galeran liebte seinen Freund fast wie einen Bruder, aber er hatte wenig Illusionen über seinen Umgang mit Frauen. Sicherlich würde Raoul niemals so dumm sein und versuchen, eine Jungfrau zu verführen. Besonders keine wie Aline, die so gut wie mit der Kirche verheiratet war.
Wenn er es tat, dann könnte es damit enden, daß er und Galeran es mit dem Schwert ausfechten müßten. Das könnte er mit Sicherheit nicht gebrauchen.
Aline war errötet. Hatte Raoul sie verwirrt?

Aline wußte nicht, ob sie im Himmel oder in der Hölle war. Raoul de Jouray war genau der Typ Mann, den sie verabscheute, und die Tatsache, daß er gutaussehend und charmant war, machte es noch schlimmer! Wahrscheinlich erwartete er, daß alle Frauen – von hoher oder niederer Geburt – bei der bloßen Ansicht seines leichten, neckischen Lächelns dahinschmolzen.
Aber seit dem Bad an jenem Morgen war es, als hätte sie ein Jucken auf ihrer Haut, was schlimmer wurde, wenn er sich ihr näherte oder wenn er ihren Blick quer durch den Raum erwiderte. Ihre normalerweise klaren Gedanken waren verwirrt, wahrscheinlich, weil sie an nichts anderes denken konnte, als wann er auftauchen würde und was er sagen würde, wenn er auftauchte.
Nachdem sie seinen nackten Körper einmal gesehen hatte,

waren seine Kleider, ja sogar seine Rüstung durchsichtig geworden, und sie konnte diesen Körper immer wieder sehen.

Der Ritt von Burstock war sehr anstrengend gewesen, da er den ganzen Weg über an ihrer Seite geritten war. Sie hatte versucht, ihn zu ignorieren, aber er hatte ihr Fragen über die Ländereien gestellt und zwang sie so, zu antworten. Wenn sie ins Stocken gekommen war, hatte er ihr von seinem eigenen Hausstand in Frankreich berichtet und von seinen Reisen nach Spanien und in das Heilige Land.

Unbeschwert versuchte sie, von sich zu erzählen. Eigentlich war sie ein umherirrendes, freies Wesen, ohne Besitz oder Perspektive. Aber warum sie das kümmern sollte, wußte sie nicht, da sie ja Nonne werden würde und kein Interesse an Raoul de Jouray hatte.

Zumindestens kein Interesse, dessen sie sich nicht entledigen könnte mit ein wenig Willensstärke.

Jetzt, während des Mahls, flirtete Raoul nicht mit ihr. Er warf ihr weder besondere Blicke zu, noch berührte er sie neckisch. Er rühmte nicht ihre Haut, ihre Augen, ihre Lippen, ihr Haar ... sie unterhielten sich einfach und aßen.

Aber warum fühlte sie sich dann so heiß und unruhig?

Er sprach von den Flamen. »Ich denke, Ihr würdet es mögen, Lady Aline. Sie sind ein sehr praktisches Volk, die Flamen.«

»Denkt Ihr, ich sei praktisch?«

Seine Augen blitzten. »Ja. Seid Ihr es nicht?«

»Nicht im Moment«, platzte sie heraus und fühlte, wie sich eine neue Hitzewelle in ihren Wangen sammelte. Oh, warum sagte sie nur so etwas Dummes?

Er lehnte sich zurück und lächelte sie an. »Aber es ist sehr praktisch in Eurem Alter, sich für einen Mann zu interessieren.«

Bei diesem direkten Angriff reckte Aline ihren Rücken und blitzte ihn an. »Ich habe kein solches Interesse!«

»Dann seid Ihr bemerkenswert anders als der Rest der mensch-

lichen Rasse, Lady Aline. Junge Frauen interessieren sich für junge Männer und junge Männer für junge Frauen.«
»Was ist mit alten Männern?« fragte sie bissig. »So wie Ihr?«
Etwas blitzte in seinen Augen, und dann lachte er. »Wir interessieren uns für Frauen vielerlei Alters. Aber wir alten Exemplare haben eine Menge Dinge, die uns empfehlenswert machen, wie Ihr wißt. Wir sind geduldig, und wir haben mehr Selbstkontrolle als Frischlinge.«
»Wirklich?« fragte sie zurück und ließ ihren Blick betont zu Ella fliegen.
Er wurde rot! Sie hätte schwören können, daß er rot wurde. Das war so süß wie ein Sieg in einer Schlacht.
»Wenn es sein muß, Lady Aline.«
»Ach. Ihr meint also, daß Ihr beim Verführen geduldig seid, Sir, aber ungeduldig, wenn das Spiel gewonnen ist.«
»Niemals.« Er lächelte sie müde an. »Ich verspreche Euch, Lady Aline, ich bin *niemals* ungeduldig mit einer Frau.«
Verdammt! Da kam ihre Farbe wieder, sie flog in ihre Wangen wie ein Banner. »Einige Frauen werden nicht verführbar sein, Sir Raoul, egal wie geduldig der Jäger ist.«
»Daher lernt ein guter Jäger, seine Beute mit Bedacht auszuwählen. Mehr Wein, meine Dame?«
Sie sah zu, wie er Wein aus einem irdenen Gefäß in ihren silbernen Kelch goß. Bei seinen Worten durchfuhr sie ein erregender Schauer. »Ihr denkt, ich könnte verführt werden?«
»Denkt Ihr, es wäre nicht so?« Er goß Wein in seinen eigenen Kelch und sah sie dabei nicht an.
»Ja!«
»Vielleicht habt Ihr recht.« Dann sah er sie an, und etwas in seinen haselnußfarbenen Augen war wie das Blasen zum Angriff. »Wünscht Ihr es herauszufinden?«
»Nein!«
Ruhig wandte er sich der Platte mit den Stachelbeertörtchen zu

und wählte eines, um es ihr anzubieten. »Dann werden wir das Spiel nicht spielen.«
Sie nahm das Törtchen und musterte ihn eingehend. »Welches Spiel?«
»Verführung.« Noch bevor sie etwas sagen konnte, fügte er hinzu: »Natürlich können wir das sowieso nicht bis zum Ende durchspielen, schöne Dame, denn das würde Eure Chance ruinieren, eine Braut Christi zu werden. Und es würde mich in weit mehr Unannehmlichkeiten bringen, als mir recht wäre.«
Und das war wahr. Ihr Vater und ihre Brüder würden ihn in kleine Stücke reißen, wenn er sie entehrte. Und dann würde er froh sein, sterben zu dürfen.
Aline beobachtete ihn, während sie an ihrem Törtchen knabberte. Ihr Herz schlug schneller. Sie war sich wohl bewußt, daß Raoul sich wie ein Jäger benahm, der Köder und Fallen auslegte. Aber es war so ein aufregendes Spiel, und sie war letztlich ganz sicher dabei.
»Also wäre es einfach nur ein Spiel ...«
»Ganz genau. Wie die Scheingefechte, die die Männer führen, wenn sie sich für den Krieg vorbereiten. Ich mag diese Gefechte sehr gern, und es könnte eine nützliche Übung für Euch sein. Ich vermute, Ihr benötigt Übung in der Verteidigung.«
»Was meint Ihr damit?«
»Warum lehnt Ihr es ab, Männern bei ihrem Bad behilflich zu sein, Aline?«
Es war das erste Mal, daß er ihren Namen ohne »Lady« davor benutzte, und sie wußte, daß das Spiel begonnen hatte. »Ich bin sittsam ...«
»Die Ansicht eines Männerkörpers kann Euch doch nicht erschüttern.«
»Nein ...«
»Also, was ist es dann?«
Sie konnte das Törtchen nicht aufessen, also legte sie es hin.

»Ich mußte diese Pflicht bisher so selten erfüllen, daß sie mich verwirrt.«
»Ich denke nicht, daß es die Pflicht ist, die Euch verwirrt, Aline.«
Sie blitzte ihn an. »Nun gut. Ich finde Männer aufregend – junge, gesunde Männer. Ich habe versucht, das Gefühl zu bekämpfen, aber ich schien niemals in der Lage dazu zu sein, also bevorzuge ich es, diese Gelegenheiten zur Sünde zu vermeiden.«
Sein Lächeln sagte, daß er diese Runde gewonnen hatte. »Es ist nicht immer weise, die Gelegenheiten zur Schwäche zu vermeiden. Wie Ihr heute morgen entdeckt habt, kann uns das verletzlich machen. Es ist, als wenn ein bewaffneter Mann es vermeidet, Mauern zu erklimmen, weil er die Höhe fürchtet. Eines Tages wird er in einer Schlacht eine Mauer bezwingen müssen und zweifellos wegen seiner Torheit sterben. Kämpfende Männer müssen in jeder Hinsicht stark sein. Sie müssen jede Schwäche ablegen, damit sie ihre Fähigkeiten jederzeit im Griff haben.«
»Ich bin sicher, Ihr seid sehr stark und habt Eure Talente im Griff.«
»O ja. Seht her.« Ohne Vorwarnung nahm er ihre Hand, legte sie auf seinen bloßen Oberarm und drückte ihre Finger gegen seine eisenharten Muskeln.
Sie zog schnell ihre Hand zurück. »Also«, sie wünschte, ihre Stimme wäre nicht so gepreßt, »laßt mich Euch verstehen. Ihr bietet mir an, mich in den Fähigkeiten zu trainieren, die ich benötige, um fleischlicher Versuchung zu widerstehen?«
Fleischliche Versuchung. Sehnsüchtig wünschte sie, seinen Arm wieder unter ihrer Hand zu spüren.
»Nicht ganz.« Er rückte das schwere goldene Armband, das er an seinem Handgelenk trug, zurecht. Sie war sich sicher, daß er es nur tat, um ihre Aufmerksamkeit wieder auf seine Muskeln zu lenken. »Ich denke, Ihr benötigt eine Frau, die Eure Fähig-

keiten hervorlockt. Ich biete Euch an, einige Scheinangriffe zu liefern, um Eure Verteidigung zu prüfen, damit Ihr wißt, welche Talente noch der Verbesserung bedürfen. Tatsächlich, Lady Aline, gehe ich noch über das pure Anbieten hinaus und gebe Euch eine Zusage. Ihr solltet besser damit anfangen, Eure Mauern zu verstärken und einen Vorrat an Pfeilen anzulegen.«

Sie zwang ihre Augen zurück zu dem neckenden Gesicht. »Ob ich zustimme oder nicht?«

»Ob Ihr zustimmt oder nicht.«

Sie warf dem Unhold ihren finstersten Blick zu. »Ich sollte mich bei Galeran über Euer Benehmen beschweren.«

»Das würde ihn in eine unangenehme Situation bringen, und es ist gar nicht nötig. Erinnert Euch daran, Aline, daß Ihr mein Wort habt, daß ich nicht in Eure Zitadelle eindringen werde, auch wenn sie weit geöffnet vor mir liegt.«

Aline schnappte nach Luft ob dieses unerhörten Bildes, aber dann riß sie sich zusammen. »Nun gut. Aber ich warne Euch, Sir, meine Verteidigung ist tatsächlich ziemlich stark. Und manchmal leiden die Angreifer mehr als die Zitadelle, die sie angreifen.«

Dann wendete sie sich ab, um vier von Jehannes Frauen zu beobachten, wie sie einen Tanz vorführten, dessen einzige Absicht es war, ihre Grazie und ihren Charme den zuschauenden Männern zu präsentieren. Warum konnte Raoul sein Spiel nicht mit einer von ihnen spielen?

Sie würde ihn mit einem Messer verfolgen, wenn er es täte.

O je. Ihre Verteidigung war aus Stroh und Stöckchen, und sie fürchtete, daß er das wußte.

Eine der Damen lächelte Raoul zu, und er winkte zurück. Aline wußte nicht, welche der Frauen sie am liebsten mit einen Krug eiskalten Wassers übergießen wollte.

Plötzlich wünschte sie sich ein wenig Spaß.

Bald, wahrscheinlich schon vor Weihnachten, würde sie nach

St. Radegund zurückkehren. Da sie achtzehn geworden war, erwartete man von ihr, daß sie ihren Novizinnenschwur ablegen würde. Das könnte ihre letzte Gelegenheit sein, die seltsame, beängstigende Welt der Männer und Frauen zu erforschen. Als eine Christus versprochene Braut sollte sie nicht einmal den *Wunsch* haben, diese beängstigende Welt der Männer und Frauen zu erforschen …

Aber auf der anderen Seite würden die Versuchungen des Fleisches niemals vorübergehen. Er hatte recht. Sie sollte ihre Verteidigung schulen.

Die Damen setzten sich wieder, und Galerans Ritter begannen nun mit ihrem Tanz, sie tanzten so für die Frauen, wie die Frauen für die Männer getanzt hatten. Es war ein wilderer Tanz, der es ihnen erlaubte, ihre Gewandtheit und Stärke zu zeigen, da sie mit dem Tanz eine Jagd darstellten.

Einer der jüngeren Ritter – dunkelhaarig und mit einem sündhaften Blick – lächelte Aline direkt an und vollführte eine waghalsige Schrittkombination. Normalerweise hätte sie das ignoriert, aber jetzt lächelte sie zurück.

Eine Hand ergriff ihre unter dem Tisch. »Aline«, sagte Raoul. »Ihr seid noch nicht bereit, es mit einem wie diesem aufzunehmen.«

»Ach wirklich?« Sie warf einen Blick auf ihren Partner. »Aber Ihr denkt, ich sei bereit, es mit Euch aufzunehmen?«

»Nicht in diesem Jahrtausend, meine Süße. Es ist nur, daß ich stumpfe Waffen benutzen werde, aber dieser freche Abenteurer wetzt seinem Schwert eine scharfe Klinge.«

Galeran stieß Jehanne mit dem Ellbogen an. »Ich fürchte, Raoul flirtet mit Aline.«

Jehanne warf einen Blick zur Seite. »Eine ziemlich wenig Erfolg versprechende Übung.«

»Vielleicht ist es nur das – eine Übung. Denkst du, sie ist verletzlich?«

»Aline war immer wachsam mit Männern.«
»Aline war vierzehn, als sie entschied, Nonne zu werden. Sie hat nur ein Jahr in dem Kloster verbracht, bevor sie hierhergekommen ist, um bei dir zu sein. Vielleicht hatte sie noch keine Gelegenheit, Interesse zu entwickeln.«
Jehanne sah wieder zur Seite und schürzte ihre Lippen. »Wenn ihre Interessen in dieser Richtung liegen, dann ist es sicherlich nur gut, wenn sie das jetzt herausfindet.«
»Sie ist noch nicht der Kirche versprochen worden?«
»Nein. Es war ihre eigene Idee. Onkel Hubert war natürlich erfreut. Da er gläubig ist, gefiel ihm der Gedanke, daß eine Tochter für seine Seele betet. Aber wenn sie ihre Meinung ändern sollte, wird sie niemand daran hindern.«
»Ich fürchte, Raoul amüsiert sich einfach nur. Ich kann dem Ganzen ein Ende setzen, wenn du es möchtest.«
Jehanne dachte darüber nach. »Nein. Wie ich gesagt habe, es wäre ebensogut für Aline, wenn sie ihre wahre Natur entdeckte. Sie könnte noch immer Nonne werden, aber immerhin würde sie das im Wissen um ihre Schwäche tun. Ich nehme an, daß wir deinem Freund trauen können, daß er sie nicht verdirbt.«
»Ich nehme das an. Aber ich werde sichergehen, daß es so ist. Er könnte immerhin ihre Gefühle verletzen.«
»Ihr Herz brechen? Das ist ein ausgezeichnetes Lebenstraining.«
Galeran konzentriert sich darauf, seinen Wein auszutrinken. Was bedeutete das? Obwohl er diesen Gedanken jedes Mal niederkämpfte, wenn er nur auftauchte, fragte er sich wieder tief im Innersten, ob Jehanne Lowick liebte und sich wünschte, ihr Ehemann wäre tot.

Elftes Kapitel

Als die Tische abgebaut worden waren, entspannte sich die Gesellschaft, man unterhielt sich und flirtete. Jehanne beobachtete Galeran, wie er zwischen seinen Leuten umherging, sich Zeit nahm, um mit jedem zu sprechen und sich Neuigkeiten anzuhören. Sie hatte Galeran während seiner Abwesenheit sehr vermißt. Sie war sehr traurig darüber gewesen, daß Galeran Gallots Geburt und sein kurzes Leben nicht miterlebt hatte.

Es schnürte ihr die Kehle zu, und sie drehte sich um und sah, daß Alines Augen nicht aufhörten, Raoul anzusehen. O je! Sie schlenderte zu ihrer Cousine hinüber. »Raoul de Jouray ist mit Sicherheit ein gutaussehender Mann«, sagte sie beiläufig.

»Unglücklicherweise weiß er das.«

»Es wäre dumm, das nicht zu wissen. So wie du weißt, daß du schön bist.«

»Da du mir sehr ähnlich siehst, mußt du ebenfalls um deinen Charme wissen.«

Jehanne lachte und umarmte ihre Cousine. »Ich nehme an, du könntest Schlimmeres tun, als deine Berufung an Raoul de Jouray zu testen, denn er ist verführerisch wie ein Apfel im Paradies. Paß nur auf, daß du nicht zu weit gehst. Und denke niemals, daß er dich heiraten würde. Besitzlose Männer wie er können nicht heiraten.«

»Er würde als Ehemann ohnehin eine traurige Figur abgeben.« Und Aline warf einen verstohlenen Blick auf den gutaussehenden Tunichtgut, der gerade eine kichernde Dame neckte.

Es schien, als hätte Aline ihren vernünftigen Kopf bewahrt. Nachdem Jehanne die Mittagsruhe für beendet erklärt und jedermann zurück an die Arbeit geschickt hatte, lief sie zu Raoul, bevor er die Halle verlassen konnte. »Wenn Ihr meiner Cousine weh tut, Mylord, dann werde ich Euch die Eingeweide herausschneiden.«

Er sah mit hochgezogener Braue auf sie hinab. »Galeran hat mir diese Nachricht bereits mitgeteilt, meine Lady, obwohl er es weniger direkt tat.«

Jehanne fühlte, wie Farbe ihr Gesicht überzog. »Ich kann sehr scharfzüngig sein.«

»Lady Jehanne, Tugend kommt nicht davon, daß man seine Fehler beichtet, sondern davon, daß man versucht, sie wieder gutzumachen.« Er ging fort, und sie blieb mit offenem Mund stehen.

Galeran kam an ihre Seite. »Hat Raoul etwas gesagt, was dich verletzt hat?«

»Nein.« Sie sah ihn an. »Wie kannst du mich nur lieben? Ich bin nicht liebenswert.«

Seine Hand wanderte zu dem Messer, das an seinem Gürtel befestigt war. »Was hat er gesagt?«

»Nichts Verletzendes, aber ...«

»Aber?«

»Aber ich bin *stolz* auf meine Laster. Ich versuche nicht, sie zu ändern. Ich sage gern, was ich denke. Ich habe Angst davor, schwach zu sein, Angst davor, von dir abhängig zu sein ...«

»Warum solltest du auch schwach sein wollen? Und ich könnte morgen sterben.«

»Ich habe bereits bewiesen, wie unfähig ich bin, in diesem Fall zurechtzukommen.«

Er seufzte. »Jehanne. Wir sollten damit aufhören, all das aufzukratzen wie den Schorf von einer heilenden Wunde.«

»Wenn sie heilt, wird dort kein Schorf sein. *Wenn* sie heilt.« Sie sah ihn genau an und versuchte, hinter sein ruhiges Äußeres zu blicken. »Man erwartet noch immer von dir, daß du etwas tust.«
»Vielleicht werden sie eines Tages damit aufhören. Der Wall muß befestigt werden, wurde mir berichtet. Ich sollte lieber einige Männer dorthin schicken.«
Jehanne seufzte. Sie teilte Galerans Wunsch, die Zeit alles heilen zu lassen, aber sie bezweifelte, daß die Zeit allein ihre Sünde fortwischen würde.

Die Tage waren noch immer lang, daher nahmen sie ihr Abendessen spät ein, aber nicht so spät, daß die Leute zu müde wären, um sich noch ein wenig zu amüsieren. Als die Tische fortgeräumt worden waren, begann Musik zu spielen, und dann wurden Geschichten im warmen Licht der untergehenden Sonne erzählt.
Da Galeran und Raoul in fremden Ländern gewesen waren, waren ihre Geschichten heiß begehrt. Zusätzlich zu den Geschichten aus dem Heiligen Land konnte Raoul noch von Spanien berichten, sowohl vom christlichen Norden als auch vom mohrenbesetzten Süden. Er erzählte von einem Zusammentreffen mit dem berühmten *Cid Campeador*, Rodrigo Díaz de Vivar, dem mächtigsten Krieger Spaniens, der seine letzten Jahre damit verbracht hatte, die Mohren in seinem eigenen Kreuzzug zu bekämpfen.
»Vielleicht könnte ich Euch ein Lied von Spanien singen«, sagte Raoul endlich und sah sich in der Runde der entzückten Zuhörerschaft um.
Großes Zurufen antwortete ihm. Er verlangte nach einer Gitarre und entlockte den Saiten eine feine, fließende Melodie.
»Die Leute sagen, daß das das Lied ist, mit welchem *El Cid* Lady Jimena umworben hat. Darin erzählt er ihr, daß sie so schön ist wie eine Mandelblüte, so rein wie Wasser von der Schnee-

schmelze der Sierra und so süße Lippen hat wie eine volle, reife Frucht.«
Er begann, mit einer ausdrucksvollen Stimme zu singen, und obwohl er Aline nicht ansah und sie nichts von den spanischen Wörtern verstand, fühlte sie sich, als würde er nur für sie allein singen. Als wenn sie so schön wäre wie eine Mandelblüte, so süß wie eine saftige Traube und so rein wie das Wasser von der Schneeschmelze in der Sierra.
Als er das Lied beendet hatte, kam er zu ihr und setzte sich auf den Boden, ihr zu Füßen. Warum ihr das so viel intimer vorkam, als wenn er an ihrer Seite saß, wußte sie nicht.
»Habt Ihr wirklich die Wörter gesungen, von denen Ihr erzählt habt?« fragte sie.
Er sah zu ihr auf. »Natürlich, obwohl das nur der Refrain ist. In den Strophen berichtet der Krieger von der Jagd nach seiner schönen Lady. Wie er sie aus der Ferne angebetet hat. Wie er gefährliche Heldentaten unternahm, um ihrer würdig zu sein. Wie er jeden erschlug, der sie bedrohte. Und all das, weil sie so schön war wie eine Blüte, so rein wie Bergwasser und so süße Lippen hatte wie eine volle, saftige Traube.«
»Warum habe ich nur den Verdacht, daß Trauben in Wirklichkeit so sauer wie unreife Stachelbeeren sind?«
Er drehte sich um, um sie betrachten zu können, stützte seine Arme auf ihre Schenkel. »Seid Ihr so mißtrauisch? Die Trauben in Guyenne sind so süß wie Honig. Vielleicht kann man in London oder anderen südenglischen Häfen solche finden. Eines Tages, das verspreche ich, werde ich Euch mit vollen, saftigen Trauben füttern.«
Mit trockenem Mund wandte Aline ihre Aufmerksamkeit zurück auf die Mitte der Halle, wo ein Ritter eine Geschichte von Monstern und Magie erzählte. Raouls Arm blieb, wo er war, angriffslustig, kraftvoll, aber seltsam beruhigend.
Sie ertappte sich dabei, wie sie den Wunsch verspürte, ihre Hand auf seine breite Schulter zu legen. Sie konnte sich

vorstellen, wie hart sie sich unter dem Stoff anfühlen würde, wie beruhigend …

Sie war erleichtert, als sie sich endlich in das Gemach der Frauen zurückziehen konnte, wo sie sicher schlief, bewacht von Jehannes fünf Frauen.

Nachdem er eine angemessene Zeit mit seinen Leuten verbracht hatte, führte Galeran Jehanne in ihr gemeinsames Zimmer. Es war alles wie an so vielen anderen Abenden und doch so anders. Zu viele Probleme standen zwischen ihnen, um Leichtigkeit aufkommen zu lassen. Sogleich brachte die Kinderschwester Donata, und Jehanne setzte sich hin, um sie zu stillen. Sobald der Säugling sein Mahl beendet hatte, rief sie nach der Frau, damit sie ihn wieder fortbrachte.

Galeran entschied sich, nichts dazu zu sagen. Er legte seinen Gürtel und sein Gewand ab, so daß er nur noch in Hemd und Hose dastand. »Hättest du Lust auf ein Schachspiel?«

Sie sah ihn direkt an. »Ich würde gern mit dir schlafen.«

Hitze durchfuhr ihn. »Das würde ich auch gern.« Er streckte seine Hände aus, und sie stand auf und legte ihre Hände in seine. Er zog sie in seine Arme und küßte sie, schmeckte sie – wie ihm plötzlich klarwurde – zum ersten Mal nach so langer Zeit.

Danach, als er sie fest in seinen Armen hielt, sagte er: »Mein Gott, wir haben uns nicht geküßt, das letzte Mal haben wir uns nicht geküßt!«

Sie klammerte sich so fest an ihn wie er sich an sie klammerte. »Ich weiß.«

Er hob ihr Gesicht und fuhr mit seinem Daumen über die abklingende Schwellung.

Aber jetzt brauchte er mehr als Küsse. Er lockerte ihren Gürtel und warf ihn zur Seite. Dann glitten seine Hände hinunter zu ihrer Tunika, um die Öffnungen zu finden, die zum Stillen des Babys gedacht waren.

Sie schnappte nach Luft, lehnt sich zurück in seine Arme, als er ihre Brüste liebkoste, zuerst mit der Hand, dann mit dem Mund, bis sie ihn packte. Dann warf er sie auf ihr neues Bett.

Er zog ihre Röcke hoch, öffnete seine Hosen und stieß in ihre feuchte Hitze, nicht fähig, sich dieses Mal zurückzuhalten, oder zärtlich und einfühlsam zu sein. Dieses Mal wollte er nur die wilden Flammen sie beide verschlingen lassen und sich jeder heißen Sekunde hingeben.

Als seine Kräfte zurückkehrten, zog er die Vorhänge um das Bett zu, so daß sie in einer ganz privaten Welt eingeschlossen waren, in die das Böse nicht eindringen konnte. In dieser Dunkelheit streifte er die Kleider von ihrem müden, verschwitzten Körper, er bewegte ihre Glieder als wäre sie ein Kind, küßte und saugte überall, an jedem Stück Haut.

Als sie nackt war, war ihre Energie zurückgekehrt, und sie zog ihn auf dieselbe Weise aus, neckte jeden Teil von ihm, bis er wieder bereit war. Bevor sie ihn besteigen konnte, versuchte er einen der Tricks aus dem Morgenland. Er zog sie zu sich hoch, so daß sie über seinem Gesicht kniete und er sie mit seiner Zunge verwöhnen konnte.

»Galeran!« stieß sie bei der ersten Berührung hervor und dann klammerte sie ihre Hände am Bett fest, blieb still, als die Spannung ihren Körper gefangennahm. Er würde sie nicht still sein lassen und hielt sie gefangen, bis sie aufschrie.

Erst dann zog er sie hinunter, um sie mit seinem eigenen Fleisch zu füllen, und sie die Macht hatte, sie beide zu gesegnetem Vergessen zu treiben.

»Oh, das ist himmlisch«, murmelte sie endlich schwach, fest eingeschlossen in seinen Armen. »Oder Hölle, wenn man die Verderbtheit betrachtet, die du gerade an mir ausgeübt hast! Himmlische Verderbtheit also. Wenn wir nur für immer in diesem Nest bleiben könnten.«

Das war unmöglich, und beide wußten das. Sie rechneten allerdings nicht mit den Nachrichten, die der kommende Tag bringen sollte.

William von Brome ritt in Heywood ein, als sie gerade eben ihr Frühstück beendet hatten. »Der König ist tot«, verkündete er, als er mit wallendem Mantel in die Halle rauschte, so daß die Hunde zu bellen begannen.

Galeran beendete abrupt seine Unterhaltung über den Wall und schickte die entsetzten Männer mit einem Wink an die Arbeit.

»Rufus ist tot? Wie?«

»Ein Pfeil während des Jagens. Kannst du das glauben?« Er senkte seine Stimme. »Kannst du an einen Unfall glauben?«

Ohne ein weiteres Wort ging Galeran voraus.

Jehanne und Aline waren mit dem Baby und dem Kindermädchen in einem Raum. Sie machten sofort Anstalten aufzubrechen, aber Galeran sagte: »Jehanne, du solltest bleiben.«

Als die drei allein waren, sagte Galeran: »Nun, Vater, berichte uns, was passiert ist.«

Lord William ließ sich auf eine Bank fallen. »Man hat mir nur die offizielle Nachricht und ein wenig Tratsch zugetragen. Vor zwei Tagen brach Rufus zur Jagd in der Gegend von Winchester auf. In der Gruppe befanden sich sein Bruder Prinz Henry, Wat Tyrel – der mit den Clares verbandelt ist – und die Beaumont-Brüder. Wat Tyrel hat es irgendwie geschafft, einen Pfeil durch den König zu jagen.«

Jehanne schnappte nach Luft. Galeran sagte nur: »Wie bequem!«

»Hah!« sagte sein Vater. »Du siehst das richtig! Rufus war noch nicht ganz kalt, da eilte Henry schon mit den Beaumonts nach Winchester, um die Schätze zu beschlagnahmen. Ich wurde nach London bestellt, um dabei zu helfen, den nächsten König auszuwählen, aber das scheint kaum die Reise wert zu sein.«

»Er wird jetzt bereits gekrönt sein, es sei denn, es gäbe einen gewichtigen Grund, ihn abzulehnen. Sehr unwahrscheinlich, da Rufus so unbeliebt war, und der andere Bruder, Robert, ist auch nicht gut angesehen.«

»Aber Robert ist der Älteste«, sagte Jehanne. »Wird er sich auch bewerben?«
Lord William nickte. »Das möchte ich gern wissen. Du mußt ihn auf dem Kreuzzug getroffen haben, Galeran.«
»Ich war die meiste Zeit unter seinen Streitkräften. Ich kam auch mit ihm zurück, wir haben uns erst getrennt, als er entschied, in Sizilien seine Zeit mit Tändeleien zu vertrödeln.«
»Eine Trödelei, die er wohl ewig bedauern wird.«
»Glaubst du wirklich? Ich vermute, daß, wenn Robert eher nach Hause gekommen wäre, Rufus früher gestorben wäre.«
Stille legte sich über den Raum, dann sagte Jehanne: »Henry ließ seinen Bruder töten?«
Lord William nickte. »Es ist andererseits kaum zu glauben. Henry Beauclerk wollte immer schon England haben. Da er der einzige Sohn William des Eroberers ist, der hier geboren wurde, dachte er immer, es sei sein Geburtsrecht, aber er war erst neunzehn, als sein Vater starb, und er war nicht in der Position, sich darum zu bewerben. Jetzt ist er zweiunddreißig und ein schlauer, geschickter Mann. Er hat zweifelsohne nur auf seine Chance gewartet.«
»Chance? Das sieht nach Mord aus.«
»Unfälle passieren beim Jagen, Jehanne«, sagte Galeran. »Das muß man auch berücksichtigen.« Er saß auf der Bettkante. »Ich landete in Brügge mit einer kleinen Gruppe von Kreuzrittern. Es muß so in der letzten Woche gewesen sein, da erreichte Henry die Nachricht, daß sein Bruder gesund vom Kreuzzug zurückkehrt war, und er bedachte ihn mit all dem Ruhm von einem, der Jerusalem vor den Ungläubigen gerettet hat. Mehr noch, Robert hätte seine Pflicht dort drüben sehr gut erfüllt – besser als er es zu Hause hätte tun können. Für Henry muß es so ausgesehen haben, daß, falls er es schaffen sollte, Rufus beiseite zu schaffen, Robert zum König von England gekürt werden würde. Inakzeptabel. Also mußte er vielleicht brutal werden.«

»Die Frage ist«, unterbrach Lord William, »was werden wir jetzt tun?«
Galeran wandte sich ihm zu. »Welche Wahl haben wir?«
»Wir könnten Roberts Anspruch unterstützen.«
Galeran warf Jehanne einen kurzen Blick zu und sah, daß sie seine Befürchtungen darüber teilte. »Warum sollten wir?«
»Für das Recht! Zum Teufel, Galeran, weißt du gar nicht mehr, was Recht und was Unrecht ist, daß du einen brudermordenden Schurken für den Thron unterstützt?«
»Ich werde den besseren König unterstützen.«
»Und du denkst, das ist Henry?«
»Ja. Wir wollen nicht, daß England wieder eine Provinz der Normandie wird.«
Lord William ließ sich fallen. »Das ist sicher wahr. Aber es behagt mir nicht, sage ich dir.«
»Rufus hat mir auch nicht behagt, mit seinen unberechenbaren Gefolgsleuten und seinen gierigen Raubzügen durch Männer wie Flambard.«
Lord William sah ihn unter seinen buschigen, grauen Augenbrauen finster an. »Bist du sicher, daß du nicht nur denkst, daß das ein guter Weg ist, um Ranulph Flambard davon abzuhalten, sich in deine Angelegenheiten zu mischen?«
»Ich gebe zu, daß das ein reizvoller Gedanke ist. Ohne Rufus' Unterstützung, denke ich, daß Flambards Feuer gelöscht werden wird. Aber was den König betrifft, welche Wahl haben wir?«
Lord William schob seine Lippe unbehaglich hin und her. »Wie ich gesagt habe, ich habe sowohl den Tratsch als auch die offizielle Nachricht gehört. Einige Männer machen sich schon bereit, Robert zu unterstützen.«
»Dann helfe uns Gott. Werden wir darüber einen Krieg ausfechten?«
»Wir dürfen nicht vor dem Recht aus Angst vor dem Kämpfen zurückschrecken.«

»Ich habe mein Kampfpensum erfüllt.«
»Niemand kann sich dem entziehen«, stellte sein Vater fest. »Wir müssen das tun, was richtig ist. Aber das kann warten. Es kann warten.« Er streifte seinen Mantel ab und sah sie an. »Nun, wo wir schon von Flambard sprechen, ich hörte davon, daß er versucht, das Kind an sich zu nehmen? Und etwas über einen Armbrustschützen?«
Galeran schnitt eine Grimasse, obwohl er nie wirklich eine Chance hatte, die Nachrichten von seinem Vater fernzuhalten. »Es führte zu nichts. Wie hast du davon erfahren?«
»Hubert hat mir eine Nachricht geschickt, ein Glück, da mein eigener Sohn versucht, mich in Unwissenheit zu lassen.«
»Ich wollte dich nicht beunruhigen.«
»Mich beunruhigen?« Lord William sprang auf seine Füße. »Mich *beunruhigen*! Was habe ich denn im Leben außer Beunruhigung? Und warum sollte Flambard das Balg wollen?«
»Es ist mehr der Fall, daß Lowick Donata will.«
»Warum?«
»Weil Jehanne ihr Baby begleiten müßte.«
Lord William warf einen furchtsamen Blick auf seine Schwiegertochter. »Er ist noch immer hinter dir her, nicht wahr?«
Sie wurde rot, aber antwortete ruhig: »Er ist hinter Heywood her.«
»Du liebe Güte«, murmelte Lord William, als er begriff. »Und Henry Beauclerk wird kein Freund von Flambard sein, also würde dieser Anlaß Flambards Ruin bedeuten und auch der von Lowick ...«
»Ganz genau«, sagte Galeran »Daher werden wir Henry unsere Unterstützung zusichern. Ich kann zu ihm gehen und ihn darum bitten, die Lage Donata betreffend zu klären, und ich kann zu Recht seine Unterstützung erwarten.«
Lord William setzte sich wieder. »Er muß den Gesetzen folgen, und jeder Mann hat ein Recht auf seine Kinder.«
»Ein Mann, dem in seinem eigenen Haus Unrecht geschehen

ist, hat ebenfalls Rechte. Aber genau das ist der Punkt, Vater. Wenn du Henrys zuverlässiger Stützpunkt hier im Norden wirst, dann wird er dich nicht verärgern wollen.«

Lord William sah ihn böse an. »Es wäre leichter, das Balg einfach zu ertränken.« Aber dann warf er Jehanne einen schuldbewußten Blick zu.

»Vielleicht«, sagte Galeran, »solltest du deine neue Enkeltochter kennenlernen. Jehanne?«

Sie ging, auch als sein Vater hinausplatzte: »Sie ist nicht meine Enkeltochter!«

»Du solltest dich daran gewöhnen, sie als solche zu behandeln.« Als Jehanne mit dem Säugling zurückkam, nahm Galeran ihn und legte ihn in die Arme seines Vaters. Sicherlich hatte Gott seine Hand im Spiel, denn Donata zeigte sich von ihrer besten Seite – trocken, wach und nicht hungrig.

Er gab Jehanne einen Wink, und sie schlüpfte wieder hinaus. Das Baby starrte auf das stoppelige Gesicht von William von Brome und verzog seinen Mund zum Schreien, fast so, als wollte es sprechen.

»Na, na. Da ist ein kleines Vögelchen, was?« sagte Lord William und gab ihr einen knubbeligen, schwieligen Finger zum Berühren. »Sie sieht fast aus wie ihr Bruder in dem gleichen Alter, das muß ich schon sagen.«

Diese Erinnerung an den Sohn, den er niemals kennengelernt hatte, war wie ein Schlag ins Gesicht, aber Galeran schaffte es, sich ruhig zu verhalten, als ihm sein Vater einen beschämten Blick zuwarf.

»Und sie hat auch einen festen Griff«, sagte Lord William hastig. »Schade, daß sie niemals ein Schwert führen wird.«

»Da sie Jehannes Tochter ist, würde ich nicht darauf wetten.«

»Das ist wahr!« sagte sein Vater mit einem Anflug von Lachen. Dann sah er Galeran forschend an. »Alles in Ordnung zwischen euch beiden?«

»Es ist wie es ist. Ich werde Jehanne nicht abschwören und auch

nicht zulassen, daß jemand sie verletzt. Ich werde es verhindern, daß uns das Kind genommen wird.«
Lord William sah auf das Baby hinab und hob die Brauen angesichts dieses Aufregung stiftenden Kindes. »Du hast dir für so ein kleines Kind eine Menge Ärger aufgeladen. Also gut«, sagte er und sah auf. »Was wird Lowick jetzt wohl am wahrscheinlichsten tun?«
»Irgend etwas, um Jehanne und Donata mit Gewalt an sich zu nehmen, ich weiß es nicht. Wenn er mich nicht töten kann, sind seine Chancen, Heywood zu bekommen, ziemlich gering, auch wenn er sie in seiner Gewalt haben sollte.«
»Wenn Lowick Jehannes und des Babys habhaft werden sollte, dann wirst du mit ihm kämpfen, nicht wahr?«
»Ich würde es tun müssen.«
»Und wenn er dich tötete, würde dieser Weg geebnet sein.«
»Abgesehen von der Feindschaft meiner Familie.«
»Was, wenn er sich mit Duke Robert verbündet? Wenn Robert hier einfällt und gewinnt, dann wird deine Familie ein dürftiger Schutz sein.«
»Vater, ich kenne sowohl Henry als auch Robert. Wenn Robert die Herrschaft übernimmt, dann ist das ein schwerer Schicksalsschlag.«
Lord William sah ihm in die Augen. »Wie der Eroberer, der gegen jede Wahrscheinlichkeit gewonnen hat, und wie ein Jagdpfeil, der Rufus tötete? Das Schicksal spielt ein seltsames Spiel mit den Königen von England, Galeran. Erwarte niemals, daß diese Dinge den Gesetzen der Logik folgen.«
Er stand auf und gab den Säugling zurück. »Ich muß jetzt nach London, meinen Eid schwören. Vielleicht solltest du mit mir kommen, um deinen Fall Henry persönlich vorzutragen, bevor etwas geschieht, das den Karren in den Dreck fährt. Wir werden eine starke Lobby haben.«
Donata zappelte, und so versuchte Galeran, sie gegen seine Schulter zu legen, so wie Jehanne es getan hatte. Sie beruhigte

sich wieder, und ihr Köpfchen lag vertrauensvoll an seiner Schulter. »Wann gedenkst du abzureisen?«
»In wenigen Tagen.«
»Frauen und ein Baby würden dich verlangsamen.«
»Es macht mir nichts aus, langsam zu reisen. Ich möchte nur nicht, daß es so *aussieht*, als würde ich herumtrödeln.«
»Ich verstehe.« Galeran kraulte sanft Donatas kleinen Rücken, und es schien, als würde das Baby sich noch weiter entspannen. Es war verlockend, sicher im Schloß zu bleiben und zu hoffen, daß die Welt dieses zerbrechliche, hilflose Kind nicht beachten würde.
»Wir werden mit dir reisen«, sagte er.

Sobald Lord William gegangen war, erschien Jehanne an Galerans Seite.
Als das Baby die Stimme seiner Mutter hörte, drehte es sich leicht um und gab ein miauendes Weinen von sich. »Schon wieder Hunger?« fragte Galeran und sah ihr in die Augen. »Du bist ein gieriges Fräulein.«
»In diesem Alter werden sie hungrig«, sagte Jehanne, und Galeran hörte Angst in ihrer Stimme. Würde sie ihm jemals völlig vertrauen, was das Kind anging?
»Wirst du in der Lage sein, zu reisen?«
»Natürlich. Warum?«
»Mein Vater wird Henry den Eid schwören. Er reist in wenigen Tagen nach Süden. Ich habe gesagt, daß wir mit ihm kommen.«
»Warum?« drängte sie, aber sie hielt ihre Stimme im Zaum.
»Um unsere Angelegenheit dem König vorzutragen. Sie muß erledigt werden.«
Er konnte sehen, daß sie das so sehr fürchtete wie er es tat. Aber nichts zu tun, war genauso gefährlich.
»Aber warum so schnell? Daß Henry den Thron besteigt, ist noch nicht so sicher.«
»Jehanne, wir können es nicht hinauszögern. Da die Dinge

durch den Tod des Königs durcheinander geraten sind, könnte Flambard sich dazu entschließen, Gewalt anzuwenden, um sein Urteil zu vollstrecken. Ich möchte nicht die Waffen gegen die Kirche erheben müssen.«

»Aber wird der König nicht die Sache vor ein Kirchengericht bringen?«

»Wenn er es tut, dann wird es unter dem Vorsitz des Bischofs von London sein.«

»Aber was, wenn *er* gegen uns entscheidet?«

»Wir können uns nicht in einem Loch verstecken und sagen ›was wäre wenn …?‹« Er legte einen Arm um sie, um sie beide. »Vertraust du mir?«

Sie starrte zu ihm hinauf. »Natürlich vertraue ich dir. Ich kam nicht herein, um Donata an mich zu reißen, oder?«

Aber es war ein besorgtes Vertrauen, mit Anstrengung erzwungen. Er wollte mehr als das. Er wollte das, was sie einst hatten …

Als würde sie sein Schweigen beantworten, fügte sie hinzu: »Ich versuche es. Ich bin fest entschlossen, mich zu ändern und nicht mehr so schwierig zu sein.«

Er küßte ihre Wange. »Ändere dich nicht allzusehr, Jehanne. Ich liebe meine scharfzüngige, kämpferische Frau. Mir steht nicht der Sinn danach, mit einer honigsüßen, unterwürfigen Kreatur verheiratet zu sein, die beim Anblick eines wilden Keilers in Ohnmacht fällt.«

Sie wurde rot, was ihn erfreute, und versuchte krampfhaft, ihre Röte zu verstecken, indem sie auf das Baby hinuntersah. »Dein Vater ist verrückt«, vertraute sie ihm an.

Dann starrte sie Galeran erschrocken an.

Er zwang sich zu einem Lächeln. »In allem, bis auf das Blut, bin ich ihr Vater. Aber nicht verrückt.«

Aline ging in den Schlafraum, aber als sie Galeran und Jehanne so vertraut miteinander reden sah, machte sie auf dem Absatz kehrt und ging zurück in die Halle und auf den Schloßhof. Ohne Grund schlug ihr Herz wild, einfach nur, weil sie eine so zärtliche Situation beobachtet hatte.

Warum hatte sie nur gedacht, sie würde sich nicht für so irdische Dinge interessieren? Nach der Messe an diesem Morgen hatte sie mit Vater Robert gesprochen.

Der Priester sagte zu ihr: »Lady Aline, Ihr habt keine Schwüre abgelegt. Ihr solltet Euch Zeit nehmen, herauszufinden, ob Gott es möchte, daß Ihr ihm dient. Fleischliche Versuchung zu erfahren, macht es nicht unmöglich, Nonne zu werden.«

Also fragte sich Aline, ob ihre alarmierenden Gefühle für Raoul de Jouray eine Botschaft von Gott waren, die ihr sagen wollte, daß sie heiraten sollte, oder ob sie eine Versuchung des Teufels waren, um sie zu stärken.

Zur selben Zeit zermarterte sie sich das Gehirn, ob Raoul überhaupt Gefühle für sie hatte. War sie nur ein Zeitvertreib für einen aktiven Mann, der hier im Norden festsaß?

Sie ging bis zur äußersten Ecke des Schloßhofes, zum Übungsplatz, wissend, daß sie Raoul dort wahrscheinlich finden würde. Dort sah sie, daß sie den Mann-gegen-Mann-Kampf übten.

Halbnackt.

Es war ein warmer Tag, und die Anstrengung hatte die Männer offensichtlich erhitzt, da die meisten von ihnen ihre Hemden ausgezogen hatten. Allein der Anblick von Raouls Oberkörper ließ Alines Herz rasen. Sie hatte ihn nackt gesehen, als er gebadet hatte, aber sie war mehr damit beschäftigt gewesen, ihn *nicht* anzusehen, als seine körperlichen Vorzüge zu bewundern.

Heute, angesichts ihrer Herausforderung, fühlte sie sich verpflichtet, seine Waffen zu taxieren.

Mein Gott!

Aline drehte sich um und floh zurück in die Halle.

Jehanne saß neben der Wiege und sah von ihrer Stickerei auf. »Was ist geschehen?«

»Nichts!« Aline versuchte, ihren Schleier zurechtzurücken und ihre Atmung zu verlangsamen.
»Etwas muß doch passiert sein.« Ein plötzliches Lächeln huschte über Jehannes Lippen. »Laß mich raten: Raoul de Jouray.«
Aline verfluchte im stillen ihre Neigung, rot zu werden. »Es hat mir nur angst gemacht. Zehn Männer griffen ihn an ...«
»Du liebe Güte. Warum?«
»Weil er es ihnen befohlen hat, der Verrückte.« Aline setzte sich und zwang sich dazu, so ruhig zu werden, daß sie ihren Spinnrocken und die Wolle aufnehmen konnte, während sie erzählte.
Am Ende sagte Jehanne: »Er ist der Typ Mann, der nichts mehr liebt als zu kämpfen und zu jagen.«
Aline konzentrierte sich darauf, einen gleichmäßigen Faden zu spinnen. »Ist das eine Warnung?«
»Vielleicht. Aber ich hätte nicht sagen sollen, daß ihn *nichts* anderes interessiert. Ich bin sicher, daß ihm das Liebesspiel auch gefällt.«
Aline sah ihrer Cousine in die Augen. »Zwischen uns gibt es nichts dergleichen.«
»Gut.« Aber Jehanne klang nicht überzeugt. »Wie auch immer, wenn er so dreckig war, wie du sagst, dann wird er zweifellos ein Bad wollen.«
Aline wußte, daß sie wieder errötete, aber sie sagte: »Ich nehme das auch an« und ging, um sich zu vergewissern, daß heißes Wasser bereitgestellt war. Ein verwerfliches Kribbeln der Erregung stellte sich ein. Ihre Worte an Jehanne über das Liebesspiel waren gelogen. Es gab bereits ein Liebesspiel zwischen ihnen. Hoffte sie. Und sie hoffte, daß es noch mehr würde.
Nach einer Weile, als Raoul nicht erschien, machte sie sich auf die Suche nach ihm. Sie fand ihn, zwischen den Männern sitzend, das Hemd wieder angezogen, er unterhielt sich und lachte, während sie alle ihre Waffen pflegten. Raoul sah verhältnismäßig sauber aus und wetzte mit der Zärtlichkeit eines

Liebhabers die Schneide seines Schwertes an einem Schleifstein.
Als er sie sah, steckte er sein Schwert in die Scheide und kam zu ihr hinüber. Plötzlich sah er ein wenig besorgt aus. »Lady Aline. Es tut mir leid, wenn unser rauhes Spiel Euch verletzt haben sollte.«
»Das hat es natürlich nicht.« Sie betrachtete ihn von oben bis unten, versuchte, nicht zu sehen, wie seine einfachen Hosen und das Hemd seinen wundervollen Körper unterstrichen. »Wie kommt es, daß Ihr so sauber seid?«
Er sah mit einem Grinsen an seinen noch immer schmuddeligen Kleidern herunter. »Die sauberen Flecken sind wenigen Krügen sauberen Quellwassers zu verdanken. Bin ich sauber genug zum Küssen?«
Aline trat zurück. »Natürlich nicht!«
»Das habe ich befürchtet. Wenn Ihr mich nicht küßt, Süße, dann sollte ich besser zurückgehen und mich um mein mehr entgegenkommendes Schwert kümmern.« Und er tat genau das, ließ eine Aline zurück, die sich verlassen und unzufrieden fühlte. Schon bald würde ihr die Zeit fehlen, sich über solche Sachen zu ärgern, denn Jehanne brauchte sie, um die Reise vorzubereiten.
»Aline«, sagte Jehanne am nächsten Tag, als sie die Schubladen nach brauchbarer Kleidung durchsuchten. »Es gibt wirklich keinen Grund, weshalb du mit uns kommen solltest. Du könntest nach Burstock zurückkehren oder auch nach St. Radegund.«
Alarmiert sah Aline auf. »Aber ich war noch nie im Süden, und ich wollte schon immer dorthin.« Es war eine Ausrede, ebensogut wie jede andere.
»Es wird eine lange Reise werden, wahrscheinlich auch gefährlich.«
»Mich stört die Reise nicht, und sicherlich werden Lord William und Galeran uns beschützen, dann werden wir nicht in

Gefahr sein. Und Raoul de Jouray ist ja auch dabei«, fügte sie hinzu, betend, daß sie ihr Interesse verbergen konnte.

»Das denke ich auch. Galeran sagte etwas darüber, daß er Trauben finden wolle. Er muß seine Heimat im Süden Frankreichs vermissen.«

Aline verbarg ihr rotes Gesicht in der Tiefe einer Schublade.

In einem kleinen, gemütlichen Salon in dem Schloß des Bischofs in Durham wickelte Ranulph Flambard ein Paket aus, er schälte Lagen von Leder und Stoff ab, bis er einen kleinen, weißen Schädel freilegte.

Er war ein stämmiger Mann mittleren Alters mit aufgedunsenen Wangen und bleicher Haut. Er war intelligent und scharfsinnig, und beide Eigenschaften zeigten sich in seinen Zügen. Außerdem war er bedenkenlos habgierig, was sich in seinen Unternehmungen zeigte.

Der Brief, der der Gabe beilag, hatte ihm gesagt, was er zu erwarten hatte, aber er überlegte noch, was zwischen den Zeilen wohl stand. Gerade eben hatte er vom Tod des Königs gehört, was schlimm genug war, und daher war dieses seltsame Geschenk doppelt ärgerlich.

Rufus' Tod war ein schwerer Schlag, aber Flambard war niemand, der sich Gedanken über etwas machte, das nicht mehr zu ändern war. Seine einzige Sorge war, wie er seinen Wohlstand, seine Macht und seinen Einfluß erhalten könnte.

Er würde es vorziehen, unbehelligt unter Henry Beauclerk weiterzumachen wie bisher, aber der neue König war ihm bisher noch nie besonders wohlgesonnen gewesen. Sicher war, daß Henry – genau wie Rufus – Geld benötigen würde, und Ranulph Flambard war sehr gut darin, aus Menschen Geld herauszuquetschen. Er konnte sich aber nicht allein darauf verlassen, deshalb seinen Platz behaupten zu können.

Da blieb nur Henrys Bruder, Robert von Normandie, übrig, der ein weniger kluger Mann und daher ein angemesseneres

Werkzeug sein könnte. Wenn Robert England gewinnen sollte, dann nur durch einen Krieg, was bedeutete, daß er Männer mit militärischer Macht denen mit administrativen Geschicken vorziehen würde. Flambard konnte nicht eher die Macht im Norden haben, bis er William von Brome zerstört hätte.

Er betrachtete den Schädel nachdenklich und ließ dann nach Raymond von Lowick rufen.

Der Mann, der kurze Zeit darauf erschien, mußte sich fast unter der Steindecke ducken, und seine Muskeln sprengten fast diesen Raum. Flambard betrachtete Lowick als eine ärgerliche Mischung aus Ehrgeiz und Skrupel, aber mit seinem blonden Haar, seiner breiten Brust und seinem stolzen Gehabe wurde er im allgemeinen als anziehend empfunden, besonders bei den Frauen. Und es war eine Frau, um die es hier im wesentlichen ging.

»Lord Bischof, Ihr habt Nachrichten für mich?«

Er hielt seine Hand so auf den Schwertschaft gelegt, daß es aussah, als wäre er jederzeit für einen Kampf bereit. Bischof Flambard seufzte, fragte sich, warum seine Handlanger sich immer so dumm verhielten. Er berichtete von Bruder Forthreds Erlebnissen auf Heywood und Brome.

Raymonds Miene verfinsterte sich. »Wie konnte eine so einfache Aufgabe so unzulänglich ausgeführt werden?«

»Lord Galeran ist sehr viel schlauer als Ihr mir anzunehmen Grund gegeben habt, Sir Raymond.«

»Was hat Klugheit damit zu tun? Ihr habt gesagt, ich hätte ein Recht auf meine Tochter.«

»Aber Mutter und Kind dürfen nicht getrennt werden – eine Tatsache, auf die wir gezählt haben – und Lord Galeran erhebt Anspruch auf die Dienste seiner Frau.«

Raymonds gutgeschnittener Mund wurde schmal. »Das kann nur wenig besser als eine Vergewaltigung sein, mein Lord Bischof. Jehanne hat mich immer geliebt. Sie hat ihre Ehe nie gewollt. Ihr Vater mußte sie zum Altar peitschen, damit sie ihr Ehegelübde gegenüber diesem Zwerg ablegte.«

Flambard hatte diese Geschichte bereits aus anderen Quellen gehört, also konnte sie durchaus der Wahrheit entsprechen. Sie wurde allerdings nicht durch die neuesten Berichte gestützt.
»Dennoch hat sie das Schloß nicht mit Euch verlassen, als sie die Gelegenheit dazu hatte.«
»Sie nahm ihr Ehegelübde zu ernst.« Lowick richtete sich noch mehr auf. »Ich ehre sie dafür.«
»Es ist tatsächlich sehr ehrenhaft«, sagte Flambard und fügte trocken hinzu: »Wenn es um eine Kleinigkeit ginge. Meinen Informationen zufolge war sie mit Euch während der Schwangerschaft und auch danach nicht intim.«
Lowick wurde rot. »Ich verehre sie auch dafür. Sie ist keine sündige Frau, mein Lord Bischof. Wir waren schwach, aber nur ein Mal.«
»Dennoch bin ich sicher, daß Ihr versucht habt, sie davon zu überzeugen, wieder zu sündigen.«
»Das habe ich Euch gebeichtet.«
Flambard sah unbehaglich auf seinen Handlanger. Sicherlich hatte Lowick recht, und Jehanne von Heywood bevorzugte ihn als ihren Ehemann. Aber seiner Erfahrung nach hatten Frauen keine so noblen Bedenken, besonders nicht, wenn sie denken, ihr Mann sei tot. Wenn Lady Jehanne Grund hätte, aus Angst vor ihrem Mann zu fliehen, dann könnte das Problem mit seinem Tod gelöst werden. Wenn sie ihre Sünde aber ehrlich bereute, dann könnte sie – mit ihrem Besitz – in ein Kloster gehen, das würde überhaupt nicht passen.
Jehanne von Heywood könnte das Werkzeug dazu sein, die Macht von William von Brome zu brechen und Flambards Macht im Norden sichern. Sie könnte sich aber auch als eine Katastrophe herausstellen, und was er von ihr gehört hatte, beunruhigte ihn. Er bevorzugte vielmehr dumme, folgsame Frauen.
»Bruder Forthred brachte eine Geschichte mit, daß Lord Galeran unweit seines Hauses angegriffen worden ist.«

»Räuber?« fragte Lowick ohne großes Interesse.
»Zweifelhaft. Der Angreifer war ein einzelner Bogenschütze.«
Das riß den Mann aus seinen Gedanken. »Eine Armbrust! Das ist das Werkzeug des Teufels. Was würde ein solcher Schuft wohl hoffen zu erreichen?«
»Lord Galerans Tod, nehme ich an.«
»Wurde Galeran verletzt?« Flambard konnte keine Spur von Hoffnung auf dem Gesicht des Mannes entdecken.
»Nein.«
»Ich danke dafür. Niemand sollte auf eine solch unehrenhafte Weise sterben. Beim heiligen Kreuz, wenn ich einen solch niederen Schurken in die Hände bekäme ...«
»Das ist bereits geschehen, Sir Raymond. Lord Galeran tötete ihn, mit einigem Nachdruck, wie ich gehört habe.«
Lowick nickte anerkennend. »Er ist auf seine Weise sehr tüchtig.«
Flambard blickte auf den noblen Dummkopf. »Es wäre nicht ganz unbequem gewesen, wenn Lord Galeran dort gestorben wäre, das wißt Ihr.«
Lowick verzog erneut sein Gesicht, aber dieses Mal stand Erstaunen darin geschrieben. »Was hat das damit zu tun?«
Flambard gab auf. »Ihr habt mir zu verstehen gegeben, daß Lord Galeran kein besonders guter Krieger sei.«
»Wie könnte er auch, so klein wie er ist? Aber man braucht nur wenig Kraft und Geschick, um einen Schuft zu erledigen.«
»Es scheint, als habe Lord Galeran im Heiligen Land sehr gut gekämpft.«
Der Mann erstarrte in echter Überraschung. »Habe ich jemals anderes gesagt?«
»Ihr habt nie eine hohe Meinung von seinen kämpferischen Fähigkeiten gehabt.«
Das Stirnrunzeln brachte die goldenen Brauen noch dichter zusammen. »Ich meinte lediglich, daß er keinen großen Geschmack daran gefunden hat und es ihm an körperlicher Größe

mangelt. Ich bin sicher, er würde seinen Teil in einer Schlacht schon leisten.«

»Aber Ihr denkt dennoch, Ihr könntet ihn in einem Duell besiegen?«

Das Gesicht glättete sich. »Ohne Zweifel, Mylord. Ich würde die Notwendigkeit bedauern, aber für das Wohl von Jehanne und unserem Kind würde ich es tun.«

Flambard war sich nicht länger sicher, daß er sich auf diesen Erfolg verlassen könnte, obwohl Lowick als hervorragender Kämpfer bekannt war. Er fühlte sich unsicher, was diese Angelegenheit anging. Der Herr von Heywood hatte sich bei seiner Rückkehr nicht normal verhalten. Egal, Duelle waren immer unsichere Dinge, am besten vermied man sie, wenn es sicherere Wege gab.

Ohne Vorwarnung warf er das nächste Häppchen an Information in den Raum: »Der König ist tot.«

Es dauerte offensichtlich ein paar Sekunden, bis die Nachricht ihre Wirkung tat. »Rufus? Wie?«

»Im Gegensatz zu Lord Galeran entkam er nicht dem willkommenen Pfeil.«

»*Der König* war bei Galeran?«

»Nein«, sagte Flambard, der nur mit Mühe die Geduld nicht verlor. »Er war bei seinem Bruder Henry im Neuen Wald. Henry, nehme ich an, hat bereits den Thron übernommen. Unglücklicherweise ist er kein Freund von mir. Wir müssen hoffen, daß Herzog Robert bald in die Normandie zurückkehrt.«

»Ihr denkt, der Herzog würde meinen Fall eher unterstützen?«

»Für das Versprechen Eurer Unterstützung, ja.« Flambard erklärte die Situation. »Wenn William von Brome seine Leute mit Henry zusammentut, wird Herzog Robert sich nach einer starken Unterstützung hier im Norden umsehen. Das könnte ich sein, und Ihr, wenn Galeran von Heywood erst einmal tot und seine Witwe Eure Frau ist.«

Während er sah, wie Lowick bei diesem Gedanken größer

wurde, fuhr Flambard mit der Hand über den Schädel, der auf dem Tisch lag.
»Was ist das?« fragte Lowick angeekelt. »Der Schädel eines Kindes?«
»Der Schädel von Johannes des Täufers als Kind.«
Lowick sank sofort auf ein Knie nieder. »Mein Lord! Darf ich ihn berühren?«
Flambard seufzte erneut. »Natürlich.«
Raymond berührte ehrfürchtig den weißen Knochen, dann küßte er ihn und sein Gesichtsausdruck wurde sanft wie in kindlicher Verwunderung. »Woher habt Ihr ein solches Wunder, Mylord?«
»Ein Wunder, in der Tat. Es ist ein Geschenk von Galeran von Heywood, um mir dafür zu danken, daß ich Friede zwischen ihm und Euch gestiftet habe.«
Bei diesen Worten sprang Lowick auf. »Eine Bestechung, meint Ihr? Jetzt verstehe ich. Ihr unterstützt seinen Fall gegen meinen.«
Flambard nahm den Schädel und betrachtete ihn nachdenklich. »Das hätte seinen Reiz, das muß ich zugeben. Aber nein. Ich sehe keine Zukunft darin, denn seine Familie würde sich keinesfalls mit mir verbünden.« Er legte den Schädel wieder auf den Stoff und wandte sich mit einfachen Worten an seinen Handlanger. »Wir müssen Rufus' Tod für unseren Vorteil nutzen, aber egal, wie wir es tun, der Schlüssel dazu ist immer der Tod des Lords von Heywood.«
»Ich würde mich freuen, ihn in einem ehrenhaften Kampf zu töten.«
»Es ist unwahrscheinlich, daß Ihr die Chance dazu bekommt, es sei denn, er fordert Euch heraus.«
Lowick lachte. »Er hat nicht den Mut dazu!«
»Hütet Eure Zunge, Sir Raymond. Vergeßt niemals, daß Lord Galeran ein Kreuzritter ist. Er wird sehr respektiert.«
Lowick durchschritt den Raum, Mantel und Schwert rissen

dabei kleine Dinge herunter. »Nur dafür, daß er dort war? Ich wünschte, ich wäre ebenfalls gegangen. Ich hätte ihnen wahres Heldentum gezeigt!«

»Ich bin sicher, daß viele Euren Wunsch teilen.« Als er fast einen Leuchter umstieß, zischte Flambard: »Steht still, bitte!«

Lowick gehorchte, und Flambard fuhr fort: »Hört mir genau zu. Ich habe gehört, daß William von Brome und Galeran von Heywood eine Reise südwärts planen, um Henry ihrer Unterstützung zu versichern. Natürlich hoffen sie auf seine Unterstützung in ihrer Angelegenheit. Auch Ihr müßt gen Süden reiten, und zwar so schnell wie Ihr könnt, um zu versuchen, Euch bei Henry anzudienen, *bevor* sie ankommen. Ich werde Bruder Forthred mitschicken. Er möge Euch beraten, da er das Gefühl hat, er hätte mit Heywood noch eine Rechnung zu begleichen.«

»Aber ich dachte, ich sollte auf Robert von Normandie schwören.«

Flambard winkte ab. »Es wird in London viele geben, die ihre Verbundenheit mit Henry schwören, aber dennoch ein Auge auf Robert haben. Immerhin hat Robert auf Sizilien getrödelt, und es könnte noch einige Wochen bis zu seiner Rückkehr dauern. Auch ich werde morgen nach London aufbrechen, aber ich werde nicht in der Lage sein, so schnell dort zu sein wie Ihr.«

Lowick nickte. »Also, was muß ich tun, mein Herr?«

»Erscheint, um Henry zu unterstützen, und gewinnt soviel Gunst in dieser Gesellschaft, wie Ihr nur könnt. Sobald der Lord von Heywood erscheint, versucht, ihn in dieser Angelegenheit zu einer Herausforderung zu bewegen, und tötet ihn. Da Gott durch Euer Schwert sprechen wird, wird Henry keine andere Wahl haben, als Euch die Lady Jehanne und ihr Schloß zu geben. Dann, wenn Robert einen Krieg um die Krone anzettelt, werdet Ihr eine ausgezeichnete Basis haben, um ihn zu unterstützen, und Ihr könntet unter seiner Herrschaft hoch aufsteigen.«

Raymonds ehrgeizige Augen glühten bei dem puren Gedanken daran. »Galeran zu töten, wird leicht sein, wenn ich ihn nur dazu bewegen kann, eine Herausforderung auszusprechen.«
»Tut Euer Bestes. Wenn ich in London ankomme, und Ihr bis dahin nichts erreicht habt, dann habe ich noch einige andere Ideen. Alles, was von Euch verlangt wird, ist, daß Ihr letztlich Euren Teil erfüllt und ihn tötet. Gott sei mit Euch, Sir Raymond.«
Raymond fiel auf die Knie, küßte ehrerbietig Flambards Ring und danach die Reliquie, bevor er hinausging, seine heilige Mission anzutreten.
Der Bischof nahm den Schädel hoch. »Du eignest dich wirklich gut dazu, Menschen zu testen. Aber ich hätte in diesem Kampf Galeran von Heywood lieber auf meiner Seite als Raymond von Lowick.«

Zwölftes Kapitel

Zwei Tage danach verließ Galerans Gesellschaft Heywood.

Obwohl er sich eher dumm dabei vorkam, hatte er extremen Sicherheitsvorkehrungen für den kurzen Weg nach Brome zugestimmt. Die Gegend drum herum war durchsucht worden, und jedermann war angehalten, auf Fremde zu achten. An diesem Tag waren sechs von Williams Wachleuten nach Heywood herübergekommen, um die acht Wachen zu unterstützen, die Galeran auf die Reise mitnahm.

Da diese Gruppe außerdem Jehanne, Aline und ein Mädchen für Donata einschloß, die alle ihre eigenen Pferde ritten, dazu zehn Lastpferde für das Gepäck, war das eine eindrucksvolle Gesellschaft.

Raoul stach der Hafer. Er ritt zurück, wo Galeran sicher in der Mitte ritt. »Wir könnten dich in einer Metallsänfte transportieren, sicher vor jedem Angriff.«

Galeran brummelte ihn an: »Ich kann immer noch veranlassen, daß du auf Heywood bleibst.«

»Du hast keine Macht über mich«, erklärte sein Freund fröhlich. »Ich würde diesen Ausflug um nichts in der Welt verpassen wollen.«

»Ausflug? Ich hoffe, daß es nicht mehr wird als eine belanglose Reise, gefolgt von ermüdender Schreibarbeit.«

»Du hast einfach keine Abenteurerseele!«

»Das ist wahr. Alles, was ich will, ist ein ruhiges, sorgloses

Leben auf meinen eigenen Ländereien mit meiner Familie um mich herum.« Er sah Raoul nachdenklich an. »Bist du wieder von Ruhelosigkeit getrieben? Wenn diese Reise vorüber ist, wirst du dann wieder auf Abenteuerjagd gehen?«

»Vielleicht.« Aber Raoul starrte nach vorn, als wäre dort vorn eine Herde fliegender Pferde zu sehen.

»Was sonst?« fragte Galeran neugierig. »Obwohl ich den Norden so liebe, glaube ich kaum, daß *dich* hier etwas hält.«

»Da hast du recht«, sagte Raoul. »Bevor der Winter einbricht, werde ich mich zu sonnigeren Gefilden aufmachen. Aber ich habe den Geschmack an heiligen Kriegen und sinnlosen Schlachten verloren. Vielleicht könnte mich dein Vorbild dazu bewegen, mich niederzulassen.«

»Mein Vorbild!« Galeran lachte laut. »Ich hätte gedacht, meine Erfahrungen würden eher eine lange Reise weit fort von Frauen nahelegen.«

Raoul sah zur Seite. »Und doch machst du nicht den Eindruck eines vollkommen unglücklichen Mannes.«

»Auch wieder wahr«, sagte Galeran, und sein Lachen schwächte sich zu einem Lächeln ab. »Wenn wir nur die Angelegenheit mit Donata ins Lot bringen und mit Lowick verhandeln könnten, damit ich durch mein eigenes Land reiten kann, ohne Angst vor einem Angriff haben zu müssen, dann wäre ich so glücklich wie jeder Mann das Recht hat, es zu sein.«

»Warum mißgönnst du mir dasselbe dann?«

Galeran konzentrierte sich. Ein ernsthafter Unterton in der Stimme seines Freundes hatte ihn hellhörig gemacht. »Das tue ich nicht. Aber ich frage mich, ob du das Temperament für Häuslichkeit hast. Für Treue.« Nachdem er einen kurzen Moment nachgedacht hatte, beschloß er, die Gelegenheit beim Schopf zu packen. »Sicherlich denkst du nicht darüber nach, dich mit Aline niederzulassen? Ganz abgesehen von ihrer Absicht, Nonne zu werden, ist sie ein Mädchen aus dem Norden, hier geboren und hier aufgewachsen. Was wäre dann mit deiner heißgeliebten Sonne?«

»Ich werde versuchen, sie mit Trauben aus dem Süden zu verführen ...« Raoul sah zur Seite, eine reuevolles Lächeln umspielte seine Lippen. »Ich habe wirklich Angst, daß Lady Aline so schnell von meinen verwerflichen Pfaden wegläuft, daß es sein könnte, daß sie mich auf diese Weise einfängt.«
Galeran hob seine Brauen. »Jetzt glaube ich doch, daß es ein interessanter Ausflug werden könnte.«
Sie blieben über Nacht auf Brome, und dann brachen sie in einem noch eindrucksvolleren Reiterzug in Richtung Richmond auf. Dort würden sie auf die Reste der alten Straße treffen, die pfeilgerade nach Süden führte.
In dieser Nacht nahmen sie die Gastlichkeit eines kleinen Klosters in Anspruch, aber es gab dort nur getrennte Schlafräume für Männer und Frauen, daher mußten Jehanne und Galeran sich trennen. »Es ist möglicherweise passend«, sagte er, »daß wir auf dieser Reise keusch bleiben.«

Am Morgen kam Raoul, um Aline beim Inspizieren ihres Pferdes zu helfen. »Ich hoffe, Ihr habt gut geschlafen, Lady Aline.«
»Sehr gut, danke. Und Ihr?«
»Unruhig, bei dem Gedanken daran, daß Ihr so nah wart.« Sie stand nah an ihrem Pferd, und als sie den Gurt überprüfte, schaffte er es, eine Hand hinabgleiten zu lassen und ihre Hüfte zu berühren.
Aline trat zurück. »Auf Heywood waren wir irgendwie näher, denke ich.«
»Ihr habt Euch vergangene Nacht näher gefühlt, vielleicht, weil wir in einer fremden Welt sind.«
Sie ging um das Pferd herum. Da sie klein war, konnte sie nun nichts mehr von ihm sehen, außer seinen Füßen. »Es ist für mich keine fremde Welt, Sir Raoul. Ich bin an religiöse Häuser gewöhnt.«
»Aber es ist ein Ort, der für uns fremd ist. So anders als Euer Heim und Euer Kloster.«

Aline beschloß, daß sie einen taktischen Fehler begangen hatte. Allein seine Stimme zu hören, schien viel intimer, als dicht an seinem großen Körper zu stehen.

»Wenn dieser Tag vergangen ist«, fuhr er fort, »dann wird alles noch fremder werden. Folglich wird das Vertraute – die Menschen, die um Euch sind – intimer, notwendiger werden.«

Aline fuhr mit ihrer Hand unruhig den seidigen Pferdehals hinab. »Ihr braucht diese Fremdheit also, damit Ihr mich dazu bringt, Euch aufzusuchen?«

»Ich hänge von ihr ab, weil sie Veränderungen mit sich bringt. Ich bin oft gereist, Lady Aline, und das passiert immer wieder. Die Reisegruppe, egal wie unterschiedlich sie zu Beginn zu sein scheint, wächst zusammen. Eine Gemeinschaft. Fast eine Familie.«

Sie schlüpfte unter dem Pferdehals hindurch, um ihm ins Gesicht zu sehen. »Es ist sehr gut möglich, daß man ein Mitglied seiner Familie verabscheut.«

Er begegnete ihr mit einem Lächeln. »Wie wahr. Ich muß Euch eines Tages unbedingt meinem Großvater vorstellen. Wenn wir London erreichen, werden wir uns alle näher sein als jemals zuvor, entweder verbunden durch Liebe oder durch Haß.«

Er führte das Pferd hinüber zu dem Holzblock, damit sie aufsteigen konnte.

In Baldersby gab er ihr Blumen.

In Wetherscot bot er ihr wilde Erdbeeren an.

In Knottingly, wo sie zwei Tage blieben, um den Pferden eine zusätzliche Rast zu geben, stahl er sich einen Kuß.

Raoul hatte sie dazu überredet, mit ihm zu einem Fluß zu gehen, wo sie beobachteten, wie Fische aus dem Wasser sprangen, umgeben von unzähligen Vögeln, Insekten und Blumen. Sie genossen die Schönheit eines englischen Sommerabends. Dort erzählte er ihr von seiner Heimat, wo Blumen, wie er ihr versicherte, noch üppiger blühten, die Vögel noch schöner und

die Fische noch fetter waren. Und die Felder dort waren voller saftiger Früchte.
Sie war so verzaubert von seinen Geschichten, daß er es schaffte, sie inmitten eines zerklüfteten alten Bergahorns zu überrumpeln. Die Arme auf die drei großen Stümpfe gestützt, und ihr so eine Flucht vollkommen unmöglich machend, sagte er: »Glaubt Ihr nicht, daß Ihr es mögen würdet zu reisen, Aline, und diese Plätze mit eigenen Augen zu sehen?«
Wenn sie es nicht zugab, daß sie in einer Falle saß, dann würde er vielleicht keinen Vorteil daraus ziehen. Sie lehnt sich gegen den dritten Stumpf zurück, als wäre es ihr angenehm. »Nonnen reisen manchmal ...«
»Aber nicht oft.«
»Mir würde ein unstetes Leben nicht gefallen.«
»Es gibt einen Unterschied zwischen Reisen und einem unsteten Leben ...«
»Tatsächlich?«
»Natürlich. Reisen bedeutet einen Ort, von dem man abreist und zu dem man auch zurückkehrt. Wandern ist ein wurzelloses Leben.«
»Und habt Ihr Wurzeln?«
»Ja. Habt Ihr welche?«
Aline dachte darüber nach. Burstock war nicht mehr wirklich ihr Zuhause, nun, da ihre Schwägerin dort regierte. Sie wußte auch, daß Catherine beglückt gewesen war zu hören, daß Aline in das Kloster ziehen würde. Es war nicht so, daß sie sich nicht mochten, aber Aline konnte es nicht lassen, die Dinge selbst zu organisieren, und damit untergrub sie Catherines Autorität. Sobald Aline und Jehanne damals an den Toren von Burstock aufgetaucht waren, hatte sich Catherine an einen eiligen Botengang nach St. Radegund erinnert und war gegangen, um jeden Konflikt zu meiden. Catherine haßte Konflikte, aber in der ihr eigenen stillen Art war sie entschlossen, ihren Haushalt selbst zu führen.

Also. Wo war ihr Zuhause?
St. Radegund, nahm sie an, aber sie hatte niemals *fühlen* können, daß das ihr Zuhause war. Oder nur bis jetzt nicht.
»Wo sind Eure Wurzeln?« fragte sie Raoul.
»In meinem Haus. Im Guyenne und im Haus meines Vater, das dort liegt.«
»Und doch reist Ihr.«
»Ich bin neugierig.«
»Und Ihr habt ältere Brüder.«
»Nur einen. Ich habe Besitz in der Nähe von Jouray und werde mich dort eines Tages niederlassen.«
Das war interessant. Sie dachte, er hätte kein Land. »Aber Ihr wollt Euch noch nicht jetzt dort niederlassen?«
»Vielleicht brauche ich einen Grund dafür.«
Sie sah ihn an. »Soll mich das verführen?«
Er griff einen Zweig mit Blättern und kitzelte damit ihr Kinn. »Ich würde Euch gern mein Heim zeigen. Ich denke, Ihr könntet dort gute Erde finden, um Eure Wurzeln dort zu schlagen.«
Sie schob die Blätter beiseite. »Aber wenn dort kein guter Boden wäre, müßte ich dort trotzdem Wurzeln schlagen, nicht wahr? Das ist oft das Schicksal von Frauen, die in der Fremde leben müssen.«
Er ließ die Blätter fallen. »Bin ich ein Fremder?« Langsam streichelte seine Hand unter ihrem Zopf ihren Nacken hinunter.
Sie schauderte. »Ich kenne Euch nicht ...« Aber dann lehnte sie sich zurück in die Größe und Stärke dieser warmen Hand, die ihren Kopf zu seinem hinaufzog.
»Ich denke schon.« Seine Lippen waren so warm wie seine Hand – und vielleicht so stark, denn sie öffneten die ihren, so daß sich ihrer beider Atem mischte. Seine andere Hand hatte er um ihre Taille gelegt, so daß ihr war, als wäre er um sie herum.
Wie eine Armee, die ein Schloß belagerte und schließlich die Mauern einriß ...

Sie wandte ihren Kopf ab. »Das ist nicht recht!«
Zu ihrer eigenen Verwunderung, und vielleicht auch zu ihrer Enttäuschung, trat er zurück und entließ sie aus seinem Griff. »Stimmt. Man erwartet von mir, daß ich Euch dabei helfe, Eure Verteidigung zu stärken, und nicht, daß ich einbreche und das Fort stürme.«
»Stürmen!« zischte Aline. »Wenn Ihr denkt, daß die Eroberung so leicht wäre, mein Herr, dann seid Ihr schief gewickelt!« Glühend vor Scham stemmte sie sich gegen seine starke Brust, und er trat zurück, um sie vorbei zu lassen. Obwohl sie so schnell ging wie sie konnte, konnte sie ihn nicht abhängen.
»Laßt uns diesen Zwischenfall betrachten und herausfinden, wo Eure Strategie noch verbessert werden muß«, sagte er lehrerhaft.
»Ich will nicht einmal mit Euch sprechen!«
Er ignorierte sie. »Erstens hättet Ihr nicht einwilligen dürfen, einen Spaziergang mit mir – fort von den anderen – zu machen. Eure Verteidigung ist viel zu schwach für einen Einzelkampf.«
Aline zischte verärgert, aber sie wußte, alles war besser als anzuhalten und zu diskutieren. Außerdem hatte er völlig recht.
»Da Ihr mit mir gegangen seid, hättet Ihr Euch niemals in die Baumfalle locken lassen dürfen. Das ist eine grundlegende Strategie, Mylady.«
»Ich dachte, ich könnte Euch vertrauen!« rief sie, ohne ihr Tempo zu verlangsamen, zurück.
»Schon wieder ein Irrtum. Traut niemals einem erklärten Gegner.«
»Ich dachte, wir wären Freunde.« Dann verfluchte sie die Tränen, die sie in ihrer Stimme hörte.
Er ergriff ihren Arm und drehte sie zu sich um. »Wir sind Freunde.«
»Wie können wir das sein, wenn ich mich mit Euch allein nicht sicher fühlen darf?« Die Tränen rannen, und sie wischte sie wütend fort.
Sein Gesicht verfinsterte sich nachdenklich. »Wenn ich zum

Beispiel mit Galeran trainiere, testen wir uns gegenseitig, treiben einander zum Äußersten, weil wir Freunde sind. Wie sonst könnten wir besser werden?«

»Ihr könntet Euch dabei gegenseitig töten.«

»Diese Möglichkeit besteht immer.«

Sie sah zu ihm auf, seiner Hände auf ihrer Schulter nur zu bewußt. »Und bei uns?«

Zärtlich wischte er ihr eine Träne fort. »Ja, Aline, wir spielen ein sehr gefährliches Spiel.«

Am nächsten Morgen konnte Aline die Wahrheit von Raouls Erzählung überprüfen, da die Männer beschlossen, den Rest des Tages mit Training zu verbringen. Das kleine Haus, das sie beherbergte, hatte einen Trainingsplatz, und da es am Morgen einen Regenschauer gegeben hatte, war der Platz durch wilde, fröhliche Männer schnell zu einem See von aufgewühltem Matsch geworden. Sogar Lord William nahm teil.

Jehanne kam herüber, um zuzusehen, das Baby im Arm. »Es wäre gut, wenn hier ein Fluß wäre. Ich fürchte, daß in dem Brunnen nicht genügend Wasser ist, um sie alle zu säubern.«

Sie sahen sich an und kicherten.

Dann stellten sich die Männer im Kreis auf, und einer von Galerans Rittern nahm sich eines anderen von Lord Williams Rittern an. Letzterer war ein älterer Mann, der offensichtlich weniger beweglich war, aber der sich sowohl als geschickt als auch als gerissen entpuppte. Die Schwerter wurden abgestumpft, aber dennoch hatten beide Männer bald blutende Wunden und zweifellos zahlreiche Verletzungen.

Aline und Jehanne fanden das nicht mehr amüsant.

Lord William bereitete dem ganzen ein Ende, bevor die Kämpfer sich völlig verausgabt hatten. »Gute Männer! Euer Geschick ist nicht eingerostet. Fort und säubert euch.« Dann wandte er sich an Galeran. »Was ist mit dir? Es muß Monate her sein, daß du ein Schwert ernsthaft geführt hast.«

»Nicht ganz«, sagte Galeran mit einem seltsamen Ausdruck im Gesicht, und Aline erinnerte sich daran, wie er mit verkrustetem Blut bedeckt auf Burstock erschienen war.
»Trotzdem«, sagte Lord William, »ich möchte gern sehen, daß du kräftig genug bist, um zu kämpfen.«
Aline hörte, wie Jehanne Luft einsog, und verstand den Grund dafür. Lord William hatte zu einem Zweikampf aufgefordert, damit er sich davon überzeugen konnte, daß sein Sohn in der Lage war, in einem Duell seinen Gegner zu besiegen, wenn es nötig war.
Einen Gegner wie Raymond von Lowick.
Sicherlich war es unmöglich, daß Galeran Raymond besiegte.
Galeran war bereits in seiner Rüstung. Nun setzte er seinen Helm auf und zog sein Schwert. »Raoul und ich haben uns gegenseitig trainiert, Vater. Aber es stimmt – wir haben noch nicht sehr lange geübt.«
Raoul stand bereits im schlammigen Rund, Schwert und Schild waren bereit. »Du hast mich wohl gemieden, Knirps.«
»Ich wollte einen Gast nicht beschämen, du großer Klops.«
»Männer!« sagte Jehanne leise, aber als Aline zur Seite sah, sah sie, daß ihre Cousine blaß war.
»Sie werden sich nicht verletzen«, beruhigte sie, aber sie war nicht überrascht, daß Jehanne besorgt war. Galeran sollte sich niemals mit einem so großen Gegner anlegen. Auch wenn er eine Verletzung vermeiden konnte, er würde gedemütigt werden.
Bald schwand ihre Besorgnis, aber sie zuckte bei jedem Schlag vom Metall zusammen, bei jedem Kampfgeräusch, das von den Männern kam.
Galeran war stark für seine Größe, und er war auch flinker und schneller in seinen Reaktionen als Raoul. Einige Schläge des größeren Mannes hätten tödlich sein können, wäre Galeran ihnen nicht ausgewichen. Auch Galeran schwang das Schwert mit aller Macht gegen seinen Freund. Raoul wurde vor schweren Verletzungen durch geschicktes Ausweichen bewahrt.

Da! Der gewaltige Überkopfschlag hätte Galerans Kopf zertrümmern können, nur ein Schritt zur Seite und sein erhobenes Schild retteten ihn. Galerans Gegenangriff ließ ein Stück von Raoul Schild durch die Luft fliegen.
Aline wiederholte im stillen Jehannes Kommentar: Männer!
Sie schloß Lord William darin ein, denn unter der Führung ihres Vaters hätte es auf Burstock ein so gefährliches Spiel niemals gegeben. Auf der anderen Seite war keiner ihrer Brüder je von einem Duell bedroht gewesen.
Die Zuschauer waren nun still, alle hielten den Atem an, betend, daß es kein Unglück gäbe.
Dann weinte Donata.
Galerans Aufmerksamkeit war für eine Sekunde abgelenkt. Raouls Schwert traf ihn auf dem Helm.
»*Gott schicke deine Seele zur Hölle!*« brüllte Raoul und warf sich in den Matsch, während er sich drehte, um den eigenen Schlag abzuschwächen.
Galeran wurde seitlich zu Boden geworfen. Raoul richtete sich auf die Knie und schrie seinen gefallenen Freund an: »*Wie konntest du das tun? Um Himmels willen ...!*«
Aber Galeran begann bereits damit, sich mühsam aufzurichten, er befühlte seinen Kopf und erschrak. »Wie sollte ich nicht? Danke, daß du mich nicht geköpft hast.«
»Ich war so nah dran wie ...«
Beide Männer wandten sich um, um Jehanne anzusehen. Da bemerkte auch Aline, daß sie gegangen war. Sie drehte sich um, und sah ihre Cousine in die Richtung des Hauses laufen – ein weinendes Baby in ihren Armen. Sie hob ihre Röcke an und eilte hinterher.
In der Halle holte sie Jehanne ein, als diese gerade das weinende Kind in Winifreds Arme legte.
»Ich hätte ihn fast *getötet*!« weinte Jehanne. »Wird der Schaden, den ich anrichte, denn niemals aufhören?«

Dreizehntes Kapitel

Aline ergriff die Arme ihrer Cousine. »Raoul *hätte* ihn nicht getötet. Und *du* warst es nicht. Das Kind hat geweint.«

»Ich habe sie gedrückt. Ich hatte solche Angst, daß ich sie gedrückt habe. Sie konnte wahrscheinlich meine Angst spüren …«

Aline ging und füllte Wein in einen Kelch. Sie drückte ihn Jehanne in die zitternden Hände. »Trink! Du nimmst das viel zu ernst. Wenn Männer Krieg spielen, ist es nicht deine Schuld, wenn sie sich verletzen.«

»Nein? All das ist meine Schuld, Aline. *Alles*. Das wurde mir klar, als ich dort stand, daß es eines Tages ein ernster Kampf werden wird und daß ich der Grund für den Tod eines Menschen sein werde.«

»Es muß doch gar nicht soweit kommen …«

»Ach nein?«

In der Ferne hörten sie Donata noch immer weinen, in der durchdringenden Art und Weise eines Babys, das außer sich ist. »O Gott«, sagte Jehanne. »Ich sollte sie lieber füttern.«

Sie gab Aline eilig den Weinkelch zurück und eilte fort.

Aline trank den Wein, dann ging sie wieder hinaus und dachte, daß es bemerkenswert sei, daß die menschliche Rasse überlebte. Keine vernünftige Frau würde sich mit Männern und auf eine Ehe einlassen, wenn die geordnete Welt eines Klosters verfügbar war. Dort hatte eine Frau Zeit, um sich zu bilden, etwas Schönes zu schaffen, nachzudenken ohne Störung ...

Der matschige Grund vor dem Haus war jetzt wieder das Terrain von Bauern, Hühnern, Schweinen. Aber in der Ferne, hinter der Palisade, konnte sie die Männer hören. Hatten sie ihre dummen Kämpfe auf die Felder verlegt?

Sie erklomm eine Leiter und sah über die Palisade. Dort waren sie.

Sie wuschen sich den Schweiß und Matsch im Fluß ab.

Nackt.

Nackte Männer waren für Aline kein Geheimnis, aber seit sie zu einer Frau wurde, hatte sie das Interesse, das sie in ihr auslösten, immer als eine Schwäche gesehen, die es zu unterdrücken galt. Raoul de Jouray lehrte sie erfolgreich, daß Schwäche gefährlich sein konnte, also sollte sie diese nackten Männer als Repräsentanten des Feindes betrachten, die sie besiegen mußte.

Zu ihrer Erleichterung stellte sie fest, daß diese Anhäufung von Körpern überhaupt keine Emotionen in ihr auslöste. Von dünn bis dick, O-beinig oder X-beinig, mit gewölbter oder eingefallener Brust, behaart oder fast ohne Haare, es waren nur Körper, mehr nicht.

Die meisten planschten am Ufer, um sich den Schlamm abzuwaschen. Einige schwammen.

Alarmiert stellte sie fest, daß sie weder Raoul noch Galeran sehen konnte. War die Verletzung doch ernster?

Dann sah sie zwei Köpfe im Wasser, die den Fluß entlangschwammen.

Sie traten schon wieder gegeneinander an, und dieses Mal war Raoul deutlich am Gewinnen.

Männer!

Raoul erreichte einen Platz, an dem ein umgestürzter Baum über dem Fluß lag und griff nach einem Ast, um anzuhalten. Dann zog er sich mit einer Hand aus dem Wasser.

»Angeber«, murmelte Aline, aber sie war dennoch beeindruckt. Schiere Muskelkraft schien ihr Herz zum Rasen zu bringen, und als Raoul auf die Füße sprang und auf dem Baum in seiner ganzen arroganten Art und der goldfarbenen Nacktheit stand, wußte sie, daß ihre Wangen sich färbten.

Und es war nicht, weil es ihr peinlich war.

Aline bemerkte, daß er über und über golden schimmerte. Die anderen Männer – echte Engländer – waren blasser oder nur teilweise gebräunt. Sie konnte die Kreuzritter an den gebräunten Armen, Unterschenkeln und manchmal an gebräunter Brust erkennen.

Auch Raoul war an einigen Stellen dunkler, aber er war überall goldfarben, außer um seine Männlichkeit herum, dort hatte er braune Locken.

Aline wurde rot bei dem Gedanken, daß sie sie anstarrte, aber sie hörte nicht damit auf.

Dann erreichte Galeran den Baum. Raoul reichte ihm seine Hand.

Aline fühlte, daß es nicht recht war, den Mann ihrer Cousine zu betrachten, und daher wandte sie ihre Aufmerksamkeit zurück auf Raoul. Seine Nacktheit weckte alarmierende Gefühle in ihr, die sie sehr gut begriff. Es war das physische Begehren. Sie hatte es bereits zuvor gespürt und übte sich darin, es zu unterdrücken. Es war jedoch nie zuvor so stark gewesen, bis sie Raoul traf.

Aber, wie Vater Robert sagte, solche Gefühle waren normal. Sie war nicht verdorben, weil sie sie fühlte. Sie würde nur verdorben sein, wenn sie sich überwältigen ließ.

Oder nicht verdorben, sondern schwach.

Sicherlich würde es ihr helfen, den Grund ihrer Schwäche zu betrachten, damit sie ihn bekämpfen konnte. Nach einer Weile würden alle Dinge zur Gewohnheit ...

Jetzt aber verzehrte sie das Begehren.

Wirklich, dachte sie irritiert, haben die beiden nicht bemerkt, daß Jehanne außer sich war und dringend Gewißheit brauchte, daß Galeran unverletzt war? Daß Jehanne es *nicht* ertragen könnte, wenn Galeran durch diese Spiele noch mehr geschädigt zum Haus zurückkehrte?

Die Hände glitschten auf der nassen Haut, die Füße standen fest auf der rauhen Rinde. Die beiden Männer wanden sich, stießen sich und hebelten sich aus, angefeuert von den anderen. Einmal rutschte Galeran hinunter auf den Stamm, und Aline dachte befriedigt daran, daß er sich seinen Hintern abgeschürft haben dürfte.

Im Aufrichten schaffte Galeran es, Raoul vom Stamm zu werfen. Raoul ergriff sein Handgelenk, als er fiel, und zog seinen Freund mit hinunter ins Wasser.

Sekunden später kletterten sie ans Ufer, die Arme um die Schulter des anderen gelegt, und lachten.

Männer.

Als sie sich trennten, reckte sich Raoul und schüttelte das Wasser aus seinem Haar wie ein übermütiges Tier.

Dann sah er zur Palisade.

Zu spät erinnerte sich Aline an seine scharfen Augen. Sie war ertappt. Er konnte zweifellos all die Farbe auf ihren Wangen sehen, vielleicht sogar die Lust in ihren Augen. Sie würde sich dennoch nicht umdrehen und davonlaufen. Das war ein Teil ihrer Schlacht.

Er lächelte und stand einfach da, nackt, die Hände in die Hüften gestützt.

Obwohl ihre Wangen schmerzten, lächelte Aline. Da er sich nicht abwandte, ließ sie ihren Blick über seinen schamlosen Körper wandern.

Daher sah sie, wie sein Schaft anzuschwellen und sich zu erheben begann.

Hastig sah sie in sein Gesicht.

Er hob seine Augenbrauen.

Aline *konnte* sich nicht abwenden und ihm den Sieg überlassen.

Warum, um Himmels willen, gab er nicht auf und bedeckte sich? Ein rascher Blick sagte ihr, daß Galeran bereits seine Hosen angezogen hatte.
Entschlossen sah sie zurück auf Raouls Männlichkeit, hoffend, daß sie sie mit ihrem frechen Blick zum Schrumpfen bringen konnte.
Es gab überhaupt keine Anzeichen von Schrumpfen. Eher im Gegenteil.
Sie schluckte nervös, aber sie würde nicht aufgeben ...
Dann war er fort.
Sie blinzelte und bemerkte, daß Galeran seinen Freund niedergeschlagen hatte. Raoul lag am modrigen Ufer und lachte.
Galeran sah zu Aline hinauf und bedeutete ihr nur mit einer Bewegung zu gehen.
Aline floh.
Süße Maria, Mutter von uns allen! Was sie gerade getan hatte, mußte eine Art Sünde sein. Es war keine Sünde, nackte Männer zu betrachten, aber es *sollte* als Sünde gelten.
Aline fragte sich nervös, was Galeran wohl tun oder sagen würde, und suchte vorsichtshalber Zuflucht bei Jehanne, die das noch immer schlecht gelaunte Baby wiegte. Es war nicht der sicherste Zufluchtsort, da Galeran bald erschien, naß, aber sauber.
Er hatte eine sich dunkel färbende Beule an seiner Stirn, da, wo sein Helm durch Raouls Schlag gedrückt hatte, aber sonst keine weiteren Anzeichen von Verletzungen. Er schüttelte seinen Kopf in Richtung Aline, aber er schien nicht wirklich wütend zu sein. »Jehanne, würdest du mit mir kommen?«
Jehanne sah ängstlich auf Donata, die wieder zu weinen begann. »Oh, ich scheine nicht in der Lage zu sein, ihr zu helfen, und sie will nichts essen. Vielleicht ist sie besser ohne mich dran.« Sie gab Aline das Baby und ging.

Jehanne ging um den matschigen Hof herum und versuchte die Stimmung ihres Mannes herauszufinden. Sie hatte ihn fast getötet, das mußte ihm doch klar sein.
Er hatte sie zum Rasen in der Nähe des Flusses geführt.
»Ich bin nicht verletzt«, sagte er.
»Ich kann sehen, daß du es bist.«
Er berührte seine Braue. »Das ist nichts. Verletzungen dieser Art habe ich viele.«
Sie war entschlossen, ihn dazu zu bringen, daß er die Wahrheit sah. »Du *hättest* verletzt werden können. Und es wäre meine Schuld gewesen.«
Er lächelte beruhigend. »Natürlich nicht. Ein Baby weinte.«
»Dieses Baby würde es nicht geben, wenn ich nicht so dumm gewesen wäre!«
Sein Lächeln verschwand. »Also willst du eine Strafe für alles? Wenn dem so ist, dann sei dir mein Dank gewiß.«
»Dank?«
Er saß auf dem Rasen und zog sie zu sich auf den Schoß. Sie sträubte sich. »Willst du mich jetzt von meinen Bedenken ablenken, so wie man es mit Kindern macht?«
Mit einem Seufzer verstärkte er seinen Griff. »Ich versuche nur, dein Gewand vor dem feuchten Gras zu bewahren, bescheidener Ehemann, der ich bin.«
Sie hörte auf, sich zu sträuben und wagte sogar den Versuch, ihn zu necken. »Also hast du nicht wirklich den Wunsch, mich in den Armen zu halten?«
»Überhaupt nicht«, neckte er zurück. »Das macht es so schwer, dich nicht zu schänden.«
Sie lehnte sich entspannt gegen seine Brust. »O Galeran, ich könnte es nicht ertragen, wenn ich dir noch mehr Schmerzen zufüge.«
Er streichelte ihr Haar. »Sei nicht albern, Liebling. Du hast meine Wunden genäht, Holz- und Metallteile herausgezogen und meine verrenkten Glieder versorgt. Ich bin ein Krieger, wenn ich es sein muß.«

Sie wandte den Kopf, um ihn anzusehen. »Aber ich konnte immer sicher sein, daß diese Kämpfe einfach dumme Männersache waren. Dieser Kampf ist meiner.«
»Wir wären nicht auf dieser anstrengenden Reise, wenn Männer nichts mit Frauen zu tun hätten. Ich danke dir.« Er schien ernst.
»Wie meinst du das?«
»Ich möchte dir dafür danken, daß du diese Verwirrung gestiftet hast. Der Sinn eines Trainingskampfes ist es, Schwächen herauszufinden, damit man daran arbeiten und sie ausmerzen kann. Das nächste Mal werde ich mich nicht ablenken lassen.«
»Das hoffe ich sehr!«
»Da siehst du also«, er küßte sie beruhigend, »daß es sehr gut war, daß alles so gekommen ist.«
»Es macht mir noch immer angst.«
Er sah ihr ernst in die Augen: »Wenn es das tut, so darfst du es nicht zeigen. Schwäche mich nicht, Jehanne.«
»Ich habe dich niemals geschwächt.«
»Nein, das hast du nicht.«
»Habe ich mich denn verändert?« Sie dachte darüber nach, versuchte, sich mit vor zwei Jahren oder länger zu vergleichen. »Vielleicht es die Mutterschaft, die mich so sanft gemacht hat.«
Er umfaßte mit einer Hand ihre Taille. »Du scheinst mir fest genug zu sein.« Dann berührte er ihre Brüste. »Besonders hier.« Dann hielt seine Hand inne. »Lieber Gott. Bist du in Ordnung?«
Sie schob seine Hand von ihrer steinharten Brust. »Donata war zu mürrisch, als daß ich sie hätte normal füttern können. Ich sollte zu ihr zurückgehen und es noch einmal versuchen.«
Er stand auf und zog sie hoch. »Tut das weh?«
Sie berührte die Ausbeulung in seiner Hose. »Tut das weh?«
Er lachte. »Irgendwie schon.«
»Ich vermute, daß es sich ähnlich anfühlt.«
Lachend liefen sie zurück über das schafbevölkerte Feld zum

Landgut, und Jehanne wußte, daß Galeran so sehr an Liebe machen denken mußte, wie sie es tat. Aber das kleine Haus bot ihnen keine Privatsphäre, und es war ihnen nicht danach, sich in einem überfüllten Raum zu lieben.

Buße und geweihtes Anbieten, erinnerte sie sich selbst. Und überhaupt, jeden Moment konnte ihre Milch das Haus überschwemmen.

Die Hallentüren standen offen. Kurz bevor sie hineingingen, sagte Galeran: »Jehanne, sieh dir Aline an.«

»Aline? Warum?«

»Sie spielt irgendein Spiel mit Raoul, was bedeutet, daß sie die Klingen gewetzt hat.«

»Dann paß auf deinen Freund auf!«

»Ich vertraue ihm, mit Einschränkungen. Du könntest vielleicht Aline erklären, daß es tollkühn ist, Männer so herauszufordern!«

Jehanne starrte ihn an. »Was zum Teufel meinst du damit?«

»Frag sie nur, was am Fluß geschehen ist.«

Während sie noch darüber nachdachte, ging Jehanne zu Donata, aber sie fand sie tief schlafend vor. Das arme Kind war noch immer rot im Gesicht vom Weinen, und es wäre grausam, es jetzt zu wecken.

Da sie einige Schmerzen hatte, preßte Jehanne ein wenig Milch heraus, um den Druck abzumildern. Sie konnte nicht damit aufhören, sich zu fragen, ob Galeran sich vielleicht auf ähnliche Weise erleichterte.

Während sie die Milch herauspreßte, überdachte sie Alines Lage. Konnte es sein, daß sie sich ernsthaft mit Raoul einließ? Wenn es so wäre, dann wäre Jehanne zu abgelenkt gewesen von ihren eigenen Problemen, um es zu bemerken.

»Wo ist Lady Aline?« fragte sie einen Diener.

»Ich weiß es nicht, Mylady.«

Aline war Donata fast genauso ergeben wie Jehanne. Was hatte sie Wichtigeres gefunden? Das schien alles so beunruhigend, und sie fragte sich, ob sie ihre Leben in vollkommen falsche Bahnen gelenkt hatten.

Als es ihr wieder einigermaßen besser ging, machte sich Jehanne auf die Suche nach ihrer Cousine und fand sie schließlich im Stillraum, wo sie ganz unschuldig Lady Marjorie, der älteren Lady des Hauses, dabei half, das Essen vorzubereiten. Sie konnte nicht umhin zu bemerken, daß ihre Cousine ein finsteres Gesicht machte, während sie Blätter zerstieß.

»Warum dieser düstere Ausdruck?« fragte Jehanne, während sie ein Bündel Borretsch nahm und damit begann, die Blüten abzuzupfen. »Bist du noch über den Kampf beunruhigt?«

»Nein«, sagte Aline und stampfte den Stößel wild in den Mörser.

»Dann hast du vielleicht Kopfschmerzen.«

»Ich habe niemals Kopfschmerzen.«

»Alles kann sich ändern, wenn sich die Umstände ändern. Dann sind es vielleicht die Gefühle für Raoul de Jouray, die dich beunruhigen?«

Die grauhaarige Lady Marjorie sah mit einem Zwinkern herüber.

Aline hielt inne und sah Jehanne an. »Ganz und gar nicht.«

»Es ist nicht sehr christlich, *keine* Gefühle für einen anderen Menschen zu haben.«

Aline wandte sich wieder ihrer Arbeit zu. »Du weißt, was ich meine.«

»Ja. Und ich weiß noch mehr. Ich bin verantwortlich für dich, so wie Galeran auch. Es würde uns beiden Schande bereiten, wenn du dich dumm verhältst.«

Aline wandte ihren Kopf, um Jehanne anzusehen. Offensichtlich dachte sie, daß Jehanne wenig Recht dazu hatte, sie in diesen Dingen zu unterweisen.

Obwohl sie wußte, daß sie rot wurde, ignorierte Jehanne den stillen Vorwurf. »Was hast du unten am Fluß gemacht?«

»Ich war nicht unten am Fluß.« Aline schlug auf die Blätter, die schon fast Matsch waren. Lady Marjorie entfernte sie und tauschte sie gegen frische aus.

»Du warst nahe genug dran, um zu schauen, da habe ich keinen Zweifel«, sagte Jehanne. »Bist du nicht ein bißchen zu alt dafür, um hinter Büschen sitzend Männer anzustarren?«

Aline drehte sich um und stemmte die Hände in die Seiten. »Wer hat das gesagt? Wenn es dieser ...«

»Nein!« Jehanne hob eine Hand. »Ich vermute nur. Erbarme dich, Aline, und erzähle es mir. Was hast du *getan*?«

Einen Moment lang sah es so aus, als würde ihre Cousine sich weigern, aber dann sagte sie: »Ich habe nur über die Palisade gesehen, das ist alles. Ich habe mir Sorgen um Galeran gemacht. Ich wollte sichergehen, daß er in Ordnung ist.«

»Aber als es klar war, daß er unverletzt war, bist du noch geblieben und hast zugesehen.« Jetzt hielt auch Jehanne mit der Scheinarbeit inne. »Aline, ein Männerkörper ist wie der andere.«

»Ist Galerans Körper für dich wie jeder andere?«

Jehanne hielt den Atem an. »Hast du dich vielleicht in Raoul verliebt?«

»Liebe? Natürlich nicht!« Aline griff nach einem Weidenzweig und entfernte die Rinde. Sie hielt inne, als sie einen langen Streifen zwischen ihren Fingern hielt, und drehte ihn. »Ich würde lügen, wenn ich sagte, ich fände ihn nicht erregend.« Sie warf die Rinde auf einen Haufen und zog mehr ab. »Ich bin entschlossen, derartige Gefühle zu besiegen, und das übe ich an ihm.«

»Üben ...!« Jehanne starrte ihre Cousine an. »Was für eine Art Übung? Beten?«

Aline sah auf, kühn, aber rot im Gesicht. »Er versucht, mich zu verführen, und ich lerne, wie ich widerstehen kann.«

»*Verführen*!« Jehanne ließ ihren Zweigbüschel fallen. »Du bist verrückt! Was, wenn er gewinnt? Du wärest ruiniert.«

»Aber wenn ich verliere, dann habe ich es möglicherweise auch verdient. So wie Galeran es verdient hätte, getötet zu werden, wenn Raoul ihn besiegte.«

Jehanne riß ihrer Cousine den Weidenzweig aus der Hand. »Ein Ausrutscher, und Raoul hat ihn verwundet. Und hätte ihn leicht töten können. Aline, das ist ein viel zu gefährliches Spiel, wenn dein Leben auf dem Spiel steht.«

Aline sah Jehanne ernsthaft an. »Es ist kein Spiel, Jehanne. Wenn ich Nonne werden will, muß ich wissen, ob ich stark genug bin, der Versuchung des Teufels zu widerstehen.«

»Versuchung des Teufels ...« wiederholte Jehanne mit zunehmender Bestürzung. Galeran hatte recht. Das war eine gefährliche Situation. Und doch hatte auch Aline irgendwie recht. Was, wenn sie *nicht* für ein Leben in Keuschheit gemacht wäre?

Aber Raoul de Jouray? Es war, als ob jemand, der noch nie zuvor geritten war, sich den wildesten Hengst für seinen ersten Versuch aussuchte.

»Also«, fragte sie, »was passierte unten am Fluß als Teil deiner Schlacht?«

Alines Augen funkelten plötzlich boshaft. »Ich habe Raoul lediglich gezeigt, daß er mir mit seinem stolzesten Besitz den ganzen Tag vor den Augen herumfuchteln könnte und mich doch rein gar nicht beeindruckte!«

Nach einer Schrecksekunde mußte Jehanne lachen.

Das erste, was Jehanne tat, war, mit Raoul zu sprechen.

Als die Sonne unterging und die Hausgemeinschaft sich zum Abendessen versammelte, bahnte sie sich ihren Weg durch die Diener, die die Tische mit Speisen beluden. Sie ging zu Raoul, der gerade mit einem der bewaffneten Krieger des Hauses plauderte.

»Sir Raoul.«

Er wandte sich mit einem Lächeln zu ihr um, und der andere Mann verneigte sich und verschwand. Jehanne meinte, einen

wachsamen Blick in Raouls trügerischen Augen entdeckt zu haben. Weil sie so in ihre eigenen Sorgen verstrickt war, hatte sie nicht bemerkt, was für ein gefährlich attraktiver Mann er war.
Obwohl sie ganz einem Mann leichterer Gestalt verfallen war, konnte sie erkennen, daß ein großer, muskulöser Mann, der seinen Körper mit Geschick und Grazie zu bewegen verstand, eine gewisse elementare Anziehungskraft besaß. Markante Knochen unter goldener Haut, weiße Zähne und lebendige Augen, all das wurde noch verstärkt durch ein bestimmtes Flackern in seinen südländischen Zügen. Dazu kam noch, daß er die Aura hatte, die auch Galeran besaß – eine undefinierbare Kraft, die das Interesse einer jeden Frau erweckte und sie fesselte.
Er war kein Übungspartner für jemanden wie Aline.
»Sir Raoul, ich bin einigermaßen besorgt über Ihren Umgang mit meiner Cousine.«
Er zog sie sanft zur Seite, damit ein Mann mit einer großen Schüssel vorbeigehen konnte. »Hat Lady Aline Grund, sich über mich zu beschweren?«
Jehanne bemerkte, daß er auch mit *ihr* spielte. »Sie hat sich nicht beschwert. Aber Ihr müßt wissen, daß sie plant, sich ganz Gott zu verschreiben.«
»Das ist eine edle Berufung. Für die, die berufen *sind*.«
»Ihr denkt, sie ist es nicht?«
»Ich denke, es ist klug von ihr, genau das herauszufinden.«
Jehanne fand ihn insgesamt zu arrogant. »Die Tatsache, daß Ihr ihr Blut erhitzen könnt, heißt nicht, daß es ihr an Berufung zu einem religiösen Leben mangelt!«
»Sicherlich hängt das vom Grad der Erhitzung ab.« Er sah ihr offen ins Gesicht. »Lady Jehanne, würdet Ihr es wollen, daß Aline in einem Kloster eingeschlossen ist, wenn es nicht ihrer Natur entspricht?«
»Niemand hat sie jemals dazu gedrängt. Es ist ihre eigene Entscheidung ...«

»Manchmal ändern Menschen ihre Meinungen. Manchmal haben sie Glück und haben sich noch nicht festgelegt. Glaubt Ihr nicht, wir sollten Aline ihre Gefühle erforschen lassen, bevor sie sich entscheidet?«
Jehanne fixierte ihn mit einem stählernen Blick. »Geht nur sicher, Heißsporn, daß ihre Gefühle alles sind, was Ihr erforscht, oder Eure Forschungen werden bald vorbei sein, Kreuzritter oder nicht!«

Raoul sah, wie Jehanne davonrauschte, um sich Lady Marjorie anzuschließen, dann ging er durch die volle Halle, um hinter Aline aufzutauchen. Sie saß nachdenklich dort und schaukelte mit einem Fuß Donatas Wiege.
»Ihr spielt nicht fair, meine Dame.«
Sie sprang auf, dann drehte sie sich herum, eine charmante, verräterische Röte überzog ihre Wangen. »Was?«
»Eure Cousine auf mich anzusetzen, mir damit zu drohen, meine besten Teile abzuschneiden!«
Ihre Röte vertiefte sich. »Ich habe so etwas nicht getan!«
»Also gesteht Ihr ihre Macht ein?«
Sie drehte sich hocherhobenen Hauptes weg. »Ich glaube, ich habe Euch vor kurzem gezeigt, daß Eure männlichen Attribute keine Macht über mich haben.«
Er beugte sich hinunter, um in ihr Ohr zu flüstern. »Wir wurden unterbrochen. Wünscht Ihr eine Wiederholung?« Sie hatte ein Gespür für Düfte, die hübsche Hexe. Rose, Verbene und andere, die zu subtil waren, um sie zu benennen, strömten von ihrer Haut, um seine Sinne zu reizen, es war wie ein süßes, ewiges Versprechen von Fraulichkeit, um einen Ausgleich zu der harten Welt der Männer zu schaffen.
»Seid nicht albern, wenn Ihr nur einen Funken Anstand hättet, dann hättet Ihr Euch niemals so zur Schau gestellt!«
Er richtete sich auf. »Ich war schwimmen, Lady Aline. Eine unschuldige Handlung. Eine tugendhafte nach dreckiger Ar-

beit. Wenn Ihr nur einen Funken Anstand hättet, dann hättet Ihr nicht zugesehen.«

Sie ignorierte seinen Treffer und beschäftigte sich mit der Decke des Babys.

»Vielleicht sollten wir den Kampf zu gerechten Bedingungen wiederholen«, sagte er. »Nackt gegen nackt. Mal sehen, wer zuerst wegschaut.«

Das Geräusch unterdrückten Lachens brachte ihn zum Lächeln. Er liebte Mädchen, die über so etwas lachen konnten. Sanft berührte er ihren Nacken, dort, wo unter dem kurzen Schleier goldene Locken hervorschauten. Die Vorstellung, wie sie aussehen würde – ihre üppigen Kurven nackt, nur verhüllt von ihrem vollen Haar – brachte ihn dazu, nachts wach zu liegen. Oder seine Schlaflosigkeit rührte daher, daß er seit Ella keine Frau gehabt hatte.

Sie war unter seiner Berührung still geworden.

»Aber«, sagte er, noch immer den empfindsamen Nacken streichelnd, »als Euer Lehrer denke ich, Ihr solltet meinen nackten Körper meiden, bis ihr die grundlegende Strategie verbessert habt.«

Sie zuckte zusammen und sah zu ihm auf, die Augen weit und klar, obwohl sie ihre Färbung nicht unter Kontrolle hatte. »Raoul de Jouray, Ihr könntet nackt vor mir tanzen, ohne daß Ihr meine Willensstärke auch nur ein kleines bißchen in Frage stelltet! Ich bezweifle, daß Ihr das umgekehrt von Euch behaupten könntet.«

Raoul brach in Gelächter aus. »O Aline. Ihr seit der verrückteste, frechste, unerfahrenste grünschnäbelige Kadett, den ich je getroffen habe.«

Obwohl sie sich gerade mit Lady Marjorie über das Zahnen unterhielt, beobachtete Jehanne das Zusammentreffen zwischen Aline und Raoul mit einem Stirnrunzeln. Es war, als beobachtete sie ein Sommergewitter, wohl wissend, daß sie den

Blitz nicht aufhalten konnte. Man konnte nur beten, daß er keinen Schaden anrichtete.
Sie könnte Aline zurück nach Burstock schicken, aber ihr eine angemessene Eskorte zur Verfügung zu stellen, bedeutete ihre eigene Gruppe zu schwächen, und sie würde nichts tun, was Galeran in Gefahr bringen könnte.
Sie könnte Galeran darum bitten, diesen gefährlichen Freund loszuwerden, aber abgesehen von dieser Unhöflichkeit gefiel ihr der Gedanke, daß ihr Mann einen solchen Krieger in seinem Rücken hatte.
Und überhaupt, in Raouls Argumentation lag etwas Wahres. Jeder hatte angenommen, daß Aline das religiöse Leben wollte, daß sie kaum Interesse an Männern und Heirat hatte. Wenn das nicht wahr war, dann sollte sie es besser jetzt herausfinden, als wenn sie ihren Eid geleistet hatte.
Sie wurde durch eine Dienerin, die ihr eine kleine Pergamentrolle brachte, von ihren Sorgen abgelenkt. »Von wem?« fragte sie.
»Weiß nicht, Lady. Der Torposten sagte, es wurde für Euch abgegeben.«
Jehanne entrollte das Papier, froh darüber, daß sie lesen konnte, obwohl ihre Kunst, Wörter zu schreiben, sehr gering war.
Als sie Raymonds Namen las, stockte ihr Atem.
Die Nachricht lautete: *Ich wünsche Dir und den Deinen keinen Schaden, aber ich werde Dich und mein Kind nicht aufgeben. Bring Donata in die Kirche im Dorf, bevor Blut fließt.*
Fast wäre sie gegangen – obwohl sie allein war –, weil sie dachte, sie könnte den Mann, mit dem sie sich eingelassen hatte, beschützen. Aber dann erinnerte sie sich daran, daß Raymond möglicherweise versucht hatte, ihren Ehemann zu töten, und plante, ihr Kind zu stehlen. Er verdiente ihren Schutz nicht.
Statt dessen ging sie zu Galeran. »Ich muß mit dir sprechen.«
Er entschuldigte sich bei seinem Vater. »Was gibt es?«

Sie gab ihm die Nachricht.
Er mußte sie dreimal lesen, bevor er sie ansah.
»Wie hast du das bekommen?«
»Eine Dienerin.«
Er sah sie prüfend an. »Warst du versucht zu gehen?«
Wie sehr sie sich wünschte, daß solche Fragen nicht gestellt würden. »Ja«, sagte sie ehrlich. Dann, als sie seinen Ausdruck sah, fügte sie schnell hinzu: »Aber nur, um dich zu schützen.«
»Mich zu *schützen*?«
Sie wandte sich aufgebracht ab. »Um euch beide zu schützen. Wenn jemand leiden muß für all dies, dann sollte ich es sein.«
Er packte ihren Arm. »Du würdest Lowick schützen?«
Sie erwiderte seinen Blick und sah, wie ihre ehrlichen Worte wie Dolche in sein Fleisch schnitten. Sie würde diesen Mann vor jedem Schmerz schützen, aber sie mußte ihn immer wieder mit ihrer Ehrlichkeit verletzen. Trotz des schmerzenden Griffes erwiderte sie fest: »Ja, aber ich würde seinen Schutz niemals über deinen stellen.«
Er ließ von ihr ab. »Ich werde dich niemals verstehen, Jehanne. Wie kannst du ...?« Aber dann schüttelte er seinen Kopf. »Ich werde diese Kirche überprüfen. Du wirst das Haus nicht verlassen.«
Sie erwischte ihn an der Manschette. »Geh nicht allein!«
»Glaubst du, ich bin ein kompletter Idiot?«
Schnell ließ sie ihn gehen. »Ich kann nicht aufhören, mich um dich zu sorgen, Galeran. Verstehe das nicht falsch.«
Er seufzte. »Vergib mir. Mein männlicher Stolz sticht mich manchmal.« Er berührte sanft ihre Wange. »Wenigstens bist du nicht, auch wenn du es erwogen hast, losgesaust, um das eigenhändig zu erledigen. Dafür danke ich dir.«
»Ich versuche verzweifelt, eine gute Frau zu sein.«
»Der Himmel möge uns allen helfen.« Aber er sagte das mit einem Lächeln.

Als er die Halle mit vier Männern verließ, folgte sie nicht, sondern sie ging, wie eine gute Frau es tun sollte, zu der Wiege ihres Kindes und begann zu spinnen.
Dort betete sie, daß ihr Ehemann nicht töten würde oder vom Vater ihres Kindes getötet würde.

Vierzehntes Kapitel

Knottingly erstreckte sich entlang des Flusses neben dem Rittergut. Klein, aus Stein, aber mit einem Strohdach, die einfache Kirche leicht zurückgesetzt vom Wasser, umgeben von ihrem Friedhof. Das Häuschen des Pfarrers mußte im Dorf sein, nahm Galeran an, denn an der Seite war kein weiteres Gebäude.

Wohin er auch sah, die Umgebung schien verlassen, das einzige sichtbare Lebewesen war ein Schaf, das auf dem Gelände graste. Das Licht schwand und konnte daher eine Menge verbergen. Vielleicht hätte er Raoul mit seinem Adlerblick mitnehmen sollen.

Raoul hatte versucht, darauf zu bestehen, mitzukommen. Er wollte diese Unternehmung sogar leiten, während Galeran im Gutshaus bleiben sollte. Doch Galeran war es leid, in Sicherheit zu bleiben, und daher hatte er nicht einmal seinem Vater erzählt, was hier vor sich ging. Er hatte Raoul zurückgelassen und nur vier bewaffnete Männer mitgenommen, die begierig waren, gegen Raymond von Lowick zu kämpfen. Wenn Lowick es schaffen sollte, ihn zu töten, dann sollte es so sein.

Vielleicht würde der beste Mann gewinnen.

Vielleicht wäre es Gottes Wille.

Vielleicht wäre es Jehanne recht ...

Das glaubte er nicht wirklich, aber dieser Verdacht nagte an ihm Tag und Nacht. Als er damals an den Toren aufgetaucht war, hatte Jehanne keine andere Wahl, als zu bleiben und sich ihm zu stellen, denn eine Flucht mit Lowick hätte sie beide zu Geächteten und Flüchtlingen gemacht. Ihr Bleiben bewies keine Hingabe. Und Lowick war wie Raoul, einer dieser großen, göttlichen Männer, die Frauen, auch vernünftige Frauen, kirre machten. Als junger Mann auf Heywood hatte sich Galeran neben Raymond von Lowick immer unbedeutend gefühlt.

Das hatte er jedoch alles hinter sich gelassen. Oder glaubte es jedenfalls. Denn es hatte nicht lange gedauert, bis man sah, daß Lowick nicht klug war und daß seine Eitelkeit ihn bei dem Versuch behinderte, seinen Platz in der Welt einzunehmen. Er war sich niemandes Sorgen bewußt.

Galerans Übungskampf mit Raoul hatte auch geholfen, ihn davon zu überzeugen, daß Muskeln nicht immer gewannen.

Aber vielleicht hatte er tief in seinem Innersten den Wunsch, so groß und stark wie seine Brüder und Lowick zu sein, nie überwunden. Vielleicht konnte er deshalb für einen Moment denken, daß Jehanne – wenn alles andere gleich wäre – Lowick bevorzugen würde.

Und wenn man Aline ansah, die bisher allen Männern in ihrem Leben als unzugänglich erschien. Wenige Zusammentreffen mit Raoul, und sie war eine errötende dumme Gans. Galeran fragte sich, wie sie auf Lowick reagiert hatte. Sie hatte ihn niemals erwähnt.

Ungeduldig konzentrierte er sich auf das Problem vor Ort und schmiedete Pläne.

Er war sehr versucht, einfach zur Kirche zu schlendern und seine Faust in Lowicks ebenmäßige, weiße Zähne zu schlagen. Es wäre jedoch unmöglich, sich der Kirche unbemerkt zu nähern, und er hatte bei diesem Unternehmen zu viel zu verlieren. Galeran und zwei Männer blieben zurück zwischen den Bäumen, während die anderen beiden die Kirche umgingen, um zum Dorf zu gelangen. Dort sollten sie nach Fremden in der Nähe fragen und herausfinden, wer die Nachricht zum Gutshaus gebracht hatte.

Die Sonne sank tiefer hinter entfernte Hügel und tauchte die Welt in tiefes Rotbraun und gefährliche Schatten. Es gab in der Kirche kein Zeichen von Bewegung, aber Galeran zwang sich dazu zu warten, bis die Männer auf der Straße nahe dem Dorf erschienen und signalisierten, daß alles klar war.

Wenn Fremde am Rittergut vorbeigekommen wären, hätte der Wachposten es bemerkt. Falls keine Fremden durch das Dorf gekommen waren, sah es sehr danach aus, als wäre die Botschaft ein Trick oder ein verzwicktes Komplott.

Dennoch näherten sich Galeran und seine Männer der Kirche mit gezogenen Schwertern.

Noch immer keine Bewegung und kein Geräusch.

Sie stürzten die letzten Meter vorwärts und drückten sich an den rauhen Steinmauern entlang, um sicher vor Geschossen zu sein.

Dann sprang Galeran zu der Eichentür, stieß sie auf und rannte in die Kirche.

Sie war leer, bis auf den hölzernen Altar und die beiden Betpulte für den Lord und die Lady des Gutes.

In der steinernen Wand, grob bemalt mit biblischen Bildern, war eine Tür neben dem Altar. Galeran öffnete sie vorsichtig, aber fand nur, wie er erwartet hatte, die Sakristei, leer bis auf wenige verschlossene Kisten für die Priesterkleidung und einige Gefäße. Er steckte sein Schwert in die Scheide zurück und sah sich erneut um, sich fragend, was das alles hier sollte. Mit größter Vorsicht spähte er aus einem der kleinen Fenster und fragte sich, ob der Angriff wohl käme, wenn sie die Kirche verließen. Dort draußen war jedoch zuviel freie Fläche für ein unbemerktes Anschleichen.

Während er über den Fluß zum gegenüberliegenden Ufer sah, sah er nur Felder, die abgeerntet und durch ein Dickicht von Bäumen gekrönt waren. Es könnte sie jemand von dort aus beobachten, und mit guten Augen könnte man alles sehen, was hier vor sich ging.

War das nur ein Witz gewesen?
Nein. Wenn überhaupt, dann war es ein Test.
Vielleicht war Lowick dort drüben, um zu sehen, ob Jehanne seiner Aufforderung nachkäme. Wenn das so war, dachte Galeran befriedigt, dann würde ihm nicht gefallen, was er sah.
Einer seiner Männer stieß einen warnenden Ruf aus, und er lief hinüber. Aber es waren nur seine beiden anderen Männer, die aus dem Dorf zurückgelaufen kamen.
»Es sind keine Edelleute hier entlanggekommen, Lord«, berichtete einer. »Die Nachricht wurde von einem Burschen aus Bartletor, dem Dorf auf der anderen Seite des Flusses, überbracht. Wir könnten über die Furt gehen und ihn holen.«
»Nein«, sagte Galeran und führte sie hinaus in das Abendlicht. Er suchte noch immer nach einem Zeichen seines Feindes. Er dürstete immer noch danach, mit Lowick die Schwerter zu kreuzen.
Er beschattete seine Augen vor dem flammenden Ball der Sonne und spähte einmal mehr auf den baumbekrönten Hügel. In diesem Licht hätte nicht einmal Raoul etwas ausmachen können. »Laßt uns zurückkehren und essen.«
Als sie zurück zum Rittergut gingen, verschwand die Sonne. Krähen ließen sich lärmend auf den Feldern nieder, und Fledermäuse schwärmten aus zur Futtersuche.
Galeran tat sich schwer damit zu glauben, daß Lowick so etwas als Test oder Witz inszenieren würde.
Nein, dies trug die Handschrift von Ranulph Flambard. Aber was hatte der Bischof sich davon versprochen?

Flambard empfing seinen Mann im Salon des Priorats von Hitchinborough. Prior Joseph hatte sich begeistert gezeigt, sein Quartier für einen so wichtigen Gast zu räumen.
»Also?« fragte er, während er mit großer Sorgfalt ein Stück gerösteter Ente auswählte.
Lucas, ein kräftiger, kompetenter Mann in mittleren Jahren,

verharrte kniend. »Keine Frau näherte sich der Kirche, mein Herr Bischof.«

»Ah.« Flambard steckte sich das Fleisch in den Mund und genoß es sichtlich. Er war kein Vielfraß, aber von dem, was er aß, erwartete er, daß es höchste Qualität hatte. Er tupfte seine Lippen mit der Serviette ab. »Kam überhaupt jemand?«

»Ja, mein Lord. Drei Männer näherten sich der Kirche und drangen ein. Zwei gewöhnliche Soldaten und ein hochwohlgeborener Mann.«

»Welcher Gestalt?«

»Mittlerer Gestalt, mein Lord.«

Flambard benutzte seinen silbernen Löffel, um einige Kräuter in die Soße zu streuen. »Drangen ein, sagst du. Wenn dort jemand gewesen wäre, denkst du, sie hätten ihm Leid zugefügt?«

»Ja, mein Lord Bischof.«

»Wie ich es mir dachte.«

Also hatte Jehanne von Heywood die Nachricht schnurstracks zu ihrem Mann gebracht. Das warf weitere Zweifel an dem Märchen, daß diese Frau Raymond von Lowick liebte, auf.

Warum waren die Leute so dumm? Man mußte nur Rufus ansehen. Er hatte ihn vor Henry *gewarnt*, daß Henry nichts davon abhalten könne, England zu regieren, aber Rufus – der arrogante Rufus – hatte nicht zugehört. Flambard hoffte, er würde nun in der Hölle schmoren.

Er wandte seine Gedanken jedoch wieder der Zukunft zu. »Danke, Lucas. Versichere dich, daß man ein wachsames Auge auf die Heywood-Gruppe hat, und berichte mir alle Schritte, die sie unternehmen.«

Der Mann stand auf und dienerte sich rückwärts zur Tür. »Ja, mein Lord.«

»Und, Lucas ...« Die Worte stoppten den Mann und holten ihn zurück. »Ich fürchte, ich habe dir einen falschen Eindruck vermittelt.« Flambard nahm sich ein Honigtörtchen. »Ich wäre sehr beunruhigt, wenn mir zu Ohren käme, daß Lord Galeran während seiner Reise etwas zustieße.«

Lucas starrte ihn an. »Tatsächlich, mein Herr?«

»Es ist schwierig, den Angriff mit der Armbrust zu erklären. Das, Lucas, war ein Fehler.«

Der Mann erblaßte. »Ich verstehe, mein Herr. Aber ...«

»Aber?«

»Ich dachte, Ihr wolltet den Mann tot sehen, mein Herr.«

Flambard nahm einen Bissen von dem süßen, mandelgefüllten Gebäck und kostete es. »Es ist nicht recht von einem Menschen, Gerechtigkeit ausüben zu wollen, wenn Gottes Hand verfügbar ist.«

»Ich verstehe, mein Herr«, sagte Lucas, der offensichtlich nichts verstand.

»Ich erhielt einen Bericht vom Landgut in Knottingly darüber, daß Lord Galeran und sein großer Freund einen bewaffneten Übungskampf ausgefochten haben. Der Freund hat gewonnen.«

»Vielleicht war das zu erwarten, mein Herr.«

»Ja. Raymond von Lowick hofft darauf, ein Duell mit Lord Galeran, um die Geschicke von Lady Jehanne auszutragen. Es wäre sehr unglücklich, denke ich, wenn etwas das göttliche Urteil verhindern würde.«

Lucas war kein dummer Mann, und ein Grinsen zuckte über sein Gesicht als Zeichen, daß er verstanden hatte. »Ah. Das wäre es in der Tat, mein Herr. Niemand könnte sich mit der Hand Gottes messen, oder?«

»Genau.« Flambard winkte ab, und der Mann dienerte sich hinaus.

Es war viel eleganter, viel weniger gefährlich, jetzt, da sicher war, daß Lowick gewinnen würde. Der einzige Mangel an diesem Plan war, daß Lady Jehanne möglicherweise nicht genug litt, um es zu vereiteln. Flambard beschloß, etwas dagegen zu tun. Es war sein Recht als Repräsentant der Kirche, Strafen aufzuerlegen.

Er war ein wenig zu langsam auf seiner Reise nach London, aber morgen würde er schneller reisen. Er wollte den Moment des Triumphes nicht verpassen.

Am nächsten Tag zog die Brome-Karawane südwärts. Nach der merkwürdigen Angelegenheit mit der Nachricht wollte jeder so schnell wie möglich nach London. Das Wetter war ideal zum Reisen – warm, aber nicht heiß, mit einer leichten Brise –, aber sie waren alle sehr nervös.

Jehanne war ungewöhnlich nervös, und das Baby regte sich noch immer auf, es schien nur kurz aufzuhören, um Luft zu holen, und begann dann wieder zu weinen.

Sie waren kaum eine Meile fort, als Galeran beschloß, daß das Weinen des Babys das anstrengendste Geräusch überhaupt war. Als er zurückritt, um zu fragen, ob Donata in Ordnung war, fuhr Jehanne ihn an: »Sie ist hungrig, aber sie will nicht essen. Vielleicht hat sie eine Grippe. Ich platze vor Milch, und sie will nicht genug trinken. Ich war den größten Teil der Nacht wach, genau wie die anderen Frauen, weil sie nicht schlafen wollte. Lady Marjorie muß begeistert gewesen sein, uns abreisen zu sehen!«

Er hätte fast lachen können, Jehanne in einem derartigen Zustand zu sehen. »Vielleicht wird eine fremde Hand sie beruhigen. Gib sie für eine Weile zu Raoul.«

»Raoul? Was weiß der von Babys?«

»Er scheint eine seltene Gabe zu haben, weibliche Wesen zu verzaubern.« Er rief seinen Freund heran.

Raoul nahm das Baby ohne Zögern in seine großen Hände, schaukelte es geschickt an seiner gepanzerten Brust. Donata bekam einen Schluckauf und wurde still, starrte ihn mit großen Augen an.

»Es wird nicht anhalten«, sagte Jehanne fast gereizt voraus.

Aber es hielt an.

Mit einem Seufzer der Erleichterung wendete Galeran sein Pferd und kehrte zurück an seinen Platz.

Eine halbe Stunde später kehrte er zum Gruppeninneren zurück, wo die Frauen und die Packpferde waren. Dort sah er, daß Donata tiefschlafend in der rechten Armbeuge seines Freundes lag.

»Wie hast du das gemacht?« fragte er.

»Es ist eine magische Gabe«, sagte Raoul grinsend. »Aber ich denke, ich sollte sie weitergeben. Wenn ich sie noch länger so in meinem Arm halte, könnte ich steif sein, wenn ich kämpfen sollte.« Er lenkte sein Pferd hinüber zu den Frauen. Galeran nahm mit einem Seufzer zur Kenntnis, daß er bei Aline anhielt, nicht bei Jehanne.

»Denkt Ihr, Ihr könntet dieses Kind aus meinem Arm nehmen, ohne es zu wecken, Lady Aline?«

Aline sah ihn argwöhnisch an. Sie hatte versucht, nicht auf seine Spöttelei einzugehen, daß sie ein unerfahrenes Ding sei, aber es war wahr, und sie wußte es. Das bedeutete jedoch nicht, daß sie sich hinter ihren Mauern verstecken und ihm überhaupt keine Herausforderung mehr bieten würde.

»Ist ein winziges Baby zu schwer für Euch?« fragte sie, während sie ihr Pferd neben seinem riesigen Tier hielt.

»Eine große Last, in der Tat.« Seine Augen verzogen sich vor Lachen. »Sie hat mit Sicherheit mächtige Lungen. Ich möchte sie lieber nicht wecken.«

Er beugte sich hinunter, und sie reckte sich hinauf. Und sie schafften den Austausch, ohne Donata zu wecken, obwohl das Baby sich rührte und die Lippen sich kräuselten. »Wenn ihr danach ist zu essen, wird Jehanne glücklich sein.« Aline sah Raoul an. »Denkt nur. Ein Leben im Kloster erspart einer Frau die Tyrannei dieser kleinen Monster.«

»Das tut es. Und ich bin sicher, daß Ihr keinerlei Wunsch verspürt, ein eigenes Baby in Euren Armen zu halten.«

Typisch, er hatte schon wieder gewonnen. Als Nesthäkchen war sie nie einem Baby nahe gewesen, dann war sie nach St.

Radegund gegangen. Als sie Jehannes Begleiterin wurde, hatte sie die Geburten von Gallot und Donata miterlebt und hatte beide in guten und schlechten Zeiten gehalten. Den einen im Tod gehalten. Sie hatte keine rosigen Illusionen über die Vorteile von Säuglingen, aber sie wollte einen eigenen. In der Tat, das wollte sie.
»Was ist mit Euch?« fragte sie, als sie vorwärts ritten, um aufzuschließen. »Möchtet Ihr ein eigenes Kind?«
»Der Gedanke, Euch mit einem Baby von mir zu erfüllen, ist sicherlich verführerisch.«
Nur er würde es wagen, so etwas zu sagen! »Meine Familie würde Euch zwingen, mich zu heiraten.«
»Ich würde Euch lieber schon davor heiraten, Aline.«
Damit ritt er spielerisch fort.
Wie wenn es durch seine Abwesenheit ausgelöst worden wäre, verzog sich Donatas Gesicht zum Weinen. »Oh, sei nicht so ein kleines, dummes Weib«, fuhr Aline sie an. »Er liebt es zu necken. Er liebt es zu erobern. Aber er hat kein bleibendes Interesse. Sobald das Schloß seines ist, wird er zum nächsten aufbrechen. Das nächste Mal, wenn er dich in seine Arme nimmt, Donata, mußt du so laut schreien, wie du nie zuvor geschrien hast.«
Donata öffnete ihren Mund, dann schloß sie ihn wieder, komisch, als ob sie diese Andeutungen verstanden hätte.
Aline manövrierte sich hinüber zu Jehanne. »Es könnte sein, daß sie bereit ist zum Essen, wenn du es versuchen willst.«
Jehanne nahm das Baby und steckte es unter ihren Mantel, verschaffte ihm Zugang zur Brust. In wenigen Sekunden war klar, daß Donata zum ersten Mal seit Tagen etwas zu sich nahm. Jehanne empfand einen Schauer der Erleichterung.
Aline sah mürrisch auf Raoul de Jourays Rücken. »Brillanz ist keine attraktive Eigenschaft.«
Jehanne schüttelte ihren Kopf. »Aline, ich kann dich nur noch einmal in aller Deutlichkeit warnen. Du bist auf dem Weg,

erobert zu werden. Ich habe keine Ahnung, ob es das ist, was du willst oder nicht, aber du solltest wissen, was passiert. Mir erscheinst du nicht gerade ein Schloßherr zu sein, der eine Festung hält. Du scheinst mir mehr wie eine dumme Lady, die eine Truppe von Männern in ihr Schloß hineinläßt, nur weil sie lächeln und gute Absichten versichern.«

Aline seufzte. »Wenn ich nur wüßte, ob er mich wirklich erobern will.«

»Was denn sonst?«

»Vielleicht, wenn ich die Tore öffne, wird er einfach lachend davonreiten.«

Jehannes Blick war verständnisvoll. »Wenn du das vermutest, dann solltest du doppelt wachsam sein.«

»Aber wäre es nicht tugendhaft von ihm, eine dumme Lady nicht auszunutzen?«

»Es wäre tugendhaft von ihm, die dumme Lady in Ruhe zu lassen.«

Aline stieß den Atem hörbar aus. »Es ist erstaunlich schwierig zu entscheiden, was richtig ist und was falsch!«

»Nein, das ist es nicht«, sagte Jehanne und wechselte das Baby zur anderen Seite. »Das Richtige wäre es, die ganze Sache deinem Vater vorzutragen und seine Entscheidung zu akzeptieren.«

»Aber mein Vater ist nicht hier.«

»Dann reiß dich zusammen, bis du zurück bist.«

Ein Monat oder mehr mit zarten Angriffen. »Sicherlich seid ihr, Galeran und du, seine Stellvertreter hier.«

»O nein«, sagte Jehanne mit einem ironischen Lächeln. »Wir haben genügend Lasten zu tragen. Du könntest Lord William fragen, wenn du erwachsenen Rat brauchst.«

Aline wußte, daß Jehanne dachte, sie würde nicht auf ihren Vorschlag eingehen. Nur, um ihren Vermutungen zu widersprechen, sagte sie: »Warum nicht?« und wandte sich um, um zurück zu Galerans Vater zu reiten.

Stark wie ein Fels in seinem reich verzierten Sattel, mit fein gewobenem Mantel, der über die Hinterhand des Pferdes fiel, sah Lord William genauso aus, wie er war – ein mächtiger Baron und ein kluger Mann. Aline dachte, daß das vielleicht nicht die beste Idee war, aber sie würde keinen Rückzieher machen.

»Guten Tag wünsche ich Euch, Lady Aline«, sagte er. »Wie gefällt Euch unsere Reise bisher?«

Sie brachte ihr Pferd geschickt neben das seine. »Sie hat ihre Vergnügungen und ihre Schmerzen, Mylord.«

»Das ist bei den meisten Reisen der Fall.« Aber er hatte ein Glitzern in seinen Augen, das ihr verriet, daß er einige ihrer Freuden und Schmerzen kannte.

War es für jedermann so offensichtlich?

Sie fuhr fort: »Lord William, Jehanne schlug vor, daß ich mit Euch über eine persönliche Angelegenheit sprechen sollte.«

»In der Tat. Da ich hier der Anführer bin.«

»Und mein Vater ist weit fort.« Aline starrte angestrengt zwischen den Ohren ihres Pferdes hindurch. »Ich frage mich, ob Ihr Raoul de Jouray als einen Ehemann empfehlen könntet.« Dann sah sie ihn an, um seine Reaktion zu sehen.

Kluge braune Augen sahen sie prüfend an. »Für wen, Lady Aline?«

»Für jede Frau.«

»Das ist eine viel zu ungenaue Frage. Mit Sicherheit gibt es in Gottes großer Welt eine Frau für jeden Mann und einen Mann für jede Frau.«

Aline zog ihre Nase kraus. »Dann eben für mich.«

»Ah, nun gut. Es würde von seinem Besitz abhängen – wenn er Besitz außer seinem Pferd und seinem Schwert hat – und von dem, was Ihr in die Ehe einbringen könnt.«

»Besitz? Mitgift? Ist das alles, was zählt?«

»Überhaupt nicht. Aber ehe das nicht geklärt ist, macht es keinen Sinn, sich über anderes Gedanken zu machen.«

»Nun gut.« Aline straffte ihre Nerven und schloß zu Raoul auf.
»Ja, mein Kleines?« sagte er von der luftigen Höhe seines Pferdes.
»Es ist nicht meine Schuld, daß mein Pferd volle zwei Hände kleiner ist als das Eure!«
»Es ist auch nicht Eure Schuld, daß Ihr volle zwei Hände kleiner seid als ich. Es ist nur eine Feststellung. Seid Ihr nur hierhergeritten, um Euch mit mir über Größe zu streiten?«
»Nein. Ihr habt das Heiraten erwähnt. Ich denke, daß es Zeit ist, einige Details zu klären.«
Er sah sie von der Seite an. »Mein Erwähnen einer Hochzeit war eher hypothetisch.«
»So wie meine Frage über Einzelheiten.«
»Nun gut.«
»Habt Ihr irgendwelchen Besitz außer Eurem Pferd und Eurem Schwert?«
»Ja. Habt Ihr irgendwelchen Besitz, den Ihr in eine Ehe einbringen könnt?«
»Ja. Welchen Besitz habt Ihr?«
»Land in der Nähe des Hauses meines Vaters in Guyenne. Und Ihr?«
»Den Pachtzins von einem Anwesen in Yorkshire. Wieviel ist Euer Land wert?«
»Vielleicht fünfzig Goldmark im Jahr. Und Eures?«
»Ungefähr die Hälfte.«
»Das ist angemessen.« Der neckende Humor in seinen Augen hätte sie fast dazu gebracht, ihn anzulächeln, aber sie widerstand und ritt zurück zu Lord William.
Der ältere Mann hob seine Brauen. »Ihr werdet Euer Pferd ermüden, Lady Aline, wenn Ihr es zwingt, den doppelten Weg zu machen.«
Aline ignorierte die Bemerkung. »Es hat ein Anwesen in Frankreich, das das Doppelte meines Anwesens in Dower wert ist.«

»Das müßte überprüft werden, da es für einen Ausländer leicht ist, über solche Dinge Lügen zu verbreiten, aber wenn es wahr ist, dann ist er ein angemessener Gatte für Euch.«
»Aber da muß doch mehr als Geld sein.«
»Natürlich. Da ist das Temperament. Ein Haus voll mit Uneinigkeit und Mißverständnissen wird sehr ermüdend nach einer Dekade oder zweien.«
Aline sah nach vorne auf Raouls breiten Rücken. »Ich glaube nicht, daß das ein Problem sein würde.«
»Auch wenn er ein Auge auf andere wirft?«
Aline sah Lord William finster an. »Es ist nicht das Auge, das mir Sorgen machen würde.«
Seine Augen lachten, aber er sagte ernst: »Es gibt einige Frauen, die es nicht stört, wenn sich ihr Ehemann woanders Erleichterung verschafft, solange ihr eigenes Hausrecht nicht verletzt wird. Es gibt andere, die tief getroffen sind und vielleicht dazu getrieben werden, sich in der einen oder anderen Weise zu rächen. Das ist Temperamentssache.«
Und Aline sah es. Sie hatte immer von sich gedacht, sie sei eine ruhige, unkomplizierte Person, aber sie war sich überhaupt nicht sicher, ob sie ruhig bleiben konnte, wenn ihr Ehemann – wenn es Raoul wäre – sie betrog. »Ich danke Euch, Lord William. Ich werde darüber nachdenken.«
Sie ritt zurück an Jehannes Seite und war sich nur zu sehr bewußt, daß eine weitere Möglichkeit unerwähnt geblieben war – daß Raoul de Jouray ein treuer Ehemann sein könnte.

Galeran bemerkte in den nächsten Tagen seltsame Manöver zwischen Raoul und Aline, aber er schob den Gedanken daran beiseite. Er vertraute seinem Freund, daß er Aline heiraten würde, wenn es nötig wäre, und außerdem gab es wesentlich wichtigere Dinge, die er erledigen mußte.
Als sie sich London näherten, sprach der dicke Verkehr in Richtung der Stadt von der Aufregung um die Anerkennung

des neuen Königs. Je näher sie jedoch kamen, desto schlechter fühlte Lord William sich.
Während sie in Waltham einritten, sprach Galerans Vater leise: »Wenn wir erst einmal Henry unseren Eid geschworen haben, ist nicht mehr daran zu rütteln.«
»Henry wird ein besserer König als Robert.«
»Nicht, wenn er verflucht ist. Ich habe mich durch meine Abneigung gegen Bischof Flambard und die Besorgnis um dich dazu bringen lassen, Henry zu unterstützen, aber ich bin nicht sicher, ob das richtig ist, mein Sohn.«
Galeran sah seinen Vater an. »Du kannst nicht nach Westminster gehen und dann *nicht* für Henry schwören.«
»Ich weiß, ich weiß. Um ehrlich zu sein, fühle ich, daß sich fürchterliche Schmerzen ankündigen ...«
Als sie in einer Abtei zur Übernachtung einkehrten, hielt er sich bereits nur noch stöhnend und schwankend im Sattel.
Nachdem er zur Ruhe gekommen und von den Mönchen behandelt worden war, ging Jehanne hinüber zu Galeran. »Ist er wirklich krank?«
»Mit ein bißchen Glück wird er es sein, nachdem er diese Medizin genommen hat.« Galeran öffnete verwirrt eine Tasche. Er sah Jehanne an und bemerkte, daß sie bereits die Wahrheit erraten hatte.
Nachdem er sich versichert hatte, daß niemand in der Nähe war, sagte er: »Er hat sich mit dem Tod von Rufus nie abfinden können. Es war Flambards Einmischung in unsere Angelegenheit, die ihn dazu brachte, Henry zu unterstützen, dann blieb er dabei, um uns zu helfen. Nun jedoch schreckt er davor zurück. Seine Meinung – und er könnte damit recht haben – ist, daß kein Unternehmen, das auf Mord basiert, erfolgreich sein kann.«
»Kein Unternehmen, das von Bischof Flambard unterstützt wird, kann es wert sein!«
»Ich fühle dasselbe, aber es ist nicht logisch. Gute und böse Männer sind oft auf derselben Seite.«

»Was wird das für *uns* bedeuten, wenn dein Vater hier bleibt?«
»Solange er nicht öffentlich Roberts Anspruch unterstützt, könnte alles in Ordnung gehen. Henry wird versuchen, ihn zu werben. Hoffe ich.«
»Wir werden also ohne Lord William weiterreisen?«
»Natürlich. Wir müssen das klären, besser früher als später. Ich vermute, daß Henry jedem alles verspricht, um Unterstützung zu sammeln.«
Sie stieß einen aufgebrachten Seufzer aus. »Dein Vater hat recht. Bei einer Entscheidung sollte nicht allein die Zweckmäßigkeit den Ausschlag geben. Ohne mich hättet ihr beide eine freiere Wahl.«
Er berührte ihre Wange. »Jehanne, ich habe dir vergeben. Es wäre schön, wenn du dir auch vergeben könntest.«
Sie schloß ihre Augen, offensichtlich war sie einer Erschöpfung nahe, aber mehr seelisch als körperlich. »Das ist nicht so leicht. Denk nur, wie es hätte sein können ...«
Er hatte den schmerzlichen Wunsch, all ihre Wunden zu heilen, aber er konnte nicht mehr tun, als er bereits tat. »Es wäre nicht um vieles anders, Liebes, besonders was die Frage angeht, wer König sein sollte. Ich kenne Robert, und ich will nicht, daß er König von England wird, egal, wer den verfluchten Pfeil abgeschossen hat.« Er legte einen Arm um sie, um sie zu beschützen und zu führen. »Komm. Wir sollten Aline und Raoul finden, bevor sie Dummheiten machen.«
Die Abtei war allerdings mit nach London Reisenden gefüllt, daher war die Gefahr gering, daß Raoul und Aline Privatsphäre finden konnten, auch wenn sie es wollten. Tatsächlich saßen sie auf einer niedrigen Klostermauer und machten Musik mit billigen Schilfpfeifen.
»Raoul hat sie von einem Händler erstanden«, sagte Aline und machte einen kleinen Triller. »Da draußen auf dem Jahrmarkt ist eine Menge los, sagte er. Warum gehen wir nicht dorthin?«
Galeran und Jehanne tauschten Blicke aus, waren sich einig,

daß es besser war, als sich in einem der vollen Gästeräume herumzuärgern.

Die Abendschatten wurden länger, und die einheimischen Leute eilten nach Hause zum Abendessen, aber die Akrobaten und Jongleure waren noch draußen auf dem Platz vor der Abtei, in der Hoffnung, ein paar Pennies zu verdienen, und einige Händler hatten ihre Waren noch nicht wieder verpackt. Galeran kaufte Pasteten von einem Bäcker, und sie aßen, während sie zwischen den improvisierten Ständen herumwanderten und sich an Töpfen und Platten, Perlen und Schnitzereien, Schuhen und Hüten erfreuten.

Ein Händler bot feine Seidenballen feil, aber die Reisenden waren nicht in der Stimmung, sich mit so etwas zu beladen, also versuchte er sie dazu zu verführen, Bänder zu kaufen. Galeran kaufte Jehanne eine Elle von dem blauen und Raoul wählte für Aline weißes Band.

Aline wußte, daß sie vor dem prächtigen Südländer, der niemals der ihrige sein würde, auf der Hut sein sollte, aber sie wollte ein Geschenk von ihm, das sie durch die langen, einsamen Jahre begleiten konnte.

»Für die Reinheit«, sagte er mit einem neckenden Grinsen, während er das lange Band geschickt zu einer kunstvollen Schleife band.

»Ein wenig verworrene Reinheit«, bemerkte sie, als sie es nahm.

»Hübsch, rätselhaft, herausfordernd. Wie Ihr.«

Aline schenkte ihm einen wachsamen Blick. »Ist heute ein Tag für Schmeichelübungen, Sieur Raoul?«

»Erraten! Ich freue mich, einen geistesgegenwärtigen Gegner zu haben.«

Ihr Herz schlug schneller, doch sie feuerte zurück. »Dann muß ich gestehen, daß auch Ihr attraktiv und herausfordernd seid. Allerdings nicht wirklich rätselhaft. Eure Absicht ist eindeutig.«

»Ist sie das? Sie ist nicht einmal mir klar, süße Aline.«
»Dann habe ich wirklich Grund, besorgt zu sein.«
»Ja, das habt Ihr.«
Sie spielte mit den hübschen weißen Bändern. »Mir scheint, ich bekomme so viele von diesen nicht gerade hilfreichen Warnungen. »Also«, sagte sie und sah ihn an, »hier bin ich sicher in den Mauern meiner Keuschheit, in meinem Entschluß. Unwahrscheinlich, daß ich die Tore nur wegen schöner Worte öffne. Was würde also ein böser Angreifer – ein hypothetischer böser Angreifer – tun, um mich zu treffen? In welchen Geschicken brauche ich als nächstes Unterweisung?«
»Ich beginne zu denken, daß ich mir selbst eine unerschütterliche Festung bauen und mich da hineinkuscheln sollte! Wie dem auch sei«, sagte er und schob sie zu einem anderen Stand, »eine Möglichkeit für Euren Feind wäre, eine Belagerung zu beginnen, und das könnte lange dauern.«
Als sie an einem Blechschmied vorbeigingen, fragte sie: »Ist mein Festung die Zeit nicht wert, Sir?«
»Zweifellos, aber Zeit ist nicht immer verfügbar. Was wäre, wenn man sich Eurer Oberlehensherrlichkeit mit Truppenunterstützung annähert?« Er warf einen bedeutungsvollen Blick auf Galeran und Jehanne, die anhielten, um einem Feuerspucker zuzusehen.
»In diesem Fall nehme ich an, daß mein Feind seine Zelte abbrechen müßte. Es sei denn, er könnte eine schnellere Art des Angriffs finden.«
»Ihr habt ein exzellentes Verständnis für Kriegsführung, Lady Aline! Aber eine so gut beschützte Festung ohne Umschweife anzugreifen, wäre selbstmörderisch, denkt Ihr nicht?«
Sie sah ihn an. »Dann bin ich sicher? Ich dachte nicht, daß Krieg so leicht wäre.« Oder so enttäuschend. Aline war sich dessen bewußt, daß sie nicht wollte, daß ihr Belagerer seine Zelte abbrach und fortritt, um ein leichteres Ziel zu suchen. Ganz und gar nicht.

Er lehnte sich gegen den Wagen des Blechschmieds. »Kein Schloß ist sicher vor einem wild entschlossenen Angreifer. Mit der Zeit könnte der Angreifer die Mauern unterminieren, sich hindurchgraben, die Gänge mit Holz abstützen, um dann Feuer zu zünden, um sie abzubrennen.«

Aline war sehr stark versucht, ihre Hand auf seine breite Brust zu legen. Würde ein belagertes Schloß jemals die Tore öffnen und zu einer Eroberung einladen? »Aber unser hypothetischer Angreifer hat ja keine Zeit ...«

Er nahm ihre Hand, strich mit seinem Daumen sanft über ihre Haut. »In welchem Fall er einen Angriff aus der Entfernung beginnen könnte. Er würde Kugeln benutzen und versuchen, die Mauern niederzuschießen.«

»Das hört sich für mich ziemlich gefährlich an. Würde ich nicht auf den Mauern sein und zurückschießen?«

»Und wir alle wissen, wie hervorragend Ihr Euch mit Mauern auskennt ...«

»Oh«, sagte sie und verzog die Lippen, »Ihr würdet Euch selbst auf mich werfen?«

Als er aufgehört hatte, zu lachen, hob er ihre Hand und küßte sie. »Eine andere Art, sich anzunähern, ist natürlich Verrat.«

Er umfaßte ihre Taille und zog sie hinter den Wagen, so daß sie in Sekundenschnelle außer Sichtweite von den anderen war, gefangen durch seinen Körper in einer dunklen Ecke, seine Hand erstickte ihren Schrei.

Aline starrte zu ihm hinauf, sowohl verängstigt als auch erregt. Jehanne hatte sie gewarnt. Würden die Warnungen jetzt wahr werden?

Er nahm seine Hand von ihrem Mund, aber sofort bedeckte er sie mit einem heißen, überwältigenden Kuß, der nichts mehr mit höfischem Werben zu tun hatte, sondern nur noch mit Eroberung.

Er preßte sich mit seinem stählernen Körper gegen sie, erstickte sie mit seiner Kraft und Bedrohlichkeit und einem würzigen

Duft von Pferd und Leder. Dann, plötzlich, mit einer Bewegung zog er ihre Röcke hoch und drängte seinen Oberschenkel zwischen ihre. Trotz ihres erstickten Schreies, hob er einen Fuß auf das Wagenrad, so daß ihre Füße den Boden verließen.
Sie mußte an seinen Schultern Halt suchen, da sie gespreizt und offen gegen ihn hing.
Dann schoß eine heiße Welle durch sie durch.
Von Panik erfaßt, drückte sie verzweifelt gegen seine Brust, aber all ihre Kraft bewegte ihn nicht um einen Zentimeter. Er bewegte nur sein Bein unter ihr und öffnete ihren Mund, überwältigte sie mit Zunge und Schenkeln und Armen, bis ihr Widerstand schwächer wurde und sie kaum noch denken konnte, geschweige denn kämpfen.
Dann küßte sie ihn zurück und fand, daß Aufgabe viel lohnender war als Widerstand ...
Dann, endlich, erlöste er ihre Lippen und küßte ihre Nasenspitze. »Bist du jetzt erobert, kleines Schloß?« Es war weniger eine Frage als eine selbstgefällige Feststellung.
Aline piekte ihm mit dem Messer in den Rücken, das sie aus seiner Scheide gezogen hatte. »Und *du*?«
Ein Schock wischte sein Lächeln fort, aber dann kam es langsam zurück, obwohl seine Augen jetzt viel mehr auf der Hut waren. »Eine Finte, dann der Angriff. Exzellente Taktik. Es birgt Gefahr in sich, Gefangene zu machen.«
Aline betete um eine feste Stimme, trotz ihrer absurden Position, sie hing immer noch auf seinem Bein. »Ich kann mit dir umgehen, Raoul de Jouray. Ich werde dich gegen Lösegeld gehen lassen, solange, bis« – sie schob das Messer ein wenig näher an ihn, so daß er zischte – »ihr zugebt, daß Ihr noch mehr überwältigt von diesem Angriff wart als ich.«
»Bei weitem mehr, mein fairer Gegner. Sonst hättet Ihr nicht mein Messer gehabt.«
Sie hatte keine so vollständige Kapitulation erwartet.
Wachsam bewegte sie das Messer, wartete auf Verhandlungen.

Aber er setzte sie nur einfach wieder auf den Boden, trat dann zurück und reichte ihr seine Hand. Sie legte das Messer hinein und ordnete ihre Kleidung, sich eines heißen Schmerzes beunruhigt bewußt, dort, wo sein Schenkel gewesen war, ein Schmerz, der sie wünschen machte, seinen Gürtel zu ergreifen und ihn zu sich zurückzuziehen. Sie sah zu Boden, konzentrierte sich darauf, ihr Kleid in Ordnung zu bringen.

»Du bist eine bemerkenswerte Frau, Aline von Burstock.«

Sie sah auf. »Weil ich von deinen Küssen völlig verwirrt war?«

»Weil du auch bei Vergnügungen immer deinen Verstand wach sein läßt.« Er ließ das Messer langsam, sehr langsam in seine juwelenbesetzte Scheide gleiten. »Leugnest du das Vergnügen, Aline?«

Sie wollte, aber ihr trockener Mund und ihr schmerzender Schritt sagten anderes. Sie hatten eine weitere Schicht abgestreift, und Lügen war nicht länger möglich. »Nein, ich leugne es nicht. Aber ich bin verärgert darüber, daß du erwartet hast, unberührt zu bleiben.«

»Das habe ich niemals erwartet. Ich habe eher deine Rüstung unterschätzt. Also«, sagte er mit seinem üblichen warmen Lächeln, »ich bin dein Gefangener. Was für ein Lösegeld willst du?«

»Was schlägst du vor?«

»Ts, Aline, das ist dumm.«

»Überhaupt nicht«, sagte sie lächelnd.

Er drückte sie zurück an den Wagen, aber dieses Mal sanft. »Hundert Küsse.«

Sie starrte zu ihm hinauf, schmolz bereits unter seiner Nähe dahin. »Unsere Lippen würden sich abnutzen.«

»Wir könnten dreihundert über viele Jahre verteilen.«

Sie sah auf seine Brust und sah ein feines Stück goldener Stickerei um einen funkelnden gelben Stein. Sein ausgefallenes, farbenfrohes Gewand erinnerte sie daran, daß er ein Ausländer war. »Aber vor Wintereinbruch wirst du im Land der Trauben und Mandelblüten zurück sein.«

»Du könntest mit mir kommen.«
Das waren die Worte, die sie hören wollte, aber nun machte die Wirklichkeit ihr angst. »Nein, das könnte ich nicht.«
»Warum nicht?«
»Ich könnte nie mein Zuhause, meine Freunde, meine Familie verlassen.«
»Aha.« Er klang beunruhigend ruhig. »Nun gut, es ist wahrscheinlich ebensogut, wenn wir unsere Spielchen abhaken und uns auf die Angelegenheit unserer Freunde konzentrieren. Jehanne und Galeran brauchen uns mit klarem Kopf und bereit, zu handeln ...«
Seht an, wie wenig es ihm ausmachte! Sie wand sich aus seinen Armen. »Ganz genau. Also, keine weiteren Angriffe, Sir. Ihr könnt sehen, daß ich eine gutgeschützte Festung bin.«
»Genau. Bis eine starke Macht gegen Euch anrückt.«
Sie ging um den Wagen, zurück ins Licht und kämpfte gegen die Tränen an. Er hätte wenigstens versuchen können, sie umzustimmen.
»Aline ...«
Seine Berührung auf ihrem Arm ließ sie im Schatten erstarren. Sie sprach jedoch nicht, wartete, ihr Herz schlug ihr bis zum Hals. Vielleicht würde er jetzt bitten.
»Werde nicht Nonne.«
Mit zusammengebissenen Zähnen ging Aline weiter ins Licht hinein. Sie schauderte vor der Gefahr und bei der Erinnerung an Raouls sinnlichen Angriff. Sie hatte ihr Leben damit verbracht wasserzutreten, und war jetzt dabei, auf die rauhe See hinauszutreiben, die sie sowohl erregte als auch ängstigte. Schlimmer noch, er schien nicht mit ihr hierbleiben zu wollen. Wenn er sie nicht wollte, welches Recht hatte er zu wollen, daß sie den Schwur nicht ablegen sollte?
Recht oder nicht, er war dabei, zu gewinnen.

Galeran hatte gesehen, wie Raoul Aline hinter den Wagen zog und bemerkte auch, als die beiden wieder hervorkamen, den gekränkten Ausdruck von Alines festem Kinn. Er hätte eher angenommen, daß sie benommen geküßt worden wäre. Was ihn insbesondere interessierte, war jedoch der Ausdruck auf Raouls Gesicht. Er sah benommen für zwei aus.
Jehanne hatte es ebenfalls bemerkt. »Er sollte wirklich nicht ...«
»Sie ebensowenig.«
»Er ist viel erfahrener!«
»Das ist wahr, aber Aline hat ihre Augen nicht verschlossen.«
»Solange das alles ist, was sie offen hat.«
Galeran hob die Brauen gegen seine Frau. »Ich kann mir nicht vorstellen, daß Aline ihre Jungfräulichkeit in einem kurzen Zusammentreffen hinter einem Wagen aufgibt, Jehanne.«
Sie lachte und schüttelte ihren Kopf. »Ich weiß, ich weiß. Und bei all unseren Sorgen weiß ich wirklich nicht, warum ich mich über sie aufrege.«
Er legte seine Hand auf ihren Nacken und streichelte sie. »Vielleicht weil es leichter ist, als sich über ernstere Dinge aufzuregen. Wir sollten morgen in London sein.«
Er fühlte wie sie zitterte. »Ich denke, ich wäre glücklich, wenn wir immer so weiterreisen könnten. Ich habe Angst, Galeran.«
»Zu Recht.« Er hörte nicht auf, ihren verspannten Nacken zu massieren. »Möchtest du, daß wir ein Schiff nehmen? Zweifellos würde Raoul uns in Guyenne Unterschlupf gewähren.«
Sie wandte sich um, um ihn anzusehen, ihre Schönheit wurde noch durch die Flammen des Feuerschluckers gesteigert. »Das würdest du tun? England für mich verlassen?«
Er fuhr mit seinem Daumen über ihre wunderschöne Wange. »Ich würde alles für dich tun.«
»O Galeran! Das ist so verführerisch. Ich habe fürchterliche Angst, dich sterben zu sehen.«
»Du hast Angst um mich? Ich habe Angst, daß dir eine Strafe

auferlegt wird. Es ist, wie du sagst, sehr verführerisch wegzulaufen.«

Ihr Gesichtsausdruck verstärkte sich. »Aber eine Sünde. Wir dürfen es nicht tun.«

»Nein, ich denke auch nicht, daß wir es dürfen. Ich hoffe, wir werden es nicht bereuen.« Er küßte sie leicht auf die Lippen. »Aber ich bedaure unseren Schwur.«

»Das tue ich auch.« Mit einem boshaften Blick drängte sie sich ein wenig enger an ihn und berührte seine Brust. »Soll ich also Eva spielen? Dort hinter dem Wagen ist offensichtlich eine dunkle Ecke.«

Sein Mund wurde trocken. Würde sprach dagegen, aber er zog sie sanft hinüber zu dem Wagen und dahinter, zu dieser dunklen, abgeschiedenen Ecke.

»Nicht Eva«, flüsterte er und lockerte seine Hose. »Nur Jehanne.« Dann war er in ihrer heißen Feuchte, ihre Beine lagen eng um ihn, ihre Hände griffen seine Schultern, als ihr Körper mit seinem verschmolz.

»O Gott«, stöhnte er, er wußte, daß seine Stöße ihren Rücken wahrscheinlich gegen den Wagen drängten. »Wir sind verrückt.«

»Hör nicht auf. Hör bitte nicht auf!«

Er hatte keine Ahnung, wie sie darauf kam, daß er aufhören könnte. Die Welt um ihn herum könnte zusammenbrechen, und er könnte trotzdem nicht aufhören, bevor er seinen Samen in sie verströmt hätte.

Als sein Pulsschlag sich normalisiert hatte und er sie langsam zurück auf den Boden gleiten ließ, bemerkte er, daß sie keine Erleichterung gefunden hatte. Sie beschwerte sich nicht, aber als er seine Hand zwischen ihre Schenkel gleiten ließ, spreizte sie sie und lehnte sich gegen ihn. In Sekunden stockte ihr Atem und ihre Finger krallten sich tief in sein Fleisch. Dann vergrub sie auch noch ihre Zähne in ihn, um ihre Schreie zu unterdrücken.

Er fühlte, wie er wieder hart wurde. In einem ruhigen Bett wäre er wieder in ihr gewesen, ehe sie sich erholt hätte, und es war ein verlockender Gedanke, aber genug war genug. Er trank den Rest ihrer Leidenschaft von ihren Lippen, dann führte er sie in einem großen Bogen herum, in der Hoffnung, daß niemand bemerken würde, wer den Wagen zum Schaukeln gebracht hatte.

Als sie in der Menge untertauchten, sah Jehanne noch immer berauscht aus. Galeran dachte fast freundlich über die Probleme, die sie zum Wagen des Blechschmieds in Waltham geführt hatten, daß sie zum ersten Mal Liebe auf diese Weise gemacht hatten, in wilder, heimlicher Not.

Aber es gab zu viele Risiken für ihn, um dankbar zu sein. Es waren diese Risiken, sein Tod eingeschlossen, die sie in diese kurze Verrücktheit getrieben hatten. Er würde etwas um Sicherheit und tägliche Liebe in einem Bett geben.

Als sie mit Raoul und Aline zusammentrafen, warf ihm sein Freund ein wissendes Grinsen zu, und Galeran konnte fühlen, wie er rot wurde.

Wenigstens hatte Aline nichts bemerkt. Sie schien von einem Schwertschlucker gefesselt. Wie man nur etwas so Unsinniges tun konnte?

»Vielleicht hatte er keine Wahl«, sagte Galeran und warf dem Mann eine Münze hin. »Vielleicht ist es einfach seine Bestimmung.«

»Oh. Wie eine Berufung«, sagte Aline und sah Raoul dabei nicht an.

Und als Galeran Raoul fragend ansah, schien es, daß sein Freund einfach sehr nachdenklich war, sogar unglücklich.

Fünfzehntes Kapitel

Am nächsten Morgen besuchte Galeran seinen Vater, der angestrengt versuchte, krank auszusehen.

»Es ist besser so«, sagte Lord William. »Laß Henry im unklaren, was uns angeht.«

»Nicht schwierig, wenn du nicht weißt, was du tun willst.«

»Schimpf nicht mit mir, Junge! Am Ende wird alles, was von Bedeutung in dieser Welt ist, doch nur unsere Ehre und unsere Seele sein. Ich werde darüber nachdenken müssen.«

»Ich verstehe das, Vater.«

»Paß auf Flambard auf. Er wird tun, was er kann, um uns zu vernichten.« Lord William ergriff seine Hand. »Ich werde für dich beten.«

Galeran ging hinaus und stieg auf sein Pferd, erinnerte sich daran, daß er an Gebete geglaubt hatte und an einen gerechten, aber gnädigen Gott. Er hätte trotzdem seinen Vater lieber an seiner Seite gehabt. Kein Monarch würde William von Bromes Unterstützung zurückweisen, wenn sie ihm angeboten würde. Ein Monarch dagegen, der sich ihrer nicht sicher ist, könnte möglicherweise entscheiden, daß es das beste wäre, die Macht dieser Familie vollkommen zu zerstören.

Er konnte sich vorstellen, wie Bischof Flambard darauf hinarbeitete.

Die Straße nach London wimmelte von Quacksalbern, Händlern, Adelsleuten und Lords, dazwischen zweifellos alle Arten von Dieben. Sie hätten die Pferde benutzen können, um sich einen Weg zu bahnen, aber mit Frauen und einem Baby in ihrer Mitte war das nicht so einfach, also ließen sie sich vom langsamen Strom treiben. Das erinnerte Galeran wieder an seine Gedanken über das Schicksal. Er war dankbar, daß er wenigstens eine Unterkunft hatte. Raoul hatte entfernte Verwandtschaft – Weinhändler –, die in der Stadt lebte, und er hatte einen Boten vorausgeschickt, um ihre Gastfreundschaft zu erbitten. Sie hatten gerade die Nachricht erhalten, daß Hugo und Mary sich freuen würden, ihre Gruppe zu beherbergen, obwohl sie warnten, daß der Platz eng werden könnte.

Schon wieder keine Möglichkeit für eine friedliche, intime Nacht mit seiner Frau, fürchtete er. Galeran stellte fest, daß er sein friedliches Leben auf Heywood mehr denn je wollte. Es war so nah – so zum Greifen nahe – und doch konnte es durch eine Laune des Königs zerstört werden.

Es schien kaum möglich, aber innerhalb der Stadtmauern war das Gedränge noch schlimmer. Auf den Plätzen drückte die Menschenmenge derartig, daß Galeran seinen Männern befehlen mußte, die Pferde und die Peitschen zu benutzen, um die Blockade zu durchbrechen. Es kostete sie Stunden, um die Corser Street zu erreichen. Ihre Gastgeber entschuldigten sich für den begrenzten Platz in ihrem kleinen Haus, aber Galeran wußte, daß sie noch Glück hatten.

Während Jehanne und Galeran ihre Gruppe auf die zwei verfügbaren Räume aufteilten, die Diener und Wachen mußten draußen im Schuppen hinter dem Haus schlafen, übernahm Raoul die Aufgabe, nach neuen Nachrichten Ausschau zu halten.

Er kehrte nach einer Stunde mit einem Korb voller Kuchen und einem Netz voller Kirschen zurück. »Der König hält im Freien Hof«, sagte er und klopfte sich den Staub von der Kleidung. »Natürlich ist der Grund dafür, Huldigung von so vielen Menschen wie möglich zu erhalten.«

»Wie ist die Stimmung dort draußen?« fragte Galeran und schenkte seinem Freund etwas von Hugos Wein ein.

»Vorteilhaft für Henry, würde ich sagen. Euer alter König William war hier nicht beliebter als im Norden, und die Grundstimmung scheint positiv zu sein. Besonders da König Henry an seinem Krönungstag diese besondere Erklärung abgegeben hat, daß er die alten Gesetze wieder in Kraft treten lassen will.«

Jehanne war mit dem Baby fort, aber Aline war anwesend und bemühte sich, das Netz mit den Kirschen zu entwirren. Sie hielt in ihrer Arbeit inne und runzelte die Stirn. »Ich hoffe, er ist kein *zu* großer Freund von Recht und Ordnung.«

»Warum nicht?« fragte Raoul und schlenderte zu ihr hinüber, um das Netz mit seinem Messer aufzuschlitzen. Galeran bemerkte, daß sogar diese einfache Handlung zwischen den beiden eine große Spannung und verfärbte Wangen erzeugte. Wie Aline immer noch denken konnte, daß sie ein Klosterleben wollte, war ihm ein Rätsel. Aber vielleicht, wenn Raoul sich ihr nicht zuwenden würde ...

Aline nahm eine Kirsche und entfernte sich von Raoul. »Was, wenn der König Gesetze gegen Ehebruch erlassen möchte?«

Raoul spießte eine Kirsche mit der scharfen Spitze seines Messers auf. »Ist das wahrscheinlich?« fragte er Galeran, dann steckte er sich die Kirsche in den Mund. Er wandte seinen Blick nicht von Aline.

Die Wangen kirschrot, stopfte sie sich ihre Kirsche in den Mund.

»Ich hoffe nicht«, sagte Galeran und hatte das Bedürfnis, die Köpfe der beiden gegeneinander zu schlagen. »Niemand hat Henry Beauclerk jemals beschuldigt, weichherzig in seiner Rechtsprechung zu sein.«

»Hah!« Aline spuckte den Kirschkern in ihre Hand und sah Galeran an. »Eine Untertreibung. Er warf einen Mann eigenhändig von den Zinnen in Rouen, weil er ihm widersprochen hatte!«

»Eine eindeutige Lektion darüber, was passiert, wenn man dem Willen von Prinzen widerspricht.«

Alines dichte Brauen senkten sich. »Ihr könnt das nicht wirklich lustig finden.«
»Nein, natürlich tue ich das nicht. Wir müssen Henrys Vernunft und seinem Wunsch, meinen Vater auf seiner Seite zu haben, vertrauen. Raoul, hast du etwas anderes Interessantes herausgefunden?«
Raoul steckte sein Messer in die Scheide. »Nicht wirklich. Ich fragte nach Raymond von Lowick, aber niemand wußte etwas über ihn. Nicht wirklich erstaunlich. Ich hörte jedoch Nachrichten über den Bischof von Durham. Er ist gestern hier angekommen.«
»Flambard ist schon hier?« sagte Galeran mit einem Schauer des Unbehagens. »Ich habe gehofft, er würde langsamer vorankommen. Ich bin sicher, daß er unserem Feind zur Seite steht. Abgesehen von seinen Ambitionen im Norden wird er uns niemals vergeben, daß wir seine Pläne durchkreuzt haben.«
»Er könnte bereits zahnlos sein. Es war nach zwei Worten klar, daß er ein verhaßter Mann ist.«
»O ja, das ist er. Aber Haß hat ihn bisher nicht gestoppt. Er scheint fast die magische Fähigkeit zu besitzen, Problemen aus dem Weg zu gehen.«
»Du suchst dir interessante Feinde aus«, sagte Raoul und schnitt eine Grimasse. »Und niemand, den ich gesprochen habe, war sicher, daß seine Tage vorbei sind. Seine Anziehungskraft scheint seine seltene Gabe zu sein, Geld einzutreiben. Welcher König kann das außer acht lassen?«
»Henry wird es nicht wagen, jemand so Unbeliebtes zu unterstützen«, sagte Galeran, aber wieder versteckte er lediglich seine Befürchtungen. Ranulph Flambard war ein sehr kluger Mann, und wie Raoul gesagt hatte, Könige hatten eine Vorliebe für Männer, die sie mit Geld versorgen konnten.
Raoul zuckte die Achseln. »Ich nehme an, du wirst morgen zum Hof gehen und um eine Audienz ersuchen. Wir sollten bis dahin bessere Informationen haben.«

Bei diesen Worten kam Jehanne herein, das zufriedene Baby auf dem Arm. Ihr blasses Gesicht wurde noch besorgter. »Morgen? So bald?«

Galeran ging zu ihr und legte einen Arm um sie. »Wir sind nicht hierhergekommen, um Däumchen zu drehen, Liebes.«

»Oh, ich weiß«, sagte sie, das Baby nervös schaukelnd. »Aber ich kann nicht umhin, mir Sorgen zu machen. Ich wünschte, ich könnte mit dir kommen ....«

»Ich glaube nicht, daß das helfen würde.«

Sie schnitt eine Grimasse. »Ich weiß, ich weiß. Ich fühle mich nur so *hilflos*. Kann ich wenigstens mit dir die Strategie besprechen?«

Das würde sie sicherlich beruhigen, also stimmte Galeran zu. Raoul breitete seine Kuchen und Kirschen aus, und die vier setzten sich, um zu essen und Pläne für den Morgen zu besprechen, obwohl es keine wirklichen Alternativen gab. Galeran würde seine beste Kleidung anlegen, Geschenke mitnehmen – Dinge aus dem Heiligen Land eingeschlossen – und hoffen. Wenn der König ihm eine private Audienz gewährte, dann würde er ihm die Situation erläutern.

Es sei denn, er gewönne den Eindruck, daß jemand vor ihm dagewesen wäre und Fallen ausgelegt hätte. Aber er sagte das nicht, da er keine Strategie für diese Situation parat hatte.

Als er und Raoul in das Zimmer gingen, das für sie bereitgestellt worden war, fragte Galeran: »Möchtest du morgen mitkommen?«

»Es könnte besser sein, wenn ich zurückbliebe, um die Frauen zu bewachen.«

»Ich denke, je weiter du dich von den Frauen fernhältst, desto besser.«

Raoul betrachtete sein Bett als sei es ein Wunder. »Ich habe sie gefragt, ob sie mich heiraten würde.«

»Und sie hat nein gesagt?« Galeran wußte nicht, was ihn mehr überraschen würde.

»Sie will ihr Zuhause nicht verlassen.«
»Das ist Dummheit. Ich bin sicher, du kannst sie überzeugen.«
»Ich wünschte, ich wäre ebenso sicher. Also«, fügte er brüsk hinzu, »du möchtest, daß ich dich begleite.«
»Warum nicht? Lowick wird kaum versuchen, das Baby aus diesem überfüllten Haushalt zu stehlen, und Flambard hat hier keine Rechtsprechung. Ich würde es schätzen, deine Meinung über Henry Beauclerk zu kennen.«

In dieser Nacht klopfte Raymond von Lowick an die Tür des luxuriösen Hauses des Bischofs von Durham, in der Nähe von Westminster. Eine bewaffnete Wache öffnete sie, zweifellos war das für eine derart unbeliebte Person notwendig. Seit er in London angekommen war, hatte Raymond bemerkt, wie unbeliebt Flambard war. Er wünschte, er müßte sich nicht mit einem solchen Mann abgeben, aber wer sonst könnte ihn gegen William von Brome unterstützen?
Es war für Jehanne, erinnerte er sich selbst. Die schöne Jehanne, die zu ihrer Ehe gezwungen worden war, obwohl sie mit ihm so gut wie verlobt war. Jedenfalls hatte der alte Fulk das ein- oder zweimal erwähnt.
Und jetzt war sie in Gefahr. Galeran wartete mit Sicherheit nur seine Zeit ab. Er hatte sein wahres Gesicht gezeigt, als er Jehanne niedergeschlagen hatte. Raymond verfluchte sich selbst dafür, daß er sie zurückgelassen und solcher Gewalt ausgesetzt hatte.
Und was war mit dem Kind? Raymond liebte das Baby wirklich, oder so, wie jeder Mann eine so kleine Kreatur lieben konnte. Sie war sein erstes Kind, soweit er das wußte, und es war eine Sache der Ehre, es zu schützen. Galeran war ein guter Mann, aber kein Mann könnte jemals den Ursprung eines solchen Kindes vergessen. Im günstigsten Fall würde er sie einem Bauern zum Aufziehen geben.
Raymond wünschte, daß es keine Toten geben würde, aber er

fürchtete, daß es keinen anderen Weg gab. Er konnte sich keinen anderen Weg vorstellen, Jehanne und Donata zu schützen.
Und Heywood zu bekommen. Daß war ein weniger edles Ziel, das wußte er, aber es brannte ihm ebenso unter den Nägeln.
So wie König Henry England seit seiner Geburt als sein Eigentum betrachtet hatte, so hatte Raymond Heywood von dem Moment an, als der letzte Sohn von Fulk gestorben war, als seines betrachtet. Er war Fulks Favorit. Er war anerkannt als einer der besten jungen Krieger im Norden. Wer sonst hätte es verdient, Jehanne zu heiraten?
Als sich Fulks Interesse Brome zugewandt hatte, hatte Raymond das schwache Interesse seines Freundes Eustache in den Heiligen Krieg gegen die Mohren angestachelt. Das war leicht und hatte die Fronten geklärt.
Hatte er jedenfalls gedacht.
Als er dann sah, wie Heywood und Jehanne diesem dürren Zwerg Galeran übergeben wurden, da kam ihm fast die Galle hoch. Es war nicht richtig. Es konnte nicht richtig sein. Gott hatte das gezeigt, indem er Galeran bis zu dem Kreuzzug einen Sohn verweigerte, und dann wieder, indem er ihm diesen Sohn nahm, um Raymond seine Chance zu geben.
Als Raymond zum Bischof geführt wurde, war er sich wieder einmal in seinem Glauben sicher. Es war Gottes Wille, daß er Heywood, Jehanne und Donata haben sollte. Auch um den Preis von Galeran von Heywoods Leben.
»Mein Lord Bischof, willkommen in London ...«

Es kostete Galeran und Raoul den halben nächsten Morgen, um aus der ummauerten Stadt heraus und entlang der Windung der Themse zur Westminster Hall zu kommen, wo der König seinen Hausstand hatte und Hof hielt. Die aufgewühlte Straße war voll von herrschaftlichen Zügen, hoffnungsvollen Händlern und den vielen Neugierigen. Der Stau wurde noch durch ungenehmigte Stände, die an jeder Straße entlang standen, und durch eine kleine Armee von Bettlern verschlimmert. Der Fluß hätte eine Alternativstrecke sein können, wenn man davon absah, daß auch er mit allen Arten von Schiffen bevölkert war und daher noch gefährlicher war als die Straße.

Truppen von Soldaten bahnten sich regelmäßig ihren Weg durch die Menge, um die Stände abzureißen und die Bettler fortzujagen, aber sobald die Wachen weiterzogen, strömten die Hausierer und Bettler zurück, überschütteten die vorbeigehenden Herrschaften mit ihren Anliegen, so daß der Lärm körperliche Schmerzen verursachte.

Es war wie durch Dreck zu schwimmen, dachte Galeran benommen und warf einem Krüppel, der echt aussah, einige Münzen zu.

Endlich tauchte vor ihnen der große freie Platz um die große Westminster Hall auf, daneben das Schwestergebäude, König Edwards noble Abtei. Auch hier hatten sich Menschen in beträchtlicher Anzahl versammelt, aber die Bedeutsamkeit des Platzes ließ die Menschen den Lärm auf ein Minimum reduzieren.

Woher kamen die vielen Hausierer, fragte sich Galeran, als ihm ein Mann Pferdeklingeln feilbot und deren Qualität rühmte.

Hier gab es dennoch so etwas wie Organisation. Einige sehr disziplinierte, bewaffnete Wachen kontrollierten das Gelände, und an einer Seite waren Stände aufgebaut worden, an denen die herrschaftlichen Besucher ihre Pferde abgeben konnten. Die Neugierigen und die eher ungesitteten Händler wurden regelmäßig zurückgetrieben, aus dieser Enklave hinaus in die überfüllten Straßen.

Als er Raum zum Atmen hatte, begann Galeran, das alles interessant zu finden. Er war erst einmal zuvor in London gewesen – um sich dem Kreuzzug anzuschließen. Dieses Mal schien die Atmosphäre anders zu sein. Die Stimmung war heiterer, und unter dem Chaos waren Grenzen und Gesetzmäßigkeiten zu spüren. Das könnte bereits die Natur des neuen Königs widerspiegeln, und er mußte herausfinden, ob es Gutes oder Schlechtes versprach. Eine heitere Stimmung war sicherlich gut, aber wie sie am vorangegangenen Tag besprochen hatten, wäre eine zu starke Neigung für Recht und Ordnung in ihrem Fall nicht die beste Sache.

Er führte seine Gruppe hinüber zu den Ställen, und sie gaben ihre Pferde in die Pflege der Stallburschen.

Dann kam ein Geistlicher zu ihnen, der Wachstafeln trug. »Eure Namen bitte, wenn Ihr so freundlich wäret?«

Galerans Nerven spielten verrückt, aber er antwortete ruhig. »Galeran von Heywood in Northumbria und Raoul de Jouray aus Guyenne.«

Der Mann notierte ihre Namen, ohne das Gesicht zu verziehen. »Seine Majestät König Henry ist äußerst befriedigt, daß so viele ihm wegen seiner Thronfolge ihre Huldigung überbringen wollen. Die pure Anzahl macht es ihm jedoch zur Zeit unmöglich, Privataudienzen zu geben. Wenn Ihr die Halle betreten wollt, meine Herrschaften, der König wird von Zeit zu Zeit hindurchgehen.«

Er ging weiter, um die nächste Gruppe zu begrüßen.

»Sehr interessant«, sagte Raoul, während sie in die Richtung des großen, hölzernen Gebäudes schritten, das mit filigranen, bemalten Schnitzereien und Bannern verziert war. »Dein Henry scheint Organisation zu mögen.«

»Und er scheint gut darin zu sein, was wichtiger ist. Wenn seine Halle voll von Menschen wäre, die alle danach dürsten, eine Chance zu bekommen, sich einen Moment allein mit dem König zu unterhalten, wären die Gefühle viel griesgrämiger. Auf diese Weise hier werden diejenigen, die keine Audienz erhalten, nicht so sehr verstimmt sein.«

Raoul grinste. »Du denkst wie ich. Die Namen werden dem König gebracht, und er sucht sich aus, wen er sehen will. Nun, laß uns hineingehen und sehen, ob du erwählt wirst.«

»Wahrscheinlich nicht. Mein Vater wäre es, aber ich habe nicht seine Macht.«
»Du bist sein Sohn.«
»Wenn das überhaupt jemand weiß. Ich hätte das erwähnen sollen, aber ich bezweifle, daß es hier heute überhaupt eine Chance gibt, eine Privataudienz zu bekommen. Wir könnten einige Wochen warten, und das wäre keine so schlechte Sache.«
»Oder vielleicht willst du nur diesem Moment aus dem Weg gehen. Wenn es sein muß, könnte ich euch Unterschlupf in Guyenne gewähren.«
Das war das erste Mal, daß der unbeschwerte Raoul so etwas ansprach, und Galerans Kehle schnürte sich zu. Was spürte Raoul hier, das ihn dazu brachte, dieses Angebot zu äußern?
Nachdem er sicher zurück in England gelandet war, hatte er keinen Wunsch, diese Felsen wieder zu verlassen, aber wenn Jehanne auf dem Spiel stand, dann würde er natürlich ins Exil fliehen. Wenn er die Gelegenheit dazu hätte.
Sie schlossen sich dem Strom von prunkvoll gekleideten Herren an, die durch die offenen Türen in die Halle gingen, und fanden, daß das Hauptzimmer voll, aber nicht überfüllt war. Es war viel Platz, und der Raum konnte die Menschenmenge und sogar den Lärm vieler Stimmen aufnehmen.
Musikanten spielten in einer Ecke, Tische waren voll mit Speisen, und Diener gingen mit Weingläsern herum. Galeran und Raoul nahmen jeder eines, probierten und hoben erstaunt die Brauen. Der Wein war gut.
Galeran lehnte sich gegen die Mauer und versuchte, sich zu entspannen. Er wußte, er könnte für Stunden hier sein. Er hatte sich während des Kreuzzuges an diese Art von Zeitverschwendung gewöhnt. Es ärgerte ihn, aber es gab Anlässe, bei denen die bloße Anwesenheit entscheidend war für Gunst und Wohl. Er hatte keinen Zweifel, daß festgehalten würde, wer hier war und wie schnell man gekommen war.
Und wer nicht gekommen war.

Die Abwesenheit seines Vater war sicherlich bereits bemerkt worden, und er wußte nicht, welche Konsequenzen daraus für ihn erwachsen könnten.
Er war sich auch sicher, daß einige dieser Leute hier Leute des Königs waren, die Unterhaltungen belauschen sollten. Wahrscheinlich war das für jedermann hier offensichtlich, denn alles, was er hören konnte, waren unverfängliche Gespräche über Ernte und Pferde.
Dann hörte er, wie jemand Herzog Robert erwähnte – eine Spekulation darüber, was Robert wohl tun werde.
»Wenn er Verstand hat«, sagte ein sehniger Mann mit einer Hakennase, »wird er seine Finger von England lassen. Heute ist nicht 1066.«
»Aber was, wenn ihn hier jemand will?« murmelte ein dicker Mann und schaute verstohlen hin und her, als könnte er einen Spion entdecken. »Nicht ich!« fügte er hastig hinzu. »Aber ich habe keine Lust, unsere Leute gegeneinander kämpfen zu sehen.«
»Ich bezweifle, daß das jemand will. Das ist ein ausgezeichneter Grund dafür, daß Henry Beauclerk der rechtmäßige König ist.«
Vielleicht, um weitere gefährliche Gespräche zu vermeiden, wandte sich der sehnige Mann um und stellte sich Galeran und Raoul vor – ein Robert von Keyworth, nahe Nottingham –, dann begann er, über sichere Themen wie das Wetter und die Wollpreise zu sprechen.
Galeran wandte sich an ihn: »Ich frage mich, ob Ihr einen Raymond von Lowick kennt, der eine Frau in der Nähe von Nottingham geheiratet hat.«
»Warum? Ja. Seine Frau war eine entfernte Cousine. Leider starb sie.«
»Davon habe ich gehört.« Galeran versuchte, nicht besonders interessiert zu klingen und fragte: »Kennt Ihr den Grund?«
»Fleckfieber. Sie war nie sehr robust.«
Ein kleiner Verdacht konnte wenigstens zu den Akten gelegt

werden. Lowick hatte seine Frau nicht als Teil eines lang angelegten Planes umgebracht. »Arme Lady.«

»In der Tat. Und Sir Raymond war sehr verzweifelt, wenn ich mich recht erinnere. Kennt Ihr ihn gut? Ein guter Soldat.«

»Ein sehr guter. Er ist nur ein weitläufiger Bekannter.«

»Ah. Jetzt wird es nicht mehr lange dauern, denke ich, bis der König herauskommt«, bemerkte Robert. »Die Menge drängt schon.«

Bevor Galeran das kommentieren konnte, berührte jemand seinen Arm. Er sah zur Seite und sah einen jungen Mann, möglicherweise ein Page. »Mylord von Heywood?«

»Ja?«

»Wenn Ihr mit mir kommen würdet, Mylord, jemand wünscht Euch zu sprechen.«

»Mein Begleiter, Raoul de Jouray?« fragte Galeran mit klopfendem Herzen.

»Wie Ihr es wünscht, Mylords.«

Sie verließen Robert von Keyworth und folgten dem jungen Mann durch die Menge, riskierten nicht mehr, als einen Blick auszutauschen. Es konnte sein, daß ein Freund oder ein Freund seines Vaters sie erblickt und einen Diener zu ihnen geschickt hatte, um sie zu holen. Aber Galeran hoffte halb, halb fürchtete er, daß er zum König geführt würde.

Nun, da der Moment gekommen war, war er sich nicht sicher, ob er bereit war, dem Herrn all diesen Trubels seinen Fall vorzutragen, Jehannes Fall.

Dem Mann, der einen Bösewicht von den Mauern Rouens geworfen hatte.

Dem Mann, der vielleicht den Tod seines Bruders arrangiert hatte.

Der Junge führte sie quer durch die Halle. Er ging weiter durch eine Seitentür und hinaus an die frische Luft. Von dort führte er sie um das Gebäude zu einem gutbewachten Eingang, der in einen kleinen Raum führte.

Westminster Hall war wie Burstock ein hölzernes Gebäude und konnte daher eine Unzahl von kleinen Räumen um das zentrale, große Zimmer haben. Dieses Zimmer enthielt zwei bewaffnete Wachen, einen Mönch an einem Tisch, der ein großes Buch in der Hand hielt und eine Anzahl von jungen Männern, die kamen und gingen. Auch als sie hineingingen, ging ein Junge gerade fort, um Besorgungen zu machen. Kurz danach kam ein anderer hinein. Er trug einige Wachstafeln. Der Mönch nahm sie und überflog sie schnell. Dann flüsterte er eine Nachricht, und der Diener eilte davon.

Dann sah der Mönch sie an. Man erkennt einen Mann an seinen Dienern. Dieser war gesund genug, um ein Soldat zu sein, mit scharfen Augen in einem faltigen und intelligenten Gesicht. Obwohl er sich selbst diese Nachgiebigkeit nicht erlauben wollte, hatte Galeran das Gefühl, daß man ihm vertrauen konnte.

Solange er keinen Unfug machte.

»Mylords«, sagte der Mönch, »der König freut sich, daß Ihr so schnell gekommen seid, um ihm zu huldigen. Bitte geht hindurch.«

Auch im nächsten Raum waren zwei Wachen, die sie schnell musterten. Dann öffnete der eine eine weitere Tür und führte Galeran und Raoul zum König hinein.

Dieses große, reich dekorierte Zimmer war fast so voll wie die Halle, und wo auch immer der König war, er war nicht auf seinem großen Stuhl auf dem Podium. Der Sitz war leer. Galeran suchte den Raum ab und fand Henry zuerst dadurch, daß niemand diesem einen Punkt den Rücken zukehrte. Außerdem trug Henry seine Krone.

Es war nicht wirklich bemerkenswert, daß ein Monarch seine Krone zu einem wichtigen Anlaß trug, und doch fühlte Galeran, daß es bedeutsam war. Tag für Tag unter diesem Metallapparat, das konnte nicht angenehm sein. Aber es war ein klares Zeichen für Herrschaftsverhältnisse.

Er hatte Henry Beauclerk einige Jahre zuvor gesehen, und er hatte sich nicht sehr verändert. Er war vielleicht ein wenig stämmiger, aber er sah mit zweiunddreißig Jahren gesund und athletisch aus, mit einer gesunden Gesichtsfarbe. Sein dunkles, schimmerndes Haar lockte sich nach der neuesten Mode bis zu den Schultern hinab.

Er lächelte jedem zu, und Galeran dachte, das Lächeln ist echt. Es war nicht so sehr ein Lächeln vor Vergnügen, jeden zu treffen, aber es war ein Lächeln von purer Freude, daß er endlich sein Ziel erreicht hatte und endlich König von England geworden war und daß die halbe Welt danach verlangte, sich vor ihm hinzuknien, um diese Tatsache zu würdigen.

Was würde das in Galerans Angelegenheit nun bedeuten?

Galeran fingerte den Beutel hervor, der die Palmblätter und den Stein von der heiligen Grabstätte enthielt, und fuhr fort, den Raum abzuschätzen.

Es war leicht, Henrys engste Gefährten von den anderen, die ihren Respekt zollen wollten, auszumachen. Sie waren entspannter, weniger aufwendig gekleidet und statt den Monarchen anzustarren, bewegten sie sich durch den Raum und unterhielten sich mal mit diesem und mal mit jenem.

Es kam Galeran so vor, als gehörten sie ganz natürlich zum Haushalt, Gefährten, die ihrem Führer per Eid verbunden waren, mit einer Loyalität, die unmöglich zu brechen war. So ein Hausstand arbeitete an einer gemeinsamen Sache, sie lebten und starben, so wie ihr Oberhaupt lebte und starb.

Das war ein traditioneller englischer Stil, der aber unter den Normannen nicht mehr gepflegt wurde.

Robert von Normandie hatte eher Favoriten als einen Haushalt. Während des Kreuzzuges hatte Galeran gelernt, daß diese Favoriten eher dazu geneigt waren, sich auf der Suche nach Vorteilen gegenseitig zu behindern als zusammen zu arbeiten, um ihren Herren vorwärts zu bringen. Er hatte gehört, daß Rufus' Freunde von der gleichen Wesensart gewesen waren.

Mehr als zuvor gab Galeran wenig auf Roberts Chancen, England seinem Bruder aus den Händen zu reißen. Seine Gedanken wurden von einem großen dunkelhaarigen Mann in seinem Alter unterbrochen. »Lord Galeran von Heywood?«

Galeran bestätigte das und stellte Raoul vor.

»Ich bin FitzRoger«, sagte der Mann nur.

Galeran erkannte den Namen und nahm die gebündelte Kraft wahr, die unter dunkler Kleidung versteckt war. Das war einer der besten Turnierkämpfer seiner Zeit und ein enger Begleiter von Henry Beauclerk. Außerdem war er sein Vorkämpfer. Die wurden oft wegen ihrer bloßen Kraft ausgewählt. Dieser Mann aber hatte auch Verstand.

Man erkennt einen Mann an seinen Dienern.

FitzRogers Kleidung war ausgezeichnet, aber es war vor allem seine Haltung, aus der innere und äußere Stärke sprach. »Euer Vater, Lord William, begleitet Euch nicht?«

»Er kam mit nach Süden, Sir, aber wurde in der Waltham Abtei krank. Er wird kommen, sobald er dazu in der Lage ist.«

Schlaue grüne Augen studierten ihn für einen Moment, und Galeran hatte keinen Zweifel daran, daß FitzRoger ein leichtes Unbehagen entdeckte. Was würden er und sein Herr aber daraus entnehmen?

»Der König wird betrübt sein, das zu hören, aber erfreut, daß Ihr hier seid, mein Herr. Unglücklicherweise wird es in absehbarer Zeit für ihn nicht möglich sein, nach Norden zu reisen, bei alledem, was er zu tun hat. Daher ist er gespannt darauf, von den Dingen dort oben berichtet zu bekommen. Bitte, kommt mit mir.«

Er bahnte ihnen den Weg durch den Raum und schien Henry mit seinem bloßen Willen auf ihre Anwesenheit aufmerksam zu machen, denn er berührte weder jemanden noch sprach er, und doch wandte sich Henry um.

Der König lächelte noch immer, aber seine feinen, dunklen Augen waren scharf wie die eines Falken, zog sie beide in

Sekunden bis auf die Knochen aus. Wie anstrengend mußte es sein, dachte Galeran, Männer tagaus, tagein abzuschätzen, da diese Urteile über Erfolg oder Mißerfolg eines Lebenstraumes und vielleicht sogar über das Leben an sich entschieden.
Natürlich hatte Henry auch seinen Hausstand, Männer wie FitzRoger, um Menschen rechtzeitig einzuschätzen. Wahrscheinlich war es ein unsichtbares Zeichen, das ihm übermittelte, daß ein Mann verdächtig war oder den Ärger nicht wert. Er fragte sich, welche Zeichen er selbst ausstrahlte.
Er hat seinen Bruder getötet.
Diese Sicherheit kam plötzlich so scharf in Galerans Bewußtsein, daß er für einen Moment Angst hatte, er hätte diese Worte gesprochen, oder daß sie wenigstens auf seinem Gesicht geschrieben standen. Es war dennoch eine Überzeugung, nun, da er den König traf. Henry Beauclerk würde keine Skrupel haben, das zu bekommen, was er wollte.
Und was bedeutete das für seinen eigenen Fall?
Er und Raoul knieten nieder, aber wurden sofort hochgerufen. Galeran wurde auf die Wange geküßt. »Mein lieber Freund!« rief Henry aus. »Ich nenne Euch so, da Eure Familie mit der meinen befreundet ist, seit wir alle nach England gekommen sind.«
»Wir betrachten das als unser Privileg, Sire.«
»Guter Mann! Und Ihr seid kürzlich aus dem Heiligen Land zurückgekehrt. Ihr müßt mir davon erzählen. Wie wünschte ich, daß es mir möglich gewesen wäre, an Gottes Unternehmen teilzunehmen.«
Es hatte aber in Wirklichkeit nichts gegeben, was ihn daran hinderte, außer der nötigen Geldmittel und seinem leidenschaftlichen Wunsch nach der Krone. Aber das sagte Galeran nicht, er nahm die Gelegenheit wahr, um seine Geschenke zu überreichen.
Als Henry das Säckchen eigenhändig öffnete, zeigte eine zusätzliche Rötung seiner Wangen, daß er gegen das Mysterium

»Nein. Du bleibst besser hier.«
»Nimm wenigstens einige Männer mit. Vergiß nicht den ursprünglichen Plan.«
Galeran kam zurück. »Was?«
»Das letzte Mal, als jemand versuchte, Jehanne und das Baby zu ergreifen, war deine Ermordung ein Teil des Plans.«
»Dieses Mal sind es die Leute des Königs.«
»Aber das Spiel könnte vielschichtig sein. Flambard könnte auch über dieses Kloster Bescheid wissen – der König hat es ihm vielleicht sogar erzählt. Er könnte noch immer einen Angriff planen.«
»Mitten in der Stadt? Das bezweifle ich.« Galerans Gedanken waren auf einer anderen Spur. »Sobald Henry wußte, daß ich in Westminster war, hat er Männer gesandt, um Jehanne in Verwahrung zu nehmen. Das gefällt mir nicht. Er hat möglicherweise bereits entschieden, wie sein Urteil ausfällt, Gott lasse ihn in der Hölle schmoren.«
Raoul ergriff seinen Arm. »Hüte deine Zunge, wenn du in die Öffentlichkeit gehst, Galeran, und paß auf deine eigene Sicherheit auf. Jehanne ist nicht in direkter Gefahr, aber sie braucht dich lebend und gesund, um sie zu verteidigen.«
»Sie ist in Gewahrsam.« Galeran entwand sich dem Griff. »Was passiert, wenn Henry und die Kirche beschließen, daß sie bestraft werden soll?«
»Du könntest sie niemals davon abhalten.«
»Ich habe bereits einen Weg gefunden. Vielleicht kann ich es doch noch.« Damit rauschte Galeran hinaus auf die Straße, da er beschlossen hatte, daß ein Mann zu Fuß schneller wäre als zu Pferde. Jeder, der wollte, könnte ihm folgen oder es bleiben lassen.

St. Hilda war eine solide Einrichtung, zu der viele Morgen Land gehörten. Es war umgeben von hohen, hölzernen Mauern. Ein ausgezeichnetes Gefängnis, dachte Galeran, aber nicht uneinnehmbar. Er war bereits dabei, zu überlegen, wie er seine Frau befreien konnte.

Hinter den Mauern konnte Galeran die Spitzen einiger strohgedeckter Dächer und einen steinernen Glockenturm sehen, der wahrscheinlich Teil der Klosterkapelle war. An diesem Ort war nichts Militärisches.

Natürlich, ein christliches Haus wurde ja von Gott und den Menschen beschützt.

Er zog an der Glockenschnur, die an der schweren Eichentür hing, und ein Spionfenster ging auf.

»Ich bin Galeran von Heywood, ich bin gekommen, um meine Frau zu sehen.«

Die kleine Tür schloß sich und die große wurde sofort geöffnet. Galerans Befürchtungen klangen ab. Die dünne Türwächterin sagte: »Ihr müßt mit unserer Mutter Oberin sprechen, mein Herr«, und führte ihn durch einen schönen Klostergarten voll von Kräutern und Blumen.

Galerans Herz wurde leichter. St. Hilda war kein Ort des Schreckens. Zweifellos hatte der König das Kloster für sicherer gehalten, um den Grund des Streites außer Sichtweite zu halten. Vielleicht war das sogar ein Versuch, Jehanne und das Baby vor der Kirche zu schützen.

Obwohl man andererseits sagen mußte, daß sie in den Händen der Kirche war ...

Das Büro der Mutter Oberin war schlicht – einfache, weiße Wände, einfache Bänke und Tische, als Verzierung nur ein Kruzifix aus Ebenholz. Der Raum sprach von Tugend der ernsteren Art. Die Mutter Oberin war genauso einfach, mit fahler Haut und einer großen Nase, aber wie dem Raum gab die Einfachheit auch ihr etwas Majestätisches.

»Lord Galeran«, sagte sie und zeigte auf eine Bank.

Er setzte sich nicht. »Ich möchte mit meiner Frau sprechen.«

Sie faltete ihre Hände ordentlich auf ihrem Pult. »Zu welchem Zweck?«

»Um mich zu vergewissern, daß es ihr gutgeht und daß sie hier zufrieden ist.«

»Und wenn sie es nicht ist?«

»Dann, um sie hier fortzuholen.«

Die buschigen Brauen der Frau hoben sich und schoben ihren Schleier nach oben. »Entgegen der Anordnung des Königs, mein Herr? Ich bin angewiesen, die Lady Jehanne solange hierzubehalten, bis alle Fragen, die sie und ihr Kind angehen, geklärt sind.«

»Ist es Eure Anweisung, mich davon abzuhalten, mit ihr zu sprechen?«

Die Frau betrachtete ihn einen Moment. »Nein«, sagte sie endlich. »Wartet hier einen Moment, Mylord, und ich will sehen, ob sie Euch zu empfangen wünscht.«

Wenn sie es wünscht ...

Galeran starrte auf die geschlossene Tür, fragte sich zum ersten Mal, ob Jehanne froh war, hier zu sein, weit fort von all dem Streß ihrer verworrenen Situation. Er legte seine Hand an die Stirn. Der alte Verdacht, ihre Gefühle für Lowick betreffend, geisterte noch immer in seinem Kopf herum, wartete nur darauf, ihn bei dem geringsten Anlaß zu überfallen.

Er konnte nicht mehr klar über all das nachdenken, aber er mußte es tun. Morgen mußte er den König davon überzeugen, daß es richtig war, die Dinge ruhen zu lassen, Jehanne unberührt zu lassen und Donata in ihrer beider Obhut zu lassen.

Die Mutter Oberin kam zurück. »Sie will Euch sehen. Nach unseren Regeln, Lord Galeran, dürft Ihr Euch nicht berühren.«

»Ich verstehe.« Er folgte ihr durch den überdachten Klostergang zu einer Tür, die sie öffnete, um ihn in einen kleinen Raum hineinzulassen. Ein kleines Fenster hoch oben ließ ein wenig Licht hinein, und es dauerte einen Moment, bis er ein schmales Bett, eine Bank und ein Betpult vor einem hölzernen Kreuz sehen konnte.

Das war kein Gästeraum. Das war die Zelle einer Nonne. Jehanne stand dort allein. Wo waren Aline und das Baby?

»Bist du in Ordnung?« fragte er, und verfluchte im stillen die Tatsache, daß die Mutter Oberin mit ihm den Raum betreten hatte. Wenn sie nicht wäre, dann würde er sie im Arm halten, Regeln hin oder her.

»Ja, natürlich. Es war ein kleiner Schreck ...«

»Da bin ich sicher. Der König wird morgen früh unseren Fall anhören, also wird das hier nicht lange dauern.«

»Da ist ein hervorragender Ort, um dafür zu beten.«

»Das glaube ich wohl.« Etwas stimmte nicht. Diese hölzerne Ruhe sah Jehanne nicht ähnlich. »Wo sind Donata und Aline?«

»In einem anderen Raum. Sie bringen das Baby zum Füttern. Das ist kein Problem, Galeran. Die Privatsphäre gibt mir die Gelegenheit zu meditieren und zu beten.«

Er glaubte ihr nicht, und doch konnte er kein Problem sehen, außer, daß sie eine Gefangene war und daß es noch für einen weiteren Tag wäre.

Es sei denn, der König würde verfügen, daß sie hier lebenslänglich bleiben sollte.

Galeran würde diesen Ort niederbrennen, ehe er das zuließe.

Er setzte ein Lächeln auf. »Mach dir keine Sorgen. Wir werden wahrscheinlich morgen auf dem Heimweg sein.«

Und sie lächelte zurück, ein Lächeln, das in ihre Augen wanderte. »Oh, bitte, da wir nun so weit gekommen sind, könnten wir vielleicht einen oder zwei Tage länger bleiben und die Feierlichkeiten genießen.«

»Wenn du das wünschst, dann werden wir es tun.« Galeran hauchte ihr einen Kuß zu und wandte sich zum Gehen, aber sie sprach erneut.

»Wann wird der Fall angehört?«

»Um Terz.«

»Werde ich dabeisein können?«

»Was hast du zu sagen, das ich nicht sagen könnte?«
»Es könnte etwas geben …«
Galeran kannte seine Jehanne. Sie verheimlichte etwas vor ihm. Aber er wußte auch, daß man sie schwer dazu bringen könnte, es zu erzählen, besonders, da die Nonne Zeugin war. Er fürchtete eher, daß Jehannes neuer Entschluß, eine gute, ruhige Frau zu sein, die die Männer die Dinge erledigen ließ, sich nun als schwer einzuhalten erwies. Das könnte katastrophale Auswirkungen haben. Galeran hoffte, Henry davon überzeugen zu können, daß Jehanne aus einer Schwäche heraus gesündigt hatte, überwältigt durch den Verlust.
»Jehanne«, sagte er nachdrücklich, »überlaß das mir. Ich werde es nicht zulassen, daß dir oder dem Kind etwas geschieht. Ich verspreche es.«
Sie zog die Stirn kraus, fast wie im Schmerz. »Natürlich vertraue ich dir, aber … Oh, ich weiß, daß du das Richtige tun wirst.«
»Bete einfach, Jehanne«, sagte er, »und warte geduldig, bis morgen.«
Nachdem er gegangen war, drehte die Mutter Oberin einen schweren Schlüssel im Schloß herum.
»Das scheint kaum nötig, Mutter.«
»Ich folge meinen Anweisungen, Lord Galeran. Ihr könnt nicht abstreiten, daß Eure Frau gesündigt hat. Diese kleinen Schmerzen, die sie jetzt ertragen muß, werden helfen, ihre Seele, vielleicht Euch alle zu retten.«
Er wollte widersprechen, aber er schien keinen Grund zu haben. Wenn er seinem Impuls folgte und Jehanne mit Gewalt befreite, dann würde er entweder im Exil enden oder selbst unter Arrest gestellt werden, und das würde niemandem helfen. »Ich würde gern Lady Aline und das Baby sehen, um sicherzugehen, daß es auch ihnen gutgeht.«
Mit hörbarem Seufzer führte ihn die Mutter Oberin durch den Garten auf die andere Seite des Klosters.

»Wäre es nicht passender für sie, wenn sie in der Nähe untergebracht wären?« fragte Galeran.
»Das waren die einzigen freien Räume, Mylord. Während Ihres Besuches beim König haben viele Menschen um Gastfreundschaft gebeten.«
Aber, schließt Ihr alle Eure Gäste ein? hätte Galeran am liebsten gefragt, als die Nonne wieder eine Tür aufschloß. Aber es war nicht wert, darüber zu streiten. Jehanne war in Sicherheit. Solange es Aline, Winifred und Donata auch gutging, würde er es bis morgen gut sein lassen.
Die Mutter Oberin führte ihn in einen weiteren kleinen Raum hinein, dem von Jehanne sehr ähnlich, aber er war mit zwei schmalen Betten und einer Wiege zugestellt. Aline sprang auf ihre Füße. »Galeran! Gott sei Dank.«
Sie hätte sich in seine Arme geworfen, aber die Mutter Oberin trat energisch zwischen sie. »Verhaltet Euch ordnungsgemäß, junge Frau!«
Aline zog ein Gesicht, aber setzte sich wieder. »Eine Gruppe von Männern hat uns hierhergebracht. Sie hatten das Siegel des Königs und ...«
»Ja, ich weiß«, sagte Galeran. »Mach dir keine Sorgen. Morgen wird alles geregelt werden. Wie geht es Donata?«
Aline sah zur Wiege, in der das Baby schlief. »Gut. Aber ich weiß nicht, warum sie uns getrennt haben. Wir müssen rufen, wenn sie gefüttert werden muß, und dann bringt eine der Schwestern sie hinüber zu Jehanne.«
Galeran sah die Mutter Oberin an. »Nun?«
»Ich wurde angewiesen, Lady Jehanne allein unterzubringen, damit sie ihre Sünden in Ruhe überdenken kann, mein Herr. Kinder sind nicht eben ruhig. Sie hat gesagt, daß sie jeden Punkt dieses Arrangements für gut heißt. Das Kind wird zu ihr gebracht, wann immer es nötig ist.«
Das war alles dumm, aber auch nicht dümmer als hundert andere Zwischenfälle, in die die Regierung verwickelt war. Was

Galeran Sorgen machte, war, daß solche Angelegenheiten aus dem Ruder laufen konnten. Er wollte die Frauen jedoch nicht beunruhigen, also lächelte er Aline und Winifred zu. »Wahrscheinlich wird Jehanne ein wenig Ruhe guttun. Sie hatte wenig genug davon im vergangenen Jahr.«
Damit verließ er sie und ließ sich aus dem Kloster hinausführen. Er warf nur einen Blick zurück auf Jehannes verriegelte Tür.

Aline setzte sich nachdenklich zurück auf das harte Bett. Sie wünschte, sie hätte unter vier Augen mit Galeran sprechen können, denn ihr schmeckte diese Situation ganz und gar nicht. Was, wenn ein dummes Urteil gesprochen und Donata Lowick überlassen würde? Sie mußten bereit sein, zu handeln!
Während der kurzen Reise von der Corser Street zum Kloster hatte Jehanne angewiesen, daß Aline Donata um jeden Preis schützen sollte. Aber wie konnte ein so junges Baby sicher sein, wenn es nicht bei der Mutter war?
Nein, wenn das Schlimmste eintrat, mußten sie bereit sein, gemeinsam zu fliehen. Das konnte doch nicht unmöglich sein. Das Kloster war nicht bewacht. Alles, was sie zurückhielt, waren verschlossene Türen.
Sie überprüfte die Tür und entdeckte, daß verschlossene Türen ziemlich unüberwindbar sein konnten. Diese hier war aus dicker, eisenverstärkter Eiche, und das Schloß war auch aus schwerem Eisen. Es schien ihr seltsam, daß ein Kloster derartig gesicherte Räume hatte, aber vielleicht waren sie oft angehalten, Gefangene zu beherbergen.
Winifred saß nur da und sah ziemlich unglücklich aus, aber Aline wanderte hin und her. Möglicherweise wäre es besser, geduldig auf den Morgen zu warten. Jeder Versuch zu fliehen, könnte als ein Aufstand gegen die Anweisungen des Königs betrachtet werden.
Sie wußte nicht genug über diese Dinge.

Sie mußte sich dringend mit Jehanne beraten.
Donata begann, sich zu rühren, und Winifred nahm sie auf den Arm, offensichtlich begeistert, daß sie endlich etwas tun konnte. Das Baby sah umher und lutschte am Daumen.
»Sie wird in Kürze etwas zu essen wollen«, sagte Winifred. »Ich werde sie umziehen.«
Dann hatte Aline eine Idee. Sie nahm ihre Stickutensilien und die Decke des Babys. Mit schnellen Stichen stickte sie entlang des Saumes die Nachricht: *Was willst du tun?* und fügte einige Zierstiche hinzu, um die Wörter zu verstecken. Sicherlich würde Jehanne bemerken, daß diese Arbeit neu war und die Nachricht entziffern.
Als Donata bereit war, wickelte Aline sie in die Decke, versicherte sich, daß die Stickerei sichtbar aber nicht zu deutlich war, dann ging sie zur Tür und rief. In Sekunden nahm eine lächelnde Nonne das Baby und trug es fort.
Aline war durch das freundliche Wesen der Nonne beruhigt, aber das machte diese Trennung im Gefängnis noch seltsamer. Was steckte dahinter, und hatte es etwas mit der entscheidenden Anhörung beim König zu tun?
Es würde eine Weile dauern, bis Donata zurückkam, da Jehanne sie sicherlich so lange wie möglich behalten wollte. Also setzte sich Aline hin und nahm ihre normale Stickerei auf. Sie verstach sich jedoch andauernd, da ihre Gedanken nicht bei der Sache waren. Außerdem war das Licht von dem kleinen Fenster dort oben nicht ausreichend für eine feine Arbeit. Sie wünschte, sie hätte ihren Spinnrocken dabei. Sie hätte im Dunkeln Fäden spinnen können.
Ein Problem fiel ihr plötzlich auf. Sie hatte nicht daran gedacht, daß Jehanne keinerlei Nähmaterial bei sich hatte, um zu antworten.
Winifred lag auf ihrem Bett und schlief ein. Aline beneidete sie um eine solche Gemütsruhe.

Jehanne sah die Stickerei sofort, aber sie setzte sich, um Donata zu füttern, auch, weil die Schwester herumschlich und verzückt das Baby anstarrte. Noch eine Nonne, die vielleicht nicht für dieses Leben geeignet war?

Donata schien die Situation nicht besonders besorgniserregend zu finden. Sie schmiegte sich ungeduldig an Jehannes Brust, dann nahm sie sie und machte es sich bequem – mit einem komischen Seufzer der Erleichterung –, um ihr Bäuchlein zu füllen. Schwester Martha ging, und Jehanne konnte die Decke lockern, um die neue Stickerei zu betrachten.

Sie lachte laut. Schlaue Aline!

Ihre Heiterkeit schwand jedoch. Das war eine sehr gute Frage. Was *wollte* sie tun?

Jehanne hatte den Entschluß gefaßt, nicht mehr so militant zu sein, und sie hatte auch vor, das durchzuhalten. Vor Tagen noch hatte sie versprochen, die Dinge in Galerans fähigen Händen zu lassen.

Aber in dieser Krise war sie nicht sicher, ob er fähig genug war. Er hatte ihr von Agnes erzählt, der Frau, die beim Ehebruch erwischt worden war, und die Lösung des Problems, die in ihrer Bestrafung bestanden hatte. Trotzdem konnte oder wollte er nicht begreifen, daß ihre Situation dieselbe war.

Jehanne wußte, daß sie für ihre Sünde büßen mußte. Es war nicht nur so, daß die Gemeinschaft sehen mußte, daß die Dinge in Ordnung gebracht wurden; sie selbst mußte fühlen, daß die Balance wieder hergestellt wurde. Bis das nicht geschehen war, war sie nicht sicher, ob sie jemals wieder glücklich sein durfte. Ein Duell würde nichts bewirken, um die Dinge in ihrem Herzen gerade zu rücken. Insbesondere ein Duell zwischen den beiden Männern, die ihr ein Kind geschenkt hatten, ein Kampf, in dem einer von ihnen sterben mußte. Sie wollte sich damit einfach nicht abfinden.

Dank Bischof Flambard hatte Jehanne nun eine Möglichkeit, ihre Seele zu erleichtern und möglicherweise jedes Kämpfen zu

verhindern. Aber sie konnte es nicht tun, indem sie hier geduldig saß, bis alles vorüber war.
Als Donata satt war, wickelte Jehanne das Baby aus und legte es auf das Bett. Während sie mit ihrer Tochter spielte, deren Arme im Rhythmus zu unsinnigen Liedchen bewegte, dachte sie über die unerwartete Einmischung des Bischofs in ihre Angelegenheit nach.
Der König hatte befohlen, daß sie hierhergebracht würden, aber Bischof Flambard hatte die Einzelhaft und die schwere Bewachung angewiesen. Offensichtlich mußte er nur Mutter Eadalyth von Jehannes böser Sünde erzählen, um die Frau auf seine Seite zu ziehen.
Es war auch Flambard, der Jehannes besondere Strafe angeordnet hatte – zehn Schläge mit der Rute alle drei Stunden. Sie dankte ihm dafür nicht, aber das könnte sie vielleicht alle retten.
Mutter Eadalyth dachte auch schlecht von Galeran. »Ein Mann, der solche Sünde ungestraft läßt, ist selbst ein Sünder«, hatte sie erklärt, während sie ihre Ärmel hochkrempelte, um die Strafe zum ersten Mal auszuführen, nicht lange bevor Galeran gekommen war. »Er ist wie Adam, der Eva immer wieder erliegt. Du bist zu bedauern, mein Kind, daß man dich so armselig führt.«
Jehanne fragte sich, ob die Mutter Oberin ihre Ansicht über Galeran geändert hatte, nachdem sie ihn getroffen hatte. Er war nicht das Bildnis eines schwachen, liebevollen Ehemannes. Aber solange er sich weigerte, sie zu bestrafen, war das genau das, was jedermann denken würde.
Und natürlich *war* er liebevoll, dachte sie und lächelte ihre uneheliche Tochter traurig an. Obwohl er dabei nicht schwach war. Er führte sie so, wie sie ihn führte. Sie würden beide füreinander kämpfen und füreinander sterben.
Das war das Problem.
Aber da sie das Unglück angerichtet hatte, war es an ihr, es zu

lösen und alle Schmerzen zu ertragen, auch wenn Galeran hinterher wütend wäre.

Sie schnitt eine Grimasse und gab zu, daß sie gerade ihren Entschluß brach, eine ordentliche Frau zu sein, die in der Lage war, geduldig darauf zu warten, bis die Männer die Probleme gelöst hatten. Sie mußte tun, was sie für richtig hielt, und zu Gott beten, daß *er* sie führte.

Im Moment war es richtig, ihre Strafe zu akzeptieren, so bitter es auch war, um sie dann als eine Waffe gegen den Bischof zu verwenden. Aber das bedeutete, daß sie der Anhörung am folgenden Tag beiwohnen mußte, um ihren Rücken zu zeigen, um dem König zu zeigen, wie Flambard sich über seine Befehle hinweggesetzt hatte.

Die Mutter Oberin würde das niemals erlauben.

Galeran würde auch nicht kooperieren. Wenn sie ihn von den Schlägen wissen ließe, würde er das stoppen. Aber Raoul könnte praktischer denken, wenn sie ihm eine Nachricht zukommen lassen könnte. Der einzige Weg, das zu tun, führte über Aline. Sie konnte sich noch nicht vorstellen, wie, aber das war die einzige Möglichkeit.

Sie durchsuchte den Raum nach etwas, daß ein Zeichen hinterlassen könnte. Donata ließ sie derweil mit sich allein beschäftigen. Sie fand nichts, aber da der Boden nur aus festgestampfter Erde bestand, benutzte sie ein wenig Trinkwasser, um ihn aufzuweichen und drückte mit dem Matsch eine Nachricht auf die Decke.

Jehanne konnte lesen, aber nur sehr schlecht schreiben, und mit den unpassenden Mitteln sah die Nachricht eher wie ein Durcheinander aus als nach Worten. Sie konnte nur hoffen, daß Aline sie entziffern konnte. Als sie Fußtritte hörte, wickelte sie Donata hastig wieder ein und übergab sie Schwester Martha.

Dann ging sie zu ihrem Betpult, um zu beten und auf den starken rechten Arm der Mutter Oberin Eadalyth zu warten.

O ja, sie verdiente jeden Schlag, den Bischof Flambard ihr auferlegt hatte. Sie hätte ihn dafür fast segnen können, wenn da nicht ein gewisser Armbrustangriff wäre, von dem sie sicher war, daß er Flambards Werk war. Raymond würde nie so tief sinken.

Einige Zeit später hörte sie, wie der Schlüssel sich drehte und die Tür sich öffnete. Ein leises Rascheln sagte ihr, daß die Mutter Oberin in ihrem weiten Gewand kam.

»Möge der Herr seinen verflixten Sündern vergeben«, intonierte Mutter Eadalyth, und die Rute schlug zu.

»Amen«, erwiderte Jehanne so fest sie konnte.

»Liebe Maria, hilf mir«, dachte sie, aber die Schläge schmerzten mehr auf ihrem bereits wunden Rücken. Sie umklammerte das Holz des Gebetspultes und erstickte bei jedem Schlag jeden Laut in einem Atmen. Sie ertrug sie schweigend.

Noch weitere vier.

Sie konnte noch weitere vier ertragen.

Noch drei.

Zwei.

Nur noch einer.

Die Erleichterung brach aus ihr hervor und ließ sie weinen, als es vorüber war.

Für dieses Mal.

In weiteren drei Stunden oder in sechs würde sie schreien. Jeder Mensch hatte seine Grenzen. Ihr Stolz schüttelte sich bei dem Gedanken daran, unter den Schlägen zu wimmern, aber Stolz war eine dumme Sache.

Als der Schlüssel sich hinter der Mutter Oberin im Schloß drehte, hob Jehanne ihren Kopf und betete, bot ihren Schmerz für die Sicherheit von allen und dem Sieg am Ende an.

Aline hatte beobachtet, wie die Sonnenstrahlen ein Viertel des Raumes durchwandert hatten, bevor Donata friedlich schlafend zurückkam. Aline nahm sie, zufrieden, daß Winifred schnarchte. Sie legte Donata in die Kiste, die als Wiege diente, und wickelte sanft ihre Decke aus, um sie durch eine neue zu ersetzen.

Zuerst sah es aus, wie wenn jemand die Decke mit schmutzigen Händen angefaßt hätte, aber dann sah sie, daß der Schmutz Schrift war. Sie schüttelte ihren Kopf. Sie hatte im Kloster gelernt, Druckbuchstaben zu schreiben, aber Jehanne hatte immer Schreibschrift benutzt.

Trotz seltsamer Formen und merkwürdiger Rechtschreibung schien die Nachricht *Ich muß zu der Anhörung. Raoul.* zu lauten.

Aline stieß den Atem aus und rubbelte die Decke, so daß nur sie schmutzig aussah. Also wollte Jehanne zu der Anhörung gehen.

Da sie Raoul genannt hatte, ging sie offensichtlich nicht davon aus, daß Galeran ihr helfen würde.

Aline saß auf der Kante ihres engen Bettes und dachte nach.

Sie war sich sicher, daß bei gerichtlichen Anhörungen vor dem König normalerweise keine Frauen zugelassen waren. Vielleicht war das eine von Jehannes weniger genialen Ideen, geboren aus dem Bedürfnis, an allem teilzuhaben, egal, was geschah.

Jedoch waren sie alle Gefangene, und obwohl das Kloster kein Gefängnis war, war es doch sicher genug.

Aline seufzte. In Anbetracht von Jehannes Nachricht nahm sie an, daß sie versuchen mußte, eine Flucht zu organisieren.

Dann kam eine neue Flut von Problemen in ihr Bewußtsein.

Jehanne konnte sich nicht lange von Donata trennen, und mit einem Baby zu fliehen, würde tatsächlich schwierig werden. Mehr noch, wenn Jehanne der Anhörung beiwohnen wollte, wäre es das beste, wenn sie nicht allzulang davor fliehen würden. Sich die ganze Nacht mit einem lauten, schreienden Baby im Arm zu verstecken, war zu gefährlich.

Aline verstand, warum ihre Cousine Raoul erwähnt hatte. Er

war genau die Sorte Mann, die in der Lage sein könnte, all das zu organisieren, und da war auch noch der glückliche Umstand, daß er Ausländer war. Wenn der König über ihr Verhalten in Zorn ausbrechen würde, könnte Raoul in sein Heimatland fliehen.

Allein.

Aline schob diesen Gedanken beiseite und begann, wirkliche Pläne zu schmieden. Zu der Zeit, als die Nonnen vom Gebet zurückkamen, hatte sie eine Strategie entwickelt. Sie würde dennoch bis zur Vesper warten müssen, und daher entfernte sie ihre Nachricht von der einen Decke und stickte eine andere auf eine saubere, in der sie kurz erklärte, was sie vorhatte.

Spät am Nachmittag kam Schwester Martha, um Donata zu holen, und Aline wartete mit großer Ungeduld.

Das eine Problem an ihrem Plan war, daß er von so vielen Unsicherheiten abhing. Das andere war, daß er ihr angst machte.

Als die Nonne mit dem Baby zurückkehrte, hielt Aline ihren Bauch. »Ich fühle mich nicht gut«, stöhnte sie. »Ich glaube, ich bin krank. Ich weiß nicht, was es ist, aber ich mache mir Sorgen um das Baby. Sie könnte sich etwas einfangen ...«

»Oje. O nein!« rief die Nonne aus und sah sich nach Hilfe um. Aber die Glocke läutete zur Vesper und durch die offene Tür konnte Aline sehen, wie die Gemeinschaft in die Kapelle strömte. Wenigstens war die Zeit genau richtig.

»Vielleicht das Krankenhaus ...« stieß Aline hervor und hielt sich den Mund, als müsse sie sich übergeben.

»Ja!« rief die Schwester aus. »Wir können das Baby nicht gefährden.« Sie ergriff Aline und schob sie aus dem kleinen Raum, bevor sie die Tür schloß.

Aline lehnte sich gegen eine Mauer und schickte ein Dankgebet nach oben. Sie sprach ein weiteres Gebet, in dem sie erbat, daß die Krankenhausmitarbeiter ebenfalls bei der Vesper wären.

Nachdem sie das Beste für die Sicherheit des Baby getan hatte, legte Schwester Martha einen Arm um Aline. »Ihr armes Ding.

Kommt mit zum Krankenhaus. Dort ist ein Abort, und sobald die Vesper vorüber ist, wird Schwester Fredeswide etwas finden, um Euch zu helfen.«

Dank sei Dir, o gesegnete Mutter, sagte Aline leise. Es gab eine Chance, daß man sie irgendwann allein ließ.

Der kleine, geweißte Raum enthielt sechs Betten, alle leer. Noch ein Grund für Dank. Vielleicht lächelten Gott und seine Mutter milde auf dieses Unternehmen herab. Aline brach mit einem Stöhnen auf einem Bett zusammen. Schwester Martha saß unglücklicherweise auf einem anderen.

»Habt Ihr Bauchschmerzen, Lady Aline?«

»Ja. Ganz schlimme.«

»Ich werde Euch eine Schüssel bringen.«

Aber das führte die Nonne nur zu einem Bord am Ende des Raumes.

Aline nahm die Schüssel und murmelte ihren Dank, dachte scharf nach. »Vielleicht kann ich schlafen«, sagte sie nach einer Weile. »Bitte fühlt Euch nicht verpflichtet, die Vesper zu verpassen.«

»Ich bin entschuldigt, weil ich mich um unsere Gäste kümmere.«

Auf uns aufpassen, mit anderen Worten, dachte Aline böse. »Glaubt Ihr nicht, Ihr solltet dorthin gehen, wo Ihr Winifred hören könnt, wenn sie ruft? Was, wenn Donata auch krank wird?«

Schwester Martha sprang auf ihre Füße. »Oje! Natürlich! Das arme kleine Ding. Vielleicht sollte ich Schwester Fredeswide holen ...«

Bevor Aline widersprechen konnte, murmelte die Nonne: »Aber sie ist nicht gut zu ihr, und sie haßt es, unnötigerweise gestört zu werden ...«

Aline wartete betend.

»Ich werde in den Andachtsraum gehen«, sagte Schwester Martha mit einem Nicken. »Ich werde Euch oder die Kinderschwester hören können, wenn Ihr ruft.« Sie zögerte einen Moment. »Seid Ihr sicher, daß alles in Ordnung ist?«

»Ja. Es tut mir leid, wenn ich Euch Ärger mache.«

Die Nonne tätschelte ihre Hand. »Macht Euch keine Sorgen, Liebes. Ihr werdet bald wieder gesund sein.«

Als sie sich sicher war, daß Schwester Martha außer Sichtweite war, schlüpfte Aline aus dem Bett, um die Gegend zu erkunden. Dieser Raum hatte drei Türen. Eine führte hinaus in den Andachtsraum. Hinter der anderen Tür hörte sie Gesänge. Sie mußte in die Kapelle führen, was nicht ungewöhnlich war. Das bedeutete, daß die Tür während der Gottesdienste offenstand, damit die Kranken teilnehmen konnten.

Als sie die dritte Tür vorsichtig öffnete, stellte sich heraus, daß diese in den Stillraum des Krankenhauses führte. Es war erfüllt mit den Düften von Kräutern und Tränken, und seine andere Tür – *dank Euch noch einmal, gesegnete Mutter Gottes* – stand offen zum Kräutergarten.

Der Kräutergarten war aber leider kein Fluchtweg. Er hatte nur einen weiteren Ausgang – einen Bogengang zurück in den Andachtsraum, in dem Schwester Martha wahrscheinlich saß. Mit einem Seufzer der Enttäuschung betrachtete Aline die hölzerne Mauer, die zwei Seiten des Gartens abschirmte. Es war die äußere Mauer des Klosters, aber sie war mindestens zweimal so hoch wie sie selbst. Obwohl sie einige Querverstrebungen hatte, glaubte sie nicht, daß sie sie erklimmen könnte. Sie war niemals die Sorte Mädchen gewesen, die gern kletterten oder andere männliche Aktivitäten bevorzugten.

Auf der anderen Seite, sie mußte hier herauskommen.

Sie wandte sich um, um das Krankenhausgebäude zu inspizieren. Die Spitze des Strohdaches war ein wenig höher als die hölzerne Mauer. Vielleicht konnte sie sich von dort aus herunterlassen.

Ihr Herz begann bei dem schieren Gedanken daran vor Nervosität zu schlagen, aber wenn sie es versuchen wollte, dann mußte es sofort sein. Sobald die Vesper vorüber war, würde die Krankenschwester zurückkommen, um sie zu untersuchen, wahrscheinlich begleitet von der mißtrauischen Mutter Oberin.

Sie erinnerte sich daran, daß Raoul sie einen grünschnäbeligen Kadetten genannt hatte. Er hatte zwar nicht diese Art von Herausforderung gemeint, aber die Erinnerung daran stachelte sie an. Sie könnte es tun. Sie könnte alles tun, wenn sie es nur wollte.

Aline rannte zurück zum Krankenhaus und holte einen stabilen Stuhl heraus. Als sie darauf stand, sah sie, daß sie die ersten Büschel des tiefhängenden Schilfs fast erreichen konnte. Mit einem Sprung und einem Zug lag sie ausgestreckt auf dem Dach und betete zu allen Heiligen, die dumme Kletterer beschützten.

Als ihr Herzschlag sich verlangsamte, bemerkte sie, daß das Dach ziemlich flach war, und da die Schilflagen in regelmäßigen Abständen gebunden waren, war es leicht, bis zur Spitze zu klettern – solange sie nicht hinuntersah.

Als sie oben ankam, mußte sie jedoch hinunterblicken, um zu sehen, was Schwester Martha tat. Sie saß im Klostergarten und betete.

Es war ein weiter Weg bis nach unten.

»Gott segne dich und schütze dich, Schwester, und möge dich darüber nicht in zuviel Unbill stürzen.«

Aline begann, sich seitlich am Dachfirst entlangzurobben, auf die hölzerne Mauer zu, sie schimpfte irritiert, als die Lagen ihrer Kleidung immer wieder am Stroh hängenblieben.

An der Mauer stellte Aline fest, daß sie noch immer Gottes Segen hatte, da sich auf der anderen Seite eine enge, ruhige Straße befand. Menschen kamen nur von Zeit zu Zeit vorbei.

Der Abstand war jedoch noch immer doppelt so lang wie sie. Springen war völlig ausgeschlossen.

Sie wünschte, Raoul wäre hier, um ihr zu helfen. Sie war sich

sicher, daß er einige Möglichkeiten kannte, wie man eine Mauer hinunterkam. Tatsächlich würde er diese Sache billig finden und sie für ihre Furcht auslachen.
»Ha!« schimpfte Aline. »Ich werde es dir zeigen, Raoul de Jouray.«
Während ihr Herz vor Angst schlug, löste sie ihren geknüpften Gürtel und band ein Ende an eines der Schilfseile. Der Gürtel war länger als sie groß war. Wenn er hielt, sollte er den Abstand sehr verringern.
Wenn er hielt.
Betend, daß die Glocke zum Ende der Vesper nicht gerade jetzt läuten würde, wartete Aline, bis niemand mehr zu sehen war. Dann, immer noch eine Litanei an ihre Lieblingsheiligen flüsternd, hob sie ihre Beine und Hüften über die Mauer und hielt sich krampfhaft am Gürtel fest.
»Maria, Mutter Gottes, hilf mir.«
»Heilige Anne, bete für mich. Und gib mir kräftigere Arme und Hände!«
Ihre Muskeln schmerzten, ihre Füße schlugen gegen die Mauer. Sie arbeitete sich Hand um Hand das biegsame, sich spannende Stück Stoff hinunter.
»Heiliger Georg, mächtiger Krieger, komm und hilf mir!«
Ihre Hände schmerzten, die Kräfte ließen nach, und sie war sich sicher, daß sie den Halt verlieren würde.
Der Gürtel schnellte zurück.
Aline stieß einen Angstschrei aus, aber in Wirklichkeit war sie so nah am Ziel, daß sie nur mit einem Plumps auf ihr Hinterteil fiel.
Nach einer Schrecksekunde sprang sie auf, putzte sich den Staub ab und nahm das zerrissene Teil vom Boden.
Gerade noch rechtzeitig. Als sie mit weichen Knien die Straße entlangeilte, bog ein Mann, der einen schweren Sack auf seinem Rücken trug, in die Straße. Er ging ohne sie anzusehen vorbei, und ihr Herz begann, sich zu beruhigen.

Sie hielt einen Moment inne, um zu Atem zu kommen, da hörte sie die Klosterglocke das Ende der Vesper einläuten. Hastig wickelte sie den Rest ihres Gürtels um ihre Taille und ging in eine belebtere Straße, um Abstand zwischen sich und die Verfolger zu bringen.

Sie mußte grinsen. Sie hatte es *getan*! Warte, bis Raoul davon hörte! Nach einer kleinen Weile in der Anonymität eines bevölkerten, bunten Marktes mußte Aline allerdings zugeben, daß sie sich verlaufen hatte.

Sie hätte sich nie träumen lassen, daß eine Stadt so voll und groß sein könnte wie London, sie hatte gedacht, wenn sie eine Weile herumging, würde sie bald zu Hugos Haus gelangen. Sie war etliche Straßen hoch und runter gelaufen, aber sie hatte nichts erblickt, was ihr bekannt vorkam. Sie war sich nicht sicher, welche Art der Suche nach ihr gestartet würde, aber sie war in St. Hilda immerhin auf Anweisung des Königs festgehalten worden. Vielleicht war die ganze Stadt schon auf der Suche nach ihr.

Sie sah umher, aber noch starrte sie niemand an. Eigentlich schien jedermann, da es dem Ende des Tages zuging, mit seinen eigenen Erledigungen beschäftigt, und jeder eilte sich, nach Hause zu kommen.

Kunden machten ihre letzten Einkäufe, und Verkäufer begannen damit, ihre Waren einzupacken. Sie bezweifelte, daß sie sie bemerken würden, selbst wenn sie völlig nackt wäre.

Da hatte sie eine Idee. Sie zog sich in eine ruhige Ecke zurück, zog ihre reichverzierte Tunika aus und knüllte sie in ihren schlichten Schal. Dann zog sie ihren Gürtel um ihren schlichten Kittel. Mit unbedecktem Kopf und dem einfachen Kleid würde sie nicht so fehl am Platze wirken. Außerdem würde sie nicht so offensichtlich zu einer Personenbeschreibung passen, die vielleicht schon kursierte.

Aber was jetzt? Es war lächerlich, aber sie konnte sich nicht an den Namen der Straße erinnern, in der Hugo sein Haus und

Geschäft hatte. In kleineren, nördlichen Städten, sogar in York, nach dem Haus von Hugo und Mary, den Weinhändlern, zu fragen, würde sicherlich zum Erfolg führen, aber in London? Sie bezweifelte es.
Mehr noch, es waren so viele verschlagen wirkende Menschen hier, so viele Gauner und Schläger. Sie zögerte, der Welt kundzutun, daß sie eine Fremde war, die sich verlaufen hatte. Sie ließ sich vom Strom der Menge an den Ständen vorbeitreiben, erinnerte sich an Waltham und den Wagen des Blechschmieds. Wenn nur Raoul aus dem Nichts auftauchen würde, um ihr zu helfen.
Aus dem Nichts auftauchen, um sie zu küssen?
Dieser Kuß, diese Gefühle und ihre Ablehnung seines Angebots, sie zu heiraten, beschäftigten sie sehr, aber jetzt war nicht die Zeit dafür, sich daran zu erinnern. Statt dessen sandte sie ein kurzes, heftiges Gebet an die Mutter Gottes.
Wie eine Antwort fielen ihr die Worte wieder ein. Corser Street.
Ihre Knie gaben fast vor Erleichterung nach. Sie sandte ein glühendes Dankgebet nach oben und bahnte sich ihren Weg hinüber zu einer nett aussehenden Frau, die Gläser mit Honig und Körbe voller Honigkuchen in einen kleinen Wagen lud.
»Wäret Ihr so nett, Fräulein, könntet Ihr mir den Weg zur Corser Street erklären?«
»Verlaufen, Liebes?« fragte die Frau. »Kein Wunder, so verrückt wie alles hier in den letzten Tagen zugeht. Ich wäre glücklich, wenn sich alles bald wieder beruhigt, auch wenn es schlecht für das Geschäft ist. Corser Street?« Sie wandte sich um und rief dem Blutwurstverkäufer neben ihr zu: »Davvy! Corser Street. Wo ist die?«
Der Mann hörte nicht auf, seine restlichen Würste zu verpacken. »Drüben, in der Nähe der Fetters Lane. Unten, nahe am Fluß.«
Die Honigfrau wandte sich um. »Nun, Liebes, folgt dieser

Straße zur Cooper's Lane. Geht dann links, und die Straße wird Euch zum Fluß führen. Corser Street ist in dieser Richtung. Ihr werdet sie finden.« Sie nahm einen kleinen Honigkuchen und drückte ihn in Alines Hand. »Hier, Liebes. Das wird Euch Kraft geben.«

Aline hätte die Frau am liebsten für ihre Hilfe umarmt, aber sie dankte ihr einfach und eilte weiter. Vielmehr, sie wäre geeilt, wenn die Menge es zugelassen hätte. So wie es war, mußte sie sich dem Strom der Menschen anpassen, geschoben und angerempelt von denen, die trotzdem versuchten, schneller voranzukommen.

Es waren zweifellos in der Nähe ruhigere Straßen, aber sie hatte Angst, daß sie die Orientierung verlor, und außerdem war sie in so einer Menge gut getarnt. Um noch weniger verdächtig zu sein, zwang sie sich, zu schlendern und an dem Honigkuchen zu knabbern. Währenddessen versuchte sie zu verstehen, was eigentlich los war.

Sie fragte sich, warum Jehanne das Gefühl hatte, daß sie bei der Anhörung dabeisein mußte, aber sie wußte, wenn ihre Cousine überzeugt war, daß sie dem König etwas Wichtiges mitzuteilen hatte, dann hatte sie wahrscheinlich recht damit. Jehanne war ungeheuer schlau.

Jehanne hatte wahrscheinlich auch recht damit, daß Galeran sie davon abhalten würde, der Anhörung beizuwohnen, wenn er es könnte. Das machte Aline zusätzliche Sorgen. Galeran war auch ungeheuer schlau. Wenn er dachte, es wäre das beste für Jehanne, wenn sie nicht auftauchte, dann könnte er recht haben.

Also, sollte sie zu Galeran gehen, ihm die Situation erklären und alles in seine Hände legen? Oder sollte sie zu Raoul gehen und hoffen, daß er helfen würde, Jehanne morgen früh aus dem Kloster zu befreien?

Und wie sollte das vor sich gehen?

Aline sah die Worte *Cooper's Lane* auf einer Mauer vor sich, illustriert durch einen Stapel Fässer. Sie streifte die Kuchenkrümel von ihren Händen ab und arbeitete sich durch die Menge, damit sie rechtzeitig abbiegen könnte, wenn die Straße auftauchte.

Die Änderung war so abrupt, daß es sich anfühlte, als wäre die Cooper's Lane verlassen, während sie in Wirklichkeit recht geschäftig war. Es war jedenfalls klar, daß wenige sie als Durchgangsstraße nutzten, möglicherweise weil hier überall diese Stapel von Fässern vor jedem Haus standen. Die Menschen hier waren entweder Böttcher und ihre Lehrlinge und Familien oder entschlossene Geschäftsleute, die Produkte prüften und Anweisungen gaben.

Fässer.

Wein.

Die Böttcher kannten bestimmt alle Weinhändler.

Als ein älterer Mann herauskam, um eine Tonne in seine Werkstatt zurückzurollen, sprach Aline ihn an: »Entschuldigt, Sir, aber kennt Ihr den Weinhändler Hugo, der in der Corser Street lebt?«

Der Mann richtete sich auf und musterte sie von oben bis unten. Aber dann winkte er ab und lächelte. »Und wenn ich ihn kenne, schönes Mädchen?«

Alines Instinkt war, zurückzuweichen, aber sie wußte, daß er sie nur neckte, daher erwiderte sie das Lächeln. »Ich bin das neue Mädchen dort, Sir, und ich habe mich verlaufen. Könnt Ihr mir sagen, wie ich dorthin zurückkomme?«

»Vom Land, nehme ich an«, sagte er und seine Augen glänzten neugierig. »Aus dem Norden, würde ich meinen.«

Sie hätte vor Ungeduld am liebsten geschrien, aber er war offensichtlich stolz auf seine Schlußfolgerung. »Wie habt Ihr das erraten?« fragte sie bewundernd. »Ja, Sir, ich komme aus der Nähe von Durham.«

»Ein weiter Weg bis nach Hause, es ist kein Wunder, daß Ihr Euch verlaufen habt. Also gut.« Er berührte ihren Arm, aber nur, um sie zur Straße zu wenden. »Geht hier hinunter, bis Ihr zu dem Haus kommt, das über der Straße liegt. Das mit der roten Verzierung. Seht Ihr es?«

»Ja.«

»Dort ist eine Gasse, die durch die Häuser hindurch führt. Folgt ihr und Ihr werdet in die Ironmonger's Lane kommen. Dort ist ein weiterer Durchgang. Geht diesen Weg, und Ihr werdet in der St. Mark's Road herauskommen. Dann biegt links ab, und Ihr werdet die Corser Street sehen. Alles verstanden?«

»Ja«, sagte Aline. »Aber warum kann ich nicht geradewegs hier entlanggehen und dann rechts abbiegen?«

»Ihr seid ein schlaues Ding, nicht wahr?« sagte er bewundernd. »Dieser Weg führt hinunter zum Hafen, Süßes. Ich werde kein hübsches Mädchen wie Euch dort hinschicken. Ihr geht den Weg, den ich Euch beschrieben habe.«

»Danke«, sagte sie ehrlich. »Vielen Dank.«

Er tätschelte ihren Arm. »Auf geht's.«

Aline winkte und ging um die Fässer herum, hinunter zu dem engen Durchgang zwischen den Häusern. Wie der Böttcher gesagt hatte, führte er zu den Eisenwarenhändlern mit ihren Schmieden und klingenden Hämmern, dann zu einer größeren Straße mit verschiedenen Händlern und Gaststätten.

»Links«, murmelte sie zu sich selbst, als sie sich umwandte. Sie suchte bereits die Nebenstraßen nach der, die sie brauchte, ab. Wenn ihr nur irgend etwas bekannt vorkäme. Aber wie sollte das möglich sein, da sie das Haus nicht verlassen hatte, bis auf den Tag, an dem sie nach St. Hilda gebracht worden war?

Nach einer Weile hielt sie an, sah nach hinten und fragte sich, ob sie sich vielleicht geirrt haben konnte. Sollte sie doch rechts abbiegen ...?

»Aline?«

Siebzehntes Kapitel

Als sie die Berührung auf ihrer Schulter fühlte, schrie Aline auf und sprang vor Schreck in die Luft. Aber in dem Moment, als sie sich umdrehte, erkannte sie die Stimme. Sie warf sich mitten auf der Straße in Raouls Arme.

»Bist du in Ordnung?« fragte er und schob sie von sich fort, um sie zu betrachten.

»Ja, aber Jehanne ...«

Er bedeckte ihre Lippen mit seinem Finger, dann legte er einen Arm um sie und führte sie in eine ihrer Meinung nach falsche Richtung. Sie fühlte sich trotzdem wundervoll sicher und konnte es schätzen, wie es nur eine Person konnte, die gerade einer großen Gefahr entronnen ist.

»Ist Hugos Haus nicht in der anderen Richtung?«

»Die Männer des Königs sind schon dort und suchen dich. Ich nehme an, nachdem du über die Mauer geklettert bist, willst du nicht zurück?«

»Nicht im Moment. Aber ich muß dir etwas sagen ...«

Wieder brachte er sie zum Schweigen. »Noch nicht.« Er suchte die Gegend ab, dann drängte er sie in einen Gasthof.

»He, Paul!« rief er dem Gastwirt fröhlich zu, hielt Aline dabei eng an sich gepreßt. »Hast du freie Zimmer?«

Die kleinen Augen des Mannes betrachteten sie, dann wackelte sein Bauch vor Lachen. »Weißt du, mein Freund, ich habe immer welche für Notfälle frei. Den Gang entlang. Zweite Tür rechts.«

Raoul warf ihm eine Silbermünze zu. »Und einen Krug mit Wein.«
Der Wirt drehte einen Hahn an einem großen Faß, füllte einen irdenen Krug mit Wein und gab ihn mit einem Augenzwinkern weiter.
Aline, noch immer in Raouls eisernem Griff gefangen, versuchte sich daran zu erinnern, daß sie in wichtiger Mission unterwegs war und daß Raoul wahrscheinlich nur versuchte, sie in Sicherheit zu bringen. Aber der Gedanke, daß er diesen Mann kannte und wußte, daß er Räume für Männer und ihre Huren freihielt, weckte in ihr den Wunsch, ihm die Augen auszukratzen.
In Sekunden waren sie in einem kleinen Raum – eigentlich war es ein abgetrennter Alkoven –, der ein Bett, eine Bank und einen Tisch enthielt. Und einen hartnäckigen Gestank.
Raoul ließ Aline frei, sie ging hinüber zu dem Bett und zog die Decke fort, um die dreckigen Laken zu betrachten. »Ich hoffe, du hast nicht vor, dieses Bett zu benutzen.«
»Natürlich nicht. Der Wein ist aber wahrscheinlich sicher.« Er goß etwas in die zwei hölzernen Becher und gab ihr einen. »Trink. Dann kannst du mir erzählen, was los ist. Aber leise. Diese Wände verdienen kaum ihren Namen.«
Aline kämpfte gegen ihre Wut an und versuchte, ihre Gedanken auf die wichtigen Dinge zu lenken.
Und versagte.
»Du findest Ella, sobald du auf Heywood ankommst«, zischte sie, »und diesen Ort, sobald du in London ankommst!«
»Ich würde das Bett auch nicht benutzen, Aline.«
Er sah nicht das kleinste bißchen schuldbewußt aus. Aline wandte sich ab.
»Jehanne«, erinnerte er sie.
Also mußte sie sich umdrehen und zu ihm zurückgehen. Sie tat es, aber mit einem mürrischen Gesicht. »Jehanne ist eine Gefangene im Kloster«, sagte sie in der sanftesten Stimme, die

ihr möglich war. »Das sind wir alle, nehme ich an, aber sie ist von uns getrennt, und ich mag das gar nicht.«

Er zog sie an seine Seite, damit er in ihr Ohr flüstern konnte. »Galeran hat das berichtet. Er mag es auch nicht, aber er sprach mit ihr, und es schien nichts ernsthaft in Unordnung zu sein. Er erwartet, daß die ganze Sache morgen vorbei sein wird. Er glaubt, daß der König ihn gegenüber Flambard bevorzugen wird. Der Bischof wird sich nicht einmal trauen, in den Straßen von London zu erscheinen, ohne um sein Leben zu fürchten. Es gibt keinen Grund für den König, ihn zu unterstützen.«

Aline widerstand der Versuchung, sich gegen seine breite Brust zu kuscheln. »Jehanne möchte bei der Anhörung dabeisein.«

»Laß sie es wollen.«

Aline sah ihn so böse an, daß ihr der Nacken schmerzte. »Sie ist keine dumme Gans! Sie konnte nicht sagen, warum sie dort sein muß, aber es ist wichtig. Das ist keine Laune.«

Er hob sie auf und setzte sie auf den wackeligen Tisch, damit sie ihm näher war und er ihr ins Gesicht sehen konnte. »Sie ist im Gewahrsam des Königs, Aline. Es wird ihn kaum auf ihre Seite ziehen, wenn sie flieht und ihm gegenübersteht. Auch deine Eskapade wird nicht dazu beitragen. Ich dachte, die Idee war, die Welt davon zu überzeugen, daß Jehanne eine schwache Frau ist, durch Verzweiflung über den Tod ihres Kindes verwirrt.«

Um ihr nahe zu sein, stand er zwischen ihren Beinen. Da er sich anscheinend nichts dabei dachte, versuchte Aline, es auch nicht zu tun. »Ich weiß«, murmelte sie, dann räusperte sie sich. »Das macht mir auch Sorgen. Aber sie ist entschlossen. Also, sollten wir es Galeran erzählen?« Unfähig, ihre Position zu vergessen, wand sie sich seitlich heraus, brachte damit den ganzen Tisch zum Schwanken.

Er legte seine Hände auf ihre Hüften. »Bleib ruhig. Galeran davon zu erzählen, scheint das Vernünftigste zu sein.«

»Aber sie will das nicht.«

Warum konnte sie seine Hände auf ihren Hüften nicht ignorieren? Das war doch keine unanständige Berührung …

Aber die Art und Weise, wie ihre Körper aneinander gepreßt waren, war es, trotz der Schichten von Kleidung, die zwischen ihnen waren. Er schien jedenfalls nicht beunruhigt zu sein. Seine Gedanken waren vollständig bei Jehanne und Galerans Problemen. So wie es sein sollte.

So wie es auch bei ihr sein sollte.

»Wenn ich mein Schwert darauf verwetten sollte«, sagte er nachdenklich, und seine Daumen drückten gegen ihre Hüftknochen, so daß sie wieder ausweichen wollte, »würde ich sagen, daß die Lady Jehanne ihren Ehemann so sehr liebt, wie er sie. Habe ich recht?«

Wenn sie ihm sagte, daß er damit aufhören sollte, würde er wissen, was für eine Wirkung sie auf sie hatte. »Natürlich hast du recht.«

Er runzelte die Stirn. »Also, warum will sie, daß er von ihren Absichten nichts weiß?«

»Weil er versuchen würde, sie davon abzuhalten, nehme ich an.«

Wieder so eine Berührung, bemerkte sie. Ob er sich dieser Berührungen bewußt war oder nicht, sie würde jedenfalls nicht zugeben, daß sie irgendeine Wirkung auf sie hatte.

Er nickte. »Also muß ihr Vorhaben sein, ihn vor einem Duell mit Lowick zu bewahren. Genau wie er versucht, sie davor zu bewahren, zum Zentrum dieses Falls und vielleicht für ihre Sünden bestraft zu werden. Ach, Liebes«, bemerkte er mit einem ironischen Lächeln. »Liebe führt sogar kluge Menschen auf seltsame Wege.«

Aline war sehr stolz darauf, daß sie ihn nicht hatte wissen lassen, wie seine Berührung, sein Lächeln, seine Anwesenheit ihr Gehirn in Liebesknoten verwickeln konnten. »Wie gut, daß wir frei davon sind und klar denken können«, sagte sie. Unglücklicherweise laut.

Er legte seine Finger auf ihre Lippen, brachte sie zum Schweigen. Aber er lachte. Lachte er sie aus? Seine Hände ruhten weiter auf ihren Hüften.

Als er sie fortnahm, sagte sie nur: »Also, was sollen wir tun?«

Er wurde ernst. »Zuerst werden wir für dich einen besseren Ort zum Bleiben finden. Nicht leicht, so voll wie London jetzt ist.« Er küßte sie schnell, leicht, brennend.

Als wenn es keine Bedeutung hätte.

»Warte hier einen Moment.«

Er schlüpfte aus der Tür, und Aline sprang vom Tisch, hätte ihn dabei fast umgeworfen. Es war demütigend für sie, sich mehr Gedanken um Raoul, seine Huren und ihre Lust auf ihn zu machen, als um Jehanne und den König. Aber sie schien keine Kontrolle darüber zu haben. Sie konnte ihr logisches Denken dazu zwingen, sich um Jehanne Sorgen zu machen, um Lowicks Anspruch auf Donata, aber tief in ihrem Innern war ein Ort, an dem Raoul die einzig wichtige Person auf der Welt war.

Und er konnte sein Pferd nicht mehr als ein paar Tage in einem Stall lassen!

Sie saß unglücklich auf der Bank.

Jungen Männern war es erlaubt, ihren Samen an Huren oder leichtfertige Dienerinnen zu verschwenden. Da es für viele nicht angebracht war zu heiraten, was sollten sie auch anderes tun? Sie wußte, daß ihre Brüder so etwas taten, und es hatte sie überhaupt nicht gestört. Sie wollte jedoch, daß Raoul wie ein Einsiedler lebte. Oder seinen Samen an sie vergab.

Ein heißer, kräuselnder Schmerz zwischen ihren Schenkeln ließ sie auf die Füße springen, genau in dem Moment, als er zurückkam.

»Was ist?« fragte er und sah sich um, ob es Ärger gab, das Messer schnell bei der Hand.

»Nichts! Du warst nur eine ganze Weile fort.«

Er steckte das Messer zurück in seine Scheide. »Nur lang genug, um in den Gastraum zu gehen und von Paul eine

Adresse zu erhalten.« Plötzlich zog er sie in seine Arme und streichelte zärtlich über ihren Rücken. »Hab keine Angst. Ich werde es nicht zulassen, daß dir jemand weh tut.«

Du könntest mir weh tun, dachte sie. Du könntest mir weh tun, indem du allein in dein sonnenbeschienenes Zuhause zurückkehrst. Du könntest mir weh tun, indem du meine Tugend stiehlst. Du könntest mir weh tun, indem du mich unberührt läßt ...

Er schob sie sanft zurück und sah sie mit seinen nur zu genau sehenden Augen an. »Besser?«

Sie nickte, fragte sich, warum das Leben nicht so einfach war, wie es sein sollte. Wenn sie sich schon verlieben mußte, warum nicht in einen vernünftigen Mann aus dem Norden?

Er hatte ein blaues Stück Stoff in der Hand und zeigte es ihr. »Zieh das über.«

Sie wickelte es um ihren Kopf, so daß ihr Haar vollständig versteckt war.

»Braves Mädchen. Nun komm.«

Er führte sie hinaus in den Gastraum, der wie ein Kaninchenbau aussah, und nahm einen anderen Weg. Sie kamen in einen Hinterhof, der voller Schweine war. Sie suchten sich ihren Weg durch einige aneinandergrenzende Höfe, bis sie durch eine weitere Taverne auf eine breite Straße kamen.

»Cheapside«, sagte er und führte sie hinüber in eine Seitenstraße. Auf halbem Weg hielt er an und klopfte an eine Tür.

Sie wurde geöffnet, und eine hagere Frau sah sie an.

»Wir wollen ein Zimmer für eine Nacht«, sagte Raoul.

»Sechs Pence.«

Raoul gab ihr die Münze, und die Frau führte sie einen Korridor entlang, dann ein paar ausgetretene Treppen hinauf. Der Ort war so schmuddelig und vollgestellt wie der vorige, aber wenigstens roch es sauber. Als die Frau ihr Zimmer erreichte, sahen sie, daß es sogar eine Art Tür hatte, die an der Mauer durch Lederscharniere gehalten wurde.

Sie ging ohne ein weiteres Wort fort, und Aline sah sich um. Tisch, Bank und Bett. Genau wie im anderen Zimmer. Aber sauber. Sie prüfte die Laken und sah, daß sie sauber waren und frisch rochen, wie sie erwartet hatte.

»Auf jeden Fall um Klassen besser«, sagte sie spöttisch.

»So scheint es. Ich werde es mir merken müssen.«

Aline knirschte mit den Zähnen, aber sie widerstand dem Bedürfnis, das zu kommentieren.

»Nun«, sagte Raoul, »werde ich das Kloster besuchen, um zu sehen, ob ich hineinkomme, um mit Jehanne zu sprechen. Ich muß herausfinden ...«

»Du kannst mich nicht hierlassen!« Aline schämte sich für die schwachen Worte, sobald sie ihr entwischt waren, aber sie war in einer fremden Welt und hatte Angst.

Er nahm ihre Hände. »Pscht, Liebes. Du wirst hier sicher sein. Männer kommen in Begleitung hierher, nicht, um eine zu suchen. Und Paul hat gesagt, daß Fräulein Helfswith diese Pension sehr streng führt. Wenn es Ärger gibt, muß sie nur an die Tür ihrer starken Söhne klopfen, die nebenan beim Hufschmied wohnen.«

Seine Worte klangen vernünftig, aber Aline wollte sich am liebsten an ihn klammern und ihn nicht wieder gehen lassen. Sie zwang sich dazu, ihn anzulächeln und sagte leichthin. »Gut. Alles in Ordnung.«

Er berührte ihre Wange. »Das ist mein mutiges Mädchen ...« Seine Hand um ihren Nacken gelegt, küßte er ihre Lippen. Dann – fast mit einem Seufzer – zog er sie in seine Arme und küßte sie leidenschaftlicher.

Alines Bewußtsein sagte ihr, daß sie widerstehen müßte.

Aber es fehlte ihr an Willen.

Sie vermutete, daß ihr wahrscheinlich auch der Wille fehlen würde, wenn er sie jetzt auf das Bett werfen würde.

Als sie den Geschmack seines Mundes spürte und sich enger an die heiße Kraft seines Körpers drängte, begann sie darüber nachzudenken, ob sie nicht *ihn* auf das Bett werfen sollte!

Er löste sich langsam aus der Umarmung, so langsam, als müßte er sich aus einem Honigtopf herauswinden. »Geh nicht.« Die Worte entschlüpften ihrem Herzen, entstanden aus ihrem fordernden Verlangen. »Oh, hör mir nicht zu!« fügte sie schnell hinzu. »Ich weiß, daß ich hier sicher bin.«

»Bist du sicher?« murmelte er, hielt seine Arme noch immer um sie geschlungen. »Ich werde heute nacht zurückkommen müssen, weißt du.«

Sie wußte, warum er daraus eine Warnung machte.

Sie hatte jedoch wirklich keine Wahl, außer zum Kloster zurückzukehren. »Ich würde die Nacht hier nicht allein verbringen wollen.«

»Das ist es, was ich meine.«

»Aber du solltest besser gehen.«

»Ja.«

Sie redeten wie Verrückte oder wie Betrunkene.

Aline verschränkte ihre Hände auf seiner Brust und gab ihm einen kräftigen Schubs, so daß er wankte und einen Schritt zurück machen mußte. »Hier.« Er gab ihr sein Messer, eine lange, glänzende, scharfe Klinge mit einem Griff aus ziseliertem Silber, mit Bernstein besetzt. »Kannst du damit umgehen, wenn es nötig sein sollte?«

»Ja.«

»Das dachte ich mir. Aber erstich keine der Wachen des Königs, falls man dich finden sollte. Es ist nur gegen Vergewaltiger.« Er wandte sich zur Tür. »Mich eingeschlossen.«

»Du könntest mich nicht vergewaltigen ...«

»Ich wünschte, ich hätte ein so absolutes Vertrauen.«

»... weil ich mir nicht vorstellen kann, dir zu widerstehen.«

Er schloß kurz seine Augen. »Dann helfe Gott uns beiden.«

Raoul bahnte sich seinen Weg durch die Straßen von London, versuchte, seine Gedanken auf die ernste Angelegenheit zu konzentrieren, die es zu bewältigen galt. Aber er spürte die ganze Zeit, daß er ein schmerzendes Verlangen hatte und daß da ein köstliches Mädchen wartete, das ihn heute nacht wahrscheinlich nicht hart genug bekämpfen würde.

Er wollte Aline, aber er wollte sie als seine angetraute Ehefrau. Er wollte sie nicht entehren. Aber er wollte sie, wie er nie zuvor in seinem Leben eine Frau gewollt hatte.

Er stöhnte laut, was ihm einen amüsierten Blick von einem vorbeieilenden Händler eintrug. Galeran und Jehanne, sagte er leise zu sich.

Fast mußte er seine Lippen bewegen, um sich konzentrieren zu können. Er ging die letzten Ereignisse durch. Der König hatte sich einverstanden erklärt, Galerans Fall anzuhören. Galeran hatte vor, darum zu bitten, daß die Gesellschaft Jehanne vergab, so wie er es getan hatte, und daß sie beide Donata behalten konnten. Es gab keinen Grund zu denken, daß der König diese Anfrage ablehnen sollte. Aber warum hatte er dann Jehanne und Donata festsetzen lassen?

Eine Flucht zu organisieren, war auf jeden Fall sehr gefährlich. Galeran war besorgt und ärgerlich aus dem Kloster zurückgekommen, aber er schien noch immer zu denken, daß die Haft dort von geringer Bedeutung war. Er war zuversichtlich, daß der König in seinem Fall für sie entscheiden würde und daß Jehanne freikam.

Aber warum wollte Jehanne befreit werden, um beim König vorzusprechen? Aline hatte recht, Jehanne war kein Dummkopf. Raoul fürchtete mehr, daß sie vorhatte, sich für eine Strafe zu opfern, um Galeran davor zu bewahren, sich Lowick auf Schwertes Länge gegenüberzustellen. Wenn Raoul ihr half und sie darin unterstützte, würde es wahrscheinlich damit enden, daß er mit seinem Freund kämpfen mußte!

Als er am Kloster ankam, läutete er die Glocke, die neben dem Portal hing. Als das Türchen sich öffnete, fragte er: »Ich komme, um Nachricht über Lady Aline einzuholen. Ist sie gefunden worden?«

»Nein, Sir.«
»Könnte ich hineinkommen und mit der Mutter Oberin über diese Angelegenheit sprechen?«
Widerwillig wurde die Klostertür ganz geöffnet, so daß er hindurchtreten konnte. Kurz darauf war er im schlichten Raum der Mutter Oberin.
»Ihr habt Nachrichten von diesem dummen Kind?« fragte die Mutter Oberin, und in ihrer Stimme kämpfte Ärgernis mit Besorgnis.
»Ich kam mit derselben Frage. Sie ist nicht an eine so große Stadt gewöhnt. Ich habe Angst um sie.«
»Das habe ich auch«, fuhr die Frau ihn an. »Ich habe keine Ahnung, was sie geritten hat, so etwas zu tun. Und das, obwohl sie selbst fast eine Nonne ist!«
»Könnte ich mit Lady Jehanne sprechen? Ich frage mich, ob Aline Verwandte oder Freunde in der Nähe hat, bei denen sie vielleicht Unterschlupf gefunden haben könnte.«
Die Mutter Oberin runzelte für einen Moment die Stirn, aber dann nickte sie, entließ ihn aus ihrem Raum und führte ihn um den Andachtsraum herum. Raoul merkte sich so viel wie möglich von der Umgebung.
Sie schloß eine Tür auf und ließ ihn eintreten. Jehanne kniete betend auf der Erde, und als sie angesprochen wurde, zuckte sie zusammen.
»Weiß sie Bescheid?« fragte Raoul. Er wollte versuchen, es ihr möglichst schonend beizubringen, aber Jehanne hatte die Frage gehört.
»Was wissen?« fragte sie, stand abrupt auf und holte tief Luft, fast wie im Schmerz.
»Daß Aline verschwunden ist«, sagte Raoul und beobachtete sie sorgfältig.
Sie stützte sich mit einer Hand an dem Gebetspult ab und sah blasser aus als sonst. »Verschwunden? Wie? Was geht hier vor?« Ihre große Blässe sagte ihm, daß sie etwas verbarg. Dann

fügte sie hinzu: »Donata?« Aber Raoul spürte, daß sie keine wirkliche Angst um ihr Kind hatte.
»Das Kind ist sicher bei ihrer Kinderschwester«, sagte die Mutter Oberin. »Aus irgendwelchen Gründen hat Eure Cousine einen Weg aus St. Hilda heraus gefunden und ist bisher noch nicht wiedergesehen worden. London ist eine gefährliche Stadt.«
Jehannes Augen wanderten zu Raoul, auf der Suche nach der Wahrheit. Er gab sie ihr nicht freiwillig. »Ich fragte mich, ob sie vielleicht Freunde oder Verwandte in der Stadt hat.«
»Nein. Niemand, von dem ich wüßte.« Ihre Hand auf dem Gebetspult krallte sich fest, so daß ihre Knöchel weiß schienen. »O Gott, hilf ihr ...«
Er konnte sie nicht so quälen. Er nickte ihr leicht zu.
Fast hätte sie sich gehen lassen, aber sie vertuschte ihren Seufzer der Erleichterung, indem sie ihn in einem Schluchzen erstickte und ihr Gesicht bedeckte. »Oh, bei der heiligen Jungfrau, welches Unglück kann es noch geben? Und es ist alles meine Schuld, meine Schuld!« Sie ließ ihre Hände sinken und starrte ihn an. »Finde sie. Raoul. Hilf uns!«
Die letzte Bitte, das wußte er, galt nicht Aline.
Er war noch immer besorgt, insbesondere, da er Geheimnisse vor Galeran hatte, aber er nickte. »Ich werde mein Bestes tun. Der König läßt auch nach ihr suchen. Hast du eine Ahnung, warum sie davongelaufen sein könnte?«
Sie schüttelte ihren Kopf.
»Weißt du, daß der König euren Fall morgen anhört?«
»Ja. Ich wünschte, ich könnte dort sein.«
Das war direkt. »Ich bezweifle, daß du dazugerufen wirst. Und ich bezweifle, daß Galeran es will.«
»Galeran scheint vorgeben zu wollen, daß ich nichts dafür konnte.«
»Es gibt in jedem Fall keinen Grund für dich, dabeizusein. Du hast nichts anzubieten oder zu beweisen.«

»Vielleicht nicht.« Aber ihre Augen sagten etwas anderes.
Raoul sah, wie die Mutter Oberin ungeduldig wurde. »Wenn du eine Nachricht für Galeran hast, könnte ich sie ihm überbringen.«
»Du kannst ihm sagen, daß ich während der Anhörung an seiner Seite sein will, aber ich bezweifle, daß ihn das umstimmen wird.«
Raoul nickte. »Und in der Zwischenzeit wird es dir hier gut ergehen? Ich habe befürchtet, daß eine falsche Behandlung Aline dazu gebracht hat, von hier fortzulaufen ...«
»Ich bin zufrieden.«
Dann mußte er gehen. Es wurde dunkel – die Glocken des Komplets erklangen, als er ging –, er mußte zu Aline zurück. Er hielt an der Corser Street und fand Galeran ausgezehrt herumwandernd.
»Aline ist in Sicherheit«, sagte Raoul.
»Gott sei Dank!« Galeran ergriff seinen Arm. »Unverletzt? Wo ist sie?«
»An einem sicheren Ort. Es wäre nicht gut, sie hierher zurückzubringen.«
Galeran fuhr mit seinen Händen durch sein Haar. »Nein. Ich wäre nicht überrascht, wenn das Haus überwacht würde. Ich wünschte, ich könnte verstehen, was hinter all dem steckt.«
»Ich denke, ich sollte zu ihr gehen. Sie ist ziemlich verängstigt.«
»Aber warum flieht sie dann aus dem Kloster?« Galeran war irritiert, aber – dem Himmel sei Dank – zu verwirrt, um seiner eigenen Frage nachzugehen. Statt dessen sah er Raoul scharf an. »Hast du vor, die Nacht mit ihr zu verbringen?«
»Wir werden miteinander reden ...«
Galeran zog sein silbernes Kreuz heraus, das Wasser vom Jordan enthielt. »Schwöre darauf, daß du sie nicht entehren wirst.«
Raoul sah auf die Reliquie. »Du könntest mir ruhig vertrauen, mein Freund.«

»Das tue ich. Ich vertraue dir, daß du deinen Schwur nicht brichst, egal, wie groß die Versuchung ist.«

Raoul legte seine Hand auf das Kreuz und leistete den Schwur. Er fühlte sich durch diese Bekräftigung seiner guten Absichten erleichtert. Aber wieder fragte er sich, ob es klug war, Geheimnisse vor Galeran zu verbergen.

Nun gut. Er hatte eine Nacht, das alles zu überdenken, da er ja keine anderen interessanten Dinge tun durfte.

»Ich war auch beim Kloster«, sagte er, »und habe mit Jehanne gesprochen. Sie scheint in Ordnung, obwohl sie eher angespannt wirkt. Aber das ist kaum verwunderlich. Du siehst auch gespannt aus wie ein Bogen. Im Moment sind alle in Sicherheit. Schlaf ein wenig.«

Galeran lachte und machte eine Verbeugung. »Ja, Schwester.«

»Es könnte sein, daß du morgen kämpfen mußt. Du brauchst deinen scharfen Verstand und einen ausgeruhten Körper.«

Im Kloster kehrte die Mutter Oberin zu der Zelle zurück, bewaffnet mit ihrer Rute. »Was wird Eure dumme Cousine tun, Lady Jehanne?«

»Ich weiß es nicht.«

»Ich denke, Ihr wißt es. Ihr seid eine niederträchtige, hinterhältige Frau, und Ihr solltet für sie genauso bezahlen wie für Eure Sünden.«

Jehanne drehte sich um und kniete nieder, das Urteil der Mutter Oberin akzeptierend. Sie hatte nicht bedacht, wie Aline Raouls Hilfe holen sollte, und daher hatte sie sie in Gefahr gebracht. Sie würde es dennoch wieder tun, um Galeran zu schützen.

»Möge der Herr seinen verdammten Sündern vergeben.«

»Amen.«

Jehanne betete ehrlich um Vergebung, als die Schläge begannen, dieses Mal waren sie härter. Beim fünften Schlag verlor sie ihre Kontrolle und schrie auf.

Im Zickzack kehrte Raoul zum Helswith-Haus zurück; er wollte sichergehen, daß ihm niemand folgte. Während er lief, überlegte er, welche Möglichkeiten es gab. Er hatte das Kloster genau betrachtet. Es würde ein Kinderspiel sein, Jehanne dort herauszuholen. Aber die Hoheit der Kirche zu verletzen, war ein Risiko, das man nicht auf die leichte Schulter nehmen sollte.

Unter oder vielmehr über all diesen Besorgnissen lag der Gedanke, daß er dabei war, die Nacht mit Aline zu verbringen, die seine Kontrolle bis zum Bersten beanspruchen würde.

Sie hatte ihre Mission beendet und ihn getroffen, also könnte sie eigentlich zum Kloster zurückkehren. Eine Befürchtung war, daß sie möglicherweise bestraft werden könnte. Andererseits müßte sie nach einem seiner Pläne am frühen nächsten Morgen dorthin zurück.

Und natürlich gab es da auch noch die Tatsache, daß er diese Nacht *wollte*, so quälend sie auch zu werden versprach.

Nur eine Nacht zum Reden.

Eine Nacht, um sie zu halten.

Eine Nacht, um sie ein bißchen mehr über ihren wundervollen Körper zu lehren ...

Er fluchte leise. Er war bereits hart.

Er dankte dafür, daß er Galeran den Eid geschworen hatte, der eine Schwäche unmöglich machte.

In Cheapside kaufte er einen Weinschlauch, ein geröstetes Kaninchen und einen Laib Brot.

Fräulein Helswith ließ ihn in das Haus hinein, was jetzt von verbotenen Aktivitäten wie ein Bienenstock summte. Lachen, Atmen, Stöhnen, Stöße ...

Während er zu Aline eilte, schalt er sich, daß er keine bessere Unterkunft gefunden hatte. Aber was für eine? Er war sich sicher, daß die Männer des Königs die Gasthöfe überprüft hatten, und selbst wenn er andere private Haushalte gut genug gekannt hätte, um um Unterkunft zu fragen, hätte man keinen Flüchtling im Haus gewollt.

Nein, das war das Beste, aber es verletzte ihn sehr, daß seine zukünftige Frau einen solchen Ort betreten mußte.
Er klopfte sanft an die Tür, sagte: »Ich bin es, Raoul«, bevor er eintrat. Er hatte nicht den Wunsch, erstochen zu werden.
Trotz der Ankündigung stand Aline bereit, das Messer geschickt umfaßt und nahe am Körper gehalten, bereit für einen tödlichen Stoß.
Er grinste vor Erleichterung. »Ach, Aline, du bist eine wunderbare Frau.«
»Findest du? Ich dachte, ich wäre eher eine ängstliche.« In ihren Augen stand noch die Angst.
»Was die Menschen tun, wenn sie Angst haben, zählt.« Er legte seine Einkäufe auf den Tisch. Er war robuster als der wackelige Tisch bei Paul. Er könnte auf diesem hier sitzen ...
»Möchtest du das Messer behalten?«
Sie sah es an, dann schauderte sie und warf es auf den Tisch. »Nein, danke. Wenn jemand angreift, kannst du besser damit umgehen.«
Solange ich es nicht bin.
Er benutzte es, um das Brot zu schneiden, dann riß er das Kaninchen in Stücke. »Iß. Trink.«
Sie nahm eine Keule. »Was ist im Kloster geschehen?«
»Es war mir möglich, Jehanne zu versichern, daß du in Sicherheit bist. Sie schaffte es außerdem, mir indirekt zu bedeuten, daß sie bei der Anhörung dabeisein will.« Er trank einen Schluck Wein. »Du hast recht. Sie scheint es ernst zu meinen.«
Er reichte ihr den Weinschlauch, aber Aline drückte ihn nur an sich. »Du hast sie wahrscheinlich nicht in ihren besten Zeiten gesehen. Sie ist so stark. So mutig ...«
»Ich bin nicht sicher, ob Frauen stark und mutig sein sollten.« Teils neckte er sie, aber er wußte, daß eine Frau wie Jehanne keine Frau für ihn war.
»Du bevorzugst sie schwach und ängstlich?« fragte Aline, ob dieser Beleidigung erstarrt.

»Vielleicht nur eine, die weniger oft in Ärger hineingerät.«
Sie setzte den Schlauch an und ließ sich einen tiefen Zug Wein in den Mund strömen. »Ich verstehe«, bemerkte sie und wischte sich den Mund ab. »Aber natürlich darf es uns Frauen nicht stören, wenn Männer – getrieben von ihrer Stärke und ihrem Mut, nicht zu erwähnen ihren Stolz und ihre Starrköpfigkeit – sich in Ärger stürzen, um dann humpelnd nach Hause zu kommen, um von den Frauen getröstet und gepflegt zu werden.«
»Ich würde gerne humpelnd nach Hause kommen, um von dir getröstet und gepflegt zu werden, Aline.«
Sie starrte ihn an und ihre Gesichtszüge wurden vor Verwirrung sanft. Sie hielt den deckellosen Weinschlauch fest umschlungen und mußte ihn zu sehr gedrückt haben. Ein Weinstrahl schoß heraus und spritzte an die Mauer.
Er lachte und nahm ihr den Schlauch ab. »Laß uns nicht streiten oder über Dinge reden, die warten können. Iß, und dann werden wir versuchen, ein wenig Schlaf inmitten all dem Lärm hier zu bekommen.«
Sie wurde ein wenig rot, als sie ein Stück Fleisch vom Kaninchen abriß. »Ich habe noch nie Menschen gehört, die so laut sind bei ...«
»Vielleicht fühlen sie sich hier weniger gehemmt als in der Schloßhalle.«
Sie stopfte sich ein Stück Fleisch in den Mund und kaute. »Aber ich habe Stöhnen und Schreie gehört ...«
Und wie zur Betonung, erscholl ein erstickter Klageschrei durch das Haus, dann wurde er schwächer und verstummte schließlich.
Raoul fühlte, wie die Hitze sein Gesicht erreichte. »Es ist ein Zeichen von Vergnügen, nicht von Qual, Aline.«
»Vergnügen?«
»Oh, bei der Dornenkrone Christi, wir können nicht hierbleiben.« Raoul war nicht oft in Häusern wie diesem gewesen,

daher hatte er nicht gewußt, wie aufdringlich die anderen Bewohner sein konnten. Es war zu erregend.
Er packte das Essen und den Wein ein. »Komm.«
»Wohin?« Aline beeilte sich und stellte sich zwischen ihn und die Tür. »Wohin? Ich weiß genauso gut wie du, daß man Gasthöfe und Hotels benachrichtigt hat. Wenn du mich woanders hinbringst, werde ich zurück ins Kloster gehen müssen.«
»Vielleicht wäre das ebenso gut.«
»Ich will nicht dorthin zurück. Ich kenne Frauen vom Schlag der Mutter Oberin. Sie hält zweifellos ihre Rute bereit.«
»Das würde sie nicht wagen ...«
»Sie würde wahrscheinlich darauf bestehen, da ich fast eine Nonne bin und daher unter ihrer Rechtsprechung stehe. Wir bleiben hier.«
»Ich bezweifle, daß wir uns ausruhen werden.«
»Ich kann fast überall schlafen, unter fast allen Umständen.«
Zu gehen wäre dumm. So gab er nach. »Sehr gut. Wir bleiben.«
Er legte die Speisen wieder auf den Tisch und setzte sich auf das Bett, um zu essen. Wie er angenommen hatte, hatte sie einen herzhaften Appetit. Nach einer Weile war es möglich, die Geräusche zu ignorieren, bis auf die gelegentlichen Schreie.
»Bist du sicher ...?« fragte sie nach einem weiteren durchdringenden Schrei.
»Ja.« Er war sich nicht ganz sicher, aber er war nicht dazu aufgelegt, Aline die verschiedenen Arten sexueller Spiele, an denen manche Leute Spaß hatten, zu erklären.
Sie schüttelte ihren Kopf und zerkaute den Rest des Brotes.
Als alles aufgegessen war, zog er die dünnen Bettdecken zurück. »Los. Hinein mit dir.«
Sie schlüpfte unter die Decke und rückte hinüber zur Wand. Die Sprungfedern der Matratze quietschten bei jeder Bewegung.
»Es ist in Ordnung. Du kannst das ganze Bett haben.«

»Du kannst nicht ernsthaft auf dem Boden schlafen.«
»Es wird schon gehen.«
»Raoul de Jouray, hör auf, dich wie ein Kind zu benehmen. Du brauchst auch deine Ruhe. Komm ins Bett. Ich verspreche dir, daß ich schreien und kämpfen werde, wenn du versuchen solltest, mich zu vergewaltigen.«
Er mußte lachen. »Wirklich?« neckte er sie.
»Wirklich. Ich habe nicht die Absicht, meine Jungfräulichkeit an einem Ort wie diesem zu verlieren.«
Sie war vollkommen ernst, und da sie Aline war, würde sie wie eine Wölfin kämpfen. Er legte sich ins Bett und hielt sich so nah wie möglich am Bettrand wie er konnte. »Vielleicht mag ich doch Frauen, die stark und mutig sind.«
»Natürlich tust du das. Die andere Sorte ist nutzlos.« Damit rollte sie sich zur Wand und machte den Anschein eines Menschen, der schlafen wollte.
Raoul drehte sich vorsichtig um und blickte auf ihren Rücken. Er wußte nicht genau, was er erwartet hatte. Aber er hätte sie so gern in seinen Armen gehalten, wenn sie schon eine schlaflose Nacht in diesem lauten Haus verbrachten.
Ein leichtes, gleichmäßiges Schnarchen zeigte ihm, daß sie wirklich sofort eingeschlafen war.
Er grinste zur Decke. Aline von Burstock war in jeder Hinsicht eine bemerkenswerte Frau.
Zu seiner Überraschung brachte ihn ihr regelmäßiges Atmen schneller zum Einschlafen, als er erwartet hatte. Und als er am nächsten Morgen an ihrer Seite aufwachte, beruhigten ihre Wärme und ihr dezentes Parfum seine Sinne, wenigstens war in der Nacht nichts geschehen, das seinen Schwur gebrochen hätte.

Achtzehntes Kapitel

Nun war das Haus still, aber entfernte Geräusche und Licht von der Straße, das durch einen Spalt in der hölzernen Wand drang, sagten ihm, daß es früh am Morgen war. Es war Zeit, einen entscheidenden Tag in Angriff zu nehmen.

Er schüttelte Aline sanft, widerstand dabei heldenhaft der Versuchung, ihre Seite entlangzufahren, Hüften und Schenkel. Er hatte erwartet, daß er nachdrücklicher sein müßte, aber sie war sofort wach und setzte sich blinzelnd auf.

»Ist es Morgen? Schon?« Sie schob sich einige Haarsträhnen aus der Stirn und schüttelte sich wie ein Welpe, der gerade aus dem Wasser kam.

Dann sah sie ihn an, und von einer Seite zur anderen wurde sie rot bis in die Haarspitzen.

»Guten Morgen«, sagte er.

Sie sah sich suchend um, als erwartete sie, etwas Neues und anderes in der schlichten Zelle zu finden. Dann ruhten ihre Augen wieder auf Raoul. »Ich bin gleich eingeschlafen.«

Er unterdrückte ein Lachen. »Das hattest du ja auch angekündigt.«

»Was hast du getan?«

»Schließlich bin ich auch eingeschlafen.«

Ihre Augen tanzten wieder nervös. »Also hast du nicht …?«

Er setzte sich auf und umschloß mit seinen Händen ihr Gesicht, drehte es zu sich, so daß sie ihn ansehen mußte. »Aline, wenn

ich mit dir schlafe, wirst du alles darüber wissen. Und dich daran erinnern. Das verspreche ich dir.«
Sie starrte ihn mit so großen Pupillen an, daß ihre blauen Augen fast schwarz waren. »Wirklich?«
»Wirklich.«
Sie entzog sich seinem Griff und atmete tief durch. »Dann ist es in Ordnung. Es tut mir leid. Ich dachte plötzlich, daß es für einen Mann vielleicht unmöglich ist, einer Frau so lange so nahe zu sein, ohne daß ihn seine Grundinstinkte überwältigen. Natürlich«, fügte sie mit einem Seitenblick hinzu, »nehme ich an, daß es davon abhängt, wie sehr er will ... Könntest du mich bitte loslassen?«
Mit einem Seufzer, der fast so laut war wie ihrer, ergriff Raoul ihre Schultern, drückte sie nach unten und legte sich auf sie.
»Was ...«
»Hör auf zu schnattern. Wenn du deine Aufmerksamkeit auf den unteren Teil deines Körpers wenden würdest, solltest du in der Lage sein zu fühlen, wie sehr ich mit dir schlafen will. Wenn ich also auf so schmerzhafte Weise ehrenhaft bin, dann möchte ich wenigstens, daß man mir glaubt.«
Ihre Augen waren noch immer verführerisch dunkel, und jetzt teilten sich ihre vollen Lippen sanft, verführerisch. »Oh.«
Das hier war, dachte Raoul, das Herausforderndste, Schwierigste, was er in seinem Leben je getan hatte. Trotz seines hämmernden Herzens hielt er seine Stimme ruhig. »Ich begehre dich, Aline. Sehr. Sobald die anderen Dinge geregelt sind, werden wir über die Zukunft reden und prüfen, ob es einen Weg gibt, den wir gemeinsam gehen können. Die Qualen der Verdammten werden mich jedenfalls nicht dazu treiben, dich zu entehren, insbesondere nicht ohne deine Zustimmung und ohne dich aufzuwecken. Was, wenn ich es recht überlege, so gut wie unmöglich wäre.«
»Oh«, sagte sie wieder. »Es tut mir leid. Aber ich konnte nicht sicher sein ... Was heißt entehren?«

»Aline!«
»Ich dachte nur, daß du mich doch vielleicht küssen könntest ...«
»Wie stark denkst du, daß ich bin?«
»Unendlich.« Und sie meinte es so.
Er stemmte sich von ihr weg und rollte vom Bett. »Im Moment fühle ich mich so stark wie Donata. Komm jetzt. Steh auf und laß uns von hier fortgehen. Wir haben etwas zu tun.«
Sie kletterte aus dem Bett, ordnete ihre Kleidung und sah lächerlich beleidigt aus. Er war sehr versucht, sie zu schlagen, da er nicht glaubte, daß sie annähernd so ahnungslos war, wie sie vorgab.
»Was werden wir jetzt tun?« fragte sie, während sie den blauen Stoff wieder um ihren Kopf drapierte.
»Ich werde Jehanne nicht aus dem Konvent befreien.«
Sie hielt inne. »Was? Warum nicht?«
Das Ende des Stoffes lockerte sich, so daß er es nahm und feststeckte, glücklich über jeden Vorwand, sie berühren zu können.
»Da ich nicht sofort eingeschlafen bin, hatte ich Zeit zum Nachdenken. Es kann nicht richtig sein, den König zu brüskieren. Auf der anderen Seite glaube ich, daß Jehanne etwas Wichtiges zu der Anhörung beisteuern kann. Ich werde in das Kloster gehen, um mit ihr unter vier Augen zu reden, dann werde ich ihre Nachricht übermitteln, ihre Argumente vorbringen oder was immer erforderlich ist.«
Sie sah ihn ängstlich an. »Die Strafen für das Eindringen in ein religiöses Haus sind ziemlich schwer. Bist du sicher ...?«
»Ich bin überhaupt nicht sicher. Und wie genau erwartetest du, sollte ich sie herausschmuggeln, ohne religiöses Recht zu verletzen? Nun«, sagte er und schob sie dabei aus dem Raum, »ich habe den Innenhof gesehen. Erzähl mir vom Rest des Klosters, soviel wie du kannst.«
Während sie das Haus in Richtung Cheapside verließen, erzählte sie ihm alles, was sie wußte.

»Ich kann über die Mauer hineinkommen«, sagte er, während sie die Straße entlangeilten. »Aber Lärm könnte ein Problem werden.«
»Ich glaube sowieso, du solltest während der Messe hineingehen, dann werden nur wenige Menschen draußen sein.« Sie schaute zum Himmel und schätzte den Sonnenstand. »Du hast die erste Messe verpaßt. Zur Terz könntest du es schaffen, und das ist die Zeit der Anhörung.«
»Bei Christi Dornenkrone, das ist zu spät.« Als sie die Straße hinter dem Kloster erreicht hatten, hatten sie noch keine Lösung für ihr Problem gefunden.
Raoul schätzte die Holzwand ab. »Hinüberzukommen wird einfach sein. Ich muß nur hoffen, daß es niemand hört.«
»Kaum eine Hoffnung. Aber ich könnte Verwirrung stiften.«
»Was für eine Verwirrung?« fragte er. Aber, bei Christi Dornenkrone, er liebte die Art, wie sie mit ihm zusammenarbeitete.
»Wenn ich zerzaust und verwirrt dort auftauche, wird das jedermanns Aufmerksamkeit erregen.«
»Und du wirst geprügelt.«
»Und was wirst du bekommen, wenn du dabei erwischt wirst, wie du in ein Nonnenkloster einbrichst? Egal, wahrscheinlich werden sie mich nicht bestrafen, ehe ich wieder bei Sinnen bin. Bis dahin, hoffe ich, werden wir alle frei sein.«
»Was wirst du ihnen erzählen?«
»Nichts. Ich werde total verrückt sein.« Sie biß sich auf ihre Lippe und rollte mit den Augen. »Wenigstens bis nach Terz.«
Er mußte lachen, als er ihre Grimasse sah. »Was wirst du ihnen *dann* erzählen?«
»Daß ich vor Angst in dieser großen Stadt meinen Verstand verloren habe? Ich hoffe, bis dahin wird alles vorüber sein.«
Raoul schüttelte den Kopf und wünschte sich, daß sie nicht so verdammt jung wirkte. Aber andererseits brauchte er die Verwirrung, die sie stiften könnte. »Sehr gut. Du bist geflohen,

wolltest Galeran treffen und ihm von deiner Zwangslage berichten, aber du hast dich verlaufen und mußtest dich vor Bettlern und Banditen die ganze Nacht verstecken. Nun bist du verzweifelt darauf bedacht, in die Sicherheit des Klosters zurückzukehren.«

Sie sah sich um und trat in einen Schatten zwischen zwei Häusern, wickelte bereits ihr Kopftuch ab. Sie zerrte an den Bändern ihres bereits zerzausten Zopfes und zog sie heraus. Raoul folgte ihrem Beispiel und riß an ihrem Kittel, so daß der Stoff zerriß und herunterhing. Er nahm ein wenig Schmutz vom Boden und rubbelte es in den Stoff und auf ihre Haut.

Stolz, daß er keines seiner ungehörigen Gefühle zeigte, sah er an ihr herab und nickte. »Fertig?«

Sie lächelte. »Fertig.«

»Mutiges Mädchen.« Er küßte sie leicht auf eine Braue, dann schob er sie auf die Straße hinunter zum Eingang des Klosters. Kurz darauf hörte er die Türglocke durchdringend läuten. Er zählte bis drei, sah sich um, um sicherzugehen, daß niemand in der Nähe war, trat zurück, rannte auf die Mauer zu und sprang hinauf.

Sobald seine Finger Halt hatten, bemerkte er, daß er ein Problem hatte. Die Mauer war nicht sehr stabil. Einen Moment lang fühlte es sich so an, wie wenn sein Gewicht die Mauer eher hinunterzog, als daß er höher kam. Aber sie hielt, und er schwang sein Bein über den Rand. Die Nonnen liefen im Klostergarten herum. Im Kräutergarten war niemand.

Er schwang sich hinüber, ließ sich fallen und duckte sich sofort in eine Ecke hinter einem Busch.

Weinend zeigte Aline auf die andere Seite des Klosters, und ein Schwall von Erklärungen und Geschnatter erhob sich in der Versammlung. Raoul hoffte, daß die Angelegenheit bald in das Innere des Gebäudes verlegt würde. Es würde ein wenig schwierig sein, sich an Jehannes Zelle anzuschleichen, wenn das ganze Kloster im Garten versammelt wäre.

Dann wurde ihm klar, daß sie Aline wahrscheinlich in das Krankenhaus bringen würden. Zeit, hier wegzukommen. Er folgte dem ersten Teil ihres Plans, schlüpfte in den Arbeitsraum der Krankenstation, dann durch das glücklicherweise unbelegte Krankenzimmer und gelangte so in die Klosterkapelle.

Es gab keinen Weg, herauszufinden, was hinter der dicken Tür war, aber er wäre überrascht gewesen, wenn der Altar vollkommen unbeaufsichtigt gewesen wäre. Die Tür würde sich wahrscheinlich seitlich des Altars befinden, damit die Kranken der Messe beiwohnen konnten. Er konnte nur hoffen, daß es weit genug fort war von jemandem, der Wache hielt.

Er atmete tief ein, zog den Riegel zur Seite und zog die Tür eine Fingerlänge auf.

Zwei Nonnen knieten im Gebet vor dem Altar, aber ihre Köpfe waren gesenkt, und die Tür befand sich etwas hinter ihnen im Schatten. Raoul nahm nicht an, daß sie ihn bemerken würden, es sei denn, er würde Lärm machen. Er dankte Gott, daß die Tür sich lautlos öffnen ließ, er schlüpfte hindurch, schloß sie wieder, dann lief er, dicht an die Kirchenmauer gedrückt, zur Haupttür am Ende.

Das war jedoch weiter, als Alines Wissen ihn hatte leiten können, und er hatte die Kappellentür von außen nicht sehen können. Es könnte passieren, daß er sie öffnete und dann plötzlich inmitten der Gemeinschaft stand. Er glaubte es zwar nicht, aber es gab keine Garantie.

Raoul zuckte mit den Schultern. Es war immer seine Art gewesen, den bestmöglichen Plan zu schmieden und ihn dann ohne Zögern durchzuführen. Er öffnete die Tür vorsichtig einen Spaltbreit, um hinauszuspähen.

Aha. Gott sei gelobt! Der Kapelleneingang war durch eine große Veranda mit Steinpfeilern geschützt. Der Raum zwischen den Pfeilern stellte ein wunderbares Versteck für ihn dar. Raoul ging durch die Tür, schloß sie vorsichtig hinter sich und

lief zu den Pfeilern, um über seinen nächsten Schritt nachzudenken.
Das war zweifellos der schwierigste Teil.
Wenn er sich hinauslehnte, konnte er einen Haufen von Schwarz und Weiß durch die blühenden Büsche sehen. Das mußten die Nonnen um Aline sein.
Warum, beim heiligen Geist, nahmen sie sie nicht mit hinein?
Er wartete, zählte langsam, aber nichts veränderte sich. Nun gut, ihre Aufmerksamkeit schien auf Aline gewandt, er mußte es riskieren.
Die Veranda führte auf den Kreuzgang, der alle vier Seiten des Gartens umgab. Der Gang selbst war breit, überdacht und von pfeilergestützten Bogen flankiert, so daß er bei Sonnenschein tief im Schatten lag. Mit etwas Glück würden die Nonnen, selbst wenn sie ihn sahen, auch nur einen Schatten wahrnehmen und annehmen, daß er ein Mitglied der Gemeinschaft wäre.
Raoul ging daher, als er die Veranda verließ, in normalem Tempo, wandte sich nach rechts und strebte Jehannes Raum entgegen. Er hatte nicht wirklich vor, an ihre Tür zu kommen, da sie zu nahe bei den Nonnen lag und verschlossen sein würde. Er hatte ein Auge auf die Rückseite der Räume geworfen. Er könnte vielleicht durch das kleine Fenster mit Jehanne reden.
Unglücklicherweise fand er keinen Durchgang dorthin.
Es schien nicht richtig, in einem religiösen Haus zu fluchen, aber er tat es trotzdem leise. Er konnte nicht weitergehen, sonst würde er sich zu nahe bei den aufgescheucht schnatternden Nonnen befinden.
Es müßte irgendwo einen Durchgang zu den anderen Teilen des Klosters geben, aber er war hinter einer der vielen Türen verborgen.
Hinter welcher Tür?
Er versuchte sich zu entscheiden, als Jehanne sich plötzlich

einschaltete. Sie rief: »Hallo! Was ist da los? Ist das Aline? Was ist passiert?«

Dann schlug sie gegen ihre Tür. Hastig lief er zurück in den Schatten. Raoul schätzte ihren Alarm als echt ein und auch als begründet, denn alles, was sie hören konnte, waren die Schreie ihrer Cousine.

Wie Raoul beobachtete, löste sich eine Figur aus dem Haufen der Nonnen. Die Mutter Oberin stolzierte hinüber zu Jehannes Tür, zog einen Schlüssel aus einem Beutel an ihrem Gürtel. Die Tür öffnend, fuhr sie sie an: »Reißt Euch zusammen, Lady Jehanne. Eure törichte Cousine ist zurückgekommen. Sie scheint unverletzt zu sein, obwohl sie sehr verwirrt ist.« Dann warf sie die Tür zu und stolzierte zu ihrer Gemeinschaft zurück. »Bringt das Mädchen in das Stiftshaus. Eine fürchterliche Störung ...«

Aber als ihre Stimme schwächer wurde und die Gruppe in einem Gebäude verschwand, eine zerzauste, hinkende Aline in ihrer Mitte, bemerkte Raoul, daß die Oberin selbst verwirrt war. Sie hatte den Schlüssel im Schloß gelassen! In kurzer Zeit war das Kloster verlassen, und Raoul konnte hinüberschlüpfen, den Schlüssel drehen und in Jehannes Zelle treten.

Sie wanderte gerade hin und her und erstarrte, als er eintrat, starrte ihn an, als könne sie ihren Augen nicht trauen.

Dann schnappte sie nach Luft. »O süße Maria sei gepriesen! Das alles war eine List? Dem Himmel sei Dank.« Sie ging bereits zur Tür, aber er ergriff sie an den Schultern, um sie aufzuhalten.

Sie schrie auf.

Sofort ließ er sie los, beobachtete, wie sie schnaufte, dann kontrollierte sie ihren Atem.

Sie mußte es ihm nicht sagen. »Du bist geschlagen worden?«

Sie machte sich gerade, als wenn nichts geschehen wäre, und er dachte schon, sie würde ihm eine Antwort verweigern. Aber dann zog sie eine Grimasse.

»Alle drei Stunden.«

»Heiliger Vater! Nach wessen Anweisung?«
»Bischof Flambards.«
Es dauerte einen Moment, bis er seine eigenen Gefühle unter Kontrolle hatte. »Warum hast du nichts gesagt? Galeran oder ich hätten dem Einhalt gebieten können.«
Sie war jetzt noch kontrollierter und gelassener. Wieder einmal die Jehanne, die er bewundern, aber vielleicht auch fürchten gelernt hatte.
»Ich wollte nicht, daß es aufhört.«
»Du hast Gefallen an Schmerzen?«
»Meinst du, ich bin verrückt?«
»Warum dann?« Aber er konnte es erraten.
»Du weißt genausogut wie ich, daß ich es verdiene, geschlagen zu werden. Daß die Welt niemals zufrieden sein wird, bis ich bestraft worden bin ...«
»Und auf diese Weise muß Galeran es nicht tun«, vervollständigte er. Sie hatte recht, und obwohl seine Instinkte dagegen protestierten, daß sie sich gegen den Willen ihres Mannes verhielt, bewunderte er sie für ihren Mut.
Er konnte sich nicht helfen, aber er wünschte sich immer noch, sie wäre eine weniger militante Frau. Außerdem wollte er nicht in der Nähe sein, wenn Galeran davon hörte.
»Es gibt noch einen weiteren Vorteil«, sagte sie, und dabei lächelte sie befriedigt. »Ich glaube nicht, daß der König glücklich darüber sein wird, daß der Bischof die Sache in die Hand genommen hat, bevor der König die Chance gehabt hat, die Angelegenheit zu beurteilen.«
Raoul bemerkte, daß er gaffte und schloß den Mund. Seine Mutter und Schwestern waren keine schwachen oder dummen Frauen, aber er glaubte nicht, daß auch nur eine von ihnen bereit wäre, sich alle paar Stunden wegen einer so logischen, politischen Überlegung schlagen zu lassen.
Und doch hatte sie recht. Sie hatte eine Waffe kreiert, die sie gegen Flambard benutzen konnten.

»Was hattest du vor?« fragte er. »In die Anhörung hineinplatzen und dem König deinen Rücken entblößen?«
Sie begann zu reden, aber dann hielt sie inne. »Was meintest du mit ›hattest vor‹?«
»Ich werde dir nicht dabei helfen, von hier zu fliehen, Jehanne. Es würde nicht funktionieren, den König auf deine Seite zu ziehen, glaub mir. Dennoch werde ich ihm deine Worte übermitteln.«

Obwohl sie unbewaffnet war, flackerte in ihren Augen drohende Gefahr, aber im nächsten Moment sah er, daß sie über seine Worte nachdachte, und sie akzeptierte, wenn auch widerwillig. Sie drehte sich abrupt um, um das Kruzifix an der Wand anzustarren.
Beim heiligen Kreuz, sie war eine Frau, die man unter Millionen suchen mußte!
Gott sei Dank. Mehr von ihrer Sorte, und die Welt würde vielleicht aus allen Fugen brechen.
»Hast du eine Ahnung, wie schwer mir das fällt?« fragte sie.
Raoul erinnerte sich daran, daß er mit ihr mitgefühlt hatte, als sie da stand und beobachtete. Er würde es auch hassen, seines Schicksals harren zu müssen, und daß über die, die er liebte, von anderen bestimmt wurde. Er wußte jedoch nicht, ob er so geduldig akzeptiert hätte, daß er um ihretwillen geschlagen würde.
Er war ein Kämpfer und kein Märtyrer. Genauso war sie auch.
»Ich denke, ich verstehe dich«, sagte er sanft. »Aber wenn du Galeran helfen willst, mußt du hier bleiben, egal wie schwer es fällt.« Dann hielt er jedoch in seiner lehrerhaften Rede inne. »Höllenschlacke! Das bedeutet noch mehr Schläge.«
Sie wandte sich zu ihm um. »Das macht nichts.« Erstaunlich, er konnte sehen, daß sie es genauso meinte. »Was etwas macht, ist, ob der König Donata uns gibt und nicht Raymond. Und daß Galeran und Raymond nicht kämpfen. Ich werde alles tun, um diese Ziele zu erreichen.«

Raoul hob seine Brauen. »Du glaubst nicht, daß Galeran gewinnen kann? Auch wenn du annimmst, er sei der schlechtere Krieger, glaubst du nicht, daß Gott entscheiden sollte, was Recht und was Unrecht ist?«

»Gott hat wahrscheinlich Besseres zu tun«, sagte sie gereizt. »Aber ich bin sicher, daß Galeran eine faire Chance hat, zu gewinnen. Ich habe gesehen, wie er mit dir gekämpft hat.«

»Aber?«

»Raymond verdient es auch nicht zu sterben.«

Es war, als würde Raoul der Boden unter den Füßen entzogen. »Du willst mir erzählen, daß du dir um *ihn* Sorgen machst?«

»Ja.« Sie begegnete seinem Ärger, ohne vor ihm zurückzuschrecken. Im Gegenteil, eher mit Verzweiflung. »Ich liebe Galeran mehr als mein Leben, Raoul! Aber ich kann doch nicht einen unschuldigen Mann leiden lassen, damit es *mir* besser geht.«

»Unschuldig?«

»Was hat er getan, dieser finstere Verbrecher? Er hat mich geliebt. Armer Dummkopf, er tut es noch. Seine Gefühle für mich sind die gleichen, die er für Heywood empfindet, aber alles ist Liebe. Er hoffte, daß Galeran tot wäre. Das ist vielleicht lieblos, aber es ist kaum ein Affront, der den Tod wert wäre ...«

»Er hat mit dir Ehebruch begangen!«

Ihre Farbe wich aus ihrem Gesicht, aber sie sprach ruhig: »Hast du niemals Sex gehabt mit einer willigen, aber verheirateten Frau?« Bevor er sich eine Lüge ausdenken konnte, fuhr sie fort: »Verdienst du es, dafür zu sterben?«

»Wenn der Ehemann mich dabei erwischt hat, vielleicht!«

Sie hob ihren Kopf ein wenig, sah fast ein wenig amüsiert aus. »Also, Raoul, glaubst du, du kannst meine Worte dem König übermitteln und meine Argumente überzeugend vorbringen?«

Er murmelte Worte, die an einem solchen Ort nicht ausgesprochen werden sollten, stellte sich vor, wie er vor dem König von England und seinen Beratern stand, mit Galeran an seiner Seite,

und wie er versuchte, ihren Fall glaubwürdig vorzutragen. Beim Kreuz, er wünschte, er wäre sicher zu Hause in Guyenne!
Aber er konnte verstehen, was diese gerissene Frau vorhatte.
»Du wirst hier nicht fortgehen, Jehanne!«
»Du kannst keine Sache vortragen, an die du nicht glaubst!«
Der entschlossene Ausdruck auf ihrem Gesicht zeigte, daß sie hoffte, ihm vor dieser Aufgabe angst zu machen. Er bewunderte sie, aber er hatte gleichzeitig große Lust, sie zu erwürgen.
»Ich werde mein Bestes tun. Nun laß mich deinen Rücken sehen. Ich muß in der Lage sein, es zu beschwören.«
Sie starrte ihn an und stieß einen Seufzer der Niederlage aus. Dann zog sie wimmernd ihre bestickte Tunika aus und wandte sich um. »Ich habe den Stoff am Rücken des Unterkleides herausgeschnitten, damit man es leicht sehen kann.«
Er hatte viele Männer gesehen, die ausgepeitscht worden waren, und das hier war nicht so schlimm, aber angesichts dieser Vielzahl von geschwollenen Striemen biß er seine Zähne zusammen. Sie mußte sehr empfindlich auf Berührungen reagieren, und doch war sie bereit hierzubleiben, um weitere Schläge auszuhalten.
Plötzlich hatte er wieder das irrationale Bedürfnis, sie zu erdrosseln.
»Wie viele Schläge jedes Mal?« fragte er und hörte den barschen Tonfall in seiner Stimme.
»Zehn.« Sie drehte sich wieder um, und ihr Gesicht erblaßte, als sie versuchte, die Tunika wieder über ihren Kopf zu ziehen. Er half ihr dabei. »Du kannst nicht noch zehn weitere aushalten.«
Die Worte waren dumm, und ihr Blick sagte ihm, daß sie das ebenfalls dachte. Menschen konnten den Schmerz aushalten, den sie aushalten müssen. Der einzige Ausweg war der Tod.
Er fuhr sich mit der Hand übers Gesicht. »Wenn Galeran herausfindet, daß ich dich hiergelassen habe ...« Er schüttelte den Kopf bei dem bloßen Gedanken daran. »Los. Ich werde dich

hier herausholen. Obwohl ich nicht weiß, wie du die Mauer erklimmen willst ...«

»Nein.« Sie zog sich vor seiner hilfreichen Hand zurück. »Du hast recht mit dem König. Unterwerfung wird mehr Aussicht auf Erfolg haben als Widerstand. Und bedenke, wie meine Leiden meine Zeit im Fegefeuer verkürzen!« Sie hatte es als Witz gedacht, aber ihre ruhige Stärke brach für einen Moment und brachte ihre Lippen zum Zittern, bevor sie draufbiß. »Aber wenn du so nett bist, mein Freund, dann erlöse mich bitte vor Sext.«

Er legte eine Hand auf ihren Kopf, wiegte ihn hin und her und zog sie an seine Brust. Sie erwiderte weder seine Umarmung noch widerstand sie ihr, aber die Art, wie sie sich für einen Moment an ihn lehnte, sagte ihm viel.

»Es wird bald vorbei sein«, sagte er. »Und ich schwöre bei meiner unsterblichen Seele, ich werde dafür sorgen, daß deine Leiden nicht vergeblich waren. Du hast deinen Kampf geführt, und du verdienst den Sieg. Du wirst deine Tochter behalten, und auch Galeran wird sicher sein. Und Raymond von Lowick wird nicht sterben.«

Bei diesen Worten entzog sie sich seinen Armen und war wieder die alte.

»Ich nehme an, daß Aline nichts Schlimmes zugestoßen ist?«

Die Frage war nicht so unbedeutend wie sie klang, und beide wußten das.

»Sie hat ein wenig Verwirrung gestiftet. Wir können nur hoffen, daß eure strenge Mutter Oberin nicht beschließt, auch sie zu bestrafen. Ich muß gehen.«

»Danke, Raoul. Ich werde für dich beten.«

Er küßte ihre Hand. »Und ich werde für dich beten. Gottes Stärke sei mit dir.«

Damit spähte Raoul durch die Öffnung in der Tür. Das Kloster schien noch immer verlassen, also schlüpfte er hinaus.

Tatsächlich war dort aber eine Schwester, die am anderen Ende, in der Nähe der Kapelle umherging, aber sie sah ihn nicht, und er war schnell außer Sicht. Er verschloß die Tür wieder. Als das Schloß zuschnappte, hörte er das Weinen eines kleinen Kindes auf der anderen Seite des Klosters.

Er ging schnell fort, folgte seiner Route und hatte den Verdacht, daß bald jemand Donata zu ihrer Mutter bringen würde.

Er versuchte, sich den Weg vorzustellen, den Jehanne mit kühlem Kopf für sich gewählt hatte – ihr Baby alle paar Stunden zu füttern, zweifellos ein wenig mit Donata zu spielen, um das Baby zum Lachen zu bringen, dann in der Zwischenzeit geschlagen zu werden, damit Galeran sie nicht bestrafen mußte.

Bei allem auch noch berücksichtigend, daß der Mann, den sie benutzt hatte, für ihre Taten nicht leiden mußte.

Eine außergewöhnliche Frau. Aber er war froh, daß er nicht mit ihr verheiratet war.

Da die Luft rein zu sein schien, ging Raoul direkt in den Kräutergarten der Krankenstation, gegen die Versuchung ankämpfend, zurückzugehen und Aline zu retten. Was, wenn sie jetzt gerade für ihre Flucht gezüchtigt würde?

Er sprang auf das Dach der Krankenstation und sagte sich selbst, daß einige wenige Schläge mit der Rute ihr keinen bleibenden Schaden zufügen würden. Sie hatte zweifellos viele derartige Strafen in ihrem Leben erfahren.

Er lief leichtfüßig über den First und wunderte sich über sich selbst. Er war nie jemand gewesen, der zartbesaitet war, was Wunden und Strafen anging. Das Leben enthielt nun einmal Schmerz.

Er würde Aline gern für immer vor Schmerzen bewahren.

Verrückt.

Aber er schien in diesen Tagen einfach verrückt zu sein.

Er legte sich flach auf die Dachkante, bis ein Trio von schwatzenden Frauen die Straße durchquert hatte, dann ließ er sich auf den Boden fallen. Er bürstete sich ab und eilte in Richtung

Corser Street. Raoul fragte sich, ob er Galeran überhaupt von all dem hier berichten sollte.
Er wußte, daß sein Freund sich übergangen fühlen würde, wenn er so etwas vor ihm verheimlichte. Auf der anderen Seite könnte das Wissen um Jehannes Leiden Galerans Gedanken bei der Anhörung ablenken. Er könnte sogar die Anhörung verpassen, weil er versuchen würde, seine Frau zu retten.
Die Logik sagte ihm, er sollte Galeran in Unwissenheit lassen, aber Raoul zog in Betracht, wie er sich fühlen würde, wenn diese Frau Aline wäre. Als er die Corser Street erreichte, hatte Raoul sich entschlossen, Galeran alles zu berichten und ihn entscheiden zu lassen, wie er damit umginge. Galeran war jedoch bereits nach Westminster aufgebrochen und hatte eine Nachricht für Raoul hinterlassen, daß dieser ihm folgen sollte. Raoul zog eine frischere und vornehmere Tunika an. Jetzt quälte ihn der Gedanke an Jehannes kommende Schläge. Es konnte nicht weit bis Terz sein. Er murmelte Flüche vor sich hin, als er bemerkte, daß es absolut nichts gab, was er tun konnte, um es zu verhindern. Wenn er es Galeran in Westminster erzählte, wäre jede Aktion, die dann gestartet würde, zu spät.
Er mußte es dennoch versuchen.
Er war in einer Stimmung, einen Streit mit irgend jemandem anzuzetteln. Raoul setzte seinen Weg nach Westminster zu Fuß fort, da er schnell sein mußte.
Er eilte an dem Mann vorbei, ohne ihn zu erkennen, dann stutzte er. »Lord FitzRoger!«
Der Mann des Königs wandte sich um und trat aus der Dreiergruppe bewaffneter Männer, die ihn in irgendeinem Auftrag begleitete, heraus. Es war klar, daß er Raoul erkannte, aber sich nicht an seinen Namen erinnern konnte, was kaum verwunderlich war.
»Raoul de Jouray, Begleiter von Galeran von Heywood«, stellte Raoul sich vor.

»Ach ja. Die Angelegenheit des Lord von Heywood wird in Kürze erledigt. Habt Ihr Euch verlaufen, Sir?«
»Nein. Ich bin auf dem Weg nach Westminster. Ich habe jedoch eine Sorge, bei der Ihr mir möglicherweise helfen könntet, wenn Ihr so freundlich wäret.«
»Ich habe nichts Dringendes vor.«
Raoul war einem Impuls gefolgt, aber jetzt zermarterte er sich das Hirn auf der Suche nach möglichen Gefahren. Er sah keine, aber das bedeutete nicht, daß es keine gab. Er mußte auf jeden Fall etwas tun, denn sonst könnte er Galeran nie wieder gegenübertreten.
»Lady Jehanne von Heywood, Lord Galerans Frau, wird im Kloster St. Hilda festgehalten.«
»So habe ich das auch verstanden.«
»Sie wird dort bestraft, und soweit ich weiß, geschieht das nicht auf Befehl des Königs.«
FitzRoger war aus Höflichkeit aufmerksam gewesen, aber jetzt war er interessiert. »Auf wessen Anordnung dann? Ihres Mannes?«
»Auf Anweisung des Bischofs von Durham.«
Da er selbst ein Krieger war, erkannte Raoul die Stille, die über FitzRoger kam. »Wirklich? Und welcher Art ist diese Bestrafung?«
»Zehn Schläge mit der Rute zu jeder Gebetsstunde. Ich denke, dem sollte vor Terz Einhalt geboten werden.«
Statt gleich fortzueilen, steckte FitzRoger einen Daumen in seinen Gürtel. »Man könnte sagen, daß die Lady es verdient, für ihre Sünden zu büßen.«
»Ist das nicht aber eher die Sache des Ehemanns oder des Königs? Es scheint mir, daß der Bischof seine Macht überzieht.«
FitzRoger musterte ihn einen Moment lang, er überlegte offensichtlich, was dahinter steckte. Raoul hoffte, daß er nicht fragen würde, woher er das alles wußte.

»Ich werde auf jeden Fall die Züchtigung abstellen lassen. Vielen Dank dafür, daß Ihr mich auf dem laufenden gehalten habt, Sir Raoul.« Damit wandte er sich um und eilte in die Richtung des Klosters. Raoul lief in Richtung Westminster und hoffte, daß FitzRoger rechtzeitig vor Terz das Kloster erreichte. Als er den Bereich in der Nähe der Westminster Hall erreichte, hörte er, wie die Stadtglocken Terz schlugen, und versuchte einzuschätzen, ob die Zeit gereicht hatte oder nicht.

Dann legte er diese Gedanken beiseite. Das Wichtigste war jetzt, zu entscheiden, wie er das Versprechen, das er Jehanne gegeben hatte, erfüllen könnte. Wie er ihre Leiden wertvoll machen konnte.

Während sie auf Terz wartete, wunderte sich Jehanne über sich selbst. Vielleicht hätte Raoul einen Weg finden können, sie hier herauszubringen, fort von der Qual. Fort von der Verschlimmerung der Schmerzen. Das war es, was sie am meisten haßte – daß ihr geschundener Körper zittern und zurückzucken, daß sie weinen und aufschreien könnte, obwohl sie gelassen sein wollte.

Aber ein Versuch, sie mit sich zu nehmen, hätte seine eigene Flucht gefährdet, und dann wäre er nicht mehr in der Lage gewesen, ihre Worte bei der Anhörung vorzutragen. Das war es, worauf es ankam. Die Anhörung, die Donatas Zukunft besiegeln würde, und vielleicht auch die von Galeran und Raymond.

Und sie verdiente Bestrafung.

Sie fuhr fort, sich das zu sagen.

Sie hatte nur nicht erwartet, daß es so sehr schmerzen würde.

Schwester Martha, in deren Augen ehrliche Anteilnahme sichtbar war, brachte Donata zum Füttern, und Jehanne hatte ein wenig Zeit, sich friedlich auf ihr Baby zu konzentrieren. Ganz sicher würde der König die Anordnung des Bischofs nicht für gut heißen und ihr das Baby aus den Armen reißen, nachdem

dieser seine Grenzen überschritten und Schläge für sie angeordnet hatte.
Aber was ist mit dem Rest, fragte sie sich, während sie versuchte, das Baby anzulächeln, auch wenn Sorgen durch ihren Kopf wirbelten und Schmerz jede Bewegung begleitete. Was, wenn die Schwerter gekreuzt würden? Wenn Galeran stürbe, das könnte sie nicht ertragen. Wenn Raymond starb, würde sie ihre Schuld niemals loswerden.
Er hatte ziemlich deutlich protestiert, als sie zu ihm gekommen war und sich ihre Kleider vom Leib gerissen hatte. War es für eine Frau möglich, einen Mann zu vergewaltigen, denn was sie getan hatte, fühlte sich so an, auch wenn er es am Ende genossen hatte.
Sie war verrückt vor Trauer gewesen, sicher, aber entschuldigte das eine solche Sünde?
Fast hätte sie es begrüßt, als – nachdem Schwester Martha Donata fortgebrachte hatte – die Mutter Oberin mit ihrer Rute kam.
Fast, denn ihr protestierender Körper begann sofort zu zittern.

Neunzehntes Kapitel

Zwei andere Nonnen begleiteten die Mutter Oberin, da sie beim letzten Mal erlebt hatten, daß Jehannes Körper unter den Schmerzen nicht länger stillhielt. Die Schwestern ergriffen ihre Arme und drehten sie um, drückten sie auf ihre Knie nieder.

»Möge der HERR seinen armen Sündern vergeben.«

Jehanne schaffte es, ihre Stimme ruhig zu halten, als sie »Amen« sagte.

Aber beim ersten Schlag schrie sie und kämpfte verzweifelt, um der Qual zu entkommen.

Vor dem dritten Schlag hörte sie Stimmen. Ihr einziger Gedanke war, daß diese Unterbrechung irgendwie den Schmerz gestoppt hatte.

Eine kommandierende, männliche Stimme. Galeran? Nein.

Die Mutter Oberin protestierte. Ein Streit.

Dann ließen die bewachenden Hände der beiden Nonnen von ihren Armen ab.

Was geschah da?

Sie zitterte am ganzen Leib, glaubte, den Namen des Königs gehört zu haben. Wurde sie doch noch bei der Anhörung verlangt?

Als sie wieder Kraft gesammelt hatte, erhob sie sich mühsam und wandte sich um, während sie sich am Betpult festhielt, um das Gleichgewicht zu halten.

Die Mutter Oberin stand an der Tür. Sie war offensichtlich

wütend und kniff ihre Lippen zusammen. »Der König hat verfügt, Eure Strafe bis nach der Anhörung zurückzustellen, Lady Jehanne. Ich frage mich, wie er das herausgefunden hat. Ich werde jedenfalls wiederkommen, wenn es soweit ist.«
Sie stapfte hinaus, aber die beiden anderen Nonnen blieben. Jehanne fragte sich, warum, als ein großer Fremder eintrat. Dunkelhaarig, etwa in ihrem Alter, aber mit einer Aura von Macht, gewichtig wie der König selbst.
»Ich bin FitzRoger, Diener von König Henry.«
Mehr als das, dachte Jehanne und versuchte verzweifelt, einen klaren Gedanken zu fassen. Sie mußte bereit sein, was auch immer das Schicksal für sie bereithielt.
Seine klugen Augen betrachteten sie von Kopf bis Fuß, er bemerkte, daß sie sich fürchtete. »Vielleicht solltet Ihr Euch setzen, Lady Jehanne.«
Sie hätte sich gern gerade gemacht und sich dem Angebot entzogen, aber sie stolperte zurück auf die schlichte Bank und wünschte sich, daß es nicht so offensichtlich wäre, daß ihre Beine zitterten.
»Ich bin ein- oder zweimal ausgepeitscht worden«, bemerkte er. »Der Körper protestiert, auch wenn wir es lieber hätten, daß er es nicht täte. Das war kein Teil des königlichen Planes, meine Dame.«
Sein Auftreten beruhigte sie. »Ich weiß das. Mir wurde gesagt, daß das ein Urteil des Bischofs von Durham wäre.«
»Der in diesen Dingen keine Urteilsgewalt hat. Doch wenn jemand denkt, Euer Ehemann hätte die Pflicht, Euch zu bestrafen, sieht es jetzt so aus, als wäre das bereits erledigt.«
Jehanne war erschrocken darüber, daß er die Situation so klug einschätzte. Sie war nicht daran gewöhnt, mit Leuten umzugehen, deren Verstand so arbeitete wie der ihre.
»Ich habe die Absicht, dem König von dieser Angelegenheit zu berichten«, sagte er. »Um meinen Bericht zu vervollständigen, möchte ich noch Eure Wunden sehen.«

»Ich habe keine Einwände. Schwestern?«
Die zwei Nonnen tuschelten miteinander, dann sagte eine: »Wenn er nur schaut ...«
Erschüttert stellte Jehanne fest, daß sie nicht in der Lage war zu stehen, und mußte die Nonne bitten, ihre Tunika auszuziehen. Die Arme zu heben, war fast unmöglich mit den frischen Striemen, und sie fürchtete, daß ihr währenddessen übel wurde oder sie in Ohnmacht fiel. Endlich war das Kleidungsstück ausgezogen, und er ging herum, um sie zu betrachten.
Er blieb länger dort, als es nötig gewesen wäre. Als er wieder herumkam und vor ihr stand, sagte er: »Ich glaube, Ihr solltet nach Westminster mitkommen.«
»Gegen die Anweisung des Königs?« Das war es zwar, was sie wollte, aber sie war verzweifelt, daß sie sich zu schwach und zu müde fühlte, um direkt für ihre Sache zu kämpfen.
»Ich habe genug Autorität, um Euch in ein anderes Gefängnis in der Nähe des Königs verlegen zu lassen. Es könnte sein, daß er Euch selbst in Augenschein nehmen möchte.«
»Ich werde mich bald wie ein Ungeheuer fühlen, das auf dem Jahrmarkt zur Schau gestellt wird.«
FitzRoger hatte sich umgewandt, um mit den Nonnen den Transport zu besprechen. Bald kam er zurück. »Könnt Ihr reiten? Sie haben einen Wagen, aber der Pferderücken könnte erträglicher für Euch sein.«
»Ich vertraue auf Gott, mir die Stärke zu geben, alles tun zu können, wenn ich es muß.«
»Genau meine Philosophie, meine Dame.« Und er machte eine Geste zur offenen Tür hin.
Es war erstaunlich schön, im Sonnenschein zu gehen und die Blumen zu riechen. So schön, daß Jehanne fast in Tränen ausgebrochen wäre. Aber dann überdachte sie ihre Situation und wandte sich an FitzRoger. »Wir müssen mein Baby, die Kinderschwester und meine Cousine Aline mitnehmen.«
Es stellte sich heraus, daß er tatsächlich genug Autorität besaß,

denn schnell war die Gruppe versammelt, und die Mutter Oberin schien nur streiten zu wollen, als sie hörte, daß sie ihr Pferd mitnahmen. FitzRoger trat beiseite, um mit ihr zu reden. Die Frau erblaßte und ging fort.

»Sie meinte es gut«, sagte Jehanne, als er an ihre Seite zurückkehrte. »Sie denkt, ich habe die Strafe verdient. Und sie folgte den Anweisungen eines Bischofs.«

»Das ist eine einzigartig böse Ausrede.« Er schüttelte den Kopf. »Es scheint, daß Ihr so versöhnlich seid wie Euer Ehemann.«

»O nein, überhaupt nicht.«

Jehanne ritt, die restliche Gruppe ging zu Fuß. Da die Straßen überfüllt waren, ging es nur langsam voran. Es schmerzte zu reiten, aber andererseits schmerzte alles, außer still auf ihrem Bauch zu liegen, und wenn sich ihre Brüste mit Milch füllten, war das auch nicht besonders angenehm.

Tatsächlich hatte sie das Gefühl, als hätte sie langsam genug gelitten, und als sie sich ihren Weg durch die Menschenmengen in Richtung der Königshalle machten, fiel die erdrückende Last der Schuld, die sie über ein Jahr lang getragen hatte, langsam von ihr ab.

Sie begann zu beten, um vielleicht ein wenig von dem Gefühl für Gott zu bekommen, das Galeran hatte. Christus war auch gepeitscht worden, und da er sein Schicksal kannte und es annahm, hatte auch er den Schmerz für ein höheres Ziel in Kauf nehmen können.

Sie zog eine Grimasse. Sie konnte sich vorstellen, was Galeran dazu sagen würde. Sie verglich sich mit dem Sohn Gottes!

So wandte sie statt dessen ihr Gebet sanft und ehrfürchtig an Maria, die Mutter Gottes. Aber auch da konnte sie nicht umhin, sich zu fragen, ob Maria nicht manchmal den Wunsch verspürt hatte, einzuschreiten, um ihren geliebten Sohn vor seinem schmerzensreichen Weg zu bewahren.

Sie war wirklich nicht geübt darin, demütig zu sein.

Dennoch halfen die Gebete und Gedanken Jehanne, die Reise

zu überstehen, aber als sie Westminster Hall erreichten, war sie fast ohnmächtig, und man mußte ihr in das Gebäude hineinhelfen. Bald war sie in einem gemütlichen kleinen Raum, in dem ein gepolstertes Sofa stand. Sie legte sich mit Erleichterung darauf. Sie war genauso wenig in der Lage, ihren Drang zu weinen zu verstecken, wie ihre Schmerzen zu lindern.

Sie schaute nicht, aber sie fühlte, daß FitzRoger gegangen war. Würde er direkt zum König gehen? Würde er Galeran davon berichten? Sie sehnte sich nach Galeran, aber sie konnte sich seinen Ärger darüber vorstellen, daß sie das alles stillschweigend hingenommen hatte.

Sie könnte damit argumentieren, daß sie keine Wahl hatte, aber als sie Aline schickte, um Hilfe zu finden, hätte sie sie zu Galeran schicken können, um allem Einhalt zu gebieten.

Sie hatte es nicht getan.

Und er würde wissen, warum.

Diese Trennung von Galeran damals hatte einen Schmerz erzeugt, der mehr geistiger als körperlicher Natur war. Es war ein viel tieferer Schmerz als ihr wunder Rücken.

Sie hatte nicht gewußt, als sie ihn auf den Kreuzzug schickte, wie sehr sie ihn vermissen würde. Mit der für sie typischen Nachlässigkeit hatte sie nicht bedacht, wie sehr er mit ihr verwoben war, wie er Teil jedes Gedankens und jeder Handlung war; wie sehr sie davon abhängig war, daß er bei ihr war, bereit zu diskutieren, zu streiten, Rat zu geben, Einwände zu machen, sie zu trösten.

Sie hatte sich die ganze Zeit, in der er fort war, nur halb gefühlt, trotz Gallot und der Gegenwart Alines. Vielleicht, dachte sie zum ersten Mal, könnte ihr Mißbrauch von Raymond nicht nur aus Trauer und Wut entstanden sein, sondern aus einer Einsamkeit heraus, die durch den Verlust ihres Kindes unermeßlich wurde.

Dieser Verlust trieb ihr die Tränen in die Augen. Oder vielleicht kamen sie von der Einsamkeit, die noch immer da war, da ihre Sünde noch zwischen ihr und Galeran stand. Und jetzt könnten ihre Unternehmungen alles noch schlimmer machen …

Jemand kam herein.

Jehanne wandte den Kopf so schnell, daß es weh tat, aber es war nicht Galeran. Es war niemand, den sie kannte. Ein Mönch.

Er nickte. »Ich bin Bruder Christopher, Mylady. Ich habe Linderung für Eure Verletzungen, wenn Ihr erlaubt …«

Jehanne nickte, und Aline kam herüber, um ihren Rücken freizulegen.

Jehanne hörte, wie Aline nach Luft schnappte, und fragte sich, wie schlimm es wohl aussah. »Ist Haut aufgerissen?« fragte sie.

»Nein, Lady«, sagte der Mönch und schob den Stoff ein wenig höher. »Eure Kleidung hat Euch davor bewahrt. Der Schaden besteht hauptsächlich aus Schwellungen. Sehr schmerzhaft, da bin ich sicher, aber es dürften keine Narben bleiben, und das Risiko einer Infektion ist gering.«

Er begann, etwas Kühles auf ihrem Rücken zu verteilen. Die erste Berührung war schmerzhaft, aber bald schon begann der Schmerz abzuklingen. Jehanne seufzte und entspannte sich. Vage erinnerte sie sich daran, daß Aline die ganze Nacht fort gewesen war, vielleicht mit Raoul, und daß sie das beunruhigen sollte. Daß die Anhörung ganz in der Nähe stattfand und sie besser darüber nachdenken sollte, ob sie sich überhaupt da einmischen sollte.

Aber ihr gequälter Kopf hatte sich entspannt und weigerte sich, sich weitere Gedanken zu machen.

Sie schlief ein.

Galeran war früh nach Westminster aufgebrochen, obwohl Raoul mit keiner neuen Nachricht über Aline aufgetaucht war und obwohl der Bote, den er nach Waltham geschickt hatte, um

seinen Vater auf dem laufenden zu halten, nicht zurückgekehrt war.
Er wurde getrieben. Getrieben durch seine Sorge um Jehanne und Donata. Getrieben von seinem Wunsch, wieder nach Hause zu kommen und alle diese Dinge geregelt zu haben.
Dazu getrieben, töricht früh aufzubrechen, obwohl er wußte, daß die Dinge damit auch nicht früher erledigt wären.
Er hatte jedoch auch einen konkreten Grund. Er hoffte, Gelegenheit dazu zu haben, ein Wort mit FitzRoger zu wechseln. Galeran hatte auf seiner Reise gelernt, daß große Männer launisch waren und ihre Eigenheiten oft mit dem Gesetz in Konflikt kamen. Henry hatte viele Liebschaften und hatte eine ganze Reihe von Bastarden gezeugt. Wie konnte das seinen Blick auf Galerans Angelegenheit beeinflussen? Ein Gespräch mit FitzRoger könnte ihm nützlich sein.
FitzRoger war jedoch nicht in Westminster, also wurde Galeran in einen kleinen Raum gelassen, und es blieb ihm nichts anderes übrig, als hin- und herwandernd auf die Stunde der Anhörung zu warten.
Mit Sicherheit wäre nach Henrys persönlicher Meinung Ehebruch eine geringe Verfehlung. Das könnte die Gefahr für Jehanne mildern. Galeran war entschlossen, daß sie aus all dem herauskommen sollte, ohne auf irgendeine Weise bestraft zu werden.
Auf der anderen Seite, wie Aline angemerkt hatte, hatte Henry versprochen, Recht und Ordnung in England wiederherzustellen. Ehebruch und Bastarde waren eine Beleidigung für alle Männer.
Aber sicherlich, dachte Galeran, während er den Raum umrundete, war es so, daß wie auch immer die Einstellung des Königs zum Gesetz war, er nicht die Verrücktheit unterstützen und ein Baby von der Mutterbrust fortreißen könnte, um es in die Hände eines unverheirateten Mannes zu übergeben.
Nein, sicher konnte er das nicht tun.

Es sei denn, er hatte Angst, sich mit der Kirche anzulegen. Flambard war ein Bischof und ein wichtiger Repräsentant der Kirche, egal, wie wenig er diese Ehre verdient hatte.
Galeran wußte mit bitterer Sicherheit, daß Henry Beauclerk nichts tun würde, das seinen langersehnten Preis, die Krone von England, gefährden könnte.
Er wandte sich um und ging andersherum im Zimmer umher. Waren Lowick und Flambard bereits dort? Waren sie zusammen, schmiedeten Pläne? Was für Pläne? Galeran sah nicht, mit welcher neuen List sie aufwarten konnten, aber er sollte niemals die Gerissenheit eines Mannes wie Ranulph Flambard unterschätzen. Und Flambards Ziele könnten die Ziele der gesamten Familie Galerans beeinflussen.
Er hielt inne, plötzlich fühlte er sich überraschend allein.
Er war als ein Teil einer eng zusammenhaltenden Familie aufgewachsen, und als er geheiratet hatte, war dort Jehanne, die bald – wie es die Bibel beschrieb – zu seiner Rippe geworden war, zu seiner Gefährtin, zu einem Teil seiner selbst. Er konnte sich kaum an eine Zeit erinnern, als sie nicht an seiner Seite gewesen war, bereit zu diskutieren, zu streiten, ihm Rat zu geben, zu widersprechen, ihn zu trösten ...
Auf dem Kreuzzug hatte er sich gefühlt, als würde er einen Teil seiner selbst zurücklassen, aber er hatte Raoul und eine unerwartet tiefe Freundschaft gefunden.
Nun jedoch war er allein, der größte Teil seiner Familie war im Norden, sein Vater hatte sich in Waltham abgesetzt, und Raoul war wer weiß wo.
Vage Gedanken an Christus im Garten Gethsemane durchzuckten seinen Kopf, aber er lachte und schüttelte sie ab. Er war nicht verlassen und verraten. Er war nur einfach zu früh hierhergekommen.
Er hörte die Glocken Terz schlagen und bekreuzigte sich zu einem Gebet. Er begann jedoch, sich Sorgen um Raouls Abwesenheit zu machen, und schickte ein weiteres Gebet zum

Himmel, daß Aline nichts passiert sein möge. Sie war so unschuldig an all dem wie Donata und sollte nicht leiden müssen.
Einen Moment später eilte Raoul in den Raum, überraschend zerzaust. Es war jedoch keine Zeit mehr, miteinander zu reden, da er fast gleichzeitig mit dem Pagen eintrat, der sie in das Zimmer des Königs führen sollte. Raoul war von wenig praktischer Hilfe hier, da er keinen offiziellen Status hatte und die englischen Gepflogenheiten nicht kannte. Aber Galeran war unendlich erleichtert, nicht länger allein zu sein.
Der König erwartete sie in demselben reich verzierten Zimmer, in dem sie ihm am Tag zuvor gegenübergestanden hatten. Bei diesem Anlaß heute saß Henry jedoch auf seinem Thron, die Krone auf seinem Kopf. Es waren keine Höflinge oder Besucher da, dennoch war eine ganze Reihe von Personen anwesend. Galeran versuchte, sie alle einzuschätzen, ohne seine Aufmerksamkeit vom König abzuwenden, der ihn grüßte.
Ein Mönch an einem Stehpult war bereit, den Verlauf zu protokollieren.
Zwei Lords und ein Bischof. Einige Pagen, die bereitstanden, um Besorgungen zu erledigen. Zwei bewaffnete Wachen.
Der König hatte im Sprechen innegehalten, so daß Galeran sich erneut verbeugte. »Ich danke Euch nochmals, mein König, für Eure Aufmerksamkeit in diesem kleinen Fall.«
»Kein Fall ist zu klein für meine Aufmerksamkeit, Lord Galeran«, sagte Henry und lächelte wie ein Wolf. »Habt Ihr Neuigkeiten von Eurem Vater?«
Galeran hoffte, daß sein Gesicht so ausdruckslos war, wie er es hoffte. »Nein, Sire. Ich bin sicher, ich hätte etwas gehört, wenn sein Zustand sich verschlechtert hätte, aber ich bin besorgt. Sobald die Sache mit dem Baby geklärt ist, habe ich vor, zur Abtei von Waltham zu reiten.«
Bevor der König antworten konnte, öffnete sich die Tür, um Flambard in der vollen Pracht seiner goldverbrämten Bischofs-

tracht hereinzulassen. Er hielt den Bischofsstab in der Hand. Nach ihm traten Raymond, Bruder Forthred und ein Diener ein. Bruder Forthred sah Galeran an und lächelte leicht, als freute er sich auf Rache.
Galeran ignorierte das und inspizierte Raymond von Lowick. Es war das erste Mal, daß er diesen Mann sah, seit er ins Heilige Land aufgebrochen war, seit dieser Mann das Bett mit Jehanne geteilt hatte. Lowick war noch immer äußerst gutaussehend. Aber Galeran wußte, daß er die aufsteigende Wut, die in seinen Eingeweiden rumorte, nicht wert war. Eine Wut, die versuchte, ihn dazu zu bringen, die Zähne zu fletschen und zu knurren.
Er wandte den Blick ab und kämpfte darum, seine Atmung ruhiger fließen zu lassen. Das war ein Ort des Gesetzes und der Vernunft, nicht der Vergeltung.
Galeran hoffte plötzlich, daß es zu einem Duell käme. Er wollte es. Er brauchte es, um einen tiefen Schmerz zu vertreiben, der von Vernunft, Verstehen und Vergeben nicht berührbar zu sein schien.
Flambard und Lowick verbeugten sich vor dem König.
Henry nickte den beiden Männern zu, dann rief er nach zusätzlichen Bänken, die vor ihn hingestellt werden sollten. »Das hier ist keine formale Rechtssache, meine Freunde. Setzt Euch bequem hin, während Wir versuchen werden, diese Angelegenheit zu aller Zufriedenheit zu lösen.«
Galeran und Raoul setzten sich auf eine Bank, Lowick und Flambard auf die andere, die Mönche standen still dahinter. Galeran fand es verlockend, seine Feinde anzustarren, aber er konzentrierte sich doch lieber auf den König.
»Zunächst«, sagte Henry, »machen Wir Euch mit unseren Ratgebern bekannt. Seine Lordschaft, der Bischof von London.«
Der ältere, sehnige Mann nickte.
»Henry Beaumont, Graf von Warwick.«

Warwick war noch immer ein junger Mann, aber Autorität und Stärke hatte jede Linie seines Gesichts und Körpers gezeichnet.
»Und Ralph Basset, mein Rechtsberater.«
Basset sah überraschend freundlich aus, mit einem glatten Gesicht. Aber Galeran hatte von ihm gehört. Er war ein enger Vertrauter des Königs und ein messerscharfer Vertreter des Rechts.
»Hat jemand Einwände dagegen, daß diese Männer unserer Besprechung beiwohnen«, fragte Henry, »und mich darin beraten?«
Niemand hatte Einwände, obwohl Galeran wünschte, er wüßte mehr über diese Leute. Über den Bischof von London sagte man, er wäre ein edler Mann. Der Graf von Warwick war jedoch bei Henry an dem Tag, an dem sein Bruder starb und könnte eine Hand bei dem Mord im Spiel gehabt haben.
Galeran wischte diese Bedenken beiseite, während der König begann, die Situation darzulegen. »So wie Wir den Fall verstehen, meine Herren, hat Eure Frau, Lord Galeran, während Ihr im Namen Gottes aus England fort wart, Raymond von Lowick ein Kind geboren. Bestreitet das jemand?«
Stille antwortete ihm.
»Man hat falsche Nachricht von Eurem Tod in Jerusalem nach England gebracht, was möglicherweise Lady Jehanne und Sir Raymond zu der Annahme führte, daß sie frei seien, um intim zu werden ...«
Fast hätte Galeran widersprochen, aber er sah, wie Raymond sich bewegte und vom Bischof zurückgehalten wurde. Sehr gut. Auch er würde warten und sehen, was für einen Plan sie hatten.
»Durch Eure Rückkehr jedoch«, fuhr Henry fort, »war ihre Sünde allen offensichtlich. Raymond von Lowick hat sich dem Bischof von Durham anvertraut, und Wir nehmen an, daß Lady Jehanne sich ihrem Priester und Euch, ihrem irdischen Herren, anvertraut hat.«

Das, wie klarwurde, war eine Frage, die nach einer Antwort verlangte.
»Ja, Sire«, sagte Galeran. Er hatte gehofft, diese Anhörung daran zu hindern, Jehannes Sünde zu besprechen. Nun konnte er nur hoffen, daß sie nicht geradewegs zu der Frage nach einer angemessenen Strafe für Ehebruch führen würde.
Aber das tat sie.
»Sir Raymond«, sagte der König, »hat eine Buße vom Bischof erhalten – eine Buße, die hier angefochten wird. Welche Strafe hat Lady Jehanne erhalten?«
Galeran versuchte, einem alten Rat zu folgen. »Sire, sobald ich von des Bischofs weisem Urteil hörte, habe ich verfügt, daß meine Frau die gleichen Bußen tun sollte, im Gebet, darin, Gott ihre Arbeit anzubieten und in der Pflege des Kindes.«
Henry nickte. »So kommen wir zu unserem Dilemma. Unglücklicherweise, wie schon König Salomon herausfand, kann ein Kind nicht zwischen zwei streitenden Parteien geteilt werden.« Galeran dachte, sie wären über den verräterischen Punkt hinaus, aber dann fügte Henry hinzu: »Denkt Ihr nicht, Lord Galeran, daß es Eure Pflicht ist, Euer Weib mit zusätzlicher Strafe zu belegen?«
»Nein, Sire.« Warum fühlte er sich, als hätte er eine Sünde gestanden? Wahrscheinlich wegen der Mißbilligung, die all diese Männer ausstrahlten.
»Und doch habt Ihr sie, wie man mir berichtet hat, bei Eurem Wiedersehen zu Boden gestreckt.«
»Das habe ich, Sire. Eine Tat, die ich bereue. Die Qual meiner Frau und die ehrliche Reue sind Strafe genug.«
Flambard warf an diesem Punkt mit einem abfälligen Lachen ein: »Ihr seid zu liebend, Lord Galeran. Zu liebend. Es ist leicht für eine Frau, zu weinen und zu klagen, um einer Bestrafung zu entgehen.«
Galeran mußte sich sehr beherrschen, um nicht angesichts der Falle zu grinsen, die er aufstellen würde. »Ihr glaubt, ich hätte

sie schlagen sollen, mein Bischof? Aber da meine Frau dieselbe Strafe auf sich nahm, die Sir Raymond als Buße erhalten sollte, müßte er dann nicht ebenfalls geschlagen werden? Tatsächlich könnte man sagen, daß ich *ihm* einen Schlag schulde ...«

Lowick sprang auf seine Füße, die Hand am Schwert.

Es war Flambard, der ihn anfuhr: »Setzt Euch hin!« während er Galeran anstarrte. Es stand jedoch mehr als nur frustrierter Ärger in seinen Augen. Warum hatte diese Wendung den Bischof so besorgt gemacht? Wollte er nicht, daß die Sache mit Gewalt geklärt würde?

Henry hatte sein Kinn in die Hand gestützt und beobachtete die Reaktionen genau. »Wir werden die Angelegenheit der Lady auf einen späteren Zeitpunkt verschieben. Zur Debatte stehen hier die Angelegenheit des Kindes und die Rechte des Bischofs, zu entscheiden, wohin es kommen soll. Ich bin überrascht, Lord Galeran, daß Ihr so entschlossen seid, einen Kukkuck in Eurem Nest zu behalten.«

Es gab eine Reihe von leidenschaftlichen Dingen, die Galeran hätte sagen können, aber er hielt es praktisch. »Das Baby hängt an der Brust, Sire, und soweit ich weiß, ist es wahrscheinlich, daß das Kind Schaden nimmt, wenn man ihm die Muttermilch vorenthält. Ich sehe keinen Grund, ein unschuldiges Wesen zu verletzen. Da ich wünsche, meine Frau an meiner Seite zu haben, muß das Baby bei uns bleiben. Und Donata wird, da sie ein Mädchen ist, nicht die Interessen unserer zukünftigen Kinder unterminieren.«

»Also seid Ihr bereit, das Kind mit der Pflege und Zuneigung aufzuziehen, die Ihr einem eigenen Sproß angedeihen lassen würdet, und Ihr werdet dafür sorgen, daß Ihre Zukunft wohlbehalten sein wird?«

»Das werde ich, Sire.«

Henry wandte sich an die andere Bank. »Sir Raymond, ich bezweifle, daß Ihr dasselbe für Eure Tochter tun könnt.«

»Und doch ist sie meine Tochter, Sire«, sagte Raymond bestimmt.

»Aber Ihr habt keine Möglichkeit, ein Kind zu ernähren. Und wenn Wir Euch das Kind gäben, wenn sie entwöhnt ist, wie würdet Ihr dann für sie sorgen? Ihr habt keine Frau. Ihr habt kein Heim.«

»Ich werde eine Frau finden, Sire. Ich werde ein Heim haben.«

Der König hob seine Brauen. »Das ist nicht so leicht, wie ich selbst erfahren habe. Ich gestehe, daß ich Töchter habe, die unehelich geboren wurden, aber ich bin zufrieden, sie bei ihren Müttern gelassen zu haben. Sagt, Sir Raymond, warum wollt Ihr Euch mit einem Kind belasten?«

Unter der direkten Frage preßte Raymond die Lippen zusammen. Nach einer Kunstpause sagte er: »Weil sie mein ist. Ich habe das Recht.«

Das war ein lachhaft schwaches Argument. Was Lowick wirklich wollte, war Jehanne und daß Galeran stürbe, damit er einen Anspruch auf Heywood anmelden konnte, aber natürlich konnte er das nicht sagen. Galeran bemerkte jedoch, daß Flambard durch den Fortgang der Anhörung nicht besorgt schien. Das machte ihm Sorgen.

Der König lehnte sich in seinem Stuhl zurück und wandte sich an seine Ratgeber: »Meine Herren? Wünscht Ihr es, beide Parteien weiter zu befragen, oder habt Ihr bereits eine Empfehlung für mich?«

Galeran versuchte, seine Erleichterung nicht zu zeigen, daß diese Angelegenheit so schnell zu einem Ende kam.

Aber dann sprach der Bischof: »Sire, wir müssen die Rechte der Kirche berücksichtigen.«

»Ah, ja«, sagte der König. »Gut, daß Ihr mich daran erinnert, Lord Bischof.«

Es war Galeran klar, daß Henry lieber nicht daran erinnert worden wäre, aber das war etwas, was der König nicht übergehen konnte. Die Kirche hatte das Recht, in bestimmten Dingen zu urteilen und würde es nicht zulassen, dieses Rechtes beschnitten zu werden.

Galeran fühlte, wie sein Herz schneller schlug. Das war es, was er immer am meisten gefürchtet hatte – die Einmischung der Kirche als Institution. Flambard war nur ein Mensch, und zwar ein korrupter und unbeliebter. Die Kirche selbst dagegen konnte nicht übergangen werden.
»Sire«, sagte der Bischof von London, »das ist ein interessanter Fall. Der Bischof von Durham hatte sein Recht wahrgenommen, eine Buße aufzuerlegen, und Lord Galeran hat wiederum ein Recht, die Strafe für seine Frau festzulegen. Wenn die beiden sich überwerfen, was wird dann zu tun sein?«
»Wenn Ihr das nicht wißt, mein Lord Bischof«, sagte Henry, »dann weiß ich es sicherlich auch nicht.«
Der Bischof ließ sich nicht aus der Ruhe bringen. »Wenn es keine andere Lösung gibt, Sire, dann schlage ich einen Vergleich vor. Wenn Lord Galeran eine zusätzliche Spende an eine geistliche Einrichtung entrichtet, würde das den Teil ausgleichen, den das Baby ausmacht, indem es Sir Raymond vorenthalten wird.«
»Das Aufteilen der Buße, meint Ihr«, brachte es der König auf den Punkt. »Ich denke, Sir Raymond sollte eher zahlen, um davon erlöst zu werden, trotz des noblen Wunsches, sein Kind aufzuziehen.«
»Ihr seid weise, Sire«, sagte der Bischof mit einem trockenen Lächeln. »Sir Raymond sollte daher eine andere Buße tun. Da man von ihm sagt, er sei ein guter Krieger, könnte er vielleicht, wie Lord Galeran es getan hat, die Ungläubigen im Heiligen Land bekämpfen.«
Henry lächelte ebenfalls, als er sich Raymond zuwandte. »Was sagt Ihr dazu, Sir? Ihr müßt wissen, daß, sollte dieser Fall an ein offizielles Gericht gehen, sowohl Ihr als auch die Lady schwere Strafen davonträgt, den Verlust Eures Lebens eingeschlossen.«
Das war so geschickt, um Lowick sogar außer Landes zu bekommen, daß Galeran sich fragte, ob das alles vielleicht vorher arrangiert worden war.

Lowick sah nicht sehr bestürzt aus. »Es wäre mir eine Ehre, für Christus zu kämpfen, Sire, aber ich fühle, daß es meine erste Pflicht ist, mein Kind und seine Mutter zu schützen ...«

Flambard legte beruhigend eine Hand auf Lowicks Arm und benutzte seinen juwelenbesetzten und vergoldeten Stock, um aufzustehen. In seiner Bischofswürde und seiner Kleidung sah er fast wie eine biblische Figur aus. »Verzeiht, Sire, aber da ist noch ein Gesichtspunkt, der bisher noch nicht beachtet worden ist.«

Galeran tauschte einen schnellen Blick mit Raoul aus. Er wußte nicht, was kommen würde, aber das war der Überraschungsangriff, auf den er die ganze Zeit gewartet hatte.

»Ja, mein Lord Bischof?« fragte der König, der plötzlich ebenfalls wachsam geworden war.

Flambard lächelte – ein wohltätiges Lächeln, das eines Heiligen würdig gewesen wäre. »Eure sehr vernünftige Annahme, Sire – und die meines Bruders des Bischofs – ist, daß der Verkehr zwischen Raymond von Lowick und Jehanne von Heywood ungesetzlich gewesen ist. Das habe auch ich geglaubt, als ich die Buße verhängte. Jedenfalls habe ich in weiteren Gesprächen mit Sir Raymond herausgefunden, daß er selbst dachte, er hätte jedes Recht auf seiner Seite, nicht nur, weil er glaubte, daß Lord Galeran tot wäre, sondern auch, weil er glaubte, der rechtmäßige Ehemann der Lady Jehanne zu sein.«

»Auf welcher Grundlage?« fragte Galeran fordernd, aber er hatte dabei ein übles Gefühl im Magen. Könnte Jehanne bereits eine Hochzeitszeremonie mit Lowick vollzogen haben?

Flambard warf ihm ein triumphierendes Lächeln zu. »Das Vorangegangene war Betrug, mein Herr.«

»Ihr lügt!« Galeran war schon auf seinen Füßen und hätte fast schon seine Hände um Flambards Hals gelegt, bevor die Wachen und Raoul ihn fortzogen.

»Setzt Euch, Lord Galeran«, sagte der König bemerkenswert ruhig. »Wir werden die Wahrheit heute herausfinden, das versichere ich Euch.« Als Raoul Galeran zurück auf die Bank zog, wandte sich Henry an den Bischof. »Ihr habt Beweise dafür?«

Flambard schnippte mit den Fingern, und Bruder Forthred trat hervor, um ein Dokument in Lowicks Hände zu legen. Dann kniete Lowick vor dem König und überreichte es ihm.

Galeran starrte auf das Pergament, als wäre es eine Schlange in der Wüste. Ein vorausgehender Betrug konnte seine Heirat annullieren. Konnte so etwas wahr sein?

Sein vorherrschendes Gefühl war jedoch blanke Wut. Würden sie, der Bischof und sein Handlanger, versuchen, das zu zerstören, was er und Jehanne gemeinsam geschaffen hatten? Er würde diese beiden zuerst töten.

Er zwang sich, ruhig zu bleiben. Er brauchte hier seinen scharfen Verstand, kein scharfes Schwert. Aber die Zeit dafür würde kommen.

Er sah Flambard an, der eine frömmelnde Zufriedenheit ausstrahlte.

Er betrachtete Raymond von Lowicks Rücken, als könne der ihm die Wahrheit sagen. Doch die stolze Haltung des Mannes sagte Galeran nichts.

Der König entrollte das Pergament, überflog es schnell und gab es dann weiter an Ralph Basset.

Der Graf von Warwick, der eher gelangweilt aussah, lehnte sich vor. »Mit Eurer Erlaubnis, Sire ...?«

Henry nickte, und der Graf wandte sich an Raymond, der noch immer kniete.

»Sir Raymond, wenn Ihr mit der Lady Jehanne verlobt wart, warum habt Ihr ihrer ungesetzlichen Liaison mit Lord Galeran nicht widersprochen?«

Lowick antwortete fest. »Ich sah darin keinen Sinn, mein Herr. Jehannes Vater hatte sich umentschieden. Ich wußte, daß er, wenn er es gewünscht hätte, einen Weg gefunden hätte, das Verlöbnis zu lösen.«

»Aber das tat er nicht?« fragte der Graf.
»Nein, mein Herr.«
Galeran beobachtete Lowicks Stimme. Er dachte, der Tonfall könnte ihm vielleicht etwas über dessen Ehrlichkeit sagen, aber es war schwer festzustellen, und was er sagte, klang plausibel. Galeran war zu der Zeit seiner Verlobung und der Heirat sehr jung gewesen. Sollten Täuschungen stattgefunden haben, wäre es möglich, daß man ihn nicht informiert hatte.
Er konnte es trotzdem nicht glauben, daß niemand von einer vorherigen Verlobung gewußt hatte. Sein Vater, zum Beispiel, hätte sicherlich davon gewußt. Verdammt sei Lord William dafür, daß er sich in Waltham versteckt hielt, wenn er doch hier sein sollte!
»Als die Verlobung geschlossen wurde«, sagte Lowick, »war Jehanne zu jung für eine Hochzeit, und außerdem gab es noch zwei lebende Brüder. Als ihre Brüder gestorben waren und sie als Erbin hinterließen, wollte sie ihr Vater anderweitig verheiraten.«
»Warum?« fragte der Herzog. »Hat er nicht bedacht, daß Ihr in der Lage sein könntet, ihren Besitz zu halten?«
Galeran sah, wie Lowicks Nacken rot wurde. Der Mann hätte ihm fast leid getan, wüßte er nicht, daß er log. Er log mit Sicherheit, und sein Zögern bei dieser Frage strafte ihn letztlich Lügen.
Während er Flambard ansah, dachte er, daß der Bischof sehr unzufrieden mit seinem Werkzeug war.
Lowick hatte die Frage des Grafen noch immer nicht beantwortet, und der König forderte ihn streng dazu auf, es unverzüglich zu tun.
»Er wollte, daß sie mit einer mächtigen Familie verbandelt ist«, sagte Lowick endlich. »Ich habe keine solche Familie.«
»Aber warum«, fragte der Herzog, »hatte er Euch zuvor für einen angemessenen Ehemann gehalten?«
»Ich war wie ein Sohn für ihn, mein Herr.« Lowicks Stimme

war wieder fester geworden. »Die Verlobung war ein Weg, um mich in die Familie einzubringen.«

»Aber einer, den er nicht mehr wollte, als er nur noch die Tochter hatte?«

Der Graf lehnte sich zurück und nickte.

Das war so plausibel, daß Galeran sich selbst fragte, ob die Geschichte nicht doch wahr sein könnte. Der alte Fulk hatte eine Neigung für Lowick gehabt und hätte sehr wohl verfügen können, daß er durch Heirat ein Teil der Familie wurde. Vielleicht hatte er vorgehabt, dem Paar ein kleines Stück Land zu geben.

Dennoch, es war unglaubwürdig, daß eine Verlobung geheimgehalten werden konnte. Es gab immer Zeugen. Das war der *Zweck* von Zeugen.

Ralph Basset und der Bischof von London hatten die Verlobungsurkunde untersucht, und nun sprach Basset: »Das scheint ein gültiges Dokument zu sein, Sire, aber wie immer bei diesen Angelegenheiten, sind es die Zeugen, auf die es ankommt. Sie müssen vortreten, um die Wahrheit zu beeiden.«

»Leider, Sire«, sagte Flambard, »habe ich Nachforschungen anstellen lassen, und keiner der Zeugen ist noch am Leben.«

Alle Augenbrauen hoben sich bei diesen Worten.

Galeran hätte fast vor Erleichterung geseufzt. Dieses Dokument war eine Fälschung mit falschen Zeugen, die einfach aus dem Grund ausgesucht worden waren, weil sie tot waren.

Ralph Basset las die Namen vor. Die ersten waren natürlich der alte Fulk und seine Söhne, alle mit Sicherheit tot. Der nächste war Gregory, der Haushofmeister, kürzlich verstorben.

»Ich kannte den Mann«, sagte Galeran. »Er war Zeuge meiner eigenen Trauung. Er hätte seinen Namen nicht unter ein illegales Dokument gesetzt.«

Flambard erhob Einspruch: »Auch nicht, wenn er Gefahr lief, ansonsten seinen Posten zu verlieren, mein Herr?«

Es war eine sinnlose Diskussion, also hörte Galeran sich die anderen Namen an. Es waren nur acht.
»Sire«, sagte er und erlaubte sich, sein Erstaunen zu zeigen, »auf meinem eigenem Verlobungsdokument stehen mehr als dreißig Namen. Lord Fulk war ein wichtiger Mann im Norden und hätte sicher so viele oder mehr Zeugen versammelt, um diese Urkunde zu bezeugen.«
»Ein guter Einwand«, sagte Warwick.
Flambards Augen verengten sich, aber sein Lächeln blieb. »Vielleicht war es, da Sir Raymond keine Familie oder Verbindungen vorweisen konnte, und deshalb hat Lord Fulk gedacht, es wäre besser, ihn nicht zu überwältigen. Es war immerhin seinerzeit eine bedeutsame Angelegenheit für ihn, da es sich um seine einzige Tochter handelte.«
»Egal«, sagte Galeran, »es gibt bemerkenswerte Unterlassungen. Warum waren zum Beispiel weder mein Vater noch Hubert von Burstock bei einer solchen Zeremonie anwesend?«
Der König nickte. »Wieder ein guter Einwand. Wie schade«, fügte er bedeutsam hinzu, »daß Lord William von Brome heute nicht hier ist, um in dieser Angelegenheit vorzusprechen.«
Galeran fragte sich, ob die Zukunft seiner Familie ausschließlich von der Loyalität seines Vater abhing.
Das einzige, was er tun konnte, war, den Schritt zu wagen, nach dem ihn dürstete und den er gleichwohl verabscheute. Er erhob sich. »Ich bin bereit, diese Angelegenheit mit dem Schwert zu bereinigen, Sire. Ich fordere Raymond von Lowick heraus, das Recht seines Anspruchs durch seinen Körper zu beweisen.«
Lowick erhob sich sofort. »Ich nehme an!«

Zwanzigstes Kapitel

Der König runzelte seine Stirn. »Das könnte zum Tode führen, Mylords, mit Gott als Eurem Richter.« Wenn es ein geplantes Ziel dieses Treffens gegeben hatte, dann war es klar, daß sie jetzt weit davon entfernt waren und daß Henry nicht gerade begeistert war. Er konnte aber ein Duell nicht verhindern. Es war das Recht eines jeden Mannes.

In diesem Moment kam ein Page herein, verbeugte sich und flüsterte dem Grafen etwas zu. Dieser lehnte sich wiederum vor, um mit dem König zu sprechen.

Henrys Runzeln schwächte sich ab. »Setzt Euch einen Moment, Mylords. Es erfreut mich nicht, gute Kämpfer ohne Not zu verlieren, und wir könnten in der Lage sein, auf eine andere Art Licht in das Dunkel des Problems zu bringen. William von Brome ist angekommen.«

Als Galeran sich umwandte, um seinen Vater zu begrüßen, sah er, wie Flambards Miene sich verhärtete und Lowick die Gesichtszüge vor Schreck entgleisten. Offenbar hatte keiner von beiden das erwartet.

Was hatten sie erwartet?

Wahrscheinlich, daß Galerans Tod vollendet sein würde, bevor dessen Vater irgend etwas hiervon erfahren hätte.

Die Tür öffnete sich, und Lord William betrat den Raum. Er hatte prachtvolle Kleider an und trug Juwelen, die wie dafür geschaffen waren, Flambards klerikalem Prunk zu begegnen. Galeran war so sehr an die verschlissene Kleidung aus Stoff

und Leder gewöhnt, die sein Vater normalerweise trug, daß er wegen dessen prunkvollen Auftretens fast in Lachen ausgebrochen wäre.
Aber die Kleidung erfüllte ihren Zweck. Sie machte die Stellung seines Vaters offensichtlich.
Lord William ging direkt, aber ohne Eile zum König und kniete vor ihm nieder, die Hände verschränkt ausgestreckt. Mit einem zufriedenem Glitzern in den Augen bedeckte Henry die Hände mit seinen eigenen, als er ihn begrüßte. Dies war eine vereinfachte Version des Lehenseides, die ein bedeutsames Gewicht hatte ...
»Lord William«, sagte Henry, »Wir sind erfreut, Euch bei so guter Gesundheit zu sehen.«
»Nun ja«, sagte Galerans Vater, als er aufstand. »Ich hätte vielleicht noch ein oder zwei Tage Ruhe vertragen können, Sire, aber ich habe Gerüchte gehört, daß Raymond von Lowick in Waltham gewesen ist und sich über mich umgehört hat. Da habe ich entschieden, daß ich besser herausfinden sollte, was er vorhatte.« Er blickte Lowick und den Bischof mit einem schalkhaften Glitzern in den Augen an. »Wahrscheinlich hat er den Eindruck gewonnen, daß ich kränker sei, als ich es tatsächlich war. Ich denke, daß ihm sogar jemand gesagt hat, ich läge im Sterben.«
»Tatsächlich? Wir sollten nicht Eure Gesundheit und Euer Wohlergehen riskieren, mein Herr. Bitte setzt Euch.« Henry befahl, daß man einen Stuhl nach vorne bringen sollte. Diese Geste hätte einfach nur Besorgnis um einen kranken Mann sein können, aber sie bedeutete viel mehr. Die Botschaft war deutlich:
Unterstützt mich, William von Brome, und ich werde Euch als einen der mächtigsten Barone im Norden anerkennen. Und ich werde Eure Familie beschützen, jetzt und in Zukunft.
Sobald Lord William sich gesetzt hatte, sagte der König: »Ihr kamt gerade recht, Mylord, denn Ihr solltet in der Lage sein,

uns in einer verworrenen Angelegenheit zu helfen. Sir Raymond von Lowick behauptet, daß er legal mit Lady Jehanne verlobt war, bevor sie Eurem Sohn, Galeran, versprochen wurde und ihn geheiratet hat.«

Lord William sah aus, als hätte man ihm gesagt, die Sonne wäre aus Käse gemacht. »Das ist Quatsch, Sire.«

»Er hat ein Dokument, das in jeder Hinsicht verläßlich scheint. Unglücklicherweise sind die Zeugen alle verschieden.«

»Wenn Ihr so gnädig seid, Sire, laßt mich die Namen dieser Zeugen hören.«

Am Ende der kurzen Liste prustete Lord William. »Jemand muß Northumbria nach Männern durchkämmt haben, die in den letzten zehn Jahren verstorben sind, Sire. Aber wir sind ein gesundes Völkchen dort oben im Norden, und dieser Haufen hat sich niemals im Leben an einem Ort gemeinsam aufgehalten, soweit ich weiß. Ganz sicher nicht auf Heywood, davon hätte ich Kenntnis erlangt. Außerdem gibt es wichtige Namen, die auf jedem Dokument dieser Art stehen sollten, damit es Sinn macht. Meiner zum Beispiel.«

»Vielleicht wollte Lord Fulk die Sache geheimhalten«, warf Flambard verzweifelt ein. »Dieses Dokument, das ich in gutem Glauben angenommen habe, wirft Zweifel auf das Recht, das Lord Galeran an dem Kind, der Frau und dem Schloß hat, daher ist es nicht überraschend, daß Ihr versucht, es anzuzweifeln, Lord William. Die einzige Art, es zu beweisen, ist durch das Schwert.«

Henry betrachtete die Gegenspieler. »Mein Lord Bischof, ich verstehe nicht, warum Ihr in dieser Angelegenheit so glühend seid.«

Galeran bemerkte deutlich, wie Flambard sich kontrollieren mußte. »Ich wünsche nur, daß das Recht siegt, Sire, wie es meine Pflicht ist.«

»Dann sollten wir doch wohl eher Raymond von Lowick die Rechtmäßigkeit seines Anspruchs durch den Test mit glühendem Eisen beweisen lassen, anstatt Lord Galeran dort hineinzuziehen, der nichts Böses getan hat und in der Tat durch seine Dienste im Heiligen Land gesegnet ist.«

Lowick war kein Feigling, aber er erbleichte bei dem Gedanken daran, seine Lüge dadurch unter Beweis zu stellen, daß er rotes, heißes Eisen in seiner Hand halten müßte, damit man anschließend sehen könnte, wie stark er verbrannt war. »Ich bestehe auf meinem Recht, die Wahrheit durch das Schwert zu beweisen«, erklärte er.

»Eure Majestät«, sagte der Bischof, »die bedauerlichste Sünderin dieser Angelegenheit, sowohl durch das Verheimlichen ihres vorangegangenen Betrugs als auch durch das Eingehen einer illegalen Verbindung mit Lord Galeran und durch späteres Brechen ihrer Schwüre, ganz zu schweigen von dem Mord an ihrem ungewollten Kind ...«

»Bei Gott ...!« Aber Galeran wurde wieder von Raoul zurückgehalten, bevor er dem Bischof etwas antun konnte.

»Setzt Euch, Lord Galeran«, fuhr der König ihn an. »Ich habe bisher noch niemanden einen Mord erwähnen hören.«

»Weil es keinen Mord gegeben hat«, knurrte Galeran, den Bischof fest im Blick haltend.

»Wie aber konnte das Kind dann sterben?« wandte sich Flambard an den König. »Ein gesundes Kind, Sire, von acht Monaten, das eines Nachts ins Bett gebracht wird und nie mehr erwacht. Und just in der Nacht des Begräbnisses ihres einzigen Kindes steigt Jehanne von Heywood in das Bett von Sir Raymond. Freiwillig. Es scheint mir, daß Lady Jehanne sich dem Gottesurteil mit dem glühenden Eisen unterwerfen sollte.«

Galeran konnte fühlen, wie die Stimmung im Raum umschlug. Bis jetzt hatte er Jehanne erfolgreich im Hintergrund halten können, aber nun wurde über sie verhandelt, das war gefährlich. Sie war die verräterische Kreatur, die Ehebrecherin. Aber das hier war viel schlimmer. Für eine Ehebrecherin hätte es Gnade geben können, und ihr Ehemann hatte dabei im allgemeinen das letzte Wort. Aber für eine Frau, die ihr eigenes Kind getötet hatte, konnte es keine Gnade geben.

»Das Kind, das starb, war mein Sohn«, sagte er so ruhig wie es ihm möglich war. »Wenn sein Tod verdächtig war, glaubt Ihr nicht, ich hätte gehandelt?«

»Ihr wißt, wie das Kind gestorben ist, mein Herr?« fragte Flambard mit gespielter Überraschung.

»Ich weiß, daß sie Gallot nicht getötet hat.« Galeran wandte sich an den König. »Meine Frau liebt Kinder, Sire, und wünschte sich verzweifelt ein eigenes. Deshalb habe ich mich dem Kreuzzug angeschlossen. Und Gott belohnte uns mit einem Kind, das um so wertvoller für uns war, als wir so lange darauf gewartet hatten. Ich kann eine Reihe von Zeugen bringen, die beschwören können, daß meine Frau eine hingebungsvolle Mutter war und den Verlust ihres Kindes sehr betrauert hat.«

»Ich kann das beschwören«, sagte Lord William. »Sie hat zwar nicht gejammert und geweint wie es die meisten Frauen tun, aber jemand, der sie kennt, wußte, daß sie furchtbar getroffen war.«

Der Bischof von London erhob seine Stimme. »Die Frage ist nicht, ob sie getrauert hat, sondern ob sie am Tag der Beerdigung ihres Kindes mit diesem Mann gehurt hat.«

Stille antwortete ihm, bis der König zu Lowick sagte: »Nun, mein Herr? Ihr seid derjenige, der diese Frage beantworten kann.«

Und Lowick sagte: »Ja, das hat sie, Sire.«

Er sprach jedoch zögernd, und Galeran dachte, er hätte vielleicht ebenfalls die Gefahr von Jehanne fernhalten wollen. Das war ein kleiner Pluspunkt für Lowick.

»Sie hatte ihre Gründe, Sire«, sagte Galeran, obwohl er wußte, daß er sich auf gefährlichem Boden bewegte. »Meine Frau hat mir alles gestanden, sie hat mir alles erzählt, was in dieser Zeit geschehen ist. Um es einfach zu sagen, sie war verrückt. Sie dachte, ich wäre tot, und als ihr Sohn durch die Hand Gottes von ihr genommen wurde, hat sie vor Trauer ihren Verstand verloren. Sie hat mit Lowick gesündigt, aber das war, bevor sie wieder zu Sinnen gekommen war, und ich warne ihn, etwas anderes zu schwören.«

»Sir Raymond?« fragte der König.

Lowick sah kurz zu Flambard, aber dann sagte er: »Es war nur das eine Mal Sire, und ja, ich glaube, daß sie zu der Zeit nicht bei Sinnen war. Ich habe versucht, ihr zu widerstehen, aber ich war zu schwach.«

Ein Raunen ging durch den Raum, fast amüsiert durch dieses Bild, und Galeran fühlte, wie die Spannung ein wenig von ihm abfiel. Er konnte jetzt fast Wohlwollen für Lowick empfinden. Er hatte die Gefahr gesehen, die auf Jehanne zukam, und hatte sich erhoben, um sie zu bannen.

Er hätte ihn sogar in brüderlicher Liebe an seine Brust ziehen mögen, wenn es da nicht das Verlobungsdokument gegeben hätte. Aber das war zweifellos das Werk von Bischof Flambard. Der Jehanne das Gottesurteil auferlegen wollte.

Es war jedoch der Bischof von London, der jetzt sprach, deutlich besorgt um den Mord. »Was ist jetzt mit dem Kindstod? Vielleicht ist die Lady durch die Nachricht vom Tod ihres Mannes verrückt geworden und hat dann das Kind getötet. Ein trauriger Fall, aber keiner, der unbestraft gelassen werden sollte.«

Es war Lord William, der diese Äußerung aufnahm. »Sire«, sagte er, »es war ein ungewöhnlicher Tod, aber keiner, der vollkommen unbekannt ist. Im allgemeinen sagen die Leute, daß die Mutter sich im Schlaf auf das Baby gelegt hat. Das Landvolk spricht von Geistern, die das Kind in der Nacht stehlen. Mein Sohn war fort, daher habe ich einige Untersuchungen angestellt. Es gab keine Anzeichen von physischen Verletzungen, wie es sie hätte geben müssen, wenn das Kind erdrückt worden wäre. Auch gab es keine Anzeichen von Gift.

Es ist schwer zu töten, ohne eine Spur zu hinterlassen. Und«, fügte er bedeutungsvoll hinzu, »es ist leicht für die Leute, mit dem Finger auf andere zu zeigen, selbst wenn es nur einen winzigen Verdacht gibt.«
Galeran hielt den Atem an. Sein Vater sprach den Tod von William Rufus an. Das war, als würde er sagen, daß wenn Jehanne für Gallots Tod angeklagt würde, Brome möglicherweise diejenigen unterstützen würde, die Henry beschuldigten, seinen Bruder getötet zu haben.
Er drohte damit, Robert von Normandie zu unterstützen.
Die Augen des Königs verengten sich in der gefährlichen Stille.
»Mehr noch«, fuhr Lord William verbindlich fort, »ich sprach mit dem Krankenhaus in der Abtei von Waltham genau über dieses Thema, da es mich interessierte ...«
Galeran erinnerte sich daran, wieder atmen zu müssen. Als er sich von diesem Schock erholt hatte, bemerkte er, daß Fitz-Roger eingetreten war und genau hinter dem Thron des Königs stand, als ob er darauf wartete, sprechen zu dürfen.
»... Bruder Garth war ebenfalls der Meinung, daß solche Tode vorkommen, ohne daß ein Grund offensichtlich wäre. Im allgemeinen sind diese Kinder zwar jünger als Gallot, aber alle Anzeichen von Gallots Tod stimmen mit den Fällen überein, die er kennt. Ich glaube wirklich, daß es als ein Akt Gottes angesehen werden muß, daß er in seiner Weisheit beschlossen hat, das süße Kind zu sich zu holen.«
»So wird es sein«, sagte der König kurz angebunden. »Es scheint keinen Grund zu geben, noch länger bei einem solch unlösbaren Mysterium zu verweilen, und es ist mit Sicherheit falsch, Steine zu werfen, wenn es keine Sicherheit für Schuld gibt. Wenn jemand gesündigt hat, wird Gott in seiner Weisheit handeln.«
Henry sah William an, während er sprach, und es war fast so, als würde er über die Verdächtigungen sprechen, die über ihn und den Tod seines Bruders im Umlauf waren.
Der König fuhr fort: »Es scheint mir, daß es schwerwiegenden

Zweifel an diesem Verlobungsdokument gibt. Schwerwiegend genug, daß ich es abweise, es sei denn, es können Beweise beigebracht werden, die es verifizieren. Da alle ehemaligen Zeugen tot sind, wird das schwierig werden.« Er lächelte, aber das Lächeln erreichte seine Augen nicht. »Ich bin sicher, daß Ihr, mein lieber Lord Bischof von Durham, an die Echtheit des Dokumentes geglaubt habt. Aber Raymond von Lowick muß gewußt haben, daß er dabei war, eine bewußte Täuschung zu begehen.«

Bei dieser leichten Änderung der Sichtweise wurde Lowick blaß. Er stand auf. »Mit allem gehörigen Respekt, Sire, halte ich den Anspruch auf Echtheit des Dokumentes aufrecht und möchte das im Kampf beweisen.«

Henry sah aufgebracht aus, und Galeran vermutete, daß es wahr war, daß er Duelle als eine Verschwendung guter Kämpfer ansah. Galeran empfand das gleiche, und jedes Verlangen, das er gehabt hatte, Lowick zu töten, war verschwunden. Der Mann war von Jehanne benutzt und durch Flambard übertölpelt worden.

Und er hatte sich gerade gemacht, um Jehanne vor Schaden zu bewahren.

FitzRoger trat in diesem Moment vor, lehnte sich nahe zu Henry hinüber und sprach ihm etwas ins Ohr. Der Gesichtsausdruck des Königs änderte sich erneut.

Was jetzt? fragte sich Galeran und hatte einen Kloß in seinem Hals.

Er wollte aufspringen. Etwas tun. Etwas tun, egal wie verrückt es war. Jehanne war wahrscheinlich vor der bittersten Strafe bewahrt, und der Bischof von London hatte den Kompromiß vorgeschlagen, der Donata bei Galeran und Jehanne lassen würde.

Wenn ihre Ehe bestehen blieb.

Diese Ehe hing jedoch in der Luft, wenn der König ein Gottesurteil durch das Schwert erlaubte. Wenn Galeran durch Lo-

wicks Klinge stürbe, dann würde Gott als Ersatz für all die toten Zeugen eintreten, und Jehanne würde Lowicks Frau werden.
Galeran beobachtete den König und seinen Vertrauten, fragte sich, ob sie die Details eines Duells besprachen. Dann richtete FitzRoger sich auf, und Henrys kluge Augen betrachteten die Menschen, die vor ihm saßen.
»Lord Galeran«, sagte er, »würdet Ihr nicht zustimmen, daß ein ehebrecherisches Weib bestraft werden muß?«
Überrascht durch diese Wendung, mußte Galeran seine Gedanken sammeln, bevor er antworten konnte. »Sire, eine lüsterne vielleicht. Aber keine, die kurz durch Kummer verwirrt war.«
»Aber wie der Bischof von Durham sagt, können Reue wie auch Verrücktheit vorgetäuscht werden, und es ist oft nötig, ein öffentliches Exempel mit Sündern zu statuieren. Was, wenn ich verfügen müßte, daß Eure Frau ausgepeitscht werden muß, um der Welt zu zeigen, daß eine solche Untreue nicht geduldet werden kann?«
Galeran starrte den König an, der so viele Geliebte gehabt hatte. Viele verheiratet. Viele, die ihm einen Bastard geboren hatten. Soweit er wußte, war keine für ihre Sünde bestraft worden. »Wenn es Euer Urteil wäre, Sire«, sagte er langsam, »dann müßte ich Euch gehorchen.«
Er hoffte, daß Henry verstanden hatte, daß er durch ein solches Urteil einen loyalen Untertanen verlieren würde. Er hoffte, FitzRoger hatte ihm seine verschleierte Warnung vom anderen Tag überbracht.
Henry zeigte keine Reaktion und wandte sich an Lowick. »Sir Raymond, was schätzt Ihr? Wenn Ihr darauf bestehen könntet, Lady Jehanne für ihren Betrug an Euch zu bestrafen, würdet Ihr auf diesem Recht bestehen?«
Lowick wurde rot. »Nein, Sire! Ich habe keinen Wunsch, Jehanne auf irgendeine Weise verletzt zu sehen. Als ich Hey-

wood verließ, bat ich sie, mich zu einem sicheren Hafen zu begleiten. Ich wollte, daß sie vor genau so einer Strafe sicher wäre. Ich habe immer nur sie und mein Kind schützen wollen.«

Und das, dachte Galeran überrascht, war wahrscheinlich die Wahrheit.

Schließlich wandte sich Henry an Flambard. »Mein Lord Bischof, wie ist Eure Betrachtung der Dinge?«

Die Augen des Bischofs flackerten einen Moment unsicher. »Ich habe mein Urteil gefällt, und Lady Jehanne hat sich eigenmächtig entzogen.«

»Also meint Ihr, daß sie es verdient, für diese Vernachlässigung ihrer Pflicht gepeitscht zu werden?«

Wieder suchten Flambards Augen den Raum ab, als suchten sie eine versteckte Information. Galeran sah FitzRoger an und fragte sich, welche Neuigkeiten er überbracht hatte, die diese Reihe von Fragen ausgelöst hatten.

»Nun, mein Lord Bischof?« forderte der König auf.

»Ja, Sire. Abgesehen von ihrer Sünde des Ehebruchs, hat die Lady bewiesen, daß sie unbeugsam ist und vor Stolz strotzt. Sie braucht körperliche Züchtigung, damit sie ihren Irrtum einsehen kann und schließlich Erlösung findet. Wenn sie dazu gebracht werden könnte, sich dem zu unterziehen.«

Henry lächelte. »Aber sie hat sich bereits einer Strafe unterworfen, und zwar freiwillig. Nicht wahr?«

»Freiwillig?« Flambards alarmierte Frage wurde durch Galerans »Welche Bestrafung?« erstickt.

Sein Vater hielt einen Arm vor ihn, um ihn zu bremsen, und Raoul legte eine Hand auf seine Schulter, so daß er mit einiger Schwierigkeit auf seinem Sitz gehalten werden konnte.

»Lord FitzRoger hat etwas zu berichten«, sagte Henry.

Der Vertraute des Königs trat vor. »Auf Anweisung seiner Majestät wurden Lady Jehanne, ihre Cousine, ihr Baby und die Kinderschwester nach St. Hilda gebracht. Da die Lady und ihr

Kind die Ursache dieses heute zu verhandelnden Streites waren, hatte Ihre Majestät das Gefühl, daß sie dort in Gewahrsam sicherer wären. Für den Fall, daß die Lady unredliche Absichten gehabt hätte, wie zum Beispiel mit ihrem Liebhaber vor einem Urteilsspruch zu fliehen, wurde angewiesen, daß sie alle in verschlossenen Räumen bleiben sollten, bis diese Anhörung vorüber ist.«

Lowick sah erstaunt aus.

Flambard schwitzte.

»Die Mutter Oberin von St. Hilda ist sehr streng«, fuhr FitzRoger fort, »und glaubt fest an körperliche Kasteiung, um Sünden auszutreiben. Als sie die ganze Geschichte von Lady Jehannes Übeltaten gehört hatte und man ihr erzählte, daß die Lady sich geweigert hatte, die Buße, die ihr durch einen Bischof auferlegt worden war, anzunehmen, brauchte sie nur sehr wenig Ermunterung dazu, die Rute zu schwingen.«

»Mein Gott ...« flüsterte Galeran und wurde wieder von seinem Vater und Raoul auf der Bank gehalten.

»Ruhig, Junge«, murmelte sein Vater. »Ruhig.«

»Die Lady ist geschlagen worden?« fragte der König.

»Die Lady erhielt zu jeder der fünf kanonischen Stunden zehn Schläge, seit sie in dem Kloster angekommen war. Ich schritt ein, bevor diese Maßnahme wieder um Terz ergriffen werden konnte.«

Galeran konnte dieses Mal nicht zurückgehalten werden. Er sprang auf die Füße. »Wer hat das angeordnet?«

»Warum? Bischof Flambard natürlich.«

Galeran ergriff die Vorderseite der Bischofsrobe, bevor ihn jemand stoppen konnte. »Dann denke ich, der Bischof sollte mein Schwert fühlen.«

»Haltet ein, Lord Galeran!« Henrys Hand legte sich über Galerans Faust, die noch immer Flambards Seidenrobe umklammert hielt.

»Ich glaube, daß ich eher einen Anspruch habe«, sagte Henry

sanft und drückte Galerans Hand mit bemerkenswerter Kraft. Das war ein Befehl. Aber es war die kalte Drohung in der Stimme des Königs, die Galeran dazu brachte, seinen Griff zu lockern.

Diese Drohung galt nicht ihm, sondern dem Bischof.

»Mein ist die Macht«, sagte Henry sanft. »Mein ist das Urteil. Mit welchem Recht, mein Bischof, übergeht ihr meine Anweisungen?«

Von Flambards erblaßtem Gesicht rann der Schweiß in Strömen. Das war nicht überraschend. Er stand vor dem Mann, der mit bloßen Händen einen Mann von den Zinnen Rouens gestoßen hatte, weil er ihm widersprochen hatte.

»Ich habe Eure Anweisungen nicht übergangen, Sire. Aber ich habe das Recht als ein Kirchenfürst, Buße für Sünden aufzuerlegen.«

»Welche Buße würdet Ihr dann für die Fälschung eines Verlobungsdokumentes bestimmen?«

Flambard trat zurück, bis er auf die Bank fiel. »Wenn es eine Fälschung ist, Sire, hatte ich nichts damit zu tun!«

»Ach nein? Ich denke, sorgfältige Nachforschungen im Norden werden die Wahrheit enthüllen.« Der König wandte sich plötzlich an Lowick. »Nun, Sir Raymond? Sprecht die Wahrheit! Gab es ein vorheriges Verlöbnis?«

Raymond, gleichfalls weiß im Gesicht, fiel unter dem Druck der Wut des Königs auf die Knie. »Nein, Sire! Man hat davon gesprochen. Aber Jehannes Brüder starben, bevor es dazu gekommen ist.«

»Aber Ihr liebtet die Lady und dachtet, sie wäre Euer per Gesetz?« Henry sprach etwas ruhiger. »Ihr dachtet vielleicht, daß Ihr im Geiste verlobt wäret ...?« Es war offensichtlich, daß der König Lowick eine Brücke baute, wenn dieser den Grips hätte, sie zu betreten.

Er hatte.

Er beugte seinen Kopf. »Ja, Sire. Und als Lady Jehanne mir ein

Kind gebar, dachte ich nur daran, für ihre Sicherheit zu sorgen. Ich bitte untertänigst um Eure Gnade.«

Henry ging so weit, daß er Lowick mit seinen eigenen Händen aufhob, lächelnd, obwohl sein Gesicht noch immer gerötet war.

»Und es war Bischof Flambard, der den Plan entworfen hat, vorzugeben, daß eine Verlobung tatsächlich stattgefunden hatte?«

»Ja, Sire.«

»Und er war es, der dieses Dokument erstellen ließ?«

»Ja, Sire.«

Da er die Aussage erhalten hatte, die er benötigte, wandte sich Henry von Lowick zu Flambard. »Was war des Bischofs Absicht, frage ich mich? Können wir glauben, daß er so verwirrt war durch Euren liebeskranken Zustand, durch die Gefahr, die Euch und Eurem Kind drohte, daß er sich verpflichtet fühlte, seine Position zu riskieren, sein eigenes Leben sogar, um Euch zu helfen?«

Wieder legte sich Stille über den Raum, da sie zum Kern der ganzen Sache gekommen waren, und Flambards panische Angst stand ihm im Gesicht geschrieben.

»Nun, Sir Raymond?« fragte der König mit fast süßer Stimme und ließ Flambard nicht aus den Augen. »Erzählt uns, welche Begründung der Bischof dafür hatte, Euch zu helfen, wieder die Kontrolle über Schloß Heywood zu erhalten.«

Lowick starrte umher, und er tat Galeran ehrlich leid. Er taumelte am Abgrund, und er wußte es.

»Sire, der Bischof ärgerte sich über die Macht William von Bromes und seiner Familie. Er dachte, wenn er eine Unterstützung auf Heywood hätte, könnte er die größere Macht im Norden erlangen.«

»Mit einem kirchlichen Fürstentum, das sich von Küste zu Küste erstreckt, kümmerte er sich besorgt um ein kleines Schloß?«

»Sir William stellte sich ihm entgegen, Sire.«

»Aber hatte der Bischof von Anfang an ein so großes Interesse an Euren Angelegenheiten? Als Ihr zuerst zu ihm gingt, damals, nachdem Lord Galeran heimgekehrt war, wie hat er sich da verhalten?«
Lowick runzelte die Stirn. »Er hörte sich mein Ersuchen um Hilfe an, Sire, aber...«
»Aber hat nichts getan. Wann hat sich das geändert?«
Jetzt schwitzte Lowick wie der Bischof, aber er antwortete deutlich: »Als die Nachricht vom Todes Eures Bruders eintraf, Sire.«
»Aha«, sagte der König und bewegte sich ein paar Schritte fort. »Nachdem seine größte Stütze fort war und er mir als Nachfolger gegenüberstand. Die totale Kontrolle von Northumbria wäre eine nützliche Waffe gewesen, nicht wahr? Aber um sie in wessen Interesse zu nutzen?«
Flambard hatte seine Kontrolle wiedererlangt und war bereit, um sein Leben zu kämpfen. »Ich habe nur versucht, Ordnung im Norden herzustellen, Sire. Deshalb hatte mich Euer Bruder dort ernannt.«
»War es das? Aber warum wuchs Euer Interesse an Sir Raymonds Fall nach dem tragischen Tod meines Bruders?«
»Ich habe mir nur Zeit genommen, diesen Fall zu überdenken, Sire. Wie Ihr hier heute gesehen habt, ist es kein einfacher.«
»Und ich vermute, das gefälschte Dokument war nur ein Versuch, den Fall zu vereinfachen. So wie«, fügte der König hinzu, »es der Anschlag auf Lord Galerans Leben war.«
Flambard leckte seine Lippen. »Anschlag...?«
»Lord FitzRoger hat heute morgen einen Eurer Männer in Gewahrsam genommen, mein Lord Bischof. Er war bereits geständig. Die Armbrust ist eine teuflische Waffe, auch wenn der Papst zustimmt, daß sie gegen die Heiden verwandt werden soll.«
Mitten im tödlichen Schweigen wandte sich Henry um und bestieg wieder seinen Thron. Er sah bedrohlich zufrieden aus.

Lowick wandte sich an den Bischof. »*Ihr?* Ihr habt hinter dem Anschlag gesteckt?«
»Ranulph Flambard«, sagte Henry, »ich sehe Euch unter Verdacht des versuchten Mordes stehend, unter Betrug und unter Verdacht des Überschreitens Eurer klerikalen Autorität.«
»Bei allem Respekt, Sire«, sagte Flambard, und sein Blick wanderte zwischen Henry und dem Bischof von London hin und her. »Ihr habt keine Rechtsprechung über einen Kirchenfürsten.«
»Ach, wirklich?« entgegnete Henry leichthin. »Mein Lord Bischof von London, vielleicht wünscht Ihr, daß dieser zweifelhafte Kirchenmann in sichere Verwahrung genommen wird, während eine ordentliche Untersuchung in dieser Angelegenheit vorbereitet wird.«
Flambard war im ganzen Land allgemein verhaßt, und der Bischof lächelte fast. »Die Kirche wäre dankbar für Eure Unterstützung, Sire.«
»Dann verbannt ihn solange in den Tower, bis die Wahrheit herausgefunden worden ist.« Bevor Flambard sich verteidigen konnte, fuhr der König fort: »Und es scheint mir, daß der Bischof von Durham stur ist und vor Stolz strotzt. Vielleicht benötigt er Buße, die ihm hilft, den Irrtum seiner Handlungsweisen einzusehen, damit er Erlösung findet.«
»Eine strenge Diät bei Wasser und Brot könnte hilfreich sein, Sire«, sagte der Bischof von London.
»Genau«, murmelte Henry. »Und doch hat der Bischof selbst kürzlich körperliche Strafe, um die Sünde des Stolzes zu brechen, befürwortet ...«
»Ah.« Ein fast fröhlicher Ausdruck erschien auf dem Gesicht des älteren Bischofs. »Zehn Schläge zu jeder kanonischen Stunde, Sire?«
»Wie weise. Wie klug.« Henry sah FitzRoger an. »Sorgt dafür, mein Freund.«
»Mit Vergnügen, Sire.« Und FitzRoger überwachte die Entfernung des protestierenden Geistlichen.

»Das werdet Ihr noch bereuen!« kreischte Flambard, als die Wachen ihn in Richtung Tür drängten. »Ihr werdet noch sehen, daß Ihr mich braucht, so wie mich Euer Bruder gebraucht hat!«

Henry lächelte lediglich. »Geht in Frieden, Flambard, oder ich werde die Schläge verdoppeln lassen.«

Während der Bischof und seine Diener aus dem Raum entfernt wurden, überdachte Galeran die Möglichkeit, daß all das hier – außer ein paar Überraschungen, die zusätzlich in den Topf geworfen worden waren – geplant gewesen sein könnte. Henry wußte vielleicht, daß Flambard ihm nützlich sein könnte, aber nur als ein reumütiger, gebrochener Diener, nicht als ein Mann, der genug Macht besaß, um die Krone herauszufordern. Vielleicht hatte Henry sogar einen Vorwand gesucht, um ihn zu brechen.

Henry Beauclerk war ein interessanter Mann, aber Galeran hoffte, sein Leben weit entfernt von seinem scharfen Blick leben zu können.

Nachdem die Tür sich hinter dem Bischof geschlossen hatte, wandte der König seine Aufmerksamkeit den Zurückgebliebenen zu – Galeran, Raoul, Lord William und der Bischof von London waren jetzt nur noch Beobachter.

»Sire«, sagte Galeran. »Ich muß zu meiner Frau ...«

»Einen Moment noch, mein Lord. Ich versichere Euch, daß sie in Sicherheit und unter der besten Pflege ist.« Er wandte sich an Lowick. »Nun, Sir Raymond ...«

Zu Galerans Überraschung trat Raoul, nicht Lowick vor und sank vor dem König auf die Knie. »Wenn Ihr mir erlaubt, zu sprechen, mein König.«

»Sir? Ich glaubte nicht, daß Ihr in dieser Angelegenheit Anteil hattet.«

Typisch für ihn, Raoul grinste den König an. »Ich wünschte, ich hätte es nicht, aber Lady Jehanne bat mich, an ihrer Stelle hier zu sprechen.«

»Lady Jehanne, wenn Ihr das bitte bemerken wollt« – seine

Worte hatten eine warnende Schärfe –, »ist nicht mehr in Gefahr. Der größte Teil ihrer Schuld hat sich in Luft aufgelöst, und wenn sie irgendeine Strafe verdient hätte, dann hat sie sie bereits bekommen.«

»Aber sie ist um Raymond von Lowick besorgt, Sire.«

Seine Worte erzeugten eine überwältigende Stille des Erstaunens, nur Galeran sog laut die Luft ein. Jetzt, wo sich alles zum Besten für ihn gewendet hatte – sollte er jetzt verraten werden?

»Die Lady hegt keine tiefen Gefühle für Sir Raymond«, sagte Raoul, als wäre er sich der Bestürzung, die er erzeugt hatte, bewußt. »Aber sie hält sich für seine Probleme verantwortlich, Sire, da es ihr Verhalten während der kurzen Zeit der Verrücktheit war, die ihn auf den falschen Weg führte. Sie bittet um seinetwillen um Gnade und bittet, daß ihr Ehemann nicht mit seinem Tod belastet wird.«

»Aha. Sie sorgt sich also um ihren Ehemann?« fragte Henry bissig.

»Das ist ihre größte Sorge, Sire«, sagte Raoul ruhig. »Wenn man bedenkt, daß sie Sir Raymond für schuldlos hält, stellt Euch vor, welche Sorge sie um ihren Ehemann haben muß, dem Unrecht geschehen ist. Ihr einziger Wunsch ist es, *ihm* alles recht zu machen und nicht auf *ihn* die Bürde zu legen, andere verletzen zu müssen, da sie weiß, wie sehr er das haßt.«

»Eingeschlossen, sie zu peitschen«, sagte Henry. »Eine sehr faszinierende Frau, obwohl – *mirabile dictu* – ich habe selbst ein wenig Mitleid mit Flambard. Es steht einer Frau nicht zu, in dieser Weise zu handeln, um die Angelegenheiten der Männer zu beeinträchtigen.«

Als er endlich begriff, was hier vor sich ging, ging Galeran die Dinge durch, die er Jehanne sagen wollte. Aber zuerst hatte er das hier zu erledigen. Er kniete an Raouls Seite nieder. »Sire, ich bitte für meine Frau um Verzeihung, wenn sie Euch durch ihre Taten beleidigt hat. Ich denke, es ist die Tiefe ihrer Reue, die sie dazu treibt, sich derart zu verhalten.«

»Sie ist normalerweise eine sanftmütige, guterzogene Frau, nicht wahr?«

Dem Ton nach zu urteilen, bezweifelte Henry das stark, und Galeran entschied, daß es das Klügste war, das mit einem Achselzucken von Mann zu Mann abzutun.

Henry lachte. »Frauen könnten ein Dorn im Körper eines Mannes sein, besonders die klugen. Aber sie sind jeden Stich wert. Steht auf, meine Freunde, Ihr habt Euren Teil erfüllt. Also«, fragte Henry an Galeran gewandt, »unterstützt Ihr die Petition Eurer Frau um Nachsichtigkeit?«

Galeran sah Lowick an, nur wenig bedauernd, daß der Kampf nicht stattfinden würde.

»Ich habe meiner Frau vergeben, Sire, und ich denke nicht, daß Sir Raymond mehr für den Ehebruch anzuklagen ist als sie. Was seine anderen Sünden jedoch angeht, würde ich vorschlagen, daß Ihr sie der Führung des Bischofs von London überlaßt und ihn für Christus kämpfen laßt. Er hat große kriegerische Talente, die dem Dienst Gottes unterstellt werden sollten.«

Und wenn Gott gnädig ist, dachte Galeran, muß ich ihn nie wiedersehen.

Der König wandte sich zu Lowick um. »Was denkt Ihr, Sir Raymond?«

Lowick sah jedoch eher besorgt als erleichtert aus. »Ich würde ein solch gnädiges Urteil mit Dankbarkeit annehmen, Sire, sobald ich das Wort von Lord Galeran habe, daß er Lady Jehanne nicht bestrafen wird oder auf irgendeine Weise das Kind verletzt.«

Eine Verhärtung rund um Henrys Mund sagte Galeran, daß er dabei war, seine Geduld zu verlieren, also schritt er ein. »Raymond, warum sollte ich ein unschuldiges Kind verletzen, oder Jehanne, die ich liebe?«

Lowick runzelte die Stirn, als ob er nach der Wahrheit suchte, und Galeran sah, daß der Mann ehrlich war. Er fürchtete wirklich um die Sicherheit von Jehanne und Donata. »Es ist nicht leicht für einen Mann, ein untreues Weib zu akzeptieren, oder ein Kind, das nicht sein eigenes ist. Ihr habt sie geschlagen, hat man erzählt.«

Galeran hatte sich oft gefragt, welches Unheil dieser Schlag bringen würde, egal wie berechtigt er war. Jetzt wußte er es. Er hatte vielleicht all die Probleme erzeugt, indem er Lowicks Ängste bestätigte.

»Es war das erste Mal, daß ich meine Hand gegen sie erhoben habe, Raymond, seit wir Kinder waren, und ich werde es niemals wiedertun. Ich schwöre das hier, bei meiner Hoffnung auf ewiges Leben.«

Lowicks gutaussehendes Gesicht war zerfurcht von wilden Gedanken. »Und Donata?«

»Ist bereits wie eine Tochter für mich.«

Nach weiterem Nachdenken nickte Lowick. »Dann bitte ich ehrlich um Verzeihung für den Schaden, den ich versuchte, Euch zuzufügen, Galeran.« Er wandte sich um, kniete erneut vor dem König nieder. »Ich sehe jetzt, Sire, daß ich mich durch meine unrechte Liebe zu Unrecht verführen ließ. Und«, fügte er bestimmt hinzu, »durch meine ehrgeizige Gier nach Land. Wenn Eure Gnade noch besteht, Sire, werde ich mich glücklich schätzen, für Christus zu kämpfen.«

»So sei es«, sagte Henry ungeduldig und winkte ihn aus dem Raum.

Der König setzte sich sodann auf seinen Thron, nahm die Krone ab und legte sie auf einen Tisch an seiner Seite. »Dieser Mann ist genau der Typ des dummen Edelmannes, der ohne böse Absicht Chaos anrichtet. Seid Ihr nun zufrieden, Lord Galeran?«

»Vollkommen, Sire, ich weiß meine Frau und ihr Kind in Sicherheit und kann nach Hause reisen.«

Henry hob eine Braue. »Ich höre da etwas in Eurer Stimme, mein Lord. Vielleicht seid Ihr versucht, nach all den Wirren Eure Frau zu schlagen. Sie hatte keine Wahl, sie mußte sich auspeitschen lassen.«

Der König hatte recht. Die große Verwirrung machte Erleichterung Platz. »Der Grund, weshalb Raoul de Jouray in diese Sache verwickelt worden ist, ist, daß die Cousine meiner Frau aus dem Kloster ausgebrochen ist, um seine Hilfe zu erbitten. Aber meine Frau hat keine Nachricht über ihre Strafe geschickt, da sie wußte, ich würde dem Einhalt gebieten. Wenn *ich* meine Frau nicht schlagen will, will ich auch nicht, daß sie geschlagen wird.«

Henry schnippte mit den Fingern, und ein Page kam mit einem Kelch voll Wein herein. »Ich hörte von FitzRoger davon. Wie Ihr zweifellos erraten habt, hat Eure Frau ihre Strafe akzeptiert, um Euch davor zu bewahren, es selbst tun zu müssen – was ich höchstwahrscheinlich angeordnet hätte, trotz Eures bösen Blickes. Gesetz muß eingehalten werden. So wie es aussieht, können wir verlauten lassen, daß sie angemessen gezüchtigt worden ist. Es ist nicht nötig, die Umstände zu erklären.«

Galeran fand keine passenden Worte, die er hätte sagen können.

»Offensichtlich«, fuhr Henry fort, »hat sie außerdem die Strafe deshalb akzeptiert, weil sie wußte, daß Flambard, indem er sie anordnete, seine Befugnisse überschritt. Eine schlaue und resolute Dame.«

»Ja, Sire.«

»Deren Hals Ihr dringend würgen wollt. Das liegt nun bei Euch.« Der König wandte sich abrupt an Lord William. »Ich habe Eurer Familie heute gedient, Mylord. Ich hoffe, Ihr werdet der meinen dienen.«

Lord William vermutete, daß der König sich hauptsächlich selbst geholfen hatte, indem er endlich einen Weg gefunden hatte, Flambard mit Hilfe der Kirche in die Schranken zu weisen und ihn, William von Brome, an seine Sache zu binden. Aber er verbeugte sich. »Ihr habt meinen Eid, mein Lehnsherr.«

Henry konnte zweifellos die Vorbehalte dahinter hören. »Dann werdet Ihr und die Euren immer meine Gunst haben. Und Ihr müßt nie wieder Flambard noch einen anderen Bischof fürchten. Ich habe vor, die Macht der Bischöfe ein für alle Mal zu brechen.«

Henry nippte an seinem Wein und sah Galeran an. Plötzlich lachte er und entblößte seine starken, weißen Zähne. »Ob nun um sie zu küssen oder sie zu würgen, Euch verlangt nach Eurer Frau, nicht wahr? Geht, mein Lord. Dieser Junge wird Euch zu ihr bringen. Aber ermordet sie bitte nicht hier. Und dient mir gut im Norden.«

Einundzwanzigstes Kapitel

Er mußte dem Pagen durch drei Räume folgen und in einen vierten, dann war er bei Jehanne.

Aber sie schlief.

Sie drehte sich ein wenig ungeschickt auf die Seite, ihren Rücken ihm zugewandt. Ihre Kleidung war zerrissen und beiseite gelegt, wahrscheinlich, damit eine grünliche Salbe aufgetragen werden konnte. Er hoffte, daß die Salbe ihr Linderung brachte, aber sie war nicht geeignet, um die Schwellung des mißhandelten Fleisches zu verdecken, die rot und schwarz vom Schorf war.

Der Ärger schwand. Nur Wut auf diejenigen, die ihr das angetan hatten, blieb. Er wünschte, er selbst könnte Flambard auspeitschen.

Aber dann kam die Wut auf Jehanne zurück, sie galt ihrem wilden Stolz und ihrem Mut. Das erste Auspeitschen war wahrscheinlich nicht so schlimm gewesen, auch das zweite nicht. Aber sie hatte weitere Schläge ertragen, obwohl sie wußte, besonders da sie Aline geschickt hatte, daß er es durch ein Wort hätte beenden können.

Das alles hatte sie für ihn getan.

Der kleine Raum war schlicht – vielleicht ein Raum für einen alten Diener des Königs, um ein wenig Schlaf zu bekommen, ohne Westminster verlassen zu müssen. Neben dem schmalen Bett mit den Vorhängen war die einzige Möblierung ein Tisch mit einer Schüssel und einem Wasserkrug.

Galeran lehnte sich gegen die Mauer, als er über seine Gefühle nachdachte.
Sie hätte ihm zutrauen müssen, daß er sie alle sicher nach Hause bringen würde.
Dennoch, sie war Jehanne. So wie sie immer gewesen war. Wenn er ein sanftmütiges Weib gewollt hätte, das niemals versuchen würde, aktiv Einfluß auf ihre Angelegenheiten zu nehmen, sich nie einzumischen, dann wäre er arm dran.
Aber er war vom Glück bedacht worden.
Er konnte sich keine andere Frau vorstellen. Welche andere Frau war so schön, so intelligent, so mutig, so resolut, so großzügig ...
Er wurde hart vor Verlangen, aber es sah so aus, als hätten sie eine lange Zeit der Enthaltsamkeit vor sich, während ihre Wunden heilten. Es täte ihm gut, wenn er Disziplin übte.
Still, damit er sie nicht weckte, öffnete er eine weitere Tür und fand Aline, Winifred und das Baby. Er legte einen Finger auf die Lippen, bevor Aline vor Überraschung aufschreien konnte. Als er die Tür schloß, fragte sie: »Ist alles in Ordnung?«
»Ja. Jehanne ist in Sicherheit, das Baby bleibt bei uns, und Flambard ist im Tower.«
»Gott sei gepriesen! Aber was ist mit Lowick?«
»Um Himmels willen!« brach es aus ihm heraus. »Warum ist jedermann so besorgt um das Schicksal dieses Mannes? Weil er so gut aussieht?«
»Gut aussieht?« spottete Aline. »Er ist so gutaussehend wie der beste Bulle meines Vaters. Es ist nur, daß er im Herzen ein ehrenhafter Dummkopf ist. Er braucht Schutz.«
Galeran brach in Gelächter aus. Es war so lange her, daß er auf diese Weise gelacht hatte, daß es sich anfühlte, als würde sein Gesicht zerplatzen. Er brach auf einer Bank zusammen. »Armer Raymond. Ein Bulle!« Aber dann riß er sich zusammen. »Was ist mit Raoul? Wirst du ihn auch beschützen?«
Farbe überzog ihr Gesicht. »Er ist kein Dummkopf. Er kann sich selbst schützen. Wie du.«

»Aber Jehanne dachte, sie hätte mich davor bewahren müssen, mit Raymond zu kämpfen.«

Aline stemmte die Hände in die Hüften. »Wirst *du* jetzt darüber dumm werden? Sie liebt dich, also will sie dich schützen. Welche Wahl hat sie? Welche Wahl hat man, was diese Dinge angeht? Wir wollen diejenigen schützen, die wir lieben. Das ist so natürlich wie das Atmen.«

Er lächelte wegen ihrer Wildheit. »Ach so? Niemand scheint es den Männern gesagt zu haben, daß das für beide Seiten gilt.«

»Vielleicht liegt das daran, daß Männer nie zuhören.«

»Vielleicht stimmt das. Also, Aline, du willst Raoul schützen?«

Sie starrte ihn erschrocken an. »Ich weiß nicht.«

»Vielleicht«, sagte er, »hörst du dir selbst nicht zu.« Galeran ging zu der Decke hinüber, die in der Ecke lag und auf der das Baby schlief. Ihr winziger Körper hob und senkte sich mit jedem Atemzug. Würde sie später so werden wie ihre Mutter und ihre Tante, wild wie eine Wolfsmutter, die ihre Jungen beschützt?

Oder ihren Gefährten.

»Wie lange ist es her, daß sie gegessen hat?« fragte er.

»Bevor wir das Kloster verlassen haben. Sie wird bald aufwachen.«

Er nahm Donata auf den Arm und drückte sie an seine Brust. Seine Nase sagte ihm, daß die Tücher wieder naß waren, aber das störte ihn nicht. Er legte sie in seine Armbeuge und fühlte die Weichheit ihrer Haut mit einem Finger, zuckte zusammen, als seine Rauheit gegen blütenzarte Weichheit kam. »Du bist wie mein eigen, Kleines«, sagte er zärtlich. »Ich habe es geschworen.«

Mit einem zahnlosen Gähnen erwachte das Kind und öffnete seine großen, blauen Augen, um ihn zu betrachten. Aber ihr Mund begann sofort zu arbeiten.

»Essen, Essen, nichts als Essen, was?« sagte er lachend. »Ein feiner Sinn für Prioritäten. Sehr gut. Laß dich von deiner Tante

Aline umziehen, und ich werde dich zu deiner Mutter bringen.«

Dann habe ich eine Entschuldigung, sie zu wecken.

Ich brauche sie wach.

Ich brauche sie.

Das Kind beschwerte sich nicht, als es ausgewickelt, gesäubert und umgezogen wurde, aber es fuhr fort, Galeran anzustarren, als wüßte es, was für eine zentrale Rolle er in ihrer Welt spielte. Würde sie jemals erfahren, welches Chaos ihre Existenz erzeugt hatte?

Er würde sein Bestes geben, damit sie es niemals erfuhr.

Als Donata wieder frisch war, trug er sie zu Jehanne hinein. Mit dem Baby in einem Arm setzte er sich vorsichtig an das Bettende und schüttelte einen von Jehannes bestrumpften Füßen. »Wach auf, Schlafmütze.«

Sie bewegte sich langsam, fast widerwillig. Dann trafen sie der Schmerz und die Wirklichkeit und sie stöhnte. Fest in einer unbeholfenen Position starrte sie ihn blinzelnd an. »Galeran? Wo ...? Was ...? O Donata.«

»Ja, sie hat Hunger.« Er legte das Baby ab, dann half er Jehanne, sich auf die Bettkante zu setzen. Sicherlich mußte jede Bewegung schmerzen, aber sie zeigte keinen Schmerz, bis auf das scharfe Ausatmen, als er vorüber war.

Donata fühlte sich offensichtlich vernachlässigt und quakte.

»Geduld, Kleines.« Galeran gab ihr einen Finger zum Halten, während er fragte: »Wird es gehen?«

»Ich bin in Ordnung. Gib sie mir einfach.«

Aber als er das Baby hochhob und vorsichtig in Jehannes Schoß legte, sah Jehanne ihn ängstlich, fast furchtsam an. Er wußte, daß sie viele Fragen hatte, aber das Baby würde nicht warten und war kurz davor, in ehrlicher Verzweiflung zu weinen.

Jehanne murmelte ihr etwas zu, während sie ihre Tunika hob. In kurzer Zeit war das einzige Geräusch das zufriedene Nuk-

keln des Babys. Jehanne sah ihn direkt an, wie es ihre Art war.
»Ist alles in Ordnung?«
»Warum nimmst du das an?«
»Du sieht ... entspannt aus. Glücklich?«
Es war nicht fair, sie zu necken. Er lächelte. »Alles ist in Ordnung. Und ja, ich fühle mich entspannt und ganz nahe am Glücklichsein.«
Sie schloß kurz ihre Augen. »Gott sei Dank!« Aber dann fragte sie: »Raymond?«
Galeran brach in Lachen aus. »Der ehrenhafte Bulle? Er ist kräftig und jung und fort, die Ungläubigen aufzuspießen.«
»Der Bulle?« fragte sie, aber dann lächelte sie. »Das ist gut. Das würde er mögen.«
»Er scheint zufrieden, nun, da er sicher ist, daß ich dich nicht verprügeln werde, wenn ich schlechte Laune habe, oder Donata in der Küche aufwachsen lasse.«
Dabei sah sie hinunter zu Donata, und er nahm an, daß es war, um Zeit zum Nachdenken zu gewinnen.
Man sollte niemals zurückblicken. Man konnte nur das Heute gut machen, dachte Galeran.
Aber da war ein Problem, von dem er sprechen wollte. »Glaubst du von mir, daß ich ein ehrenhafter Dummkopf bin? Einer, der beschützt werden muß?«
Sie verstand sofort. »O Galeran, in diesen Dingen sind Männer und Frauen nicht viel anders. Könntest du dabeistehen und mich seelenruhig in den Sumpf gehen lassen, ohne zu versuchen, das zu verhindern?«
»Nein. Aber ich habe dich immer deine eigenen Wege gehen lassen, habe dir vertraut, daß du aufpaßt, wo du hintrittst. Du hättest mich auch so behandeln müssen.«
»Und wenn ich fehlgetreten und in den Sumpf gefallen wäre? Was noch schlimmer ist: Ich habe sowohl dich als auch Raymond mit hineingezogen. Es war an mir, uns wieder herauszuziehen.«

»Nicht auf diese Art!«
Bei seinem scharfen Tonfall erschrak Donata und ließ von der Brust ab. Jehannes Milch floß weiter, und es gab einen Moment lang ein kleines Chaos, als sie den Strom mit ihrem Hemd auffing, während sie das Baby wieder ansetzte.
Leiser sagte er: »Ich hatte alles unter Kontrolle. Ich hätte das Schlagen beenden können, wenn du mir ein Wort geschickt hättest.«
»Aber ich habe gesündigt, Galeran. Indem ich Ehebruch begangen habe, aber mehr noch, indem ich Gott herausgefordert habe.« Sie sah auf. »Ich brauchte eine Strafe.«
»So sei es«, sagte er bitter. »Wir werden dich für weitere Schläge zurückschicken.«
»Nein, danke.« Sie reagierte nicht auf seinen Ärger. Sie lächelte sogar, und während er in ihre Augen sah, bemerkte er etwas Umwerfendes:
»Du bist in Frieden mit dir.«
»Ja. Bischof Flambard wollte mir nichts Gutes tun, aber er tat es. Die Zeit getrennt von dir, Zeit und Ruhe zum Beten, das hat mich gereinigt, auch wenn immer noch meine Trauer um Gallot und die Bitterkeit über seinen Tod da sind. Ich habe viel über mich selbst gelernt, und die Strafe half mir dabei. Ich habe herausgefunden, daß ich die Reaktion meines Körpers auf Schmerzen nicht kontrollieren kann, aber ich kann meine Gedanken kontrollieren. Das hat mich stärker gemacht. Sauberer. Ich bin in Frieden mit mir selbst und Gott, und bereit, neu anzufangen – ohne Wunden und Schatten. Können wir das?«
»Ich wäre von Gott gesegnet, wenn wir das könnten.« Er kam näher und lehnte sich gegen sie. Das war eine neue Jehanne. Nicht das ärgerliche Mädchen oder die aufregende junge Frau. Nicht die verzweifelte Möchte-gern-Mutter oder die verwundete Sünderin.
Aus dem Schmelztiegel war das Beste von allem entstanden, eine Frau, die er sogar noch mehr liebte als zuvor.

Er konnte sie nicht halten, aber, während sie das Baby an die andere, volle Brust legte, erzählte er von seinen eigenen Versuchen, sich selbst zu finden. Über Jerusalem. Über das Massaker und das Blut, das durch die Straßen floß. Und von seinem Bemühen, die Kinder zu retten, obwohl er wußte, daß das selbstmörderisch war.

»Raoul hielt mich auf, aber ich bekämpfte ihn, obwohl ich wußte, daß ich dich und Gallot hätte aufgeben müssen. Es war eine falsche Entscheidung, aber auch jetzt noch würde ich es wiedertun. Er mußte mich bewußtlos schlagen, um mich zu retten, und tagelang irrte mein Geist suchend umher. Ich denke, während dieser Zeit lernte ich mehr über mich selbst als je zuvor. Ich hatte die Gelegenheit, mit meinem Platz in Gottes Welt ins Reine zu kommen.«

Er lächelte sie an. »Ich weiß seit einer Weile, daß Raoul Angst hatte, daß ich wirklich verrückt geworden bin, aber ich hatte mich an das gewöhnen müssen, was ich über mich neues erfahren hatte.«

»Ich habe mich gewundert. Du warst immer ein guter Mann, ein starker Mann, aber es geht jetzt tiefer. Es hat mir Angst gemacht, weil ich nicht glauben konnte, daß eine solche Güte mich noch lieben könnte. Ich habe gefürchtet, daß die Stärke sich gegen mich wenden würde. Ich verstehe es jetzt besser. Je stärker wir sind, desto besser können wir lieben.«

Sie reichte ihm ihre Hand, und er verschränkte seine dunklen, mit Schwielen bedeckten Finger mit ihren weichen, blasseren Händen. Sie gehörten zusammen.

»Gott sei gedankt«, sagte er.

Aline beobachtete, wie Galeran Donata zu Jehanne brachte und wußte, daß es vorüber war. Das Abenteuer war bestanden.

Das bedeutete, daß andere Dinge ebenfalls vorüber waren.

Wie die Angriffe auf ihr Schloß.

Sie suchte in den verschachtelten Räumen, bis sie Raoul fand.

Er unterhielt sich mit FitzRoger und einigen anderen Männern. Sie sahen sie befremdet an – eine Frau, die in Männergespräche platzt – aber Raoul beendete das Gespräch mit FitzRoger und ging dann mit ihr.
»Was ist passiert?« fragte sie ihn.
Er sah umher und lenkte sie hinter eine Gardine. Sie vermutete einen Raum dahinter, aber es war eher ein Erker mit einem kleinen Fenster, aus dem man auf die Menge von Hausierern, Gauklern und Artisten blickte. Der König hatte offenbar einen weiteren Tag eingeläutet, an dem er seine Leute empfing.
»Ich nehme an, ich hätte dich nicht unterbrechen sollen«, sagte sie.
»Warum nicht?« entgegnete er. »Ich denke, du hast sehr danach gefiebert, mich zu sehen, so wie ich danach gefiebert habe, dich zu sehen.« Er legte eine Hand um ihren Nacken. »Und dich zu berühren.« Er beugte sich vor, den anderen Arm gegen die Mauer gelehnt. »Gefiebert auch nach einem Kuß.«
Sie gab es nicht zu, aber sie konnte auch nicht widerstehen.
Sein Kuß war so süß wie ihre Träume davon, aber es war nicht nur eine Frage von Lippen auf Lippen. Obwohl er sich nicht gegen sie preßte wie er es damals in Waltham getan hatte, war es, als wäre es sein Geist, oder die Essenz davon, die sie umgab, sie verschlang, sie in ein Bedürfnis hineinschmolz, das so stark war, daß sie ihre Arme um ihn schlang und ihn leidenschaftlich zurückküßte.
Langsam, mit kleinen zurückweichenden Küssen, entzog er sich ihrer Umarmung.
»Bis vor einer Weile«, beschwerte sich Aline, »habe ich noch keinen Mann geküßt – jetzt scheine ich ohne Küsse nicht leben zu können!«
Er streichelte sanft ihre Brauen. »Sei nicht traurig. Ich verspreche, daß du mit Küssen gut versorgt sein wirst.«
»Nur, wenn ich bei dir bin.«
»Ich denke, daß das die Voraussetzung wäre, ja.«

»Aber du willst nicht in Northumbria leben ...« Sie wünschte, sie müßte über diese Dinge jetzt nicht sprechen, aber das war ein echtes Problem, und es würde nicht unter Küssen dahinschmelzen, nicht einmal unter denen von Raoul de Jouray.

Er hörte auf, sie zu necken, und wurde ernst. »Aline, der Ort, wo eine Frau leben soll, ist das Haus des Ehemannes.«

»Aber das deine ist so weit fort!«

Er betrachtete sie nüchtern, aber dann lächelte er. »Das ist alles sehr plötzlich auf dich eingestürzt«, sagte er. »Es ist weniger als einen Monat her, daß wir uns getroffen haben. Vielleicht bist du nicht sicher, ob du nicht doch ein religiöses Leben führen willst.«

Darin steckte eine Frage, und sie beantwortete sie. »Nein, ich bin nicht ganz sicher.«

Aber das war eine Lüge. Sie wußte jetzt, daß sie niemals ein abstinentes, ruhiges, religiöses Leben leben könnte.

»Dann geh mit Galeran zurück nach Hause und überdenke diese Dinge. Ich werde nächsten Sommer wiederkommen, um deine Entscheidung zu erfahren.«

»Nächstes Jahr! Du machst mich süchtig nach Küssen, du Satan, und dann sagst du mir, ich muß ein Jahr warten?«

Er hob erstaunt die Brauen. »Was sonst?« Aber ein Schalk in seinen Augen sagte ihr, daß er sie nur zu gut verstand. Wie er es immer getan hatte. Vielleicht war es das, was sie am meisten an ihm irritiert hatte.

Aline stieß sich von der Mauer ab und fort von ihm. »Ich denke, du willst nur eine Entschuldigung dafür, fortzusegeln und mich zu vergessen. Du liebst das Reisen, nicht das Zuhausebleiben. Du fällst mit jeder willigen Frau ins Bett, die deinen Weg kreuzt. Du kennst jedes Bordell in der Stadt. Du hast zweifellos Frauen, die in der ganzen Welt verstreut leben ...«

Mit kriegerischer Schnelligkeit ergriff er sie und bedeckte ihren Mund mit seiner Hand. »Du mußt mich nicht mit törichten Worten forttreiben, Aline. Sag mir einfach, daß ich gehen soll.«

Als er ihren Mund losließ, klagte sie: »Ich weiß es nicht!« Sie brach in Tränen aus und warf sich an seine Brust.

Es gab keine Stühle in dem einfachen Raum, also setzte er sich einfach mit ihr auf dem Schoß auf den Boden, bis sie ihren Kummer ausgeweint hatte.

»Ich weiß nicht, was mit mir los ist«, schluchzte sie verschämt, aber gleichzeitig genoß sie es, in seinen starken Armen zu liegen.

Er hielt sie noch fester in einer tröstenden Umarmung. »Ich muß verrückt sein, dich zu einer solchen Zeit zu einer Antwort zu drängen, Liebes. Verstehe es als ungeduldige Glut meines Herzens.«

Sie wagte einen Blick nach oben. »Bist du das? Glühend?«

Er bewegte seine Hüften, und sie fühlte seine Glut sehr deutlich. »Pure Lust«, murmelte sie mit heißen Wangen. »Willst du mich wirklich heiraten, Raoul?«

»Ja.«

»Warum?« Und dabei sah sie ihm voll ins Gesicht. Sie wollte eine richtige Antwort.

»Weil«, sagte er nur, »ich niemals eine Frau getroffen habe, die so eine Wirkung auf mich hat wie du. Ich mochte viele, das gebe ich zu, und hatte mich sogar ein- oder zweimal in Liebe gewähnt. Aber ich habe die Liebe niemals auf diese Art gefühlt. Es ist, als wäre ein Teil von mir verloren, wenn ich dich zurückließe.«

Aline starrte ihn an, suchte einen Weg, um ihn anzuzweifeln. Es war eine schwere Last, so wichtig für einen anderen Menschen zu sein. Natürlich war er genauso wichtig für sie. Wenn er davonsegelte, fürchtete auch sie, daß sie für den Rest ihres Lebens nur noch halb wäre.

Er strich mit seinen Fingern über ihre Wangen. »Ich kann warten, Kleines, bis du weißt, wie du fühlst.«

»Ich weiß, wie ich fühle«, grummelte sie. »Ich fühle mich miserabel! Und begierig«, gab sie zu. Einer seiner wunderbar muskulösen Arme legte sich um sie, und sie strich mit ihrer Hand darüber, die Kraft und die Hitze fühlend. »Ich bin wirklich begierig.« Sie schmiegte sich noch fester an seinen Körper.

Er ergriff ihre Hüften, um sie stillzuhalten, aber er grinste. »Das ist ein vielversprechender Anfang.«

»Ha!« Sie hörte auf, mit seinem Arm zu spielen und sah ihm in die Augen. »Die Hälfte aller Frauen, die du triffst, hat Lust auf dich, Raoul de Jouray, und doch lieben sie dich nicht.«

»Nur die Hälfte?«

Sie versetzte ihm einen Schlag gegen die Brust und stand auf. Er folgte ihr und staubte seine Kleidung ab.

Das gab ihr einen Moment Zeit, um ihn zu betrachten, was nicht dazu beitrug, ihr Verlangen abzukühlen. Vielleicht müßte sie ihn fortschicken, um ihn nie wiederzusehen. Um niemals …

»Wenn wir miteinander schliefen«, schlug sie mit erhitzten Wangen vor, »dann würde ich wissen, ob es nur Lust ist oder nicht.«

Er hob eine Braue. »Wenn wir miteinander schlafen, meine köstliche Frucht, dann wirst du für dein ganzes Leben süchtig danach sein.«

»O du … du … eingebildeter Gockel!« In sein Lachen hinein forderte sie: »Ist das denn genug, für den Rest unseres Lebens? Willst du mit mir schlafen?«

Er dachte angestrengt darüber nach. »Wenn es Liebe ist, ja. Wenn es nur Lust ist, nein.«

»Wie können wir den Unterschied herausfinden, wenn wir es nicht ausprobieren? Möglicherweise gefällt es mir überhaupt nicht – Lust oder Liebe. Einige Frauen mögen es nicht. Dann würde ich wissen, daß ich ins Kloster gehen sollte …«

Sie versuchte, logische Argumente zu finden, aber die Wahrheit war, daß sie panische Angst davor hatte, nie mit ihm Haut an Haut zu liegen ...

Sie wußte, daß ihr Gesicht kirschrot sein mußte.

»Du wirst es mögen«, sagte er mit stillem Vertrauen. »Meine Jahre der Übung müssen ja etwas wert sein. Aber bettle wie du willst, Aline, ich habe nicht die Absicht, mit dir zu schlafen, ehe wir nicht von Gott gesegnet sind.«

Bei dem Wort betteln, schlug sie um sich. »Also wirst du im Zölibat warten, bis ich mich entscheide?«

Und so kam sie impulsiv zum Kern ihrer Probleme: Sie würde ihn lieber für alle Zeit verloren geben, als ihn mit anderen Frauen zu teilen.

Und dieser Teufel versprach nicht sofort, ihr treu zu bleiben.

Er dachte darüber nach.

Aline wandte sich um und verließ den Raum.

Als Galeran aus Jehannes Raum trat, um die Rückkehr seiner Gruppe in Hugos Haus vorzubereiten, sah er, daß Raoul die Sache bereits in die Hand genommen hatte. »Der Stall des Königs hat zusätzliche Pferde bereitgestellt. Dein Vater hat sein eigenes.«

Galeran sah seinen Freund an, fand etwas wie verrückte Freude in seinen Augen, aber nun war kaum die Zeit, danach zu fragen. Er wollte, daß Jehanne sicher in Hugos Haus war, bevor er sich über andere Dinge Gedanken machte. Am liebsten hätte er sie sicher zurück auf Heywood, aber da die Menschen nicht fliegen und sie noch nicht reisen konnte, stand das außer Frage.

Jehanne trug Alines Tunika über ihren zerrissenen Kleidern. Als sie hinausging und das Pferd der Mutter Oberin mit Hilfe eines Aufsteigeblockes bestieg, hätte niemand gedacht, daß sie große Schmerzen hatte. Aber Galeran konnte die Anstrengung spüren, die sie benötigte, um ihren Schmerz nicht zu zeigen.

Er lächelte mit unbändiger Freude über ihre Tapferkeit. Er war stolz auf sie.

Da sie eine große Reitergruppe bildeten, bahnten sie sich leicht einen Weg durch die Menge und hinaus auf die Straßen.
Hugo und Mary waren begeistert, den mächtigen William von Brome zu beherbergen, aber ihr Haus war nun noch mehr überfüllt als zuvor. Da ihre Gastgeber einen Bericht von all ihren Abenteuern haben wollten – sowie Details darüber, wie der König aussah, seine Kleidung, seine Räumlichkeiten, nicht zu vergessen die Weine, die er trank! – war es Abend, ehe Galeran eine Möglichkeit hatte, mit Raoul unter vier Augen zu sprechen.
In der Zwischenzeit jedoch war ihm nicht entgangen, daß auch Aline angespannt aussah. Galeran fürchtete, daß seine intensive Beschäftigung mit Jehannes Angelegenheiten diesen beiden erlaubt hatte, Dummheiten zu machen. Am Ende bat er seinen Freund auf die Straße hinaus, wo sie zwar nicht allein waren, aber doch vor anonymen Passanten in Ruhe miteinander sprechen konnten.
»Ist etwas los?« fragte Galeran.
»Warum fragst du?«
»Raoul, spiel nicht mit mir. Was ist zwischen dir und Aline vorgefallen?«
Raoul lachte ein scharfes, freudloses Lachen. »Absolut nichts. Was wahrscheinlich das Problem ist.«
Galeran lehnte sich gegen ein großes Faß, das darauf wartete, in das Warenhaus gerollt zu werden. »Du kannst von Aline kaum erwartet haben, daß sie eine Kandidatin für deine Liebesspiele ist.«
Ein plötzlicher Ärger zuckte in Raouls Augen. »Hältst du so wenig von mir?«
Galeran hob eine Hand. »Friede, Freund. Aber was willst du wirklich, und was ist das Problem?«
Es schien, als hätte Raoul Schwierigkeiten damit, es in Worte zu fassen, aber dann sagte er: »Ich möchte Aline zur Frau. Der Ärger ist, daß sie wieder nein gesagt hat.«

»Wirklich?« Galeran mochte vielleicht in den letzten Wochen besessen von seinen eigenen Angelegenheiten gewesen sein, aber er dachte nicht, daß er sich in den hellen Funken, die er zwischen Raoul und Aline hatte sprühen sehen, geirrt hätte. »Du hast ihr wirklich klargemacht, was du ihr anbietest?«

»Ha! Ganz klar. Es war die schöne Lady höchstselbst, die eine ungesegnete Tollheit vorschlug. Sie wollte das Schwert testen, bevor sie es kauft.«

Galeran hatte Schwierigkeiten, nicht zu lachen. »Du mußt sie also mächtig verwirrt haben. Noch vor einigen Wochen hätte sie niemals so etwas vorgeschlagen.«

»Ich habe sie bewußt verwirrt, und ich dachte, sie würde wie eine reife Frucht in meine Arme fallen. Aber nein. Frauen aus der Familie deiner Frau tun nichts, wie es normal wäre.«

»Man gewöhnt sich daran. Und es gibt Entschädigung dafür.«

Raoul schritt ruhelos vor dem Haus des Weinhändlers hin und her. Die Passanten wichen mit Bedacht dem großen, finsteren Krieger aus. »Ich wäre begeistert, mich daran zu gewöhnen, aber wie? Ich habe ihr eine Heirat angeboten, und sie wollte, daß ich in Northumbria lebe. Du weißt, daß das unmöglich ist.«

»Du würdest dich zu Tode frieren.«

Raoul warf ihm einen schneidenden Blick zu. »Mehr noch, ich habe Besitz und Verantwortung anderswo. Ich habe ihr angeboten, ein Jahr darüber nachzudenken – und das strapaziert meine Tugendhaftigkeit und Disziplin bis zum Äußersten –, sie schlug dagegen einen Test der Ware vor!«

»Vielleicht ist das die beste Idee.«

»Die Waren zu testen?«

»Ihr Zeit zu geben.«

»Ich wage es nicht.« Raoul sah nachdenklich die Straße hinunter. »Ich wage es nicht, das Risiko einzugehen, zurückzukommen, um herauszufinden, daß sie ihre Nonnenschwüre abgelegt hat. Oder mit jemand anderem verheiratet ist, da ich ihren Appetit angeregt habe.«

»Sie würde das nicht tun.«
»Frauen sind niederträchtig und unberechenbar. Ich habe ihre Mauern eingerissen. Ich kann sie nicht jetzt verlassen, da sie verletzbar ist.«
Bevor Galeran nach einer Erklärung des Gesagten fragen konnte, sah ihm Raoul in die Augen und sagte: »Ich werde sie nicht verlieren, Galeran. Ich werde sie entführen, wenn es nötig ist.«
»Ich müßte dich davon abhalten.«
»Ich würde sicherstellen, daß du keine Gelegenheit dazu hast.«
Aber, stand zwischen den Zeilen, wenn es blutig sein müßte, dann sollte es so sein.
War diese verwickelte Affäre auf dem direkten Weg, per Schwert beendet zu werden? Nicht, wenn Galeran es verhindern konnte. Er war nicht aus dem Krieg zurückgekommen, um alles wegen einer Lappalie wieder zu verlieren. »Warum hat sie dich abgelehnt?«
»Irgendein Unsinn über meine Treue und über Reisen ins Ausland.«
»Kaum Unsinn. Treue war bisher nicht deine Stärke. Und würdest du lieber eine Frau haben, die bei dem ersten Anflug von Begierde ihren gesunden Menschenverstand in den Wind schlägt?«
Raoul grinste. »Manchmal ja.«
Galeran lächelte ebenfalls. »So ist es. Aber es ist keine leichte Sache, das Zuhause zu verlassen, um in einem fremden Land zu leben. Ein Mädchen wie Aline, auch wenn sie es geplant hätte zu heiraten, hätte niemals derlei geplant. Sie hätte den Mann eines nachbarlichen Anwesens geheiratet.«
»Es gibt aber keine andere Wahl. Ich habe das Reisen genossen, aber ich hatte immer vor, mich auf meinem Land in der Guyenne niederzulassen.«
»Wenn Menschen nur die schönsten Ecken von Gottes Erde liebten, dann wären wir arm dran. Mein Freund, ich denke, du hast Alines Herz umworben und gewonnen, aber du wirst sie

nicht aus ihrem Menschenverstand herauswerben können. Du wirst ihren Kopf davon überzeugen müssen, daß sie sicher und glücklich auf diesem fremden Stück Land sein wird, weit fort von ihrer Familie und ihren Freunden, allein in Zeiten der Wirrungen.«

»Sie wird nicht allein sein …«

»Du mußt sie davon überzeugen.«

Raoul rief aus: »Du lieber Gott, wenn ich doch ein besserer Lügner wäre!«

»Was?«

Plötzlich reuevoll, sagte Raoul: »Sie hat mich gefragt, ob ich ihr treu sein würde, während sie meinen Antrag überdenkt.«

»Du hast nein gesagt?« Galeran konnte es kaum glauben.

»Ich habe gar nichts gesagt. Ich habe versucht, ehrlich zu sein, Galeran! Ich habe sorgfältig darüber nachgedacht. Seit ich das erste Mal eine Frau hatte, bin ich noch nie ein Jahr keusch gewesen, und ich hatte nicht die Absicht, ein Versprechen zu machen, daß ich nicht halten könnte. Sie wartete gar nicht erst ab, das zu hören.«

»Könntest du jetzt diesen Eid leisten?«

Fast wie im Schmerz sagte Raoul: »Wenn das ihr Preis ist, ja.«

Galeran schüttelte den Kopf und stieß sich vom Faß ab. »Es ist nicht so einfach. Sie muß dir vollkommen vertrauen. Ich schlage vor, daß du dir überlegst, wie du sie überzeugen kannst, denn ich versichere dir, daß sie England nicht verlassen wird, außer es wäre freiwillig.«

Jehanne war auf Kissen gebettet, so daß sie auf dem Bauch liegen konnte, ohne ihre empfindlichen Brüste zu drücken. Sie hörte Aline zu, die von Abenteuern während ihrer Flucht berichtete.

»Ihr habt die Nacht miteinander in *einem* Bett verbracht?« fragte sie Aline. Es war eine Schlußfolgerung, da Aline das nicht ausdrücklich gesagt hatte.

»Ich habe geschlafen!« fuhr sie Jehanne an.
»Ich bin sicher, das hast du.«
»Er hat gar nichts getan ... Na, jedenfalls fast nichts ... Er ist überraschend zurückhaltend.«
Jehanne hatte Mühe, ein unbeteiligtes Gesicht zu machen. »Du klingst fast enttäuscht.«
»Das bin ich natürlich nicht.« Aline lief mit rauschenden Röcken auf und ab. »Es ist nett zu wissen, daß er manchmal seine Waffe in der Scheide stecken lassen kann.«
»Es scheint, er hat sich vorbildlich verhalten, um dich sicher zu verwahren und um dann selbst ins Kloster zu gehen. Ich hörte, daß er in meinem Namen vor dem König gesprochen hat.«
Aline hielt inne. »Ich habe nie gesagt, daß er nicht vorbildlich ist.«
»Gut. Also, was hält dich von ihm fern?«
»Hält mich fern?« fragte Aline mit gespielter Überraschung.
»Wenn ich es überhaupt beurteilen kann, liebt der Mann dich und will dich heiraten. Und doch seht ihr nicht so aus wie ein glückliches Pärchen.«
»Würdest du dich eine halbe Welt weit entfernt verheiraten?« forderte Aline sie heraus.
»Ich würde Galeran bis ans Ende der Welt folgen, in den Himmel oder auch in die Hölle.«
»Ja, nun ... Hättest du das auch getan, als du ihn kaum einen Monat kanntest?«
Jehanne lachte. »Nein, da hast du mich erwischt. Aber wir waren sehr jung.« Doch auch Aline war jung, dachte Jehanne. Es war leicht, zu vergessen, daß sie erst achtzehn war und bis vor kurzem ein behütetes Leben geführt hatte. »Vielleicht ist es klüger, zu warten.«
»Warten! Aber was macht Warten für einen Sinn? Wenn er in einem Jahr zurückkommt, werde ich ihn dann auch nur einen Deut besser kennen?«
»Du wirst dein Herz besser kennen. Aber manchmal verblaßt

das wildeste Verlangen nach einer Weile und bei einem gewissem Abstand. Einst, wie du weißt«, fügte sie mit einer Grimasse hinzu, »habe ich gedacht, Raymond von Lowick stünde nur eine Stufe unter Gott.«
Aline lachte. »Aber es gibt keinen Vergleich zwischen Raymond und Raoul.« Sie nahm den Salbentopf und sah ihn an, als hätte sie ihn nie zuvor gesehen. »Du hast wahrscheinlich trotzdem recht damit, daß Raouls Interesse an mir mit ein wenig Zeit und Abstand verblassen wird. Ich nehme an, ich werde ihm einen Gefallen tun, wenn ich ihn fortschicke.«
»Aline, ich sprach von dir! Raoul ist älter und wesentlich erfahrener. Ich bezweifle, daß er seine Meinung so leicht ändern wird.«
»Wenn er mich überhaupt liebt ...«
»Würde ein Mann wie dieser heiraten wollen, wenn er nicht liebte? Ich nehme an, er hat bei dir um deine Hand angehalten.«
»O ja.« Aline gab auf. Sie stellte den Topf wieder hin und berichtete von ihrer Unterhaltung mit Raoul.
Jehanne stöhnte am Ende. »Aber du weißt, Cousine, wenn ein Mann wie dieser so ein Getue darum macht, dann hat das etwas zu bedeuten.«

Am nächsten Tag konnte Jehanne sich aufsetzen und sogar ein wenig umhergehen, ohne allzu große Schmerzen zu haben. Als sie durch den engen Korridor von der Halle zum anderen Ende des Gebäudes ging, empfand sie eine gehässige Befriedigung bei dem Gedanken daran, daß Bischof Flambard jetzt ausgepeitscht wurde. Vielleicht hätte Galeran den Anstand besessen, diesem Mann verzeihen zu können, aber sie konnte es nicht. Es waren nicht die Schläge, die sie ihm vorhielt, sondern der Schmerz, den er ihrer Familie zuzufügen versucht hatte.
Als sie Galeran in der Halle traf, sagte sie ihm das.
»Du überschätzt meinen Anstand«, sagte er, als er ihr auf eine

Bank in der Nähe eines offenen Fensters half. »Ich hoffe, daß er Qualen leidet und die Zukunft noch Schlimmeres für ihn bereithält.«
Sie lächelten sich verständnisinnig an.
»Was Raoul betrifft ...« sagte sie.
»... und Aline«, vervollständigte er mit einer humorvollen Grimasse.
»Was sollen wir tun?«
»Ehestifter werden?«
»Warum nicht? Die Ehe ist etwas Wunderbares.«
»Ich nehme an, Raoul hat sich nicht sehr geschickt angestellt«, sagte Galeran.
»Das ist eine Untertreibung! Aber Aline ist vernünftig, daß sie Vorbehalte hat, egal, welchen Honig er ihr um den Bart schmiert.«
»Sein Wort ist ehrlich«, sagte Galeran bestimmt. »Das war das Problem. Er wollte keinen Eid leisten, den er nicht halten kann.«
Sie sparte sich dazu einen Kommentar. »Gibt es denn irgendeine Hoffnung für sie?«
»Das werden wir sehen. Aber ich hatte eine Idee, zu der ich gern dein Urteil hätte.«
»Ja?«
»Ich glaube nicht, daß Hubert von Burstock besonders begeistert wäre, wenn seine einzige Tochter ohne seine Erlaubnis geheiratet wird. Wir werden sie beide nach Hause mitnehmen müssen, wenn sie heiraten wollen.«
»Oh, der arme Raoul! Zurück in den grausigen Norden.«
»Und wir nähern uns bereits dem Herbst. Wir sollten ihn besser mit Fellen versorgen.«
Und sie lachten gemeinsam.

Zweiundzwanzigstes Kapitel

Als das erste Geschenk ankam, saß Aline in dem Raum, den sie mit Jehanne, Winifred und dem Baby teilte. Eigentlich versteckte sie sich. Sie wollte Raoul nicht sehen. Sie mochte den amüsierten Ausdruck in jedermanns Augen nicht. Diese Situation war nicht im geringsten lustig.

Ein Diener trat herein und trug ein wunderschön geschnitztes, hölzernes Kästchen. Es hatte genau die Größe ihrer Handfläche. Als sie den gewölbten Deckel öffnete, fand sie einen exquisiten Blütenzweig. Einen Moment lang dachte sie, er wäre echt, aber als sie ein Blatt berührte, bemerkte sie, daß es grüngefärbtes Metall war, und die Blüten waren aus Elfenbein geschnitzt. Daneben lag eine Nachricht, so schön geschrieben, daß er einen Schreiber gebeten haben mußte: *So schön wie die Mandelblüte*.

Das einzig Ähnliche, das sie jemals gesehen hatte, war die Rose, die Jehanne besaß. Dieses hier war jedoch ein noch feineres Stück. Hatte er es gerade gefunden, oder hatte er einem Handwerker den ganzen Tag und die ganze Nacht dabei zugesehen, wie er es nach seinen Wünschen herstellte?

Es war ein Wunder, aber leider änderte es nichts. Sie wußte nun, daß er ihr ergeben war, aber sie hatte auch schon sich ergebene Pärchen sich wieder trennen sehen. Manchmal stirbt die Liebe vollständig, und in solchen Zeiten waren Freunde und Familie der einzige Trost und Schutz. Sie wußte auch, daß eine Braut, die weit entfernt ist von allem, was sie kennt, in einer gefährlichen Situation war.

Sie konnte nicht anders, sie mußte das schöne Stück Jehanne zeigen. Sie fand ihre Cousine in der Halle mit Galeran. Sie lachten, wie sie es in den alten Zeiten getan hatten. Einen Moment lang fühlte sie einen bitteren Stich von Eifersucht, denn wenn sie Raoul nicht haben könnte, gäbe es niemand anderen, mit dem sie so lachen könnte.

»Wie wunderschön.« Jehanne berührte die Blüte vorsichtig mit einem Finger, dann lächelte sie Galeran an.

»Wirklich«, sagte Galeran. »Paß gut darauf auf, Aline. Solche Schätze können zerbrechen.« Obwohl er mit Aline sprach, ließen seine Augen nicht von seiner Frau ab.

»Und repariert werden«, murmelte Jehanne.

Aline überging ihre Unterhaltung. »Ich werde mich nicht durch Geschenke beeinflussen lassen.«

»Natürlich nicht«, sagte Jehanne, sich zu ihr wendend. »Aber du könntest in Betracht ziehen, was sie über den Mann aussagen.«

»Daß er kein Pfennigfuchser ist?«

»Das ist keine schlechte Sache für einen Ehemann, sicher.«

Plötzlich nachdenklich, legte Aline ihr Geschenk an einen sicheren Ort und begab sich auf die Suche nach Lord William. Wenigstens könnte sie versuchen, die praktische Seite zu beleuchten. Sie fand ihn im Lagerraum, wo er das Lagern des Weines mit Hugo besprach, und endlich schaffte sie es, ihn fortzuziehen und ihn in eine tiefe und detaillierte Unterhaltung über Besitz zu verwickeln. Als sie das erledigt hatte, sprach sie mit ihm über die Möglichkeiten, die es gäbe, eine Frau in einem fremden Land zu beschützen.

Er rubbelte sein stoppeliges Kinn, seine Augen funkelten. »Ich habe über dieselben Dinge nachgedacht, mein Liebes. Tatsächlich erinnerte mich Raoul gerade daran, daß Hugo sein Verwandter ist. Daß es hier viele Verbindungen zwischen Guyenne und England gibt. Briefe verkehren regelmäßig zwischen Bordeaux und London. Und wir besprechen gerade die Einführung einer Handelslinie nach Stockton.«

»Er erinnerte Euch kürzlich?«
»Gerade heute morgen.«
Aline kehrte in ihr Versteck im Schlafzimmer zurück, um die elfenbeinerne Mandelblüte herauszunehmen und nachzudenken. Hatte Raoul das Thema von Verbindungen und Briefen absichtlich angeschnitten? Wenn es Briefe gab, dann würde sie sich von zu Hause nicht so abgeschnitten fühlen, und wenn es einen regelmäßigen Handel mit einem Hafen in ihrer Nähe gab, wäre das noch besser.
Wichtiger war noch, wie Jehanne angemerkt hatte, daß sie überdenken mußte, was das über den Mann aussagte. Vielleicht versuchte er nicht einfach, ihr den Kopf mit schönen Dingen zu verdrehen, sondern auch, ihre begründeten Befürchtungen zu zerstreuen.
Hoffnung keimte auf, und Aline ging hinaus, um Mary in ihrer Küche zu helfen, wo sie die Zubereitung von Kaninchen für das Mittagessen beaufsichtigte. Aline schaffte es, das Gespräch auf Frankreich und Guyenne zu lenken. Bald fand sie heraus, daß Hugo selbst einmal im Jahr nach Bordeaux reiste und daß er an drei Schiffen Beteiligungen hatte, die regelmäßig diesen Hafen anliefen.
Guyenne war plötzlich gar nicht mehr so weit fort oder so fremd.
Als alle zum Mittagessen zusammenkamen, konnte sie es nicht über sich bringen, Raoul anzuschauen, vom Anlächeln gar nicht zu sprechen. Sie vermutete, daß sie bereits besiegt war, aber sie hatte noch immer einige wenige Zweifel, und es wäre weder richtig noch fair, einen anderen Eindruck zu erwecken. Und überhaupt, sagte sie zu sich selbst, wollte sie abwarten, was er als nächstes tat.
Was er tat, war abzureisen.
Am nächsten Tag war Raoul de Jouray fort, ohne ein Wort zu hinterlassen, wohin er gegangen war.
Aline fühlte einen rasenden Drang, auf die Straßen zu laufen

und nach ihm zu suchen, aber das hätte keinen Sinn gehabt. Er hatte seine Pferde mitgenommen und seine beiden Männer. Vielleicht hatte er beschlossen, daß er keine Frau heiraten konnte, die ihm nicht bedingungslos vertraute, und war nach Frankreich zurückgesegelt.

Aber er hatte den größten Teil seiner Kleidung zurückgelassen. Sicher würde er zurückkommen.

Mit zitternden Lippen sagte Aline sich, daß sie, wenn er sie verlassen hätte, recht behalten hatte. Er wollte sie nicht wirklich und war unfähig, standhaft zu sein. Dieser Gedanke beruhigte sie ganz und gar nicht.

Wenn er zurückkam, würde er sie jedenfalls nicht vor Gram verzehrt vorfinden.

Jehanne beobachtete, wie Aline wild präzise Stiche in den Saum eines Kleides stickte und raunte Galeran zu: »Wo ist er hin?«

Galeran hatte Donata auf seinem Schoß, die sich an zwei Fingern festhielt. »Ich weiß es nicht.«

»Kommt er zurück?«

»Er hat es nicht gesagt.«

»Wenn er nicht kommt, sollte ihn jemand suchen und töten.«

Galeran grinste nur. »Dann wirst du das sein müssen, Liebes. Ich bin für Zuhause und Frieden.«

Zwei Tage später überquerte Aline den Innenhof, sie wollte zum Rauchhaus, um geräucherten Fisch für Mary auszusuchen, als sie ergriffen und in die dämmerige Kornkammer gezogen wurde.

Mit eisernem Griff wurde sie an einen steinharten Körper gepreßt; sie wußte instinktiv, wer es war, bevor die Logik es ihr verriet, und instinktiv erhitzte sich ihr Körper.

Aber wenn der verflixte Mann dachte, er könnte sie dadurch umstimmen, indem er ihr angst machte …

Seltsame, runde Dinge erschienen plötzlich vor ihren Augen. Eine Sekunde später hatte sie erkannt, daß es Trauben waren, die er in seiner Hand hielt. Sie hatte niemals Trauben gesehen, aber Hugo hatte ihr einmal Trauben gezeigt, die in einen Türsturz geschnitzt waren.

»Leider nicht aus Guyenne«, flüsterte er in ihr Ohr. »Aber es gibt Weinberge in einigen Teilen dieses düsteren Landes.«

»Sie sehen wie Stachelbeeren aus.«

Er lachte leise. »Und sie schmecken auch so, fürchte ich. Sie brauchen noch einige Wochen, ehe sie ganz reif sind, und auch dann werden sie nicht so schmecken, wie die Trauben von Guyenne.«

Irgendwie wand er sich um sie herum, um ihren Mundwinkel zu küssen. »Denn die Trauben von Guyenne sind prall, süß und saftig, genau wie du.«

Obwohl sie wußte, daß sie es nicht tun sollte, wandte sie ihren Kopf ein wenig, so daß ihre Lippen für ihn besser zu erreichen waren. Sie kämpfte gegen das Weinen der Erleichterung an.

Er war nicht fortgegangen.

Er hatte die Belagerung nicht aufgegeben, ehe sie nicht eine Chance gehabt hatte, aufzugeben. Sie hatte seit Tagen gewußt, daß sie aufgeben wollte, aber wenn er vorhatte, noch ein wenig zu werben, würde sie das mit Sicherheit nicht ablehnen.

»Danke für die Blume«, murmelte sie, ihr Mund traf den seinen.

Dann wandte sie sich noch ein wenig weiter ihm zu, so daß ihre Lippen fast vollständig für ihn zugänglich waren.

Er wandte sich ihr ebenfalls näher zu und küßte sie schnell, diesmal mit offenem Mund. »Und was siehst du, meine Jimena?«

Als er diesen Namen benutzte, schlug ihr Herz schneller. »Einen Mann, der mich wirklich sehr zu begehren scheint. Ich weiß nicht genau, warum.«

Seine Brauen hoben sich. »Du zweifelst daran, daß du es wert bist, geliebt zu werden?«

»Nein.«
»Aber warum stellst du es dann in Frage?«
Weil ich mir Sorgen mache, daß alles, was dich zu mir hinzieht, dahinschwinden könnte, und wo wäre ich dann?
Allein, in den Weinbergen von Guyenne.
Endlich hatte sie den Mut, ihm von ihren Befürchtungen zu erzählen.
Er lehnte sich ein wenig zurück, um sie zu betrachten. »Aline, Aline! Warum denkst du so etwas? Wie kann deine Natur, dein Selbst, dein Geist jemals dahinschwinden? Diese Dinge sind es vor allem, die ich an dir liebe.«
Sie wußte nicht, was sie sagen sollte, weil sie ihm nicht völlig glaubte. Oh, sie glaubte, daß er die Wahrheit sprach, daß er nicht log, aber war das auch die Wahrheit seines Herzens?
Er ließ sie frei, legte das Bündel Trauben in ihre Hände und öffnete den Beutel an seinem Gürtel, um ein Fläschchen hervorzuholen. »Wasser«, sagte er. »Es gibt keine Sierra in England, die den Schnee des Winters halten kann, aber ich habe einen Ort gefunden, an dem das Wasser rein und kalt aus den kalkigen Tiefen kommt. Koste es, Aline. Es ist so rein wie meine Liebe zu dir.«
Sie ließ ihn den Beutel an ihre Lippen setzen und ihn so halten, daß ein wenig klares Wasser auf ihre Zunge rann. »Es ist gut«, sagte sie und leckte sich den Rest von den Lippen. Sie überlegte, daß er ganz Südengland für diese Dinge für sie abgesucht haben mußte. Wie El Cid, der sich auf die Suche machte, um Jimena zu erobern.
»Und«, sagte er und sah ihr dabei tief in die Augen, »wenn du ein Jahr lang über eine Ehe mit mir nachdenken willst, werde ich dir in diesem Jahr treu sein. Auch wenn es mich wahrscheinlich umbringen wird.«
Sie biß sich auf die Lippen und kämpfte gegen ein Kichern an.
»Also«, fragte er, und etwas in seinen Augen sagte ihr, daß er es ernst meinte. »Was willst du noch, meine schöne Dame?

Den Pelz eines weißen Bären? Zuckerkristalle aus dem Osten? Rubine aus Asien ...?«
Aline sah zu Boden und pflückte eine grüne Frucht vom Zweig, hob sie an ihre Lippen und probierte sie. Dann spuckte sie sie aus. »Es ist schlimmer als Stachelbeeren!«
»Aline ...«
»Aber nur unreif, sagtest du. Mit der Zeit werden sie süß. Ich war unreif, Raoul. Vor ein paar Tagen war ich noch grün und sauer. Ich denke, ich werde mit jedem Tag reifer und süßer ...«
»Aline«, sagte er in einem vollkommen anderen Tonfall und griff nach ihr.
Aber sie hob eine Hand. »Du hast mich gefragt, was ich will.«
»Ja?« Plötzlich war er argwöhnisch. Und besorgt. Über diese Besorgnis hätte sie vor Freude weinen mögen, denn Raoul de Jouray war sonst niemals besorgt.
»Ich will, daß ein Teil des Einkommens aus meinem Besitz hier in England – nur zu meinem Nutzen – bei einem gewissen Ingelram angelegt wird, einem englischen Weinhändler in Bordeaux.«
Seine Brauen hoben sich, aber er nickte. »Ich stimme zu. Noch etwas?«
»Zwei Mägde von Brome oder Heywood unter meinen Frauen, wenn sie mitkommen wollen.«
»Natürlich. Du mußt dir deine Frauen nach deinem Geschmack aussuchen. Noch etwas?«
»Nun«, sagte sie, »wenn du darauf bestehst, mir Zuckerkristalle aus dem Osten zu bringen ...«
Er zog sie in seine Arme, und er hatte eine unbändige Freude in seinen Augen. »Du bist bereits süß genug.« In die verliebte Stille sagte er fast zögernd: »Das war ein JA?«
Tränen traten in ihre Augen, als sie nickte.
Er schob sie etwas von sich, um sie zu betrachten, und die Freude in seinem Gesicht brachte sie noch mehr zum Weinen.
»Eine hervorragend verhandelte Aufgabe, kleines Schloß.« Er

wischte die Tränen von ihren Wangen. »Um Himmels willen, du wirst genau in meine Familie passen. Habe ich dir jemals erzählt, daß du mich sehr an meine Mutter erinnerst?«
Dieses Mal war sein Kuß innig, und unter der berauschenden Gewißheit, daß sie bald heiraten würden, daß sie bald Haut an Haut mit diesem Mann liegen würde – und mehr, durchströmte Aline die Leidenschaft wie ein tosender Wasserfall.
Aber als der Kuß endete, hatte sie zu berichten, daß Galeran darauf bestand, daß sie nach Hause reisen mußten, um Huberts Zustimmung zu erhalten.
»Doch noch mehr Zeit im Norden?« stöhnte er, aber er lächelte so, als würde er niemals damit aufhören wollen und hielt sie fest gegen seinen Körper gepreßt, als würde er sie niemals wieder fortlassen wollen. »Ich werde umkommen.«
»Vielleicht sollte ich für dich das Fell eines weißen Bären finden.« Sie fuhr mit ihrer Hand über seine Brust, wünschte, sie könnte seine Haut berühren.
»Oder nachts zu mir kriechen ... nein«, fügte er hinzu. »Das wäre fatal.«
»Fatal?« Sie fuhr mit ihren Fingen seinen Nacken hinauf, wo sie wenigstens seine Haut spüren konnte. »Menschen sterben nicht an ein wenig Selbstbeherrschung.«
Er umfaßte ihre Hand und küßte ihre Fingerspitzen. »Hexe. Manche wissen eben, was sie vermissen.«
»Manche haben eben mehr Erfahrung in Selbstbeherrschung, meinst du«, gab sie zurück und befreite grinsend ihre Hand.
Bevor er der Sache auf den Grund gehen konnte, zog sie ihn aus der Kornkammer heraus, begierig, Galeran und Jehanne zu finden, um sie an den Neuigkeiten teilhaben zu lassen.
Er kam freiwillig mit, aber er murmelte: »Du suchst wieder die Herausforderung, nicht wahr, mein grünschnäbeliger Kadett?«

Gewarnt durch diese Worte, war Aline nicht vollständig überrascht, als Raoul in dieser Nacht in ihrem Zimmer auftauchte.

Sie teilte ein Bett mit Jehanne, während Winifred auf einer Matte auf dem Boden neben der Kinderkrippe schlief. Raoul hatte sie mit sanfter Hand und leiser Stimme geweckt, und jetzt bedeutete er ihr, ihm zu folgen. Getrieben von Neugier und einer gelassenen Aufregung, legte sie ihre Hand in seine, um sich von ihm auf die Füße ziehen zu lassen.

Aber als sie dort stand, flüsterte sie: »Weißt du, was du da tust?«

»Ich nehme deine Herausforderung an.« Er zeigte zur Tür.

Aline wußte, daß sie nicht gehen sollte, aber wie immer konnte sie seinen Versuchungen nicht widerstehen. Sie warf einen Blick zurück auf Jehanne, die einen leichten Schlaf hatte, und meinte, sie sähe ein Lächeln.

Das also sind meine Anstandsdamen und Wächter!

Eine Aufregung wallte in ihr auf, die ihr fast den Atem raubte. Wie würde er in diesem überfüllten Haus eine abgeschiedene Ecke finden?

Auf diesem höhergelegenen Stockwerk befanden sich die Halle und drei Räume, die von ihr abgingen. Das Zimmer der Frauen, das sie mit Jehanne teilte, lag von der Halle am weitesten entfernt. Die Tür führte in den Raum der Männer, der von Lord Williams Schnarchen erfüllt war und in dem Raoul und Galeran Matten auf dem Boden hatten. Dahinter schloß sich das Schlafzimmer an, in dem Hugo, Mary und zwei Töchter in einem großen, mit Vorhängen umgebenen Bett und das Personal, auf dem Boden ausgebreitet, schliefen.

Als sie ihren Weg durch das Zimmer ertasteten, hörte Aline Regen rauschen. Er würde sie doch nicht nach draußen bringen? Die Halle würde mit Dienern bevölkert sein.

Eine ziemliche Herausforderung, sogar für einen erfahrenen Krieger.

Er führte sie zu einer Ecke zwischen der Halle und dem Schlafzimmer, wo sich eine Treppe in ein unteres Stockwerk wand. Aber das untere Stockwerk wurde, wie sie wußte, von den Angestellten des Weinhandels und den Wachen benutzt.

Die Stufen waren aus Holz, und eine gerade Flucht mündete auf dem Boden. Er hielt dort unter einem kleinen Fenster und setzte sich, sie mit sich ziehend, auf den Boden. Er hielt sie sanft an seiner Seite.

»Sehr schlau«, flüsterte sie und wußte, daß sie im Begriff war, sich von einem Meister besiegen zu lassen. Sie konnte es kaum erwarten.

»Erste Lektion für Späher.« Er küßte sie zärtlich auf die Wange, fast so, wie ihr Vater es hätte tun können, oder wie sie mit Donata schmuste.

Und doch fühlte es sich anders an, und die Aufregung in ihr wurde zu einem Schaudern.

Er streichelte ihre Arme sanft, als ob sie vor Kälte zitterte und sprach mit einer so sanften Stimme, daß sie das Gefühl hatte, sie würde seine Worte eher über den Atem auf ihrer Haut aufnehmen, als über ihre Ohren.

Er sprach über seine Ankunft auf Heywood und den Moment, da er sie zum ersten Mal gesehen hatte, von der Bewunderung bis zur Besessenheit, von der Besessenheit bis zur Liebe. Es war ein Vernichtungsschlag, der jeden möglichen Widerstand in Sanftheit für ihn, für ihren Liebsten, umwandelte.

Und die ganze Zeit über liebkosten sie seine Hände, ohne daß er etwas tat, was man als unehrenhaft hätte betrachten können.

Hatte er sie aus ihrem Bett entführt, um zu reden und zu schmusen?

Und wie konnte Schmusen so verwirrend sein?

Sie rutschte näher an ihn heran, so daß ihre linke Hand seine Brust berühren konnte, ihn streicheln konnte, wie er sie streichelte, ihn in der Dämmerung kennenlernen. So eine mächtige Brust, nur durch eine leichte Leinentunika bedeckt. So breite Schultern, die so aufregend mit Muskeln bedeckt waren. So ein harter Bauch. Sie vermutete, daß sie seinen Bauch schlagen konnte und er es kaum bemerken würde.

Er bewegte sich ebenfalls, legte sein Bein über ihres. Also

erkundete sie durch den Stoff die gestählten Muskeln seiner Schenkel. Am Saum jedoch traf sie auf nackte, behaarte Haut. In Gedanken konnte sie goldenes Haar auf goldener Haut sehen. Sie zögerte nur einen Moment, bevor sie ihre Hand unter den Stoff schob, ihr Mund war plötzlich trocken, sie konnte ganz deutlich ihren Herzschlag hören, jeden einzelnen, obwohl sie nicht wagte, sich noch höherzutasten.

»Ich habe mir so sehr gewünscht, deine Hand so auf mir zu fühlen, Aline«, murmelte er, bewegte sich ein wenig, damit seine Hand den Rand des Saumes fand – und ihren nackten Schenkel. Sie fühlte die Schwielen, als seine Hand sich heraufwand und sich um ihr Gesäß legte.

Aline atmete tief ein und schluckte. »Ich dachte, sogar die Qualen der Verdammten würden dich nicht dazu bringen, mich zu entehren.«

Seine quälende Hand hielt inne. »Wir werden heiraten, dann liegt darin keine Entehrung. Aber trotzdem: Ich werde heute nacht nicht mit dir schlafen.«

»Oh.« Sie hoffte, daß sie nicht zu enttäuscht klang. »Was werden wir dann tun?« Seine Hand war zu ihrem Rücken hochgewandert und streichelte sie dort. Sie hätte schnurren mögen.

»Nur deine Verteidigung testen, mein grünschnäbeliger Kadett, und dir ein wenig von dem zeigen, was dir bisher entgangen ist.« Mit warmem Atem flüsterte er gegen ihren Nakken: »Deine Verteidigung ist vollkommen ungenügend, weißt du. Sieh dir die Armee an, sie hat dich umzingelt, Wimpel wehen, Klingen blinken in der Sonne. Hör die Trommeln deiner Niederlage.«

Er mußte ihr klopfendes Herz damit meinen. »Ich bin nicht so sicher«, sagte sie.

»Fürchtest du, dich deinem rechtmäßigen Herren zu unterwerfen?«

»Ich fürchte mich davor, hier mit dir entdeckt zu werden.«

Er kicherte. »Niemand wird uns finden, es sei denn du schreist.«
»Warum sollte ich das tun?«
»Erinnerst du dich an das Haus der Dame Helswith?«
Sie starrte auf sein beschattetes Gesicht. »Wirst du mir also weh tun …?«
»Ich werde mein Bestes geben, dir niemals weh zu tun, Aline. Aber es ist möglich, daß du vor Vergnügen schreist.«
Bevor sie ihre Bedenken äußern konnte, verschloß er ihren Mund mit einem fordernden, erobernden Kuß, der sie sehr an Waltham erinnerte. Nur aus Neugier fühlte sie nach seiner Messerscheide und fand sie leer.
Er kicherte, aber er hörte nicht auf, sie um ihren Verstand zu küssen.
Ein Teil von Aline – die guterzogene, gut ausgebildete Beinahe-Nonne – verlangte, daß sie kämpfen und schreien sollte, nur um zu beweisen, daß sie eine gute Frau war. Der vernünftige Teil in ihr sagte, sie könnte immer noch kämpfen und schreien, wenn sie zu einem Punkt kamen, an dem sie es wirklich wollte.
Sie glaubte nicht, daß sie jemals dazu gebracht werden konnte, vor Vergnügen zu schreien, wenn es irgendwelche Zuhörer gäbe.
Sie begnügte sich damit, das Geschäft des Küssens zu lernen, die Münder geöffnet, mit den Zungen spielend. Als seine Hand ihre Brust fand, verstärkte das noch das Vergnügen seines heißen Mundes und sie küßte ihn noch leidenschaftlicher, fuhr mit ihren Fingern durch sein Haar, um ihn noch näher an sich zu ziehen.
Er löste sich von ihr und bewegte sie ein wenig. Da bemerkte sie, daß sie auf ihm saß wie ein Kind, das einen Baum erklomm. Wenn sie wie eine gegen ihren Willen Unterworfene aussehen wollte, dann hatte sie fürchterlich versagt.
Er umschloß ihre Brust mit seinen Händen, hob sie zu seinem Mund und spielte mit der Zunge durch den feinen leinenen

Stoff. Ihre Finger, die eben noch sein Haar gestreichelt hatten, griffen nun fester zu. »Was tust du?«
Er hob seinen Kopf, um zu fragen: »Gefällt es dir nicht?« Da seine Hand fortfuhr, ihre andere Brust zu liebkosen, konnte Aline nur einen unverständlichen Laut von sich geben.
Er schien ihn richtig zu deuten und machte weiter.
Die Empfindungen waren überwältigend. Fast wie ein hohes Fieber, das aber äußerst angenehm war. Dennoch, dachte Aline überlegen, war sie nicht versucht zu schreien.
Dann schob er ihr das Hemd von den Schultern, so daß sein Mund ihr nacktes Fleisch fand, genau wie seine Hand den Ort zwischen ihren Schenkeln fand, der noch empfindlicher war als ihre Brust. Aline hätte fast einen Schrei der Verwunderung ausgestoßen, aber sie schaffte es, ihn zu unterdrücken.
Es war nicht so, daß es sie überraschte, dort empfindlich zu sein. Sie hatte von den Vergnügungen gehört, die manche empfanden, wenn sie sich zwischen ihren Beinen rieben. Sie hatte es auch versucht, aber es schien nicht aufregend genug zu sein, um dafür zu sündigen. Sie mußte damals etwas falsch gemacht haben.
Für einen Angriff auf ein Schloß war seine streichelnde Hand bemerkenswert langsam und sanft ... Nur in ihr drinnen war etwas, das heiß glühte.
»Du unterminierst meine Mauern ...«
Er lachte sanft. »Ich habe dich wochenlang unterminiert, kleines Schloß. Unter deinen Mauern hindurchgegraben. Ich habe dort Zunder gelegt. Heute nacht zünde ich ihn an, damit die Hitze deine Bastion bricht und du hilflos vor mir liegst.«
»Ich denke, das tue ich bereits ...«
»Soll ich aufhören?« Sie hörte an seinem Lachen, daß er die Antwort bereits kannte.
»Nein, aber ...«
»Schh«, sagte er, und seine Lippen legten sich auf ihre. »Denk

nur daran, sehr leise zu sein. Du willst doch nicht, daß dein Oberherr dir zu diesem Zeitpunkt zu Hilfe eilt, oder?«

Dann, als er wieder ihre Brüste liebkoste, benutzte er seinen Schenkel, um ihre Beine weiter zu spreizen und streichelte sie begieriger, so daß sie sich an ihn pressen mußte, da sie Angst hatte zu fallen. Was lächerlich war, denn sie befanden sich ja auf sicherem Untergrund.

Dann saugte er stark an ihrer Brust, und ein Finger glitt in sie hinein, so daß ein Ruck genau zwischen den beiden Punkten durch sie schoß.

»Ah!« Sie schaffte es, den Schrei zu unterdrücken, was aber schlecht gelang.

»Beiß mich, wenn du willst«, flüsterte er.

Also stopfte Aline ihren Mund voll Stoff und Muskeln von seiner Schulter, und fragte sich, ob sie nun vielleicht doch nach ihrem Oberherren schreien sollte.

Raouls große Hand schürte das Feuer, daß sie zerstören würde, und er würde sie nicht entkommen lassen. Sie fühlte sich fast, als ob sie um ihr Leben kämpfte, als sie sich versteifte, ihre Hände in ihn verkrallt, die Zähne in sein Fleisch verbissen.

Aber sie kämpfte nicht, um zu fliehen, obwohl er sie zerstörte. Die undeutlichen Laute, die sie gegen seine Schulter ausstieß, waren keine Hilfeschreie.

Dann fing der Zunder gänzlich Feuer, das Holz brannte lichterloh, und ihre Mauern wurden erschüttert, zerbrochen und eingerissen.

Durch diese Mauern sah sie plötzlich Licht.

Nein. Licht war ein zu schwacher Ausdruck dafür.

Durch die zerbrochenen Mauern sah sie Himmel. Einen kurzen Schimmer des unendlichen Himmelswunders.

Seine Hand. Seine sanfte und zärtliche Hand hielt sie fest, bis sie dachte, sie würde ohnmächtig, aber dann, teils bedauernd, teils erleichtert, fühlte sie, wie das Beben schwächer wurde, fühlte, wie sie selbst wieder auf den Boden zurücksank wie ein Büschel Distelwolle an einem stillen Tag.

Er hielt sie in seinen Armen, zog ihr Hemd wieder hinauf, dann fuhr er fort, sie zärtlich zu streicheln, auf eine Weise, daß sie niemals mehr von ihm fort wollte.

»Ich glaube nicht, daß ich geschrien habe«, sagte sie endlich.

»Bist du sicher?«

»Niemand hat Alarm geschlagen.«

»Das stimmt. Ich bin aber nicht sicher, ob ich Narben fürs Leben behalten werde.« Sie konnte ein Lächeln darin hören.

Sie berührte die feuchte Stelle an seiner Tunika, wo ihr Mund gewesen war. Darunter fühlte sie die Abdrücke, die ihre Zähne hinterlassen hatten. »O je.«

»Ein Krieger muß mit Schmerzen rechnen, wenn er ein Schloß erobert. Bist du nun mein Vasall?«

Sie antwortete nicht, statt dessen sagte sie: »Vielleicht werde ich in einiger Zeit lernen, *deine* Mauern zu unterminieren.«

Er lachte sanft und legte seinen Kopf an ihren. »Ich bin bereits in Schutt und Asche, Liebes, aber ich freue mich auf deine Versuche, mich noch weiter zu erobern.«

Sie streichelte ihn, und es war süß, ihn so liebkosen zu können, wie er sie liebkost hatte. »Ich kann jetzt verstehen, warum du gezögert hast zu versprechen, für ein Jahr ohne dieses Vergnügen zu leben.« In diesen Worten lag eine Frage, und sie wurde rot, als sie das merkte. Sie bettelte um mehr.

Er sah zu ihr auf. »Ich werde dich nicht entehren. Erst, wenn wir verheiratet sind.«

»Erst ...!« Sie hatte fast mit normaler Lautstärke gesprochen und fiel nun ins Flüstern zurück. »Du meinst, du wirst nicht ...? Bis wir verheiratet sind?«

»Selbstbeherrschung, erinnerst du dich?« neckte er sie.

»O du! Aber es *ist* gut für die Seele.«

»Unsere Seelen werden also einmal sehr gesund werden.« Er zog sie in seine Arme, und sie kuschelte sich hinein, dankte dafür, diesen einen Mann in der großen, weiten Welt gefunden zu haben. Es war fürchterlich, daran zu denken, daß sie sich vielleicht niemals getroffen hätten, und furchtbar, ihn zu verlassen, auch wenn es nur für die restlichen Stunden dieser Nacht war.

Vielleicht fühlte er dasselbe, denn am Ende war sie es, die sich ihm entzog, aufstand und sie beide zurück zu ihren Schlafzimmern führte.

»Gute Nacht«, flüsterte sie. Sie wollte so viel mehr sagen, aber sie fand nicht die richtigen Worte.

Er war – wie immer – unbefangener. »Schlaf gut, Geliebte. Und wenn du träumst, träume von mir.«

In den nächsten Tagen erfuhr Aline, daß ein starker, resoluter Mann einem Kopfschmerzen bereiten konnte. Oder Schmerzen anderswo. Sie konnte ihn herausfordern wie sie wollte, Raoul gab ihr niemals mehr als einen brüderlichen Kuß, und im allgemeinen mied er sie sogar. Aline ging durch Tage hitziger Frustration, obwohl das auch der Tatsache zugeschrieben werden konnte, daß Südengland unter einer Hitzewelle brütete.

Um sich abzulenken, stürzte sie sich in die Arbeit. Wenn sie nicht gerade die Heimreise vorbereitete, dann belästigte sie Hugo und seine Freunde, indem sie alles über Guyenne erfahren wollte, über die Leute dort und den Handel.

Da sie vor dem Abenteuer jetzt keine Angst mehr hatte, konnte sie es nicht abwarten zu heiraten und mit ihrem Ehemann in das neue Land zu reisen. Die Hochzeit war jedoch der wichtigste Teil. Warum mußten sie nach Norden reisen, um zu heiraten?

Als ihr Vater in Hugos Hof einritt, warf sie sich mit ekstatischer Freude in seine Arme.

»Hey, hey!« sagte Lord Hubert und sah sie prüfend an. »Was ist los, Mädchen?«

Aline hatte plötzlich einen Kloß im Hals, und es war Galeran, der sagte: »Sie will unbedingt Raoul de Jouray heiraten.«
Aline wies ihn zurecht: »Galeran!«
Aber Galeran grinste nur. »Es ist die Wahrheit. Ihr beide seid wahrscheinlich für diese Hitzewelle verantwortlich. Es wäre eine Erleichterung für den Süden Englands, wenn ihr euch ein wenig abkühlen würdet.«
Lord Hubert kratzte sich am Kopf, als er in das Haus geführt wurde. »Ich dachte, du wolltest die Kirche, Kindchen.«
»Ich habe meine Meinung geändert, Vater. Er hat Land«, sagte sie schnell, um zum wichtigsten Punkt zu kommen.
»Ach, ja? Nun, das ist doch etwas.«
Es stellte sich bald heraus, daß Lord Hubert beschlossen hatte, hierherzukommen, um König Henry ebenfalls seine Ehre zu erweisen. Er lauschte den Erzählungen von den Abenteuern seiner Tochter – eine abgeschwächte Version – dann nahm er Raoul beiseite, um mit ihm ein langes Gespräch zu führen.
Aline hatte plötzlich Angst. Sie hatte niemals in Betracht gezogen, daß ihr Vater diese Liaison ablehnen konnte, aber jetzt war sie sich nicht mehr sicher. Er fühlte mit Sicherheit die Bedenken, die sie auch zunächst gehabt hatte, und er ließ sich nicht durch charmantes Lächeln und breite Schultern beeinflussen.
Raoul trat aus dem Raum und hob nur seine Brauen. »Er will mit dir sprechen, Aline.«
»Was sagt er?«
»Geh hinein und rede mit ihm.«
Raoul war aufreizend wortkarg, auch sein Gesichtsausdruck sagte ihr nichts. Aline ging hinein und wischte sich die feuchten Handflächen in ihren Röcken ab. »Ja, Vater?«
Lord Hubert sah sie nur an. »Willst du ihn?«
»O ja.«
»Traust du ihm?«
»Ja.«

Er zuckte mit den Schultern. »Das tue ich auch, obwohl er vielleicht auch nur ein guter Blender ist. Aber du hattest immer deinen Kopf an der richtigen Stelle. Also, wenn du dir sicher bist, dann werde ich dir nicht im Weg stehen.«
Aline warf sich in die Arme ihres Vaters. »Danke! Er ist ehrenhaft, und ich liebe ihn.«
Ihr Vater tätschelte ihr die Schulter. »Und du bist wie deine Mutter, Gott habe sie selig. Vernünftig und gleichzeitig warmherzig. Er will dich hier und jetzt heiraten, Mädchen, aber ich werde ihn warten lassen, wenn du es willst.«
Aline wurde rot. »O nein.«
Er kicherte »In Ordnung. Er schätze, er wird dir jedenfalls im Bett gute Dienste leisten. Wir können heute noch den Vertrag aufsetzen lassen, da ich mir schon gedacht habe, daß du das meiste dafür zusammen hast, und ihr könnt morgen heiraten, wenn ihr wollt.«
»Morgen?«
»Sag mir nicht, daß du jetzt deine Meinung änderst!«
Aline sprang auf ihre Füße. »Nein! O nein. Aber was soll ich anziehen?« Sie rannte hinaus, um Jehanne zu suchen.

Sie trug ihre schönste rote Tunika und einen Gürtel, der mit Rubinen besetzt war. Raoul hatte ihn ihr am Morgen geschenkt – gleichzeitig mit einem letzten Angebot, noch zu fliehen.
»Es ist noch nicht lange her, daß wir uns kennengelernt haben, Liebes, und noch vor kurzem hattest du Zweifel. Ich werde warten, wenn du willst.«
Sie betrachtete das wundervolle Geschenk. »Ich will es nicht. Ich weiß, was ich will. Wenn *du* Zweifel hast ...«
Er hob ihr Kinn an. »Ganz und gar nicht.« Und sie sah in seinen Augen dieselbe Hingabe und dasselbe heiße Verlangen, das in ihr brannte.
»Dann laß uns keinen Unsinn mehr reden, bitte.«

Sie gingen in die nahegelegene St.-Stephen's-Kirche, begleitet von so vielen Freunden und Bekannten wie möglich, zukünftige Zeugen ihrer Worte. Sie waren dennoch sehr erschrocken, als ein Trompeter den Weg freiblies für den König, der die Krone auf dem Kopf trug und von Edelleuten und Wachen umgeben war.

Inmitten der riesigen Menge, die ihn umgab, erklärte Henry: »Ich hörte ein Gerücht von diesem Ereignis und dachte, ich werde es am besten selbst bezeugen. Wir wollen keine unsicheren Hochzeiten mehr in der Familie, oder, Lord William?«

Hugo und Mary sahen aus, als würden sie vor Aufregung in Ohnmacht fallen, und die Menge war wie ein Bienenschwarm, aber Aline konnte nur daran denken, daß die Anwesenheit des Königs die Sache bremsen könnte.

Die Zeremonie verlief jedoch reibungslos, und bald kehrten sie in die Corser Street zurück, begleitet von einer noch eindrucksvolleren Prozession.

»Kommt der König mit?« flüsterte sie Raoul zu.

»Es sieht so aus.« Er lächelte ihr reuevoll zu. »Viele Stunden, bevor wir allein sein können, Liebes. Erinnere dich daran, Selbstbeherrschung ist gut für die Seele.«

»Meine Seele ist so gesund, daß sie glüht!«

»Ah, ist das das Licht in deinen Augen?«

Und sie lachte in seine glänzenden Augen, beschloß, daß es nichts machte, ob der König dort war. Sie war mit Raoul verheiratet. Sie konnte warten.

Henry zeigte Einfühlsamkeit und blieb nicht länger in Hugos Haus, als er dafür brauchte, einen Toast auf das Paar auszubringen, mit den wichtigsten Leuten zu sprechen und eine große Bestellung für Wein aufzugeben. Dann ritt er fort, ließ Familie und Freunde zurück, damit sie sich entspannen und feiern konnten.

Doch sie konnten noch nicht unauffällig verschwinden, um allein zu sein. Aline versuchte, zusammenhängend zu erzählen, während sie am Wein nippte und am Kuchen knabberte, aber was sie wirklich wollte, war, an ihrem Ehemann zu knabbern. Er schien jedoch überhaupt nicht ungeduldig. Er fand sogar ein Instrument und spielte auf. Er sang das Lied von den Mandelblüten und lächelte sie an.

Die meisten der Frauen betupften ihre Augen, als er fertig war.

Als die Vesperglocken den Abend einläuteten, konnte Aline wenigstens in den Eckraum huschen, der in dieser Nacht ihnen allein gehören würde. Lachende Frauen folgten ihr, um ihr bei den Vorbereitungen zu helfen. Ihre Witze waren so zweideutig wie die der Männer, und Alines Gesicht war rot, als sie bereit war, nur bekleidet mit ihrem Haar.

Dann kam Raoul herein, nur in einen Mantel gehüllt, den er nun auszog.

Sein kurzes Haar bot keinen Schutz, aber wer wollte schon so einen umwerfenden Körper verstecken.

Er lächelte sie an, war sich dessen nicht bewußt, daß er bereits erregt war, und sowohl die Männer als auch die Frauen um sie herum machten anzügliche Witze und anerkennende Kommentare. Zum zweiten Mal in ihrem Leben sah sie seine intimsten Körperteile, wußte, daß sie rot und röter wurde, aber das kümmerte sie nicht einen Deut.

»Geht fort«, sagte er an ihre Begleiter gerichtet und zog Aline in seine schützenden Arme.

Sie hörte nur dumpfes Gelächter und eine schließende Tür, dann war Stille um sie.

Stille und Raoul und ihre eigene, wachsende Lust.

»Nervös?« fragte er.

Sie sah in seine dunklen Augen. »Überhaupt nicht. Ich habe dich davor gewarnt, daß ich unnatürlich stimuliert werde von nackten Männerkörpern.«

Er lachte. »Ich sehe darin nichts Unnatürliches, Liebes. Es ist vielleicht empfehlenswert, daß du dich deiner Oberhoheit unterwirfst, die in der Lage ist, deine Bedürfnisse zu befriedigen.«

»Ich hoffe, du hältst dein Versprechen.« Ihre Hände wanderten bereits hungrig über seinen Körper.
»Und ich habe plötzlich Angst ...« Und vielleicht war es wahr.
Sie bemerkte mit Freude, daß seine Hände zitterten, als sie sich um ihren Nacken legten, um ihr Haar anzuheben, dann ließen sie es wieder um sie herum fallen. »Du erinnerst mich an eine saftige Traube.«
»Eine pralle?«
»Ich bete Molligkeit an. Und Süße. Und Saftigkeit. Berühre mich weiter, Liebes. Ich verzehre mich nach deiner Berührung.«
Sie preßte sich näher an ihn, heiße Haut an heißer Haut, sanfte Rundungen an harten Muskeln, sie erkundete seine Brust, seine Flanken, seinen Rücken mit ihren gierigen Händen und Lippen.
Als seine Hände und Lippen sie im Gegenzug erkundeten, sanft und tastend, wurde sie fast wahnsinnig.
Seine Erektion preßte sich hart gegen sie, und er war sicherlich verzweifelt, also zog sie sich ein Stück zurück, um sie zu berühren. »Ist es nicht Zeit für den erobernden Krieger, in die besiegte Zitadelle einzudringen?«
Trotz des Verlangens, das sie in ihm spüren konnte, schob er sanft ihre Hand fort. »Du kannst es nicht erwarten, nicht wahr? Ts, ts. Es gibt eine festgelegte Prozedur für diese Dinge, weißt du.« Er zog sie in seine Arme. »Zum Beispiel muß ich vorsichtig sein. Wie kann ich sicher sein, daß du wirklich aufgegeben hast? Daß du keine Falle geplant hast?«
»Falle? Ich bin völlig unbewaffnet!«
Er lachte darauf und drehte sie herum. »Deine Bewaffnung ist erstaunlich, Liebes. Dein Haar, deine Augen, deine Wangen, deine Lippen, deine Brüste ... Ah«, sagte er und besah sich liebevoll ihre Brüste, »in der Tat, die hier können einen starken Mann in die Knie zwingen.« Und er senkte seinen Kopf, um abwechselnd an jeder Knospe zu saugen, so daß sie sich an ihn klammern mußte.

»Es scheint mir«, schnappte sie nach Luft, »daß diese mein schwächster Punkt sind. Sie unterwerfen mich sofort!«

»Punkt. Ja.« Und mit einem niederträchtigen Grinsen wandte er sich ihnen wieder zu, zog jeden Nippel hoch und zog Aline damit in eine wirbelnde, fieberheiße Grube.

Dann legte er sie auf das Bett. Als sie benommen ihre Augen öffnete, war er neben ihr. »Aber nicht dein allerschwächster Punkt«, sagte er und schob seine Hand zwischen ihre Schenkel.

»Oh.«

»O ja. Ich denke, du solltest dich daran erinnern, Liebes.«

Sie erinnerte sich, o ja, das tat sie, und das tat ihr Körper auch. Er begann fast sofort damit, darauf zu reagieren, und sie spreizte ihre Schenkel. »Komm in mich. Jetzt. Ich will dich in mir.«

»Bald, Liebes, bald. Wenn die Zeit dafür kommt. Ich muß erst sichergehen, daß dein Widerstand vollständig waffenlos ist ...« Er küßte ihre Lippen, ihren Nacken, ihre Schultern, saugte an ihren Ohrläppchen und an beiden Brüsten, bis sie kaum noch wußte, woher das Vergnügen, das ihren Körper entwaffnete, herkam.

Inmitten des bevorstehenden Chaos hatte Aline einen klaren Gedanken – daß sie sehr bald mehr von diesen Dingen wissen würde und sie ihn in dieselbe Verwirrung stürzen konnte, wie er es so leicht mit ihr tat. Ja, sie *plante* einen Hinterhalt, aber sie dachte nicht, daß ihn das sehr stören würde.

Für den Moment war es schön, sich ohne Angst der Berührung eines Meisters zu unterwerfen. Seine Hand beruhigte sie, als der Moment gekommen war, dann legten seine Lippen sich auf die ihren, um ihre Schreie zu ersticken. Noch immer im Kuß vereint, legte er sich auf sie.

»Jetzt«, sagte er gegen ihre Lippen, »jetzt bist du bereit, kleines Schloß.«

Er drang langsam in sie ein.

Das erste Gefühl war eine phantastische Erleichterung für ihr verlangendes Fleisch, aber dann kam ein Schmerz, und sie versteifte sich dagegen.

»Krall deine Nägel in mich, Liebes. Mach, daß ich es auch fühle.«

Dann siegelte er erneut ihre Lippen und durchstieß ihre Jungfräulichkeit. Aline schrie in seinen Mund, und sie versenkte ihre Nägel so hart wie sie konnte. Es war eine natürliche Reaktion, aber sie erinnerte sich auch an seine Worte. Es schien nur fair, daß Männer den Schmerz teilten.

Nach einem Moment ließ er ihre Lippen los und grinste. »So schlimm, was?« Er bewegte sich sanft in ihr. »Tut das weh?«

Sie staunte über seine Kontrolle, denn sie konnte dasselbe gespannte Verlangen in ihm sehen, gleichzeitig zurückhaltend und in ihr versammelt. »Es ist nichts. Mach weiter. Bitte! Mach weiter.«

»Du bist eine Perle unter den Frauen«, flüsterte er und begann, seine Kontrolle zu lockern, bewegte sich stärker, dann fast brutal hinein und heraus.

Es tat weh, aber es war auch wundervoll. Sowohl in ihrem brennenden Körper und in dem, was sie von ihm sah. Sie klammerte sich an seine Schultern und hob ihre Beine, um sie in einem Akt unverblümter Besitzergreifung um ihn zu schlingen.

Sein Gesicht verzog sich, als er sich erleichterte und dabei ihren Namen ausstieß. Sie zitterte, liebte jeden Moment seiner Unterwerfung unter ihre Kräfte.

Nachdem er sich erschöpft zur Seite rollte, nahm er sie in seine Arme, schnupperte an ihrem Nacken, als sie mit ihrer Hand seine verschwitzte Brust streichelte.

»Ich glaube, ich bin endlich erobert worden«, murmelte sie. »Ist es nicht wundervoll?«

»Nur, weil du mich doch noch in eine Falle gelockt hast. Ich bin für alle Zeit deine Gefangene.«

»Natürlich.« Sie fuhr mit einer Hand gedankenverloren über seinen wundervollen Körper. »Sollte es nicht auch so sein?«
Er rollte sich auf den Rücken, zog sie auf sich, so daß ihre Brüste an seinem Mund lagen. »Ich hoffe das. Ich bin ein sehr zufriedener Sklave. Nun, gib mir deine Befehle. Was möchtest du, daß ich tun soll, o du meine Frau?«

Dreiundzwanzigstes Kapitel

Galeran näherte sich Heywood dieses Mal langsamer, obwohl all seine Sinne erfüllt waren von dem Wunsch, mit Jehanne zu schlafen. Heute nacht, in ihrem neuen Bett, konnten er und Jehanne miteinander schlafen, wie sie es seit seiner Rückkehr nicht getan hatten, aber mit Jehanne an seiner Seite gab es keinen Grund, sich zu beeilen.

Sie hatten in London getrödelt, um Aline und Raoul in die Richtung ihres neuen Zuhauses fortsegeln zu sehen. Es gab mit Sicherheit nichts, was das Glück des Pärchens überschatten konnte, und er hoffte, daß es das ganze Leben so bleiben würde.

Als Jehannes Wunden schließlich verheilt waren, waren sie ihre langsame Reise nach Norden angetreten, sie hielten an verschiedenen Orten, um Verwandte zu besuchen und freundliche Beziehungen zu erneuern.

Es gab zwar Schlafquartiere, in denen sie miteinander hätten schlafen können, aber er und Jehanne waren übereingekommen zu warten. Es war wie das Warten auf die Hochzeitsnacht, wie ein neuer Anfang. Sie würden auf Heywood neu beginnen.

Und jetzt lag Heywood vor ihnen, es erhob sich vor ihm wie es in seinen Träumen im Heiligen Land gewesen war. Sein Heim. Das Heim auch von allem, was auf dieser Welt für ihn Bedeutung hatte.

Lord William und seine Männer hatten sich auf Brome von ihnen getrennt, und Huberts Truppe hatte sie in Hey Hamlet verlassen. Galeran ritt mit Jehanne an seiner Seite hinauf nach

Heywood, und diesmal stand keine Armee vor seinen Mauern. Dieses Mal wurden die großen Tore geöffnet, als er sich näherte, um den Lord zu Hause willkommen zu heißen, und seine Leute jubelten.

Jehanne ritt an seiner Seite, und er trug absichtlich Donata. Es gab keinen Grund, zu erklären, was in London geschehen war, denn die Geschichte würde sich von selbst verbreiten. Jeder würde wissen, daß Jehanne für ihre Sünde gebüßt hatte und daß ihr vergeben worden war.

Alles war wiederhergestellt.

Oder?

Etwas in seinem Herzen verneinte das.

Er saß ab und betrat seinen Besitz mit Jehanne an seiner Seite, dort nahm ihm Jehanne Donata ab und übergab sie den Frauen. Die Hunde rannten auf sie zu, er begrüßte sie, dann nahm er einen Schluck Ale, um den Staub der Reise hinunterzuspülen. Es konnte aber den bitteren Geschmack nicht wegwaschen.

Jehanne kam an seine Seite zurück, endlich wieder die vertraute Herrin über ihr Heim, die Frau, nach der er sich im Heiligen Land gesehnt hatte. Galeran sah sich in der Halle um und dachte, daß sie das alles vielleicht mehr schätzen könnten, nachdem sie bei diesem Abenteuer auch alles hätten verlieren können.

Und doch ...

Während sie mit einem Diener über einige unwichtige Probleme sprach, ging er in das Schlafzimmer, um das neue, große Bett zu betrachten. Das war es, wofür er gekämpft hatte, oder nicht? Sein friedliches Zuhause, seine geliebte Frau, sein Ehebett. Er nahm eine Figur hoch, die Elfenbeinrose.

Die Blüte fiel herunter.

Dann traf es ihn wie ein Schlag mit einer Axt.

Sein Sohn.

Sein Sohn war tot.

Ein schneidender Schmerz ließ ihn auf seine Hand sehen. Noch mehr weiße Blütenblätter waren zerbrochen, jetzt in rot getaucht. Sein Blut. Jerusalem.

Aber die Leere, die ihn plötzlich umgab, war nicht Jerusalem. Es war sein verlorenes Kind. Er hatte keine Erinnerungen – kein Bild von einem Lächeln im Kopf, keine Laute von einer brabbelnden Stimme. Kein Geruch. Kein Gefühl ...

Für ihn existierte Gallot nicht.

Kein Wunder, daß er alle unterbrach, die versuchten, über seinen Sohn zu sprechen. Kein Wunder, daß er Lowick hatte töten wollen. Es war nicht so sehr wegen des Ehebruchs. Es war dafür. Dafür, daß jener seinen Sohn kannte und er selbst nicht.

Er hörte, wie Jehanne nach ihm rief, aber er stahl sich hinaus, hinunter zum Friedhof, um bei dem kleinen Grabstein niederzuknien.

Aber da war nichts außer einem Namen, nichts in seinem Herzen, nur eine Leere, die jeden Moment größer wurde, die drohte, all das beschwerlich zurückgewonnene Glück zu verschlingen.

Ein Rascheln von Kleidern und ein zarter Parfümduft warnten ihn, daß Jehanne hier war, aber er wollte sie jetzt nicht sehen. Sie besaß etwas, das er nicht hatte.

Sie hatte ein Kind in ihrem Kopf, an das sie sich erinnern konnte.

Als sie neben ihm auf ihre Knie sank, hielt sie ihm eine Pergamentrolle hin. Die Höflichkeit gebot es ihm, sie zu nehmen, obwohl er keine Ahnung hatte, was es sein konnte und noch weniger Interesse daran. Um die Rolle zu nehmen, mußte er die zerbrochene Rose aus der Hand legen. Er hörte, wie sie beim Anblick der zerbrochenen, blutigen Blütenblätter die Luft einsog, aber in diesem Moment kümmerte er sich nicht um ihre Traurigkeit.

Er legte die Scherben auf das Grab neben den Busch, der echte Rosen trug. Jehanne hatte echte Rosen. Sie hatte Erinnerungen. Er hatte nur zerbrochenes Elfenbein.

Er versteckte seine Bitterkeit, löste das Band und entfaltete die Blätter. Eine Anzahl von Blättern, die mit einem langen Band in der Mitte zusammengehalten wurden.
Er mußte daran denken, daß sie sehr verschwenderisch mit dem Pergament umgegangen war, aber dann las er die ersten Worte.

> Am Sankt Stephanstag, in dem gesegneten Jahr des Herrn 1099, wurde auf Schloß Heywood in Northumbria, Gallot, Sohn von Galeran und Jehanne, seiner Frau, geboren, Lord und Lady dieses Anwesens ...

Er sah sie an, sah Tränen in ihren ängstlichen Augen schimmern. »Ich habe es einen Schreiber aufzeichnen lassen. Ich wußte, daß du so viel verpassen würdest, und ich wollte es für dich, auch wenn ich niemals gedacht hatte ...«
Mit klopfendem Herzen las er weiter.

> Seine Größe an dem Tag seiner Geburt reichte bis zum ersten Knoten in diesem Band. Alle Frauen sagen, daß er groß ist und ein großer Mann werden wird. Er atmete schnell und gut und bewegte seine Gedärme am ersten Tag, und obwohl die Substanz unerfreulich war, sagten die weisen Frauen, daß sie gut wäre.

Galeran sah sie fragend an.
»Bruder Cyril fand es nicht schicklich, daß ich solche Dinge aufzeichnen ließ.«
Galeran zählte die Blätter. Es waren fünf. »Steht alles dort?«
»Alles, was mir eingefallen ist. Das Schlechte und das Gute. Wie diese drei Nächte, in denen er uns alle auf Trab hielt, als er zahnte. Wie die Art, wie er auf eine Trommel schlug ...« Ihre Augen suchten ängstlich die seinen. »Ich habe es dir nicht eher gegeben, weil ich nicht sicher war ...«
»Nein. Du hattest recht. Ich war nicht bereit. Aber jetzt ...« Er

fand keine Wort für das, was er in seinem Herzen fühlte. »Jetzt ... Ich danke dir ...« Plötzlich konnte er nicht mehr sprechen. Er zog sie in seine Arme. »Danke. O Gott, danke.«
Sie hielt ihn fest, streichelte ihn. »Eigentlich«, flüsterte sie, »habe ich ihn auch nie richtig betrauert. Es geriet alles so schnell außer Kontrolle ... Wenn du willst, können wir es vielleicht gemeinsam lesen. Und gemeinsam weinen.«
Er nickte mit seinem Kopf gegen ihre Schulter, das Pergament fest in der Hand, und betete, daß sein Sohn – nun sicherlich ein Engel im Himmel – Fürsprache für sie hielt. Sicherlich hatten sie Glück verdient und das Geschenk, Gutes für die Welt tun zu können. Und vielleicht, wenn Gott wirklich gnädig war, eines Tages ein weiteres Kind, das sie in Frieden und Harmonie gemeinsam erleben dürften.
Später in der Nacht, nach Tränen und Lachen, mit einem Bild von seinem Sohn im Herzen, liebte Galeran seine Frau. Nicht so, wie er auf dem Rückweg von Jerusalem geträumt hatte, in einem heilenden Schlag von erleichtertem Verlangen. Nicht, wie sie es seitdem getan hatten, in dem Versuch, die Fetzen ihrer Liebe zusammenzuflicken, so gut sie konnten. Sondern in dem Erstaunen, daß etwas, das immer schon gut war, durch all die erlebten Wirrungen ein noch wertvollerer Schatz werden konnte.

Epilog

JOURAY, GUYENNE, SEPTEMBER 1103

Aline trat aus dem Haus heraus, das ihr Heim war, auf der Suche nach Raoul, der irgendwo auf den Feldern war, um die Traubenernte zu überwachen. Sie trug den kleinen Hubert auf ihrer Hüfte, der, obwohl gerade ein Jahr alt, zappelte, um auf den Boden zu kommen.

»Eine kleine Weile noch, Liebling. Ich möchte deinen Vater finden und ihm die Neuigkeiten berichten.«

Sie eilte einen Weg hinunter, der von blühenden Büschen gesäumt war. Die Zahl und Vielfalt der Früchte und Blumen hier erstaunten sie noch immer. Es gab Zeiten, in denen sie sich nach ihrer kahleren Heimat sehnte, aber das war nicht oft. Und selbst wenn sie Heimweh hatte, sie würde niemals anderswo sein wollen als in Raouls Nähe. Sie hoffte, daß der Frieden anhielt, damit er nie wieder von ihr fort müßte.

Ein dummer Gedanke für die Frau eines Kriegers, und einer, mit dem sie ihn nicht belästigte, außer, um zu schimpfen, wenn er sich beim Üben verletzt hatte.

Wie er es gerade gestern getan hatte.

Sie hatte seinen Arm absichtlich so fest verbunden, daß er ihn kaum bewegen konnte. Er hatte darüber gemurrt, aber nahm es als Ausrede in der vergangenen Nacht, passiv unter ihr zu liegen, während sie mit ihm machte, was sie wollte.

Als sie daran dachte, kicherte sie, und Hubert kicherte auch.

»Papa!« rief Hubert und zeigte auf ihn.

Das Kind hatte die scharfen Augen seines Vaters geerbt, denn tatsächlich saß dort Raoul auf seinem Pferd und beaufsichtigte die Arbeiter, die dicke, saftige Trauben in Körbe packten. Einige Spinnereien der letzten Nacht hatten mit dicken, saftigen Früchten zu tun. Sie genoß die Erntezeit …

Aline wischte diese Gedanken aus ihrem Kopf, sonst wäre es möglich, daß sie sich gleich hier, inmitten der Weinberge, auf Raoul stürzte, um mit ihm zu schlafen. Wieder. Sie hatte das mehr als einmal getan, und sie hätte es heute wieder getan, wenn das Kind nicht wäre.

Raoul hörte seinen Sohn und winkte. Schnell ritt er zu ihnen hinüber. »Ärger?«

»Im Gegenteil!« Aline winkte mit dem Brief. »Jehanne hat vor drei Wochen einen gesunden Sohn geboren.«

Er schwang sich vom Pferd und nahm seinen Sohn in die Arme. »Das sind wirklich gute Neuigkeiten. Lies mir vor.«

Liebste Cousine,

ich sende dir die besten und glücklichsten Nachrichten, daß wir am St.-Giles's-Tag mit einem gesunden Sohn gesegnet wurden. Die Geburt war leicht, und er wurde im Morgengrauen geboren. Wir haben ihn Henry genannt, da der König etwas mit unserem Glück zu tun hat und seine Gunst eines Tages nützlich sein könnte. Er ist überhaupt nicht wie Gallot, er hat dunkle Haare und Augen, soweit wir das beurteilen können.

Donata liebt ihren kleinen Bruder und nennt ihn Henry. Natürlich will sie ihn die ganze Zeit über auf dem Arm haben, aber sie ist selbst noch zu klein, das ohne Aufsicht zu tun. Sie ist schlau und durchtrieben, und jeder sagt, sie sei genau wie ich in dem Alter. Ich werde sie lehren müssen, zuerst zu denken und dann zu handeln.

Alles ist hier friedlich, Gott sei Dank, da der Versuch von Herzog Robert fehlgeschlagen ist, hier einzufallen. König Henry hat wieder Recht und Ordnung im ganzen Land

hergestellt. Dieses Frühjahr hat seine Königin auch ihr erstes Kind geboren. Daher kann England neuem Frieden und Wohlstand entgegensehen.
Ich hoffe, daß du bald mit einem von Raouls Schiffen nach Stockton kommen wirst, um uns hier im kahlen Norden zu besuchen, da ich dich gerne wiedersehen möchte und auch dein Kind kennenlernen möchte.

Deine ergebene Cousine,
Jehanne von Heywood.

Hubert war zappelig, also setzte Raoul ihn auf den Boden, damit er seine Umgebung erkunden konnte. »Gott scheint wirklich auf diese beiden zu lächeln. Es gab Zeiten, du weißt, als ich daran zweifelte, daß Galeran und Jehanne wieder zusammenfinden würden.«
»Aber sie hatten Vertrauen.« Aline legte einen Arm um die Taille ihres Mannes. »Mit Vertrauen ist alles möglich. Habe ich dir schon mal gesagt, daß ich dir vertraue?«
Er küßte sie. »Jeden Tag, auf jede Weise. So wie ich dir vertraue.« Ein schelmisches Funkeln trat in seine Augen, das sie warnte und gleichzeitig erregte. »Tatsächlich könnte ich dir soweit trauen, daß ich zulassen würde, von dir gefesselt zu werden.«
»Dich fesseln!« Sie starrte ihn an, und bei dem Gedanken wurde ihr heiß. »Ähm ... ist das eine Anspielung?«
»Vielleicht. Oder vielleicht ist es auch eine Warnung, da du mir vertraust. Warum gehst du nicht zurück zum Haus und planst eine Strategie, während ich hier sitze und mich an süßen, dicken, saftigen Trauben erfreue?«
Aline sah ihn fortreiten und war noch mehr in Versuchung, ihn in den Feldern zu entzücken, doch dann nahm sie ihren Sohn und eilte nach Hause. Sie schmiedete Pläne und wartete sehnsüchtig auf die kommende Nacht.